돈키호테 2

돈키호테 2

미겔 데 세르반테스 사아베드라 지음 안영옥 옮김

일러두기

· 이 책은 1980년 스페인 바르셀로나에서 출간된 Planeta S.A. 출판사의 『*Edición, introducción y notas de Martín de Riquer de la Real Academia Española*』를 원본으로 했다. 이 원본은 스페인 한림학회 회원인 마르틴 리케르가 서문을 쓰고 주석을 단 책이다.
· 이 책에 수록된 삽화는 귀스타브 도레Gustave Doré(1832~1883)가 그린 것이다.

EL INGENIOSO CABALLERO
DON QUIJOTE DE LA MANCHA
by MIGUEL DE CERVANTES SAAVEDRA (1615)

이 책은 실로 꿰매어 제본하는 정통적인 사철 방식으로 만들어졌습니다.
사철 방식으로 제본된 책은 오랫동안 보관해도 손상되지 않습니다.

제2권 차례

제1권 차례

제1부

제4부

1615년 초판본 표지

SEGVNDA PARTE
DEL INGENIOSO
CAVALLERO DON
QVIXOTE DE LA
MANCHA.

Por Miguel de Ceruantes Saauedra, autor de su primera parte.

Dirigida a don Pedro Fernandez de Castro, Conde de Lemos, de Andrade, y de Villalua, Marques de Sarria, Gentilhombre de la Camara de su Magestad, Comendador de la Encomienda de Peñafiel, y la Zarça de la Orden de Alcantara, Virrey, Gouernador, y Capitan General del Reyno de Napoles, y Presidente del supremo Consejo de Italia.

Año   1615

CON PRIVILEGIO,

En Madrid, Por Iuan de la Cuesta.

기발한 기사 돈키호테 데 라만차[1]

미겔 데 세르반테스 사아베드라 지음

이탈리아 최고 의회 의장이며 나폴리 왕국의 부왕이자
총독 겸 군사령관이며 알칸타라 교단의 사르사와 페냐피엘의
기사단장이며 국왕 폐하의 신하이며 사리아의 후작이자
레모스와 안드라데와 비얄바의 백작이신 돈 페드로
페르난데스 데 가스트로 님께 이 책을 바칩니다.
1615년에 국왕의 특허를 받아 후안 데 라 쿠에바가
마드리드에서 출판하다.
우리 국왕의 서적상인 프란시스코 데
로블레스 서점에서 판매하다.[2]

---

1 1605년에 발간한 『기발한 이달고 돈키호테 데 라만차』에서 돈키호테는 이달고였으나 기사의 삶을 살았고, 그로 인해 기사가 되었다. 따라서 1615년 출간된 속편인 본 작품에서는 『기발한 기사 돈키호테 데 라만차』가 된 것이다.

2 속편 초판본 표지 문안.

규정 가격

왕실 심의회에 있는 사람들이 미겔 데 세르반테스 사아베드라가 집필한 『돈키호테 데 라만차 속편』을 심의한 결과 장당 4마라베디로 책정한 것을 그들 중 하나인 나, 우리 국왕 폐하 왕실의 서기인 에르난도 데 바예호가 확인하고 인증하노라. 이 책은 총 73장으로 되어 있으니 장당 가격에 맞추어 계산하면 책값은 292마라베디이노라. 그리고 심의회 위원들은 이 가격이 책 맨 처음에 명시되도록 하니, 이는 정해진 책정가에 대한 본래의 법령과 결재에 명기되어 있듯이, 어떤 경우에서라도 이 가격을 초과할 수 없음을 알고 책을 주문하거나 구입해 가도록 하기 위함이니라. 심의회 의원들의 명령과 앞서 말한 미겔 데 세르반테스 측의 요구로 이와 같은 사실을 알리고자 나는 내가 받은 권한으로 1615년 10월 21일 마드리드에서 본 증서를 발행했노라.

에르난도 데 바예호

정정에 대한 증명

    미겔 데 세르반테스 데 사아베드라가 짓고 〈돈키호테 데 라만차 속편〉이라고 이름 붙인 이 책을 원문과 대조하여 본 결과 아무런 하자가 없음을 1615년 10월 21일 마드리드에서 증명하노라.

                프란시스코 무르시아 데 라 야나 석사

승인서

    심의회 의원들의 위임과 명령으로 청원서에 들어 있는 책을 검토한 결과, 신앙이나 미풍양속을 해칠 내용은 없고 오히려 윤리적인 내용들이 적절하게 섞여 있는 참으로 바르고도 재미있는 책으로 판단되므로 이 책을 출판하도록 허가할 수 있노라. 1615년 11월 5일, 마드리드에서.

구티에레 데 세티나 박사[3]

---

3 Doctor Gutierre de Cetina. 세르반테스의 또 다른 작품인 『모범 소설집』과 『파르나소스 여행 *Viaje del Parnaso*』에도 이러한 승인을 한 사람이다.

승인서

심의회 의원들의 위임과 명령으로 미겔 데 세르반테스 데 사아베드라가 지은 『돈키호테 데 라만차 속편』을 검토한 결과 우리의 성스러운 가톨릭 신앙이나 미풍양속에 저촉되는 사항은 없으며, 오히려 옛사람들이 나라에 도움이 된다고 판단한 정직한 오락과 평온한 흥밋거리가 많이 있다고 사료된다. 그 엄격했던 스파르타 사람들도 웃음의 신을 위한 동상을 세웠으며 테살리아 사람들은 웃음의 신에게 축제를 열었다고 한다. 이는 파우사니아스[4]가 말한 것으로 보시오[5]가 자기의 『교회의 표적들』 제2권 제10장에 그 내용을 언급한바, 맥 풀린 기운을 북돋워 주고 우울함을 생기로 바꿔 주기 위함이었다. 툴리오[6]도 이와 같은 생각을 했으니, 자신의 『법률론』 제1장에서 이 시인은 이렇게 말하고 있다.

---

4 Pausanias. 2세기 그리스의 여행가이며 지리학자이자 역사가.
5 Bosio Tomaso(1548~1610)로 이탈리아 모데나의 사제였다.
6 Marco Tulio Cicerón(B.C. 106~B.C. 43). 고대 로마의 법률가이자 정치가이며 철학자에 문인이며 연설가이다.

Interpone tus interdum gaudia curis(네 걱정거리에 기쁨을 섞어라).

이 말은 본 작품의 작가가 우롱에 진실을 섞고, 유익한 것에 재미를, 천박한 것에 품위를 같이 버무려 재미라는 미끼로 질책을 낚고 정확한 이야기로 기사 소설들을 추방하고자 하고 있다는 것이다. 그는 훌륭한 재주로 온통 기사 소설이라는 전염병에 걸려 있는 이 나라를 솜씨 좋게도 깨끗이 치료했다. 따라서 이 작품은 그의 위대한 천재성과 우리 나라의 명예와 영광에 대단히 합당하며 다른 나라들의 놀라움과 시기심을 불러일으킬 만한 책이다. 이것이 나의 의견으로, 그 밖의 것은 생략하기로 한다. 1615년 3월 17일, 마드리드에서.

검열관 호세프 데 발디비엘소[7]

7 Josef de Valdivielso. 스페인 톨레도 출신 시인이자 사제였던 그는 로페 데 베가의 친구이기도 했다.

승인서

 국왕 폐하의 궁전인 이 마드리드 시를 총괄하는 대리인 구티에레스 데 세티나 박사의 위임을 받아 내가 미겔 데 세르반테스 사아베드라의 『돈키호테 데 라만차 속편』을 검토한 결과 기독교적 믿음에 우려를 불러일으킬 만한 내용, 혹은 훌륭한 본보기로서의 품위와 덕스러움에 역하는 내용은 없으며 오히려 박식하며 유익한 내용이 많았다. 상식 수준 이상으로 유포된, 무익하며 거짓말들만 잔뜩 늘어놓는 기사 소설들을 근절할 만큼 이야기가 아주 잘 짜여져 있었으며, 정신이 멀쩡한 사람이라면 당연히 증오할 만한, 불쾌할 정도로 고의적으로 젠체하기 위해 쓴 언어가 아닌 매끄러운 에스파냐 언어로 썼다는 점, 그리고 그런 언어들이 일반적으로 가질 수 있는 결점들이 그의 예리한 사고로 인해 고쳐지고 있다는 점에서 좋았다. 이로써 이 작품은 기독교가 질책하는 법들을 아주 현명하게 검열하고 있으니, 병을 치료하고자 하여 달콤한 약을 맛있게 먹었더니 생각지도 않게 아무런 부담이나 역겨움도 없이 가장 치료하기 어려운 고약한 면을 유쾌하게 깨우치고 그것을 혐오할 수 있게 하는 것과 같은 아주 유용한 책이다. 많은 작가들이 유용한 것과 달콤한 것을 제대로 조절하거나 잘 섞을 줄 몰라 자기가 힘들게 만들어 낸 작업들을 모두 땅에 내팽개쳐 버리곤 했다. 그들은 디오게네스의 철학적이며 박식한 면을 모방할 수 없게 되자, 자유분방하고 눈부시게 말을 하지 않는다는 욕설에 치중하면서 감히 그의 냉소적인 면을 모방하고자 했다. 그를 따른다면서 혹독하게 질책받아야 할 흠결을 고칠 만한 내용들을 구하지는 못할망정 혹시나 그때까지는 몰랐던 새로운 길을 발견하지나 않을까 하다 보니, 비판자가 아니라 아예 그의 스승이 되어 버릴 정도다. 이런 자들은 분별력 있는 사람들에게는 증오스러운 존재가 되며 백성에게는 신용을 잃는다. 그들이 신중하지 못하게 멋대로, 전보다 훨씬 더 나쁜 상태로 고쳐 놓은 흠결이나 그들의 작품을 받아들일 만한 백성이 혹시라도 있었다면 말이다. 모든 곪은 종기가 약 처방이나 뜸 요법을 동시에 받아들일 준비가 되어 있는 것은 아니다. 오히려 어떤 것들은 부드럽고 순한 약을 훨씬 더 잘 받아들이기 때문에 주의 깊고 박식한 의사가 그런 처방을 쓰면 곪은 종기를 치료할 수 있게 된다. 이는 칼을 들이대어 치료하는 것보다 종종 훨씬 더 잘 먹히곤 한다. 미겔 데 세르반테스의 글들은 우리 나라에서뿐만 아니라 외국에서도 대단히 특출한 것으로 보았다. 에스파냐나 프랑스, 이탈리아, 독일, 플랑드르가 그 글의 부드럽고 유려한 점, 그 품격이나 고상함을 칭찬하고 그 글을 쓴 작가를 불가사의한 존재로 보고자 한다. 이것이 사실임을 증명하자면, 올 1615년 2월 25일 에스파냐와 프랑스 왕자들의 결혼 문제를 논의하기 위해 프랑스 대사가 방문했을 때 나의 어른이신 톨레도 대주교 돈 베르나르도 데 산도발 이 로하스 님께서 인사를 하러 가셨었다. 대사를 수행하고 온 지극히 예의 바르고 분별력 있으며 문학에 조예가 깊은 수많은 프랑스 신사분들이 나뿐만 아니라 우리 대주교님의 다른 사제들에게 와서 어떤 기발한 책들이 가장 존경을 받고 있는지 알고자 하던 차에, 내가 검열한 이 책에 대한 이야기에 이르러

미겔 데 세르반테스라는 이름을 듣자마자 그의 작품들을 치켜세우며 칭찬하기 시작했다. 프랑스와 접경해 있는 나라들에도 그의 작품들이 알려져 있다면서 말이다. 그들 가운데 어느 사람은 『라 갈라테아』의 전편과 『모범 소설집』을 거의 암기하고 있을 정도였다. 그들이 하도 칭찬을 하기에 내가 그 작가를 직접 만나게 해주겠다고 하자 수천 가지 표현으로 꼭 그러고 싶다며 고마워했다. 그들은 나에게 작가의 나이며 직업과 가문과 경제 상태 등을 아주 세세하게 물어보았다. 나는 어쩔 수 없이 그분은 나이가 꽤 들었으며 군인이었고 이달고이며 가난하다고 대답했다. 그러자 그중 한 사람이 진지한 말투로 이렇게 대꾸했다. 「그렇다면 그렇게 훌륭한 분을 에스파냐가 국고로 먹여 살려 아주 부자로 지내게 해야 하는 것 아닙니까?」 그러자 그 신사들 중 다른 분이 아주 예리하고도 이런 생각 있는 말을 덧붙였다. 「만일 궁핍해서 글을 쓸 수밖에 없었던 거라면 그분이 절대로 풍족하게 되지 않도록 하느님께 빌어야겠군요. 그 사람은 쪼들리지만 그 사람의 작품으로 온 세상이 풍요로워지니 말입니다.」 검열용으로는 내 글이 좀 길었음을 잘 안다. 누군가는 듣기 좋은 찬양이 한계에 다다르고 있다고 말할지도 모른다. 하지만 간략히 말한 이 내용에 담긴 진실이 비평가에게는 의심을, 나에게는 걱정을 없애 주리라. 더욱이 아첨가의 입에 먹을 것을 넣어 주지 않는 사람에게는 아부하지도 않는 시대가 아닌가. 비록 거짓으로 젠체하며 장난하듯 아부할지라도 아첨꾼은 정말로 보상을 받으려 하는 법이다. 1615년 2월 27일, 마드리드에서.

마르케스 토레스 석사

특허장

미겔 데 세르반테스 사아베드라, 그대가 『돈키호테 데 라만차 속편』을 지어 제출하며 청원한바, 우리는 이것이 재미있으면서도 건전한 책이며 그대의 연구와 노고가 많이 들어간 것으로 여겨 그대가 요구한 대로 출판할 수 있도록 허가하고 우리가 줄 수 있는 기한, 다시 말해 우리의 폐하께서 줄 수 있는 20년 동안의 특허권을 부여하노라. 이는 책을 출판하는 데 필요한, 우리가 제시한 모든 조건들이 수행되었기에 우리 심의회 사람들이 검토하여 이루어진 것이노라. 이러한 이유로 우리는 이 증서를 그대에게 보내야 한다는 데 의견을 모았고 이렇게 하는 것이 바람직하다고 보았노라. 따라서 우리는 본 증서가 발행된 날로부터 처음 10년 동안은 계속해서 그대, 또는 그대의 권한을 대행한 자에게만 앞서 언급한 책을 출판하고 팔 수 있는 권한을 주며, 다른 어떤 사람도 그리해서는 아니 됨을 이르노라. 그대가 임명하는 우리 나라의 어떤 인쇄업자든 간에, 언급한 그 기간 동안 원본에 입각한 인쇄를 할 수 있는 허가와 권한을 본 증서로써 그에게 부여하노라. 그 원본의 마지막에는 우리 심의회에 기거하는 사람들 중 하나와 우리의 왕실 서기관인 에르난도 데 바예호의 서명과 도장이 찍혀 있어야 하며, 책을 판매하기 전의 원고나 첫 번째 책을 원본과 함께 우리에게 제출해야 하노라. 이는 출판물이 원본과 맞는지를 보기 위함이니라. 아니면 우리가 임명한 교정관이 작성한 공증서를 가져와 인쇄물이 원본에 맞게 검토되고 수정되었는지 보여야 하노라. 그리고 우리는 그 책을 출판할 인쇄자에게 명하노니, 우리 심의회 사람들이 책을 수정하고 책값을 정하기 전에는, 정정과 가격 때문에 그러하니 책의 처음이나 첫 장은 인쇄하지 말 것과 작가나 출판 비용을 댄 자나 누구에게든 원본과 함께 단 한 권의 책만을 줄 것을 명하노라. 모든 것이 정해진 이후에 우리 왕국의 법과 소관 규정을 어기는 일이 없이 책의 처음과 첫 장을 인쇄할 수 있으며, 이어서 우리의 본 증서와 허가서와 책정가와 정정에 대한 증명을 싣도록 하라. 그리고 그대의 동의 없이는 어느 누구도 그 기간 동안 책을 출판하거나 팔 수 없으니, 출판하거나 파는 사람은 모든 인쇄물과 조판과 인쇄 도구를 잃을 것이며 그런 일을 할 때마다 5만 마라베디의 벌금을 물 것이니라. 벌금 중 3분의 1은 우리 심의회에, 다른 3분의 1은 선고한 재판관에게, 나머지 3분의 1은 고발자의 몫이 될 것이니라. 그리고 우리 심의회 사람들과 우리 의회의 대표들과 판관들과 시장들과 우리 의회와 궁정을 지키는 관리들과 내각들과 우리 나라의 모든 도시와 마을과 모든 장소에서나 영주들의 관할권하에 있는 어느 곳에서든, 지금 그 자리에 있는 사람이든 앞으로 그 자리에 있게 될 사람이든, 우리가 그대에게 베푼 본 증서에 적힌 내용과 특혜를 지키고 준수하여 어떤 경우에도 이를 거역하거나 위반하지 말 것을 명하노라. 만일 어길 시에는 폐하의 벌과 함께 1만 마라베디를 우리 심의회에 내야 하노라. 1615년 3월 30일 마드리드에서.

국왕

28

우리 국왕 폐하의 명령에 따라
페드로 데 콘트레라스

레모스 백작[8]에게 드리는 헌사

    귀하께 지난번 공연 전에 인쇄된 저의 연극 대본을 보내 드렸을 때, 제 기억이 틀리지 않는다면 돈키호테는 귀하의 손에 입을 맞추러 가기 위해 박차를 끼우고 있다고 말씀드렸습니다.[9] 그런데 이제는 박차를 끼웠으며 이미 출발했다고 말씀드리겠습니다. 만일 그가 그쪽에 도착하게 되면, 그것으로 제가 귀하께 얼마간의 봉사를 하는 셈이 아닌가 싶습니다. 왜

    8 본명은 돈 페드로 페르난데스 루이스 데 카스트로 이 오소리오Don Pedro Fernández Ruiz de Castro y Osorio(1576~1622)로 레르마 공작의 조카이다. 나폴리 부왕을 지냈으며 로페, 공고라와 같은 많은 문인들을 후원했다. 세르반테스는 이 작품 이외 『여덟 편의 희극과 여덟 편의 막간극Ocho Comedias y Ocho Entremeses Nuevos』에도 이 사람에게 헌사를 썼으며 『페르실레스와 시히스문다의 고난Los Trabajos de Persiles y Sigismunda』에도 죽기 닷새 전에 헌사를 썼다.

    9 『여덟 편의 희극과 여덟 편의 막간극』을 가리키는데, 이 작품의 〈정정에 대한 증명〉이 1615년 9월 13일로 명기되어 있고 이 헌사가 10월 31일로 되어 있는 것으로 미루어 두 작품 간에는 한 달 열아흐레의 사이가 있음을 알 수 있다. 또한 『여덟 편의 희극과 여덟 편의 막간극』 헌사에는 이미 1614년 타라고나에서 인쇄된 아베야네다의 위작 『돈키호테 제2편』에 대한 이야기가 다음과 같이 언급되어 있다. 〈돈키호테 데 라만차가 자기 속편으로 귀하의 발에 입을 맞추기 위해 박차를 끼우고 있습니다. 투덜거리면서 도착할 겁니다. 그것이 타라고나에서 그를 추적하여 괴롭혔거든요.〉

냐하면 〈돈키호테 제2편〉이라는 이름으로 변장하고 이 세상을 돌아다니던 다른 돈키호테가 야기한 언짢음이나 답답증을 없애도록 진짜 돈키호테를 빨리 보내 달라고 수많은 곳에서 독촉하고 있기 때문입니다. 그 작품에 대해 가장 열의를 보여 주셨던 분이 중국의 대황제였습니다. 한 달 전쯤 제게 중국어로 쓴 편지를 사신 편에 보내어 부탁하시기를, 아니 더 정확하게 말하자면 간청하시기를 『돈키호테』를 보내 달라고 하셨으니까요. 황제께서 학교를 세워서 에스파냐어를 읽게 하고 싶은데 그 읽을 책이 돈키호테 이야기가 되었으면 한다고 말입니다. 이런 내용과 함께 제게 그 학교의 총장이 되어 달라고 하셨습니다.

그 편지를 전해 준 사신에게 폐하께서 제게 얼마간의 비용을 보내지는 않으셨는지 묻자, 그는 대답하길 그런 건 생각조차도 하지 않으셨다고 하더군요.

「그렇다면, 형제여……」 저는 말했습니다. 「그대는 하루에 10레과를 가든 20레과를 가든, 오신 그대로 그대의 중국으로 돌아가시오. 나는 그렇게 긴 여행을 할 만큼 건강하지가 않기 때문이오. 몸이 좋지 않을 뿐만 아니라 돈도 한 푼 없소. 그리고 황제에게는 황제로서, 군주에게는 군주로서 이야기하자면, 나에게는 나폴리에 계시는 위대한 레모스 백작이 계시오. 이분은 그런 학교니 총장직이니 하는 이름이 없이도 나를 부양해 주시고, 보호해 주시며, 내가 바라는 것 이상의 은혜를 베풀어 주신다오.」

이렇게 말하며 저는 그 사람을 보냈습니다. 그리고 신이 원하신다면 4개월 안에 끝낼 『페르실레스와 시히스문다의 고난』[10]을 귀하게 드리기로 하면서 이것으로 작별 인사를 드리겠습니다. 이 책은 우리 나라 말로 쓴 가

---

10 『페르실레스와 시히스문다의 고난』에 쓴 헌사는 1616년 4월 19일 자로 서명이 되어 있고 세르반테스는 1616년 4월 22일에 죽었으므로 이 책은 그의 유작이 되었다.

장 나쁜 책이 되거나 아니면 가장 훌륭한 책이 될 것입니다. 재미있는 책들 중에서 말입니다. 아니, 〈가장 나쁜 책〉이라고 말씀드린 것을 후회한다고 말씀드리지요. 제 친구들의 의견에 따르면 그 책은 다다를 수 있는 한 최고점에 이를 수 있는 제일 좋은 책이 될 것이라고들 하기 때문입니다. 그럼 늘 건강하시기를 기원합니다. 곧 페르실레스가 귀하의 손에 입을 맞출 것이며, 저도 귀하에 의해 길러지는 자로서 곧 발에 입을 맞추러 갈 것입니다. 1615년 10월 마지막 날, 마드리드에서.

귀하에 의해 길러진
미겔 데 세르반테스 사아베드라

독자에게 드리는 서문

이거야 참! 고명하시거나 평범하신 독자여, 이 서문 속에 『돈키호테 제 2편』, 그러니까 토르데시야스에서 잉태되어 타라고나에서 태어났다고들 하는 그 작품의 작가에 대한 복수나 싸움이나 비난을 만나게 될 거라고 생각하며 지금 이 서문을 얼마나 애타게 기다리고 계시겠습니까. 그런데 사실 저는 그런 만족을 드릴 수가 없을 것 같습니다. 모욕은 아무리 겸허 한 마음에도 분노를 일깨운다고 하지만 제 마음에는 이 법칙이 예외가 될 것 같습니다. 독자분은 제가 그 작자를 당나귀에 어리석으며 무모한 인 간이라고 불러 줬으면 하시겠지만 저는 그럴 생각이 없습니다. 그저 자기 죄는 스스로 단죄하고 자기 빵은 자기가 먹으며 자기 마음대로 살라고 내버려 둘 겁니다. 다만 제가 유감스럽게 생각할 수밖에 없는 것은, 그가 저를 늙은이에 한쪽 팔이 불구라며 비난했다는 점입니다. 제 손으로 시 간을 정지시켰어야 했거나 저한테는 시간이 흘러가지 못하게 했어야 했 던 것처럼, 그리고 제가 어느 주점에서 놀다가 한쪽 팔을 잃기라도 한 것 처럼 말입니다. 저는 지난 세기와 금세기, 그리고 앞으로 올 세기에서도 다시 못 볼 가장 귀한 기회에서 팔을 잃었는데도 말입니다.[11] 제 상처가 보는 자의 눈에는 그리 빛나지 않는다 할지라도, 적어도 어디서 입은 것인지를 알고 있는 사람들의 평가로는 존경받을 만한 것입니다. 군인은 도망가서 목숨을 유지하는 것보다 전쟁터에서 죽는 편이 훨씬 훌륭해 보이니까요. 만일 불가능한 일을 가능하게 하여 지금이라도 다시 선택하라고 제게 제안한다면, 저는 전쟁에 참가하지 않고 지금 상처 없이 있는 것보다 차라리 제 방식에 따라 그 경이로운 전투에 참가하기를 간절히 원할 것입니다. 군인이 얼굴이나 가슴에 받은 상처는 다른 사람들을 명예의 하늘로 인도하고 마땅한 칭찬을 바라는 자를 안내하는 별입니다. 그리고 알아 둬야 할 일은, 글은 백발로 쓰는 게 아니고 분별력으로 쓰는 것이며, 분별력은 나이가 들수록 더 나아지곤 한다는 것입니다.

또한 제가 유감스럽게 생각하는 일은, 저더러 질투가 많다면서 제가 무지한 인간인 양 질투란 어떤 것인지를 묘사하고 있다는 점입니다.[12] 질투에는 두 종류가 있는데,[13] 사실 저는 오직 성스럽고 귀족적이며 좋은 의미의 질투만을 알고 있습니다. 그렇다면, 아니 그렇기 때문에 저는 어떤 사제를 추궁할 필요가 없습니다. 더군다나 그 인물이 종교 재판소의 관리[14]라면 더욱 그렇습니다. 그리고 혹시 그가 그 말을 한 것이 내가 짐작하는 바로 그 인물 때문이라면,[15] 그는 전적으로 잘못 알고 있는 겁니

---

11 세르반테스는 1571년에 벌어진 레판토 해전에서 총상을 입는 바람에 〈레판토의 외팔이〉라는 별명을 얻었고 이후 평생 왼손을 쓰지 못했다. 하지만 그는 이후로도 5년이나 더 복무하며 여러 전투에서 활약했다.

12 아베야네다는 세르반테스를 질투가 많은 인간으로 책하면서, 성서와 성 토마스와 성 후안과 성 그레고리오의 말로 질투에 대한 이론을 설명했다.

13 카인의 경우인 원죄로서의 질투심이 그 하나이며, 다른 질투는 유익하고 명예로운 일에 대한 부러움으로서의 숭고한 경쟁심이다.

14 로페 데 베가를 두고 하는 말이다. 로페는 젊은 시절 엄청난 난봉꾼이었다가 나이 들어 딸을 잃고 죄를 회개하는 마음으로 사제가 되었으며, 물론 다시 파계했지만 한때 종교 재판소의 일원이기도 했다.

다. 저는 그 사람의 재능을 지극히 존경하고, 그의 작품과 그가 끊임없이 행하는 덕스러운 일에 놀라 마지않고 있기 때문입니다.[16] 하지만 사실 저는 그 작가분께 감사해야 할 부분도 있습니다. 제 소설들이 모범적이라기보다는 오히려 풍자적이지만 훌륭하다고 말해 주고 있으니 말입니다.[17] 그 두 가지를 다 갖추지 않는다면 훌륭할 수가 없을 테니까요.

독자는 제가 너무 비굴하며 제 겸허함의 테두리 안에서 많이 참고 있다고 말하실지도 모릅니다. 하지만 저는 고통받는 자에게 고통을 더해서는 아니 된다고 알고 있는바, 이분의 고통이 분명 클 것으로 알고 있기 때문입니다. 왜냐하면 이분은 마치 어떤 큰 반역이라도 저지른 양 이름을 숨기고 고향을 속이면서, 맑은 하늘 아래 툭 트인 곳으로 감히 떳떳하게 나타나지 못하고 있으니 말입니다. 혹시 그 작자를 아시게 된다면, 저는 모욕을 당했다고 생각하지 않는다고 대신 전해 주십시오. 저는 악마의 유혹이라는 것을 아주 잘 아는데, 가장 큰 유혹 가운데 하나가 바로 인간에게 자기도 돈만큼이나 명예를 얻을 수 있는, 그리고 명예를 얻는 만큼이나 돈을 많이 벌 수 있는 책을 써서 출판할 수 있다는 생각을 갖게 하는 것입니다. 이것을 증명하기 위해, 독자께서는 훌륭한 입담과 우아함으로 다음과 같은 이야기를 그에게 들려주시기를 바랍니다.

15 세르반테스가 『돈키호테』 전편 서문에 쓴 내용, 즉 로페에 관한 비판을 아베야네다가 제대로 이해하고 염두에 두었음을 보여 주는 대목이다. 아베야네다는 세르반테스와 달리 당시 로페의 극을 적극적으로 옹호했다.

16 세르반테스와 로페는 마드리드의 같은 거리에 살았다. 지금도 마드리드에 있는 〈문인들의 길〉에 가면 이들이 살았던 흔적들을 볼 수 있다. 로페가 마드리드 시내로 가려면 세르반테스의 집 앞을 지나야 했는데, 분수에 맞지 않는 사치와 방탕을 즐겼던 로페의 모습을 세르반테스가 놓칠 리 없었을 것이며 그에 대한 소문 역시 이웃들에게 퍼져 있었을 것이다. 그렇게 보면 〈덕스럽다〉라고 한 이 대목은 비아냥거림으로 볼 수 있다. 물론 로페 데 베가의 재능에 대한 세르반테스의 칭송은 진심이다. 세르반테스는 로페의 작품을 칭송하는 시를 두 편이나 썼다.

17 아베야네다가 세르반테스의 『모범 소설집』을 두고 쓴 대목은 다음과 같다. 〈그의 소설들은 모범적이라기보다는 오히려 풍자적이다. 물론 상당히 기발하긴 하다.〉

세비야에 한 미치광이가 있었는데, 그는 세상에서 미치광이가 저지를 수 있는 가장 우스꽝스럽고 어처구니없는 일을 할 생각을 하게 되었습니다. 끝이 뾰족한 갈대로 작은 대롱을 만들고, 길이나 그 어떤 장소에서든 개를 잡아서는 개의 다리 하나를 자기 발로 밟고 나머지 다리는 손으로 벌린 다음, 최대한 작게 만든 대롱을 개의 그 부분에 잘 꽂아 공기를 불어넣어 개를 공처럼 동그랗게 만들어 놓는 겁니다. 그러고는 개의 배를 두 번 손으로 두드린 후 풀어 주면서 언제나 주위에 몰려들어 있던 많은 사람들에게 이렇게 말하곤 했습니다. 〈지금 여러분들은 개를 부풀리는 일이 아주 쉬운 일이라고 생각하시는 겁니까?〉라고 말입니다. 지금 귀하는 책 만드는 일이 아주 쉬운 일이라고 생각하시는 겁니까?

그 작자가 이 이야기를 마음에 들어 하지 않으면, 사랑하는 독자여, 다음의 이야기를 들려주십시오. 이 또한 미치광이와 개 이야기입니다.

코르도바에 다른 미치광이가 살았는데, 머리에다 납작한 대리석 조각이나 그리 가볍지 않은 돌덩이를 이고 다니는 버릇이 있었습니다. 그렇게 다니다가 딴 데 정신이 팔려 있는 개를 만나면 곁에 가서 그 위로 곧장 돌을 떨어뜨리곤 했습니다. 그러면 개는 화가 나서 짖어 대고 울부짖으며 사방을 돌아다녔습니다. 그런데 어느 날 이 미치광이가 돌을 떨어뜨린 개 가운데 모자 만드는 직공의 개가 있었습니다. 주인은 그 개를 무척 사랑했죠. 돌덩이를 떨어뜨려 머리를 맞히자 개는 마구 짖어 댔고, 그 모습에 화가 난 주인은 자로 쓰던 막대기를 들고 미치광이한테로 나가 성한 뼈 하나 남겨 놓지 않았습니다. 그는 때릴 때마다, 〈이 개 같은 도둑놈아, 내 포덴코[18]를 괴롭혀? 이 잔인한 놈아, 내 개가 포덴코라는 게 안 보여?〉라고 소리쳤습니다.

---

18 *podenco*. 그레이하운드보다 작지만 더 건장한 사냥개의 종류이다.

그렇게 그는 〈포덴코〉라는 말을 수십 번 반복해 말하며 그 미치광이를 가루로 만들어 쫓아 버렸습니다. 미치광이는 단단히 혼이 나서 집에 틀어박힌 채 한 달이 지나도록 밖으로 나오지 않았습니다. 그러나 그만한 정도의 시간이 지나자 다시 그 기발한 짓으로 돌아가 더 무거운 돌을 머리에 이고 나타났습니다. 그렇지만 개가 있는 곳에 가서는 뚫어지게 한참을 쳐다보더니, 돌을 떨어뜨릴 엄두를 내지 못하고 이렇게 말했지요.

　「이건 포덴코야. 조심해야 해!」

　그렇게 그는 사냥용 개든 집 지키는 개든, 만나는 개는 모두 포덴코라고 생각하게 되어 더 이상 돌을 떨어뜨리지 않았습니다. 아마 이와 같은 일이 이 이야기꾼에게도 일어날 수 있을 것이니, 다시는 감히 자기 머릿속에 있는 것을 책에다 풀어내려 하지 않을 것입니다. 책이 나쁜 것이면 바위보다 더 단단하지요.

　그리고 그 작자는 자기 책으로 제 이윤을 빼앗고 말겠다고 협박하고 있는데,[19] 일고의 가치도 없는 소리라고 말해 주십시오. 저는 저 유명한 막간극 「매춘부」에 나오는 대사를 빌려 대답하니, 〈나의 주인 24인[20]이 영원하시고 모든 이에게 평화를〉입니다. 위대한 레모스 백작 만세. 그분의 익히 잘 알려진 기독교인다움과 관대함이 저의 별 볼 일 없는 운이 불러오는 모든 충격에서 저를 지켜 주십니다. 그리고 톨레도의 고명하신 돈 베르나르도 데 산도발 이 로하스 추기경님[21]의 더할 나위 없는 자비가 영

　19　아베야네다가 그렇게 썼다. 〈세르반테스가 자기가 쓸 『돈키호테 속편』으로 거둬들일 이윤을 빼앗는다는 이유로 내 일을 못마땅하게 여기기를.〉

　20　언급된 「매춘부」는 아구스틴 모레토Agustín Moreto(1618~1699)의 막간극이다. 이 극작가가 살았던 시기를 고려하면 세르반테스가 이 작품에서 위의 구절을 인용했다고는 볼 수 없다. 모레토가 오래된 막간극을 각색하여 현대화하곤 했기 때문에, 모레토 작품의 모델이 된 원전을 인용했을 가능성이 높다. 이 막간극에서 안달루시아 시의원들을 부를 때 〈24인〉이라고 했다.

원하시기를. 이 세상에 인쇄소가 없을지라도, 그리고 「밍고 레불고」[22]의 속요 가사 글자 수보다 많은 책들이 저를 비방하여 출판된다 할지라도 저는 상관없습니다. 이 두 왕자님들께서는 저의 아부나 다른 종류의 찬양을 바라지 않으시고 오직 선하심으로 제게 은혜를 베푸시고 보호하시는 일을 떠맡으셨습니다. 이로 인해 저는 보통 인생에서 운으로 오를 수 있는 절정에 있을 그것보다 훨씬 큰 행복과 풍요로움을 느낍니다. 가난한 자도 명예를 가질 수 있습니다만, 부도덕한 인간은 그럴 수가 없습니다. 가난이 고귀함을 흐리게 할 수는 있어도 완전히 어둡게 할 수는 없습니다. 불편함이 있고 궁핍하더라도 덕은 그 틈바구니로 얼마간 스스로의 빛을 내는 법이니, 고귀한 정신을 가진 사람들로부터 존경받고 따라서 보호를 받게 되지요.

이제 여러분도 그 작가에게는 더 이상 말을 마십시오. 저도 여러분께 더 말씀드릴 생각이 없습니다. 다만 알려 드리고 싶은 것은, 여러분께 내놓는 이 『돈키호테 속편』은 전편과 같은 천으로 같은 직공이 재단해서 만든 것이며, 이 작품은 확장된 돈키호테, 그리고 마침내 죽어 무덤에 묻히는 돈키호테를 당신께 드리고 있다는 겁니다. 무덤에 묻는 이유는, 어느 누구도 감히 그에 대한 새로운 증언을 하지 못하도록 하기 위해서입니다. 지난 것으로 충분합니다. 또한 이 기발한 미친 짓거리들에 대해 소식을 알리는 것은 정직한 한 사람만으로 충분하지요. 새로이 이 미친 짓들에 개입하게 하고 싶지는 않습니다. 아무리 좋은 것일지라도 너무 많으면

21 톨레도의 추기경이자 레르마 공작의 삼촌. 세르반테스의 『돈키호테 속편』을 검열한 호세 데 발데비에소와 마르케스 토레스가 이 추기경의 사제들이었다.
22 Mingo Revulgo. 14세기 엔리케 4세 시절 사회가 왕권과 귀족권 간의 싸움으로 흉흉할 때 사회적 상황과 인간들을 풍자한 작품들이 많이 나왔는데 그중 대표적인 작품이다. 총 288행으로 되어 있다.

소중히 여겨지지 않는 법이고, 아무리 나쁜 것이라도 부족하면 약간은 소중하게 여겨지는 법이니까요. 잊고 말씀드리지 못한 것이 있습니다. 『페르실레스』가 이제 끝나 가고 있으니 기다려 주십시오. 그리고 『라 갈라테아』 후편[23]도 곧 나올 겁니다.

---

23 세르반테스는 『돈키호테 속편』을 67세 때 쓰고 이듬해인 1616년 4월 22일 금요일에 죽었다. 그래서 언급한 『라 갈라테아』 후편은 출판되지 못했다. 그가 다른 작품들의 서문에 〈하늘이 나에게 기적을 베풀어 목숨을 더 주신다면 이 작품을 마칠 수 있을 것〉이라고 쓴 것을 보면, 그의 손에서 끝마치지 못했으므로 출판이 안 되었던 것으로 보인다.

기발한 기사 돈키호테 데 라만차

「지난 실랑이들로 지쳐 녹초가 되어 있던 터라 저는 완전히 곯아떨어져서
누군가 다가와 안장 네 귀퉁이에 박은 막대기 네 개 위에다 저를 얹어 놓는 것도 몰랐지요.」

「산초, 밤이 깊어지고 있지만 날이 샐 때 엘 토보소에 닿으려면 더 가야겠네.
난 그분의 허락 없이는 어떤 모험도 행복하게 완성하지 못하리라 생각하고 확신한다네.」

「오, 공주님, 어찌 그대의 마음은 편력 기사도의 기둥이자 주춧돌이
무릎을 꿇고 있는 것을 보시고도 부드러워지지 않으신답니까요?」

죽음의 수레에서 나온 익살꾼은 막대기를 휘두르며 돈키호테에게 다가가서는
소 오줌통으로 땅을 두들기고 방울을 흔들어 대면서 껑충껑충 뛰기 시작했다.

「사실을 말씀드리자면요, 나리, 저 종자의 무시무시한 코가요, 너무 무섭고 놀라워서요,
도저히 그 사람과 함께 못 있겠습니다요.」

돈키호테가 사자 우리를 열라고 명령하는 동안 이달고는 암말을, 산초는 당나귀를, 마부는 노새를 재촉하여
할 수 있는 한 가장 멀리 수레에서 달아나기 시작했다.

「오, 엘 토보소의 항아리들이여, 나의 가장 큰 고통이자 달콤한 사람을 떠올리게 하는구나!」
돈 디에고의 마당에서 항아리를 본 돈키호테는 한숨을 쉬며 탄식했다.

「형제여, 오늘은 배고픔이 지배하는 그런 날이 아니라네. 부자 카마초 덕분이지.
당나귀에서 내려 거기 국자로 거품을 떠내듯 닭 한두 마리 떠서 맛나게 먹게나.」

「신부는 어서 〈예〉라고 대답하시오. 하지만 그 말은 어떤 효력도 없을 것이오.
왜냐하면 이 결혼식의 첫날밤은 무덤이 될 테니까 말이오.」

신혼부부의 집으로 간 돈키호테는 지극한 환대를 받았으니, 그들은 돈키호테를 가리켜
무술에 있어서는 엘 시드요, 웅변에 있어서 키케로라고 치켜세웠다.

돈키호테가 칼을 쥐고 동굴 입구에 무성하게 나 있는 덤불들을 잘라 내고 베어 쓰러뜨리자,
그 시끄러운 소리에 놀라 엄청나게 큰 까마귀며 갈까마귀들이 수없이 날아 나왔다.

「하느님이 자네들을 용서하시기를! 자네들은 누구도 본 적 없고 경험하지 못한,
최고로 달콤하고 즐거운 삶과 구경거리에서 나를 끌어내고 말았단 말일세.」

「이때 요란한 비명과 통곡 소리가 들려 돌아보니, 수정으로 된 벽을 통하여
지극히 아름다운 처녀들이 모두 상복 차림으로 열을 지어 가는 모습이 보였다네.」

「점쟁이 양반, 말 좀 해보시오. 우리는 무슨 물고기를 잡게 되겠소?
그러니까, 앞으로 우리에게 무슨 일이 일어날 것 같소? 자, 여기 복채가 있소.」

「이런, 내 실수로군. 내 말을 듣고 계시는 여러분들께 진실로 사실을 말하지만,
여기 인형극에서 일어난 일들 모두 내게는 정말 그대로 일어나는 것 같았다오.」

「이 유명한 마을 사람들이 모두 작은 말다툼에도 모욕을 당했다고 느끼고,
그에 대한 복수를 한답시고 나팔처럼 칼을 계속 뽑았다 넣었다 하면 그야말로 멋지겠소이다!」

두 사람은 죽도록 젖은 채 땅에 올라왔다. 산초는 무릎을 꿇고 두 손을 모아 길고도 경건한 기도를 드렸으니,
앞으로는 주인의 무모함에서 제발 자기를 면제해 달라는 내용이었다.

「산초, 달려가서 저 부인에게 말씀드리게. 나 〈사자의 기사〉가 그 위대한 아름다움을 칭송하며
그 손에 입을 맞춘다고 말일세. 속담은 끼워 넣지 않도록 조심하게나.」

1

신부와 이발사가
돈키호테와 그의 병에 대해
나눈 이야기

시데 아메테 베넹헬리는 사실을 있는 그대로 적은 기록인 이 이야기의 속편에서 돈키호테가 세 번째로 집을 나가는 이야기를 전하고 있는데, 그 내용은 이러하다. 신부와 이발사는 거의 한 달간 돈키호테를 만나지 않고 있었다. 자기들을 보면 돈키호테가 지난 일을 새삼스레 떠올릴까 봐 그랬던 것이다. 그렇다고 그의 조카딸과 가정부를 방문하는 일을 그만두었던 것은 아니다. 그를 잘 위로하고, 심장과 뇌에 좋으며 기운을 북돋우는 음식을 먹이는 데 신경을 쓰라고 일렀다. 잘 생각해 보면 그의 불운은 모두 심장과 뇌에서 나왔다는 것이었다. 두 여자는 그렇게 하고 있으며 온 마음과 정성을 기울여 그렇게 할 것이라고 했다. 잠깐이기는 하지만 자기 주인이 멀쩡한 정신으로 돌아온 듯한 증상들을 보여 주는 것 같다고도 했다. 그 말에 두 사람은 크게 만족했으니, 이 위대하고 정확한 이야기의 전편 마지막 장에 이야기해 놓았듯이 마법에 걸렸다고 그를 속여서 소달구지에 싣고 데리고 온 계획이 적중했다고 생각했기 때문이다. 그래서 그들은 돈키호테를 방문해서 얼마나 좋아졌는지 ─ 그가 완전히 좋아진다는 것은 거의 불가능하다고 여기기는 했지만 ─ 직접 확인하기로 했다. 그러면서 아직 다 아물지 않은 상처를 들쑤셔 위험에 처하는 일이 없도록, 편력 기사도에 대해서는 어떤 얘기도 하지 말기로 의견의 일치를 보았다.

마침내 두 사람은 돈키호테를 방문했는데, 그는 성기게 짠 초록색 모직 조끼를 입고 붉은 톨레도풍 모자를 쓴 채 침대에 앉아 있었다. 어찌나 수척하고 말라비틀어진 모습인지 미라 그 자체였다. 돈키호테는 아주 반가운 마음으로 기쁘게 그들을 맞이했다. 건강이 어떤지 묻자 멀쩡한 정신과 아주 우아한 말투로 자신과 자신의 건강에 대해 설명해 주기도 했다. 그들의 대화가 국가의 존재 이유와 통치하는 방법에 이르자, 이런 남용은 고쳐야 되고 저런 것은 지탄되어야 하며 어떤 풍습은 뜯어고치고 또 다른 풍습은 추방해야 한다는 등 세 사람이 저마다 새로운 입법가, 현대판 리쿠르고, 새로운 솔로몬이라도 된 양 나라 하나를 개혁했으니, 마치 나라를 용광로 안에 넣었다가 거기서 다른 것을 꺼내는 것 같았다. 이런 모든 문제에 대해서 돈키호테가 얼마나 분별 있게 말을 하는지 그 두 시험관은 그가 다 나아서 제정신으로 돌아온 것이 틀림없다고 전적으로 믿게 되었다.

그 자리에 함께 있던 조카딸과 가정부도 그렇게 훌륭한 분별력을 가진 주인을 보자 지칠 줄을 모르고 하느님께 감사하고 또 감사했다. 신부는 문득 기사도에 관한 이야기는 하지 않으려 했던 처음의 의도를 바꿔 돈키호테가 정말 다 나았는지 아닌지를 확실하게 시험해 보고 싶은 마음이 들었다. 그래서 그는 기회를 엿보다가 궁정에서 온 몇몇 소식들에 대해 이야기하기 시작했다. 그 소식 중에는 터키가 막강한 함대를 이끌고 내려오고 있는 것이 확실시되고 있으나 그들의 계획이며 그토록 큰 먹구름을 어디다 쏟아부을 것인지에 대해서는 전혀 알려져 있지 않다는 내용이 있었다. 거의 매년 우리는 전투 준비를 하고,[24] 적이 가까이 온다는 이런 공포에 온 기독교 국가가 무장하며, 국왕 폐하께서도 나폴리와 시칠리아와 몰타 섬 해안에서 대비하고 있으라 명하셨다는 소식도 전했다. 이 말에 돈키호테가 대답했다.

「폐하께서 적시에 대비시킨 건 참으로 신중한 전사의 몸가짐이셨군요. 우리가 아무런 대비도 하지 않고 있는 것으로 적이 알고 있으면 안 되니 말이죠. 하지만 폐하께서 나의 충고를 받아들이신다면, 지금 당장 전혀 생각지도 못하실 대비책을 하나 쓰실 수 있으실 텐데.」

이 말을 듣자마자 신부는 혼잣말로 중얼거렸다.

「가여운 돈키호테, 하느님이 당신을 손으로 붙들어 주시기를! 그 높은 광기의 꼭대기에서 이제 순진함의 깊은 나락으로 굴러떨어지는 것 같구나!」

이발사도 신부와 같은 생각이긴 했지만, 충고하면 좋을 것이라고 한 그 대비책이라는 게 무엇인지 돈키호테에게 물어보았다. 혹시나 왕자들에게 드리는 수많은 당치 않은 경고들의 목록에 실릴 만한 그렇고 그런 것일 수도 있을 거라고 하면서 말이다.

「내 것은 말이지, 수염 깎는 이 양반아⋯⋯」 돈키호테가 말했다. 「당치 않은 충고가 아니라 적절한 충고라네.」

「내 말은 그런 뜻이 아닙니다.」 이발사는 대답했다. 「국왕 폐하께 올라간 제안들을 보면 상당수가 불가능한 것들이거나, 엉터리거나, 왕과 나라에 폐가 되는 것들이라는 게 증명되었기 때문에 그렇게 말한 것이지요.」

「내 제안은⋯⋯」 돈키호테가 대답했다. 「불가능한 것도, 엉터리도 아니네. 가장 쉽고 가장 정당하며 행동으로 옮기기에 가장 빠르고 간단한 것으로, 어떤 제안자도 생각할 수 없는 것이지.」

「돈키호테 이 양반, 얘기를 하는 데 상당히 뜸을 들이시는군.」 신부가

---

24 실제로 터키 함대가 스페인 해안을 공격한다는 이야기는 늘 떠돌았고 알제 해적들도 스페인 해안을 자주 약탈하곤 했으므로, 당시 여기서 이야기되는 그러한 두려움은 끊이지 않았다.

말했다.

「난 말해 주기 싫습니다.」 돈키호테가 대답했다. 「지금 여기서 말해 버리면 내일 아침에는 고문관 나리들 귀에 들어가 있을 터이니, 일은 내가 하고 상과 은혜는 다른 사람이 가져가게 될 것 아닙니까.」

「나 때문에 그러는 거라면……」 이발사가 말했다. 「지금 나오는 이야기를 여기서든 하느님 앞에서든, 왕이건 탑이건,[25] 지상에 있는 인간 그 누구에게도 말하지 않겠다고 맹세하지요. 이 맹세는 사제의 로만세에서 배운 것인데, 그 사제는 로만세의 서문경을 통해, 자기한테서 1백 도블라와 다리 힘이 좋은 노새를 훔쳐 간 도둑 대장에게 자기 뜻을 알렸다더군요.」[26]

「그 이야기는 모르네.」 돈키호테가 말했다. 「하지만 그 맹세가 훌륭한 건 알겠군. 이발사 양반이 정직한 사람이라는 걸 내가 알고 있으니 말이지.」

「그렇지 않을 시에는……」 신부가 말했다. 「내가 이 사람 보증을 서고 이 사람 대신 나서겠네. 이렇게 하면 이발사 양반은 벙어리가 되어야 하며, 그렇게 못 할 경우 판결대로 받아야 할 벌을 받게 되는 거지.」

「그렇다면 신부님, 신부님 보증은 누가 서지요?」 돈키호테가 물었다.

「내 직업이 비밀을 지키는 일이네.」 신부가 대답했다.

「그렇다면야!」 마침내 돈키호테가 말했다. 「국왕 폐하께서 포고를 내리셔서 에스파냐에 돌아다니고 있는 모든 편력 기사들을 정해진 날 왕궁에 모이도록 명령하시는 것 말고 무슨 다른 방도가 있겠습니까? 비록 여

---

25 *roque*. 서양 체스에서의 패.

26 로마 가톨릭교회에서 미사를 볼 때 묵송에 앞서 기도를 유도하는 말인 〈*Orate fratres*(기도하라 형제들이여)〉를 외우던 한 사제가 신도들 중에서 자기를 턴 도둑을 알아보자, 서문경에다 그 도적질에 대해 누구에게도 알리지 않겠다고 한 맹세를 지키겠노라고 언급했다는 이야기가 있다.

섯 명밖에 오지 않는다 할지라도, 그중에 혼자서라도 터키군을 모두 무찌를 수 있는 그런 자가 있을 수도 있지 않겠습니까? 두 분, 잘 듣고 내 이야기를 따라오시기 바랍니다. 혹시 한 명의 편력 기사가 20만 군대를 쳐부수는 일이 새로운 일이라고 생각하시나요? 마치 그 군대가 하나의 모가지를 가졌고, 모두 꽈배기로 만들어진 것처럼 말입니다. 말씀해 보시지요. 그러니까, 이러한 경이로운 일들로 가득한 이야기가 얼마나 많은지 말입니다. 내겐 안된 일이지만, 다른 사람까지 들먹일 필요 없이 오늘날 그 유명한 돈 벨리아니스나 아니면 셀 수 없이 많은 아마디스 데 가울라 가계의 후손들 중 누구라도 살아 있어야 했는데! 만일 이들 중 누구라도 살아서 터키군과 맞선다면 분명코 그놈들에게 승리를 내어주지는 않을 것이니까요! 하지만 하느님은 자기 백성을 살피시사, 지난 시절의 편력 기사만큼 용감하지는 않더라도 용기에 있어서만큼은 그들에게 뒤지지 않는 인물을 주실 것입니다. 하느님이 나를 이해하실 테니 더 이상은 말 않지요.」

「아이고야!」 조카딸이 외쳤다. 「내 목숨을 두고 말씀드리는데, 외삼촌은 다시 편력 기사가 될 생각이신 게 분명해요!」

이 말에 돈키호테가 대답했다.

「나는 편력 기사로 죽을 것이다. 터키군이 자기들 마음대로 막강하게 치고 내려가든 치고 올라오든 말이다. 또다시 말하지만, 하느님은 나를 이해하신다.」

이때 이발사가 말했다.

「여러분, 제가 세비야에서 있었던 짧은 이야기를 하나 말씀드리도록 해주세요. 이 경우에 딱 들어맞는 이야기라서 들려 드리고 싶군요.」

돈키호테가 해보라고 하자 신부와 나머지 사람들도 귀를 기울였다. 이발사는 이렇게 이야기를 시작했다.

「세비야의 미치광이 수용소에 한 남자가 있었지요. 친척들이 그 사람의 정신이 좀 모자라다며 거기에 넣었답니다. 오수나 대학에서 교회법으로 졸업을 했는데, 많은 사람들의 의견에 따르면 살라망카 대학에서 공부했더라도 미치광이는 미치광이라는 거였죠. 이 대학을 졸업한 자가 몇 년 동안 수용소 생활을 한 끝에 자기는 이제 멀쩡해져서 완전히 제정신을 찾았다고 생각하게 되었습니다. 이런 생각으로 그는 대주교에게 간절하고도 아주 조리 있는 말로 자기가 처해 있는 그 비참한 처지에서 내보내 달라고 간청하는 글을 썼답니다. 이제 하느님의 자비로 잃었던 정신을 되찾았는데, 친척들이 재산을 가로채기 위해 그를 거기에 가두어 놓고 죽을 때까지 그가 미치광이로 남기를 원한다는 내용이었죠. 수차례에 걸친 그 조리 있고 빈틈없는 편지들에 설득을 당한 대주교는 사제를 시켜 그 사람이 쓴 내용이 사실인지 수용소 소장을 통해 알아보라고 했습니다. 또한 그 미치광이와 이야기를 해보고 만일 온전한 정신을 가진 것 같으면 그를 그곳에서 꺼내 자유롭게 풀어 주라고도 했지요. 사제는 그대로 했습니다. 그런데 소장은 그 사람이 아직도 미쳐 있다고 했어요. 어떤 때는 아주 훌륭한 분별력을 갖춘 사람처럼 말을 하다가도 끝에 가서는 너무나 바보 같은 소리들을 늘어놓으니, 처음의 정신 상태와 별반 차이가 없다는 것이었습니다. 이런 사실은 그 사람에게 말을 시켜 보면 알 수 있다고 했지요. 사제가 그렇게 하고자 미치광이를 만나 한 시간 이상 이야기를 나누었는데, 그는 그동안 한 번도 잘못되거나 터무니없는 말을 하지 않았습니다. 오히려 어찌나 신중하게 말을 했는지 사제는 그 미치광이가 제정신으로 돌아왔다고 믿지 않을 수가 없었지요. 미치광이가 그에게 말한 여러 가지 이야기 가운데 이런 게 있었습니다. 소장은 자기에게 악의를 갖고 있는데, 그 이유는 자기 친척들이 소장에게 주는 선물들을 놓치고 싶지 않아서라는 말이었습니다. 그 사람이 가끔 제정신으로 돌아올 때가 있긴

66

하지만 여전히 미쳐 있다고 말해 주는 것에 대한 사례라는 거죠. 이 사람이 말하길, 자기 불행의 가장 큰 원인은 바로 자기가 갖고 있는 많은 재산이라고 했습니다. 적들이 그것을 갖고 싶어 속임수를 쓰며, 자기를 짐승에서 인간으로 돌아오게 해주신 주님의 은혜를 의심하고 있다고 했습니다. 그러니까 그는 소장은 의심스럽고, 친척들은 욕심 많고 잔인하며, 자기는 멀쩡하다는 식으로 말을 했던 겁니다. 그래서 사제는 이 남자를 데리고 돌아가 대주교께 보여 드리고 이 일의 진상을 직접 확인하시게 하자는 마음을 먹었습니다. 이런 선한 마음으로 그 착한 사제는 소장에게 그 학사가 그곳에 들어왔을 때 입었던 옷을 주도록 하라고 부탁했습니다. 그러자 소장은 다시 그 사람이 하는 짓을 잘 보라고 말했습니다. 그는 분명 아직도 미쳐 있다면서 말입니다. 하지만 그를 데려가지 못하게 하려는 소장의 이러한 주의나 경고는 사제에게 아무런 소용이 없었습니다. 대주교의 명령이라는 것을 알게 된 소장은 시키는 대로 학사에게 그의 옷을 입혀 주었습니다. 단정한 새 옷이었죠. 환자복을 벗고 멀쩡한 사람의 옷으로 갈아입자 학사는 사제에게 자기 동료였던 다른 미치광이들에게 작별 인사를 하러 가게 해달라고 간청했습니다. 사제는 자기도 그를 따라가서 수용소에 있는 미치광이들을 보고 싶다고 말했지요. 그래서 그들은 올라갔고 그 자리에 있던 몇몇 사람도 그들과 함께 갔습니다. 학사가 한 광폭한 미치광이가 있는 곳에 다가가서는, 그때는 조용하고도 평안하게 있던 그에게 말을 건넸습니다. 〈여보게, 나한테 뭐 부탁할 것 없는가? 나 집에 가네. 하느님께서 무한한 은혜와 자비로 보잘것없는 나에게 정신을 돌려주셨다네. 이제 나는 다 나아 내 정신으로 돌아왔다네. 하느님의 능력으로는 불가능한 것이 하나도 없다네. 나를 처음 상태로 돌려 주셨듯 자네도 하느님만 믿으면 처음 상태로 돌려 주실 터이니, 큰 희망과 믿음을 가지게. 자네에게 먹을 것을 보내 줄 생각이니 어떻게든 그것들을 먹도록 하게. 내가 겪어 본바, 우리들의 광기는 위가 비고 뇌가 온통 공기로 차 있는 데서 유래한다는 걸 알려 주고 싶네. 힘을 내시게! 힘을! 운도 없는데 약해지면 건강을 잃고 곧 죽게 되네.〉 그런데 광폭한 미치광이가 있는 곳 건너편에 있던 다른 미치광이가 학사의 이 말을 죄다 듣고는 벌거벗은 채 누워 있던 낡은 돗자리에서 일어나더니, 다 나아서 제정신이 되어 나간다는 자가 누구냐고 큰 소리로 물었습니다. 학사가 〈나요, 내가 나가는 자요. 이제 더 이상 여기 있을 필요가 없소. 그래서 이런 위대한 은혜를 베풀어 주신 하늘에 무한한 감사를 드리오〉라고 대답했지요.

〈말조심하게, 학사 양반. 악마에게 속지 않도록 말이야.〉 그 미친 사람이 대답했습니다. 〈발을 편히 쉬게 하고 집 안에 틀어박혀 있게. 그래야 다시 이곳으로 돌아오는 수고를 덜게 될 걸세.〉〈내가 나았다는 건 내가 알지〉라고 학사는 대꾸했지요. 〈그러니 다시 여기 돌아올 필요가 없을 거요.〉〈자네가 제정신이라고?〉 미친 사람이 말했습니다. 〈그래, 그렇게 말하겠지. 잘 가게. 하지만 유피테르를 두고 내가 그 신의 위엄을 이 땅에서 대행하는 자로서 맹세하건대, 자네가 멀쩡하다고 오늘 이 수용소에서 자네를 꺼내는 세비야에, 그 죄만으로 나는 벌을 내릴 것이야. 세기에 세기를 거듭해도 잊지 못할 그런 벌을 말일세, 아멘. 내가 못 할 것 같은가, 이어리석은 학사 양반아? 내가 말했듯이 나는 천둥의 신 유피테르로 내 손에 세상을 위협하고 파괴할 수 있는 불같은 번개를 쥐고 있단 말이다. 하지만 이 무지한 도시에는 단 한 가지 벌만 내려 주지. 그건 이러한 위협이 주어진 바로 이날 이 시간부터 앞으로 3년 동안 세비야의 모든 지역은 물론 그 주위로 비가 내리지 않게 하는 것이다. 자네가 풀려났다고? 자네가 다 나았다고? 자네가 제정신이라고? 그런데 나는 미치고 병들어 묶여 있어야 한다고? 비를 내려 주느니 차라리 내가 목매달아 죽고 말지!〉 주위에 있던 사람들은 모두 이 미치광이의 고함과 말소리에 귀를 기울이고 있었습니다만, 우리의 학사님은 사제를 돌아보고 그의 두 손을 잡으며 말했습니다.

〈사제님, 걱정하지 마십시오. 이 미치광이가 한 말은 신경 쓰지 마십시오. 그가 유피테르라 비를 내리고 싶지 않다면, 저는 넵투누스로 물의 아버지이자 물의 신이니 내 마음이 내킬 때나 필요할 때면 언제라도 비를 내리게 할 겁니다.〉 이 말에 사제가 대답했습니다. 〈그렇지만 말이오, 넵투누스 양반, 유피테르 양반을 화나게 하는 건 좋지 않을 것이오. 그대는 그대가 계시던 곳에 그냥 계시도록 하시오. 그러면 좀 더 형편이 되고 시간이 될 때 그대를 모시러 올 테니까요.〉 소장과 그 자리에 있던 사람들이 다 웃었습니다. 그 웃음에 사제는 좀 부끄러워졌지요. 사람들이 학사의 옷을 벗기고 그는 그곳에 다시 남게 된 것으로 이 이야기는 끝난답니다.」

「그러니까 이게 그 이야기란 말인가, 이발사 양반?」 돈키호테가 말했다. 「이 상황에 딱 들어맞아서 꼭 얘기해야 되겠다고 한 그거란 말인가? 아이고, 이 이발사 양반아! 그렇게 분명한 걸 알아채지 못할 만큼 아둔한 자라니, 보통 눈이 먼 게 아니잖나! 그런데 사람의 재주와 재주, 용기와 용기, 미모와 미모, 혈통과 혈통을 비교한다는 게 언제나 증오할 만한 일이며, 누구나 기분 나빠하는 일이라는 걸 자네는 정말 모른단 말인가? 이발사 양반, 나는 물의 신 넵투누스도 아니고, 사리 분별도 없으면서 사람들이 나를 사리 분별이 있는 자로 여겨 주기를 바라지도 않네. 그저 편력 기사도가 길에서 행해지던 그 행복했던 시대를 부활시키지 못하고 있는 실수를 세상이 깨닫도록 애쓰고 있을 뿐이지. 타락한 우리 시대는 그 시대가 누렸던 그런 행복을 누릴 수 없네. 그때는 편력 기사들이 나라를 지키고 처녀들을 보호하며, 고아와 후견인들에게 맡겨진 미성년자들을 구제하고, 오만한 자에게는 벌을 주고, 겸허한 자에게는 상을 주는 일을 도맡아 했었지. 지금 세상에 있는 기사들은 상당수가 금은으로 수놓은 비단이나 금은 무늬의 가죽과 그 밖의 호화로운 천으로 옷을 지어 입다 보니 옛 기사들이 무장했던 그물들에 비하면 삐걱거리는 소리만 요란할 뿐이네. 머리에서 발끝까지 모든 것으로 무장한 채 하늘의 가혹함에 순응하며 들판에서 잠을 자는 기사는 이제 더 이상 없지. 말의 디딤판에서 발을 빼지도 않고 창에 기댄 채, 편력 기사가 그렇게 했듯이 잠이라는 것을 내몰기 위해 노력하는 자도 이제는 없네. 이 숲에서 나와 저 산으로 들어가며, 저 산에서 나와 아무도 없는 불모의 해안에 발을 디딜 자는 이제 아무도 없단 말이네. 폭풍우가 쳐서 거의 매일이 불안한 바닷가에서 기사가 노도 돛도 밧줄조차 없는 조그마한 배를 발견하여 담대하게 그 배에 몸을 실은 채 깊은 바다의 사나운 파도에 몸을 맡기면, 파도들은 그 배를 하늘 높이 올렸다가 심연의 밑바닥으로 내리곤 하지. 그러면 그는 대항할 수 없는 이 폭풍우에 맞서 자기도 깨닫지 못하는 사이에 배에 오른 곳으로부터 3천 레과 이상 떨어진 곳에 있게 된다네. 그렇게 아득하고도 먼 미지의 땅에 뛰어내리면 양피지가 아니라 청동에 새겨 남길 만한 숱한 사건들이 일어나는 거지. 하지만 지금은 부지런함보다는 게으름이 승리를 거두고, 노동보다 오락이, 덕보다는 악습이, 용기보다 오만이, 황금시대와 편력 기사들로 오직 빛을 발하면서 유지되었던 군사의 실천보다 이론이 승리를 차지하고 있지. 아니라면 내게 말해 보시게나. 저 유명한 아마디스 데 가울라보다 더 정직하고 용감한 자가 있는가? 팔메린 데 잉글라테라보다 더 빈틈없는 자가 있는가? 티랑 엘 블랑코보다 더 겸손하고 유순한 자가 있는가? 리수아르테 데 그레시아보다 더 멋있는 자가 있는가? 돈 벨리아니스보다 더 많이 칼에 맞고 칼로 찌른 자가 있는가? 페리온 데 가울라보다 더 대담한 자가 있으며, 펠릭스마르테 데 이르카니아보다 위험에 아랑곳하지 않는 자, 또는 에스플란디안보다 더 진지한 자가 있는가? 돈 시론힐리오 데 트라시아보다 더 대담한 자가 있는가? 로다몬테보다 더 용감무쌍한 자가 있는가? 소브리노 왕보다 더 신중한 자가 있는가? 레이날도스보다 더 무모한 자가 있는가? 롤단보다 더 질 줄을 모르는 자가 있는가? 그리고 튀르팽의 『우주 형상지』[27]에 의거할 때, 현재의 페라라 공작 가문의 시조인 루혜로보다 더 멋지고 예의 바른 자가 있는가? 그리고 신부님, 이 모든 기사들과 더 열거할 수도 있는 다른 많은 기사들은 모두 기사도의 빛이자 영광인 편력 기사들이었습니다. 이들과 이정도의 그런 사람들이 바로 내가 제안하고자 했던 자들이지요. 그렇게 되면 폐하께 큰 섬김이 될 것이며 막대한 비용을 절약할 수도 있게 될 것입니다. 대신 터키군은 수염을 쥐어뜯게 되겠지요. 그 때문에 나는 집에 남아 있고 싶지가 않다는 건데도 그놈의 사제가 나를 집에서 꺼내 주지 않고 있으니 하는 말씀입니다. 만일 이발사 양반이 말한 것처럼 당신의 유피테르가 비를 내리지 않는다면, 내가 여기 있는 이상 내 마음이 내킬 때 내가 비를 내리겠습니다. 이발사 양반의 이야기를 내가 잘 이해했음을 알라고 하는 말입니다.」

「사실, 돈키호테 나리.」이발사가 말했다. 「나는 그런 뜻으로 말한 게 아닙니다. 맹세코 내 뜻은 좋은 뜻이었으니 그렇게 유감스럽게 생각하지 말아 주시지요.」

「유감스럽게 생각할지 안 할지는…….」돈키호테가 대답했다. 「내가 알아서 할 일이네.」

이때 신부가 말했다.

「난 지금까지 거의 말을 하지 않고 있었네. 그런데 내 마음을 갉아먹고

---

27 *Cosmografía*. 프랑스 랭스 지방의 대주교였던 튀르팽은 『샤를마뉴와 롤랑의 역사』를 집필한 작가로 알려진 일이 있었으나 잘못된 것으로 판명되었다. 『우주 형상지』 역시 그의 작품이 아니다. 그런데도 작가가 위와 같이 언급한 까닭은, 이 역사서에 스페인의 지형에 대한 언급이 있었기 때문에 이를 조롱하기 위한 것으로 추측된다.

후비는 한 가지 염려 때문에 가만히 있을 수가 없군. 지금 여기 돈키호테 자네가 한 이야기에서 생긴 염려라네.」

「다른 어떤 말씀이라도…….」 돈키호테가 대답했다. 「신부님은 하실 수가 있습니다. 그러니 그 염려는 털어 버리십시오. 그런 걱정스러운 마음으로 사신다는 것은 즐거운 일이 아니니 말입니다.」

「그렇게 허락한다면야…….」 신부가 대답했다. 「내 염려는 돈키호테 이 양반아, 그러니까 자네가 언급한 그 많은 편력 기사 무리가 실제로 이 세상에서 살과 뼈를 가지고 진정 존재했던 인간이라고는 도저히 납득할 수가 없다는 것이네. 오히려 그 모든 것이 허구요 우화며 거짓말이고, 눈을 뜨고 있는 인간들, 아니 더 제대로 이야기하자면 반쯤 졸고 있는 인간들이 들려준 꿈같은 이야기라고 생각한다는 걸세.」

「그게 바로 많은 사람들이 저지르는 또 다른 실수지요.」 돈키호테가 대답했다. 「그들은 그런 기사들이 세상에 있었다는 것을 믿지 않아요. 그래서 나는 여러 기회에 걸쳐서 몇 번이나 다양한 사람들과 이야기하며 그들이 거의 공통적으로 저지르고 있는 이 잘못을 진리의 빛 속으로 끌어내려고 노력했지요. 몇 번은 내 뜻대로 되지 않았지만, 몇 번은 진실의 어깨 위로 뜻을 받들어 이루어 낸 일도 있었습니다. 그 진실은 매우 확실해서, 이 두 눈으로 아마디스 데 가울라를 보았다고 말할 수도 있을 정도랍니다. 그 사람은 장신에, 얼굴은 희고, 검은색 멋진 수염에, 부드러우면서도 엄격한 눈길에, 말이 없으며, 화를 내는 데는 더디고 분노를 삭이는 데는 잽싼 사람이었지요. 아마디스를 묘사한 것처럼 이런 식으로 나는 지구 상에 존재하는 모든 이야기에 나오는 모든 편력 기사들의 모습을 그려 낼 수 있을 것 같습니다. 그 이야기들이 전하는 바에 입각하여 내가 인식한 바에 따라, 또 그들이 세운 무훈이나 인간 됨됨이에 따라 그들의 모습이며 피부색이며 신장들을 훌륭하게 이끌어 낼 수가 있습니다.」

72

「돈키호테 나리, 그러면 그 거인 모르간테는 얼마나 컸으리라고 생각하십니까?」이발사가 물었다.

「거인들 문제에 있어서는……」돈키호테가 대답했다. 「그들이 세상에 있었는지 없었는지에 대해 서로 다른 의견들이 있지만, 진실에서 한 점도 부족할 수 없는 성서가 블레셋 사람 골리앗의 이야기를 전하는 것으로 미루어 거인들은 존재했다고 볼 수 있네. 그 거인은 키가 7코도[28] 반이나 된다니 측정할 수 없을 정도로 큰 것이지. 또한 시칠리아 섬에서 엄청나게 큰 정강이뼈와 등뼈가 발견되었는데, 그 크기로 보아 뼈의 주인이 높다란 탑만 한 거인이었음을 보여 주고 있다네. 기하학이 이러한 사실을 의심으로부터 말끔히 구해 낸 셈이지. 그런데 이 모든 것에도 불구하고 모르간테가 얼마나 컸는지는 나도 확실하게 말할 수가 없다네. 아주 크지는 않았으리라 생각하지만 말이야. 이렇게 생각하게 된 것은, 이야기 속에서 그 거인의 무훈들에 대해 특별히 언급되어 있는 대목을 보면 여러 차례에 걸쳐 그가 지붕 밑에서 잠을 잤다고 쓰여 있기 때문이라네. 몸이 들어갈 수 있는 집이 있었다는 것은 그 사람 크기가 엄청날 정도는 아니었다는 게지.」

「과연.」신부가 말했다.

신부는 너무나 터무니없는 이런 이야기를 듣는 게 재미있어서 레이날도스 데 몬탈반과 돈 롤단, 그리고 그 밖의 프랑스 열두 기사의 용모에 대해서는 어떻게 생각하느냐고 돈키호테에게 물었다. 이들 모두 편력 기사들이었기 때문이다.

「레이날도스는……」돈키호테가 대답했다. 「얼굴이 넓고 붉으며, 눈은

---

28 *codo*. 1코도는 팔꿈치에서 손가락 끝까지의 길이로 약 42센티미터이다. 따라서 골리앗의 키는 약 3미터 15센티미터이다.

약간 튀어나오고, 눈알은 춤추는 것 같고, 사소한 일에 목숨을 걸고, 너무 화를 잘 내며, 도둑들과 타락한 인간들의 친구라고 감히 말하겠습니다. 롤단은 로톨란도 혹은 오를란도 이렇게 세 가지 이름으로 이야기에서는 부르고 있는데 그는 중키에 넓은 등판, 약간 앙가발이에 가무잡잡한 얼굴과 누런 수염을 가졌으며, 몸에는 털이 많고 위협적인 눈빛에 말수가 적지만 아주 정중하며 예의 바른 사람이라는 생각이 들며 분명 이러리라 봅니다.」

「만일 롤단이 자네가 얘기한 것보다 더 훌륭한 인물이 아니었다면…….」 신부가 대꾸했다. 「미녀 앙헬리카 아가씨가 그를 무시하고 버린 것도 그리 놀랄 일이 아니군. 갓 수염이 나기 시작한 젊은 무어인이 가졌을 법한 화려함과 늠름함과 우아함에 빠져 메도로에게 몸을 맡긴 걸 보면 말이네. 거친 롤단보다 오히려 부드러운 메도로를 열정적으로 사랑한 게 더 현명했던 게지.」

「그 앙헬리카는요, 신부님.」 돈키호테가 대답했다. 「방종하고 쏘다니기 좋아하며 약간은 변덕스러운 여자였습니다. 그래서 아름답다는 명성만큼이나 당치 않은 행동들로 세상을 뒤집어 놓곤 했지요. 그녀는 수천 명의 영주들과 수천 명의 용사들과 수천 명의 분별 있는 자들을 멸시하고, 갓 수염이 나기 시작한 시동 하나로 만족했답니다. 이 작자는 친구에게 지킨 우정으로 인해 감사할 줄 아는 자라는 평판을 얻은 것만 제하면 재산도 명성도 없는 자이지요. 앙헬리카의 아름다움을 노래한 그 유명한 대시인 아리오스토도 이 여자가 그렇게 천박하게 몸을 버린 뒤 그녀에게 일어난 일들을 감히 노래하지 못했던 건지, 아니면 노래하고 싶지 않았던 건지 — 왜냐하면 그렇게 순결한 일들이 아니었기 때문이니까요 — 아무튼 이렇게 적으면서 더 이상 그녀를 노래하지 않았지요.

어떻게 카타이의 왕위에 올랐는지는
아마도 다른 사람이 더 훌륭한 펜으로써 노래하리라.[29]

그런데 이게 영락없이 예언이 되어 버렸다는 겁니다. 시인들을 〈바테스〉라고도 부르는데, 이 말은 〈예언자〉라는 뜻입니다. 이것이 분명한 사실인 것은, 그 후 안달루시아의 어느 유명한 시인이 울면서 그녀의 눈물을 노래했고,[30] 다른 유명한 카스티야의 유일한 시인[31]도 그녀의 아름다움을 노래했기 때문이지요.」

「돈키호테 나리.」 이때 이발사가 말했다. 「그녀를 찬양한 시인들이 그렇게 많았는데, 그 앙헬리카 아가씨를 빈정댄 시인은 없었는지 말씀해 주시겠습니까?」

「내가 보기에……」 돈키호테가 대답했다. 「만일 사크리판테나 롤단이 시인이었다면 아마 모욕적인 언어로 그 아가씨를 벌써 혹독하게 나무라고 비난했을 것이오. 왜냐하면 자기들 영감의 주인으로 선택하고 상상한 가공의 여인 혹은 실제의 여인이 자기를 멸시하거나 거부할 경우, 풍자나 괴문서로 복수를 하는 일이 시인 본연의 자연스러운 모습이기 때문이라오. 물론 관대한 가슴에는 어울리지 않는 짓이지만 말이오. 하지만 지금까지 세상을 뒤집어 놓았던 그 앙헬리카 아가씨를 중상하는 시라고는 듣지 못했소.」

29 전편 마지막 부분에 적혀 있는 이탈리아어로 된 시구(*Forsi altro canterà con miglior plectio*)이기도 하다.
30 루이스 바라오나 데 소토Luis Barahona de Soto(1548~1595)가 「앙헬리카의 눈물」을 지었다.
31 로페 데 베가가 「앙헬리카의 아름다움」이라는 시를 썼는데, 〈유일한〉이라는 세르반테스의 표현은 빈정거림이다. 로페가 자기 작품에서 스스로에 대해 언급하면서 〈유일한 작가〉라고 썼기 때문이다.

「기적이로군!」 신부가 말했다.

이때 벌써 대화에서 빠져 밖에 나가 있던 가정부와 조카딸이 마당에서 큰 소리로 외치는 소리가 들려와 모두들 그곳으로 갔다.

2

산초 판사가 돈키호테의 조카딸과 가정부를 상대로 한 주목할 만한 싸움과 다른 재미있는 일들에 대하여

진실을 기록한 이 이야기에 따르면 돈키호테와 신부와 이발사가 들은 소리는 조카딸과 가정부가 산초 판사에게 해댄 것으로, 산초가 돈키호테를 만나러 들어오려고 하자 문을 막고는 그에게 큰 소리로 외쳤던 것이다.

「이 멍청이가 이 집에는 웬일이래? 당신네 집으로 돌아가요. 바로 당신이 우리 주인 나리의 정신을 빼고 꼬드겨 길도 없는 곳으로 데리고 다녔잖아요.」

이 말에 산초가 대답했다.

「이런 망할 아줌마 같으니! 정신을 빼앗기고 꼬드김을 당해 길도 없는 곳으로 끌려다녔던 건 아줌마 주인이 아닌 바로 나란 말이오. 당신 주인이 나를 그런 세상으로 끌고 다녔던 거라고. 댁들이야말로 적정 가격의 반 토막으로 잘못 알고 있구먼. 당신 주인이 섬을 준다고 속여 나를 집에서 끌고 나가고선 여태 주지 않아 지금까지도 기다리고 있단 말이오.」

「그 빌어먹을 섬들 때문에 아저씨 애간장이나 홀랑 타버렸으면 좋겠네요.」 조카딸이 말했다. 「이 나쁜 아저씨, 섬이 뭐죠? 뭔가 먹는 거겠죠? 아저씨는 먹보 식충이니까 말예요.」

「먹는 게 아니라……」 산초가 대답했다. 「통치하고 다스리는 거야. 도시 네 개를 다스리는 것보다 나으며, 궁정의 판관 네 명이 합쳐 하는 일보다 더 좋은 거라고.」

「그렇다 해도……」 가정부가 말했다. 「악의의 포대이자 적의의 자루는 여기 못 들어와요. 댁 집이나 다스리시고 댁의 밭뙈기나 갈러 가시지요. 섬이고 나발이고 생각도 말고.」

신부와 이발사에게는 세 사람의 대화가 아주 재미있었다. 하지만 돈키호테는 산초가 경솔하게 입을 놀리다가 좋지 못한 멍청한 소리들을 쏟아내 자기의 명예에 해를 입히지나 않을까 염려되어 그를 불렀고, 두 여자에게는 입을 다물라고 하면서 산초를 들여보내도록 했다. 산초가 들어오자 신부와 이발사는 돈키호테와 작별했는데, 그가 얼마나 정신 나간 생각에 사로잡혀 있으며 바보 같은 기사도에 얼마나 순박하게 흠뻑 젖어 있는지를 확인한 터라 그의 건강에 대해 절망하고 말았다. 신부가 이발사에게 말했다.

「이보게 친구, 우리가 생각지도 않고 있을 때 우리 이달고께서 다시 모험길에 들어서시겠는걸.」

「분명히 그럴 것 같아요.」 이발사가 말했다. 「기사의 광기도 놀랍지만 그 종자의 단순함은 더하네요. 섬에 대해 저토록 믿고 있으니, 아무리 실망을 거듭해도 머릿속에서 그 생각을 끄집어낼 수는 없을 것 같습니다.」

「하느님께서 저들을 고쳐 주시도록 기원하며……」 신부가 말했다. 「우리는 지켜봐야겠지. 그 기사와 종자의 터무니없는 이 상상이 어떻게 되어 가는지 두고 보세나. 마치 두 사람이 똑같은 틀에서 만들어진 듯하니, 주인의 광기도 종자의 바보짓 없이는 한 푼 가치도 없을 것 같군.」

「그렇습니다.」 이발사가 말했다. 「지금 그 두 사람이 무슨 말을 하고 있을지 무척 궁금한데요.」

「내가 확신하건대……」 신부가 대답했다. 「조카딸이나 가정부가 나중에 우리에게 알려 줄 걸세. 두 사람 다 듣지 않고 그냥 놔둘 형편이 아니거든.」

그러는 동안 돈키호테는 산초와 함께 방 안에 있었다. 둘만 있게 되자 돈키호테가 산초에게 말했다.

「산초, 자네를 집에서 끌어낸 사람이 나라고 하니 내가 무척 난처하구먼. 나 또한 집에 남지 않았다는 것을 자네도 알지 않나. 우리는 같이 집을 나왔고, 같이 갔으며, 같이 편력을 하지 않았는가. 우리는 같은 운명과 같은 운에 있었던 걸세. 자네는 담요로 한 번 헹가래를 당했을 뿐이지만 나는 수백 번이나 죽도록 두들겨 맞지 않았는가. 이 점에 있어서는 내가 한 수 위라네.」

「그건 당연한 겁니다요.」 산초가 대답했다. 「나리께서 말씀하시길, 불운이란 종자보다 편력 기사를 더 많이 따라다닌다면서요.」

「그래서 그런 게 아니라 산초…….」 돈키호테가 말했다. 「그 〈quando caput dolet……〉 운운[32]하는 말이 있잖은가.」

「저는 우리 나라 말밖에 모릅니다요.」 산초가 말했다.

「무슨 말이냐 하면…….」 돈키호테가 말했다. 「머리가 아프면 수족이 다 아프다는 뜻일세. 내가 자네 주인이자 나리이니 자네의 머리인 셈이고, 자네는 나의 종자이니 내 몸의 일부인 게지. 이러한 이치로 보면 나한테 일어나는, 아니 일어날 불운으로 자네가 아플 것이며, 자네의 불운으로 내가 아플 거라는 걸세.」

「그렇게 됐어야 했습죠.」 산초가 말했다. 「하지만 나리의 일부분인 저를 사람들이 헹가래 쳤을 때 제 머리는 아무런 고통도 느끼지 않고 제가

---

32 라틴 경구. 〈……caetera membra dolent〉로 이어진다.

공중으로 날려지는 것을 그저 바라만 보면서 담장 뒤에 있던데요. 수족이 머리의 불운을 아파해야 한다면 머리도 수족의 불운을 아파해야 하는데 말입니다요.」

「지금 자네 말은, 산초……」 돈키호테가 대답했다. 「자네가 담요로 헹가래를 당했을 때 내가 아파하지 않았다는 의미인가? 그런 거라면 말도 말고 그렇게 생각지도 말게나. 나는 그때 자네가 몸으로 느꼈던 고통보다 훨씬 심한 마음의 고통을 느꼈으니 말일세. 하지만 이 문제는 당분간 내버려 둠세. 의견을 나누어 정당하게 평가할 때가 있을 테니 말일세. 그런데 산초 이 사람아, 이곳 사람들이 나에 대해 뭐라고들 하는지 말 좀 해주게. 평민들은 나를 어떻게 생각하며, 이달고들과 기사들은 또 어떻게 생각하던가? 내 용기와 무훈들과 예의범절에 대해서 무슨 말들을 하던가? 이미 잊힌 기사도를 내가 다시 소생시켜 세상에 되돌려 준 일에 대해서는 뭐라고들 하던가? 그러니까 산초, 이러한 일들에 대해서 자네가 들은 바들을 내게 말해 주면 좋겠네. 좋은 일을 부풀리거나 나쁜 일을 없애거나 하지 말고 말일세. 충신은 아부하느라고 부풀리거나 쓸데없는 존경으로 줄이거나 하는 일 없이, 사실을 있는 그 모습 그대로 주인에게 말씀드리는 법이네. 산초, 자네가 알았으면 하는 것은, 만일 진실이 아첨의 옷을 입지 않고 헐벗은 채 왕자들의 귀에 들어간다면 이 세상은 다른 세상이 되어 있을 걸세. 다른 시대, 다른 세기는 우리의 세기보다 훨씬 못한 철의 시대로 여겨지게 되었을 걸세. 지금 우리가 사는 시대를 황금시대라고 생각할 것이기 때문이지. 이 경고를 염두에 두고 산초, 내가 자네에게 물어본 것을 알고 있는 사실 그대로, 빈틈없이, 좋은 마음으로 내게 알려 주었으면 하네.」

「기꺼이 그렇게 하겠습니다요, 나리.」 산초가 대답했다. 「하지만 제가 이제부터 드릴 말씀에 화를 내지 않는다는 조건이 있습니다요. 제가 알게 된 것들을 어떤 옷도 입히지 말고 있는 그대로 얘기하기를 원하시니 말씀입니다요.」

「어떤 경우라도 화를 내지 않겠네.」 돈키호테가 대답했다. 「산초, 자네는 자유롭게, 말을 돌릴 필요도 없이, 편하게 이야기하게.」

「그렇다면 먼저 말씀드릴 것은요…… 평민들은 나리를 머리가 완전히 돌아 버린 사람으로 보고, 저는 그에 못지않은 바보로 보고 있습니다요. 이달고들의 말씀으로는 나리께서 이달고 작위에 만족하지 못한 채 스스로 〈돈〉이라는 경칭을 붙이고, 포도나무 네 그루와 소 한 쌍이 이틀이면 갈 논밭뙈기나 갖고 있으며 앞뒤로 누더기나 걸치고 있는 주제에 갑자기 기사[33]가 되겠다고 덤벼들었다는 겁니다요. 기사들은 이달고들이 자기들과 맞먹으려 하는 게 싫다고들 하십디다요. 특히 구두에 연기를 쐬고[34] 검은 양말에 난 구멍들을 초록 비단실로 깁는 그런 방패지기 이달고들은 말할 것도 없다고요.」

「그것은……」 돈키호테가 말했다. 「나와 상관없는 일이네. 나는 늘 잘 차려입으며 기운 옷을 입은 적이 없으니 말이야. 찢어진 곳은 있을 수 있지. 하지만 옷이 낡아서 그런 게 아니라 갑옷에 쓸렸기 때문이네.」

「용기라든가, 예의범절이라든가, 무훈이라든가 하는 나리의 일에 대해서는 하는 말들이 다 다릅니다요. 〈미쳤지만 재미있다〉라고 하는 사람도 있고, 〈용감하지만 운이 없다〉라고 하는 사람도 있으며, 〈예의는 알지만 적절치가 않다〉라고 하는 사람도 있습니다요. 동네에 하도 말들이 많아서 나리나 저나 뼈 하나 온전하게 남지 않을 정도입니다요.」

「알겠는가, 산초?」 돈키호테가 말했다. 「빼어난 덕이 있으면 어디에서

---

33 다른 사람들이 보기에 돈키호테는 당연히 기사가 아니며, 기사였던 적도 없다. 당시 스페인에는 중세의 기사 같은 기사가 아닌, 군인에게 주던 호칭으로서의 기사가 있었다.
34 연기를 쐬면 생기는 그을음을 물에 풀어 구두에 광을 내곤 했다.

든 추적을 당하기 마련이라는 걸 말이야. 과거 유명인들 가운데 악의에 찬 중상모략을 당하지 않은 사람은 거의 없었네. 아니, 한 사람도 없었지. 훌리오 세사르는 아주 활달하고 신중하며 용감한 대장이었으나 야심가로 지적되었고 옷 입는 것이나 버릇이 좀 깨끗하지 못하다는 욕을 먹었지. 알렉산드로스는 그의 무훈으로 대제라는 명예를 얻었으나 주정뱅이 기질이 있었다고들 하네. 많은 과제를 해냈던 헤라클레스에 대해서도 호색한에 음탕하다는 말들을 하지. 아마디스 데 가울라의 동생 돈 갈라오르는 너무 쉽게 화를 낸다고 입방아에 올랐으며, 그 형은 울보였다고들 한단 말이야. 그러니 산초! 나에 대한 이야기도 훌륭한 사람에 대한 이런 중상들인 게야. 자네가 말한 것보다 더 심한 게 아니라면 말일세.」

「빌어먹을, 바로 그거라니까요!」 산초가 대답했다.

「더 있단 말인가?」 돈키호테가 물었다.

「아직 꼬리의 껍질도 벗기지 못했습니다요.」 산초가 말했다. 「지금까지 말씀드린 내용은 말씀드리지 않은 것에 비하면 아무것도 아닙니다요. 하지만 나리께서 나리에 대한 중상모략을 죄다 아시기를 원하신다면 지금 당장 부스러기 하나 남기지 않고 죄다 이야기해 줄 사람을 여기 데려오겠습니다요. 어젯밤에 바르톨로메 카라스코의 아들이 살라망카에서 공부해서 학사가 되어 돌아왔기에 제가 인사를 하러 갔었습니다요. 그런데 그 사람 말이 나리에 대한 이야기가 〈기발한 이달고 돈키호테 데 라만차〉라는 이름으로 이미 책이 되어 나돌고 있다는 겁니다요. 그리고 저에 관해서도 산초 판사라는 바로 제 본명으로 그 책에서 이야기되고 있으며, 둘시네아 델 토보소 님에 대한 것이며 우리 둘만이 보냈던 다른 일들까지 몽땅 나온다고 했습니다요. 저는 그저 놀라 성호를 그었지요. 어떻게 그런 것들을 작가가 다 알 수 있었는지 말입니다요.」

「내가 자네에게 확실히 말하지만, 산초……」 돈키호테가 말했다. 「우리 이야기를 쓴 작자는 아마도 현명한 마법사인 게 틀림없네. 그런 사람들이 쓰고 싶은 것이라면 모든 게 드러나게 되어 있지.」

「현명한 마법사라니요?」 산초가 말했다. 「삼손 카라스코 ─ 이게 제가 말씀드린 그 학사의 이름인데요 ─ 그 사람 얘기로는 그 책의 저자가 시데 아메테 베렝헤나인가 그렇다던데요!」

「그건 무어인의 이름인데.」 돈키호테가 대답했다.

「그럴 겁니다요.」 산초가 대답했다. 「어디를 가나 무어인들은 가지³⁵를 엄청 좋아한다는 말을 들었거든요.」

「자네는 분명, 산초……」 돈키호테가 말했다. 「그 〈시데〉라고 덧붙인 이름을 잘못 안 것 같구먼. 그것은 아랍어로 〈주인〉이라는 뜻이거든.」

「그럴 수 있겠죠.」 산초가 대답했다. 「하지만 만일 나리께서 그 학사를 이리 오라고 하신다면 잽싸게 가서 데려오겠습니다요.」

「그렇게 해준다면 나를 아주 기쁘게 해줄 것이네, 친구.」 돈키호테는 말했다. 「자네가 한 이야기로 내 정신이 얼떨떨하니, 전부 다 알 때까지는 한 입도 먹지 않을 것이야.」

「그럼, 그 사람을 데리러 가겠습니다요.」 산초가 대답했다.

그렇게 그는 주인을 남겨 놓고 학사를 찾으러 갔다가 조금 뒤 그 사람과 함께 돌아왔으니, 그들 세 사람 사이에 정말 재미있는 대화가 오갔다.

---

35 스페인어로 〈베렝헤나*berenjena*〉는 채소 〈가지〉를 뜻한다. 앞서 밝힌 작가의 이름은 〈베넹헬리Benengeli〉이지만 산초는 이와 같이 자기가 모르거나 조금 알고 있는 단어를 사용할 때 종종 실수를 저지른다.

3

돈키호테, 산초 판사 그리고
삼손 카라스코 학사 사이에 있었던
우스꽝스러운 토론에 대하여

카라스코 학사를 기다리는 동안 돈키호테는 깊은 생각에 잠겨 있었다. 산초가 말한 것처럼 책에 쓰여 있는 자기 자신에 대한 이야기를 그에게서 들으려는 것인데, 사실 그런 이야기가 있다는 것이 아무래도 이해가 되지 않았다. 자기가 무찌른 적들의 피가 아직 칼날에서 채 마르지도 않았는데 자기의 기사도 무훈들이 인쇄되어 돌아다니게 한 사람들이 있다니 말이다. 여하튼 그는 어떤 현자가, 자기를 좋아해서건 아니면 싫어해서건 마법을 이용하여 그것을 인쇄시켰을 것이라고 상상했다. 그리고 만일 그 현자가 자기를 좋아한다면 그 무훈들을 위대하게 하여 편력 기사들이 이룩한 일들 위로 치켜세울 것이고, 만일 자기를 싫어한다면 그것들을 모조리 없애기 위해 어느 보잘것없는 종자에 대해서 쓰인 가장 비열한 일들 아래 두려 할 것이라고도 상상했다. 그러면서 〈종자들의 업적에 대해 쓰인 적은 없었지〉라고 그는 혼자 중얼거렸다. 그렇다면, 그러니까 그런 이야기가 있다는 게 사실이라면, 어찌 되었든 그것은 편력 기사에 대한 것이니 분명 격조 높고 숭고하고 유명하고 장엄하며 진실된 내용이리라 생각했다.

그러자 얼마간 위안이 되었지만 〈시데〉라는 이름으로 보아 그 작가가 무어인인 것 같아 그는 다시 슬퍼졌다. 무어인들은 모두가 속임수에 능하고 거짓말쟁이이며 망상가들이라서 그들에게서는 어떤 진실도 기대할 수 없기 때문이었다. 혹여 자기의 사랑이 얼마간 천박하게 다루어지는 바람에 귀부인 둘시네아 델 토보소의 순결이 멸시되거나 훼손당하지나 않았을까 두려웠다. 그는 자기가 한결같이 그녀에게 지켰던 순정과 성실함이 분명하게 표현되어 있기를 바랐다. 자연스러운 본능적 충동을 억제하여 왕비며 황후며 어떤 신분에 있는 아가씨든 모두 물리치면서 지켜 낸 그것들 말이다. 이와 같이 이런저런 숱한 생각들에 휩싸여 휘둘리고 있을 때 산초와 함께 카라스코가 나타났고, 돈키호테는 예의를 다해 그를 맞이했다.

이 학사는 이름이 삼손이지만 몸은 그리 크지 않았고, 속에 꿍꿍이가 있는 꾀 많은 사람이었다. 얼굴색은 창백했지만 머리는 아주 잘 돌아갔다. 나이는 많아야 스물넷 정도로, 동그란 얼굴이며 납작코 하며 커다란 입이며, 말 잘하고 농담 좋아하고 짓궂은 성격의 소유자들이 보이는 특징들을 모두 갖추고 있었다. 그 증거로, 돈키호테를 보자마자 삼손은 그 앞에서 무릎을 꿇고 말했다.

「위대하신 돈키호테 데 라만차 나리, 저를 보호하여 주시옵소서. 저는 교단의 첫 네 가지 품급밖에 가지고 있지 못하지만 지금 제가 입고 있는 성자 베드로의 복장[36]을 두고, 당신이야말로 이 둥근 땅덩어리 전체에서 앞으로는 다시 없을, 하지만 지금까지 존재한 가장 유명한 편력 기사들 중의 한 분이심을 말씀드립니다. 당신의 위대함을 이야기로 써놓은 시데 아메테 베넹헬리에게 축복 있을지어다. 그리고 그 이야기를 모든 사람들

---

36 당시 교단에 있던 사람들이나 학생들이 입었던 옷차림. 검은색 법의와 긴 망토, 같은 색의 사각모자로 이루어져 있다.

이 즐길 수 있도록 아랍어에서 우리의 에스파냐 언어로 옮기도록 한 그 호기심 많은 자[37]에게도 축복 있을지어다.」

돈키호테는 그에게 일어나라고 하고는 말했다.

「그렇다면 나에 대한 이야기가 있다는 게 사실이며, 그것을 쓴 사람이 무어인에 현자라는 게 정말이오?」

「명명백백한 사실이옵니다, 나리.」 삼손이 대답했다. 「제가 알기로 그 이야기는 지금까지 1만 2천 부 이상 인쇄되었답니다. 못 믿으시겠다면 그 책이 인쇄된 포르투갈, 바르셀로나, 발렌시아에 가서 물어보십시오. 그리고 암베레스에서도 인쇄되고 있다는 소문이 있으니 곧 이 책이 번역되지 않을 나라나 언어가 없을 것이라 추측되옵니다.」[38]

「덕스럽고 뛰어난 인물을 가장 기쁘게 해줄 수 있는 일들 가운데 하나는…….」 돈키호테가 말했다. 「아직 살아 있는 중에 자기의 훌륭한 이름이 인쇄되고 출판되어 사람들 입에 오르내리게 됨을 보는 것이라오. 내가 〈훌륭한 이름〉이라고 한 것은, 만약 그 반대의 경우에는 어떤 죽음도 그보다 못하기 때문이오.」

「훌륭한 명성과 훌륭한 이름이라는 점에 있어서는…….」 학사가 말했다. 「오직 당신만이 세상 모든 편력 기사들의 명예를 가지고 계십니다. 왜냐하면 무어인은 자기네 말로, 기독교인[39]은 또 자기네 말로 기사님의 늠름함과, 위험에 대처할 때의 대담한 용기와, 상처를 입었을 때나 불운에 처했을 때의 참을성 그리고 당신과 저의 귀부인 도냐 둘시네아 델 토보소

---

37 전편에서도 나왔지만 세르반테스 자신으로 설정되어 있다.

38 삼손의 예언은 적중했다. 『돈키호테』는 세계 최고의 소설이자 성서 다음으로 많은 나라와 다양한 언어로 번역된 책이 되었다.

39 역시 세르반테스를 가리킨다. 세르반테스는 시데 아메테 베넹헬리의 작품을 자신이 번역한 것처럼 서술하고 있다.

와의 지극히 순수하고 변함없는 사랑을 아주 생생하게, 심혈을 기울여 우리에게 그려 보여 주고 있기 때문입니다.」

「지금껏 한 번도 없습니다.」 이때 산초 판사가 끼어들었다. 「우리 둘시네아 님의 이름 앞에 〈도냐〉라는 경칭을 붙여 부르는 것 말입니다요. 그저 귀부인 둘시네아 델 토보소라고만 했지요. 그러니 벌써 이런 점에서 그 이야기는 잘못되고 있습니다요.」

「그건 중요한 게 아니오.」 카라스코가 대답했다.

「아니고말고.」 돈키호테가 말했다. 「하지만 학사 양반, 내 무훈 가운데 어떤 것들이 그 책에서 가장 비중 있게 다루어지고 있소?」

「그 점에 대해서는……」 학사가 대답했다. 「각자 취향이 다르듯이 의견들이 다양합니다. 누구는 기사님 눈에 브리아레오스나 거인으로 보였던 풍차 모험이라고 하고, 또 누구는 물방앗간 모험이라고 합니다. 나중에야 두 무리 양 떼로 보였던 두 군대에 대한 이야기가 좋다고 이 사람이 말하면, 저 사람은 세고비아에 묻으려고 운반해 가던 시체 때문에 벌어진 모험을 칭찬하지요. 한 사람이 갤리선으로 끌려가는 죄수를 해방시킨 대목이 다른 모험들보다 월등하다고 하면, 다른 사람은 용감한 비스카야인과의 싸움을 포함해서 성 베네딕트 교단의 두 거인[40]과 있었던 모험에 견줄 것은 없다고 합니다.」

「학사님.」 산초가 말했다. 「거기에 양구에스들과 벌인 모험이 들어 있나요? 그 왜 우리 착한 로시난테가 변덕이 나서 말도 안 되는 짓을 할 마음이 생겼던 그때 일 말입니다.」

「현자가 쓰지 않은 채 자신의 잉크병에 그냥 남겨 둔 것은 하나도 없소. 모든 것을 말하며 모든 것을 기록하고 있다오. 그 착한 산초가 담요

---

40 전편에서 이야기된 것은 사제이지 거인이 아니다.

안에서 팔짝팔짝 뛰었던 이야기까지도 들어 있소.」

「담요 안에서 뛴 게 아니에요.」 산초가 대답했다. 「공중에서 했지요, 내가 원하던 것보다 훨씬 더 많이요.」

「내가 생각건대……」 돈키호테가 말했다. 「세상에 흥망성쇠 없는 인간사는 없는 법이니, 기사도를 다루는 이야기에서는 특히 그러하오. 기사도 이야기가 좋은 사건들로만 가득할 수는 없는 노릇이지.」

「그렇지만……」 학사가 대답했다. 「이야기를 읽은 어떤 사람들은, 돈키호테 나리가 이런저런 대결에서 얻어터진 그 숱한 매질들 가운데 몇 가지는 작가가 좀 잊어 주었더라면 좋았을 거라고 말하기도 합니다.」

「거기에 이야기의 진실이 있습니다요.」 산초가 말했다.

「물론 공평성을 기한다는 의미로 그런 것에 대해서는 입 다물어도 좋았겠지.」 돈키호테가 말했다. 「진실과 다르게 고치거나 왜곡하지 않는 범위 내에서야, 주인공을 업신여길 수 있게 하는 사건들이라면 굳이 쓸 필요가 없기 때문이오. 사실 아이네이아스는 베르길리우스가 묘사한 것처럼 그렇게 동정심 많은 사람이 아니었고, 율리시스도 호메로스가 쓴 것처럼 그렇게 신중한 자가 아니었으니 말이오.」

「그렇습니다.」 삼손이 대답했다. 「하지만 시인으로서 글을 쓰는 것과 역사가로서 글을 쓰는 것은 다릅니다. 시인이라면 사실을 있는 그대로가 아니라 이러저러해야 한다는 식으로 이야기하거나 노래할 수 있지만, 역사가[41]는 이러저러해야 한다가 아니라 이러저러했다고, 무엇 하나 더하거나 제하는 일 없이 사실 그대로 써야 하니까요.」

41 원전에서 작가는 돈키호테 이야기를 〈historia〉라 하고 있다. 이 단어에는 〈역사〉와 〈이야기〉라는 의미가 함께 있다. 작가가 실제로 있었던 실록의 이야기를 전하는 것처럼 말하고 있으므로, 역자는 문맥에 따라 〈이야기〉 또는 〈진실만을 기록하는 이야기〉로 번역하였다. 따라서 돈키호테 이야기를 쓴 사람을 〈역사가〉라고 칭한다.

「그 무어 양반이 진실만을 쓰고 있다면……」 산초가 말했다. 「그럼 나리께서 당하신 매질 사이사이에 내가 받은 것들도 분명 있겠네요. 나리께서 등짝을 두들겨 맞으실 때 나는 온몸을 두들겨 맞았거든요. 하지만 놀랄 일은 아닙니다요. 나리께서 말씀하신 대로 머리가 아프면 수족도 함께 그 아픔에 참여해야 되니까요.」

「앙큼하군, 산초.」 돈키호테가 말했다. 「그대[42]는 정말이지 그대가 기억해 두고 싶은 일은 절대 잊는 법이 없으니 말이오.」

「제가 받은 몽둥이질을 잊으려 해도……」 산초가 대답했다. 「아직도 갈비뼈에 시퍼렇게 남아 있는 이 멍이 동의해 주지 않을 겁니다요.」

「그대는 입 다무시오, 산초.」 돈키호테가 말했다. 「그리고 학사님 말을 가로막지 마시오. 이분께 나에 대해 책에 쓰여 있는 이야기가 어떤 것인지 계속 말씀해 주시기를 청하려 하니 말이오.」

「저에 관한 이야기도요.」 산초가 받았다. 「사람들이 그러는데, 저도 그 얘기의 주요 생물 중 하나라고 하던데요.」

「생물이 아니고 인물[43]이오, 산초.」 삼손이 정정했다.

「어회[44]를 탓하는 자가 또 나타나셨남요?」 산초가 말했다. 「계속 그래 보시지요. 평생 가도 못 끝낼 테니.」

「당신이 이 이야기의 두 번째 주인공이 아니라면……」 학사가 말했다. 「하느님이 나를 벌하셔도 좋소. 그리고 작품에서 가장 많이 묘사된 인물의 말보다 당신의 말을 듣는 게 더 재미있다는 사람도 있다오. 물론 여기 계신 돈키호테 나리께서 섬을 다스리게 해주시겠다는 약속을 당신이 진

---

42 이 장에서 돈키호테는 산초를 〈자네*tú*〉로 칭하는 대신, 〈그대*vos*〉를 사용하고 있다.

43 바로 위에서 산초는 〈인물〉이라는 뜻의 〈페르소나헤스*personajes*〉를 〈프레소나헤스 *presonajes*〉로 잘못 말했다.

44 스페인어로 〈어휘〉는 〈보카블로*vocablo*〉인데 산초는 〈보키블레*voquible*〉라 하고 있다.

짜로 너무 심하게 믿고 있다고 말하는 사람도 있긴 하지요.」

「아직 해는 담장 위에 있노라.」[45] 돈키호테가 말했다. 「산초가 좀 더 나이를 먹고, 나이와 함께 경험을 쌓으면 통치자가 되기에 더 적합하고 더 노련해질 수 있을 거요. 지금은 그렇지 않으니 말이지.」

「맙소사, 나리.」 산초가 대답했다. 「제가 나이가 모자라서 섬을 다스릴 수 없다면 므두셀라의 나이가 되더라도 다스릴 수 없을 겁니다요. 문제는 질질 끌다가 이 섬이 어디 있는지조차 제가 모르게 되는 일이지, 제게 다스릴 만한 능력이 없는 것이 아닙니다요.」

「그 일은 하느님께 맡기시오, 산초.」 돈키호테가 말했다. 「그러면 모든 게 잘될 것이오. 아마 그대가 생각하는 것보다 더 잘될지도 모르지. 하느님의 뜻이 아니면 나무에 있는 잎도 움직이지 않으니 말이오.」

「그렇습니다.」 삼손이 말했다. 「하느님이 원하신다면야 섬 1천 개라도 산초에게 다스리게 하실진대, 하물며 섬 하나쯤이야 반드시 주시겠죠.」

「제가 여기저기서 통치자를 보아 왔는데……」 산초가 말했다. 「제가 보기에 제 신발 바닥에도 미치지 못할 인간들인데 〈나리〉 소리를 들으며 은으로 떠받들어집디다요.」

「그들은 섬의 통치자가 아니라오.」 삼손이 대꾸했다. 「더 다스리기 쉬운 직분을 가진 사람들이지. 섬을 다스릴 수 있는 사람이라면 적어도 〈그라마티카〉는 알아야 한다오.」

「나도 〈그라마〉라면 잘 알고 있는데요.」 산초가 말했다. 「하지만 〈티카〉에는 끼어들고 싶지 않습니다요.[46] 모르니까 말입니다요. 하지만 통치하는 이 문제는 내가 가장 잘 쓰일 만한 곳으로 나를 보내 주실 하느님께

45 〈아직 해가 지지 않았다〉, 즉 아직 그 일을 할 시간은 있다는 뜻이다.
46 세르반테스의 말장난이다. 스페인어로 〈문법〉을 뜻하는 〈그라마티카gramática〉를 〈약용 식물〉이라는 뜻의 〈그라마grama〉와 접미사 〈티카tica〉로 나누어 장난을 치고 있다.

맡겨 두기로 하고, 학사 삼손 카라스코 님, 내가 말하고 싶은 것은 이겁니다. 그 이야기의 작가가 나와 관련한 일들을 사람들의 화를 돋우지 않게끔 썼다는 게 정말 기쁘다는 겁니다요. 훌륭한 종자로서 맹세코 말하지만, 만일 조상 대대로 기독교인인 나 같은 사람에게 어울리지 않는 짓들을 내가 했다고 말했다면, 귀머거리들이 놀라 귀 가르며 그 말을 듣게 될 겁니다요.」

「기적을 행하는 일이 되겠군.」 삼손이 대답했다.

「기적이든 아니든…….」 산초가 말했다. 「누구나 인물에 대해서는 어떻게 말할 것인지, 또 어떻게 쓸 것인지 잘 살펴야지, 그저 생각나는 대로 엉터리로 해서는 안 됩니다요.」

「그 이야기의 결점 중 하나는…….」 학사가 말했다. 「그 이야기 안에 〈당치 않은 호기심을 가진 자에 대한 이야기〉라는 또 다른 이야기를 넣은 것이오. 이 이야기가 재미없다거나 내용이 엉망이라서가 아니라, 그 자리에 들어갈 게 아닌 데다가 돈키호테 나리의 얘기와는 아무런 관계도 없기 때문이지요.」

「내기를 걸어도 좋아요.」 산초가 말했다. 「어떤 개자식이 양배추와 바구니를 섞어 놓은 겁니다요.」[47]

「그렇다면…….」 돈키호테가 말했다. 「내 이야기의 작가는 현자가 아니라 무식한 수다쟁이라는 말이군. 생각도 없이 어름어름하면서 그것을 썼다는 얘기요. 우베다의 화가 오르바네하가 했던 것처럼 말이오. 이 사람한테 무엇을 그리고 있느냐고 물었더니 〈결과적으로 나오는 것〉이라고 대답했다지. 한번은 수탉을 그리고 있었는데 너무나 못 그려 전혀 닮지가 않자 그림 옆에다 〈이것은 수탉이다〉라고 대문자로 써놓아야 했다는 거

---

47 산초는 〈서로 다른 것들을 섞어 놓았다〉라는 뜻으로 이렇게 말했다.

요. 내 이야기도 아마 이런 식인 게 틀림없을 것이니, 그 이야기를 이해하려면 설명이 필요할 테지.」

「그런 건 아닙니다.」삼손이 대답했다. 「아주 분명해서 이해하기 어려운 건 없습니다. 그래서 아이들은 손으로 가지고 놀고, 젊은이들은 읽으며, 어른들은 이해하며, 노인들은 기린답니다. 그러니까 이 이야기는 모든 부류의 사람들이 다들 읽어 알고 있어서, 비루하고 비쩍 마른 말을 보기만 하면 누구나 〈저기 로시난테가 간다〉 하고 말할 정도죠. 그 책을 가장 읽고 싶어 하는 사람들은 시동들입니다. 『돈키호테』한 권쯤 놓여 있지 않은 주인집 응접실은 없는데, 누가 가져다 놓으면 다른 사람이 집어 들지요. 누구는 덤벼들어 빼앗아 읽기도 하고 또 누구는 빌려 달라고 조르기도 한답니다. 그러니까 그 이야기는 지금까지 나온 것 중에서 가장 재미있으며 가장 무해한 오락거리라는 겁니다. 책 어느 한 군데서도 기독교적이지 못한 생각이나 불순한 말을 찾아볼 수 없고, 그 비슷한 것도 없으니 말입니다.」

「다른 식으로 썼다면…….」돈키호테가 말했다. 「진실이 아니라 거짓을 말하는 셈이었겠지. 거짓말을 써먹는 역사가들은 위조지폐를 만드는 사람들과 마찬가지로 화형에 처해야 하오. 그런데 내가 이해할 수 없는 점은, 내 일만으로도 쓸 거리가 많을 텐데 어떤 동기로 작가는 관계도 없는 이야기나 단편들을 이용할 생각을 했는지 하는 것이오. 틀림없이 〈짚과 건초로……〉[48] 운운하는 속담을 따랐던 게지. 사실 내 생각이나 내 한숨이나 내 눈물이나 내 훌륭한 소망이나 내 도전만을 써도 상당한 분량의 책이 되거나 아니면 토스타도[49]의 작품들을 모두 합쳐 놓은 정도의 대작

48 〈짚과 건초로 배가 부르다〉라는 속담.
49 Alfonso Tostado de Rivera(?~1450). 아빌라의 주교로 워낙 많은 작품을 남겨서 이 사람의 이름이 많은 양의 작품을 일컫는 대명사처럼 되었다.

이 될 텐데 말이오. 요컨대 내가 알고 있기로 말이오 학사 양반, 이야기를 짓거나 책을 쓰려면 그것들이 어떤 종류의 것이든 간에 뛰어난 판단력과 성숙한 이해력이 필요하다는 것이오. 재미있는 말을 하거나 구수하고 그 럴싸한 글을 쓰는 것은 위대한 천재성이 요구되는 일이오. 그래서 연극에 서 가장 분별력 있는 인물은 바보 역이라지. 바보로 보이기를 원하는 사 람은 바보여서는 아니 되는 법이니 말이오. 이야기는 성스러운 물건과 같 으니, 그건 진실되어야 하기 때문이오. 진실이 있는 곳에는 진실에 관한 신이 계신다오. 하지만 그럼에도 불구하고 마치 튀김 과자인 양 책을 쓰 고 그것들을 마구 쏟아 내는 사람들도 있더군.」

「아무리 나빠도…….」 학사가 말했다. 「뭔가 좋은 점이 하나도 없는 책 은 없습니다.」

「그건 그렇지.」 돈키호테가 말했다. 「하지만 자기가 쓴 것으로 그에 상 응한 훌륭한 명성을 차지하고 얻게 된 사람들이 그것을 출판함으로써 명 성을 모조리 잃거나 얼마간 손해를 보는 일들이 종종 일어난다오.」

「그 이유는…….」 삼손이 말했다. 「인쇄된 작품은 천천히 읽히기 때문에 그만큼 결점이 쉽게 눈에 띄고, 그것을 지은 자의 명성이 높으면 높을수 록 그만큼 철저히 조사되기 때문입니다. 자기 재능으로 유명해진 사람들 이나 위대한 시인들이나 저명한 역사가들은 많은 경우, 작품을 세상에 내 놓은 적도 없으면서 남의 글을 취미나 특별한 오락거리로 판단하는 사람 들에게 있어 시기의 대상이 되지요.」

「놀랄 일도 아니지.」 돈키호테가 말했다. 「자기는 설교를 못 하면서 남 설교에는 뭐가 모자라는지 뭐가 넘치는지를 아주 잘 아는 신학자들도 많 으니 말이오.」

「모든 일이 그렇습니다, 돈키호테 나리.」 카라스코가 말했다. 「하지만 저는 그런 비평자들이 좀 더 인정이 많아지고 좀 덜 용의주도해져서 자기들이 험담하는 작품의 밝디밝은 태양의 미립자에까지 신경을 쓰지 않아 주었으면 합니다. 〈훌륭한 호메로스도 때때로 존다〉[50]라는 말도 있으니, 가능한 한 작품에 그림자를 적게 하고 빛을 주기 위해서 작가가 깨어 있었던 사실을 더 많이 고려해 주었으면 한답니다. 그리고 그들이 좋지 않게 본 것이 아마도 한낱 점일 수 있으니 말입니다. 사실 그 점이 때로는 얼굴을 더 아름답게 보이게도 하거든요. 아무튼 저는 책을 출판하는 사람은 대단한 위험에 처하게 된다고 말씀드리는 겁니다. 책을 읽는 사람들 모두를 만족시킬 수 있고 즐겁게 할 수 있는 그런 작품을 쓴다는 일은 불가능하고도 불가능하니까 말입니다.」

「나를 다룬 책은…….」 돈키호테가 말했다. 「몇 사람만 좋아했겠지.」

「오히려 그 반대입니다. 〈모자란 것도 셀 수 없도다〉[51]라는 말과 같이 그 이야기를 재미있어하는 사람은 셀 수 없이 많습니다. 물론 작가의 기억력이 부족한 점과 적당히 얼버무리고 넘어간 것을 지적한 사람들도 있습니다. 산초의 당나귀를 훔친 도둑이 누구라는 것을 이야기하지 않았으니 말입니다. 거기에는 그런 말이 빠져서 다만 도둑맞았다는 것을 글로 짐작할 수 있을 뿐이랍니다. 그런데 좀 있다 보면 당나귀가 나타났다는 말도 없는데 산초가 전과 같은 당나귀를 타고 있는 대목이 나오거든요. 그리고 시에라 모레나에서 발견한 가방에 들어 있던 그 1백 에스쿠도를 산초가 어떻게 했는지에 대한 이야기도 작가가 잊어버렸다고들 합니다. 이후로는 더 이상 금화에 대한 이야기가 나오지 않아 독자들 중에는 그 돈으로 무엇을 했는지, 어디에다 썼는지를 알고 싶어 하는 사람들이 많습니다. 이것이 그 작품에 빠져 있는 중요한 것들 중 하나입니다.」

50 *Aliquando bonus dormitat Homerus.* 호라티우스Horatius의 『시학』에 나오는 구문이다.
51 *Stultorum infinitus est numerus.* 「전도서」 1장 15절.

그러자 산초가 대답했다.

「삼손 나리, 나는 지금 이것저것 따지거나 이야기할 상황이 아닙니다요. 내 배가 기절했으니 오래된 포도주 두 모금으로 이 배를 깨우지 않는다면 나는 비쩍 말라서 기진맥진해 버릴 겁니다요.[52] 그게 내 집에 있고 내마누라가 나를 기다리고 있으니, 점심을 먹자마자 금방 돌아와서 당나귀를 잃어버린 사연이며, 1백 에스쿠도에 대한 이야기며, 나리와 사람들이모두 궁금해하는 점을 해결해 드리겠습니다요.」

그러더니 대답도 기다리지 않고 다른 말도 없이 자기 집으로 가버렸다.

돈키호테는 학사에게 같이 점심이나 하자고 청했다. 학사는 초대에 응해 그 집에 남았는데, 평상시 먹던 음식에 두 마리 새끼 비둘기 요리가 추가로 나왔다. 식탁에서도 기사도에 대한 이야기가 오갔으니, 카라스코는 돈키호테의 기분을 맞춰 주었다. 식사가 끝난 후에는 낮잠을 잤고, 곧 산초가 돌아와 하던 이야기가 새로 시작되었다.

---

52 원문을 직역하면 〈산타루시아의 가시로 남게 되다〉이다.

4

산초 판사가 학사 삼손 카라스코의 의문을 풀어 주고 질문에 대답한 내용, 그리고 알아 두고 이야기할 만한 다른 일들에 대하여

돈키호테의 집으로 다시 온 산초는 지난 이야기로 돌아가 말했다.

「아까 삼손 나리께서 누가 어떻게 언제 내 당나귀를 훔쳐 갔는지 알고 싶다고 했으니, 대답하자면 이러합니다요. 우리가 성스러운 형제단으로부터 도망쳐 시에라 모레나에 들어갔던 그날 밤이었습니다요. 갤리선으로 노를 저으러 가는 죄수들과 재수 없는 모험을 벌이고 세고비아로 운반해 가던 시체 때문에 또 모험을 치른 뒤에 주인 나리와 내가 숲 속 깊이 들어갔던 그날이었지요. 우리는 지난 실랑이들로 지쳐 녹초가 되어 있었던 터라 나리께서는 창에 기대어, 저는 당나귀 위에서, 마치 새털로 만든 넉 장이나 되는 요 위에 누워 있는 것처럼 잠이 들어 버렸습니다요. 특히 저는 완전히 곯아떨어져서 누군가 다가와 안장 네 귀퉁이에 박은 막대기 네 개 위에다 저를 얹어 놓는 것도 몰랐지요. 그러니까 저를 안장 위에 앉혀 놓은 채 밑에서 제가 알지 못하게 당나귀를 빼내 갔던 겁니다요.」

「그렇게 하는 거야 쉽다네. 새로운 일도 아닐세. 알브라카를 포위하고 있을 때 똑같은 일이 사크리판테에게도 일어났지. 부르넬로라는 유명한 도둑이 그와 똑같은 수법으로 사크리판테의 다리 사이에서 말을 빼내 갔거든.」[53]

「날이 밝아……」 산초가 이야기를 계속했다. 「내가 몸을 부르르 떨자마자 받쳐 두었던 막대기가 쓰러지면서 나는 그만 땅바닥에 된통 떨어지고 말았습니다요. 당나귀를 찾았으나 보이지가 않더군요. 눈에서 눈물이 솟구쳤고 저는 한탄을 했습니다요. 우리 이야기를 쓴 작가가 그 한탄하는 내용을 적지 않았다면 훌륭한 것은 쓰지 않았다고 봐도 될 것입니다요. 그러고 나서 몇 날이 지났는지는 모르겠으나 미코미코나 공주님을 모시고 가다가 내 당나귀를 발견했습니다요. 주인님과 내가 쇠사슬에서 해방시켜 줬던 그 사기꾼이자 불량배 히네스 데 파사몬테 그놈이 집시 복장을 하고 내 당나귀를 타고 오고 있더라니까요.」

「잘못된 부분은 거기가 아니오.」 삼손이 말했다. 「당나귀가 나타나지도 않았는데 산초가 그 당나귀를 타고 있었다고 작가가 말한 부분이지.」

「거기에 대해서는……」 산초가 대답했다. 「나도 무슨 대답을 해야 하는지 모르겠는데요. 이야기를 쓴 사람이 잘못 알았거나, 아니면 인쇄한 사람이 신경을 덜 썼거나 했기 때문일 겁니다요.」

「틀림없이 그렇겠지.」 삼손이 대답했다. 「그런데 1백 에스쿠도는 어떻게 된 거요? 없어져 버린 거요?」

그러자 산초가 대답했다.

「그 돈은 나와 내 마누라와 자식 놈들을 위해 썼습니다요. 내가 돈키호테 나리를 모시면서 길이라면 모두 다 돌아다닌 것을 마누라가 참고 견뎌 준 게 바로 그 돈 때문이었지요. 그렇게 집을 비우고 땡전 한 푼 없이 당나귀마저 잃은 채 집에 돌아왔다면 희망도 광명도 없는 운명이 나를 기다리고 있었을 겁니다요. 더 알고 싶은 일이 있으면 내가 여기 있으니 왕

---

53 이 말을 돈키호테가 하는지, 삼손이 하는지 세르반테스는 밝히지 않고 있다.

께서 친히 물어보신 듯이 대답해 드리겠습니다요. 그런데 내가 그 돈을 가지고 왔는지 안 가지고 왔는지, 썼는지 안 썼는지를 간섭할 필요는 어느 누구에게도 없잖습니까요. 내가 이번 여행에서 얻어터진 매값을 한 대에 4마라베디씩만 쳐준다면, 1백 에스쿠도를 더 쳐준다 해도 반값도 안 될 겁니다요. 그러니 각자 자기 가슴에 손을 대고 백을 흑으로 흑을 백으로 판단하는 일은 말아야 합니다요. 사람은 누구나 다 하느님이 만드신 대로인데, 더 악한 경우도 많더라고요.」

「내가 반드시……」 카라스코가 말했다. 「그 책을 다시 찍을 때는 훌륭한 산초가 말한 이 내용을 잊지 말라고 작가를 나무라겠소. 그러면 지금보다 한 주먹 정도 더 훌륭한 책이 되겠지.」

「이 이야기에서 더 고칠 건 없소이까, 학사 나리?」 돈키호테가 물었다.

「틀림없이 있겠지요.」 카라스코가 대답했다. 「하지만 이미 이야기한 것만큼 중요한 것은 없을 겁니다.」

「그런데 혹시……」 돈키호테가 말했다. 「그 작가가 후속편을 약속하고 있소?」

「그럼요.」 삼손이 대답했다. 「하지만 아직 발견되지 않았으며 누가 그것을 가지고 있는지 모른다고 하더군요. 그래서 그 책이 나올 것인지 안 나올 것인지 우리도 궁금해하고 있답니다. 이런 사정인 데다 〈속편은 절대로 좋지 않다〉라고 말하는 사람이 있는가 하면, 〈돈키호테의 일은 이미 쓴 것으로 충분하다〉라고 말하는 자도 있어서 후속편은 나오지 않을 거라고들 생각하지요. 토성보다 목성의 영향 아래 태어난 사람들[54] 중에는 〈돈키호테 같은 짓을 더 보여 다오. 돈키호테는 돌진하고 산초 판사는 더

---

54 점성학에 의하면 토성의 영향 아래 태어난 사람은 우울한 성향이 있고, 목성의 영향 아래 태어난 사람은 명랑한 기질을 타고난다고 한다.

말하라, 무엇이든 간에 말이다. 그래야 우리가 그것으로 즐거울 것이다〉라고 말하는 자들도 있긴 하지만요.」

「작가는 어쩔 생각이라 하오?」

「그가 혈안이 되어 찾고 있는 이야기를 발견하는 즉시, 다시 칭찬을 얻겠다는 뜻에서라기보다 그에 따를 이익 때문에 인쇄로 넘기겠지요.」

이 말에 산초가 말했다.

「작가가 돈과 이익을 바라고 있는 건가요? 원하는 대로 된다면 기적이겠네요. 왜냐하면 부활절 전날 양복장이처럼 마구 되는대로 급히 해치우게 될 터인데, 급하게 한 일치고 요구대로 완벽하게 끝을 보는 법은 결코 없거든요. 그 무어 양반이든지, 아니면 그 어떤 자든지 자기가 하는 일에 제대로 신경을 써야지요. 저와 나리는 모험이나 여러 다른 사건들을, 단지 속편만이 아니라 1백 권은 쓸 수 있을 정도로 수월하게 많이 줄 것이니 말입니다요. 그 작가 양반은 우리가 여기서 짚에 파묻혀 잠이나 자고 있다고 생각하는 게 틀림없어요. 그가 우리를 칭찬하기 전에 우리들의 약점을 알기를 바랍니다요. 그래야 우리가 어떤지를 알게 될 것이니까요. 제가 말씀드릴 수 있는 것은, 만일 우리 주인 나리께서 제 충고를 들으셨더라면 우리는 이미 들판에서 훌륭한 편력 기사의 법도와 관습대로 모욕을 쳐부수고 굽은 것을 바로잡고 있으리라는 겁니다요.」

산초가 말을 마치자마자 로시난테의 울음소리가 들렸다. 돈키호테는 이 울음소리를 아주 좋은 징조로 받아들여 그날로부터 사나흘 후에 또다시 집을 나설 결심을 했다. 그래서 자기의 뜻을 학사에게 알리고 어느 곳에서부터 여정을 시작하면 좋을지 조언을 구했다. 학사는 자기가 보기에 아라곤 왕국의 도시인 사라고사로 가는 게 좋을 것 같다고 대답했다. 며칠 있으면 그곳에서 성자 호르헤 축제 행사로 아주 권위 있는 시합이 열리게 되어 있으니 그 시합에서 아라곤의 기사들을 모두 물리치고 명성을 얻을 수 있을 것이며, 그것은 곧 세상의 모든 기사들을 이기고 명예를 얻는 일이라고 했다. 그러면서 학사는 돈키호테의 결심이 아주 명예로우며 용감하다고 칭찬했다. 덧붙여 위험에 직면했을 때 좀 더 신중하라고 일렀는데, 그건 그의 목숨은 그 혼자만의 것이 아니라 불운에 처해 있는 사람들, 보호받고 구제받기 위해 그를 필요로 하는 모든 사람들의 것이기 때문이라고 했다.

「제가 증오하는 게 바로 그겁니다요, 삼손 나리.」 이때 산초가 말했다. 「우리 주인 나리가 무장한 남자 1백 명에게 덤벼드는 걸 보고 있자면 마치 먹보 녀석이 설익은 수박 여섯 통에 덤벼드는 모양새 같다니까요. 아이고, 말도 마십시오, 학사 나리! 그럼요, 덤벼들어야 할 때가 있고 물러서야 하는 때가 있고말고요. 그럼요, 그저 모든 게 〈산티아고,[55] 돌격!〉이 되어서는 안 되지요. 더군다나 제가 들은 바로는요, 제 기억이 틀리지 않는다면 주인님한테 들은 건데요, 비겁함과 무모함 양 끝 사이 중간쯤에 용기가 있다고 말입니다요. 그렇다면 주인 나리께서 이유 없이 달아나는 것이 싫고요, 무모함은 다른 일에 필요한데 그저 덤벼드시는 것도 싫습니다요. 하지만 무엇보다도 주인 나리께 알려 드리고자 하는 건요, 저를 데리고 다니시려면 싸움은 혼자서 다 알아서 하시고 저는 청결이나 돌보고 위안이나 드리는 일밖에는 나리를 챙기지 않는다는 조건이라야 한다는 겁니다요. 나리를 챙기는 일은 억지로라도 할 수 있지만 칼에 손댈 일을 생각하면, 비록 도끼와 철모로 무장한 촌놈 악당들을 상대한다 해도 생각조차 하고 싶지 않습니다요. 삼손 나리, 저는 용감한 자라는 명예를 얻을 생각이 없습니다요. 편력 기사를 섬긴 가장 훌륭하고 가장 충실한 종

---

55 Santiago. 스페인의 수호성인 성 야고보. 스페인에서는 무어인들을 내쫓는 전쟁을 치를 때마다 기독교 세계의 정신적인 지주인 이 성자의 이름을 외치며 적진으로 돌격했다.

자라는 명예를 얻는 것으로 족합니다요. 그래서 저의 주인님이신 돈키호 테 나리께서 저의 훌륭하고 수많은 봉사에 대한 의무로, 나리께서 어디선 가 만나게 될 것이라고 하신 숱한 섬들 중 하나를 주신다면 큰 은혜로 알 고 받아들일 겁니다요. 주시지 않는다 해도, 저 또한 인간으로 태어났으 니 하느님께 버림받는 일은 일어나지 않겠죠. 인간은 하느님 말고는 다른 것을 믿고 살아서는 안 되는 겁니다요. 더군다나 섬의 통치자가 되어 먹 는 빵보다 그렇게 못 되어 먹는 빵이 조금 더 맛있을지도, 아니 훨씬 더 맛있을지도 모르거든요. 그리고 혹시 그런 자리에 오르면 악마가 제게 다리를 걸고 전 걸려 넘어져서 이빨이 부러질 일이 생길지도 모른다는 걸 제가 모를 줄 아십니까요? 저는 산초로 태어났으니 산초로 죽을 생각입 니다요. 하지만 그건 그렇다 치고, 일이 좋게 좋게 풀려서 크게 마음 쓸 일이나 위험 없이 하늘이 제게 어느 섬이나 그와 비슷한 것을 주신다면, 그걸 거절할 만큼 제가 바보는 아닙니다요. 이런 말들이 있잖습니까. 〈네 게 송아지를 주거든 고삐를 잡고 달려라〉라든가 〈복이 오면 네 집에 들여 놓아라〉 같은 것들 말입니다요.」

「이보시오, 내 형제 산초.」 카라스코가 말했다. 「당신은 마치 대학 교수 처럼 말을 하는군. 하지만 그래도 하느님과 돈키호테 나리를 믿으시오. 나리께서는 섬이 아니라 왕국을 하나 주실 테니 말이오.」

「더 주시는 것은 모자라는 것과 같습니다요.」 산초가 대답했다. 「하긴 카라스코 님께 말씀드릴 수 있는 건, 혹시 제 나리께서 제게 왕국을 주신 다고 하더라도 그것이 찢어진 자루에 들어가는 건 아니라는 겁니다. 저 는 맥을 짚어 보고 제가 왕국을 다스리거나 섬을 통치할 수 있을 정도로 건강하다는 것을 알았습니다요. 이런 건 벌써 몇 번이나 주인 나리께 말 씀드렸지요.」

「이봐요, 산초.」 삼손이 말했다. 「직업이 습관을 바꾼다고 하던데, 당신은 통치자가 되면 당신을 낳아 주신 어미도 나 몰라라 할 것 같군.」

「그건 천하게 태어난 사람들이나 하는 짓입니다요.」 산초가 대답했다. 「저처럼 영혼 위에 대대로 내려온 기독교인의 기름기가 4데도[56]나 쌓여 있는 사람에게는 통하지 않는 말입니다요. 말도 안 되는 소리! 못 믿겠다면 제 상황이 되어 보시라고요. 제가 누구에게 은혜를 모르는 사람이 될 수 있는지 아닌지 알 테니 말입니다요!」

「하느님께 맡기세.」 돈키호테가 말했다. 「그리고 통치할 게 생기면 그건 저절로 알게 되는 걸세. 벌써 내 눈앞에 그게 있는 듯하네.」

이렇게 말하고 나서 학사에게 부탁하기를, 만일 그가 시인이라면 귀부인 둘시네아 델 토보소에게 바칠 이별의 시를 지어 주는 은혜를 베풀어 달라고 했다. 시의 각 행을 그녀의 이름자 하나하나로 시작해서, 시가 완성되었을 때 각 행의 첫 글자들을 모으면 〈둘시네아 델 토보소〉가 되는 식으로 말이다.

학사는 대답하기를, 비록 자기는 에스파냐의 유명한 시인은 아니며 물론 유명한 시인은 세 사람 반밖에 없다고들 하지만, 그런 시를 한번 지어 보겠노라고 했다. 이름이 열일곱 자로 되어 있어서[57] 시를 짓는 게 쉽지만은 않을 것이라면서 말이다. 4행씩 4연으로 된 카스티야 형식으로 하면 한 글자가 남고, 데시마 또는 레돈디야[58]라고 하는 형식으로 5행씩으로 하면 세 글자가 모자란다고 했다. 그래도 어떻게든 한 자를 잘 끼워 넣어서 4연의 카스티야 형식으로 둘시네아 델 토보소의 이름이 들어가도록

---

56 *dedo*. 길이의 단위. 1데도는 18밀리미터이다.

57 Dulcinea del Toboso. 알파벳 열일곱 자로 되어 있다.

58 카스티야 형식의 시는 8음절로 된 짧은 시이고, 〈레돈디야*redondilla*〉는 5행시로 그것의 두 배가 되면 열 번째라는 뜻인 〈데시마*décimas*〉가 된다. 오늘날에는 5행이 아닌 4행시가 〈레돈디야〉이고 스페인 황금시대의 작가이자 음악가인 에스피넬이 개발한 시만을 〈데시마〉라고 부른다.

해볼 것이라고 했다.

「여하튼 그렇게 해주기 바라오.」돈키호테가 말했다. 「만일 시에 이름이 분명하게 나타나 있지 않으면 자기를 위해 지은 시라고 믿을 여자가 어디 있겠소.」

그들은 이렇게 하기로 했고, 그날로부터 여드레 안에 출발하는 것으로 의견 일치를 보았다. 돈키호테는 학사에게 이 계획을, 특히 신부와 니콜라스 선생과 자기 조카딸과 가정부에게는 비밀로 해달라고 부탁했다. 자기의 명예롭고 용감한 결심을 방해하지 못하도록 하기 위해서였다. 카라스코는 이 모든 것을 약속했다. 그러면서 작별 인사를 했는데, 돈키호테에게 좋은 일이든 나쁜 일이든 무엇이든 상황이 허락하면 자기에게 알려달라고 부탁했다. 이렇게 그들은 헤어졌고 산초도 여행에 필요한 것들을 정리하러 갔다.

5

산초 판사와 그의 아내
테레사 판사 사이에 있었던
점잖으면서도 재미있는 대화와
행복하게 기억될 만한 다른 일들에 대하여

　제5장을 번역하기에 이르러 이 이야기의 번역가는 이 장의 출처가 의심스럽다고 말하고 있다. 왜냐하면 산초 판사가 그의 짧은 식견에서 기대되는 것과는 다른 말투로 말을 하고 있으며, 그가 알고 있을 리가 없는 상당히 세세한 부분까지 말하고 있기 때문이라는 것이다. 하지만 역자로서 해야 할 일을 수행하기 위해 이 장을 번역하지 않을 수 없었다고 하면서 이렇게 계속 이야기를 이어 나갔다.
　산초는 기쁜 마음으로 아주 기분 좋게 집으로 돌아갔다. 큰 활의 화살이 닿을 거리에서부터 그의 아내는 남편의 기분이 좋은 것을 알아차렸기 때문에 그에게 물어보지 않을 수가 없었다.
　「그렇게 기분 좋게 돌아오다니 무슨 일이에요, 여보?」
　이에 산초가 대답했다.
　「내 마누라, 나는 지금 얼마나 만족스러운지 몰라. 하느님만 원하신다면 만족스러워하지 않고 싶다니까.」
　「무슨 말인지 모르겠네요, 여보.」 아내가 대답했다. 「하느님만 원하신다면 만족스러워하지 않고 싶다니, 대체 무슨 소리를 하는 건지 알 수가 없네요. 아무리 내가 바보라도 만족스러워하지 않고 싶다는 사람은 처음 봐요.」

「여보.」 산초가 대답했다. 「나는 지금 기분이 좋은데, 왜냐하면 내 주인인 돈키호테 나리를 다시 모시기로 마음을 먹었거든. 나리는 세 번째로 모험을 찾아가실 생각이시지. 그래서 나도 나리와 함께 다시 떠날 거야. 내가 곤궁해서 그렇게 하고 싶기도 하고, 벌써 다 써버리기는 했지만 금화 1백 에스쿠도 같은 걸 다시 발견할 수 있을지 모른다고 생각하니 기분 좋은 희망도 생기고 해서 말이야. 비록 당신이나 애들과 떨어져 있어야 하는 게 슬프기는 하지만 말이지. 만약 내가 좁고 험한 길이나 네거리로 나다니지 않아도 하느님께서 내게 먹을 걸 주시고자 한다면, 그래서 발을 물에 적시는 일 없이 집에서 누릴 수 있다면, 그건 별로 힘들이지 않고도 할 수 있을 일이며 그저 그렇게 마음만 먹으면 되는 일이니 내 기쁨은 더 확실하고 가치 있는 일이 될 것임이 틀림없겠지. 왜냐하면 지금의 기쁨에는 당신을 놔두고 가야 한다는 슬픔이 섞여 있기 때문이야. 그래서 하느님만 원하신다면 만족스러워하지 않고 싶다고 한 거라고.」

「여보.」 테레사가 대답했다. 「당신이 편력 기사의 일부분이 된 뒤부터 그런 식으로 말을 빙빙 돌려 하니 도통 무슨 소리를 하는지 알아들을 사람이 없겠네요.」

「하느님이 알아들으시는 걸로 충분하지, 이 사람아.」 산초가 대꾸했다. 「하느님은 무슨 일이든 다 아시는 분이거든. 이 얘기는 이쯤 해두자고. 그런데 당신이 알아 둘 일이 있는데, 앞으로 있을 전투에 대비하도록 향후 사흘 동안은 당나귀를 잘 돌봐야 해. 건초를 두 배로 늘려 주고 안장과 나머지 도구들을 챙겨 줘. 우리는 결혼식에 가는 게 아니라 세상을 돌아다니며 거인들이랑 반인반수인 괴물들이랑 요망한 마귀들이랑 치고받고 하거나, 윙윙거리는 소리와 울부짖는 소리와 신음하는 소리와 비명 소리를 들으러 가는 것이거든. 이 모든 것도 양구에스나 마법에 걸린 무어인들을 상대하는 일에 비하면 너무나 하찮은 일들이 될 테지만.」

「내가 알기로, 여보…….」 테레사가 말했다. 「편력 종자들은 그저 공짜로 밥을 먹고 사는 게 아니라던데요. 그러니 난 그런 불행에서 한시바삐 당신을 꺼내 달라고 주님께 기도하고 있을 거라고요.」

「당신한테 말해 두지만, 이 사람아…….」 산초가 대답했다. 「머지않아 어느 섬의 통치자가 될 것이 아니라면 난 그냥 여기서 죽어 자빠질 거야.」

「그건 안 돼요, 여보.」 테레사가 말했다. 「혀에 종기가 있는 닭[59]이라도 살아 있어야 하듯 당신도 살아 있어야 해요. 세상에 있는 영지들 모두 악마나 가져가 버리면 좋겠어요. 당신은 그런 것 없이 어머니 배 속에서 나왔고 지금까지 살아왔으며 하느님이 부르시면 영지 없이 무덤으로 갈 거예요. 아니, 하느님이 데려가시겠죠. 세상에는 영지를 모르고 사는 사람이 많아요. 그렇다고 그 사람들이 살기를 그만두는 것도 아니고 사람 수에 계산되지 않는 것도 아니잖아요. 세상에서 가장 좋은 반찬은 배고픔이에요. 가난한 사람들에게 이 배고픔이 있기 때문에 그들은 언제나 맛있게 먹는 거죠. 그래도 여보, 만일 혹시라도 어떤 영지를 보게 되면 나와 당신 자식들을 잊지 말아요. 산치코가 벌써 꼭 열다섯 살인데 걔 삼촌인 신부가 그 애를 교회의 사람으로 만들게 하려면 이제 학교에 보내야 한다는 걸 당신이 알았으면 해요. 그리고 당신 딸 마리 산차도 말이에요, 우리가 시집 못 보내면 걘 죽을 거예요. 당신이 영지를 갖고 싶어 하는 만큼이나 신랑을 갖고 싶어 하는 게 눈에 보이거든요. 결론적으로 말하면, 잘된 첩으로 사는 것보다야 잘못된 결혼이라도 하고 사는 딸을 보는 게 더 나을 것 같다는 거예요.」

「여보, 난 맹세코…….」 산초가 대답했다. 「만일 하느님이 그 영지라는

---

59 닭 혀에 종기가 생기면 울지 못할 정도로 고통스럽다고 한다.

것을 조금이라도 갖게 해주신다면, 마님이라고 부르지 않고서는 그 애에게 다가갈 수 없을 정도로 훌륭한 곳에다가 걜 시집보낼 거야.」

「그건 안 돼요, 여보.」 테레사가 대답했다. 「같은 신분의 사람과 결혼시켜야 해요. 그게 가장 맞는 일이거든요. 나막신 신던 애한테 우아한 부인용 슬리퍼를 신기고, 거무칙칙하고 거친 천으로 된 치마 대신 치마를 부풀리는 속옷에 부인용 실크 겉옷을 입히고, 〈마리카〉나 〈너〉라고 부르던 애를 〈도냐 아무개〉나 〈마님〉이라고 부르면 그 애는 어쩔 줄을 몰라 매번 수천 가지 실수나 저지르고 말 거라고요. 거칠고 투박한 촌티를 그대로 드러내면서 말이에요.」

「쓸데없는 소리, 바보 같긴.」 산초가 꾸짖었다. 「이 사람아, 뭐든 2~3년이면 익숙해지게 되어 있어. 그다음에는 위엄이나 엄숙함이 몸에 꼭 들어맞게 될 거야. 그렇게 되지 않는다 해도, 뭐가 중요해? 그 애가 〈마님〉이 된 다음에야 어떻게 되든 상관없잖아.」

「당신 신분에 어울리는 생각을 좀 해요, 여보.」 테레사가 대답했다. 「너무 높이 올라가려고 하지 말아요. 〈네 이웃의 자식 놈 코 닦아 주고 네 집에 집어넣어라〉라는 속담이 있잖아요. 우리 마리아를 백작이나 용감한 기사와 결혼시킨다니 참 기가 막히는군요! 그러다 그 기사라는 작자가 변덕이 나서 생판 모르는 여자처럼 애를 촌년이라느니 머슴의 딸이라느니 실을 자아 먹고사는 여자의 딸이라느니 부르게 되면 어떡하냐고요! 내가 살아 있는 한 그런 일은 절대 안 돼요! 그런 대접을 받으라고 딸 키운 게 결코 아니라고요! 당신은 돈이나 가져다주고, 그 애 시집보내는 일은 내게 맡겨요, 여보. 후안 토초의 아들 로페 토초가 있잖아요. 당신도 알고 있는 그 땅딸막하고 건강한 젊은이 말예요. 내가 보기에 걔가 우리 애를 나쁘게 생각하지 않는 것 같거든요. 그 사람네 같으면 우리랑 비슷하니까 결혼시켜도 괜찮을 것 같아요. 우리가 늘 지켜볼 수 있고 우리 모두 하나로, 부모와 자식이, 손자와 사위가 같이 살 수 있으니 평화와 하느님의 축복이 있을 거예요. 그러니 그 애를 도시로 데려가서 그런 큰 궁궐 같은 집에 시집보낼 생각일랑 말아요. 그런 데서는 그 애를 이해해 줄 사람도 없을 것이고 그 애도 제대로 된 판단을 할 수 없을 거예요.」

「이리 와봐, 이 짐승아, 바라바스[60]의 여편네야.」산초가 대꾸했다. 「〈나리〉라고 불릴 손자를 볼 수 있게 해줄 사람에게 내 딸을 시집보내겠다는데 당신은 왜 이유도 목적도 없이 방해만 하려고 하는 거야? 이봐 테레사, 어른들이 늘 말씀하시기로, 운이 찾아왔는데도 그 운을 즐길 줄 몰라 그냥 지나가게 하는 자는 불평할 자격도 없다고 하셨어. 지금 운이 우리 집 문을 두들기고 있는데 그 문을 닫아 버리는 건 잘하는 짓이 아니야. 우리에게 불어오는 이 순풍에 우리를 맡기자고.」

이러한 산초의 말투와 앞으로 산초가 늘어놓을 말 때문에 이 이야기의 번역가는 이 제5장의 출처가 의심스럽다고 했던 것이다.

「이 짐승아…….」산초가 계속 말을 이었다. 「뜻밖에도 내가 좋은 영지를 차지하게 되어 우리를 어려움이나 가난에서 꺼내 주는 게 당신은 싫다는 거야? 마리 산차를 내가 원하는 사람과 결혼하게 해봐. 그러면 모두가 당신을 〈도냐 테레사 판사〉라고 부를 것이고, 교회에 가서도 당신은 양탄자나 쿠션이나 융단 자리에 앉게 된다고. 마을의 이달고 여편네들은 비통하고 원통해하겠지만 말이야. 그게 아니면 커지지도 줄지도 못한 채 장식품처럼 늘 같은 꼴로 살아야 한다고! 더 이상 이 일에 대해서는 말을 말아야지. 당신이 무슨 말을 하든 산치카는 백작 부인이 될 테니까.」

「당신이 무슨 소릴 하고 있는지나 알아요, 여보?」테레사가 대답했다. 「여하튼 그 백작이라는 지위가 애를 망치는 게 아닐지 난 걱정이에요. 그

---

60 Barabbas. 십자가형을 받았으나 그리스도 대신 빌라도의 특사로 풀려난 유대인 죄수.

애를 공작 부인으로 만들든지, 공주로 만들든지 당신 하고 싶은 대로 해요. 하지만 이 말만은 해야겠네요. 그건 내 뜻이 아니고, 나는 거기에 동의하지도 않았어요. 나는 늘 평등한 걸 좋아해요. 그리고 근거 없이 교만한 건 봐줄 수가 없다고요. 나는 세례 때 테레사라는 이름을 받았는데 여기엔 덧붙이는 말도, 뭘 하지 말라는 제약도 없고 〈돈〉이니 〈도냐〉니 하는 장식 따위도 없어 순수하며 시원시원하잖아요. 우리 아버지 성은 카스카호지만 당신 마누라가 되는 바람에 사람들이 나를 테레사 판사라고 불러요. 제대로 할 것 같으면 테레사 카스카호[61]라고 해야 하는데 말예요. 하지만 법이 원하는 곳에 왕이 간다고 하니[62] 이 이름으로 만족해야죠. 이 앞에 경칭인 〈도냐〉를 붙여 사람들이 부르는 건 싫어요. 너무 무거워서 데리고 다니지도 못하고요. 게다가 내가 백작 마누라나 통치자 마누라 같은 복장을 하고 나다니는 걸 사람들에게 보여 줘서 얘깃거리를 만들어 주고 싶지도 않아요. 〈저 더럽고 촌스러운 여자가 뻐기는 꼴 좀 봐! 어제까지만 해도 천 꾸러미를 만드느라 삼 부스러기를 지겹도록 뽑아 대더니, 또 망토 대신 치마를 뒤집어쓰고 미사에 가더니, 오늘은 치마를 부풀리는 속옷에 브로치까지 달고서 마치 우리가 자기를 모르는 것처럼 오만하게 가고 있잖아〉 하고 다들 말할 거예요. 하느님께서 나의 칠감, 아니 오감인가, 여하튼 내가 갖고 있는 감각들을 지켜 주시는 한 그런 궁지에 빠질 계기를 만들고 싶지 않아요. 당신은 통친지 섬친지[63] 하러 가

---

61 스페인에서 성명은 자기 이름 다음에 아버지 성과 어머니 성이 온다. 가끔 어머니 성이 생략되는 경우는 있으나 남편의 성이 오지는 않는다.

62 원래 속담은 〈왕이 원하는 곳에 법이 간다〉인데 이를 거꾸로 이야기하고 있다.

63 스페인어로 〈섬〉은 고어로 〈인술라insula〉인데 원문에 〈인술로insulo〉로 되어 있다. 앞서 〈통치〉를 뜻하는 〈고비에르노gobierno〉의 마지막 음절이 〈노〉로 끝나다 보니 운을 맞추기 위해 〈인술로〉라고 썼을 수도 있고, 무언가를 통치하는 게 〈고비에르노〉니 섬을 통치하는 것도 〈노〉로 끝나야 한다고 작가가 테레사의 관점에서 기술했을 수도 있다.

세요. 그리고 당신 마음대로 뻐기세요. 하지만 딸과 나는, 돌아가신 어머니를 두고 맹세하는데 우리 마을에서 한 발자국도 움직이지 않을 거예요. 정숙한 아내는 다리가 부러져 집에 있고, 정숙한 처자는 무슨 일이든 바쁘게 하는 게 좋다니까요. 당신은 당신의 돈키호테와 함께 모험을 찾아가시고 우리는 우리의 불운과 함께 그냥 내버려 둬요. 우리가 착하면 하느님께서 우리 운을 좋게 해주실 테니까요. 그런데 그 〈돈〉은 누가 그 사람한테 달아 준 건지 모르겠네요. 그분의 부모님도 그렇고 조부님한테도 그런 건 없었는데 말이에요.」

「이제 보니……」 산초가 말했다. 「당신 몸에 무슨 악마가 붙은 모양이야. 큰일 났군, 이 마누라가 발도 없고 머리도 없이 이것저것 아무렇게나 지껄여 대고 있으니! 카스카호니, 브로치니, 속담이니, 뻐기니 어쩌니 하는데 그게 내가 한 말과 무슨 상관이 있다는 거야? 여기로 와봐, 이 천치에 무식한 마누라야, 내가 하는 말을 도통 알아듣지 못하고 행운을 피해 도망치고 있으니 이렇게 부를 수밖에 없군. 내가 내 딸로 하여금 탑 아래로 몸을 날리게 하려고 한다거나, 왕녀인 도냐 우라카가 그랬던 것처럼 세상을 떠돌아다니게 하려고 그런 말을 했다면 당신이 내 말에 찬성하지 않아도 좋아. 하지만 즉각, 눈 깜짝하는 사이보다 더 짧은 동안에 당신 딸의 등에 〈도냐〉와 〈마님〉을 얹어 주고, 밭에서 끌어내 천막 안 받침대가 있는 자리에 앉히고, 모로코의 알모아다 가계의 무어인들이 가졌던 것보다 더 많은 벨벳으로 된 쿠션이 있는 응접실에서 지내게 하겠다는데 도대체 무슨 이유로 내가 원하는 걸 원하지 않고 동의도 안 하겠다는 거야?」

「왜인지 알아요, 여보?」 테레사가 대꾸했다. 「속담에 〈너를 덮어 주는 자 너를 들추어낸다〉라는 말이 있어요. 가난한 사람을 볼 때는 누구나 슬쩍 눈으로 훑으며 지나치지만 부자를 볼 때는 시선을 멈추지요. 그런데 그런 부자가 한때 가난했다면 사람들은 험담과 욕을 해댈 것이며, 더 나

110

뿐 건 그 후로도 계속해서 입방아를 찧어 댈 거라는 사실이에요. 그런 인간들이 이 길바닥에는 벌 떼처럼 많아요.」

「이봐, 테레사.」 산초가 말했다. 「지금부터 내가 하는 말 잘 들어. 아마 평생 들어 보지 못했을 거니까. 지금 내가 하고자 하는 말은 내 말이 아니야. 지난번 사순절 때 이 마을에서 설교하신 신부님 말씀이지. 그 신부님은, 내 기억이 틀림없다면 이렇게 말씀하셨어. 우리가 지금 눈으로 보고 있는 현존하는 사물들은 지나간 사물들보다 훨씬 잘, 그리고 더 강하게 나타나고 존재하여 우리의 기억에 남는다고 말이야.」

여기서 산초가 하는 말들은 모두 산초의 능력을 넘어서는 것들이며, 따라서 이 부분은 번역자로 하여금 이 장의 출처를 의심하게 만든 두 번째 대목이다. 산초는 계속 말을 이었다.

「어떤 사람이 잘 단장하고 고급 옷에다 하인들까지 거느린 모습을 보면 순간적으로 그가 비천했을 때의 기억이 떠오른다 할지라도 필연적으로 마음이 움직여 결국 그를 존경하게 되니, 그게 다 그러한 이유에서 나오는 거야. 그 사람의 수치심이 가난에서 나온 것이든 가문에서 나온 것이든 이미 지나간 것이기 때문에 이제는 수치스러운 게 아니라는 거지. 우리가 눈으로 보는 현재의 것만이 있을 뿐이야. 그리고 신부님은 바로 이런 이유로 그런 말씀을 하셨는데, 운이 이 사람을 처음에 처해 있던 천박함에서 꺼내어 높이 번창하게 만들면 그는 교양 있는 인물이 되어 모든 사람들에게 관대하고 예의 바르게 행동하게 되거든. 그러니까 옛날부터 귀족이었던 사람들과 시빗거리만 생기지 않는다면 — 테레사, 확실히 알아 둬 — 그 사람 과거에 대해서 기억하는 사람은 사라지고 오히려 현재 모습에 경의를 표하는 사람만이 있을 거라는 말이야. 물론 이건 시기하지 않는 사람들의 경우야. 아무리 번창하는 운이라도 시기하는 사람들한테 걸리면 확실한 건 아무것도 없으니까.」

「무슨 말인지 모르겠어요, 여보.」 테레사가 대답했다. 「당신 원하는 대로 하고, 더 이상 당신의 그 장황한 말과 말치장으로 내 머리를 터지게 하지 말아요. 당신 말대로 할 뒤범벅이라면 —」

「작정이야, 이 여자야.」 산초가 말했다. 「뒤범벅이 아니고.」[64]

「여보, 우리 더 이상 말싸움하지 말아요.」 테레사가 대답했다. 「나는 하느님을 섬기듯 얘기하고 있을 뿐, 다른 그림들은 그리지 않아요. 그러니까 내 말은, 당신이 굳이 통치하는 곳으로 가겠다면 당신 아들 산초를 데리고 가서 지금부터 통치하는 법을 가르치세요. 자식 놈들이 부모의 일을 이어받고 배우는 건 좋은 일이니까요.」

「영지를 갖게 되면 말이지…….」 산초가 말했다. 「그 즉시 그 애를 데리고 오라고 급히 사람을 보낼 것이며 당신한테는 돈을 보낼 거야. 내게 돈이 모자랄 일은 없을 테니 말이야. 만일 돈이 없다 해도, 통치자에게 돈을 빌려 줄 사람은 반드시 있을 테니까. 하지만 지금의 모습을 감추고 앞으로 될 신분으로 보이도록 그 녀석에게 옷을 잘 입혀야 할 거야.」

「돈만 보내 줘요.」 테레사가 말했다. 「종려나무 순처럼 입혀 놓을 테니까요.」

「결론적으로 우리가 합의를 본 거네.」 산초가 말했다. 「우리 딸을 백작 부인으로 만든다는 거 말이야.」

「딸애가 백작 부인이 된다니…….」 테레사가 대답했다. 「그날을 나는 그 애를 땅에 묻는 날로 삼겠어요. 그래도 다시 한 번 말하지만 당신은 당신 원하는 대로 해요. 아내란 남편이 아무리 어리석어도 복종해야 하는 짐을 지고 태어나니까요.」

---

64 그동안은 돈키호테가 산초의 어휘를 바로잡아 주었는데, 이제 산초가 자기 아내에게 그렇게 하고 있다. 아내가 〈작정하다〉의 의미를 가진 〈레수엘토 *resuelto*〉 대신 〈뒤범벅이 되다〉라는 뜻인 〈레부엘토 *revuelto*〉라고 말했기 때문이다. 산초는 갈수록 돈키호테를 닮아 가고 있다.

이렇게 말하고는 산치카가 죽어 묻히는 모습을 보기라도 한 듯 그녀는 정말로 울기 시작했다. 산초는 딸을 백작 부인으로 만들기로 결정한 이상 될 수 있는 대로 늦추어 그렇게 할 것이라고 말하면서 그녀를 위로했다. 이것으로 그들의 대화는 끝나고 산초는 출발에 앞서 일을 정리하기 위해 다시 돈키호테를 만나러 갔다.

6

돈키호테와 조카딸과
가정부 사이에서 일어난 일에 대하여,
이 이야기에서 가장 중요한
장들 가운데 하나이다

앞서 보았듯 산초 판사와 그의 아내 테레사 카스카호가 자기들한테는 당치도 않은 대화를 나누고 있는 동안, 돈키호테의 조카딸과 가정부는 외삼촌이자 주인인 그가 세 번째로 도망쳐서 자기들이 보기에는 형편없는 그놈의 편력 기사도를 다시 행하려 한다는 것을 수천 가지 증후로 미루어 헤아려 보느라 한가하게 있지를 못했다. 그들은 그를 그런 돼먹지 못한 생각으로부터 멀리 두고자 그들이 할 수 있는 한 갖은 수단을 다 쓰고 있었다. 하지만 모든 게 사막에서 설교하는 짓이었으며 차갑게 식은 쇠를 때리는 격이었다. 여하튼 그녀들이 그와 주고받았던 수많은 대화 가운데 가정부는 이런 말을 했다.

「정말로 나리께서 편안하게 그냥 집에 계시지 못하고, 사람들은 모험이라고 부르지만 저는 불운이라고 하는 것들을 찾아 마치 지옥에서 구제받지 못한 혼령처럼 산이나 골짜기를 헤매는 일을 그만두시지 않는다면, 저는 하느님과 왕에게 큰 소리로 아우성을 치며 호소할 수밖에 없겠어요.」

이 말에 돈키호테가 대답했다.

「이보게, 하느님이 자네의 호소에 어떤 응답을 하시려는지 나는 모르고, 또 왕이 어떤 응답을 해주시려는지도 모르겠네. 내가 유일하게 아는 건, 내가 왕이라면 날마다 들어오는 그 수많은 말도 안 되는 진정서에 대답하지 않을 거라는 사실이네. 왕에게는 어려운 일들이 많지만, 가장 힘든 일들 중 하나가 바로 모든 사람들의 말을 들어 주고 모든 사람들에게 대답을 해줘야 한다는 거지. 그래서 나는 내 일로 전하를 괴롭히고 싶지가 않아.」

그러자 가정부가 말했다.

「나리, 폐하께서 계시는 궁정에는 기사가 없나요?」

「있지.」 돈키호테가 대답했다. 「많이 있네. 왕실의 위엄을 과시하고 왕자들의 위대함을 치장하기 위해서라도 마땅히 있어야지.」

「그렇다면, 나리……」 가정부가 반론을 제기했다. 「나리께서는 궁정에 머무르시면서 전하나 주인 되시는 분을 조용히 모시는 그런 기사의 일원이 될 수는 없나요?」

「이봐, 자네.」 돈키호테가 대답했다. 「기사들이 모두 궁정 신하가 될 수는 없고 모든 궁정 신하들이 편력 기사가 될 수도 없으며, 되어서도 안 되네. 물론 세상에는 그 둘 다 있어야 하고 비록 그 모두가 기사이기는 하지만, 그 둘 사이에는 엄청난 차이가 있지. 궁정 신하들은 자기네 방에서 나오는 일도, 궁정의 문지방을 넘는 일도 없이 지도만 보고 온 세상을 돌아다니니 돈 한 푼 들지 않을 뿐만 아니라 더위나 추위, 배고픔이나 목마름을 견뎌야 할 일도 없다네. 반면 우리들은, 그러니까 진정한 편력 기사들은 태양과 추위와 바람과 하늘의 가혹함을 견뎌 내면서 밤이고 낮이고 걷기도 하고 말을 타기도 하며 우리의 다리로 모든 땅을 측량하고 다니지. 그래서 이야기 속의 적만이 아니라 실제의 적들을 만나고 어떤 상황에 있든, 어떤 기회가 되든 그들을 습격한다네. 쓸데없는 일이나 결투의 법칙 같은 것에는 신경을 쓰지 않고 말이지. 일대일로 벌어지는 사적인 결투에서는 상대방이 창이나 칼을 들었는지 아닌지, 그게 더 짧은지 아닌지, 몸에 성물을 지녔는지, 아니면 무언가를 몸에 숨기고 있는지, 태양을 나누어 쪼가리를 내느니 마느니[65] 하는 의식들과 그 비슷한 성질의 다른 의식들이 행해지는데, 자네는 모르겠지만 나는 잘 알고 있는 것들이지. 그리고 더 알아야 할 것이 있으니, 훌륭한 편력 기사는 거인 열 명을 봐도 절대로 놀라지 않는다는 사실이라네. 이 거인들은 머리가 구름에 닿는 정도가 아니라 구름을 통과해 버리고, 엄청나게 큰 탑 두 개를 각각 다리로 사용하며, 두꺼운 팔은 막강한 배의 돛대를 닮았고, 거대한 맷돌 바퀴 같은 두 눈은 유리를 녹이는 용광로보다 더 이글이글거리는데도 말이지. 오히려 이런 거인들에게 우아한 태도와 무모할 정도의 용기로 덤벼들어 싸우는데 가능하면 순식간에 그들을 이겨 무너뜨린다네. 비록 그들이 다이아몬드로 만든 것보다 단단한 어느 생선의 등껍질로 무장하고, 칼 대신 다마스쿠스의 강철로 만든 날카로운 단검이나, 나도 두 번 넘게 본 적이 있는 뾰족뾰족한 무쇠 돌기가 달린 철봉을 무기로 지니고 오더라도 말이지. 내가 이런 말을 하는 건, 이 기사와 저 기사의 차이를 좀 알라는 뜻에서라네. 그러니 이 두 번째, 좀 더 정확하게 말해서 일급 편력 기사를 더 높게 평가하지 않을 왕자는 없다는 게 당연할 것이네. 그들에 관한 이야기를 읽어 보면, 그들 중에는 단지 하나만이 아니라 수없이 많은 왕국을 구한 자도 있거든.」

「아이고, 외삼촌!」 이때 조카딸이 말했다. 「외삼촌이 말씀하시는 편력

---

65 결투에 관한 중세의 법에 의하면, 결투하는 사람들은 똑같은 무기를 들어야 하며 성물이나 부적을 몸에 지녀서는 안 된다. 결투를 시작할 때 심판관은 태양으로 인해 불이익을 당하지 않도록 위치를 정해 주었는데 이것을 〈태양을 나누다〉라고 표현했다. 돈키호테는 이러한 상황을 우롱하기 위하여 〈쪼가리 내다〉라는 표현을 덧붙였다.

기사들에 관한 건 모두 꾸며 낸 이야기에 거짓말이라는 걸 아셔야 해요. 그런 이야기들을 모두 태워 버리지 않을 거라면 저마다 삼베니토[66]를 입히거나 무슨 표시를 해서라도 그것이 훌륭한 관습을 해치는 수치스러운 물건이라는 사실을 알려야 마땅해요.」

「나를 지지해 주시는 하느님을 두고 말하건대…….」 돈키호테가 말했다. 「네가 내 누님의 딸로 직계가 아니었더라면 너의 무례한 발언에 대해 온 세상에 알려질 벌을 내렸을 것이다. 겨우 레이스 뜨개바늘 열두 개나 다룰 줄 아는 계집애가 감히 편력 기사 이야기에 대해 혀를 놀리고 그것을 검열하려 들다니 어찌 그럴 수가 있단 말이냐? 아마디스 님이 그런 말을 들으셨다면 뭐라고 하셨겠느냐? 물론 그분은 너를 용서하시겠지. 그시대의 가장 겸허하며 예의 바른 기사였으며, 더 나아가 처녀들의 위대한 보호자셨으니 말이다. 하지만 네게는 좋지 않았을 거야. 기사라고 다 예의 바르고 본보기가 되는 게 아니니, 어떤 기사들은 비겁하고 무례하기도 하지. 기사라고 하는 사람들이 모두 진정한 기사는 아니라는 말이야. 순금 같은 사람도 있고 만들어 낸 금 같은 사람도 있는바, 보기에는 다 기사로 보여도 그들 전부 시금석 테스트를 견딜 수 있는 게 아니거든. 기사로 보이기 위해 애쓰는 천한 사람이 있고, 천한 사람으로 보이기 위해 죽자살자 버티는 고상한 기사도 있단다. 앞선 사람들은 야망이나 덕으로 스스로를 치켜세우고, 뒤쪽 부류의 사람들은 나약함이나 나쁜 짓으로 자신을 낮추지. 이름은 똑같지만 행위에 있어서는 여간 다르지 않은 이 두 부류의 기사를 구분하려면 빈틈없는 지식을 이용해야 할 필요가 있단다.」

「세상에!」 조카딸이 말했다. 「외삼촌은 어쩜 그렇게도 많이 알고 계신

---

66 *sambenito*. 종교 재판소의 판결에 따라 회개를 해야 하는 사람이 입던 소매 없는 일종의 망토.

대요? 꼭 필요할 때가 오면 강단에 오르셔도 될 정도예요. 길에 설교하러 가실 수도 있고요. 그런데요, 어쩌면 그토록 지독하게 장님이 되시고 그토록 분명하게 바보가 되신 건가요? 늙으셨는데도 용감하다 생각하시고, 환자이시면서 힘이 있다 하시고, 지칠 나이이신데도 뒤틀린 것들을 바로잡으시려 하시고, 무엇보다도 기사도 아니시면서 기사라 하시니 말씀이에요. 이달고들은 기사가 될 수 있지만 가난한 이달고들은 기사가 될 수 없거든요.」

「네 말이 전적으로 옳다, 얘야.」 돈키호테가 대답했다. 「가문에 대해서야 네가 놀랄 만한 얘기를 들려줄 수도 있다만, 신적인 것과 인간적인 것을 섞고 싶지 않으니 그 말은 하지 않으마. 이 사람들아, 내 말 잘 들어 보라고. 세상에 있는 가문들은 모두 네 가지 종류로 정리될 수 있다. 잘 들어. 그 네 가지란, 처음에는 비천했으나 성장하고 강해져서 아주 위대한 곳까지 이른 가문이 있고, 처음부터 위대하여 그것을 보전하고 그대로 지속시켜 시작과 변함없이 위대함을 유지하는 가문이 있으며, 처음에는 위대하였으나 이것이 피라미드처럼 점점 줄어들어 피라미드의 기반, 즉 그 초석에 비하면 아무것도 아닌 그 꼭대기처럼 쓸모없이 되어 버린 가문이 있고, 가장 많은 경우로 처음부터 훌륭하지 않았고 중간에도 이렇다 할 게 없어 그저 늘 이름 없는 평범한 서민의 가문이 있지. 첫 번째 가문들, 그러니까 비천하게 시작했으나 위대해져 지금까지 여전히 위대한 반열에 올라 있는 가문들의 예로는 오토만 가문이 대표적이다. 그 가문은 비천하고 낮은 신분인 목동에서 시작해서 우리가 보듯이 정점에 올랐단다. 두 번째 가문, 즉 처음부터 훌륭했으나 그것을 더 키우거나 줄이지 않고 그대로 보전하고 있는 예로는 여러 왕자들을 들 수 있다. 상속으로 되었으니 더 위대해질 것도 말 것도 없이 자기 나라에 평화롭게 들어앉아 있는 것이지. 위대하게 시작했으나 피라미드 꼭짓점으로 끝난 가문의 예는 수

118

천에 이른다. 이집트의 파라오 왕가와 프톨레마이오스 왕가, 로마의 카이사르 가문, 그리고 이렇게 불러도 된다면 모든 무리, 다시 말해 수없이 많은 왕자들과 군주들과 영주들과 메디아인들과 아시리아인들과 페르시아인들과 그리스인들과 야만족들의 가문들은 모두 영지와 함께 점으로 끝나 아무 쓸모도 없게 되어 버렸으니, 그와 함께 이 가문의 시조들도 그렇게 되었지. 이제 그들의 후손을 찾기란 거의 불가능하며, 혹시 찾아낸다 한들 낮고 비천한 신분으로 있을 게 뻔해. 서민의 가문에 대해서는, 단지 살아 있는 인간의 수를 늘렸다는 것 외에는 말할 게 없구나. 대단해졌다 하더라도 어떤 명성이나 찬양을 받을 만한 정도는 못 된다는 말이다. 내 사랑하는 바보들아, 내 이 모든 말로 결론적으로 알아야 할 것은, 가문을 따진다는 건 무척 혼란스러운 일이라는 것, 그리고 가문의 주인들이 덕과 부와 관대함으로 집안을 빛낼 때만 그 가문이 위대하고 저명해 보인다는 것이야. 나는 방금 덕과 부와 관대함이라고 말했는데, 그건 위대한 사람이 악인이라면 그 악이 커지고, 관대하지 않은 부자는 욕심 많은 거지이기 때문이지. 부를 소유한 자는 그것을 가지고 있다는 것만으로 행복하게 되는 게 아니라, 그 부를 쓸 때 행복해지는 거란다. 그렇다고 함부로 쓰는 것이 아니라 잘 쓸 줄을 알아야 하는 거야. 가난한 기사가 기사라는 것을 나타내는 방법이란, 덕밖에 다른 길이 없단다. 온화하고 교양 있고 정중하며 신중하고 근면해야 하는 게지. 오만하지 않아야 하고, 우쭐하지 말아야 하며, 험담가가 되어서는 안 되고, 특히 동정심이 있어야 한단다. 가난한 사람에게 2마라베디의 돈이라도 즐거운 마음으로 준다면 종을 치며 돈을 주는 사람[67]만큼이나 그 관대함을 보여 줄 수 있지. 비록 눈에 잘 띄지 않고 잘 알려지지 않은 사람이라 할지라도 그런 사람을

67 〈요란스럽게 선행을 한다〉는 뜻의 관용적 표현.

훌륭한 가문의 사람으로 여기고 판단하지 않을 이는 없을 게야. 그 사람이 그런 가문의 사람이 아니라는 게 오히려 기적인 게지. 칭찬이란 언제나 덕스러운 행동에 주어지던 상이었다. 그러니 덕스러운 사람들이 남의 칭찬을 받는 건 당연한 일 아니겠느냐. 이 사람들아, 인간이 부자가 되고 명예를 가질 수 있는 길은 두 가지가 있단다. 그 하나는 학문의 길이고 다른 하나는 군사의 길이지. 나는 학문보다는 군사에 가깝단다. 군사에 마음이 가는 것을 보면 화성[68]의 영향 아래 태어난 게 틀림없어. 그러니 그 길로 가는 게 나에게는 거의 어쩔 수 없는 일이며, 따라서 온 세상이 반대하더라도 나는 그 길로 가야만 한단다. 하늘이 원하고, 운명이 명령하고, 이성이 요구하며, 무엇보다 내 의지가 원하는 것을 싫어하도록 설득해 봐야 헛수고하는 것으로 결국 너희들이 지치고 말 것이야. 편력 기사들에게 따라붙는 고생은 셀 수 없을 정도로 많지만 또한 그것으로 얻는 행복도 무한하다는 것 역시 나는 알고 있단다. 그리고 덕의 길은 아주 좁으며, 악의 길은 넓을 뿐 아니라 앞이 훤히 트인 것도 알고 있지. 이 두 가지 길의 목적과 종착점이 다르다는 것도 물론 알고 있단다. 널찍하고 탁 트인 악의 길은 죽음으로 끝나고, 좁고 험난한 덕의 길은 생명으로 끝나지. 언젠가는 끝날 생명이 아니라, 끝이 없는 생명으로 말이야. 그리고 우리 카스티야의 위대한 시인[69]이 말한 것처럼 나는 다음과 같은 진실을 알고 있다.

　　이 험난한 길을 걷고 또 걸어
　　불멸의 높은 자리로 올라가노니,
　　거기서 떨어지는 자 다시는 오르지 못할 그곳으로.」

68 화성을 뜻하는 〈마르스Mars〉는 신화 속 전쟁의 신의 이름이다.
69 에스파냐 문학의 황금시대를 대표하는 시인 가르실라소 데 라 베가Garcilaso de la Vega(1501~1536)를 가리킨다.

「아이고야!」 조카딸이 말했다. 「외삼촌은 시인이기도 하시네! 모든 걸 다 아시고 뭐든지 하실 수 있군요. 제가 장담하는데, 미장이가 되시겠다고 마음만 먹으면 새장 만들듯 집도 지으실 수 있을 거예요.」

「그렇고말고, 조카야.」 돈키호테가 대답했다. 「만일 이 기사도에 대한 생각들이 나의 오감을 모두 끌고 다니지만 않는다면 내가 하지 못할 일은 없을 것이고, 내 손에서 나오지 않을 물건도 없을 거야. 특히 새장과 이쑤시개는 말이다.」

이때 문을 두드리는 소리가 들려 누구냐고 물으니, 산초 판사라는 대답이 돌아왔다. 그라는 것을 알자 가정부는 그 사람을 보지 않으려고 즉시 달아나 숨어 버렸으니, 그 정도로 그를 미워했던 것이다. 조카딸이 문을 열어 주자 그의 주인 돈키호테가 두 팔을 벌려 그를 맞이하러 나갔다. 그러고서 두 사람은 방 안에 들어박혀 새로운 이야기를 나누었는데 그것은 지난번 대화에 못지않은 것이었다.

7

돈키호테가 자기 종자와 나눈 이야기와
다른 유명한 사건들에 대하여

산초 판사가 주인과 함께 방에 들어박히자 가정부는 그들이 무엇에 대해 논의하려는지를 단번에 알아챘다. 그 논의가 세 번째로 집을 나갈 결정을 하는 것이라고 생각하니 비탄과 슬픔이 밀려와 그녀는 망토를 둘러쓰고는 삼손 카라스코 학사를 찾으러 나갔다. 가정부가 보기에 그 사람은 아주 말주변이 좋은 데다 주인과 최근에 사귀게 된 친구이기도 하므로 주인의 너무나 터무니없는 생각을 포기하도록 설득해 줄 수 있을 것 같았던 것이다.

가정부는 그가 자기 집 마당에서 산책하고 있는 것을 발견하고는 식은 땀을 흘리며 비탄에 잠긴 모습으로 그의 발 앞에 엎어져 버렸다. 너무나 고통스러워하며 두려워하는 그녀를 보고 카라스코가 물었다.

「이게 무슨 일이에요, 아주머니? 무슨 일이 일어났기에 영혼이 빠져나올 것 같은 거죠?」

「삼손 나리, 글쎄 우리 집 주인 나리께서 나가신다네요. 분명 빠져나가시고 말 거예요!」

「빠져나간다니, 어디로요?」 삼손이 물었다. 「주인님 몸 어디가 째지기라도 했나요?」

「바로 그 광기의 문으로 나가신단 말이에요. 다시 말해, 내 영혼과 같은 학사 나리, 주인 나리께서 다시 한 번 그분이 모험이라고 말씀하시는 것을 세상에서 찾기 위해 집을 나갈 생각이시란 얘기예요. 이러면 세 번째가 되는데, 그 모험이라는 말을 어떻게 거기에다 붙일 수 있는 건지 난 아무래도 이해할 수가 없어요. 처음 나가셨을 때는 몽둥이로 된통 두들겨 맞고 당나귀 등에 가로누운 채 돌아오셨어요. 두 번째로 나가셨을 때는 우리에 처박혀 갇힌 채 소달구지에 실려 오셨는데, 본인은 마법에 걸린 줄로만 알고 계셨지요. 너무나 불쌍한 모습이라 그분을 낳은 어머니도 누구인지 알아보지 못했을 거예요. 비쩍 마르고 누렇게 뜬 데다 눈은 뇌의 마지막 방으로 푹 꺼져 있었어요. 저는 그분을 얼마간이라도 원래 모습대로 되돌려 보려고 6백 개가 넘는 달걀을 썼답니다. 이건 하느님도 아시고 세상 사람들도 잘 알고 있어요. 내가 거짓말을 한다면 내 암탉들이 날 내버려 두지 않고말고요.」

「그럼요, 그럼요.」학사가 대답했다. 「참으로 훌륭하고 통통하게 잘 키운 닭들인지라 배가 터진다 하더라도 이것을 저것이라고 말하지 않을 겁니다. 그런데 아주머니, 다른 건 없습니까? 돈키호테 나리가 나가려는 것 외에 다른 이상스럽고 걱정스러운 언동이 있는 건 아니죠?」

「없어요.」그녀는 말했다.

「그렇다면 걱정 마세요.」학사가 대답했다. 「편안하게 집으로 돌아가서 날 위해 따뜻한 먹을 거라도 준비해 두시지요. 그리고 알고 계신다면, 성녀 아폴로니아의 기도문[70]이라도 외면서 가세요. 나도 곧 갈 테니까요.

---

70 치통이 있을 때 외우는 기도문. 당시 민간요법으로 널리 퍼져 있었다. 『돈키호테』가 없었다면 그 영광의 자리를 대신 차지했을 작품으로 평가받는, 페르난도 데 로하스의 작품 『라 셀레스티나』에서도 중요한 역할을 한다.

멋진 일을 보게 될 겁니다.」

「아이고, 내 팔자야!」 가정부가 말했다. 「성녀 아폴로니아의 기도나 외라는 말씀이세요? 주인 나리께서 이빨이라도 아프시다면 그걸로 되겠지만 아픈 건 머리인데.」

「내 말 들어요, 아주머니. 자, 가세요. 나랑 입씨름할 생각은 마시고요. 아시다시피 나는 살라망카에서 공부한 학사이니, 더 이상 쓸데없이 떠들 필요도 없어요.」 카라스코가 대답했다.

이렇게 말하자 가정부는 돌아갔고 학사는 곧장 신부를 만나러 갔다. 때가 되면 알게 될 내용을 그와 의논하기 위해서 말이다.

이야기는 돈키호테와 산초가 방에 들어박혀 한 말들을 사실대로 아주 정확하게 전하고 있다.

산초가 주인에게 말했다.

「나리, 나리께서 저를 데리고 가고 싶은 곳으로 제가 나리와 함께 갈 수 있게 마누라를 이미 납덕시켰습니다요.」

「납득이네, 산초.」 돈키호테가 말했다. 「납덕이 아니고.」[71]

「한 번이었나, 두 번이었나……」 산초가 대답한다. 「제 기억이 틀리지 않는다면, 제 말을 고쳐 주시지 말라고 나리께 간청했을 겁니다요. 제가 말을 어떻게 하든 전하고자 하는 게 무엇인지 아시기만 하면 말입니다요. 알아듣지 못하셨을 때는 〈산초 이 악마 같은 놈아, 자네 말을 알아들을 수가 없네〉라고 말씀만 해주십사 하고 말입니다요. 그렇게 했는데도 제가 제대로 알려 드리지 못할 때는 고쳐 주셔도 좋습니다요. 저는 참으로 낡아서 —」

「자네 말을 알아들을 수가 없네.」 돈키호테가 곧바로 말했다. 「〈참으로

---

71 산초는 〈납득〉을 뜻하는 단어 〈*reducida*〉를 〈*relucida*〉라고 말했다.

낡아서〉라는 게 무슨 뜻인지 모르겠으니 말일세.」

「〈참으로 낡아서〉라는 말은……」 산초가 대답했다. 「그러니까, 〈저는 참으로 그러해서〉라는 겁니다요.」

「지금은 더 모르겠군.」 돈키호테가 대꾸했다.

「제 말씀을 이해하실 수 없으시다면……」 산초가 말했다. 「어떻게 말씀드려야 할지 모르겠네요. 저는 더 이상은 모릅니다요. 하느님이 저를 도와주시기만을 바랄밖에요.」

「아, 이제야 알겠네.」 돈키호테가 말했다. 「그 말이 무슨 뜻인지 말일세. 자네가 하고자 한 말은 〈참으로 순종적이라서〉,[72] 즉 유순하고 다루기 쉬우니 내가 하는 말을 받아들여 가르치는 대로 하겠다는 것이구먼.」

「분명코……」 산초가 말했다. 「나리께서는 처음부터 제 말을 알아채고 이해하고 계셨습니다요. 그런데 저를 당혹스럽게 해서 제게서 더 많은 터무니없는 말을 이끌어 내고자 하셨던 겁니다요.」

「그럴 수도 있지.」 돈키호테는 대답했다. 「그건 그렇고, 테레사는 뭐라고 하던가?」

「테레사는 말씀입니다요.」 산초가 대답했다. 「나리와 좀 더 신중하게 하는 게 좋겠다고 했습니다요. 입은 다물고 서류더러 말하게 하라는 거지요. 카드 패를 떼는 자는 섞는 자가 아니기 때문에 〈두 개 줄게〉라는 말보다 하나 잡는 게 더 가치가 있다고도 했습니다요. 그래서 제가 드리는 말씀은요, 여자의 충고는 별 가치가 없다고들 하지만요, 그 충고를 받아들이지 않는다면요, 그야말로 미친놈이라는 겁니다요.」

「내 말도 그 말이네.」 돈키호테가 대답했다. 「자, 말해 보게, 산초 내 친구여, 계속하게. 오늘 자네는 아주 완벽하게 제대로 말을 하는구먼.」

72 〈낡은fosil〉과 〈순종적인docil〉을 이용한 말장난이다.

「그러니까……」 산초가 대답했다. 「나리께서 훨씬 더 잘 알고 계시듯이 우리는 모두 죽게 되어 있습니다요. 오늘은 살아 있어도 내일은 없고, 새끼 양도 어미 양처럼 그렇게 빨리 가버리지요. 그리고 어느 누구도 하느님께서 주시기를 원하신 시간보다 더 많은 시간 동안 목숨을 기약할 수 없습니다요. 죽음은 우리 목숨을 부를 때가 되면 언제나 급히 찾아오는데, 귀머거리이기 때문에 부탁이나 힘이나 홀(笏)이나 주교의 관으로도 그놈을 멈출 수가 없습니다요. 이건 누구나 다 알고 떠들어 대는 소리로, 설교대에서 우리에게 하는 소리입지요.」

「모두가 진실이로다.」 돈키호테가 말했다. 「그런데 자네 말이 어디에서 멈출 것인지 짐작도 못 하겠구먼.」

「제 말씀은……」 산초가 대답했다. 「제가 나리를 섬기는 동안 다달이 저에게 주실 것을 봉급으로 얼마라고 정해 달라는 겁니다요. 그 봉급은 나리의 재산으로 주셨으면 합니다요. 늦어지거나, 제대로 안 주거나, 전혀 안 주는 일이 없도록 말입니다요. 하느님이 제 것으로써 저를 도와주시기를 바랍니다요. 그러니까, 저는 많고 적음에 관계없이 제가 버는 것을 알고 싶다는 겁니다요. 닭은 알이 있는 위에 알을 낳으며, 적은 것이 모여 많은 것이 되고, 뭐라도 벌고 있는 한 잃는 건 없잖습니까요. 실제 그런 일이 일어나려는지 전 믿지도 바라지도 않지만요, 만약 나리께서 제게 약속하신 섬을 정말로 주시게 되면, 그 섬에서 생기는 소득을 평가해서 그동안의 제 봉급을 깡그리 나누어 제하는 것을 마다할 제가 아닙니다요. 전 은혜를 모르거나 일을 극단적으로 몰고 가는 사람도 아니거든요.」

「내 친구 산초여.」 돈키호테가 말했다. 「가끔은 〈골고루 나누다〉[73]가

---

73 세르반테스의 말장난이다. 〈골고루 나누다〉는 〈*rata por cantidad*〉인테 여기서 〈*rata*〉는 〈쥐〉다. 산초는 앞서 〈*gata por cantidad*〉라 말했는데 여기서 〈*gata*〉는 〈고양이〉라는 뜻이다. 이에 상응하는 표현이 없어 〈깡그리 나누다〉로 번역했다.

〈깡그리 나누어〉라는 말과 아주 잘 통하는 모양이네.」

「이제 알겠네요.」 산초가 말했다. 「제가 〈깡그리 나누어〉가 아니라 〈골고루 나누어〉라고 말해야 했던 걸 말입니다요. 하지만 중요하지 않아요. 나리가 제 말을 알아들으셨으니 말씀입니다요.」

「아주 잘 알아들었네.」 돈키호테가 대답했다. 「자네 생각의 마지막까지 꿰뚫어 볼 정도로 말일세. 자네가 쏘아 보낸 그 무수한 속담의 화살이 향해 갔던 과녁이 무엇인지도 알았네. 이보게 산초, 나는 자네에게 기꺼이 봉급을 정해 줄 수 있네. 만일 편력 기사 이야기들 가운데 어떤 이야기에서든 종자가 매달, 아니면 해마다 무엇을 벌었는지에 대한 아주 작은 흔적이라도 있는 예를 내게 보여 준다면 말일세. 나는 편력 기사들의 이야기를 거의 다 읽었지만 어떤 편력 기사도 자기 종자에게 일정한 봉급을 정해 놓았다는 것을 본 기억이 없네. 내가 알고 있는 것은 단지 주인을 섬기다가 생각지도 않던 때에 주인의 운이 잘 풀려 섬이나 그에 상응하는 다른 것으로 보상을 받거나, 적어도 작위를 받고 영주가 되었다는 것뿐일세. 만일 그대[74]가 이러한 희망과 부수적으로 얻을 것 때문에 다시 나를 섬기고자 하는 거라면 다행한 일이지만, 나를 편력 기사도의 옛 관습의 한계와 정상에서 벗어나게 만들 생각이라면 그건 쓸데없는 짓이오. 그러니, 산초여, 그대는 집으로 돌아가 나의 뜻을 테레사에게 밝히시오. 그런데도 만일 그녀나 그대가 내 뜻대로 하는 게 좋다면 〈bene quidem〉[75]이오. 혹시 그렇지 않다면 옛날처럼 좋은 관계로 남으면 되는 거고 말이오. 비둘기 집에 모이가 부족하지 않으면 비둘기는 집에 있겠지. 그런데 알아둘 일이 있으니, 훌륭한 희망이 보잘것없는 소유보다 낫고 좋은 불평이

---

74 여기서도 돈키호테는 산초를 향한 친밀감을 표현하는 2인칭을 버리고 〈그대〉라며 거리감을 두는 인칭으로 바꾸었다.

75 〈참으로 좋다〉는 뜻의 라틴어.

나쁜 지불보다 낫다는 것이오. 내가 이런 식으로 말하는 이유는 산초, 나도 그대 못지않게 비 오듯이 속담을 내뱉을 수 있다는 것을 알게 해주고 싶어서요. 마지막으로 그대에게 말하고 싶은, 아니 말하는 것은, 만일 그대가 내 뜻에 따라 내가 겪을 운을 같이 겪고 싶지 않다면 하느님이 그대와 함께하셔서 그대를 성자로 만들어 주시기를 바란다는 거요. 그대보다 더 말 잘 듣고 더 열심이되, 그대처럼 그렇게 말이 많지도 않고 서툴지도 않은 종자들은 얼마든지 있을 테니 말이오.」

주인의 확고한 결심을 듣자 산초로서는 하늘까지 어두워지는 게 낙심이 이만저만 아니었다. 세상에 있는 모든 재산을 다 줘도 자기 없이는 주인이 집을 나서지 않을 거라 믿고 있었기 때문이다. 그래서 얼떨떨해하면서도 생각에 잠겨 있는데, 그때 삼손 카라스코가 들어왔고 가정부와 조카딸도 그를 따라 들어왔다. 그가 어떤 말로 주인이자 외삼촌이 다시 모험을 찾아 떠나지 않도록 설득하는지 듣고 싶어 따라 들어온 것이다. 엉큼하기로 유명한 삼손은 처음 만났을 때처럼 돈키호테를 얼싸안고 소리 높여 말했다.

「오, 편력 기사도의 꽃이여! 오, 무사도의 찬란한 빛이여! 오, 에스파냐 국민의 명예이자 거울이여! 전지전능하신 하느님과 더 길게 열거되어 있는 성서를 두고 맹세컨대, 당신의 세 번째 출발을 막고 방해하려는 자들이 그 소원의 미로에서 출구를 찾지 못하게 하시고, 그들의 바르지 못한 소망들이 이루어지는 일은 절대로 없도록 하여 주시옵소서!」

그러고는 가정부를 돌아보고 말했다.

「아주머니, 이제 더 이상 성녀 아폴로니아의 기도문을 외지 않아도 됩니다. 돈키호테 나리께서 그 고상하고 새로운 생각을 다시 실행하시고자 하는 일은 하늘이 필요로 해서 내린 결정이라는 것을 알았기 때문이지요. 그래서 나는 이 기사님께 그 용감무쌍한 용기의 선함과 용감한 팔의 힘

128

을 더 이상 움츠린 채 가만히 두지 말라고 알려 주고 설득하지 않는다면 무척이나 양심의 가책을 느낄 것 같습니다. 이분의 출발이 늦어질수록 모욕당한 자들의 권리와 고아들의 안전과 처녀들의 정조와 과부들의 위안과 기혼녀들의 의지는 물론, 편력 기사도와 관련한 일과 거기에 속하고 종속되며 부가적으로 따르는 그 밖의 것들을 저버리는 일이 되기 때문이지요. 자, 멋지고 용감한 우리의 돈키호테 나리, 내일보다는 차라리 오늘이라도 당장 출발하시어 그대의 위대함을 이루시기를 바랍니다. 그렇게 하시기에 부족한 것이 있다면, 몸과 재산으로 그것을 보충하기 위해서 여기 제가 있습니다. 당신의 장대함을 섬길 종자가 필요하시다면 제가 크나큰 축복으로 알고 그 일을 하겠습니다.」

이 말에 돈키호테가 산초를 돌아보고 말했다.

「산초, 내가 자네[76]에게 말하지 않았더냐. 내게 종자는 넘쳐 난다고 말이야. 종자가 되겠다고 하신 분을 보게나. 다름 아닌 세상에 다시없을 삼손 카라스코 학사님이시네. 영원한 익살꾼이자 살라망카 대학 교정의 즐거움이며, 건강한 몸에, 사지는 날렵하고, 말수가 적고, 더위에서나 추위에서나 견딜 수 있을 뿐만 아니라 배고픔과 목마름도 참을 수 있는, 편력 기사의 종자에게 요구되는 모든 자질을 갖추고 계신 분이시네. 하지만 내가 나 좋을 대로 하자고 문학의 기둥 밑둥치를 잘라 버리고, 학문의 그릇을 깨고, 훌륭한 인문학의 뛰어난 영예를 베어 버린다면 하늘이 용서치 않으실 터, 새로운 삼손[77]은 자기 고향에 머물러 고향을 명예롭게 하면서 동시에 늙으신 부모님의 백발을 명예롭게 하시기를 바라오. 나는 다른 어떤 종자라도 만족할 것이오. 산초는 나와 함께 가주지 않겠다고 하니

76 다시 2인칭 낮춤말로 돌아왔다.
77 구약 성서에 나오는 삼손을 염두에 두고 한 말이다.

말이오.」

「아니요, 갈 겁니다요.」산초는 마음이 여려져 눈에 눈물을 가득 머금고 말을 이었다. 「나리, 저는요, 저에 대해 〈먹은 빵에 부서진 동행〉이라는 말은 안 나오게 할 겁니다요. 그럼요, 저는 은혜를 모르는 가문의 사람이 아닙니다요. 세상 사람들이 다 알아요. 특히 제 고향에서는요, 제 선조인 판사 가문 사람들이 어떤 사람들이었는지를 잘 알고 있습니다요. 그리고 더 있습니다요. 저는 제게 은혜를 베풀고자 하시는 나리의 마음을 숱한 훌륭한 행동과 더 훌륭하신 좋은 말씀으로 짐작하고 있었습니다요. 제가 봉급에 대해 이런저런 말씀을 드린 건 단지 제 마누라를 기쁘게 해 주려고 그랬던 것뿐입니다요. 그 여편네는 한 가지 일을 설득하려고 마음만 먹으면 자기가 원하는 대로 되도록 얼마나 사람을 옥죄는지, 통의 테두리를 때려 조이는 큰 망치도 못 따라갈 정도랍니다. 하지만 그래도 남자는 남자, 여자는 여자여야 합니다요. 저는 어디서든 남자이니 이걸 부정할 수는 없지요. 또한 저는 집에서도, 무슨 일이 있어도 남자이고 싶습니다요. 그러니 나리께서 그 유언장과 부속으로 들어가는 내용을 같이 정리해 주시기만 하면 뒤엎어 버릴 수가 없을 겁니다요. 그러고 나서 삼손 나리의 마음을 편하게 해드리기 위해서 곧 출발합시다요. 그분의 양심이 세 번째로 편력의 세상으로 나서도록 나리를 설득하라고 명한다니 말입니다요. 그리고 저는 다시 법도에 따라 나리를 충실하게 모시겠습니다요. 옛날이나 지금이나 편력 기사를 모신 어떤 종자에 못지않을 뿐만 아니라 더 훌륭하게 말입니다요.」

학사는 산초 판사가 하는 말과 그 방식에 매우 놀랐다. 그의 주인에 대한 전편의 이야기에서 읽기는 했지만, 거기서 묘사된 만큼이나 실제로도 그렇게 재미있는 사람이라고는 생각지도 못했으니 말이다. 하지만 지금 〈유언장과 부속으로 들어가는 내용을 같이 정리해 주시기만 하면 번복하거나 철회할 수가 없을 겁니다요〉라고 해야 할 것을 〈유언장과 부속으로 들어가는 내용을 같이 정리해 주시기만 하면 뒤엎어 버릴 수가 없을 겁니다요〉라고 말하는 것을 듣고 이 사람에 대해 자기가 읽은 것을 모두 믿게 되었다. 그리고 그야말로 우리 세기 최고로 숭고한 바보들 중 한 사람이라는 것을 확인하고는, 주인과 하인으로서 만난 그런 두 미치광이는 세상에 다시없을 거라고 혼잣말로 중얼거렸다.

드디어 돈키호테와 산초 판사는 서로 부둥켜안았고, 사이좋게 되었다. 그리고 그 순간에는 신의 명령과도 같았던 위대한 카라스코의 의견과 허가에 따라, 그날로부터 사흘 뒤에 출발하기로 했다. 그 정도 시간이면 여행에 필요한 것을 준비하고 돈키호테가 무슨 일이 있더라도 쓰고 가야 한다고 우기는 얼굴 가리개가 붙은 투구를 구할 만한 여유도 있을 것 같았다. 투구는 삼손이 구해 주겠노라고 나섰다. 자기 친구가 그것을 가지고 있는데 달라고 하면 거부하지 않을 것으로 알고 있다고 했다. 비록 매끈하고 맑은 쇠라기보다는 곰팡이와 녹으로 시커먼 투구이긴 하지만 말이다.

가정부와 조카딸, 이 두 여자는 학사에게 셀 수 없을 정도로 저주를 퍼부었다. 자신들의 머리카락을 쥐어뜯고, 자신들의 얼굴을 할퀴며, 장례식에서 삯을 받고 곡하는 여자들처럼 자기 주인이 죽기라도 한 듯 그의 출발을 통탄스러워했다. 한편 삼손이 돈키호테에게 다시 집을 나가도록 설득했던 작전은 앞으로 이야기될 일을 위해서였는데, 이 모든 일이 신부와 이발사의 충고에 따른 것이었다. 삼손은 먼저 그들과 이 일을 상의했던 것이다.

여하튼 그 사흘 동안 돈키호테와 산초는 자기들에게 필요하다고 여겨지는 것들을 준비했다. 산초는 자기 아내를, 돈키호테는 조카딸과 가정부를 달랬다. 그러고 나서 학사 이외에는 아무도 그들이 출발하는 것을 보지 못하도록 어둑어둑해질 무렵 엘 토보소를 향해 길을 떠났다. 마을에서 반 레과까지는 학사가 그들을 전송하고자 했다. 돈키호테는 자기의 훌륭한 로시난테에 올랐고 산초는 자기의 옛 당나귀를 탔는데, 자루에는 먹을 것을 담고 주머니에는 돈키호테가 필요할 때 쓰라고 준 돈을 넣어 두었다. 삼손은 돈키호테를 부둥켜안고는, 우정의 법칙이 요구하는 대로 좋은 일이 있을 때나 나쁜 일이 있을 때나 꼭 소식을 알려 달라고 부탁했다. 좋은 소식에는 기뻐하고 나쁜 소식에는 슬퍼하기 위해서라면서 말이다. 돈키호테가 그렇게 하겠노라고 약속하자 삼손은 마을로 돌아갔고, 두 사람은 그 위대한 도시 엘 토보소를 향해 길을 나섰다.

8

귀부인 둘시네아 델 토보소를 만나러 가는 길에 돈키호테에게 일어난 일에 대하여

〈전능하신 알라여, 축복받으소서!〉아메테 베넹헬리는 이 여덟 번째 장의 서두에서 말하고 있다. 〈알라는 축복받을지어다!〉세 번 반복하고 말하기를, 이런 축복을 하는 이유는 돈키호테와 산초가 이제 출정을 하였고, 따라서 그들의 재미있는 이야기를 읽는 독자들이 지금부터 돈키호테와 그 종자의 무훈과 그들의 구수하고 그럴싸한 이야기들이 시작된다는 것을 알 수 있게 되었기 때문이라는 것이다. 그리고 그는 독자들에게 기발한 이달고의 지난 일들은 잊어버리고 앞으로 있을 일들에 눈을 돌려 달라고 간곡하게 부탁하고 있다. 지난번의 것들은 몬티엘 들판에서 시작되었는데, 지금부터는 엘 토보소로 가는 길에서 모험들이 시작된다며 말이다. 그리고 자기가 요구하는 것은 약속하는 것에 비해 많은 게 아니라면서 다음과 같이 이야기를 이어 나가고 있다.

돈키호테와 산초만이 남았다. 삼손이 떨어져 나가자마자 로시난테는 울부짖기 시작했고 당나귀는 한숨을 쉬기 시작했다. 기사와 종자 두 사람은 이것을 좋은 조짐이자 아주 반가운 징조로 여겼다. 사실 말의 울음소리보다 당나귀의 한숨이나 울음소리가 더 많았기 때문에 산초는 자기의 운이 주인의 운을 압도하여 그 위에 올라설 것이라 생각했는데, 이런 생각이 산초가 알고 있던 점성학에 근거한 것인지는 확인할 수 없다. 이 야기에 그런 말은 나와 있지 않으니 말이다. 단지 산초의 주장으로는, 당나귀가 넘어질 뻔하거나 넘어질 때는 집을 나오지 않는 게 더 낫다는 얘기였다. 넘어질 뻔하거나 넘어지면 신발이 찢어지거나 갈비뼈가 부러지는 일밖에는 일어나지 않기 때문이니 말이다. 바보이기는 하지만 이런 문제에 있어서는 정상에서 그렇게 많이 벗어나지 않은 모양이었다. 돈키호테가 그에게 말했다.

「내 친구 산초, 밤이 점점 더 깊어지고 있지만 날이 샐 때 엘 토보소에 닿으려면 더 어두워져도 밤길을 가야겠네. 다른 모험을 시작하기 전에 그곳에 가서 세상에 둘도 없는 둘시네아의 축복과 멋진 허락을 받을 생각이야. 난 그분의 허락 없이는 어떤 위험한 모험도 잘 마치고 행복하게 완성하지 못하리라 생각하고 확신한다네. 자기들이 모시는 귀부인의 총애를 받는 것이야말로 세상 어떠한 일보다 편력 기사들에게 용기를 주는 일이니 말이지.」

「저도 그렇게 생각합니다요.」 산초가 대꾸했다. 「그런데 나리께서 그분과 대화를 나누시는 건 힘들 것 같습니다요. 그분한테서 축복을 받으시려면 적어도 부분적으로라도 서로 마주 보셔야 될 텐데 마당의 담 너머로가 아니면 어려울 듯하니까요. 제가 그렇게 그분을 처음으로 뵈었거든요. 나리께서 시에라 모레나 산중에 남아 계시면서 하셨던 바보짓과 미친 짓에 대한 소식을 담은 편지를 그분께 가져갔을 때 말입니다요.」

「자네는 그것이 마당의 담이라 생각하는가, 산초?」 돈키호테가 말했다. 「아무리 찬양해도 결코 충분하지 않을 우아하고 아름다운 그분을 뵌 곳이 말일세. 그건 분명 화려하고 훌륭한 궁들에서 볼 수 있는 회랑이거나 복도거나 아니면 그 기다란, 사람들이 주랑이라고 부르는 그런 곳이었을 게 틀림없네.」

「그럴 수도 있습니다요.」 산초가 대답했다. 「하지만 저에게는 담으로 보였습니다요. 제가 기억력이 부족한 사람이 아니라면 말이죠.」

「여하튼 그곳으로 가보세, 산초.」 돈키호테가 대답했다. 「내가 그분을 보기만 한다면야 담 너머로든 창문으로든 무슨 틈새로든 정원의 쇠창살 사이로든 상관없네. 아름다운 태양인 그분으로부터 어떤 빛이라도 내 눈에 도달하면 내 분별력을 밝히고 심장을 강하게 할 것이니 말이야. 따라서 난 신중함과 용기에 있어서 비할 데 없는 유일무이한 기사가 되는 거지.」

「그런데 사실은요…….」 산초가 대답했다. 「제가 귀부인 둘시네아 델 토보소 님의 그 태양을 보았을 때요, 그렇게 밝지가 않아서요, 자체로는 아무런 빛도 발산할 수 없을 것 같았습니다요. 아마도 말씀드렸듯이 그분이 밀을 키질하고 계셨기 때문에 거기서 나오는 많은 먼지가 얼굴 앞에 구름처럼 퍼지는 바람에 어두워졌던 게 틀림없습니다요.」

「산초, 자네는 아직도 나의 귀부인 둘시네아가 밀을 키질하고 있었다고 말하고 생각하고 믿으며 고집 피우고 있구먼! 큰 화살을 한 번 날린 거리에서도 그 고귀함을 드러내 보이는 귀하신 분들에게는 다른 운동이나 여갓거리들이 만들어져 대기하고 있어서, 키질이라는 것은 그런 분들이 하시거나 하셔야 되는 일에서 벗어나는 일과요 운동인데도……! 오, 산초! 자네는 우리들의 시인이 쓴 그 시에 동의하지 않겠군. 그 시는 네 명의 요정이 유리로 된 그들의 거주지에서 하고 있던 일들을 우리에게 그려 주고 있는데, 그 요정들은 사랑하는 타호 강에서 나와 푸른 초원에 앉아서는 그 기발한 시인이 우리에게 묘사하듯이 황금과 비단과 진주를 섞어 짜서 만든 화려한 천에 수를 놓고 있다네.[78] 그러니 자네가 그분을

---

78 스페인 16세기 르네상스기의 시인 가르실라소 데 라 베가의 「목가 3」에 나오는 내용이다.

보았을 때 나의 귀부인이 하고 계시던 일도 이런 것임이 틀림없네. 아니라면 내 일을 시샘하는 어느 사악한 마법사가 내게 기쁨을 주는 일이라면 모두 본래의 모습과는 다른 모습으로 바꾸거나 거꾸로 뒤집어 버린 결과일 게야. 사실 내 무훈들이 인쇄되어 있다고들 하는 그 이야기의 작가가 혹시 나의 적인 어떤 현자라서 진실을 다른 것으로 바꾸어 써놓고, 하나의 사실에 1천 가지 거짓말을 섞고, 진실한 이야기가 일관되게 나아가는 데 요구되는 것과는 관계없는 다른 사건들만 늘어놓으며 좋아하고 있는 것이나 아닌지 걱정이라네. 오, 시기심이여! 끝없는 악의 뿌리이자 덕을 좀먹는 벌레로다! 모든 악습은 산초여, 자체로 뭔지 모를 쾌락을 주기도 하지만, 시기심이라는 악습은 불쾌감과 원한과 분노만을 가져올 뿐이네.」

「제 말도 바로 그거라니까요.」 산초가 대답했다. 「카라스코 학사가 우리에 대해 적혀 있는 것을 봤다고 말한 그 전설인지 이야기인지 하는 것에서도요, 제 명예가 아주 더럽게 되어 있을 게[79] 틀림없다고요. 흔한 말로 이리저리 땅을 쓸면서 난폭하게 말입니다요. 전 올바른 자로서 맹세코 마법사에 대해 한 번도 나쁘게 말한 적이 없으며, 남의 시샘을 받을 만큼 그런 재산을 갖고 있지도 않습니다요. 제가 좀 못된 구석이 있고 교활한 면도 어느 정도 있긴 하지만, 제 천성이자 전혀 꾸미지 않은 순박함이라는 큰 망토가 늘 이 모든 것을 감춰 주고 덮어 주거든요. 그리고 저는 믿음밖에는 가진 게 없어서 항상 하느님과 성스러운 로마 가톨릭교회가 가지고 있는 것이면 모두 진정으로 확고하게 믿고 있습니다요. 그리고 작가들은 저처럼 유대인들의 불구대천 원수인 제게 자비심을 베풀어 저에

79 원문에는 〈돼지야 이리 와, 뱃대끈 매고〉라고 되어 있는데, 이는 돼지를 부를 때 하는 표현이다.

136

대해 잘 써줘야만 합니다요. 하지만 자기들 쓰고 싶은 대로 쓰라지요. 저는 맨몸으로 태어났고 지금도 맨몸입니다요. 전 잃을 것도 얻을 것도 없습니다요. 비록 제가 책에 실려 손에서 손으로 온 세상을 돌게 되는 바람에 사람들은 저에 대해 무슨 말이든 마음대로 하겠지만 저는 아무 상관도 안 할 겁니다요.」

「그건, 산초……」 돈키호테가 말했다. 「최근 어느 유명한 시인에게 일어난 일과 닮은 것 같군. 그 시인은 궁정에 있는 여인네들에 대해 악의에 찬 풍자시[80]를 썼는데 그중 한 여자는 그런 여자들에 속하는지 아닌지 의심스러워서 그녀를 쓰지도 않았을 뿐만 아니라 이름조차 언급하지 않았다네. 그런데 이 여자가 자기가 다른 여자들과 같은 명단에 들어 있지 않다는 것을 알고는 시인에게 불평했다네. 자기에게서 무엇을 보았기에 자기가 다른 여자들과 함께하지 못하는 거냐, 그 풍자시를 길게 늘려서라도 자기도 그 시에 써달라, 만일 그렇게 해주지 않으면 왜 이 세상에 태어났는지를 알게 될 것이다, 하면서 말일세. 시인은 그 여자가 원하는 대로 과부 시녀[81]들도 입에 담지 못할 것을 써주었는데, 본인은 비록 수치스럽기는 하지만 유명해졌다고 만족했다는 게야. 이 이야기는 세계 7대 불가사의 중 하나로 여겨지는 유명한 디아나의 신전에 불을 놓아 몽땅 태워 버린 그 목동에 대한 이야기와도 닮았지. 그렇게 한 이유라는 게 오직 후세에 자기 이름을 남기기 위해서였다네. 그래서 이 목동의 희망이 이루어지지 않도록 말로든 글로든 어느 누구도 그의 이름을 언급하지 말라는 명

---

80 비센테 에스피넬Vicente Espinel이 1578년에 쓴 「세비야의 여인들에 대한 풍자시」를 언급하는 듯하다. 당시 궁정의 여인들은 아주 문란했다.
81 스페인의 지체 높은 집안에는 집안일을 총괄하면서 다른 시녀들을 다스리던, 미망인인 시녀들이 있었다. 대체로 나이가 많았고 시녀들 사이에서 우두머리의 역할을 했다. 문맥에 따라 어떤 때는 〈과부 시녀〉로 어떤 때는 〈우두머리 시녀〉로 옮겼다.

령이 있었지만, 여전히 우리는 그 목동이 에로스트라토라는 걸 알고 있다네. 또한 카를로스 5세 대제와 로마의 한 기사 사이에서 일어난 이야기도 이 일과 비슷하지. 황제는 그 유명한 라 로툰다 신전을 보고자 하셨다네. 옛날에는 이 신전을 〈모든 신들의 전당〉이라고 했지. 지금은 그보다 좀 더 나은 이름인 〈모든 성자들의 신전〉으로 불린다네. 이 신전은 이교도가 로마에 세운 신전 중에서 가장 온전한 상태로 남아 있는 것이자, 그 건물을 세운 사람들의 위대하고 장엄한 명성을 가장 잘 보전하고 있는 것이라네. 건물은 오렌지를 반으로 잘라 놓은 모습인데 어마어마하게 크고 건물 꼭대기에 있는 창문, 말하자면 둥근 채광창으로부터 들어오는 빛밖에는 안으로 들어오는 빛이 없는데도 안이 아주 밝다지. 황제는 그 꼭대기에서 건물을 내려다보고 계셨는데, 한 로마 기사가 곁에서 그 기념비적인 건축의 위대한 아름다움과 섬세함에 대해 설명해 드렸다네. 그런데 채광창으로부터 벗어나자 기사가 황제에게 이렇게 말했다네. 〈성스러운 황제 폐하, 소인은 폐하를 껴안고 저 채광창 아래로 몸을 날리고 싶다는 마음이 수천 번이나 들었답니다. 소인의 이름을 세상에 영원히 남기고 싶어서 말이옵니다.〉 그러자 황제는 이렇게 대답했다고 하네. 〈그런 고약한 생각을 실행하지 않은 것을 고맙게 생각한다. 앞으로 짐은 그대의 충성을 다시 시험할 기회를 주지 않으리라. 그러니 명하기를, 그대는 절대로 짐에게 말을 걸어서는 안 되며 짐이 있는 곳에 있어서도 아니 되느니라.〉 그러고는 그에게 큰 은혜를 베푸셨다네. 그러니까 이 말은 산초, 명성을 얻고자 하는 인간의 욕망은 아주 강렬하다는 것이야. 자네는 완전 무장한 호라티우스 코클레스를 다리 아래로 밀어 티베르 강 깊은 곳에다 빠뜨려 버린 자가 누구였다고 생각하나? 무시오 에스세볼라의 팔과 손을 불태웠던 자는 누군지 아는가? 로마 한가운데 나타난 불타는 깊은 심연에 쿠르티우스로 하여금 몸을 날리도록 재촉한 자가 누군지 아는가? 그 모든 불길한 징조에도 불구하고 카이사르로 하여금 루비콘 강을 건너게 한 자가 누구였던 것 같나? 좀 더 가까운 시대를 예로 들자면, 신대륙에서 배에 구멍을 뚫어 좌초시키고, 그지없이 예의 바른 코르테스[82]가 이끌던 용감한 에스파냐 사람들을 고립시킨 자가 누구였는지 아는가? 이 모든 일과 다른 위대한 갖가지 무훈들은 다 명성이 저지른 일들이며, 또 저지를 일들이라네. 이 명성이라는 것은, 결국은 죽어야 하는 인간이라는 존재가 자신이 이루어 낸 위대한 업적에 합당한 상으로나 불멸의 몫으로서 원하는 것이지. 비록 우리 기독교인들, 가톨릭 신자들이나 편력 기사들은 언젠가는 끝나고 말 이 현세에서 얻는 허무한 명성보다 오히려 천상의 세계에서 영원할, 후대에도 빛날 영광을 좇아야 하지만 말일세. 현세에서 얻는 명성은 아무리 오래 지속된다 할지라도 언젠가는 이 세상과 함께 끝나리라는 정해진 종말이 있거든. 그러니 오, 산초! 우리의 일이 우리가 믿고 있는 기독교의 한계를 벗어나서는 안 되는 법이네. 우리가 죽여야 할 것은 거인들에게서 보이는 오만이요, 관대하고 용감한 가슴에 들어 있는 시기심이며, 평안한 영혼과 평안한 태도에 깃든 분노와 우리가 적게 먹고 잠을 충분히 자지 못하는 데서 오는 폭식과 잠이고, 우리 생각의 주인으로 모신 귀부인들에 대한 충성심에 들어 있을 음탕함과 호색이며, 우리를 기독교인들 위에 군림하는 유명한 기사로 만들어 줄 기회를 찾아 세상의 모든 곳을 편력할 때 생기는 게으름이라네. 이제 알 수 있으렷다, 산초. 훌륭한 명성을 얻고 찬사를 받을 방법을 말이야.」

「나리께서 지금까지 말씀하신 것⋯⋯.」 산초가 말했다. 「잘 알아들었습니다요. 그런데요, 지금 이 시점에서 제 머리에 떠오른 의심을 들이마셔 주셨으면 합니다요.」

---

82 멕시코를 정복한 에르난 코르테스Hernán Cortés를 가리킨다.

「해명해 달라고[83] 말하고 싶은 거겠지, 산초.」 돈키호테가 말했다. 「기꺼이 말해 보게. 내가 아는 한 대답해 주겠네.」

「말씀해 주세요, 나리.」 산초가 말을 이었다. 「그 훌리오인지 아고스토[84]인지, 나리께서 말씀하신 그런 용맹한 기사들은 이제 다 죽었는데, 지금은 다들 어디에 있습니까요?」

「이교도 기사들은……」 돈키호테가 말했다. 「의심할 바 없이 지옥에 있고 기독교 신자들은, 연옥이나 만일 훌륭한 기독교인이었다면 천국에 있다네.」

「알았습니다요.」 산초가 말했다. 「그런데 궁금한 게 더 있는데요, 그런 대단한 분들의 몸이 묻혀 있는 무덤 앞에는 은으로 된 등잔이 있나요? 아니면 제단 벽들이 목발이나 수의나 머리카락이나 초로 만든 다리며, 눈알 같은 것으로 장식되어 있나요? 이런 것들이 아니라면 무엇으로 꾸며져 있습니까요?」

이 질문에 돈키호테는 대답했다.

「이교도들의 무덤은 대부분이 화려한 사원들이지. 율리우스 카이사르의 몸을 태우고 남은 재는 터무니없이 큰 돌로 된 피라미드 꼭대기에 안치되었으니, 그것을 오늘날 로마에서는 〈성 베드로의 바늘〉이라고 부르고 있네. 아드리아누스 황제는 족히 마을 하나만 한 성을 무덤으로 썼는데, 사람들은 그것을 〈몰레스 아드리아니〉라고 불렀다네. 지금 로마에 있는 성 안젤로 성이 그거지. 아르테미사 여왕이 남편 마우솔레오의 무덤으

---

83 〈들이마시다〉는 〈*sorbiese*〉, 〈해명하다〉는 〈*asolviese*〉로 발음이 유사하다.
84 율리우스 카이사르의 스페인식 발음은 〈훌리오 세사르〉이고, 아우구스티누스의 스페인식 발음은 〈아우구스토〉이다. 스페인어로 〈훌리오*julio*〉는 7월이라 산초는 이어서 8월을 뜻하는 〈아고스토*agosto*〉를 덧붙였는데, 이로써 비슷한 발음을 이용하여 아우구스티누스까지 함께 언급한 셈이다.

로 쓴 곳은 세계 7대 불가사의 중 하나가 되었네. 하지만 이런 무덤들이나 이교도들이 만든 다른 숱한 무덤들이, 수의나 그곳에 묻혀 있는 사람들이 성자라는 것을 드러낼 만한 봉헌물이나 표식들로 꾸며져 있는 것은 아니라네.」

「바로 그거라니까요.」 산초가 대답했다. 「이번에는 어느 게 더 대단한 일인지 말씀해 보세요. 죽은 사람을 부활시키는 일과 거인을 무찌르는 일 중에 말입니다요.」

「답이야 분명하지.」 돈키호테가 대답했다. 「죽은 자를 부활시키는 게 더 대단한 일이지.」

「이제 알았습니다요.」 산초가 말했다. 「그러니까, 죽은 사람을 부활시키고 장님의 눈을 뜨게 하고 절름발이를 제대로 걷게 하고 병자를 고치고 그 무덤 앞에는 등불이 타고 예배소에서 무릎을 꿇고 유품을 경배하는 신자들이 넘쳐 나는 그런 사람의 명성이 이 세기와 앞으로 올 세기에 훨씬 더 드높다는 거네요. 세상에 있는 그 모든 이교도의 황제들이며 편력 기사들이 남겼거나 남길 명성에 비해서 말입니다요.」

「그 또한 사실이라고 고백하네.」 돈키호테가 말했다.

「그렇다면 성자들의 시체와 유품들은 그러한 명예, 그러한 은총, 사람들이 말하는 그러한 특권을 갖고 있다는 거네요.」 산초가 대답했다. 「우리 성모 교회의 허가와 승인을 얻어 그것들은 등불이며 촛불이며 수의며 목발이며 그림이며 머리카락이며 눈이며 다리를 장식품으로 갖고, 그것으로 신앙심을 늘리고 자기의 기독교적 명예를 크게 하고 있는 거네요. 왕들은 성자들의 유골이나 유품들을 어깨에 메고, 그들의 유골 조각에 입을 맞추며, 그것들로 기도소나 가장 귀한 제단들을 꾸미고 훌륭하게 만드는 거네요.」

「자네는 무슨 소리를 듣고 싶어 이런 말들을 하는 건가, 산초?」 돈키호테가 말했다.

「제가 말씀드리고자 하는 건요…….」 산초가 말했다. 「우리도 성자가 되면 훨씬 더 간단하게 우리가 얻고자 하는 명성을 얻을 수 있을 거라는 얘깁니다요. 나리, 어젠가 그저껜가 ― 여하튼 최근의 일이니까 이렇게 말해도 되겠죠 ― 두 맨발의 사제가 성자인지 복자인지의 반열에 올려졌는데요, 그 사람들이 자신의 몸을 동여매고 고통스럽게 했던 쇠사슬 말이에요, 그게 지금은 사람들이 입을 맞추거나 만지거나 하는 걸 대단한 행운으로 여기는 그런 물건이 되었다니까요. 제가 말씀드린 것처럼 그 쇠사슬들이요, 돌아가신 우리 왕의 무기고에 있는 롤단의 칼보다 더 경배를 받고 있다니까요. 그래서 말씀인데요 나리, 용감한 편력 기사보다 어느 교단에 속하든 비참한 사제가 더 낫다니까요. 거인이나 요괴나 반인반수의 괴물에게 창을 2천 번이나 휘두르는 것보다 채찍질을 두 다스 맞는 편이 하느님한테는 더 낫다니까요.」

「자네 말이 모두 옳다만…….」 돈키호테가 대답했다. 「우리 모두 사제가 될 수는 없는 일이고 하느님이 자기의 백성들을 천국으로 인도하시는 길은 많다네. 기사도 종교라네. 성스러운 기사들은 천국에 있지.」

「그렇습니다요.」 산초가 말했다. 「하지만 들은 바로는 천국에는 편력 기사들보다 사제들이 더 많답니다요.」

「그건 그렇지.」 돈키호테가 대답했다. 「그건 기사의 수보다 종교인들의 수가 더 많기 때문이네.」

「편력 기사들도 많습니다요.」 산초가 말했다.

「많지.」 돈키호테가 대답했다. 「하지만 기사라는 이름에 걸맞은 자들은 별로 없지 않은가.」

그들은 이런 이야기와 이 비슷한 다른 이야기들을 하며 그날 밤을 보냈다. 그다음 날은 딱히 언급할 만한 일이 일어나지 않고 지나갔으니, 이

것이 돈키호테에게는 적지 않게 괴로웠다. 드디어 다음 날 어두워질 때쯤 그들은 위대한 도시 엘 토보소를 멀리서 바라보게 되었다. 그 도시의 모습이 눈에 들어오자 돈키호테의 마음은 기쁨으로 들뜨고, 산초의 마음은 우울해졌다. 그는 둘시네아의 집을 몰랐을 뿐만 아니라, 자기 주인이 그녀를 본 적이 없었던 것과 마찬가지로 그 또한 그녀를 본 일이 없었기 때문이다. 따라서 한 사람은 그녀를 보고자 하는 일로, 다른 사람은 그녀를 보지 않았던 일로 어찌할 바를 모르고 있었다. 산초는 만일 주인이 엘 토보소로 자기를 보내면 도대체 어떻게 해야 하는 건지 상상할 수도 없었다. 마침내 돈키호테는 밤이 되면 마을로 들어가기로 하고 그때가 될 때까지 그들은 엘 토보소 근처에 있는 떡갈나무 사이에 머물렀다. 정한 시간이 되자 두 사람은 마을로 들어갔는데 거기서 곧 오게 될 사건들이 벌어졌다.

9

여기서 알게 될 일이 이야기되다

　돈키호테와 산초가 산을 내려와 엘 토보소에 들어간 때는 정각 12시 조금 더 될까 말까 한 시간이었다. 마을은 평온한 침묵에 잠겨 있었다. 마을 사람들이 모두 잠들었거나, 흔한 말로 두 다리 쪽 뻗고 쉬고 있었기 때문이다. 산초는 자기의 바보짓을 칠흑 같은 어둠에다 돌려 변명할 생각이었으나 밤은 어슴푸레 밝았다. 어디에서나 개 짖는 소리만 들렸는데, 이 소리는 돈키호테의 귀를 먹먹하게 했고 산초의 마음을 뒤흔들어 놓았다. 이따금씩 당나귀가 울고, 돼지가 꿀꿀거리고, 고양이가 야옹야옹 울어 댔다. 밤의 정적으로 이런 소리들이 더 크게 들리니 사랑에 빠진 기사는 이 모든 것이 불길한 징조 같았지만, 그래도 산초에게는 이렇게 이야기했다.

　「산초 이 사람아, 둘시네아의 성으로 안내하게. 혹시 깨어 계실 수도 있을지 모르니 말일세.」

　「무슨 성 말씀이십니까, 태양의 옥체이시여?」 산초가 대답했다. 「제가 그 위대함을 본 곳은 다름 아닌 아주 작은 집이었는데요.」

　「그때는……」 돈키호테가 말했다. 「그분이 자기의 성 어느 작은 별채에 물러나 계셨던 것일 게야. 높으신 여인네들이나 공주들이 하는 관습대로 수행 시녀만을 데리고 쉬기 위해서 말이지.」

「나리.」 산초가 말했다. 「나리께서 제 말씀에 상관치 않으시고 둘시네 아 님의 집이 성이기를 원하시는 이상 이렇게 말씀드릴 수밖에 없는데요, 혹시 이 시간에 그 성문이 열려 있을까요? 그리고 우리가 대문에 달린 문 두드리는 쇠를 세게 두드려 그 소리를 듣고 문을 열어 주도록 해서 모든 사람들을 소란스럽게 만드는 게 정말 잘하는 짓일까요? 우리가 우리 정부의 집을 찾아오기라도 한 것입니까요? 아무 때고 상관없이 문을 두드리고 사람들을 깨워 안으로 들어가는 정부들 말입니다요.」

「여하튼, 우선 그 성부터 찾아보세.」 돈키호테가 대답했다. 「그런 다음 내가 산초 자네에게 우리가 어떻게 하면 좋을 것인지를 말해 주겠네. 그런데 산초, 내 눈에는 희미하지만 저기 저 커다란 부피와 외관을 갖고 있는 저것 말일세, 둘시네아의 성인 게 틀림없어 보이지 않나?」

「그렇다면 나리께서 안내를 하십쇼.」 산초가 대답했다. 「그럴지도 모르겠는데요. 제가 그것을 제 눈으로 보고 제 손으로 만져 보아야 대낮에 보고 믿듯이 믿을 작정이지만 말입니다요.」

돈키호테가 안내해서 2백 보쯤 걸어갔을 때 그림자를 만들고 있던 물체와 마주쳤는데, 그것은 큰 탑으로 성이 아니라 마을에서 제일가는 교회[85]라는 것을 그들은 알게 되었다. 그러자 돈키호테가 말했다.

「교회와 마주친 거구먼, 산초.」

「그러게 말예요.」 산초가 대답했다. 「제발 우리가 무덤이랑은 마주치지 않았으면 좋겠습니다요. 이런 시간에 묘지를 다니는 건 좋은 징조가 아니거든요. 그런데 제 기억이 틀리지 않는다면, 그분 댁은 좁은 뒷골목 막

---

85 보통 스페인 마을에서 가장 큰 건물은 교회다. 마을로 들어가는 광장 중앙에 교회가 장엄하게 서 있다.

다른 곳에 있을 거라고 나리께 말씀드렸을 텐데요.」

「이런 빌어먹을 멍텅구리야!」 돈키호테가 말했다. 「세상 어느 성이나 왕궁이 좁은 뒷골목 막다른 곳에 세워져 있다고 하더냐?」

「나리…….」 산초가 대답했다. 「지역마다 관습이 다른 법입니다요. 아마도 이 엘 토보소에서는 궁전이나 큰 건물을 좁은 뒷골목 막다른 곳에 세우는 게 관습인가 봅니다요. 그러니 나리께 청하옵건대, 제가 맞닥뜨리게 되는 거리나 좁은 뒷골목들을 찾아보게 해주십시오. 어느 모퉁이에서 그 성을 만나게 될지 모르니까요. 이렇게 우리를 난처하게 왔다 갔다 하게 만드니, 그 궁을 개들이 물어 갔나 봅니다요.」

「내 귀부인에 관한 말을 할 때는 존경심을 잃지 말게, 산초.」 돈키호테가 말했다. 「그리고 우리 평화롭게 일을 처리하세. 두레박을 따라 밧줄까지 던져 버리는 일은 하지 말자고.」[86]

「자제하겠습니다요.」 산초가 대답했다. 「하지만 얼마나 참고 있어야 하나요? 제가 마님 댁을 본 것은 단 한 번뿐인데 나리께서는 제가 그것을 언제까지나 기억하고 있다가 한밤중에라도 찾아내기를 원하시니 말입니다요. 수천 번 보셨을 나리도 찾지 못하시는데 말씀입니다요.」

「자네는 나를 절망에 빠뜨리려 하고 있어, 산초.」 돈키호테는 말했다. 「이리 와보게, 이 믿음 없는 사람아. 나는 내 평생 비할 데 없는 둘시네아를 본 적도 없고, 그분 궁전의 문지방을 건너가 본 적도 없으며, 단지 그분이 아름답고 생각 깊은 분이라는 대단한 평판만을 듣고 그분을 사모하고 있는 거라고 자네에게 수천 번이나 이야기하지 않았나.」

「지금 그 말씀을 하시니…….」 산초가 대답했다. 「저도 말씀드립죠. 나리께서 그분을 보신 적이 없다고 하시는데, 저 또한 그분을 뵌 적이 없다

---

86 〈한 가지를 잃었다고 다른 나머지 것들까지 잃어서는 안 된다〉라는 의미를 가진 속담.

고 말입니다요.」

「그럴 수야 없지.」 돈키호테가 대답했다. 「적어도 자네는 이미 그분이 밀을 키질하고 계시는 것을 보았다고 내게 말하지 않았는가. 자네 편으로 내가 그분께 보낸 편지의 답장을 가지고 왔을 때 말일세.」

「그 일은 신경 끄세요, 나리.」 산초가 대답했다. 「제가 뵈었다는 것과 나리께 가지고 온 답장도 귀로 들은 것임을 나리께 말씀드립니다요. 전둘시네아 님이 누구신지 하늘 보고 주먹질하듯[87] 그렇게 알았거든요.」

「산초, 산초…….」 돈키호테가 말했다. 「농담을 할 때가 있고, 해서는 안 될 때가 있는 법이다. 내가 내 영혼의 주인을 본 적도, 그분과 말을 나눈 적도 없다고 말한다고 자네까지 그분에게 말을 한 적도, 그분을 본 적도 없다고 말할 이유는 없어. 자네가 알다시피 사실과 완전히 반대로 말이야.」

두 사람이 이런 대화를 나누고 있을 때, 한 사람이 노새 두 마리를 끌고 그들이 있는 곳에 나타났다. 땅바닥에 쟁기 끌리는 소리가 나는 것으로 보아 해가 뜨기도 전에 일찍 일어나 밭으로 가기 위해 나선 농부가 틀림없다고 짐작했는데, 사실이 그러했다. 농부는 다음과 같은 로만세를 부르면서 오고 있었다.

그 일에서 운이 없었지, 프랑스 사람들아,
론세스바예스의 그 일에서.

「장담컨대, 산초…….」 돈키호테가 농부의 노래를 듣자 말했다. 「오늘 밤 우리에게 좋은 일이 일어날 게야. 저 농부가 오면서 부르는 노래를 들

87 〈당치 않은 행동〉을 뜻하는 속담.

147

었는가?」

「들었습죠.」 산초가 대답했다. 「하지만 〈론세스바예스의 사냥〉[88]이 우리 목적과 무슨 상관이래요? 〈칼라이노스의 로만세〉[89]를 부르면서 온들 우리 일이 잘되고 못되는 거랑은 상관없잖습니까요.」

이때 농부가 다가오자 돈키호테가 물었다.

「친구 양반, 그대에게 하느님의 행운이 있으시기를. 이 근처 어디에 비할 데 없는 공주 도냐 둘시네아 델 토보소의 궁이 있는지 말해 줄 수 있겠소?」

「나리.」 젊은 농부가 대답했다. 「저는 외지인으로 밭일을 거들면서 부자 농부를 모신 지가 며칠 되지 않았습니다. 저 앞에 보이는 집에 이 마을 신부님과 성당지기가 살고 있는데, 그 두 사람이나 둘 중 어느 한 분이라면 그 공주님에 대해 나리께 말씀해 주실 수 있을 겁니다. 그분들이 엘 토보소에 사는 사람들의 명단을 다 갖고 계시거든요. 비록 제가 알기로는 이 마을 어디에도 공주님의 〈공〉 자도 살고 있지 않는 것 같지만요. 물론 귀부인들은 많이들 계시죠. 누구나 자기 집에선 공주일 수 있고 말입니다.」

「그렇다면 그런 분들 가운데…….」 돈키호테가 말했다. 「내가 그대에게 물어본 분이 계실 것이 틀림없네.」

「그럴지도 모릅니다요.」 젊은이가 대답했다. 「그럼, 안녕히 가십시오. 벌써 날이 밝아 오고 있습니다요.」

그 젊은이는 더 이상 묻는 말에 신경 쓰지 않고 노새를 몰았다. 산초는

---

88 La Caza de Roncesvalles. 로만세의 여러 버전들 중에 두 번째로 많이 불리던 것이 이 「론세스바예스의 사냥」이다.

89 El Romance de Calaínos. 무어인인 칼라이노스가 자기 결혼을 위해 프랑스의 열두 기사 중 세 명을 죽이고 발도비노스를 이기지만 결국은 롤단의 손에 죽는다는 내용의 노래.

주인이 멍하니 불쾌해하고 있는 모습을 보고는 말을 건넸다.

「나리, 벌써 아침이 부랴부랴 오고 있는뎁쇼. 해가 길바닥에 있는 우리를 보도록 내버려 두는 건 신통한 일 같지 않으니 마을 밖으로 나가는 편이 좋을 듯합니다요. 그리고 나리께서 여기 가까운 숲 속에 숨어 계시면, 저는 낮에 다시 마을로 돌아와 이곳저곳 구석구석을 다 뒤져서 우리 마님의 집인지 성인지 아니면 궁전인지를 찾아보겠습니다요. 못 찾아낸다면 저는 엄청 불행한 놈이 될 것이고, 찾아낸다면 그분과 말을 나눠 나리께서 그분의 명예나 평판을 떨어뜨리지 않으면서 그분을 뵙기 위해 어디서 어떻게 그분의 명령이나 계획을 기다리고 계신지를 말씀드릴 겁니다요.」

「산초, 자네⋯⋯.」 돈키호테가 말했다. 「그 짧은 말 속에 천 가지 금언을 담아 말했네. 지금 내게 준 충고가 마음에 드니 기꺼이 받아들이기로 하지. 자, 가세, 이 사람아. 내가 숨어 있을 곳을 찾으러 가세. 그런 다음 자네는 자네가 말한 대로 나의 귀부인을 찾아뵙고 말을 전하러 돌아가게나. 나는 그 어떤 기적 같은 호의보다도 그분의 신중함과 예절에 더 기대를 갖고 있다네.」

산초는 주인을 마을에서 나가게 하고자 이다지도 조바심을 냈다. 둘시네아가 준 것이라면서 시에라 모레나로 가지고 간 그 답장이 거짓말이었다는 것이 들통 날까 봐서였다. 그래서 곧장 서둘러 나와 마을에서 2마일 떨어진 곳에 있는 삼림인지 숲인지를 발견했으니, 돈키호테가 그곳에 숨어 있을 동안 산초는 마을로 돌아가 둘시네아에게 말을 전하기로 했다. 주인의 사절로 간 이 일에서, 새로운 관심과 새로운 믿음을 요구하는 일들이 산초에게 일어났다.

10

둘시네아 공주를 마법에 걸기 위해
산초가 꾸민 계략과 우스꽝스럽고도
진실된 다른 사건들에 대하여

이 위대한 이야기의 작가는 이 장에 나오는 내용을 말할 차례에 이르자, 독자들이 이 이야기를 믿어 주지 않을 것 같아 그냥 아무 말도 하지 말고 넘어갈까 생각했다고 밝히고 있다. 왜냐하면 돈키호테의 광기가 여기서는 상상할 수 있는 최대의 한계와 한도, 아니 최대의 광기를 넘어 큰 활을 두 번 쏜 거리에까지 이르렀기 때문이다. 이러한 두려움과 걱정은 있었지만 결국 그는 자기가 해왔던 대로 진실과 다른 점은 한 치도 더하거나 빼지 않고, 자기를 거짓말쟁이라 부르며 이의를 제기할 만한 것들에 대해서는 전혀 신경 쓰지 않은 채 이 이야기를 썼다. 그런데 그가 옳았다. 왜냐하면 진실은 가늘어지기는 해도 깨지지 않으며 물 위에 기름이 뜨듯 늘 거짓말 위에 드러나기 때문이다.

그래서 작가는 자기의 이야기를 계속하여 이렇게 말하고 있다. 돈키호테는 위대한 토보소 옆에 있는 떡갈나무 숲인지 밀림인지 하는 그 숲 속에 숨고는, 산초에게 다시 마을로 돌아가 자기 대신 자기의 귀부인을 만나 그분의 포로가 된 기사로 하여금 부디 뵐 수 있도록 허락해 주시고 무엇보다 그분으로 인해 자기의 모든 일과 어려운 기획들을 아주 행복하게 성공할 수 있도록 축복을 내려 주십사 말씀드리기 전에는 자기 앞에 돌아오지 말라고 명령했다. 산초는 명령대로 그렇게 할 것이며, 처음 가져왔던 답장처럼 그렇게 멋진 답을 가지고 오겠노라고 했다.

「자, 다녀오게.」 돈키호테는 말했다. 「그리고 자네가 찾으러 가는 아름다운 태양 빛 앞에 있게 되거든 당황하지 말게. 세상의 모든 종자들 가운데 자네야말로 행운아일세! 기억을 잘해 내서 그분을 만났을 때 그분이 어떻게 자네를 맞이하시는지 그 모습을 놓치지 말고 기억하게. 그러니까 자네가 내 말을 전하는 동안 안색을 바꾸시는지, 내 이름을 듣고 안절부절 어찌할 바를 모르시지는 않는지, 쿠션에 기대 계시는지 혹은 그분의 신분에 어울리는 화려한 단상에 앉아 계시는지. 혹시라도 서 계신다면 잘 보게. 한쪽 발로 서 계시다가 곧 다른 발로 옮기시는지 말일세. 자네에게 하시는 대답을 두 번이나 세 번 되풀이하시는지, 부드럽다가 까칠해지시는지, 무뚝뚝하시다가 사랑스럽게 되시는지, 헝클어져 있지도 않은 머리를 정리하려고 손을 올리시지는 않는지 말일세. 그러니까 산초, 그분의 모든 행동과 움직임을 잘 봐두라는 걸세. 자네가 그런 것들을 있는 그대로 내게 얘기해 준다면 그 말로써 나는 내 사랑과 관계되는 일에서 그분이 몰래 가슴에 숨기고 계시는 것을 알게 될 테니까 말일세. 산초, 자네가 모른다면 알아 두어야 할 일은 이것일세. 연인 사이에서는 서로가 보여 주는, 그들의 사랑과 관련하여 겉으로 드러나는 행동이나 움직임들이야 말로 영혼 저 깊숙한 곳에서 일어나는 일에 대한 소식을 전하는 가장 확실한 우편물이라는 것이야. 가게, 친구여. 나의 행운보다 더 큰 행운이 자네를 안내하기를 바라네. 난 자네가 두고 가는 이 쓰라린 고독 속에 남아 두려움에 떨며 기다리고 있을 테니, 이 일보다 더 좋은 일을 가지고 돌아오기를 바라네.」

「갔다가 곧 돌아오겠습니다요.」 산초가 말했다. 「나리, 나리께서는 지금 개암나무 열매보다 더 크지 않게 되었을, 그 쪼그라진 심장부터 쫙 펴십시오. 그리고 〈큰 용기는 나쁜 운수도 부수어 버린다〉라는 말이 있다는 걸 생각하십시오. 〈소금에 절인 돼지고기가 없는 곳에 걸어 둘 말뚝이 없다〉[90]라는 말도 있습니다요. 그리고 〈생각지도 않았던 곳에서 토끼가 뛰어나온다〉라는 말도 있지요. 제가 이런 말씀을 드리는 이유는요, 우리 마님의 궁인지 성인지를 지난밤에는 찾지 못했지만 지금은 대낮이니까 생각지도 않은 때에 찾을 수 있을 것 같아서입니다요. 찾기만 하면, 그분은 제게 맡기시라는 말씀입니다요.」

「정말이지, 산초……」 돈키호테가 말했다. 「자네는 우리가 하고자 하는 일에 꼭 들어맞는 속담을 언제나 적절하게 끌어오는구먼. 나의 소망에 따라 하느님께서 더 큰 행운을 베풀어 주시기를 바라는 그 모든 일에 말일세.」

이 말이 끝나자 산초는 등을 돌려 당나귀에 채찍질을 했고, 돈키호테는 말을 탄 채 디딤판에 발을 올려놓고 몸은 창에 기대어 쉬면서 슬프고도 혼란스러운 생각에 사로잡혀 있었다. 우리는 여기에다 그를 내버려 두고 산초 판사를 따라가 보자. 산초 역시 주인을 남겨 두고 멀어져 가며 주인 못지않게 혼란스러운 생각에 사로잡혀 있었다. 너무나 마음이 어지러워 숲에서 나오자마자 뒤를 돌아보고는 돈키호테의 모습이 보이지 않자 당나귀에서 내려 나무 발치에 주저앉더니 자기 자신한테 말을 걸며 이렇게 중얼거리기 시작했다.

「산초, 이 형제여, 지금 어디로 가는지나 우리 알아보세. 잃어버린 아무 당나귀라도 찾으러 가는가? ― 아니 천만에 ― 그럼, 뭘 찾으러 가는가?

90 〈소금에 절인 돼지고기가 있는 줄 알았던 곳에 고기를 걸 말뚝조차 없다〉라는 속담을 엉터리로 이야기하고 있다.

— 아무 말 않는 자로서 나는 한 공주님을 찾으러 가네. 그 공주님에게는 아름다움의 태양과 전 하늘이 함께 있지 — 그런데 자네가 말하는 그것을 어디서 찾을 생각인가, 산초? — 어디에서냐고? 위대한 도시 엘 토보소에서지 — 그런데, 누가 시켜서 그분을 찾으러 가는 건가? — 유명한 기사 돈키호테 데 라만차라고 하는 분으로, 모욕을 쳐부수고, 목마른 자에게는 먹을 것을, 굶주린 자에게는 마실 것을 주는 분이시네 — 모두 참으로 훌륭한 일이군. 그런데, 그 공주님의 집은 알고 있는가, 산초? — 우리 주인 말씀이 왕국이나 당당한 성이어야 한다고 하셨네 — 그런데 혹시 그분을 본 적이라도 있는가? — 나나 우리 주인이나 한 번도 본 적이 없다네 — 그렇다면, 만일 엘 토보소의 사람들이 자네가 이 마을의 공주들에 대해 교묘하게 캐내고 이 마을의 귀부인들을 불안하게 만들 의도로 여길 찾아왔다고 생각하여 자네에게 몰려와 자네의 갈비뼈를 몽둥이로 작살내 성한 뼈 하나 남겨 놓지 않는다면, 그래도 자네는 그렇게 하는 게 당연한 일이며 잘하는 일이라고 생각하겠는가? — 사실, 그 사람들이 그러는 건 아주 당연할 걸세. 내가 명령을 받들기 위해 온 사람이 아니라고 생각한다면 말일세.

심부름꾼인 당신은, 친구여,
죄가 없지요, 없고말고요.[91]

그런 걸 믿어서는 안 되네, 산초. 라만차 사람들은 명예심이 강한 만큼 성질도 불같아서 누가 간죽대면 가만히 있지를 못한다네. 자네 냄새를

---

91 〈편지와 심부름꾼과 함께……〉라는 가사로 시작하는 베르나르도 델 카르피오Bernardo del Carpio의 로만세 구절이다.

맡기만 하면 가만있지 않을 게 틀림없지 ─ 어이, 물러가라! 번개는 저기서나 쳐라! 아니지, 아니야, 내가 다른 사람이 원하는 것 때문에 발이 셋 있는 고양이[92]를 찾고 있다니! 더군다나 엘 토보소에서 둘시네아를 찾는 다는 건 라베나에서 마리카를 찾거나 살라망카에서 학사를 찾는 일이나 마찬가지야.[93] 악마가, 그놈의 악마가 나를 이런 일에 휘말리게 한 거야. 바로 그놈이 말이야!」

이러한 독백을 자기 자신과 주고받다가 산초는 그 독백에서 끌어낸 바를 다시 중얼거렸다.

「하지만 무슨 일에든 방법은 있어. 없다면 죽음이라고. 그런데 그 죽음의 굴레를, 우리는 누구나 인생이 끝날 때면 싫어도 지나가게 되어 있지. 수천 가지 증거로 보아 우리 주인은 영락없는 미치광이니, 그분을 따르고 모시는 나는 그분보다 더 멍청하고 그분에게 뒤지지 않는 정신 나간 놈이야. 〈네가 누구와 함께 다니는지를 말하면 네가 어떤 사람인지를 알려 주마〉라는 말이나, 〈네가 누구랑 태어났느냐가 아니라, 누구와 함께 풀을 뜯느냐가 중요하다〉라는 속담이 사실이라면 말이야. 그분이 그렇듯 미치광이고, 광기라는 건 대개의 경우 어떤 것을 다른 것으로, 그러니까 흰 것은 검고 검은 것은 희다고 판단하는 것이지. 이미 그분이 풍차를 보고 거인이라고 하거나, 수도사들의 노새를 낙타라고 하거나, 양 떼를 적군이

---

92 〈있을 수 없는 일〉을 뜻한다.

93 〈라베나에서 바다를 찾다〉라는 원 라틴어 표현을 산초가 〈라베나에서 마리카를 찾다〉로 바꾼 것. 라베나는 아드리아 해안에 있는 도시인데, 바닷가에서 바다를 찾으니 눈에 그저 보이고 너무나 흔한 일을 찾는 것이라 달리 조사하고 탐색할 필요가 없는 것을 표현할 때 사용되곤 한다. 언급된 〈마리카〉는 스페인에서 가장 흔한 이름인 마리아의 애칭이며, 살라망카는 스페인에서 대학 도시로 유명한 곳인지라 그곳에 가면 학사들이 넘쳐 난다. 결론적으로 산초는 이 표현을 잘못 적용시키고 있다. 그는 엘 토보소에는 어떠한 둘시네아도 없다는 것을 알고 있기 때문이다. 앞에서도 보았듯이 산초는 아주 흔한 말이나 표현들을 종종 잘못 사용한다.

라고 하고, 다른 것들도 이런 식으로 숱하게 말했던 것처럼 말이야. 그러니 이곳에서 내가 처음 만나게 될 어느 농사꾼 여자를 둘시네아라고 믿게 하는 것도 그리 어려운 일은 아닐 거야. 그분이 그걸 믿지 않으실 때는 내가 우기면 되지 뭐. 아니라고 맹세하시면 나는 다시 맹세하면 돼. 나리가 고집을 피우시면 나는 그 이상 고집을 피우면 되는 거야. 무슨 일이 일어나도 내가 더 옳다면서 꾸준히 밀고 나가면 되는 거라고. 그렇게 밀고 나가다 보면 그분이 설득될지도 모르지. 그리고 그 여자분에 대해 내가 얼마나 엉터리 같은 전갈을 가지고 왔는지를 아시면 다시는 그런 심부름을 보내지 않으시겠지. 아니면 내가 생각하듯이 그분도 생각하실지 몰라. 그러니까 나리께서 말씀하시는, 당신을 싫어한다는 그 마법사들 가운데 어느 사악한 마법사가 나리를 해코지하고 골탕 먹이려고 그분의 모습을 바꾸어 버렸다고 말이야.」

그러자 산초 판사는 마음이 편해지고 자기 임무를 잘 마쳤다는 생각이 들었다. 그는 저녁이 될 때까지 그 자리에 머물러 있었으니, 엘 토보소로 갔다가 거기서 돌아오는 데 걸렸다고 여겨질 만한 시간을 벌기 위해서였다. 그런데 산초 일이 모두 잘되어 가려고 했는지, 그가 당나귀에 오르려고 막 일어섰을 때 엘 토보소로부터 이쪽으로 오고 있는 세 명의 농사꾼 여인네들이 눈에 들어왔다. 그 여자들이 타고 있던 것이 어린 암나귀였는지 어린 수나귀였는지는 작가가 이야기하고 있지 않지만, 시골 여인네들이 보통 타고 다니는 암나귀라는 편이 더 믿을 만하다. 그러나 이 일은 그리 중요하지 않으니 그걸 알아내려고 어물거릴 것은 없다. 결론적으로 말해서, 산초는 그 여인네들을 보자마자 얼른 자기 주인인 돈키호테에게 돌아갔는데 그때 주인은 한숨을 쉬면서 수천 가지 사랑의 탄식을 하고 있었다는 것이다. 그를 보고 돈키호테가 물었다.

「무슨 소식이라도 있는가, 내 친구 산초여? 오늘은 흰 돌로 표시를 해야 하는가, 아니면 검은 돌로 해야 하는가?」[94]

「그보다는요……」 산초가 대답했다. 「붉은 것으로 하는 게 더 나을 겁니다요. 교수직 표시처럼 그걸 보는 사람들이 확실히 알아볼 수 있도록 말입니다요.」[95]

「그렇다면……」 돈키호테가 대꾸했다. 「좋은 소식을 가지고 온 것이로군.」

「너무나 좋고말고요.」 산초가 대답했다. 「나리께서는 그저 로시난테에게 박차를 가해서 둘시네아 델 토보소 님을 맞이하러 길로 나가시기만 하면 됩니다요. 두 분의 시녀를 거느리고 나리를 만나러 오고 계십니다요.」

「세상에! 뭐라고 했지, 내 친구 산초?」 돈키호테가 말했다. 「나를 속이지 말게. 내 진실한 슬픔을 거짓 기쁨으로 즐겁게 바꾸려 해서는 안 된단 말이네.」

「나리를 속여서 제가 얻는 게 뭐가 있겠습니까요?」 산초가 대답했다. 「더군다나 진실이 곧 밝혀질 텐데요. 자 나리, 말에 박차를 가해 가십시다요. 그러면 우리 주인이신 공주님이 차려입으시고, 그러니까 그분의 지체에 합당한 모습으로 오고 계시는 것을 보실 수 있을 겁니다요. 그분은 물론 그분의 시녀들도 같이 빛을 내며 반짝이고 모두가 마요르카 진주요, 모두가 다이아몬드이자 루비이며, 모두가 금실로 열 번 이상 수를 놓아 만든 실크입니다요.[96] 등에 풀어 헤친 머리카락은 바람에 나부끼는 또 다른 수많은 햇살 같습니다요. 무엇보다 얼룩무늬가 있는 세 마리의 가나

---

94 고대 로마인들은 좋은 날에는 흰 돌을, 나쁜 날에는 검은 돌을 놓아 표시했다.
95 스페인에서는 시험을 통해 교수직을 얻는데, 당시 이 시험을 통과한 사람들의 이름을 벽에다 붉은색으로 써놓았다.
96 세 번 뜨는 것이 최상의 실크로, 〈열 번 이상〉이라는 것은 산초의 엄청난 과장이다.

안 말을 타고 오시니 나리께서는 그저 보시기만 하면 됩니다요.」

「조랑말이라고 하려고 했던 게지, 산초?」

「별 차이 없습니다요.」 산초가 대답했다. 「가나안 말이나 조랑말이나 요.[97] 여하튼 무엇을 타고 오든지 간에, 세 사람이 한껏 차려입고 오십니다요. 특히 우리의 귀부인, 둘시네아 공주님의 모습은 정신을 잃을 정도입니다요.」

「자, 가세 산초.」 돈키호테가 말했다. 「이 뜻하지 않았던 좋은 소식을 가져다준 보상으로 내가 처음 치르게 될 모험에서 얻을 가장 훌륭한 전리품을 자네에게 약속하네. 그것으로 부족하다면 내 암말 세 필이 올해 낳을 새끼들을 주겠네. 자네도 알다시피 그 말들이 새끼를 출산하기 위해 마을의 공동 목장에 가 있잖은가.」

「전 새끼들 쪽을 고르겠습니다요.」 산초가 대답했다. 「처음 치를 모험에서 얻을 전리품이 훌륭할 것인지는 확실하지 않으니까요.」

이때 이미 두 사람은 숲에서 나와 가까이 다가온 시골 여인 세 명을 발견했다. 돈키호테는 엘 토보소로 가는 길 쪽으로 시선을 뻗어 모두 훑었으나 세 농사꾼 여인들만 보이는지라, 적잖이 당혹스러워하며 산초에게 혹시 그분들을 마을 밖에 모셔 두고 온 게 아니냐고 물었다.

「마을 밖이라뇨?」 산초가 대답했다. 「나리의 눈은 뒤통수에 붙어 있습니까요? 한낮의 태양처럼 빛을 내며 이리로 오고 계시는 저분들이 보이지 않으십니까요?」

「안 보이는데, 산초.」 돈키호테가 말했다. 「세 마리 당나귀를 타고 오는 세 명의 농사꾼 여인네들밖에는 보이는 게 없어.」

---

97 가나안 말은 〈카나네아cananea〉, 조랑말은 〈아카네아hacanea〉이다. 왕비, 공주, 귀부인들이 조랑말을 주로 탔다.

「미치겠네!」 산초가 탄식했다. 「아니, 세 마리의 조랑말, 흔히 말하듯 마치 눈송이처럼 하얀 말이 나리에게는 당나귀로 보인다니, 그게 가능한 일입니까요? 세상에! 정말 그렇다면, 저는 이 턱수염을 뽑아 버리겠습니다요.」

「하지만 나에겐 말일세, 내 친구 산초여……」 돈키호테가 말했다. 「당나귀인 게 분명하네, 아니면 암나귀라든가. 내가 돈키호테이고 자네가 산초 판사인 것처럼 말일세. 적어도 내 눈에는 그렇게 보인단 말이네.」

「그런 말씀 마십쇼, 나리.」 산초가 말했다. 「그런 말씀 마시고 눈을 크게 뜨시란 말입니다요. 그리고 나리 마음속 귀부인에게 인사를 하셔야지요. 벌써 가까이 오셨잖습니까요.」

이렇게 말하면서 산초는 그 세 여인네들을 맞으러 앞으로 나서더니 당나귀에서 내려 그들 중 한 사람이 타고 있던 당나귀의 고삐를 잡고는 땅바닥에 양쪽 무릎을 꿇고 말했다.

「아름다움의 여왕이시고 공주님이시며 공작 부인이신, 도도하시고 위대하신 마님이시여, 당신의 훌륭한 모습을 보고 어쩔 줄 몰라 대리석처럼 굳어 맥박마저 멈춰 버린, 당신의 포로가 된 기사를 당신의 우아함과 훌륭한 수완으로 맞아 주시기를 바랍니다요. 저는 그분의 종자 산초 판사이며, 이분은 길을 돌아다니시는 기사 돈키호테 데 라만차로, 달리 〈슬픈 몰골의 기사〉라고도 불리신답니다요.」

이때는 벌써 돈키호테도 산초 옆에 무릎을 꿇고 있었는데, 그는 평소와 다른 눈빛과 당황하는 눈초리로 산초가 여왕님이니 마님이니 부른 여자를 바라보고 있었다. 하지만 아무리 보아도 시골 젊은 여인네는 둥근 얼굴에 납작코로 아주 멋진 얼굴은 아니었기에 놀라 감히 입을 떼지도 못하고 멍하니 있었다. 농사꾼 여인네들 역시 아주 다르게 생긴 두 사람이 무릎을 꿇고서는 자기 일행을 가로막은 채 보내 주지 않자 얼이 빠져 있었다. 그러다가 이 제지당하고 있던 여자가 침묵을 깨면서 대단히 불쾌하고도 멋대가리 없이 말했다.

「당장 길에서 비키고 우리를 지나가게 하라고요. 우리 바빠요.」

이 말에 산초가 대답했다.

「오, 엘 토보소가 다 아는 공주님이시자 귀부인이시여! 어찌 그대의 관대하신 마음은 당신의 고귀한 면전에서 편력 기사도의 기둥이자 주춧돌이 무릎을 꿇고 있는 것을 보시고도 부드러워지지 않으신답니까요?」

이 말을 듣자 나머지 두 여인네들 중 한 여자가 말했다.

「이게 무슨 짓거리람! 시원찮은 이놈들이 지금 시골 여자들을 놀리려고 별짓을 다 하는 모양인데, 이 마을에선 우리가 저들처럼 빈정거리는 법을 모르는 줄 아나 보지? 얼른 가던 길이나 가시고, 우리가 하던 일을 하게 내버려 두셔. 성하고 싶으면 말이야.」

「일어서라, 산초.」 이때 돈키호테가 말했다. 「나의 불행에 만족하지 못하는 운명의 여신은 내가 이 육신에 가진 이 가엾은 영혼이 조그마한 즐거움이라도 누릴까 봐 그 즐거움이 올 수 있는 길이란 길은 모두 장악하고 있다는 것을 이제 알았다. 그리고 오, 바랄 수 있는 가치의 정점이자 인간적인 고귀함의 극치이며, 그대를 경배하는 이 아픈 가슴을 치료할 수 있는 유일한 방법인 그대여! 사악한 마법사가 나를 추적하여 나의 두 눈을 안개로 덮고 비구름으로 씌워, 다른 사람들이 아닌 오직 내 눈에만 그대의 비할 데 없는 아름다운 자태와 얼굴을 가난한 시골 농사꾼 여인의 모습으로 바꾸어 둔갑시켰군요! 만일 나의 모습 또한 그대의 눈에 증오스럽게 보이도록 하기 위해 어떤 괴물의 모습으로 바꾸어 놓지 않았다면, 나를 부드럽고 사랑스럽게 바라보는 일을 그만두지 말아 주십시오. 그대의 볼품없는 아름다움에 복종하고 경배하는 모습에서 그대를 숭배하는 내 영혼의 겸허함을 알아주십시오.」

「어머나, 흉측도 해라!」 시골 여인네가 말했다. 「내가 그런 수렁의 말[98]을 들을 여자라니, 원 참! 저리 비키기나 해요. 우리 좀 가게 해달란 말예요. 그럼 고마워할게요.」

산초는 물러나 그 여자가 갈 수 있도록 해주었는데, 자기 속임수가 잘 맞아떨어져 뛸 듯이 기뻐하고 있었다.

둘시네아가 되어 버린 시골 여인네는 풀려나자마자 몽둥이 끝에 달린 바늘로 자기의 〈조랑말〉을 찔러 초원 저만치 달아났다. 그런데 바늘로 찌르는 게 평소보다 훨씬 더 아팠던지 당나귀가 날뛰기 시작했고 그 바람에 둘시네아 공주가 땅바닥에 떨어지고 말았다. 이것을 본 돈키호테는 그녀를 일으키려고 달려갔고, 그 여자의 당나귀 길마가 배 밑으로 떨어진 것을 본 산초는 그것을 바로 얹고 뱃대끈을 조여 주려고 쫓아갔다. 길마가 제자리에 놓이고 돈키호테는 마법에 걸린 줄 알고 있는 자기의 공주를 팔에 안아 당나귀 등에 태우려 했으나 그 공주는 스스로 땅에서 일어나 그의 노고를 덜어 주었다. 그녀는 얼마간 뒤로 물러섰다가 다시 앞으로 내달리더니 두 손을 당나귀의 엉덩이에 대고는 매보다도 더 가볍게 길마에 올라 남자처럼 걸터앉았다. 그러자 산초가 말했다.

「세상에! 우리 귀부인은 매보다도 가벼우시네! 코르도바나 멕시코의 최고 기수에게도 등자를 짧게 하여 말 타는 방법을 가르칠 수가 있겠는데요! 안장 뒤쪽을 한 번에 뛰어넘고 박차도 없이 마치 얼룩말 몰듯 조랑말을 모시네요. 그분의 시녀들도 뒤떨어지지 않는데요. 모두 바람처럼 달려갑니다요.」

---

98 원문에서 시골 여인네는 〈레스케브라호스 *resquebrajos*〉라고 말하고 있다. 〈균열〉이라는 뜻이다. 이 여자가 원래 하고자 했던 말은 〈레케브라호스 *requebrajos*〉, 즉 〈사랑의 말〉, 〈사랑의 속삭임〉이나 〈구슬림〉이다. 철자 하나의 차이로 의미가 완전히 달라지는 단어를 이용해 세르반테스는 스페인어의 재미를 주고 있다.

그건 사실이었다. 둘시네아가 당나귀에 올라타는 것을 보자마자 다른 여자들도 그녀를 따라 당나귀를 찔러 달아나기 시작했다. 이들은 반 레과 이상 멀어질 때까지 뒤도 돌아보지 않고 달려갔다. 돈키호테는 눈으로 그녀들을 좇다가 그 모습이 보이지 않게 되자 산초를 돌아보며 말했다.

「산초, 내가 마법사들로부터 얼마나 미움을 받고 있는지 알겠는가? 나에게 가진 그들의 악의와 원한이 어디까지 뻗치고 있는지 보게. 나의 공주가 가진 원래의 모습을 보며 누릴 수 있는 즐거움을 빼앗으려 하고 있으니 말이야. 요컨대 나는 불행한 남자들의 본보기로, 불행의 화살이 닿는 표적이 되고 조준의 과녁이 되도록 태어난 게지. 또한 산초, 자네가 알아야 하는 건, 이 배신자들이 우리의 둘시네아를 다른 모습으로 바꾸어 둔갑시키는 것으로 만족하지 않고 저런 시골 여인처럼 너무나 천하고 추한 모습으로 만들었을 뿐만 아니라, 동시에 고귀한 여인네들이라면 용연향과 늘 꽃 사이에서 지내느라 반드시 지니게 되기 마련인 좋은 향기마저 그분한테서 빼앗아 버렸다는 게야. 내가 이것을 어떻게 아느냐 하면 말일세 산초, 자네 말대로라면 조랑말, 그러니까 내 눈에는 암나귀로 보였던 그 녀석 위에 그녀를 태우려고 다가갔을 때 생마늘 냄새가 어찌나 고약하게 나는지, 머리가 증기로 가득 차고 영혼이 중독되는 것 같았단 말일세.」

「오, 몹쓸 놈들!」 산초가 소리쳤다. 「오, 흉흉하고도 악의에 찬 마법사들이라니, 꼬챙이에 꿰인 정어리처럼 네놈들의 아가미를 줄줄이 꿰어 놓고 싶구나! 아는 것도, 할 수 있는 짓도 그토록 많고 많단 말이지. 비열한 놈들, 우리 공주님의 진주 같은 눈을 코르크나무의 혹으로 바꾸어 놓고, 순금으로 된 그분의 머리카락을 소의 뻣뻣하고 붉은 꼬리털로 바꾸어 놓고, 훌륭한 얼굴 면면을 온통 추하게 만들어 놓은 것으로 만족할 일이지, 끝내 냄새까지 손을 대다니. 향기라도 남아 있었다면 그 추한 껍데기 안에 숨겨져 있는 것을 알아볼 수 있었을 텐데. 사실을 말하자면 나는 그분

의 아름다움만 보았을 뿐 추한 면은 본 적도 없지만 말이야. 그 아름다움
을 티 없이 완전하게 만들어 준 것은 오른쪽 입술 위에 나 있는 점이었어.
한 뼘이 넘는 기다란 금실 같은 금발 일곱 가닥인지 여덟 가닥인지가 콧
수염 모양으로 그 위에 나 있었지.」

「그 점이란 것 말이지……」 돈키호테가 말했다. 「얼굴의 점과 몸의 점
은 서로 상응하기 때문에[99] 둘시네아는 얼굴의 점이 있는 쪽 허벅지에 또
다른 점을 갖고 있는 게 틀림없네. 그래도 자네가 말한 그 정도의 털은 점
에 나 있기에는 너무 길구먼.」

「하지만 나리께 말씀드릴 수 있는 건 말이지요……」 산초가 대답했다.
「그게 정말 잘 어울리더라니까요.」

「나도 그럴 거라고 생각하네, 친구여.」 돈키호테가 대답했다. 「자연은 완
벽하지 않은 것이나 잘 마무리하지 않은 것은 무엇 하나 둘시네아에게 주
지 않았기 때문이야. 그러니 그분이 자네가 말한 그런 점 같은 것을 1백 개
나 갖고 있다고 한들, 그분에게 있어서는 그게 점이 아니라 눈부시게 빛
나는 달이나 별과 같을 게야. 하지만 산초, 말해 보게. 자네가 정리해 놓
았던, 내게는 길마로 보였던 그것이 일반 안장이던가, 아니면 부인용 안
장이던가?」

「그건……」 산초가 대답했다. 「높은 안장틀에 짧은 등자를 가진 안장
으로, 야외용 덮개가 있고 매우 훌륭해 보여 왕국의 절반 가치는 나갈 것
같습니다요.」

「그런데도 나는 그런 것들을 하나도 보지 못했다니!」 돈키호테가 말했
다. 「지금 다시 말하지만, 아니 천 번이라도 말할 수 있지만, 나는 인간들
가운데 가장 불행한 자로다.」

---

99 당시의 근거 없는 미신이다.

162

참으로 멋지게 속아 넘어간 주인의 어수룩한 말들을 들으면서 앙큼한 산초는 웃음을 감추느라 무진 애를 써야 했다. 두 사람 사이에 다른 많은 말들이 오간 뒤에, 그들은 마침내 저마다의 짐승에 다시 올라 사라고사를 향해 가던 길을 계속했다. 그 유명한 도시에서 해마다 거행되는 장엄한 축제에 참가할 수 있도록 제때 도착할 생각이었다. 하지만 그곳에 도착하기 전에 사건들이 일어나는데, 그 사건들이 많기도 하고 대단하기도 하며 새로우니 앞으로 보게 되듯이 기록해 두고 읽을 만한 내용들이다.

11

〈죽음의 궁정〉의 수레인지
달구지인지를 만난
용감한 돈키호테에게 일어난
이상한 모험에 대하여

　돈키호테는 자기의 귀부인 둘시네아를 시골 여인네의 추한 모습으로 바꾸어 버린 마법사들이 저지른 악의에 차 있는 장난에 대해서 곰곰이 생각을 하며 길을 가고 있었다. 어떻게 해야만 그녀를 원래의 모습으로 되돌려 놓을 수 있을지 그 방법이 떠오르지가 않았다. 이런 생각에 빠져서 정신을 놓고 있었던 터라 돈키호테는 자기도 모르게 그만 로시난테의 고삐를 놓치고 말았다. 로시난테는 자기에게 주어진 자유를 느끼며 한 걸음 뗄 때마다 멈추어 서서는 들판에 지천으로 깔린 푸른 풀을 뜯어 먹었다. 생각에 심취해서 무아지경에 빠져 있는 주인을 보더니 산초가 말을 걸었다.

　「나리, 슬픔은 짐승을 위해서 만들어진 것이 아니라 사람을 위해서 만들어진 겁니다요. 하지만 사람이 너무 슬퍼하면 짐승이 되지요. 나리, 좀 자제하시고 본래의 나리로 돌아가셔서 로시난테의 고삐를 잡으세요. 그리고 기운을 차리시고 정신을 차리셔서 편력 기사들에게 어울리는 그 늠름함을 보여 주세요. 대체 이게 무슨 일이래요? 뭣 때문에 이렇게 무력하시대요? 우리가 지금 여기에 있는 겁니까요, 아니면 프랑스에 있는 겁니까요?[100] 아무튼 세상에 있는 둘시네아는 모두 악마가 데려갔으면 좋겠네요. 지상의 모든 마법이나 둔갑술보다 편력 기사 단 한 사람의 건강이 더 중요하니 말이에요.」

「그만하게, 산초.」 돈키호테가 그리 무기력하지는 않은 목소리로 대답했다. 「그만하란 말일세. 그 마법에 걸린 공주에 대한 모욕적인 언사를 삼가게. 그분이 그렇게 불행하고 불운한 건 오직 내 잘못으로 인한 게야. 악한 자들이 나를 시기해서 그분에게 그런 불운이 생긴 걸세.」

「제 말이 그 말입니다요.」 산초가 말했다. 「전에 그분을 보았던 사람이 지금의 모습을 본다면, 울지 않을 가슴이 어디 있겠습니까요?」

「자네는 그런 말을 할 수 있겠지, 산초.」 돈키호테가 대답했다. 「그분이 온전한 모습으로 아름다울 때를 보았으니 말이야. 자네 눈을 어지럽히고 그분의 아름다움을 자네에게까지 감출 정도로 마법의 힘이 퍼지지는 않았던 게지. 오직 나에게만, 내 눈에만 그들 독의 힘이 미친 게야. 그런데 그건 그렇다 치고 산초, 내가 한 가지 깨달은 게 있네. 자네가 그분의 아름다움을 내게 제대로 묘사하지 못했다는 사실이야. 내가 잘못 기억하고 있는 게 아니라면 자네는 그분의 눈이 진주 같다고 했는데, 진주처럼 보이는 눈은 귀부인의 눈이라기보다 오히려 도미의 눈이거든. 내가 알기로 둘시네아의 눈은 커다란 초록 에메랄드로, 하늘에 걸린 두 개의 무지개가 눈썹이 되어 그 두 눈을 모시고 있지. 그러니 그 진주들을 눈에서 빼서 이로 가져가게. 자네는 틀림없이 이를 눈으로 보고 바꿔 말했을 걸세.」

「그럴 수도 있겠습니다요.」 산초가 대답했다. 「나리께서 그분의 못생긴 모습을 보시고 정신이 산란하셨듯이 저 역시 그분의 아름다움을 보고 정신이 나갔었으니까요. 하지만 모든 걸 하느님께 맡겨 둡시다요. 그분만

---

100 적절하지 못한 말이나 행동을 나무라는 표현이다.

이 이 눈물의 계곡에서 일어날 일을 모두 알고 계시니까요. 우리가 살고 있는 이 사악한 세상에는 악의와 사기와 교활함이 섞이지 않은 것이 거의 없습니다요. 무엇보다 나리, 한 가지 제 마음에 걸리는 건요, 이제 나리께서 어떤 거인이나 기사를 이기시고 나서 그들에게 둘시네아 공주의 아름다운 모습 앞에 나아가 그분을 뵙도록 하실 때 어떤 방법으로 해야 할 것인지를 생각해야 한다는 겁니다요. 그 가엾은 거인이나 그 불쌍하고 비참한 기사가 어디로 가야 그분을 뵐 수 있을까요? 그들이 우리 둘시네아 마님을 찾느라 바보처럼 엘 토보소를 온통 돌아다닐 게 눈에 선합니다요. 그러다 길 한가운데서 그분과 마주친다 할지라도 우리 아버지보다 더 못 알아볼걸요.」

「아마도, 산초⋯⋯.」 돈키호테가 대답했다. 「나에게 패배하여 그 앞에 나아갈 거인이나 기사들에게까지 그 마법의 힘이 미쳐 둘시네아를 알아보지 못하게 하지는 않을 게야. 내가 처음으로 무찌를 자들 중에서 한두 명을 보내어 그들이 그분을 알아보는지 못 알아보는지 시험해 볼 생각이네. 돌아와서 이 일과 관련하여 일어난 일을 보고하도록 해서 말일세.」

「제 말씀은요, 나리⋯⋯.」 산초가 대답했다. 「나리께서 말씀하신 방법이 좋아 보이고, 그렇게 해서 우리가 원하는 일이 분명해지기는 하겠지만요, 만일 그분의 모습이 나리에게만 감춰지는 거라면, 그것은 그분의 불행이라기보다 오히려 나리의 불행입니다요. 그러니 둘시네아 공주께서 건강하시고 즐겁게 사시도록 우린 여기서 타협하고 우리가 할 수 있는 일이나 잘하도록 합시다요. 그런 일은 시간이 해결하라고 하고서 우리는 우리의 모험을 찾아다니자는 말입니다요. 시간이야말로 이런 병뿐만 아니라 더 큰 병들을 고치는 제일 훌륭한 의사니까요.」

돈키호테는 산초 판사에게 대답하려 했으나, 길을 가로지르며 나타난 달구지 하나가 그의 말을 막았다. 그 달구지에는 상상으로만 알 수 있을 법한 여러 인물과 이상한 형상들이 잔뜩 실려 있었는데, 노새를 몰면서 달구지를 끄는 사람은 흉측하게 생긴 악마였다. 달구지는 천막도, 나무로 엮은 지붕도 없이 하늘을 향해 그대로 열린 채 오고 있었다. 돈키호테의 눈에 들어온 첫 번째 형상은 바로 인간의 모습을 한 죽음이었고, 그 옆에는 크고 색깔이 칠해진 날개를 단 천사가 있었다. 다시 그 옆에는 황금으로 된 것으로 보이는 관을 머리에 쓴 황제가 있었고, 죽음의 발치에는 큐피드라고 불리는 신이 눈은 가리지 않았지만 활과 화살통과 화살을 들고 있었다. 그리고 전혀 빈틈없이 무장했지만 얼굴 가리개나 투구는 없고 대신 갖가지 색깔의 깃털들이 잔뜩 꽂혀 있는 모자를 쓴 기사도 타고 있었다. 이런 인물들과 함께 다양한 복장과 가지가지 얼굴을 한 인물들이 있었다. 뜻밖에 이런 것을 보게 되자 돈키호테는 다소 당황했으며 산초는 두려워 심장이 떨렸다. 하지만 이윽고 돈키호테는 뭔가 새로운 위험한 모험이 나타난 것이라 믿고는 기뻐했다. 이런 생각과 함께 어떤 위험에도 맞서겠다는 용기로 그는 달구지 앞에 서서 크고 위협적인 목소리로 말했다.

「마부인지 수레꾼인지 악마인지 아니면 그 무엇이든지 간에, 그대는 누구이며 어디로 가는 길이며 그대의 짐수레에 싣고 가는 사람들은 누구인지 당장 말하렷다. 그 수레는 사람들이 흔히 쓰는 짐수레라기보다 오히려 카론[101]의 배 같구나.」

이 말에 악마는 달구지를 세우고 점잖게 대답했다.

「나리, 저희들은 앙굴로 엘 말로라는 극단의 배우들입니다. 오늘이 그리스도 성체의 8일절이라 아침에 저 언덕 뒤에 있는 마을에서 〈죽음의 궁정〉이라는 종교극을 상연하고, 오후에는 여기서 보이는 저 마을에서 공

---

101 Carón. 그리스 신화에서 죽은 사람들을 나룻배로 실어 지옥의 강을 건네주는 사공.

연하기 위해 가고 있는 중입니다. 거리가 가까워 옷을 벗었다 다시 입는 수고를 덜 요량으로 공연할 때 입었던 그 복장 그대로 가고 있는 중이지요. 저기 저 젊은이는 죽음으로, 그 옆의 애는 천사로, 극단 단장의 부인인 저 여자는 여왕으로 분장했지요. 또 다른 사람은 군인으로, 저쪽은 황제로, 저는 악마로 분장했는데, 이 극의 주요 인물들 중 하나입니다. 저는 극단에서 주인공 역할을 맡고 있거든요. 저희들에 대해 알고 싶으신 게 더 있다면 물어보십시오. 제가 정확하게 알려 드리겠습니다. 전 악마니 무슨 일이든 못 할 게 없지요.」

「편력 기사로서 맹세컨대…….」 돈키호테가 대답했다. 「사실 이 짐수레를 보자마자 어떤 큰 모험이 내게 벌어질 거라 생각했소. 그래서 지금 하는 말인데, 사실을 깨우치려면 눈에 보이는 모습들을 손으로 만져 봐야 할 필요가 있다는 거요. 잘들 가시오, 좋은 분들이여. 공연 잘하시고, 혹시 내가 그대들에게 도움이 될 만한 일이 있는지 살펴보시오. 기꺼이 멋지게 해드리리라. 나는 어릴 적부터 가면을 좋아했고, 젊어서는 유랑 극단을 몹시 가지고 싶어 했다오.」

이런 이야기를 주고받고 있는데, 운명의 장난인지 극단 단원 가운데 한 사람이 이상하고 난잡한 복장으로 방울을 잔뜩 든 채, 바람으로 부풀린 소 오줌통 세 개가 매달린 막대기를 가지고 나왔다. 그 익살꾼은 막대기를 휘두르며 돈키호테에게 다가가서는 소 오줌통으로 땅을 두들기고 방울을 흔들어 대면서 껑충껑충 뛰기 시작했다. 이 꼴불견에 로시난테가 놀라 미처 말릴 틈도 없이 이빨 사이에 재갈을 물더니 그의 뼈 구조로는 도저히 생각할 수 없을 정도로 아주 가볍게 줄행랑을 쳐 들판으로 내달렸다. 산초는 주인이 떨어질 위험을 감지하고는 잿빛 당나귀[102]에서 뛰어내려 그를 보호하러 황급히 달려갔다. 하지만 도착했을 때 주인은 이미 땅바닥에 있었고, 그 옆에 로시난테도 주인과 함께 넘어져 있었다. 로시난테의 씩씩함과 무모함의 결과이자 늘상 있을 수 있는 종말이었다.

　그런데 산초가 자기 당나귀를 내버려 두고 돈키호테에게 달려가려는 순간, 소 오줌통을 들고 춤을 추던 그 악마가 잿빛에 뛰어올라 오줌통으로 당나귀를 후려쳤다. 그 충격으로 아픔보다 두려움과 놀라움을 느낀 당나귀는 공연이 있을 곳을 향해 들판을 날듯 달리기 시작했다. 산초는 잿빛이 달려가는 모습과 주인이 말에서 떨어지는 모습을 동시에 보았는데, 둘 다 도움이 필요한 상황인지라 어느 쪽으로 먼저 달려가야 좋을지를 몰랐다. 하지만 결국 훌륭한 종자이자 하인으로서 주인에 대한 사랑이 잿빛에 대한 애정보다 더 컸다. 비록 소 오줌통이 공중에 올라갔다가 자기 잿빛의 엉덩이에 떨어지는 것을 볼 때마다 가슴이 아프고 죽을 것처럼 놀랐지만 말이다. 그는 그것이 당나귀 꼬리털에 조금이라도 닿느니 차라리 자기 눈동자에 떨어지기를 바랐다. 이렇게 산초는 어찌해야 좋을지 고민하며 돈키호테가 있는 곳에 이르렀는데 주인의 상태가 생각보다 훨씬 나빴던지라 그를 로시난테에 태우면서 말했다.

　「나리, 그 악마가 제 잿빛을 가져갔습니다요.」

　「무슨 악마 말인가?」 돈키호테가 물었다.

　「소 오줌통 녀석 말입니다요.」 산초가 대답했다.

　「그건 내가 되찾아 주겠네.」 돈키호테가 대꾸했다. 「비록 지옥의 가장 깊고 어두운 감방에 박혀 있다 할지라도 말일세. 나를 따르게, 산초. 달구지가 천천히 가니 잃어버린 자네의 잿빛 대신 그 달구지의 노새를 챙기기로 하세.」

　「그런 수고는 하실 필요가 없습니다요. 나리.」 산초가 대답했다. 「노여

---

　102 원문에서는 산초의 잿빛 당나귀를 그냥 〈잿빛〉이라고만 언급하기도 한다. 당나귀에 대한 산초의 우정과 사랑을 고려하여 직접 당나귀라고 말하는 것을 자제하고 있음을 알 수 있다.

움을 푸세요. 보아하니 그 악마가 제 잿빛을 놔주어 그놈이 귀소 본능으로 제게 돌아오고 있는 것 같습니다요.」

그 말은 사실이었다. 악마가 돈키호테와 로시난테를 흉내 내려고 그랬는지 자기도 잿빛과 함께 바닥에 넘어져, 그는 걸어서 마을로 갔고 당나귀는 자기 주인에게로 돌아오고 있었다.

「그래도…….」 돈키호테가 말했다. 「달구지에 타고 있는 사람들 중 누군가에게 ─ 비록 그가 바로 황제라 할지라도 ─ 그 악마의 무례함에 대한 벌을 내리는 게 합당할 걸세.」

「그런 생각은 머리에서 치워 버리세요.」 산초가 대답했다. 「제 충고를 들으세요. 저들을 좋아하는 사람들이 많기 때문에 저 광대들과는 절대로 싸우시면 안 됩니다요. 전 두 사람을 죽였다는 혐의로 붙잡혔던 배우를 본 적이 있는데요, 소송 비용도 안 물고 풀려났었어요. 나리께서는 아셔야 해요. 그들은 즐겁고 재미있게 사는 사람들이라서 모두가 그들을 좋아하고 비호하고 도와주고 귀하게 여긴답니다요. 더군다나 왕실 극단의 배우들이나 합법적으로 인가받은 극단의 배우들은 더하지요. 그런 사람들 대부분은 차림새나 자태들이 무슨 왕자들 같아 보인답니다요.」

「그렇다고 해도…….」 돈키호테가 대답했다. 「저 악마 광대가 잘난 척 우쭐대며 가게 내버려 둘 수는 없어. 온 인류가 그자를 두둔하고 나선다 하더라도 말이야.」

이렇게 말하더니 이미 마을 가까이에 가 있는 달구지 쪽으로 말을 돌려 이렇게 소리를 지르며 따라갔다.

「게 섯거라! 기다려라, 쾌활하고 즐거운 무리들아! 편력 기사들의 종자들이 탈 거리로 쓰는 당나귀나 짐승들을 어떻게 다루어야 하는지 알게 해 주겠노라.」

돈키호테의 고함 소리가 어찌나 컸는지 달구지 사람들은 다 듣고 무슨 말인지도 알아차렸다. 그 소리로 고함친 사람의 심중을 판단하자 죽음이 달구지에서 눈 깜짝할 사이에 뛰어내렸고 그 뒤를 이어 황제도, 달구지를 몰던 악마도, 천사도 모두 뛰어내렸으며, 여왕과 큐피드 신도 남지 않고 땅에 뛰어내려 돌멩이를 잔뜩 들고서는 돈키호테를 돌팔매의 표적 삼아 반원형으로 둘러선 채 기다리고 있었다. 돈키호테는 그들이 정말 훌륭한 진영을 짜고 돌을 퍼붓기 위해 팔을 치켜들고 서 있는 태세를 보고는 로시난테의 고삐를 끌어당겨 어떻게 해야 자기 몸이 덜 위험하면서도 그들을 공격할 수 있을지 생각하기 시작했다. 그가 멈춰 서서 이런 생각을 하고 있을 때 산초가 다가와서 훌륭하게 대열을 짜고 있는 그들에게 덤벼들 자세로 서 있는 주인을 보더니 말했다.

「이런 일을 하려 하시다니, 단단히 미치셨나 봅니다요. 잘 생각해 보세요, 나리. 저 돌들을 막을 무기는 세상에 없습니다요. 청동으로 만든 종 안에 끼어 들어가 그곳에 숨어 있지 않는 한 말입죠. 그리고 죽음이 있는 군대에 맞서 혼자 덤벼든다는 것은 용감하기보다는 오히려 무모한 짓인 걸 아셔야합니다요. 어디 죽음뿐인가요? 황제도 친히 싸우시며, 이들을 착한 천사나 악한 천사들이 다 돕고 있거든요.」

「산초.」 돈키호테가 대답했다. 「자네는 지금 나로 하여금 이미 결정한 마음을 바꿔야만 하는 난관에 처하게 하는구먼. 몇 번이나 자네에게 말했던 것처럼, 나는 기사 서품을 받지 않은 사람에게는 칼을 뺄 수 없고 빼서도 아니 되느니라. 산초, 자네가 만일 자네의 잿빛에게 가해진 모욕을 복수하고 싶다면, 그것은 자네가 하게. 나는 여기에서 고함과 건전한 경고로 자네를 도울 테니 말일세.」

「나리.」 산초가 대답했다. 「아무도 복수할 필요가 없습니다요. 모욕을 당했다고 복수하는 일은 훌륭한 기독교인이 할 짓이 아닙니다요. 저는 차라리 제 당나귀를 설득해서 자기가 받은 모욕을 이 주인의 뜻에 맡기라고 할 겁니다요. 그 뜻이라는 것은, 하늘이 제게 목숨을 주시는 날들 동안 평화롭게 살자는 것입니다요.」

「그게 자네 결심이라면…….」 돈키호테가 대답했다. 「착한 산초여, 신중한 산초여, 기독교인인 산초여 그리고 성실한 산초여, 저런 도깨비들은 내버려 두고 더 멋지고 훌륭한 모험을 찾아 다시 나서세. 이 땅의 형세를 보니 아주 기적 같은 모험이 많을 것 같네.」

그러고는 곧장 고삐를 돌렸고, 산초는 자기 잿빛을 타러 갔으며, 죽음은 파견된 보병 전원과 함께 자기네 달구지로 돌아가 가던 길을 계속 갔다. 그리하여 그 무시무시한 죽음의 달구지 모험이 이렇게 행복한 결말로 끝났으니, 산초 판사가 주인에게 준 건전한 충고에 감사를 드려야 할 것이다. 그리고 다음 날 이 주인은 사랑에 빠진 한 편력 기사를 만나 앞의 것 못지않은 긴장감 넘치는 모험을 하게 된다.

12

용감한 〈거울의 기사〉와
용맹한 돈키호테가 한 이상한
모험에 대하여

　죽음과의 충돌이 있었던 날 돈키호테와 그의 종자는 높고 그늘 짙은 나무 아래서 밤을 보냈고, 산초의 설득으로 돈키호테도 잿빛에 싣고 온 것으로 식사를 했다. 저녁을 먹으면서 산초가 주인에게 말했다.

　「나리, 제가 만일 그 좋은 소식을 전해 드린 일에 대한 답례로 세 마리 암말 새끼 대신 나리께서 끝내실 첫 번째 모험의 전리품을 선택하기라도 했더라면 얼마나 바보 같았을까요! 정말이지 날아다니는 콘도르보다 손에 든 새가 더 낫습니다요.」

　「하지만, 산초……」 돈키호테가 대답했다. 「만일 내가 원했던 대로 공격했더라면 전리품으로 적어도 황후의 금관과 큐피드의 색깔 고운 날개가 자네 수중으로 들어갔을지도 모르네. 내가 억지로라도 빼앗아 자네 손에 놓아 주었을 테니 말이야.」

　「배우들이 가진 황제들의 봉이나 관들은 말이지요……」 산초 판사가 대답했다. 「절대 금으로 된 게 아니고 겉만 번드르르해 보이는 양철 조각으로 된 겁니다요.」

　「그건 사실이지.」 돈키호테가 말했다. 「연극에 사용되는 소품들이 진짜

173

라는 건 말이 안 되니. 오히려 그럴싸하게 보이는 가짜가 알맞은 게지. 연극 자체가 그렇듯이 말이야. 나는 말이네 산초, 자네가 연극을 좋아해서 연극을 하거나 희곡을 쓰는 사람들을 좋아해 줬으면 하네. 그건 이 사람들 모두가 나라에 대단히 좋은 일을 하는 도구이기 때문이지. 연극은 매번 인간 삶의 모습들을 생생하게 볼 수 있는 거울을 우리 앞에 놓아 주니 말일세. 그러니 우리가 어떤 인간들인지, 우리가 어떻게 되어야 하는지를 실감 나게 보여 준다는 점에서 연극이나 배우들에 비길 만한 것은 어떤 것도 없다네. 아니라면, 어디 말해 보게. 자네는 왕이며 황제며 교황이며 기사며 귀부인들과 그 외 다양한 인물들이 출연하는 연극 공연을 본 적이 없는가? 한 사람이 깡패 역을 하고 다른 사람은 사기꾼, 이 사람은 상인, 저 사람은 군인, 다른 사람은 신중한 바보, 또 다른 사람은 사랑에 빠진 어리석은 자를 연기하다가 연극이 끝나 의상을 벗어 버리면 모든 배우들이 우리와 똑같은 사람들이 되거든.」

「네, 저도 봤습니다요.」 산초가 대답했다.

「그런데 연극에서 일어나는 일과 같은 일이 이 세상에서도 일어난단 말이야. 세상에서 어떤 자는 황제 역할을 하고 어떤 자는 교황 역할을 하는데, 결국은 모든 사람들이 연극에 등장할 수 있는 인물들이란 말이지. 하지만 연극이 끝나면, 그러니까 우리의 생명이 다하는 때가 되어서 말일세, 죽음이 모든 사람들에게 와서 사람들을 차별화했던 의상들을 벗기면 모두가 무덤 속에 똑같이 있게 되는 게지.」

「멋진 비유입니다요.」 산초가 말했다. 「비록 이런저런 기회에 여러 차례 들어 본 듯한 내용이라 그다지 새롭지는 않지만 말입니다요. 체스 게임의 비유처럼 말이죠. 게임이 계속되는 동안은 각각의 말이 자기 역할을 하지요. 하지만 게임이 끝나면 모두가 한데 섞이고 뒤범벅이 되어 주머니 안에 들어가게 되는데, 이건 목숨이 다해 무덤 속에 들어가는 것과 같습

174

니다요.」

「날이 갈수록, 산초여…….」 돈키호테가 말했다. 「자네의 어리석음은 덜해지고 사려는 더 깊어지는구먼.」

「그건 나리의 신중함이 얼마간 저한테로 옮겨 붙었기 때문일 겁니다요.」 산초가 대답했다. 「불모의 메마른 땅도 거름을 주고 경작을 하면 좋은 결실을 낳게 되니까요. 제 말씀은, 나리와의 대화가 저의 바짝 메마른 불모의 기지라는 땅에 뿌린 거름이었다는 것입니다요. 경작은 제가 나리를 모시고 나리와 대화를 나누며 보낸 세월이었습니다요. 이로써 저는 축복받을 만한 결실을 거두기를 바랄 뿐입니다요. 그 결실은 나리께서 저의 바짝 말랐던 분별력에 베풀어 주신 훌륭한 가르침의 길로부터 제가 떨어지거나 미끄러지지 않는 것이 될 테지요.」

이와 같이 산초의 젠체하는 말투에 돈키호테는 웃었지만 그가 고쳐졌다는 말은 사실인 듯 여겨졌으니, 실제로 그가 가끔씩 자기를 놀라게 하는 말을 했던 터였다. 비록 많은 경우 산초가 박식하고도 예의 바르게 말을 하고자 하여도 그의 말은 단순함이라는 산꼭대기에서 무식이라는 심연으로 굴러떨어지면서 끝났고, 자기가 우아하고 기억력이 좋다는 것을 드러내 보이려고 할 때마다 어울리든 어울리지 않든 속담을 끌어들이곤 했지만 말이다. 이러한 사실은 독자도 이야기를 통해서 보고 알아챘을 것이다.

이런저런 이야기로 밤 시간이 상당히 지나가서, 산초는 졸릴 때 하는 말마따나 눈의 커튼을 내리고 싶은 마음이 들어 잿빛의 마구들을 모두 벗겨 주고 자유롭게 마음껏 풀을 뜯게 했다. 주인의 준엄한 명령으로 로시난테의 안장은 벗기지 않았다. 주인은 산야를 돌아다닐 때나 지붕 아래서 잠을 자지 않을 때는 로시난테의 마구들을 그대로 놔두라고 했었다. 편력 기사들에 의해 설정되어 지켜진 옛 관습에 따라 재갈은 벗겨서 안장틀에 걸어 놓지만, 말의 안장을 벗기는 것은? 절대로 안 되고말고! 그래서 산초는 그 관습을 지킨 뒤 잿빛과 마찬가지로 자유롭게 풀어 놓았는데, 잿빛과 로시난테의 우정이 보기 드물게 끈끈해서 이 진실된 이야기의 작가는 특별히 이것에 대해 몇 장 할애했지만 영웅적인 이야기가 갖춰야 할 고상한 기품과 품격 때문에 책에는 그 장들을 넣지 않았다는 소문이 부모들로부터 자식들에게 전해지고 있다. 비록 가끔은 이러한 의도가 소홀히 여겨져, 이처럼 두 짐승이 함께 있고 서로 다가가 몸을 비벼 대고 나면 서로 흡족해하면서도 지쳐 로시난테가 자기 목덜미를 잿빛의 목 위로 가로질러 올려놓는다느니, 그건 당나귀의 목이 2바라[103] 이상으로 나머지 몸뚱이보다 더 길기 때문이라느니 쓰고 있기는 하지만 말이다. 그런 모습으로 이 두 짐승은 땅바닥을 가만히 바라보면서 사흘을 있을 수 있었을 것이다. 적어도 그렇게 내버려 두면, 그리고 배고픔이 먹을 것을 찾도록 강요하지만 않는다면 말이다.

  사람들이 말하기를 작가는 그들의 우정을 니소와 에우리알로,[104] 필라데스와 오레스테스[105]의 우정과 비교해서 기록했다고 한다. 만일 이것이 사실이라면, 세상은 서로의 우정을 진정으로 지킬 줄 모르는 인간들을 혼란에 빠뜨릴 정도로 확고한 이 평화로운 동물들의 우정을 감탄하며 눈여겨볼 일이다. 그래서 이런 말이 있다.

  친구에게 친구란 없노니,

---

103 *vara*. 길이의 단위. 1바라는 0.835미터이다.
104 Niso, Euríalo. 베르길리우스의 「아이네이스」에 나오는 트로이의 젊은이들이다.
105 그리스 신화에 나오는 미케네 왕 아가멤논의 아들 오레스테스Orestes는 아버지가 살해당한 뒤 외삼촌인 포키스 왕 스트로피오스의 집에서 자랐다. 스트로피오스에게는 친아들 필라데스Pílades가 있었고, 오레스테스는 그와 함께 성장했다. 필라데스는 이후 오레스테스와 굳은 우정으로 맺어져 여러 가지 어려운 일들을 함께했다.

갈대도 창이 되노라.[106]

또 이렇게 노래한 자도 있다.

빈대가 친구에서 친구에게로, 운운.[107]

어떤 이들은 작가가 이들 동물의 우정을 인간의 우정과 비교한 게 정도
에서 좀 벗어났다고 생각할 수도 있겠지만, 사람들은 동물에게서 많은 깨
우침을 얻었고 많은 중요한 것을 배운 바 있다. 예를 보자면 황새에게서
는 내장을 깨끗하게 하는 법을, 개에게서는 토하는 법과 감사하는 법을,
학에게서는 조심하는 법을, 개미에게서는 보호를, 코끼리에게서는 성실
함을, 말에게서는 충성을 말이다.[108]

드디어 산초는 코르크나무 발치에서 잠들어 버렸고, 돈키호테는 커다
란 떡갈나무 아래서 졸고 있었다. 하지만 얼마 지나지 않아 등 뒤쪽에서
무슨 소리가 나는 것 같아 그는 잠에서 깼다. 깜짝 놀라 일어나 그 소리가
어디서 들려오는지 확인하기 위해 주변을 살피니 두 사람이 말을 타고 오
는 것이 보였다. 한 사람이 안장에서 무너지듯 내려오더니 다른 사람에게
말했다.

「내리게, 친구. 그리고 말의 재갈을 벗겨 주게. 내가 보기에 이 장소에

---

106 히네스 페레스 데 이타Ginés Pérez de Hita(1544~1619)의 로만세 「그라나다 내전」에
나오는 구절이다.
107 당시 사람들의 입에 오르내리던 노래인데 아마도 세르반테스는 로만세에서 차용한 듯
하다.
108 플리니오Plinio(23~79)의 『자연사』에 나오는 이야기들로 세르반테스 시대의 많은 작가
들이 이를 인용했다. 17세기에 출판된 코바루비아스Sebastián de Covarrubias의 『스페인어 보
물 사전』에도 이런 내용이 나온다.

는 말들에게 먹일 풀이 충분하고, 내가 사랑의 상념에 잠기는 데 필요한 고요와 정적도 충분한 것 같군.」

그는 이런 말을 하며 동시에 땅에 드러누웠다. 바닥에 몸을 내던지는 순간 입고 있던 갑옷이 소리를 냈다. 확실한 그 소리에 돈키호테는 그가 편력 기사임이 틀림없다고 생각했다. 그는 잠들어 있는 산초 곁으로 가서 그의 팔을 붙들고 겨우겨우 깨워 나지막한 목소리로 말했다.

「나의 형제 산초, 모험할 일이 생겼어.」

「좋은 모험이면 좋겠습니다요.」 산초가 대답했다. 「어디에 있습니까요, 나리, 그 모험님이?」

「어디냐고, 산초?」 돈키호테가 대꾸했다. 「눈을 돌려 보게. 저기 누워 있는 편력 기사가 보일 게야. 내가 짐작하기에 저 기사는 기분이 그리 좋지 않은 모양이야. 저 사람이 말에서 몸을 내던지듯 땅바닥에 눕는 것을 보았는데 원망에 찬 모습이더군. 그리고 그가 땅에 누울 때 갑옷이 삐걱거리는 소리가 나더란 말일세.」

「그렇다면 나리께서는 뭘 보시고 이것을 모험이라고 하시는 겁니까요?」

「내가 말하고자 하는 것은, 이것이 모험의 전부라는 게 아니라 모험의 시작이라는 얘기야. 모험은 이렇게 시작되는 법이지. 그런데, 귀 기울여 보게. 아마도 라우드나 비우엘라[109]를 조율하고 있는 것 같네. 침을 뱉고 가슴을 비우는 걸 보니 무언가 부를 준비를 하고 있는 게 틀림없어.」

「분명 그런 것 같네요.」 산초가 대답했다. 「사랑에 빠진 기사인 게 틀림없습니다요.」

---

109 *laúd, vihuela*. 둘 다 당시의 현악기로 라우드는 만돌린과 비슷하게 생겼고 비우엘라는 오늘날 기타의 전신이다.

「편력 기사로서 사랑에 빠져 있지 않은 자는 아무도 없네.」돈키호테가 말했다. 「한번 들어 보세. 노래라는 실로 그 사람 생각의 실꾸리를 끌어내 보기로 하세. 노래를 한다면 말이야. 하지만 노래를 할 걸세. 가슴이 차고 넘치면 혀가 말을 하게 되거든.」

산초가 주인에게 뭐라고 대꾸를 하려 했는데, 그때 그리 나쁘지는 않지만 그렇다고 그리 훌륭하지도 않은 〈숲의 기사〉의 목소리가 그 말을 막아 버렸다. 두 사람은 넋을 잃고 그 사람이 부르는 것을 들었으니, 바로 이런 소네트였다.

그대의 마음에 따라 재단하여
내가 따라야 할 말 한마디를 내게 주시오, 부인.
그 말에서 한 치도 어긋나는 일 없이
존경하며 따르리라.

나의 노고를 입 다물고 죽으라 하신다면
이미 나를 죽은 자로 생각하소서.
나의 노고를 흔치않은 방법으로 말하기를 원하신다면
바로 사랑이 그 말을 하게 하리라.

나는 부드러운 양초와 단단한 금강석의
모순되는 시험을 견디어 내며
사랑의 법칙에 내 영혼을 맞추고 있소.

부드러우면 부드러운 대로 강하면 강한 대로 이 가슴을 바치니,
그대 마음대로 무엇이든 조각하거나 새기소서.

영원히 그것을 지킬 것을 맹세하오.

　가슴 깊은 곳에서 끌어낸 듯한 〈아아!〉 하는 비통한 탄식과 함께 〈숲의 기사〉는 자기 노래를 마치고, 얼마 지나지 않아 다시 고통스럽고도 비탄에 젖은 목소리로 말했다.

　「오, 세상에서 가장 아름답고도 무정한 여인이여! 어떻게 그대, 너무나 침착한 카실데아 데 반달리아여, 이 당신의 포로가 된 기사가 끊임없는 순례와 험하고 힘든 일로 완전히 소진하여 목숨이 다해 가는 것을 그냥 내버려 둘 수가 있답니까? 그대가 세상에서 제일 아름다운 여성이라고 제가 나바라의 모든 기사들과 레온의 모든 기사들, 안달루시아의 모든 기사들과 카스티야의 모든 기사들, 마지막으로 라만차의 모든 기사들로 하여금 당신 앞에 가서 고백하게 한 것으로 아직 충분하지 않단 말인가요?」

　「그건 사실이 아니야.」 돈키호테가 말했다. 「내가 바로 라만차의 기사지만, 그런 것을 고백한 적은 없다. 내 귀부인의 아름다움에 진정 해가 되는 일을 고백하다니, 그건 있을 수도 없고 있어서도 안 되는 일이지. 산초, 자네도 보고 있는 저 기사가 정신 나간 소리를 하고 있구먼. 하지만 계속 들어 보세. 더 고백할 게 있을지도 모르니 말이야.」

　「더 하겠지요.」 산초가 말했다. 「한 달 내내 쉬지 않고 저렇게 한탄할 겁니다요.」

　그러나 그렇게 되지 않았다. 자기 근처에서 누군가 말하는 소리를 얼핏 들은 〈숲의 기사〉는 한탄하기를 그만두고 일어나 낭랑한 목소리로 공손하게 말했다.

　「거기 뉘시오? 어떤 분들이시오? 혹시 만족스럽게 사시는 분들 중 한 분이시오, 아니면 슬퍼하며 사시는 분들 중 한 분이시오?」

　「슬퍼하며 사는 자들 중 한 사람이오.」 돈키호테가 대답했다.

「그렇다면 제게로 오시구려.」〈숲의 기사〉가 대답했다. 「같은 슬픔과 같은 아픔이 있는 곳에 오셨다는 것을 아시게 될 것이라오.」

아주 부드럽고 예의 바르게 대답했으므로 돈키호테는 그 사람이 있는 곳으로 갔다. 물론 산초도 함께 갔다.

한탄하던 기사는 돈키호테의 팔을 잡고 말했다.

「여기 앉으시오, 기사님. 당신이 기사요, 그중에서도 편력 기사도를 수행하시는 분들 중 한 분이라는 것을 내가 아는 데는 편력 기사들의 본래의 잠자리이자 그들의 거실인 이 고독과 적막만이 있는 곳에서 당신을 만났다는 사실만으로 충분하오.」

이 말에 돈키호테가 대답했다.

「나는 기사로 당신이 말하는 그 길을 수행하는 자요. 비록 내 영혼 속에는 슬픔과 불행과 불운이 자기의 자리를 잡고 있으나 그렇다고 다른 사람들의 불행에 대한 동정심이 내 영혼에서 달아나는 일은 없을 것이오. 조금 전에 당신이 노래한 것으로 미루어 당신의 불행은 사랑, 그러니까 당신이 탄식하다가 이름을 불러 버린 그 무정한 아름다운 여인에 대한 사랑 때문인 것 같소.」

이런 이야기를 나눌 때는 이미 두 사람이 함께 딱딱한 땅바닥에 앉아 정말 평화롭고 화기애애한 분위기 속에 있었으니, 동이 틀 무렵 벌어지게 될 머리 터지는 일에 대해서는 전혀 짐작하지 못하고 있었다.

「혹시 기사님은……」〈숲의 기사〉가 돈키호테에게 물었다. 「사랑에 빠져 계시오?」

「불행하게도 그렇소.」 돈키호테가 대답했다. 「비록 제대로 된 사랑으로부터 나온 고통은 불행이라기보다 오히려 은혜라고 생각해야겠지만 말이오.」

「사실 그렇소.」〈숲의 기사〉가 대꾸했다. 「매정함이 우리의 이성과 판단력을 흐리게 하지 않는 한 그러하오. 하지만 너무 큰 멸시는 마치 복수 같습니다.」

「나는 나의 귀부인으로부터 멸시를 받은 적이 한 번도 없소.」 돈키호테가 대답했다.

「정말 없습니다요.」 그 옆에 있었던 산초가 말했다. 「왜냐하면 우리 공주님은 새끼 양처럼 온순하시고 버터보다 부드러우시니까요.」

「이 사람이 당신 종자요?」 〈숲의 기사〉가 물었다.

「그렇소.」 돈키호테가 대답했다.

「처음 보는군.」 〈숲의 기사〉가 대꾸했다. 「주인이 이야기하고 있을 때 감히 말을 하는 종자 말이오. 적어도 저기 있는 내 종자로 말하자면, 덩치는 자기 아버지만큼이나 크지만 내가 말을 하고 있을 때 입술 여는 일을 보지 못할 것이오.」

「그래요.」 산초가 말했다. 「저는 말을 했수다. 그리고 다른 어떤 사람 앞에서라도 말을 할 수 있습죠. 하지만 여기서 그만둡시다요. 흔들어 놓았다간 더 나빠질 테니.」

그러자 〈숲의 기사〉의 종자가 산초의 팔을 잡더니 이렇게 말했다.

「우리 두 사람은 종자답게 우리 마음대로 말할 수 있는 곳으로 가고 우리 주인 나리들은 서로 자기 사랑 타령이나 하면서 토닥거리시라고 내버려 두자고요. 분명 그 이야기를 하다가 날을 새울 거예요. 물론 그때가 되어도 그 얘기는 끝나지 않겠지만요.」

「그거 잘됐군요.」 산초가 말했다. 「그리고 내가 누군지 댁에게 말해야겠네요. 세상에서 가장 말 잘하는 종자 열두 명 안에 포함된다는 걸 댁이 알 수 있도록 말이죠.」

이렇게 말하며 그 두 종자는 좀 떨어진 곳으로 갔다. 그들이 나눈 대화는 아주 재미있었으며, 그들 주인들이 나눈 대화는 그것만큼 심각했다.

13

두 종자가 나눈
점잖고 새롭고 부드러운 대화와 함께
〈숲의 기사〉의 모험이 계속되다

기사와 종자가 나뉘어 종자들은 자기들의 인생 이야기를 나누었고 주인들은 서로의 사랑 이야기를 나누었다. 그런데 사실을 있는 그대로 기록한 이 이야기는, 먼저 종자들의 말이 있고 그 후에야 주인들의 이야기를 들려주는, 다음과 같은 식으로 서술되고 있다. 주인들한테서 좀 떨어졌을 때 〈숲의 기사〉의 종자가 산초에게 말했다.

「편력 기사의 종자로서 우리가 보내는 이 삶이야말로 정말 고된 게 아니겠습니까. 정말이지 우리는 우리가 흘리는 땀으로 먹고사는데, 이는 하느님이 우리 최초의 부모에게 내리신 저주들 중 하나인 게지요.」

「이렇게도 말할 수가 있어요.」산초가 덧붙였다.「우리는 몸을 얼려 먹고산다고 말입니다. 누가 편력 기사의 비참한 종자들보다 더 더위와 추위를 견디어 내겠습니까? 그것도 먹을 수나 있으면 그나마 다행이지요. 고통도 먹을 게 있으면 덜하거든요. 하지만 우리는 불어오는 바람 이외에는 하루 이틀 아무것도 먹지 못한 채로 아침을 보내는 일도 있지 않습니까.」

「그건 그래도 어떻게든 참고 견딜 수는 있어요.」〈숲의 기사〉의 종자가 말했다. 「보상에 대한 희망이 있으니 말이지요. 왜냐하면, 종자가 섬기는 편력 기사가 억세게 운이 없는 사람만 아니라면 몇 번의 결투로 적어도 어느 섬을 멋지게 다스릴 수 있게 된다든지, 아니면 괜찮은 백작령 같은 것을 얻을 수 있을 테니 말입니다.」

「나는 말입니다, 이미 우리 주인한테 말씀드렸는데, 어느 섬을 다스리는 것만으로 만족한다고 했어요. 그분은 참으로 귀족적이시고 참으로 관대하셔서 몇 번이나 여러 기회에 걸쳐 약속해 주셨지요.」

「나는 내 봉사에 대한 보상으로 성당 참사회 의원 수당으로 만족할 겁니다. 내 주인이 내게 벌써 그걸 약속해 주셨거든요, 그러면 됐죠 뭐!」

「댁의 주인은 교회와 관련이 있는 기사가 틀림없군요. 그러니 자기의 훌륭한 종자에게 그런 은혜를 베푸실 수 있겠지요. 하지만 우리 주인은 그저 속인이셔서 말이에요. 내 기억으로는 어느 분별 있으신 분들이 — 비록 내가 보기에는 나쁜 저의를 가졌던 것 같긴 하지만 — 우리 주인보고 대주교가 되어 보라고 충고했던 일이 있는데, 그때 우리 주인은 그걸 원하지 않고 대신 황제가 되시겠다고 했어요. 그때 나는 주인이 교회의 사람이 될 마음을 갖는 건 아닐까 하고 꽤나 긴장했지요. 난 교회에서 혜택을 받을 만한 자격이 충분하지 않거든요. 사실 댁한테야 내가 사람처럼 보이겠지만 교회 사람들 눈에는 짐승이나 다름없으니까요.」

「댁은 정말 실수하고 있는 겁니다.」〈숲의 기사〉의 종자가 말했다. 「섬을 다스린다는 것이 좋은 결과만 보장하는 건 아니거든요. 어떤 건 꼬여 있고, 어떤 건 초라하고, 어떤 건 우울한데, 결국 말하자면 가장 뛰어나고 제대로 된 섬이라도 골치 아프고 불편한 짐을 잔뜩 가지고 있어서 어쩌다 그걸 맡게 된 사람은 불행하게도 그것까지 같이 짊어져야 한다는 거예요. 우리처럼 이런 저주받을 봉사를 하는 사람들은 각자 자기 집으로 돌아가서 사냥을 하거나 고기를 낚는, 말하자면 좀 더 부드러운 일을 하면서 시간을 보내는 게 훨씬 나은 거죠. 자기 고향에서 소일하는 데 필요한 여윈 말 한 마리와 개 두 마리, 그리고 낚싯대 한 대도 없을 만큼 그렇게 가난한 종자가 세상에 어디 있겠습니까?」

「난 그런 거 하나도 필요 없어요.」 산초가 대답했다. 「사실은 그 여윈 말이 내게 없긴 해요. 하지만 우리 주인의 말보다 두 배나 더 값어치가 있는 잿빛은 있지요. 만일 주인의 말에다 4파네가의 보리를 얹어 준다고 해서 내가 내 잿빛과 그 말을 바꾼다면, 하느님이 내게 빌어먹을 부활절을 줘도 달게 받을 거예요. 당장에 올 부활절이라도 말입니다. 댁은 내 잿빛의 가치를 우습게 여기겠지만요. 잿빛은 바로 내 당나귀 색깔이랍니다. 사냥개는 우리 마을에 넘쳐 나게 있으니까 괜찮아요. 더욱이 사냥은 남의 것으로 할 때 더 신이 나는 법이니까요.」

「정말로 그렇습니다.」 〈숲의 기사〉의 종자는 대답했다. 「종자 친구, 나는 기사들의 이런 터무니없는 일을 그만두고 고향으로 돌아가서 내 자식 놈들이나 돌보기로 마음을 먹었어요. 내겐 동방의 진주 같은 자식 놈이 셋이나 된다고요.」

「나는 둘이랍니다.」 산초가 말했다. 「교황님 앞에 내놓아도 괜찮을 애들인데 특히 계집애는, 하느님만 도와주신다면 백작 부인으로 키울 생각이죠. 제 어미는 반대하지만 말이에요.」

「백작 부인으로 키운다는 그 공주님은 몇 살인가요?」 〈숲의 기사〉의 종자가 물었다.

「열다섯에서 두 살 더 많거나 적죠.」 산초가 대답했다. 「하지만 장대같이 크고 4월의 아침처럼 신선하며 힘도 막노동꾼 같아요.」

「그 정도 갖췄다면……」 〈숲의 기사〉의 종자가 대답했다. 「백작 부인만이 아니라 푸른 숲의 요정도 될 수 있겠습니다. 아이고야, 고 창녀 새끼! 고 능구렁이가 힘깨나 쓰겠구면!」

이 말에 산초는 약간 불쾌해하며 대꾸했다.

「걔는 창녀가 아니고 개 어미도 아니에요. 하느님이 내가 살아 있기를 원하시는 동안 둘 중 누구도 그럴 일은 없을 겁니다. 좀 더 점잖게 말할 수 없나요? 예의범절 그 자체인 편력 기사들 속에서 자란 사람에게 방금 그런 말은 아주 잘못된 겁니다.」

「오, 이런, 내 말을 잘못 이해했군요!」〈숲의 기사〉의 종자가 말했다. 「칭찬으로 한 험담인데 말이에요, 종자 양반! 어떤 기사가 광장에서 소를 창으로 멋지게 찌른다든가, 아니면 어떤 일을 아주 잘해 낼 때 사람들이 〈오, 창녀 새끼, 창녀여, 멋지게도 해치웠구나!〉라고 말하는 것을 어찌 모른단 말인가요? 그게 모욕으로 보이긴 하지만 사실은 그런 용어로 훌륭한 찬사를 하는 겁니다. 그러니 말이에요, 부모한테 이 같은 칭찬을 들을 만한 행동을 하지 않는 아들이나 딸은 인정하지 말아야 해요.」

「그럼, 인정하지 않고말고요.」 산초가 대답했다. 「그런 식이라면 댁은 나와 내 자식 놈들이나 내 아내에게 온갖 욕지거리를 퍼부을 수 있겠군요. 그들이 하는 말이며 행동들은 모두 그와 같은 칭찬을 듣고도 남을 만한 것들이니 말이에요. 그래서 나는 다시 그들을 볼 수 있도록 하느님께 나를 죽을죄로부터 구해 주십사 하고 기도드리고 있어요. 이 종자라는 위험한 일에서 나를 끄집어내 주십사 하고 말이지요. 난 이 종자 일을 두 번째로 저지르게 됐는데, 그건 어느 날 시에라 모레나 산에서 발견한 1백 두카도가 들어 있던 지갑에 속아 눈이 멀었기 때문이지요. 그런데 악마라는 놈이 자꾸만 금화가 가득 들어 있는 자루를 내 눈앞 여기에, 저기에, 이쪽, 아니 저쪽에다가 놔두니 그때마다 그걸 나는 손으로 만지고 얼싸안아 집으로 가져가서는 그걸 연금으로 하여 이자를 받으면서 왕자처럼 살고 싶은 마음이 든단 말입니다. 이런 생각을 하는 동안에는 이 부족한 우리 주인과 함께 참고 견디면서 하는 고생들도 그렇게 힘들지 않고 참을 만하더라는 겁니다. 우리 주인은 기사라기보다 미치광이에 더 가깝다는 걸 나는 알고 있거든요.」

「그래서…….」〈숲의 기사〉의 종자가 대답했다.「욕심이 자루를 찢는다는 말이 있는 겁니다. 댁이 말한 그런 일이라면 우리 주인보다 더 심한 사람은 이 세상에 없을 거예요. 우리 주인은 〈다른 사람 걱정하다 자기 당나귀를 죽인다〉라고 일컬어지는 그런 사람들 중 하나거든요. 왜냐하면 정신을 잃은 다른 기사를 구하려다가 자기가 미쳐서는 나도 모르는 무엇인가를 찾아다니는데, 그걸 찾아내면 봉변이나 당하지 않을지 모르겠습니다.」

「혹시 사랑에 빠져 있는 건가요?」

「그래요. 카실데아 데 반달리아라는지 뭔지 하는 여자인데, 세상이 만들어 낼 수 있는 가장 깔끄럽고 성질 고약한 공주죠. 그런데 주인이 괴로워하는 이유는 그 여자가 매몰차서가 아니에요. 다른 더 큰 꿍꿍이가 속에 있는데, 좀 있으면 그게 뭔지 알게 될 겁니다.」

「아무리 편편한 길이라도 발에 걸리는 장애물이나 벼랑이 없는 길은 없지요. 다른 집에서 콩을 좀 요리하는가 싶으면 우리 집에서는 솥단지째 요리한다는 말이 있지요. 신중함보다는 광기가 친구와 심부름꾼을 더 많이 데리고 다니는 게 틀림없습니다. 아무튼 흔히 고생에 동반자가 있으면 그 고생이 줄어든다고들 하는데, 그 말이 사실이라면 난 댁이 있어 줘서 위안이 되는군요. 댁도 우리 주인만큼이나 멍청한 주인을 모시고 있으니까 말입니다.」

「멍청하지만 용감하지요.」〈숲의 기사〉의 종자가 대답했다.「아니, 멍청하거나 용감하다기보다는 꿍꿍이가 있는 사람이라 해야겠군요.」

「우리 주인은 안 그래요.」산초가 말했다.「그러니까 내 말은, 그분은 꿍심이라고는 전혀 모르는 분이라는 겁니다. 오히려 물 항아리 같은 영혼을 가진 사람[110]이죠. 누구에게도 나쁜 짓은 할 줄 모르고 모든 사람에게 좋은 일만 해요. 악의라고는 전혀 없어요. 어린아이라도 대낮을 밤이라고 하여 그분을 속일 수 있다니까요. 이런 순박함 때문에 나는 그 사람을 내 심장막만큼이나 좋아하게 되었고, 아무리 터무니없는 짓을 해도 그 사람을 버리고 갈 수가 없게 되었단 말입니다.」

「그렇다 하더라도, 형제여…….」〈숲의 기사〉의 종자가 말했다. 「장님이 장님을 안내하다가는 둘 다 구덩이에 빠질 위험이 있는 법이죠. 그러니 발이 성할 때 물러나서 각자 자기 집으로 돌아가는 게 훨씬 낫다고요. 모험을 찾아다니는 사람들이 언제나 좋은 모험만 만나는 건 아니거든요.」

산초는 자주 침을 뱉고 있었는데, 보기에 끈적끈적하면서도 마른침 같았다. 이것을 인정 많은 〈숲의 기사〉의 종자가 알아채고 말했다.

「말을 많이 하다 보니 혀가 입천장에 붙어 버릴 것 같군요. 하지만 그것을 떼어 낼 수 있는 것을 내가 말 안장틀에 매달아 가지고 왔지요. 질이 훌륭한 만큼 잘 떼어질 거예요.」

그러고는 일어나더니 잠시 후 포도주를 담은 커다란 술 자루와 길이가 반 바라나 되는 엠파나다[111]를 가지고 돌아왔다. 이 길이는 과장한 것이 아니다. 왜냐하면 그것은 엄청나게 큰 흰토끼 고기로 속을 채운 것이었는데, 산초가 그것을 만져 보고는 새끼도 아니고 어미 산양 고기를 넣었다고 생각했을 정도였으니 말이다. 산초는 말했다.

「아니, 이걸 직접 가지고 다닌단 말인가요, 댁은?」

「아니, 그럼 뭘 생각했던 거죠?」〈숲의 기사〉의 종자가 되물었다. 「혹시

---

110 〈순박하고 단순하며 불행한 자〉를 의미한다.
111 *empanada*. 밀가루 반죽을 얇게 펴서 그 사이에 고기를 넣어 싼 파이의 일종.

내가 별 가치도 없고 중요하지도 않은[112] 종자인 줄 알았단 말입니까? 나는 장군이 길을 떠날 때 가지고 다니는 식량보다 더 훌륭한 식량을 내 말 엉덩이에 싣고 다닌다고요.」

권하지도 않았는데 산초는 먹기 시작하여 말을 묶는 밧줄 매듭만 한 것을 어둠 속에서 꿀꺽꿀꺽 삼키고 있었다. 그러고는 말했다.

「이 음식을 베푼 것으로 보아 댁은 충성스럽고 충실하고 평범하면서도 훌륭하고 위대한 종자인 게 틀림없어요. 마법의 기술로 여기 온 게 아니라면, 적어도 그렇게 보인단 말입니다. 가난하고 불행한 나 같지 않고 말이에요. 나는 자루에 거인의 머리도 부술 만큼 단단한 치즈 약간하고 짐승 사료용 콩 마흔여덟 알하고 그 정도의 개암 열매와 호두알만 겨우 가지고 있을 뿐이거든요. 내 주인이 생활에 쪼들릴 뿐 아니라, 편력 기사들은 말린 과일이나 들판의 풀만으로 목숨을 부지해야 한다는 규칙을 지킬 생각을 해서 그런 거예요.」

「맹세코 형제여, 내 배는 엉겅퀴나 야생 배나 산에 있는 나무나 풀뿌리들에 맞게 되어 있지를 않아서요. 우리 주인들은 기사도의 생각이나 법도에 따라 살면서 그것들이 명령하는 대로 먹으라지요. 나는 생선과 고기가 든 찬 음식에다가 혹시 몰라 이 술 자루까지 안장틀에 달고 다닌다고요. 이것들이야말로 내 신앙과 같은 것이고, 난 이것들을 정말 좋아해서 여기에 수천 번 입을 맞추고 수천 번 끌어안지 않고 보내는 시간이 거의 없지요.」

이렇게 말하면서 산초의 손에 그것을 놔주었다. 산초는 술 자루를 쳐들어 입에 댄 채 15분이나 하늘의 별을 쳐다보고 있더니 다 마시고 나자 머리를 한쪽으로 떨구며 커다랗게 한숨을 내쉬면서 말했다.

112 원문에는 〈물과 양털로 된〉이라고 되어 있다.

「오, 창녀의 새끼 망나니여! 이렇게 훌륭할 수가!」

「그것 봐요!」 산초에게서 〈창녀의 새끼〉라는 소리를 들은 〈숲의 기사〉의 종자가 말했다. 「댁도 이 포도주를 〈창녀의 새끼〉라고 하면서 칭찬하잖아요.」

「그러게 말입니다.」 산초가 대답했다. 「고백건대 누구든 어떤 사람을 〈창녀의 새끼〉라고 부르는 게 그자를 불명예스럽게 하는 게 아니라는 걸 알겠어요. 칭찬하고자 할 때는 말이죠. 그런데 종자 양반, 댁이 가장 사랑하는 것을 두고 맹세하며 말해 주었으면 좋겠는데, 이 포도주는 시우다드 레알[113]산이 아닌가요?」

「술맛을 제대로 아시는군!」 〈숲의 기사〉의 종자가 대답했다. 「정말 그곳에서 나온 술로 몇 년 묵은 겁니다.」

「그 일엔 내가 귀신이지!」 산초가 대답했다. 「내가 술에 대해 모르고 지나치는 일이 있을 거라고는 생각지도 마시죠. 종자 양반, 술을 알아보는 데 정말이지 훌륭하고도 타고난 재능이 내게 있다는 게 대단하지 않은가요? 어떤 술이든 냄새만 한 번 맡으면 산지가 어디인지, 족보가 어떻게 되는지, 맛은 어떻고 얼마나 오래되었는지, 술통을 몇 번이나 바꿨는지, 술에 관한 것이라면 뭐든지 알아맞히거든요. 하지만 놀랄 건 없어요. 내 핏줄에 우리 아버지 쪽으로 오랜 세월 동안 라만차에서 알려진 아주 대단한 술 감정사가 둘이나 있었으니 말이죠. 이 말에 대한 증거로 그들에게 있었던 일화를 지금부터 들려 드리죠. 사람들이 그 두 분에게 어떤 통에든 포도주 감정을 부탁했지요. 술 상태며 품질이 괜찮은지 나쁜지에 대해서 그분들의 의견을 달라고 부탁한 거예요. 한 사람은 혀끝으로 맛을 보고 다른 사람은 코에다 그것을 가져다 대기만 했죠. 첫 번째 사람이 그 술

---

113 Ciudad Real. 라만차 지역 남쪽에 있는 도시. 포도주와 가죽으로 유명한 곳이다.

에는 쇠 맛이 난다고 말했고, 두 번째 사람은 그보다는 양가죽 맛이 난다고 했어요. 주인이 말하기를 술통은 깨끗하며 쇠나 양가죽의 맛이 날 만한 처리는 전혀 하지 않았다고 했어요. 그래도 그 두 명의 유명한 술 감정사들은 자기들이 한 말이 맞는다고 확신했습니다. 그런데 시간이 흐르고 술이 다 팔려 술통을 청소해 보니, 거기에서 양가죽 끈에 달린 조그마한 열쇠가 발견된 겁니다. 이런 혈통을 가진 사람이니 그 비슷한 일에 있어 자기의 의견을 낼 수 있다는 걸 댁이 알아줬으면 해서 말입니다.」

「그래서 내가 말하잖습니까.」〈숲의 기사〉의 종자가 말했다. 「모험을 찾아다니는 일은 그만두자고 말이죠. 우리는 이미 큰 빵을 갖고 있으니 작은 빵은 찾지 맙시다. 우리의 오두막집으로 돌아가자고요. 하느님이 그곳에서 우리를 지켜 주실 겁니다. 물론 그분이 원하신다면 말이지요.」

「난 주인이 사라고사에 도착할 때까지는 그분을 모실 생각입니다. 그런 다음에는 모두 우리 마음대로 하자고요.」

그 두 착한 종자는 말도 많이 하고 술도 실컷 마셨으니, 결국 졸음이 그들의 혀를 묶고 그들의 갈증을 달래 주어야 했다. 달리 갈증을 해소하는 건 불가능했으니 말이다. 그래서 두 사람은 이제 거의 비어 버린 술 자루를 붙들고 입에는 반쯤 씹다 만 음식물을 문 채 잠들어 버렸다. 이들은 당분간 여기 이대로 놔두고 우리는 〈숲의 기사〉가 〈슬픈 몰골의 기사〉와 나눈 이야기를 하기로 하자.

14
〈숲의 기사〉의 모험이 계속되다

돈키호테와 〈숲의 기사〉가 나눈 많은 이야기 가운데, 진실을 기록한 이 이야기는 먼저 〈숲의 기사〉가 돈키호테에게 한 말을 전하고 있다.

「결국 기사 나리, 나의 운명이, 더 정확히 말하자면 나의 선택이 비할 데 없는 카실데아 데 반달리아를 사랑하도록 했음을 알아주시면 좋겠소. 비할 데 없다고 말한 것은 몸집의 크기나 신분과 아름다움의 대단함에 있어서 그렇다는 거요. 그러니까 내가 말씀드리고 있는 이 카실데아라는 분이, 유노가 헤라클레스에게 하도록 했던 것처럼 나에게도 그런 일을 시켜, 갖가지 숱한 위험에 처해 보자는 건전한 생각과 조심스러운 소망을 가지도록 만들었소. 그 여자는 한 가지 위험이 끝날 때마다 그에 대한 보상을 내게 약속했거든. 그다음 위험이 끝나면 나의 소원을 들어주겠다고 말이오. 하지만 나는 줄줄이 이어진 쇠사슬 고리처럼 고생만 죽도록 하고, 나의 건전한 소원을 이룰 마지막 위험은 도대체 무엇이 될 것인지도 모르고 있소. 한번은 그녀가 세비야에 있는 라 히랄다[114]라는 그 유명한

---

114 La Giralda. 세비야의 대성당 옆 탑 위에 있는 풍향계.

여자 거인에게 도전하러 가라고 명했소. 그 거인은 무척 용감하고 청동으로 되어 있어서 엄청 강한데, 한 장소에서 움직인 적이 없음에도 세상에서 가장 움직임이 많고 변화무쌍한 여자였지. 나는 그곳에 가서 그녀와 만났고, 그녀를 이겨 그 자리에서 움직이지 못하게 했소. 일주일 이상이나 북풍밖에 불지 않았으니 말이오. 한번은 오래되고 거대한 기산도[115] 소 석상의 무게를 재러 가라는 명령을 내린 적도 있다오. 기사보다는 막노동꾼에게나 시킬 법한 일이지. 또 카브라[116]의 깊은 동굴에 뛰어 들어가 그 캄캄하고 깊은 밑바닥에 있는 게 뭔지를 살펴보고 상세하게 보고하라는, 듣도 보도 못한 무시무시한 위험에 처하게 될 그런 명령을 받은 적도 있소. 나는 라 히랄다를 움직이지 못하게 했고 기산도 소 석상의 무게를 쟀으며 심연에 뛰어들어 그곳에 숨겨져 있던 것을 밝혀냈지만, 나의 희망은 죽을 대로 죽고 그녀의 명령과 매정함은 살 대로 살아 기세가 등등하오. 급기야 최근에는 내게 에스파냐의 모든 곳을 돌아다니면서 그곳을 헤매는 모든 편력 기사들로 하여금 오직 자기만이 오늘날 살아 있는 모든 여성 가운데 가장 아름답고, 또 나는 세상에서 가장 용감하고 가장 깊은 사랑에 빠진 기사라는 것을 고백하도록 시키라고 명령했다오. 나는 그 요구를 받들어 이미 에스파냐의 거의 모든 곳을 돌아다녔고, 내 말에 감히 반론을 제기했던 기사들은 모두 무찔렀지. 내가 가장 우쭐대며 뽐낼 수 있는 일은, 그 유명한 기사 돈키호테 데 라만차와 일대일로 붙어 그를 이기고 그로 하여금 그 사람의 둘시네아보다 나의 카실데아가 훨씬 아름답다고 고백하게 했다는 거요. 이 승리 하나로 나는 세상의 모든 기사를 이겼다고 생각하고 있소. 내가 말한 그 돈키호테라는 기사가 다른 모든

---

115 Guisando. 스페인 아빌라 헤로니모 수도원의 포도밭에 있는 석상. 이베리아 반도 내 원주민들이 남긴 구석기 시대 유물이다.

116 Cabra. 코르도바 주에 있는 동굴.

기사들을 이겼기 때문이지. 이제 내가 그를 이겼으니 그의 영광과 그의 명성과 그의 명예가 나한테로 옮겨 온 것 아니겠소?

　　패한 자의 명성이 높으면 높을수록
　　승리한 자는 더욱더 영광스럽게 되노라.

　이미 말했듯이 돈키호테의 셀 수 없이 많은 무훈들이 이처럼 내가 한 것으로 통하니 내 것이 된 셈이오.」
　〈숲의 기사〉의 말을 듣고 놀란 돈키호테는 그 말은 거짓이라고 천 번이나 말하고 싶어 그 말을 혀끝에까지 올렸지만 할 수 있는 한 최대로 자제하면서 그 사람 스스로 자기 말이 거짓임을 고백하도록 만들어야겠다고 생각했다. 그래서 그는 조용히 그에게 말했다.
　「기사 양반, 당신이 에스파냐만이 아니라 더 나아가 온 세상에 있는 편력 기사들의 대부분을 무찔렀다는 얘기에 대해서는 아무 말 않겠소. 하지만 돈키호테 데 라만차를 이겼다는 말에는 의심이 가는구려. 그 사람을 닮은 다른 자였을 수도 있지 않겠소? 그를 닮은 사람이 별로 없긴 하지만 말이오.」
　「어째서 아니라는 거요?」〈숲의 기사〉가 대꾸했다. 「우리를 덮은 하늘을 두고 말하지만, 나는 돈키호테와 싸워 그를 이기고 그를 굴복시켰소. 그는 키가 크고, 얼굴은 홀쭉하며, 팔다리는 길고, 주름지고, 말랐고, 머리는 반쯤 백발인 데다, 약간 매부리코에, 아래로 처진 검고 큰 콧수염을 가졌소. 〈슬픈 몰골의 기사〉라는 이름으로 돌아다니며, 산초 판사라는 농부를 종자로 두었다오. 그 유명한 로시난테라는 말의 등을 죄면서 고삐를 잡고 다니죠. 마지막으로 자기 마음의 귀부인으로 한때 알돈사 로렌소라고 불렸던 둘시네아 델 토보소라는 여자를 모시고 있소. 내가 마음에 두고 있는 귀부인이 카실다인데 안달루시아 출신이라서 카실데아데 반달리아라고 부르는 것처럼 말이오. 이 모든 증거로도 내 말이 진실임을 알게 하는 데 부족함이 있다면, 여기 내 칼이 있소. 이 칼은 불신 그 자체에게도 진실을 믿도록 만들 것이오.」

「진정하시오, 기사 양반.」 돈키호테가 말했다. 「그리고 내가 당신에게 하고자 하는 말을 잘 들으시오. 당신이 말하는 그 돈키호테는 이 세상에서 가장 친한 나의 친구로서, 나를 대신해도 된다고 할 만한 사람이라는 걸 알기를 바라오. 당신이 그 사람에 대해 내게 준 매우 정확하고 확실한 증거들로 미루어 당신이 승리를 거둔 상대가 바로 그 기사라고 생각할 수밖에 없다는 것도 알아주기를 바라오. 하지만 한편으로 그 사람이 돈키호테 바로 그 사람일 수 없다는 것을 나는 이 눈으로 보고 이 손으로 만지듯 알 수 있소. 하기야 그 기사는 많은 마법사들을 적으로 두었으니 ― 게다가 특히 늘 그를 따라다니는 마법사도 하나 있지 ― 그중 누군가 당신에게 져주기 위해 돈키호테의 모습으로 둔갑했을 수도 있는 일이오. 훌륭한 기사도로 지구 방방곡곡에 걸쳐 얻은 그의 명성을 빼앗으려고 말이오. 이러한 사실을 확인하기 위해 당신도 알아줬으면 하는 건, 그를 적대시하는 그런 마법사들이 아름다운 둘시네아 델 토보소의 모습과 인품을 품위 없고 천박한 시골 여인네로 바꾸어 버린 게 바로 이틀 전 일이라는 거요. 그러니 바로 그런 식으로 돈키호테의 모습으로 둔갑한 것이겠지. 이렇게 말씀드려도 내 말이 진실임을 믿게 하는 데 부족함이 있다면, 여기 돈키호테 바로 그자가 있소. 이 돈키호테가 진짜라는 것을 걸어서든, 말을 타고서든, 아니면 당신이 원하는 그 어떤 형태로든 무기로써 입증해 보이겠소.」

이렇게 말하고 일어나서는 칼을 쥔 채 〈숲의 기사〉가 어떠한 결정을 내리는지 기다렸다. 〈숲의 기사〉는 침착한 목소리로 대답했다.

「잘 갚는 자에게는 담보가 괴롭지 않소. 그러니까 돈키호테 나리, 둔갑한 당신을 한 번 이길 수 있었던 자는 분명 진짜인 당신도 굴복시킬 수 있다는 희망을 가질 수 있다는 거요. 하지만 기사들이 들치기나 악당처럼 어둠 속에서 무기를 들고 싸우는 건 좋지 않으니, 태양이 우리의 행동을 보도록 날이 새기를 기다립시다. 그리고 우리 싸움의 조건은, 승자가 시키는 일이 기사의 체면을 손상시키지 않는다는 전제하에 패자는 승자가 원하는 일이 무엇이든 그 뜻에 따라야 한다는 것이오.」

「그 조건과 협약에 아주 만족하오.」 돈키호테가 대답했다.

이렇게 말을 하고서 두 사람은 자기 종자들이 있는 곳으로 갔는데, 그들은 잠이 그들을 습격했을 때 그 모습 그대로 코를 골고 있었다. 주인들은 날이 밝자마자 피비린내 나는 아주 힘든 결전을 벌여야만 했기 때문에 그들을 깨워 말을 준비하라고 명령했다. 이 말을 들은 산초는 놀라고 주인이 걱정되어 까무러칠 지경이었으니, 아까 〈숲의 기사〉의 종자한테서 그의 주인이 용감무쌍하다는 말을 들은 터였다. 하지만 아무 말 없이 두 종자는 자기네 짐승들을 찾으러 갔는데, 이미 말 세 마리와 당나귀 한 마리는 서로의 냄새를 맡고서 다 같이 모여 있었다.

가는 길에 〈숲의 기사〉의 종자가 산초에게 말했다.

「잘 알아 둬요, 형제여. 안달루시아의 싸움꾼들은 싸움 들러리를 설 때 자기편 사람이 싸우고 있는 동안 팔짱만 끼고 그냥 보고만 있지 않는 관습이 있어요. 내가 이런 말을 하는 것은, 우리 주인 나리들이 싸우는 동안 우리 역시 서로 싸워 부스러지지 않으면 안 된다는 것을 알고 있으라는 거죠.」

「그런 관습은, 종자 친구……」 산초가 대답했다. 「댁이 말한 싸움꾼이나 악동들한테나 통하는 일이지, 편력 기사의 종자들한테는 생각조차 할 수 없는 일이에요. 적어도 그 같은 관습이 있다는 걸 나는 주인한테서 들어 본 적이 없어요. 우리 주인은 편력 기사의 규칙들을 모두 다 외우고 계시거든요. 설혹 주인들이 싸우는 동안 종자들끼리도 싸워야 한다는 것이 사실이고 규칙에 있는 일이라 내가 받아들여야 할지라도 나는 그걸 지키지 않을 거예요. 오히려 그런 싸움을 싫어하는 평화로운 종자에게 주어지는 벌을 받겠어요. 그 벌이라고 해봐야 큰 초 2리브라[117]가 넘지 않을 거거든. 차라리 그 2리브라 값을 물겠어요. 그렇게 하는 게 머리가 두 조각으로 쪼개져서 그걸 꿰매는 데 드는 실값보다 훨씬 싸게 먹힌다는 걸 난 알거든요. 더 있어요. 나는 칼이 없어서 싸울 수가 없어요. 생전 칼을 차 본 적이 없거든요.」

「그 문제라면 내게 좋은 방법이 있어요.」〈숲의 기사〉의 종자가 말했다. 「여기 내가 크기가 똑같은 삼베 자루 두 개를 가지고 왔는데 댁과 내가 각각 하나씩 들고서 무기로 싸우듯 자루로 싸우자는 거죠.」

「그런 거라면 좋아요.」산초가 대답했다. 「그렇게 싸우면 다치기보다는 오히려 우리 먼지를 털어 줄 테니까요.」

「그렇게는 안 돼요.」〈숲의 기사〉의 종자가 말했다. 「왜냐하면 바람에 날리지 않도록 자루 안에 반들반들하고 고운 돌맹이를 똑같은 무게로 여섯 개씩 넣어야 하거든요. 이렇게 해도 우리는 다치는 일 없이 자루 싸움을 할 수 있을 거예요.」

「이봐요, 세상에 이런 일이!」산초가 대답했다. 「두개골이나 뼈를 가루로 만들지 않기 위해 흑담비 털이나 보푸라기를 세운 솜뭉치를 넣는 게 아니었군요! 설령 누에고치로 채우더라도 나는 그것으로 싸우지 않을 거라는 걸 알아 둬요, 친구. 주인들은 싸우려면 싸우라지요. 우리는 먹고 마시고 잘 살자고요. 시간이 우리 목숨을 앗아 가는 수고를 해주는데 그 정해진 때와 기한이 오기 전에 우리가 일부러 나서서 목숨을 끝내거나 여물어 떨어지도록 자극제를 찾아다닐 필요는 없잖아요.」

「그래도…….」 숲 속의 기사 종자가 말했다. 「30분 정도는 싸워야 될 거예요.」

「난 못 해요.」 산초가 대답했다. 「나는 함께 먹고 마시고 한 사람과 아무리 잠깐이라도 문제를 만드는 그런 예의도 은혜도 모르는 인간이 되지 않을 겁니다. 더군다나 화가 난 것도 아니고 원한이 있는 것도 아닌데 그저 싸우자는 놈이 세상에 어디 있단 말이죠?」

「그렇다면 내가 충분한 구실을 주지요.」〈숲의 기사〉의 종자는 말했다. 「그러니까 우리가 싸움을 시작하기 전에 내가 감쪽같이 댁에게로 가서 뺨따귀를 서너 번 때려 내 발밑에 넘어뜨리면 아무리 잠꾸러기라고 해도 내가 댁의 화를 깨우게 되겠죠.」

「그런 방책이라면 내가 다른 걸 알아요.」 산초가 대답했다. 「그 방법에 뒤지지 않을 겁니다. 내가 몽둥이를 하나 들고 댁이 내 화를 깨우러 오기 전에 먼저 댁을 그런 식으로 두들겨 패서 저세상에 가기 전에는 눈도 뜨지 못할 정도로 잠재우는 겁니다. 나는 그 누가 되었든 내 얼굴에 손을 대지 못하게 하는 사람으로 유명하거든요. 사람이라면 누구나 정성과 열심을 다해 소중한 것을 돌봐야 하니까요. 물론 가장 좋은 방법은 각자 화를 잠자게 내버려 두는 거죠. 인간이 인간의 속을 어떻게 알겠습니까? 그래서 털 깎으러 갔다가 털 깎여 돌아오는 일도 종종 있는 거죠. 하느님은 평화를 축복하셨고 싸움은 저주하셨어요. 고양이도 쫓기고 갇혀 곤경에 빠지면 사자가 되는 법인데, 사람인 내가 무엇으로 변할 수 있을는지는 하느님만 아시죠. 그러니 종자 양반, 지금부터 우리가 붙어서 결정적으로 일어나게 될 피해나 부상은 모두 댁 때문이라는 걸 알아 둬요.」

「좋아요.」〈숲의 기사〉의 종자가 대답했다. 「하느님이 날을 밝혀 주시면 잘해 봅시다.」

이때 나무에서는 벌써 수천 가지 색으로 치장한 새들이 지저귀기 시작하고 있었다. 가지각색의 즐거운 노랫소리로 신선한 여명에게 축하를 보내고 인사하는 듯했다. 벌써 여명이 동쪽 문과 발코니로 아름다운 얼굴을 차츰차츰 드러내면서 머리카락을 흔들어 액체로 된 진주를 무수히 뿌리니 하얗고 작은 진주들이 비처럼 내리는 것 같았고, 풀잎들은 그 부드러운 액체에 목욕을 하며 싹을 틔웠다. 여명이 오자 수양버들은 달콤한 감로를 증류하고 샘들은 웃어 댔으며 냇물은 졸졸 흐르고 숲은 기뻐하고 초원이 풍요로워졌다. 이렇게 사물들의 모습을 구분하여 볼 수 있을 만큼 날이 밝았을 때 산초 판사의 눈에 제일 먼저 들어 온 것은 〈숲의 기사〉의 종자의 코였으니, 그것은 대단히 커서 거의 온몸에 그림자를 만들 정도였다. 사실 그대로 이야기하자면, 정말이지 너무나 거대한 그 코는 중간에서 굽기까지 했는데, 온통 사마귀투성이에 가지처럼 보랏빛이고, 입 아래로 손가락 두 개 길이만큼 늘어뜨려졌다고 한다. 그렇게 크고 빛깔이 그러하고 사마귀에 굽어 있기까지 하니 그의 얼굴이 얼마나 흉한지, 산초는 그를 보는 것만으로 경기를 일으킨 어린아이처럼 손과 발을 덜덜 떨기 시작했다. 이런 도깨비와 싸우기 위해 그의 화를 깨우기보다는 그냥 자기 뺨을 2백 대 때리게 내버려 두는 게 낫겠다고 그는 마음먹었다.

돈키호테는 자기와 결투할 상대를 살펴보았으나, 그는 벌써 얼굴 가리개가 있는 투구를 푹 눌러쓰고 있어서 얼굴을 볼 수가 없었다. 하지만 다부진 체격에 비해 키는 별로 크지 않다는 것은 알 수 있었다. 보아하니 갑옷 위에 아주 가느다란 금실로 짠 연미복인지 웃옷인지를 걸쳤는데, 거기에는 반짝반짝 빛나는 자그마한 거울 조각들이 뿌려져 있어 아주 눈부시고 멋져 보였다. 투구 위에는 엄청나게 많은 초록, 노랑, 흰색의 깃털들이 휘날리고 있었다. 나무에 기대 세워 놓은 창은 엄청나게 크고 두꺼웠으며, 손바닥 한 뼘보다 더 긴 강철이 그 끝에 붙어 있었다.

돈키호테는 그가 보고 알게 된 이 모든 것들로 미루어 이미 말한 그 기사가 엄청나게 강할 것이 틀림없다고 판단했다. 하지만 그렇다고 산초 판사처럼 무서워하지는 않았다. 오히려 품위 있는 담대함으로 그 〈거울의 기사〉에게 말했다.

「기사 양반, 만일 그토록 싸우고 싶은 마음이 당신의 예의를 다 망가뜨리지 않았다면, 그 얼굴 가리개를 좀 올려 주기를 부탁하오. 당신 얼굴의 늠름함이 당신의 풍채와 상응하는지 보고 싶어서 그러오.」

「이 대결에서 패자가 되건 승자가 되건, 기사 양반…….」 〈거울의 기사〉가 대답했다. 「나를 볼 시간과 여유는 충분할 것이오. 지금 내가 당신의 요구를 만족시켜 주지 않는 이유는, 그것이 아름다운 카실데아 데 반달리아를 지극히 모욕하는 행동이 될 것 같아 보이기 때문이오. 당신도 알겠지만, 그렇게 하면 내가 주장하는 바를 당신으로 하여금 고백하게 하지 못한 채 얼굴 가리개를 들어 시간을 지체하게 되니 말이오.」

「그렇다면 우리가 말에 오르는 동안 말해 보시오.」 돈키호테가 말했다. 「당신이 이겼다고 말한 그 돈키호테가 과연 여기 있는 나였는지 말이오.」

「그건 대답해 드리지.」 〈거울의 기사〉가 말했다. 「당신은 한 달걀이 다른 달걀과 닮았듯이 내가 무찔렀던 그 기사와 똑같이 닮았소이다. 하지만 당신 말에 의하면 당신이 마법사들의 박해를 받고 있다고 하니, 당신이 앞서 말한 그 기사인지 어떤지는 이제 감히 단정할 수 없소.」

「당신이 속았다는 걸 알겠다면 그것으로 됐소.」 돈키호테가 대답했다. 「그러나 그런 속임수에서 당신을 완전히 꺼내야 하니, 어서 말에 오르십시다. 만일 하느님과 나의 귀부인과 이 팔이 나를 도와준다면, 당신이 얼굴 가리개를 드는 데 걸리는 시간보다 짧은 시간 안에 나는 당신 얼굴을 볼 것이며, 당신은 당신이 이겼다고 생각하는 그 돈키호테가 내가 아니었음을 알게 될 것이오..」

이것으로 말을 마치고 그들은 말에 올랐다. 돈키호테는 로시난테의 고삐를 돌려 상대와 다시 만나기에 알맞은 거리를 잡으러 갔다. 〈거울의 기사〉도 그렇게 했다. 하지만 돈키호테가 스무 걸음도 떼기 전에 〈거울의 기사〉가 부르는 소리가 들려 두 기사는 길을 사이에 둔 채 서로 마주 보며 섰고, 〈거울의 기사〉가 그에게 말했다.

「기사 양반, 아까 이야기했듯이 우리 결투의 조건을 잊어서는 안 되오. 패자가 승자에 따르기로 한 것 말이오.」

「이미 알고 있소.」 돈키호테가 대답했다. 「패자에게 주어질 명령이 기사도의 한계를 넘어서는 게 아니라는 전제하에 말이오.」

「그렇소.」 〈거울의 기사〉가 대답했다.

이때 돈키호테의 눈에 그 종자의 이상한 코가 띄는 바람에 그는 산초 못지않게 놀랐다. 코가 어찌나 큰지 그는 그 종자를 무슨 괴물이거나, 아니면 이 세상에는 없는 그런 종류의 새로운 인간이라고 생각할 정도였다. 주인이 말을 달릴 거리를 확보하려고 가는 것을 본 산초는 그 코쟁이와 단둘이 남고 싶지 않아서 등자가 매달려 있는 로시난테의 안장 끈을 잡고 주인 뒤를 따라갔다. 저 코로 자기 코를 한 번 치기만 해도 그 충격과 공포로 땅바닥에 뻗어 싸움이 끝장나 버릴까 걱정이 되었기 때문이다. 말을 돌려야 할 때라고 생각되었을 때 그가 주인에게 말했다.

「부탁이 있습니다요, 나리. 결투하러 돌아가시기 전에 제가 저 떡갈나무 위로 올라가도록 좀 도와주십시오. 거기서라면 땅에서보다 나리가 저 기사와 대결하시는 멋진 모습을 더 잘 구경할 수 있을 것 같습니다요.」

「그것보다 자네는, 산초…….」 돈키호테가 말했다. 「위험 없이 편하게 구경하기 위해 관람대로 기어 올라가고 싶은 것 같군.」

「사실을 말씀드리자면요…….」 산초가 대답했다. 「저 종자의 무시무시한 코가요, 너무 무섭고 놀라워서요, 도저히 그 사람과 함께 못 있겠습니다요.」

「정말이지 대단하긴 해.」 돈키호테가 말했다. 「나 역시 지금의 내가 아니었다면 놀라 나자빠졌을 정도네. 그러니 자, 자네가 말한 곳으로 올려 줄 테니 이리 오게나.」

돈키호테가 산초를 떡갈나무 위로 올려 주려고 멈춰 선 그때, 〈거울의 기사〉 역시 필요하다고 생각되는 거리를 잡은 뒤 돈키호테도 그렇게 했으리라 믿고, 돌격을 알리는 나팔 소리나 다른 어떤 신호도 기다릴 것 없이 고삐를 당겨 말머리를 돌렸다. 그의 말은 로시난테보다 더 날쌔지도 더 훌륭해 보이지도 않았지만, 그래도 전속력으로 — 그래 봤자 보통 정도의 종종걸음이었지만 — 적과 대결하고자 달리기 시작했다. 하지만 절반쯤 달려오다가 상대방이 산초를 나무에 올려 주고 있는 것을 보자 그는 고삐를 당겨 멈추었고, 이미 더 이상 움직일 수 없었던 말은 그게 무척 고마웠다. 돈키호테는 적이 벌써 날 듯이 달려오고 있는 줄 알고 로시난테의 비쩍 마른 옆구리에 힘껏 박차를 가해 걸음을 재촉했다. 이때만은 그래도 로시난테가 얼마간 달린 것 같다고 이야기는 전하고 있다. 분명 다른 경우에는 전부 총총걸음 정도로 걸었는데 말이다. 이렇게 한 번도 본 적 없는 전속력으로 돈키호테는 〈거울의 기사〉가 있는 곳으로 달려갔고, 이 〈거울의 기사〉는 박차의 장식 단추가 말 배에 닿을 정도로 말에 박차를 가했으나 말은 아까 달리기를 멈춘 곳에서 옴짝달싹하지 않았다.

돈키호테는 참으로 좋은 절호의 기회에 적을 만난 셈이었다. 그의 적은 말의 방해에다가, 창을 창받이에 놓을 겨를이 없었는지 제대로 놓지 못했는지 하여 온통 정신이 없었다. 돈키호테는 상대가 이런 좋지 못한 형편에 있다는 것을 알지 못하고 안전하게, 아무런 위험 없이, 엄청난 힘으로

〈거울의 기사〉와 맞닥뜨려 부딪쳤다. 상대는 자기 뜻과는 달리 말의 엉덩이로 굴러 땅바닥에 나뒹굴고 말았는데 얼마나 세게 떨어졌는지 손이고 발이고 전혀 움직이지 않아 꼭 죽은 것 같았다.

산초는 적이 말에서 떨어지는 것을 보자마자 떡갈나무에서 미끄러져 내려와 주인이 있는 곳을 향해 전속력으로 달렸다. 그의 주인은 로시난테에서 내려 〈거울의 기사〉를 내려다볼 수 있는 곳으로 갔다. 그러고는 그가 죽었는지 살피며, 만일 살아 있으면 숨을 쉴 수 있도록 투구를 묶었던 매듭을 풀었는데……. 돈키호테가 본 것을 누가 이야기할 수 있을까? 그의 말을 들을 사람은 놀라고 감탄하고 경악하리라. 이야기에 의하면 돈키호테가 본 것은 학사 삼손 카라스코와 같은 얼굴, 같은 몰골, 같은 모양, 같은 인상, 같은 모습, 같은 외모였다고 전하고 있다. 그 모습을 보는 즉시 돈키호테는 큰 소리로 말했다.

「산초, 이리 와보게, 그리고 눈에 보이는 것을 보되 믿지는 말게! 빨리 오게, 이 사람아! 마법의 힘이 어느 정도인지, 요술사나 마법사가 어디까지 할 수 있는지 잘 보게!」

산초는 다가와 학사 카라스코의 얼굴을 확인하고는 천 번이나 십자가를 그었으며 천 번이나 성호를 그었다. 이러는 동안에도 말에서 떨어진 기사가 살아 있다는 기미를 보이지 않자 산초가 돈키호테에게 말했다.

「제 생각으로는요 나리, 혹시나 해서 그러는데요, 학사 삼손 카라스코로 보이는 이 사람 입에 나리께서 칼을 찔러 넣어 보시는 게 어떨까 합니다요. 혹시 나리의 적들인 마법사들 중 하나를 죽이는 게 될지도 모르잖습니까요.」

「자네 말도 일리가 있구먼.」 돈키호테가 말했다. 「적은 적을수록 좋으니 말일세.」

그래서 산초의 경고와 충고를 실행에 옮기려고 칼을 뽑아 드는데, 〈거울의 기사〉의 종자가 그토록 그 자신을 흉하게 만들었던 코 없이 와서는 큰 소리로 말했다.

「돈키호테 나리, 지금 무슨 짓을 하시려는지 보세요. 그 발아래 있는 사람은 나리의 친구인 학사 삼손 카라스코이며, 전 그분의 종자입니다요.」

산초는 그 끝내주게 흉측한 코가 없어진 것을 보고는 물었다.

「그런데 댁 코는 어쨌나요?」

「여기 있죠, 내 호주머니에.」

그러고서 손을 오른쪽 호주머니에 넣더니 두꺼운 종이와 유약으로 제법 잘 만든 가면용 코를 꺼냈다. 산초는 그 사람을 보고 또 보더니 감탄한 듯 큰 소리로 말했다.

「세상에, 하느님 맙소사! 이 사람, 내 이웃이자 내 대부인 토메 세시알 아닌가?」

「그래, 이 사람아!」 이제 코가 없어진 종자가 대답했다. 「산초 판사의 대부이자 친구, 토메 세시알일세. 내가 어떻게 해서 여기로 오게 되었는지 그 사정과 속임수와 음모는 차차 얘기해 주겠네. 그 전에 자네 주인 나리께 그분 발아래 쓰러져 있는 〈거울의 기사〉에겐 손도 대지 말고, 혼도 내지 말고, 상처도 주지 말고, 죽이지도 말라고 부탁 좀 해주게나. 이 사람은 틀림없이 그 무모하고 남의 말 잘 안 듣는 우리 마을의 삼손 카라스코 학사가 틀림없으니까 말일세.」

이때 〈거울의 기사〉가 정신을 차렸다. 돈키호테는 그 모습을 보고 뽑아든 칼의 끄트머리를 그의 얼굴에 갖다 대면서 말했다.

「기사여, 비할 데 없는 둘시네아 델 토보소가 당신의 카실데아 데 반달리아보다 그 아름다움에 있어 더 뛰어나다는 것을 고백하지 않는다면 당신 목숨은 없소. 이것 말고도 약속해야 할 일은, 만일 이 싸움과 이 낙마에서 목숨을 건지게 된다면, 엘 토보소 마을로 가서 그녀 앞에 나아가 내

가 보냈노라고 하면서 그분의 처분에 당신을 맡기겠노라고 말하는 것이
오. 그리고 만일 그분이 당신을 자유롭게 놓아주면 다시 나를 찾아와야
하오. 내 무훈의 흔적이 길잡이가 되어 줄 테니 그것을 좇다 보면 내가 있
는 곳으로 올 수 있을 것이오. 내게 와서는 그분과 있었던 일을 말해 줘야
하오. 이 조건들은 우리가 싸우기 전에 결정했던 것으로, 편력 기사도의
한계를 넘어서지 않소.」

「고백하오.」 말에서 떨어진 기사가 말했다. 「둘시네아 델 토보소 공주
의 해지고 더러운 신발이 카실데아의 깨끗하지만 제대로 빗지 않은 턱수
염보다 더 훌륭하오. 그리고 당신의 귀부인 앞에 나아갔다가 다시 돌아
와 내게 요구한 바대로 상세하게 모든 것을 알려 드릴 것을 약속하오.」

「또 고백하고 믿어야 할 것은…….」 돈키호테가 덧붙였다. 「당신이 이
겼다고 한 그 기사는 돈키호테 데 라만차가 아니고, 그럴 수도 없으며, 그
를 닮은 다른 사람일 뿐이었다는 것이오. 당신이 학사 삼손 카라스코와
닮았지만 그 사람이 아닌 그를 닮은 다른 사람이라고 내가 고백하고 믿
듯이 말이오. 나의 적들이 내 격한 분노를 완화하고 멈추게 하여 승리의
영광을 퇴색시켜 놓기 위해 여기 당신을 그 사람 모습으로 바꾸어 놓은
것이란 말이오.」

「모든 걸 당신이 믿고 판단하고 느끼는 대로 나도 고백하고 판단하고
느끼리다.」 허리를 삔 기사가 말했다. 「부탁건대 나를 좀 일어나게 해주시
오. 떨어질 때의 충격이 너무 커 일어날 수나 있을지 모르겠지만 말이오.」

돈키호테와 〈거울의 기사〉의 종자 토메 세시알이 그를 도와 일으켰다.
산초는 그 종자에게서 눈을 떼지 않고 여러 가지를 물어보았으니, 그 대
답들이 그가 진짜로 토메 세시알임을 분명하게 보여 주었다. 하지만 마
법사가 〈거울의 기사〉를 학사 카라스코의 모습으로 바꾸었다는 주인의
말 때문에 자기 눈으로 보고 있는 사실을 도무지 믿을 수가 없었다. 결국

주인과 종자는 이렇게 속은 채 남고, 〈거울의 기사〉와 그의 종자는 슬프고도 불행하게 돈키호테와 산초와 헤어졌으니, 그들은 몸에 고약을 바르고 갈비뼈에 판자를 댈 장소를 찾아갈 생각이었다. 돈키호테와 산초는 다시 사라고사를 향해 길을 나섰는데, 여기서 이야기는 이 두 사람을 놔두고 〈거울의 기사〉와 그의 코쟁이 종자가 누구였는지를 전하고 있다.

15

〈거울의 기사〉와 그의 종자가
누구였는지에 대해 이야기하며
그에 대한 정보를 주다

　돈키호테는 〈거울의 기사〉를 참으로 용감한 기사라고 생각하고 있었기 때문에 그에게서 승리를 거둔 것에 대해 아주 만족스러워하고 우쭐해하고 스스로를 대단하게 생각하면서 길을 가고 있었다. 그러면서 그 사람이 기사로서 맹세한 약속으로 자기의 공주가 계속 마법에 걸려 있는지 아닌지 알게 되기를 기다렸다. 패배한 기사가 그녀를 만났을 때 일어난 일을 말해 주러 돌아오기로 되어 있었기 때문이다. 그렇게 하지 않으면 기사를 그만둔다는 조건까지 건 터였다. 하지만 돈키호테가 이런 생각을 하고 있을 때 〈거울의 기사〉는 다른 생각을 하고 있었다. 비록 그때는, 앞서 말한 것처럼 고약을 바를 장소를 찾을 생각밖에 없었지만 말이다.

　그러니까, 이야기는 다음과 같이 전하고 있다. 학사 삼손 카라스코가 돈키호테로 하여금 중단되었던 편력 기사의 길을 다시 이어 가도록 부추긴 것은, 먼저 신부와 이발사를 만나 돈키호테가 잘못된 모험을 찾느라 소란을 피우지 않고 자기 집에 조용하고 편안하게 있게 하려면 어떤 방법을 쓰는 게 좋을지 함께 상의한 뒤였다. 그렇게 상의해서 모두가 찬성한 카라스코의 특별한 의견에 따라, 돈키호테가 집을 나가도록 하자고 결정을 본 것이다. 그를 그대로 집에 붙들어 둔다는 것은 불가능해 보였기 때문이다. 그런 다음 삼손이 편력 기사로 길을 나서 그를 만나 결투를 벌이고 그를 쓰러뜨리기로 했는데, 그들은 이것을 아주 쉬운 일이라 여겼다. 덧붙여 결투를 벌이기에 앞서 패자는 승자의 처분에 따르도록 약속하기로 했다. 그래서 돈키호테가 지면 학사 기사는 그를 고향 집으로 돌아가도록 명령하고 그 후로 2년 동안, 아니면 그가 다른 명령을 내릴 때까지 집을 떠나서는 안 된다고 하기로 정했다. 그렇게 하면 패배한 돈키호테는 기사의 법도를 어기지 않으려고 틀림없이 그대로 할 것이니, 그렇게 은거하고 있는 동안 그가 자기의 어처구니없는 일을 잊어버리게 될 수도 있고 혹은 그의 광기를 고칠 무슨 적당한 처방을 찾을 여유가 생길지 모른다고 그들은 생각했던 것이다.

이 일을 카라스코가 맡았고, 산초 판사의 대부이자 이웃인 쾌활하고 생각 얕은 토메 세시알이 종자가 되겠다고 나섰다. 삼손은 앞서 언급한 대로 무장하고 토메 세시알은 원래의 코 위에다 이미 말한 가짜 코를 가면으로 달았는데, 이는 친구와 만났을 때 자기를 알아보지 못하도록 하기 위한 것이었다. 이렇게 하고 두 사람은 돈키호테가 간 길을 똑같이 따라가 죽음의 달구지 모험 때 거의 만날 뻔했다가 결국 숲 속에서 그들과 마주쳐 신중하신 독자가 읽은 그런 일이 벌어졌던 것이다. 만일 그때 학사를 학사가 아니라고 본 돈키호테의 터무니없는 생각만 없었더라면, 이 학사 양반이 석사로 졸업하기란 영원히 불가능했을 것이다. 새가 있으리라고 생각한 곳에서 둥지도 찾지 못했으니 말이다.

토메 세시알은 자기들의 계획이 형편없이 실패했으며, 취한 방법 또한 잘못되었음을 알고는 학사에게 말했다.

「정말이지 삼손 카라스코 나리, 우리의 이 결과는 당연한 거예요. 쉽게 생각하고 일을 저질렀으니 말예요. 일이라는 게 그렇게 수월하게 해결되는 게 아니거든요. 돈키호테는 미쳤고 우리는 제정신인데, 그는 멀쩡하게 웃으면서 가고 나리는 뼈가 갈려 슬퍼하고 있네요. 그러니 이제 한번 생각해 봅시다. 어쩔 수 없이 미친 사람과 자기가 좋아서 미친 사람 중에 누가 더 미친 사람인지 말입니다.」

이 말에 삼손이 대답했다.

「그 두 미치광이의 차이는, 어쩔 수 없이 미쳐 버린 사람은 언제까지나 미치광이일 것이고, 좋아서 미치광이가 된 사람은 자기가 원할 때면 언제든지 그 미치광이를 그만둘 수 있다는 것이겠죠.」

「그렇다면……」 토메 세시알이 말했다. 「나는 당신 종자가 되고 싶다고 했을 때 내 뜻으로 미치광이가 되었으니 내 뜻으로 미치광이를 그만두고 집으로 돌아가고 싶습니다.」

「그렇게 하세요.」 삼손이 대답했다. 「내가 돈키호테를 몽둥이로 작살내지도 못하고 집으로 돌아갈 생각을 한다는 것은 도저히 있을 수 없는 일이에요. 이제는 그자가 정신을 찾도록 하기 위해서가 아니라 복수를 할 생각으로 그를 찾아다닐 겁니다. 갈비뼈가 너무나 아파서 더 이상 자비로운 생각을 할 수가 없네요.」

이런 말을 주고받으며 그 두 사람은 길을 가다가 드디어 어느 마을에 이르렀는데 다행히도 어긋난 뼈를 맞추는 의사를 찾을 수 있었으므로 불행한 삼손은 그의 치료를 받았다. 토메 세시알은 돌아갔고 삼손은 혼자 남아 어떻게 복수하면 좋을지 그 방법을 생각하고 있었다. 그에 대한 이야기는 때가 되면 다시 하게 될 것이다. 지금은 돈키호테와 즐겨야 하니 말이다.

16
돈키호테와 점잖은 라만차의 신사에게
일어난 일에 대하여

앞에서 말한 것처럼 돈키호테는 기쁘기도 하고 만족스럽기도 하여 우쭐한 기분으로 자기 길을 가고 있었다. 그는 지난 승리로 세상에 있는 이 시대의 가장 용감한 기사가 되었다고 생각하면서, 앞으로 일어날 수 있는 어떤 모험이든 잘 끝마쳐 행복한 결과를 맞이하게 될 것이라고 믿어 의심치 않았다. 마법과 마법사들도 별것 아니라고 생각했다. 그동안 기사도 일을 수행하면서 얻어맞았던 셀 수 없을 정도로 많은 몽둥이질도, 이를 반이나 날아가게 했던 돌팔매질도, 갤리선으로 끌려가던 죄수들의 배은 망덕함도, 양구에스인들의 거만함과 말뚝 세례도 생각나지 않았다. 끝으로 만일 자기가 둘시네아 공주를 마법에서 풀려나게 하는 기술이나 방법이나 수단을 찾게 된다면 지난 세기 최고의 행운아였던 편력 기사가 달성할 수 있었던 최고의 행운도 부러울 것 없다고 혼자 중얼거렸다. 이런 생각에 푹 빠져 가고 있을 때 산초 판사가 그에게 말했다.

「나리, 아직도 제 친구 토메 세시알의 그 터무니없을 정도로 크고 꿩장했던 코가 눈앞에 어른거리는데, 이거 괜찮은 걸까요?」

「그렇다면 산초, 자네는 혹시 그 〈거울의 기사〉가 카라스코 학사이고

210

그의 종자가 자네 친구 토메 세시알이라고 믿는단 말인가?」

「무슨 말씀을 하실 생각인지는 모르겠지만요…….」 산초가 대답했다. 「다만 제가 아는 것은요, 그 친구가 아니고서는 말할 수 없는 증거들인 우리 집 이야기나 제 마누라와 자식 놈들 이야기를 해줬거든요. 얼굴도 코를 떼니까 바로 토메 세시알 그 사람이었어요. 같은 마을에서 담 하나 사이에 두고 자주 봐왔던 얼굴이지요. 게다가 말투까지도 딱 그 사람이었습니다요.」

「생각 좀 해보게, 산초.」 돈키호테가 대답했다. 「삼손 카라스코 학사가 편력 기사가 되어 공격과 방어용 무기로 무장하고 나와 싸우러 온다는 게 있을 수 있는 일인 것 같은가? 내가 혹시라도 그 사람의 적이었던가? 내게 원한을 품을 계기를 내가 그에게 준 적이 있었던가? 내가 그 사람 경쟁자라도 된다는 말인가? 아니면 내가 무기를 갖고 싸워 얻은 명성을 시기해서 그 사람이 그런 일을 한단 말인가?」

「그럼 어떻게 설명해야 되나요, 나리?」 산초가 말했다. 「그 기사가 누구든 간에 카라스코 학사와 그토록 닮았고, 그의 종자도 제 친구 토메 세시알과 꼭 같은 걸 두고 말입니다요. 이런 일이 나리가 말씀하시는 것처럼 마법으로 인해 일어났다고 하더라도, 세상에 두 사람이나 똑같이 닮을 수는 없지 않겠습니까요?」

「그게 모두 다 나를 따라다니는 사악한 마법사들의 속임수며 계획이라네. 그놈들은 내가 그 싸움에서 이길 거라는 것을 미리 알고 패배한 기사가 내 친구인 학사 얼굴로 보이도록 준비해 놓았던 것이야. 내가 그 사람한테 가지고 있는 우정이 나의 칼날과 준엄한 팔 사이로 들어가게 하여 내 가슴의 정당한 분노를 누그러뜨리려 한 것인데, 이렇게 하면 속임수와 거짓으로 내 목숨을 앗으려 한 자가 살아남을 수 있다고 생각했기 때문이겠지. 그 증거로, 오 산초! 자네는 이미 경험상 알고 있잖은가. 이제는 자네도 거짓말을 하거나 속지 않겠지. 한 사람의 얼굴을 다른 사람의 얼굴로 바꾸거나 아름다운 것을 추하게, 추한 것을 아름답게 하는 일쯤은 마법사들에게 식은 죽 먹기라는 걸 알았으니 말일세. 자네는 비할 데 없는 둘시네아의 아름다움과 우아함을 온전한 상태로 보았는데, 나는 그분을 비구름 낀 흐리멍덩한 눈에다가 입에는 악취가 나며 촌스럽고 거친 농사꾼 여인의 추하고 천한 모습으로 본 게 아직 이틀도 되지 않으니 말이야. 그런 사악한 둔갑술을 함부로 저지르는 심술궂은 마법사들이 승리의 영광을 내 손에서 빼앗아 가기 위해 삼손 카라스코와 자네 친구로 둔갑시키는 건 대단한 일도 아니지. 하지만 그 모든 것에도 불구하고 내게 위안이 되는 것은, 어떤 모습이었든 간에 결국 내가 적을 무찌르고 승자가 되었다는 걸세.」

「하느님은 모든 것의 진실을 알고 계실 겁니다.」 산초가 대답했다.

그는 둘시네아의 둔갑이 자기의 거짓말이며 속임수라는 것을 알고 있었던지라 주인의 허황된 말을 받아들일 수 없었다. 하지만 그렇다고 대꾸하고 싶지는 않았으니, 잘못 지껄였다가는 속임수가 들통 날까 봐서였다.

이런 말을 나누며 가고 있을 때 같은 길로 그들 뒤에서 오고 있던 한 남자가 그들을 따라잡았다. 그는 희고 검은 털을 가진 아주 멋진 암말을 타고 있었고, 불그스레한 비로드로 단을 댄 고급 천으로 지은 녹색 외투를 걸쳤으며, 같은 비로드로 된 테 없는 모자를 쓰고 있었다. 마구는 야외용으로 등자가 짧고 색깔은 똑같이 불그스레하며 녹색이었다. 녹색과 금빛으로 된 넓은 혁대에는 초승달 모양으로 된 무어인의 칼이 매달려 있었고 혁대와 같은 재질로 된 편상화를 신었다. 박차는 금빛이 아닌 녹색 칠을 한 것으로, 아주 매끈하고 윤이 나서 그의 모든 복장과 함께 보면 오히려 순금 박차보다 더 고급스러워 보였다. 두 사람과 가까워지자 그는 정중하게 인사를 하고는 말에 박차를 가해 지나가려 했다. 하지만 돈키호테

212

가 그에게 말을 걸었다.

「신사 양반, 당신도 우리와 같은 길을 가시니 급히 가셔야 할 사정이 아니라면 동행하시는 게 좋을 듯합니다.」

「사실은…….」 암말을 탄 사람이 대답했다. 「제 암말과 함께 가다가 그쪽 말이 난동을 피우지나 않을까 걱정이 되어서 이렇게 지나치려 한 겁니다.」

「걱정 마십시오, 나리.」 이때 산초가 끼어들었다. 「고삐만 잘 잡고 계시면 괜찮습니다요. 우리 말은 이 세상에서 가장 정결하며 신중하니까요. 이와 같은 경우에 천박한 짓을 저지른 적은 한 번도 없지요. 딱 한 번 그런 일을 저지르려고 탈선 행위를 하는 바람에 주인 나리와 제가 대신 일곱 배로 갚아야 했던 적은 있습니다요. 다시 한 번 말씀드립니다만요, 나리가 원하신다면 함께 가셔도 걱정하실 필요 없습니다요. 회복기 환자들에게 주는 것 같은 아주 맛있는 음식을 내놔도 이 말은 쳐다보지도 않을 겁니다요.」

나그네는 고삐를 멈추며 돈키호테를 보고는 그의 얼굴과 우아한 모습에 놀랐다. 그때 돈키호테는 투구를 벗은 채였고, 산초가 그것을 가방처럼 당나귀의 길마 앞쪽 틀에 걸어 놓고 있었다. 녹색 옷의 사람이 돈키호테를 한참 바라보자 돈키호테는 그보다 더 한참 동안이나 그 사람을 쳐다보았는데, 그는 참으로 존경할 만한 인물 같았다. 나이는 쉰 정도 되어 보였고 백발이 듬성듬성한데 갸름한 얼굴에 눈빛은 즐거우면서도 진지해 보였다. 옷이나 용모로 보아 훌륭한 인물임을 알 수 있었다.

녹색 옷을 입은 사람이 돈키호테 데 라만차에 대해서 판단한 것은, 그 같은 모습과 그 같은 인물은 지금까지 한 번도 본 적이 없다는 것이었다. 돈키호테의 기다란 머리와 커다란 키, 야위고 누르스름한 얼굴 그리고 그 무장한 모양새며 그 태도며 그 자태가 시간을 거슬러 올라가도 지난 오랜 세월 그 땅에서 본 적이 없는 모습이라 그는 그저 놀랍기만 했다. 돈키호테는 나그네가 자기를 주의 깊게 바라보고 있다는 것을 알아챘고, 그가 가만히 있자 그 사람이 원하는 게 뭔지를 읽어 냈다. 돈키호테는 워낙 예의 바르고 누구에게나 잘해 주고자 하는 사람이었기에 그가 자기에게 뭔가를 묻기 전에 앞질러 말했다.

「당신이 내게서 본 이 모습이 보통 보이는 것들과는 상당히 다르고 새로워서 놀라셨다 해도 그걸 내가 놀라워하지는 않습니다. 그러나 제가 말씀드리는 것을 들으시면 그 놀라움이 가실 겁니다. 저는 기사로서,

이들에 대해서 사람들은 말하지요
모험을 찾아 헤매는 사람들이라고요.

나는 고향을 떠나왔으며 재산을 저당 잡혔고 편안함도 버린 채, 나를 가장 필요로 하는 곳으로 데려가 달라고 운명의 팔에 나 자신을 맡긴 사람이랍니다. 이미 죽어 버린 편력 기사도를 다시 살리고자 여기서 부딪치고 저기서 넘어지고, 이쪽에서 굴러떨어지면 저쪽에서는 일어나면서, 미망인을 구하고 처녀를 보호하고 유부녀와 고아와 후견인에게 맡겨진 미성년자들을 도와주어 편력 기사 본연의 의무를 다하고 내 희망의 상당 부분을 완수하며 보낸 지 몇 날 되었습니다. 그리하여 나의 용감하고 기독교인다운 숱한 무훈으로 인해 거의 모든 나라, 아니 상당히 많은 나라에서 벌써 나에 대한 이야기가 인쇄되어 돌아다니게 되었지요. 벌써 3만 부나 인쇄되었다는데, 만일 하늘이 방해하지 않는다면 수천 부의 3만 배가 인쇄될 것입니다. 그러니까 이 모든 것을 요약하여 한마디로 말하자면, 나는 돈키호테 데 라만차입니다. 다른 이름으로는 〈슬픈 몰골의 기사〉라 하지요. 자기 자신을 찬양하는 일이 사람을 천박하게 만들기는 하

오만, 나는 나에 대한 찬양을 하지 않을 수 없을 것 같으니 이 찬양의 당사자가 이 자리에 없다고 생각해 주시기 바랍니다. 이러하니 호인이시여, 앞으로 이 말이나 이 창, 이 방패며 이 종자, 그리고 이 모든 무기들이며 누렇게 뜬 이 얼굴, 야윈 이 몸으로 인해 놀라실 일은 없을 것입니다. 이제 내가 누구며 내가 하는 일이 어떤 일인지를 아셨으니 말이죠.」

이렇게 말하고서 돈키호테는 입을 다물었다. 녹색의 그 사람이 대답하기까지 시간이 걸리는 것을 보아하니 아마 대답을 하는 게 적절하지 않다고 생각하는 모양이었다. 그래도 한참 지나자 그는 돈키호테를 향해 입을 열었다.

「기사님, 당신은 내가 가만히 있는 것을 보고 내 심중을 잘 간파하셨습니다. 하지만 당신을 보고 놀란 내 가슴을 진정시켜 주지는 못했습니다. 당신이 말씀하시기를, 당신이 누구신지를 알면 놀라움이 사라질 것이라고 하셨지만 그렇게는 되지 않았으니 말입니다. 오히려 나는 지금 더 정신이 혼미해지고 더 놀라 있습니다. 오늘날 세상에 편력 기사가 있다는 게 어떻게 가능하죠? 더군다나 진짜 기사도 이야기가 인쇄되어 있다니 어찌 그런 일이 있을 수가 있습니까? 오늘 이 땅에 미망인을 돕고, 처녀들을 보호하며, 유부녀들의 명예를 지키고, 고아를 구하는 사람이 있다는 게 저는 도저히 납득이 되지 않습니다. 내 눈으로 당신의 모습을 보지 않았더라면 그런 일을 믿지 않았을 것입니다. 하늘이여 축복받으소서! 당신이 인쇄되어 있다고 하신 당신의 그 높고 진실된 기사도 이야기가 셀 수 없이 많은 편력 기사들에 대한 거짓 이야기를 잊게 할 것이니 말입니다. 세상은 이러한 거짓된 기사도 이야기들로 가득 차 있어서 좋은 풍습들을 너무나 해치고 훌륭한 이야기들을 믿지 못하게 하며 해를 입히거든요.」

「편력 기사들의 이야기가 과연 거짓인지 아닌지와 관련한 문제에 있어서는 나도 할 말이 많습니다.」

「그렇다면 그런 이야기가 거짓이 아닐 거라고 생각하는 사람들이 있단 말입니까?」

「내가 그렇습니다.」 돈키호테가 대답했다. 「하지만 이 얘기는 이쯤에서 그만하기로 합시다. 우리가 한참을 같이 간다면, 그동안 기사도 이야기가 진실이 아니라고 확신하는 사람들의 주장에 동조하는 것이 잘못된 일임을 하느님이 당신으로 하여금 깨닫게 해주실 것입니다.」

돈키호테의 이 마지막 말로 나그네는 그가 약간 정신이 나간 사람이라는 것을 짐작했으니, 다른 이야기를 좀 더 들어 보고 그 짐작이 사실인지 확인하기로 했다. 하지만 다른 이야기로 들어가기 전에 돈키호테가 먼저 그에게 어떤 사람인지 알려 달라고 청했다. 자기는 자신의 신분과 삶에 대해 얼마간 알려 드리지 않았냐며 부탁하자 녹색 외투의 사람이 대답했다.

「〈슬픈 몰골의 기사〉 나리, 나는 기사님만 괜찮으시다면 오늘 우리가 함께 점심을 먹으러 갈 곳에서 태어난 이달고입니다. 중간보다 조금 더 잘사는 부자에, 이름은 돈 디에고 데 미란다입니다. 아내와 자식들과 친구들과 살아가고 있습니다. 내가 하는 일은 사냥과 낚시입니다만, 매나 사냥개는 없고 대신 사냥감을 후릴 때 쓰는 온순한 수놈 자고새 한 마리와 용감한 족제비 한 마리가 있지요. 그리고 어떤 것은 로망스어[118]로, 또 어떤 것은 라틴어로 된 책 일흔두 권을 갖고 있는데 모두 역사물과 종교물이고, 기사도에 관한 책은 아직까지 우리 집 문턱을 넘어 들어온 적이 없답니다. 내가 더 많이 보는 책은 신앙과 관련한 것보다는 세속적인 것

118 라틴어를 모어로 하는 프랑스어, 포르투갈어, 루마니아어, 이탈리아어, 카탈란어, 가예고 언어 그리고 카스테야, 즉 우리가 알고 있는 스페인어 등을 통칭한다.

들로, 감칠맛 나는 언어와 기발한 내용으로 사람들을 놀라게 하고 즐겁게 하며 긴장하게 만드는 건전한 오락 서적들이지요. 비록 이런 책들은 에스파냐에 별로 없지만 말입니다. 가끔씩 이웃 사람들이나 친구들과 함께 식사를 하고 자주 그들을 집에 초대한답니다. 그때 음식은 깔끔하고 간소하나 결코 양이 적지는 않습니다. 남의 말 하는 걸 좋아하지 않으며 다른 사람들이 내 앞에서 남의 이야기를 하는 것도 좋아하지 않습니다. 남의 삶에 대해 캐내는 일도 없고 그들의 행동을 감시하지도 않습니다. 날마다 미사를 드리고 내 재물을 가난한 사람들에게 나누어 줍니다만, 위선과 허영이 내 마음속에 들어올 틈을 주지 않기 위해 선행을 자랑하지도 않습니다. 위선과 허영은 아무리 신중한 마음이라도 슬그머니 장악해 버리는 적들이니까요. 사이가 틀어진 사람들을 보면 화해를 시키려고 노력합니다. 나는 성모를 믿으며 항상 우리 주 하느님의 무한한 자비에 모든 것을 맡깁니다.」

산초는 이 이달고의 취미와 삶에 관한 이야기를 주의 깊게 들었는데, 그 내용이 훌륭하고 성스러워 그러한 삶을 사는 사람은 기적을 행할 것임이 틀림없다고 생각했다. 그래서 자기의 잿빛에서 뛰어내려 잽싸게 그에게로 가 그의 오른쪽 등자를 붙잡고는 경건한 마음으로 거의 눈물까지 흘리며 그 사람의 발에 수차례 입을 맞추었다. 이것을 보고 이달고가 그에게 물었다.

「무엇을 하시는가, 형제여? 그 입맞춤은 대체 뭐요?」

「입을 맞추게 해주십시오.」 산초가 대답했다. 「나리는 제 평생 처음으로 뵙는 말을 탄 성자이십니다요.」

「나는 성자가 아니라오.」 이달고가 대답했다. 「오히려 대죄인이라오. 당신이야말로 형제여, 착한 분 같소. 당신의 순박함이 그 증거요.」

산초는 깊은 우수에 잠겨 있던 주인을 환하게 웃게 하며 다시 길마에 돌아가 앉았고, 돈 디에고는 다시 한 번 놀랄 뿐이었다. 돈키호테는 돈 디에고에게 아이가 몇인지를 물으면서, 참된 신을 알지 못했던 고대의 철학자들이 최대의 행복으로 간주했던 것들 중에는 타고난 재능과 재산과 많은 친구, 그리고 많은 착한 자식들이 있다고 말했다.

「나는, 돈키호테 나리⋯⋯.」 이달고가 대답했다. 「아들이 하나 있는데, 만일 이 아이가 없었더라면 지금보다 훨씬 행복했을지도 모릅니다. 나쁜 아이라서가 아니라, 내가 바라는 것만큼 좋은 아이가 아니기 때문이죠. 지금 열여덟 살쯤 되었는데, 6년은 살라망카에서 라틴어와 그리스어를 배웠습니다. 그리고 내가 다른 학문을 배우라고 했을 때는 시학에 — 시학을 학문이라고 부를 수 있다면 말입니다만 — 깊이 빠져 있었습니다. 공부해 주었으면 싶었던 법학이나 모든 학문의 여왕인 신학은 아들의 마음을 끌 수가 없었죠. 우리의 왕들이 덕스럽고 훌륭한 학문을 높이 평가하는 시대에 우리가 살고 있으므로 나는 내 아들이 그쪽 분야에서 최고가 되기를 원했거든요. 덕이 없는 학문은 쓰레기통의 진주이기 때문이죠. 아들은 하루 온종일 〈일리아스〉의 대목들을 놓고 호메로스가 제대로 썼는지 아닌지를 헤아리거나, 마르시알이 무슨 풍자시에서 파렴치했는지 아닌지를 따지거나, 베르길리우스의 그렇고 그런 시들을 이런 식으로 아니면 저런 식으로 해석해야 한다든가 하는 그런 것만 헤아리면서 보내고 있답니다. 그러니까 아들이 하는 대화는 모두 방금 말한 시인들의 책과 호라티우스, 페르시우스, 유베날리스 그리고 티불루스의 책들과 나누는 것뿐이라는 겁니다. 현대의 로망스어로 작품을 하는 문인들에게는 별로 관심이 없는 것 같더니, 지금은 살라망카에서 보내 온 4행시에 주석을 다는 데 골머리를 썩이고 있지요. 문예 대회에 낼 과제인 모양입디다.」

이 말에 돈키호테가 대답했다.

「자식이라는 것은 나리, 부모 내장의 토막들이라서 착한 아이든 나쁜

218

아이든 우리에게 생명을 주는 영혼을 사랑하듯 사랑해야 하지요. 부모들은 그들이 어릴 때부터 덕과 교양과 올바른 기독교적 관습의 길로 나아가게 해야 합니다. 컸을 때 그들 부모 노후의 지팡이이자 후세의 영광이 되도록 하려면 말이지요. 그런데 자식들에게 이 학문을 하라는 둥 저 학문을 하라는 둥 강요하는 것은 옳은 일이 아니라고 봅니다. 물론 그들을 설득하는 게 해가 되는 건 아니지만 말입니다. 빵을 벌기 위해[119] 공부하지 않아도 된다면, 하늘이 그렇게 하지 않아도 될 부모님을 주신 것이니 학생은 상당히 운이 좋은 게지요. 그럴 경우에는 아이 마음이 가장 기우는 그런 학문을 하도록 두는 게 좋을 것 같습니다. 비록 시학은 실용적이라기보다는 즐기는 학문이기는 하지만, 그것을 하는 사람을 불명예스럽게 하는 그런 성질의 것은 아닙니다. 시라는 것은 이달고 나리, 내가 보기에 여리고 어리며 지극히 아름다운 소녀와 같아서, 그것을 제외한 다른 모든 학문이라는 처녀들이 이 시라는 소녀를 풍요롭게 해주고 빛나게 닦아 주고 장식해 주어야 한답니다. 시는 다른 모든 학문의 도움을 받고 다른 모든 학문들은 시로 인해 권위가 서지요. 하지만 이 시라는 소녀는 함부로 다루어지거나, 거리로 끌려다니거나, 광장 모퉁이 혹은 궁전의 귀퉁이에서 알려지는 걸 싫어한답니다. 시는 그토록 훌륭한 자질의 연금술로 만들어지니, 그것을 다루는 법을 아는 자는 값어치를 평가할 수 없을 정도의 순금으로 바꿔 놓지요. 시를 갖고자 하는 자는 시의 한도 내에서 시를 취하며 추접스러운 풍자나 양심 없는 소네트로 사용되는 일은 없도록 해야 합니다. 영웅시나 비장한 비극이나 기교를 구사한 재미있는 희극이 아닌 이상, 무슨 일이 있어도 돈에 팔려서는 안 됩니다. 시에 감춰진 보물

---

119 *pane lucrando*. 오직 살기 위해, 혹은 돈을 벌기 위해서 예술 작업을 하는 것을 의미하는 라틴어에서 비롯된 구문이다.

을 알지도 못하고 존중할 줄도 모르는 무식한 속인이나 불한당들 손에 맡겨져서는 안 되지요. 나리, 내가 여기서 쓴 속인이라는 표현이 단지 서민층의 천한 사람들을 겨냥한다고는 생각하지 말아 주십시오. 아무리 영주이고 왕자라 하더라도 무지한 사람들이면 모두 속인의 수에 들어갈 수 있으며, 들어가야 한답니다. 그러니 내가 말한 필요조건을 갖춘 자가 시를 다루고 시를 가까이 하면 그의 이름은 세상의 모든 문명화된 나라들에 떨쳐져 존경받게 될 것입니다. 그런데 나리, 댁의 아드님이 로망스어로 된 시를 그다지 존중하지 않는다고 하셨는데, 내가 보기에 그건 아주 잘못된 것 같습니다. 그 이유는 이렇습니다. 그 위대한 호메로스는 라틴어로 쓰지 않았습니다. 그가 그리스 사람이었기 때문이지요. 다시 말해 고대의 시인들은 모두 어머니의 젖을 빨 때 익힌 말로 썼으며, 자기 생각의 고양을 알리기 위해 굳이 외국어를 찾으러 가지 않았다는 겁니다. 일이 이러하며 이러한 관례가 모든 나라로 퍼져 나갔으니, 독일 시인이 자기네 말로 시를 썼다고 해서 평가 절하되는 일은 없을 겁니다. 물론 카스티야 시인이 카스테야노로, 비스카야 시인이 자기네 언어로 시를 쓰는 것도 마찬가지입니다.[120] 하지만 나리, 내가 짐작하기에 댁의 아드님은 로망스어로 된 시가 싫은 게 아니라 로망스어만 알고 있는 시인들이 싫다는 것일 겁니다. 이런 시인들은 타고난 시적 충동을 장식하고 그것을 일깨워 주며 도와주는 다른 언어나 다른 학문을 전혀 모른다고 말입니다. 그러나 여기에도 잘못은 있을 수 있습니다. 사실 정말 진실된 의견에 따르자면, 시인은 타고나는 거거든요. 즉 시인은 자기 어머니의 배 속에서 나올 때부터 시인으로 나온다는 겁니다. 그래서 하늘이 부여하신 성향만 가지

---

120 카스테야노castellano는 스페인 내 카스티야 지역에서 사용하는 언어로 지금의 스페인 제1공식어이다. 또한 스페인 북쪽 바스크 자치 지역에 있는 주인 비스카야 및 바스크 전 지역에서 사용하는 언어는 에우스케라euskera이다.

고, 그 이상 공부도 기교도 없이 작품을 만들어 〈*est Deus in nobis*〉[121]라고 말한 시인을 우리는 정말로 믿게 되는 겁니다. 또한 나는 기교의 도움을 받는 천부적인 시인은 단지 기교로 시인이고자 하는 사람보다 훨씬 훌륭하고 뛰어나다고 말하고 싶습니다. 그 이유는 기교는 천성보다 뛰어난 것이 아니라, 천성을 완성시키는 것이기 때문이지요. 천성에 기교가, 기교에 천성이 섞여 완벽한 시인이 나오는 것입니다. 그러니 내 말의 결론은, 댁의 아드님을 운명이 부르는 대로 가게 내버려 두라는 겁니다. 아드님은 틀림없이 훌륭한 학생이고 어학이라는 학문의 첫 계단을 행복하게 올라섰으니 그 어학으로써 스스로 인문학의 정상에 오르게 될 것입니다. 이 인문학은 망토와 칼을 두른 신사에게는 참으로 잘 어울려, 주교의 모자가 주교에게 하듯이, 또는 법학자의 가운이 노련한 법률학자에게 하듯이 그 사람을 장식하고 명예롭게 하며 위대하게 해준답니다. 만일 아드님이 남의 명예를 훼손하는 풍자시를 쓰거든 꾸짖으시며 벌을 주시고 작품은 찢어 버리십시오. 하지만 호라티우스식으로 훈계시[122]를 써서, 그 시인이 무척이나 우아하게 노래했듯이 일반적인 악습을 비난하고 있다면 칭찬해 주십시오. 시인이 질투를 비난하는 글을 쓰고, 시기심 많은 사람들을 나쁘게 말하고, 특정 개인을 지칭하지 않은 채 그 외의 악습들을 언급하는 것은 정당한 일이기 때문입니다. 나쁜 것을 말한다는 이유로 폰토 섬으로 추방당하는 위험에 처해진 시인[123]도 있었지만요. 만일 시인의 생활이 정결하다면 그의 시도 그럴 것입니다. 펜은 영혼의 혀입니다. 영혼에서 싹튼 생각이 정결하면 작품 또한 그렇게 될 테지요. 그래서 왕이나 왕자들이 신중하고 덕스러우며 위엄 있는 사람에게서 시에 대한 경이로운

---

121 〈우리들 속에 신이 있노라.〉 오비디우스의 『달력』에 나오는 말이다.
122 〈풍자시〉로 알려져 있으나 라틴어로는 〈훈계시*sermones*〉라고 한다.
123 오비디우스는 흑해로 추방당한 바 있다.

재주를 보게 되면, 그들을 존중하고 명예롭게 하고 풍요롭게 하며 더 나아가서는 번개도 때리지 않는 나뭇잎으로 만든 관[124]까지 씌워 주는 겁니다. 그런 관으로 이마를 장식하고 영예롭게 된 시인들은 누구에게서도 모욕을 당할 수 없다는 표시로 말입니다.」

　녹색 외투의 사람은 돈키호테의 말에 감탄해서 그에 대해 가지고 있던, 좀 모자라는 사람이라는 생각에서 빠져나오고 있었다. 하지만 산초는 이 이야기에 전혀 흥미를 느끼지 못했으니, 돈키호테가 말하는 도중에 길에서 떨어져 나와 그 근처에서 양젖을 짜고 있는 목동들에게 젖을 좀 얻으러 가 있었다. 이달고가 돈키호테의 분별 있고 훌륭한 말에 아주 흡족해하며 이야기를 다시 이어 가려고 한 바로 그때 돈키호테가 고개를 들어 보니, 자기들이 가고 있던 길 저편에서 왕가의 깃발들로 가득한 수레가 오는 것이 보였다. 그는 그것이 무슨 새로운 모험임이 틀림없다고 생각하고는 큰 소리로 산초를 불러 얼굴 가리개가 달린 투구를 가져오라고 했다. 산초는 주인이 부르는 소리에 목동들을 내버려 두고 황급히 당나귀에 박차를 가해 주인이 있는 곳으로 왔는데, 주인에게는 상상할 수 없는 놀라운 모험이 벌어지고 있었다.

124 월계관을 가리킨다.

17

돈키호테 전대미문의 용기가
닿고 도달할 수 있었던 최후의 극점과
행복하게 끝난
사자의 모험이 밝혀지다

진실을 기록한 이 이야기에 따르면 돈키호테가 투구를 가져오라고 소리를 질렀을 때 산초는 목동들이 파는 엉긴 양유(羊乳)를 사고 있었다. 주인이 빨리 투구를 가져오라고 재촉하자 산초는 그것을 어떻게 해야 좋을지, 이미 돈은 지불했으니 버리기는 아까운데 그렇다고 어디에 담아 가져가야 할지도 알 수가 없어 안절부절못하다가 주인의 투구에다 담기로 했다. 그렇게 이 멋진 물건을 사 들고 주인이 무슨 일로 자기를 찾는지 알아보러 돌아오니 주인은 그를 보자마자 이렇게 말했다.

「친구, 그 투구를 주게. 내가 모험을 모르면 몰라도, 저기 내가 보고 있는 저것은 나로 하여금 무기를 잡도록 강요하는 모험인 게 분명하네.」

녹색 외투의 사람이 이 말을 듣고 눈을 들어 사방을 살펴보았으나 눈에 보이는 것이라고는 조그마한 깃발을 두세 개 달고 자기들 쪽으로 오고 있는 짐수레 말고는 없었다. 그 깃발로 그는 그 짐수레가 국왕 폐하의 돈을 운반하고 있다는 걸 알았고 그래서 이러한 사실을 돈키호테에게 말했다. 하지만 돈키호테는 그 말을 믿지 않았다. 자기에게 일어나는 일은 모두 모험에 또 모험이라고 늘 믿고 생각했으므로 이렇게 이달고에게 대답했다.

「준비된 자, 반은 이긴 겁니다. 내가 미리 준비한다고 해서 잃을 건 아무것도 없지요. 세상에는 보이는 적과 보이지 않는 적이 있음을 나는 경험으로 알고 있습니다. 그들이 언제, 어디서, 어떤 상황에서, 어떤 모습으로 나에게 덤벼들지 모릅니다.」

그러고는 산초를 돌아보며 투구를 달라고 했다. 산초는 엉긴 양유를 꺼낼 여유가 없어서 가져온 그대로 투구를 줄 수밖에 없었으니, 그것을 받아 든 돈키호테는 안에 무엇이 들어 있는지 눈치도 못 채고 서둘러 머리에 덮어썼다. 엉긴 양유가 눌리자 그것은 곧 돈키호테의 얼굴과 수염으로 온통 흘러내렸다. 이에 무척 놀란 돈키호테는 산초에게 말했다.

「이게 도대체 뭐지? 산초, 내 두개골이 연해진 모양이야. 골이 녹아내렸거나, 아니면 머리 꼭대기에서 발끝까지 온통 땀을 흘리고 있는 것인가? 땀을 흘리고 있는 거라면, 내가 무서워서 이러는 건 정말 아니네. 물론 지금 내게 일어나려 하는 모험이 무시무시할 거라고 생각하기는 하지만 말이야. 닦을 만한 것이 있으면 좀 주게. 너무 많이 흘러내려 앞이 보이지 않는군.」

산초는 아무런 대꾸도 없이 잠자코 있었다. 다만 천 조각을 건네면서 나리가 그 사정을 눈치채지 못한 것을 하느님께 감사할 뿐이었다. 돈키호테는 그걸로 얼굴을 닦고는 자기 머리가 왜 자꾸만 시원해지는 것 같은 건지 알아보기 위해 투구를 벗었다. 그러고는 투구 안에서 허연 죽 같은 것을 발견하여 코에다 갖다 대고 냄새를 맡으면서 말했다.

「나의 귀부인 둘시네아 델 토보소 님의 목숨을 두고 맹세하는바, 자네가 여기 담아 내게 준 것은 엉긴 양젖이잖은가. 배신자, 망나니에 몹쓸 종자 같으니라고.」

이 말에 산초는 시치미를 뚝 떼고 아주 굼뜨게 대답했다.

「엉긴 양젖이라면 나리, 그걸 저한테 주십쇼. 제가 먹어 버리겠습니다요. 하지만 그걸 거기에 넣은 놈은 악마인 게 틀림없으니 그놈이 먹어야 되겠는데요. 제가 나리의 투구를 더럽히는 그런 무모한 짓을 하겠습니까요? 그런 생각을 하시다니 너무하십니다요! 정말로 나리, 하느님께서 제게 일깨워 주신 바에 따르면 저에게도 저를 쫓아다니는 마법사가 있는 게 틀림없습니다요. 제가 나리의 작품이자 수족이니까 말씀입니다요. 그들이 참을성 많은 나리의 화를 돋우고, 늘 하듯이 제 갈비뼈를 작살내기 위해 그 더러운 것을 거기에다 넣었을 겁니다요. 하지만 이번만은 그들도 헛일을 한 셈입니다요. 저는 엉긴 양젖이든 뭐든 그와 비슷한 건 아무것도 가지고 있지 않으며, 만일 그런 게 있었다면 투구에 넣기 전에 제 배 속에 먼저 넣을 거라고 생각하실 나리의 현명한 사리 판단을 믿고 있으니 말입니다요.」

「그랬겠지.」 돈키호테가 말했다.

이 모든 것을 지켜보고 있던 이달고는 그저 놀랄 뿐이었다. 특히 돈키호테가 머리와 얼굴과 수염과 투구를 닦은 후 다시 그 투구를 덮어쓰더니 등자를 밟고 그 위로 몸을 꼿꼿이 세운 채 칼을 살펴보고 창을 쥐며 이렇게 말했을 때, 그 놀라움은 배가되었다.

「자, 무엇이 되었든 덤벼라. 사탄이 직접 나온다 해도 그와 맞붙을 각오로 나 여기 있노라.」

이러고 있을 즈음 깃발을 단 짐수레가 가까이 다가왔는데, 거기에는 노새에 올라앉은 마부 한 사람과 짐수레 문 앞에 걸터앉은 다른 한 사람밖에 없었다. 돈키호테는 그들 앞을 가로막고 말했다.

「그대들은 어디로 가고 있소, 형제들이여? 이것은 무슨 수레며, 그 안에 무엇을 싣고 가며, 그 깃발들은 또 무엇이오?」

이 말에 마부가 대답했다.

「수레는 내 것입니다. 수레에 있는 것은 우리 안에 든 사나운 사자 두 마리로, 오랑에 있는 장군께서 폐하께 선물하시는 것이라 궁으로 운반하고 있는 중이지요. 깃발은 우리 주인이신 임금님의 것이며, 여기 그분의 물건이 있다는 표시랍니다.」

「그래, 사자는 크오?」 돈키호테가 물었다.

「크다마다요.」 짐수레 문 앞에 앉아 가고 있던 사람이 대답했다. 「아프리카에서 에스파냐로 이보다 더 큰 놈이 온 적이 없답니다. 나는 사자지기로 다른 놈들도 데려온 적이 있지만, 이번처럼 큰 놈은 처음이지요. 암컷과 수컷 한 쌍인데 수놈은 이 첫 번째 우리에 들어 있고, 암놈은 이 뒤쪽의 우리에 들어 있어요. 오늘은 아무것도 먹지 않아 배가 고플 겁니다. 그러니 나리, 길 좀 비키세요. 먹을 것을 줄 수 있는 곳으로 빨리 가야 하거든요.」

이 말에 돈키호테는 약간 미소를 지으며 말했다.

「내게 사자 새끼를? 사자 새끼를 내게? 그것도 지금? 그렇다면 좋아, 내가 사자에 놀랄 인간인지 어떤지, 이놈들을 이리로 보낸 그 양반들이 알도록 해주고말고! 자 착한 양반, 당신이 사자지기이니 어서 내려서 우리를 열고 그 짐승들을 나한테 내보내시오. 이 들판 한가운데서 돈키호테 데 라만차가 누구인지 알게 해주겠소. 내게 사자를 보내 덤비게 한 마법사들에게는 유감스럽고 불행한 일이겠지만 말이오.」

「이런, 이런!」 이때 이달고가 혼자 중얼거렸다. 「우리 훌륭한 기사께서 자기가 누구인지 보여 주려 하시는군. 아무래도 엉긴 양젖이 정말로 두개골을 연하게 만들고 뇌를 녹인 모양이야.」

이렇게 중얼거리고 있는데 산초가 다가와 말했다.

「나리, 하느님이라는 분을 두고 부탁드리는데요, 우리 주인 돈키호테 님께서 이 사자들과 싸우지 않도록 좀 해주십시오. 싸우셨다간 사자들이 여기 있는 우리 모두를 갈기갈기 찢어 버리고 말 겁니다요.」

「그 말은…….」 이달고가 물었다. 「주인이 그런 맹수들과 싸울 거라고 당신이 믿고 두려워할 만큼, 그 정도로 당신네 주인이 미쳐 있다는 거요?」

「미치신 게 아니고요…….」 산초가 대답했다. 「물불을 가리지 않으시는 분이라는 겁니다요.」

「그렇게 하지 못하도록 해보겠소.」 이달고가 대답했다.

그는 우리를 빨리 열라며 사자지기를 다그치고 있는 돈키호테에게 다가가서 말했다.

「기사 나리, 편력 기사는 성공할 가망이 있는 모험에는 몸을 던지지만, 어디를 보나 그러한 가망이 없는 모험에는 덤비지를 않습니다. 무모함의 영역에 들어가는 용맹은 용기라기보다 정신 나간 짓이기 때문이지요. 더군다나 이 사자들은 당신과 싸우기 위해 온 것이 아니며 그런 일은 꿈에도 생각하지 않고 있습니다. 폐하께 선물로 가는 것이니, 그 길을 막고 방해하는 건 옳지 못한 일입니다.」

「이달고 나리.」 돈키호테가 대답했다. 「당신은 그냥 가서서 당신이 사냥감을 후릴 때 쓰는 순한 수놈 자고새와 물불 가리지 않는 당신 족제비와 노세요. 사람마다 자기 일이 있으니 말리지 마시고 말입니다. 내 일은 바로 이것입니다. 난 이 사자님들이 나를 찾아 온 것인지 아닌지를 잘 알고 있습니다.」

그러고는 사자지기를 돌아보며 말했다.

「이 능구렁이 같은 양반아! 당장 우리 문을 열지 않으면 이 창으로 그대를 수레에 꿰매고 말겠다!」

마부는 이 무장한 허풍쟁이의 결심을 알아차리고 그에게 말했다.

「나리, 부탁입니다만 사자들을 끌어내기 전에 먼저 노새들의 멍에를 풀어 저와 같이 살 수 있게끔 달아나게 하는 자비를 베풀어 주세요. 저의 이 노새들을 죽이는 날, 제 인생도 영원히 끝장나고 말 겁니다. 이 수레와 이 노새들 말고는 제겐 다른 재산이 없거든요.」

「오, 이 믿음 없는 자여!」 돈키호테가 대답했다. 「노새에서 내려 멍에를 풀고 좋을 대로 하시오. 하지만 곧 쓸데없는 일을 했고 그런 고생은 하지 않아도 되었다는 걸 알게 될 거요.」

마부는 노새에서 내려 황급히 노새의 멍에를 풀었다. 그때 사자지기가 큰 소리로 말했다.

「여기 계시는 모든 분들이 저의 증인이 되어 주셔야 합니다. 제 뜻과 관계없이 강요되어 제가 우리를 열고 사자들을 풀어 주었다는 것, 그리고 이 맹수들로 인해 생길 수 있는 모든 피해나 손해는 이분의 책임하에 두며 제 급료와 권리금도 이분이 책임지셔야 한다고 제가 주장했다는 것에 대해서 말입니다. 자, 그럼 여러분은 제가 우리를 열기 전에 안전한 곳으로 피하십시오. 물론 이놈들이 절 해치지는 않을 겁니다.」

다시 한 번 이달고는 그런 미친 짓은 그만두라고, 그런 터무니없는 일을 저지르려는 것은 하느님을 시험하는 일이라고 하며 돈키호테를 설득했다. 이 말에 돈키호테는 자기가 하는 일은 자기가 잘 알고 있다고 대답했다. 이달고는 다시 잘 살펴보라면서 자기가 보기에는 당신이 잘못 생각하고 있다고 말했다.

「그렇다면, 나리……」 돈키호테가 대꾸했다. 「당신이 보기에 틀림없는 비극이 될 이 극의 관객이 되기 싫으시다면, 그 잿빛 말에 박차를 가하여 안전한 곳으로 달아나십시오.」

이 말을 들은 산초는 눈물을 글썽거리며 그런 일은 하지 말라고 주인에게 애걸했다. 그 풍차 모험이며, 직물을 표백하는 방망이 모험이며, 결국 여태껏 살면서 이룬 모든 위업들은 이번 모험에 비하면 훨씬 더 쉬운 일이었다면서 말이다.

「나리.」 산초가 말했다. 「여기에는 마법도 없고 그 비슷한 것도 없습니다요. 저는 우리의 틈새와 창살 사이로 진짜 사자의 발톱을 봤습니다요. 그런 발톱을 가진 걸 보면 아마 산보다 더 큰 사자 같습니다요.」

「두려움이……」 돈키호테가 대답했다. 「자네로 하여금 적어도 세계의 절반보다 더 크게 보이게 했을 걸세. 뒤로 물러나게, 산초. 나를 내버려 두게. 만일 내가 여기서 죽거든, 우리가 예전에 한 약속을 자네는 알고 있겠지. 둘시네아에게로 가서…… 더는 말 않겠네.」

그러고서 여기에 다른 얘기들을 덧붙였으니, 이러한 말들로 그의 정신 나간 짓을 말릴 희망은 이제 완전히 사라지고 말았다. 녹색 외투의 사람도 어떻게든 그를 말리고 싶었으나 무장한 정도도 그와 상대가 되지 않았고 사실 미친 사람과 다투는 일 또한 제정신으로 할 짓은 아닌 것 같았다. 그에게 돈키호테는 이제 완전히 돌아 버린 미치광이로 보였다. 돈키호테는 다시 사자지기를 독촉하며 협박을 되풀이했고, 그러는 사이에 이달고는 암말을, 산초는 당나귀를, 마부는 자기의 노새를 재촉하여 사자가 우리에서 뛰쳐나오기 전에 할 수 있는 한 가장 멀리 수레에서 떨어졌다.

돈키호테가 이번만은 틀림없이 사자의 발톱에 걸릴 거라고 믿고 있던 산초는 주인의 죽음이 슬퍼 울었다. 그는 자기 신세를 저주하고, 돈키호테를 다시 섬길 생각을 했던 때의 어리석음을 한탄했다. 그렇게 울고 한탄하면서도 수레에서 멀리 떨어지기 위해 당나귀를 채찍질하는 일은 멈추지 않았다. 사자지기는 사람들이 이제 꽤 멀리 달아난 것을 확인한 다음 돈키호테에게 이미 요구하고 경고했던 바를 거듭 반복했으나, 그는 대답하기를 그 말은 벌써 들었으니 더 이상 요구하지도 알리지도 말라고 하면서 무슨 말을 해도 소용없으니 빨리 문이나 열라고 했다.

사자지기가 첫 번째 우리를 여는 동안 돈키호테는 말을 타고 싸우는 것보다 서서 싸우는 게 나을 것 같다는 생각을 했다. 로시난테가 사자를 보고 놀랄 것 같아서였다. 결국 그는 말에서 뛰어내려 창을 내던지더니 칼을 뽑아 들고 방패는 팔에 건 채 한 걸음 한 걸음 놀랄 만큼 무모하고도 용감무쌍하게 수레 앞으로 자리를 잡으러 갔다. 그는 진심으로 자신을 하느님께 맡기고 그다음으로 자기의 귀부인 둘시네아에게 맡겼다. 그런데 알아 둘 일은, 이 대목에 이르렀을 때 이 진실된 이야기의 작가가 이렇게 외쳤다는 것이다.

〈오, 강하며 어떤 칭찬도 부족한 용감한 돈키호테 데 라만차여! 이 세상의 모든 용사들이 자기의 모습을 비추어 볼 수 있는 거울이자, 에스파냐 기사들의 영광이자 명예였던 제2의 새로운 돈 마누엘 데 레온[125]이여! 어떤 말로 이토록 놀라운 무훈을 이야기할 수 있을까? 아니, 어떤 말로 앞으로 올 세기로 하여금 이 일을 믿게 할 수 있을까? 그대에게 맞지 않고 그대에게 합치되지 않는 찬사가 어떤 게 있을까? 그대는 맨땅에 서서, 그것도 혼자, 아무런 두려움도 없이, 대범하게, 강아지가 새겨지지도 않은 칼[126] 단 한 자루와 눈부시게 빛나지도 않는 무쇠 방패만을 들고, 아프리카의 밀림이 지금까지 결코 길러 낸 적 없는 가장 사나운 두 마리 사자를 기다리고 있도다. 용감한 라만차인이여, 그대는 그대가 이룬 무훈 그 자체로 찬양받는구나. 그대의 무훈을 칭찬할 말이 부족하여 여기서 말을 마치겠노라.〉

감탄의 말은 여기서 끝나고, 작가는 이야기의 실을 다시 풀어 계속 이

---

125 Don Manuel de León. 15세기 스페인의 〈가톨릭 왕들〉(카스티야의 이사벨 여왕과 아라곤의 페르난도 왕이 혼인으로 맺어진 뒤 이 둘을 함께 부르는 호칭으로 사용됨)이 머물던 궁정에 아프리카 사자 네 마리가 선물로 들어 왔는데, 여왕의 시녀가 사자 우리에 장갑을 떨어뜨리자 돈 마누엘이 들어가 그 장갑을 주워 왔다고 한다.
126 당시 무기 제조 명장인 훌리안 델 레이Julián del Rey가 제조한 칼이 유명했는데, 거기에는 표식으로 강아지가 새겨져 있었다.

어 가고 있는데 그 내용은 이러하다. 벌써 돈키호테가 어떤 식으로 버티고 있는지를 본 사자지기는 수사자를 풀어 놓을 수밖에 없었다. 그렇게 하지 않으면 저 무모하고도 분노에 차 있는 기사에게 된통 당할 것 같았기 때문이다. 그는 첫 번째 우리의 문을 활짝 열어젖혔다. 이 우리에는 이미 말했듯이 수사자가 들어 있었는데, 보기에도 엄청나게 크고 무시무시하게 못생긴 놈이었다. 사자는 먼저 자기가 누워 있던 우리 안에서 몸을 한 번 뒤척이더니 발톱을 쭉 뻗으며 온몸으로 기지개를 켰다. 그러고 나서 입을 벌려 천천히 하품을 한 다음 길이가 거의 두 뼘이나 되는 혀를 밖으로 꺼내어 눈의 먼지를 털어 내고 얼굴을 닦았다. 이 일을 마치자 머리를 우리 밖으로 내밀고 불처럼 이글거리는 눈빛으로 사방을 둘러보았는데, 무모함 그 자체를 경악시킬 만한 눈빛과 몸짓이었다. 오직 돈키호테만이 그것을 주의 깊게 지켜보며 이제 그만 수레에서 뛰어내려 자기에게 덤벼들기를 바라고 있었다. 그는 사자를 두 손으로 박살 낼 작정이었다.

결코 본 적 없는 그의 광기는 이토록 극단에 이르렀던 것이다. 하지만 관대한 사자는 거만하다기보다 정중하여 어린애 같은 짓에는 신경 쓰지 않고, 엄포도 놓지 않고, 앞에서 말했듯 이리저리 둘러본 끝에 등을 돌리더니 돈키호테에게 엉덩이를 보인 채 아주 느리고도 굼뜨게 우리 안에 다시 누워 버렸다. 이것을 본 돈키호테는 사자지기에게 말하기를, 사자가 밖으로 뛰쳐나오도록 몽둥이로 때려 약을 올리라고 했다.

「그런 짓은 못 합니다요.」 사자지기가 대답했다. 「만일 그렇게 했다가는 제일 먼저 갈기갈기 찢길 사람이 바로 내가 될걸요. 이보세요 기사 나리, 지금까지 하신 일로 만족하세요. 용기라고 말할 수 있는 바로 그 자체였으니까요. 그러니 두 번째 운은 시험하려 하지 마세요. 사자 우리는 열려 있으니 나오든 나오지 않든 그건 사자 마음에 달려 있습니다요. 그런데 지금 나오지 않는 걸 보면 온종일 기다려도 나오지 않을 겁니다. 나리가 얼마나 대담하신지는 이미 똑똑히 밝혀졌습니다. 제가 아는 바로는, 아무리 용감한 투사라 해도 적에게 결투 신청을 하고 시합 장소에서 그를 기다리면 되었지, 그 이상 의무적으로 해야 할 일은 더 없습니다. 그러니 상대방이 결투에 나오지 않으면 그에게 수치스러운 일이고, 기다리던 사람은 승리의 관을 얻는 겁니다.」

「그건 그렇지.」돈키호테가 대답했다. 「친구여, 그 문을 닫아 주시오. 그리고 여기서 내가 했던 일을 본 그대로 최대한 잘 증언해 주기를 바라오. 그러니까, 당신이 사자의 우리를 열었고 나는 사자가 나오기를 기다렸으나 사자는 나오지 않았고, 그래서 나는 다시 기다렸는데 사자는 다시 그 자리에 누워 버렸다, 하는 내용을 알려 달라는 거요. 나는 더 이상할 것이 없고 마법하고도 볼일이 없으니, 하느님이 도리와 진실과 참된 기사도에 가호를 내리시기를 바라오. 그러니 말했듯이 사자 우리의 문을 닫으시오. 그러는 동안 나는 아까 도망쳐 버려서 이 자리에 없는 사람들에게 돌아오라는 신호를 하여 당신 입을 통해 이 무훈을 듣게 하겠소.」

사자지기는 그렇게 했고 돈키호테는 엉긴 양유로 세수한 얼굴을 닦았던 천 조각을 창끝에 달아, 이달고를 필두로 무리를 지어 단 한 번도 뒤돌아보지 않고 달아나던 사람들을 부르기 시작했다. 이 흰 천의 신호를 본 산초가 말했다.

「우리 주인께서 저 맹수들을 이기신 게 분명해요. 우리를 부르고 계시잖아요.」

모두 걸음을 멈추고는 신호를 보내고 있는 사람이 돈키호테라는 것을 확인했다. 그래서 그들은 두려움을 얼마간 잃고 자기들을 부르는 돈키호테의 목소리가 분명하게 들리는 곳까지 조금씩 가까이 다가왔다. 마침내 수레 있는 곳까지 돌아오자 돈키호테가 마부에게 말했다.

「자, 형제여, 당신 노새를 다시 수레에 매어 가던 길을 계속 가시오. 그리고 자네 산초는 마부와 사자지기에게 금화 2에스쿠도를 주게. 나 때문에 시간을 지체한 것에 대한 보상으로 말일세.」

「기꺼이 그러고말고요.」 산초가 대답했다. 「그런데 사자는 어떻게 됐습니까요? 죽었습니까요, 아니면 살아 있습니까요?」

그러자 사자지기가 하나하나 자세하게 결투의 전말을 전했는데, 자기가 알고 있는 바를 할 수 있는 한 최대로 과장해서 돈키호테의 용기를 잘 들려주었다. 돈키호테를 보자 사자는 겁에 질려 우리의 문을 꽤 오랫동안 열어 놓았는데도 밖으로 나오려 하지 않았고 감히 나올 꿈도 못 꾸더라, 그리고 돈키호테가 사자가 억지로라도 나오게 약을 올리라고 했지만 억지로 끌어내려고 사자의 약을 올린다는 것은 하느님을 시험하는 거나 마찬가지라고 자기가 말리자 그는 내키지 않아 불만스러워하면서도 우리의 문을 닫는 것을 허락해 주더라, 하고 말이다.

「산초, 어떤가?」 돈키호테가 말했다. 「진정한 용기를 이길 마법이 있겠는가? 마법사들이 내게서 행운을 앗아 갈 수는 있을지 몰라도 노력과 용기를 빼앗지는 못할 것이야.」

산초는 금화를 주었고, 마부는 수레에 노새를 맸으며, 사자지기는 받은 선물에 대한 인사로 돈키호테의 양손에 입을 맞추고는 궁정에 도착하면 그의 용감한 무훈을 전하게 말씀드리겠노라고 약속했다.

「만일 폐하께서 그 무훈을 세운 자가 누구냐고 물으시거든 〈사자의 기사〉라고 말씀드리시오. 앞으로 나는 이 이름으로 바꿔 부를 생각이오. 지금까지 부르던 〈슬픈 몰골의 기사〉 대신 말이오. 이것으로 나는 편력 기사들의 옛 관습을 따르는 셈인데, 이들은 자기들이 원할 때나 적당하다고 생각될 때 이름을 바꾸곤 했지.」

수레는 계속해서 자기 길을 갔고, 돈키호테와 산초와 녹색 외투의 사람 또한 갈 길을 갔다.

이렇게 가는 내내 돈 디에고 데 미란다는 돈키호테를 관찰하며 그가 하는 행동이며 말을 보고 듣느라 한마디도 하지 않았다. 그에게 돈키호테는 제정신을 가진 미치광이이거나 제정신이 돌아오려고 하는 미치광이로 보였다. 그 사람은 아직 전편에 실린 돈키호테 이야기를 모르고 있었다. 만일 그 이야기를 읽었더라면 그의 광기가 어떤 종류의 것인지 알았을 것이며, 따라서 그가 하는 짓이며 하는 말에 그다지 놀라지 않았을 것이다. 하지만 그것을 몰랐으니 어떤 때는 그가 제정신이라고 생각했고 어떤 때는 그가 미쳤다고 생각했던 것이다. 정확하고 품위 있고 옳은 말만 하는데, 하는 짓은 터무니없고 무모하며 멍청하기만 했으니 말이다. 그래서 그는 혼잣말로 중얼거렸다.

　「엉긴 양유가 가득 든 투구를 쓰고는 마법사들이 자기의 두개골을 부드럽게 녹여 버렸다고 생각하는 것보다 더 미친 발상이 있을 수 있을까? 사자와 결투를 벌이겠다고 억지를 쓰는 것보다 더한 무모함과 엉터리가 세상에 있을까?」

　이렇게 생각에 잠긴 채 독백을 하고 있는 그를 거기서 빼낸 사람은 바로 그 돈키호테였다.

　「돈 디에고 데 미란다 나리, 당신이 나를 터무니없고 미친 사람으로 여기지 않는다고 생각할 사람이 누가 있겠습니까? 그렇게 생각하시는 것도 큰 무리는 아닙니다. 내가 하는 행동이 그 반대의 증거를 내보일 수 없기 때문이지요. 그렇다 하더라도 당신이 생각하고 계시는 것만큼 내가 그렇게 미치거나 모자란 인간은 아님을 알아주시기 바랍니다. 왕이 지켜보는 동안 한 멋진 기사가 큰 광장 한가운데서 사나운 소를 창으로 찔러 끝장내는 일은 아주 훌륭해 보입니다. 눈부신 갑옷과 무기들로 무장한 기사가 귀부인들이 보는 앞에서 즐거운 시합을 하러 시합장으로 들어가는 것도 멋져 보이지요. 또한 궁정 기사들이 군사 일을 하거나 그와 비슷한 일을 함으로써 자기가 모시는 분들이 계신 궁정을 즐겁게 하고 기쁘게 하고, 더 말해도 좋다면 명예롭게까지 하는 것도 훌륭해 보입니다. 하지만 이 모든 기사들보다 훨씬 뛰어나 보이는 것은, 사람들에게 행운과 행복의 정상을 주려는 마음으로 사막이나 적막강산이나 교차로나 밀림이나 산악 지대로 위험한 모험들을 찾아 헤매며 오로지 영광스러운 불후의 명성을 얻고자 하는 이름 없는 한 기사뿐이랍니다. 그러니까 도시에서 젊은 여인네의 사랑을 구하는 궁정 기사보다 어느 인적 드문 곳에서 한 미망인을 구하는 한 편력 기사가 훨씬 훌륭해 보인다는 말입니다. 물론 기사마다 모두 각자의 역할을 가지고 있지요. 궁정 기사는 귀부인을 섬기고, 제복을 차려입고, 자신이 모시는 왕의 권위를 세워 주고, 가난한 기사들을 자기 식탁의 훌륭한 음식으로 대접하고, 싸움을 조정하고, 기마 시합을 개최하며, 위대하고 너그럽고 멋지게 보여야 하며 무엇보다 훌륭한 기독교인이어야 할 것입니다. 이런 식으로 그들은 자기들의 필요한 의무를 수행하게 되는 겁니다. 하지만 편력 기사는 세상 구석구석을 찾아다녀야 한답니다. 이루 말할 수 없이 복잡한 미로에 들어가야 하고, 걸음을 뗄 때마다 불가능한 일에 도전해야 하며, 인적 없는 황량한 황무지에서 한여름에는 타는 듯한 햇살을 견디고, 겨울에는 무자비한 바람과 얼음을 견뎌야 하지요. 사자도 두려워하지 않고, 요망한 마귀들에도 놀라지 않으며, 반인반수의 괴물도 무서워하지 않습니다. 이렇게 이것을 찾고 저것과 싸워 모든 것을 이기는 것이 그들의 주요하고도 참된 의무랍니다. 그러하기에 나도 운명으로 편력 기사도를 수행하는 한 사람이 된 이상 내가 해야 할 일의 범주에 들어간다고 생각되는 일이라면 모두 하지 않을 수 없습니다. 방금 내가 사자에게 도전한 것도 너무나 무모한 일인 줄은 알고 있었지만 그것이 바로 내가 해야 할 일이었던 겁니다. 왜냐하면 나는 용기라는 것을 잘 알고 있기 때문이지요. 비겁함과 무모함이라는 극단적인 두 악덕 사이에 놓여 있는 미덕이 바로 그것이라고 말입니다. 용기 있는 자는 비겁함으로 내려가 그 한계에 접하는 것보다 무모함으로 올라가 그 한계에 이르는 편이 나을 것입니다. 욕심쟁이보다 낭비가가 관대해지기 훨씬 쉬운 것과 같은 이치로, 무모한 자가 진정으로 용기 있는 자가 되는 것이 비겁한 자가 진정한 용기로 오르는 것보다 훨씬 쉽습니다. 그러니 모험에 도전하는 일에 있어서는 돈 디에고 나리, 나를 믿으십시오. 카드놀이에서는 적은 숫자의 패보다 차라리 많은 숫자의 패를 가진 채 지는 편이 오히려 낫다는 말입니다. 왜냐하면, 〈아무개 기사는 겁도 없고 무모하다〉라는 말이 〈아무개 기사는 소심하고 겁쟁이다〉라는 말보다 사람들의 귀에 좋게 들리기 때문이지요.」

「내 생각은 말입니다, 돈키호테 나리……」 돈 디에고가 대답했다. 「당신이 하신 말씀과 하신 행위가 사리에 딱 맞아떨어진다는 겁니다. 그래서 나는 편력 기사도의 규율이며 법도가 사라진다 해도 보관소나 고문서실에 보관되어 남아 있듯이, 당신의 가슴속에서 그것들을 발견할 수 있을 거라고 생각합니다. 그런데 늦어지고 있으니 우리 좀 서두릅시다. 마을에 닿거든 내 집에서 지난 노고를 쉬도록 하십시오. 육체적인 노고는 아니었더라도 정신적으로 피로했을 테니 말입니다. 이 정신적인 피로가 육체적인 피로로까지 이어질 수 있습니다.」

「돈 디에고 나리, 그 제안을 큰 친절과 은혜로서 받아들이겠습니다.」 돈키호테가 대답했다.

일행은 그때까지보다 더욱더 박차를 가하여 오후 2시쯤 되었을 때 돈 디에고의 마을과 그의 집에 도착했다. 돈키호테는 돈 디에고를 〈녹색 외투의 기사〉라고 불렀다.

236

18

〈녹색 외투의 기사〉의 성 또는 집에서
돈키호테에게 일어난 일과
다른 엉뚱한 사건들에 대하여

돈 디에고의 집은 시골에 있는 만큼 널찍했다. 거리로 난 문 위에는 비록 거친 돌로 만들어진 것이지만 문장이 있었고 마당에는 술 창고가, 문간에는 지하실이 있었으며 그 주변으로는 항아리[127]들이 잔뜩 늘어서 있었다. 이 항아리들은 엘 토보소에서 만든 것으로, 이에 돈키호테는 마법에 걸려 둔갑하고 만 둘시네아에 대한 기억을 생생하게 되살려 냈다. 그래서 한숨을 쉬며 자기가 무슨 소리를 하고 있는지, 누구와 함께 있는지도 생각하지 않은 채 말했다.

오, 불행하게도 나에 의해 발견된 달콤한 증거들이여,
신이 허락하실 때는 달콤하고 즐거웠노라![128]

---

127 돈키호테가 머물거나 거쳐 갔을 것으로 추정되는 곳에는 용도를 알 수 없는 항아리들이 놓여 있는 경우가 많다. 엘 토보소 지역이 항아리 제조업으로 유명하기 때문인 듯하다.
128 가르실라소 데 라 베가의 소네트 10번 첫 번째 연의 두 시행이다. 나머지 두 시행은 다음과 같다. 〈이제는 나의 기억 속에 들어와/기억과 함께 나를 죽음으로 몰아넣는구나.〉

오, 엘 토보소의 항아리들이여, 나의 가장 큰 고통이자 달콤한 사람을 떠올리게 하는구나!」

대학생 시인인 돈 디에고의 아들이 이 말을 들었다. 그는 어머니와 함께 마중을 나와 있었는데, 어머니나 그나 돈키호테의 이상한 모습을 보자 멍해지지 않을 수 없었다. 돈키호테가 로시난테에서 내려 아주 정중하게 부인의 손에 입을 맞추려 하자 돈 디에고가 말했다.

「여보, 당신이 늘 하던 대로 기꺼이 돈키호테 데 라만차 나리를 맞이하시오. 당신 앞에 계신 분은 세상에서 가장 용감하고 가장 점잖은 편력 기사시오.」

아내의 이름은 도냐 크리스티나로, 그녀는 무척이나 다정하고 정중하게 그를 맞이했으며 돈키호테 또한 상당히 사려 깊고 정중한 말로 이에 응했다. 그와 거의 같은 정중한 인사가 그 학생과도 이루어졌는데, 학생은 돈키호테가 말하는 것을 듣고 그가 신중하며 재치 있는 사람이라고 생각했다.

여기서 작가는 돈 디에고 집의 모든 형편을 묘사하며, 풍족한 농촌 양반의 집에 있는 것들을 그리고 있다. 하지만 이 이야기를 옮긴 사람은 이런저런 세세한 것들은 그냥 넘어가는 게 좋겠다고 생각했다. 그건 이 이야기 본연의 목적에 잘 맞지 않는 것이기 때문이다. 이야기는 재미없는 여담보다는 진실에서 더 힘을 얻는 법이다.

그들은 돈키호테를 어느 방으로 모셨다. 산초가 갑옷을 벗겨 주자 그는 바지와 양가죽 조끼 바람이 됐는데, 갑옷에 묻어 있던 때로 온통 더러워져 있었다. 어깨까지 떨어지는 넓은 학생풍 깃에는 풀도 먹이지 않았고 레이스도 없었다. 편상화는 대추야자색으로 안쪽에는 초가 칠해져 있었고 물개 가죽으로 된 혁대에는 멋진 칼을 매달아 찼으니, 그는 여러 해 동안 신장병을 앓았다는 소문이 있다.[129] 또 훌륭한 천으로 지었으며 깃이

달린 짧은 잿빛 망토도 걸치고 있었다. 하지만 무엇보다도 ― 그 양에 대해서는 다소 차이가 있지만 ― 다섯 대야인지 여섯 대야의 물로 머리와 얼굴을 씻었는데 그래도 여전히 그에게서는 우윳빛 물이 나왔다. 이것은 자기 주인을 그토록 하얗게 만든 산초의 식도락과 그가 산 그 빌어먹을 엉긴 양유 덕분이었다. 앞서 언급한 그런 치장을 한 채 돈키호테는 격조 있고 우아하며 늠름한 모습으로 다른 방에 나갔다. 거기에는 식탁이 차려질 때까지 그를 접대하기 위해 그 학생이 기다리고 있었다. 그토록 귀족적인 손님을 맞은 도냐 크리스티나 부인은 자신이 집에 찾아오는 손님들을 어떻게 대접하는지 보여 주고 싶었다.

돈키호테가 갑옷을 벗는 동안 돈 로렌소는 ― 이것이 그 아들의 이름이었다 ― 아버지에게 이런 이야기를 했다.

「아버지, 아버지께서 집에 모시고 오신 저분에 대해 어떻게 말해야 할까요? 이름도, 모습도, 편력 기사라는 그의 말도 저나 어머니에게는 놀라울 따름이네요.」

「글쎄 어떻게 말해야 좋을지 나도 잘 모르겠구나.」 돈 디에고가 대답했다. 「다만 내가 말할 수 있는 바는, 그가 이 세상 최고의 미치광이 짓을 하는 걸 보았는데, 또 그런 짓을 모두 지워 버리고 없었던 일로 만들 정도로 가장 분별 있는 이야기를 하더라는 것뿐이다. 그러니 네가 한번 말을 나눠 보고 저 사람이 알고 있는 것을 가늠해 보렴. 넌 빈틈없는 아이이니 그가 사리 분별이 있는 사람인지 아니면 바보인지 정확한 판단을 내릴 수 있을 것이다. 사실 내가 보기에는 제정신이라기보다 미친 것 같지만 말이다.」

이런 일이 있었기에 앞서 말한 것처럼 돈 로렌소는 돈키호테를 접대하려고 온 것인데, 이 두 사람이 나눈 대화 가운데 돈키호테가 돈 로렌소에

---

129 물개 가죽으로 된 혁대에 칼을 차면 신장병에 좋다는 미신이 있었다.

게 한 다음과 같은 말이 있다.

「아버지 되시는 돈 디에고 데 미란다 나리께서 자네가 가진 흔치 않은 능력과 날카로운 천재성에 대해 내게 말씀해 주셨네. 무엇보다 자네는 대시인이라고 하시더군.」

「시인, 그럴 수 있지요.」 돈 로렌소는 대답했다. 「하지만 대시인이라니, 그건 생각도 못 할 일입니다. 사실 제가 시를 굉장히 좋아해서 훌륭한 시인들의 시를 읽기는 합니다만, 제 아버지가 말씀하신 것처럼 대시인이라고 할 만큼은 아닙니다.」

「그런 겸손이 나빠 보이지 않는군.」 돈키호테가 대답했다. 「왜냐하면 다른 사람들은 모두 오만해서 자기가 세상 최고의 시인이라고 생각하거든.」

「예외 없는 규칙은 없지요.」 돈 로렌소가 대꾸했다. 「대시인이지만 스스로 그렇게 생각하지 않는 사람도 몇몇 있을 테고요.」

「별로 없지.」 돈키호테가 대답했다. 「그런데 지금 다루고 있는 시들이 어떤 것인지 내게 말해 줄 수 있겠는가? 자네 아버지 말씀이, 그 시들 때문에 자네가 얼마간 불안해하고 생각도 많아졌다고 하시던데 말일세. 만일 주석을 다는 거라면 나도 다소 아는 것이 있으니 자네에게 알려 주면 좋을 것 같네. 그리고 만일 문예 대회에 응모할 시라면, 2등 상을 받도록 하게. 1등은 언제나 총애를 받는 사람이나 고귀한 신분의 사람이 가져가게 되어 있거든. 2등이야말로 순전히 정당한 실력으로 가져가는 것이지. 그러니 사실 3등이 2등이 되는 셈이고, 1등이 3등이 되는 셈인데, 이는 대학에서 수여하는 학위 순위와 마찬가지일세. 하지만 뭐라 해도 〈1등〉이라는 이름이 위대한 인물이기는 하네.」

〈지금까지는…….〉 돈 로렌소는 속으로 생각했다. 〈미친 사람으로 판단할 수가 없군. 그럼 좀 더 나가 볼까?〉

그래서 그에게 말했다.

240

「제가 보기에 기사님도 학교를 다니신 것 같은데, 무슨 학문을 하셨습니까요?」

「편력 기사도학.」 돈키호테가 대답했다. 「이 학문은 시학만큼 훌륭할 뿐만 아니라 더 나아가 손가락 두 개 정도 더 나은 학문일세.」

「그게 어떤 학문인지 전 잘 모르겠습니다.」 돈 로렌소가 대답했다. 「지금까지 한 번도 들어 본 적이 없어서 말이지요.」

「이 학문으로 말할 것 같으면······.」 돈키호테가 대답했다. 「이 세상에 있는 거의 모든 학문을 그 안에 담고 있는 학문이라네. 이 학문을 신봉하는 자는 법학자가 되어서 각 인간에게 저마다의 소유물과 소유하기에 합당한 것을 주기 위해 정의로운 배분의 법칙과 교환의 법칙을 알아야 한다네. 신학자도 되어야 하지. 자기가 신봉하는 기독교의 교의에 대하여 어디에서든 질문을 받으면 분명하고도 명확하게 설명할 줄 알아야 하거든. 의사도 되어야 하는데, 그중에서도 무엇보다 약초 채집자가 되어야 한다네. 인적 드문 황무지 한가운데서도 상처에 듣는 풀을 찾아내려면 말이지. 편력 기사가 매번 자신의 상처를 치료해 줄 사람을 찾으러 다닐 수는 없지 않겠나. 점성학자도 되어야 한다네. 별을 보고 밤이 몇 시간이나 지났는지, 자신이 세상 어디에 있으며 어떤 기후대에 있는지를 알려면 그렇다네. 수학도 알아야 한다네. 매번 그것을 필요로 하는 일이 주어질 테니 말일세. 신학적이며 기본이 되는 모든 종류의 덕을 체화해야 한다는 것은 당연한 일이니 이것 말고 다른 사소한 것들로 내려가 보면, 수영하는 법도 알아야 한다네. 물고기 니콜라스[130]인지 니콜라오인지가 헤엄쳤다고 사람들이 말한 것처럼 말일세. 말발굽을 가는 법, 안장이나 재갈을 준비

---

130 Nicolás. 12세기 말 어느 시에 등장한 인물로, 시칠리아와 이탈리아 사이를 헤엄쳐서 왕래했고 물속에서 살기도 했다고 한다.

하는 법도 알고 있어야 하지. 다시 높은 이야기로 되돌아가 보면, 하느님과 자기의 귀부인에 대한 믿음을 지킬 줄 알아야 하네. 생각은 순결해야 하고, 말은 정직하며, 행동은 관대하며, 사건에서는 용감하고, 역경에서는 인내를 가지고, 도움이 필요한 자들에게는 자비를 베풀며, 끝으로 비록 목숨을 잃는 한이 있더라도 진리를 지키고 지지하는 자가 되어야 한다네. 이 모든 위대한 것과 사소한 것들을 갖추어야 훌륭한 편력 기사가 되는 걸세. 그러니 돈 로렌소 군, 기사가 공부하고 신봉하며 배우는 학문이 하찮은 것인지 아닌지 자네가 잘 생각해 보게. 사립 학교에서나 공립 학교에서 가르치고 최고로 우쭐대는 학문과 비교될 수가 있는지 말일세.」

「그게 그렇다면……」 돈 로렌소가 대답했다. 「그 학문이 다른 모든 학문보다 뛰어나다는 거네요.」

「〈그렇다면〉이라니, 그게 무슨 뜻이지?」 돈키호테가 대꾸했다.

「제가 말씀드리고자 하는 것은요……」 돈 로렌소가 말했다. 「편력 기사들이, 더군다나 그만한 덕을 갖춘 기사들이 정말 있기나 있었는지, 그리고 지금도 있는지 의심스럽다는 겁니다.」

「지금 내가 다시 말하고자 하는 것은 지금까지 이미 몇 번이나 말한 것인데, 세상 대부분의 사람들이 이 세상에는 편력 기사가 없었다고 생각하고 있다네. 그러니 몇 번이나 내가 경험한 바로 보아, 편력 기사들이 있었고 지금도 있다는 사실을 하늘이 기적적인 능력으로써 깨우쳐 주시지 않는다면 이를 알리기 위해 아무리 노력한들 소용이 없어 보인다네. 지금 많은 사람들이 저지르는 그런 잘못으로부터 자네를 꺼내 주느라 시간을 낭비하고 싶지는 않네. 다만 내가 하고자 하는 것은, 자네가 그러한 잘못에서 빠져나오고 지난 세기에 편력 기사들이 얼마나 유용하고 필요한 존재였는지, 그리고 오늘날에도 있다면 얼마나 유익할 것인지를 깨닫게 해달라고 하늘에 기도하는 것일세. 하지만 오늘날에는 사람들의 죄로 말미암아 게으름과 태만과 대식과 폭식 그리고 안락만이 승리를 거두고 있지.」

〈우리 손님이 잘도 빠져나가시는데.〉 돈 로렌소는 생각했다. 〈하지만 어쨌든 이 사람은 용감무쌍한 미치광이야. 만일 그렇게 생각하지 않는다면 내가 바보인 게지.〉

식사하라고 부르는 소리가 들려 그들의 대화는 여기서 끝났다. 돈 디에고가 아들에게 손님의 재주를 보고 어떻게 정리했는지 묻자 아들이 말했다.

「세상에 있는 모든 의사와 훌륭한 법원 서기들이 몽땅 몰려와도 저분의 광기를 제대로 정리할 수는 없을 것 같습니다. 저분은 일관되지 못한 미치광이로, 제정신이 드는 때가 많거든요.」

모두들 식사를 하러 갔다. 돈 디에고가 길에서 말했듯이, 식사는 그가 초대한 손님들에게 늘 내놓는다는 것으로 깨끗하고 푸짐한 게 맛이 좋았다. 그러나 무엇보다도 돈키호테의 마음에 들었던 것은 온 집 안을 지배하고 있는 놀랄 만한 침묵이었으니, 마치 카르투하 수도회[131]의 수도원을 닮은 듯했다. 식탁보가 치워진 후 하느님께 감사를 드리고 손을 닦은 돈키호테는 돈 로렌소에게 문예 대회에 응모할 시를 들려주지 않겠느냐고 간곡히 청했다. 돈 로렌소는 시를 들려 달라고 부탁하면 거절하고 그런 부탁을 받지 않으면 뱉어 내는 그러한 시인들로 보이고 싶지 않았으니,

「저의 주석시[132]를 들려 드리겠습니다. 하지만 이것으로 어떤 상이라도 받을 것이라고 기대하지는 않습니다. 단지 제 재주를 연습하기 위해 지어

---

131 *cartuja*. 성 브루노San Bruno가 1086년에 프랑스 그르노블 근처 알프스 산맥에 세운, 계율이 엄격한 종파이다.

132 주어진 시의 각 행을 주석자가 짓는 시의 각 연 끝이나 시작에 넣어 짓는 시로, 해당 행의 의미는 서로 같아야 한다. 이어지는 본문 참조.

본 것뿐입니다.」[133]

「사려 깊은 내 친구의 의견으로는……」 돈키호테가 말했다. 「주석시를 짓는 건 사람을 피곤하게 하는 일이니 그런 일은 하지 말아야 한다더군. 그의 말에 의하면 주석시는 본래의 시가 이른 경지에 절대로 다다를 수 없는데, 대개의 경우 주석을 하도록 요구된 의도와 목적에서 벗어나기 때문이라더군. 더군다나 주석시를 짓는 규정이 워낙 엄격해서 의문사는 안 되고, 〈라고 말했다〉라든가 〈말하리라〉도 안 되며, 동사를 명사로 만들어도 안 되고, 의미를 바꿔서도 안 되는 등 자네도 잘 알겠지만 시를 쓰는 사람들을 구속하는 그 밖의 제약들과 까다로움이 있기 때문이라 했네.」

「정말이지, 돈키호테 나리……」 돈 로렌소가 말했다. 「나리께서 말씀을 하시는 동안 뭔가 잘못된 점이 있지나 않을까 흠을 잡으려 해도, 마치 장어처럼 잘도 빠져나가시니 잡을 수가 없습니다.」

「자네가 하는 말이 무슨 뜻인지 모르겠네. 〈빠져나간다〉는 그 말도 무슨 얘기인지 모르겠구먼.」

「아시게 해드리죠.」 돈 로렌소가 대꾸했다. 「하지만 지금은 주석시와 원래의 시에 귀 기울여 주십시오. 원래의 시는 이렇습니다.

　　만일 나의 〈였다〉가 〈이다〉로 바뀐다면,
　　더 이상의 〈일 것이다〉를 기다리지 않으리,
　　아니면 가버린 시간을 다시 돌아오라고 하니
　　훗날 있게 될 것에 대하여……!

133 간접문에서 직접문으로 바뀌었다.

주석시

결국 모든 것이 지나가듯
운명의 여신이 적지 않은 시간 동안
내게 준 행복도 지나갔고
다시는 주지 않았노라,
충분히도, 정해진 만큼도.
운명의 여신이여, 나 그대의 발밑에 엎드려 있으니
다시 한 번 행운을 주오.
그러면 나의 존재 행복하게 되리니
만일 나의 〈였다〉가 〈이다〉로 바뀐다면.

나는 다른 기쁨이나 영광,
다른 영예나 승리,
다른 우승, 다른 승전은 원하지 않고
단지 내 기억 속의 아픔인
그 기쁨으로 돌아가기를 원하노라.
운명의 여신이여, 만일 나를 그때로
돌려 준다면 나의 열정으로 인한
모든 혹독함은 가라앉게 되고
더군다나 이러한 행복 곧 있게 될 것이니,
더 이상의 〈일 것이다〉를 기다리지 않으리.

불가능한 것을 내가 요구하고 있는 게지.
이미 있었던 시간을

다시 있도록 되돌리려 하니.
그 정도로 강한 힘 발휘하는 것은
이 세상에 없는 법.
시간은 달려 가볍게
날아가 버리고 다시는 돌아오지 않으리니
요구하는 자 실수하는 것이리라.
있는 시간 가버리라고 하거나
아니면 가버린 시간 다시 돌아오라고 하니.

나는 혼란에 빠져 살지,
기다리기도 하고 두려워하기도 하면서.
이미 죽음은 누구나 다 아는 법,
그러니 죽어 가며 그 고통의 출구를
찾는 게 훨씬 나은 법.
삶을 마치는 것이 내게 더
관심이 있는 것 같지만 그건 아냐.
왜냐하면 잘 생각해 보면
두려움이 내게 생명을 주고 있으니,
훗날 있게 될 것에 대하여.

돈 로렌소가 주석시를 다 읽자마자 돈키호테는 일어나 돈 로렌소의 오른손을 잡더니 고함치듯 목청을 높여 말했다.

「저 높은 곳에 있는 하늘이시여, 만세! 훌륭한 젊은이여, 자네는 세상에서 가장 훌륭한 시인이로다! 그러니 월계관을 받아 마땅하리라! 어느 시인의 말처럼 키프로스나 가에타로부터가 아니라 — 하느님 용서하소서

— 오늘날 살아 있으니 아테네의 학교들이나 오늘날 살아 있는 파리나 볼로냐 살라망카 대학으로부터 말일세! 자네에게서 1등 상을 빼앗는 심사 위원들에게는 태양의 신 페보가 화살로 상처 입히고 뮤즈들은 절대로 자기 집 문턱을 넘지 못하도록 하느님이 그리하실 것이야. 혹시 11음절로 된 시가 있다면 들려주지 않겠나? 자네의 놀랄 만한 재주를 완전히 알아보고 싶다네.」

비록 미치광이라고 생각하긴 했지만 막상 그런 돈키호테로부터 칭찬을 듣자 돈 로렌소가 좋아했다고 하니 재미있지 않은가? 오, 아부의 힘이여, 너의 힘은 어디까지 뻗어 가며 그 즐거운 관할권의 한계는 얼마나 늘어난단 말인가! 돈 로렌소가 이러한 진리를 증명하여 돈키호테의 요구와 소망을 받아들였다. 그래서 피라모와 티스베의 신화,[134] 또는 그 이야기에 바치는 다음의 소네트를 들려주었다.

소네트

피라모의 늠름한 가슴을 열게 한
아름다운 소녀, 담을 부쉈노라,
사랑[135]은 키프로스에서 출발하여

---

134 서로 사랑했던 그리스의 연인이었으나 집안의 반대로 남의 눈을 피해 만나야만 했다. 어느 날 뽕나무밭이 있는 교외에 티스베가 먼저 와서 기다리고 있는데, 먹이를 먹고 샘에 물을 마시러 온 사자에 놀라 도망가다가 자신의 베일을 떨어뜨렸고 뒤에 온 피라모가 그것을 보고 그녀가 사자의 먹잇감이 되었다 생각하여 칼로 자신의 목숨을 끊었다. 피해서 숨어 있다가 다시 약속 장소에 나온 티스베는 피라모의 죽음을 보고 자신도 그 칼로 목숨을 끊었다. 17세기 스페인 시인들이 이 내용을 패러디하여 여러 작품을 썼으며, 그중 대표적인 것이 1618년에 발표된 공고라의 작품이다. 그 로만세는 〈소네트〉라는 이름으로 본 작품에 나오는 세르반테스가 쓴 내용과 상당히 유사하다.
135 사랑의 신 큐피드를 가리킨다.

경이롭게 갈라진 좁은 틈을 보러 곧장 갔노라.

그곳에서는 정적만이 말할 뿐,
목소리조차 그 좁은 틈으로 감히 들어가려 하지 않았기에.
마음만은 들어갈 수 있었으니,
아무리 어려운 일도 사랑은 쉽게 하기에.

보고파 하는 마음 실수하여
신중치 못한 소녀의 발걸음이 즐겁고자
죽음을 청했으니, 이 무슨 변고인가.

두 사람을 한순간에, 오 기구한 인연이여!
죽이고 묻고 되살리노라,
하나의 칼과 하나의 무덤과 하나의 기억이.

「하느님이시여 축복받으소서!」 돈키호테는 돈 로렌소의 소네트를 듣고 말했다. 「수없이 많은 쓸데없는 시인들 가운데 자네와 같은 완벽한 시인이 있는 걸 보니 이 말이 절로 나오는구먼. 기교가 보통이 아니군.」
　돈키호테는 나흘 동안 돈 디에고의 집에서 아주 편안하게 지냈다. 나흘째 되던 마지막 날에 그는 그 집에서 받은 환대와 은혜에 감사를 표하면서 자기가 떠날 수 있도록 허락해 달라고 청했다. 무엇보다 편력 기사가 오랜 시간을 빈둥대며 안락에만 몸을 맡기고 있는 게 좋아 보이지 않는다는 것이었다. 그는 자기의 임무를 수행하기 위해 모험을 찾아가고 싶었다. 모험은 이 지방에 충분히 있다고 들었기 때문에 그의 구체적인 행선지인 사라고사에서 있을 시합 날이 될 때까지 이 지방에서 시간을 보내고

자 했다. 그는 가장 먼저 몬테시노스 동굴에 들어가 보고 싶었다. 이 동굴에 대해서는 이 일대에 참으로 많고도 놀라운 이야기들이 전하고 있었다. 또한 그는 흔히들 〈루이데라의 일곱 늪〉이라고 부르는 늪이 어디에서 탄생하여 흘러나오는지 그 실제의 근원을 캐보고자 했다.

돈 디에고와 그의 아들은 돈키호테의 훌륭한 결심을 칭찬하며 이 집과 재산 중에서 마음에 드는 것이 있으면 모두 가져가라고 했다. 자기들은 최대한 성심성의껏 모시고 싶어서 그러는 것이며, 그것은 돈키호테의 사람됨과 명예로운 그의 과업이 자기들로 하여금 그렇게 하도록 강요하기 때문이라고 했다.

드디어 출발의 날이 왔다. 돈키호테에게는 무척 즐거운 날이었으나 산초 판사에게는 그만큼 슬프고 불행한 날이 없었다. 그는 돈 디에고의 집에서 풍족하게 아주 잘 지내고 있었기에 숲이나 인적 드문 곳에서 늘 겪어야 했던 배고픔, 제대로 준비하지 못한 식량 자루의 궁핍함으로 다시 돌아가는 것이 싫었다. 그래도 그는 가장 필요하다고 여겨지는 것들로 자루를 터지도록 채웠다. 작별할 때가 되었을 때 돈키호테는 돈 로렌소에게 말했다.

「자네에게 말했는지 모르겠군. 내가 말한 바 있다면 다시 말하는 게 되겠는데, 만일 자네가 명성의 여신이 사는, 접근하기 어려운 전당의 정상으로 올라가는 길을 절약하며 고난을 피하고 싶다면, 약간 좁은 시라는 길은 한쪽에다 내버려 두고 아주 좁은 편력 기사도의 길을 택하면 된다네. 이 길은 쉽고도 간단하게 자네를 황제로 만들기에 충분하지.」

이런 말로 돈키호테는 광기의 연설을 끝내고 이렇게 덧붙였다.

「나는 자네 돈 로렌소 군을 데리고 가서 겸허한 자들을 어떻게 용서해 주어야 하며 오만한 자들은 어떻게 굴복시키고 들볶아야 하는지, 내가 수행하는 일에 따르는 덕들을 진정 가르쳐 주고 싶네. 하지만 자네의 나이가 어려 그것을 원하지 않을 것이고 자네의 칭찬할 만한 수업이 그 일에 동의하지 않을 것 같으니 단지 자네에게 이 말을 해주는 것으로 만족하겠네. 시인으로서 자기의 의견보다 남의 의견에 귀를 기울인다면 유명해질 수 있을 거라는 얘길세. 세상 어느 아버지나 어머니 치고 자기 자식이 못나 보인다고 생각하는 사람은 없다네. 그러니 자기 머리가 낳은 자식이고 보면 그러한 잘못은 더할 것이 아니겠는가.」

때로는 사려 깊고 때로는 터무니없는 돈키호테의 이 뒤죽박죽인 말에 아버지와 아들은 또다시 감탄했고 자기 소망의 목적이자 목표로 삼고 있는 불행한 모험을 찾아 전적으로 돌진하려는 그 고집과 집요함에 감탄했다. 그들 모두 제안과 예절을 서로 되풀이했고, 마침내 성주 부인의 허락을 받아 돈키호테와 산초는 각각 로시난테와 잿빛에 올라 길을 떠났다.

19

사랑에 빠진 목동의 모험과
정말로 재미있는 다른 사건들에 대하여

    돈키호테가 돈 디에고의 집을 떠나 얼마 가지 않았을 때, 나귀 같은 짐승 네 마리를 타고 오는, 사제 같기도 하고 학생 같기도 한[136] 두 사람과 농부 두 명을 만났다. 학생들 중 한 명은 끈으로 묶은 가방처럼 생긴, 녹색 삼베 보자기를 갖고 있었는데 보자기 밖으로 희불그레한 천 약간과 양털로 투박하게 짠 양말 두 켤레가 드러나 보였다. 다른 한 사람이 가지고 있는 것은 검은색 검술용 새 칼 두 자루뿐이었는데, 칼끝에는 상처를 내지 못하도록 가죽으로 된 덮개가 씌워져 있었다. 농부들은 다른 물건들을 가지고 있었으니, 어느 큰 마을에서 그것들을 사서 자기 마을로 가지고 가는 게 분명했다. 처음 돈키호테를 보는 사람이라면 누구나 그러하듯 학생들이나 농부들 역시 돈키호테를 보고 놀라, 복장과 행색에 있어 평범한 사람들과는 완전히 다른 그 사람이 누군지 알고 싶어 죽을 지경이었다.

    돈키호테는 그들에게 인사를 했고, 그들이 가는 길이 자기의 길과 같음을 알자 동행해 드리겠노라고 하면서 잠시 걸음을 멈춰 달라고 부탁했

---

136 중세 대학의 학생복은 사제복에서 비롯된 것이라 복장이 서로 비슷했다.

다. 그들이 타고 가던 어린 나귀들이 자기 말보다 빨랐기 때문이다. 그는 자기의 역할과 직무는 세상의 모든 곳으로 모험을 찾아다니는 편력 기사라며 간단히 자신을 소개했다. 또한 본명은 돈키호테 데 라만차인데, 부르기를 〈사자의 기사〉라고 한다는 것도 말했다. 이 모든 말이 농부들에게는 그리스 말이나 은어처럼 들렸지만, 학생들은 돈키호테의 뇌가 잘못됐다는 것을 즉각 눈치챘다. 하지만 그럼에도 그를 놀라움과 존경으로 바라보다가 그들 중 한 사람이 말했다.

「기사 나리, 만일 가시는 길이 정해져 있지 않다면 ─ 모험을 찾는 사람들이 그러하듯 말입니다 ─ 우리와 함께 가십시다. 그러면 라만차는 물론이고 그 주변에서 멀리 떨어져 있는 곳에서도 오늘날까지 거행된 적이 없었던 가장 멋지고 화려한 결혼식을 보시게 될 겁니다.」

그렇게 강조하다니 어느 왕자의 결혼식이라도 있는 것이냐고 돈키호테가 물었다.

「아닙니다.」 학생이 대답했다. 「한 농사꾼 총각과 농사꾼 처자의 결혼입니다. 그런데 남자는 이곳에서 제일가는 부자이고 여자는 남자들이 지금까지 본 여자들 가운데 가장 아름답답니다. 게다가 그 결혼식을 치르는 장소가 유별나고 새롭습니다. 신부의 마을 근처에 있는 초원에서 식을 올리게 되어 있거든요. 신부는 특히 아름다워서 〈미인 키테리아〉라 불리고, 신랑은 〈부자 카마초〉라고 합니다. 신부는 열여덟 살이고, 신랑은 스물한 살로 둘이 참 잘 어울리죠. 세상에 있는 모든 가문을 외우고 있는 호기심 많은 사람들은 미인 키테리아의 집안이 카마초의 집안보다 월등하다고 말한답니다. 하지만 이제 그런 것은 안 보죠. 어떤 균열도 돈이라면 모두 땜질하여 이을 수 있으니 말입니다. 정말이지 이 카마초라는 사람은 돈을 아끼지 않는 대범한 자랍니다. 나뭇가지를 짜서 초원 전체를 덮어 버리고자 하는 바람에 태양이 땅을 덮고 있는 푸른 풀을 찾아 들어가

252

려면 고생을 하게 생겼습니다. 결혼식에는 춤들도 준비되어 있는데, 칼춤과 방울춤입니다. 그 마을에는 정말 방울을 잘 울리며 흔들어 대는 사람이 있거든요. 발을 구르며 춤을 추는 무용수들에 대해서는 더 말 않겠습니다. 오게 되어 있는 사람들이 아주 볼만할 겁니다. 하지만 제가 말씀드린 것들 중 그 무엇도 ― 말씀드리지 않은 다른 많은 것들 중 어느 것도 ― 실연한 바실리오가 이 결혼식에서 저지르리라고 생각되는 일보다 더 기억에 남을 일은 없을 것입니다. 이 바실리오라는 사람은 키테리아와 같은 마을 이웃에 사는 젊은이로, 이 사람 집은 키테리아의 부모 집과 담 하나를 사이에 두고 있었지요. 그로 인해 사랑의 신은 이미 잊힌 피라모와 티스베의 사랑을 세상에서 다시 시작할 기회를 잡았답니다. 그건 바실리오가 어릴 때부터 키테리아를 사랑하게 되었고, 그녀 또한 순수한 뜻으로 바실리오의 마음에 수천 가지 호의를 보였기 때문이지요. 마을에서 바실리오와 키테리아 두 어린애의 사랑을 재미 삼아 이야기할 정도였답니다. 나이를 먹어 가자 키테리아의 아버지는 늘상 있었던 바실리오의 출입을 막고자 했습니다. 그러더니 동네 사람들의 갖가지 의심이나 추측을 없애기 위해 딸을 돈 많은 카마초와 결혼시키기로 한 것입니다. 바실리오가 가문도 그저 그렇고 가진 재산도 없었기 때문에 딸이 그와 결혼하는 걸 별로 탐탁지 않아 했던 거지요. 그런데 시기심 같은 것이라고는 없이 있는 그대로 말씀드리자면, 바실리오는 우리가 아는 사람들 중에서 가장 민첩한 젊은이로 작대기 던지기도 잘하고, 씨름도 잘하며, 공놀이에도 명수랍니다. 노루처럼 잘 달리고, 산양처럼 잘 뛰며, 볼링 놀이는 귀신 들린 것처럼 잘한답니다. 종달새처럼 노래도 잘하고, 기타를 칠 땐 기타에게 말을 시키듯 연주하며, 무엇보다 세상에서 이 사람보다 칼을 잘 다루는 사람은 없지요.」

「그 매력 하나만으로도…….」이때 돈키호테가 말했다. 「그 젊은이는 미인 키테리아뿐만 아니라 히네브라 여왕과도 결혼할 자격이 되겠구먼. 그분이 지금 살아 있다면 말이오. 물론 란사로테와 그렇게 되기를 원하지 않는 사람들이 방해하기는 하겠지만 말이오.」

「내 마누라한테는 씨도 안 먹힐 이야기인걸요!」 그때까지 입 다문 채 듣고만 있던 산초가 말했다. 「내 마누라는 〈양은 양끼리〉라는 속담만 믿고요, 사람은 각자 자기와 비슷한 수준의 사람과 결혼하기를 바란답니다요. 제가 바라는 건요, 그 착한 바실리오가 벌써 제 마음에 들어서 드리는 말씀인데요, 그가 그 키테리아 아가씨와 결혼하면 좋겠습니다요. 서로 사랑하는 사람끼리 결혼하는 것을 방해하는 사람들한테는요, 두고두고 편안하게 잘 살라는 말을 반대로 할 참이었습니다요.」

「만일 사랑하는 사람들끼리 모두 결혼해야 한다면……」 돈키호테가 말했다. 「자식들을 적당한 시기에, 적당한 상대와 결혼시켜야 한다는 부모님의 선택권을 빼앗는 일이 되겠지. 그리고 만일 배우자를 선택하는 일이 딸의 의사에만 맡겨진다면 자기 아버지의 하인을 선택할 수도 있을 것이며, 길을 다니다가 만난 얼핏 보기에 씩씩하고 멋있어 보이는 사람을 고를 수도 있을 것이네. 사실 알고 보면 이 사람은 걸핏하면 칼이나 휘두르며 싸움을 좋아하는 엉터리 녀석인데도 말일세. 사랑과 호의는 쉽게 사람 눈을 멀게 하고 분별력을 잃게 한다네. 배우자를 선택하는 데 꼭 필요한 것이 바로 분별력인데도 말이야. 그래서 결혼 생활이 실패로 끝날 위험에 빠지게 되는 거지. 배우자를 제대로 고르기 위해서는 극히 신중해야 하며 거기에 하늘의 각별한 은혜도 필요하다네. 긴 여행을 하고자 하는 사람이 신중하다면 길을 떠나기 전에 같이 가줄 믿을 만하고 온화한 동반자를 찾겠지. 하물며 죽음의 종착역에 이르기까지 평생을 함께 걸어가야 할 사람을 찾는데 왜 그렇게 하지 않겠는가? 더군다나 아내와 남편이 그러하듯이 침대에서도, 식탁에서도, 그 어떤 곳에서도 동행해야 하는 거라면 말일세. 아내라는 동반자는 한 번 사서 바꾸거나 다른 것으로 대체하거나 되물릴 수 있는 상품 같은 것이 아니야. 뗄 수 없는 것이니 생명이 지속되는 한 계속되어야 하지. 즉, 일단 목에 감으면 고르디우스의 매듭[137]으로 변하는 밧줄 같아서, 죽음의 낫이 그것을 끊지 않는 한 풀 수가 없다는 걸세. 이 문제에 대해서는 더 많은 말을 할 수 있지만, 석사 양반이 바실리오에 대해 더 하고 싶은 말이 있는지 알고 싶으니 여기서 그만두고자 하네.」

이 말에 학사인지, 아니면 돈키호테가 부른 것처럼 석사인지 하는 학생이 대답했다.

「모든 이야기 중에서 제가 말씀드리고 싶었던 것은, 미인 키테리아가 부자 카마초와 결혼하게 된다는 것을 알고 난 그 시점부터 바실리오가 웃거나 조리 있는 말을 하는 것을 한 번이라도 본 사람이 없다는 겁니다. 자기 혼자 중얼거리며 언제나 생각에 잠기고 슬픔에 절어 돌아다니는데, 그것이 분명 그 사람 머리가 이상해졌다는 확실한 증거라는 거죠. 아주 조금 먹고 잠도 조금밖에 안 자니, 먹는 거라고는 과일뿐이고, 잠도 — 그것을 자는 것이라고 친다면 — 야생 짐승처럼 들판의 딱딱한 바닥에서 잔답니다. 때때로 하늘을 쳐다보기도 하고 어떤 때는 땅을 응시하는데, 얼마나 정신을 놓고 바라보는지 꼭 옷 입혀 놓은 동상에서 옷자락만 바람에 날리는 것 같다니까요. 이렇게 심장이 터질 듯한 격정에 사로잡힌 모습을 보여 주고 있으니, 그를 알고 있는 우리들은 모두 내일 결혼식에서 그 아름다운 키테리아가 〈예〉라고 대답하는 것이 바실리오에게는 사형 선고가 되지나 않을까 두려운 겁니다.」

---

137 트리기야의 전설에 의하면 농부 고르디우스의 소 멍에에 맨 밧줄 매듭이 너무나 복잡하여 풀기 어려웠기 때문에 어려운 상황을 말할 때 이 표현을 쓴다.

「하느님이 잘되게 하실 겁니다요.」산초가 말했다. 「하느님은 상처를 주시기도 하지만 약도 주시니까요. 어느 누구도 앞으로 올 일은 모르는 법입니다요. 내일까지는 시간이 많은데 한 시간, 아니 한순간에도 집이 무너질 수 있거든요. 나는 비가 오면서 동시에 해가 비치는 것을 본 적이 있습니다요. 모두가 한순간이었어요. 밤에 멀쩡하게 잠자리에 든 사람이 다음 날 꼼짝 못할 수도 있는 법이에요. 운명의 수레바퀴에 못을 박았다고[138] 자랑할 수 있는 자가 세상에 있을까요? 분명 없습죠. 그리고 여자의 〈예〉와 〈아니요〉 사이에는 바늘도 못 들어갈 겁니다요. 너무 좁아 들어갈 자리가 없다니까요. 나는 키테리아가 진정 진실된 마음으로 바실리오를 사랑하면 좋겠습니다요. 그러면 그 사람은 행복의 보따리를 가지게 되겠죠. 내가 들은 바에 의하면 사랑은 안경을 쓰고 바라보는 것이라서 구리를 금으로, 가난을 부로, 눈곱을 진주로 보이게 한답니다요.」

「어디까지 이야기를 끌고 갈 참인가, 산초? 돼먹지 못하긴.」돈키호테가 말했다. 「자네가 속담과 이야기들을 꿰기 시작하면, 자네를 데려갈 유다라면 몰라도 그 말을 듣고자 기다리고 있을 사람은 아무도 없네. 이 짐승 같은 사람아, 못이니 수레바퀴니 어쩌니 저쩌니 하지만 그것들에 대해 자네가 아는 게 뭐가 있는가?」

「저런! 제 말씀을 이해하지 못하신다면……」산초가 대답했다. 「이 금언들을 터무니없는 것으로 여기셔도 놀랄 게 없네요. 하지만 상관없습니다요. 저는 저를 이해하고, 제가 한 말 중에 그렇게 바보 같은 소리는 별로 없다는 것을 아니까 말입니다요. 그보다 나리, 나리께서는 언제나 제가 하는 말의, 아니 더 나아가 제가 하는 일의 검칠관이십니다요.」

---

138 운명은 인간을 비참하게 했다가도 잘살게 하는 등, 쉬지 않고 계속 움직이기 때문에 바퀴에 비유되는데, 산초는 사람의 운이 좋을 때 이 바퀴가 움직이지 못하게 하기 위해 수레바퀴의 살에다 못을 박는다는 뜻으로 이렇게 말했다.

「검찰관이라고 해야지.」 돈키호테가 말했다. 「검칠관이 아닐세. 좋은 말을 망치는 자여, 하느님이라도 자네 이야기를 헷갈려하실 게야.」

「나리, 제 말마다 일일이 물고 늘어지지 마세요.」 산초가 대답했다. 「아시다시피 저는 도시에서 자란 것도 아니고 살라망카에서 공부한 것도 아닌데, 제가 하는 말에 점 하나 더 넣었는지 아니면 뺐는지 알게 뭡니까요. 그렇고말고요, 이거야, 참! 뭣 때문에 사야고에서 태어난 인간에게 톨레도 사람들처럼 지껄이라고 강요하신답니까요.[139] 그리고 곧고 맑은 말을 사용한다는 톨레도 사람이라도 그중엔 예리하면서도 잽싸게 하지 못하는 사람도 있을 게 아닙니까요.」

「맞습니다.」 석사가 말했다. 「테네리아스나 소코도베르[140]에서 자란 사람들도 모두 톨레도 출신이지만 거의 온종일 대사원의 회랑을 거니는 사람들처럼 그렇게 말을 할 수는 없지요. 순수하고 적절하고 우아하고 명료한 말투는 신중한 도시 사람들 속에 있답니다. 그들이 마하다온다에서 태어난 사람들이라 해도 말입니다. 제가 〈신중한〉이라고 한 것은 그렇지 않은 사람들도 많기 때문이지요. 그리고 신중함은 의사소통에 수반되는 훌륭한 언어의 문법입니다. 여러분, 저는 죄 많은 인간이라 살라망카에서 교회 법규를 공부했습니다. 그래서 제 생각을 명료하며 평범하면서 의미 있는 말로 표현할 수 있다고 거만을 좀 떤답니다.」

「만일 자네가 혓바닥 놀리는 것보다 차고 있는 칼 다루는 일을 더 잘한다고 필요 이상으로 허세를 떨지만 않았더라도 꼴찌가 아닌 1등으로 졸

---

139 사야고는 사모라 주에 있는 시골 마을이다. 일반적으로 극에서 이곳 주민은 말을 제멋대로 하는 사람으로 재연되곤 한다. 반면 어휘를 정확하게 사용하는 사람을 톨레도 사람이라고 표현하곤 한다.

140 테네리아스Tenerías는 바야돌리드에, 소코도베르Zocodover는 톨레도에 있는 광장의 이름이다. 광장이 서민들의 집합소였던 반면 대사원의 회랑은 지식 계급의 집합소였다.

업했을 걸세.」 다른 학생이 말했다.

「이보게, 학사.」 석사가 대답했다. 「자네는 칼을 잘 다룰 줄 아는 게 쓸데없는 짓이라는 세상의 잘못된 견해를 지지하는 모양이군.」

「내게는 견해가 아니라 확실한 진리일세.」 코르추엘로가 대꾸했다. 「만일 실제로 내가 그러한 사실을 보여 주기를 원한다면, 자네는 칼을 갖고 있고 나는 적지 않은 용기에 어울리는 솜씨와 힘이 있으니 잘됐네. 내가 틀리지 않았다는 것을 자네가 고백하게 해주지. 자, 당나귀에서 내리게. 그리고 자네 두 발의 리듬과 그 원이니 각도니 하는 검술에 관한 이론[141]을 이용하게. 나는 현대의 거친 기술로 자네에게 대낮에 별이 뜬 걸 보여 줄 테니 말일세. 자네가 하느님 다음으로 나를 무시할 자로서 세상에 태어나기를 기대하겠네. 이 기술로 쓰러지지 않을 자는 세상에 없다고 나는 생각하니 말이야.」

「무시하든 않든 그건 내 알 바 아니네.」 검술가가 대답했다. 「비록 자네가 처음으로 발을 내딛는 곳에 자네 무덤이 열리겠지만 말이야. 무슨 말이냐 하면, 자네가 무시하는 그 기술로 자네가 죽어 버릴지도 모른다는 얘길세.」

「이제 알게 되겠지.」 코르추엘로가 대답했다.

그러고는 아주 멋진 몸놀림으로 나귀에서 내리더니 자기 당나귀에 싣고 왔던 칼 하나를 급히 뽑아 들었다.

「그렇게 해서는 안 되오.」 이 순간 돈키호테가 말했다. 「내가 이 검술의 감독이 되고, 지금껏 수차례 논의됐으나 아직 결정 나지 않은 이 문제의 재판관이 되겠소.」

---

141 검술에 관한 이론서가 당시 많은 논란을 불러 일으켰다. 케베도Francisco de Quevedo 같은 사람이 『부스콘』이라는 작품을 통해 그 이론을 비난한 반면 세르반테스처럼 그 이론을 옹호한 사람도 있다.

그는 로시난테에서 내리더니 자기 창을 쥐고는 길 한가운데 섰다. 그때 석사는 늠름하고도 기품 있게 발로 리듬을 타며 코르추엘로를 향해 나아 갔고, 코르추엘로는 흔히 하는 말로 눈에서 불을 뿜으며 그에게 덤벼들 었다. 같이 온 두 농부는 자기들의 새끼 당나귀에서 내리지 않은 채 죽음 을 부를 이 비극의 관객 역할을 하고 있었다.

코르추엘로가 구사한 찌르기, 내지르기, 내려치기, 왼쪽에서 오른쪽으로 내려치기, 두 손으로 내려치기 등은 셀 수 없을 정도였고 간보다 더 빽 빽했으며 우박보다 더 쉴 새 없이 쏟아졌다. 마치 성난 사자처럼 덤벼들 었으나 석사의 칼끝에 댄 가죽에 입을 맞자 설쳐 대던 기세가 무색할 정 도로 그는 그대로 멈춘 채 마치 성자의 유물인 양 그 가죽에 입을 맞추게 되었다. 물론 성자의 유물에 입을 맞출 때 당연히 가져야 하는 그러한 경 건함은 없었지만 말이다.

석사는 코르추엘로가 입고 있던 짧은 법의의 단추를 칼끝으로 하나하 나 찔러 세더니 마침내 옷자락을 문어 다리처럼 갈가리 찢어 버렸다. 그 의 모자를 두 번이나 굴러떨어뜨리면서 지치게 만들자 그는 분노와 울화 와 격분으로 칼자루를 잡아 공중에 힘껏 던져 버렸다. 그 자리에 있던 농 부 한 사람이 ― 그는 마을의 공증인이기도 했다 ― 칼을 주우러 갔는데 나중에 증언한 바에 따르면 거의 4분의 3레과나 날아갔더란다. 이 증언 은 기술이 어떻게 힘을 압도하는지 사실 그대로 알리고 인정하게 하는 데 사용되었고 지금도 사용되고 있다.

코르추엘로가 지쳐서 주저앉아 버리자 산초가 그에게 다가가 말했다.

「내 진심으로 하는 말인데 학사 양반, 당신이 내 충고를 받아들인다면 앞으로는 누구에게도 칼싸움을 하자고 도전하지 마세요. 오히려 씨름을 한다거나 작대기를 던지는 시합을 하시지요. 당신 나이나 힘으로 보아 그게 알맞네요. 〈검술가〉라고 불리는 사람들은 바늘구멍에다 칼끝을 넣는다고 난 들었거든요.」

「내가 내 나귀에서 떨어진 꼴이니, 전혀 생각지도 못했던 진실을 경험으로 배우게 된 것으로 만족하오.」 코르추엘로가 대답했다.

그러고서 그는 일어나더니 석사를 껴안았는데, 이 둘은 전보다 더 친한 친구가 되어 있었다. 칼을 주우러 간 공증인이 돌아오기까지 시간이 꽤 걸릴 것 같아 그들은 키테리아의 마을에 일찍 닿기 위해 그를 기다리지 않고 가던 길을 계속 가기로 했다. 그들은 모두 이 마을 출신이었다.

마을까지 남은 여정 동안 석사는 검술의 우수성에 대해서 이야기하며 갔다. 그 많은 실증적인 이론과 수학적인 도해와 증명을 동원했으니, 모든 사람들은 이 기술이 얼마나 좋은 것인지 이해했고 코르추엘로는 자기의 아집에서 빠져나올 수 있었다.

날이 어두워져 마을 앞에는 수없이 많은 별들이 하늘 가득 빛났다. 동시에 피리, 작은북, 하프, 작은 심벌즈, 탬버린, 소나하[142] 같은 악기들이 뒤섞여 부드러운 화음을 만들어 내고 있었다. 마을 입구에 가까이 가자 가지들을 엮어 놓은 나무들마다 모두 불을 밝혀 놓은 모습이 보였다. 바람에도 불이 꺼지지 않았으니, 마침 나뭇잎을 움직일 힘조차 없을 만큼 바람이 아주 잔잔하게 불고 있었기 때문이다. 결혼식의 흥을 돋우는 악사들 여럿이 무리를 이루어 그 기분 좋은 곳을 돌아다녔는데 어떤 이들은 춤을 추고, 어떤 이들은 노래를 부르고, 또 어떤 이들은 앞에서 말한 여러 가지 악기들을 연주했다. 정말이지 온 초원에 기쁨이 흐르고 만족이 뛰어 다니는 것만 같았다.

다른 많은 사람들은 관람대를 세우는 일에 여념이 없었으니, 거기서 공연과 춤을 편안하게 구경할 수 있도록 하기 위해서였다. 그곳은 다음 날

---

142 *sonaja*. 탬버린의 일종. 철판 쪼가리들을 철사에 꿰어 흔들어서 소리를 낸다.

바실리오의 장례식이나 다름없는 그 부자 카마초의 결혼식을 엄숙하게 거행하기 위해 마련한 장소이기도 했다. 그런데 돈키호테는 농부와 학사가 열심히 권했음에도 그 마을로 들어가고 싶지 않았다. 그 자신이 생각하기에는 지당하기 그지없는 이론으로 양해를 구하기를, 편력 기사들의 관례에 따르면 황금으로 된 지붕 밑이라도 사람들이 거주하는 마을이 아니라 들판이나 숲에서 자야 한다는 것이었다. 그래서 길에서 조금 비켜났는데 산초의 마음은 그와 완전히 반대였다. 돈 디에고의 성, 아니 그의 집에서 맛본 그 좋은 식사와 잠자리에 대한 기억이 떠올랐기 때문이다.

20

부자 카마초의 결혼식과
불쌍한 바실리오에게 일어난 일에 대하여

하얀 여명이 그 뜨거운 햇살의 열기를 뿜어 빛나는 페보로 하여금 그의 금발에 달린 진주 방울을 말리도록 하자, 그 즉시 돈키호테는 사지의 게으름을 털어 내고 일어나 종자 산초를 불렀다. 산초는 그때까지 코를 골며 자고 있었으니, 그 모습을 본 돈키호테는 그를 깨우기 전에 이렇게 말하기 시작했다.

「오, 너야말로 땅 위에 살고 있는 모든 것들 가운데 가장 복된 자로다! 너는 남을 시기하지도 않고 시기를 당하지도 않으며 편안한 마음으로 잠을 자는구나! 마법사들이 너를 쫓아다니지 않으며 마법도 너를 놀라게 하지 않는구나! 다시 한 번 말하고 또다시 백 번이라도 말하겠지만, 자라. 너는 네 귀부인에 대한 질투로 계속해서 잠 못 들 일 없고, 갚아야 할 빚 생각에 밤새울 일 없으며, 다음 날 너나 너의 얼마 되지 않는 옹색한 가족의 먹을거리를 고민하느라 잠 못 이룰 일도 없으니 말이다. 야망이 너의 마음을 산란하게 하지 않고, 세상의 헛된 호사도 너를 괴롭히지 않으니, 그것은 네 욕망의 한계가 네 당나귀에게 건초를 주는 것 이상으로 뻗치지 않기 때문이다. 네 일신의 양식은 자연과 관습이 주인들에게 지우는 짐이자 보상으로서 내 어깨에 얹혀 있다. 하인은 잠을 자고, 주인은 어떻게 하인을 먹여 살리고 더 잘살게 하며 은혜를 베풀까 생각하느라 잠도 이루지 못하고 있다. 하늘이 청동으로 변하여 적당한 이슬로 땅을 적시지 않는 것을 보면서 가지는 고뇌도 하인을 괴롭게 하는 게 아니라 주인을 비탄에 잠기게 한다. 비옥하고 풍요로울 때 봉사해 준 하인을 흉작과 기근 때 먹여 살리지 않으면 안 되기 때문이다.」

이 모든 말에 산초는 아무런 대꾸도 없었으니, 잠을 자고 있었기 때문이다. 만일 돈키호테가 창 자루 끝으로 제정신을 차리게 하지 않았더라면 그렇게 금방 깨어나지도 않았을 것이다. 드디어 산초는 일어났으나 여전히 졸린 듯 굼뜨게 머리를 사방으로 돌려 두리번거리더니 말했다.

「제가 실수하는 게 아니라면 저 나뭇가지로 지붕을 인 쪽에서 골풀과 백리향 냄새 대신 구운 돼지고기 냄새가 진하게 풍겨 오는뎁쇼. 이런 냄새로 시작하는 결혼식이라면 틀림없이 풍성하고 인심이 좋을 겁니다요.」

「그만해라, 이 먹보야.」 돈키호테가 말했다. 「자, 결혼식을 보러 가자. 실연당한 바실리오가 무슨 짓을 하는지 봐야겠다.」

「하고 싶은 짓은 뭐든 실컷 하라지요.」 산초가 대답했다. 「그 사람이 가난하지만 않았던들 키테리아와 결혼할 수도 있었을 텐데요. 땡전 한 푼없으면서 올라갈 생각만 했으니 그게 되겠습니까요? 나리, 정말이지 가난뱅이는 자기 현실에 만족해야지 가망 없는 것을 바라서는 안 된다고 생각합니다요. 제 팔 하나를 걸고 말씀드리는데요, 카마초는 바실리오를 돈으로 말아 쌀 수도 있을 겁니다요. 일이 그렇다면 — 당연히 그렇게 될 일이지만요 — 키테리아가 바실리오의 작대기 던지기나 칼 쓰는 재주 쪽을 택하겠다고 카마초가 이미 주었고 앞으로 줄 것이 분명한 멋진 옷들이며 보석 등을 거절하는 것은 바보짓 중의 바보짓인 겁니다요. 작대기를 아무리 잘 던지고 칼을 아무리 잘 다룬들 선술집에서 포도주 반 리터도 안 주거든요. 그런 재주와 잘생긴 외모를 어디 가져다가 팔 수 있는 것도 아니잖아요. 디를로스[143] 백작이 그런 걸 가지고 있다 하더라도 말입니다요. 하지만 그런 은혜가 돈 많은 사람 위에 떨어진다면, 나도 그랬으면 싶을 정도로 멋져 보일 겁니다요. 훌륭한 기초 위에 훌륭한 건물이 설 수 있는데, 세상에서 제일가는 기초와 토대는 돈이거든요.」

「하느님을 두고 부탁한다만……」 돈키호테가 말했다. 「자네의 그 장광설 좀 끝내 주게. 내가 보기에 매 사건마다 자네가 시작하는 장광설을 그냥 내버려 두었다간 밥 먹을 시간도 잠잘 시간도 자네에게 남지 않을 걸세. 말하는 데 시간을 다 허비할 테니 말이야.」

「나리의 기억력이 좋으시다면요, 마지막으로 집을 나서기 전에 우리가 서로 합의한 약속들을 기억하셔야 합니다요. 그 약속들 중 하나가, 누구를 해치거나 나리의 권위에 손상이 가는 일이 아니라면 어떤 말이건 제가 원하는 대로 하게 내버려 둔다는 것이었습니다요. 지금까지 저는 그 조건을 어긴 적이 없다고 봅니다요.」

「그 약속에 대해서 난 기억이 없다네, 산초.」 돈키호테가 대꾸했다. 「그리고 비록 그렇다 할지라도, 자넨 이제 입 좀 다물고 갔으면 하네. 지난밤에 우리가 들었던 악기들이 벌써 골짜기마다 즐겁게 다시 울려 퍼지고 있으니 말일세. 아마도 결혼식이 대낮의 더위를 피해 시원한 아침에 열릴 모양이군.」

산초는 주인의 분부대로 했다. 로시난테에 안장을, 잿빛에는 길마를 얹은 다음 두 사람은 그 위에 올라타고서 나뭇가지를 엮어 만든 지붕 아래로 천천히 들어갔다.

제일 먼저 산초의 눈에 들어온 것은 느릅나무를 통째로 잘라 만든 꼬

---

143 Dirlos. 샤를마뉴 대제의 열두 용사 중 한 사람.

챙이에 송아지를 꿰어 굽는 광경이었다. 그걸 굽는 불 속에는 작은 산처럼 쌓인 장작이 타고 있었다. 장작불 주위에는 여섯 개의 솥이 있었는데, 다른 일반 솥과 같은 틀로 주물된 것들이 아니었다. 중간 크기의 배불뚝이 항아리 모양으로, 하나하나가 도살장의 고기도 다 들어갈 만큼 컸다. 보이지는 않았지만 그 안에 몇 마리의 양을 마치 비둘기 새끼처럼 통째로 넣어 삶아 내고 있었다. 솥에 매장하기 위해 나무에 매달아 놓은 가죽 벗긴 토끼와 털 뽑힌 닭들은 헤아릴 수 없을 정도로 많았고 여러 종류의 새와 사냥에서 잡은 짐승들도 숱하게 나무에 걸려 바람에 식고 있었다.

산초가 세어 보니 각각 2아로바는 들어가고도 남을 가죽 술 자루가 예순 개도 더 되었는데, 나중에 안 일이지만 모두 품질이 좋은 포도주로 가득 차 있었다. 하얀 빵 더미가 몇 개나 있었으니, 탈곡장에서나 볼 수 있을 법한 밀 더미 같았다. 치즈들은 위로 올라갈수록 점점 좁게 쌓아 올린 벽돌처럼 담을 이루었다. 염색장의 솥보다 더 큰 기름 솥 두 개는 밀가루 반죽으로 만든 것들을 튀기는 데 사용되고 있었는데, 튀긴 것을 커다란 두 개의 삽으로 꺼내서는 그 옆 벌꿀을 채워 놓은 솥에다 집어넣었다.

쉰 명이 넘는 남녀 요리사는 모두 깨끗하고 모두 부지런하며 모두 즐거워하고 있었다. 송아지의 널찍한 배 속에는 열두 마리의 연하고 작은 새끼 돼지들을 채워 꿰맸는데, 이는 소고기의 맛을 더하고 부드럽게 하기 위한 것이었다. 여러 종류의 향신료는 리브라가 아니라 아로바로 산 것 같았고,[144] 모든 것이 커다란 궤짝 안에 보란 듯이 들어가 있었다. 한마디로, 결혼식 준비는 시골식이었지만 음식은 군부대 하나를 다 먹일 만큼 풍성했다.

산초 판사는 이 모든 것을 보고 살피며 무척 기뻐했다. 제일 먼저 그의

---

144 1리브라는 460그램이고 1아로바는 11.5킬로그램이니, 그 양이 많다는 의미이다.

욕망을 사로잡아 굴복시켜 버린 것은 솥에 든 요리였다. 중간 크기의 냄비로 한 냄비만이라도 얻을 수 있기를 간절히 바랐다. 그다음은 가죽 술자루가 그의 마음을 빼앗았다. 마지막으로는 프라이팬에 — 그토록 배가 볼록한 솥을 프라이팬이라고 부를 수 있다면 — 튀긴 밀가루 반죽 튀김류들이었다. 그는 더 참을 수가 없는 데다 자기 손이 지금 다른 일을 하고 있는 것도 아닌 터라, 열심히 일하고 있는 요리사들 중 한 사람에게 다가가 정중하고도 참으로 배고픈 어투로 빵 한 조각을 큰 가마솥 중 하나에 적셔 먹게 해달라고 부탁했다. 그 말에 요리사가 대답했다.

「형제여, 오늘은 배고픔이 지배하는 그런 날이 아니라네. 부자 카마초 덕분이지. 당나귀에서 내려 거기 국자가 있는지 보게. 그것으로 거품을 떠내듯 닭 한두 마리 떠서 맛나게 먹게나.」

「한 마리도 안 보이는데요.」 산초가 대답했다.

「기다리게.」 요리사가 말했다. 「저런! 저렇게 조심스러워서야 어디, 소심하긴!」

이렇게 말하면서 요리사는 냄비 하나를 집어 배불뚝이 항아리 모양 솥에다가 푹 담그더니 닭 세 마리와 거위 두 마리를 건져 주며 산초에게 말했다.

「자, 먹게나 친구. 이 무거리로 아침 요기나 하게. 그러고 있으면 점심 먹을 때가 올 테니 말일세.」

「이걸 담을 그릇이 없는데요.」 산초가 대답했다.

「그냥 가져가게.」 요리사가 말했다. 「숟가락하고 다른 것도 모두. 카마초의 부와 행복이 모든 것을 다 대주고 있으니 말일세.」

산초가 이러고 있을 때 돈키호테는 나뭇가지로 엮은 지붕 한쪽으로 열두 명이나 되는 농부들이 아주 훌륭한 열두 마리 말을 타고 들어오는 모습을 바라보고 있었다. 화려하고도 아름다운 야외용 장식을 한 그 말들의 가슴패기 띠에는 방울들이 수없이 달려 있었고, 경사스러운 날답게 모두들 축제 복장을 하고 있었다. 그들은 정연하게 무리 지어 초원을 여러 바퀴 달려 돌면서 기쁨의 환성을 질러 댔다.

「카마초와 키테리아 만세! 신랑은 신부의 아름다움만큼이나 부유하고, 신부는 세상에서 가장 아름답도다!」

이 말을 듣고 돈키호테는 생각했다.

〈이들이 아직 나의 둘시네아 델 토보소를 못 본 게 틀림없어. 그녀를 봤더라면 이 키테리아를 찬양하는 일을 좀 자제했을 텐데 말이야.〉

그러고 나서 잠시 후에는 나뭇가지로 지붕을 인 곳 사방팔방에서 춤을 추는 각종 무리들이 들어오기 시작했다. 그 무리들 중 하나는 칼춤을 추는 스물네 명의 멋지고도 늠름하게 생긴 젊은이들로, 모두 하늘하늘하고 새하얀 리넨으로 지은 옷을 입었으며 갖가지 색깔로 수를 놓은 얇은 비단 머릿수건을 쓰고 있었다. 이들을 이끌고 온 사람은 동작이 날렵한 젊은이였는데, 말을 타고 온 사람들 중 한 사람이 그에게 춤추는 사람들 가운데 다친 사람이 있는지 물었다.

「감사하게도 아직까지 다친 사람은 없습니다. 모두가 멀쩡합니다.」

그러고 나서 곧장 자기 동료들과 뒤섞였는데 얼마나 맵시 있게 몇 번씩이나 빙글빙글 돌았는지, 이 같은 춤을 여러 번 보아 온 돈키호테도 이토록 훌륭한 춤은 지금까지 없었던 것 같다고 생각할 정도였다.

다른 춤도 멋져 보였으니, 그건 아주 아리땁고도 젊은 아가씨들이 춘 것으로 이 아가씨들 가운데 열네 살 미만과 열여덟 살 이상은 없어 보였다. 모두 녹색 팔미아[145]로 옷을 해 입었으며, 절반은 머리를 세 가닥으로 나누어 땋고 나머지 절반은 풀어 늘어뜨리고 있었다. 모두가 태양의 햇살

---

145 *palmilla*. 벨벳의 일종. 16~17세기 농촌 아낙들이 나들이옷으로 지어 입었던 천이다.

과 겨룰 만한 금발에 재스민과 장미와 색비름과 인동덩굴을 엮어 만든 화관을 쓰고 있었다. 공경할 만한 지긋한 연세의 노인과 나이 든 부인이 이들을 이끌고 있었는데, 나이에 비해 움직임이 아주 가볍고 자유로웠다. 이들의 음악은 사모라의 피리가 맡고 있었고, 그녀들의 얼굴과 눈에는 순결함이, 발에는 경쾌함이 있어 세상에서 가장 훌륭한 춤꾼들임을 보여 주었다.

이 무리를 이어 소위 〈대화가 있는 춤〉을 준비한 무리가 등장했다. 여덟 명의 요정이 두 줄로 나뉘어 있었다. 한쪽 줄은 사랑의 신 큐피드, 나머지 줄은 이익의 신이 이끌었다. 큐피드는 날개와 활과 화살집과 화살로 장식하고 있었고, 이익의 신은 금과 비단으로 된 형형색색의 풍성하고 화려한 옷을 입었다. 사랑의 신을 따르는 요정들은 자기 이름들을 흰 양피지에 큼직한 글씨로 써서 등에 달고 있었으니, 첫 번째 요정의 이름은 〈시〉; 두 번째 요정은 〈신중함〉, 세 번째 요정은 〈훌륭한 가문〉, 네 번째 요정은 〈용기〉였다. 같은 식으로 이익의 신을 따르고 있는 요정들도 이름들을 달고 있었다. 첫 번째 요정의 이름은 〈관용〉, 두 번째는 〈선물〉, 세 번째는 〈보물〉 그리고 네 번째 요정의 이름은 〈평화로운 소유〉였다. 이들 앞에서는 야만인 네 사람이 나무로 만든 성을 끌었다. 모두 녹색으로 물들인 삼베옷을 입고 덩굴을 걸쳤는데, 이들이 정말 야만인처럼 보였으므로 산초는 깜짝 놀랄 뻔했다. 성의 앞부분과 네 면에는 모두 〈아주 조신한 성〉이라는 글자가 적혀 있었다. 무용단의 음악은 작은북과 피리의 명수인 네 명의 연주가들이 만들어 내고 있었다.

큐피드가 춤을 추기 시작하여 두 번 춤사위를 보이고 나더니 눈을 들어 성곽의 총안과 그 사이의 벽 부분에 있는 한 처녀를 향해 활을 겨누면서 이렇게 말했다.

나는 공중과 땅에서
그리고 파도치는 넓은 바다에서
그리고 경악할 만한
지옥에다 심연이 가두어 놓은
그 모든 것 중에서 가장 막강한 신이로다.
나는 두려움이 무엇인지를 안 적이 없고
원하는 것이면 불가능한 것이라도 할 수 있어,
이 모든 것을
명령하고, 빼앗고, 주고 그리고 막노라.

　노래를 마치더니 그는 성 높은 곳으로 화살을 쏘고는 자기 자리로 물러났다. 그러자 이어 〈이익〉이 나와 춤사위를 두 번 보이고는 작은북 소리가 멈추자 이렇게 말했다.

나는 〈사랑〉보다 더 많은 것을 할 수 있는 자로다.
나를 이끄는 자 〈사랑〉이지만,
하늘이 땅에서 키운
가장 훌륭한 혈통이 나이기에
널리 알려져 있고 대단하니.
나는 〈이익〉, 나로 인해
선한 일 하는 자 많지 않고
나 없이 일을 하는 건 대단한 기적이라.
나 이 모습 그대로 영원히
그대를 섬기리, 아멘.

〈이익〉이 물러가고 〈시〉가 앞으로 나왔다. 그녀도 앞선 사람들처럼 두 번의 춤사위를 보인 다음 성에 있는 그녀에게 눈길을 보내며 말했다.

한없이 정겨운 〈시〉가
높고 엄숙하며 신중하고
더없이 달콤한 말로
천 가지 소네트에 나의 영혼을
싸서 그대에게 바치노라.
혹시나 나의 무모함이 그대를
성가시게 하는 게 아니라면
다른 많은 사람들의
시샘을 받으신 그대의 행운은
나로 인해 달무리 위로
높이 세워지리라.

〈시〉가 그 자리에서 비켜나자 〈이익〉 측에서 〈관용〉이 나와 춤사위를 보인 뒤 말했다.

극단의 낭비를 피하고,
대신 미적지근하고
인색한 마음을 질책하며 주는 것을
〈관용〉이라 한다오.
하지만 나, 그대를 위대하게 하고자
오늘부터 낭비하는 자 될 것이오.
나쁜 버릇인 줄은 알지만, 영예로운 것이니.

270

사랑하는 마음으로 주어서
내 마음 알리려는 것이니.

이런 식으로 양쪽의 모든 인물들이 나왔다가 물러가면서 각자 자기의
춤을 추고 자기의 시를 읊었으니, 어떤 시는 우아하고 어떤 시는 우스꽝
스러웠다. 돈키호테는 기억력이 좋았지만 이미 말한 시들만이 기억에 남
았다. 이윽고 모든 요정들이 뒤섞여 아주 우아한 몸짓과 자유로운 움직
임으로 서로 이어지고 떨어졌다. 〈사랑〉은 성 앞을 지날 때마다 화살을
높이 쏘아 올리고, 〈이익〉은 금빛 토기로 된 저금통을 성에 던져 깨뜨리
곤 했다.

한참 춤을 추고 난 뒤에 드디어 〈이익〉이 검은 바탕에 황갈색 띠가 있
는, 고양이 가죽으로 만든 커다란 지갑을 꺼내 성에 던졌다. 돈이 가득 들
어 있었던지 그 충격에 판자가 부서져 무너져 내리고 안에 있던 처녀가 아
무런 보호막도 없이 드러났다. 그러자 〈이익〉이 자기 무리와 함께 가서 커
다란 금 목걸이를 처녀의 목에 걸고는 그녀를 붙잡아 항복시킨 다음 포로
로 삼는 모습을 연출했다. 이것을 본 〈사랑〉과 그 편들은 금 목걸이를 처
녀의 목에서 벗겨 주는 동작을 취했는데, 이 모든 행동들은 작은북 소리에
맞추어 질서 정연한 춤으로 연출되었다. 야만인들이 이들을 화해시키고
급히 서둘러 성의 판자들을 다시 짜 맞추었다. 처녀는 새로이 성 안에 갇
히고 이것으로 춤은 끝났으니, 구경한 사람들은 아주 만족스러워했다.

돈키호테는 요정들 중 한 사람에게 누가 이 작품을 짓고 안무를 했는
지 물었다. 그러자 요정은 이 모든 것은 마을에 있는 한 사제가 만들었으
며, 그는 이런 창작에 뛰어난 능력이 있는 사람이라고 대답했다.

「맹세코……」 돈키호테가 말했다. 「그 학사인지 사제인지 하는 자는
바실리오보다 카마초의 친구일 것이 틀림없군. 게다가 기도보다 풍자하

는 데 더 많은 재주가 있는 게 분명해. 바실리오의 재능과 카마초의 부를 어쩜 그렇게도 춤에 잘 버무려 놓았는지 대단하단 말이야!」

이 말을 모두 듣고 있던 산초가 말했다.

「내 닭이 왕입죠.[146] 전 카마초 편입니다요.」

「결국, 산초……」 돈키호테가 말했다. 「자네는 천민인 게 분명하구먼. 말하자면 〈이긴 사람 만세!〉라 외치는 그런 사람들 중 하나라는 얘길세.」

「제가 어떤 사람들 중 하나인지는 모르겠습니다요.」 산초가 대꾸했다. 「하지만 제가 카마초의 솥에서 건진 이 같은 굉장한 찌끼를요, 바실리오의 솥에서는 죽었다 깨어나도 못 건진다는 건 알고 있습니다요.」

그러고서 거위와 닭이 가득 든 냄비를 보여 주더니 닭 한 마리를 집어 들고 아주 씩씩하고도 맛있게 뜯어 먹기 시작했다. 그러다가 그가 다시 말했다.

「아무리 솜씨가 좋은들 뭐한대요, 돈이 없는데. 그러니 바실리오가 패배하여 그 값을 치러야 하는 거라고요. 저야 카마초의 닭이나 먹으면 되는 거고요! 인간의 가치는 가진 것에 달렸어요. 가진 게 많으면 그만큼 값이 나갑니다요. 우리 할머니 중 한 분이 말씀하셨는데요, 이 세상엔 두 개의 가문밖에 없답니다요. 있는 가문과 없는 가문요. 할머니는 있는 가문 편이셨죠. 요즘 세상은요 돈키호테 나리, 아는 것보다 가진 것을 더 중하게 여긴답니다요. 금으로 치장한 당나귀가 길마를 얹은 말보다 더 좋아 보이죠. 그래서 전 카마초 편이라고 거듭 말씀드립니다요. 이 사람 솥에는 거위와 닭, 산토끼와 집토끼 찌끼가 넘쳐 나고 있습니다요. 하지만 바실리오의 솥에는 말입니다요, 그 발치에도 미치지 못하는 싸구려 술이나 들어 있을 겁니다요.」

146 닭싸움을 할 때 사용하는 용어로, 자기편을 두고 이렇게 말했다.

「자네의 그 장광설, 이제 끝났는가, 산초?」 돈키호테가 물었다.

「끝낸 걸로 하겠습니다요.」 산초가 대답했다. 「나리께서 괴로워하시는 걸 봐서 말씀입니다요. 이런 식으로 중간에 방해만 받지 않으면 사흘은 충분히 갈 겁니다요.」

「하느님께 간구하네, 산초.」 돈키호테가 말했다. 「내가 죽기 전에 자네가 입을 다물고 있는 모습을 보게 되기를 말이야.」

「그렇게 하려다가는……」 산초가 대꾸했다. 「나리께서 돌아가시기 전에 제가 먼저 죽어 흙을 씹고 있을 겁니다요. 그렇게 되면 세상 끝날 때까지, 아니 적어도 최후 심판의 날까지 말 한 마디 안 하고 철저하게 입을 다물고 있을 수 있겠지요.」

「비록 그런 일이 일어난다 할지라도, 오 산초여!」 돈키호테가 말했다. 「자네의 그 침묵은 지금까지 자네가 말했고 지금도 말하고 앞으로도 살면서 계속 말할 것에 비하면 아무것도 아닐 걸세. 더군다나 내가 죽는 날이 자네가 죽는 날보다 먼저 온다는 것은 무엇보다 당연한 이치일세. 그러니 자네가 입 다물고 있는 모습을 내가 보게 되리라고는 전혀 생각조차 할 수 없군. 자네가 마시거나 잠을 자고 있을 때라도 말일세. 그나마 그것이 내가 신신당부할 수 있는 일이기는 하지만.」

「정말이지, 나리……」 산초가 대답했다. 「그 해골, 그러니까 죽음이라는 것을 믿어서는 안 됩니다요. 죽음은 어미 양을 잡아먹듯 새끼 양도 잡아먹어 버리니까 말씀입니다요. 우리 마을 신부님한테 들은 얘긴데요, 죽음은 왕이 사시는 높은 탑도, 가난한 사람들이 사는 초라한 오두막도 똑같은 발로 밟아 뭉갠다고 합디다요. 이 아줌마[147]는 애교보다는 힘이 더

---

147 스페인어로 〈죽음〉을 뜻하는 〈*muerte*〉는 여성 명사이므로 산초의 어투에 맞추어 〈아줌마〉로 표현했다.

막강하답니다요. 뭘 먹어도 속이 불편하지 않고, 무엇이나 다 하며, 나이가 많든 적든, 직위가 높든 낮든 보지도 않고 모든 종류의 인간들로 자기 자루를 가득 채운답니다요. 풀을 베는 사람인데 낮잠도 안 잔대요. 온종일 베고 다니며 마른 풀도 베고 싱싱한 풀도 벤답니다요. 자기 앞에 나타난 것은 무엇이든 먹는데 씹지도 않고 통째로 삼켜 버린다네요. 걸신쟁이라서 아무리 먹어도 질리지가 않기 때문이라나요. 배가 없는데도 냉수 한 주전자를 벌컥벌컥 다 들이켠답니다. 그저 살아 있는 것들의 목숨만을 마시는 데 갈급하여 속이 물로 가득 차 있는데도 계속 목말라하고 있는 모양입니다요.」

「그만하게, 산초. 말을 삼가게, 넘어지지 않도록 말일세. 하지만 사실 자네가 그 거친 용어로 죽음에 대해서 한 말은 훌륭한 설교가나 할 수 있는 말이긴 하지. 자네에게 말하는데 산초, 자네는 천성이 착하고 사려가 깊어서 손에 설교대 하나만 쥘 수 있다면 그런 잡소리들을 하면서 세계를 돌아다닐 수도 있을 걸세.」

「잘사는 사람이 설교도 잘한답니다요. 하지만 전 식학[148]인지 하는 것들은 모릅니다요.」

「그런 건 알 필요도 없어.」 돈키호테가 말했다. 「하지만 내가 도무지 이해할 수 없고 납득할 수 없는 일은, 하느님을 경외하는 것이 지식의 근본이거늘 하느님보다 도마뱀을 더 두려워하는 자네가 어째서 그렇게도 아는 게 많은가 하는 것일세.」

「나리께서는요 나리, 기사도에 대한 일이나 판단하시지요.」 산초가 대답했다. 「남이 겁쟁이라느니 용감하다느니 그런 걸 판단하는 일에는 참견하지 마시고요. 모두가 이웃의 자식이듯이 저는 하느님의 자식으로 하

---

148 〈신학〉이라는 뜻을 가진 〈teologia〉을 산초는 〈tologia〉라고 말했다.

느님을 참으로 경외하니까 말씀입니다요. 그러니 나리께서는 제가 이 찌 끼나 재빨리 먹어 치울 수 있게 내버려 두세요. 그 밖의 말들은 모두 이롭 지 않은 소리로 어차피 저세상에 가면 우리한테 변명을 요구할 것들이니 까요.」

이렇게 말하면서 어찌나 정력적으로 자기 냄비를 공격하기 시작하는지 돈키호테도 그 모습에 혹하여 그를 좀 도와 먹어 볼까 했다. 하지만 계속 해서 이야기하지 않으면 안 될 일이 그것을 방해하고 말았다.

21

카마초의 결혼식이 계속되며
다른 재미있는 일들이 다루어지다

　돈키호테와 산초가 앞 장에서 이야기된 것과 같은 대화를 나누고 있을 때 사람들의 왁자지껄한 소리와 큰 소음이 들렸다. 암말을 탄 사람들이 외치는 소리와 그들이 일으키는 소음이었다. 그들은 길게 소리치며 말을 달려 신랑과 신부를 맞이하러 가고 있었다. 신랑과 신부는 온갖 종류의 악기와 음악에 둘러싸여 마을 사제와 양가 친척들과 이웃 마을의 유지들을 거느리고 나타났는데, 모두 축제용 복장들을 하고 있었다. 신부를 보자 산초가 말했다.

　「세상에, 정말로 이건 농사꾼 여자 복장이 아니라 아름답게 꾸민 궁녀 차림일세. 보아하니 농사꾼 여인네들이 가슴에 다는 널찍하고 엷은 금속 조각에 장식된 건 근사한 산호인 게 틀림없고, 쿠엔카에서 만드는 비싼 녹색 팔미야 천은 실 30사[149]로 짠 비로드란 말이지! 이럴 수가! 저 가장 자리에 단 술 장식은 흰 아마포 쪼가리들이잖아! 날줄은 적고 씨줄은 많게 하여 천이 매끄럽고 윤이 나도록 수자직으로 짠 게 틀림없어! 그런데

---

149 산초의 과장이다. 보통 벨벳은 날실 2사 이상으로 짜지 않는다.

저 손 좀 봐, 흑옥 반지들로 장식되어 있는 걸! 게다가 저 반지는 황금, 그 것도 순금으로 된 게 아니라면 내 목을 내놓고말고! 그리고 알 하나가 사 람 눈깔 한 개 값만큼 나갈, 엉긴 우유같이 하얀 잔주[150]로 둘러싸여 있 네. 와, 끝내주는데! 저 머리칼 좀 봐! 가발이 아닌 이상 세상에 태어나서 평생 저렇게 길고 멋진 금발은 본 적이 없어! 저 활기차고도 고운 자태며 어디 하나 흠잡을 데가 없군. 대추야자 가지들을 매달고 살랑살랑 움직 이는 야자수에 비할까. 머리와 목에 달린 장식들이 대추야자 가지처럼 보 인단 말이지! 내 영혼에 맹세컨대, 저 여자는 정말 아름다운 젊은 처자야. 플랑드르의 긴 의자들[151]도 잘 건너겠는걸!」

돈키호테는 산초의 이 촌스러운 칭송에 웃음을 터뜨렸지만, 그 역시 자 기의 귀부인 둘시네아 델 토보소를 제외하고는 이보다 더 아름다운 여자 는 본 적이 없는 것 같았다. 그런데 그 미인 키테리아는 어쩐지 창백해 보 였으니, 그건 결혼식을 하루 앞둔 신부들이 늘 그러하듯이 치장하느라 밤 잠을 설친 까닭이었다. 그들은 초원 한쪽 양탄자와 나뭇가지로 장식된 무대로 갔는데, 거기서 결혼식이 이루어지게 되어 있었다. 춤과 여러 가지 구경거리를 관람하게 되어 있는 곳도 거기였다. 그들이 그곳에 닿으려 하 는 바로 그때, 뒤쪽에서 고함 소리가 들리더니 누군가 이렇게 말을 했다.

「잠시 기다리시오, 성급하고도 지각없는 이들이여.」

그 소리를 듣고 사람들이 모두 고개를 돌려 보니 불꽃 같은 연지 빛깔 천 쪼가리를 댄 검은 가운을 걸친 한 남자가 소리를 지르고 있었다. 곧이 어 본 바에 의하면, 그는 불길한 삼나무로 엮은 관을 쓰고 손에는 큰 지팡 이를 들고 있었다. 점점 더 가까이 다가옴에 따라 사람들은 그가 늠름한

---

150 〈진주〉를 뜻하는 〈*perlas*〉를 〈*pelras*〉로 발음하고 있다.
151 신혼 잠자리를 뜻한다. 플랑드르산 나무로 침대를 만들었다.

바실리오라는 것을 알게 되었고, 그러자 모두들 얼떨떨해하면서 그의 말이 어떻게 나아갈 것인지 기다렸다. 때맞추어 그 자리에 그가 나타나다니, 무슨 좋지 못한 일이라도 일어나려는 건 아닐까 두려워하면서 말이다.

드디어 그는 지친 숨을 가쁘게 몰아쉬며 신랑 신부 앞에 서서 지팡이를 땅에 꽂았다. 지팡이의 아래쪽은 끝이 뾰족한 쇠로 되어 있었다. 그는 얼굴색이 바뀐 채 키테리아를 응시하다가 쉰 목소리를 떨며 이렇게 말했다.

「무정한 키테리아, 너는 우리가 함께 맺은 성스러운 법에 따라 내가 살아 있는 한 남편을 가질 수 없음을 매우 잘 알고 있다. 더불어 시간이 흐르고 내가 노력하여 내 재산이 나아지기를 기다릴 동안 너의 명예에 합당한 정조를 지켜 주기 위해 내가 노력해 온 것 또한 너는 모르지 않을 것이다. 그런데 넌 나의 올바른 희망에 대해 당연히 지켜야 할 의무를 무시하고 나의 것이 되어야 할 주인 자리를 다른 남자에게 주려 하고 있다. 그 사람의 재산이 그에게 행운뿐 아니라 어마어마한 행복까지 가져다주었지. 그래서 나는 그 사람의 행복이 차고 넘치도록 하기 위해 ─ 그 사람이 그럴 만한 가치가 있어서가 아니라 하늘이 그 사람에게 행운을 주기를 원하기 때문이지 ─ 그의 행운을 방해할 만한 요인과 장애물을 내 손으로 제거해 줄 것이다. 사이에 낀 나 스스로를 제거함으로써 말이다. 오래오래 사시오, 부자 카마초여! 은혜를 모르는 키테리아와 오랫동안 행복하게 잘 사시오! 그리고 불쌍한 바실리오는 죽어라, 죽어 버려라! 그의 가난이 그의 행복의 날개를 잘라 버리고 그를 무덤 속에 넣어 버렸도다!」

이렇게 말하고는 땅에 꽂혀 있던 지팡이를 움켜쥐어 쳐들었는데, 지팡이의 절반은 그대로 땅에 꽂힌 채였다. 지팡이 안에는 중간 크기의 칼이 들어 있었고, 땅에 남은 건 칼집이었다. 그는 칼자루라고 부를 수 있는 것을 땅에 꽂더니 한 치의 주저함도 없이 확고한 마음으로 가볍게 그 위로 몸을 던졌다. 그 순간 그의 등으로 피가 낭자한 칼끝이 드러났으니, 날카로운 칼날이 절반 이상이나 등 밖으로 나왔던 것이다. 이 불쌍한 남자는 피로 흥건히 젖어 땅바닥에 뻗어 버렸다.

그러자 바실리오의 친구들이 그의 비참하고 가엾은 불운에 아파하며 그를 도우러 달려갔다. 돈키호테 역시 로시난테를 내버려 두고 도우러 달려가서는 그를 두 팔로 안았는데, 아직 숨이 끊어지지 않은 것을 알 수 있었다. 사람들이 그에게 꽂힌 칼을 뽑으려 하자 그 자리에 있던 사제가 칼을 뽑는 것과 동시에 숨이 끊어질 것이니 그 사람이 고해를 할 때까지 칼을 뽑아서는 안 된다고 했다. 바실리오는 얼마간 정신을 차리고 고통스러운 목소리로 꺼져 가듯 말했다.

「잔인한 키테리아, 만일 네가 이 마지막 순간, 어찌할 수 없는 절박한 이때, 내 아내가 되어 준다고 말해 준다면, 나의 이 무모함이 용서를 받을 수 있을 것 같아. 그로써 나는 네 것이 되는 행복을 얻는 셈이니 말이야.」

이 말을 들은 사제는 그에게 육체의 기쁨에 앞서 영혼의 구제에 마음을 쓰라고 했다. 그리고 그가 저지른 죄들과 이번의 자포자기적인 결정에 대하여 진정으로 하느님께 용서를 빌라고 했다. 이 말에 바실리오는 먼저 키테리아가 자기 아내가 되겠다고 하지 않는 한 고해는 절대로 없을 것이라고 대답했다. 그래야 그 기쁨으로 자기 마음이 정리되고 고해할 기운도 차리게 되리라는 것이었다.

돈키호테는 상처 입은 이 젊은이의 청을 듣더니, 바실리오는 대단히 정당하고 이치에 맞으며 더 나아가 아주 쉬운 일을 행해 주기를 원하고 있다고 큰 소리로 말했다. 그런 다음 카마초 나리가 용감한 바실리오의 미망인인 키테리아 부인을 그녀의 아버지로부터 직접 맞이하듯 아내로 맞이한다면 무척이나 명예로운 사람으로 남게 될 것이라고도 했다.

「그러니 이제 다만 〈예〉라는 말만 있으면 되오. 그것은 입으로 했다는 것 외에 다른 어떤 효력도 없을 것이오. 왜냐하면 이 결혼식의 첫날밤은 무덤이 될 테니까 말이오.」

　카마초도 이 모든 얘기를 다 들었는데, 그 하나하나가 모두 그를 얼떨떨하고도 혼란스럽게 하는 터라 도대체 어떻게 해야 할지, 무슨 말을 해야 할지 알 수가 없었다. 하지만 바실리오 친구들의 목소리는 단호하고도 강경하게 키테리아를 향해 바실리오의 아내가 되겠다고 말하는 데 동의하라고 요구했다. 바실리오가 절망한 채 이 세상을 떠나가느라 그의 영혼이 파멸되어서는 안 되기 때문이라는 것이었다. 이런 강경한 요구가 카마초를 움직여 ― 움직였다기보다는 거의 강요하다시피 하여 ― 그는 만일 키테리아가 바실리오의 아내가 되겠다고 말한다 해도 반대하지 않겠노라고 했다. 자기 희망을 이룰 순간이 조금 지연될 뿐이라고 하면서 말이다.

　그러자 곧장 모든 사람들이 키테리아에게 가서 누구는 간청하고, 다른 이는 눈물을 흘리고, 또 다른 누구는 그럴싸한 이론을 대며 불쌍한 바실리오의 아내가 되겠다고 승낙해 주라고 졸라 댔다. 그런데 그녀는 대리석보다 더 단단하고 조각상보다 더 미동도 없이 무슨 말을 해야 할지, 어떻게 해야 할지를 몰라 했으며, 도무지 말 한마디 할 생각도 없어 보였다. 만일 사제가 나서서 이런 경우에는 결심이 빨라야 하며, 바실리오의 영혼이 그의 이에 간신히 걸려 있으므로 마음을 정하지 못하고 있을 여유가 없다고 말하지 않았더라면 그녀는 끝까지 아무 대답도 하지 않았을 것이다.

　아름다운 키테리아는 당황하여 한마디 말도 없이 슬프고 고통스러운 모습으로 바실리오가 있는 곳으로 다가갔다. 바실리오의 눈은 뒤집혀 있었고, 짧고도 가쁘게 숨을 몰아쉬며 입속으로 키테리아의 이름을 중얼거리고 있었다. 기독교 신자로서가 아니라 이교도로서 막 숨이 넘어가려는 참이었다. 드디어 키테리아가 다가와 무릎을 꿇고 말로써가 아니라 몸짓으로 그의 손을 찾았다. 그러자 바실리오의 눈빛이 달라지더니 그녀를 찬찬히 바라보며 말했다.

「오, 키테리아, 너의 자비심이 나의 목숨을 끊는 칼날이 되어서야 내게 인정을 베풀러 왔다! 네 것으로 선택된다 해도 이제 나에게는 그 영광을 누릴 힘도 없거니와, 경악할 만한 죽음의 그림자로 내 눈을 그토록 빨리 덮어 가는 이 고통을 막을 기력조차 없구나! 네게 간절히 바라는 것은, 오 내 숙명의 별이여! 내게 주고자 하는, 아내가 되겠다는 그 승낙을 억지로가 아닌 진심으로, 형식적인 것이거나 다시 나를 속이기 위한 것이 아니라 너의 합법적인 남편으로서 내게 주고 허용하는 것임을 내가 알 수 있게끔 해주는 것이다. 이와 같은 절박한 때 나를 속이는 것, 너를 그토록 진심으로 대해 온 사람에게 속임수를 쓰는 것은 옳은 일이 아니기 때문이야.」

이런 말을 이어 가는 도중에 그는 몇 번이나 실신했다. 그때마다 그 자리에 있던 사람들 모두 그의 영혼이 그와 함께 나가 버리고 마는 건 아닐까 생각했다. 키테리아는 아주 얌전하고도 조신하게 자기 오른손으로 바실리오의 손을 잡으면서 말했다.

「어떤 힘도 내 뜻을 꺾을 수는 없을 거예요. 그러니 저는 제가 가진 가장 자유로운 의지로 당신의 합법적인 아내가 되고자 하며, 당신의 청혼도 받아들입니다. 당신으로 하여금 성급하게 그런 말을 내뱉게 한 이 재난으로 인해 당신의 마음이 동요되어 당신이 스스로의 뜻과 반대되는 말을 한 것이 아니라, 당신 자신의 자유 의지로 청혼하셨다면 말이에요.」

「물론이지.」 바실리오가 대답했다. 「마음이 동요되었거나 혼란한 상태에서가 아니라 하늘이 내게 주시고자 했던 분명한 지혜로 나를 당신의 남편으로 주고 바치는 거야.」

「저 자신을 당신의 아내로 바치겠습니다.」 키테리아가 대답했다. 「당신이 앞으로 오래오래 사시든, 하늘이 제 두 팔에서 당신을 무덤으로 데리고 가시든 말이에요.」

「그렇게 상처 입은 사람치고는 이 젊은이, 말이 많네.」 이때 산초가 말했다. 「사랑 타령은 그만두게 하고 자기 영혼이나 신경 쓰도록 해야겠는걸. 보아하니 영혼이 이빨에 걸려 있는 게 아니라 혓바닥에 있는 것 같은데.」

마침내 바실리오와 키테리아가 손을 맞잡자 감동한 사제는 훌쩍거리며 두 사람에게 축복을 내리고 신랑의 영혼에 평안한 안식을 주시라고 하늘에 빌었다. 그런데 신랑은 축복을 받자마자 재빠르고도 가뿐하게 벌떡 일어나더니 그때까지 볼 수 없었던 유쾌한 몸짓으로 칼집으로 이용되고 있던 자기 몸에서 칼을 뽑아 들었다.

주위에 있던 사람들은 모두 놀랐으며, 그들 가운데 똑똑하기보다는 단순한 몇몇 사람들은 큰 소리로 외치기 시작했다.

「기적, 기적이야!」

하지만 바실리오는 대답했다.

「〈기적, 기적이야〉가 아니야. 사기, 사기란 말이지!」

사제는 아연실색하여 그에게 다가가 양손으로 상처를 만져 보았다. 그러고는 칼이 바실리오의 살과 갈비뼈 대신 아주 기막히게 꾸미고 피로 가득 채운, 철로 만든 관을 통과한 것을 알았다. 나중에 알게 된 일이지만 피가 굳지 않도록까지 준비한 것이었다.

결국 사제와 카마초와 그곳에 있었던 모든 사람들은 우롱과 조롱을 당한 셈이 되었다. 그러나 신부는 전혀 억울하다는 기색을 보이지 않았고, 사람들이 이 결혼은 속임수로 이루어진 것이니 무효라고 하자 오히려 자기가 다시 그 결혼을 확인하노라고 했다. 이 말에 사람들은 모두 그 두 사람이 서로의 동의하에 이런 일을 꾸몄다는 것을 알아챘다. 이 일로 아주 난처해진 카마초와 그의 친구들은 복수를 하겠다고 다 같이 칼을 뽑아 바실리오에게 덤벼들었다. 바실리오 편에 서 있던 사람들도 이에 맞서 순식간에 칼을 뽑아 들었는데, 사람 수에 있어서는 거의 같았다. 돈키호테는 말에 올라 팔에는 창을 들고 방패로 몸을 가린 채 맨 앞에 서서 모든 사람들에게 물러서라고 했다. 산초는 그 같은 장난 짓거리가 재미있거나 즐거웠던 적이 단 한 번도 없었기에 아까 그 고마운 찌끼를 꺼냈던 솥이 있던 곳으로 도망가 버렸다. 그곳이야말로 경의를 표해야 할 성스러운 장소 같았으니 말이다. 돈키호테는 큰 소리로 외쳤다.

「여러분, 멈추시오, 멈추시오. 사랑으로 인해 당한 굴욕에 복수하려 드는 건 도리가 아니오. 사랑과 전쟁은 같은 것임을 아시오. 전쟁에서 적을 이기기 위해 계략과 작전을 짜는 것이 정당하며 늘 일어나는 일이듯이, 사랑싸움이나 경쟁에서 원하는 바를 이루기 위하여 짜는 속임수와 거짓은 흔쾌히 인정할 수 있는 일이라오. 사랑하는 대상을 해치고 불명예스럽게 하지 않는 한 말이오. 하늘의 정당하며 호의적인 배려에 따라 키테리아는 바실리오의 것이며, 바실리오는 키테리아의 것이오. 카마초는 부자이니 언제 어디서라도 자기가 원하는 기쁨을 살 수 있을 것이오. 바실리오에게는 이 양 말고는 아무것도 가진 게 없소. 그러니 아무리 힘이 세다고 한들 어느 누구도 이 양을 그에게서 빼앗을 수는 없는 일이오. 하느님이 합쳐 주신 두 사람을 인간이 갈라놓을 수도 없는 노릇이오. 그렇게 하고자 하는 자가 있다면, 제일 먼저 이 창끝에 꿰뚫리고 말 것이오.」

이렇게 말한 다음 창을 아주 힘차고 날렵하게 휘둘렀으니 돈키호테를 모르는 사람들 모두 공포에 질리기에 충분했다. 그리고 카마초의 머리에는 키테리아가 자기에게 행한 모욕이 어찌나 강하게 박혀 버렸는지 그녀에 대한 마음이 한순간에 지워지고 말았다. 여기에 신중하며 착한 마음씨를 가진 사제의 설득이 효력을 발휘하여 카마초와 그의 친구들은 마음을 가라앉히고 평정심을 되찾았다. 그들이 칼을 다시 제자리에 꽂고 바실리오의 속임수보다 키테리아의 경박함을 나무란 것이 그 증거였다. 그러면서 카마초는, 만일 키테리아가 처녀의 몸으로 진정 바실리오를 사랑했다면 결혼을 한다 해도 여전히 바실리오를 사랑할 것이니, 이런 여자를 얻기보다 잃게 해주신 하늘에 감사해야 한다고 생각했다.

이렇게 카마초가 위로받고 마음을 진정시키자 그의 친구들과 바실리오의 친구들도 모두 진정되었다. 부자 카마초는 자신이 우롱당한 것을 유감스럽게 생각하지 않고 그리 중대하게 여기지도 않는다는 것을 보여주기 위하여 결혼식이 실제로 이루어지듯 잔치가 그대로 계속되기를 원했다. 하지만 바실리오와 그의 아내와 친구들은 그 잔치에 함께하고 싶지 않아서 바실리오의 마을로 떠나기로 했다. 가난한 자들도 덕스럽고 사려가 깊으면 그를 따르고 받들고 보호해 주는 사람이 생기니, 부자가 자기를 따르며 아부하는 사람을 거느리고 있는 것이나 마찬가지다.

그들은 돈키호테를 용기 있고 호걸스러운 사람[152]으로 여기며 그를 데리고 가기로 했다. 산초만 마음이 어두워졌는데, 이는 밤까지 계속될 카마초의 훌륭한 음식과 잔치를 끝까지 같이할 수 없게 되었기 때문이다. 그래서 그는 슬픔에 젖어 바실리오 일행과 함께 가는 주인의 뒤를 따라갔다. 이집트의 냄비들[153]을 뒤에 두고 왔으나 그의 마음속에는 그 냄비들이 그대로 간직되어 있었으니 그가 냄비에 담아 가는, 거의 다 먹어 없어진 찌끼들이 이제는 잃어버린 행복의 영광과 풍요로 여겨졌다. 그래서 비록 배는 고프지 않았지만 고뇌에 차고 생각에 잠긴 채 잿빛에서 내리지도 않고 로시난테의 흔적만을 따라 걸어가고 있었다.

152 원문을 직역하면 〈가슴에 털이 난 사람〉이다.
153 번영과 행복을 뜻한다.

22

라만차의 심장부에 있는 몬테시노스의
동굴에서 일어난 위대한 모험과
용감한 돈키호테 데 라만차가
이 모험으로 이룬 멋진 성공담에 대하여

신혼부부가 돈키호테에게 베푼 환대는 실로 대단했는데, 이는 그가 자기들 편을 들어 준 것에 대한 당연한 고마움의 표시였다. 그리고 그의 용기와 더불어 진중한 면을 들먹이면서 그를 무술에 있어서는 엘 시드요, 웅변에 있어서 키케로라고 했다. 신혼부부 덕분에 착한 산초는 사흘 동안 즐겁게 지낼 수 있었다. 이 신혼부부로부터 알게 된 사실은, 바실리오가 일부러 몸에 상처를 낸 일은 아름다운 키테리아와 같이 꾸민 게 아니고 바실리오 혼자 생각한 일이었다는 것, 그리고 그 작전으로 기대했던 일이 실제로 일어난 일과 같았다는 것이다. 자기 생각을 몇몇 친구들에게 알려 필요할 때 그들이 그 뜻을 도와 속임수에 동참해 주기로 되어 있었다는 사실도 바실리오는 고백했다.

「덕스러운 목적을 이루기 위한 계책은……」 돈키호테가 말했다. 「속임수라 부를 수 없으며, 불러서도 아니 되오.」

그리고 사랑하는 사람들이 결혼하고자 하는 것은 가장 훌륭한 목적이긴 하지만 유념해야 할 일이 있으니, 배고픔과 끝날 줄 모르는 궁핍함이야말로 사랑의 최대의 적이라는 사실이라고 했다. 왜냐하면 사랑은 완벽한 기쁨이요 즐거움이요 만족이며, 이것은 사랑하는 남자가 사랑하는 여자를 소유하고 있는 경우 더더욱 그러한데, 이런 사람에게 공공연하게 대드는 적들이 가난과 궁핍이기 때문이라는 것이다. 자기가 이런 말을 하는 의도는, 바실리오가 재주를 부려 유명해질 수는 있어도 돈은 벌지 못하니 이제 그런 일은 그만두고 합법적이면서도 근면한 방법을 통하여 재산을 모으는 데 신경을 써주었으면 하는 마음에서라고 했다. 신중하며 부지런하게 힘쓰는 사람에게 그런 방법은 늘 있기 마련이라고도 덧붙였다.

「명예롭지만 가난한 자가 ─ 만일 가난한 자가 명예로울 수 있다면 말이오 ─ 아름다운 아내를 담보로 가지고 있는데 그런 사람에게서 담보를 빼앗는 것은 명예를 앗는 일이며, 그로서는 죽음을 당하는 꼴이 된다오. 가난한 남편을 가진 아름답고 정숙한 아내는 개선과 승리의 월계관과 종려의 관을 쓸 만한 가치가 있지. 아름답다는 건 그 자체만으로도 그것을 바라보고 그것을 아는 모든 사람의 마음을 잡아끄는 법이라, 맛있는 미끼가 되어 궁정 독수리나 높이 나는 새들로 하여금 내려오게 한단 말이오. 하지만 그런 아름다움에 궁핍과 쪼들림이 함께하면 까마귀나 솔개, 그 밖의 맹금류들까지 덤벼들게 된다오. 이런 많은 공격에도 마음이 흔들리지 않는 아내야말로 자기 남편의 관[154]이라 불릴 만한 가치가 있다오. 잘 생각해 보시오, 진중한 바실리오 씨.」 그러고서 덧붙였다. 「무슨 현자인지는 잘 모르겠으나 그 사람 말에 의하면, 온 세상에 올바른 여자는 단한 사람밖에 없다고 하오. 그러면서 충고하기를, 남편 된 사람은 각각 자기 아내가 그 오직 하나밖에 없는 여자라고 생각하고 믿어야 만족스럽게 살아갈 수 있다고 하는 거요. 나는 결혼한 몸이 아니며 지금까지 그럴 생각도 한 적이 없으나, 결혼하고 싶은 여성을 구할 방법에 대해서 내게

154 구약 성서 잠언에 의하면 현명한 아내는 〈남편의 관〉이라고 한다.

조언을 구하는 사람에게는 감히 다음과 같이 말해 줄 것이오. 첫 번째로, 여자의 재산보다 세상의 평판을 보라고 충고하겠소. 착한 여자는 단지 착한 것만으로 좋은 평판을 얻는 게 아니라 남의 눈에 착하게 보이도록 행동해야 하기 때문이오. 몰래 저지르는 나쁜 짓보다 드러내 놓고 행하는 방종과 자유분방함이 훨씬 더 여자의 평판을 해치기 마련이오. 만일 당신이 착한 여자를 집에 데리고 오면, 그 여자의 착한 심성을 그대로 보존해 주는 일은 쉬운 일일 것이며 더 나아가 그런 마음을 더 좋게 만들 수도 있소. 하지만 심성이 고약한 여자를 데려온다면, 그것을 고친다는 건 여간 힘든 일이 아닐 게요. 한쪽 끝에서 다른 쪽 끝으로 바꾼다는 건 쉽게 할 수 있는 일이 아니니 말이오. 물론 불가능하다는 건 아니지만 어렵다고 보는 것이지.」

이 모든 말을 들은 산초는 혼잣말로 중얼거렸다.

「우리 주인 나리는 말이야, 내가 알맹이 있고 뭔가 실속 있는 말을 할 때는 나더러 설교단을 얻어 잡소리들을 늘어놓으며 세상을 돌아다니면 되겠다고 하시더니, 이젠 내가 바로 그 말을 해야 할 판이네. 금언들을 꿰면서 충고하기 시작하면 나리야말로 설교단을 하나가 아니라 손가락 하나에 두 개씩 꿰차고 그 많은 광장을 돌아다니면서 마음 내키는 대로 지껄이고 다니실 분이라니까. 세상에 저렇게도 아는 게 많은 편력 기사라니! 난 내심 이분이 단지 자기의 기사도에 관한 것만 잘 아실 거라고 생각했는데, 다른 사람들 일이나 대화에 있어서도 간을 보거나 체면치레 없이 끼어들지 않는 일이 없단 말이야.」

산초가 이렇게 중얼거리고 있자니 주인이 얼핏 듣고는 물었다.

「산초, 무엇을 중얼대고 있는 겐가?」

「아무 말도 안 하고요, 중얼대지도 않았습니다요.」 산초가 대답했다. 「단지 혼잣말을 하고 있었습니다요. 여기서 나리께서 하신 말씀을 제가 결혼하기 전에 들었더라면 좋았을 거라고 말입니다요. 그랬더라면 아마도 전 지금 〈풀어 놓은 소가 핥기도 잘한다〉[155]라고 말하고 있겠지요.」

「자네 테레사가 그렇게도 나쁜 아내인가, 산초?」 돈키호테가 물었다.

「아주 나쁘지는 않습니다요.」 산초가 대답했다. 「하지만 아주 착하지도 않습니다요. 적어도 제가 바라는 정도로 착하지는 않다는 겁니다요.」

「잘못하는 걸세, 산초.」 돈키호테가 말했다. 「자기 아내에 대해 좋지 않게 말하는 것 말일세. 어찌 되었든 자네 자식들의 어머니 아닌가.」

「우린 서로 상대방에게 잘못한 게 없어요.」 산초가 대답했다. 「그 여자도 마음이 동할 때면 저에 대해 나쁘게 말하거든요. 특히 질투가 났을 때는 악마도 그 여자를 못 말릴 겁니다요.」

결국 돈키호테는 사흘 동안 신혼부부와 함께 지내며 왕이나 받을 수 있는 시중과 환대를 받았다. 그는 검술가인 석사에게 몬테시노스의 동굴로 자기를 안내해 줄 만한 사람을 구해 달라고 부탁했다. 정말 그 동굴 안으로 들어가 보고 싶었고, 그 근방 사람들이 그 동굴에 관해 이야기하곤 하는 불가사의한 일들이 과연 진짜인지 눈으로 확인하고 싶었던 것이다. 석사는 유명한 학생이며 기사도 소설을 무척 즐겨 읽는 자기 사촌을 소개해 주겠다면서, 그 사람이 기꺼이 동굴 입구까지 안내해 줄 것이고 루이데라의 늪도 보여 줄 것이라고 했다. 이 늪 역시 라만차 전 지역뿐 아니라 에스파냐 전국에서 이름이 날 정도로 유명하다면서 말이다. 그리고 덧붙여 말하기를, 그를 데리고 다니면 심심하지 않을 거라고도 했다. 그가 인쇄본 책을 만들 줄 알며 그 책들을 주요한 인물들에게 바치기도 하는 청년이기에 그렇다는 것이다. 마침내 그 사촌이 새끼 밴 나귀를 끌고

---

155 〈홀로 있는 소가 핥기도 잘한다〉라는 말과 같이, 잘못된 동반자보다 혼자 있는 것이 낫다는 의미의 속담.

왔는데, 그 안장은 여러 가지 색깔의 돗자리, 다시 말해 올 굵은 삼베로 덮여 있었다. 산초는 로시난테에 안장을 얹고 잿빛에게도 채비를 차려 주었다. 그리고 식량을 가득 채운 자루를 준비했는데, 이 자루와 사촌의 자루도 함께 가져가기로 했다. 그들은 하느님께 안위를 간구하면서 사람들에게 작별을 고한 다음 유명한 몬테시노스의 동굴을 향해 길을 떠났다.

길을 가다 돈키호테는 사촌에게 그가 하는 일과 직업과 연구가 어떤 종류에 어떤 성질의 것인지 물었다. 이 질문에 그는, 자기의 직업은 인문학자로 일과 연구는 책을 써서 출판하는 것인데, 그 책들은 나라에 큰 이익이 되며 그에 못지않은 재미도 주는 것들이라고 대답했다. 책들 중 하나로 『제복의 책』이라는 것이 있는데, 거기에는 703종류의 제복이 각기 저마다의 색깔과 표장과 부호와 함께 묘사되어 있어서 궁정의 기사들은 그것을 보고 축제나 행사 때 자기들이 원하는 제복을 골라 선택할 수 있다고 했다. 그러니 자기가 바라는 바와 취지에 맞게 제복을 고르기 위해 누구에게 구걸하며 다닐 필요도 없고, 사람들이 말하듯이 뇌수를 증류할[156] 필요도 없다는 것이다.

「저는 질투심 많은 자나 경멸당한 자, 망각된 자, 멀리 떠나 있는 자에게 제각각 어울리는 제복들을 주기 때문입니다. 이 제복들은 틀림없이 그들에게 맞춘 듯 잘 어울릴 것입니다. 또 다른 책으로 〈변신〉, 또는 〈에스파냐의 오비디우스〉라는 제목을 붙일까 하는 기발하고도 새로운 창작물이 있습니다. 오비디우스를 해학적으로 모방해서 히랄다 데 세비야가 누구였는지, 앙헬 데 막달레나는 어떤 사람이었으며 코르도바의 카뇨 데 베싱게라는 누구였고 토로스 데 기산도와 시에라 모레나가 누구였으며 마드리드에 있는 레가니토스와 라바피에스의 샘은 무엇이었는지는 물론,

---

156 〈골머리를 앓는다〉는 뜻.

엘 피오호와 엘 카뇨 도라도와 라 프리오라의 샘[157]에 관한 것도 잊지 않고 그 책에 묘사하고 있습니다. 이것들을 우의와 은유와 전의로 그려 놓으니, 독자들은 즐거움과 놀라움을 느끼며 동시에 배우게 되겠지요.

다른 책도 있는데요, 제가 〈폴리도로 베르길리우스[158]에의 부록〉이라고 부르는 겁니다. 이것은 사물의 발명에 대해 다룬 것으로, 대단한 학식과 엄청난 연구의 결과물이랍니다. 폴리도로가 다 말하지 못한 것을 제가 조사하고 탐구하여 품위 있는 문체로 밝혀 놓았지요. 그가 까먹은 것 중에는 세계에서 제일 먼저 코감기에 걸린 자가 누구였는지, 그리고 매독을 치료하는 데 누가 제일 먼저 수은 연고를 사용했는지가 있답니다. 그래서 제가 엄격하게 밝히고 스물다섯 이상이나 되는 저자들을 인용해서 확인했지요. 이렇게 말씀드리는 건, 나리께서 제가 얼마나 노력했는지를 알아주시고 그런 책이 모든 사람들에게 유익할지 어떨지 봐주십사 하기 때문입니다.」

사촌의 말에 열심히 귀를 기울이며 쭉 듣고 있던 산초가 말했다.

「나리의 책들이 출판되기까지 하느님의 행운이 함께하시기를 바랍니다요. 그런데 제게 말씀해 주실 수 있을까요, 나리. 무엇이든 다 알고 계시니 아마 이것도 아실 줄로 압니다만, 제일 먼저 머리를 긁은 사람이 누

---

157 히랄다 데 세비야Giralda de Sevilla는 세비야 대성당 탑에 있는 풍향계(히랄다giralda)이며, 살라망카에 있는 막달레나Madalena 교회 탑에는 천사(앙헬ángel)가 풍향계로 달려 있다. 베싱게라Vecinguerra의 하수구(카뇨caño)로는 코르도바Córdoba의 오물들과 하수들이 과달키비르 강으로 흘러 들어가고, 오늘날 마드리드에 있는 피오호Piojo 샘은 레콜레토스 문 옆에 있으며 카뇨 도라도Caño Dorado 샘은 프라도 거리에 있고, 프리오라Priora의 샘은 오늘날 오리엔테 왕국이 있는 오리엔테 광장 쪽에 있다. 〈풍향계〉니 〈천사〉니 〈하수구〉를 의미하는 단어들이 모두 대문자로 원문에 적혀 있으므로 우리말로 바꾸지 않고 원어로 표기했다.

158 Polydorus Vergilius. 이탈리아의 작가. 『사물의 발명』(1499)으로 아주 유명했다. 이는 사물들에 대한 기원을 설명하고 있는 책으로, 해박한 지식과 환상과 도저히 믿기지 않는 어처구니없는 내용들로 설명된 사물들의 수가 무한대를 이룬다.

구였는지 말씀해 주실 수 있나요? 제가 보기엔 틀림없이 우리들의 아버지 아담이었을 것 같은데요.」

「그럴 수 있겠지요.」 사촌이 대답했다. 「분명 아담도 머리와 머리카락이 있었을 테니까 말입니다. 머리와 머리카락이 있는 데다가 세계 최초의 인간이었으니 때로는 머리를 긁기도 했겠지요.」

「나도 그렇게 생각합니다요.」 산초가 대답했다. 「그렇다면 또 한 가지 묻겠는데요, 이 세상의 첫 번째 곡예사는 누구였을까요?」

「사실, 형제여…….」 사촌이 대답했다. 「그것을 연구해 보기 전에는 지금 당장 여기서 누구라고 단정할 수가 없어요. 내 책이 있는 곳으로 돌아가는 그 즉시 조사해 볼게요. 그리고 우리가 다시 만나게 될 때 만족할 만한 답을 주겠습니다. 이번 만남이 마지막은 아닐 테니까요.」

「그렇다면 나리…….」 산초가 말했다. 「이 일로 수고하지 마세요. 제가 물어본 것에 대한 답이 지금 생각났어요. 세상 최초의 곡예사는 루시퍼였다는 거예요. 천국에서 쫓겨나 내동댕이쳐졌을 때 지옥 밑바닥까지 재주를 넘으면서 갔거든요.」

「그렇군요, 친구.」 사촌이 말했다.

그러자 돈키호테가 말했다.

「그 질문과 그 대답은 자네 것이 아니야, 산초. 누군가 하는 말을 들었던 게지.」

「무슨 말씀을 그렇게 하십니까요, 나리.」 산초가 대꾸했다. 「맹세코, 제가 질문을 하고 대답을 할라치면 지금부터 내일이 와도 끝나지 않을 겁니다요. 그렇고말고요. 바보 같은 질문을 하고 엉터리 같은 대답을 하는데 제가 이웃 사람의 도움을 찾으러 돌아다닐 필요까지는 없거든요.」

「산초, 자네는 자네가 아는 것 이상으로 말이 많구먼. 하지만 조사해서 알고 보면 알거나 기억해 둘 만한 가치가 별로 없는 것을 굳이 알고 싶어

하고 조사하느라 지쳐 버리는 사람들이 있지.」

　이런저런 재미있는 이야기들을 주고받으며 그날이 지나갔고 밤이 되어 그들은 어느 작은 마을에 묵게 되었다. 여기서 사촌은 돈키호테에게 몬테시노스의 동굴까지 2레과밖에 남지 않았으니, 만일 동굴에 들어갈 작정이라면 동굴 밑까지 내려가기 위해 몸을 묶을 밧줄을 준비해야 한다고 일렀다.

　돈키호테가 지옥에 닿는 한이 있더라도 어디까지 내려가는지 봐야겠다고 하여, 그들은 약 1백 브라사[159] 길이의 밧줄을 사서 다음 날 오후 2시에 동굴에 닿았다. 그 입구는 크고 널찍했지만 구기자와 야생 무화과나무와 가시덩굴과 덤불들이 이리저리 빽빽하게 마구 뒤얽힌 채 입구를 완전히 덮어 들어갈 길을 막고 있었다. 사촌과 산초와 돈키호테는 말에서 내렸고, 두 사람이 돈키호테를 밧줄로 단단히 묶었다. 그렇게 밧줄을 돈키호테의 몸에 두르고 동여매는 동안 산초가 말했다.

　「나리, 지금 무슨 일을 하시려는지 잘 생각해 보세요. 산 채로 묻힐 생각일랑 마시고요. 우물 같은 데 빠져 덜덜 떨면 안 되니까 병(甁)처럼 생긴 곳에는 내리지 마세요. 그렇고말고요. 지하 감옥보다 나쁜 것이 분명한 이 동굴을 조사하는 사람이 반드시 나리가 되어야 한다는 법도, 이 일이 나리께 속한 임무라는 법도 없으니까 말씀입니다요.」

　「어서 묶게, 말은 그만하고.」 돈키호테가 대답했다. 「이런 일은 산초, 나를 위해서 마련된 것이니라.」

　이때 안내인이 말했다.

　「돈키호테 나리, 부탁드립니다만 눈을 1백 개로 만들어 저 안에 있는 것을 잘 보시고 잘 기억해 주십시오. 혹시나 제 책 〈변신〉에 넣을 게 있을

---

159 *braza*. 길이의 단위. 1브라사는 1.6718미터이다.

지 모를 테니까요.」

「제대로 연주할 줄 아는 사람 손에 탬버린이 들려 있으니 멋진 소리를
낼 겁니다요.」 산초가 말했다.

갑옷 겉이 아니라 그 안에 입은 조끼 위로 그를 묶는 일이 끝나자 돈키
호테가 말했다.

「조그마한 방울[160] 하나 준비해 온다는 걸 잊었군. 내 몸을 묶은 밧줄에
그걸 단다면 아직 내려가고 있는지, 또 살아 있는지를 방울 소리로 알 수
있을 텐데 말이야. 하지만 이제 하는 수 없으니 하느님 손에 맡기고 나를
인도해 달라고 비는 수밖에 없구먼.」

그러고는 무릎을 꿇더니 낮은 목소리로 하늘을 향해 기도를 올리면서,
위험해 보이는 이 새로운 모험을 잘 끝낼 수 있도록 자기를 도와 달라고
빌었다. 그러고 나서 그는 큰 소리로 말했다.

「오, 제 행위와 제 움직임의 주인이신, 눈부시게 밝으며 비할 데 없는
둘시네아 델 토보소여! 만일 이 행복한 연인의 기도와 애원이 그대의 귀
에 다다를 수 있다면, 그대의 듣도 보도 못한 아름다움을 두고 간청하오
니 그것들을 들어주십시오. 그것은 바로 그 어느 때보다도 제가 지금 그
대의 호의와 도움을 필요로 하니, 부디 거절하지 말아 달라는 것입니다.
저는 여기 보이는 심연으로 떨어져 내려가 우물로 흘러들어 잠기려 하니,
이는 단지 그대가 도와주기만 하면 내가 도전하지 못하고 완수하지 못하
는 불가능은 없음을 이 세상이 알도록 하기 위함입니다.」

---

160 유대인의 전승에 따르면, 지성소에는 1년에 단 한 번, 대제사장 한 사람만 백성들의 죄를
속죄하기 위해서 들어갈 수 있었다. 성전의 지성소에 들어가는 대제사장은 옷에 방울을 달고 발
에 줄을 매었다. 움직이면 방울 소리가 나므로 대제사장이 지성소에서 직무를 제대로 수행하고
있는지를 밖에 있는 사람들이 알았다고 한다. 방울 소리가 나지 않으면 하나님의 저주를 받고
죽은 것이므로 (지성소에는 대제사장 외에는 들어갈 수 없기 때문에) 대제사장의 발에 묶인 줄
을 잡아당겨 시체를 끄집어냈다고 한다.

이렇게 말하면서 그는 깊은 동굴로 다가갔는데, 입구를 덮고 있는 풀숲을 팔 힘으로나 칼질로 제거하지 않고서는 내려가기는커녕 입구조차 확보하기 어려울 것 같았다. 그래서 그는 칼을 쥐고 동굴 입구에 무성하게 나 있는 덤불들을 잘라 내고 베어 쓰러뜨리기 시작했으니, 그 시끄러운 소리에 놀라 동굴로부터 엄청나게 큰 까마귀며 갈까마귀들이 수없이 날아 나왔다. 그 많은 새가 급하게 떼를 지어 날아 나오는 바람에 돈키호테는 땅바닥에 쓰러지고 말았다. 만일 그가 가톨릭을 믿는 만큼 미신을 믿는 사람이었다면 그것을 불길한 징조로 보고 그런 곳에 들어가는 일을 피했을지도 모른다.

드디어 그는 일어났고, 더 이상 까마귀나 이들 무리에 섞여 박쥐 같은 다른 야행성 새들이 나오지 않는 것을 보고는 사촌과 산초에게 밧줄을 조금씩 풀게 하여 무시무시한 동굴 밑바닥으로 내려가기 시작했다. 돈키호테가 동굴로 들어갈 때 산초는 그를 축복하고 수천 번이나 성호를 그으면서 말했다.

「하느님이 나리를 인도하시기를, 페냐 데 프란시아와 트리니다드 데 가에타 수도원[161]들도 편력 기사의 꽃이시고 정수이시고 찌끼이신 분을 안내하시기를! 세상에서 제일 용감하신 자이자, 무쇠 같은 심장을 가진 자이며, 청동 팔을 가진 자가 저기로 갑니다! 다시 한 번 하느님이 나리를 인도하시기를 빕니다요. 그리고 자기가 좋아서 저 어둠 속에 갇히고자 버리고 간 이 삶의 빛으로 다시 자유롭고 걱정 없이, 무사히 되돌아오실 수 있기를 간구합니다요!」

---

161 페냐 데 프란시아Peña de Francia는 스페인 살라망카와 시우다드 로드리고 사이에 있는 도미니크 교단의 수도원으로, 1409년 그곳에서 성모 마리아상이 발견됐다. 트리니다드 데 가에타Trinidad de Gaeta 수도원은 나폴리 만에 있는 것으로 항해하는 사람들이 봉헌을 드렸던 곳이다.

사촌도 간절하게 이와 거의 같은 기도와 부탁을 드렸다.

돈키호테가 밧줄을 풀라고, 더 풀라고 소리쳤으므로 두 사람은 조금씩 조금씩 밧줄을 풀어 주었다. 동굴 통로를 통해 나오던 목소리가 들리지 않게 되었을 때는 이미 1백 브라사나 되는 밧줄을 다 풀어 준 뒤였다. 이 이상 밧줄을 내려보낼 수가 없었던 터라 그들은 돈키호테를 다시 위로 끌어 올려야 하는 게 아닐까 생각했다. 그렇게 30분쯤 그대로 있다가 다시 밧줄을 당겨 올리기 시작했는데 아무런 무게도 느껴지지 않고 밧줄이 아주 쉽게 올라왔으므로, 그들은 돈키호테가 동굴 안에 그대로 갇혀 버린 게 아닌가 하고 생각하게 되었다. 그런 걱정에 산초는 비통하게 울면서 사실을 확인하고자 다급하게 밧줄을 끌어 올렸는데, 80브라사쯤 올렸을 때 무게감이 느껴지기 시작해 두 사람은 기뻐 어찌할 바를 몰랐다. 마침내 10브라사쯤 남았을 때는 돈키호테의 모습을 분명하게 볼 수 있었다. 그 모습을 보고 산초가 소리 질러 말했다.

「나리, 아주 잘 돌아오셨습니다요. 우리는 나리께서 그곳에 살림이라도 차리신 줄 알았습니다요.」

하지만 돈키호테는 아무런 대답도 하지 않았다. 다 꺼내 놓고 보니 그는 두 눈을 꼭 감은 채 잠들어 있는 모양이었다. 땅바닥에 눕히고 묶었던 밧줄을 풀었는데도 눈을 뜨지 않았다. 그들이 몇 번이나 둘러치고 메치고 두들기고 흔들기를 한 끝에야 돈키호테는 아주 깊고도 깊은 잠에서 깬 듯 기지개를 켜면서 제정신으로 돌아왔다. 그러고는 놀란 듯 이리저리 두리번거리다가 마침내 입을 열었다.

「하느님이 자네들을 용서하시기를! 친구들이여, 자네들은 어떤 인간도 본 적이 없고 경험해 본 적도 없는, 최고로 달콤하고 즐거운 삶과 구경거리에서 나를 끌어내고 말았단 말일세. 정말이지 나는 이 세상의 즐거움이 모두 그림자와 꿈처럼 지나가고 들꽃처럼 시들어 버린다는 것을 이제야 깨달았네. 오, 불행한 몬테시노스[162]여! 오, 깊은 상처를 입은 두란다르테[163]여! 오, 운도 없는 벨레르마여! 오, 눈물에 젖은 과디아나와 불행한 루이데라의 딸들인 그대들이여! 그대들의 아름다운 눈에서 흘러내린 눈물을 그대들 늪의 물로써 보여 주고 있구나!」

사촌과 산초는 돈키호테의 말을 가만히 듣고 있었는데, 그는 이 말을 마치 오장육부에서 꺼내는 듯 너무나 고통스럽게 뱉어 내고 있었다. 두 사람은 그 말이 무슨 뜻인지, 또 그 지옥에서 보고 온 것이 무엇인지 이야기해 달라고 부탁했다.

「그걸 지옥이라고 부른단 말인가?」 돈키호테가 말했다. 「그렇게 부르지 말게. 곧 알게 되겠지만, 지옥이라는 이름은 그곳에 어울리지 않네.」

그는 먹을 것을 좀 달라고 부탁했으니, 무척이나 허기져 있었던 것이다. 그래서 세 사람은 푸른 풀 위에 사촌의 투박한 삼베 천을 펼쳐 놓고 모두 함께 앉아 사랑과 다정함이 넘치는 분위기 속에서, 자기들 자루에 넣어 가지고 온 음식으로 간식과 저녁을 한꺼번에 먹었다. 다 먹고 그 천을 치운 다음 돈키호테 데 라만차는 말했다.

「아무도 일어나지 말고 그대로 있으시오. 그리고 여러분, 내 말을 잘 들어 보시오.」

---

162 Montesinos. 12세기 말 프랑스 무훈시에 등장하는 주인공. 구전으로 스페인에 전해지면서 스페인 로만세로 노래되었는데, 라만차 지역에서 특히 16세기에 인기가 많았다. 이 로만세에 의하면 그는 현재 몬테시노스 동굴 가까이에 그 흔적이 남아 있는 로카프리다 성의 여주인인 로사플로리다와 결혼한 것으로 되어 있다.

163 Durandarte. 론세스바예스 전투에서 무어인들에게 죽임을 당한 프랑스 영웅 롤단이 지니고 있던 칼의 이름. 스페인에서는 몬테시노스의 사촌이자 친구로 알려지기도 했다.

23

위대한 돈키호테가
깊은 몬테시노스 동굴에서 보았다는
놀랄 만한 사건들과
이 모험을 거짓으로 여기게 만드는
그 엄청남과 불가능성에 대하여

오후 4시쯤 되었을 것이다. 해가 구름 사이로 들어가 햇살이 강하지 않은 데다 부드럽게 내리쬐고 있어서 돈키호테는 더위 때문에 고생하는 일 없이 몬테시노스의 동굴에서 보고 온 것을 그 두 명의 아주 명석한 청중에게 이야기할 수 있었으니, 그는 이렇게 말을 시작했다.

「이 지하 감옥으로 12키[164]나 14키쯤 내려가다 보니 오른쪽에 오목한 공간이 하나 나왔는데, 노새가 끄는 큰 수레 하나가 들어갈 만한 자리더군. 그곳 갈라진 틈인지 구멍인지로 희미한 빛이 새어 나오고 있었으니, 저 멀리 지면을 향해 벌어진 틈바구니로 들어온 것이었네. 이 오목한 공간을 내가 보게 된 것은, 마침 밧줄에 매달려 어디로 가야 할지 확실하게 정하지도 않은 채 그 암흑 속으로 내려가는 나 자신이 서글프기도 하고 지치기도 한 때였지. 그래서 그 안에 들어가 잠시 쉬기로 한 거라네. 내가 다시 외칠 때까지는 밧줄을 풀지 말라고 소리를 질렀는데 들리지 않았던 모양이지. 거기서 난 그대들이 풀어 주는 밧줄을 모아 그것으로 동그란

---

164 사람의 키에 해당하며 1키는 평균 약 7피트이고, 스페인에서 1피트는 약 28센티미터다.

빵을, 그러니까 타래를 틀어 쌓아 올리고 그 위에 걸터앉아 생각에 잠겼지. 붙들고 내려 줄 사람도 없는데 어떻게 저 동굴 밑바닥까지 내려가야 하나 하고 말이지. 이렇게 생각에 잠겨 어찌할 바를 모르고 있던 중, 문득 그럴 마음도 없었는데 깊은 잠이 나를 엄습했다네. 그러고는 생각지도 않았을 때 어찌 된 영문인지도 모른 채 잠에서 깨어났는데, 내가 자연도 창조할 수 없고 아무리 생각이 깊은 인간이라도 도저히 상상할 수 없는 아름답고 기분 좋고 달콤한 초원 한가운데 가 있는 게 아닌가. 눈을 크게 뜨고도 보고 비비고도 보았지만, 나는 잠들어 있었던 것이 아니라 실제로 깨어 있었네. 그런데도 내 머리와 가슴을 만져 보았지. 정말 거기에 있는 게 나인지, 아니면 뭔가 실체가 없는 허황된 유령은 아닌지 확인하고 싶어서 말일세. 하지만 손으로 만져지는 촉감이나, 마음 상태나, 내가 속으로 한 조리 있는 말들이 그때 거기 있었던 그 사람이 지금 이 자리에 있는 나와 같다는 것을 증명해 주더군. 곧 내 눈에 들어온 것은 화려한 왕궁인지 성인지 하는 것이었는데, 벽이 투명하고 밝은 수정으로 지어진 것 같았다네. 커다란 두 개의 성문이 열리더니 땅바닥에 끌릴 만큼 길고 헐렁하며 두건이 달린 검붉은 빛깔의 망토를 걸친, 품격이 느껴지는 한 노인이 그 문으로 나와 내게로 다가왔다네. 녹색 새틴으로 된, 대학생들이 걸치는 그런 띠를 어깨에서 가슴으로 비스듬히 두르고 머리에는 검은 밀라노 모자를 썼지. 백발 턱수염은 그의 허리 아래까지 내려와 있었다네. 무기는 아무것도 지니지 않았고 손에는 묵주를 들고 있었는데 그 알이 보통 크기의 호두알보다 컸으며, 열 번째마다 있는 큰 알은 보통 크기의 타조알만큼 컸지. 태도며 걸음걸이며 엄숙한 자태며 여유로운 모습들이, 그 하나하나를 따로 보나 모두 합쳐서 보나 놀라움과 감탄을 자아냈다네. 그는 내게 다가오더니 먼저 나를 꼭 껴안더구먼. 그러고 나서는 이렇게 말했네. 〈용감한 기사 돈키호테 데 라만차여, 우리가 마법에 걸려 이 고적한 곳에서 당신을 기다린 지도 오래되었소이다. 당신이 들어온, 몬테시노스 동굴이라 불리는 이 깊은 굴에 갇힌 채 감춰져 있는 것을 당신으로 하여금 세상에 알리도록 말이오. 이 일은 당신의 질 줄 모르는 심장과 놀랄 만한 용기로만 이루어지도록 지켜져 왔다오. 자 날렵하신 분이여, 나와 함께 갑시다. 이 투명한 성이 숨기고 있는 불가사의들을 당신께 보여 드리고자 하오. 나는 이 성의 주인이자 영원한 최고 지킴이인 몬테시노스, 바로 그 사람이라오. 바로 내 이름을 따서 동굴의 이름도 지어진 게요.〉 자기가 몬테시노스라고 말하기에 나는 즉각 저 위 세상에서 전해지고 있는 이야기가 사실인지 물었네. 그 사람이 자기의 위대한 친구인 두란다르테가 죽는 마지막 순간, 그가 부탁한 대로 조그마한 단검으로 친구의 가슴 한복판을 열고 심장을 꺼내어 그것을 벨레르마 공주에게 가져다줬는지 말이야. 그러자 모든 게 사실이라고 대답해 주더군. 다만 단검에 있어서는 말이지, 그건 단검이나 조그마한 칼이 아니었고 송곳보다 더 끝이 날카로운 비수였다고 했네.」

「그런 비수라면……」 이때 산초가 말했다. 「세비야 사람 라몬 데 오세스가 만든 것일 겁니다요.」

「난 모르겠네.」 돈키호테가 계속 말을 이었다. 「하지만 그 칼 만드는 장인이 만든 작품은 아닐 걸세. 라몬 데 오세스는 바로 어제의 사람이고, 론세스바예스에서 일어난 이 불행한 사건은 오래전의 일이니까 말이야. 사실 그 비수를 누가 만들었느냐는 중요한 게 아니네. 그런 것이 진실된 이야기의 내용과 사실을 흐리거나 바꾸어 놓지는 않으니 말일세.」

「그렇고말고요.」 사촌이 받았다. 「계속 말씀하십시오, 돈키호테 나리. 저는 세상 누구보다도 흥미진진하게 나리의 이야기를 듣고 있습니다.」

「나도 자네 못지않게 흥미진진하게 이야기를 하고 있다네.」 돈키호테가 대답했다. 「그 공경할 만한 몬테시노스는 나를 수정으로 된 궁전 안으로 데리고 갔다네. 거기 아래층에 있는 홀은 아주 시원하고 온통 설화 석고로 되어 있었는데, 대리석으로 된 무덤이 하나 있더군. 엄청난 기교를 부려 만든 것으로 그 위에 한 기사가 길게 누워 있었다네. 다른 무덤 위에 흔히들 놓여 있는 청동이나 대리석이나 벽옥 같은 것으로 만든 게 아니라 순전히 인간의 뼈와 살로 만들어져 있었어. 오른손이 심장 있는 쪽에 놓여 있었지. 무성한 털과 근육으로 그 손의 주인이 엄청난 힘을 가졌다는 것을 알 수 있었네. 나는 아무것도 묻지 않았지만, 내가 무덤 위의 기사를 당황스러워하며 바라보는 것을 알고는 몬테시노스가 먼저 설명을 해주더군. 〈이자가 나의 친구 두란다르테요. 용맹하며 사랑에 빠진 그 시대 기사들의 꽃이자 거울이었던 바로 그 사람이라오. 여기 이 사람은 마법에 걸려 누워 있다오. 사람들이 악마의 아들이라고 부르는 저 프랑스 마술사 메를린[165]이 나와 다른 많은 사람들을 남녀 구분 없이 마법에 걸어 이렇게 여기에 가두어 놓고 있듯이 말이오. 내가 보기에 메를린은 악마의 아들이 아니라, 사람들 말마따나 아는 게 악마보다 한 수 위였던 자요. 그자가 어떻게, 아니 무엇 때문에 우리를 마법에 걸었는지는 아무도 모르오. 시간이 가면 알게 되겠지만 내가 보기에 오래 걸리지 않아 밝혀질 것 같소. 다만 나를 탄복하게 하는 것은, 두란다르테가 내 팔에 안겨 자기 삶의 마지막을 마쳤고, 그가 죽고 난 다음 내 손으로 그의 심장을 꺼냈다는 것을 지금이 대낮인 듯 생생히 내가 알고 있다는 사실이라오. 정말이지 그 심장은 2리브라나 나갔을 게요. 자연 과학자들의 말에 따르면 큰 심장을 가진 사람이 조그마한 심장을 갖고 있는 사람보다 훨씬 큰 용기를 가졌다고 하지. 그건 그렇다 치고, 이 기사는 정말로 죽었는데도 어떻게 살아 있는 사람처럼 지금도 가끔씩 한숨을 쉬고 불평을 하는지 모르

165 Merlín. 프랑스인이 아니라 영국인이다.

겠소.〉 이렇게 말하자, 그 불쌍한 두란다르테가 큰 소리로 말했다네.

오, 나의 사촌 몬테시노스여!
마지막으로 내가 네게 간곡히 바랐던 것은
내가 죽어 나의 영혼이
내 몸에서 빠져나가면
비수로든 단검으로든
내 가슴에서 심장을 꺼내
벨레르마가 있는 곳으로
가져가 달라는 것이었네.

이 말을 듣더니 그 숭배할 만한 몬테시노스가 상처 입은 기사 앞에 무릎을 꿇고 눈물을 흘리면서 말하더군. 〈나의 귀하고 귀한 사촌 두란다르테여, 우리가 패배한 그 불길한 날 자네가 내게 부탁한 일은 벌써 오래전에 수행했다네. 내가 할 수 있는 한 가장 훌륭하게, 자네 가슴속에 자그마한 찌꺼기 하나 남기지 않고 심장을 꺼냈다네. 레이스가 달린 손수건으로 그것을 깨끗이 닦은 뒤 프랑스로 달려갔다네. 떠나기 전에 먼저 자네를 땅의 가슴에 묻고 얼마나 울었던지, 자네 내장을 더듬을 때 내 손에 묻은 피를 그 눈물로 말끔히 씻고도 남을 정도였다네. 증거를 더 대자면, 내영혼의 사촌이여, 론세스바예스를 출발하여 제일 먼저 도착한 마을에서 자네의 심장에 소금을 약간 뿌렸으니, 신선한 상태로는 아닐망정 그것이 말라 버릴 경우 적어도 벨레르마 공주 앞에서 나쁜 냄새를 풍기지 않도록 그렇게 했네. 그런데 그녀도 이곳에 있다네. 자네나 나나 자네의 종자 과디아나나 시녀 루이데라, 그리고 루이데라의 일곱 딸과 두 명의 조카딸과 자네가 알고 있는 많은 사람들과 친구들이 벌써 오랜 세월 현자 메를린의 마법에 걸려 모두 이곳에 있듯이 말일세. 5백 년이 더 지났지만 아직까지 우리 가운데 죽은 사람은 한 사람도 없네. 단지 루이데라와 그녀의 딸과 조카딸들은 이곳에 없으니, 그녀들이 너무나 울어 대자 메를린도 보기에 가엾었던지 그녀들을 그 수만큼의 늪으로 바꾸어 버렸기 때문이라네. 이것을 오늘날 살아 있는 사람들의 세상과 라만차에서는 루이데라의 늪이라 부르고 있다네. 늪들 중 일곱 개는 에스파냐 왕들의 것이고, 두 조카의 늪은 산후안이라는 신성한 교단의 기사들 것으로 되어 있다네. 자네 종자 과디아나도 자네의 불운을 탄식하여, 역시 같은 이름의 강으로 바뀌고 말았네. 지면에 나온 이 강은 다른 하늘의 태양을 보자 자네를 놔두고 온 것이 너무나 가슴 아파 다시 땅속으로 잠기고 말았다네. 하지만 자기 본연의 흐름에 따르지 않을 수 없기에 가끔씩 밖으로 나와 태양과 사람들에게 자기의 모습을 드러낸다네.[166] 앞서 말한 늪들이 이 강의 물을 공급하고 있는데, 이 물들과 그 강에 닿는 다른 많은 물들이 모여 대단한 장관을 이루며 포르투갈로 흘러 들어가지. 하지만 이 모든 것에도 불구하고 어디로 흐르든지 슬픔과 우수를 드러내 보이고, 자기의 물에서 맛있고 값나가는 물고기들을 기르며 의기양양해하고 싶지 않은지 거칠고 맛없는 물고기들을 품는 터라 금빛 타호 강의 것들과는 많이 다르다네. 내가 지금 자네에게 이야기하는 것은, 오 나의 사촌이여! 몇 번이나 이미 자네에게 말해 왔던 것일세. 하지만 자네는 대답을 해주지 않고, 자네가 내 말을 못 믿는 것인지 아니면 듣지 못하는 것인지 알 수가 없으니, 난 하느님만 아시는 고통 속에 있다네. 지금은 자네에게 다른 소식을 알리고자 하네. 이 소식으로 자네의 고통이 덜어지기야 하겠느냐만은 결코 자네의 고

---

166 루이데라 늪에서 한 지류로 흐르는 과디아나 강은 16킬로미터쯤 지하로 흐르다가 지면 위로 나타난다.

통을 더하게 만들지는 않을 걸세. 여기 자네 앞에 현자 메를린이 숱하게 예언한 그 위대한 기사님이 계시다는 걸 알게나. 그러니 눈을 뜨고 보게. 그 돈키호테 데 라만차이시네. 그러니까 이미 잊힌 편력 기사도를 지난 세기에서보다 훨씬 새롭고도 유익하게 지금 시대에 부활시킨 분이네. 이분이 취하실 방편과 도움으로 우리는 마법에서 풀려날 수 있을 것이네. 위대한 무훈은 위대한 인물을 위해 있는 것이기 때문이네.〉

〈그런데 그렇게 되지 않을 때는…….〉 상처 입은 두란다르테가 꺼져 가는 목소리로 나직이 대답하더군. 〈그렇게 되지 않을 때는, 오 사촌이여! 인내심을 가지고 카드 패를 뒤섞어야지.〉[167] 그러고는 옆으로 누워 여느 때의 그 침묵으로 돌아가 더 이상 아무 말도 하지 않았네. 이때 깊은 신음과 가슴이 찢어질 듯한 흐느낌을 동반한 요란한 비명과 통곡 소리가 들려 돌아보니, 수정으로 된 벽을 통하여 지극히 아름다운 처녀들이 모두 상복 차림에 머리에는 터키식 흰 터번을 두르고는 두 줄로 서서 다른 방으로 가고 있는 것이 눈에 들어왔다네. 줄 맨 끝에는 엄숙해 보이는 한 귀부인이 오고 있었는데, 역시 검은 옷 차림에 바닥까지 끌리는 긴 베일을 늘어뜨리고 있더군. 그녀의 터번은 다른 여자들이 쓴 것들 중에서도 제일 큰 터번의 두 배나 되도록 컸다네. 좁은 미간에 코는 약간 낮았고 입은 크지만 입술은 붉었네. 어쩌다 드러나곤 하는 이는 껍질 벗긴 편도 열매처럼 하얗기는 해도 듬성듬성 난 데다 고르지 못하더군. 손에는 얇은 리넨 천을 들고 있었는데, 멀리서 보니 말라비틀어져 미라가 된 심장이 그 안에 들어 있었네. 몬테시노스가 내게 한 말로는, 행렬을 이루고 있는 그 모든 여자들은 두란다르테와 벨레르마의 하녀들로 그녀들 역시 마법에 걸려 두 주인과 함께 여기 와 있다더군. 심장을 리넨 천에 싸서 손에 받쳐

---

167 있을 수 있는 다양한 가능성을 생각한다는 의미이다.

들고 있던 여자가 벨레르마 공주로, 그녀는 자기의 시녀들과 함께 일주일에 나흘씩 저런 행진을 하면서 자기 사촌의 상처 입은 심장과 몸에 대한 비가를 노래한다는 걸세. 아니, 제대로 말하자면 노래라기보다 통곡을 한다더군. 그리고 벨레르마가 내 눈에는 약간 추하게 보였거나 소문만큼 미인으로 보이지 않았던 이유는, 그녀가 마법에 걸려 밤낮없이 고통스럽게 지내기 때문이라고 했네. 그녀의 눈 주위로 넓게 퍼진 검은 빛깔이며 좋지 않은 안색으로 알 수 있을 것이라고 했지. 〈얼굴이 누렇게 뜬 것이나 눈 주위가 까만 것을 보통 여성들에게 있는 월경 불순 때문이라고 생각하지 마시오. 몇 달, 아니 몇 년 동안 그건 문밖으로 나오지 않고 나올 생각도 하지 않고 있으니 말이오. 오히려 쉬지 않고 두 손으로 받들고 있는 심장 때문에 그녀 가슴이 겪는 고통으로 인한 것이라오. 그 심장이 불행하게 죽은 자기 연인에 대한 기억을 되살려 추억하게 만드니 말이오. 그것만 아니라면 그 아름다움에 있어서나 우아함에 있어서나 그 활기참에 있어서, 이 근방뿐만 아니라 온 세상이 그토록 기리고 있는 위대한 둘시네아 델 토보소도 그녀와는 거의 비교될 수 없을 겁니다.〉

이 말에 〈그만 진정하시오!〉하고 내가 말했지. 〈돈 몬테시노스 나리, 무슨 이야기를 하시려거든 제대로 하시오. 어떤 종류의 비교든 비교라는 것은 모두 증오스러운 것임을 이미 아시지 않소. 그런데 뭣 때문에 누구를 누구와 비교하는지 모르겠소이다. 비할 데 없는 둘시네아 델 토보소는 그분 자체이고, 도냐 벨레르마 귀부인도 그분 자체이며 자체였던 것이오. 이것으로 된 것이오.〉이 말에 그는 대답했네. 〈돈키호테 나리, 부디 용서해 주시오. 내가 잘못했다고 고백하오. 둘시네아 공주가 벨레르마 공주와 거의 비교될 수 없다고 말한 것은 내 실수였소. 그냥 나 혼자 그리 이해했으면 되었을 것을. 나리께서 그분의 기사이신데, 그분을 하늘 그 자체와 비교한다면 모를까 내가 무슨 변덕으로 다른 것과 비교하는 짓을 했는지. 그 전에 차라리 혀를 깨물어야 했소.〉 그 위대한 몬테시노스가 이렇게 사과했기 때문에 내 귀부인을 벨레르마와 비교하는 말을 들었을 때의 놀란 가슴은 진정되었다네.」

「놀라운 건 말입니다…….」 산초가 말했다. 「어째서 나리께서는 그 늙은이한테 기어 올라가서 온몸의 뼈다귀가 몽땅 가루가 되도록 발길질을 하고, 턱수염을 한 가닥도 남김없이 죄다 뽑아 버리지 않았는가 하는 겁니다요.」

「아니지, 친구 산초여.」 돈키호테가 대답했다. 「그렇게 하는 건 내게 좋은 일이 아니네. 우리는 모두 노인을 공경해야 하네. 기사가 아니더라도 말일세. 하물며 노인이 기사인 데다가 마법에 걸려 있다면 더욱더 그리해야 되는 걸세. 우리 둘 사이에 오고 간 다른 많은 질문과 대답에서 서로에게 빚진 것은 하나도 없다는 것을 나는 잘 알고 있네.」

이때 사촌이 말했다.

「돈키호테 나리, 기사님께서는 저 아래 세상에 그토록 짧은 시간 동안 계셨는데, 어쩌면 그렇게도 많은 것을 보시고 얘기하시고 말씀하시고 대답하실 수 있었는지 나는 통 모르겠습니다.」

「내가 내려가고 나서 시간이 얼마나 흘렀지?」 돈키호테가 물었다.

「한 시간 조금 더 됐습니다요.」 산초가 대답했다.

「그럴 수가 없다.」 돈키호테가 대꾸했다. 「그건 저 아래 세상에서 밤을 맞이했고, 낮을 맞이했으며, 다시 어두워지고 해가 뜬 것이 세 번이나 반복되었기 때문이야. 따라서 내 계산에 의하면 나는 우리들 눈에 감추어진 저 먼 곳에서 사흘을 있었던 게지.」

「나리께서 하시는 말씀이 사실인 게 틀림없습니다요.」 산초가 말했다. 「지금까지 나리께 일어난 일들이 모두 마법으로 인한 것들이니, 아마 우리한테 한 시간으로 보이는 것도 저 세상에서는 사흘 낮 사흘 밤으로 보

305

이는 것이 분명합니다요.」

「그럴 거야.」 돈키호테가 수긍했다.

「그런데 나리, 나리께서는 그동안 식사는 하셨는지요?」 사촌이 물었다.

「한 입도 먹지 않았다네.」 돈키호테가 대답했다. 「배도 고프지 않았는데, 배고프다는 생각조차 들지 않았지.」

「마법에 걸린 사람도 먹습니까?」 사촌이 물었다.

「먹지 않네.」 돈키호테가 대답했다. 「대변도 안 본다네. 그런데도 손톱과 수염과 머리카락은 자란다고 하더군.」

「그럼 마법에 걸린 사람들이 혹시 잠은 자나요, 나리?」 산초가 물었다.

「물론 자지 않지.」 돈키호테가 대답했다. 「적어도 내가 그들과 함께 있었던 사흘 동안은 어느 누구도 눈을 붙이지 않았고, 나 또한 그랬다네.」

「그럼 이 속담이 꼭 들어맞네요.」 산초가 말했다. 「〈누구와 함께 다니는지를 말해 주면 네가 어떤 사람인지 말해 주마〉라는 것 말입니다요. 나리께서는 마법에 걸려 먹지도 않고 자지도 않는 사람들과 함께 계셨잖아요. 그러니 그 사람들과 함께 계셨던 동안에야 먹지도 자지도 않으시는 게 당연한 거죠 뭐. 하지만 주인님, 죄송합니다만요, 나리께서 이 자리에서 말씀해 주신 모든 것을 제가 조금이라도 사실이라고 생각한다면 하느님께서 ─ 악마라고 말할 뻔했습니다만 ─ 나를 데려가셔도 좋습니다요.」

「어째서 못 믿는다는 겁니까?」 사촌이 말했다. 「그렇다면 돈키호테 나리께서 거짓말을 하셨다는 건가요? 비록 그렇게 하기를 원하셨다고 하더라도 그 많은 거짓말을 지어내거나 생각할 시간이 없었는데요.」

「나리께서 거짓말을 하신다고 생각하는 건 아닙니다요.」 산초가 대답했다.

「그렇다면 무슨 생각을 하는가?」 돈키호테가 물었다.

「제 생각은요…….」 산초가 대답했다. 「나리께서 저 아래서 만나 말씀을 나누셨다는 그런 무리들을 모두 마법에 건 그 메를린인지 마법사인지 하는 자들이요, 지금까지 우리에게 말씀하신 그 모든 공상과 앞으로 말씀하실 그 모든 남은 것들을 나리의 상상인지 기억인지에다가 박아 넣었다는 겁니다요.」

「그럴 수도 있겠지, 산초.」 돈키호테가 대답했다. 「하지만 그렇지 않아. 왜냐하면 내가 한 이야기는 내 눈으로 보고 이 손으로 만져 본 것이기 때문이지. 지금 내가 이 이야기를 해주면 자네가 무슨 말을 어떻게 할 것인지 모르겠네. 몬테시노스가 내게 보여 준 그 밖의 무수한 것들과 불가사의한 일들을 이 자리에서 다 전해 줄 수는 없으니, 시간을 가지고 우리가 돌아다니는 중에 기회가 되면 그때그때 자네에게 들려줄 생각이네. 그런데 그 일들 가운데 하나만 먼저 말하자면, 그가 내게 농사꾼 아가씨 세 명을 보여 주더란 말이지. 그 아가씨들은 더없이 기분 좋은 그곳 초원을 마치 산양처럼 깡충깡충 뛰며 달리고 있었네. 나는 그 아가씨들을 보자마자 그중 한 사람이 바로 비할 데 없는 둘시네아 델 토보소라는 걸 즉각 알았지. 나머지 두 사람은 엘 토보소 마을 밖에서 우리가 말을 걸었던, 둘시네아와 함께 왔던 아가씨들이었고 말일세. 그래서 몬테시노스에게 저 아가씨들을 아느냐고 물었는데, 그는 모른다고 하더군. 하지만 그들이 이 초원에 모습을 나타낸 것은 최근의 일이니 마법에 걸린 어느 고귀한 여성들이 틀림없다는 게 그 사람 생각이었어. 이러한 일에 놀랄 것은 없다고 하더군. 그곳에는 지난 세기와 현 세기의 귀부인들이 많으며 모두 마법에 걸려 서로 다른 이상한 모습을 하고 있다고 했네. 그러한 사람들 가운데 자기는 왕비 히네브라와 그녀의 시녀 킨타뇨나를 알아봤다고 하더군. 란사로테가 브레타냐에서 왔을 때 술을 따라 줬던 그 여자 말이야.」

산초는 주인의 이런 말을 듣고 자기 머리가 돌아 버리거나 웃다가 죽어 버리지나 않을까 생각했다. 둘시네아가 마법에 걸렸다는 이야기는 자기가 꾸민 거짓이었고, 그렇게 마법을 건 당사자가 바로 자기 자신이며, 그녀가 마법에 걸렸다고 증인 노릇을 한 것도 바로 그 자신임을 그는 알고 있었기 때문이다. 이로써 그는 정말로 주인이 정신을 잃고 완전히 미쳐 있다는 것을 깨닫고 이렇게 말했다.

「정말 나쁜 기회이자 최악의 시기이며 재수 없는 날에, 나의 귀한 주인이신 나리께서 그 다른 세상으로 내려가 흉악한 그곳에서 몬테시노스 나리를 만나셨군요. 그가 나리를 이렇게 만들어 우리에게 돌려보냈으니 말입니다요. 이쪽 세상에 계실 때는 하느님이 주신 온전한 정신으로 걸음을 내디디실 때마다 금언과 충고를 주시곤 했는데, 지금은 상상할 수 없을 정도로 엄청나고 터무니없는 이야기들을 늘어놓고 계시니 말입니다요.」

「내가 자네를 알고 있으니, 산초…….」 돈키호테가 대답했다. 「자네 말에 신경 쓰지 않을 것이야.」

「저도 나리께서 하시는 말씀에 신경 안 씁니다요.」 산초가 대꾸했다. 「나리께서 하신 말씀을 고치거나 바로잡을 생각이 없으시다면요. 제가 이미 드린 말씀이나 드리려 하는 말씀 때문에 저를 해치거나 죽이신다 해도 말입니다요. 하지만 지금은 우리가 서로 잘 지내고 있으니 나리, 알려 주세요. 우리 귀부인 둘시네아 님을 무슨 수로, 어떻게 알아보셨습니까요? 그리고 그분께 말씀을 하셨다면 어떤 말씀을 하셨으며, 그분은 어떻게 대답하시던가요?」

「내가 그분을 알아본 것은…….」 돈키호테가 대답했다. 「자네가 그분을 내게 보여 줬을 때와 똑같은 복장을 하고 계셨기 때문이네. 말을 건넸으나 한마디도 대답하지 않으셨지. 오히려 말을 걸기도 전에 내게 등을 돌리시고는 얼마나 잽싸게 달아나 버리시던지, 투창으로도 따라잡지 못했을 게야. 따라가 봤자 헛일이니 그런 일에 힘을 낭비하지 말라는 몬테시노스의 조언이 없었더라면, 난 그분을 쫓아가려 마음먹고 실제로 그렇게 했을 걸세. 더군다나 내가 그 심연에서 나와 다시 돌아가야 할 시간이 다가오고 있기도 했네. 몬테시노스는 때가 되면 자기와 벨레르마와 두란다르테와 그곳에 있는 다른 사람들을 모두 마법에서 풀어 낼 방법을 내게 알려 주겠다고 하더군. 하지만 내가 그곳에서 보고 관심을 가졌던 것들 가운데 가장 마음에 걸렸던 것은 이것이네. 몬테시노스가 앞서 이야기한 그런 말들을 내게 전하고 있었을 때, 불행한 둘시네아를 모시고 있던 몸종 두 명 중 하나가 눈치채지도 못하는 사이에 내 옆에 와서는 눈물을 글썽이며 낮은 목소리로 더듬거리며 말했네. 〈저의 마님이신 둘시네아 델 토보소께서 나리께 인사를 전하고, 나리께서 어떻게 지내시는지 안부를 여쭈라고 하셨습니다. 그리고 지금 너무나 궁핍하신 터라, 제가 가진 이 짧은 새 무명 치마를 잡히고 6레알, 혹은 나리께서 갖고 계신 돈을 얼마간 빌릴 수 있는지 정말 간곡하게 청하셨습니다. 짧은 시일 내로 돌려 드리겠다는 말씀도 하셨습니다.〉 나는 그런 전갈을 전해 듣고 순간 놀라 멍해져서는 몬테시노스 나리를 돌아보며 물어보았다네. 〈몬테시노스 나리, 마법에 걸린 고귀한 분들이 궁핍하여 힘들 수도 있소?〉 이 말에 그분이 이렇게 대답하시더군. 〈돈키호테 데 라만차 나리, 궁핍이라고 하는 건 어디를 가나 있는 일이며 무슨 일에든 관계하고 누구에게나 일어나는 일인지라, 설령 마법에 걸린 사람이라 할지라도 눈감아 주지는 않을 것이오. 그러하기에 둘시네아 델 토보소 귀부인은 그 6레알의 돈을 빌려 오라고 사람을 보낸 것이오. 보기에 담보도 좋아 보이니 빌려 드리면 되겠구려. 의심할 여지 없이 대단한 어려움에 빠져 계신 것 같으니 말이오.〉

〈담보는 잡지 않겠소〉라고 내가 대답했지. 〈요구하시는 것도 드리지 못하겠소. 단지 4레알밖에 없기 때문이라오.〉 그렇게 내가 그것을 주었다네. 그 돈은 산초여, 길에서 만나게 될 불쌍한 사람에게 적선하라고 지난

날 자네가 내게 준 거였지. 돈을 건네며 난 이런 말도 했네. 〈그대의 마님이 그렇게 고생하고 계시다니 정말로 마음이 아프며 그 고통을 덜어 드리기 위해서 내가 푸카르[168] 가문의 일원이라도 되고 싶다고 전해 주오. 또한 나는 마님의 즐거운 모습과 재치 있는 말씀을 접하지 않으면 건강할 수도 없고 건강해서도 안 된다는 것을 알려 드리구려. 이 포로가 된 하인이자 헬쑥해진 기사에게 얼굴을 보여 주시고 직접 대해 주실 수 있기를 정말 간곡하게 부탁드린다고도 전해 주시오. 만투아 후작이 산속에서 숨이 넘어가는 조카 발도비노스를 발견하고는 그의 복수를 하겠다고 한 맹세와 같은 방식의 맹세와 서약을 내가 어떤 식으로 행했는지 사람들이 전하는 바를, 그야말로 생각지도 않은 때 듣게 될 것이라고 전해 주시오. 만투아 후작이 한 맹세란 조카의 복수를 할 때까지 식탁에 앉아 빵을 먹지 않는다는 것이었는데, 거기에는 다른 자질구레한 것들도 덧붙어 있소. 그러니 나도 마님을 마법에서 풀려나게 할 때까지 포르투갈의 돈 페드로 왕자가 세상의 일곱 부분을 걸었던 것[169]보다 더 어김없이 쉬지 않고 걷겠다고 맹세하겠소.〉

〈그런 것은 물론이고, 나리께서는 그것보다 더 많은 것을 제 마님을 위해 하셔야 해요〉라고 그 몸종은 대답하더군. 그러고는 4레알을 받았는데, 내게 인사를 하는 대신 공중제비를 한 번 넘었지. 땅에서 2바라는 족히 뛰어올랐을 걸세.」

---

168 Fúcar. 스위스의 유명한 재벌 은행 가문. 16세기 카를로스 1세 때부터 스페인과 많은 관계를 맺게 되었는데, 〈푸카르가 사람〉이란 말은 하나의 관용어가 되어 〈대단한 부자〉라는 의미로 통했다.

169 포르투갈의 돈 페드로Don Pedro 왕자가 한 여행에 대한 책이 스페인 살라망카에서 1547년에 발간되었다. 이 책에 의하면 왕자가 걸은 곳은 세상의 일곱 부분이 아닌 네 부분이다. 13세기 알폰소 현왕이 쓴 『총역사서』에 세상이 일곱 부분이라고 기록되어 있는데 이 때문에 세르반테스가 잠깐 혼란을 일으킨 듯하다. 전편 제48장에서는 제대로 말하고 있다.

「아이고, 하느님 맙소사!」 산초가 큰 소리로 말했다. 「세상에 이런 일이 있을 수 있남요? 내 주인님의 훌륭한 분별력을 이런 어처구니없는 광기로 바꾸어 버릴 정도로 마법사나 마법의 힘이 이렇게 막강할 수 있단 말입니까요? 오, 나리, 나리, 제발 자신을 잘 좀 생각해 보세요! 나리 명예를 한번 돌아봐 주세요! 나리를 쇠하게 만들고 나리의 판단력을 흐리게 만드는 그런 헛소리를 믿어서는 아니 되십니다요!」

「자네가 그런 식으로 말하는 것은 산초, 그토록 나를 사랑하기 때문이겠지.」 돈키호테가 말했다. 「자네는 아직 세상 경험이 부족하기 때문에 얼마간 어려움이 따르는 일이라면 무엇이든 불가능하게 여기는 게야. 하지만 아까도 말했듯이 시간은 흐를 것이고, 내가 저 아래 세상에서 보았던 것들을 자네에게 차차 이야기해 줄 것이니, 결국 자네는 지금 내가 한 이야기를 믿게 될 게야. 그것은 다 진실이기에 반박의 여지도, 논쟁의 여지도 없네.」

24

이 대단한 이야기를 진짜로
이해하기 위해 필요한
수천 가지 당치 않은
자질구레한 일들이 이야기되다

이 대단한 이야기의 첫 작가인 시데 아메테 베넹헬리가 쓴 원작을 번역한 사람이 말하기를, 몬테시노스 동굴 모험을 묘사한 장에 이르자 그 여백에는 아메테의 자필로 다음과 같이 적혀 있었다고 한다.

〈나는 앞 장에 쓰여 있는 사건들이 정말 모두 그대로 정확하게 용감한 돈키호테에게 일어났다는 것을 이해할 수 없고 납득할 수도 없다. 지금까지 일어난 모험들은 모두 일어날 수 있는 것들이며 사실일 수도 있는 것들이었지만, 이번 동굴에서의 모험은 합리적으로 생각할 수 있는 한계를 지나치게 넘어서기 때문이며, 사실이라고 생각할 여지를 발견할 수가 없기 때문이다. 그렇다고 그 시대 가장 진실된 이달고이자 가장 귀족적인 기사인 돈키호테가 거짓말을 했다고 생각한다는 것 또한 나로서는 있을 수 없는 일이다. 화살에 맞아 죽는 한이 있더라도 그는 거짓말을 할 사람이 아니기 때문이다. 다른 한편으로, 그가 들려주고 말하기 전의 모든 상황들을 고려하건대 그렇게 짧은 시간에 그렇게 엄청나고 터무니없는 일을 꾸며 낼 수는 없었다고 보는 것이다. 그러니 이 모험 이야기의 출처가 의심스러워 보인다고 해도 그건 나의 잘못이 아니며, 이러한 까닭에 나는 이 모험이 거짓인지 사실인지를 단정하지 않은 채 이야기를 이어 나간다. 그러니 신중한 독자여, 당신 좋을 대로 판단하시라. 나는 더 이상의 의무도, 책임도 질 수 없으니 말이다. 비록 사람들이 말하기를, 돈키호테가 죽는 마지막 순간에 이 모험을 취소했으며 자신이 그 모험을 지어냈음을 고백한 것이 확실시된다고는 하지만 말이다. 지어냈다고 한 이유는 이것이 자기가 기사 소설에서 읽었던 모험들과 어울리고 빈틈없이 일치해 보였기 때문이라고 한다.〉

그러고 나서 계속해서 다음과 같이 말하고 있다.

사촌은 산초 판사의 대담함에 놀랐으며, 그 주인의 인내심에도 그만큼 놀랐다. 그러면서 비록 그의 귀부인 둘시네아 델 토보소가 마법에 걸려 있기는 하나 그녀를 본 일에 만족하여 그의 마음이 그렇듯 온화해졌다 판단했다. 만일 그게 아니라면 산초가 그에게 한 말이나 이치로 보아 그는 주인에게 몽둥이로 실컷 두들겨 맞을 만했기 때문이다. 사실 사촌은 산초가 주인에게 너무 심하게 대든다고 생각하여 돈키호테에게 이렇게 말했다.

「돈키호테 데 라만차 나리, 저는 나리와 함께한 이번 여행이 정말 유익하다고 생각하고 있습니다. 여행하는 동안 네 가지 수확을 얻었거든요. 첫 번째 수확은, 나리를 만나 뵌 것으로 제게는 큰 복이었습니다. 두 번째 수확은, 이 몬테시노스 동굴에 숨겨져 있는 것들이 무엇인지와 과디아나 강과 루이데라 늪들이 어떻게 만들어졌는지 알게 되었다는 것입니다. 이것은 제가 쓰고 있는 〈에스파냐 오비디우스〉에 도움이 될 것입니다. 세 번째 수확은, 카드놀이가 오래전부터, 적어도 샤를마뉴 황제 때부터 벌써 있었음을 알았다는 것입니다. 이건 나리께서 하신 말씀으로 추측한 것입니다. 두란다르테가 몬테시노스의 말을 한참 듣고 있다가 마침내 눈을 뜨고는, 〈인내심을 갖고 카드 패를 뒤섞어야지〉라고 말했다는 내용에서 말입니다. 이런 말과 그 말하는 방식은 마법에 걸려 있을 때 배울 수 없으니까요. 마법에 걸리기 전에, 앞서 말씀드린 샤를마뉴 황제 시절 프랑스에 있었을 때 배운 것이 분명합니다. 그리고 이러한 연구는 제가 쓰고 있는 또 다른 저술인 〈폴리도로 베르길리우스에의 부록〉에 딱 들어맞습니다. 폴리도로 베르길리우스는 자기 책에 카드놀이가 어떻게 발명됐는지에 대해서는 쓸 생각을 하지 못했던 것 같습니다. 제가 지금 쓰려고 하는 것처럼 말입니다. 아주 중요한 일일 겁니다. 더군다나 두란다르테 나리 같은 그지없이 진중하고 신뢰할 만한 사람의 말을 증거로 대고 있으니 말이지요. 네 번째 수확은, 지금까지 세상 사람들에게 알려져 있지 않았던 과디아나 강의 기원을 확실하게 알게 된 것입니다.」

「그렇고말고.」 돈키호테가 말했다. 「그런데 내가 알고 싶은 건, 자네의 책들이 하느님의 은총으로 출판될 수 있는 허가가 주어진다면 ─ 사실 이것도 의심스럽지만 ─ 그 책들을 누구에게 바칠 것인가 하는 점이네.」

「에스파냐에는 책을 바칠 만한 위대하고 중요한 분들이 많습니다.」

「많지는 않지.」 돈키호테가 대꾸했다. 「책을 바칠 만한 분들이 많지 않다는 게 아니라, 받고자 하는 분들이 많지 않다는 것이네. 작가들의 노력과 호의에 마땅히 내보여야 할 것만 같은 만족의 의무에 구속당하기 싫어서 말이지. 나는 한 귀하신 분[170]을 알고 있는데, 이분은 다른 분들이 못 하시는 바를 채우고도 남을 정도로 작가들을 만족시키시는 분이라네. 내가 만일 그분의 그런 점들을 말하게 된다면 상당한 수의 관대하신 분들의 가슴에 질투심을 불러일으키게 될지도 모르지. 하지만 이 이야기는 좀 더 편안할 때 하도록 이쯤에서 그만두고, 오늘 밤 몸을 쉴 곳이나 찾아보세.」

「여기서 멀지 않은 곳에 한 은자가 거처로 삼고 있는 암자가 하나 있습니다. 그 사람은 군인이었답니다. 그리고 훌륭한 기독교인에 아주 신중하

---

170 세르반테스가 『돈키호테 속편』을 바친 레모스 백작을 가리킨다.

며 거기에다 자비심도 크다는 소문이 있지요. 그 암자 옆에 조그마한 집이 한 채 있는데 그 사람이 자기 돈으로 지었답니다. 비록 작긴 하지만 그래도 손님을 받을 수는 있을 겁니다.」

「혹시 그 은자가 암탉을 키우나요?」 산초가 물었다.

「암탉을 키우지 않는 은자는 별로 없을 거네.」 돈키호테가 말했다. 「요즘 은자들이 사는 방식은 야자수 잎으로 옷을 해 입고 땅속 뿌리를 먹으며 살던 이집트 사막의 은자들과 같지 않기 때문이지. 이 말을 내가 이집트 사막의 은자들에 대해서 좋게 말하고 요즘 은자들에 대해서는 나쁘게 말하는 것으로 받아들이지 말게. 내가 말하고자 하는 건 요즘 은자들이 하는 고행은 옛날 은자들이 했던 혹독함과 궁핍에 미치지 못하다는 것일 뿐, 그렇다고 요즘 은자들이 착한 사람들이 아니라는 얘기는 아니네. 적어도 나는 그들이 착하다고 판단하고 있지. 모든 것이 혼란스러울 때는 대놓고 죄를 저지르는 사람보다 착한 척하는 위선자가 그래도 덜 나쁜 법이니 말이야.」

이런 말을 하고 있을 때 이들이 있는 쪽으로 한 남자가 급히 걸어오고 있는 것이 보였다. 보통의 창과 반달 모양의 칼날이 달린 긴 창을 실은 노새에 채찍질을 해대며 오고 있었다. 이들 앞에 이르러서는 인사만 하고 그냥 지나쳐 갔기에 돈키호테가 그를 부르며 말했다.

「선한 자여, 좀 멈추시오. 그대는 그 짐승이 따라가지 못할 정도로 급히 가시는구려.」

「멈출 수가 없습니다, 나리.」 남자가 대답했다. 「여기 가지고 가는 이 무기들은 내일 사용해야 하는 것들이라서 전 도저히 멈출 수가 없답니다. 그러니 안녕히들 가십시오. 하지만 뭣 때문에 이 무기들을 가지고 가는지 알고 싶으시다면, 제가 암자 조금 위쪽에 있는 객줏집에서 오늘 밤 묵을 생각이니 거기서 저를 찾을 수 있을 겁니다. 만일 같은 길을 가신다면 그곳

315

에서 신기한 이야기를 들려 드리지요. 그럼, 다시 한 번 안녕히 가십시오.」

그렇게 말하고는 계속 그런 식으로 짐승을 몰고 가버렸기 때문에 그가 들려주겠다는 그 신기한 이야기들이 어떤 종류의 것인지 물어볼 여유도 없었다. 돈키호테는 호기심이 많고 늘 무언가 새로운 것을 알고 싶어 하는 욕망에 시달리는 자였기 때문에, 즉시 출발해서 사촌이 머물기를 원했던 암자에 들르지 말고 객줏집에서 그날 밤을 보내자고 했다.

그렇게 세 사람은 모두 각자 탈것에 올라 곧장 객줏집으로 향하는 길을 따라가 해가 지기 직전에 거의 도착했다. 사촌이 돈키호테에게 암자에 들러 한잔하자고 제안하자 산초 판사는 즉각 당나귀를 암자 쪽으로 돌렸고, 돈키호테와 사촌도 그렇게 했다. 그러나 산초의 불행은 그 은자가 암자에 없는 것으로 하기로 결정한 모양이었다. 암자에서 만난 여성 보좌 은자가 산초에게 그렇게 말한 것이다. 그들이 좋은 포도주 좀 달라고 청하자 여성 보좌 은자는 자기 주인은 그런 것을 갖고 있지 않다고 하면서 값싼 물을 원하신다면 기꺼이 드리겠노라고 대답했다.

「물로 해결할 수 있는 갈증이라면······.」 산초가 대답했다. 「길에 샘이 있거든요. 거기서 진작 해결했을 겁니다요. 아! 카마초의 결혼식과 돈 디에고 댁의 풍성함을 얼마나 더 그리워해야 한단 말인가!」

그래서 일행은 암자를 뒤로하고 객줏집을 향해 길을 재촉했는데, 얼마 가지 않아 다시 한 젊은이와 마주쳤다. 그들보다 앞서 있었으나 그리 급하지 않게 걸었기 때문에 곧 따라잡을 수 있었다. 그는 어깨에 칼을 메었고 그 칼에 언뜻 보기에 옷 보따리 같은 꾸러미를 꿰어 매달고 있었는데 속에는 짧은 바지, 그러니까 짧으면서 통이 불룩한 바지와 어깨걸이 망토와 속옷이 들어 있는 것 같았다. 그가 입은 벨벳 반코트에 융단으로 된 자락과 속옷이 밖으로 나와 있었기 때문이다. 아래는 견사로 된 긴 양말과 궁정풍의 각진 신발을 신었으며 나이는 열여덟이나 열아홉 살쯤 되어 보였는데, 명랑한 얼굴에 민첩한 사람 같았다. 걸어가는 수고를 덜기 위하여 세기디아[171]를 부르며 가고 있었다. 그들이 그에게 다가갔을 때는 막한 곡을 끝마친 때로, 사촌이 그것을 기억했다. 노래는 이러했다.

　　내 가난이 나를
　　전쟁터로 데려간다네,
　　돈이 있다면 정말이지
　　안 가고말고.

그에게 먼저 말을 건 사람은 돈키호테였다.

「참으로 간편히도 걷는군, 잘생긴 젊은 양반. 어디 좋은 데라도 가는 건가? 말해 주는 게 싫지 않다면 알고 싶구먼.」

이 말에 젊은이가 대답했다.

「이렇게 간편하게 걸어가는 건 더위와 가난 때문이랍니다. 어디를 가느냐면요, 전쟁터로 가는 거랍니다.」

「어째서 가난이라고 하는 건가?」 돈키호테가 물었다. 「더위 때문이라면 그럴듯하지만 말이지.」

「나리.」 젊은이가 대답했다. 「저는 이 반코트와 맞춰 입을 통이 불룩한 벨벳 바지를 이 보따리에 싸서 가고 있습니다요. 가는 길에 옷이 해지면 도시에 들어가서 자랑하지 못할 테니까 말입니다요. 새것을 살 돈도 없고요. 그래서 바깥바람을 쐬러 나온 듯 이런 식으로 가고 있답니다. 여기서 앞으로 12레과도 채 안 되는 거리에 있는 보병 부대에 닿을 때까지 말입니다요. 거기에서 군에 입대하고 나면 그곳에서부터 부두까지 갈 군용

---

171 *seguidilla*. 짧은 민요풍의 시 형식. 한 개의 연이 4행이나 7행으로 이루어져 있다.

짐을 나르는 짐승들이 있을 겁니다. 카르타헤나에 있는 부두가 될 거라고 하더군요. 도시에서 빈털털이를 섬기느니 차라리 주인이자 주군으로 왕을 섬기며 전쟁에서 그분께 봉사하고자 한답니다.」

「혹시 군에서 특별 수당 같은 걸 받는 건가요?」 사촌이 물었다.

「제가 에스파냐의 어느 높은 분이나 어떤 중요한 인물을 섬겼더라면…….」 젊은이가 대답했다. 「분명 받고 있겠지요. 그것은 훌륭한 분들을 섬겼을 때에만 받을 수 있는 거니까요. 이 훌륭한 분들의 하인 식당에서는 소위나 대위가 배출되기도 하고 꽤 괜찮은 연금을 받는 일도 종종 있으니 말입니다. 하지만 저는 운 나쁘게도 늘 일이 없어 일자리를 찾아다니는 사람이나 외지에서 온 사람들을 모셨으니, 식량이나 봉급은 참으로 비참하고 형편없어서 옷깃에 풀을 먹인 품값을 치르고 나면 봉급의 절반이 없어지고 말지요. 모험을 하는 시동이 그럴싸한 행운이라도 얻는다면 그건 기적으로 봐야 하는 거예요.」

「그런데 이 친구야, 솔직하게 말해 보게.」 돈키호테가 물었다. 「봉사한 게 몇 년인데 그래, 제복 한 벌 못 얻어 입었다는 게 말이 되는 일인가?」

「두 벌 얻어 입었습니다요.」 젊은이가 대답했다. 「하지만 수도를 맹세하기 전에 교단에서 나오면 그 사람의 옷을 벗기고 원래 옷을 돌려주는 것처럼, 그렇게 제가 섬겼던 주인들도 궁정에 볼일이 있어 왔다가 그 볼일이 끝나 자기 집으로 돌아갈 때가 되면 자기들 위신을 세우려고 제게 주었던 제복들을 거두어 가고 원래 옷을 돌려줬답니다.」

「이탈리아 말로 정말 대단한 스필로르체리아[172]로세.」 돈키호테가 말했다. 「하지만 어쨌든 그렇게 훌륭한 뜻을 품고 궁정에서 나온 것은 정말

---

172 *spilorcería*. 〈인색함〉과 〈구두쇠〉를 뜻하는 이탈리아어. 이를 취해서 스페인에서는 〈*espilorchería*〉로 쓴다.

다행한 일인 듯하네. 이 땅에서 하느님을 섬기는 것보다 더 명예롭고 이익이 되는 일은 아무것도 없으며, 그것이 제일가는 일일세. 그런데 그다음으로 중요한 일이 타고난 주인이신 자기의 왕을 섬기는 일이지. 그것도 군사 일로써 말이네. 내가 몇 번이나 말했듯이, 군사 일로 얻는 재산은 학문을 해서 얻는 재산보다 못하지만 적어도 명예에 있어서는 더 많은 것을 얻을 수 있다네. 비록 학문이 군사보다 상속 재산을 더 많이 만드는지는 모르나 그래도 군사에 종사하는 사람들이 학문에 종사하는 사람들보다 뭔지 모를 무언가를 더 가지며 확실히 광채 같은 것을 지니게 되니, 그것이야말로 누구보다 그들을 뛰어나게 하지. 지금 내가 말하고자 하는 바를 잘 기억해 두면 앞으로 자네 일에 많은 도움과 이익이 될 걸세. 말인즉슨, 자네에게 닥칠지도 모를 불행한 사건들에 대한 생각을 떨쳐 버리라는 거네. 모든 불행한 사건들 가운데 가장 나쁜 것은 죽음이지만, 훌륭한 죽음이라면 죽는다는 것이야말로 무엇보다 최고의 것이 된다네. 사람들이 저 용감한 로마 장군 율리우스 카이사르에게 가장 훌륭한 죽음은 어떤 것이냐고 물었더니, 그는 생각지도 않은 죽음, 예기치 않게 갑자기 찾아온 죽음이라고 대답했다지. 비록 하느님을 아는 것과는 거리가 먼, 이교도로서의 대답이기는 했지만 그래도 감정 소모를 피하기 위한 것으로는 기막히게 훌륭한 대답이었다고 할 수 있네. 혹시 자네가 첫 전투나 충돌에서 살해될지도 모르고, 대포알에 맞아 죽거나 지뢰를 밟아 날아가 버릴지도 모른다고 한들 그게 뭐가 중요하겠나? 어떻게 하든 모든 게 죽는 것이며, 그것으로 만사는 끝나는 것인데 말일세. 테렌티우스[173]가 말

---

173 Terentius(B.C. 195~B.C. 159). 기원전 로마의 희극 작가. 하지만 이어 돈키호테가 인용하는 내용은 이 작가의 것이 아니다. 세르반테스 연구가인 마라소는 그리스 시인 티르테우스의 「비가」 6, 1, 2행에 있는 내용으로 보고 있다. 〈용사가 자기 조국을 위해 맨 앞줄에서 싸우다 죽는다는 건 아름답기 때문이라오.〉

하길, 전쟁터에서 죽는 군인이 도망가서 목숨을 부지한 자보다 훨씬 훌륭하게 보인다고 했네. 그리고 훌륭한 군인은 자기 대장이나 자기에게 명령을 내릴 수 있는 자에게 순종하면 할수록 더욱 명성을 얻는 법이지. 그리고 명심해 둘 것은 젊은이, 군인에게는 사향보다 화약 냄새가 나는 게 더 좋다네. 또한 자네가 이 영광스러운 일을 하다가 늙게 되면, 비록 상처투성이에 불구가 되거나 절름발이가 된다 하더라도 그것이 자네의 명예를 빼앗을 수 없으며 가난도 자네의 명예를 떨어뜨릴 수 없을 걸세. 게다가 이제는 늙고 불구가 된 군인들을 위로하고 구제하라는 명령이 내려지고 있으니 말이지. 늙어서 더 써먹을 수 없게 된 흑인들에게 자유를 준다는 명목으로 해방시키고 풀어 준다면서 집에서 내쫓는 인간들이 하는 짓거리를 군인들에게 적용시키는 짓은 말이 안 되기 때문이니 그렇게 하는 것이지. 그런 짓은 자유를 준다는 핑계로 결국 그들을 죽지 않고서는 빠져나올 꿈도 못 꾸는 굶주림의 노예로 만드는 일이나 다름없거든. 지금은 더 이상 말하고 싶지 않네. 그보다 여기 내 말 궁둥이에 타고 객줏집까지 가는 게 어떤가? 거기서 나와 함께 저녁 식사나 하고 내일 아침 길을 계속 가도록 하게. 하느님이 자네 소망에 합당한 행운을 베풀어 주시기를 바라네.」

시동은 말 엉덩이에 타라는 제안에는 응하지 않았으나, 객줏집에서 저녁을 함께하자는 초대는 받아들였다. 사람들 말로는, 이때 산초가 혼잣말로 중얼거렸다고 한다.

「세상에 이런 주인을 봤나! 방금 말씀하신 것처럼 그렇게 훌륭한 말씀을 그토록 장시간 하실 수 있는 분이 몬테시노스의 동굴에 대해서는 어찌 그리 있지도 않을 것 같은 터무니없는 것들을 보셨다고 말씀하실 수 있는 거냐고. 하여튼 두고 보면 알겠지.」

이러는 사이에 그들은 객줏집에 도착했으니, 이미 해는 져 있었다. 산

320

초는 자기 주인이 평소와 같이 그것을 성으로 생각하는 대신 진짜 객줏집으로 판단하는 것을 보고 여간 기쁘지 않았다. 객줏집 안으로 들어가자마자 돈키호테는 즉시 보통 창과 칼날이 달린 창을 싣고 온 사람에 대해 객줏집 주인에게 물었다. 주인이 대답하기를, 그 사람은 마구간에서 자기 노새를 돌보고 있는 중이라 했다. 사촌과 산초도 나귀들을 끌고 마구간으로 가서 돌보았고, 로시난테에게는 마구간에서 제일 좋은 구유와 제일 좋은 자리를 주었다.

25

당나귀 울음소리에 관한 모험과
괴뢰사[174]의 재미있는 모험, 그리고
점쟁이 원숭이의 기억할 만한 점괘에 대하여

돈키호테는 무기를 나르던 그 남자가 들려주겠다고 약속했던 신기한 이야기가 듣고 싶어서, 흔히 하는 표현을 빌리자면 빵이 구워지는 것도 기다리지 못할 정도로 안달이 났다. 그래서 객줏집 주인이 말해 준 곳으로 몸소 그 남자를 찾으러 갔다. 그를 발견한 돈키호테는 아까 길에서 자기가 물은 것에 대해 나중에 말해 주겠노라고 했던 이야기를 무슨 일이 있더라도 당장 들려 달라고 청했다. 그 사람이 대답했다.

「저의 신기한 이야기는 서두르지 말고 천천히 들으셔야지 그렇게 서서 들으실 게 아닙니다. 그러니 점잖으신 나리, 제가 나귀에게 볼 용무를 마치도록 해주십시오. 그러고 난 다음 놀랄 만한 일을 들려 드리겠습니다.」

「그 일 때문에 지체할 건 없소.」 돈키호테가 대답했다. 「내가 무슨 일이든 도와주리다.」

돈키호테는 정말로 그렇게 했다. 그 사람을 위해 보리를 체로 치고 구유를 씻으면서, 그가 자기의 요구를 기꺼이 들어주지 않으면 안 되겠다고

---

174 꼭두각시를 놀리는 사람.

322

생각할 만큼 겸손하게 굴었다. 마침내 그 사람은 입구 벽에 붙어 있는 벤치에 앉아 돈키호테를 옆에 앉히고 사촌과 시동과 산초 판사, 그리고 객줏집 주인을 관객이자 청중으로 삼아 이렇게 이야기하기 시작했다.

「이건 이 객줏집에서 4레과 반쯤 되는 어느 마을에서 일어난 일입니다. 그곳 의원이 기르던 당나귀 한 마리가 그 집 젊은 하녀의 어떤 계략과 속임으로 ─ 이 이야기까지 하자면 길어지니 그만두고 ─ 아무튼 없어져 버렸답니다. 그 의원은 당나귀를 찾으려고 별의별 수를 다 썼으나 찾을 수가 없었지요. 사람들 사이에 알려진 말로는, 당나귀가 없어진 지 약 보름쯤 되었을 때 당나귀를 잃어버린 이 의원은 마을 광장에 있었는데 같은 마을의 다른 의원이 이렇게 말했답니다. 〈이보게 친구, 나한테 한턱내게. 자네 당나귀가 나타났으니.〉〈한턱내고말고, 그것도 멋지게 말일세.〉 의원이 대답했습니다. 〈그런데 대체 어디에 나타났는지나 좀 암세.〉〈내가 오늘 아침에 말이지, 산에서 자네 당나귀를 봤다네. 길마고 뭐고 아무런 마구도 없는 데다 어찌나 말라 있던지 보기에도 안쓰럽더군. 가서 붙들어 자네한테 데리고 오려고 했더니, 산에서 좀 지냈다고 벌써 거칠고 사람을 싫어하게 되었는지 가까이 다가가자 도망가서는 가장 깊은 산속으로 숨어 버렸단 말일세. 자네가 나와 함께 다시 가서 그놈을 찾기를 원한다면 이 당나귀를 얼른 집에다 놔두고 곧장 돌아옴세.〉〈그런다면야 나는 좋지.〉 당나귀 주인이 말했습니다. 〈그러면 나도 그에 상응하는 보답을 자네에게 하겠네.〉 이 사건의 진상을 알고 있는 사람들은 모두 제가 지금 들려 드리고 있는 것과 같은 방식으로 이 이야기를 한답니다. 마침내 그 두 의원은 걸어서 나란히 산으로 들어가 당나귀를 발견할 수 있을 것이라고 여겨지는 장소들을 두루 살펴보았지만, 당나귀는 찾을 수가 없었고 그 주위를 아무리 뒤져도 나타나지 않았습니다. 이렇게 되자 당나귀를 보았다고 했던 의원이 다른 의원에게 말했습니다. 〈이보게 친구, 내게 묘책이

323

하나 떠올랐는데, 이 방법을 쓰면 틀림없이 녀석을 찾아낼 수 있을 걸세. 산속이 아니라 땅속에 파묻혀 있다 하더라도 말일세. 내가 당나귀 울음소리를 기막히게 낼 수 있거든. 그런데 자네도 그걸 얼마간 해낼 수 있다면 일은 다 해결된 셈이네.〉〈얼마간이라고 했는가, 친구?〉 당나귀 주인 의원이 말했습니다. 〈맹세코 나보다 더 당나귀 울음소리를 잘 내는 사람은 없을 거라고 보네. 진짜 당나귀도 나만 못할 거야.〉〈그거야 이제 곧 알게 되겠지〉 하고 두 번째 의원이 대답했습니다. 〈내가 해보고자 하는 것은 이거네. 자네는 산 이쪽으로 돌고 나는 저쪽으로 돌아 산을 에워싸면서 이따금씩 자네가 당나귀 울음소리를 내고 내가 또 울음소리를 내고 하다 보면, 그 당나귀가 산에 있는 이상 우리 울음소리를 듣고 대답을 하지 않을 수 없을 걸세.〉 이 말에 당나귀 주인이 대답했습니다. 〈친구여, 참으로 훌륭하며 자네의 기발한 머리에 어울리는 생각이구먼.〉 두 사람은 협의한 대로 나뉘어 거의 동시에 당나귀 울음소리를 냈는데, 서로 상대방의 당나귀 울음소리에 속아 정말 당나귀가 나타난 줄 알고 찾으러 달려갔답니다. 서로의 얼굴을 보게 되자 당나귀를 잃은 의원이 말했습니다. 〈이보게 친구, 방금 운 게 내 당나귀가 아니었단 말인가?〉〈내가 운 거였네.〉 다른 의원이 대답했습니다. 〈이제 말하지만……〉 하고 당나귀 주인이 말했습니다. 〈친구, 울음소리에 있어서만은 자네와 당나귀 사이에 한 치의 차이도 없구먼. 살아생전 지금까지 그렇게 똑같은 울음소리는 들어본 적도 없다네.〉 그러자 묘책을 낸 의원이 말했지요. 〈그러한 칭찬과 찬사는 나보다 자네의 것이며, 자네한테나 어울리는 것들일세. 나를 만드신 하느님을 두고 맹세하지만, 자네는 세계에서 최고로 당나귀 울음소리를 잘 내는 전문가보다 두 배나 더 잘 낸다고 할 수 있네. 자네가 내는 소리는 높은데 그 높은 소리를 박자에 제대로 맞게 유지하는 데다, 마지막에는 변화가 많고 급하게 소리를 끝내고 있는 걸 보면 결론적으로 내가 졌

네. 그러니 자네에게 승리와 이 희한한 재주의 영광을 모두 양보하겠네.〉
〈이제야 말하지만……〉 하고 다시 주인 의원이 대답했습니다. 〈나도 이제
부터 앞으로 나 자신을 좀 더 가치 있게 평가하고, 무언가를 알고 있는 사
람이라 생각하겠네. 얼마간의 재능이 있으니 말이야. 내가 당나귀 울음
소리를 잘 낸다고 생각하기는 했지만, 자네 말처럼 그렇게까지 잘 내는
줄은 전혀 몰랐다네.〉〈나도 지금 이 자리에서 말하고 싶은 것은……〉 하
고 두 번째 의원이 말했습니다. 〈세상에는 우리가 놓치고 있는 희귀한 재
주들이 존재한다는 것일세. 그런데 이용할 줄 모르는 사람들로 인해 그
런 재주들이 제대로 사용되지 못하고 있다는 말이지.〉〈우리의 재주들도
사실……〉 하고 주인 의원이 대꾸했습니다. 〈지금 우리가 직면한 이와 같
은 경우에서가 아니라면 아무런 쓸모가 없을 수도 있네. 이런 일에서만이
라도 소용이 되어 주었으면 좋겠구먼.〉 이렇게 말하고 그들은 다시 갈라
져서 각자 당나귀 울음소리를 내기 시작했는데, 그럴 때마다 서로에게 속
아서 다시 서로 만나게 되었습니다. 그래서 결국 그들이 내는 소리가 진
짜 당나귀 울음소리가 아니라는 암호로서 두 번 연거푸 울기로 했지요.
그렇게 그들은 걸음을 옮길 때마다 당나귀 울음소리를 두 번씩 내면서
온 산을 돌아다녔지만 잃어버린 당나귀는 대답도 하지 않고 그럴 기미조
차 보이지 않았습니다. 그도 그럴 것이 결국 숲 속 가장 깊숙한 곳에서 늑
대한테 잡아먹힌 그 불쌍하고도 불운한 당나귀를 그들이 발견했으니, 어
찌 대답을 할 수 있었겠습니까? 그 모습을 본 당나귀 주인은 말했습니다.
〈벌써부터 이놈이 대답을 하지 않는 게 이상하다고 생각하고는 있었네.
죽지만 않았던들 우리 울음소리를 듣고 이놈이 울지 않을 리가 없었을
테니 말일세. 울지 않았다면 당나귀가 아닌 게지. 하지만 대신 자네의 그
멋진 당나귀 울음소리를 들을 수 있었으니 친구여, 비록 시체로 찾긴 했
지만 이놈을 찾느라고 한 고생이 보람은 있었다고 보네.〉〈모든 게 자네

덕분이네.〉 다른 의원이 대답했습니다. 〈사제가 노래를 잘하면 복사도 뒤처지지 않고 잘 부른다고 하잖나.〉 이렇게 두 사람은 목이 쉰 채 비통한 마음으로 마을로 돌아가서는 친구와 이웃 사람들과 아는 사람들에게 당나귀를 찾으러 다니다가 일어난 일을 모두 이야기해 주었습니다. 이들이 서로 상대편이 당나귀 울음소리를 잘 내더라고 과장하며 떠벌렸기 때문에, 이런 사실은 주변 이웃 마을에까지 죄다 알려지고 퍼졌답니다. 그런데 결코 잠을 자지 않는 악마란 놈은 험담을 바람에 실어 일으키고 아무것도 아닌 일로 큰 언쟁을 만들어 내어 어디서든 원한과 불화의 씨를 뿌려 퍼뜨리기를 좋아하지요. 그때부터 다른 마을 사람들은 우리 마을 사람을 보기만 하면 그게 누구든 간에, 우리 마을 의원들에게 면박을 주려는 듯 당나귀 울음소리를 내보라고 시키게 된 겁니다. 그런 일에 아이들까지 홀려, 이제는 지옥에 있는 모든 악마의 손과 입에 떨어지거나 한 것처럼 당나귀 울음소리가 이 마을에서 저 마을로 퍼져 나가게 되었지요. 그래서 백인 속에서 흑인이 구별되듯이 우리 마을 사람들은 당나귀 울음소리를 내는 사람들이라고 알려지게 되었답니다. 이런 우롱이 얼마나 큰 불행을 가져왔는지, 놀림을 당한 사람들과 놀려 댄 사람들은 무기를 들고 중대를 이루어 수차례 싸움을 벌이기에 이르렀습니다. 왕도 탑도 두려움도 부끄러움도, 아무것도 이런 사태를 막을 수 없었습니다. 내일이나 모레쯤 우리 마을 사람들, 그러니까 당나귀 울음소리를 내는 마을 사람들은 싸우러 나갈 것 같습니다. 우리 마을에서 2레과 떨어져 있는 마을에 가는데요, 우리를 가장 못살게 구는 사람들이 사는 곳이랍니다. 그래서 만반의 준비를 갖추고자 여러분이 보셨던 이 보통 창과 칼날이 달린 창들을 사서 가던 길이었죠. 이게 여러분들에게 들려 드리겠다고 말씀드린 그 진기한 이야기랍니다. 여러분들에게 진기하게 여겨지지 않았다 하더라도 전 그것밖에 다른 이야기는 모른답니다.」

이렇게 이 착한 친구가 이야기를 끝냈을 때, 마침 객줏집 문으로 양말과 통 넓은 바지와 조끼를 모두 영양 가죽으로 해 입은 한 남자가 들어와서는 큰 소리로 말했다.

「주인장, 방 있소? 여기 점치는 원숭이와 〈멜리센드라의 자유〉라는 인형극단이 왔소.」

「아이고 세상에!」 객줏집 주인이 말했다. 「페드로 선생님이 여기엘 다 오시다니! 오늘 우리에게 멋진 밤이 준비되겠군요.」

깜빡 잊고 말하지 않은 게 있는데, 그 페드로 선생이라는 사람은 거의 뺨 절반이나 차지할 정도로 큰 녹색 호박직 천으로 왼쪽 눈을 가리고 있었다는 사실이다. 그쪽 얼굴이 성하지 않다는 증거이다. 객줏집 주인은 계속 말을 이었다.

「어서 오십시오, 페드로 선생님. 그래, 원숭이와 인형극단은 어디 있습니까요. 보이지 않는데요?」

「거의 다 와 있소.」 온통 영양 가죽 차림인 남자가 대답했다. 「방이 있는지 보려고 내가 먼저 온 것이라오.」

「페드로 선생님께 방을 드리기 위해서라면 알바[175] 공작의 방이라도 빼앗아야지요.」 객줏집 주인이 대답했다. 「원숭이와 극단을 데리고 오세요. 인형극과 원숭이의 재주를 구경하고 돈을 치를 만한 분들이 오늘 밤 이곳에 묵고 계시니 말입니다.」

「그거 잘됐군.」 천 조각의 사내가 말했다. 「값을 좀 조절해서, 숙박료만 치를 수 있을 정도면 잘 받은 걸로 하겠소. 그럼 나는 다시 돌아가서 원숭이와 인형극단을 실은 수레를 데려오도록 하겠소.」

그러고서 그는 다시 객줏집에서 나갔다.

---

175 Alba. 스페인 최고의 귀족 가문.

돈키호테는 곧장 객줏집 주인에게 페드로 선생이라는 저 사람이 어떤 자인지, 무슨 인형극에 무슨 원숭이를 데리고 다닌다는 건지 물었다. 이 질문에 객줏집 주인이 대답했다.

「저 사람은 유명한 꼭두각시를 놀리는 사람으로, 오래전부터 이곳 만차 데 아라곤 지역[176]을 돌아다니며 유명한 돈 가이페로스에 의해 풀려난 멜리센드라의 인형극을 공연하고 있답니다. 이 인형극은 오래전부터 지금까지 이 지역에서 볼 수 있었던 공연 중에서 가장 훌륭하고 멋진 극이지요. 또 그 사람은 원숭이 한 마리를 데리고 다니는데, 그 원숭이는 다른 원숭이들에게서는 볼 수 없고 인간들은 상상조차 못 하는 희귀한 재주를 가지고 있답니다. 원숭이에게 뭘 물으면 질문을 가만히 듣고 있다가 주인의 어깨로 뛰어 올라가서 그의 귀에 대고 질문에 대한 대답을 해준답니다. 그러면 페드로 선생이 답을 설명해 주지요. 한데 그 원숭이는 앞으로 일어날 일보다는 일어났던 일들을 훨씬 더 잘 알아맞힙니다. 언제나 모두 다 맞힌다고는 할 수 없지만 틀리는 경우가 거의 없어서 혹시 그 원숭이의 몸속에 악마가 있는 건 아닌지 싶을 정도랍니다. 원숭이가 대답하면, 다시 말해서 주인 귀에 말한 것을 원숭이 대신 주인이 대답을 하면, 주인은 매 질문마다 2레알씩 받지요. 그래서 다들 그 페드로라는 선생이 아마 엄청난 부자일 것이라고들 믿고 있답니다. 그런 데다 그 사람은 이탈리아 사람들이 말하는 〈멋쟁이〉에 〈좋은 친구〉로, 세상에서 가장 멋진 삶을 살고 있는 사람이라고 할 수 있지요. 여섯 사람이 하는 말보다 더 많은 말을 하고 열두 사람이 마시는 것보다 더 많이 마시는데, 모두 그 사람의 혀와 원숭이와 인형극 덕분이랍니다.」

이런 말을 하고 있을 때 페드로 선생이 돌아왔다. 수레에는 인형극 무

176 Mancha de Aragón. 카스티야 라만차 자치 지역의 알바세테 주에 있는 지역.

대와 원숭이가 실려 있었다. 원숭이는 무척 컸는데, 꼬리가 없고 엉덩이는 펠트 양탄자처럼 딱딱해 보였으나 얼굴은 그리 나쁘지 않았다. 돈키호테는 이 원숭이를 보자마자 물었다.

「점쟁이 양반, 말 좀 해보시오. 우리는 무슨 물고기를 잡게 되겠소?[177] 다시 말해, 앞으로 우리에게 무슨 일이 일어날 것 같소? 자, 여기 2레알이 있소.」

그러면서 산초를 향해 페드로 선생에게 돈을 주라고 시키자 그 사람이 원숭이를 대신해서 대답했다.

「나리, 이 짐승은 앞으로 일어날 일에 대해서는 대답도 않거니와 알지도 못합니다. 지나간 일은 좀 알고 현재의 일도 그 정도 압니다.」

「맹세코…….」 산초가 말했다. 「이미 일어난 일은 말해 줘봤자 나는 일전 한 푼 안 줄 거야! 누가 나보다 그걸 더 잘 알겠어? 내가 알고 있는 것을 나한테 말해 줬다고 돈을 지불한다니 그야말로 엄청 바보 같은 짓이지 뭐야. 하지만 현재의 일도 알 수 있다니, 자 여기 내 돈도 2레알 있습니다. 그러니 위대하신 원숭이 양반님, 지금 내 마누라 테레사 판사가 무슨 일로 소일하고 있는지 말해 주시구려.」

페드로 선생은 그 돈을 받으려 하지 않고 이렇게 말했다.

「질문에 대한 답을 드리기 전에는 돈을 받고 싶지 않소.」

그러고는 오른손으로 왼쪽 어깨를 두 번 두들기자 원숭이가 한 번 팔짝 뛰어 그 어깨에 올라앉더니 주인 귀에 입을 대고 아주 빠르게 이빨을 맞부딪치기 시작했다. 사도 신경을 욀 만한 시간 동안 이 같은 행동을 한 다음 원숭이는 다시 팔짝 뛰어 바닥으로 내려왔다. 그러자 페드로 선생은 갑자기 허둥지둥 돈키호테 앞으로 가서 무릎을 꿇고는 그의 다리를 두 팔로 감싸 안으며 말했다.

---

177 *Che pesce pigliamo?* 이탈리아식 표현이다.

「저는 헤라클레스의 두 기둥[178]을 안듯이 나리의 다리를 껴안습니다. 오, 이미 오래전에 잊힌 편력 기사도를 다시 부활시킨 고귀한 분이시여! 오, 마땅히 찬양받아야 함에도 불구하고 결코 그만큼 찬양받지 못한 기사 돈키호테 데 라만차시여! 그대는 낙심한 자에게는 용기이자, 쓰러지려 하는 자에게는 비호이며, 넘어진 자들에게는 팔이고, 모든 불운한 자들의 지팡이자 위안이시라!」

돈키호테는 놀라고, 산초는 어리둥절해지고, 사촌은 얼떨떨해지고, 시동은 얼이 빠지고, 당나귀 울음소리를 내는 마을의 남자는 멍해지고, 객줏집 주인은 혼란스러워했으니 결국 인형극 조종사의 말을 들은 사람들은 모두 놀랐다. 이 사람은 계속 말을 이어 갔다.

「그리고 당신, 오 착한 산초 판사여! 세상에서 최고로 훌륭한 종자로 세상에서 최고로 훌륭한 기사를 섬기는 자여, 기뻐하시오. 당신의 착한 부인 테레사는 잘 지내고 있소. 지금은 삼 1리브라를 다듬고 있는 중이오. 더 자세한 내용을 내놓자면, 왼편에 훌륭한 포도주가 넉넉하게 들어 있는 이 빠진 항아리를 놔두고는 즐겁게 일하고 있소.」

「내가 틀림없이 그러고 있을 줄 알았어.」 산초가 대답했다. 「그 사람은 행복한 여자니까요. 질투심만 없다면 여자 거인 안단도나[179] 하고도 바꾸지 않을 거예요. 주인님 말씀대로라면 그 거인은 아주 완벽하며 아주 훌륭한 여자였다죠. 그리고 우리 테레사는 자기 후손들을 희생시키는 한이 있더라도 자기가 고생하며 살아갈 만한 그런 여자가 아니거든요.」

「이제 말하지만…….」 이때 돈키호테가 말했다. 「많이 읽고 많이 돌아

---

178 신화에 따르면 헤라클레스가 유럽과 아프리카를 가르는 바위를 갈라놓음으로서 생긴 것이 지브롤터 해협이다. 〈두 기둥〉이란 아프리카와 유럽으로 갈라져 나뉜 바위로 아빌라Abila와 칼페Kalpe를 가리킨다.
179 Andandona. 『아마디스 데 가울라』에 등장하는, 엄청나게 크고 흉측하게 생긴 여자 거인.

다니는 사람은 많은 것을 보고 아는 것도 많은 법이오. 내가 이런 말을 하는 이유는, 지금 내 눈이 보았듯이 세상에 점을 치는 원숭이가 있다는 것을 납득시키려면 어떤 설득인들 충분할까 싶기 때문이지. 내가 이 훌륭한 짐승이 말한 돈키호테 데 라만차 바로 그 사람이라오. 비록 나를 칭찬하는 말에 좀 지나친 점이 있기는 했으나 나는 그렇게 되기를 원하는 자로서, 늘 모든 사람들에게 선을 베풀고 누구에게도 해를 끼치지 않으려는 부드럽고 인정 많은 마음을 내게 주신 하느님께 감사하고 있다오.」

「만일 내게 돈이 있다면…….」 시동이 말했다. 「내 여행길에서 무슨 일이 일어날 것인지 이 원숭이님에게 물어볼 텐데.」

이미 돈키호테의 발치에서 일어나 있던 페드로 선생이 대답했다.

「이미 말했듯이 이 짐승은 앞으로 올 일에 대해서는 대답하지 않습니다. 대답만 해준다면야 돈이 없어도 상관없겠지요. 사실 여기 계시는 돈키호테 나리를 모시는 일이라면 나는 세상 어떤 돈벌이든 다 그만둘 겁니다. 그럼 이번에는 이분에 대한 나의 의무를 수행하고자, 그리고 이분을 기쁘게 해드리고자 인형극 무대를 세워 돈을 받지 않고 이 객줏집에 계시는 모든 분들을 즐겁게 해드리겠습니다.」

이 말을 듣자 객줏집 주인은 엄청나게 기뻐하며 무대를 세울 수 있는 곳을 알려 주었으니, 무대는 금방 만들어졌다.

돈키호테는 원숭이의 점괘가 그리 마음에 들지 않았다. 앞으로 올 일이든 지나간 일이든, 원숭이가 점을 친다는 게 있을 수 없는 일로 여겨졌기 때문이다. 그래서 페드로 선생이 무대를 준비하는 사이 산초를 마구간 구석으로 데리고 가서는 아무도 듣지 않게 말했다.

「이보게 산초, 그 원숭이의 비상한 재주에 대해 곰곰이 생각해 봤는데, 그 주인인 페드로 선생은 묵시적으로든 가시적으로든 악마와 협정을 맺은 게 틀림없네.」

「관람석이 빽빽한 데다 악마의 것이라면……」[180] 산초가 말했다. 「아주 더러울 것임이 틀림없습니다요. 하지만, 저 페드로라는 선생이 그런 관람 석을 가져서 어디다 쓰겠습니까요?」

「내 말을 이해하지 못하는군, 산초. 내 말은 페드로 선생이 악마와 뭔가 협정을 맺어서 저 원숭이에게 그런 능력을 부리도록 하고, 그것으로 돈을 벌어 나중에 부자가 된 다음 자기의 영혼을 악마에게 넘겨주기로 했다는 걸세. 그게 바로 온 인류의 적인 악마가 추구하는 것이거든. 이렇게 내가 생각하게 된 건, 원숭이가 지나간 일이나 현재의 일이 아니면 대답하지 않는다는 걸 알았기 때문이야. 악마의 지혜는 그 이상의 것으로 나아갈 수가 없거든. 앞으로 일어날 일은 추측으로가 아니면 모른단 말이네. 그 것도 매번 맞는 것도 아니고 말이야. 시간과 순간을 아는 일은 오직 하느 님에게만 속한 것이며, 그분께는 과거도 미래도 없고 모두가 현재뿐이라 네. 이치가 이러하니 이 원숭이는 악마의 방식으로 말을 하고 있는 것이 분명해. 어떻게 저 사람이 종교 재판에 고발되지 않았는지 이상하군. 조 사해 보면 누구 덕으로 점을 치는 것인지 뿌리째 드러날 텐데 말이야. 이 원숭이는 분명 점성술사가 아니야. 또한 그 주인이나 원숭이나 별자리 패로 점괘를 내놓지 않고, 내놓는 법도 모른다는 게 확실하거든. 이런 별 자리로 보는 점은 현재 에스파냐에서 크게 유행하고 있는 것이라서 주제 넘은 여자건 시동이건 늙은 구두 수선공이건, 마치 땅바닥에 떨어진 카드 를 주워 올리듯 점괘를 내놓지 않는 사람이 없을 정도지. 과학의 놀라운 진실을 그 거짓말과 무지로 죄다 못 쓰게 하면서 말일세. 내가 아는 한 여 자는 이런 점성술로 점을 보는 사람들 중 한 명에게 자기가 집에서 기르

---

180 돈키호테가 〈협정*pacto*〉이라고 한 말을 산초는 〈관람석*patio*〉으로, 그리고 〈가시적인 *espreso*〉을 〈빽빽한*espeso*〉으로 잘못 이해했다.

고 있는 강아지가 임신을 할 것인지, 새끼를 낳을 것인지, 낳는다면 몇 마리나 낳을 것인지 그리고 태어나는 새끼는 어떤 색깔일지를 물어보았다네. 이 질문에 점성술을 한다는 그 사람은 점괘를 올려놓은 다음 이 강아지는 새끼를 밸 것이며, 세 마리를 낳을 것인데, 한 마리는 녹색이고 또 한 마리는 붉은색이며 마지막 한 마리는 얼룩이라고 대답했다는 거야. 단, 그렇게 되기 위해서는 조건이 있는데, 낮 혹은 밤 11시부터 12시 사이에 교미를 해야 하며 월요일이나 토요일이어야 한다고 했지. 그런데 일은 그로부터 이틀 뒤에 그 암캐가 소화 불량으로 죽고 만 것으로 끝났다네. 그러자 이 점성술사는, 대부분의 점성술사들이 그러하듯 그 마을에서 아주 용한 점성술사로 남게 되었다더군.」

「여하튼, 제가 바라는 것은 말입니다…….」 산초가 말했다. 「몬테시노스 동굴에서 나리에게 일어난 일이 사실인지를 원숭이에게 물어보도록 페드로 선생한테 말 좀 해보시라는 겁니다요. 제가 보기에는요, 나리께는 죄송하지만요, 몽땅 허풍이거나 거짓말이고요, 아니면 적어도 꿈을 꾸신 것들인 것 같아서요.」

「그럴 수도 있겠지.」 돈키호테가 대답했다. 「자네의 말대로 하지. 뭔가 꺼림칙하기는 하지만 말일세.」

두 사람이 이러고 있을 때, 페드로 선생이 돈키호테를 찾아와서는 인형극 무대가 다 준비되었다는 것을 알렸다. 볼만한 것이니 나리께서 꼭 오셔서 구경해 주십사 부탁하면서 말이다. 돈키호테는 자기 생각을 알리면서 몬테시노스 동굴에서 일어난 사건들 가운데 몇 가지 일들이 꿈에서 본 것인지, 아니면 사실이었는지를 원숭이에게 당장 물어봐 달라고 부탁했다. 자기가 보기엔 그 양쪽 다인 것 같다고도 덧붙였다. 이 말에 페드로 선생은 아무 말 없이 원숭이를 다시 데리고 오더니 돈키호테와 산초 앞에 앉혀 놓고는 말했다.

「이보게 원숭이님, 이 기사는 몬테시노스라고 하는 동굴에서 겪은 몇 가지 일이 가짜였는지 진짜였는지를 알고 싶어 하신단다.」

그러면서 늘 하던 신호를 하자 그 원숭이는 페드로의 왼쪽 어깨 위로 올라가 귀에 대고 뭐라고 하는 것 같았다. 이윽고 페드로 선생이 말했다.

「원숭이가 말하기를, 나리께서 그 동굴 안에서 보시거나 겪으신 것들 중 일부는 가짜이고 일부는 진짜라고 합니다. 녀석이 아는 것은 이것뿐이며 다른 것은 모르겠답니다. 만일 나리께서 더 알고 싶으시다면, 돌아오는 금요일에 물어보시는 모든 질문에 대답하겠답니다. 지금은 점치는 능력이 바닥나서, 말씀드렸듯이 금요일까지는 회복되지 않는답니다요.」

「제가 말씀드렸잖습니까요.」 산초가 말했다. 「나리께서 동굴에서 일어난 일들이라고 말씀하신 것들 모두, 아니 그 절반이라도 저는 사실로 받아들일 수가 없다고 말입니다요.」

「지나 보면 알게 될 걸세, 산초.」 돈키호테가 대답했다. 「모든 사물을 들추어내는 시간은, 아무리 깊은 땅속에 숨어 있다 해도 무엇 하나 태양빛 아래로 끌어내 놓지 않고 내버려 두는 것이 없다네. 그러니 지금은 이 정도로 만족하고 훌륭한 페드로 선생의 인형극이나 보러 가세. 내가 보기에 뭔가 새로운 게 있을 것 같네.」

「뭔가 새로운 거라고요?」 페드로 선생이 대답했다. 「제 극에는 6만 가지 새로운 것들이 들어 있습니다. 나의 돈키호테 나리, 나리께 말씀드리는데요, 제 극은 오늘날 이 세상에 있는 꼭 봐야 할 것들 중 하나랍니다. 그리고 *Operibus credite, et non verbis*(그 일은 믿어라, 말은 믿지 않더라도)[181]입니다요. 자, 일을 시작합시다. 시간이 늦어졌는데 우리는 할 것도,

---

181 「요한의 복음서」 10장 38절 참조. 〈그러나 내가 그 일을 하고 있으니 나를 믿지 않더라도 내가 하는 일만은 믿어야 할 것이 아니냐?〉

말할 것도, 보여 줄 것도 많거든요.」

돈키호테와 산초는 그의 말대로 벌써 무대가 준비되어 막이 올라 있는 곳으로 갔다. 사방이 작은 촛불로 가득해서 무대는 눈부시게 빛났다. 도착하자 페드로 선생은 자신이 만든 인형 장치들을 조종하기 위해 무대 안으로 들어갔다. 무대 밖에는 페드로 선생의 하인이 인형들을 가리키는 가느다란 막대기를 손에 들고 서 있었으니, 그는 인형극의 내용을 설명해 주는 해설자였다.

객줏집에 있는 사람들이 모두 자리를 잡았고, 무대 앞에 서 있는 사람도 있었다. 돈키호테와 산초와 시동과 사촌은 제일 좋은 곳에 자리를 잡았다. 보고 들을 자가 알게 될 내용을 해설자가 이야기하기 시작했다. 다음 장에 이어질 내용이다.

26

괴뢰사의 우스꽝스러운 모험이 계속되고,
상당히 재미있는 다른 사건들이
다루어지다

티로인들과 트로이인들,[182] 모두 입을 다물었다. 그러니까 인형극을 보고 있던 사람들 모두가 이 진기한 이야기를 설명할 소년의 입에 매달려 있었다는 말이다. 그때 무대에서 상당한 수의 북과 트럼펫 소리가 울리고 수없이 쏘아 대는 대포 소리가 들리더니, 금방 그것이 잦아들자 소년이 목소리를 높여 말했다.

「여기 여러분께 보여 드리는 이 진실된 이야기는 사람들과 아이들의 입에 오르내리며 길에서 흔히 들을 수 있는 에스파냐 로만세와 프랑스 연대기에서 정확하게 그대로 가지고 온 것으로, 돈 가이페로스 님이 자기 아내 멜리센드라를 구출해 내는 이야기를 다루고 있습니다. 멜리센드라는 산수에냐 시에서 ─ 오늘날 사라고사를 그 당시에는 그렇게 불렀지요 ─ 에스파냐 땅에 있는 무어인들의 포로가 되어 있었습니다. 자 그러면 여러분, 노래에 나오는 대로 돈 가이페로스가 주사위를 던져 말을 움직이는

---

182 *tirios y troyanos*. 흔히 〈적과 동지〉를 표현할 때 쓰인다. 티로는 고대 부유와 부패로 유명했던 페니키아의 항구 도시이며 이 구절은 「아이네이스」의 두 번째 노래 시구에 등장한다.

장기 놀이를 하는 모습을 보시기 바랍니다.

　　돈 가이페로스가 장기를 두고 있다네,
　　이미 멜리센드라는 잊어버리고 말았다네.

　저기 머리에 왕관을 쓰고 손에는 왕의 지팡이를 든 채 등장한 인물은 샤를마뉴 황제인데 그 멜리센드라의 아버지로 추정되는 인물이랍니다. 이 황제는 자기 사위가 한가하게 놀기만 하며 딸 일에는 신경을 쓰고 있지 않는 것을 보시고 기분이 상하셔서 사위를 나무라려고 나타나신 겁니다. 황제께서 얼마나 심하고도 호되게 사위를 나무라고 계시는지 잘 보십시오. 지팡이로 머리를 여섯 대나 때리고자 하는 것 같았는데, 정말 때렸다고, 그것도 호되게 때렸다고 전하는 이들도 있습니다. 황제께서는 아내를 구하려 하지 않음으로써 명예가 위험에 처하게 될 것에 대해 많은 말씀을 하신 뒤에, 이렇게 덧붙이셨다고 합니다.

　　자네에게 충분히 이야기했으니, 알아서 하게.

　여러분, 또한 잘 보십시오. 황제께서 등을 돌리시어 억울해하는 돈 가이페로스를 남겨 놓고 나가시는 모습을 말입니다. 돈 가이페로스는 보시다시피 화를 참지 못하고 장기판과 말들을 멀리 던져 버리는군요. 그러고는 급하게 갑옷과 무기들을 가져오라 하면서, 자기의 사촌 돈 롤단에게 두린다나 칼을 빌려 달라고 부탁하는군요. 돈 롤단은 그 칼을 빌려 주고 싶지 않아서 앞으로 하려는 어려운 과업에 자기도 함께하겠노라고 제의합니다. 하지만 화가 나 있는 용사는 그 제의를 받아들이고 싶지 않고, 오히려 아내가 땅속 가장 깊은 곳에 붙잡혀 있다 할지라도 혼자서 충분히

337

구출할 수 있다고 말합니다. 그러더니 당장 길을 떠나기 위해 무장을 하러 들어가는군요. 자, 이제 여러분의 눈을 저쪽에 보이는 탑으로 돌려 보시지요. 오늘날 알하페리아라고 부르는 사라고사 성채의 탑들 가운데 하나입니다. 그 발코니에 무어식 복장을 하고 나타난 저 귀부인이 바로 비할 데 없는 멜리센드라로, 저기서 수차례 프랑스로 가는 길을 바라보고 파리와 남편을 생각하면서 포로 생활을 위로하곤 했습니다. 또한 지금 일어나는, 결코 본 적이 없는 새로운 사건을 보십시오. 저기 입에 손가락을 대고 살며시 발소리를 죽이며 멜리센드라 등 뒤로 다가오고 있는 저 무어인이 보이지 않습니까? 저 사람이 어떻게 멜리센드라의 입술 한가운데 입을 맞추는지, 그리고 멜리센드라가 얼마나 재빨리 상대에게 침을 뱉고 흰 속옷 소맷자락으로 자기 입술을 닦는지를 보십시오. 어떻게 자기 신세를 한탄하며 얼마나 고통스럽게 자기의 아름다운 머리카락을 쥐어뜯는지 그 모습도 보십시오. 마치 그러한 저주가 그 아름다운 머리카락의 잘못 때문이기라도 한 듯이 말입니다. 또한 저기 저 회랑에 있는 근엄한 무어인 산수에냐의 마르실리오 왕을 보십시오. 왕은 그 무어인의 무례함을 보시고, 비록 그자가 친척이고 지극한 총신이기는 했으나 당장 그를 체포하여 공개적으로 창피를 주기 위하여 —

앞에는 외쳐 알리는 사람을
뒤에는 봉을 든 감시인들을

세우고 죄수를 시내 큰길로 데리고 나가 동네방네 끌고 다니면서 곤장 2백 대를 때리라고 명하셨습니다. 그리고 여기를 보십시오. 죄가 제대로 실행에 옮겨지기도 전에 선고를 내리기 위해 사람들이 나오고 있습니다. 왜냐하면 무어인들 사이에는 우리와 달리 〈피고와 원고의 대질〉이나 〈일단 감방에 있어라〉 같은 게 없기 때문입니다.」[183]

「애야, 애야.」 이때 돈키호테가 큰 소리로 말했다. 「이야기를 일직선으로 진행시키렴. 돌리거나 옆길로 빠뜨리지 말고 말이야. 진실을 명백하게 밝히려면 많은 증거와 또 다른 증거들이 필요하니까 말이다.」

그러자 페드로 선생도 무대 안에서 말했다.

「애야, 네가 꾸려 나가지 말고 그 어른이 시키시는 대로 해. 전혀 틀림이 없을 테니 말이다. 그냥 하던 대로 평범하게 노래해. 대위법일랑 쓰지 말고. 섬세하다 보면 깨져 버리니까 말이야.」

「그렇게 할게요.」 아이가 대답했다. 그러고는 계속 말을 이어 나갔다. 「여기 말을 타고 가스코뉴풍 망토로 몸을 가린 채 나타난 이 인형은, 바로 돈 가이페로스입니다. 그의 아내는 자기를 사랑한 무어인의 무엄한 행동에 복수한 다음 훨씬 편안하고 보기 좋은 얼굴로 탑의 망루에 올라서서는, 어느 여행객이라 믿고서 자기 남편과 대화를 나누고 있습니다. 그와 나눈 그 모든 말들은 로만세에 나오는 것들입니다.

    기사시여, 프랑스에 가시거든
    가이페로스에 대해 물어봐 주세요.

그 말들이 너무 장황하여 지루해하실 테니 지금 다 들려 드리지는 않겠습니다. 그저 돈 가이페로스가 어떻게 자신을 밝히는지를 보시는 것으로 충분합니다. 그리고 멜리센드라가 기뻐하는 몸짓으로 그녀가 자기 남편

---

183 억울한 옥살이를 세 번이나 치른 우리의 작가는 인권이나 인간의 존엄성을 무시하고, 법으로 보호받지 못하는 개인의 사생활을 침해하며, 죄가 있든 없든 일단 감방에 넣고 보는 스페인의 재판 절차를 조롱하고 있다. 물론 대놓고 비판할 수 있는 여건이 아닌지라 본문에서처럼 무어인의 것으로 에둘러 쓸 수밖에 없었으리라.

을 알아봤음을 나타내는 모습만 구경하시면 됩니다. 우리가 보고 있는 지금, 멋진 남편의 말 뒤에 타기 위해 발코니에서 내려오고 있군요. 그런데, 아! 저런 불행한 일이! 속옷 자락이 발코니 창살에 걸려 땅에 닿지 못하고 허공에 매달려 있습니다. 하지만 자비로우신 하늘이 이 엄청난 어려움에서 어떻게 구해 주시는지를 보십시오. 돈 가이페로스가 다가가서 그 멋진 속옷 자락이 찢어지든 말든 개의치 않고 멜리센드라를 잡아 사정없이 땅바닥으로 끌어 내려 눈 깜짝할 사이에 자기 말 궁둥이에 그녀를 남자처럼 걸터앉게 하고는, 강하게 버티라고 말하며 그녀의 양팔을 자기 등에 둘러 가슴에서 깍지를 끼게 합니다. 그런 식으로 말을 타는 데 익숙지 않은 멜리센드라 부인이 말에서 떨어지지 않도록 하기 위해서입니다. 주인의 용맹함과 주인마님의 아름다움을 싣고 가게 된 것이 기쁘다고 울부짖으며 신호를 보내는 말의 모습도 보십시오. 그들은 말의 머리를 돌려 도시에서 나와 즐겁고도 기쁜 마음으로 파리를 향해 길을 나아가니, 그 모습을 보십시오. 오, 무사히 가시오, 비할 데 없는 진정한 연인들이여! 그대들의 그리운 조국으로 가는 즐거운 여행이 운명의 어떠한 방해도 받지 않고 그 도착까지 무사하시기를! 그대들 친구와 친척들의 눈이 그대들의 여생을 네스토르[184]의 생애처럼 조용하고도 평화로운 모습으로 볼 수 있기를!」

여기서 다시 페드로 선생이 목소리를 높여 말했다.

「그냥 있는 대로 해, 있는 대로. 거만 떨지 마. 잘난 척하면 다 망하게 되어 있어.」

해설자는 아무런 대답도 하지 않고 그대로 계속해서 말을 이어 나갔다.

「하지만 모든 것을 지켜보는 한가로운 눈은 늘 있는 법이지요. 그처럼

---

184 호메로스의 서사시 「일리아스」에 나오는 필로스의 왕.

멜리센드라가 발코니에서 내려 말에 오르는 것을 보고 있다가 왕 마르실리오에게 알린 자가 있었던 겁니다. 왕은 즉시 전투 준비를 시켰으니, 모든 일이 얼마나 재빨리 이루어지는지를 보십시오. 벌써 모든 회교 사원의 탑에서 울리는 종소리로 도시가 가라앉고 있습니다.」

「그건 아닐세!」 이때 돈키호테가 말했다. 「이 종 대목에서 페드로 선생은 아주 잘못하고 있소. 무어인들은 종을 쓰지 않고, 북과 우리들의 피리인 치리미아와 닮은 일종의 나팔 피리를 사용하오. 그러니 산수에냐에서 종소리가 울렸다는 것은 터무니없는 이야기요.」

이 말을 들은 페드로 선생은 종 치는 것을 멈추고 말했다.

「돈키호테 나리, 그런 쓸데없는 일이나 이 안에 없는 것까지 그렇게 자세하게 따지지 말아 주십시오. 우리 주변에는 적절하지 못하고 말도 안 되는 내용들로 가득 찬 극들이 거의 일상적으로 수없이 상연되고 있지 않습니까? 그런데도 그것들은 승승 가도를 달리고, 사람들은 갈채 속에서 극에 귀를 기울일 뿐만 아니라 찬사와 그 모든 것을 보내고 있지 않습니까? 얘야, 계속해라. 무슨 말을 하시든 내버려 둬라. 내 지갑이 채워지기만 한다면야, 말도 안 되는 연극을 태양의 미립자 수보다 더 많이 상연해 보이겠다.」

「사실 그렇긴 하지.」 돈키호테가 수긍했다.

그래서 소년은 말했다.

「찬란한 기마대가 얼마나 많이 가톨릭 연인들을 쫓아 도시에서 몰려나가는지 보십시오. 수없이 울리는 나팔 소리며 수없이 불어 대는 피리들과 수많은 큰북과 작은북 소리가 울려 퍼지고 있습니다. 그들이 그 두 사람을 따라잡지나 않을까, 그래서 바로 그 말 꼬리에 묶어 다시 끌어오지나 않을까 두렵습니다. 그렇게 되면 정말 끔찍한 광경이 될 겁니다.」

그런데 그 많은 무어인들과 그들의 엄청난 소리를 보고 듣던 돈키호테는, 도망가고 있는 두 연인을 도와주는 것이 당연한 일이라는 생각이 들어 벌떡 일어나 큰 소리로 말했다.

「내가 살아 있는 한, 내 면전에서 돈 가이페로스처럼 그토록 유명하고 대담무쌍한 사랑에 빠진 기사에게 욕을 보이는 일은 용서하지 않겠다. 게 멈춰라, 이 저주받은 망나니야. 그분 뒤를 쫓거나 추적하지 마라. 내 말을 듣지 않겠다면 나와 한판 겨루어야 할 것이니라!」

이렇게 말하고 칼을 뽑아 들더니 단숨에 무대로 뛰어 올라가서는 그때까지 한 번도 본 적 없는 분노를 분출하며 눈 깜짝할 사이에 무어 인형들에게 비 내리듯 칼질을 퍼붓기 시작했다. 어떤 놈은 쓰러뜨리고, 어떤 놈은 머리를 깨고, 이놈을 불구로 만들면 저놈은 갈기갈기 찢는 등 수없이 많은 칼질을 하다가 한번은 칼을 위에서 아래로 내리치기도 했는데, 만일 페드로 선생이 몸을 낮춰 바짝 웅크리지 않았더라면 그의 머리는 마치 과자 덩어리처럼 속절없이 잘려 나갔을 것이다. 페드로 선생은 그 자세를 유지한 채 계속 고함쳤다.

「그만두십시오, 돈키호테 나리! 당신이 무너뜨리고 부수고 죽이고 있는 것은 진짜 무어인이 아니라 밀가루를 반죽해서 만든 인형입니다. 아이고야, 내 재산을 죄다 파괴하고 망쳐 버렸으니 이를 어쩐단 말입니까!」

그래도 돈키호테는 멈추지 않고 두 손으로 칼을 잡아 비 퍼붓듯 받아치고 내려치고 거꾸로 올려 치기를 계속했다. 그리하여 결국 사도 신경을 두 번도 채 외지 못할 사이에 인형극 무대를 바닥에 몽땅 쓰러뜨리고 말았으니, 도구들과 인형들 또한 모두 박살 나버렸다. 마르실리오 왕은 중상을 입었고, 샤를마뉴 황제는 왕관과 머리가 두 쪽으로 갈라졌다. 관객들도 난리가 나서 원숭이는 객줏집 지붕으로 달아났고, 사촌은 무서움에 떨고, 시동은 겁에 질려 있었다. 산초 판사까지 엄청난 공포에 휩싸였으니, 이 폭풍이 지나간 다음 고백한 것처럼 자기 주인이 그토록 상상 이상으로 화를 낸 것은 본 적이 없었기 때문이다. 무대를 다 부수고 나자 돈키호테는 얼마간 진정이 되어 말했다.

「나는 지금 편력 기사들이 이 세상에 얼마나 유용한 것인지 믿지도 않고 믿으려 하지도 않는 사람들을 여기 내 앞에 몽땅 데리고 오고 싶소. 여러분들, 보시오. 만일 내가 이 자리에 없었더라면 그 훌륭한 돈 가이페로스와 그 아름다운 멜리센드라가 어떻게 되었겠소? 지금쯤이면 분명 이 개들이 두 사람을 따라잡아 그들에게 무례한 짓을 했을 것이오. 결론적으로, 오늘날 이 땅에 살고 있는 그 무엇보다도 편력 기사도여, 영원하라!」

「오래오래 행복하게 사십시오.」 페드로 선생이 앓는 소리로 말했다. 「나는 죽겠소. 너무나 불행하니 저 돈 로드리고 왕[185]이 했던 말이나 해야겠소.

어제는 내가 에스파냐의 주인이었는데…….
오늘은 내 것이라고 말할 수 있는
성벽 하나 없구나.

반 시간 전, 아니 그 반의 반도 안 되었을 때까지만 해도 나는 왕과 황제들의 주인이었으며, 내 마구간과 궤짝과 자루들에 수없이 많은 말들과 헤아릴 수 없을 정도의 화려한 의상을 가득 가지고 있었는데, 이제는 비통하고 지쳐 버린 불쌍한 거지가 되어 버렸습니다. 무엇보다 원숭이가 없어졌으니 그놈을 다시 돌아오게 하려면 분명 내 이빨이 땀깨나 흘려야 할 겁니다. 이 모든 게 이 기사 나리의 신중치 못한 분노로 일어난 일이지요. 말로는 고아들을 보호하고 부정을 바로잡고 다른 자비로운 일들을

---

185 Don Rodrigo. 스페인에 아랍인이 들어오기 전의 마지막 왕.

한다지만, 나한테만은 그 관대한 뜻이 다 사라진 채 왔나 봅니다. 그러니 저 가장 높은 곳에 자신들의 자리를 세우고 계신 하늘의 신들이시여, 축복받고 찬양받으소서. 〈슬픈 몰골의 기사〉가 결국 내 인형들의 몰골을 일그러뜨리고 말 사람일 줄이야.」

산초 판사는 페드로 선생의 이 같은 말에 마음이 움직여 말했다.

「페드로 선생, 울지 마세요. 한탄하지도 마세요. 내 가슴이 찢어질 것 같습니다요. 알려 드리자면요, 저의 주인이신 돈키호테 나리는요, 참으로 훌륭한 가톨릭 신자이시자 점잖은 기독교인이십니다요. 그래서 당신에게 어떤 손해를 입혔다는 걸 깨닫기만 하시면요, 당신이 만족할 정도의 아주 후한 보상을 하실 것을 당신으로 하여금 알게 하실 것이며, 또 그렇게 하기를 원하시는 분이십니다요.」

「돈키호테 나리께서 망가뜨린 내 인형들 중 얼마만이라도 보상을 해주신다면 나야 좋소. 그리고 나리께서도 마음이 편안해지시겠지. 주인의 뜻을 어기고 남의 것을 가지고 가서는 돌려주지 않는 자는 구원받을 수가 없으니 말이오.」

「맞는 말이오.」 돈키호테가 말했다. 「하지만 내가 당신 것을 가진 적이 있었는지 난 지금까지도 모르겠소이다, 페드로 선생.」

「어찌 모른단 말씀이십니까?」 페드로 선생이 대답했다. 「이 단단한 불모의 땅에 나뒹굴고 있는 잔해들을 보십시오. 이렇게 흩뜨려 놓고 엉망으로 만든 것이 그 막강한 무적의 팔이 아니라면 무엇이란 말입니까? 이 잔해들이 내 것이 아니라면 누구의 것이란 말씀입니까? 그리고 이것들이 아니었다면 내가 무엇으로 먹고살아 올 수 있었겠습니까?」

「이제야 알겠구먼.」 돈키호테가 말했다. 「전에도 내가 여러 번 생각했던 것인데, 나를 쫓아다니는 그 마법사들이 내 눈앞에서는 사람 모습으로 보여 주다가 곧장 자기들 원하는 모습으로 둔갑시킨 게 틀림없소. 내 말을 듣고 계시는 여러분들께 진실로 사실을 말하지만, 여기에서 일어난 일들 모두 내게는 정말 그대로 일어나는 것 같았다오. 그러니까 멜리센드라는 멜리센드라로, 돈 가이페로스는 돈 가이페로스로, 마르실리오는 마르실리오로 그리고 샤를마뉴는 샤를마뉴로 말이오. 그래서 분노가 나를 동요케 하여 편력 기사로서의 임무를 수행하기 위해 달아나는 두 사람을 도와주고 호의를 베풀 생각을 하게 만들었으니, 이런 좋은 의도로 여러분이 보신 바와 같은 일을 내가 한 것이라오. 그 결과가 뜻한 바와 반대로 나왔다면, 그건 내 잘못이 아니라 나를 쫓아다니는 나쁜 자들의 잘못이라오. 그렇지만 나쁜 뜻으로 한 일은 아니라고는 해도 내가 실수한 것이니 보상금을 지불함으로써 나 스스로 벌을 받을 생각이라오. 페드로 선생, 망가진 인형 값으로 원하는 바를 부르시오. 즉시 지불하리다. 에스파냐에서 지금 통용되고 있는 버젓한 돈으로 말이오.」

페드로 선생은 몸을 굽히며 말했다.

「용감한 돈키호테 데 라만차의 전대미문의 기독교 정신으로 당연히 그러실 줄 알았습니다. 기사님은 빈곤한 자와 곤경에 빠진 떠돌이들을 모두 구원해 주시고 보호해 주시는 진정한 구원자이시자 보호자이시니 말입니다. 여기 객줏집 주인과 훌륭한 산초는 저와 나리 사이에서 망가진 인형들의 값이 얼마나 나가는지를 정하는 조정자 및 감정관이 되어 주시오.」

객줏집 주인과 산초가 그렇게 하겠노라고 하자 페드로 선생은 즉시 머리가 없어진 사라고사의 마르실리오 왕을 땅바닥에서 주워 들고 말했다.

「이 왕을 보시면 원래의 모습으로 되돌리기가 얼마나 불가능한지를 아실 겁니다. 그러니 더 훌륭한 판정이 없다면 이 왕의 죽음, 종말 그리고 사멸의 값으로 4레알 반을 주시기를 바랍니다.」

「계속하시오.」 돈키호테가 말했다.

「그럼 이 머리가 위에서 아래로 두 조각이 난 것에 대해서는…….」 두 조각 난 샤를마뉴 황제를 손에 들고는 페드로 선생이 말을 이었다. 「5와 4분의 1레알을 달라고 해도 많지는 않을 겁니다.」

「적은 것도 아니네요.」 산초가 말했다.

「많은 것도 아니지요.」 객줏집 주인이 말했다. 「금액을 조정해서 5레알로 합시다.」

「5와 4분의 1레알을 다 주도록 하겠소.」 돈키호테가 말했다. 「이런 엄청난 불행의 총액으로 보자면 4분의 1이 더 들어가든 안 들어가든 그건 문제가 되지 않소. 그리고 페드로 선생, 빨리 처리하시오. 저녁 먹을 시간이 되어 가고 있으니 말이오. 난 약간 시장기가 도는 것 같소.」

「이 인형 값으로는……」 페드로 선생이 말했다. 「이건 코도 없고 눈도 한쪽 없는 아름다운 멜리센드라의 인형이니 정확하게 2레알과 12마라베디를 주셔야 합니다.」

「그렇게까지 되다니.」 돈키호테가 말했다. 「이미 멜리센드라는 자기 남편과 함께 적어도 프랑스 경계까지는 달아났을 것 아니오. 내가 보기에 그들이 탄 말은 달린다기보다 날아가는 듯했소. 그러니 지금쯤 남편이랑 프랑스에서 마음 편히 즐기고 있을 텐데 그런 코도 없는 가짜 멜리센드라를 내게 보이면서 토끼 대신 고양이를 팔겠다고 흥정하고 나서면 안 되지. 하느님도 각자가 갖고 있는 만큼 도와주기를 바랄 게요, 페드로 선생. 그러니 우리 모두 건전한 마음으로 꾸밈없이 가도록 합시다. 자, 계속하시오.」

페드로 선생은 돈키호테가 이성과 판단력의 관장으로부터 떨어져 나가 아까의 상태로 돌아갈 것 같다는 생각이 들어 그 사태를 막기 위해 이렇게 말했다.

「이것은 멜리센드라가 아니라 그녀를 모셨던 시녀들 중 한 사람이 틀림없습니다. 그러니 60마라베디만 주시면 저는 잘 받았다고 만족하겠습니다.」

　이런 식으로 다른 망가진 많은 인형 값을 매겨 나갔으며, 그 뒤 그 두 명의 감정인이 가격을 조정하여 쌍방이 모두 만족하도록 40과 4분의 3레알이라는 값이 정해졌다. 산초가 즉시 이 금액을 지불해 주자, 페드로 선생은 이것 외에 원숭이를 붙잡아야 하는 수고료로 2레알을 더 달라고 했다.

　「그 돈을 드리게, 산초.」 돈키호테가 말했다. 「원숭이를 붙잡는 수고료가 아니라 술값[186]으로 주는 걸세. 그리고 지금 도냐 멜리센드라 부인과 돈 가이페로스 나리가 이제 프랑스에서 자기 사람들과 함께 있다고 확실하게 내게 말해 주는 자에게는 축하금으로 2백 레알을 주겠노라.」

　「그 일이라면 누구보다 내 원숭이가 제일 잘 말해 줄 수 있죠.」 페드로 선생이 말했다. 「하지만 지금은 귀신이라도 그놈을 잡을 수가 없을 겁니다. 비록 정이 그립고 배가 고파서 오늘 밤에는 마지못해 내게 돌아올 줄 알고 있지만 말입니다. 날이 밝으면 알게 되겠지요.」

　드디어 인형극의 폭풍은 끝나고, 지극히도 관대한 돈키호테가 지불한 비용 덕분에 모두가 아주 평화롭고 화기애애한 동료애 속에서 저녁을 먹었다.

　날이 새기 전에 그 보통 창과 칼날 달린 창을 운반하던 남자는 떠났고, 날이 새고 난 뒤에는 사촌과 시동이 돈키호테에게 작별 인사를 하러 왔다. 한 사람은 자기 마을로 돌아가기 위해서였고, 다른 한 사람은 자기 길을 계속 가기 위해서였는데 돈키호테는 그를 도와주기 위해 12레알을 주었다. 페드로 선생도 돈키호테를 잘 알고 있던 터라 더 이상 말다툼하

　186 세르반테스의 말장난이다. 원숭이는 스페인어로 〈모노 *mono*〉이며 술값은 〈모나 *mona*〉
이다.

고 싶지 않아 해가 뜨기 전에 인형극의 잔해들을 모으고 원숭이도 붙잡아 그 나름의 모험을 찾아 떠났다. 돈키호테를 잘 몰랐던 객줏집 주인은 그의 관대함과 광기에 무척 놀라 있었다. 끝으로 산초는 주인의 명령에 따라 객줏집 주인에게 아주 후하게 지불하고는 작별 인사를 한 다음 아침 8시쯤 객줏집을 나와 길에 올랐다. 여기서 우리는 그들을 그대로 가게 내버려 두기로 한다. 그래야 이 유명한 이야기를 더 분명하게 밝혀 줄 다른 사건들을 말할 여유가 생기니 말이다.

27

페드로 선생과 원숭이의 정체,
그리고 당나귀 울음소리 모험에서
돈키호테가 원하고 생각했던 바와 달리
겪어야만 했던 불행한 사건에 대하여

　이 위대한 이야기의 작자인 시데 아메테는 이러한 말로써 이 장을 시작
한다. 〈나는 그리스도를 믿는 가톨릭 신자로서 맹세하니……〉 이 말에
대해 역자는 말하기를, 시데 아메테가 무어인이라는 것에 의심의 여지가
없음에도 불구하고 그가 그리스도를 믿는 가톨릭 신자로서 맹세한다는
것은, 다름이 아니라 그리스도를 믿는 가톨릭 신자로서 맹세하듯 진실을
맹세한다는 의미라고 했다. 다시 말해 자기가 하는 이야기에서는 오직 진
실만을 말할 것임을 맹세한다는 뜻이다. 따라서 돈키호테에 관해서 쓰고
자 했던 것에 있어서, 특히 페드로 선생이 누구였는지와 그 근방 모든 마
을에서 놀라움의 대상이 되었던 그의 점쟁이 원숭이가 어떤 원숭이였는
지를 말하는 데 있어서, 그는 마치 그리스도를 믿는 가톨릭교인이 맹세하
듯 진실을 말하고 싶었던 것이다.
　그는 다음과 같이 말하고 있다. 이 이야기의 전편을 읽은 사람이라면
그 히네스 데 파사몬테를 잘 기억할 것이다. 돈키호테가 시에라 모레나
에서 갤리선으로 가는 죄수들을 풀어 줬을 때 거기 있던 이들 중 한 사람
으로, 돈키호테가 베푼 은혜는 나중에 그 고약하고 버릇 나쁜 인간들로

부터 배은망덕하고도 괘씸한 보답을 받았었다. 이 히네스 데 파사몬테를 돈키호테는 히네시요 데 파라피야라고 불렀는데[187] 이자가 바로 산초 판사의 잿빛을 훔친 사람이었다. 인쇄공의 실수로 전편에는 이 도난 사건의 전모가 적히지 않은 탓에 많은 독자들이 이 일을 어떻게 이해해야 할지 몰라 혼란스러워했고, 결국 독자들은 인쇄의 잘못을 작가의 기억력 부족으로 돌렸다. 하지만 결론적으로 말하자면, 산초 판사가 당나귀 위에서 잠을 자고 있을 때 히네스가 훔쳤던 것이다. 사크리판테가 알브라카 위에 있었을 때 브루넬로가 그의 다리 사이에서 말을 빼내 간 책략을 본받아서 말이다. 나중에 산초가 당나귀를 되찾은 것은 이미 앞에서 이야기한 대로다. 이 히네스는 자기가 저지른 숱한 망나니짓과 범죄로 그를 벌주기 위해 찾아다니는 사법 기관에 발각될까 봐 두려워 — 사실 그가 저지른 범죄는 너무나 많고 종류도 다양하여 자기 자신이 그것들을 두꺼운 한 권의 책으로 써서 이야기할 정도였으니 말이다 — 아라곤 왕국으로 들어올 결심을 하고 왼쪽 눈을 가린 채 꼭두각시를 놀리는 직업을 택했던 것이다. 그는 이 괴뢰사 일과 손을 놀리는 일[188]을 아주 잘했다.

그러다가 그는 우연한 일로 베르베리아에서 풀려나 자유의 몸이 되어 온 몇몇 기독교인들로부터 원숭이를 사서, 그 원숭이에게 어떤 신호를 하면 자기 어깨에 올라와서 귀에 대고 무언가를 말해 주는 것처럼 보이도록 가르쳤다. 이렇게 준비하고는 인형극 무대와 원숭이를 가지고 어느 마을에 들어가기 전에 먼저 그 마을에서 가장 가까운 곳 혹은 그곳 사정에 밝은 사람이 있는 곳에 가서, 무슨 특별한 일이 그 마을에서 일어났는지와

187 사실은 돈키호테가 아니고 호송원이 그렇게 소개했다.
188 *jugar de manos*. 〈손장난〉이라는 의미와 〈도둑질하다〉라는 의미가 동시에 들어 있다.

어떤 사람들에게 그런 일이 일어났는지에 대한 정보를 얻었다. 그 정보들을 잘 기억해 두고 마을에 들어가면 제일 먼저 하는 것이 인형극을 보여주는 일이었다. 몇 번은 같은 이야기를 반복했으나 어떤 때는 다른 이야기를 보여 주기도 했다. 어쨌든 모두 재미와 만족을 줄 만한, 익히 알려진 것들이었다. 인형극이 끝나면 자기 원숭이의 재주를 내놓았는데, 지난 일과 지금의 일은 모두 점칠 수 있지만 앞으로 일어날 일에 대해서는 재주가 없다고 사람들에게 미리 알렸다. 각 질문에 대한 답으로는 2레알을 요구했는데, 질문하는 사람들을 넌지시 봐가면서 돈을 받았기에 어떤 질문에는 값을 깎아 주기도 했다. 집으로 찾아가는 경우도 있었다. 그 집에 사는 사람들에게 일어난 일들을 미리 알아 두었다가, 그 집 사람들이 돈을 주기 싫어 질문을 하지 않아도 원숭이에게 신호를 한 다음 원숭이가 이러저러한 말을 자기에게 해주었다고 말하곤 했다. 그 말은 실제 일어났던 일과 딱 들어맞았기에 그는 말로 다 할 수 없는 신용을 얻었고, 모든 사람들이 그의 뒤를 쫓아다녔다. 그는 철두철미하고 용의주도했으므로 질문에 꼭 들어맞도록 대답을 했다. 그리고 어느 누구도 그 원숭이가 어떻게 점을 치는지 말해 달라고 성가시게 졸라 대지 않았으므로 모두를 속이면서 자기 지갑을 채울 수 있었다.

객줏집에 들어섰을 때 그는 즉시 돈키호테와 산초를 알아보았고, 이 두 사람에 대해 알고 있었으므로 그들은 물론 거기 있던 다른 모든 사람들을 쉽게 감탄시킬 수 있었다. 하지만 앞 장에서 말한 것처럼 돈키호테가 마르실리오 왕의 목을 자르고 그의 기마대를 모두 파괴했을 때 그 손이 조금만 더 아래로 내려갔더라면 페드로는 비싼 대가를 치러야 했을 것이다.

이것이 바로 페드로 선생과 그의 원숭이에 대해 밝혀야 했던 내용이다.

그리고 다시 돈키호테 데 라만차의 이야기로 돌아가자면, 그 내용은 이러하다. 돈키호테는 객줏집에서 출발한 뒤 사라고사 시로 들어가기 전에 먼저 에브로 강의 강변 지대와 그 주변을 모두 돌아볼 작정이었다. 그날로부터 시합이 있을 때까지는 날이 많이 남았으므로 그럴 만한 시간이 있었다. 이런 생각을 품고 길을 계속 갔으나 이틀이 되도록 기록될 만한 일은 일어나지 않았다. 그러다가 사흘째 되는 날 한 언덕으로 올라가려 할 때 북과 나팔과 화승총 소리가 요란하게 들려왔다. 처음에는 무슨 보병 연대의 군인들이 그쪽으로 지나가고 있나 보다 싶어 그들을 보기 위해 로시난테에게 박차를 가해 언덕으로 올라갔다. 꼭대기에 서서 바라보니 언덕 발치에 2백 명 이상 되는 사람들이 각기 다른 무기들로 무장하고 있는 것이 보였다. 말하자면 큰 창이며 활, 도끼 창에 칼날이 달린 창, 긴 창과 화승총 몇 자루와 수많은 방패들로 무장하고 있었다. 비탈로 내려가서 그들 가까이 바짝 다가가 보니 깃발들이 똑똑히 보여 그 색깔이며 거기에 그려진 문양까지 알아볼 수 있었다. 특히 하얀 융단으로 된 군기인지 찢어진 천 쪼가리인지에 사르데냐 산의 작은 당나귀가 머리를 쳐들고 입을 벌려 혓바닥을 밖으로 내민 채 울고 있는 듯한 몸짓과 자세가 아주 생생하게 그려져 있는 것이 보였다. 그 문양 주위로는 커다란 글씨로 이렇게 적혀 있었다.

    이 읍장 저 읍장의
    당나귀 울음소리, 헛된 것이 아니었네.

이 기장을 본 돈키호테는 그들이 그 당나귀 울음소리 마을의 사람들인 것이 틀림없다고 결론 내리고 산초에게 그러한 사실을 알리면서 깃발에 쓰여 있는 내용을 설명해 주었다. 그러면서 말하기를, 자기들에게 그 사건을 이야기해 준 사람은 처음 당나귀 울음소리를 낸 사람들이 마을 의원들이라고 했는데 그건 잘못된 것이라고 했다. 깃발에 쓰여 있는 내용으

로 봐서 의원이 아니라 바로 읍장이었다는 것이다. 이 말에 산초 판사가
대답했다.

「나리, 그건 신경 쓰실 일이 아닙니다요. 시간이 흘러감에 따라 당시 당
나귀 울음소리를 냈던 의원들은 얼마든지 그 마을의 읍장이 될 수도 있
으니 말씀입니다요. 그러니 그 두 직함으로 불러도 괜찮을 겁니다요. 무
엇보다 중요한 것은 그들이 정말로 당나귀 울음소리를 냈다는 것이지, 당
나귀 울음소리를 낸 사람이 읍장이었는지 의원이었는지 하는 것은 이야
기의 진실과는 상관이 없잖아요. 읍장도 의원만큼이나 당나귀 울음소리
를 낼 수 있으니까요.」

결국 모욕을 당한 마을 사람들이 좋은 이웃 사이에 마땅히 지켜야 할
도리나 정도를 넘어서는 조롱을 퍼부은 이웃 마을 사람들과 싸우려고 몰
려온 것임을 두 사람은 알게 되었다.

돈키호테는 그들에게 다가갔다. 산초는 이런 상황에 처하게 되는 걸 결
코 좋아하는 사람이 아니라서 돈키호테의 그런 행동이 적지 않게 신경 쓰
였다. 대열을 이루고 있던 사람들은 돈키호테가 자기편 중 하나라고 생
각하고는 그를 한가운데로 맞아들였다. 돈키호테는 투구의 앞 챙을 들어
올리고 늠름한 기상과 자태로 당나귀가 그려져 있는 깃발이 있는 곳까지
갔다. 그러자 그 대군의 가장 중요한 사람들이 모두 그를 보고자 주위를
에워쌌다. 그를 처음 보는 사람이라면 누구나 그러하듯 다들 놀라워했
다. 돈키호테는 그들이 자기를 그저 뚫어지게 쳐다만 볼 뿐 누구 하나 말
을 걸거나 무엇 하나 묻지도 않는다는 것을 깨닫고는 그 침묵을 이용할
생각으로 먼저 목소리를 높여 말했다.

「선량한 분들이여, 간절한 마음으로 여러분들에게 간청하는 바는 내가
여러분들에게 하고자 하는 말을 도중에서 방해하지 말아 달라는 것이오.
여러분들을 언짢게 하여 화가 나게 할 때까지는 말이오. 만일 언짢은 말

이 나와 화가 날 때면 내게 아주 작은 신호라도 보내 주시오. 그러면 나는 내 입을 봉하고 혀에는 재갈을 물리겠소이다.」

모두들 기꺼이 들을 것이니 원하는 것이면 무엇이든 말해 보라고 했다. 이렇게 허락을 얻자 돈키호테는 말을 계속했다.

「여러분, 나는 편력 기사로 군사의 일이 곧 나의 일이오. 그것으로 수행하고자 하는 의무는, 도움을 필요로 하는 자들을 도와주고 궁핍한 자들을 구원하는 것이라오. 며칠 전 나는 여러분의 불행과 여러분이 원수를 갚기 위해 계속해서 무기를 들게 된 사연을 알게 되었소. 그래서 여러분의 일에 대해 나의 이성에 호소하여 생각하고 또 생각하기를 수차례, 결투의 법칙에 따라 여러분이 모욕을 받았다고 여기는 것이 잘못된 생각임을 알게 되었소. 왜냐하면 모든 사람이 다 같이 한꺼번에 누군가를 변절자라고 비난하는 경우라면 모르되, 어떤 한 개인이 한 마을 사람 전체를 모욕할 수는 없기 때문이라오. 비난을 받을 만한 짓을 누가 저질렀는지를 정확히 알 수 없는 탓이오. 이러한 예로써 사모라의 주민 모두를 비난했던 돈 디에고 오르도네스 데 라라가 있소이다. 이 사람은 베이도 돌포스 혼자서 왕을 살해하는 반역을 저질렀다는 사실을 몰랐기 때문에 사모라의 전 주민을 비난했으며 이 모두에게 복수와 보복을 가했던 것이라오. 비록 돈 디에고 님의 도가 좀 지나쳐 비난의 한계를 훨씬 넘기는 했지만 말이오. 굳이 그렇게까지 할 필요도 없는 죽은 자들과 물과 밀과 아직 태어나지도 않은 자들, 그리고 그 밖에 기록되어 있는 자잘한 것들에 이르기까지 복수와 보복을 했었지요. 하긴, 그럴 수도 있고말고요! 분노가 한번 터지면 그 혀를 바로잡아 줄 아버지도 교육자도 제동기도 없으니까 말이오. 그렇다 해도 단 하나의 인간이 한 왕국을, 한 주를, 한 도시를, 한 국가나 한 마을을 모욕한다는 것은 불가능한 것이 이치이니 그런 모욕으로 도전을 받았다고 복수하러 나가야 할 이유는 없다는 것이 분명한 사

354

실이오. 모욕이 아니었으니 말이오. 만일에 〈라 렐로하〉[189] 주민들이 자기들을 그렇게 부르는 자들과 늘 서로 죽이려 든다면 정말 멋지겠구려! 〈여자 일에 참견하는 사람들〉[190]이라든가, 〈가지 파는 사람들〉[191]이라든가, 〈새끼 고래들〉[192]이라든가, 〈비누 장수들〉[193]이라든가 이 밖에 아이들이나 그렇고 그런 사람들 입에 오르내리는 이름이나 성으로 부르는 게 안 된다면 말이오. 이 유명한 마을 사람들이 모두 작은 말다툼에도 모욕을 당했다고 느끼고, 그에 대한 복수를 한답시고 나팔처럼 칼을 계속 뽑았다 넣었다 하면서 다닌다면 그야말로 멋지겠소이다! 그건 분명 안 될 일이오. 하느님도 허락지 않으실 것이며 원하시지도 않으실 거요. 신중한 사내들이나 제대로 질서가 잡힌 국가는 네 가지 이유로 무기를 들고 칼을 뽑아 자기의 일신과 생명과 재산을 위험 앞에 내놓아야 하는 법이라오. 첫 번째 이유는 가톨릭 신앙을 지키기 위해서요, 두 번째 이유는 자기의 목숨을 지키기 위해서인데 이것은 하느님의 법과 자연법에 의한 것이오. 세 번째 이유는 자기의 명예와 가족과 재산을 지키기 위한 것이오, 네 번째 이유는 정당한 싸움에서 자기의 왕을 섬기기 위한 것이오. 만일 여기에 다섯 번째 이유를 덧붙이기를 원한다면, 이는 두 번째 이유로 보아도 되는 것으로 자기의 나라를 지키기 위한 것이지. 이 다섯 가지 중요한 이유와 더불어 정당하고 합당하며 우리로 하여금 무기를 들지 않으면 안 되게 하는 몇 가지 다른 이유들이 추가될 수도 있을 것이오. 하지만 어린

---

189 경쟁심으로, 혹은 놀리기 위해서 서로 다른 지역 주민에게 붙여 부른 별명들이 이어진다. 〈라 렐로하La Reloja〉는 〈암컷 시계〉라는 뜻으로 세비야 주의 에스파르티나스 마을을 뜻한다. 남성 명사인 〈시계〉, 즉 〈엘 렐로흐el reloj〉에 여성형 어미를 붙여 그렇게 불렀다.

190 바야돌리드 사람.

191 톨레도 사람.

192 마드리드 사람.

193 세비야 사람.

애 같은 유치한 짓이나, 모욕이라기보다는 오히려 재밋거리이자 심심풀이가 될 만한 일 때문에 무기를 든다는 것은, 그 무기를 드는 사람을 합리적인 사고라고는 전혀 하지 못하는 자로 보이게 할 뿐이라오. 더군다나 정당하지 못한 복수를 한다는 것은, 사실 정당한 복수라는 것은 어떠한 경우라도 있을 수 없지만, 우리가 지키는 성스러운 법에 직접 위배되는 일이오. 그 성스러운 법은 우리의 적에게 선을 베풀고 우리를 미워하는 자를 사랑하라고 명령하고 있소. 이 명령을 지킨다는 게 다소 어려울 것 같으나, 그것도 신의 일보다 세상의 일에 더 마음을 쓰고 영혼보다 육체에 관련한 일에 더 매여 있는 사람들에게나 그러하다오. 왜냐하면 신이시자 참된 인간이신 예수 그리스도는 결코 거짓말을 하시지 않으셨고 거짓말을 할 수도 없었으며 거짓말을 해서도 안 되는 입법자로서, 당신의 멍에는 부드럽고 당신의 짐은 가볍다고 말씀하셨소. 따라서 이행 불가능한 일을 우리에게 명령하시지는 않으셨을 것이오. 그러니 여러분, 여러분은 신과 인간의 법에 따라 진정하지 않으면 안 되게 되어 있소이다.」

「악마가 나를 데려간다 해도…….」 산초가 혼잣말로 중얼거렸다. 「할 말이 없네. 우리 주인이 비록 신학자가 아니시라 해도 말이지, 이 달걀이 저 달걀과 똑같아 보이듯 내게는 신학자로 보인단 말이야.」

돈키호테는 잠시 숨을 돌렸다. 그러면서 아직도 사람들이 자기 말을 조용히 듣고 있는 것을 확인하고 말을 더 해나갈 생각을 했으니, 만일 산초가 예리하게 끼어들지 않았더라면 그대로 계속했을 것이다. 산초는 주인이 잠시 말을 멈춘 틈에 기회를 잡아 그 대신 말을 이었다.

「한때는 〈슬픈 몰골의 기사〉라 불렸으나 지금은 〈사자의 기사〉라 불리고 계시는 제 주인이신 돈키호테 데 라만차 나리께서는 아주 신중하신 이 달고이십니다요. 나리께서는 학사처럼 라틴어와 에스파냐어를 아시고, 충고하시거나 행하시는 모든 일에 있어서 아주 훌륭한 군인처럼 처리하십니다요. 그리고 결투라고 부르는 일에서의 법칙이나 규정은 손바닥 들여다보듯 모두 훤히 알고 계십니다요. 그러니 나리께서 말씀하시는 대로만 하시면 아무 문제도 없습니다요. 문제가 되면 제 잘못으로 돌리십시오. 더군다나 단지 당나귀의 울음소리를 들은 것만으로 모욕을 당했다고 생각한다면 바보라는 말을 들어 마땅합니다요. 제가 기억하기로, 어렸을 때 저는 마음이 내킬 때마다 언제나 당나귀 울음소리를 흉내 내곤 했었습니다요. 그런데도 어느 누구 하나 그걸 못 하게 하는 사람이 없어서 얼마나 멋지고도 진짜같이 울었는지 제가 당나귀 울음소리를 내면 마을에 있는 당나귀가 모두 울어 대곤 했습니다요. 그렇다고 해서 명예롭기 그지없으셨던 제 부모님의 아들 자리를 그만둔 건 아니었거든요. 비록 그 재주 때문에 우리 마을의 건방진 놈들 네 명 이상의 시샘을 사기는 했지만 전 눈곱만큼도 신경 쓰지 않았습니다요. 제가 드리는 말씀이 사실임을 알 수 있도록 잠깐 기다리며 들어 보십시오. 이 기술은 헤엄치는 기술과 같아서 한 번 익히면 절대로 잊어버리지 않는답니다요.」

그러고는 손을 코에다 대고 당나귀 울음소리를 내기 시작했는데 그 소리가 얼마나 세찼는지 가까이에 있는 모든 골짜기마다 울려 퍼졌다. 그런데 산초 옆에 있던 사람들 중 하나가 자기들을 놀린다고 생각하고는 손에 들고 있던 장대를 들어 그를 세게 내리치는 바람에 산초는 그대로 땅바닥에 쓰러지고 말았다. 산초가 그런 꼴을 당하는 것을 본 돈키호테는 창을 들고 그를 때린 사람에게 덤벼들었지만 중간에 끼어든 사람이 너무 많아서 복수는 불가능했다. 오히려 소나기 퍼붓듯 쏟아지는 돌멩이들과 자신을 위협하는 수많은 석궁, 그리고 그에 못지않은 화승총들을 보고 돈키호테는 로시난테의 고삐를 돌려 말이 달릴 수 있는 최고의 속력으로 그들 사이에서 빠져나갔다. 그 위험에서 자기를 구출해 주십사 진심으로 하느님께 빌면서도 총알이 등을 뚫고 들어가서 가슴으로 나오지는 않을까 싶어 연신 공포에 떨었고, 숨이 끊어질지 모른다는 생각으로 매 순간 숨을 몰아쉬었다.

하지만 무리는 그가 달아나는 것으로 만족하고 더 이상 총을 쏘지 않았다. 그리고 겨우 정신을 차린 산초를 그의 당나귀에 실어 주인 뒤를 따라가게 내버려 뒀다. 산초가 당나귀를 몰 만큼 정신이 들었던 것은 아니고, 그저 당나귀가 로시난테의 발자국을 따라갈 뿐이었다. 당나귀는 로시난테 없이는 한 발짝도 나아갈 수 없었던 것이다. 돈키호테는 상당한 거리까지 떨어지게 되자 고개를 돌려 산초가 따라오고 있는 것을 보고 그를 기다렸다. 그를 추격해 오는 자가 아무도 없다는 것을 확인하고는 말이다.

무리 지어 있던 사람들은 밤이 될 때까지 그곳에 있다가 상대방이 싸움을 하러 나오지 않자 즐거운 마음으로 기뻐하며 자기 마을을 향해 돌아갔다. 만일 그들이 고대 그리스인들의 풍습을 알고 있었더라면, 그 자리 그 장소에 전승 기념비를 세웠을 것이다.

28

읽는 사람이 주의를 기울여 읽는다면 알게 될,
베넹헬리가 말하는 것들에 대하여

용감한 자가 달아나는 경우는 속임수가 확실할 때이며, 더 나은 기회를 위해 자기 몸을 지키는 것은 신중한 자의 도리이다. 이러한 진리가 돈 키호테에게서 이루어졌다. 마을 사람들의 분노와 그 무리들의 나쁜 뜻을 내버려 두고 그는 먼지를 일으키며 충분히 안전하다고 여겨질 만큼 달아나 버렸다. 산초 생각도 못 하고 그를 그 무리 속에 버리고 온 위험도 떠올리지 않은 채 말이다. 앞서 말한 것처럼 산초는 당나귀 위에 가로로 누워 그의 뒤를 따라갔다. 드디어 따라잡았을 때는 이미 정신이 들었으나 주인 앞에 도착해서는 잿빛에서 떨어져 로시난테의 발밑으로 나뒹굴었으니, 정말 안타깝게도 그는 두들겨 맞아 녹초가 되어 있었다. 돈키호테는 말에서 내려 그의 상처를 살펴보고 산초가 머리끝에서 발끝까지 아무렇지 않다는 것을 알게 되자 엄청나게 화를 내며 말했다.

「어찌 그래 그대는 엉뚱한 때에 당나귀 울음소리를 냈단 말인가, 산초! 교수형에 처해진 사람 집에서 밧줄 이야기를 들먹여도 된다고 누가 가르쳐 주던가? 당나귀 울음 음악에 몽둥이찜질 말고 어떤 장단이 어울린다고 생각하지? 하느님께 감사드리게, 산초. 그 사람들이 몽둥이로 십자를 그었으니 망정이지, 신월도로 그대 얼굴에 〈*per signum crucis*(십자를 긋다)〉를 했으면 어쩔 뻔했나.」

「저는 대답할 처지가 아닙니다요.」 산초가 대답했다. 「등으로 말을 하는 거 같아서요. 어서 말을 타고 여기서 멀리 떨어집시다요. 전 다시는 당나귀 울음소리를 내지 않을 겁니다요. 하지만 편력 기사가 도망가느라 자기의 훌륭한 종자를 적의 수중에 내버려 둬 쥐똥나무 가루나 맷돌에 갈리는 밀처럼 녹초가 되게 만들었다는 말은 꼭 할 겁니다요.」

「물러나는 자는 도망가는 게 아니야.」 돈키호테가 말했다. 「왜냐하면 산초, 잘 알아 두게. 신중함을 기반으로 하지 않은 용기는 무모함으로 보며, 무모한 자가 이룬 무훈은 그의 용기라기보다 오히려 요행으로 인한 것으로 보기 때문이지. 그래서 고백하건대, 나는 물러선 것이지 도망간 것이 아니네. 이 일에 있어서 나는 많은 용사들을 따라 했던 셈이야. 그들은 더 좋은 때를 위해 자신들의 몸을 지킨 자들로, 이러한 예는 역사 속에 부지기수로 나오지. 하지만 그런 이야기들이 자네에게는 도움이 안 되고 나도 별로 기분이 내키지 않으니 지금은 이야기하지 않겠네.」

이때 산초는 이미 돈키호테의 부축을 받아 당나귀에 올라앉아 있었고, 돈키호테 역시 로시난테에 올라 거기서 4분의 1레과쯤 되는 곳에 있는 숲으로 몸을 쉬러 조금씩 걸어 들어갔다. 이따금 산초는 땅이 꺼질 듯 깊은 한숨과 함께 고통스러운 신음 소리를 내곤 했다. 돈키호테가 그토록 고통스러워하는 이유를 묻자, 척추 아래쪽 끝에서부터 목덜미 파인 부분까지 거의 의식을 잃을 정도로 아프다고 대답했다.

「그 고통의 원인은 틀림없이…….」 돈키호테가 말했다. 「자네를 때린 몽둥이가 기다랗고 쭉 뻗은 것이라 자네 등판을 죄다 두들길 수 있었기 때문인 게지. 그러니 그 자리들이 몽땅 다 아픈 게야. 더 많이 맞았더라면 더 아팠을 걸세.」

360

「기가 막힙니다요!」산초가 말했다. 「저를 그렇게도 굉장한 의심 속에서 꺼내 주시고 아주 예쁜 말로 설명해 주시다니, 참 어이가 없습니다요! 몽둥이가 닿은 자리가 왜 그렇게 다 아픈 것인지 설명까지 해주실 필요가 있을 정도로 제 고통의 원인이 그렇게도 꽁꽁 숨겨진 것이었습니까요? 발목이 아프다면야 그게 왜 아픈지 궁금해서 알아볼 만도 하지만 두들겨 맞아서 아프다는데 굳이 그 이유를 알아낼 필요는 없잖습니까요. 정말이지, 우리 주인 나리, 남 아픈 건 자기 아픔보다 견디기 쉽다고 합디다요. 그리고 저는 갈수록 나리를 모시고 다녀 봤자 기대할 수 있는 게 별로 없다는 걸 알아 가고 있습니다요. 왜냐하면요, 이번에 제가 몽둥이로 맞는 걸 내버려 두셨으니, 그때의 담요로 수백 번이나 헹가래 쳐진 변이나 그 밖의 별의별 어린애 같은 장난을 당하게 될 때면 또다시 저를 혼자 내버려 두실 거거든요. 이번에는 등을 맞았지만 나중에는 눈을 맞을지 누가 알겠습니까요. 참 얼마나 다행인지 모르겠습니다요. 전 무례하고 상스럽고 천해서 평생 살아 봤자 좋은 일이라곤 아무것도 하지 않을 인간이지만요, 그래도 다시 집으로 돌아가서 마누라와 제 자식 놈들 곁에서 하느님이 베풀어 주시는 것으로 그들을 먹여 살리는 게 정말 잘하는 일인지도 모르겠습니다요. 나리 뒤를 따라 길도 아닌 길이나 오솔길이나 외진 길을 헤매며 못 먹고 못 마시는 것보다는 말입니다요. 잠자는 건 또 어떻습니까요! 여보게 종자여, 땅을 일곱 피트 재어 보게, 더 원한다면 일곱 피트를 더 잡게, 자네 마음대로 하게, 그리고 자네 멋진 몸을 쭉 뻗고 눕도록 하게. 이러니 편력 기사도를 처음 시작할 생각을 한 인간, 적어도 지난날의 편력 기사들은 모두 바보였던 게 틀림없으니, 그런 자들의 종자가 되고자 했던 첫 번째 놈이 화형에 처해지고 박살 나는 꼴을 제 눈으로 보고 싶습니다요. 오늘날의 편력 기사들에 대해선 아무 말도 않겠습니다요. 나리께서 그중 한 분이시고, 저는 그분들을 존경하고 있으니까요. 그리고 제가 알기에, 나리께서는 말씀하시고 생각하시는 게 악마보다는 좀 낫기 때문입니다요.」

「나는 그대[194]와 멋진 내기를 하나 하겠소, 산초.」 돈키호테가 말했다. 「그러니까, 그대가 어느 누구의 제약도 받지 않고 그런 말을 하고 있는 지금은 자네 몸이 한 군데도 아프지 않을 거라는 얘기요. 말하시오, 이 양반아, 무엇이건 생각나는 대로, 입맛 당기는 대로 모두 말하시오. 그것으로 그대가 전혀 아프지 않다면야 그대의 무례함으로 화가 나도 나는 기꺼이 받아들이겠소. 그리고 처자가 있는 그대 집으로 그렇게 돌아가고 싶다면 가시오. 내가 그걸 말리는 건 하느님이 허락하지 않으실 거요. 그대가 내 돈을 가지고 있으니 우리가 세 번째로 고향을 떠나온 지 며칠이 되었는지를 헤아려 보고 매달 그대가 받을 수 있고 받아야 하는 금액이 얼마인지를 계산하여 그대 손으로 그대에게 지불하시오.」

「제가 토메 카라스코 님을 모셨을 때요……」 산초가 대답했다. 「나리도 잘 아시는 삼손 카라스코 학사의 아버지 말씀입니다요. 그때 저는 먹는 것 말고도 한 달에 금화 2두카도를 받았습니다요. 그런데 나리하고는 얼마를 받아야 하는지 모르겠습니다요. 농가의 머슴 일보다 편력 기사의 종자 일이 훨씬 힘들다는 건 알고 있습니다만요. 결론적으로요, 농가에서 머슴 일을 하면 낮에는 아무리 고되고 힘들어도 밤에는 침대에서 잠을 자거든요. 그런데 나리를 섬기고 난 이후부터 전 한 번도 침대에서 자본 적이 없습니다요. 돈 디에고 데 미란다 댁에 묵었던 짧은 기간과 카마초의 솥에서 꺼낸 찌끼로 가졌던 연회와 바실리오 댁에서 먹고 마시고 잔 것을 빼면 매일 딱딱한 땅바닥에서, 그것도 하늘의 무자비라고 하는 것에 몸을 맡기고 한데서 잤습니다요. 치즈 조각과 딱딱한 빵 부스러기로 목숨을

194 이번에도 〈자네〉 대신 〈그대〉로 산초를 부르고 있다.

362

부지하고 길도 없는 곳으로 돌아다니다 만나는 시냇물이나 우물물을 마시면서 말입니다요.」

「나도 고백하네만……」 돈키호테가 말했다. 「자네가 하는 말 모두 사실이네, 산초. 토메 카라스코가 준 것보다 그대[195]에게 얼마나 더 주면 되겠소?」

「제 생각에는요, 나리……」 산초가 대답했다. 「한 달에 2레알만 더 보태 주시면요, 잘 받았다고 생각하겠습니다요. 이건 제 노동에 대한 급료입니다요. 나리께서 제게 어느 성을 통치하게 해주신다고 하신 말씀과 약속을 지키시려면요, 6레알은 더 주셔야 합니다요. 모두 합치면 30레알입니다요.」

「좋소.」 돈키호테가 대답했다. 「그대가 말한 대로 급료를 계산하자면 우리가 고향을 떠나온 지 스물닷새가 되니 비율에 따라 얼마를 그대에게 지불해야 할지 계산을 해서 그대에게 말했듯이 그대 손으로 그대에게 그 돈을 지불하시오.」

「아니, 이런!」 산초가 말했다. 「나리, 이렇게 계산하시면 안 됩니다요. 왜냐하면 섬을 주신다고 약속하신 것에 대해서는말이죠, 나리께서 제게 약속하신 날부터 지금 우리가 있는 지금 이 시점까지 계산되어야 하거든요.」

「그렇다면 내가 그대에게 섬을 약속한 지는 얼마나 되었소, 산초?」 돈키호테가 말했다.

「제 기억이 틀리지 않는다면……」 산초가 대답했다. 「20년 하고 약 사흘 정도 더 됐습니다요.」

돈키호테는 자기 이마를 손바닥으로 한 번 크게 치고는 아주 호방하게

---

195 다시 〈자네〉로 부르다가 곧장 〈그대〉로 바꾸어 부르고 있다.

웃더니 이렇게 말했다.

「내가 시에라 모레나 산중을 다닌 기간과 우리가 집에서 나와 돌아다
닌 기간을 모두 합쳐도 기껏해야 두 달이 되지 않았네. 그런데 자네는 내
가 자네에게 섬을 약속한 게 20년이 되었다고 하는 건가, 산초? 이제 보
니 자네가 지니고 있는 내 돈을 모두 자네 급료로 삼고 싶어서 그러는 모
양인데, 만일 그렇다면, 그리고 자네가 그걸 원한다면, 지금 당장 자네에
게 다 주지. 자네에게 유용하기를 바라네. 이렇게 못된 종자와 함께 있으
니 차라리 일전 한 푼 없이 가난하게 사는 편이 낫겠군. 그런데 편력 기사
도의 종자가 지켜야 할 규정을 위반한 자여, 내게 말 좀 해보게나. 〈제가
당신을 섬길 테니 매달 그 정도에서 얼마나 더 지불해 줄 거냐〉 하고 자기
주인과 대면하여 흥정하는 편력 기사의 종자를 어디서 보거나 읽은 적이
있는가? 들어가 보게, 들어가 봐, 악당과 게으름뱅이와 괴물, 이 모두를
닮은 자네, 편력 기사 이야기들의 망망대해[196]로 들어가 보게. 만일 자네
가 이 자리에서 내게 말한 것과 같은 내용을 말하거나 생각하거나 하는
종자를 발견한다면 내 손에 장을 지질 거야. 거기에다 내 코를 손가락으
로 세게 네 번 튕기도록 하지. 자, 고삐를 돌리게. 아니 고삐라기보다는 당
나귀 끈을 돌려 집으로 돌아가게. 지금부터 단 한 발짝도 나와 함께 나아
가서는 아니 되네. 오, 배은망덕한 인간이여! 지켜지지 않은 약속들이여!
오, 인간이라기보다 짐승에 더 가까운 자여! 지금 나는 자네 아내가 뭐라
해도 자네를 〈나리〉라 불리는 신분으로 만들어 주려고 생각하고 있는데,
자네는 떠나가고 싶단 말이지? 내가 자네를 세상에서 가장 훌륭한 섬의
주인으로 만들어 주고자 확고하면서도 확실한 마음을 먹고 있는 이때에

196 Mare Magnum. 〈망망대해〉라는 뜻이다. 여기에 쓰인 두 단어가 조합된 스페인어
〈maremágnum〉은 〈풍부함〉, 〈혼란〉 등의 의미로 사용된다.

자네는 가버리겠다는 것이지? 결국 자네가 몇 번이나 말한 것처럼 〈당나귀 주둥이에 꿀〉일세. 여기서 당나귀는 바로 자네야. 자네는 당나귀가 될 걸세. 자네 목숨이 다할 때까지 자네는 당나귀로 남겠지. 그건 자네가 짐승이라는 것을 알아채고 깨닫게 되는 마지막 순간보다 죽음이 먼저 찾아올 것임을 내가 확신하기 때문이네.」

돈키호테가 이렇게 비난하는 동안 산초는 주인을 뚫어지게 쳐다보고 있었는데, 후회가 되었는지 눈에 눈물을 머금고는 고통스럽고 아픈 목소리로 말했다.

「주인 나리, 고백건대 완전히 당나귀가 되기 위해 제게 모자란 것이 있다면 단지 꼬리뿐입니다요. 나리께서 제게 꼬리를 붙여 주신다면야, 감사히 받고 제 여생 동안 매일매일 당나귀처럼 나리를 모시겠습니다요. 나리, 저를 용서해 주세요. 저의 미숙함을 불쌍하게 여겨 주세요. 그리고 전 아는 게 별로 없다는 것을 알아 주세요. 제가 말이 많은 것도, 결코 나쁜 마음에서 그러는 것이 아니라 병 때문이라는 것도 헤아려 주세요. 실수를 하고 고치는 사람은 하느님도 용서해 주신다지 않습니까요.」

「자네 말에 속담 나부랭이를 섞지 않으니 오히려 그게 놀랍군, 산초. 그래 좋아, 자네를 용서하지. 그러니 고치게. 앞으로는 너무 자네 이익만 생각하지 말고, 마음을 넓게 가지도록 하게. 그리고 내 약속이 지켜질 때까지 용기를 가지고 기다리게. 비록 약속 이행이 늦어질지는 모르나 불가능한 건 아니니까 말이야.」

산초는 없는 힘이지만 죽을힘을 다해 그렇게 하겠노라고 대답했다.

그리고 나서 그들은 숲으로 들어가 돈키호테는 한 느릅나무 발치에, 산초는 너도밤나무 발치에 자리를 잡았다. 이러한 나무들과 이와 유사한 다른 나무들에 손은 없어도 늘 발은 있기 마련이다. 산초는 밤의 찬 기운 때문에 몽둥이로 얻어맞은 자리가 더 고통스럽게 느껴져 힘든 밤을 보냈고, 돈키호테는 끊임없이 회상에 잠겨 밤을 지새우다시피 했다. 하지만 어느새 두 사람 다 잠이 들었다가 동이 트자 그 유명한 에브로 강의 강변을 찾아 길을 계속 갔는데, 그 강변에서 일어난 일은 다음 장에서 이야기될 것이다.

29
그 유명한
마법에 걸린 배 모험에 대하여

돈키호테와 산초는 줄곧 일정한 걸음걸이로 걸어 숲을 나온 지 이틀 만에 에브로 강에 닿았다. 돈키호테는 이 강을 보고 대단히 기뻐했다. 강변의 쾌적함이며 깨끗하고 맑은 물이며 유유히 흐르는 물결이며 유리같이 맑고 풍부한 수량이며, 보고 또 봐도 어찌나 좋은지 머릿속에 수천 가지 사랑스러운 생각들이 되살아났다. 특히 몬테시노스의 동굴에서 본 것이 머릿속에 오락가락했다. 비록 페드로 선생의 원숭이가 그 일의 일부는 진실이고 일부는 거짓말이라고 했지만 돈키호테의 생각은 거짓말보다는 진실이라는 쪽에 훨씬 기울어 있었다. 그 모든 것을 거짓말로 여기는 산초와는 정반대로 말이다.

이렇게 가고 있는데 조그마한 배 한 척이 눈에 띄었다. 노도 없고 그 밖에 배가 갖추어야 할 도구도 없이, 강변에 있는 나무둥치에 묶여 있었다. 돈키호테는 사방을 둘러보았으나 아무도 없었다. 그러자 그는 무턱대고 로시난테에서 내리더니, 산초에게도 잿빛에서 내려 거기 있던 포플러인지 수양버들인지 그 나무둥치에다 두 짐승을 잘 매어 두라고 명령했다. 산초가 왜 그렇게 급히 말에서 내려 짐승들을 매어 두라고 하는지 그 이유를 묻자 돈키호테는 대답했다.

「알아 두게 산초, 여기 있는 이 배는 분명 나를 불러 초대하며 나보고 타라 하고 있는 게야. 그게 아니라면 말이 안 되지. 그 배를 타고 가서 지금 아주 큰 근심에 빠져 있을 것이 분명한 기사, 혹은 도움이 필요한 지체 높으신 분을 구하라고 하고 있단 말이네. 기사 이야기와 기사 이야기 중간에 끼어들어 말을 하는 마법사들에 대해 써놓은 책을 보면 그런 식으로 되어 있거든. 즉 어느 기사가 어떤 곤경에 처해 있는데, 그 곤경으로부터 빠져나오기 위해 다른 기사의 도움이 필요할 때 이런 방식을 쓰는 걸세. 이 두 기사가 서로 2천~3천 레과, 아니 그보다 더 멀리 떨어져 있다 할지라도 마법사들은 도움을 주러 갈 기사를 구름으로 낚아채거나 준비된 배에 태워서는, 눈 깜짝할 사이에 공중 또는 바다를 건너 그의 도움이 필요한 곳이나 원하는 곳으로 데려간단 말이네. 그러니 오, 산초! 이 배도 그와 같은 목적으로 여기에 있는 게야. 지금이 대낮인 것처럼 이 일은 틀림없는 사실이네. 그러니 날이 저물기 전에 잿빛과 로시난테를 함께 매어 두고 하느님의 손이 우리를 인도하시도록 하세. 설령 맨발의 수도승들이 나를 막는다 해도 나는 기어이 이 배에 타고 말겠네.」

「일이 그렇다니……」 산초가 대답했다. 「그리고 나리께서 사사건건 이런 터무니없다고 불러야 할지 말지 모를 그런 일에 나서시기를 원하시니, 저야 고개를 숙이며 복종할 수밖에요. 속담도 있잖습니까요. 〈네 주인이 명령하는 일을 하라, 그리고 주인과 함께 식탁에 앉으라〉라는 거요. 하지만 아무리 그렇다 해도, 제 양심의 짐을 덜기 위해 나리께 한 말씀 드려야겠습니다요. 제가 보기엔 말입니다요, 이 배는 마법에 걸린 자들의 것이 아니라 어떤 어부의 배 같습니다요. 이 강에서는 세상에서 제일 멋진 송어가 잡히거든요.」

산초는 말을 하면서 짐승들을 나무에 맸는데, 이렇게 짐승들을 내버려 두고 간다는 게 마음이 아파도 마법사들의 비호와 보호에 녀석들을 맡길 수밖에 없었다. 짐승들을 내버려 두는 것은 걱정할 필요가 없다고 돈키호테는 말했다. 그렇게 아득하게 먼 곳으로 자기들을 데려갈 자가 그들을 먹여 살릴 생각도 하고 있을 것이라면서 말이다.

「그 〈아득하게〉라는 게 무슨 말인지 모르겠는데요.」 산초가 말했다. 「제 살아생전 그런 말은 한 번도 들어 본 적이 없습니다요.」

「〈아득하게〉란 말이지…….」 돈키호테가 대답했다. 「〈멀리 떨어져 있다〉라는 뜻이네. 자네가 그 말을 모른다고 해도 놀랄 일은 아니지. 자네가 라틴어를 알아야 할 의무는 없으니까. 라틴어를 모르면서 아는 체하는 사람들도 있지만 말이네.」

「다 맸습니다요.」 산초가 말했다. 「이제 뭘 하면 됩니까요?」

「뭘 하면 되느냐고? 성호를 긋고 닻을 올리게. 무슨 말이냐 하면, 우리가 이 배에 올라 배를 묶어 둔 밧줄을 잘라야 한다는 뜻이지.」

그러면서 돈키호테가 펄쩍 뛰어 배에 오르니 산초도 그 뒤를 따랐다. 밧줄을 끊자 배는 조금씩 조금씩 강가에서 떨어져 나갔다. 2바라쯤 강으로 나아가자 산초는 이제 자기는 죽었다며 벌벌 떨기 시작했다. 하지만 그에게 무엇보다도 가슴 아팠던 것은 잿빛의 울음소리를 듣는 것과 로시난테가 고삐를 풀려고 몸부림치는 모습을 보는 것이었다. 그래서 산초는 주인에게 말했다.

「잿빛은 우리가 없어진 걸 아파하며 울고 있고요, 로시난테는 우리 뒤를 쫓아 강물에 뛰어들고자 고삐에서 풀려나려고 애를 씁니다요. 오, 정말 사랑하는 친구들이여, 편안히 잘들 있으렴. 우리를 너희들한테서 떼어 놓는 이 광기가 그 잘못된 점을 깨우쳐서 다시 너희들에게 돌아갈 수 있게 되기를 바란다!」

그러면서 아주 비통하게 울기 시작하자 돈키호테는 기분이 언짢기도

하고 화가 나기도 해서 산초에게 말했다.

「뭐가 그리 무섭단 말이냐, 이 겁쟁이야? 뭣 때문에 우는 거냐, 이 울보야? 누가 너를 구박이라도 하며 못살게 굴기라도 한단 말이냐, 집쥐처럼 가슴이 콩알만 한 인간아? 뭐가 모자라기라도 해서 풍요로움의 한가운데서도 부족함을 느끼는 것이냐? 네가 리페아 산을 맨발로 걸어가기라도 한단 말이냐? 대공작처럼 판자에 앉아 이 쾌적한 강의 잔잔한 흐름을 따라가다 보면 잠시 후 금방 널찍한 바다로 나가게 될 것이 아니냔 말이다. 우리가 출발하여 이미 적어도 7백 레과나 8백 레과를 항해했을 것이 틀림없다. 만일 내가 여기 북극성의 높이를 재는 천체 고도 측정기를 갖고 있다면 얼마나 항해했는지 그 거리를 네게 말해 줄 수 있을 텐데. 비록 잘 모르기는 하지만 우리는 벌써 적도를 지나왔거나 곧 지나가게 될 것이야. 적도란 상반된 극을 똑같은 거리로 양분하거나 자르는 선이지.」

「그런데 나리께서 말씀하시는 그 직도인지 적도인지에[197] 도착하게 되면……」 산초가 물었다. 「우리가 얼마나 간 게 되는 겁니까요?」

「많이 간 게 되지.」 돈키호테가 대답했다. 「프톨로메오[198]라는 이름으로 알려진 세계 최고의 우주학자였던 사람이 계산한 바에 따르면, 물과 뭍으로 이루어진 지구는 360도로 되어 있는데, 내가 말한 적도까지 가면 우리는 지구의 절반을 간 셈이 되는 게야.」

「세상에……」 산초가 말했다. 「나리께서는 말씀하신 내용의 증인으로서 멋진 인간을 데리고 오셨는데, 제겐 창부인지 문둥이인지, 오줌싸개[199]인지

197 산초는 〈적도línea equinoccial〉에서 〈línea(선)〉을 〈leña(땔나무)〉로 들었다.
198 Ptolomeo. 고대 그리스의 지리학자이자 천문학자였던 프톨레마이오스Ptolemaeos를 가리킨다.
199 프톨레마이오스의 스페인어 이름인 프톨로메오에서 〈프토pto〉를 〈푸토puto〉로 들으면 이는 〈창부〉를 의미하고, 〈메오meo〉에 증대사를 붙이면 〈메온meón〉이 되는데 이는 〈오줌싸개〉를 뜻한다. 또한 산초는 〈우주학자cosmógrafo〉를 〈문둥이gafo〉로 들었다.

뭔지도 모를 인간입니다요.」

돈키호테는 우주학자 프톨로메오의 이름과 계산과 측정에 대해 읊다가 산초의 해석에 그만 웃어 버렸다. 그는 말했다.

「알아 두게, 산초. 동인도로 가기 위해 카디스에서 배를 타고 떠난 에스파냐 사람들이나 다른 나라 사람들이 아까 자네에게 말한 그 적도를 통과했는지를 확인하는 방법 중 하나로, 배에 타고 있던 사람들에게 붙어 있던 이가 모두 죽었는지 살펴보았다는군. 적도를 통과하면 이는 한 마리도 안 남고, 그것이 금이라도 되는 양 배 안을 온통 뒤져 봐도 전혀 없게 된다는 거지. 그러니 산초, 자네도 자네 허벅지를 만져 보게. 살아 있는 놈이 있으면 우리는 이 의문에서 빠져나올 수 있을 것이네. 살아 있는 놈을 한 마리도 찾지 못하면 적도를 통과한 게지.」

「저는 그 말을 전혀 믿을 수가 없습니다요.」 산초가 대답했다. 「하지만 그래도 나리가 하라고 하시니 하겠습니다요. 뭣 때문에 그런 실험을 해야 할 필요가 있는지는 모르겠지만요. 왜냐하면 우리가 강가에서 떨어진 게 5바라도 안 되고 짐승들이 있는 곳에서 2바라도 옮겨 오지 않았다는 걸 제 눈으로 보고 있거든요. 저기 로시난테와 잿빛이 우리가 놔둔 바로 그 장소에 그대로 있잖습니까요. 제가 지금 보고 있듯이 나리께서도 보시면 아십니다요. 맹세코 말씀드립니다만요, 우리는 개미가 가는 속도만큼도 움직이지 않을 뿐 아니라 아예 가고 있지도 않다고요.」

「산초, 내가 하라고 한 일이나 해보고 다른 것에는 신경 쓰지 말게. 자네는 천체와 지구를 구성하고 있는 분지 경선이니 경도니 위도니 황도대니 황도니 양극이니 동지니 하지니 위성이니 십이궁이니 동서남북 네 방위니 측정이니, 이런 것들이 무엇인지 모를 것이니 말이네. 만일 이 모든 것을 알거나 그 일부라도 안다면 어느 정도의 위도를 우리가 통과해 왔는지, 어떤 황도궁을 보았는지, 어떤 별자리들을 뒤에 두고 왔으며 이제 우리가 지나가려는 것은 무엇인지를 분명하게 알 수 있을 텐데 말이야. 그러니 다시 한 번 말하는데, 자네 몸을 더듬어 이를 찾아보게. 장담하네 만, 자네는 매끈하고 하얀 종이보다 더 깨끗할 걸세.」

산초는 아주 천천히 왼쪽 무릎 안쪽으로 손을 넣어 조심스럽게 더듬었다. 그러고는 고개를 들어 주인을 바라보며 말했다.

「이 실험이 엉터리거나, 아니면 나리가 말씀하신 곳까지 아직 안 온 거네요. 많이 온 것도 아닙니다요.」

「그렇다면 뭐가 있다는 말인가? 뭔가 손에 잡히는 게 있는가?」

「있고말고요!」

그는 손가락을 털면서 손을 강물에 씻었다. 그 강 한가운데로 배는 고요히 미끄러져 가고 있었다. 눈에 보이지 않는 영적인 힘이나 눈에 띄지 않는 마법사가 숨어서 배를 움직이고 있는 게 아니라, 물의 흐름 그 자체가 고요하고 부드러운 때였다.

이때 강 한가운데서 커다란 물레방아 몇 개가 나타났으니, 돈키호테는 이것을 보자마자 큰 소리로 산초에게 말했다.

「보이는가? 저기, 오 나의 친구여! 도시인지 성인지 요새인지가 보이지 않는가? 분명 기사가 억류되어 있거나 여왕이나 공주가 감금되어 있는 곳이 틀림없네. 그분들을 구하라고 나를 이리로 데려온 게야.」

「무슨 놈의 도시니 성이니 요새니 하시는 겁니까요, 나리?」 산초가 말했다. 「강에 있는 저건 밀을 빻는 물레방아라는 걸 모르시겠습니까요?」

「닥치게, 산초!」 돈키호테가 말했다. 「저것은 물레방아로 보이지만 물레방아가 아니네. 이미 자네에게 말했듯이 마법사들은 무슨 사물이든 그들이 갖고 있는 본래의 모습을 바꾸어 다른 것으로 둔갑시키는데, 실제로 다른 것으로 만들어 버리는 것이 아니라 그렇게 보이게만 하는 것이지. 내 희망의 유일한 도피처인 둘시네아를 둔갑시켜 놓은 사건에서 경험했듯이 말일세.」

이때쯤 배는 강의 흐름 한가운데로 들어갔으므로 더 이상 그때까지처럼 천천히 움직이지 않았다. 강물로 배가 떠내려 와서 물레방아의 거센 물살에 빨려들 것 같아 보이자, 물방앗간에서 일하던 많은 사람들은 배를 멈추기 위해 장대를 들고 급하게들 뛰어나왔다. 그들의 얼굴이며 옷이 온통 밀가루를 뒤집어쓴 터라 모습이 흉측했다. 그들은 큰 소리로 이렇게 외치기 시작했다.

「이런 미친 인간들을 봤나! 어딜 가려는 거요? 죽으려고 환장을 했나? 대체 뭘 하고자 하는 거요? 물에 빠져 물레방아에 박살 나고 싶어서 그러는 거요?」

「내가 말하지 않았던가, 산초?」 돈키호테가 산초에게 말했다. 「내 팔의 용기가 어디까지 닿는지 보여 주지 않으면 안 되는 곳에 이르렀다고 말이다. 어떤 악당들과 비겁한 녀석들이 나와서 나한테 덤비는지 보게. 얼마나 많은 괴물들이 나한테 맞서려 하는지, 얼마나 추한 표정들로 우리를 노려보고 있는지 보란 말일세. 그렇게 나온다면 맛을 보게 될 것이다, 이 심술궂은 자들아!」

그러면서 그는 배 위에 일어선 채 큰 소리로 물방앗간 사람들을 위협하기 시작했다.

「이 사악하고 돼먹지 못한 망나니들아! 거기 너희들의 그 요새인지 감방인지에 억류되어 있는 사람을 풀어 주고 모든 것을 그 사람의 자유의사에 맡기도록 해라. 그 사람의 신분이나 자질이 높든 낮든 상관치 말고 말이다. 나는 돈키호테 데 라만차, 다른 이름으로는 〈사자의 기사〉라고 불리는 자이지. 내게 부여된 임무는 높으신 하늘의 명령으로 이 모험에 행복한 결말을 주는 것이다.」

이렇게 말하면서 그는 칼을 뽑아 들더니 허공에 대고 칼을 휘두르기 시작했다. 물방앗간 사람들은 그의 말도 안 되는 소리를 듣기는 했지만 도대체 무슨 이야기를 하는 것인지 이해하지 못한 채 자기들이 들고 나온 장대로 배가 물레방아의 격류 속으로 빨려 들어가려는 것을 멈추려 애를 썼다.

산초는 무릎을 꿇고는 하늘을 향해 이 눈앞의 위험에서 벗어나게 해주십사 열심히 빌었으니, 그의 기도대로 되었다. 물방앗간 사람들이 기지를 발휘하여 날렵하게 장대로 막아 배가 앞으로 나아가는 것을 멈추었던 것이다. 하지만 뒤집히는 것은 어쩔 수가 없어 돈키호테와 산초의 몸은 옆으로 기울다가 물속에 빠지고 말았다. 다행히도 돈키호테는 거위처럼 수영을 잘했다. 비록 갑옷의 무게 때문에 두 번이나 물속으로 가라앉기는 했지만 말이다. 물방앗간 사람들이 몸을 날려 두 사람을 끌어안아 꺼내지 않았더라면 그들에게는 그곳이 트로이[200]가 되었을 것이다.

흔히들 〈목말라 죽겠다〉고 하는 말과는 반대로, 두 사람은 죽도록 젖은 채 땅에 올라왔다. 산초는 무릎을 꿇고 두 손을 모아 하늘을 우러러보며 하느님께 길고도 경건한 기도를 드렸으니, 앞으로는 주인의 무모한 생각이나 공격에서 제발 자기를 면제해 달라는 내용이었다.

이때 그 배의 임자인 어부들이 찾아왔다. 그들은 물레방아에 부딪쳐 산산조각이 난 배를 보더니 산초의 옷을 벗기려 덤벼들고 돈키호테에게는 배를 보상하라고 대들었다. 돈키호테는 마치 자기한테 아무 일도 일어나지 않았다는 듯 아주 평온한 태도로, 물방앗간 사람들과 어부들에게 기꺼이 배값을 치르겠노라고 말했다. 대신 성에 억류되어 있는 사람들을 자유롭게 풀어 주고 아무런 경계도 하지 않겠다고 약속해야 한다는 조건이

---

200 트로이 전쟁 때 그리스 병정들이 목마 안에 숨어서 트로이 성으로 들어가 불을 지르고 무찔러 망하게 한 것에 대한 언급. 훌륭하고 아름답던 것이 패망하고 추하게 된 것을 볼 때 〈여기가 트로이였다〉라는 표현을 사용한다.

었다.

「어떤 사람, 어떤 성을 두고 하는 말이오?」 물방앗간 사람들 중 하나가 대답했다. 「당신 미친 것 아니오? 혹시 이 물방앗간으로 밀을 빻으러 오는 사람들을 다른 데로 빼 가려고 그러는 거요?」

〈그러면 그렇지!〉 돈키호테는 생각했다. 〈이 망나니 같은 인간에게 부탁해서 좋은 일을 하도록 설득하는 건 사막에서 설교를 하는 짓이나 다름없어. 이번 모험에는 용감한 두 마법사가 개입하고 있는 게 틀림없군. 한 명이 기획한 것을 다른 한 명이 방해하고 있는 거야. 그러니까 한 명은 나에게 배를 주었는데 다른 한 명은 그걸 반대로 한 게지. 하느님이 해결하실 일이야. 세상일이 만사 서로 맞서서 거스르는 음모와 계책으로 되어 있으니 더 이상 내가 할 수 있는 것이 없구먼.〉

그러고는 물방앗간을 바라보며 목소리를 높였다.

「그 감방에 갇혀 있는 친구들이여, 당신들이 누구든 간에 나를 용서하시오. 나의 불운과 당신들의 불운으로 인해 당신들을 그 슬픔에서 꺼내 드릴 수가 없게 되었소. 다른 기사를 위해 이 모험은 보류되어 있는 모양이오.」

이렇게 말하고 나서는 어부들과 합의하여 배 보상금으로 50레알을 지불했는데, 산초는 그 돈을 주며 아주 기분이 나쁜 듯 말했다.

「이 같은 배 모험을 두 번만 했다가는 우리 밑천이 바닥나고 말겠습니다요.」

어부들과 물방앗간 사람들은 그냥 보기에도 예사 사람들과 확실하게 다른 그 두 사람의 모습에 놀랐으며, 돈키호테가 자기들에게 한 말과 질문들이 대체 무엇이었는지 끝까지 이해할 수 없었다. 결국 그 두 사람을 미치광이들이라고 단정하고 내버려 둔 채, 물방앗간 사람들은 자기네 방앗간으로, 어부들은 자기네 오두막으로 돌아갔다.

돈키호테와 산초는 짐승들과 다시 하나가 되기 위해 이들이 있는 곳으로 돌아갔으니, 마법에 걸린 배의 모험은 이렇게 끝났다.

30
아름다운 사냥꾼 여인과
돈키호테 사이에 일어난 일에 대하여

기사와 종자는 우울하고도 불쾌한 기분으로 짐승들이 있는 곳에 도착했는데, 산초는 특히 더했다. 산초에게 있어서 돈과 관련하여 일어나는 문제는 자기 영혼에 일어나는 문제와 같았고, 자기가 가지고 있는 돈을 빼앗아 가는 일이라면 무엇이든 자기 눈에서 눈동자를 빼내 가는 것과 같았다. 마침내 그들은 서로 아무 말도 없이 각자 자기의 말과 당나귀에 올라타서는 그 유명한 강을 떠났으니, 돈키호테는 자기 사랑의 생각에 푹 파묻혀 있었고 산초는 자기 출세에 대한 생각에 잠겨 있었다. 그 순간으로서는 출세한다는 것이 너무나 멀리 있는 일 같아 보였다. 산초가 비록 멍청하기는 해도 자기 주인이 하는 행동 대부분이 터무니없는 짓이라는 것쯤은 알고 있었다. 따라서 그는 이제 주인을 생각하거나 작별 인사를 할 필요도 없이 어느 한 날 주인과 찢어져 집으로 돌아가 버릴 기회를 엿보고자 했다. 그러나 운명은 그가 걱정하고 있던 것과는 정반대로 일을 마련해 놓고 있었다.

일이 벌어진 건 그다음 날 해가 질 무렵 숲에서 나왔을 때였다. 돈키호테는 푸른 초원으로 시야를 쭉 뻗어 둘러보다가 초원 끝에 사람들이 몰려 있는 모습을 보게 되었다. 가까이 가보자 그들이 매사냥을 하는 사냥꾼들이라는 것을 알 수 있었다. 조금 더 다가가 보니 그 사람들 사이에 아름다운 부인이 녹색 마구에 은빛 여성용 안장을 얹은 새하얀 부인용 말인지 조랑말인지를 타고 있는 것이 보였다. 부인도 녹색 옷을 입고 있었는데 그 모습이 얼마나 시원하고 화려한지, 화려함 그 자체가 그녀로 둔갑해서 온 것 같았다. 왼쪽 손에 매 한 마리를 들고 있는 것으로 보아 돈키호테는 그 부인이 어느 지체 높은 여성일 것이라고 생각했다. 사실 그런 사냥꾼들은 모두 그런 사람들일 수밖에 없으니 말이다. 그래서 그는 산초에게 말했다.

「달려가게, 산초 이 사람아. 달려가서 매를 들고 부인용 말에 앉아 있는 저 부인에게 말씀드리게. 나 〈사자의 기사〉가 그분의 위대한 아름다움을 칭송하며 그분의 손에 입을 맞춘다고 말일세. 만일 부인이 허락만 하신다면 내가 직접 가서 손에 입을 맞추고, 그분의 명령이라면 그게 무엇이 되었든 힘이 닿는 한 알아 모시겠노라고 말일세. 산초, 말할 때는 잘 살피고, 내 말을 전할 때 자네가 잘 들먹이는 속담 따위는 끼워 넣지 않도록 신경 쓰게.」

「끼워 넣는 사람 하나 제대로 찾으셨네요!」 산초가 대답했다. 「그렇게까지 말씀해 주실 필요 없습니다요. 암, 그렇고말고요. 이게 지체 높고 키 크신 부인네들에게 생전 처음으로 말씀을 전하는 일도 아닌데요, 뭐!」

「둘시네아 귀부인에게 내 말을 전하게 한 것 말고는……」 돈키호테가 대답했다. 「적어도 자네가 나를 섬긴 이후로 내가 다른 심부름은 시킨 일은 없는 것으로 아는데.」

「그렇습니다요.」 산초가 대답했다. 「하지만 돈을 잘 갚는 사람에게는 담보물이 마음에 걸리지 않고, 먹을 것이 가득한 집에서는 저녁이 빨리 차려진답니다요. 그러니까 제 말씀은요, 제게 다른 말씀이나 충고를 하실 필요가 없다는 겁니다요. 전 무엇이든 할 준비가 되어 있고, 무슨 일이든 조금씩은 알고 있으니 말입니다요.」

「물론 나도 그렇게 믿고 있지.」 돈키호테가 말했다. 「잘 다녀오게. 하느님의 인도를 빌겠네.」

산초는 당나귀의 걸음을 재촉하여 서둘러 떠났다. 그렇게 아름다운 사냥꾼 여인이 있는 곳으로 다가가더니 당나귀에서 내려 무릎을 꿇고는 그녀에게 말했다.

「아름다운 귀부인이시여, 저기 보이는 저 기사님은 〈사자의 기사〉라고 하는 제 주인이십니다요. 저는 그분의 종자로, 집에서는 산초 판사라고 불리는 사람입니다요. 저 〈사자의 기사〉라는 분은 얼마 전까지만 해도 〈슬픈 몰골의 기사〉라고 불렸는데, 그분이 저를 보내시어 귀부인께 말씀을 드리라고 하셨습니다요. 저의 주인님이 그분 자신의 소원을 실행에 옮길 수 있는지, 마님 마음과 허가와 동의를 얻어 오라고 말입니다요. 그분의 소원이란 건 ─ 저의 주인님이 말씀하신 바이자 저도 그렇게 생각하는 것인데요 ─ 다름이 아니라 고매하신 매사냥과 마님의 아름다움을 위해 봉사하는 일입니다요. 마님께서 저의 주인에게 그것을 허락하신다면야 마님을 위해서도 좋고, 저의 주인도 분명 은혜와 기쁨을 얻게 될 것입니다요.」

「훌륭한 종자 그대는······.」 귀부인이 대답했다. 「그런 심부름을 할 때 필요한 모든 양식을 그대로 갖추고 있군요. 자, 땅에서 일어나요. 〈슬픈 몰골의 기사〉에 대해서는 벌써 이 근방에도 많은 소식들이 돌고 있어요. 그런데 그 위대한 기사의 종자 되시는 분이 그렇게 무릎을 꿇고 있다니 당치 않아요. 일어나요, 종자 양반. 그리고 이곳에 있는 우리 별장에서 나와 내 남편인 공작님을 모실 수 있도록 흔쾌히 와주십사 댁 주인에게 전해 주기를 바라요.」

산초는 이 훌륭한 귀부인의 아름다움만큼이나 대단한 그녀의 교양미와 공손함에 감탄하며 일어났다. 그는 귀부인이 자기 주인 〈슬픈 몰골의 기사〉에 대한 소식을 듣고 있다는 말에 더욱 놀랐는데, 귀부인이 〈사자의 기사〉로 주인을 부르지 않은 것은 이 이름이 최근에 붙여졌기 때문임이 틀림없었다. 아직도 성함이 알려져 있지 않은 그 공작 부인이 산초에게 물었다.

「말해 줘요, 종자 양반. 당신의 주인이라는 분이 지금 『기발한 이달고 돈키호테 데 라만차』라는 이야기로 출판되어 나돌고 있는 주인공, 둘시네아 델 토보소라는 분을 자기 마음의 주인으로 두신 그분이 아닌가요?」

「그렇습니다요, 부인!」 산초가 대답했다. 「그리고 그 이야기에 나오는, 아니 꼭 나와야 하는 그분의 종자인 산초 판사라는 사람이 바로 접니다요. 만일 나오지 않았다면 요람에서 저를 바꿔치기했을 겁니다요. 그러니까 제 말씀은, 인쇄할 때 저를 바꿔치기했다는 겁니다요.」

「나는 그 이야기 전부를 아주 좋아해요. 판사 양반, 가서 주인께 말씀드려요. 내 영지에 잘 오셨고 정말 환영한다고 말이에요. 이보다 더 나를 즐겁게 하는 일은 없을 거라고도 전해 주세요.」

이와 같은 참으로 반가운 대답을 가지고 산초는 무척 기뻐하며 주인에게로 돌아가서는 귀부인이 자기에게 한 말을 모두 전했다. 그는 그녀의 빼어난 아름다움과 훌륭한 교양과 공손함을 자기의 촌스러운 언어로 하늘까지 치켜세웠다. 돈키호테는 안장 위에서 늠름하게 자세를 잡은 후 등자에 발을 잘 올려놓고 투구의 얼굴 가리개를 제대로 손본 다음 로시난테를 몰아 품위 있고 당당한 모습으로 공작 부인의 손에 입을 맞추어 경의를 표하기 위해 다가갔다. 돈키호테가 오는 동안 공작 부인은 남편인 공작을 불러오게 하여 산초의 말을 죄다 전했다. 두 사람은 이 이야기의 전편을 읽었고, 따라서 돈키호테의 터무니없는 성미를 잘 알고 있었기 때문에 대단히 기뻐하며 그와의 만남을 기다렸다. 그들은 돈키호테와 함께 지내는 동안, 자기들이 읽었으며 아주 좋아하기까지 했던 기사 소설에 나오는 모든 예식을 갖추어 돈키호테를 편력 기사로 대우하면서 돈키호테가 자기들에게 말하는 것들을 모두 수용하고 그의 기분대로 따라가 줄 생각이었다.

이때 돈키호테가 투구의 얼굴 가리개를 올린 채 도착했다. 그가 말에서 내릴 기미를 보이자 산초는 등자를 잡아 주기 위해 잿빛에서 내리려 했지만, 지독하게도 운이 없었는지 길마 밧줄에 한쪽 발이 걸려 풀지도 못한 채 오히려 입과 가슴이 땅바닥에 닿도록 거꾸로 매달리고 말았다. 누가 잡아 주지 않는 상태에서 말에서 내리는 데 익숙하지 않았던 돈키호테는 이미 산초가 와서 등자를 잡고 있는 줄 알고 순식간에 몸을 날려 말에서 내렸는데, 말의 뱃대끈이 제대로 조여져 있지 않았던지 안장까지 따라 내려 그와 함께 땅바닥에 굴러떨어지고 말았다. 그는 너무나 창피하여 그때까지도 족쇄에 발이 걸린 채 매달려 있는 산초에게 속으로 마구 저주를 퍼부었다.

공작이 사냥꾼들에게 기사와 종자를 도와주라고 명령하자 그들이 다가와 말에서 떨어져 혼이 난 돈키호테를 일으켰다. 그는 발을 절면서도 최선을 다해 그 두 분 앞에 무릎을 꿇으려고 다가갔다. 하지만 공작은 응하지 않고, 오히려 자기가 말에서 내려 돈키호테에게로 다가가 안으며 말했다.

「〈슬픈 몰골의 기사〉 나리, 나리께서 처음으로 우리 영지를 방문하셨는데 보시다시피 그런 불상사를 겪으셨으니 유감이오. 종자들의 부주의란 이보다 더 불행한 사고의 원인이 되기도 하지요.」

「귀하신 분이시여, 귀하를 뵈려다가 겪은 사고는……」 돈키호테가 말했다. 「비록 제가 나락 밑바닥까지 떨어지는 한이 있더라도 나쁠 수가 없

381

습니다. 귀하를 뵌 영광이 그곳에서 나를 일으켜 세워 꺼내 줄 것이기 때문이지요. 하느님의 저주가 내릴 제 종자는 안장이 풀리지 않도록 말의 뱃대끈을 단단히 조여 매는 일보다는 나쁜 말을 하기 위해 혀 푸는 일을 더 잘하는 인간입니다. 하지만 땅에 떨어져 있든지 일어나 있든지, 걸어가든지 말을 타고 가든지, 어떤 상태로 있든지 간에, 전 언제나 귀하와 귀하께 어울리는 배우자이시자 세계에서 제일가는 예의범절의 공주요 아름다움의 여왕이신 저의 귀부인 공작 부인을 잘 모시도록 할 것입니다.」

「목소리를 낮추시오, 돈키호테 데 라만차 나리!」 공작이 말했다. 「우리 귀부인 도냐 둘시네아 델 토보소가 계시는 곳에서 다른 여인의 아름다움이 찬양된다는 것은 옳지 않은 일이니 말이오.」

이때 이미 밧줄에서 풀려난 산초가 가까이에 있다가 주인이 공작에게 대답하기 전에 말을 가로챘다.

「우리 둘시네아 델 토보소 공주님이 무척이나 아름답다는 사실은 부정할 수 없는 사실이니 인정해야만 합니다요. 하지만 생각지도 않던 곳에서 산토끼가 튀어나온다고 하지요. 자연이라는 것은 진흙으로 그릇을 만드는 도공과 같아서 한 번 예쁜 용기를 만든 자는 두 개라도, 세 개라도, 1백 개라도 만들 수 있다고 하는 말을 들었습니다요. 제가 이런 말씀을 드리는 것은요, 맹세컨대 귀부인이신 공작 부인께서 저의 주인이신 둘시네아 델 토보소 님께 결코 뒤지지 않으신다는 겁니다요.」

돈키호테는 공작 부인을 보며 말했다.

「공작 부인이시여, 이 세상에 있는 모든 편력 기사들 가운데 제 종자보다 말이 많고 익살스러운 종자를 데리고 다녔던 기사는 없었다고 생각해 주십시오. 며칠간 귀부인을 모실 수 있는 영광을 제게 주신다면 이 말이 사실임을 제 종자가 증명할 것입니다.」

이 말에 공작 부인은 대답했다.

「나는 착한 산초가 재미있기까지 하니 그 점을 매우 높이 산답니다. 그건 그 사람에게 분별이 있다는 증거이기 때문이지요. 돈키호테 나리, 나리도 잘 아시다시피 재미나 말재주는 아둔한 머리에서는 나오지 않으니까요. 착한 산초가 재미있고 말재주도 좋으니 이제부터 그를 분별 있는 사람으로 인정하는 바입니다.」

「거기에다 말도 많고요.」 돈키호테가 덧붙였다.

「더 좋지.」 공작이 말했다. 「우스갯소리를 많이 하려면 말을 적게 해서는 안 되니 말이오. 그렇지만 이렇게 말만 하다가 시간을 흘려보내지 않도록, 위대한 〈슬픈 몰골의 기사〉시여 ―」

「〈사자의 기사〉라고 하셔야 합니다요.」 산초가 말했다. 「이제 〈슬픈 몰골〉은 없습니다요, 그 그림자도 찾아볼 수 없으니 말입니다요.」

「그렇다면 〈사자의 기사〉시여…….」 공작이 말을 이었다. 「내가 하려던 말은, 여기 가까운 곳에 있는 우리 성으로 〈사자의 기사〉께서도 함께 가시자는 것이었소. 그곳에서 이렇게 훌륭한 분께 마땅한 환대를 받게 될 것이오. 나와 내 아내가 우리 성에 찾아오는 모든 편력 기사들에게 베풀곤 하는 그런 것이라오.」

산초는 이미 로시난테의 뱃대끈을 잘 조이고 안장을 얹어 놓은 뒤였다. 돈키호테는 자기 말에 올랐고, 공작도 아름다운 말에 올라 공작 부인을 가운데 두고 성을 향해 출발했다. 공작 부인은 산초에게 자기와 나란히 가자며 불렀으니, 산초의 그 재치 있는 말들을 듣는 게 무척이나 재미있었기 때문이다. 부인이 간청할 필요도 없이 산초는 세 사람 사이에 끼어들었고 대화의 네 번째 사람이 되어 공작과 그의 부인을 아주 즐겁게 해주었기에, 그들은 그러한 편력 기사와 그러한 편력 종자를 자기들 성에 맞이하게 된 것을 대단한 행운으로 생각했다.

책에서 읽은 것과 같은 대접을 받자 돈키호테는 자신이 환상 속에서가 아니라
진짜 편력 기사라는 사실을 처음으로 전적으로 실감하고 믿게 되었다.

「저는 제 주인 돈키호테 님을 완전히 돌아 버린 사람이라고 생각하고 있습니다요.
정말 솔직히 말하자면, 그분은 지혜가 모자라는 사람으로 결론이 났습니다요.」

「둘시네아를 본래의 모습으로 돌아가게 하기 위해 산초는 자신의 큼직한 양쪽 엉덩이를 밖으로 드러내어
삼천삼백 대를 화가 날 정도로 쓰라리고 고통스럽게 스스로 매질해야 하노라.」

작별할 때 산초는 공작 부부의 손에 입을 맞추었고, 자기 주인에게는 축복을 받았다.
주인이 눈물을 흘리면서 축복해 주자, 산초는 울먹였다.

「나를 보고 사랑에 빠지지 않는 처자가 없으니 난 얼마나 불행한 편력 기사인가!
나의 충직함을 혼자서만 향유하도록 내버려 두지 않으니 둘시네아 델 토보소는 얼마나 불행한가!」

31

수많은 큰 사건들에 대하여

산초는 공작 부인의 총애를 받고 있다는 생각으로 기쁨이 최고조에 달했다. 늘 안락한 삶을 좋아하는 그가 보아하니 돈 디에고의 집에서나 바실리오의 집에서 받았던 환대를 공작 부인의 성에서도 누릴 수 있을 것 같았다. 이처럼 산초는 즐겁고 편안하게 지낼 기회가 주어지기만 하면 어김없이 붙들곤 했다.

여하튼 사실을 그대로 적고 있는 이 이야기에 따르면, 일행이 별장인지 성인지에 당도하기 전에 공작은 그들보다 먼저 가서는 하인들에게 돈키호테를 어떻게 다루어야 하는지 지시해 두었다고 한다. 돈키호테가 공작 부인과 함께 성문에 도착하자마자, 발까지 오는 연짓빛 고운 융단으로 된 실내 가운을 입은 하인인지 마부인지 두 명이 성에서 달려 나오더니 잽싸게 팔을 둘러 다짜고짜 돈키호테를 안으며 말했다.

「위대하신 분이시여, 저희들의 마님이신 공작 부인을 말에서 내려 드리셔야죠.」

돈키호테는 그렇게 하려고 했으나 그 일을 두고 부인과 엄청난 인사치레를 주고받아야 했는데, 결국은 공작 부인의 고집이 이겼다. 자기는 공작의 팔에 안겨 내려오는 것이 아니면 말에서 내리지도, 말과 떨어지지도 않겠다는 것이었다. 이토록 위대한 기사에게 그토록 쓸데없는 짐을 지울 자격이 자기한테는 없다는 얘기였으니, 결국 공작이 그녀를 내려 주기 위해 나와야 했다. 이윽고 넓은 안마당으로 들어서자 아름다운 시녀 두 명이 다가와 돈키호테의 어깨에 주홍색 멋진 망토를 걸쳐 주었다.[201] 순간 안마당을 둘러싼 복도에서 공작 부부의 하녀와 하인들이 한꺼번에 모습을 드러내며 큰 소리로 외쳤다.

「편력 기사들의 꽃이자 정수이신 분이시여, 어서 오십시오!」

그리고 그들 모두, 아니 거의 대부분이 돈키호테와 공작 부부 위에다 병에 든 향수를 뿌렸다. 이 모든 것이 돈키호테로서는 놀라울 따름이었다. 이런 대접을 받은 그는 자신이 환상 속에서가 아니라 진짜 편력 기사라는 사실을 처음으로 전적으로 실감하고 믿게 되었다. 책에서 읽은 지난 세기의 편력 기사들이 받은 것과 같은 대우를 받고 있었으니 말이다.

산초는 잿빛을 내버려 둔 채 공작 부인에게 꼭 들러붙어서는 성으로 들어갔다가 당나귀를 혼자 내버려 둔 것이 영 마음에 걸렸는지, 다른 시녀들과 함께 공작 부인을 맞이하러 나왔던 우두머리 시녀에게 다가가 나지막한 소리로 말했다.

「곤살레스 부인이신지, 아니면 존함이 어떻게 되시는지는 잘 모르겠지만……」

「도냐 로드리게스 데 그리할바라 합니다.」 그 시녀가 대답했다. 「무슨 시키실 일이라도?」

이 말에 산초가 대답했다.

201 기사 소설에서 보통 기사가 성에 들어서면 그 즉시 시녀들이나 시동들이 나와 망토로 그의 어깨를 덮는다. 공작이나 그 하인들이 기사 소설을 완벽하게 이해하고 있음을 알 수 있는 대목이다.

「저 대신 성문으로 좀 나가 주실 수 있으신지요. 거기 가시면 제 잿빛 당나귀를 보게 되실 겁니다요. 그놈을 마구간에 넣도록 시키시든지, 아니면 직접 좀 넣어 주십시오. 그 불쌍한 녀석이 겁이 많은 편이라 어떤 경우에서든 혼자 있지를 못하거든요.」

「우린 이제 큰일 났구먼!」 그 시녀가 대답했다. 「이 사람의 주인이 이 사람만큼이나 꼼꼼하면 말이지. 이봐요, 댁이나 댁을 여기로 데리고 온 사람이나 정말 재수 없구먼. 댁 당나귀는 댁이 돌보시지요. 이 집 시녀들은 그런 일은 하지 않아요.」

「그렇지만 기사 이야기라면 모르는 게 없으신 제 주인님이 말씀하신 것을 들었는데요, 란사로테 이야기를 들려주셨을 때 —

> 그가 브레타냐에서 왔을 때,
> 귀부인들은 그를 보살폈고,
> 그의 여윈 말은 시녀들이 돌보았다네.

라고 하셨지요. 제 당나귀에 대해서 말씀드리자면요, 란사로테의 여윈 말 따위하고는 바꾸지 않을 거라고요.」

「이봐요, 댁이 신소리나 하는 사람이라면…….」 그 시녀가 말했다. 「그런 말은 잘 간직해 두었다가, 그것이 먹혀들어 돈을 치를 사람이 있는 곳에서나 써먹으시지요. 나한테서는 〈무화과 열매나 가져가라〉라는 소리나 들을 테니 말이에요.」[202]

「그래도 그 무화과가 잘 익었을 테니까…….」 산초가 대답했다. 「키놀

---

202 스페인에서 욕을 할 때면 주먹을 쥐고 집게손가락과 가운뎃손가락 사이로 엄지손가락을 내밀며 그렇게 말한다. 의역하면 〈옛다, 엿이나 먹어라〉이다. 이어 산초는 〈잘 익었다〉라는 표현으로 시녀가 늙었음을 무례하게 조롱한다.

라[203]에서 한 점도 잃지 않겠습니다요.」

「이런 망할 놈이 있나.」 화가 머리끝까지 오른 시녀가 말했다. 「내가 늙었건 말건 그건 하느님이나 상관하실 일이야. 네까짓 게 뭔데 왈가불가냐, 망나니에 버릇없는 놈 같으니라고.」

이 말을 어찌나 큰 소리로 내질렀는지 공작 부인이 듣고 뒤를 돌아보았다. 시녀가 눈이 시뻘게져서 법석을 떨고 있는 것을 보자 부인은 누구와 싸우느냐고 물었다.

「여기…….」 시녀가 대답했다. 「이 알량한 사내와 싸우고 있습니다. 글쎄 저보고 성문에 있는 자기 당나귀를 마구간에 넣어 달라고 애걸복걸하지 않겠습니까. 저는 어디인지도 모르겠는데 아무튼 어떤 곳에서는 시녀들이 그렇게 했다고 예를 들먹이면서 말입니다. 무슨 귀부인들이 란사로테라고 하는 사람을 보살피고 무슨 시녀들이 그 사람의 삐쩍 마른 말을 돌보았다나 어쨌다나 하면서요. 무엇보다 고상한 말을 써가며 저를 두고 늙은이라고 했단 말입니다.」

「나 같아도…….」 공작 부인이 대답했다. 「그 말을 다른 어떤 말보다 모욕으로 느낄 것이네.」

그러고는 산초에게 말을 걸었다.

「산초 양반, 도냐 로드리게스는 아주 젊은 사람이라는 걸 알아 두세요. 그리고 저 두건은 나이가 많아서 쓴 것이 아니라, 권위를 나타내기도 하고 또 늘 그렇게 써왔기 때문에 쓰고 있다는 것도 말예요.」

「제가 그런 나쁜 뜻으로 말을 했다면 앞으로 남아 있는 삶을 살 동안 천벌을 받지요. 제가 그런 말을 한 것은 단지 제가 제 당나귀를 아주 사랑하기 때문이고, 도냐 로드리게스 부인만큼 자비로우신 사람이 아니라면

---

203 *quinola*. 카드놀이의 일종. 누가 가장 많은 점수를 얻느냐에 승패가 결정된다.

제 당나귀를 맡길 수 없어 보였기에 그랬습니다요.」

돈키호테는 모든 얘기를 듣고 있다가 산초에게 말했다.

「이런 자리에서 산초, 그런 말을 해도 괜찮다고 보는 건가?」

「나리.」 산초가 대답했다. 「사람은 누구든, 어디에 있든 간에 자기가 필요로 하는 말을 하게 되어 있습니다요. 저는 여기서 잿빛 생각이 나 이 자리에서 잿빛 이야기를 한 겁니다요. 마구간에서 생각이 났다면 거기서 말을 했을 겁니다요.」

이 말에 공작이 말했다.

「산초 말에 틀린 점이라고는 없군. 그러니 산초를 나무랄 것이 전혀 없지. 잿빛의 입이 원하는 대로 필요한 것이 제공되고 그 녀석도 자네처럼 대접받을 테니 걱정 말게.」

공작의 이런 말에 돈키호테를 뺀 나머지 사람들은 모두 즐거운 마음으로 높은 곳으로 올라갔고, 돈키호테는 금실로 수놓아 만든 아주 비싼 천으로 장식한 넓은 방에 들게 되었다. 여섯 명의 몸종들이 그의 갑옷을 벗겨 주면서 시동 노릇을 했는데, 이들 모두는 돈키호테가 편력 기사로서 대우받고 있다고 생각하고 상상할 수 있게 하려면 어떻게 그를 다루어야 하며 어떤 행동을 해야 하는지 공작과 공작 부인으로부터 미리 가르침을 받고 훈련까지 한 터였다. 갑옷을 벗자 돈키호테는 몸에 쫙 달라붙는 통바지와 양가죽 조끼를 입은 모습이 되었는데, 비쩍 마르고 껑충한 키에 양쪽 턱뼈가 안에서 서로 입을 맞추는 듯 볼은 쏙 들어가 있었다. 이런 몰골을 보고 시중을 들던 몸종들은 배꼽이 빠지도록 웃었을 것이다. 주인들이 그녀들에게 내린 중요한 명령들 중 하나인, 아무리 우습더라도 절대로 웃어서는 안 된다는 지시만 없었더라면 말이다.

몸종들이 셔츠를 입혀 드릴 테니 옷을 벗기게 해달라고 돈키호테에게 말했으나 그는 편력 기사에게 있어 정숙함은 용기 못지않게 중요한 것이

395

라면서 절대로 승낙하지 않았다. 그는 그 셔츠를 산초에게 주라고 하더니 산초와 함께 호사로운 침대가 놓여 있는 네모난 방에 들어가 옷을 벗고 그 옷으로 갈아입었다. 산초와 단둘이 있게 되자 돈키호테가 말했다.

「이보게, 현대판 망나니에 고대판 어리석은 자여, 그분처럼 그토록 숭배할 만하고 그토록 존경할 만한 시녀의 체면을 깎고 욕을 보이는 게 잘한 일 같던가? 그때가 당나귀를 생각할 시점이었던가? 아니면, 주인분들이 우리의 짐승들을 함부로 내버려 두시기라도 할 것 같던가? 그 짐승들의 주인인 우리들을 이렇게도 우아하게 대접해 주시는데 말이야. 제발 산초, 삼갈 줄 알게. 자네가 촌사람이며 거친 천으로 짜인 사람이라는 걸 이분들이 알지 못하도록, 결점을 드러내는 일을 삼가게. 여보게, 이 사람아, 하인이 착하고 점잖을수록 주인은 그만큼 더 높게 평가되는 법이네. 왕가 사람들이 누리는 이점 가운데 큰 것 하나가 자기들만큼이나 훌륭한 하인들을 거느리고 있다는 사실임을 알아 두게나. 아, 불행한 내 신세야. 이 괴로운 자여, 사람들이 자네를 투박한 촌사람에 멍청한 익살꾼으로 본다면, 나를 거짓말만 늘어놓는 수다쟁이에 사기나 치는 기사로 생각할 거라는 걸 모르겠는가? 그러면 안 되지, 안 되고말고. 내 친구 산초, 그런 말도 안 되는 일은 피해야지, 피해야 하네. 수다쟁이며 익살꾼으로 보이는 순간 비참한 망나니로 찍히고 마는 거라네. 혀를 조심하게. 자네 입에서 나가기 전에 말을 잘 숙고하고 되새김질하게. 그리고 우리는 하느님의 도움과 내 팔의 용기로, 명성과 재산에 있어서 3분의 1과 5분의 1을 더 늘려 갈 그런 곳에 왔다는 것을 잘 알아 두게.」[204]

산초는 나리가 명령한 대로 알맞지 않은 말이나 잘 생각하지 않은 말

---

204 3분의 1과 5분의 1의 합은 15분의 8이다. 이는 중간보다 조금 더 많은 수로서 〈조금 더 좋아지다〉라는 의미가 있다.

을 할라치면 그 전에 입을 꿰매 버리거나 혀를 깨물어 버리겠노라고 정말이지 진심으로 약속했다. 그러니 자기들이 누구라는 게 자기 입으로 밝혀지는 일은 결코 없을 것이니 그런 일은 걱정하지 말라고 했다.

옷을 다 입은 돈키호테는 칼이 든 검대를 차고 주홍색 망토를 등에 걸치고서 몸종들이 건네준 초록색 융단으로 된 두건을 쓴 모습으로 큰 홀로 나갔다. 그곳에서 몸종들은 양쪽 두 줄로 늘어선 채 손 씻는 물을 대령할 채비를 차리고 있다가 온갖 예의와 의식을 다해 그 물을 돈키호테에게 주었다.

그러고 나서 식당을 총괄하는 자와 함께 열두 명의 시동이 그를 식사 장소로 데려가기 위해 왔는데 이미 그곳에서는 주인들이 그를 기다리고 있었다. 이들은 그를 가운데 세우고 성대하고도 장엄한 의식과 함께 오로지 네 사람만을 위한 식사가 푸짐하게 차려져 있는 다른 홀로 데리고 갔다. 공작 부인과 공작은 홀의 문 앞까지 나와 그를 맞이했고, 이들 곁에는 엄숙해 보이는 성직자가 있었다. 이 사람은 귀족 집안에 드나들며 그 집안을 주재하는 그런 성직자들 가운데 하나였다. 귀족으로 태어나지 않았기에 귀족들이 어떠해야 하는지 제대로 가르칠 수 없는 자들이자, 위대한 이들의 위대함이 영혼의 가난으로 측정되기를 원하는 자들이면서, 자기들이 주재하는 사람들이 유한한 존재라는 걸 보여 줌으로써 그들을 불쌍한 존재로 만들기를 원하는 그런 자로, 한마디로 공작 부부와 함께 돈키호테를 맞이하러 나온 이 거드름 피우는 성직자가 바로 그러한 사람들 중 하나였다는 얘기다. 이들은 서로 수천 가지 예의를 갖추어 인사를 나눈 뒤 마침내 돈키호테를 가운데 세우고 식탁으로 갔다.

공작은 돈키호테가 상석에 앉기를 권했고, 돈키호테는 그러기를 사양했지만 공작의 뜻이 너무나 완강하여 결국 그 자리에 앉을 수밖에 없었다. 성직자가 그의 맞은편에 앉고 공작과 공작 부인은 양옆으로 앉았다.

산초는 이 모든 것을 목격하며 그 높으신 분들이 자기 주인을 그토록 명예롭게 모시는 모습에 멍하니 넋을 잃고 있다가 식탁의 상석에 돈키호테를 앉히려고 공작과 자기 주인 사이에 오고 간 의식이며 권유를 보고는 말했다.

「나리들께서 제게 허락만 해주신다면, 그 자리 문제로 저희 마을에서 일어난 일을 들려 드릴까 합니다요.」

산초가 말을 꺼내자마자 돈키호테는 분명 그가 또 무슨 바보 같은 소리를 할 거라는 생각에 몸이 떨리기 시작했다. 그의 그러한 모습에 산초는 주인을 이해하고 말했다.

「나리, 걱정하지 마세요. 저는 주인님의 분부를 어기지 않을 겁니다요. 이 자리에 적절치 않은 말도 하지 않을 거고요. 방금 전에 나리께서 말이 많은 것이나 적은 것, 혹은 잘하는 것이나 못하는 것에 대해서 제게 주신 충고를 까먹지 않고 있습니다요.」

「나는 아무 기억도 나지 않네, 산초.」 돈키호테가 대답했다. 「하고 싶은 말이면 하되 다만 빨리 끝내게.」

「그러니까 제가 말씀드리고자 하는 이야기는…….」 산초가 말했다. 「진짜로 사실입니다요. 여기 계시는 제 주인 돈키호테 나리께서는 제가 거짓말하는 걸 그냥 놔두시는 분이 아니거든요.」

「나로 말하자면…….」 돈키호테가 말했다. 「자네가 원한다면 거짓말을 해도 좋네, 산초. 자네를 막지는 않을 테니 말일세. 하지만 스스로 무슨 말을 하는지는 살피면서 하게.」

「살피고 또 살피니 종을 치는 자는 아주 안전하답니다요. 보시면 압니다요.」

「위대하신 어르신들께서는…….」 돈키호테가 말했다. 「이 바보에게 명령을 내려 여기서 나가도록 하시는 게 좋을 줄 압니다. 수천 가지 터무니

398

없는 말이나 늘어놓을 테니 말이지요.」

「아니요.」 공작 부인이 말했다. 「공작님의 목숨을 두고 말하지만, 산초를 내 곁에서 잠시라도 떨어지게 할 수 없습니다. 저는 이 사람을 무척 좋아해요. 아주 사려 깊은 사람이라는 걸 알거든요.」

「비록 제게 믿을 만한 구석은 없지만 말입니다……」 산초가 말했다. 「성스러운 마님께서 그렇게까지 저를 믿어 주시니 평안한 나날들을 보내시기를 기원합니다요. 제가 들려 드리고자 한 이야기는 이런 겁니다요. 저희 마을에 사는 굉장한 부자에 주요한 인물인 한 이달고가 어떤 농부를 초대했답니다요. 이 이달고는 메디나 델 캄포의 알라모 가계 사람으로 도냐 멘시아 데 키뇨네스와 결혼을 했지요. 이 여자는 산티아고 교단에 속한 사제 기사 돈 알론소 데 마라뇬의 딸입죠. 이 딸의 아버지는 라 에라두라 항구에서 물에 빠져 죽었는데,[205] 이 사람 때문에 몇 해 전에 우리 마을에서 싸움이 일어났었죠. 제가 알기로 우리 돈키호테 나리께서도 그 자리에 있으셨는데, 그 싸움에서 대장장이 발바스트로의 아들인 심술궂은 토마시요가 다쳤습니다요……. 나리, 이거 모두 사실이죠? 제발 그렇다고 말씀해 주세요. 이 어르신들께서 저를 거짓말이나 하는 수다쟁이로 생각하시지 않도록 말입니다요.」

「지금까지로 봐서는……」 이때 성직자가 끼어들었다. 「나는 자네를 거짓말쟁이라기보다 차라리 수다쟁이라고 생각하네. 앞으로 어떻게 생각하게 될 것인지는 모르지만 말일세.」

「산초, 자네가 그렇게 증인이며 증거를 내세우니 나로서는 자네가 틀림없이 진실을 말하고 있다고 말할 수밖에 없네. 자, 계속하게. 하지만 이야

---

205 벨레스 말라가 근처에 있는 라 에라두라 항구에서 1562년 10월 19일 폭풍우로 전투함이 난파되는 사고가 있었다. 그 일로 4천 명 이상이 죽고 전함장이었던 후안 데 멘도사도 죽었다.

기를 좀 줄이게. 그렇게 하다가는 이틀이 걸려도 끝나지 않을 것 같군.」

「그렇게 줄일 필요는 없어요.」 공작 부인이 말했다. 「나를 기쁘게 해줄 거라면 말예요. 오히려 끝낼 때까지 엿새가 걸리더라도 이 사람이 알고 있는 대로 이야기를 해야 해요. 그렇게 오래 걸린다면 내게는 평생 가장 멋진 날들이 되겠죠.」

「그러시다면 어르신네들, 말씀드리겠습니다.」 산초가 말을 이었다. 「제가 말씀드린 그 이달고라는 작자는 제가 제 손바닥을 알듯이 잘 아는 사람인데, 우리 집에서 그 사람 집까지는 큰 화살로 한 번 쏘아 닿을 거리 정도도 안 될 만큼 가까웠거든요. 그런 사람이 가난하지만 정직한 한 농부를 식사에 초대했습니다요.」

「빨리 말하게, 형제여.」 성직자가 말했다. 「저세상에 갈 때까지도 끝나지 않을 방식으로 이야기를 하는군.」

「하느님이 도와만 주시면 절반도 못 가 끝낼 수도 있습니다요.」 산초가 대답했다. 「그래서, 계속 말씀드리자면요, 그 농부가 앞서 얘기한 그 이달고의 집에 도착하자…… 그분의 영혼이 평안하시기를 빕니다요. 이미 죽었거든요. 제가 그 자리에 있지는 못했지만 그분이 돌아가셨다는 증거로 사람들이 한 말을 보면요, 천사같이 죽었답니다요. 저는 그 당시에 템블레케로 가을걷이를 하러 나가 있었거든요.」

「제발 이 사람아.」 성직자가 말했다. 「템블레케에서 빨리 돌아오게. 그리고 자네가 장례식을 더 치를 생각이 아니거든 그 이달고를 매장하는 건 그만두고 자네 얘기나 끝내게.」

「그러니까 제 이야기는…….」 산초가 대답했다. 「그 두 사람이 식탁에 막 앉으려는 모습이 그 어느 때보다도 지금 제 눈에 선명하게 보이고 있다는 겁니다요…….」

산초가 이렇게 질질 끌며 띄엄띄엄 이야기를 끌고 가자 그 착한 성직자는 불쾌해했고, 공작 부부는 더할 나위 없이 재미있어했다. 돈키호테로 말하자면, 화가 나고 분통이 터져 죽을 지경이었다.

「제 말씀은……」 산초가 말했다. 「말씀드렸듯이 그 두 사람이 식탁에 앉으려 하고 있었는데요, 농부는 이달고에게 식탁의 상석에 앉으라고 고집을 부리고, 이달고는 이달고대로 농부에게 상석에 앉으라고 고집을 부린 겁니다요. 자기 집에서는 자기가 명령하는 대로 해야 한다면서 말입니다요. 하지만 농부는 스스로 예의 바르고 교양 있다고 자부하던 사람이라 끝까지 싫다고 했던 겁니다요. 결국 이달고는 화가 나서 농부의 어깨에 양손을 올려놓고는 억지로 그를 앉히면서 〈앉지그래, 얼간이 양반. 내가 어디에 앉든 내가 앉은 자리가 상석이 되니까〉 하고 말했답니다요. 이게 제 이야기입니다요. 그런데 저는요, 정말이지 우리 경우와 맞지 않는 이야기를 이 자리에서 꺼냈다고 생각하지 않습니다요.」

돈키호테의 얼굴색은 수천 가지로 변해 마치 갈색 바탕에 반점이 박힌 벽옥 같아 보였다. 공작 부부는 산초가 꺼낸 이 심술궂은 이야기의 저의를 알고는 터져 나오려는 웃음을 억지로 참았으니, 그건 돈키호테가 부끄러워하지 않도록 하기 위해서였다. 그리고 산초가 다른 터무니없는 이야기를 계속하지 못하도록 공작 부인이 화제를 바꾸어, 둘시네아 공주에게서 무슨 소식이라도 있었는지 돈키호테에게 물었다. 덧붙여 최근에도 많은 결투에서 이겨 거인이나 악당들을 선물로 보냈는지도 물었다. 이 질문에 돈키호테가 대답했다.

「부인, 나의 불행은 시작은 있어도 결코 끝은 없는 것 같습니다. 거인들을 무찌르고 비겁한 자들과 악당들을 그분에게 보냈습니다. 하지만 공주가 마법에 걸려 상상할 수도 없을 정도로 추한 농사꾼 여자로 둔갑해 버렸으니, 이제 그들은 대체 어디로 가야 공주를 만날 수 있단 말입니까?」

「전 모르겠습니다요.」 산초 판사가 말했다. 「제게는 이 세상에서 가장 아름다운 분으로 보이던데요. 적어도 날렵하게 몸을 움직이는 것과 뛰어오르는 것에 있어서는 곡예사도 그분만 못할 것임을 전 확신합니다요. 정말이지 공작 마님, 땅에서 당나귀 위로 올라타시는 게 마치 고양이 같다니까요.」

「자네는 마법에 걸린 그분을 보았단 말인가, 산초?」 공작이 물었다.

「그럼요, 보다마다요!」 산초가 대답했다. 「제가 아니면 그 어떤 빌어먹을 놈들이 그 마법 소동에 맨 먼저 빠져들었겠습니까요? 그분은 정말로 마법에 걸려 있다고요!」

성직자는 거인이니 비겁자니 마법이니 하는 말을 듣고서야 저 사람이 바로 돈키호테 데 라만차라는 사실을 알아차렸다. 공작이 이 사람에 대한 이야기를 일상 읽는다는 사실을 알고, 그런 터무니없는 이야기를 읽는 그 자체가 바로 터무니없는 일이라고 말하면서 몇 번이나 공작을 나무란 바 있었으니, 자기가 의심하던 것이 사실로 드러나자 그는 마구 화를 내며 공작에게 말했다.

「공작 나리, 나리께서는 이 알량한 자의 행동을 우리 주님께 보고드려야 합니다. 이 돈키호테인지, 돈 바보인지, 아니면 뭐라고 하든지 간에, 이 작자는 나리가 바라는 만큼 그렇게 우둔한 사람은 아닌 것 같습니다. 그런데 나리께서는 이 작자에게 앞으로도 계속 그 어리석고 터무니없는 짓을 하도록 쉽사리 기회를 베풀어 주고 계시는군요.」

그러더니 이번에는 설교를 돈키호테에게로 돌렸다.

「그리고 당신, 머리가 텅 빈 자여, 스스로 편력 기사이고 거인들을 이기고 악당들을 사로잡았다는 생각을 그 뇌 속에 집어넣은 자는 대체 누구란 말이오? 좋게 말할 때 잘 가시오. 집으로 돌아가서 자식이 있으면 자식이나 키우고, 재산이나 살피시오. 바보 짓거리나 하면서 시간을 낭비하고, 당신을 아는 사람 모르는 사람 할 것 없이 모두의 웃음거리가 되면서 세상을 돌아다니는 일은 그만두시오. 재수 없게 그런 편력 기사가 있었다느니, 오늘날도 있다느니 하는 것들을 대체 어디서 들은 거요? 에스파냐 어디에 거인이 있으며, 라만차의 어디에 악당이 있단 말이오? 마법에 걸린 둘시네아니 뭐니, 당신과 관련되어 이야기되고 있는 그 모든 잡동사니 같은 바보 짓거리들이 세상 어디에 있단 말이오?」

돈키호테는 존경받는 그 남자의 말에 귀를 기울이고 있다가 이제 그가 입을 다물자, 공작 부부에 대한 존경이고 나발이고 다 팽개친 채 당황한 얼굴에 잔뜩 화가 난 표정을 지으며 일어서서는 말했다.

이 말만으로도 한 장을 이룰 만하다.

32

자기를 비난한 자에게
돈키호테가 한 대답과 다른 심각하면서도
재미있는 사건들에 대하여

벌떡 일어난 돈키호테는 마치 수은 중독에 걸린 사람처럼 머리끝에서 발끝까지 부들부들 떨며 더듬대는 목소리로 다급하게 말했다.

「지금 내가 있는 장소와 지금 내 앞에 계신 분, 그리고 당신의 직분에 대해 내가 늘 가져 왔고 여전히 가지고 있는 존경심이 당연히 터뜨려야 할 내 분노의 손을 막으며 붙들어 매고 있소이다. 내가 방금 말씀드린 이유와 더불어, 모든 사람들이 알고 있겠지만 가운을 입은 사람들의 무기는 여인들의 무기와 마찬가지로 혀이기에, 나 또한 혀로 나리와 똑같이 싸움을 벌일 작정이오. 나리에게는 그런 모욕적인 비난보다 오히려 훌륭한 충고를 기대하고 있었소. 좋은 의도로 하는 성스러운 비난은 이와 다른 정황을 필요로 하며 다른 기회를 요구하오. 그러니까 적어도 공공연하게, 그것도 그토록 신랄하게 나를 비난한 것은 좋은 의도로 하는 비난의 한계를 죄다 넘는 일이오. 훌륭한 비난은 신랄함보다 부드러움 위에 훨씬 더 잘 안착하기 때문이오. 비난의 대상이 되는 죄에 대해 알지도 못하면서 다짜고짜로 죄인을 얼간이니 바보니 말하는 것은 좋지 않은 일이오. 아니라면 말씀해 보시오. 나한테서 어떤 어리석은 짓을 보았기에 나를 지탄하며 모욕을 가하는 것이오? 게다가 내게 아내가 있는지 자식들이 있는지도 모르면서 집으로 돌아가 집과 처자식 돌보는 일에나 신경 쓰라고 하다니. 덮어놓고 남의 집에 불법으로 들어가 그 집의 주인들에게 이래라저래라 해도 되는 거요? 어느 기숙사에서 궁핍하게 자라 고작해야 그 지역에서 20레과나 30레과 안에 있는 세상보다 더 많은 것을 본 적이 없는 자가 갑자기 기사도 규정을 들먹이고 편력 기사들을 판단하겠다고 끼어들어도 된단 말이오? 세상이 주는 안락함을 찾는 대신 혹독한 시련을 통해 불멸의 자리에 오른 훌륭한 분들이 간 길을 따르는 것을 설마 헛된 일이거나 쓸데없는 시간 낭비로 보는 건 아니시겠지? 만일 기사나 뛰어나신 분이나 관대하신 분이나 태생이 높으신 분이 나를 바보 취급한다면 회복할 수 없는 모욕으로 받아들일 것이오. 하지만 기사의 길에 들어온 적도 없고, 그 길을 밟은 적도 없는 학생이 나를 멍청이로 본다면 난 콧방귀도 안 뀔 테요. 나는 기사이며, 만일 하느님께서 허락하신다면 기사로 죽을 것이오. 어떤 사람은 오만한 야심의 광야로 가고, 어떤 사람은 천하고 비굴한 아부의 광야로 가며, 또 어떤 이는 속임수 많은 위선의 광야로, 어떤 이는 참된 종교의 광야로 가지만 나는 나의 숙명에 따라 편력 기사도의 좁은 길로 가오. 그 길을 따르고자 나는 재산을 경멸하지만 명예는 아니오. 나는 지금까지 모욕을 갚고 굽은 것을 바로잡으며 무례함을 벌했고 거인을 이기고 괴물들을 짓밟았소이다. 나도 사랑을 하고 있소만 그것은 편력 기사가 되려면 그렇게 해야만 하기 때문이지 다른 이유는 없소. 게다가 부도덕한 사랑이 아니라 절제를 지키는 정신적인 사랑이라오. 나는 나의 의도를 늘 훌륭한 목적에 두고 있소이다. 모든 사람에게 선을 베풀며 어느 누구에게도 해를 끼치지 않는 것이 그 목적이오. 이러한 일을 이해하고 이러한 일을 행동으로 옮기며 이러한 일을 떠받드는 자가 바보라는 소리를 들어도 되는지, 위대하신 공작 각하 내외께서 말씀해 주시기 바랍니다.」

「와우, 정말 잘하십니다요!」 산초가 말했다. 「나리, 더 이상 말씀하실 것도 없습니다요. 우리 나리, 우리 주인님, 설명도 필요없습니다요. 더 이상 말할 것도, 더 이상 생각할 것도, 더 이상 세상에 참고 버틸 것도 없으니까 말입니다. 더군다나 이분이 편력 기사들은 세상에 없었고 지금도 없다고 부정하고 계시지만, 말씀하신 것에 대하여 스스로 아는 것은 전혀 없으니 무슨 말을 할 수 있겠습니까요?」

「혹시, 형제여……」 성직자가 말했다. 「자네가 주인으로부터 섬을 준다는 약속을 받았다는 그 산초 판사인가?」

「예, 그렇습니다요.」 산초가 대답했다. 「어느 누구나처럼 저도 섬을 가질 만한 사람입니다요. 그리고 저는 〈좋은 사람들과 함께하라. 그러면 너도 좋은 사람이 되리라〉라고 주장하는 사람이고, 〈함께 태어난 사람이 아니라 함께 풀을 뜯는 사람〉들 중 하나이며, 〈좋은 나무에 기대는 자는 좋은 그늘을 쓴다〉라는 걸 아는 사람들 중 하나입니다요. 저는 좋은 주인에게 기대어 그분을 모시고 다닌 지 몇 달이 되었습니다요. 하느님이 원하신다면 저도 그분처럼 다른 인간이 될 겁니다요. 그분이 사시면 저도 사는 것이니, 주인 나리께서 통치하실 나라가 있을 것이므로 제가 다스릴 섬도 있을 겁니다요.」

「분명 있고말고, 산초 친구여.」 이때 공작이 말했다. 「내가 돈키호테 나리의 대리자로서, 내게 남아도는 꽤 괜찮은 섬을 하나 자네에게 통치하도록 하겠네.」

「무릎을 꿇게, 산초.」 돈키호테가 말했다. 「그리고 자네에게 베풀어 주시는 이 은혜에 감사하는 의미로 각하의 발에 입을 맞추게.」

산초는 시키는 대로 했다. 이것을 보고 있던 성직자는 식탁에서 일어나더니 불쾌한 듯 말했다.

406

「제가 입고 있는 이 사제복을 두고 말하고자 합니다. 각하도 이 죄인들만큼이나 멍청하십니다. 이들이 미친 사람들인지 아닌지 제대로 좀 보시지요! 제정신인 사람들이 모두 이 사람들을 미쳤다고 인정하는 마당이란 말입니다. 각하께서는 이 사람들과 계십시오. 이 사람들이 여기 있는 동안 저는 저의 집에 있을 것입니다. 제가 어떻게 할 수 없는 일을 두고 이러쿵저러쿵 비난하고 싶지 않습니다.」

그러고는 더 이상 말을 않았고, 공작 부부의 간청과 만류도 소용없이 먹지도 않은 채 가버렸다. 비록 공작은 그가 당치 않을 정도로 화를 낸 것이 어쩌나 우스운지 터지는 웃음을 참느라 말도 많이 못했지만 말이다. 그는 겨우 웃음을 진정시키고 돈키호테에게 말했다.

「〈사자의 기사〉 나리, 나리께서는 나름대로 아주 당당하게 말씀하셨소. 그러니 그 굴욕에 대해 더 이상 유감은 없을 것이오. 사실 그것이 굴욕으로 보일지 모르나 알고 보면 결코 그렇지 않소. 나리도 잘 알다시피, 여자의 말로 굴욕을 당할 수 없듯이 성직자의 말로도 굴욕을 당할 수 없으니 말이오.」

「그렇습니다.」 돈키호테가 대답했다. 「굴욕을 당할 수 없는 자는 아무도 모욕할 수 없지요. 여자들이나 어린애들이나 성직자들은 모욕을 당해도 방어할 수 없기 때문에 굴욕당할 수가 없습니다. 각하께서 더 잘 아시겠지만, 굴욕과 모욕 사이에는 이런 차이가 있습니다. 모욕은 모욕을 줄 수 있고 모욕을 주며 모욕을 견딜 수 있는 자로부터 옵니다. 반면 굴욕은 모욕을 주는 일 없이 어디서나 올 수 있는 것입니다. 예를 들어 보면, 한 사람이 길에서 딴 데 정신이 팔려 서 있는데, 무기를 든 사람 열 명이 와서 그를 두들겨 팼다고 합시다. 그러자 그 사람이 칼을 뽑아 들어 자기의 의무를 다했다고 합시다. 하지만 상대방의 수가 많아서 복수하겠다는 자기의 뜻을 이룰 수 없을 때, 이런 경우 그 사람은 굴욕스럽기는 해도 모욕을 당한 건 아니랍니다. 다른 예를 들어 보면 더 확실시될 것입니다. 한 남자가 등을 돌리고 서 있는데 다른 사람이 와서 때렸다고 합시다. 그러고는 기다리지 않고 도망을 가고 맞은 사람이 그 사람을 쫓아가지만 붙들지 못할 때, 이 맞은 사람은 굴욕스럽기는 해도 모욕을 당한 건 아니라는 겁니다. 왜냐하면, 모욕은 그에 맞서는 것이 있을 때 성립되기 때문입니다. 만일 때린 사람이 불시에 때렸더라도 그 후에 멈춰 서서 칼을 뽑아 들고 상대와 맞서려고 했다면, 맞은 사람은 모욕과 굴욕을 함께 당한 겁니다. 굴욕스러운 건 기습적으로 맞은 것 때문이며 모욕적인 건 자기를 때린 사람이 등을 돌려 달아나는 대신 스스로의 행동을 지지하며 그대로 버티고 있었기 때문입니다. 따라서 그 저주스러운 결투의 법칙에 따르면, 나는 굴욕은 당했을 수 있지만 모욕을 당한 것은 아닙니다. 아이나 여자들은 도망갈 필요도 느끼지 않고, 도망갈 수도 없으며, 버티고 서서 기다릴 이유도 없지요. 성스러운 교회를 이루고 있는 사람들도 이들과 같으니, 이 세 부류의 인간들은 공격을 위한 무기나 방어를 위한 무기가 없기 때문입니다. 그러니 자기 자신을 지켜야 하는 경우라 해도 누구를 모욕하는 일은 의무화되어 있지 않지요. 아까 전에 내가 굴욕을 당했을 수는 있다고 말씀드렸는데, 지금 다시 어떤 의미에서든 아니라고 말씀드립니다. 모욕을 당할 수 없는 자야말로 어떤 모욕도 줄 수가 없기 때문이지요. 이러한 이유로 나는 그 훌륭하신 분이 내게 하신 말씀을 유감스럽게 여겨서는 안 되며 그렇게 여기지도 않습니다. 단지 그분이 이 자리에 좀 더 계셨더라면 좋았겠다 싶을 뿐입니다. 그분이 잘못 알고 있던 것들을 깨우치게 해드릴 수 있도록 말이지요. 이 세상에 편력 기사가 있었던 적이 없으며, 지금도 있지 않다고 생각하시고 말씀하신 그 잘못을 말입니다. 만일 아마디스나 그분 가계의 수많은 후손들 중 누군가 그런 말을 듣기라도 한다면 그분께 좋을 일이 없을 것임을 나는 압니다.」

「그건 제가 장담합니다요.」 산초가 말했다. 「그들이 석류나 아주 잘 익은 멜론처럼 그분을 머리에서 아래까지 쫙 베어 놓고 말았을 겁니다요. 그런 걸 참을 양반들이 아니거든요! 제가 성호를 긋고 말씀드립니다만요, 만일 레이날도스 데 몬탈반이 그런 말을 들었더라면, 그런 말을 한 입을 칼로 쳐서 3년 동안은 말도 못 하게 했을 게 분명합니다요. 아니, 오히려 그 사람들과 한판 붙을 겁니다요. 그분의 손아귀에서 어떻게 빠져나가는지, 아주 볼만할 겁니다요!」

공작 부인은 산초가 하는 말을 듣고 우스워 죽을 지경이었다. 그녀가 생각하기에는 산초가 주인보다 더 익살스럽고 머리가 돈 것 같았으니, 많은 사람들의 생각 또한 그러했다.[206] 마침내 돈키호테가 안정을 찾아 식사가 끝나고 식탁보가 치워지자 네 명의 젊은 시녀들이 들어왔다. 한 시녀는 은으로 된 커다란 쟁반을 들고, 다른 시녀는 역시 은으로 된 세면용 물 주전자를 들었으며, 또 다른 시녀는 새하얗고 호사스러운 수건 두 장을 어깨에 걸치고, 네 번째 시녀는 두 팔을 반쯤 걷어 올렸는데 그 하얀 손에 — 정말 하얀 손이었다 — 나폴리 비누 덩어리를 들고 있었다. 은 쟁반을 든 시녀가 다가와서 아주 우아한 태도로 돈키호테의 턱 아래 쟁반을 댔다. 돈키호테는 이런 의식에 놀라 말도 못 한 채 이 지방에서는 손 대신에 수염을 씻는 것이 관습인가 보다 하고 생각했다. 그래서 턱을 가능한 한 길게 쭉 뺐는데 그 순간 주전자에서 물이 쏟아져 내리기 시작했고, 비누를 들고 있던 여자가 엄청나게 빠른 속도로 수염을 멋대로 주물러 댔다. 그러자 눈송이만큼이나 하얀 거품이 일어나 수염뿐 아니라 말 잘 듣고 있던 이 기사의 얼굴과 눈도 거품으로 범벅이 되었으니, 거품이 눈으로 들어가지 않게 하기 위해 그는 억지로 눈을 감아야 했다.

206 식당에는 네 사람뿐이라 문맥상 어색하지만 세르반테스의 실수를 용납하기로 한다.

공작과 공작 부인은 이 일에 대해 전혀 아는 바가 없었으므로 이 이상하기 짝이 없는 수염 세척식이 어떻게 끝나려는지 지켜보고 있었다. 돈키호테의 얼굴에 비누 거품이 한 뼘이나 부풀어 올라 있을 때 수염을 감기던 시녀는 물이 떨어진 척하며 주전자를 들고 있던 시녀에게 물을 가져오라고 시켰다. 돈키호테는 기다릴 수밖에 없었을 것이다. 실제로 그는 기다렸다. 상상할 수 있는 것보다도 더 우스꽝스럽고도 괴상한 모습으로 그는 그렇게 가만히 있었다.

그 자리에 있던 꽤 많은 사람들 모두가 돈키호테를 바라보고 있었다. 눈은 감고 보통보다 좀 더 진한 갈색 목을 반 바라나 뺀 채 수염은 거품으로 범벅이 된 그의 모습을 보고 웃음을 참을 수 있었다는 것은 정말 대단한 기적이요, 여간 점잖은 태도가 아니었다. 이 장난을 친 시녀들은 감히 자기 주인들을 볼 용기가 없어서 눈을 내리깔고 있었다. 공작 부부는 온몸에서 화가 끓어오르기도 하고 웃음이 나기도 해서 어떻게 해야 좋을지를 몰랐다. 그 계집애들의 무모함에 대해 벌을 줘야 할지, 돈키호테를 그런 식으로 만들어 재미를 준 것에 대해 상을 줘야 할지 말이다.

마침내 주전자를 든 시녀가 돌아와서는 돈키호테를 말끔하게 씻겨 주고 수건을 들고 왔던 시녀가 천천히 그를 깨끗하게 닦았다. 그러고 나서 네 명이 동시에 깊숙이 머리를 숙여 아주 정중하게 절을 하고는 나가려 했는데, 이때 공작은 돈키호테가 장난을 눈치채지 못하도록 쟁반을 든 여자를 불러 말했다.

「이리 와서 나도 좀 씻겨 다오. 물이 떨어지지 않도록 살피면서 말이다.」

영리하고 민첩한 시녀는 가서 돈키호테에게 한 것처럼 공작의 턱 아래 대야를 대더니 재빨리 씻고 멋지게 비누칠을 한 다음 헹구고 말려 깨끗이 만들고는 절을 하고 나갔다. 나중에 알려진 일이지만, 공작은 만일 그녀들이 자기를 씻길 때 돈키호테에게 했던 것처럼 하지 않았더라면 그녀들

410

의 몰염치한 행동을 벌하겠노라 맹세했다고 한다. 공작의 수염을 비누칠하여 씻은 덕분에 그녀들은 슬며시 처벌을 면하게 되었던 셈이다.

산초는 이 수염 씻는 의식을 주의 깊게 보고 있다가 혼잣말로 중얼거렸다.

「세상에! 이 지방에서는 혹시 기사들한테 하는 것처럼 종자들 수염도 씻어 주는 게 관습이 아닐까? 하느님과 내 영혼을 두고 말하는데, 내가 필요로 하는 게 바로 그거거든. 게다 면도칼로 수염을 깎아 준다면 더욱 좋을 텐데.」

「혼자 무슨 말을 하고 있나요, 산초?」 공작 부인이 물었다.

「제 말씀은요, 마님…….」 산초가 대답했다. 「고관 댁에서는 식탁보를 치우고 나면 손 씻을 물을 준다는 말은 늘 들어 왔지만 말입니다요, 수염 씻을 표백제를 주는 건 처음 봅니다요. 그러니 역시 오래 살고 볼 일이네요. 별걸 다 구경할 수 있으니까요. 비록 너무 오래 사는 사람은 고생도 많다는 말이 있기도 하지만 말입니다요. 만약 제가 이런 수염 세척을 당한다면, 그건 고생이라기보다 오히려 기쁨이기는 하겠지만요.」

「걱정하지 말아요, 산초.」 공작 부인이 말했다. 「시녀들에게 당신도 씻겨 주라고 할 테니 말이에요. 필요하다면 당신을 표백액에다 넣으라고 할게요.」

「수염만으로 만족합니다요.」 산초가 대답했다. 「적어도 지금 당장은요. 시간이 가면 또 어떻게 되려는지 그건 아무도 모르는 일이니까요.」

「이봐요, 식당 시종장.」 공작 부인이 말했다. 「이 착한 산초가 말하는 것을 듣고 원하시는 대로 해드려요.」

식당 시종장은 산초 님이 원하시는 대로 해드리겠노라고 대답했고, 식사를 하러 나가면서 산초를 데리고 물러났다. 이제 식탁에는 공작 부부와 돈키호테만 남아서 여러 가지 많은 이야기를 나누었는데 모두가 군사

411

업무와 편력 기사도에 관한 것들이었다.

공작 부인은 돈키호테의 기억력이 정말 좋은 것 같다면서, 둘시네아 델 토보소 공주의 아름다움과 용모에 대해 선을 그리듯 묘사해 달라고 간청했다. 그녀의 아름다움에 대한 자자한 소문과 그 평판으로 보건대 그녀는 틀림없이 이 라만차 전역뿐 아니라 지구 상에서 가장 아름다운 분일 것이라고 했다. 공작 부인의 요구를 듣고 돈키호테는 한숨을 쉬면서 대답했다.

「내가 내 심장을 꺼내어 위대하신 부인의 눈앞, 여기 이 식탁 위 어느 접시에다 올려놓을 수만 있다면, 거의 상상조차 할 수 없는 것을 말씀드려야 할 내 혀의 수고로움을 덜어 줄 수 있을 겁니다. 왜냐하면 그 심장에 그려져 있는 공주의 모습을 부인께서 낱낱이 보실 수 있을 것이기 때문이지요. 그런데 부인, 무엇 때문에 내가 지금 비할 데 없는 둘시네아의 아름다움을 제도하듯 한 점 한 점, 부분 부분 묘사해야 하는지요? 그런 일은 나보다 다른 사람들의 어깨에 지워져야 할 일입니다. 그리스의 3대 화가인 파라시오, 티만테스와 아펠레스의 붓으로, 리시포의 조각끌로 판자나 대리석이나 청동에 그려지고 새겨져야 하며 키케로와 데모스트의 수사학으로 칭송해야만 할 일이니 말이지요.」

「그 〈데모스트〉라는 게 뭔가요, 돈키호테 나리?」 공작 부인이 물었다. 「지금껏 한 번도 들어 본 적이 없는 말이라서 말입니다.」

「데모스트의 수사학이란…….」 돈키호테가 대답했다. 「데모스테네스의 수사학과 같은 말입니다. 키케로니아나가 키케로의 수사학인 것처럼 말이죠. 이 사람들은 세계 최고의 수사학자였습니다.」

「그렇소.」 공작이 말했다. 「그런데 기사님께 그런 질문을 하다니, 당신 정신이 딴 데 가 있었던 모양이군. 그럼에도 돈키호테 나리께서 우리에게 공주의 모습을 묘사해 주신다면 우리한테는 정말 큰 즐거움이 될 것이오. 밑그림으로나 스케치만으로라도 틀림없이 가장 아름다운 여인들마저 질투할 만한 분이실 것 같기 때문이라오.」

「물론 그렇게 할 수 있었을 겁니다.」 돈키호테가 대답했다. 「얼마 전에 그분에게 일어난 불행이 내 머릿속에서 원래 그분의 모습을 지워 버리지 않았더라면 말입니다. 그 불행이 어찌나 큰지 전 그분을 묘사하기보다는 울고 싶을 정도랍니다. 왜냐하면 ─ 이것은 귀하들께서도 아셔야 할 일인데 ─ 얼마 전에 내가 공주의 손에 입을 맞추고 이번 세 번째 출발에 대한 허락과 승인과 축복을 받기 위해 갔었는데 내가 찾으려고 했던 분과는 전혀 다른 사람을 만났기 때문입니다. 그분이 마법에 걸려서 공주에서 농사꾼 여인네로 둔갑하고 있었던 겁니다. 아름다우셨던 모습이 추한 모습으로, 천사의 모습에서 악마의 모습으로, 향기로운 여인에서 고약한 냄새가 나는 여자로, 기품 있는 말씨가 촌스러운 말씨로, 안온했던 분이 촐싹대는 사람으로, 빛이 암흑으로 되었으니, 결국 둘시네아 델 토보소는 사야고의 촌년이 되어 있었던 겁니다.」

「그럴 수가!」 이 순간 공작이 소리를 질렀다. 「세상에 누가 그토록 나쁜 짓을 했단 말이오? 대체 누가 세상을 즐겁게 하는 아름다움을, 세상을 위로하는 우아함을, 세상을 믿게 만드는 정직함을 이 세상에서 앗아 갔단 말이오?」

「누구였겠습니까?」 돈키호테가 대답했다. 「나를 따라다니며 시기하던 많은 마법사들 중 어느 한 사악한 놈이 아니라면 말입니다. 저주받은 족속들로 선한 자들이 한 업적들을 흐리게 하고 말살하기 위해, 그리고 악인들의 행적들을 빛내고 치켜세우기 위해 세상에 온 자들이지요. 마법사들은 지금껏 나를 추적해 왔고, 지금도 나를 추적하고 있으며, 앞으로도 나를 쓰러뜨려 내 높은 기사도를 망각의 깊은 심연에 빠뜨릴 때까지 추적할 것입니다. 그래서 그놈들은 내가 가장 아파할 것이라고 여겨지는 부분을 해치고 상처 입히는 겁니다. 편력 기사에게서 사랑하는 귀부인을 빼앗아 가는 일은, 보는 두 눈을 빼앗고 빛을 주는 태양을 빼앗고 생명을 유지하는 양식을 빼앗는 것이나 다름없기 때문입니다. 지금까지 몇 번이나 말씀드려 왔으며 지금도 재차 말씀드리는 것은, 사랑하는 귀부인을 갖지 못한 편력 기사는 잎이 없는 나무요, 기초가 없는 건물이며, 실체가 없는 그림자이니 말입니다.」

「더 말씀하실 필요도 없어요.」 공작 부인이 말했다. 「그런데 얼마 전에 세상에 출판되어 지금도 존재하는 돈키호테 나리에 대한 이야기가 모든 사람들의 칭찬을 받고 있으니, 그 이야기로 미루어 헤아려 보면 ─ 내가 잘못 기억하고 있는 것이 아니라면 말이지요 ─ 나리는 둘시네아 공주를 한 번도 보신 적이 없을 뿐만 아니라 그런 공주는 이 세상에 있지 않은, 나리가 나리의 머릿속에서 잉태하여 만들어 낸 환상 속의 귀부인이라는 걸 믿을 수밖에 없겠더군요. 그래서 나리는 그분을 나리가 원하시는 만큼 모든 면에서 우아하고 완벽하게 그릴 수 있었다고 말예요.」

「그것에 대해서는 말씀드릴 게 많습니다.」 돈키호테가 대답했다. 「둘시네아가 세상에 존재하는지 하지 않는지, 또는 상상의 존재인지 아닌지 하는 것은 하느님이 아십니다. 이런 문제는 집요하게 끝까지 물고 늘어져 규명되어야 할 성질의 것이 아닙니다. 나는 내 귀부인을 머릿속에서 잉태하지도, 만들어 내지도 않았습니다. 물론 세상에 있는 모든 아름다운 여성들 사이에서 두드러질 만한 요소들을 겸비한, 그런 귀부인에 어울리는 모습으로 생각하기는 하지만 말입니다. 다시 말해 흠 없는 아름다움과 오만하지 않은 위엄과 정결한 사랑과 정중하게 감사할 줄 알며 교양 있는 예의 바름, 그리고 훌륭한 가문의 여인으로 말입니다. 훌륭한 혈통으로 태어난 여인의 아름다움은 천하게 태어난 여인의 아름다움보다 그 완성도가 훨씬 높아 빛이 나며 훨씬 더 훌륭하기 때문입니다.」

「맞는 말이오.」공작이 말했다. 「하지만 돈키호테 나리, 내가 당신의 무훈에 대해 쓴 이야기를 읽었는데, 그것에 대해 내가 말하지 않으면 안 될 바를 말할 수 있도록 허락해 주리라 믿소. 그 이야기로 미루어 보면, 엘 토보소든 그 밖의 곳에서든 둘시네아 공주가 존재한다는 것과 당신이 우리에게 묘사하신 것처럼 그분이 상당히 아름답다는 것은 그렇다 치더라도, 그분 가계의 훌륭함에 있어서는 오리아나 가문이나 알라스트라하레아 가문, 그리고 마다시마 가문뿐만 아니라 그 밖에 당신도 잘 아시는 이야기들을 가득 채우고 있는 그런 부류의 명문들과는 비교가 되지 않는 것 같았소.」

「그 점에 대해 드릴 수 있는 말씀은……」돈키호테가 대답했다. 「둘시네아는 자기 행실의 자식이라는 것입니다. 덕이 혈통을 뜯어고치는 법이며, 좋은 가문의 부덕한 사람보다 천한 혈통의 덕스러운 자가 더 중시되고 존경받아야 한다는 말씀이지요. 둘시네아는 왕관과 왕의 홀을 가진 여왕으로서 받들어질 만한 문장을 갖고 있으니 더욱 그러하답니다. 아름답고 덕스러운 여성의 공적은 더 큰 기적을 만들어 낼 정도로 영향력이 크며, 그분은 비록 형식적으로는 아니지만 실질적으로 그 자체에 더 큰 행운을 품고 있다고 말씀드릴 수 있습니다.」

「정말이지, 돈키호테 나리……」공작 부인이 말했다. 「나리께서는 무슨 말씀이든지 간에 정말 신중하게 하시는군요. 흔히 하는 말로, 손에 탐지기를 들고 말씀하시는 듯해요. 이제부터 앞으로 나는 엘 토보소에 둘시네아가 있고, 지금도 살아 있으며, 아름답고, 돈키호테 나리 같은 훌륭한 기사가 모실 만한 자격이 있는 훌륭한 태생의 분이라는 걸 믿을 것이며 내 집에 있는 모든 사람들에게도 믿게 할 거예요. 필요하다면 바깥양반인 공작님까지도요. 이게 내가 치켜세울 수 있는 최대입니다. 그런데 아직 마음에 걸리는 한 가지 의혹이 있는데, 산초 판사한테 무슨 원망이라도

들을지 모르겠네요. 아까 말씀드린 그 책에 따르면 산초가 기사 나리의 심부름으로 나리의 편지를 둘시네아 공주에게 전달하러 갔을 때 그 둘시네아라는 분이 밀 한 부대를 체로 치고 있었다고 이야기하고 있으며, 그에 대한 더 확실한 증거로 밀이 붉은 것이라고 하고 있거든요. 이러한 점으로 미루어 보면, 그분의 가문이 높다는 것이 아무래도 의심스럽다는 거예요.」

이 말에 돈키호테가 대답했다.

「부인, 부인께서는 제게 일어나는 일들이 모두, 아니 그 대부분이 다른 편력 기사들에게 보통 일어나는 일의 정도를 벗어나는 것들임을 알아주시기 바랍니다. 숙명의 헤아릴 수 없는 뜻에 이끌려서, 혹은 시기심 많은 어느 마법사의 악의에 의해서 말입니다. 이미 조사된바, 대부분의 유명한 편력 기사들 중에는 마법에 걸릴 수 없는 은혜를 가진 자도 있고 프랑스의 열두 용사 중 한 사람인 유명한 롤단이 그러했듯이 무기가 살을 뚫을 수가 없어서 상처를 입지 않는 자도 있습니다. 롤단은 왼쪽 발바닥을 제외하고는 어느 곳에도 상처를 입을 수 없었다고 하지요. 그 왼쪽 발바닥도, 굵은 바늘 끝으로 찌르는 게 아니면 어떤 무기로도 상처를 입힐 수가 없었답니다. 그래서 베르나르도 델 카르피오가 론세스바예스에서 그를 죽였을 때에도 칼이나 창으로는 도저히 상처를 입힐 수가 없다는 것을 알고, 헤라클레스가 대지의 아들이라 불린 그 사나운 거인 안테온을 죽였던 때를 상기하여 양팔로 롤단을 땅바닥에서 들어 올려 목을 졸라 죽였습니다. 이렇게 말씀드리고 보니 나 자신도 이와 같은 은혜들 가운데 무언가 가지고 있는 것이 아닌가 싶긴 합니다만, 상처를 입지 않는 그런 은혜는 아닙니다. 몇 번의 경험을 통해 나는 부드러운 살로 되어 있고, 따라서 뚫을 수 없는 것과는 전혀 상관이 없다는 사실이 밝혀졌거든요. 마법에 걸리지 않는 은혜도 가지고 있지 않음을 경험으로 알고 있지요. 이미 마법의 힘이 아니면 어느 누구도 가둘 수 없을 그런 우리 속에 갇힌 적이 있으니 말입니다. 하지만 거기서 탈출했으니 이제는 무엇으로도 나를 해칠 수 없으리라 믿고 싶습니다. 그래서 그 마법사들은 내게 자기들의 고약한 술책을 부릴 수 없다는 것을 알고 내가 가장 사랑하는 것에다 복수를 한 게지요. 내가 둘시네아 공주께 목숨을 걸고 산다는 것을 알고 그분을 학대함으로써 내 목숨을 앗을 생각을 한 것입니다. 그래서 종자가 심부름으로 그분께 편지를 가지고 갔을 때 마법사들이 그분을 밀을 체로 치는 그런 천한 일을 하는 시골 아낙네 모습으로 바꿨다고 나는 믿고 있는 겁니다. 하지만 이미 말씀드렸듯이 그 밀은 붉지도 않았고, 더욱이 밀도 아닌 동방의 진주알이었습니다. 내 말이 사실이라는 증거로 귀하게 말씀드리고 싶은 것은, 불과 며칠 전에 엘 토보소로 갔는데 둘시네아 공주의 저택을 결코 찾을 수가 없었다는 점입니다. 그리고 그다음 날 내 종자 산초는 세상에서 가장 아름다운 그분 원래의 모습을 보았음에도 불구하고 내게는 거칠고 추한 농사꾼 여인네로 보였다는 겁니다. 세상에서 둘도 없이 사려 깊으신 분이지만 그분이 하신 말씀은 전혀 거기에 어울리지 않았습니다. 그래서 잘 생각해 보니, 내가 마법에 걸리지도 않고 걸려 있을 수도 없다는 것을 알게 된 내 적들이 나에 대한 복수를 그분으로 돌려, 그녀를 마법에 걸고 욕을 보이고 둔갑을 시켜서 바꾸고 또 바뀌게 했던 것이더군요. 그러니 나는 그분이 원래의 모습으로 돌아가는 것을 볼 때까지 그분을 위해 영원히 눈물 속에 살아갈 겁니다. 내가 이런 말씀을 드리는 이유는, 산초가 한 말에 어느 누구도 신경 쓰지 마시라는 뜻에서입니다. 둘시네아가 체로 치고 있었다든가 키질을 하고 있었다든가 하는 소리 말입니다. 내 눈에 그분의 모습을 달리 보이게 한 것을 보면, 산초에게 그 모습을 바꿔 보이게 한 것은 놀랄 일도 아니지요. 둘시네아는 귀한 가문에 혈통이 좋으며 엘 토보소에 있는 이달고 가계 출신입니다. 이 이달고 가계는 엘 토보소에 많으며 역사가 오래된 아주 훌륭한 가문이지요. 비할 데 없는 둘시네아가 그런 가문에 일정 부분 속한다는 것은 분명한 사실입니다. 앞으로 올 세기에 엘 토보소는 그녀로 인해 유명해지고 그 이름이 불릴 테니, 마치 트로이가 헬레네로 인해서, 에스파냐가 라 카바에 의해서 그랬던 것처럼 될 것입니다. 물론 둘시네아로 인해 더 훌륭한 이름과 명성을 가지게 되겠지만 말입니다. 한편 다른 이야기이지만 두 분께 이해를 구하고자 하는 것은 산초에 대해서입니다. 산초 판사는 편력 기사를 섬긴 종자들 가운데서도 가장 익살스러운 사람 중 하나입니다. 그 친구는 단순하고 순박한데 가끔은 대단히 예리해서, 그가 단순한 건지 예리한 건지 생각하는 게 적잖은 재미를 준답니다. 그 친구는 망나니라고 지탄할 만한 교활함도 가지고 있고, 멍청이로 단정할 만한 실수도 저지른답니다. 모든 것을 의심하면서도 모든 것을 다 믿는답니다. 바보로 전락하는 것은 아닌가 싶은 순간 몇몇 사려 깊은 말을 들고 나와서는 하늘로 오른답니다. 결론적으로 내게 도시 하나를 얹어 준다고 하더라도 나는 그 친구를 다른 종자와 바꾸지 않겠다는 겁니다. 그래서 귀하께서 그 친구에게 은혜를 베푸셔서 약속하신 그 섬을 통치하도록 보내는 것이 과연 좋은 일인지 저는 아직 망설여집니다. 비록 그 친구에게도 통치를 하는 데 적합한 어느 정도의 능력이 보이기는 하지만 말이지요. 그 친구의 이해력을 아주 조금만 매만져 준다면 왕이 자기 세금을 처리하듯이 어떠한 종류의 통치도 잘해 낼 것이라고 봅니다. 게다가 이미 많은 경험을 통해서 우리가 알고 있는 바로는, 통치자가 되는 데는 그렇게 대단한 능력도 학문도 필요하지 않다는 겁니다. 그 증거로 글도 제대로 못 읽지만 매처럼 예리하게 통치하는 사람들이 주위로 수백은 되기 때문이죠. 가장 중요한 문제는 좋은 뜻으로 모든 것을 제대로 하고자 하는 마음에 달려 있으니까요. 그들에게 조언을 하고 어떻게 해야 하는지 이끌어 주는 사람은 늘 있을 겁니다. 마치 기사 출신의 통치자들이 배운 건 없지만 보좌관의 도움을 얻어 판결을 내리듯이 말입니다. 나는 그 친구에게 뇌물을 받지 말 것과, 권리를 잃지 말 것을 조언할 겁니다. 내 뱃속에 더 남아 있는 다른 자질구레한 충고들은 때가 되면 밖으로 나와 산초와 그가 통치하게 될 섬에 유용한 도움이 되겠지요.」

공작과 공작 부인과 돈키호테의 대화가 여기까지 이르렀을 때, 집 안에서 사람들이 요란스레 떠드는 소리가 들렸다. 별안간 산초가 매우 놀란 모습을 하고 홀 안으로 뛰어 들어왔는데, 턱에는 잿물을 거를 때 쓰는 거칠고 성긴 삼베로 된 턱받이를 대고 있었다. 산초를 쫓아 많은 젊은이들이, 자세히 말하자면 주방에서 일하는 장난기 많은 사람들과 다른 대수롭지 않은 사람들이 따라 들어왔는데 그중 한 사람은 물이 들어 있는 조그마한 개수통을 들고 있었다. 그 색깔이나 더러움은 그것이 설거지한 구정물임을 분명히 보여 주고 있었다. 통을 든 사람은 산초를 쫓아다니며 어떻게든 그 통을 산초의 턱 밑에 대려 하고, 다른 짓궂은 사람은 그 물로 산초의 수염을 씻으려고 기를 쓰는 것 같았다.

「이게 무슨 짓인가, 이 사람들아?」 공작 부인이 물었다. 「이게 무슨 일이냔 말이다. 그 착한 분을 어떻게 하려고 그러는 것이냐? 이분이 통치자로 선임되었다는 것을 어째서 생각지 않는 게냐?」

이 말에 짓궂은 이발사가 대답했다.

「이분께서 수염을 못 감기게 하십니다요. 관습에 따라 제 나리이신 공작님께서도 감으셨고 이분의 나리께서도 감으셨는데 말씀입니다요.」

「나도 감고야 싶죠.」 잔뜩 화가 난 산초가 말했다. 「하지만 더 깨끗한 수건으로, 더 깨끗한 잿물로, 좀 덜 더러운 손으로 해줬으면 좋겠습니다요. 주인님은 천사 같은 물로 감겨 드리고 저는 악마 같은 잿물로 감기는 그런 차별을 우리 주인님과 저 사이에 두지 말라는 겁니다요. 지역의 관습이든 고관댁의 관습이든, 남에게 괴로움은 주지 않으면 않을수록 좋은 겁니다요. 그런데 여기서 하는 세척 풍습은 고행자들이 자기 몸에 고행을 위해 가하는 매질보다 더 고약합니다요. 제 수염은 깨끗하니 그 같은 위로는 필요가 없습니다요. 그러니 만일 나를 씻기고자 다가오는 사람은, 아니 내 머리털 한 올이라도, 다시 말해 내 수염 한 올에라도 손을 대려 하는 놈에게는, 마땅한 경의를 표하며 말씀드리지만 머리통에 박혀 들어갈 정도로 주먹을 날려 버릴 겁니다요. 그따위 어례[207]나 비누로 씻기는 의식 같은 건 손님을 대접하는 게 아니라 오히려 손님을 가지고 장난치는 것으로 보인단 말입니다요.」

산초가 화를 내는 모습과 그의 말을 보고 들은 공작 부인은 우스워 죽을 지경이었다. 하지만 돈키호테는 산초가 얼룩덜룩한 수건을 매단 채 부엌에서 일하는 많은 짓궂은 사람들에 완전히 둘러싸여 있는 모습을 보니 기분이 그리 좋지 않았다. 그래서 발언 허가를 구하듯 공작 부부에게 깊숙이 절을 하고는 침착한 목소리로 그 망나니들에게 말했다.

「이보시오, 점잖은 양반들! 그 젊은이를 그대로 놔두고 오신 곳으로 다들 돌아가시오. 그게 아니면 어디든 마음이 내키는 곳으로들 돌아가시오. 내 종자는 다른 이들만큼이나 깨끗하며, 이 사람에게 그런 물통들은 작고 입구가 좁고 냄새나는 단지일 뿐이라오. 내 충고를 듣고 그 사람을 내버려 두시오. 그 사람이나 나나 장난질은 모르는 사람들이오.」

산초가 이 말을 받아 계속 말했다.

「아니에요, 차라리 다들 와서 이 멍청이 하나 골탕 먹여 보라지요. 지금은 밤이니 밤을 견디듯 그 장난을 견뎌 낼 테니까요! 빗이든 뭐든 원하는 대로 여기 가져와서 이 수염을 말 털 빗기듯 빗겨 봐요. 그래서 깨끗함을

---

207 〈의례〉를 뜻하는 〈ceremonia〉를 산초는 〈cirimonia〉로 말하고 있다.

모욕할 그 어떤 것이라도 내 수염에서 끄집어낸다면, 바보들에게 하듯 수염을 쥐 뜯어 먹은 듯 엉망으로 잘라 버려도 된다고요.」

이 말에 여전히 웃고 있던 공작 부인이 입을 열었다.

「산초 판사가 한 말은 모두 옳다. 그리고 무슨 말은 하든 다 옳을 것이다. 그 사람은 깨끗하며 그의 말대로 씻을 필요도 없다. 그리고 우리의 관습이 이 사람 마음에 안 든다면 이 사람 마음대로 잘해 보시라고 해야 하는 것 아니겠느냐. 무엇보다 청결함을 책임져야 할 너희들이 너무나 게으르고 신중하지 못했구나. 이런 사람을, 더군다나 그런 수염을 씻으려면 순금으로 된 쟁반과 물 항아리와 독일제 수건을 가져와야지, 설거지하는데 쓰는 개수통과 나무로 된 통에다가 부엌 선반이나 닦는 행주를 들고 왔으니 무모하다고 해야 할지, 대체 뭐라고 해야 할지 모르겠구나. 여하튼 너희들은 근본이 바르지 못한 나쁜 자들이다. 그렇게 돼먹지 못한 구석이 있는 사람들이니 편력 기사의 종자 양반들에게 갖고 있는 원한을 감출 수가 없었겠지.」

이 짓궂은 사람들은 물론 이들과 같이 왔던 식당 시종장까지도 모두 공작 부인의 이 말이 진심이라고 생각하여 산초의 가슴팍에 두른 턱받이를 끌러 주었다. 그러고는 모두 얼떨떨해진 채, 그리고 무안해하기까지 하며 산초를 두고 물러갔다. 엄청난 위기였던 그 소동에서 벗어나자 산초는 공작 부인 앞으로 가 무릎을 꿇고 말했다.

「이 위대한 은혜는 위대하신 마님들에게서나 기대할 수 있는 것입니다요. 오늘 마님께서 저에게 베풀어 주신 은혜는, 제가 평생 마님처럼 고귀한 분을 섬기기 위하여 정식 편력 기사가 되고자 하는 것으로 갚아 드리는 수밖에 없겠습니다요. 저는 농사꾼으로 이름은 산초 판사라 하며 결혼을 해서 자식들이 있고요, 지금은 종자로 일하고 있습니다요. 이런 것 중에서 무엇으로든 마님을 섬길 수만 있다면 마님이 명령하시는 대로 즉각 따르겠습니다요.」

「보아하니, 산초…….」공작 부인이 대답했다. 「당신은 분명 예의범절을 가르치는 학교에서 예의 바른 사람이 되는 법을 배운 것 같군요. 내 말은, 돈키호테 나리로부터 교육을 받아 제대로 배운 것 같다는 거예요. 그분은 정중함의 정수요, 의례인지 혹은 당신 말마따나 어례인지의 꽃이신 게 틀림없어요. 이런 주인과 이런 하인에게 축복이 있기를 바라요. 한 사람은 편력 기사도의 길잡이인 북극성으로서, 다른 한 사람은 충실한 종자의 별로서 말이에요. 자 일어나요, 산초. 나는 당신의 예의 바름에 대한 보상으로서, 공작님께서 당신에게 통치하게 해주시겠다고 한 은사의 약속을 최대한 빨리 실행하시도록 돕겠어요.」

이것으로 대화는 끝났고, 돈키호테는 낮잠을 자러 물러갔다. 공작 부인은 산초에게 잠잘 마음이 간절하지 않다면 아주 시원한 방에서 자기와 시녀들과 함께 오후 한나절을 보내지 않겠느냐고 청했다. 사실 산초는 네다섯 시간쯤 여름 낮잠을 자는 습관이 있었지만 마님의 친절함을 받들고자 그날만은 전혀 자지 않도록 힘껏 노력하여 분부대로 따르겠노라고 대답했고, 그래서 함께 갔다. 공작은 돈키호테를 편력 기사로서 어떻게 모셔야 하는지 새로운 명령을 내렸다. 옛날의 편력 기사들을 모셨을 때 했다고들 하는 방식에서 조금도 벗어나지 말라고 당부하면서 말이다.

33

공작 부인과 젊은 시녀들이
산초 판사와 나눈,
읽을 만하고 기록할 만한
유쾌한 대화에 대하여

진실만을 기록하고 있는 이 이야기가 전하는 바에 따르면, 산초는 그 날 낮잠을 자지 않고 약속을 지키기 위해 점심 식사를 마친 후 공작 부인을 뵈러 갔다고 한다. 부인은 산초의 이야기를 듣는 것이 즐거웠으므로 그를 자기 옆 낮은 의자에 앉혔다. 산초는 제대로 교육받은 자로서 그러지 않겠노라고 극구 사양했지만 공작 부인이 통치자의 자격으로 앉아서 종자의 신분으로 이야기해 달라고 부탁했다. 왜냐하면 산초는 그 두 가지 면에서 정복자 엘 시드 루이 디아스의 의자[208]에 앉을 자격이 있기 때문이라고 하면서 말이다.

산초는 양쪽 어깨를 한 번 으쓱하고는 시키는 대로 자리를 잡았다. 그러자 모든 시녀들과 몸종들이 공작 부인을 둘러싸고 그의 이야기를 듣기 위해 아주 조용히 귀를 기울였는데, 먼저 입을 연 사람은 공작 부인이

[208] 영웅 엘 시드를 노래한 로만세나 그에 대해 기록한 연대기를 보면 무어 왕 부카르 또는 유수프로부터 획득한 고급스러운 등받이 의자를 엘 시드가 알폰소 왕에게 선물한 것으로 되어 있다. 그래서 엘 시드가 왕을 알현하러 갔을 때 왕이 그 의자에 앉도록 권했다고 한다. 서사시 「엘 시드의 노래」에도 왕이 엘 시드에게 그 의자에 앉도록 청하는 대목이 나온다.

었다.

「여기에는 우리끼리만 있고 우리 말을 들을 사람은 아무도 없으니, 저 위대한 돈키호테 님에 관해서 이미 출판되어 나돌고 있는 이야기를 읽고 내가 가지게 된 몇 가지 의문을 통치자님이 풀어 주었으면 해요. 그 의문들 중 하나는 우리 착한 산초는 한 번도 둘시네아를, 그러니까 둘시네아 델 토보소 공주를 본 적이 없고 그분께 돈키호테 나리의 편지도 전하지 않았다는 사실에 관한 것이에요. 그 편지는 시에라 모레나 산맥의 메모장에 있었거든요. 그런데 어떻게 답장을 꾸며 낼 생각을 하고, 그분이 밀을 체로 치고 있을 때 만났느니 하면서 완전한 장난과 거짓말로 그 비할 데 없는 둘시네아의 훌륭한 명성에 해를 끼치는, 훌륭한 종자로서의 자질과 충성심에 전혀 어울리지 않는 그런 짓을 감히 할 수 있었을까 하는 거예요.」

이 말에 산초는 아무런 대답도 없이 의자에서 일어나더니 몸을 굽히고 손가락을 입술에 댄 채 조용조용한 걸음으로 온 방을 돌며 커튼을 들추어 본 후 다시 돌아와 앉아서는 말했다.

「마님, 지금 제가 보니까 여기에 계시는 분들 말고는 아무도 우리 말을 몰래 엿듣지 않으니, 저도 무서워하거나 놀랄 일 없이 마님께서 물어보시고 앞으로 물어보실 일에 모두 대답해 드리겠습니다요. 먼저 말씀드릴 것은, 저는 제 주인 돈키호테 님을 완전히 돌아 버린 사람이라고 생각하고 있다는 겁니다요. 물론 가끔은 주인님이 어쩌나 사려 깊고 훌륭한 궤도로 나아가는 말씀들을 하시는지 저뿐만 아니라 주인님의 말씀을 듣는 모든 사람들까지, 심지어 사탄조차도 그보다 더 훌륭하게 말할 수 없을 정도라고 생각하긴 하지만 말입니다요. 하지만 그래도 제가 보기엔 주인님은 ― 정말 솔직하게 거리낌 없이 말하자면 ― 지혜가 모자라는 사람으로 결론이 났습니다요. 이렇게 생각하고 있기 때문에 저는 감히 그분께 얼토

424

당토않은 일을 믿으시도록 만든 겁니다요. 그 편지에 대한 답장이 그런 경우였지요. 그리고 아직 책에는 나와 있지 않지만 마님께서 알아 두셔야 될 것이 있는데요, 엿새 전인가 여드레 전인가에 일어난, 우리 도냐 둘시네아 공주가 마법에 걸린 사건도 그런 겁니다요. 그 일은 엉뚱한 정도가 아니라 전혀 사실이 아닌 일로, 제가 나리로 하여금 그분께서 마법에 걸린 것으로 여기시게 만들었거든요.」

공작 부인이 그 마법인지 장난인지를 들려 달라고 간청해서 산초는 일어난 그대로 모든 것을 들려주었다. 이야기를 들은 사람들은 적잖이 재미있어했으며, 공작 부인은 대화를 계속 이어 말했다.

「착한 산초가 들려준 이야기를 듣고 보니 마음속에 한 가지 걱정이 깡충깡충 뛰어 돌아다니며 내 귓가에 이렇게 속삭이는 소리가 들리는군요. 〈돈키호테 데 라만차는 미치광이에 모자라고 어리석은 사람이다. 그런데 그의 종자 산초 판사는 그것을 알고도 그 사람을 섬기고 따라다니면서 주인의 헛된 약속에 목을 매고 있으니 이 사람은 틀림없이 주인보다 더 미치광이이며 바보인 게 틀림없다. 사실이 이러하니 공작 부인, 만일 그런 산초 판사에게 섬을 통치하도록 맡긴다면 그 사람이 어떤 자인지도 고려해 넣지 않는 셈이야. 자기 자신도 다스릴 줄 모르는 사람이 어떻게 다른 사람들을 다스릴 줄 알겠나?〉」

「세상에, 마님.」 산초가 말했다. 「그 걱정 아주 제대로구먼요. 하지만 그 걱정에게 뭘 좀 알고 말하라고 하세요. 아니면 마음대로 지껄이라지요. 그 말이 사실이라는 건 저도 알고 있습니다요. 제가 분별이 있는 인간이라면 오래전에 제 주인을 떠났을 겁니다요. 하지만 이게 제 운명인걸요. 나빠도 운명이니 어쩔 수 없는 거예요. 그저 그분을 따를 수밖에요. 우리는 같은 마을 출신에, 저는 그분의 빵을 먹으며 살아왔고, 그분을 무척 좋아합니다요. 그분도 그걸 고맙게 생각하셔서 저에게 당나귀 새끼를 주셨지요. 무엇보다도 저는 충직한 사람입니다요. 그러니 삽이나 괭이를 쓰는 일이 아니면 어떤 일도 우리 두 사람을 떼어 놓을 수 없답니다요.[209] 만일 귀하께서 약속하신 섬을 제게 주기 싫으시다면 하느님도 절 부족하게 하셨던 만큼, 그걸 주시지 않는 게 제 양심을 위해서도 더 좋을지 모릅니다요. 저는 비록 바보지만 〈개미에게 날개가 난 것은 그의 불행〉[210]이라는 속담은 잘 알고 있습니다요. 그리고 더 나아가 통치자 산초보다는 종자 산초가 훨씬 쉽게 천국에 갈 수 있을 겁니다. 여기서도 프랑스처럼 훌륭한 빵을 만들 수 있고, 밤에는 모든 고양이가 거무스름하며, 오후 2시까지 아침을 못 먹은 사람은 참으로 불행한 사람이고, 다른 사람의 것보다 한 뼘이라도 더 큰 밥통은 없으며, 늘 말하듯이 배는 짚이나 건초로도 채울 수 있습니다요. 들판의 새는 하느님을 식량 조달자이자 담당자로 두며, 세고비아의 고급 직물 4바라보다 쿠엔카의 거친 천 4바라가 더 따뜻하고, 이 세상을 하직하고 땅속에 들어갈 때에는 날품팔이건 왕자건 좁은 길을 가며, 신분의 차이가 있다 해도 교황의 몸이 교회지기의 몸보다 땅을 더 차지하는 것은 아니니, 묘 구덩이에 들어갈 때면 누구나 구덩이에 맞춰서 움츠리고 들어가지요. 아무리 싫어도 딱 맞추어 웅크리지 않을 수 없게 해놓고서는 그저 안녕히 주무시라고 하는 겁니다요. 그러니 다시 말씀드리지만요, 제가 바보라서 마님께서 제게 섬을 주시고 싶지 않으시다면요, 저는 신중한 자로서 아무것도 받지 않을 줄도 압니다요. 그리고요, 제가 들은 바로는 십자가 뒤에 악마가 있다고 합디다요. 반짝인다고 다 금은 아니라는 말도 있고, 소와 쟁기와 멍에들 사이에서 농사꾼 왐바[211]를 끌어내 에스파냐의 왕으로 만들었다고도 했습니다요. 만일 옛날 로만세의 노

209 죽어서 무덤에 들어가는 것 말고는 둘을 갈라놓을 수 없다는 뜻.
210 날개가 나서 공중으로 나는 바람에 새들에게 잡아먹힌다는 뜻.
211 Wamba. 스페인 서고트족의 왕. 670년에서 680년까지 재위했다.

래 가사가 거짓말이 아니라면요, 금실로 수놓은 비단과 환락과 재물로부터 로드리고를 끌어내 구렁이 밥으로 만들다는 말도 들었고 말입니다.」

「거짓말이 아니고말고요!」 이때 이야기를 듣고 있던 사람들 중 하나인 우두머리 시녀 도냐 로드리게스가 말했다. 「어떤 로만세를 보면요, 로드리고 왕을 산 채로 두더지와 구렁이와 도마뱀이 가득 들어 있는 무덤에다가 집어넣었더니 그날로부터 이틀이나 무덤 속에서 왕의 낮고 고통스러운 목소리가 새어 나왔대요.

나를 먹네, 나를 먹어
가장 죄가 많은 곳부터.

이런 걸 보면 왕보다 차라리 농부가 되는 게 낫다고 말씀하신 이분의 말에 일리가 있네요. 어차피 왕도 구더기 밥이 될 신세라면 말이죠.」

공작 부인은 자기 시녀의 순박한 말을 듣고 웃지 않을 수 없었으며, 산초가 한 말이며 속담들에는 감탄하지 않을 수 없었다.

「착한 산초도 이미 알다시피, 기사로서 일단 약속한 것은 설사 목숨을 버리는 한이 있더라도 반드시 지켜야 하는 거예요. 우리 주인이시자 낭군이신 공작님이 편력 기사는 아닐지라도 그렇다고 기사가 아니신 건 아니거든요. 그러니 세상 사람들이 시기를 하든 원한을 품든 간에 섬에 대해 약속한 바를 지키실 겁니다. 산초는 기운을 내요. 생각지도 않은 때 당신 섬이자 영지의 자리에 앉아 있게 될 거예요. 그리고 그곳의 통치권을 손에 넣게 될 거예요. 그 정도면 더 가치 있는 다른 것과도 바꾸지 않겠죠. 내가 당신에게 부탁하고 싶은 것은, 부하들을 어떻게 다스려야 할지 잘 살피라는 거예요. 모두가 충성스럽고 좋은 가문의 사람들이라는 걸 염두에 두고 말이에요.」

「신하들을 제대로 다스리는 일이라면…….」산초가 대답했다.「그렇게
까지 부탁하실 필요가 없습니다요. 저는 원래 인정이 많은 사람이고 가
난한 사람들을 동정하거든요. 밀가루를 반죽하여 빵을 굽는 사람에게 빵
가지고 속이지 말라는 말이 있습니다요. 게다가 하늘에 맹세코, 제게는
속임수가 안 통할 겁니다요. 저는 늙은 개라서 부르는 소리를 다 알아듣
고 제때제때 머리를 잽싸게 움직일 줄 아니, 제 눈앞에서 딴짓하는 꼴은
못 봐줍니다요. 제 일은 제가 잘 압니다요. 제 말은요, 착한 사람들은 저
의 보호를 받고 저와 얼마든지 통하겠지만 나쁜 사람들은 발도 들여놓지
못할 것이라는 뜻입니다요. 그리고 제가 보기에 통치 같은 이런 일은 모
두 시작이 문제지, 보름만 지나면 그 일을 열렬하게 좋아하게 되어 제가
자라 온 들판의 일보다 훨씬 더 잘 알게 될 겁니다요.」

「맞아요, 산초.」공작 부인이 말했다.「날 때부터 배우고 나온 사람은
아무도 없고, 사제들도 인간에서 된 것이지 결코 돌에서 된 게 아니거든
요. 하지만 조금 전의 둘시네아 공주의 마법에 대한 이야기로 되돌아가
보면요, 산초는 주인을 속여 농사꾼 여인네를 둘시네아로 믿게 하면서 주
인이 그분을 알아보지 못한 것은 둘시네아가 마법에 걸려 있기 때문이라
고 상상력을 발휘해 이야기를 만들어 냈지만, 조사해 본 결과 이 모든 일
이 돈키호테 나리를 쫓아다니고 있는 마법사들 중 누군가 꾸민 일로 밝혀
졌어요. 어린 나귀 위에 폴짝 뛰어오른 시골 여자가 바로 둘시네아 델 토
보소였으며 지금도 그렇다는 것을 나는 확실한 소식통을 통해 사실 그대
로 알고 있거든요. 착한 산초, 당신은 당신이 속인 줄 알고 있지만 속은
사람은 바로 당신이에요. 한 번도 본 적 없는 일이긴 하지만 더 이상 의심
하지 말고 진실로 믿어야 해요. 산초 판사가 알아 둘 일은, 이곳에도 우리
들을 아주 좋아하는 마법사들이 있어서 아무런 속임수나 음모를 꾸미지
않고 세상에서 일어나는 일을 있는 그대로 솔직하게 우리에게 말해 준다

는 거예요. 그 잘 뛰어오르는 시골 여자가 바로 둘시네아 델 토보소였고, 지금도 그러하며, 그분을 낳은 어머니가 어머니이듯이 정말로 그분이 마법에 걸려 있다는 내 말을 산초는 믿어야 해요. 우리는 생각지도 않은 때에 그분의 원래 모습을 보게 될 것이니, 그때가 되면 산초도 지금 빠져 있는 속임수에서 벗어나게 될 거예요.」

「그게 정말 그럴 수도 있겠습니다요.」 산초 판사가 말했다. 「그러고 보니 우리 주인님이 몬테시노스의 동굴에서 보셨다면서 들려주신 말씀을 이제는 믿고 싶어요. 그곳에서 주인님은 둘시네아 델 토보소 님을 보셨다고 했는데, 그 복장과 모습이 제가 멋대로 그분을 마법에 걸고는 보았다고 말씀드렸던 것과 똑같았거든요. 마님께서 말씀하신 것처럼, 모든 것이 거꾸로 된 게 틀림없습니다요. 왜냐하면 저처럼 형편없는 머리로는 한순간에 그런 예리한 속임수를 지어낼 수도 없고, 지어내서도 안 되니 말입니다요. 그리고 제 주인이 아무리 미쳤다 하더라도 저처럼 이렇게 말라빠지고 영양가 없는 놈의 설득에 넘어가 완전히 한계를 벗어난 일을 믿으시리라고 전 생각지 않습니다요. 하지만요 마님, 그렇다고 마님께서 저를 나쁜 놈이라고 생각하시면 안 됩니다요. 저처럼 어리석은 놈이 악질 마법사들의 생각이나 사악한 속마음까지 꿰뚫어 볼 수는 없으니까 말입니다요. 그러니까 전 돈키호테 나리께 꾸중을 듣지 않으려고 그런 짓을 꾸민 것이지, 주인님을 욕보일 생각은 없었거든요. 그 반대라고 한다면, 우리의 마음을 판단하시는 하느님이 하늘에 계시니 그분이 모든 걸 아실 겁니다요.」

「그건 사실이에요.」 공작 부인이 말했다. 「하지만 지금 말해 줘봐요, 산초. 몬테시노스의 동굴이라고 말한 그게 대체 뭔지 말예요. 정말 궁금하군요.」

그러자 산초 판사는 그 모험에 대해 앞서 서술되어 있는 바를 공작 부

429

인에게 자세히 들려주었다. 그 말을 듣고는 공작 부인이 말했다.

「그 사건으로 짐작할 수 있는 건, 만일 위대한 돈키호테가 거기서 보았다고 한 농사꾼 여인네와 산초가 엘 토보소 마을 입구에서 보았다고 한 그 여인네가 똑같다면, 틀림없이 그 여인네는 둘시네아이며 그곳에는 아주 영악하며 지나칠 정도로 호기심이 많은 마법사들이 돌아다니고 있는 게 틀림없다는 사실이에요.」

「제 말이 그겁니다요.」 산초 판사는 말했다. 「그런데 저의 둘시네아 델 토보소 공주님이 마법에 걸려 계시다면, 그분에겐 안됐지만 제가 싸울 일은 아니지요. 그자들은 수도 많고 나쁜 놈들임이 틀림없을 테니까요. 제가 본 사람은 농사꾼 여인이었으니, 따라서 제가 그 사람을 농사꾼 여인으로 생각하고 그렇게 판단했던 게 사실이며 그렇게 여기는 것이 마땅합니다요. 만일 그 사람이 둘시네아였다면, 그건 저야 모를 일이지요. 제가 책임질 문제도 아닙니다요. 그렇지 않다면 마음대로 하라지요 뭐. 그런데 그게 그렇게 안 됩디다요. 오히려 매 순간 저에게 따지려 들더군요. 〈산초가 그 말을 했어, 산초가 그 일을 했어, 산초가 갔다가 돌아왔어〉 하면서요. 삼손 카라스코가 제게 말해 준, 이미 책에 실려 앞으로 세상으로 돌아다닐 그런 유명한 산초 판사가 아니라 마치 무슨 개라도 되는 것처럼 말입니다요. 삼손 카라스코 그 사람은 적어도 살라망카에서 학사를 딴 분으로, 이런 분들이 마음에도 없고 뚜렷한 이유도 없이 거짓말을 할 리는 없거든요. 그러니 어느 누구도 저에게 따질 이유가 없습니다요. 저는 평판이 좋은 사람이니 절 그 통치자 자리에 끼워 넣어 보시면 놀라운 결과를 보시게 될 겁니다요. 제 주인 나리가 하신 말씀을 들어 보면, 좋은 평판은 많은 재산을 가지는 것보다 훨씬 낫다고 했거든요. 훌륭한 종자였던 사람은 훌륭한 통치자도 될 수 있고 말씀입니다요.」

「여기서 착한 산초가 한 말은 모두 카톤의 금언이거나 적어도〈꽃 같은 나이에 죽은〉[212] 미카엘 베리노의 내장에서 끌어낸 금언들이군요. 그러니까 산초식으로 말하자면, 초라한 망토 아래 훌륭한 음주가가 있네요.」

「정말 그렇습니다요, 마님.」 산초가 대답했다. 「전 생전 나쁜 마음으로 술을 마신 적이 없거든요. 목이 마를 때는 충분히 마실 수 있는 일이죠. 저는 전혀 위선적인 면이 없는 사람이라서요, 마시고 싶으면 마시고 내키지 않을 때라도 남이 마시라고 주면 새초름해 보이거나 예의를 모르는 사람으로 보일까 봐 그냥 마시고 만답니다요. 친구가 건배를 들자는데 거기에 응하지 못할 만큼 그렇게 마음이 대리석 같아서야 되겠습니까요? 하지만 전 마시기는 해도 더럽게 굴지는 않습니다요. 더군다나 편력 기사의 종자들은 거의 물밖에는 못 마십니다요. 숲이나 밀림이나 초원이나 산이나 바위로 늘 걸어다니니 눈 한쪽을 주고 술 한 모금과 바꾸고 싶어도 얻을 수가 없다니까요.」

「나도 그렇게 생각해요. 그리고 우선 산초는 가서 좀 쉬어요. 그런 다음 우리 좀 더 이야기해요. 난 산초를 어서 빨리 통치자 자리에, 산초 말마따나 끼워 넣으라고 지시해 둘 거예요.」

산초는 다시 공작 부인의 손에 입을 맞추고 자기 잿빛을 잘 보살펴 주십사 간청했다. 잿빛은 자기 눈의 빛이라고 하면서 말이다.

「그 잿빛이라는 게 뭐죠?」 공작 부인이 물었다.

「제 당나귀입니다요.」 산초가 대답했다. 「당나귀라는 이 이름으로 부르고 싶지 않아서 잿빛이라고 부르곤 합니다요. 제가 이 성에 들어왔을 때 이 시녀분께 당나귀를 좀 돌봐 주십사 부탁드렸었는데, 제가 마치 자기를

---

212 *florentinus occidit annis*. 이탈리아 시인 베리노Micael Verino를 기리기 위하여 안젤로 폴리치아노Angelo Poliziano가 쓴 시의 일부. 베리노는 1483년 17세의 나이로 총에 맞아 죽었다고 알려져 있다.

추하다고 하거나 할망구라고 말하기나 한 것처럼 냉정을 잃으시더라고요. 홀의 품위를 높이는 것보다 당나귀에게 건초를 주는 일이 한 사람의 권위에 더 어울리며 당연한 의무일 텐데도 말입니다요. 오 맙소사, 이런 아줌씨들 때문에 제 마을의 한 이달고도 얼마나 힘들어했는지 몰라요!」

「아마 그 작자가 촌놈이었겠죠.」 우두머리 시녀 도냐 로드리게스가 말했다. 「그분이 이달고에 예의가 있는 분이라면, 그 시녀들을 터무니없을 정도로 마구 칭찬했을 겁니다.」

「자, 이제 그만.」 공작 부인이 말했다. 「도냐 로드리게스도 입을 다물고 판사도 진정해요. 그 잿빛 당나귀 뒷바라지는 내가 맡을 테니 말이에요. 산초의 보배라니 내 눈동자 위에 올려놓겠어요.」[213]

「마구간에만 있으면 됩니다요.」 산초가 대답했다. 「당나귀나 저나 단 한 순간이나마 귀부인의 눈동자 위에 있을 정도의 가치는 못 됩니다요. 그렇게 하시는 건 저를 칼로 찌르는 것과 같습니다요. 제 주인님 말씀이, 예의라는 것은 숫자가 많은 카드를 쥐고도 숫자가 적은 카드에 져줘야 하는 것이라고 하셨지만요, 당나귀를 돌보는 일이나 극히 무의미한 일에서의 예의란 반드시 일을 적절하게 처리해야 하는 것입니다요.」

「통치하는 곳으로 갈 때 그 당나귀를 데리고 가세요.」 공작 부인이 말했다. 「거기서는 원하는 대로 당나귀를 보살필 수 있고 퇴직시켜 연금을 줄 수도 있을 테니 말예요.」

「그것이 지나친 일이라고 생각지 마십시오, 공작 부인 마님.」 산초는 말했다. 「저는 통치하는 곳으로 따라가는 당나귀를 두 마리도 넘게 보았습니다요. 그러니 제가 제 당나귀를 데리고 가는 것이 그리 새로운 일은 아닐 듯합니다요.」

213 〈애지중지하다〉의 구어적 표현이다.

산초의 말은 다시 공작 부인에게 웃음과 즐거움을 주었다. 부인은 쉬러 가라고 산초를 보낸 다음 공작에게 산초와 있었던 일을 들려주러 갔다. 이 두 사람은 기사도의 양식과 아주 잘 어울리면서도 놀랄 만한 것으로 돈키호테를 놀려 줄 일을 구상하고 그 순서도 정했다. 아주 기사도적이면서 빈틈없는 것들로 여러 가지 장난을 생각해 냈으니, 그것들이 바로 이 위대한 이야기에 들어 있는 가장 훌륭한 모험들이다.

34

세상에 둘도 없는 둘시네아 델 토보소의 마법을
어떻게 풀 것인가에 대한 정보를 얻는,
이 책에서 가장 유명한 모험들 중
하나가 이야기되다

공작과 공작 부인이 돈키호테와 산초 판사와의 대화에서 얻은 즐거움은 대단했다. 그래서 그들은 이 두 사람에게 모험과 비슷한 양상이나 낌새를 보이는 몇 가지 장난을 치려던 마음을 더욱 확고히 했으니, 일단 한 가지 놀랄 만한 장난을 꾸미기 위해 돈키호테가 이야기했다던 몬테시노스 동굴 모험에서 그 동기를 취했다. 공작 부인이 가장 놀랐던 점은, 산초가 그야말로 단순하기 그지없다는 사실이었다. 자기가 마법을 만들어 낸 마법사이자 그 속임수의 장본인임에도 불구하고, 둘시네아 델 토보소가 마법에 걸려 있다는 이야기를 가차 없는 진실로 받아들일 정도였으니 말이다. 공작 부부는 하인들에게 이제부터 할 일에 대해 모든 지시를 내린 다음, 그로부터 엿새째 되는 날 왕이 거느릴 만한 몰이꾼과 사냥꾼 한 부대를 이끌고 돈키호테를 멧돼지 사냥에 데려갔다. 그들은 돈키호테에게 사냥에서 입을 옷을 주고 산초에게도 고급 천으로 된 초록색 옷을 주었다. 하지만 돈키호테는 그 옷을 받고 싶지 않았으니, 언젠가는 다시 무기를 잡는 일로 돌아가야 할 터인데 옷을 보관하는 데 필요한 물건이며 궁에서 입을 옷이며 식량 일체를 모두 가지고 다닐 수는 없기 때문이라는 것이었다. 산초는 물론 자기에게 준 것이니 넙죽 받았다. 기회가 오면 맨 먼저 그것을 팔아먹을 생각이었다.

드디어 그날이 되자 돈키호테는 무장을 했고, 산초는 사냥복 차림에 설령 자기에게 말을 준다 하더라도 결코 놔두고 가지 않을 잿빛을 타고 몰이꾼들 사이에 끼었다. 공작 부인이 채비를 차리고 당당한 모습으로 등장하자, 공작의 만류에도 불구하고 돈키호테는 순전히 예의와 공손함으로 부인의 말고삐를 잡았다. 드디어 그들은 두 개의 아주 높은 산 사이에 있는 숲에 도착하여 기다릴 장소와 매복할 장소, 그리고 몰이를 할 길을 정한 다음 각자 맡은 자리로 흩어졌고, 곧 요란한 소리와 함께 사냥이 시작되었다. 고함치는 소리와 웅성거리는 소리, 개 짖는 소리와 뿔피리 소리 때문에 서로 무슨 말을 하는지 알아들을 수가 없었다.

공작 부인은 말에서 내려 끝이 날카로운 투창을 손에 들고 멧돼지가 출몰하는 곳으로 잘 알려진 곳에 자리를 잡고 섰다. 공작과 돈키호테도 말에서 내려 부인을 사이에 두고 양옆으로 자리를 잡았다. 산초는 잿빛에서 내리지 않은 채 모두의 뒤에 서 있었으니, 잿빛에게 좋지 않은 일이 일어날까 싶어 감히 그 녀석을 혼자 내버려 둘 수 없었던 것이다. 이렇게 그들이 땅에 발을 딛고 선 채 양옆으로 다른 많은 하인들을 날개처럼 거느리고 있자니, 엄청나게 큰 멧돼지 한 마리가 개들에게 몰리고 몰이꾼들에게 쫓겨 앞니와 송곳니를 갈고 입으로는 거품을 내뿜으면서 그들을 향해 달려오고 있는 것이 보였다. 그 모습을 본 돈키호테는 방패를 팔에 끼우고 칼을 뽑아 든 채 멧돼지를 맞이하고자 앞으로 나아갔다. 공작 역시 자기의 투창을 들고 그렇게 했다. 하지만 공작이 막지 않았더라면 공작 부인이 누구보다 먼저 앞으로 나갔을 것이다. 단지 산초만이 그 용감한 맹수를 보는 즉시 잿빛을 버리고는 걸음아 나 살려라 도망가 높다란 떡갈나무로 기어 올라가려 했는데 뜻대로 되지 않았다. 반쯤 올라가 나뭇가지 하나를 붙들고 기를 쓰며 꼭대기로 올라가려 했으나 참으로 운이 없었던지 붙들고 있던 나뭇가지가 꺾여 땅으로 처졌고, 그는 부러지고 남은 가지에 옷이 걸리는 바람에 땅에 닿지도 못한 채 공중에 매달린 꼴이 되었다. 그러다가 초록색 사냥복이 찍 소리를 내며 찢어지자 그 맹수가 와서 자기를 잡는 줄 알고서 살려 달라며 어찌나 소리를 질러 대고 떼를 부리는지, 그의 모습을 보지 않고 목소리만 듣는 사람은 모두 그가 정말 맹수에게 물어뜯기는 줄 알았을 정도였다.

결국 그 엄청난 송곳니를 드러냈던 멧돼지는 무수한 투창에 찔려 그들 앞에 놓였다. 비명 소리를 들은 돈키호테가 그 목소리로 산초라는 것을 알아채고 뒤를 돌아보자, 그가 바닥을 향해 머리를 떨군 채 떡갈나무에 매달려 있고 옆에는 잿빛이 서 있는 모습이 눈에 들어왔다. 당나귀는 비운에 처한 자기 주인을 버리지 않았던 것이다. 그래서 시데 아메테는 〈잿빛의 모습을 보지 않고 산초의 모습을 본 일은 거의 없으며, 산초의 모습을 보지 않고 잿빛을 본 일 또한 거의 없다〉라고 말하고 있다. 이 둘 사이에 지켜지고 있던 우정과 믿음이 그 정도로 대단했다는 얘기다.

돈키호테가 가서 매달려 있던 산초를 내려놓았다. 몸이 풀려 땅에 서게 된 산초는 찢어진 사냥복을 보고 너무나 애통해했다. 그는 그 옷을 무슨 장자 세습 재산으로 생각했던 것이다. 이때 사람들이 그 엄청나게 큰 멧돼지를 짐 나르는 노새 위에 걸쳐 싣고 로즈메리 잎과 도금양 가지로 덮어 마치 승리의 전리품처럼 숲 한가운데 세운 큰 야영 천막으로 가지고 갔다. 거기 마련된 식탁 위에는 보기만 해도 음식을 베푸는 사람의 위대함과 훌륭함을 여실히 알 수 있을 법한 호화스럽고 멋들어진 음식들이 차려져 있었다. 산초는 자기 옷의 상처를 공작 부인에게 보여 주며 말했다.

「이번 사냥이 산토끼나 새 조무래기를 잡는 것이었더라면 제 옷이 이

지경까지 되지는 않았을 겁니다요. 그 송곳니 하나에만 걸려도 목숨을 빼앗길 수도 있는 짐승을 기다리는 것으로 대체 무슨 재미를 얻는지 저는 당최 모르겠습니다요. 전에 이런 옛 로만세를 들은 기억이 있지요.

　　곰들에게 먹히려무나,
　　그 유명한 파빌라처럼.」

「그는 고트족 왕이었네.」돈키호테가 말했다. 「멧돼지 사냥을 하러 갔다가 곰에게 먹혔지.」

「제 말씀이 그겁니다요.」산초가 대답했다. 「저는 왕이나 왕자들이 재미를 얻자고 스스로 그와 같은 위험에 처하는 게 싫습니다요. 재미있을 것 같아 보이지만 실제로 재미있을 리가 없거든요. 게다가 아무런 잘못도 없는 짐승을 죽이는 일이고 말입니다요.」

「산초, 자네가 잘못 알고 있네.」공작이 대답했다. 「멧돼지 같은 큰 짐승을 사냥하는 연습은 왕이나 왕자들에게 다른 어떤 일보다 잘 어울리는 일이며 필요한 일이니 말일세. 사냥은 전쟁에 비유되곤 하니, 자기는 다치지 않고 적을 이기기 위한 작전과 계략과 함정이 있기에 그러하네. 사냥은 엄청난 추위와 견딜 수 없는 더위를 참아 내게 하며, 태만과 잠을 무시하도록 만들고, 힘을 키우고, 사냥하는 자의 사지를 민첩하게 단련시키는 등, 요약하자면 누구에게도 해를 끼치지 않으면서 많은 사람들이 즐겁게 할 수 있는 운동이라는 걸세. 그리고 멧돼지 사냥은 다른 종류의 사냥들과는 달리 아무나 할 수 있는 게 아니라는 점에서 월등하네. 물론 오직 왕들이나 고관대작들을 위한 매사냥을 제외하면 말일세. 그러니, 오 산초! 생각을 바꾸게. 그리고 통치자가 되거든 자네도 사냥을 해보게. 그러면 사냥이 얼마나 훌륭한 것인지 알게 될 걸세.」

「그건 아닙니다요.」 산초가 대답했다. 「훌륭한 통치자는 다리가 부러져 집에 있는 것이 가장 좋습니다요. 그에게 볼일이 있어 사람들이 고생을 하며 왔는데 통치자가 산에 가서 놀고만 있다면 참도 보기 좋겠습니다요! 그렇게 되면 통치고 뭐고 엉망이 될걸요! 나리, 저는요, 정말이지 사냥이나 오락은 통치자들보다는 게으름뱅이들에게 더 어울린다고 봅니다요. 제가 즐기고자 하는 건요, 부활절에는 카드놀이고요, 일요일과 공휴일에는 볼링 놀이입니다요. 그 사냥인지 사농인지 하는 것은 제 조건에 맞지 않을 뿐만 아니라 제 양심에도 걸린답니다요.」

「제발 그렇게 해주면 좋겠군, 산초. 말과 행동 사이에는 대단한 거리가 있으니 말일세.」

「여하튼 간에요…….」 산초가 대답했다. 「돈을 잘 갚는 자에게는 담보가 괴롭지 않고, 일찍 일어나는 자보다 하느님이 도와주시는 자가 더 나으며, 힘을 내기 위해서는 잘 먹는 것이지 잘 먹기 위해 힘을 내는 것은 아니니까요. 그러니까 제 말씀은요, 만일 하느님만 저를 도와주시면 저는 해야 할 일을 온 마음을 다해 잘해 낼 것이며 틀림없이 매보다 더 잘 통치할 수 있다는 겁니다요. 아니, 제 입에 손가락을 대보시면, 제가 그걸 무는지 안 무는지 아시게 될 겁니다요.」

「하느님과 모든 성자들의 저주를 받을지어다, 빌어먹을 산초여!」 돈키호테가 말했다. 「내가 몇 번이나 말했지만 자네가 속담을 쓰지 않고 평범하게 제대로 된 말을 할 날을 언제나 보게 될는지 모르겠구나! 귀하들께서는 이 바보를 그냥 모른 체하고 내버려 두십시오. 그렇게 하지 않았다가는 귀하들의 영혼을 두 개도 아닌 2천 개의 속담 사이에 집어넣어 진저리 치게 만들 겁니다. 하느님께서 이자를 구원하고자 하실 때나, 아니면 ― 제가 그것을 듣고자 한다는 전제하에 ― 절 구원하고자 하실 때 잘도 끌어대는 속담들 말입니다.」

「산초 판사의 속담들은 말이죠……」 공작 부인이 말했다. 「기사단장 그리에고[214]의 것보다 많은데, 그 금언들이 간결하다고 해서 그것보다 나쁜 것이라고 평가해서는 안 돼요. 비록 더 경우에 맞게 제대로 인용되어야 하고, 더 때를 가려 알맞게 끌어와야 된다고는 하지만, 다른 어떤 속담들보다 나는 그것이 훨씬 재미있답니다.」

이렇듯 이런저런 재미있는 이야기들을 나누며 천막에서 나와 숲으로 들어가 사냥할 길목들을 조사하다 보니 금방 날이 저물어 밤이 되었다. 여름의 한가운데 있었지만 그 계절이 요구하는 것만큼 밝거나 고요한 밤은 아니었다. 일종의 명암이 있는 밤이라서 공작 부부가 계획한 일에 많은 도움이 되었다. 황혼이 지고 조금 더 지나 어두워지기 시작하자 별안간 숲이 온통 불에 타는 듯하더니 이쪽저쪽에서 불어 대는 뿔피리 소리와 전쟁 때 사용하는 다른 악기 소리가 들려왔는데, 마치 수많은 기병대들이 숲을 지나가는 것 같았다. 불빛과 전쟁 악기 소리는 그곳에 있던 사람들은 물론이요, 숲 속에 있던 모든 것들의 눈을 멀게 하고 귀머거리로 만드는 것 같았다.

그러자 곧 무어인들이 전투에 들어갈 때 외치는 함성 소리인 〈렐릴리〉[215]가 그치지 않고 들리더니 트럼펫과 나팔 소리가 울리고 북소리와 피리 소리가 퍼져 나갔는데, 모두가 동시에 쉬지 않고 계속해서 다급하게 울려 댔다. 그 많은 악기의 혼란스러운 소리에 감각이 마비되지 않는 사람은 애초에 감각을 갖지 않은 자였을 것이다. 공작은 몸이 얼어붙고 공작 부인은 멍해졌고 돈키호테는 놀라고 산초는 덜덜 떨었으니, 요컨대 그

214 Comendador Griego. 산티아고 기사 단장이자 그리스 어문학 연구가인 에르난 누녜스 데 구스만Hernán Núñez de Guzmán에게 주어진 이름. 『로만세어로 된 속담 혹은 금언』이라는 방대한 모음집을 편찬했는데, 이 책은 1555년에 간행되었다.

215 lelilí. 〈라 일라 일라 알라〉, 즉 〈알라밖에 신은 없다〉라는 말에서 나온 것이다.

일이 일어나게 된 원인을 알고 있는 사람들조차 경악했다. 다들 두려워 침묵을 지키고 있는 가운데, 악마 복장을 한 마부 한 사람이 뿔피리 대신 속이 빈 엄청나게 큰 뿔로 거칠고도 무시무시한 소리를 내면서 그들 앞을 지나갔다.

「이보게, 지나가는 양반.」 공작이 말했다. 「그대는 누구이며 어디로 가는 것인가? 또한 이 숲을 통과하는 듯 보이는 군대는 무슨 전쟁을 하는 군인들인가?」

이 질문에 지나가는 양반은 시원시원하게 울려 퍼지는 목소리로 대답했다.

「나는 악마다. 돈키호테 데 라만차를 찾으러 왔다. 여기로 오고 있는 사람들은 마법사들로 구성된 여섯 무리로, 개선의 짐수레에는 비할 데 없는 둘시네아 델 토보소가 실려 있다. 어떻게 하면 그 공주를 마법에서 풀려나게 할 수 있는지를 돈키호테 데 라만차에게 지시하기 위해, 마법에 걸린 늠름한 프랑스인 몬테시노스와 함께 오고 있다.」

「그대의 말과 모습이 보여 주듯이 그대가 진정 악마라면, 그대는 벌써 그 돈키호테 데 라만차 기사를 알아봤어야 했을 것이다. 그대 앞에 있으니 말이다.」

「하느님과 내 양심을 걸고 말한다만……」 악마가 대답했다. 「거기에 전혀 신경을 쓰지 못했다. 수많은 것들을 생각하면서 오다 보니 내가 오게 된 가장 중요한 일을 잊고 있었다.」

「틀림없습니다요.」 산초가 말했다. 「이 악마는 정직하며 훌륭한 기독교인임이 틀림없다고요. 그렇지 않다면 〈하느님과 내 양심을 걸고〉라며 맹세하지 않았을 거니까요. 이제 저도 알게 됐는데요, 지옥에도 착한 사람이 있는 게 틀림없습니다요.」

그러자 악마는 말에서 내리지 않은 채 돈키호테에게로 시선을 돌려 말했다.

「그대 〈사자의 기사〉여, 나 사자의 발톱에 붙들려 있는 그대를 보고 싶으나, 불행했지만 용감했던 기사 몬테시노스가 나를 보내어 그대에게 이 말을 전해 달라고 하였노라. 둘시네아 델 토보소라고 부르는 여성을 몬테시노스가 손수 데리고 와서 그 여인을 마법에서 풀어 주는 데 필요한 바를 그대에게 알려 주고자 하니, 그대는 나와 만난 자리에서 그대로 몬테시노스를 기다리고 있으라는 것이다. 내가 온 다른 이유는 없으니 더 머물러 있을 이유도 없다. 나 같은 악마들은 그대와 함께 있고 착한 천사들은 이 부부와 함께 있기를.」

이렇게 말하더니 그는 어느 누구의 대답도 기다리지 않고 등을 돌려 그 엄청나게 큰 뿔을 불면서 가버렸다.

또다시 모두가 놀랐지만, 특히 산초와 돈키호테의 놀라움은 어마어마했다. 산초는 모든 사람들이 사실과는 관계없이 둘시네아가 마법에 걸려 있기를 원한다는 것을 알았기 때문이고, 돈키호테는 몬테시노스 동굴에서 일어난 일이 사실이었는지 아니었는지 확신할 수 없었기 때문이다. 이런 생각을 하고 있는데 공작이 말했다.

「기다리실 작정이시오, 돈키호테 나리?」

「왜 기다리지 않겠습니까?」 그가 대답했다. 「지옥 전체가 나를 공격하러 온다 해도 마음을 강하게 먹고 꿋꿋하게 기다릴 것입니다.」

「그렇다면 저 또한 다른 악마를 보고 저런 뿔 소리를 다시 듣는다 해도 플랑드르에서 기다리는 것처럼 여기서 그렇게 기다릴 겁니다요.」 산초가 말했다.

이제 밤은 더욱 깊어졌는데, 수많은 불빛이 숲을 흐르듯 돌아다니기 시작했다. 마치 땅에서부터 하늘로 흘러가는 것 같아 별들이 흐르는 듯 보였다. 그러면서 수레의 단단한 바퀴가 내는 그런 무시무시한 소음이 들렸다. 만일 그것이 지나가는 곳에 늑대와 곰이 있다면 모두 달아나 버릴 정도로 그 소리는 계속해서 거칠게 삐걱거렸다. 이 소란에 다른 소리가 더해져 그 모든 혼란을 배로 증가시켰으니, 실로 숲 사방에서 동시에 네 개의 대결이나 전투가 일어난 것만 같았다. 저쪽에서는 무시무시한 대포의 둔중한 울림이, 이쪽에서는 총소리가 계속해서 일어나고 있었다. 바로 가까이에서는 전사들의 함성이, 멀리서는 무어인들의 〈릴릴리〉[216] 소리가 반복해서 들려왔다.

그러니까 뿔피리, 뿔, 나팔, 클라리온, 트럼펫, 북, 대포, 화승총에다 특히 수레바퀴의 으스스한 소음이 한꺼번에 섞여 뭐가 뭔지 분간할 수 없는 엄청나게 무시무시한 굉음을 만들어 냈으니, 돈키호테는 그 무서운 소리를 견뎌 내기 위해 있는 용기를 모두 다 발휘해야 했다. 하지만 이미 용기가 바닥난 산초는 기절하여 공작 부인의 치마로 쓰러지고 말았다. 부인은 산초를 치마로 받아서는 급히 그의 얼굴에 물을 뿌리도록 명령했다. 그렇게 산초가 제정신으로 돌아왔을 때 이미 그 삐걱대는 바퀴의 수레는 그곳에 다다르고 있었다.

소 네 마리가 느릿느릿하게 수레를 끌었는데 이 소들은 온몸이 검은 천으로 덮여 있었으며 뿔에는 저마다 불이 켜진 커다란 초가 묶여 있었다. 수레 위에 높다랗게 마련된 좌석에는 덕망 있어 보이는 노인이 앉아 있었다. 눈보다 더 흰 이 사람의 수염은 허리 아래까지 올 만큼 길었고, 두껍고 성긴 천으로 지은 검은색 긴 옷을 입고 있었다. 수레에 온통 촛불이 켜져 있었던 터라 거기 실려 온 모두를 보고 분간할 수 있었다. 같은 천으로 된 옷을 걸친 흉측스러운 악마 둘이 수레를 몰고 있었는데, 그 얼굴이 얼

---

216 앞서의 〈렐릴리〉가 여기서는 〈릴릴리lililies〉로 바뀌어 있다. 세르반테스가 글을 쓰는 방식을 짐작할 수 있는 부분이다.

마나 끔찍한지 산초는 다시는 보고 싶지 않아 눈을 감아 버렸다. 이 수레가 사람들 있는 곳에 이르자 노인은 높은 좌석에서 일어나 큰 소리로 말했다.

「나는 현자 리르간데오[217]다.」

그런 다음 더 이상 말을 않았고, 수레는 앞으로 지나갔다. 이어서 다른 수레가 같은 식으로 높은 좌석에 또 다른 노인을 앉히고선 다가왔으니, 그 노인 또한 수레를 멈추게 하면서 앞의 노인 못지않은 엄숙한 목소리로 말했다.

「나는 현자 알키페[218]로서 〈미지의 여인 우르간다〉의 절친한 친구다.」

그러고는 앞으로 지나갔다.

뒤이어 똑같은 모습으로 다음 수레가 다가왔지만 이번에는 앞서 지나간 그런 노인이 아니라 건장한 체격에 얼굴이 못생긴 남자였다. 수레가 다다르자 그도 다른 사람들처럼 일어서서는 훨씬 더 거칠고 성마른 목소리로 말했다.

「나는 아르칼라우스[219] 마법사로 아마디스 데 가울라와 그 가문의 철천지원수다.」

그러고는 앞으로 지나갔다. 이 수레 세 대는 거기서 조금 떨어진 곳에서 멈춰 섰고 그 바퀴의 성난 소리도 멎었다. 그러자 이번에는 다른 소리가 들려왔으니, 소음이 아니라 화음을 이룬 부드러운 음악 소리로 산초는 아주 기뻐하며 그것을 좋은 징조로 받아들였다. 그는 그때까지 공작부인 곁에서 한 발자국도 떠나지 않고 있다가 그녀에게 말했다.

---

217 Lirgandeo. 『폐보의 기사』에 나오는 기록관.
218 Alquife. 우르간다와 결혼한 마법사. 우르간다는 『아마디스 데 가울라』에 나오는 여자 마법사이다.
219 Arcaláus. 『아마디스 데 가울라』에서 중요한 역할을 하는 마법사.

「마님, 음악이 있는 곳에 나쁜 일이 있을 수는 없습니다요.」

「빛과 밝음이 있는 곳도 그렇죠.」 공작 부인이 대답했다.

그 말에 산초가 대꾸했다.

「불이 빛과 밝음을 준다는 사실은 우리를 에워싸고 있는 모닥불만 보아도 알 수 있습니다요. 하지만 저 모닥불들은 우리를 태우고도 남겠습니다요. 항상 늘 큰 기쁨과 축제의 조짐을 주는 건 바로 음악입니다요.」

「두고 보면 알겠지.」 산초의 말을 듣고 있던 돈키호테가 말했다.

다음 장에서 나타나듯 그 말은 맞는 말이었다.

35

돈키호테가 둘시네아의 마법을
어떻게 풀 것인가에 대한 정보를 얻는 이야기가
다른 놀랄 만한 사건들과 함께 계속되다

그 즐거운 음악에 맞추어 흔히 개선 수레라고들 부르는 수레 하나가 거무스름한 몸통에 흰 천으로 덮인 여섯 마리의 노새에 끌려 그 사람들이 있는 곳으로 다가왔다. 노새 위에는 흰옷을 입은 빛의 고행자[220]들이 있었는데, 모두들 커다란 불이 켜진 초를 들었다. 이번 수레는 지난번 것들보다 두 배, 아니 세 배나 더 컸으며 수레와 그 양쪽에는 눈처럼 흰 또 다른 열두 명의 고행자들이 저마다 불이 켜진 굵직한 초를 든 채 자리잡고 있었으니, 그 모습이 놀랍기도 하고 무섭기도 했다. 좀 더 높은 좌석에는 은색 천으로 겹겹이 베일을 두른 요정이 앉아 있었는데, 베일마다 반짝이는 얇은 금속 조각들이 무수히 빛나고 있어서 고귀하다고까지는 할 수 없을지 몰라도 참으로 화려한 게 눈부셨다. 얼굴은 얇고 투명한 가제로 가려져 있었지만 굵은 날실이 얼굴을 가리지 않을 때면 그 사이사이로 아리따운 얼굴이 드러나곤 했다. 무수한 초에서 나오는 불빛으로 그녀의 아

---

220 스페인에는 종교 행사나 의식 때마다 행렬을 하는데 그 행렬에는 두 종류의 고행자들이 무리를 지어 참가한다. 하나는 큰 초를 들고 행진하는 빛의 고행자 무리이며, 다른 하나는 스스로 몸에 채찍질을 가하며 걷는 육신의 고행자 무리이다.

름다움과 나이를 짐작할 수 있었으니, 스무 살까지는 안 되었으나 열일곱 살은 더 되어 보였다.

그녀 곁에는 발등까지 내려오는 로사간테[221]를 걸치고 머리는 검은 베일로 가린 한 형상이 타고 있었다. 수레가 공작 부부와 돈키호테를 마주 보고 서자 피리 소리가 멎고 이어 수레에서 울리던 하프와 류트 소리도 그쳤다. 그러자 그 긴 옷을 입은 형상이 일어서더니 옷을 양쪽으로 젖히고 얼굴을 가린 베일을 벗어 여위고 흉측한 죽음의 모습을 그대로 드러냈다. 이 모습에 돈키호테는 괴로웠고, 산초는 무서웠으며, 공작 부부도 약간의 두려움을 느꼈다. 이 살아 있는 죽음의 형상은 일어선 채 졸린 듯한 목소리, 잠에서 덜 깬 말투로 이렇게 말하기 시작했다.

나는 메를린,[222] 이야기에 의하면
나는 악마를 아버지로 두었고
(이것은 세월이 만든 거짓말),
마법의 왕자, 조로아스터 학문의
군주이자 보고라 불리는 자,
내가 지극히 사랑했고 사랑하는
용감한 편력 기사들이 세운 무훈을
숨기려고 하는 시대와 세기의
경쟁자.
마법사들이나
마술사들 혹은 요술사들은

---

221 *rozagante*. 화려하고 긴 망토. 옛 왕족이 입었다.
222 Merlín. 아서 왕 이야기에 나오는 마법사.

무정하고 거칠고 강한
성격을 변함없이 가진다지만,
나는 연하고 부드럽고 사랑스러워
모든 사람들에게 선을 행하기를 좋아하노라.

디테[223]의 어두운 동굴에서
내 영혼이 어떠한 형상과 활자를
만들며 시간을 보낼 때,
비할 데 없는 아름다운 둘시네아 델 토보소의
고통스러운 목소리가 내게 닿았노라.
나는 마법에 걸린 그녀의 불행과,
그 우아한 여인이
촌스러운 시골 아낙으로 둔갑했음을 알았노라.
그러한 사실에 마음이 아파
악마 같고 어리석은 마법에 관한
수많은 책들을 샅샅이 살펴본 후
이 무시무시하고 흉포한
해골의 빈 공간에 나의 영혼을 담아
그 고통과 그 불행에서
그녀를 구할 알맞은 방법을
알려 주고자 나 여기 왔노라.

오 그대, 강철과 금강석으로 된 옷을 입는

---

223 Dite. 로마 신화에서 말하는 지옥의 신 플루톤을 가리킨다.

모든 자들의 영광이자 영예여!
얼빠진 잠과 한가로운 붓을 내버리고
피로 얼룩진 군사의
힘들고 참기 어려운 수행에
따르고자 한 사람들의
빛이자 등대이며 길이자 이정표이며 안내자여!
그대에게 말하노라, 아무리 찬양해도 부족한
사나이여! 용기와 신중함을 겸비한 돈키호테,
라만차의 빛, 에스파냐의 별인 그대에게.
비할 데 없는 둘시네아를
본래의 모습으로 돌아가게 하기 위해서는
그대의 종자 산초가 자신의
큼직한 양쪽 엉덩이를 밖으로 드러내어
삼천삼백 대를 화가 날 정도로
쓰라리고 고통스럽게
스스로 매질해야 하노라.
이렇게 함으로써 공주의 불행을
야기했던 모든 사람들의
문제가 해결될지니,
그대들이여, 이를 알리러 내가 왔노라.

「세상에 이럴 수가!」 이때 산초가 말했다. 「3천은커녕 세 대만 맞아도 칼로 세 번 찌르는 거나 같을 겁니다요! 그따위 마법 푸는 방법은 악마한 테나 주라지! 내 엉덩이와 마법이 대체 무슨 상관이란 말입니까요! 정말이지, 메를린 나리가 둘시네아 델 토보소 공주를 마법에서 풀려나게 하는 방법으로 이게 아닌 다른 것을 발견하지 못한다면, 그냥 그분은 마법에 걸린 채로 무덤으로 가라 하세요!」

「이 마늘이나 실컷 먹고 살 시골 양반아……」 돈키호테가 말했다. 「내가 너를 붙잡아 네 어머니가 낳아 주신 모습 그대로 홀라당 벗겨 나무에 묶어 놓고 삼천삼백 대가 아니라 육천육백 대를 때려 줄 거야. 삼천삼백 대로는 쓰러지지 않을 테니 제대로 때려 주고말고. 내게 말대꾸할 생각일랑 말아라. 네 영혼을 끄집어내고 말 테니.」

이 말을 듣고 있던 메를린이 말했다.

「그래서는 안 된다. 착한 산초가 받아야 하는 매질은 그렇게 억지로 해서는 안 되며, 본인이 원해야 효과가 생기는 것이다. 정해진 기한은 없으니 그가 내킬 때 하면 될 것이다. 혹시 매질을 반으로 줄이고 싶다면, 좀 괴롭겠지만 다른 사람의 손에 맡기는 것도 허용되어 있다.」

「다른 사람의 손이든 내 손이든, 괴롭든 말든 상관없어요.」 산초가 대답했다. 「어떤 손이라도 나를 건드릴 수는 없을 테니까요. 그분의 눈이 지은 죄를 내 엉덩이가 갚는다니, 내가 둘시네아 델 토보소 공주를 낳기라도 했단 말입니까? 주인 나리야 그분의 일부나 다름없으니 그럴 수 있겠습니다요. 나리께서는 말끝마다 〈나의 생명〉, 〈나의 영혼〉이라고 하시면서 그분을 지지하고 비호하는 자가 되시니 그분을 위해서 매질을 당하실 수도 있고 당하셔야 마땅하죠. 그분을 마법에서 풀어 주기 위해 필요한 수고를 하실 수도 있고 또 그렇게 하셔야 하지만, 내가 나를 때리는 일은…… 어허, 귀신아 물러가라. 안 되지, 안 되고말고!」

산초가 말을 마치자마자 메를린의 영혼과 함께 온, 은박을 입힌 듯한 요정이 일어나 얼굴을 덮고 있던 얇은 베일을 벗으며 모습을 드러냈는데, 모든 사람들이 보기에 말할 수 없이 아름다웠다. 요정은 산초 판사를 똑바로 바라보면서 남자처럼 호방하게, 그리 여성스럽지 않은 목소리로 말했다.

「오, 불행한 종자여! 물 항아리 같은 영혼과 코르크나무 같은 심장과 돌처럼 단단하고 무정한 내장을 가진 자여! 파렴치한 도둑아, 만일 네게 높은 탑에서 땅으로 뛰어내리라고 명령했다면, 이 인간 종자의 원수야, 혹은 네게 두꺼비 열두 마리와 도마뱀 두 마리와 구렁이 세 마리를 먹으라고 했다면, 혹은 네게 아내와 자식들을 잔혹하고도 날카로운 신월도로 죽이라고 설득했다면 네가 새치름하고 무뚝뚝하게 굴어도 이상하지 않을 것이다. 하지만 매질 삼천삼백 대를 가지고 그런다면 그 소리를 듣는 사람들의, 더 나아가 시간이 흘러 그것을 알게 될 모든 사람들의 자비심 많은 마음을 놀라게 하고 망연자실하게 하며 경악하게 만들고 말 것이다. 고아로 태어나 일을 할 수 있을 때까지 학교에서 가르침을 받으며 자라는 아이들 중에서는 아무리 적어도 그 정도의 매를 매달 벌지 않는 아이가 없을 터인데 말이다. 두어라, 오 이 천하고 냉혹한 짐승아! 반짝이는 별과 비교되는 내 눈의 눈동자에다가 너의 그 쉬 놀라는 부엉이 눈을, 다시 말하노니 두어라. 그러면 나의 아름다운 두 볼에 고랑을 파고, 길을 내고, 오솔길을 이루며 실꾸리처럼 쉴 새 없이 흘러내리는 눈물을 보게 될 것이다. 앙큼스럽고 사악한 괴물아, 아직 스무 살이 안 된 열아홉 살에, 이처럼 아직 10대의 꽃 같은 나이에, 시골 농사꾼 처자의 껍질을 뒤집어쓴 채 몸이 사그라지고 시들어 간다는 사실에 마음을 움직여 보아라. 만일 지금 내 모습이 그런 시골 농사꾼 처자의 모습으로 보이지 않는다면, 그것은 여기 계시는 메를린 나리의 각별한 은혜 덕분이다. 오로지 나의 아름다움으로 너의 마음을 누그러뜨리기 위해서 내게 베푸신 은혜란 말이다. 비탄에 젖은 아름다운 여인의 눈물은 바위를 솜으로 바꾸고, 호랑이를 양으로 바꾸어 놓지. 길들일 수 없는 짐승아, 너의 그 살찐 몸에 매질을 해라, 매질을 해. 그리고 다만 먹고 또 먹고 싶어만 하는 너의 용기를 게으름에서 꺼내어, 매끄러운 내 살결과 온순한 내 성질과 아름다운 내 얼굴을 마법에서 풀어 주어라. 만일 나를 위해서 마음 약해지기 싫거나 어떤 합당한 결말을 내리기가 싫다면, 네 옆에 있는 그 가여운 기사를 위해서 그렇게 하도록 해라. 네 주인을 위해서 하라는 말이다. 내가 보건대 그분의 영혼이 입술에서부터 손가락 열 마디도 안 되는 목구멍에 걸려 있으니, 너의 대답이 완고할지 부드러울지에 따라 입 밖으로 나오든지 배 속으로 다시 돌아가든지 할 것이다.」

이 말을 듣자 돈키호테는 손으로 자기 목을 더듬어 보더니 공작을 돌아보고 말했다.

「이런, 나리, 둘시네아의 말이 사실입니다. 여기 이 목구멍에 내 영혼이 마치 활의 조임쇠처럼 걸려 있군요.」

「산초, 그대는 이 말에 뭐라고 말할 작정인가요?」 공작 부인이 물었다.

「저는 마님…….」 산초가 대답했다. 「이렇게 말하겠습니다요. 매질은 저부합니다요.」

「거부라고 하려고 했겠지, 산초. 저부[224]가 아니고 말일세.」 공작이 말했다.

「나리, 그런 건 내버려 두십쇼.」 산초가 대답했다. 「저는 지금 그런 세세한 일이나 글자를 살피고 있을 처지가 아닙니다요. 저를 매질한다는, 그러니까 제가 그 매질을 저 자신에게 해야 한다는 것 때문에 정신이 사나워 스스로도 무슨 말을 하고 있는지, 무슨 짓을 하고 있는지 모릅니다요. 하지만 저의 귀부인 도냐 둘시네아 델 토보소 공주님에게 묻고 싶은 게 있습니다요. 어디서 그런 식으로 부탁하는 방법을 배워 왔느냐 하는 겁

---

224 사탄을 내쫓는 의식에서 사용하는 〈거부〉의 의미를 가진 단어 〈*abrenuncio*〉를 산초는 〈*abernuncio*〉라고 말했다.

니다요. 매질로 내 살을 터지게 하려고 와놓고선 물 항아리 같은 된 영혼
이라느니, 길들일 수 없는 짐승이라느니 하는, 악마나 듣고 견딜 만한 그
런 욕설들을 늘어놓고 있으니 말입니다요. 내 살이 청동으로 되어 있단
말입니까요? 당신이 마법에서 풀리든 말든 나와 무슨 상관이라도 있단
말입니까요? 내가 사용하지는 않는다 할지라도, 하얀 옷이나 셔츠나 화
장품이나 양말 같은 게 들어 있는 무슨 바구니라도 앞에 두고 내 마음을
달래기라도 했던가요? 오히려 이 욕 저 욕 해대고 있으니, 도대체가 황금
을 등에 진 당나귀는 산도 가볍게 오른다든가, 선물은 바위를 깬다든가,
하느님께 빌면서 망치질을 한다든가, 〈네게 줄게〉라는 말 두 번보다 〈자,
여기 있다〉라는 말 한 번이 더 낫다든가 하는, 세상에서 흔히 말하는 이런
속담들도 모른단 말입니까요? 그리고 우리 주인 나리도 그렇지, 나를 빗
질한 양털이나 솜처럼 부드럽게 만들 생각이시라면 내 목덜미를 손으로
쓰다듬으면서 기분 좋게 해주셔야 할 판에 오히려 붙잡아다가 홀딱 벗겨
서 나무에 묶어 놓고 두 배로 매질을 하시겠다니요. 그리고 말입니다요,
이 인정 많으신 두 분께서도 고려해 보셔야 할 일은요, 매질당하는 자가
그저 종자가 아니라 통치자라는 사실입니다요. 이왕 일이 이렇게 된 바에
야, 〈앵두를 넣어 마시게〉[225]라고 말하는 사람처럼 해주시면 안 됩니까
요? 배우십시오. 빌어먹을, 어떻게 간청하고 부탁하며 어떤 예의를 갖추
어야 하는지를 알고 많이 배우도록 하십시오. 사람들이 언제나 그대로인
것이 아니고, 늘 기분이 좋은 것도 아니거든요. 나는 지금 내 초록색 옷이
찢어진 걸 보고 가슴이 아파 터질 것 같은데, 나 스스로 내게 매질을 하라
고 부탁하러 오시다니, 내가 추장이 되는 것만큼이나 그런 일은 나하고

---

225 포도주에 앵두를 넣으면 그 신맛으로 포도주가 더 맛있어진다. 말한 바의 품위를 끌어
올릴 때 사용하는 표현이다.

전혀 상관이 없거든요.」

「사실은 말일세, 이 친구 산초여…….」 공작이 말했다. 「만일 그대 마음이 잘 익은 무화과보다 더 부드러워지지 않는다면 통치자 자리를 손에 넣을 수 없을 걸세. 비탄에 젖은 아가씨의 눈물에 꿈쩍도 않고, 사려 깊고 근엄하며 나이가 많은 마법사나 현자의 간청에도 굽힐 줄 모르는 그런 돌처럼 단단한 마음을 가진 잔인한 통치자를 내 섬사람들에게 보낸다는 게 말이 되겠는가! 결론적으로 산초, 그대가 그대 손으로 매질을 하든지, 아니면 사람들이 그대를 매질하게 하든지, 아니면 통치자가 되지 말아야 하는 것일세.」

「나리.」 산초가 대답했다. 「어느 게 가장 나을지 생각할 수 있게끔 제게 이틀의 기한을 주시지 않겠습니까?」

「아니, 그건 절대 안 된다.」 메를린이 말했다. 「여기, 이 순간, 이 자리에서 이 일을 어떻게 할 것인지 결정을 내려야 한다. 그러니까 둘시네아가 농사꾼 처자의 모습으로 몬테시노스 동굴로 돌아갈 것인지, 아니면 지금의 모습으로 낙원으로 가서 매 숫자가 다 이루어질 때까지 기다릴 것인지 말이다.」

「이봐요, 착한 산초.」 공작 부인이 말했다. 「용기를 내요. 그리고 돈키호테 나리의 빵을 먹었으니 보답을 해야지요. 이분은 인품이 훌륭하시고 기사도 정신이 고매하시니 우리는 모두 이분을 섬기고 기쁘게 해드려야 해요. 그러니 자, 매질을 하겠습니다, 하고 받아들여요. 그리고 악마는 악마에게, 두려움은 비열한 자에게나 가라고 하세요. 그대도 잘 알듯이 멋진 용기가 불행을 쳐부순다고 하잖아요.」

이 말에 산초는 다음과 같은 엉뚱한 소리를 했으니, 메를린에게 다음과 같은 질문을 한 것이었다.

「메를린 나리, 제게 말씀해 주셨으면 하는 건요, 그 악마 심부름꾼이 아까 여기 오더니 몬테시노스 나리를 대신해서 전해 주는 나리의 전갈이라면서, 우리 주인에게 나리께서 오실 때까지 여기서 기다리라고, 그러면 둘시네아 델 토보소 공주를 마법에서 풀려나게 하는 방법을 가르쳐 주겠노라고 하던데요, 지금까지 우리는 몬테시노스는 물론이요 그분과 비슷한 사람도 보지 못했습니다요.」

이 말에 메를린이 대답했다.

「그 악마는 말이다, 친구 산초여, 엄청난 망나니에 무식한 자다. 그대 주인을 찾아가라고 그를 보낸 사람은 바로 나였다. 몬테시노스의 전갈이 아니라 내 전갈을 가지고 갔지. 몬테시노스는 자기 동굴 속에서 기다리고 있는 중이다. 다시 말해 자기에게 걸린 마법이 풀리기만을 고대하고 있다. 아직도 껍질을 벗길 꼬리가 남아 있으니 말이다. 그자가 그대에게 뭔가 빚진 게 있다거나 그대와 뭔가 거래할 일이 있다면, 내가 그자를 데리고 와서 그대가 원하는 곳에다 둘 것이다. 지금은 당장 이 고행을 받아들이는 일이나 끝내라. 그리고 이 일은 그대의 영혼이나 육체에 많은 이익이 될 것이니 나를 믿어라. 영혼에는 고행으로 자비를 베푸는 일이며, 육체에는 해가 되지 않을 일이다. 내가 보기에 그대는 다혈질의 몸이라 약간의 피를 흘려도 괜찮을 것이다.」

「세상에 의사가 많은 건 알았지만 마법사까지 의사일 줄은 몰랐습니다요.」 산초가 대답했다. 「모두들 제게 같은 말을 하시니, 비록 저는 그렇게 생각하지 않지만 말씀드리자면요, 삼천삼백 대를 제가 제게 매질하도록 하겠습니다요. 날짜나 시간에 제약을 두지 않고 제가 원할 때 한다는 조건으로 말입니다요. 그리고 저도 가능한 빨리 이 빚을 다 갚도록 하겠습니다요. 세상이 도냐 둘시네아 델 토보소 공주의 아름다움을 즐길 수 있도록 말입니다요. 제가 생각했던 것과는 반대로 저분은 정말 아름다우시거든요. 그리고 또 조건이 있는데요, 고행을 하더라도 제가 굳이 피를 흘리지는 않아도 된다는 것, 매질이 어쩌다가 파리 쫓는 정도가 되더라도 계산에 넣어야 한다는 것입니다요. 그리고 또 만일 제가 숫자를 틀리게 세면요, 메를린 나리는 모든 것을 알고 계시니 수를 세는 데 신경을 쓰셔서 몇 대가 모자라는지, 아니면 몇 대가 남는지 저한테 알려 주셔야 합니다요.」

「남는 것은 그대에게 알릴 필요가 없다.」 메를린이 대답했다. 「정확하게 그 수가 되면 그 즉시 둘시네아 공주가 마법에서 풀려나 고맙다는 인사를 하러 착한 산초를 찾아올 것이며, 훌륭한 행위에 대한 보상도 하게 될 테니 말이다. 그러니 남느니 모자라느니 하는 일로 걱정할 것은 전혀 없다. 하늘도 내가 누구를 속이는 걸 허락지 않으실 게다. 그게 머리칼 한 오라기라 해도 말이다.」

「그럼 좋아요, 하느님 손에 맡기기로 하겠습니다요!」 산초가 말했다. 「제 운이 나쁘구나, 하고 생각하죠 뭐. 제 말은요, 제시한 조건과 함께 고행을 받아들이겠다는 겁니다요.」

산초가 이 마지막 말을 마치자 그 즉시 다시 피리 소리와 화승총을 마구 쏘아 대는 소리가 울리기 시작했다. 돈키호테는 산초의 목에 매달려 그의 이마와 볼에 수천 번이나 입을 맞추었다. 공작 부인과 공작, 그리고 그곳에 있던 사람들도 모두 아주 만족스러운 표정이었다. 수레가 움직이기 시작하자 아름다운 둘시네아는 공작 부부에게 고개를 숙이고 산초에게는 큰절을 했다.

이때 벌써 즐겁고 명랑한 여명이 빠른 걸음으로 오고 있었다. 들판의 들꽃들은 고개를 들고 일어났고, 수정같이 맑은 시냇물은 희고 검은 돌멩이들 사이를 헤집으며 그들을 기다리고 있는 강에 조공을 바치기 위해 졸졸졸 흘러갔다. 즐거운 대지와 맑은 하늘과 상쾌한 공기와 잔잔히 흐르는 빛이 저마다, 그리고 모두 함께 여명의 치맛자락을 밟으며, 다가오는 하루가 고요하고 맑을 것을 예고하고 있었다. 공작 부부는 사냥과 자기들이 뜻한 바를 기막히게 교묘하고도 훌륭하게 해낸 것에 만족하여 다음 장난을 이어 가기 위해 성으로 돌아갔다. 그들에게 이보다 더 즐거운 일은 없었다.

36

〈트리팔디 백작 부인〉라는 별명을 가진
〈슬픔에 잠긴 과부 시녀〉 돌로리다 부인의
상상도 할 수 없는 이상한 모험과
산초 판사가 아내 테레사 판사에게 보낸
편지에 대하여

공작에게는 장난을 아주 좋아하고 쾌활한 집사 한 사람이 있었으니, 그가 바로 메를린의 모습을 하고 이번 모험의 모든 장치를 마련한 장본인으로, 시를 짓고 시동에게 둘시네아 역을 맡긴 사람 또한 그였다. 마지막으로 그는 다시 공작 부부를 개입시켜 상상도 할 수 없는 가장 우스꽝스럽고도 이상한 모험을 준비했다.

다음 날 공작 부인은 산초에게 둘시네아의 마법을 풀기 위해 약속한 고행을 시작했는지 물었다. 그는 그렇다고 말했다. 간밤에 다섯 대를 때렸다는 것이었다. 공작 부인이 무엇으로 때렸느냐고 묻자 그는 손으로 때렸다고 했다.

「그건…….」 공작 부인이 말했다. 「매질이라기보다 박수 치는 건데요. 내가 보기에 그렇게 부드럽게 해서는 현자 메를린을 만족시킬 수 없을 것 같아요. 착한 산초는 마름쇠나 채찍으로 맞아 아픔을 느끼며 극히 힘든 고행을 해야 할 필요가 있어요. 왜냐하면 고생하지 않고서는 익히지 못한다는 속담도 있고, 둘시네아처럼 고귀하신 공주님에게 자유를 드리는 일을 그렇듯 값싸게 해서는 안 되기 때문이에요. 미적지근하고 느슨하게 하

457

는 자선 행위는 아무런 효용도 가치도 없다는 걸 산초는 알아야 해요.」

이 말에 산초가 대답했다.

「마님께서 회초리나 적당한 밧줄을 주십쇼. 그러면 그것으로 너무 아프지 않을 정도로 저를 때리겠습니다요. 제가 비록 촌놈이긴 하지만요, 제 살은 아프리카수염새 풀보다는 오히려 솜으로 되어 있다는 걸 마님께서 아셨으면 합니다요. 게다가 남 좋은 일 하느라고 제 몸이 못쓰게 되어서 좋을 건 없잖습니까요.」

「그렇고말고요.」 공작 부인이 대답했다. 「내가 내일 산초에게 아주 잘 어울리고 그 부드러운 살에 딱 맞는 채찍을 줄게요. 자매[226]처럼 잘 맞을 거예요.」

이 말에 산초가 말했다

「제 영혼의 주인이신 마님, 제가 제 마누라 테레사 판사에게 편지를 써 두었는데요, 거기에다가 마누라 곁을 떠난 후 지금까지 일어난 일들을 죄다 이야기했답니다. 여기 제 품에 갖고 있는데, 겉봉만 쓰면 됩니다요. 신중하신 마님께서 이걸 한번 읽어 주셨으면 합니다요. 제가 보기엔 통치자에 어울리는 것 같은데, 그러니까 제 말씀은, 통치자들이 쓰는 방식으로 쓴 것 같다는 말씀입니다요.」

「누가 불러 줬나요?」 공작 부인이 물었다.

「누구긴 누구겠습니까요, 죄 많은 이 몸이지요.」 산초가 대답했다.

「아니, 당신이 그걸 썼단 말이에요?」 공작 부인이 말했다.

「그건 생각으로도 못 할 일이죠.」 산초가 대답했다. 「서명은 할 줄 알지만, 읽지도 쓰지도 못하는걸요.」

「어디 한번 봅시다.」 공작 부인이 말했다. 「분명 그 편지가 당신의 기지

---

226 스페인어 〈채찍〉과 〈살〉이 모두 여성 명사라 자매라 표현한 것이다.

458

와 자질을 충분히 나타내고 있을 거예요.」

산초가 품에서 펼쳐진 편지를 꺼내 주어 공작 부인이 받아 보았으니, 거기에는 이렇게 적혀 있었다.

산초 판사가 아내 테레사 판사에게 보내는 편지

지독한 매질을 당하면 멋지게 말을 탄다더니,[227] 좋은 통치자 자리를 얻으려면 지독한 매질을 당해야 한다는군. 지금 당신은 이 말을 이해하지 못할 거야, 나의 마누라 테레사. 하지만 언젠가는 알게 되겠지. 당신이 알아야 할 것은 여보, 당신은 마차를 타고 다니도록 결정되었으니 그것에 신경을 써야 한다는 거야. 다른 방식으로 다니는 것은 네발로 기어다니는 것과 마찬가지거든. 당신은 통치자의 아내이니 어느 누구도 당신을 험담하지 않도록 조심하라고! 여기 초록색 사냥복을 당신에게 보내. 공작 부인께서 내게 주신 것이야. 우리 딸애 몸에 맞게 고쳐서 치마나 만들어 입히도록 해. 이 고장에서 사람들이 하는 말을 들어보니, 우리 돈키호테 주인님은 정신이 멀쩡한 미치광이고 재미있는 바보이며 나도 그에 못지않은 사람이라고 하는군. 우리는 몬테시노스 동굴에 있었는데, 현자 메를린이 거기서는 알돈사 로렌소라고 불리는 둘시네아 델 토보소의 마법을 풀기 위해 내게 도움을 청했어. 삼천삼백 대에서 다섯 대 모자라는 매를 나 스스로 내게 때리면, 둘시네아가 마법에서 풀려나 자기 어머니 배 속에서 태어날 때 모습으로 돌아가게 될 거라고 하면서 말이야. 이 얘기는 아무에게도 하지 마. 그것을 남 앞에

---

227 당시 죄를 지은 자는 당나귀에 올라타서 매를 맞으며 거리로 끌려다니는 풍습이 있었다. 이 문장은 이런 일을 당한 어떤 사람이 한 말인데 대중에게 알려져 하나의 경구로서 읊어지게 되었다.

내놓게 되면 누구는 희다고 하고 또 누구는 검다고 할 게 뻔하니까. 며칠 있으면 나는 섬을 통치하러 가. 돈을 좀 만들어 보려는 큰 야망을 가지고 그곳으로 가는 거지. 새로 부임하는 통치자들은 다들 그런 마음으로 간다고들 하니까 말이야. 일단 가서 사정을 알아보고 당신이 나와 함께 지내기 위해 와야 할지 말아야 할지를 알려 줄게. 잿빛은 잘 있어. 당신한테 많은 말을 전하라고 하네. 나를 터키 황제로 데려간다 해도 이놈을 놔두고 갈 생각은 없어. 나의 마님이신 공작 부인께서 당신 손에 1천 번이나 입맞춤을 하시니, 당신은 마님의 손에 2천 번으로 돌려 드려. 우리 주인님 말씀에 따르면, 훌륭한 예의만큼 돈 안 들고 쉬운 것은 없는 법이라니까. 하느님은 아직도 그때의 1백 에스쿠도가 들어 있는 가방 같은 것을 또다시 내게 마련해 주시지 않고 계시지만, 슬퍼하지 마, 나의 마누라 테레사. 종 치는 자는 안전하게 있고, 모든 일의 끝에는 통치자 자리가 있을 것이니 말이야. 다만 한 가지 큰 걱정거리가 있는데, 사람들이 말하기를 통치하는 맛을 일단 보고 나면 그 일이 끝난 뒤에도 그 맛 때문에 손가락 빠는 일이 생길 거라더군. 그러고 보면 그 자리도 그리 값싼 것은 아닌 게야. 비록 불구나 외팔이가 된 사람들은 이미 자기들 수당을 확보하고 있겠지만 말이야. 그러니 이렇게 살든 저렇게 살든, 당신은 부자가 될 것이고 행복해질 것이야. 하느님이 하실 수 있는 대로 당신에게 행복을 내려 주시고 나를 당신과 함께 살 수 있도록 지켜 주시기를 빌어.

이 성으로부터, 1614년 7월 20일
당신의 남편, 통치자 산초 판사

공작 부인은 편지를 다 읽고 나서 산초에게 말했다.
「훌륭한 통치자님, 두 가지 점에서 약간 빗나갔네요. 하나는 통치자 자리가 당신이 당신에게 가해야 할 매질 때문에 주어진 것으로 얘기되며 이해되고 있다는 점이에요. 내 남편인 공작님이 당신에게 그 자리를 약속했을 때에는 이 세상에 매질이 있을 거라고는 꿈에서조차 생각하지 않았다는 것을 잘 알고 있을 테니 그걸 부정할 수는 없을 거예요. 다른 하나는, 편지에 당신이 아주 욕심 많은 사람처럼 보이고 있다는 점이에요. 그게 사실이 아니기를 바라요. 욕심은 자루를 찢는 법이며, 욕심 많은 통치자는 잘못된 판단을 내리기 마련이거든요.」

「그 정도로까지는 말하지 않았습니다요.」 산초가 대답했다. 「마님께서 보시기에 이 편지가 제대로 쓰여 있는 것 같지 않으면 찢어 버리고 다시 쓰면 됩니다요. 하지만 그것도 제 능력에 맡겨 두신다면 더 나쁘게 될 수 있겠지요.」

「아니요, 아니요.」 공작 부인이 대답했다. 「이 편지는 훌륭해요. 공작님께서도 편지를 보셨으면 싶군요.」

이렇게 말하고 그들은 그날 식사를 하게 되어 있는 정원으로 나갔다. 공작 부인이 공작에게 산초의 편지를 보여 주자, 편지를 읽은 공작도 아주 즐거워했다. 식사가 끝나 식탁보가 치워지고 산초와의 유쾌한 대화로 좋은 시간을 보내던 중, 갑자기 슬프디슬픈 피리 소리와 거칠고 조화롭지 못한 북소리가 들려왔다. 모두가 이 모호하고 혼란스러우며 슬픈 화음에 당황해하는 빛을 보였는데, 특히 돈키호테는 정말이지 정신을 제대로 차릴 수가 없었고 자기 자리에 가만히 있지도 못할 지경이었다. 산초는 말할 필요도 없이 두려움에 질려 여느 때와 같이 그대로 공작 부인, 다시 말해 공작 부인의 치맛자락으로 도망갔다. 그 정도로 너무나도 슬프고 우울한 소리였던 것이다.

모두 그렇게 얼떨떨해 있는데 땅바닥에 질질 끌릴 정도로 길게 늘어뜨린 상복을 입은 두 남자가 정원 앞쪽에서 다가오는 것이 보였다. 검은 천으로 덮은 큰북을 울리면서 오고 있었고, 옆에는 그들과 마찬가지로 석청처럼 검은 복장을 한 피리 부는 사람이 있었다. 그리고 거대한 몸집의 인물이 시커멓고 긴 법의를, 입었다기보다 걸친 채 이 세 사람 뒤를 따랐다. 그 법의 자락은 터무니없을 정도로 컸다. 법의 위로는 널찍하고 역시 검은 검대를 가슴에 둘러찼는데, 거기에는 장식이 있는 무시무시하게 큰 신월도를 넣은 칼집이 매달려 있었다. 얼굴은 검고 투명한 베일로 가려져 있었고, 그 베일을 통해 눈처럼 희고 엄청나게 긴 턱수염이 어렴풋이 보였다. 그는 북소리에 맞추어 아주 엄숙한 태도로 천천히 걸음을 옮겼다. 그 사람의 거대한 몸집과 성큼성큼 걷는 걸음걸이와 온통 시커멓기만 한 복장과 그 동행들의 모습에, 그가 누구인지 모르는 사람들은 모두 얼이 빠진 채 멍하니 바라볼 뿐이었다.

그 사람은 앞서 말한 것처럼 으스대는 듯 느릿느릿하게 와서는, 다른 사람들과 함께 그를 기다리며 서 있던 공작 앞에 무릎을 꿇었다. 하지만 공작은 그 사람이 일어설 때까지 어떤 식으로든 인사를 받지 않으려 했다. 그러자 이 불가사의한 허깨비 같은 사람은 일어서서 얼굴을 가린 베일을 올려, 그때까지 어떤 인간의 눈도 본 적이 없을 정도로 숱이 많고 새하얗고 대단히 길고 소름 끼치는 턱수염을 드러내 보였다. 그러고 나서는 공작을 응시하면서 그 넓고 광활한 가슴에서 엄숙하면서도 낭랑한 목소리를 뽑아내어 말했다.

「더없이 고귀하시고 막강하신 나리, 저는 흰 수염의 트리팔딘이라는 자로 트리팔디 백작 부인, 다른 이름으로는 돌로리다[228]라고 하는 부인의 종자이옵니다. 그분의 분부로 귀하께 드릴 전갈을 가지고 왔습니다. 그

---

228 Dolorida. 〈슬퍼하는〉, 〈괴로워하는〉이라는 뜻. 따라서 이후에 이 백작 부인이자 트리팔디이자 시녀인 〈돌로리다〉를 문맥상 〈슬픔에 잠긴 시녀〉로 옮기기도 했다.

전갈이란, 귀하께서 그분으로 하여금 이 자리에 와서 자신의 근심을 말씀 드릴 수 있는 자격과 허락을 내려 주십사 하는 것입니다. 그분의 근심은 이 세상에 있을 수 있는 가장 슬픈 근심보다 더 새롭고, 더 놀랄 만한 것들 중 하나랍니다. 그리고 백작 부인께서는 귀하의 이 성에 용감하며 결코 진 적이 없는 기사 돈키호테 데 라만차가 계신지 먼저 알고 싶어 하십니다. 백작 부인께서는 그분을 찾아 칸다야 왕국에서부터 여기 귀하의 영지까지 아침 식사도 거르시며 걸어오셨답니다. 이렇게까지 하시다니, 이는 기적이나 마법의 힘으로 간주될 수 있는 것으로 여겨져야 할 것입니다. 그분은 지금 이 성, 혹은 별장의 문 앞에 계시며, 귀하께서 들어와도 좋다는 허가를 내리시기를 기다리고 계십니다. 이상입니다.」

그러더니 기침을 하고는 양손으로 수염을 위에서 아래로 쓰다듬으면서 아주 편안하게 공작의 대답을 기다리고 있었다. 공작의 대답은 이러했다.

「훌륭한 흰 수염의 트리팔딘 종자여, 우리도 마법사들이 트리팔디 백작 부인을 〈슬픔에 잠긴 시녀〉라 불리도록 만든 그 불운을 들은 지 이미 오래되었소. 훌륭하기 그지없는 종자여, 그분께 들어오시라고 하고, 용감한 기사 돈키호테 라만차가 여기에 계시며 이분의 관대하신 성품으로 보아 틀림없이 모든 보호와 도움을 기대할 수 있을 거라는 말씀을 전해 드리시오. 그리고 내 쪽에서도 같은 말씀을 드린다고 하시오. 만일 내 호의가 필요하다면 전혀 부족하지 않게 베풀어 드리겠노라고 말이오. 기사는 호의를 베풀 의무가 있으며, 따라서 여성분들이 어떤 상황에 처해 있든지 간에 그분들께 도움을 드리는 것이야말로 기사와 관계된, 기사 고유의 일이라오. 특히 그대의 주인과 같이 미망인에, 명성이 실추되고, 실의에 빠져 계신 분에게라면 더욱 그러하다오.」

이 말을 듣자 트리팔딘은 무릎을 땅까지 굽히더니 피리 부는 사람과

북 치는 사람들에게 신호를 보내 연주를 시키고는 들어왔을 때와 같은 소리와 걸음걸이로 정원에서 나갔으니, 거기 남겨진 사람들 모두 그의 외모와 풍채에 감탄하고 있었다. 공작은 돈키호테를 돌아보며 말했다.

「이름도 드높으신 기사여, 결국 악의와 무지의 어둠이 용기와 정의의 빛을 덮거나 흐리게 할 수는 없는 모양이오. 이렇게 말씀드리는 이유는, 귀하께서 이 성에 계신 지 채 엿새도 되지 않았는데 벌써 먼 곳이나 외진 곳으로부터 사람들이 귀하를 찾아오고 있기 때문이라오. 그것도 마차나 낙타를 타지 않고 걸어서, 아무것도 먹지 않고 말이오. 슬픔에 잠기고 비탄에 젖은 사람들이 자신들의 슬픔과 노고를 치유할 방법을 귀하의 강하고도 강한 팔에서 찾을 수 있으리라 확신하면서 말이오. 이 모든 것이 온 지상에 알려져 세상을 에워싸고 있는 귀하의 위대한 무훈 덕분이라오.」

「공작 나리.」 돈키호테가 대답했다. 「제가 송구스럽게 바라는 바는, 전에 식탁에서 편력 기사들에 대해 아주 나쁜 편견과 심각한 원한을 품고 있음을 보여 준 그 우직한 성직자가 이 자리에 있었으면 하는 것입니다. 그렇다면 그러한 기사들이 이 세상에 얼마나 필요한지를 두 눈으로 확인할 수 있을 텐데 말입니다. 위로받을 길 없이 극심한 슬픔에 몸부림치는 자들이 심각한 상황에서나 엄청난 불행의 와중에 그것을 치유할 방법을 찾으러 가는 곳이 학식 있는 사람들의 집도, 마을 성물지기의 집도 아니요, 자기 마을 밖으로 한 번도 나간 적이 없는 기사에게 가는 것도 아니라는 사실을, 적어도 손으로 만지듯 알 수 있을 테니 말입니다. 그렇다고 게을러 빠진 궁정의 신하에게 가는 일도 없으니, 게으른 궁신은 다른 사람들의 입에 오르며 기록될 만한 일이나 무훈들을 세우려 하기보다 오히려 그것들을 그저 떠벌리기 위하여 정보를 찾으니까요. 슬픔을 치유하고, 궁핍에서 건져 내고 처녀들을 보호하고 과부들에게 위로를 주는 일을 가장 잘해 낼 수 있는 사람은 다른 누구도 아닌 바로 편력 기사들이랍니다.

그래서 저는 그런 일을 할 수 있음에 하늘에 무한한 감사를 드리고, 이처럼 명예로운 과업을 수행하는 데 있어 제게 일어날 수 있는 어떠한 불운이나 고난도 영광으로 생각할 것입니다. 그 여인이 와서 무엇이든 원하는 바를 부탁하기를 바랍니다. 제가 제 팔의 힘과 제 용감한 정신의 단호한 결의로 그분에게 해결책을 드릴 것입니다.」

37

〈슬픔에 잠긴 과부 시녀〉
돌로리다의 유명한 모험이 계속되다

자기들이 뜻한 일에 돈키호테가 어찌나 잘 말려드는지, 공작과 공작 부인은 좋아 죽을 지경이었다. 이때 산초가 말했다.

「제게 통치직을 주시겠다고 하신 약속이 그 시녀로 말미암아 어떤 방해를 받게 되는 일은 생기지 않기를 바랍니다요. 분홍 방울새처럼 말을 잘하던 톨레도 약제사한테 들은 얘긴데요, 그런 시녀들이 끼어들어서 제대로 되는 일이 없답니다요. 세상에, 그 약제사는 그런 시녀들과 얼마나 사이가 나빴던지! 거기서 제가 얻은 결론은요, 그런 과부의 몸으로 시녀가 된 자들은 그게 누구이든지, 어떤 자질을 가졌든지, 어떤 사정에 있든지 간에 불쾌하고 무례하기 짝이 없다는 겁니다요. 그런데 슬픔에 찬 그런 시녀들은 또 어떨까요? 이 트레스 팔다스인지 트레스 콜라스[229]인지 하는 이 백작 부인처럼 말입니다요. 제 고향에서는 치마나 꼬리나, 꼬리나 치마나 매한가지입죠.」

---

[229] 백작 부인의 이름은 트리팔디Trifaldi이다. 이것을 두고 산초는 〈*tres faldas*(세 개의 치마)〉와 〈*tres colas*(세 개의 꼬리)〉로 말장난을 하고 있다.

「입 다물게, 산초.」 돈키호테가 말했다. 「이 부인은 나를 찾아 먼 곳에서 오셨으니 그 약제사가 말한 그런 부류의 부인네는 아닌 것이 틀림없다. 더군다나 이분은 백작 부인이시고, 백작 부인이 시녀로 일한다는 것은 여왕이나 왕후를 주인으로 모신다는 뜻이지. 자기네 집에서는 다른 시녀들의 시중을 받는 아주 고귀한 부인일 것이야.」

이 말에 그 자리에 있던 도냐 로드리게스가 대답했다.

「저희 공작 부인 마님께서도, 만일 운명이 원한다면 백작 부인이 될 수도 있을 만한 시녀들의 시중을 받고 계십니다. 하지만 법이라는 것은 왕이 원하는 대로 된다지요. 그러니 어느 누구도 시녀들에 대해 나쁘게 말해서는 안 돼요. 특히 처녀로 늙은 시녀들은 더욱 그렇습니다. 비록 저는 그렇지 않습니다만, 처녀로 늙은 시녀가 과부인 시녀보다는 더 나은 것 같습니다. 하지만 우리 머리를 쥐 뜯어 먹은 듯 깎은 자의 손에 가위가 들려 있으니, 누군들 또 그렇게 깎이지 않을까요.」

「그럴지도 모르지만요…….」 산초가 대답했다. 「제가 아는 이발사의 말에 따르면요, 과부 시녀들에게는 깎아야 할 것이 많아서요, 밥이 눌어붙더라도 그냥 가만히 놔두는 게 상책이랍니다요.」

「종자들이란…….」 도냐 로드리게스가 말했다. 「언제나 우리의 적이지요. 그들은 대기실에 있는 귀신들 같아서 시종일관 우리들을 감시하고, 기도를 드리지 않을 때는 ― 그들에겐 그럴 시간이 많으니까요 ― 우리 뼈를 파내고 우리의 명성을 파묻고 우리 험담이나 하면서 시간을 보낸답니다. 그래서 저는, 그들에겐 안됐지만 억지로 그들을 갤리선으로 보내고 만답니다. 우리는 이 세상에서, 이 고관대작의 집에서 살아가야만 하거든요. 비록 배가 고파 죽을 지경에 처하거나, 부활절 행진 날 쓰레기장을 태피스트리로 감추듯 수녀들이 입는 검은 옷으로, 연약하기도 하고 연약하지 않기도 한 우리의 살을 덮는 한이 있더라도 말입니다. 만일 제게 기회가 주어지고 시간만 된다면, 여기 계신 분들뿐만 아니라 세상에 있는 모든 분들에게 어떤 과부 시녀라 해도 그가 갖추고 있지 않은 덕은 단 한 가지도 없음을 알게 해드리고 싶어요.」

「내가 생각하기에도……」 공작 부인이 말했다. 「훌륭한 나의 도냐 로드리게스가 한 말이 맞고 지당해요. 하지만 자신과 다른 과부 시녀들을 옹호함으써 그 나쁜 약제사의 잘못된 생각을 흩뜨리고 위대한 산초 판사의 가슴속에 있는 잘못된 생각을 뿌리째 뽑아내려면 때를 더 기다리는 게 좋겠군요.」

이 말에 산초가 대답했다.

「전 통치자의 김을 쐬고 난 이후부터는 종자로서 당황하던 일이 모조리 없어졌습니다요. 이 세상에 아무리 과부 시녀가 많다 해도 제겐 야생 무화과 하나 정도로밖엔 보이지 않습니다요.」

만일 피리와 북소리가 다시 울려 퍼지고, 그것으로 〈슬픔에 잠긴 과부 시녀〉 돌로리다가 들어오고 있다는 것을 알지 못했다면 사람들은 이 과부 시녀와의 대화를 계속 진행해 나갔을 것이다. 공작 부인은 들어오시는 분이 백작 부인이며 고귀하신 분이니 그분을 영접하러 나가는 것이 좋지 않겠느냐고 공작에게 물었다.

「백작 부인이라는 점에서 본다면……」 공작이 대답하기에 앞서 산초가 먼저 말했다. 「두 분께서 마중을 나가시는 편이 좋다고 생각합니다만요, 과부 시녀라는 점에서 본다면 한 발짝도 움직이지 마셔야 된다는 게 제 생각입니다요.」

「누가 자네더러 이 일에 참견하라고 했나, 산초?」 돈키호테가 말했다.

「누가 참견하라고 했느냐고요, 나리?」 산초가 대답했다. 「제가 그랬습니다요. 저는 참견할 수가 있습니다요. 저는 예절에 있어서 가장 예의 바르고 가장 교양 있으신 나리의 학교에서 예절의 조건들을 배운 종자이니

468

까요. 그리고 나리께 들은 바로는, 이런 일에서는 숫자가 많은 카드나 적은 카드나 지는 것은 마찬가지니까요. 이해를 잘하는 사람에게는 많은 말이 필요하지 않겠지요.」

「산초 말이 맞는군.」 공작이 말했다. 「먼저 백작 부인의 모습을 본 다음에 그에 맞는 예의를 갖추기로 하지.」

이때 북 치는 사람들과 피리 부는 사람이 처음 들어왔을 때처럼 들어왔다.

그리고 여기서 작가는 이 짧은 장을 끝내고 같은 모험 이야기로 다음 장을 시작하는데, 그것은 이 진실만을 기록한 이야기에서도 가장 두드러진 모험들 중 하나이다.

38

〈슬픔에 잠긴 과부 시녀〉가
자신의 불운에 대하여 말한 내용이
이야기되다

    구슬픈 음악을 연주하는 이 세 명의 악사들을 따라 열두 명이나 되는 과부 시녀들이 두 줄로 나뉘어 정원 안으로 들어오기 시작했다. 보아하니 모두 모직으로 지은 빛바랜 수녀복을 입고 엷은 무명으로 된 길고 흰 두건을 썼는데, 얼마나 길었는지 수녀복 아래쪽 가장자리만 드러나 보일 정도였다. 그녀들 뒤로 백작 부인 트리팔디가 흰 수염의 종자 트리팔딘의 손에 이끌려 들어왔다. 그녀는 느슨하게 짠 검은 모직 옷을 입고 있었는데 우수한 품질에 아직 보풀도 일지 않은 것이었다. 만일 보풀이 일어난다면 그 알갱이가 마르토스 마을에서 수확한 훌륭한 이집트 콩알만 할 것이다. 그 꼬리, 아니 치마, 아니면 무슨 이름으로 부르든지 간에 그 옷은 끝이 세 자락으로 갈라져 있었고, 역시 검은 상복을 입은 세 명의 시동이 각각 세 끝자락을 손으로 받치고 있었다. 세 끝자락이 만든 세 개의 뾰족한 각으로 인해 아름답고 기하학적인 모습이 만들어졌으니, 끝이 뾰족한 이 치마를 바라보고 있던 사람들은 모두 그녀가 트리팔디 백작 부인, 즉 〈세 자락 치마의 백작 부인〉으로 불리는 이유를 깨달았다. 베넹헬리는 이것이 사실이라고 밝히며, 그녀의 원래 성은 〈로부나〉인데 그 이유는 그녀의 백작 영지에 늑대*lobo*(로보)가 많았기 때문이라고 했다. 만일 늑대가 아니라 여우-*zorra*(소라)였더라면 〈소루나 백작 부인〉으로 불렸을 것이다. 그 지역 영주들은 자기 영내에 가장 많은 물건의 이름을 따 명명하는 것을 관습으로 삼고 있었기 때문이다. 하지만 이 백작 부인은 자기 치맛자락의 새로움을 돋보이게 하고자 하는 뜻에서 〈로부나〉를 버리고 〈트리팔디〉를 취했다고 한다.

열두 명의 과부 시녀들과 부인은 행진하듯 걸어왔는데, 모두가 검은 베일로 얼굴을 가린 채였다. 베일은 트리팔딘의 것처럼 투명하지 않고 올이 훨씬 촘촘해서 아무것도 비치지 않았다.

과부 시녀 군단이 모습을 드러냄과 동시에 공작과 공작 부인과 돈키호테, 그리고 이 느릿하게 걸어오는 행렬을 지켜보고 있던 사람들이 모두 자리에서 일어섰다. 열두 명의 과부 시녀들이 멈춰 서서 가운데 길을 만들자 그곳으로 돌로리다 부인이 트리팔딘의 손을 잡은 채 앞으로 걸어 나왔다. 이 모습을 본 공작과 공작 부인과 돈키호테는 대략 열두 걸음 앞으로 나가 그녀를 맞이했다. 그녀는 바닥에 무릎을 꿇고는 섬세하고 여리기보다는 거칠고 쉰 목소리로 말했다.

「위대하신 분들께서는 부디 귀하들의 종에게, 다시 말해 이 하녀에게 그토록 예의를 취하지 말아 주시기를 바랍니다. 저는 슬픔에 찌들어 온 여인이기에 마땅히 지켜야 할 예의로 응할 수가 없어서 그렇습니다. 지금까지 결코 본 적 없는 이상한 불행이 저의 분별력을 어디인지도 모를 곳으로 가져갔기 때문입니다. 아무리 찾아도 없으니 아주 먼 곳으로 가져가 버린 게 틀림없습니다.」

「백작 부인.」 공작이 대답했다. 「부인의 인품으로 보아 분별력 없는 인간이나 부인의 가치를 발견하지 못할 것이오. 그대의 가치는 모든 예의범절의 정수와 제대로 된 의식들의 모든 정화를 받아 지당하시니 더 볼 필요도 없소.」

　그러고는 백작 부인의 손을 잡고 그녀를 일으켜 공작 부인의 옆자리로 데려갔다. 공작 부인도 마찬가지로 예의를 다해 그녀를 맞이했다.

　돈키호테는 입을 다물고 있었고 산초는 트리팔디 부인과 그녀의 많은 과부 시녀들 중 누구 한 사람의 얼굴이라도 보고 싶어 죽을 지경이었다. 하지만 그녀 자신들이 기꺼이 스스로 얼굴을 드러내 보이기 전까지는 불가능한 일이었다.

　모든 사람들이 조용히 침묵을 지키는 가운데 누가 먼저 입을 열 것인지 기다리고 있었다. 마침내 침묵을 깬 자는 바로 〈슬픔에 잠긴 과부 시녀〉로, 이렇게 말했다.

　「강대하신 나리, 아름답기 그지없는 부인 그리고 이 자리에 계시는 사려 깊은 분들이시여, 여러분의 용감무쌍한 가슴이 저의 깊디깊은 슬픔을 어루만져 주시리라 믿습니다. 냉정하기보다 관대하며, 그에 못지않게 온화하게 말입니다. 왜냐하면 저의 슬픔은 대리석을 연하게 하고, 다이아몬드를 부드럽게 하며, 세상에서 가장 단단히 굳어 있는 마음의 무쇠마저 녹일 정도로 크고 대단하니까요. 하지만 저의 슬픔이 귀하들 청각의 범위로 나가 알려지기 전에 이 조합에, 이 인파 속에, 이 동반자들 속에 순수하기 그지없는 기사 돈키호테 데 라만만차와 종자이기 그지없는 판사[230]가 계시는지 제게 알려 주시기를 바랍니다.」

　「그 판사……」 다른 사람이 대답하기 전에 산초가 나섰다. 「여기 있습니다요. 그리고 그 돈키호테 테 님도 계십니다요. 그러니 슬프디슬픈 슬픔에 잠겨 있고 과하게 과부이신 시녀님, 원하고 원하시는 말씀을 하십

　230 이 문장에서 작가는 스페인의 강세 접미사 〈~isimo〉를 계속해서 사용하고 있다. 이를 〈그지없는〉 등으로 번역했고, 특히 지역명 〈라만차〉에까지 이 강세를 붙여 〈라만치시마〉로 말하는 부분은 〈라만만차〉로 옮겼다.

쇼. 저희들은 시녀님의 충실하고도 충실한 봉사자가 되고자 만반의 준비를 갖추고 또 갖추었으니까요.」[231]

이때 돈키호테가 일어서서 〈슬픔에 잠긴 과부 시녀〉에게 말을 건넸다.

「고뇌에 찬 부인이시여, 당신의 슬픔이 어느 편력 기사의 용기나 힘으로 치유되리라는 희망을 기대할 수 있는 것이라면, 여기 나의 용기와 힘이 있습니다. 비록 연약하고 부족하긴 하지만 당신을 돕는 데 그 모두를 쓸 것입니다. 나는 돈키호테 데 라만차라고 하며, 나의 임무는 어떤 식으로든 도움이 필요한 자를 구하러 달려가는 일이지요. 일이 그러하니 부인, 당신은 인정을 얻으려 할 필요가 없으며 지루하게 긴 서설을 늘어놓으실 필요도 없습니다. 그러니 돌리지 마시고 있는 그대로 당신의 불행을 말씀하십시오. 당신 말을 듣는 사람들이 혹시 그 불행을 치유할 수 없다 하더라도 함께 아파할 수는 있을 것입니다.」

이 말을 듣자 〈슬픔에 잠긴 과부 시녀〉는 돈키호테의 발아래 몸을 던질 태세를 취하더니 실제로 몸을 던지고는 그 두 발을 껴안고자 몸부림치며 말했다.

「이 발과 이 다리 아래 제 몸을 던집니다, 오 불굴의 기사님이시여! 이것들이야말로 편력 기사도의 바탕이자 기둥입니다. 이 발에 입을 맞추고 싶습니다. 제 모든 불행의 구원이 그 발의 움직임에 걸려 있고 매달려 있으니까요. 오 용감한 편력자여, 당신의 진정한 무훈들은 아마디스와 에스플란디안과 벨리아니스와 같은 기사들이 세운 가공할 무훈들을 뒤로 물리며 그 빛을 앗아 가는군요!」

그러고는 돈키호테를 내버려 두고 이번에는 산초 판사에게로 몸을 돌리더니 그의 두 손을 잡으며 말했다.

---

231 과부 시녀의 강세 접미사에 맞추어 산초도 그렇게 대답하고 있다.

「오 그대, 가장 충실한 종자여! 지금의 세기는 물론 지나간 세기에서도 그토록 편력 기사를 충심으로 섬긴 자는 없었지요. 그 착한 마음씨는 지금 나를 동반하고 있는 트리팔딘의 수염보다 더 길어요. 위대한 돈키호테 님을 섬기는 것은, 무기를 다루는 세상의 모든 기사 무리를 압축하여 섬기는 것으로 평가하기에 충분하지요. 당신의 충실하기 그지없는 착한 마음씨에 합당하리라 믿고 부탁하건대, 비천하디비천하고 불행하디불행한 이 백작 부인을 당신 주인께서 빨리 도와주실 수 있도록 훌륭한 중개자가 되어 달라는 겁니다.」

이 말에 산초가 대답했다.

「내 착한 마음씨가 당신 종자의 수염만큼이나 길고 큰지에 대해서는 부인, 아주 쪼끔밖에는 신경 쓰이지 않습니다요. 제 영혼에 턱수염이랑 콧수염이 나는지는 이 세상을 떠날 때나 상관할 일이지,[232] 이 세상에서는 수염에 대해서 아주 쪼끔, 아니 전혀 신경을 쓰지 않습니다요. 하지만 그런 꾀인지 부탁인지가 없더라도 저의 주인 나리에게 저는 부탁을 드려 보겠습니다요. 저를 무척 사랑하신다는 걸 제가 알고 있고 더욱이 지금은 어떤 일 때문에 저를 꼭 필요로 하시니, 하실 수 있는 데까지 당신을 보호해 드리고 도와 드리라고 하겠습니다요. 당신도 가슴속 고민을 시원하게 털어놓고 우리에게 맡기세요. 모두 이해할 겁니다요.」

이 모험이 어떻게 이루어졌는지 알고 있는 공작 부부로서는 이 상황이 우스워 폭발할 지경이었으니, 트리팔디로 가장한 사람의 예리함과 능청에 칭찬을 아끼지 않았다. 그 트리팔디는 다시 제자리에 앉으며 말했다.

「그 유명한 칸다야 왕국에 대해서 말씀드릴 것 같으면, 위대한 트라포

---

232 수염이 적게 나거나 나지 않는 사람이 다른 사람들로부터 놀림을 받을 때 하는 대답이라고 한다.

바나 섬과 남해 사이에 있는 것으로 코모린 곶[233]에서 2레과쯤 떨어져 있는데, 그곳의 주인은 도냐 마군시아 여왕이었습니다. 그 주인이시자 남편이신 아르치피엘라 왕이 돌아가셔서 이 여왕은 미망인이 되셨고, 이 두 분 사이에는 왕국을 계승할 안토노마시아 공주가 있었지요. 이 안토노마시아 공주는 저의 보호와 가르침을 받으며 자랐답니다. 제가 그 모친의 가장 오래된 시녀에 우두머리 시녀였으니까요. 날이 가면서 아기였던 안토노마시아도 열네 살이 되었지요. 그지없이 완벽할 정도로 아름답게 자라나 자연이 더 이상 아름답게 할 수 없을 지경이었답니다. 그렇다고 사리 분별에서는 애송이였느냐 하면, 천만의 말씀입니다! 아름다우신 만큼 신중하시고 세상에서 가장 아름다우셨으니, 질투심 많은 숙명과 매정한 운명의 여신들[234]이 이미 그분의 생명줄을 끊지 않았다면 여전히 그러했을 겁니다. 끊지 말아야 할 일이었죠. 가장 아름다운 포도송이를 익기도 전에 땅으로부터 가져가 버리는 그런 고약한 일이 일어나지 않도록 하늘이 막아야 했습니다. 저의 서툰 혀로는 제대로 칭찬할 수도 없는 그 아름다움에 그 왕국 출신이나 외지의 숱한 왕자들은 사랑에 빠지고 말았답니다. 그분들 가운데 궁정에 있던 한 특별한 기사도 자기의 젊음과 패기, 뛰어난 재주와 기품과 빠른 머리 회전과 출중한 기지를 믿고 하늘 같은 그 아름다움을 마음에 품게 되었답니다. 귀하들께서 지루해하지 않으신다면 말씀드리고자 하는 것은, 이 기사는 마치 말을 시키듯 기타를 칠 수 있었을 뿐만 아니라 시인인 데다가 훌륭한 춤꾼이었고 새장까지 만들 줄

---

233 Comorín. 인도 남쪽에 위치한 곳으로 동쪽에 세일론 섬을 두고 있는데, 이 세일론 섬을 옛날에는 트라포바나라고 불렀다. 칸다야는 마르코 폴로가 여행했던 중국의 양쯔 강 북쪽 지역 〈칸두〉에서 영감을 얻은 이름이다. 이렇듯 세르반테스는 사실적인 지명을 들먹이면서 장난을 치고 있다.
234 사람의 명줄을 갈고, 감고, 자르는 세 노파. 클로토Clotho, 라케시스Lachesis, 아트로포스Atropos를 말한다.

알았으니, 극도의 경제적 어려움에 처한다 해도 그것만으로 살아갈 수 있을 정도였지요. 이런 모든 재능들과 매력은 한 연약한 처녀의 마음은 물론 산도 무너지게 하기에 충분했습니다. 하지만 아무리 늠름하고 우아하고 매력이 있고 재주가 있다 한들, 제가 돌보던 아이의 성벽을 무너뜨리기에는 전혀 소용이 없었을 겁니다. 그 파렴치한 도둑이 술책을 써서 저를 먼저 굴복시키지만 않았더라면 말이지요. 그 악당이자 양심도 없는 방랑자는 먼저 제 마음을 사로잡고 제 호의를 매수하려 했어요. 저, 이 못난 성지기인 제가 지키고 있던 성의 열쇠를 자기에게 건네주도록 말입니다. 결국 제게 조그마한 보석을 주고, 제가 알아듣지도 못하는 호언장담을 늘어놓으며, 제 판단력에게 아부하여 제 뜻을 꺾어 놓고 말았답니다. 무엇보다도 저를 땅바닥에 쓰러뜨려 기게 만든 것은, 바로 어느 날 밤 제가 듣게 된 그의 노래였어요. 그자는 자기가 살던 좁은 뒷골목을 향해 나 있는 창살을 통해, 제가 잘못 기억하고 있는 게 아니라면 이런 내용의 노래를 했지요.

> 그 달콤한 나의 적으로부터
> 내 영혼 울리는 아픔 태어나고,
> 더 큰 고통 주고자
> 아프지만 아무 말 못 하게 한다네.[235]

저에게 이 시는 완벽해 보였고, 그 목소리는 달콤한 꿀 같았답니다. 그 이후로, 다시 말해 그 순간부터 저는 이런 시나 이와 비슷한 시 때문에 제게 닥친 불행을 떠올리면서, 플라톤이 충고했듯이 시인들은 훌륭하고 정

---

235 이탈리아 시인 세라피노 델라킬라Serafino dell'Aquila(1466~1500)의 시.

돈이 잘된 나라에서 추방되어야 한다고 생각하게 되었어요. 적어도 음탕한 시인들은 말이지요. 왜냐하면 그런 시인들은 만투아 후작의 것처럼 아이들이나 여인네들을 즐겁게 하고 눈물을 흘리게 하는 시가 아닌, 아주 치명적인 시들을 쓰기 때문이지요. 이 시들은 부드러운 가시처럼 영혼을 꿰뚫고 번개처럼 영혼에 상처를 주는데, 겉옷은 멀쩡하게 그대로 둔답니다. 아무튼 그 사람은 다시 이렇게 노래했어요.

> 죽음아, 네가 오는 것을
> 느끼지 못하도록 꼭꼭 숨어서 오너라.
> 죽어 가는 기쁨이 내게
> 다시 살고 싶은 마음 되돌려 줄까 싶으니.[236]

이와 같은 다른 짤막한 시들이나 익살스러운 시들은, 들으면 넋을 빼앗기고 읽으면 마음이 붕 떠오르지요. 그러니 스스로 자신을 낮춰 가며, 당시 칸다야에서 유행했던 〈세기디야〉라고들 부르던 시를 지을 때는 어땠을까요? 영혼은 팔짝팔짝 뛰고, 웃음이 저절로 나오고, 몸은 안절부절 못하고, 결국 모든 감각이 차분하게 있지를 못하게 되지요. 그렇기 때문에 여러분, 그러한 시인들은 정당한 구실을 붙여서 라가르토 섬[237]으로 추방해 버려야 한다는 말씀입니다. 하지만 그 시인들에게 잘못이 있다는 건 아닙니다. 오히려 잘못은 그들을 칭찬하는 단순한 사람들이나 그들을 그대로 믿는 어리석은 여자들한테 있지요. 만일 제가 제대로 된 훌륭한 시녀였더라면 그런 해묵은 내용에 감동하지 말아야 했을 것이고, 〈나는

---

236 15세기에 활동한 발렌시아 시인 에스크리바Escriva의 시.
237 〈도마뱀 섬〉이라는 뜻. 자메이카 서쪽에 있다고 한다.

죽어 가며 사노라, 나는 얼음으로 불타노라, 나는 불 속에서 떠노라, 나는 희망 없이 희망하노라, 나는 떠나고 남노라〉 같은 말과 그런 사람들의 글을 가득 메우고 있는 이 같은 종류의 불가능한 시구들을 진실이라 믿지도 않았을 것입니다. 그런 분들이 아라비아의 불사조라든가, 아리아드나의 왕관이라든가, 태양 신의 말들이라든가, 남쪽의 진주라든가, 티바르의 황금이나, 팡카야의 향유 같은 것을 약속할 때는 어떨까요? 이 부분에서 그들은 자신의 펜을 더 늘어뜨린단 말입니다. 결코 실행할 수 없고 실행할 생각도 없는 것이지만 약속한다고 해서 그 사람들에게 돈이 드는 것도 아니니까요. 그런데 지금 제가 어디에다 정신을 팔고 있는 거죠? 아, 이 한심한 인간! 제 잘못에 대해 말씀드릴 게 그렇게도 많은데 다른 사람의 잘못만 늘어놓고 있다니, 이 얼마나 정신 나간 짓이며 이 얼마나 미친 짓입니까? 아, 다시 한 번 운 없는 인간이라는 말을 해야겠군요! 시가 저를 굴복시킨 게 아닙니다. 저의 단순함 탓이지요. 음악이 제 마음을 여리게 만든 게 아닙니다. 저의 경솔함이 그렇게 만들었습니다. 저의 완벽한 무지와 부족한 조심성이 돈 클라비호 — 이것이 말씀드린 그 기사의 이름입니다 — 그자에게 길을 열어 주고 그자가 발걸음을 하도록 길에 널린 장애물을 제거해 주었던 겁니다. 이렇게 제가 중개자가 되어 그자는 한 번이 아니라 여러 번 수차례에 걸쳐 공주의 방에 있게 되었습니다. 진정한 남편이 되겠다는 명목으로, 그가 아닌 제게 속은 안토노마시아 공주의 방에 말입니다. 비록 제가 죄 많은 여자라고는 하지만, 그자가 공주님의 남편이 되지 않을 것을 알았다면 공주의 신발 바닥 가죽조차도 만지지 못하게 했을 겁니다. 아니, 아니, 그건 아닙니다. 제가 개입했던 이런 일에서는 무슨 일이 있더라도 결혼이 먼저 이루어져야 하는 법이죠. 그런데 이 두 사람 사이에는 한 가지 장애가 있었습니다. 신분의 차이였죠. 돈 클라비호는 일개 기사에 지나지 않았고, 안토노마시아 공주는 이미 말씀드린 것처럼 왕국의 계승자였으니까요. 제가 빈틈없고 신중하게 처리한 얼마 동안은 이 거짓말이 덮이고 숨겨졌지요. 그러다가는 안토노마시아 공주의 배가 전속력으로 불러 와 전부 발각되고 말겠다는 생각이 들 때까지는 말입니다. 그런 일이 일어날까 봐 두려워 우리 세 사람은 일을 상의하려고 모였답니다. 그 결과, 이 부주의가 백일하에 드러나기 전에 돈 클라비호가 안토노마시아를 아내로 맞게 해주십사 하고 대리 사제 앞에서 청혼을 하기로 했습니다. 공주가 그의 아내가 되기를 승낙했다는 증서를 보증 삼아서 말이죠. 그 증서는 저의 기지로 받아 쓰게 한 것으로, 삼손의 힘으로도 찢을 수 없을 만큼의 효력을 지닌 내용이었습니다. 필요한 수속을 다 거친 뒤 대리 사제는 증서를 보고 공주의 고해를 들으셨지요. 공주는 있는 그대로 고백했어요. 대리 사제는 공주를 아주 믿을 만한 궁정 관리인의 집에 맡기도록 했습니다.」

이때 산초가 말했다.

「칸다야에도 역시 궁정 관리인이 있고 시인이 있고 세기디야가 있네요. 그런 걸 보면 정말이지 세상은 모두 하나라는 생각이 듭니다요. 그런데 트리팔디 마님, 진도 좀 빨리 나가시지요. 늦어졌고, 저는 그 긴 이야기의 결말이 알고 싶어 죽겠단 말입니다요.」

「네, 그렇게 하지요.」 백작 부인이 대답했다.

39

그 트리팔디 부인이
놀랍고 기억할 만한
자기의 이야기를 계속하다

공작 부인은 산초가 하는 말이라면 어떤 것이든 무조건 재미있어했지만, 돈키호테는 그때마다 그만큼 절망했다. 그는 산초에게 입을 다물라고 했고, 〈슬픔에 잠긴 과부 시녀〉는 이야기를 계속했다.

「결국 수차례에 걸친 질의 응답에서, 공주가 처음 말한 내용에서 벗어나거나 다른 말로 바꾸는 일 없이 시종 일관된 진술을 하였기에, 대리 사제는 돈 클라비호의 편을 들어 주어 공주를 그의 정식 아내로 허락했답니다. 이 일로 안토노마시아 공주의 어머니이신 도냐 마군시아 여왕께서 얼마나 화가 나셨던지, 우리는 사흘 뒤에 그분을 매장하지 않으면 안 되었지요.」

「돌아가신 게 틀림없네요, 틀림없어.」 산초가 말했다.

「당연하지!」 트리팔딘이 대답했다. 「칸다야에서는 산 사람을 매장하지 않소. 죽어야 매장하지.」

「그런 일이 없었던 건 아닌데요, 종자 나리.」 산초가 대답했다. 「기절한 사람을 죽은 줄 알고 묻어 버린 일도 있습니다요. 그래서 저는 마군시아 여왕이 돌아가셨다기보다 기절하셨던 게 아닌가 했거든요. 살아 있는 동안 해결하지 못할 일은 별로 없고, 공주가 저지른 일이 그렇게까지 될 정도로 엄청난 것도 아니었으니 말씀입니다요. 만일 그 공주가 자기 시중을 드는 시종이라든가 집의 다른 하인과 결혼했다면 어떻게 해볼 방도가 없지만요. 제가 사람들한테서 들었는데요, 많은 공주들에게 그런 일들이 일어난대요. 하지만 지금 여기에서 우리한테 묘사해 준 대로 그렇게 멋지고 재주 좋은 기사랑 결혼했다는 것은, 그야 좀 바보 같은 짓이기는 하지만 생각만큼 그렇게 엄청난 일도 아니거든요. 왜냐하면, 여기 계시면서 제가 거짓말을 하는 걸 그냥 보고 넘기시지 않을 우리 주인 나리의 규정에 따르면요, 학문을 한 사람들이 사제가 될 수 있듯이 기사도 그럴 수 있거든요. 특히 기사가 편력 기사라면 왕이나 황제가 될 수 있으니까요.」

「자네 말이 맞네, 산초.」 돈키호테가 말했다. 「일개 편력 기사가 2데도의 행운만 얻어도 즉각 이 세상 최고의 주인이 될 가능성이 생기지. 그건 그렇고 돌로리다 부인, 이야기를 계속하시지요. 짐작건대 지금까지는 달콤한 이야기였지만 이제부터는 쓴 이야기가 남아 있을 것 같습니다그려.」

「그냥 쓰기만 하겠습니까!」 백작 부인이 대답했다. 「너무나 쓰고도 쓰려서 그것과 비교해 보면 쥐참외[238]도 달고 협죽도조차 맛있다고 할 정도랍니다. 여왕께서 돌아가셔서 ─ 기절하신 게 아니에요 ─ 우리가 그분을 매장했지요. 흙으로 덮고 마지막 〈안녕히〉라는 인사를 드리자마자 ─

Quis talia fando temperet a lacrymis(이를 듣고 누가 눈물을 참으랴)?[239]

---

238 오렌지와 비슷하게 생긴 과일로 맛이 지독하다. 설사 촉진제로 사용된다.
239 베르길리우스의 「아이네이스」 제2편 6~8행.

마군시아 여왕의 사촌인 거인 말람브루노가 목마를 타고 여왕의 무덤 위에 나타난 겁니다. 이 거인은 잔인한 마법사로, 안토노마시아의 무모함에 분노하여 돈 클라비호의 대담함을 벌주고 사촌의 죽음을 복수하고자 자기의 마법을 이용했습니다. 이들 모두를 마법에 걸어 무덤 위에 내버려 둔 것이죠. 공주는 청동으로 된 암원숭이로, 남자는 알 수 없는 금속으로 된 무시무시한 악어로 바꾸어 놓고는 이 두 사람 사이에 비문이 적힌 같은 금속의 기둥을 세웠답니다. 시리아어로 글자가 새겨져 있었는데 그것을 칸다야 말로 옮긴 다음 다시 에스파냐 말로 옮겨 보면 이런 내용입니다.

이 무모했던 두 연인은 용감한 라만차 사람이 와서 나와 일대일 결투를 벌이기 전까진 원래의 모습을 회복하지 못하리라. 운명의 신들은 오직 그의 위대한 용기를 위해 한 번도 보지 못한 이 모험을 보존하노라.

그러고서 칼집에서 엄청나게 크고 넓은 신월도를 꺼내 들더니 제 머리칼을 움켜쥐고서는 댕강 목을 잘라 머리를 토막 내버리고 싶다는 시늉을 했습니다. 저는 정신이 나갔죠. 목소리는 목구멍에 달라붙었습니다. 죽을 듯이 슬펐지만 그래도 있는 힘을 다해 고통스럽고 떨리는 목소리로 이런저런 숱한 해명을 한 결과 그 준엄한 집행만은 막을 수 있었습니다. 마침내 그는 궁에 있는 모든 과부 시녀들을 자기 앞에 데려오도록 했습니다. 지금 여기에 있는 이 사람들이지요. 그는 우리의 잘못을 과장하고, 과부 시녀들의 자질과 고약한 수법과 더 고약한 계략 등을 들어 있는 대로 모욕했으며, 제가 저지른 잘못을 다른 모든 과부 시녀들에게까지 덮어씌우면서, 사형만은 면해 주지만 시민권을 영원히 상실하게 함으로써 오랫동안 천천히 고통받는 벌을 내린다고 했습니다. 이 말을 마친 바로 그 순

482

간, 우리 모두의 얼굴에 있는 땀구멍이 온통 열리고 마치 온 얼굴을 바늘 끝으로 찌르는 듯한 아픔이 느껴졌습니다. 그래서 즉각 손을 얼굴로 가져갔는데, 지금 여러분이 보시는 것처럼 되어 있었답니다.」

그러고서 돌로리다 부인과 나머지 과부 시녀들은 가리고 왔던 베일을 벗어 얼굴을 드러냈다. 얼굴에는 어떤 건 붉고, 어떤 건 검고, 어떤 건 희고, 어떤 건 검은색과 붉은색이 뒤범벅이 된 수염들이 잔뜩 나 있었다. 그 모습에 공작과 공작 부인은 놀라움을 표했고, 돈키호테와 산초는 실신할 지경이었으며, 그 자리에 있던 다른 모든 사람들은 아연실색했다.

트리팔디는 계속 말했다.

「그 비열하고 고약한 말람브루노는 이런 식으로 저희들에게 벌을 내렸습니다. 우리의 부드럽고 연약한 얼굴을 이렇게 억센 털로 꺼칠꺼칠하게 덮어 버린 것이죠. 이런 털로 우리의 얼굴빛을 어둡게 하느니 차라리 그 무시무시하게 큰 신월도로 머리를 잘라 버렸더라면 얼마나 좋았을까요. 왜냐하면 여러분 ― 지금 말씀드리고자 하는 바를 저는 두 눈을 샘으로 만들며 하고 싶지만, 우리의 불행으로 인해 지금까지 내린 눈물로 그것이 모두 고갈되고 제 눈은 삼 껍질처럼 말라 버렸으니 눈물 없이 말씀드립니다 ― 과부 시녀가 턱수염을 달고 대체 어디를 갈 수 있겠습니까? 어떤 아버지가, 또 어떤 어머니가 그런 여자 때문에 아파할까요? 누가 그런 여자를 도와줄까요? 매끈한 피부에 수천 가지 화장이나 치장으로 얼굴을 고생시켰을 때도 자신을 사랑해 줄 사람을 못 찾다시피 했는데, 이렇게 숲을 이룬 얼굴을 드러낸다면 다들 어떤 반응을 보일까요? 오 과부 시녀들이여, 내 동료들이여, 불행한 순간에 태어난 우리들이여! 아마 우리의 부모들은 운이 줄어드는 때에 우리를 낳으셨나 봅니다!」

이렇게 말하면서 그녀는 기절하는 시늉을 했다.

40
이 모험과 이 기억할 만한
이야기에 관련된 일들에 대하여

이와 유사한 이야기를 좋아하는 사람이라면 누구나 이 책의 원작자인 시데 아메테에게 진심으로 고마운 마음을 표해야 할 것이다. 아무리 사소한 일이라도 분명하게 드러내지 않고서는 넘어가는 일 없이, 세세한 것까지 우리에게 전해 주고자 했던 그의 열의에 대해서 말이다. 그는 생각을 그려 내고 상상을 들추어내며 무언의 질문에 대답하고 의문을 분명하게 밝혀 주고 문제점들을 풀어 주는, 결국 독자가 알고 싶어 하는 그 모든 것을 미립자에 이르기까지 분명하게 보여 주고 있기 때문이다. 오, 저명하기 그지없는 작가여! 오, 행운아 돈키호테여! 오, 유명한 둘시네아여! 오, 익살꾼 산초 판사여! 모두 다 함께, 그리고 각자 저마다 살아 있는 자들의 즐거움과 모두의 오락을 위해 오래오래 살아가시길!

그러니까 진실만을 기록하는 이 이야기에 따르면, 돌로리다 부인이 기절하는 모습을 보자마자 산초는 이렇게 말했다고 한다.

「착한 인간에 대한 믿음과 우리 판사 가문 모든 선조들의 시대를 두고 맹세하는데, 말씀하신 것 같은 그러한 모험은 지금까지 본 적도 들은 적도 없으며, 우리 주인 나리께서 들려주신 적도 없고, 그분의 생각에서조차 나타난 적이 없습니다요. 세상에, 이 마법사이자 거인이라는 말람부르노여 ─ 차마 욕을 할 수는 없네요 ─ 당신은 사탄 1천 명을 합쳐 놓은 것 같군요. 이 죄 많은 여자들에게 수염을 나게 하는 대신 차라리 다른 종류의 벌을 내리지 그랬어요? 수염을 달아 주느니 콧대 절반을 잘라 버리는 편이 어땠을까요? 비록 코맹맹이 소리를 낸다 할지라도 그게 더 낫지 않았을까요? 그러는 게 그 여자들한테도 더 어울리지 않았을까요? 내가 장담하는데, 그 여자들은 면도사한테 줄 돈도 없을 거라고요.」

「사실 그래요, 나리.」 열두 과부 시녀들 중 하나가 대답했다. 「우리는 정말로 수염을 손질할 돈조차 없어요. 그래서 몇몇은 값싼 해결책 삼아 고약이나 끈적끈적하게 달라붙는 접착제를 이용하기도 했답니다. 얼굴에 바른 다음 갑자기 떼어 내면 돌절구의 밑바닥처럼 그 부위가 반들반들해지거든요. 비록 칸다야에는 이 집 저 집 돌아다니며 털을 제거해 주고, 눈썹을 다듬어 주고, 여자가 사용하는 여러 화장품을 만들어 주는 여자들이 있긴 하지만, 우리들처럼 마님을 모시는 과부 시녀들이 그런 여자를 받아들일 생각을 한 적은 한 번도 없어요. 왜냐하면 그런 여자들은 대부분 사랑에 있어 제1인자가 되기를 그만두고 제3인자[240]가 되려는 마음이 있기 때문이지요. 만일 돈키호테 나리께서 저희를 구원해 주시지 않으신다면, 우리는 이렇게 수염을 단 채 무덤 속으로 들어가게 될 겁니다.」

「내가 그대들의 수염을 처리하지 못한다면……」 돈키호테가 말했다. 「무어인들의 땅으로 가서 스스로 내 수염을 뽑아 버리고 말 테요.」

이때 기절한 척하고 있던 트리팔디가 깨어나며 말했다.

「그렇게 넌지시 돌려서 하신 약속의 말씀이, 용감한 기사시여, 기절해

---

240 말장난이다. 스페인어 〈tercera〉는 〈세 번째의〉라는 뜻과 동시에 〈뚜쟁이〉, 〈포주〉라는 의미를 함께 갖고 있다. 그래서 앞서 〈제1인자〉라는 표현을 쓴 것이다.

있던 제 귀에까지 들렸던 덕분에 저는 기절에서 돌아와 모든 감각을 되찾았습니다. 그러니 다시 한 번 간청컨대, 저명하신 편력 기사시며 불굴의 나리시여, 당신의 은혜로운 약속을 부디 실천으로 옮겨 주시기를 부탁드립니다.」

「내가 하지 않는 일은 없을 것이오.」 돈키호테는 대답했다. 「그런데 부인, 내가 해야 할 일이 무엇인지요? 내 용기는 당신을 돕고자 하며 준비도 제대로 되어 있습니다.」

「그건 말이에요…….」〈슬픔에 잠긴 과부 시녀〉가 대답했다. 「여기서 칸다야 왕국까지 육로로 가면 5천 레과에 2레과가 조금 넘거나 모자라거나 합니다. 하지만 공중을 날아 일직선으로 가면 3,227레과가 되지요. 또한 알아 두실 일은, 말람브루노가 제게 약속한 건데요, 행운이 우리를 구할 기사를 주었을 때에는 자기가 그 기사를 위해서 임대용 말보다 훨씬 훌륭하고 덜 고약한 말을 보내 주겠노라고 했답니다. 그 용감한 피에르레스가 예쁜 마갈로나를 납치했을 때 탔던 목마와 같은 것이라더군요. 그 말로 말하자면 이마에 달린 나무못으로 제동 장치를 조종하는데, 얼마나 가볍게 하늘을 나는지 마치 악마들이 데리고 가는 것 같답니다. 옛날부터 전하는 말을 들어 보면, 이 말은 현자 메를린이 만들어서 피에르레스에게 빌려 주었다고 해요. 현자의 친구였던 이 사람은 말을 타고 굉장한 여행을 했고, 앞에서 말씀드린 것처럼 예쁜 마갈로나를 훔쳐 말 궁둥이에 태움으로써 땅에서 바라보던 사람들을 모두 멍하게 만들어 놓고는 하늘로 날아 데리고 갔던 겁니다. 메를린은 자기가 좋아하는 사람이나 다른 말보다 더 나은 값을 주는 사람 말고는 누구에게도 말을 빌려 주지 않았대요. 그 위대한 피에르레스 이후 지금까지 누가 이 말을 탔는지 우리는 몰라요. 말람브루노가 자기 재주로 그 말을 꺼내고 수중에 넣어 세상 이곳저곳을 돌아다니는 여행에 가끔 사용하고 있는 터라, 오늘은 이

486

곳에 있다가 내일은 프랑스에 있고, 다른 날은 포토시에 있곤 하지요. 그 말의 좋은 점은요, 먹지도 않고 자지도 않으며 말굽이 닳지도 않고 날개도 없이 공중으로 걸어다니는데, 그 위에 탄 사람이 물로 가득 찬 잔을 가지고 있어도 물 한 방울 흘리지 않을 정도로 반반하면서도 조용히 걷는 거랍니다. 그래서 예쁜 마갈로나는 이 말을 타고 가는 것을 엄청 좋아했다지요.」

이 말에 산초가 말했다.

「그렇게 편안하고 반반하게 걷는 건 제 잿빛이에요. 비록 하늘을 날지는 못하지만 땅을 걸어다니는 데 있어서는 세상에 있는 어떤 네발짐승과도 겨룰 만하지요.」

모든 사람들이 웃었고 돌로리다는 계속 말을 이었다.

「말람브루노가 우리의 불행을 끝내 줄 의향이 있다면, 그 말은 밤이 되고 반 시간도 지나기 전에 우리 앞에 나타날 겁니다. 제가 찾던 기사를 발견했음을 확인해 주는 신호로 그가 그 말을 보내기로 했거든요. 어디에 있든 편안하고 빠르게 보내 준다고 했지요.」

「그 말에는 몇 사람이나 탈 수 있나요?」 산초가 물었다.

〈슬픔에 잠긴 과부 시녀〉가 대답했다.

「두 사람요. 한 사람은 안장에 타고, 한 사람은 궁둥이에 탑니다. 보통은 기사와 종자가 그 두 사람이 되겠지요. 납치한 처녀가 없다면 말입니다.」

「제가 알고 싶은 건요, 돌로리다 부인.」 산초가 말했다. 「그 말의 이름이 무엇인지 하는 겁니다요.」

「이름은……」〈슬픔에 잠긴 과부 시녀〉 돌로리다가 대답했다. 「벨로로폰테의 말처럼 페가소도, 알렉산드로스 대제의 말처럼 부세팔로도, 광란의 오를란도의 말이었던 브리야도로도 아니고, 레이날도스 데 몬탈반의 말이었던 바야르테도, 루헤로의 말처럼 프론티노도 아니며, 태양 신의 말들이었던 보테스나 페리토아도 아니고, 고트족의 마지막 왕인 불운의 로드리고가 목숨과 왕국을 잃은 싸움터에 나아갈 때 탔던 오렐리아도 아니랍니다.」

「제가 보기엔 말이에요……」 산초가 말했다. 「그토록 잘 알려진 그런 유명한 말의 이름을 그 말한테 붙이지 않은 걸 보니, 우리 주인님의 말인 로시난테라는 이름도 아닐 것 같네요. 열거된 그 모든 이름보다 훨씬 적절하고도 뛰어난 이름이긴 하지만 말입니다요.」

「그래요.」 수염 난 백작 부인이 대답했다. 「하지만 이 이름도 그 말에 꼭 어울려요. 〈재빠른 클라빌레뇨〉거든요. 그 말이 나무로 되어 있다는 것, 이마에 나사못을 달고 있다는 것, 그리고 가볍게 다닌다는 것이 그 이름과 잘 맞아떨어지잖아요.[241] 그러니 이름에 관한 한 유명한 로시난테와 얼마든지 겨룰 수 있지요.」

「이름이 나쁘지 않습니다요.」 산초가 대답했다. 「그런데, 어떤 제동 장치나 끈으로 다룹니까요?」

「이미 말했잖아요.」 트리팔디가 대답했다. 「나무못으로 다룬다고요. 말을 타고 있는 기사가 그것을 이쪽저쪽으로 돌려서 원하는 대로 가도록 조종한답니다. 공중으로 날아갈 것인지, 땅을 스칠 듯 말 듯 거의 쓸면서 갈 것인지, 아니면 그 중간 정도로 갈 것인지 등을 말이죠. 질서가 제대로 잡힌 행동이라면, 이 중간 정도라는 것이야말로 어느 경우에서나 그렇게 하도록 되어야 하며 필요한 것이지요.」

「벌써부터 그 말이 보고 싶은데요.」 산초가 대답했다. 「하지만 안장이건 궁둥이에건 내가 그걸 탈 것이라고 생각한다면, 마치 느릅나무에서 배

---

241 〈클라비하clavija〉는 〈나무못〉을, 〈레뇨leño〉는 〈나무〉를 뜻한다.

가 열리기를 기다리는 격이겠지요. 난 비단보다 더 부드러운 안장에 앉고 서도 내 당나귀 위에서 겨우 몸을 지탱하는데, 나무판자로 된 엉덩이에 방석도 쿠션도 없이 타라니, 참도 하겠네요! 하느님 맙소사죠. 다른 사람의 수염을 뽑아 주기 위해 나 자신을 상하게 할 생각은 없습니다요. 각자 자기한테 가장 알맞은 방법으로 수염을 깎으면 되니까요. 난 그런 긴 여행에 우리 주인 나리를 따라 같이 갈 생각이 없어요. 더군다나 이 양반들 수염 깎는 일 때문이라면 더욱이 그렇게 할 의무가 없습니다요. 나는 우리 마님 둘시네아 공주의 마법을 풀기 위해 있는 사람이거든요.」

「아니요. 당신이어야 해요, 친구 산초여.」 트리팔디가 대답했다. 「반드시 그렇게 해야 해요. 내가 알기에, 당신이 없으면 우리는 아무 일도 못하는 것으로 되어 있거든요.」

「사람 살려!」 산초가 말했다. 「종자들이 주인들의 모험과 무슨 상관이 있답니까요? 주인들은 자기가 마친 모험에서 명예를 가져가면서 우리 종자들은 고생이나 가져가라는 법이 어디 있답니까요? 이럴 수는 없지요! 이야기꾼들이 〈이렇고 이런 기사가 그렇고 그런 모험을 완수했다. 하지만 그것은 그의 종자 아무개의 도움을 받은 것으로, 그가 없었더라면 그 모험을 끝내지 못했을 것이다〉라는 식으로 말하고 다닌다면야 모르겠네요. 하지만 그들이 얼마나 무미건조하게 쓰는데요! 〈돈 파라리포메논 데 라스 트레스 에스트레야스는 여섯 괴물 모험을 완수했노라〉라고 하면서, 그 모험에 처음부터 끝까지 같이 있었던 종자는 마치 세상에 없는 사람인 양 이름 한 번 들먹이지 않는단 말이에요. 그러니 여러분, 지금 다시 한 번 말하지만요, 우리 주인님은 혼자 가실 겁니다요. 일이 잘되기를 기원합니다요. 난 여기 남아 우리 공작 부인 마님을 모시고 있을 겁니다요. 주인님이 돌아오실 때면 둘시네아 공주에 관한 그 건이 3분의 1과 5분의 1쯤 더 좋아져 있는 걸 알게 되실 겁니다요. 한가해서 할 일이 없을 때마다 다시는 털이 안 날 정도로 상당한 채찍질을 할 생각이거든요.」

「그렇다 하더라도 당신을 필요로 하는 일이라면 주인님을 따라가야 해요, 착한 산초. 훌륭하신 분들이 당신에게 그 일을 부탁하고 있거든요. 그리고 당신의 그 쓸데없는 두려움 때문에 이 여인네들의 얼굴이 수염으로 무성하게 덮여 있도록 내버려 둘 수는 없잖아요. 그건 확실히 잘못된 일이에요.」[242]

「다시 한 번 사람 살려입니다요!」 산초가 대답했다. 「몸 사리고 조신하게 사는 처녀들이나 가르침을 받고 있는 여자 고아 아이들을 위해 이런 자비가 필요하다면, 난 어떠한 고생이 있다 하더라도 모험을 할 수 있을 겁니다요. 하지만 과부 시녀들의 수염을 없애기 위해 고생을 한다니, 그건 말도 안 됩니다요! 오히려 가장 나이 많은 시녀로부터 제일 어린 시녀에 이르기까지, 가장 새치름한 시녀로부터 제일 우쭐대는 시녀에 이르기까지, 모두 수염을 달고 있는 모습을 보는 편이 더 낫습니다요.」

「당신은 과부 시녀들하고 사이가 좋지 않군요, 산초.」 공작 부인이 말했다. 「톨레도의 그 약제사 말을 그대로 믿고 있어요. 그건 분명 당신이 틀린 거예요. 우리 집에는 우두머리 시녀들의 본보기가 될 만한 과부 시녀들이 있거든요. 여기 있는 우리 도냐 로드리게스를 봐요. 내가 무슨 다른 말을 하겠어요?」

「마님께서 그렇게 말씀하시니 말씀드리겠는데요……」 도냐 로드리게스가 말했다. 「하느님은 모든 일의 진실을 알고 계세요. 우리 과부 시녀들이 좋건 나쁘건, 수염이 있건 수염이 나지 않아 빤질빤질하건, 다른 여자들이 그렇듯 우리도 우리 어머니들의 딸들이에요. 우리를 세상에 내보내 주신 하느님께서는 무슨 목적으로 그렇게 하셨는지 알고 계시겠죠.

242 이 대사는 공작 부인이 하는 것으로 여겨진다.

그래서 저는 하느님의 자비에 의지할 뿐 남의 수염에는 신경을 쓰지 않아요.」

「그렇다면, 로드리게스 부인……」 돈키호테가 말했다. 「그리고 트리팔디 부인과 이분을 수행해 온 여러분, 하늘이 여러분들의 슬픔을 호의적인 눈으로 바라봐 주시기를 바랍니다. 산초는 내가 명령하는 대로 할 것입니다. 클라빌레뇨가 오든, 내가 말람브루노와 대결해야 하든지 말이지요. 그런데 내가 생각하기에, 면도칼로는 내 칼만 한 게 없을 것 같소이다. 내 칼로 말람브루노의 머리를 그의 어깨에서 깎아 베어 버릴 것이니 여러분의 수염도 쉽게 사라질 것이라는 말입니다. 하느님이 악인들을 봐주시긴 하지만, 영원히 봐주시는 건 아니거든요.」

「아! 용감한 기사님!」〈슬픔에 잠긴 과부 시녀〉가 말했다. 「하늘나라의 모든 별들이 인자한 눈으로 나리의 위대함을 지켜보아, 나리의 용기에 번영과 용감함을 불러일으키기를 바라옵니다. 약제사들에게 미움을 받고, 종자들의 입에 오르내리고, 시동들에게는 골탕을 먹고 모욕당하여 기력을 잃은 모든 과부 시녀들의 방패와 보호막이 되실 수 있도록 말입니다. 꽃 같은 나이에 수녀가 되지 않고 과부 시녀가 된 어리석은 여자에게 저주 있을지어다. 아, 불행한 우리 과부 시녀들이여! 트로이인인 바로 그 헥토르의 직계 손으로 남성에서 남성으로 내려온 혈통을 잇는다 해도 우리가 섬기는 마님들은 우리를 〈그대〉[243]라 부르시는 것을 그만두지 않으시니, 그것으로 그분들은 여왕이라도 된 것 같은가 봐요! 오, 거인 말람브루노여, 비록 마법사이기는 하지만 당신은 약속에서는 틀림없는 자가 아닌가요! 우리의 이 불행이 끝나도록, 비할 데 없는 클라빌레뇨를 이제 우

---

243 〈그대〉라는 의미를 가지고 있는 스페인어 〈vos〉는 현재 중남미에서는 2인칭으로 평범하게 사용되고 있지만, 당시에는 높은 사람이 아랫사람을 하대할 때 사용하기도 했다.

리에게 보내 주세요. 날씨는 더워지는데 이렇게 수염이 계속된다면, 아이고, 우리 운명은 어찌 된다는 말인가!」

트리팔디가 어찌나 슬프게 이 이야기를 했던지 그곳에 있던 사람들 모두 눈에서 눈물을 짜냈다. 산초마저까지 눈물을 철철 흘리면서, 이 세상 끝까지라도 주인을 모시고 따라가야겠다고 마음속으로 결심했다. 그렇게 해서 그 숭배할 만한 얼굴들에서 털을 제거해 줄 수만 있다면 말이다.

41

클라빌레뇨의 도착과
이 길었던 모험의 결말에 대하여

이러는 사이에 밤이 왔고, 밤과 함께 그 유명한 말 클라빌레뇨가 온다던 때가 되었으나 그 도착이 늦어지자 벌써 돈키호테는 불안해지기 시작했다. 말람브루노가 자기한테 목마를 보내는 일을 지체하고 있는 이유가 자기가 이 모험을 위해 정해진 기사가 아니어서는 아닌지, 혹은 말람브루노가 감히 자기와 일대일로 대결을 하러 올 엄두를 내지 못하고 있어서는 아닌지 생각했던 것이다. 그러나 여기서 여러분은 갑자기 몸에 온통 초록색 덩굴 잎을 두른 야만인 네 명이 어깨에 커다란 목마를 메고서는 정원으로 들어오는 모습을 보게 된다. 목마를 땅에 세워 놓고 그들 중 한 사람이 입을 열었다.

「탈 용기가 있는 자는 이 말에 오르시오.」

「여기, 나……」 산초가 말했다. 「나는 안 오를 거예요. 탈 용기도 없거니와 기사도 아니니까요.」

그러자 야만인은 계속해서 이렇게 말했다.

「종자는 궁둥이 쪽에 타시오, 만일 종자가 있다면 말이오. 그리고 용감한 말람브루노를 믿으시오. 그분의 칼이 아니라면, 다른 어떠한 것이나

493

어떠한 악의로도 그는 욕을 당하지 않을 테니 말이오. 목마에 타면 목에 붙어 있는 나무못을 비틀기만 하면 되오. 그러면 목마가 공중을 날아 말람브루노가 기다리는 곳으로 데려다 줄 것이오. 하지만 가는 길이 높고 장엄하여 현기증이 날 수 있으니, 목마가 울음소리를 낼 때까지는 두 눈을 가리고 있어야 하오. 울음소리가 바로 그 여행이 끝났다는 신호가 될 것이오.」

이렇게 말하더니 클라빌레뇨를 남겨 놓은 채 품위 있는 태도로 자기들이 들어온 곳을 통해 다시 나갔다. 〈슬픔에 잠긴 과부 시녀〉는 목마를 보자마자 거의 울 듯이 돈키호테에게 말했다.

「용감한 기사님, 말람브루노의 약속은 언제나 지켜졌답니다. 드디어 목마가 이 집에 있고 수염은 자라고 있으니, 저희들 한 사람 한 사람이 수염의 털 하나하나를 두고 당신에게 간곡히 부탁드리건대, 저희 수염을 깎아 매끈하게 해주세요. 당신은 단지 종자와 함께 목마에 오르시어 이 새로운 여행을 행복하게 시작하시기만 하면 됩니다.」

「트리팔디 백작 부인, 기꺼이 최고의 기분으로 그렇게 하지요. 손가방을 꾸리거나 박차를 다느라 지체하는 일 없이 말입니다. 부인, 당신과 이 미망인 시녀분들의 수염이 없어져서 모두의 매끈하고 깨끗해진 모습을 보고자 하는 내 마음이 이토록 절실하기 때문입니다.」

「나는 그렇게 안 할 겁니다요.」 산초가 말했다. 「좋은 기분으로든 나쁜 기분으로든, 어떤 식으로든 안 할 겁니다요. 내가 목마의 궁둥이에 타지 않고서는 이 수염 깎기가 이루어질 수 없는 일이라면, 우리 주인 나리께서는 데리고 가실 다른 종자를 찾으셔도 좋고요, 이 부인네들은 얼굴을 반질반질하게 할 다른 방법을 찾으면 됩니다요. 나는 공중으로 다니기를 좋아하는 그런 마법사가 아닙니다요. 그리고 내 섬의 사람들이 자기네 통치자가 바람 사이로 돌아다닌다는 걸 알면 뭐라고 하겠습니까요? 그리고 더 있습니다요. 여기서부터 칸다야까지 3천 레과가 더 된다는데, 말이 지치거나 거인이 화가 나서 우리가 돌아오기까지 6년쯤 걸린다면 섬도 없고 나를 알아볼 섬 주민 또한 세상에 하나도 남지 않게 될 겁니다요. 그래서 사람들이 흔히들 그러잖습니까요. 지체하면 위험이 따라오고, 송아지를 준다거든 밧줄을 쥐고 달려가라고요. 이 부인네들의 수염이 나를 용서해 주기를 바랍니다요. 성 베드로는 로마에서 편안하다고 하니, 나는 이 집에서 편안히 지내겠습니다요. 이 집에서 내게 많은 은혜를 베풀고 나를 통치자로 삼아 주겠다고 하신 만큼, 이 댁 주인한테서는 정말 큰 복을 바랄 수가 있으니까 말입니다요.」

이 말에 공작이 말했다.

「산초, 내가 자네에게 약속한 섬은 움직이는 것도 달아나는 것도 아닐세. 땅속 깊고 깊은 곳에 뿌리를 내리고 있기에 단번의 노력으로는 지금 있는 곳에서 뽑히거나 옮겨지지가 않네. 그리고 나도 알고 자네도 알겠지만, 아주 훌륭한 이 같은 자리는, 많거나 적거나의 차이는 있어도 어떤 종류가 되었건 대가 없이 얻어지지 않는 법이네. 이 통치직에 대한 대가로 내가 받고자 하는 것은, 자네가 자네 주인 돈키호테와 함께 이 기억할 만한 모험을 완수하고 결말을 짓기 위해 가주는 걸세. 일을 완수한 다음에는 클라빌레뇨를 타고 그 말이 약속한 대로 금방 돌아오거나, 아니면 역경에 처해져 순례자처럼 여관에서 여관으로, 객줏집에서 객줏집으로 걸어서 돌아올 수도 있을 걸세. 하지만 자네가 다스릴 섬은 자네가 놔둔 자리에 언제든 있을 것일세. 그리고 자네의 섬 주민들이 언제나와 같은 마음으로 자네를 통치자로 맞이하는 모습도 보게 될 걸세. 이것은 나의 뜻이기도 하네. 이 말을 의심하지 말게나, 산초. 의심이야말로 내가 자네에게 베풀고자 하는 마음에 대한 분명한 모독이 될 걸세.」

「그만하십시오, 나리.」 산초가 말했다. 「저는 보잘것없는 종자인데, 그렇게 많은 예의를 보여 주시니 그걸 등에 지고 갈 수가 없습니다요. 주인님, 말에 오르시지요. 여러분들께서는 제 두 눈을 가려 주시고, 하느님께 저를 맡겨 주시기 바랍니다요. 그리고 하늘 높이 날아가는 동안 제가 저를 돌봐주시는 천사님을 불러내 달라고 주님께 부탁해야 할 시점이 언제쯤인지 알려 주십시요.」

이 말에 트리팔디가 대답했다.

「산초, 당신은 하느님께 의지할 수도 있고, 원하는 누구에게든 당신을 맡길 수 있어요. 말람브루노는 마법사이기는 하지만 기독교인이기도 하고, 아주 빈틈없고 신중하게 마술을 부려 어느 누구에게도 해를 주지 않거든요.」

「자, 그렇다면……」 산초가 말했다. 「하느님이 저를 도와주시고, 산티시마 트리니다드 데 가에타[244]도 저를 도와주소서!」

「그 기억할 만한 빨랫방망이 모험 이후……」 돈키호테가 말했다. 「지금처럼 이렇게 무서워하는 산초를 본 적이 없군요. 내가 다른 사람들처럼 미신을 믿어 점을 칠 줄 알았다면 산초의 소심함을 보고 얼마간 두려움을 가졌을 수도 있을 것입니다. 하지만 산초, 이리 와보게. 이 어르신들에게는 죄송하지만 이분들의 허락을 얻어 자네하고 따로 가서 두 마디만 하고 싶네.」

그러고는 산초를 정원의 나무 사이로 데리고 가더니 그의 두 손을 잡으면서 말했다.

「이미 알다시피, 산초 형제여, 긴 여행이 우리를 기다리고 있네. 그리고 우리가 언제쯤 그 여행에서 돌아오게 될 것인지는 하느님만이 아시네. 이

---

244 Santísima Trinidad de Gaeta.나폴리 만에 있는 수도원. 항해자들이 그곳에서 예배를 드렸다.

번 일에 얼마만큼의 시간이 걸릴지, 일이 편하게 끝나게 될 것인지 아무도 모르네. 그래서 말인데, 지금 자네는 여행에 필요한 것을 찾으러 가는 척 자네 방에 들어가 잠깐 동안 자네가 때리도록 되어 있는 삼천삼백 대 중에서 어느 정도라도, 그러니까 5백 대만이라도 때리면 안 되겠는가? 시작이 반이라고, 그러면 자네는 절반을 이룬 것이나 다름없을 테니 말일세.」

「세상에……」 산초가 말했다. 「나리 머리가 어떻게 되신 게 틀림없습니다요. 이 부탁은 〈애 밴 나에게 처녀이기를 요구하는구나!〉라는 말과 같네요. 지금 평평한 판자에 앉아 가야 할 형편에 있는 저더러, 나리께서는 궁둥이를 때리라고 하시는 겁니까? 정말이지 나리께서 백번 잘못하시는 겁니다요. 지금은 이 과부 시녀들의 수염이나 깎으러 갑시다요. 돌아온 다음에 나리가 만족하실 정도로 잽싸게 제 의무를 다하겠음을 제 이름을 걸고 약속드립니다요. 더는 말씀 않겠습니다요.」

그러자 돈키호테가 대답했다.

「그렇다면 나는, 착한 산초, 그 약속을 믿고 위로 삼아 가겠네. 자네가 약속을 지킬 것이라고 믿네. 사실 자네는 모자라기는 해도 진실된 사람이니 말일세.」

「저는 초록색[245]이 아니라 가무잡잡한데요.」 산초가 말했다. 「하지만 여러 가지 색깔이 섞인 인간이라 할지라도, 약속은 지킵니다요.」

이렇게 말을 마치고 그들은 클라빌레뇨를 타러 돌아갔다. 목마에 오르려고 할 때 돈키호테는 산초에게 말했다.

「눈을 가리게, 산초. 그리고서 말에 오르게, 산초. 우리 때문에 먼 곳에서 이 말을 보낸 사람이 우리를 속이려 하지는 않을 걸세. 자기를 믿는 자

---

245 〈진실된〉을 뜻하는 〈verídico〉를 산초는 〈초록색〉이라는 뜻의 〈verde〉로 잘못 알아들었다.

를 속임으로써 얻을 수 있는 영예는 하찮은 것이니 말이야. 그리고 일이 내가 예상하고 있는 바와 반대로 흘러갈 수도 있겠지만, 어떠한 악의도 이러한 무훈을 시도했다는 영광만은 어둡게 하지 못할 것일세.」

「갑시다요, 나리.」 산초가 말했다. 「이 부인네들의 수염과 눈물이 제 심장에 박혀 있어서, 그분들 본래의 반질반질한 얼굴을 볼 때까지 저는 밥 한 숟갈도 입에 안 댈 겁니다요. 나리께서 먼저 타시고 눈을 가리세요. 저는 궁둥이에 타고 가야 하니 안장에 앉으실 분이 먼저 타는 게 당연하지요.」

「그렇구먼.」 돈키호테가 대답했다.

그는 옆구리에 있는 주머니에서 손수건을 꺼내더니 〈슬픔에 잠긴 과부 시녀〉에게 자기 눈을 꼭 가려 달라고 부탁했다. 눈을 가려 주자 그는 다시 손수건을 벗고 말했다.

「만일 내 기억이 틀리지 않는다면, 베르길리우스에서 트로이의 팔라디온[246]에 관한 것을 읽은 적이 있는데, 그건 목마에 대한 얘기였죠. 그리스인들이 팔라스 여신에게 목마를 바쳤는데 그 배 속에 무장한 기사들이 가득 실려 있었으니, 결국 이 기사들로 인해 트로이가 완전히 망하게 되었습니다. 그러니 이 클라빌레뇨가 자기 배 속에 무엇을 넣어 왔는지 먼저 살펴보는 게 당연할 것 같군요.」

「그럴 필요는 없어요.」 〈슬픔에 잠긴 과부 시녀〉가 말했다. 「저는 이 목마를 믿으며, 말람브루노가 악랄하거나 배신을 일삼는 그런 자는 아니라는 사실도 잘 알고 있답니다. 돈키호테 나리, 나리께서는 아무것도 걱정하지 마시고 오르십시오. 만일 나리께 무슨 일이 일어난다면 그 피해는

---

246 Paladión. 트로이의 수호상. 오디세우스와 디오메데스가 지하도를 파서 이것을 훔쳐 내고는 대신 거대한 목마를 만들어 선물했는데, 그 안에는 병사들이 잔뜩 들어 있었고, 결국 트로이의 도시 프리아모스가 함락되는 원인이 되었다.

제가 입게 되는걸요.」

　자기의 안전에 대해 이야기하면 그게 무엇이 되었든 간에 용기를 해치는 일이 될 수 있다고 여긴 돈키호테는 더 이상 입씨름하지 않고 클라빌레뇨에 올랐다. 나무못을 살펴보니 쉽게 돌아갔다. 등자가 없어 두 다리는 그냥 늘어뜨렸으니, 로마가 승리를 거둔 때를 그림으로 그리거나 플랑드르의 태피스트리에 수놓은 바로 그 모습이었다. 산초는 내키지 않는 마음으로 천천히 말에 올라 목마의 궁둥이에 되도록 편하게 자리를 잡았으나 딱딱한 게 도무지 부드러운 구석이라고는 눈 씻고 봐도 없었다. 그는 공작에게 가능하다면 공작 부인의 방에 있는 것이든, 시동의 침상에 있는 것이든 아무 방석이나 베개라도 마련해 달라고 부탁했다. 그 목마의 궁둥이가 나무라기보다 차라리 대리석으로 되어 있는 듯 느껴져서였다.

　이 말에 트리팔디는 말하기를, 클라빌레뇨는 자기 위에 올라가는 어떤 종류의 마구나 어떤 종류의 장식도 참지 못한다고 했다. 그러니 정 할 수 없는 경우에는 여자처럼 다리를 한쪽으로 모으고 옆으로 앉는 방법이 있으니, 그렇게 하면 그다지 딱딱하게 느끼지 않을 것이라고 했다. 산초는 그러한 자세로 올라앉고는 안녕히 계시라고 인사하면서 자기 눈을 가리도록 맡겼다. 눈을 다 가린 다음에도 그는 가렸던 것을 다시 벗더니 눈물을 머금은 채 정원에 있는 모든 사람들을 다정스럽게 바라보면서 말했다. 곤경에 처한 자기를 도울 주기도문과 성모경을 각각 한 번씩 외워 달라고 말이다. 그렇게 하면 이와 비슷한 곤경에 처할 때 하느님이 그들을 위해 그런 기도를 해줄 사람을 보내 주실 거라면서 말이다. 그러자 돈키호테가 말했다.

　「이 도둑놈 같으니라고! 그런 기도를 올려 달라니, 자네가 교수대에라도 올라섰거나 목숨이 마지막 순간에 이르기라도 했는가? 양심 없는 겁쟁이인 자네가 있는 자리는 바로 예쁜 마갈로나가 앉았던 바로 그 자리가 아닌가. 이야기가 거짓이 아니라면, 그분은 그 자리에서 내려 무덤으로 가신 게 아니라 프랑스로 가 여왕이 되셨단 말일세. 그리고 이렇게 자네 옆에서 같이 가는 나는 지금 내가 앉은 자리에 앉았던 용감한 피에레스에 비할 만한 사람이 못 된단 말인가? 눈을 가리게, 눈을 가려, 이 겁쟁이 짐승 같으니라고. 자네의 두려움을 적어도 내 면전에서는 입 밖으로 내놓지 않도록 하게.」

「제 눈을 가려 주세요.」 산초가 대답했다. 「제가 하느님께 저를 맡기는 것도, 맡겨지는 것도 원하지들을 않으면서 우리를 페랄비요[247]로 보낼 악마 군단이 근처에 돌아다니지나 않을까 걱정하는 게 뭐가 그리 못마땅하시답니까?」

그들은 눈을 가렸고, 돈키호테는 자기가 앉아야 할 자리에 제대로 앉았다는 생각이 들자 손으로 나무못을 더듬어 찾았다. 그가 그곳에 손가락을 대자마자 과부 시녀들과 그 자리에 있던 사람들이 모두 소리쳐 말했다.

「하느님께서 인도하시길, 용감한 기사여!」

「하느님이 그대와 함께하시길, 대담한 종자여!」

「이제 당신들은 화살보다 더 빠른 속도로 대기를 가르며 공중으로 날아가고 있습니다!」

「벌써 땅에서 당신들을 바라보고 있는 사람들은 놀라고 탄복하기 시작했습니다!」

「조심하세요, 용감한 산초여, 몸이 비틀거리고 있어요! 떨어지지 않도록 조심하세요! 떨어지면 아버지의 태양 마차를 지배하기를 원했던 그 무

247 Peralvillo. 라만차 지역 레알 근처에 있는 곳. 그곳의 성스러운 형제단은 범죄자를 처형할 때 화살로 쏘아 죽였다.

모한 젊은이[248]가 떨어졌던 것보다 더 나쁠 거예요!」

산초는 이런 소리를 듣고 주인에게 꼭 붙어 양팔로 주인의 몸을 감싸 안으면서 말했다.

「나리, 이 사람들은 우리가 높이 날고 있다고 하는데, 여기서도 그 목소리가 마치 바로 옆에서 말하고 있는 것처럼 들리니 대체 어찌 된 일입니까요?」

「그런 데 신경 쓰지 말게, 산초. 이런 일이나 이렇게 날아다니는 것도 모두 정상적인 흐름에서 벗어나는 일이니 1천 레과가 떨어진 곳이라 해도 자네가 원하는 바를 보고 들을 수 있을 게야. 너무 조이지 말게, 그러다가 나를 떨어뜨리겠어. 사실 난 자네가 무엇 때문에 그리 당황해하고 놀라는지 도통 모르겠군. 감히 맹세한다만, 이렇게 걷는 것을 느끼지 못하게 하는 말은 내 평생 타본 적이 없네. 마치 한곳에서 전혀 움직이지 않는 것 같단 말이지. 그러니 친구여, 두려움을 털어 내버리게. 실제로 일이 제대로 되어 가고 있으며, 바람이 우리를 뒤에서 밀어 주고 있으니 말이야.」

「그렇습니다요.」 산초가 대답했다. 「제 뒤에서 너무나 지독한 바람이 불어오는데, 마치 풀무 1천 개로 바람을 보내고 있는 것 같습니다요.」

사실 그랬다. 커다란 풀무 몇 개가 산초에게 바람을 불어 대고 있었다. 그 정도로 이 모험은 공작과 공작 부인과 집사에 의해 철저하게 계획된 것으로, 완벽을 기하기 위해 필요한 조건 가운데 무엇 하나 빠지는 게 없었다.

돈키호테도 바람이 불어오는 것을 느끼고 말했다.

---

248 그리스 신화의 파에톤Phaëthon을 말하는 것. 자기 아버지인 태양의 신으로부터 마차를 운전할 수 있다는 허가를 받았으나 너무 서툴러 제우스가 번개로 죽여 포 강에 떨어뜨렸다.

「산초여, 벌써 우리가 두 번째 대기권에 든 게 틀림없는 것 같구먼. 우박과 눈이 만들어지는 곳이지. 천둥과 번개는 세 번째 대기권에서 만들어지고 말이야. 이런 식으로 올라가다 보면 곧 불의 대기권에 들어가게 될걸세. 그런데 이 나무못을 어떻게 조절해야 우리를 불태워 버릴 대기권에 올라가지 않을 수 있는지 난 모르겠는데.」

이때 사람들이 불이 잘 붙고 쉽게 꺼지는 삼 부스러기로 만든 천을 작대기 끝에 매달아 멀찌감치서 이들의 얼굴을 따뜻하게 데웠으니, 이내 열기를 느낀 산초가 말했다.

「이미 우리가 그 불의 대기권이나 그 가까이에 다가와 있는 게 아니라면 저를 죽여도 좋아요. 제 수염이 거의 다 그슬려 버렸거든요. 그러니 이 가리개를 벗고 우리가 어디쯤 와 있는지 볼까 합니다요, 나리.」

「그런 짓은 하지 말게.」 돈키호테가 대답했다. 「그리고 토랄바 석사에 대한 진짜 이야기[249]를 기억하게. 악마들이 공중으로 날아 그 사람을 데려갔는데, 작대기 하나에 몸을 싣고 눈을 감은 채 열두 시간 만에 로마에 도착하여, 그 도시의 거리인 토레 데 노나에서 내렸다고 하지. 그러고는 부르봉의 재앙과 습격과 죽음을 모두 다 보고, 오전 중에 이미 마드리드로 돌아와 거기서 자기가 목격한 것을 전부 설명했다지 않나. 이 사람이 말하기를, 공중으로 날아갈 때 악마가 눈을 뜨라고 해서 떴더니 보기에 달과 자기가 너무나 가까이 있어서 손으로 잡을 수 있을 정도였다더군. 기절할까 봐 감히 땅은 볼 수가 없었다고 했어. 그러니 산초, 우리는 눈가

249 1528년에서 1531년 사이에 쿠엔카의 종교 재판에 기소되었던 돈 에우헤니오 토랄바 Don Eugenio Torralba에 대한 실화이다. 여러 가지 죄명 중에는 빗자루를 타고 밤에 여행을 했다는 스스로의 고백도 있었다. 그 여행으로 그는 스페인 바야돌리드에서 로마까지 가서 토레 데 노나 거리에 있는 생안젤로 성의 시계가 새벽 1시를 알리는 소리를 듣고, 부르봉 공작인 카를로스(1490~1527)가 도시를 약탈하는 것을 목격한 다음, 한 시간 30분 뒤 다시 바야돌리드로 돌아와 자기가 본 내용을 들려주었다고 한다.

리개를 벗을 이유가 없는 걸세. 우리를 데려가기로 한 자가 우리를 책임질 테니 말이지. 아마도 빙빙 돌리고 높이 올렸다가 칸다야 왕국 위로 갑자기 떨어지게 하려는가 보군. 마치 맹금류의 새들이 저 높이 올라갔다가도 백로를 잡기 위해 단숨에 날아 내려오듯이 말이야. 우리가 그 정원을 출발한 지 반 시간도 안된 것 같지만 먼 여행을 한 게 틀림없네.」

「저는 뭐가 뭔지 잘 모르겠는데요.」 산초 판사가 대답했다. 「다만 제가 말씀드릴 수 있는 것은요, 마가야네스 공주인지 마갈로나 공주인지가 이 목마의 궁둥이에서 불편함을 못 느꼈다면 그분의 살이 그렇게 연하지 않은 것이 틀림없다는 사실입니다요.」

공작과 공작 부인과 정원에 있던 사람들 모두 이 두 용사가 나누는 대화를 들으며 굉장히 즐거워했다. 이제 이 괴상하고 잘 꾸며진 모험을 끝내야 할 것 같아서 사람들은 삼 부스러기로 만든 천으로 클라빌레뇨의 꼬리에 불을 붙였다. 목마에는 요란한 소리가 나는 폭죽이 가득 들어 있던 터라 순식간에 기이한 소리를 내며 공중으로 날아올랐고, 그 바람에 돈키호테와 산초 판사는 절반은 그슬린 채 땅바닥에 나뒹굴고 말았다.

이때 벌써 수염 난 과부 시녀 부대는 트리팔디와 트리팔디 수하의 모두와 함께 정원에서 사라지고 없었으며, 나머지 사람들은 마치 기절한 것처럼 땅바닥에 엎드려 있었다. 돈키호테와 산초는 형편없는 몰골로 일어나 사방을 두리번거리다가 아까 출발했던 바로 그 정원에 자신들이 있으며, 많은 사람들이 땅바닥에 뻗어 있음을 깨닫고는 얼이 빠져 버렸다. 정원 한쪽 땅에 커다란 창이 꽂혀 있고 초록색 비단 끈으로 묶은 하얗고 매끄러운 양피지 한 장이 매달려 있는 것을 보았을 때 그들의 놀라움은 더 커졌다. 양피지에는 커다란 금빛 글자로 다음과 같이 쓰여 있었다.

저명한 기사 돈키호테 데 라만차는 트리팔디 백작 부인, 다른 이름으로는 〈슬픔에 잠긴 과부 시녀〉와 그 동반자들의 모험을 단지 시도한 것만으로 끝마치고 완수하였도다. 말람브루노는 진심으로 기쁨과 만족을 느꼈고, 과부 시녀들의 턱은 수염이 깎여 매끈해졌으며, 돈 클라비호 왕과 안토노마시아 여왕도 원래의 상태로 돌아갔노라. 그리고 종자의 매 맞기가 완수될 때 흰 비둘기는 지독한 매의 추적에서 자유롭게 풀려나 자기를 사랑하며 울어 대는 비둘기의 품에 있게 될 것이니라. 이상은 마법사들 중의 대마법사, 현자 메를린의 명에 따른 것이노라.

양피지의 글을 다 읽은 돈키호테는 그것이 둘시네아를 마법에서 푸는 일에 대한 내용임이 틀림없음을 알았다. 이제는 보이지 않지만 존경스러운 과부 시녀들의 얼굴을 지난날의 피부로 되돌리는 대단한 일을 그토록 적은 위험으로 끝마칠 수 있게 해준 하늘에 그는 몇 번이나 감사를 드렸다. 그런 다음에는 아직도 제정신을 차리지 못하고 있는 공작 부부에게로 다가가 공작의 손을 잡고는 말했다.

「자, 훌륭하신 나리 정신을 차리십시오. 정신을 차리세요. 아무것도 아닙니다! 모험은 이제 다 끝났습니다. 이 중개자는 아무런 피해도 입지 않았고 말입니다. 저 양피지에 적혀 있는 글이 그 사실을 분명하게 보여 주고 있습니다.」

공작은 마치 깊은 잠에서 깨어나는 사람처럼 조금씩 정신을 차리고 있었다. 같은 방식으로 공작 부인과 정원에 쓰러져 있던 사람들도 모두 정신을 차렸다. 장난으로 꾸몄던 일을 완벽하게 만들기 위해 놀란 시늉들을 어찌나 잘해 냈는지, 거의 실제로 일어난 일로 여겨질 정도였다. 공작은 눈을 반쯤 감은 채 양피지에 적힌 글을 읽더니 팔을 벌리고 돈키호테에게 다가가, 어떤 세기에서도 결코 본 적 없는 가장 훌륭한 기사라고 하면서 그를 껴안았다.

산초는 〈슬픔에 잠긴 과부 시녀〉가 수염이 없이는 어떤 얼굴을 하고 있을지, 그녀의 훌륭한 자태로 미루어 추측했던 만큼 그렇게 아름다운 여자인지를 확인하기 위해 그녀를 찾아 돌아다녔다. 하지만 사람들이 말해주기를, 클라빌레뇨가 공중에서 불이 붙은 채 땅에 떨어지자마자 과부 시녀 부대는 트리팔디와 함께 사라져 버렸으며, 그때는 이미 수염이 깎여 있었고 그 뿌리까지도 사라져 버렸다는 것이었다. 공작 부인이 산초에게 그 긴 여행이 어땠느냐고 묻자 산초는 대답했다.

「저는 말입니다요 마님, 주인님이 제게 말씀하신 대로 불의 대기권으로 날아가고 있는 것 같았습니다요. 그래서 눈가리개를 조금만 벗어 보고 싶었습니다요. 눈가리개를 벗도록 허락을 해주십사 청했지만 나리께서는 그렇게 하지 말라고 하셨지요. 그런데요, 저는 사람들이 안 된다고 하면서 방해하면 더 알고 싶어 하는 그런 뭔지 모를 가느다란 호기심을 갖고 있거든요. 그래서 제 눈을 가렸던 손수건을 살그머니 코 있는 쪽으로 젖혀 땅이 있는 쪽을 바라보았습니다요. 그랬더니 땅 전체가 겨자씨보다 더 커 보이지 않았고, 땅 위를 걷고 있는 사람들은 개암 열매보다 약간 더 커보였습니다요. 그러니 그때 우리가 얼마나 높은 곳을 날아가고 있었는지 아실 겁니다요.」

이 말에 공작 부인이 말했다.

「산초, 당신이 무슨 말을 하는지 잘 생각해 봐요. 당신은 땅을 본 게 아니라 그 위를 걷고 있는 사람을 본 것 같아요. 만일 땅이 겨자씨처럼 보였고 사람이 개암 열매처럼 보였다면, 사람 하나가 땅 전체를 다 덮고 말았을 거예요.」

「그건 그렇네요.」 산초가 대답했다. 「하지만 어떻든 저는 한쪽 땅을 보았는걸요. 몽땅 다 보았는걸요.」

「이봐요, 산초.」 공작 부인이 말했다. 「한쪽으로만 바라보면 다 보이지

505

않는 법이에요.」

「전 바라보는 방법은 모릅니다요.」 산초가 대답했다. 「단지 제가 아는 건요, 마님께서 이해해 주시면 좋을 거라는 겁니다요. 우리는 마법으로 날고 있었고, 마법으로라면 땅 전체는 물론 사람들이 어디를 다니든 그 모두를 볼 수 있다는 것을 말입니다요. 이런 제 말이 믿기지 않는다면, 이 말도 마님은 못 믿으시겠네요. 제가요, 눈썹 옆으로 눈가리개를 벗어 봤는데요, 어떻게나 하늘 가까이에 가 있었는지 저와 하늘 사이가 한 뼘 반 정도밖에 안 떨어져 있더라니까요. 그리고 제가 맹세할 수 있는 건데요 마님, 그 하늘이 무진장 컸어요. 그러다가 일곱 마리 산양 새끼[250]가 있는 곳을 지나가게 되었는데요, 하느님과 제 영혼을 두고 맹세하는데요, 제가 어릴 때 제 고향에서 산양치기를 해서 그랬던지 산양 새끼들을 보자마자 그놈들과 잠깐 놀고 싶은 마음이 들더라니까요! 그렇게 하지 않으면 제 가 아주 속이 터져 버리고 말 것 같았어요. 그러니 떡 본 김에 제사 지낸 다고, 어쩌겠어요? 아무에게도, 저의 주인 나리에게도 말하지 않고 살그 머니 클라빌레뇨에서 내려 산양 새끼들과 놀았답니다요. 그놈들은 마치 향기로운 비단풀이나 무슨 꽃 같았습니다요. 거의 45분쯤 놀았는데, 클 라빌레뇨는 그 자리에서 꼼짝도 않은 채 앞으로 조금도 나가지 않았습니다요.」

「그러면 착한 산초가 산양과 놀고 있는 동안……」 공작이 물었다. 「돈 키호테 나리는 무엇을 하며 노셨소?」

이 말에 돈키호테가 대답했다.

「이런 일이나 이러한 사건들은 자연의 순리를 벗어나는 것으로서, 산초 가 저런 말을 하는 것도 무리는 아닙니다. 나에 관해 말씀드리자면, 나는

---

250 그리스 신화에 나오는 아틀라스의 일곱 딸을 상징하는 일곱 개의 별로 이루어진 별자리.

위로도 아래로도 눈가리개를 벗은 적이 없고, 하늘도 땅도 바다도 모래 사장도 보지 않았습니다. 내가 바람의 대기권을 지나 불의 대기권까지 닿았음을 느낀 것은 확실한 사실이오만, 거기서 더 나아갔는지는 확신할 수가 없습니다. 불의 대기권은 달이 있는 하늘과 바람의 마지막 대기권 사이에 있으니, 산초가 말하는 일곱 마리의 산양 새끼가 있는 하늘에 닿으려면 몸이 타지 않을 수 없었겠지요. 우리가 불에 타지 않았으니, 산초는 거짓말을 한 게 아니면 꿈을 꾼 겁니다.」

「저는 거짓말을 한 것도, 꿈을 꾼 것도 아니거든요.」 산초가 대답했다. 「제 말을 못 믿으시겠다면 그 산양들의 특징에 대해 물어보세요. 그러면 제가 사실을 말하는지 아닌지를 아시게 될 겁니다요.」

「그 특징을 말해 봐요, 산초.」 공작 부인이 말했다.

「그러니까…….」 산초가 대답했다. 「두 마리는 초록색이고, 두 마리는 붉은색이고, 두 마리는 파란색이고, 한 마리는 여러 가지 색이 섞인 색이었습니다요.」

「새로운 종류의 산양들이구면.」 공작이 말했다. 「우리가 살고 있는 이 땅에서는 그런 색이 쓰이지 않거든. 내 말은, 그런 색깔의 산양들은 없다는 걸세.」

「그건 당연하겠죠.」 산초가 말했다. 「당연하고말고요. 하늘에 있는 산양과 땅에 있는 산양은 달라야 하는 게 마땅합니다요.」

「말해 보게, 산초.」 공작이 물었다. 「거기 그 산양들 중에서 무슨 돼먹지 못한 놈이라도 있었는가?」

「아뇨, 나리.」 산초가 대답했다. 「제가 듣기로, 터무니없이 까부는 놈은 한 마리도 없다고 했습니다요.」

그들은 더 이상 산초에게 이 여행에 대해서 묻고 싶지 않았다. 정원에서 움직인 적도 없으면서 산초는 마치 온 하늘을 돌아다닌 듯 그곳에서

507

일어났다는 일에 대해 죄다 이야기할 태세였던 것이다.

　결국 〈슬픔에 잠긴 과부 시녀〉 모험은 이렇게 끝났다. 이 모험으로 공작 부부에게는 그때뿐만 아니라 평생 웃을 거리가 생겼고, 산초에게는 수백 년을 살아도 이야기할 거리가 생겼다. 돈키호테는 산초에게 다가가 그의 귀에 대고 말했다.

　「산초, 자네는 자네가 하늘에서 보았다는 그것들을 사람들이 믿어 주기를 바라겠지. 나도 내가 몬테시노스 동굴에서 봤다고 한 그것들을 자네가 믿어 주기를 바라네. 그리고, 더는 말 않겠네.」

42

산초가 섬을 통치하러 가기 전에
돈키호테가 그에게 준 충고와
신중하게 고려될 만한 다른 일들에 대하여

〈슬픔에 잠긴 과부 시녀〉의 모험이 재미있고도 무사하게 끝나자 공작 부부는 아주 흡족해하며, 진짜처럼 보일 만한 적당한 소재를 찾아 계속 장난을 쳐보기로 했다. 그들은 하인들과 신하들을 불러 산초가 약속받은 섬을 통치할 때 그에게 행할 바와 자신들의 계책을 전했다. 클라빌레뇨의 비행이 있은 그다음 날, 공작은 산초에게 옷을 갖춰 입고 통치자로 부임 하러 갈 준비를 하라고 일렀다. 벌써 섬의 주민들이 5월 단비를 기다리듯 그를 기다리고 있다면서 말이다. 산초는 겸손하게 머리를 숙이고 말했다.

「제가 하늘에서 내려온 이후, 그리고 그 높은 곳에서 땅을 내려다보고 그것이 얼마나 작은지를 안 이후로 통치자가 되고자 했던 그 간절했던 욕망이 저의 몸에서 얼마간 절제되었습니다요. 그건 겨자씨만 한 데서 명 령을 내린다는 게 얼마나 대단한 일이겠는가 하는 생각이 들었기 때문이 고, 또 개암 열매 정도 크기밖에 안 되는 인간들, 그것도 제가 보기에 온 땅에 여섯 명밖에 안 되는 그들을 통치한다는 일이 얼마나 위엄 있고 권 세를 볼 일이겠는가 하는 생각이 들었기 때문입니다요. 만일 나리께서 하 늘의 아주 적은 부분이라도 제게 주실 수만 있다면, 그게 반 레과도 안 된다 할지라도 저는 세상에 있는 가장 큰 섬보다도 더 기쁘게 받을 것입니다요.」

「이보게, 친구 산초여.」 공작이 대답했다. 「손톱 한 개 만큼도 크지 않다 하더라도 나는 어느 누구에게도 하늘의 일부를 줄 힘은 없다네. 그러한 은혜와 자비는 오직 하느님만이 하실 수 있는 일이지. 나는 내가 줄 수 있는 것을 자네에게 줄 뿐이네. 나무랄 데 없이 제대로 된, 둥그렇고 균형이 잘 잡혔으며 매우 기름지고 풍요로운 섬으로, 자네가 잘만 다스린다면 땅에서 거두는 부로 하늘의 부를 얻을 수도 있을 걸세.」

「그렇다면 좋습니다요.」 산초가 대답했다. 「그 섬을 주십시오. 능구렁이 같은 사람들이 있다 하더라도 저는 하늘나라에 갈 정도로 훌륭한 통치자가 되도록 힘쓸 것입니다요. 그렇다고 제가 제 삶을 바꿔 보자거나 높은 자리로 올라가고자 하는 욕심으로 이 일을 하는 건 아닙니다요. 그것보다는 통치자가 되는 게 어떤 것인지 맛이나 좀 보고 싶어서 이러는 거지요.」

「일단 맛을 보면 말일세, 산초……」 공작이 말했다. 「다스리고 복종받는다는 것이 어쩌나 달콤한지, 그 후로는 손을 줄줄 빨고 다닐 걸세. 자네 주인이 황제가 되실 때는 — 그분의 일이 되어 가는 모습을 보니 분명 그리 되실 터인데 — 누군가 자기 마음대로 그분을 그 자리에서 끌어내리는 일은 결코 있을 수 없을 것이네. 어쩌다가 황제를 그만두시게 되실 때에는 가슴 한가운데가 아프고 고통스러우시겠지.」

「나리.」 산초가 대답했다. 「저는요, 다스린다는 건 멋진 일이라고 생각합니다요. 비록 그게 가축 떼라고 할지라도 말입니다요.」

「나도 자네와 같은 생각이네, 산초. 자네는 모르는 게 없구먼. 자네의 분별력에 걸맞은 그런 통치자가 되기를 바라네. 이 얘기는 여기서 끝내기로 하고, 내일이 바로 자네가 섬을 통치하러 가는 그날임을 명심하게나.

오늘 오후에는 자네가 입고 가기에 알맞은 옷과 자네의 출발에 필요한 것들을 모두 준비해 놓을 걸세.」

「뭐든 원하시는 대로 입혀 주십시오.」 산초가 말했다. 「어떤 식으로 입고 가든 산초 판사인걸요.」

「그거야 그렇지. 하지만 옷이라는 것은 자기가 수행하는 직무와 직위에 맞아야 하는 법이네. 그러니까 법학자가 군인처럼 입거나, 군인이 사제처럼 입으면 좋은 게 아닌 게지. 산초, 자네는 반은 학자처럼, 반은 장군처럼 입고 갈 걸세. 내가 자네에게 주는 섬에는 군사도 학문 못지않게, 학문 또한 군사 못지않게 필요하기 때문이라네.」

「학문은······.」 산초가 대답했다. 「제가 아는 게 별로 없습니다요. 아직 〈ABC〉도 모르는데요. 하지만 크리스투스[251]만 기억하고 있어도 훌륭한 통치자가 되기에 충분할 겁니다요. 군사에 있어서는, 제게 주어진 무기를 쥐고 쓰러질 때까지 휘두를 겁니다요. 하느님을 앞에 세우고 말입니다요.」

「그렇게 기억력이 훌륭하니······.」 공작이 말했다. 「산초가 실수하는 일은 전혀 없겠군.」

이때 돈키호테가 와서 일이 돌아가는 사정과 갑자기 산초가 통치를 하러 가게 되었다는 소식을 듣고는, 공작의 허락을 얻어 산초의 손을 잡고 자기 방으로 데리고 갔다. 산초에게 그 일을 어떻게 해야 하는지 충고할 마음으로 말이다.

자기 방에 들어가 문을 닫은 다음 산초를 강제로 옆에 앉히다시피 하고는 차분히 가라앉은 목소리로 말했다.

---

251 Christus. 당시 스페인의 학교에서 사용한 알파벳 초보 독본 앞에 그려져 있던 십자가를 말한다.

「내가 어떤 행운을 만나기 전에 행운이 먼저 자네를 맞이하고 만나러 나온 것에 대해 나는 하늘에 무한한 감사를 드리네, 친구 산초여. 내가 운이 좋으면 자네가 해준 봉사에 대한 보상을 줄 생각이었네. 하지만 그러기에는 아직 시작 단계에 있는데, 자네는 때가 오기도 전에 시간의 흐름이라는 당연한 법칙을 거슬러 소망을 이루게 되었군. 어떤 사람은 매수하고 귀찮게 조르고 간청하고 선수를 치고 부탁하고 끈질기게 고집으로 버텨도 바라는 것을 얻지 못하는데, 어떤 사람은 갑자기 나타나 어찌 된 일인지 영문도 모르는 사이에 다른 이들이 그토록 얻고자 했던 직책이나 직무를 차지한다는 게야. 여기에 딱 들어맞는 말이 〈소원에도 좋고 나쁜 운이 있다〉라는 걸세. 내가 보기에 자네는 여지없는 어리석은 자요, 아침에 일찍 일어나거나 밤을 새우는 일도 없고, 부지런한 구석이라고는 하나도 없는 사람인데 생각지도 않은 때 느닷없이, 아무 말도 안 한 사람처럼 섬의 통치자가 된 게야. 단지 자네가 맡은 편력 기사도의 기운 하나로 말일세. 내가 이런 말을 하는 이유는, 오 산초! 자네가 받은 이 은혜가 자네에게 합당하고 당연한 것이라고 생각하지 말라는 뜻에서이네. 오히려 무리 없이 일을 그렇게 준비해 주신 하늘에 감사하고, 그다음으로는 편력 기사도라는 직무 자체에 담겨 있는 그 위대함에도 감사하라는 것이지. 내가 지금 일러 주는 바를 믿을 마음이라면, 오, 내 자식 같은 자여! 자네의 카톤[252]이 하는 말에 귀를 기울이게. 이것은 자네가 떠나려는 그 바다의 태풍 속에서 자네를 꺼내 안전한 항구로 인도하는 북극성이자 안내자가 되고자 하는 조언이라네. 직무라든지 막중한 직책은 혼돈의 깊은 만과 같은 게지. 무엇보다 먼저, 오 내 아들 같은 자여! 자네는 하느님을 경외

---

252 Catón(B.C. 234~B.C. 149). 감찰관이라는 별명으로 유명한 고대 로마의 정치가이자 작가이며 군인.

해야 하네. 하느님을 경외하는 것이 모든 지혜의 근본이기 때문이지. 지혜로우면 무슨 일에서도 실수가 없을 걸세. 다음으로는 자네 자신에게 눈길을 보내 스스로가 어떤 인간인지를 알도록 노력하게. 이것은 세상에 있을 수 있는 가장 어려운 지식일세. 자네를 알게 되면 황소와 같아지고 싶었던 개구리처럼 몸을 부풀리려는 일은 없을 게야. 만일 그렇게 하고 싶은 마음이 생기면 고향에서 돼지를 길렀던 시절을 생각하게. 자네가 공작새의 넓게 펼쳐진 아름다운 꼬리 같은 미친 짓을 하려 할 때, 그러한 생각이 그 꼬리 밑에 숨어 있는 더러운 발을 떠올리게 해줄 걸세.」

「그건 사실입니다요.」산초가 대답했다.「하지만 그건 제가 어렸을 때 이야기고요, 어른이 된 다음에는 돼지가 아니라 거위를 키웠습니다요. 하지만 이런 사실은 하등 중요하지 않아 보입니다요. 통치를 하는 사람들이 모두 왕의 혈통에서 나온 건 아니니까요.」

「그렇긴 하지.」돈키호테가 대답했다.「그렇기 때문에 귀족 가문 출신이 아닌 사람들은 자기가 수행하는 업무에 있어 엄격하되 온화함과 부드러움을 잊지 않아야 한다네. 신중하고 온화하면 어떠한 신분에 있더라도 피해 가기 힘든 악의에 찬 험담에서 자유로울 수 있으니 말이지. 산초, 자네 가문이 천한 것을 떳떳이 여기게. 농부 출신이라고 말하는 것을 부끄럽게 생각하지 말게. 자네 스스로 부끄러워하지 않으면 어느 누구도 자네를 부끄럽게 하지 않을 것이네. 그리고 죄 많은 고관대작이 아니라 후덕한 서민이라는 것을 자랑스러워하게. 비천한 가문에서 태어나 최고의 권위인 대주교나 황제 같은 직위에 오른 사람들은 셀 수도 없이 많다네. 이 말이 사실이라는 것은 자네가 싫증 낼 정도로 예를 들어 보일 수도 있네. 그러니 산초, 만일 자네가 덕으로써 덕스러운 일을 행한다면, 군주 같은 사람들이나 영주 같은 사람들을 조상으로 가진 가문을 부러워할 이유가 없네. 혈통은 계승되는 것이지만 덕은 획득하는 것이며, 덕은 그 자체만으로도 혈통이 가지지 못하는 가치를 갖기 때문이라네. 이치가 이러하니, 자네가 섬에 있을 때 혹시나 자네 친척들 가운데 누군가 자네를 보러 찾아오거든 그 사람을 쫓아내거나 모욕을 줘서는 안 되네. 오히려 맞아들여 대접하고 즐겁게 해줘야 하네. 이것이 하늘을 기쁘게 하는 일이니, 하늘은 어느 누가 되었든 간에 자기가 만든 것을 멸시하는 걸 좋아하지 않으니 말일세. 그리고 그렇게 하는 것이 훌륭하게 조화를 이루는 자연에게 자네가 진 빚을 갚는 일이기도 하네.[253] 만일 자네가 아내를 함께 데리고 가겠다면 — 통치하는 자가 오랫동안 아내 없이 있는 것은 좋은 일이 아니니 말일세 — 잘 가르치고 교육시켜 몸에 밴 거칠고 촌스러운 습관을 없애 주도록 하게. 신중한 통치자가 이룬 것을 천박하고 어리석은 아내가 다 잃고 엉망으로 만들어 버리는 일이 비일비재하니 말이네. 혹시나 마누라가 죽어 자네 혼자 남게 된다면 — 이런 일은 일어날 수 있는 일이지 — 그리고 자네 직책에 더 잘 맞는 다른 배우자를 구하게 된다면, 자네를 낚싯바늘이나 낚싯대로 이용할 그런 여자나 〈당신 두건에는 싫어요〉[254]라고 하는 그런 여자는 취하지 말게. 왜냐하면, 진실로 자네에게 말하지만, 남편이 직을 그만두고 나올 때 판관의 아내가 받은 건 모두 심판관 앞에서 보고해야 하는데, 살아서 책임지지 못할 품목들은 죽어서라도 그 네 배로 갚아야 하니 말이지. 절대로 자네 멋대로 법을 만들고 그에 따

<hr />

253 세르반테스는 르네상스 사상에 동조하여, 자연은 선하고 완벽한 존재이며 인간 행위의 이상적인 모델이라 보았다. 르네상스 사상에 의하면 이러한 자연을 통해 인간은 신의 존재까지도 올라갈 수 있다고 한다. 〈신과 자연이 인간을 자유롭게 태어나게 했다〉는 전편의 대목에서도 알 수 있듯이, 세르반테스에게도 종종 자연은 신과 같은 의미로 해석된다. 그런 자연의 순리에 쫓아 살아가지 않음으로서 인간의 불행이 발생하는데, 후대 비평가들은 세르반테스의 이러한 생각을 〈실수의 교리〉로 설명한다.
254 〈싫어요, 싫어요, 하지만 제 두건에 넣으세요〉라는 속담에서 차용한 표현. 앞에서는 싫다고 하면서 뒤로는 챙길 것을 다 챙긴다는 의미이다.

라 일을 처리하지 말게. 이런 법은 흔히들 똑똑한 체하는 무지한 자들이 이용하는 것이라네. 부자가 하는 말보다 가난한 자의 눈물에 더 많은 연민을 가지도록 하게. 그렇다고 가난한 자들의 편만 들라는 건 아니네. 정의는 공평해야 하니까 말일세. 가난한 자의 흐느낌과 끈질기고 성가신 호소 속에서와 똑같이 부자의 약속과 선물 속에서도 진실을 발견하도록 해야 하네. 중죄인에게 그 죄에 합당한 무거운 벌을 내릴 수 있고 또 그렇게 해야만 하는 경우에 서더라도, 너무 가혹한 벌은 내리지 말게. 준엄한 판관이라는 명성은 동정심 많은 판관이라는 명성보다 더 좋은 게 아니라서 그러하네. 혹시 정의의 회초리를 꺾어야 할 경우가 있다면, 그것은 뇌물의 무게 때문이 아니라 자비의 무게 때문에 그렇게 해야 하네. 자네의 원수와 관련한 소송을 재판할 일이 생길 때는, 자네가 받은 모욕은 머리에서 떨쳐 버리고 사건의 진실에만 생각을 집중해야 하네. 자네와 관계없는 사건에서 개인적인 감정으로 인해 눈이 멀어서는 안 되는 법이니 말일세. 그런 일에서 만일 실수를 저지른다면, 대부분의 경우 그것을 만회할 방법은 없을 것일세. 설혹 있다 하더라도 자네 신용을 희생하거나 어떤 경우에는 재산도 잃을 것을 감수해야 한다네. 만일 한 아름다운 여인이 자네에게 판결을 요구하러 온다면, 그녀의 눈물에 눈을 두거나 그녀의 신음소리에 귀를 기울이지 말고 그녀가 요구하는 것의 본질이 무엇인지를 차분히 생각해야 하네. 그녀의 눈물에 자네의 이성이, 그녀의 한숨에 자네의 착한 마음이 휘말려 버리는 게 싫다면 말일세. 체형으로 벌해야 할 사람을 말로써 학대하지 말게. 체형의 고통은 고약한 말을 보태지 않더라도 그 불행한 사람에게는 충분하네. 자네의 사법권 아래 들어올 죄인을 타락한 우리 인간성에서 벗어나지 못한 자라고 생각하며 가엾게 여기게. 자네 쪽에서는 어떠한 경우라도 상대를 모욕하지 말고, 늘 인정과 자비를 베풀도록 하게. 하느님의 속성들이 모두가 다 똑같이 훌륭하긴 하지만 특히 자비의 속성은 정의의 속성보다 훨씬 눈부시고 뛰어나 보이기 때문이네. 만일 자네가 이러한 교훈과 이러한 법칙을 따른다면 산초, 자네는 오래 살 것이고, 자네의 명성은 영원할 것이며, 자네에 대한 상은 넘쳐나고, 자네의 행복은 이루 말할 수 없을 정도가 될 것일세. 자네가 원하는 대로 자식들을 결혼시킬 수 있을 것이고, 자식 놈들이나 손주 녀석들도 작위를 얻어 자네는 사람들이 인정해 주는 가운데 평화롭게 생을 보내게 될 것일세. 그렇게 살다가 삶의 마지막 순간 죽음의 발걸음이 자네의 온화하고 원숙한 노년에 찾아들면, 자네 증손자들의 여리고 섬세한 손들이 자네의 눈을 감겨 주겠지. 지금까지 내가 자네에게 일러 준 것은 자네의 영혼을 장식할 가르침이었네. 이제는 자네 몸을 가꾸는 데 필요한 가르침을 들어 보게나.」

43

돈키호테가 산초 판사에게 준
두 번째 충고에 대하여

지금까지 돈키호테가 한 말을 듣는다면 그가 정신이 지극히 말짱하고 선의에 찬 인물이라고 생각하지 않을 사람이 있을까? 하지만 이 위대한 이야기가 진행되는 동안 수차례에 걸쳐 말한 바와 같이, 그는 기사도에 관한 이야기에서만 바보 같은 소리를 해댔지 나머지 이야기에서는 명석하고 명쾌한 이해력을 가졌음을 보여 주었다. 따라서 매번 그의 행동이 그의 판단력을 믿지 못하게 했고, 그의 판단력은 그의 행동을 믿지 못하게 하곤 했다. 하지만 그가 산초에게 준 이 두 번째 가르침 부분은 그 자신이 대단히 고상한 사람이라는 것을 보여 주며, 자신의 신중함과 광기를 최고점에다 올려놓았다.

산초는 아주 열심히 귀 기울여 그의 말을 들으면서 그의 충고들을 머리에다 저장해 두려고 애를 썼다. 마치 그것을 잘 지켜 그 충고로써 자기 안에 잉태된 통치를 순조롭게 출산하기를 기대하는 듯 말이다. 돈키호테는 말을 이었다.

「자네 자신과 집을 어떻게 다스려야 하는지에 대한 문제에 있어서 산초여, 자네가 첫 번째로 해야 할 것은, 깨끗해야 한다는 것이네. 어떤 사

517

람들이 하듯 손톱을 자라는 대로 내버려 두지 말고 자르게. 그 어떤 사람들은 무식해서 긴 손톱이 손을 아름다워 보이게 한다고 생각하고 있단 말이지. 깎지 않고 내버려 둔 그 더럽고 쓸데없는 것을 손톱이라 여기는 모양인데 그건 차라리 도마뱀을 잡아먹는 황조롱이의 발톱 같은 것으로, 추잡하고도 극단적으로 남용한 치장이라네. 산초, 옷의 띠를 풀어 헤치고 헐렁하게 입고 다니지 말게. 옷매무새가 흐트러진 건 마음이 해이해져 있다는 증거이네. 율리우스 카이사르의 경우에서처럼 다른 어떤 꿍꿍이가 있어서 그런 느즈러짐이나 헤픔을 보여 주는 것이라면 또 모르지만 말일세. 자네 일로 얼마나 벌 수 있는지 신중하게 알아보도록 하게. 그 돈으로 자네 하인들에게 제복을 지급할 수 있다면, 화려하고 겉보기에만 좋은 옷보다 소박하고 실용적인 것으로 주도록 하게. 그리고 그것을 하인과 가난한 사람에게 골고루 나누어 주게. 무슨 말인고 하니, 시동 여섯 명에게 옷을 입혀야 한다면 세 명에게만 주고 나머지 세 벌은 가난한 사람들에게 주라는 걸세. 그러면 자네는 하늘에서도 땅에서도 시동을 두게 될 걸세. 허영심이 강한 인간들은 이렇게 옷을 배급하는 새로운 방법은 생각지도 못할 걸세. 마늘이나 양파는 먹지 말게. 냄새로 자네의 천박함이 드러나서는 안 되네. 천천히 걷고 차분하게 말하게. 그렇다고 자네 혼자만 알아들을 수 있는 것처럼은 말하지 말게. 그리고 어떤 종류의 것이 되었든 잘난 척하는 것은 나쁘네. 점심은 적게 먹고, 저녁은 더 적게 먹도록 하게. 몸의 건강은 위라는 작업장에서 다듬어진다네. 술은 적당히 마시게. 과음은 비밀을 지키지 못하게 하고 약속을 어기게 한다는 것을 명심하면서 말일세. 그리고 산초, 입에 음식을 한꺼번에 많이 넣지 말고 어느 누구 앞에서든 분출하지 않도록 조심하게.」

「그 〈분출〉이라는 게 무슨 말씀이신지 모르겠는데요, 나리.」 산초가 말했다.

그러자 돈키호테가 말했다.

「분출한다는 것은 산초, 트림한다는 뜻이네. 이 말은 의미가 아주 분명하긴 하지만 에스파냐 말 중에서 가장 추접스러운 어휘의 하나라네. 그래서 조심성 있는 사람은 라틴어에 맞춰 〈트림한다〉를 〈분출한다〉라고 말하고, 〈트림〉 대신 〈분출〉이라고 한다네. 이런 용어를 모르는 사람들도 있기는 하지만 그건 별로 중요하지 않네. 사용하다 보면 시간이 흘러 우리 말에 들어오게 되고, 그렇게 되면 사람들이 쉽게 서로 이해할 수 있게 될 것이니 말일세. 이렇게 해서 언어가 풍부해지는 거라네. 언어에는 일반 서민과 상용이 큰 힘을 발휘하지.」

「사실, 나리……」 산초가 말했다. 「제가 반드시 기억에 담아 가지고 가려는 충고와 경고 말씀 중에 하나는요, 이 트림을 하지 말라는 것이 될 겁니다요. 제가 워낙 자주 이걸 해서 말씀입니다요.」

「〈분출하다〉일세, 산초, 〈트림하다〉가 아니고.」 돈키호테가 말했다.

「지금부터 앞으로는 〈분출하다〉라고 말할 겁니다요.」 산초가 대답했다. 「맹세코 잊어버리지 않겠습니다요.」

「그리고 산초, 자네가 말을 할 때 곧잘 하듯이 너무 많은 속담을 섞는 것도 조심해야 하네. 물론 속담이 간결한 금언이기는 하지만, 자네는 어울리지도 않는 속담들을 너무나 자주 억지로 끌어다 붙이기 때문에 오히려 엉터리 같아 보인단 말일세.」

「그건 하느님만이 고쳐 주실 수 있는 겁니다요.」 산초가 대답했다. 「왜냐면요, 전 책 한 권에 담을 만한 양보다 더 많은 속담을 알고 있어서, 제가 말을 하게 되면 그 많은 것들이 한꺼번에 입으로 몰려와 자기들이 먼저 나가겠다고 서로 싸우거든요. 적절하지 못한 놈이라도 혀는 제일 먼저 만난 놈을 내뱉어 버린답니다요. 하지만 앞으로는 제가 맡을 직무의 근엄함에 어울리는 말을 하도록 하겠습니다요. 그러니까, 집에 재료가 많으

519

면 저녁 식사 준비가 빨리 되고요, 카드 패를 떼는 자는 카드를 섞지 않고요, 종을 치는 자가 제일 안전하고요, 주는 일과 받는 일에는 뇌가 필요합니다요.」

「바로 그거네, 산초!」 돈키호테가 말했다. 「그렇게 속담을 줄줄이 실에 꿰듯 주워섬기고 있으니 어느 누가 자네를 말리겠나! 엄마가 벌을 줘도 나는 모르쇠[255]로군! 속담을 삼가라는 말을 하기가 무섭게 한순간에 그렇게 연속적으로 속담을 늘어놓고 있으니 말일세. 이렇게 우리가 서로 동문서답이나 하고 있는데 이야기가 맞아 들어갈 리가 있나. 이보게 산초, 말하고자 하는 바에 꼭 맞아떨어지는 속담을 끌어다 쓰는 것을 가지고 내가 뭐라고 하는 게 아니네. 속담들을 엉터리로 염주처럼 꿰거나 과용하는 것은 대화의 맥을 흩뜨리고 천하게 만든다는 말이지. 그리고 자네, 말을 타고 갈 때 몸을 안장 뒤쪽으로 젖히는 짓은 말게. 다리를 팽팽하게 펴늘려 말의 배에서 벗어나게 해서도 안 되네. 너무 느슨하게 맥이 풀려 있는 사람처럼 타고 가지도 말게. 그러면 당나귀를 타고 가는 듯이 보일 걸세. 같은 말을 타더라도 타는 자세에 따라 어떤 사람은 기사가 되고, 어떤 사람은 마부가 되는 법이라네. 잠도 적당히 자도록 하게. 해와 함께 일찍 일어나지 않는 자는 낮을 즐기지 못한다네. 그리고 오 산초, 명심해 둘 것은, 근면은 행운의 어머니지만 게으름은 그 반대이니, 게을러서는 자신의 훌륭한 소원이 요구하는 목적에 결코 다다르지 못한다는 걸세. 그리고 마지막으로 지금 자네에게 주고자 하는 이 조언은, 비록 몸을 꾸미는 데에는 도움이 되지 않을지라도 지금까지 자네에게 한 것들에 못지않게 유용한 것으로 나는 믿고 있으니 잘 기억해 뒀으면 하네. 그것은 가문을 두

255 당시 아주 빈번히 사용하던 속담으로 우리나라 속담인 〈소 귀에 경 읽기〉로 이해하면 될 것이다.

고 절대 논쟁을 벌이지 말라는 걸세. 적어도 가문들끼리 비교하면서는 말일세. 비교하다 보면 한쪽 가문이 더 훌륭하다는 결론에 다다를 수밖에 없게 되는데, 그러면 자네는 자네가 쓰러뜨린·가문으로부터는 증오를 받을 것이고, 그렇다고 자네가 일으켜 세운 가문으로부터 보상을 받는 일은 죽었다 깨어나도 없을 것이네. 자네 의복은 허벅지와 다리를 덮는 긴 바지와 긴 윗도리와 약간 긴 어깨걸이 망토로 하게. 헐렁한 통바지는 생각조차 말게. 이런 바지는 기사에게도 통치자에게도 어울리는 것이 아니라네. 지금으로서는 산초, 여기까지가 내 머리에 떠오른 충고들이네. 시간이 지나면서 기회가 생길 때마다 자네가 처한 이런저런 상황을 내게 알려 준다면 이런 식의 가르침이 있을 걸세.」

「나리.」 산초가 대답했다. 「나리께서 제게 해주신 말씀들은 모두가 정말이지 훌륭하고 성스러우며 유용한 것들로 여겨집니다요. 하지만 제가 그걸 하나도 기억하지 못한다면 무슨 소용이 있겠습니까요? 사실 손톱을 자라게 내버려 두지 말라는 것과, 만일 기회가 된다면 다시 장가를 가도 괜찮다는 것은 제 머릿속에서 지워지지 않을 것 같습니다요. 하지만 그 밖의 가벼운 것이나 잡동사니들이며 얽히고설킨 가르침들은 옛날에 본 구름을 기억하는 것보다 더 머리에 없을 것이고, 명심도 못 할 겁니다요. 그러니 나리께서 적어 주시면 좋겠습니다요. 비록 저는 읽을 줄도 쓸 줄도 모르지만, 그것을 제 고해 신부님께 드려 필요할 때면 제 머리에 집어넣게 하든지 기억을 되살리게 하든지 하겠습니다요.」

「아이고, 맙소사!」 돈키호테가 말했다. 「통치자가 읽을 줄도 쓸 줄도 모른다니 이걸 어찌하면 좋을꼬! 왜냐하면, 오 산초! 사내가 읽을 줄을 모른다든가 왼손잡이라든가 하는 것은 추측컨대 두 가지 경우 중 하나라는 것을 자네가 알아야 하기 때문이네. 너무나 천하고 가난한 부모의 자식이거나, 아니면 아주 돼먹지 못하고 고약한 사람인 탓에 훌륭한 습관과 가르침을 도저히 몸에 익힐 수 없어서 그렇다는 게야. 자네는 큰 결점을 갖고 있으니, 다만 서명하는 것만이라도 배우면 좋겠구먼.」

「제 이름은 서명할 줄 압니다요.」 산초가 대답했다. 「제가 마을에서 종교 단체의 일을 맡고 있었을 때 짐에 찍히는 낙인 같은 글자를 쓰는 걸 익혔는데요, 사람들이 제 이름이라고 했습니다요. 게다가요, 저는 오른손이 불편한 척해서 다른 사람이 대신 서명을 하게 할 겁니다요. 죽는 것만 빼고요, 무슨 일에든 다 방법이 있는 법입니다요. 제가 권력과 몽둥이를 갖게 되면 제가 원하는 대로 할 겁니다요. 더군다나 〈시장을 아버지로 가진 자식은……〉[256]이라는 말이 있습니다요. 저는 통치자로 시장보다 더 높으니, 〈이리들 와봐!〉 하고 그냥 보게 내버려 둘 거라니까요! 와서 저를 경멸하려면 하고 모욕하려면 해라, 이겁니다요. 그런 사람들은 털 깎으러 갔다가 털 깎여서 돌아갈 거니까 말입죠. 하느님이 무척 사랑하시는 자는 그 집이 어디인지도 알아주신다고 하고, 부자가 하는 말은 바보 같아도 세상에서 금언으로 통한다고 합니다요. 그러니 저도 부자에다 통치자에다 제가 생각한 대로 대범하기까지 하면요, 저를 비난할 만한 결점은 없게 될걸요. 없고말고요. 오히려 〈꿀이 되어라, 그러면 파리가 너를 빨러 온다〉가 되는 겁니다요. 제 할머니께서는 가진 것만큼 가치가 있다고 말씀하시곤 하셨습니다요. 재산가에게는 복수도 못 한다잖습니까요.」

「오, 하느님의 저주를 받을 자, 산초여!」 돈키호테가 말했다. 「6만 명의 악마가 자네와 자네 속담을 가져가 버렸으면 좋겠구나! 한 시간 동안이나 속담을 염주알처럼 줄줄이 꿰면서 그 하나하나로 나를 고문하고 있단 말이다. 내가 장담한다만, 언젠가 그런 속담들이 자네를 교수대로 데리

---

256 뒷부분은 〈반드시 법정에 나간다〉이다. 즉 아버지가 시장이면 질 리 없으니 으스대며 법정에 나간다는 속담이다.

고 갈 거야. 그것 때문에 자네 신하들이 자네를 통치자 자리에서 내쫓지 않으면 민중 봉기가 일어나고 말겠지. 대체 어디서 그런 속담들을 찾아오는 건지 말 좀 해보게, 이 무식한 사람아. 아니, 어쩜 그렇게도 제대로 적용할 줄을 모른단 말인가, 이 어리석은 사람아. 나는 한 가지 속담을 말하더라도 제대로 쓰기 위해서 땅을 파듯 땀을 흘리고 애를 쓰는데 말이다.」

「아이고, 우리 주인 나리!」 산초가 대답했다. 「나리는 정말 별것도 아닌 일로 불평을 하십니다요. 제가 재산이라야 다른 것도 없고 많지도 않아 겨우 속담에 속담을 쌓아 놓은 게 다인데, 그걸 제 마음대로 사용하겠다는 걸 가지고 어째 그리 속을 썩이고 계신답니까요? 지금 제 머리에 과일 바구니의 배처럼 여기에 꼭 어울리는 속담 네 개가 떠올랐는데요, 말씀드리지 않겠습니다요. 입을 잘 다무는 자를 산초라고 부르니까[257] 말입니다요.」

「그 산초는 자네가 아니네.」 돈키호테가 말했다. 「왜냐하면 자네는 입을 잘 다물 줄 모를 뿐 아니라 제대로 말도 못 하는 고약한 고집쟁이거든. 그건 그렇고, 이 경우에 딱 어울리는 속담 네 개가 떠올랐다고 했는데, 그게 어떤 것들인지는 알고 싶구먼. 나는 기억력이 좋은 편인데 아무리 뒤져도 떠오르는 게 없어서 말이야.」

「이보다 더 좋은 속담이 있겠습니까요?」 산초가 말했다. 「〈절대로 사랑니 두개 사이에 엄지손가락을 넣지 말라〉와 〈우리 집에서 나가라는 말과 내 마누라에게 무슨 볼일이냐는 말에는 대꾸할 말이 없다〉, 그리고 〈항아리가 돌에 부딪치건, 돌이 항아리에 부딪치건 깨지는 건 항아리다〉라는 건데요, 모두가 딱 들어맞지 않습니까요? 아무도 통치자나 상관에

---

257 〈성자〉라는 의미의 스페인어 〈산토santo〉를 자기 이름 산초로 바꾸어 말한 것이다.

게 덤비지 말라는 겁니다요. 사랑니 사이로 손가락을 넣는 사람처럼 다치기나 할 테니까 말입니다요. 사랑니가 아니라 어금니이기만 해도 됩니다요. 그리고 통치자가 하는 말에는 대꾸를 하지 말아야 하는 겁니다요. 〈우리 집에서 나가라〉와 〈내 마누라에게 무슨 볼일이냐?〉라는 말에 할 말이 없듯이 말입죠. 항아리와 돌 이야기는 장님도 알 수 있을 겁니다요. 그러니 남의 눈에서 티끌을 보는 자는 자기 눈의 대들보를 볼 필요가 있습니다요. 〈죽음의 신이 목 잘려 죽은 여자 보고 놀란다〉라는 말을 듣지 않도록 하기 위해서 말씀입니다요. 그리고 나리께서도 잘 아시다시피, 〈자기 집 바보가 남의 집 멀쩡한 사람보다 자기 집을 더 잘 안다〉라는 말도 있잖습니까요.」

「그건 아닐세, 산초.」 돈키호테가 대답했다. 「바보는 자기 집에 있건 남의 집에 있건 아무것도 모르네. 바보라는 기초 위에는 그 어떤 튼튼한 건물도 세울 수가 없기 때문이지. 이 이야기는 여기서 그만두기로 하세, 산초. 자네가 제대로 섬을 통치하지 못하면 그 잘못은 자네에게 있지만 수치를 느끼는 건 내가 될 걸세. 하지만 나는 자네에게 충고해야 할 바를 가능한 한 진실로 성의를 다해 했다는 것으로 위안을 삼겠네. 그러니 이것으로 내 의무와 약속은 다했네. 하느님이 자네를 인도하시기를 바라네, 산초. 그리고 자네의 통치에 하느님께서 함께하셔서 자네가 섬을 몽땅 뒤집어엎지나 않을까 하는 걱정에서 나를 건져내 주시기 바라네. 만일 잘못되면 나는 자네가 어떤 사람인지 공작에게 털어놓음으로써 변명을 할 수도 있겠지. 자네의 그 비곗살과 자그마한 키는 다름 아닌 속담과 간사함이 가득 든 자루라고 하면서 말일세.」

「나리.」 산초가 대답했다. 「나리께서 보시기에 저라는 인간이 이 통치직에 영 맞지 않는 것 같으면요, 저는 지금부터 여기서 손을 떼겠습니다요. 전 제 몸 전체보다 손톱의 때만 할지언정 제 영혼을 더 사랑하니까요.

524

통치자가 메추리와 포도를 통째로 먹으며 살듯 저는 오직 빵과 양파만으로 살아 갈 겁니다요. 게다가 어떤 사람이든 잠자는 동안에는 모두가 똑같습니다요. 높은 양반이나 아랫것이나 가난한 사람이나 부자나 말입니다요. 그리고 나리께서 생각해 보시면, 제가 이 통치 일에 관심을 갖도록 만든 분은 오직 나리뿐이었다는 것을 아실 겁니다요. 전 섬을 통치하는 일에 대해 독수리보다도 모르거든요. 제가 통치자가 되어 악마에게 끌려갈 것 같으면, 통치자로 지옥에 가느니 차라리 산초로 하늘나라에 가는 게 전 더 좋습니다요.」

　「세상에, 산초.」돈키호테가 말했다. 「자네의 이 마지막 말만으로도 자네는 1천 개의 섬을 다스릴 수 있는 통치자가 될 만하네. 참으로 착한 천성을 갖고 있으니 말일세. 이것이 없다면 어떤 학문도 소용이 없네. 자네를 하느님께 맡기게. 그리고 처음 먹은 마음을 잊지 않도록 하게. 무슨 말이냐 하면, 자네에게 일어날 모든 일들을 제대로 해결해 나가겠다는 뜻과 신념을 늘 확고히 지니고 있으라는 것이네. 하늘은 항상 착한 소원을 도와주시기 때문이라네. 자, 이제 식사를 하러 가세. 벌써 어르신들께서 우리를 기다리고 계실 것 같군.」

44

산초 판사를
어떻게 섬으로 데려갔는지와
성에서 돈키호테에게 일어난
이상한 모험에 대하여

　진실만을 기록한 이 이야기의 원본에서 이번 장에 이르렀을 때, 시데 아메테는 번역자가 자기가 쓴 그대로 이야기를 옮겨 놓지 않았다고 말하고 있다. 그건 자기 자신에 대한 이 무어인의 불평 같은 것으로 볼 수 있다. 스스로 이 돈키호테 이야기처럼 너무 건조하고 제한된 이야기에 손을 대는 바람에, 자기가 보기에 더 진지하거나 재미있는 다른 여담이나 일화들에는 감히 손을 뻗치지 못하고 늘 돈키호테와 산초에 대해서만 이야기해야 했으니 말이다. 작가는 생각이나 손이나 펜이나 모두 언제나 한 가지 주제에만 집중되어 있고, 얼마 안 되는 인물들의 입을 통해서만 이야기를 한다는 게 정말이지 견디기 어려운 노동이었다고 말한다. 그 노동의 결과가 작가에게 좋은 것도 아니었다. 그래서 이런 불합리한 점을 피하기 위해 작가는 이 이야기의 전편에서는 줄거리와 동떨어져 독립적인 〈당치 않은 호기심〉이나 〈포로가 된 대위〉와 같은 단편 소설들을 끼워 넣는 기교를 부렸다. 물론 전편에서 이야기되고 있는 그 이외의 단편 소설들은 돈키호테 자신에게 일어난 일들이기에 쓰지 않을 수가 없었다. 또한 작가는 ─ 그 자신이 그렇게 쓰고 있는데 ─ 돈키호테의 무훈들에만 관심을 가지는 많은 독자들은 삽입된 단편 소설에는 흥미를 못 느끼고 빨리 무훈 이야기를 읽고 싶어 하거나, 혹은 단편 이야기들에 짜증이 나서 그 속에 들어 있는 멋이나 기교는 눈여겨보지도 않고 그냥 지나칠 수 있다고 생각했다. 그런 멋과 기교가 돈키호테의 미친 짓이나 산초의 아둔함에 기대지 않고 그것만으로 독립적으로 출판되었다면 훨씬 더 잘 드러났을 것이라고도 말했다. 그래서 이 속편에서는 독립된 이야기나 본줄거리에 곁다리로 붙는 이야기를 끼워 넣을 생각이 없었다. 진실이 제공하는 바로 그러한 사건에서 탄생된 것으로 보일 법한 이야기들은 생략하지 않았지만, 그나마도 그것을 전하는 데 충분한 단 몇 마디로 제한해서 쓰고 있다. 작가는 우주 전체를 다룰 수 있을 만한 재주와 능력과 이해력을 가지고 있으면서도 이야기라는 좁은 한계 속에 갇힌 채 스스로를 자제하고 있으니, 자기의 노고를 무시하지 말고 자기가 쓴 것에 대해서가 아니라 자기가 쓰지 않으려 한 것에 대해 칭찬해 주기를 바라고 있다.

　그렇게 그는 자기의 이야기를 계속 이어 간다. 산초에게 충고를 해주던 날, 돈키호테는 오후 식사를 끝내는 즉시 산초에게 종이에 쓴 것을 주었다. 그것을 읽어 줄 사람을 찾으라면서 말이다. 그런데 산초가 받자마자 종이를 떨어뜨리는 바람에 그것이 공작의 손에 들어가게 되었다. 공작은 이를 자기 부인에게 알렸고, 두 사람은 새삼 돈키호테의 기지와 광기에 놀랐다. 공작 부부는 자기들의 장난을 계속해 보고자 그날 오후 산초에게 많은 수행원을 붙여 그에게는 섬이어야 하는 곳으로 보냈다.

　산초를 책임지는 자로 공작의 집사가 낙점을 받았는데, 그는 사리 분별에 뛰어나며 아주 재미있는 사람이었다. 하기야 사리가 없는 곳에 재미가 있을 리가 없지만 말이다. 그는 트리팔디 백작 부인의 역할을 한 사람으로, 앞에서 보았듯이 그 일을 멋지게 해냈다. 그 사람 자체가 그런 인물인 데다가 산초를 어떻게 대해야 하는지 주인들한테서 가르침까지 받았으니 훌륭하게 자기 일을 완수했던 것이다. 그런데 산초가 이 집사를 보자마자 트리팔디의 얼굴이 떠올라서 자기 주인을 돌아보며 이렇게 말했다는 것이 아닌가.

「나리, 악마가 지금 이곳에서 당장 저를 데려가거나, 아니면 나리께서 여기 있는 공작님 집사의 얼굴이 〈슬픔에 잠긴 과부 시녀〉의 얼굴과 똑같다는 것을 제게 고백하셔야 합니다요.」

돈키호테는 집사의 얼굴을 주의 깊게 찬찬히 들여다보고 나서는 산초에게 말했다.

「악마가 자네를 데려갈 이유는 없네. 그것도 지금 당장 말이야. 자네가 무슨 생각으로 그런 말을 하는지 모르겠다만, 이 집사의 얼굴이 〈슬픔에 잠긴 과부 시녀〉의 얼굴과 같다고 집사가 〈슬픔에 잠긴 과부 시녀〉일 리는 없지 않은가. 만일 같은 사람이라면 너무나 엄청난 모순이 될 것이야. 지금은 이런 걸 조사하고 있을 때가 아니네. 그러다간 얽히고설킨 미로 속으로 들어가게 될 테니 말이야. 나를 믿게, 친구. 그보다는 오히려 우리의 주님에게 우리 두 사람을 고약한 요술사와 마술사들로부터 해방시켜 달라고 진심으로 기도드려야 하네.」

「나리, 장난이 아닙니다요.」 산초가 대꾸했다. 「좀 전에요, 저 사람이 말하는 걸 들었는데요, 바로 트리팔디의 목소리가 제 귀에 울리는 것 같았다니까요. 지금은 입을 다물겠지만요, 앞으로는 주의하며 다닐 겁니다요. 제 의심을 없애 주거나 확인시켜 줄 다른 증거를 발견하기 위해서 말입니다요.」

「그렇게 하게, 산초.」 돈키호테는 말했다. 「그리고 이 문제와 관련하여 발견되는 것은 무엇이든 내게 알려 주고, 통치를 하다가 생기는 일도 모두 알려 주기를 바라네.」

마침내 산초는 많은 사람들을 데리고 출발했으니, 그는 변호사처럼 옷을 입고 있었다. 위에는 물결무늬의 낙타 가죽으로 만든 품이 넓은 외투를 걸쳤고 같은 감으로 된 두건을 썼다. 등자를 짧게 하여 노새를 탔고, 그 뒤에는 공작의 명령으로 그의 잿빛이 비단으로 된 번쩍거리는 마구와 나귀 장식품으로 치장하고 따라갔다. 산초는 이따금씩 고개를 돌려 자기 당나귀를 바라보았는데, 당나귀가 함께 가는 것이 어찌나 좋은지 독일 황제 자리를 준대도 이 당나귀하고는 바꾸고 싶지 않을 정도였다.

작별할 때 그는 공작 부부의 손에 입을 맞추었고, 자기 주인에게는 축복을 받았다. 주인이 눈물을 흘리면서 축복해 주자, 산초는 울먹이며 그 축복을 받았다.

사랑하는 독자여, 착한 산초는 편안하고도 무사하게 자기 갈 길을 가도록 내버려 두시고, 그가 자기 지위에서 어떻게 처신했는지를 아셨을 때 독자께서 일어나게 될 2파네가의 웃음을 기대하시기 바랍니다. 그러는 동안 일단 그날 밤 그의 주인에게 일어난 일에 주의를 기울이시지요. 이 사건으로 크게 웃지 않는다 해도 적어도 원숭이 웃음처럼 입술을 쭉 늘이게는 될 것이니 말입니다. 돈키호테에게 일어난 사건은 감탄이 아니면 웃음으로써 기려야 할 성질의 것이기 때문이지요.

이야기에 따르면, 산초가 출발하자마자 돈키호테는 그를 무척이나 그리워했다고 한다. 만일 할 수만 있었다면 산초의 임무를 취소하여 그의 통치직을 박탈했을지도 모른다. 공작 부인은 그가 우울해하고 있다는 것을 알고는 왜 그리 슬퍼하는지 물었다. 산초가 없어서 그런 것이라면, 자기 집에는 그의 마음을 아주 흡족하게 해줄 수 있는 종자며 시녀며 하녀들이 있다면서 말이다.

「사실 부인……」 돈키호테가 대답했다. 「제가 슬픈 건 산초가 없어서이기도 하지만 그게 주된 원인은 아닙니다. 부인께서 제게 베푸시는 숱한 제의들 중에서 저는 단지 호의만을 고맙게 받겠습니다. 다른 것들에 대해서는, 부인께 간청합니다만 내 방에서 나의 시중을 드는 자는 오직 나 혼자만으로 해주시기를 동의하시고 허락해 주시기를 바랍니다.」

「돈키호테 나리, 그러시면 안 돼요. 꽃처럼 아름다운 내 몸종들 가운데 네 명을 골라 기사님을 시중들게 할 건데요.」

「나에게 있어서 그 몸종들은 꽃이 아니라 내 영혼을 찔러 대는 가시와 같을 것입니다. 그 몸종들이 내 방에 들어온다면 — 결코 그럴 수는 없겠지만 — 나는 날아가 버리겠습니다. 부인께서 앞으로도 나에게 과분한 은혜를 내려 주실 생각이시라면 내 방식대로 그녀들을 다루도록 내버려 두시고, 내가 내 방에서 나 스스로를 시중들도록 하여 주십시오. 나의 욕망과 정결 사이에 성벽을 쌓고자 하는 것입니다. 부인께서 내게 보여 주시기를 바라는 관용을 믿고 이 습관을 잃지 않으려 합니다. 결론적으로, 누가 되었든 내 옷을 벗기는 일에 동의하느니 차라리 옷을 입은 채로 자겠다는 말씀입니다.」

「그만, 그만하세요, 돈키호테 나리.」 공작 부인이 말했다. 「나리의 방에 몸종은 물론이고 파리 한 마리도 들어가지 못하도록 명령하겠다고 약속드리지요. 나는 나 때문에 돈키호테 나리의 품위가 떨어지는 걸 가만히 보고만 있을 그런 여자가 아니에요. 나리의 많은 미덕들 가운데 무엇보다도 정결이 가장 훌륭하다고 전 생각하니 말예요. 나리 혼자, 나리가 좋아하는 방식대로 옷을 벗고 싶을 때 벗고 입고 싶을 때 입으세요. 그걸 말릴 사람은 없을 테니까요. 그럼 문을 닫고 주무시는 데 꼭 필요한 것들이라도 방에 갖다 놓도록 하겠어요. 그 어떤 자연의 욕구로 인해 문을 열지 않으면 안 되는 일이 없도록 말예요. 위대한 둘시네아 델 토보소 공주가 오래오래 사셔서 그분의 이름이 온 땅덩어리로 퍼져 나가기를 바라요. 이토록 용감하시고 이토록 정결하신 기사의 사랑을 받는 분이시니까요. 그리고 인자하신 하늘이 우리의 통치자이신 산초 판사의 가슴속에 그 채찍질을 빨리 끝내고자 하는 마음을 불러일으켜 주시기를 바라요. 세상이 그토록 위대하신 공주의 아름다움을 다시 즐길 수 있도록 말예요.」

이 말에 돈키호테가 대답했다.

「높으신 부인께서는 높으신 분답게 말씀을 하셨습니다. 물론 훌륭한 부인의 입에서 나쁜 말이 나올 까닭은 없지만 말입니다. 위대한 부인께서 둘시네아 공주를 칭송해 주셨으니, 세상에 있는 가장 훌륭한 웅변가들이 그분에게 줄 수 있는 그 모든 칭송들로 인한 것보다 그녀는 더 많은 복을 받고 더 많이 알려질 것입니다.」

「그건 그렇고 돈키호테 나리, 저녁 먹을 시간이 됐네요. 공작께서 분명 기다리고 계실 거예요. 가서 저녁을 드시지요. 그리고 일찍 잠자리에 드시도록 하세요. 어제 하신 칸다야의 여행이 결코 짧은 게 아니라 다소 피곤하실 테니 말예요.」

「전혀 피곤하지 않습니다, 부인. 맹세코 내 평생 클라빌레뇨보다 편안하고 요동이 적은 걸음으로 걷는 짐승을 타본 적이 없음을 부인께 감히 말씀드립니다. 그래서 내가 이해할 수 없는 건, 무엇이 말람브루노의 마음을 움직였기에 그토록 빠르고 점잖은 말을 생각도 없이 태워 없애 버렸는가 하는 겁니다.」

「그 일은 이렇게도 생각할 수 있어요.」 공작 부인이 대답했다. 「요술쟁이나 마법사로서 저질렀음이 틀림없는 죄악들, 그리고 트리팔디와 그 동료들과 다른 사람들에게 가한 악행들을 뉘우쳐 그런 나쁜 일에 사용한 도구들을 모두 끝장내기를 원했던 거라고요. 그리하여 그중에서도 특히 중요했던 것이자, 이 땅 저 땅 돌아다니면서 자기를 가만히 있지 못하게 했던 클라빌레뇨를 태워 버렸던 게 아닐까 하는데요. 그 말이 타고 남은 재와 전리품인 양피지에 쓴 글로 위대한 돈키호테 데 라만차의 용기는 영원히 남게 되었고요.」

돈키호테는 다시금 공작 부인에게 고마움을 표했다. 그리고 저녁 식사를 마치자마자 혼자서 방으로 물러갔으니, 어느 누구도 자기 시중을 들기 위해 들어오는 것을 용납하지 않았다. 그만큼 그는 자기의 귀부인 둘시네아를 위해 지키고 있던 정결함의 덕성을 잃거나 그럴 기회를 가지게 될까 두려워하며, 늘 편력 기사들의 정수이자 거울인 아마디스의 훌륭한 몸가짐을 떠올렸던 것이다. 그런데 자기 방에 들어가서 문을 닫고 촛불 두 자루 불빛에 옷을 벗은 다음 신발을 벗으려는 순간, 오 그런 인물에게 도저히 어울리지 않는 이 불운이라니! 그에게서 드러난 것은 그의 깨끗한 품위를 떨어뜨릴 만한 한숨도, 그 다른 어떤 것도 아닌, 스물네 군데나 터져 그물을 댄 창문처럼 되어 있었던 한쪽 양말이었다. 그 착한 나리는 극도의 비탄에 잠겨 당장 아주 조금만이라도 초록 비단을 가질 수만 있다면 은 1온스라도 주고 싶은 심정이었다. 초록 비단이라고 한 것은 양말이 초록색이었기 때문이다.

여기서 작가인 베넹헬리는 탄성을 지르며 이렇게 적어 말한다. 〈오, 가난이여, 가난이여! 저 위대한 코르도바 시인[258]은 무슨 이유로 너를 ─

  배은망덕한 성스러운 선물이여!

라고 부르게 되었는지! 나는 비록 무어인이지만 기독교인들과 교제하였기에, 성스러움은 자비와 겸허함과 믿음과 복종, 그리고 가난에 있음을 잘 알고 있다. 하지만 가난한데도 만족하며 살 수 있는 사람은 하느님으로부터 많은 것을 받은 사람임이 틀림없으리라. 만일 기독교 최대의

---

258 후안 데 메나Juan De Mena(1411~1456)를 가리킨다. 이어지는 인용구는 그의 시 「운명의 미로」 227연에 나오는 내용.

성자들 중 한 사람이 이야기한 〈세상과 거래를 하는 사람은 세상과 거래를 하지 않는 사람처럼 살아야 합니다〉[259]와 같은 방식의 가난이 아니라면 말이다. 그러한 가난을 사람들은 영혼의 가난함이라고들 하니까 말이지. 그러나 제2의 가난함인 너는 — 이것이 바로 내가 말하고자 하는 것인데 — 왜 다른 사람도 아니고 하필 이달고나 태생이 훌륭한 사람들을 박살 내려고 하느냐? 너는 왜 그들로 하여금 신발에 그을음을 칠하게 하고,[260] 그들의 옷 단추를 어떤 자는 비단으로, 어떤 자는 뻣뻣한 털로, 또 어떤 자는 유리로 된 것을 달게 하는가? 무슨 이유로 그들의 목깃은 풀을 먹여 목에 딱 들어맞지 않고 그 대부분이 늘 상추처럼 우글쭈글해야만 하느냐?〉이것으로 보건대 목깃에 풀을 먹여 뻣뻣이 세우는 풍습이 오래된 것임을 알 수 있을 것이다. 그리고 계속해서 작가는 이렇게 말한다. 〈태생은 훌륭하나 아무도 모르게 형편없는 식사를 하고, 이빨을 쑤실 만한 것을 먹지도 않았는데 이쑤시개를 물고 길로 나가는 위선을 부리면서 체면을 먹여 살리기에 급급한 자들의 비참함이여! 수선된 구두나 모자에 찌든 땀이나 망토의 풀린 실이나 배 속의 배고픔이 1레과 떨어진 곳에서도 들킬까 봐 주눅 들기 십상인, 그런 체면을 지키고 있는 불쌍한 자여!〉

이 모든 것들이 구멍이 숭숭 나 있는 자기 양말을 본 돈키호테의 머리에 떠올랐다. 하지만 산초가 남겨 두고 간 장화에 생각이 미쳐 다음 날 그것을 신을 마음을 먹자 조금은 위안이 되었다. 결국 그는 괴로운 심정으로 잠자리에 들었으니, 산초가 없다는 사실만큼이나 자기 양말이 다른 색 천으로라도 구멍을 막을 수 없을 만큼 망가졌다는 불행이 그를 그렇게

---

259 「고린토인들에게 보낸 첫째 편지」 7장 31절.
260 옛날에는 등불이나 램프에 낀 그을음을 모아 구두에 광을 내는 구두약으로 만들었는데, 가난한 자들은 자신의 신발이 낡을 것을 감추기 위해 이것으로 검게 칠했다.

만들었다. 이것은 한 이달고가 지지리도 궁핍한 생활에서 드러낼 수 있는 가장 큰 궁상들 가운데 하나이다. 그는 촛불을 껐지만 더워서 잘 수가 없어 침상에서 일어나 아름다운 정원 쪽으로 난 철창문을 조금 열었다. 그러자 정원에서 누군가 거니는 기척이 나더니 말소리가 들려왔다. 가만히 귀를 기울이자 아래에서 나는 목소리가 높아지면서 돈키호테는 이런 말을 들을 수 있었다.

「오, 에메렌시아! 나더러 노래하라고 자꾸 그러지 마. 그 타지분이 이 성에 오시고 내 눈이 그분을 본 이후로 노래는커녕 울 수밖에 없다는 걸 너도 잘 알면서 그러는구나. 더군다나 마님은 깊게 주무시지 않고 오히려 얕은 잠에 드시거든. 세상에 있는 보화를 다 준다고 해도 우리가 여기 있는 걸 마님께 들키고 싶지 않아. 게다가 마님께서 잠에서 깨지 않으신다 할지라도, 이 새로운 아이네이아스[261]께서 주무시느라 노래를 들어 주시지 않는다면 내 노래는 아무 소용이 없게 되잖아. 그러면 그분은 나를 조롱하기 위해 내가 있는 이곳으로 오신 것밖에 안 되는 거지.」

「그런 생각은 하지 마, 내 친구 알티시도라.」 대답이 들렸다. 「마님과 이 집에 있는 사람들은 틀림없이 모두 자고 있을 거야. 네 마음을 사로잡고 네 영혼을 깨우는 그분만 빼고 말이야. 방금 내가 느낀 건데, 그분이 계시는 방의 철창문이 열리는 것 같았거든. 깨어 있으신 게 분명해. 그러니 불쌍한 이 친구야, 노래해. 네 하프에 맞춰 낮은 소리로 부드럽게 말이야. 만일 마님께서 우리가 여기 있는 걸 눈치채셨을 때에는 날이 더워서 나와 있었다고 변명하면 돼.」

「문제는 그게 아니야, 오 에메렌시아!」 알티시도라가 대답했다. 「노래

---

261 베르길리우스의 「아이네이스」 제4장에서 결국 디도를 버리고 떠난 아이네이아스를 빗대어 한 말이다.

하다가 내 마음이 그대로 들통 날까 봐 그래. 그리고 사랑의 막강한 힘을 모르는 사람들이 이런 날 경박하고 제멋대로인 여자로 보는 것도 싫고 말이야. 하지만 어찌 되었든 마음에 쌓이는 흠보다는 얼굴에 나타나는 부끄러움이 더 낫다고 하니, 해볼게.」

그러더니 아주 부드럽게 하프를 뜯는 소리가 들려왔다. 그 소리를 듣고 돈키호테는 그만 멍해지고 말았다. 순간 이와 유사한 숱한 모험들이 머리에 떠올랐던 것이다. 창문의 철창과 정원, 음악, 사랑의 속삭임과 현기증 등 그 잘난 기사 소설에서 읽었던 모험들 말이다. 그는 공작 부인을 모시는 시녀가 자기를 사랑하게 되었으나 정숙한 여자라서 그 마음을 억지로 숨기고 있다고 생각하게 되었다. 그런 마음에 굴복하게 될까 봐 두려워 절대 넘어가서는 안 된다고 마음속으로 다짐하기도 했다. 그래서 그는 정말 용감하고도 놀라운 의지를 발휘하여, 자기의 귀부인 둘시네아 델 토보소에게 자신을 맡기면서 그 음악을 듣기로 결심했다. 그가 거기 있다는 것을 알리기 위해 일부러 재채기를 하자 시녀들은 적지 않게 기뻐했다. 그녀들은 오직 자기들 말을 돈키호테가 들어 주기만을 바라고 있었던 것이다. 그래서 하프의 줄을 훑어 보고 고른 뒤 알티시도라는 다음과 같은 로만세를 부르기 시작했다.

오, 그대여,
네덜란드[262]의 이불을 덮고
두 다리 쭉 뻗고 밤부터 아침까지
그대의 침대에서 잠자고 있는 그대여,

---

262 최상품 모직을 생산하는 곳으로 알려져 있었다.

라만차가 낳은
가장 용감한 기사여,
아라비아의 순금보다 더
정결하시고 더 축복받으신 분이여!

잘 자라서는 박복해진
이 슬픈 소녀의 말을 들으소서,
그대 태양 같은 두 눈동자의 불빛에
내 영혼이 불타고 있음을 느낀다오.

그대는 그대 모험 찾으러 다니시다가
남의 불행 발견하시니,
상처를 주시고,
처방은 거절하시지요.

말해 주소서, 하느님께서 그 열망을
이루어 주시고자 하는 용감한 젊은이여,
그대 리비아에서 자랐는지
아니면 하카[263]의 산에서 태어났는지.

뱀들이 그대에게 젖을 주었는지,
운 좋게도 그대를 키운 유모들은
거친 밀림이었는지,

---

263 Jaca. 아라곤 자치 지역에 있는 도시.

무서운 산이었는지 말이오.

뚱뚱하고 건강한
둘시네아는 호랑이이자
용감한 맹수를 굴복시킨 것에
크게 우쭐할 만하리라.

이로 인해 그녀는
에나레스에서 하라마 강까지,
타호 강에서 만사나레스 강까지,
피수에르가에서 아를란사까지 유명해지리라.

그 여자와 나를 바꿀 수만 있다면,
내가 가진 색색의
스커트를 그녀에게 보내어
금으로 옷을 장식하게 할 것을.
오, 누가 그대 팔에 안길까,
아니면 그대의 침상 곁에서
그대 머리를 긁어
비듬을 깨끗하게 없애 줄까!

내가 바라는 게 너무 많아,
난 그런 큰 은혜를 받을 가치가 없으니,
그대 발이나 안마할 수 있다면
천한 이 몸 더 바랄 게 없도다.

오, 어떤 머리그물 그대에게 드릴까,
은으로 된 어떤 실내화 드릴까,
금은으로 수놓은 어떤 비단 바지 드릴까,
어떤 네덜란드 망토 드릴까!

곱고 고운 진주를 보낼까,
하나하나가 식물의 줄기 마디 같고,
이에 비할 게 없기에
〈외톨이〉[264]라고들 부르는 그 진주를!

그대는 그대의 타르페야[265]에서
나를 불사르는 이 불 보지 마시오,
세상에 살고 있는 만차의 네로여,
그대의 분노로 그 불 부채질하지 마시오.

저는 어리고 여린 소녀,
열다섯도 채 안 된
열넷하고 석 달 나이,
하느님과 내 영혼에 걸고 맹세하지요.

난 골반에 문제 있는 절름발이도 아니고 절지도 않으며

---

264 스페인 왕실이 갖고 있던 진주로, 그 진주와 비길 만한 진주는 없다 하여 〈고아〉 또는
〈외톨이〉로 불렸다.
265 Tarpeya. 로마 카피톨리오에 있는 바위. 로만세에 의하면 네로가 이곳에서 로마가 불타
는 것을 바라보았다고 한다.

538

외팔이하고도 전혀 관계가 없답니다.
백합 같은 내 머리카락
일어서면 바닥에 끌린답니다.

비록 내 입은 독수리 같고
내 코는 약간 납작하나
내 이빨은 황옥 같으니
내 아름다움은 하늘을 찬양한답니다.

내 목소리 듣고 계신다면 아시겠지만
더없이 달콤한 목소리와 견줄 만하고
내 몸집은 중간보다
조금 작은 편이지요.

이런 매력과 또 다른 매력들을 보세요.
그대 화살집[266]에 남아 있는 것들이랍니다.
나는 이 집의 시녀
내 이름은 알티시도라랍니다.

상처 입은 알티시도라의 노래가 이렇게 끝나자, 구애를 받은 돈키호테의 놀라움이 시작되었다. 그는 크게 한숨을 내쉬면서 혼잣말을 했다.

---

[266] 사랑의 신은 사랑에 빠뜨리는 화살촉과 함께 증오하게 만드는 화살촉도 가지고 다닌다. 사랑에 빠뜨리는 화살을 다 쏘아 사랑에 빠졌으니 그 화살집에는 화살 대신 사랑에 빠진 자가 들어앉아 있게 되었음을 이렇게 표현한 것이다. 시로 미루어 보아 시녀는 아름답지 않다. 돈키호테를 우롱하기 위한 것이니 당연히 그럴 수밖에 없을 것이다.

「나를 보고 사랑에 빠지지 않는 처자가 없으니 난 얼마나 불행한 편력 기사인가! 비교도 할 수 없는 나의 충직함을 혼자서만 향유하도록 내버려 두지 않으니 세상에 둘도 없는 둘시네아 델 토보소는 얼마나 불행한가! 여왕들이여, 그대들은 이 여인에게 무엇을 원하시나요? 황후들이여, 무엇 때문에 그녀를 추적하시나요? 열네 살에서 열다섯 살에 이르는 소녀들이여, 무엇 때문에 그녀를 못살게 구시나요? 그 불쌍한 여인이 혼자 승리하시고, 사랑의 신으로부터 받은 운명을 향유하며, 그것으로 뽐내도록 내버려 두시오, 내버려 두시란 말이오. 사랑의 신이 내 가슴을 그녀에게 바치고 내 영혼을 그녀에게 맡기도록 했으니 말이오. 이보시오, 사랑에 빠진 무리여, 나는 오직 둘시네아만을 위한 밀가루 반죽이자 꽈배기 과자이지, 다른 모든 여성들에게는 단단한 돌 같은 자라는 걸 알아 주시오. 그녀에게 난 벌꿀이지만 그대들에게는 쓰디쓴 알로에라오. 나에게는 오직 둘시네아만이 아름답고 사려 깊으며 순결하고 우아하며 훌륭한 가문의 여성으로, 다른 여성들은 못생기고 미련하고 경박스럽고 아주 천한 가문의 것들이라오. 자연은 다른 여성의 것이 아닌, 그녀의 것이 되라고 나를 세상으로 보냈다오. 우시든 노래하시든 마음대로 하세요, 알티시도라. 마다마[267]는 절망하시라. 마법에 걸린 무어인의 성에서 그 여인 때문에 사람들은 나를 두들겨 팼으나, 삶든지 굽든지, 나는 지상의 모든 마법의 힘에도 불구하고 깨끗하고도 교양 있게 절조를 지키며 오직 둘시네아의 것이 되어야 한다오.」

이렇게 말한 다음 돈키호테는 창문을 쾅 하고 닫아 버리고서 마치 무슨 커다란 불행이라도 일어난 듯 서럽고도 고통스러운 심정으로 잠자리

---

267 Madama. 전편 제16장에 나오는 객줏집의 하녀 마리토르네스를 가리킨다. 돈키호테는 익살맞게 〈마다마〉라고 했는데, 이는 〈마담〉, 즉 부인이라는 뜻이다.

에 누웠다. 우리는 일단 여기서 그를 놓아두기로 하자. 위대한 산초 판사가 통치를 시작하고자 우리를 부르고 있으니 말이다.

「통치자 산초 나리, 오랫동안 지켜 오던 관습으로, 이 유명한 섬에 취임하러 오시는 분은 의무적으로 주어지는 한 가지 질문에 대답하셔야 합니다.」

「내가 할 수 있는 한 최선을 다해 이 상처 입은 여인을 위로해 드리고 싶습니다.
사랑의 원칙에 따르면, 불가능한 사랑은 빨리 깨면 깰수록 좋은 처방이 되지요.」

산초가 한 입 먹는 그 즉시 가느다란 회초리를 들고 있던 남자가 그것으로 접시를 건드렸고,
그러자 눈 깜빡할 사이에 접시가 산초 앞에서 치워졌다.

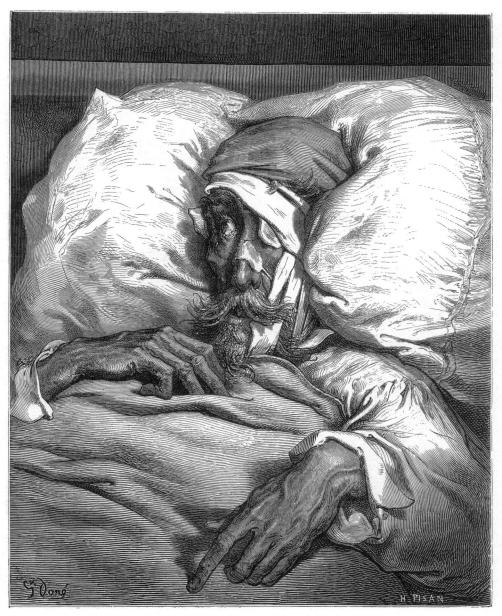

형편없이 얼굴에 부상을 입고 만 돈키호테는 붕대를 감은 채 아주 슬프고도 우울하게 지내고 있었으니,
편력 기사로 지내다 보면 이러한 불행도 따르기 마련이다.

「유령인지 뭔지는 모르겠으나 네게 부탁건대, 네가 누군지를 말하라.
그리고 나한테서 원하는 게 뭔지도 말하라. 네가 만일 형벌에 처해진 영혼이라면 내게 말하라.」

「통치자 나리, 판자보다는 두려움 때문에 나리께서 걸음을 떼지 못하시는 것 같네요.

그러지 말고, 자 서두르세요, 늦었습니다. 적들은 계속 불어나고 함성도 높아지니 위험이 커졌습니다.」

「이리로 오렴, 나의 동료이자 친구이며 나와 고생과 가난을 같이해 온 잿빛아.
너와 마음을 나누며 보낸 나의 시간들과 나의 나날들과 나의 해들은 행복했었지.」

「어휴! 이 비참한 세상에 살고 있는 사람들에게는 어쩌면 이렇게 생각지도 않던 일들이 일어나는지!
아이고 내 팔자야! 내 미련함과 환상이 어찌 이렇게까지 됐단 말인가!」

환대와 즐거움에 갇힌 채 살아가는 것을 큰 과오로 여기고 그런 생활에 대해 하늘에 엄격하게
보고하지 않으면 안 될 것 같았던 돈키호테는, 드디어 공작 부부에게 떠나도록 허락해 달라고 부탁했다.

「아가씨들, 이 그물들은 적은 공간만을 차지하고 있으나, 만일 이것이 땅덩어리 전체를 차지하고 있었다면
나는 그것을 찢지 않고 통과할 수 있는 새로운 세상을 찾았을 겁니다.」

돈키호테가 길을 비켜 줄 겨를도 없이 소 떼와 소몰이꾼들과 그 밖의 사람들이
돈키호테와 산초와 로시난테와 잿빛 위로 지나가는 바람에 모두가 땅에 넘어져 바닥을 데굴데굴 굴렀다.

「먹게, 산초, 목숨을 부지하게. 그리고 나는 빠져나올 수 없는 생각과 막강한 불행으로 죽게 내버려 두게.
나는 살다가 죽으려고 태어났고, 자네는 먹다가 죽으려고 태어났지.」

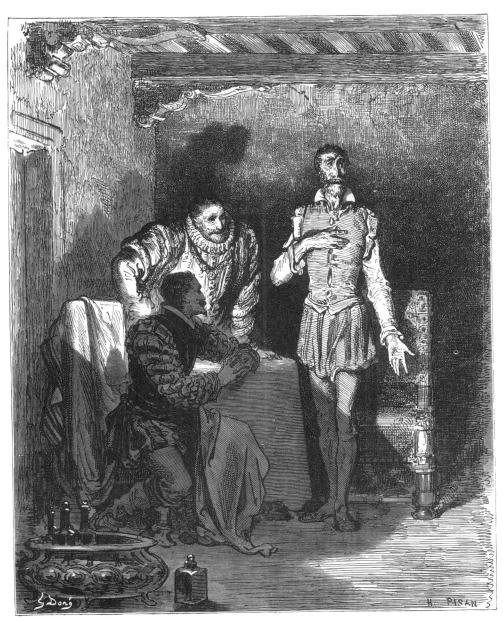

「둘시네아는 완전무결하며, 나의 사랑하는 마음은 그 어느 때보다도 확실하오.
하지만 우리의 관계는 예나 다름없이 건조하다오.」

45

위대한 산초 판사가
어떻게 섬에 취임했는지와
어떻게 통치를 시작했는지에 대하여

오! 지구 양극의 대치점을 영원히 밝혀 주는 자여, 세상의 햇불이여, 하늘의 눈이여, 물통을 달콤하게 다루는 자여, 여기서는 팀브리오, 저기서는 페보, 여기서는 활 쏘는 자, 저기서는 의사, 시의 아버지, 음악의 창시자인 그대는 언제나 솟아오르며, 지는 것 같아 보이지만 결코 지는 법이 없도다![268] 나 그대에게 말하노니, 오 태양이여, 그대의 도움으로 인간은 인간을 낳는 게 아니던가![269] 나 그대에게 말하노니, 나에게 은혜를 베풀고 내 기지의 어둠을 밝혀 위대한 산초 판사의 통치를 이야기하는 데 있어 세세하게 서술할 수 있도록 해주오. 나는 소심하고 의기소침하여 그대 없이 어찌할 바를 모르니 말이오.

---

268 시의 신을 향한 기도가 재미있게 표현되고 있다. 여기서 시의 신은 태양의 신이자 예술의 신인 아폴론으로, 나열된 이름들 모두 그의 별명이다. 〈활 쏘는 자〉는 니오베 여왕이 신을 모독하자 이에 화가 난 아폴론이 그녀의 일곱 아들을 화살로 죽여서 나온 이름이고 〈의사〉, 〈음악〉, 〈시〉 등은 그가 이 모든 것의 창시자이기 때문이다. 또한 그는 열기를 식히기 위하여 눈으로 된 통에 물을 가득 담아 묻기도 하고 옮기기도 했다고 한다.
269 아리스토텔레스의 『자연학』 제2권 제2장에 나오는 내용으로, 태양은 우주의 아버지로서 만물의 탄생을 가능하게 한다는 이야기이다.

그러니까 본론으로 들어가면, 산초는 그 모든 수행원들과 함께 인구가 1천 명에 이르는, 공작의 영지 중에서도 가장 훌륭한 마을에 도착했다. 사람들은 그 섬을 〈바라타리아〉[270]라고 부른다고 일러 주었는데, 이는 그 마을 이름이 정말 바라타리아였거나 아니면 개평을 떼듯 그곳 통치를 얻었다는 의미였으리라. 성벽으로 둘러싸인 마을의 입구에 이르자 마을 관리들이 그를 맞이하러 나왔다. 종소리가 울렸고, 마을 사람들은 너 나 할 것 없이 모두가 기뻐하는 표정이었다. 그들은 성대한 행렬을 이루어 산초를 마을 성당으로 모시고 갔다. 그곳에서 신에게 감사를 드리고 나서 우스꽝스러운 몇 가지 의식을 행한 후 마을 열쇠를 산초에게 전달함으로써 바라타리아 섬의 영원한 통치자로 그를 인정했다.

새로 부임한 통치자의 복장이며 수염, 뚱뚱한 몸집과 작은 키가 이 이야기의 내막을 모르는 사람들에게는 놀라움의 대상이었다. 물론 내막을 잘 알고 있는 많은 사람들에게도 역시 놀라움의 대상이었지만 말이다. 드디어 사람들은 그를 성당에서 데리고 나와 판관의 자리로 안내하여 그곳에 앉혔고, 그러자 공작의 집사가 말했다.

「통치자 나리, 오랫동안 지켜 오던 관습으로, 이 유명한 섬에 취임하러 오시는 분은 의무적으로 주어지는 한 가지 질문에 대답하셔야 합니다. 비록 복잡하고 어려운 질문이라 할지라도 말입니다. 그 대답을 통해 마을 사람들은 새로 부임한 통치자의 지혜를 가늠해 보고, 그로써 그분의 부임을 기뻐하거나 슬퍼하거나 한답니다.」

집사가 이런 말을 하는 동안 산초는 자기가 앉은 의자 정면 벽에 잔뜩 쓰여 있는 큰 글자를 바라보고 있었는데, 읽을 줄을 몰랐기 때문에 저 벽

---

270 Barataria. 스페인어로 〈바라타*barata*〉는 〈값싸다〉라는 뜻이며, 〈~리아*ria*〉는 장소를 만들 때 붙이는 접미사이다.

에 그려져 있는 게 대체 무엇인지 집사에게 물었다. 그에게 주어진 대답
은 이러했다.

「나리, 저기에는 나리께서 이 섬에 취임하신 날이 적혀 있으며, 내용은
〈오늘, 모년 모월 모일에, 돈 산초 판사 나리께서 이 섬에 취임하셨으니,
부디 오래오래 이 섬을 향유하시기를〉이라고 되어 있습니다.」

「그런데 누구를 가리켜 돈 산초 판사라고 한 게요?」 산초가 물었다.

「나리시지요.」 집사가 대답했다. 「지금 그 의자에 앉아 계시는 분 말고
다른 판사라는 분은 이 섬에 들어오시지 않았습니다.」

「그럼 이걸 알아 두시오, 형제여.」 산초가 말했다. 「나는 내 이름 앞에
〈돈〉을 갖고 있지 않으며, 우리 가문에 그것을 가졌던 사람도 없소. 그러
니까 내 이름은 그저 산초 판사이고, 우리 아버지도 산초라 불렸으며, 우
리 할아버지도 산초였다는 거요. 모두가 〈돈〉이니 〈도냐〉니 하는 게 붙지
않은 그저 판사였단 말이오. 내가 보기에 이 섬에는 돌멩이보다 〈돈〉이
더 많은 거 같소. 하지만 됐소. 하느님은 나를 이해하시니, 내 통치가 나
흘만 가도 이놈의 〈돈〉을 죄다 뿌리째 뽑아 버릴 수 있을 거요. 너무 많아
모기처럼 짜증 나게 만드니 말이오. 그건 그렇고 집사여, 그 질문이라는
걸 계속하시오. 마을 사람들이 슬퍼하든 말든, 할 수 있는 한 최선을 다해
답을 해드릴 테니 말이오.」

이때 두 명의 남자가 재판정에 들어왔는데 한 사람은 농부 차림이고,
다른 한 사람은 손에 가위를 들고 있는 것으로 보아 재단사 같았다. 재단
사가 말했다.

「통치자 나리, 저와 이 농부는 이런 문제를 따져 주십사 해서 나리 앞에
나왔습니다. 이 알량한 인간이 어제 제 가게에 와서는 ― 여기 계시는 여
러분들의 양해를 구하며 말씀드립니다만 저는 재단사 조합이 주관하는
시험을 통과해서 면허증을 딴 재단사랍니다요. 하느님이시여 축복받으

소서 — 아무튼 이 인간이 옷감 한 조각을 제 손에 내려놓으면서 물었습니다. 〈재단사 양반, 이 천으로 고깔모자 하나는 충분히 만들 수 있겠지요?〉 저는 천을 재보고는 그럴 수 있겠다고 대답했습니다. 그런데 제가 생각하기에 — 결국 이 짐작이 맞았습니다만 — 이 사람이 제가 틀림없이 자기 옷감을 얼마간 슬쩍할 거라고 생각하는 것 같더라는 겁니다. 재단사들에 대해 나쁜 소문이 있는 데다 속임도 워낙 많으니까 말입니다. 이 사람은 제게 말하기를, 그러면 고깔모자 두 개를 만들 감은 되는지 봐달라고 했습니다. 저는 이 사람의 생각을 짐작하고는 그렇게 된다고 대답했지요. 그러자 이 사람은 악랄하게도 처음부터 마음먹었던 의도대로 밀고 나가면서 모자 수를 늘려 나갔고, 제가 그때마다 된다고 했더니 끝내는 다섯 개까지 이르렀답니다. 그래서 지금 모자를 찾으러 온 이 시점에서 다섯 개를 주었더니, 샀은 고사하고 옷감 값을 물어내거나 아니면 옷감을 돌려 달라는 게 아닙니까.」

「이 말이 모두 사실이오?」 산초가 물었다.

「네, 그렇습니다, 나리.」 농부가 말했다. 「하지만 제게 만들어 줬다는 그 다섯 개의 고깔모자를 이 사람더러 내보이라고 해보십시오.」

「기꺼이.」 재단사가 대답했다.

그러고는 즉시 겉옷 안쪽에서 손을 꺼내어 다섯 손가락 끝에 각각 씌운 고깔모자 다섯 개를 보여 주면서 말했다.

「여기 이 알량한 인간이 저한테 주문한 다섯 개의 고깔모자가 있습니다. 그리고 천은 조금도 남지 않았음을 하느님과 제 양심을 걸고 맹세합니다. 저는 검시관들 앞에서도 이 작품을 내놓을 수 있습니다.」

그곳에 있던 사람들은 모두 고깔모자의 수와 그 색다른 분쟁에 웃음을 터뜨렸다. 산초는 잠시 생각해 보더니 말했다.

「내 생각에 이 분쟁은 시간이 걸릴 일이 아니라, 보통 사람의 상식으로

560

도 당장 판단할 수 있는 것이라고 보오. 그래서 내가 판결을 내리니, 재단사는 품삯을 잃고 농부는 옷감을 잃으며 고깔모자는 감옥에 있는 죄수들[271]에게로 가게 하시오. 그리고 더 이상 다투지 마시오.」

　지난번에 있었던 가축 상인의 지갑에 대한 판결[272]이 그 자리에 있었던 사람들에게 감탄을 불러일으켰다면, 이번 판결은 그들의 웃음을 자아냈다. 하지만 결국 통치자의 명령은 그대로 집행되었다. 다음으로 두 노인이 산초 앞에 나왔는데 그중 한 사람은 2미터나 되는 속 빈 작대기를 지팡이 삼아 짚고 있었다. 지팡이가 없는 노인이 먼저 말했다.

　「나리, 저는 얼마 전 좋은 일을 해보고자 하는 뜻에서 이 늙은이에게 금화 10에스쿠도를 빌려 주었습니다. 돌려 달라고 할 때 돌려준다는 조건으로 그랬지요. 그러고 나서는 이 늙은이가 제게 그 돈을 돌려주느라 돈을 빌렸을 때보다 더 곤란한 상황에 처할까 봐 독촉 한 번 없이 많은 날을 보냈습니다. 그런데 보아하니 아예 제게 돈을 돌려줄 생각이 없는 것 같기에 한 번이 아니라 수차례에 걸쳐 갚으라는 말을 했는데, 이 사람은 돈을 돌려주기는커녕 갚기를 거부하면서 제가 자기한테 그런 돈을 빌려 준 적이 없으며, 만일 제가 돈을 빌려 줬다면 자기는 벌써 갚았을 거라고 하는 겁니다. 제게 돈을 빌려 가거나 돌려주는 것을 본 증인은 없습니다. 돈을 갚지 않았으니까요. 나리께서 이 늙은이에게 맹세하도록 시켜 주시기를 바랍니다요. 만일 이 늙은이가 저한테 돈을 돌려줬다고 맹세한다면, 저는 여기서 하느님을 앞에 두고 이 늙은이에게 준 돈을 눈감아 주겠습니다요.」

271 죄수들은 이동할 때 고깔모자를 썼다. 종교 행렬에서도 죄인들은 고깔모자를 쓰고 나왔다.
272 언급된 소송 건은 앞에서 나온 적이 없다. 세르반테스의 건망증이나 착각이 아니면 편집상의 오류로 보인다.

「이자의 이야기에 할 말이 있소이까, 지팡이를 든 선량하신 노인이여?」 산초가 물었다.

이 질문에 그 노인이 말했다.

「나리, 이 늙은이가 저한테 돈을 빌려 주었다고 고백합니다. 그런데 나리, 그 지휘봉 좀 내려 주시지요. 거기에 대고 맹세하려고 하니 말입니다. 이 늙은이가 말하길 내가 맹세하면 눈감아 준다니, 저는 실제로 그 돈을 돌려주어 틀림없이 갚았다고 맹세할 작정입니다.」

통치자가 지휘봉을 내려 주자, 지팡이 노인은 들고 있던 지팡이가 귀찮 았는지 맹세하는 동안 가지고 있으라며 다른 노인에게 넘겨주고 지휘봉 에 있는 십자가에 손을 얹더니, 자기에게 돌려 달라는 그 10에스쿠도를 빌린 것은 사실이지만 분명히 자기 손으로 그 사람 손에 돌려주었는데 그 가 그것을 기억하지 못하고 계속해서 자기에게 돌려 달라고 하고 있다고 말했다. 이모습을 본 위대한 통치자는 그의 맹세에 대해 달리 할 말은 없 는지 채권자에게 물었다. 그러자 채권자는 자기 채무자가 의심할 여지 없 는 진실을 말하고 있는 게 틀림없다고 했다. 자신은 상대방을 선하고 훌 륭한 기독교인으로 알아 왔기 때문이라는 것이었다. 그러면서 자기가 언 제, 어떻게 돈을 돌려받았는지를 까먹은 게 틀림없으니 앞으로는 다시 그 에게 돈을 돌려 달라 하지 않겠노라고 했다. 채무자는 자기의 지팡이를 다시 받아 들더니 고개를 숙이고는 법정에서 나가 버렸다. 그가 그런 모 습으로 급히 나가는 것과, 또한 꾹 참고 있는 원고의 모습을 본 산초는 머리를 가슴 쪽으로 숙이고 오른손 검지를 눈썹과 코 사이에 댄 채 잠시 생각에 잠겨 있다가 곧 고개를 들고는 이미 나가 버린 지팡이 노인을 불 러오라고 명령했다. 관리들이 그를 데리고 돌아오자 산초는 그를 바라보 며 말했다.

「훌륭하신 분이시여, 내가 필요해서 그러니 그 지팡이를 내게 주시오.」

「기꺼이 그렇게 하지요.」 노인이 대답했다. 「여기 있습니다, 나리.」

그러고는 산초의 손에 지팡이를 놓았으니, 산초는 그것을 받아 다른 노인에게 주면서 말했다.

「잘 가시오, 이미 돈은 돌려받았으니 말이오.」

「제가요, 나리?」 그 노인이 대답했다. 「그렇다면 이 작대기에 금화 10에 스쿠도의 가치가 있단 말씀인가요?」

「그렇소.」 통치자가 말했다. 「그렇지 않다면 나는 이 세상에서 제일가는 어리석은 자일 것이오. 이제 다들 알게 될 거요, 왕국을 다스릴 만한 능력이 내게 있는지 없는지 말이오.」

그러고는 모든 사람이 있는 앞에서 그 속 빈 작대기를 부러뜨려 안을 열어 보이라고 명령했다. 시키는 대로 하자 그 작대기 속에 금화 10에스쿠도가 있었다. 사람들은 모두 크게 놀라며 자기네 통치자를 새로운 솔로몬이라고 생각했다.

그들은 산초에게 금화 10에스쿠도가 작대기 속에 있다는 것을 어떻게 알았느냐고 물었다. 그는 대답하기를, 맹세한 노인이 돈을 정말 돌려주었다고 맹세하는 동안 지팡이를 상대방에게 맡겨 놓더니 맹세가 끝나자마자 지팡이를 돌려 달라고 하는 것을 보자 그 지팡이 안에 갚으라고 요구하던 돈이 있을 거라는 생각이 들었다는 것이다. 이런 일로 미루어 보면, 통치하는 자들이 비록 바보라 할지라도 하느님이 얼마간은 그들의 판단력을 인도해 주신다는 것을 알 수 있다. 더군다나 산초는 자기 마을의 사제한테서 이번 경우와 비슷한 다른 사건에 관해 들은 적이 있었는데, 그는 기억하고 싶은 것을 잊어먹지 않으려고만 하면 그 섬 전체에 다시없을 정도로 대단히 훌륭한 기억력을 갖고 있었던 것이다. 결국 한 노인은 무안해하고 다른 한 노인은 돈을 받아 갔으니, 그 자리에 있던 사람들은 모두 감탄했고 산초의 말과 업적과 행동을 기록하는 자는 그를 바보로 기록해야 할지, 사려 깊은 자로 기록해야 할지 끝내 결정할 수가 없었다.

이 소송이 끝나자마자 한 여자가 부유해 보이는 가축상 차림의 한 남자를 꽉 붙들고 재판정으로 들어오면서 큰 소리로 떠들어 댔다.

「정의요, 정의, 통치자님! 이 땅에 정의가 없다면 하늘로 정의를 찾으러 갈 것이오! 제 영혼의 나리, 이 고약한 인간은 들판 한가운데서 저를 붙잡아 마치 제대로 빨지 않은 걸레처럼 제 몸을 희롱했습니다. 아, 불쌍한 내 신세야! 23년 이상이나 제가 지켜 온 것을 이자가 가져가 버렸습니다. 저는 그것을 무어인들과 기독교인들로부터 지켜 왔고, 고향 사람들한테서나 외지인들한테서도 지켜 왔습니다. 언제나 코르크나무처럼 단단하고 불 속에 있는 불도마뱀이나 가시덤불 속의 양털처럼 온전하게 간직해 왔는데, 이 알량한 자가 이제 와서 자기는 아무 죄도 없다는 식으로 저를 멋대로 주물렀다는 게 아닙니까!」

「이 사나이에게 죄가 없는지 있는지는 조사를 해봐야겠소.」 산초가 말했다.

그런 다음 남자 쪽을 돌아보고는 이 여자의 제소에 대한 답변이나 무슨 할 말은 없는지 물었다. 그 남자는 정말 당황스러워하며 대답했다.

「여러분, 저는 불쌍한 돼지 장수입니다요. 염치 불고하고 말씀드리자면, 오늘 아침 이 마을에서 돼지 네 마리를 팔고 떠나려 했습니다. 세금에 뜯기고 사기에 걸리기도 해서 돼지 가격보다 좀 못한 돈을 들고 말이지요. 그렇게 우리 마을로 돌아가고 있던 중에 길에서 이 여편네를 만나게 되었습니다요. 그리고 모든 일을 꾸미고 모든 일을 곪게 만들어 버리는 악마가 우리를 같이 자게 만들었지요. 저는 충분히 돈을 지불해 주었는데 이 여자에게는 부족했던지 저를 붙들고는 여기로 데려올 때까지 놔주지를 않고 있습니다. 제가 강제로 희롱했다고 합니다만, 거짓말을 하고 있는 겁니다. 제가 지금 하는, 아니 할 생각인 맹세를 두고 말씀드리는 겁니다. 제 말은 전적으로 사실이며 눈곱만치도 숨기는 게 없습니다.」

　그러자 통치자는 은화로 돈을 얼마나 가지고 있는지를 그에게 물었다. 그 사람은 20두카도 정도 가죽 지갑에 넣어 품에 지니고 있다고 대답했다. 산초는 그것을 꺼내 있는 그대로 그 제소한 여자에게 넘겨주라고 명령했고, 그는 덜덜 떨면서 그렇게 했다. 여자는 지갑을 받아 들고 거기 있던 모든 사람들에게 지나칠 정도로 인사를 하더니, 곤경에 처한 여자 고아들과 처녀들을 그토록 살펴 주시는 통치자의 무병장수를 하느님께 빌면서 양손으로 지갑을 움켜쥔 채 재판장을 나갔다. 물론 지갑 안에 들어 있는 것이 진짜 은화인지 확인하면서 말이다.

　여자가 나가자마자 산초는 벌써 눈물을 펑펑 쏟아 내며 눈과 마음으로 그 주머니 뒤를 쫓아가고 있던 가축상에게 말했다.

　「이보시오, 저 여자 뒤를 쫓아가서 억지로 그 지갑을 빼앗아 보시오. 물론 주지 않으려고 할 테지만, 그렇게 해보고 그 여자와 함께 여기로 돌아오시오.」

　바보나 귀머거리에게 한 소리가 아니었기에, 그는 명령한 대로 하기 위해 번개처럼 뛰쳐나갔다. 그곳에 있던 사람들은 다들 이 소송이 어떻게 끝날 것인지 기다리면서 긴장하고 있었는데, 얼마 안 있어 남자와 여자는 처음 들어왔을 때보다 더 서로를 움켜잡고 서로에게 매달린 채 돌아왔다. 여자가 무릎에다 지갑을 두었기 때문에 그녀의 치마가 들추어져 있었고, 남자는 거기서 지갑을 빼앗아 내려고 기를 쓰는 중이었다. 하지만 여자가 있는 힘을 다해 지켰으니 빼앗는 건 불가능했다. 여자는 소리를 지르며 말했다.

　「신의 정의와 세상의 정의를! 나리, 보십시오. 이 포악무도한 자가 파렴치하고 겁도 없이 동네 한복판에서, 그것도 길 한가운데서 나리께서 제게 주라고 명령하신 지갑을 빼앗으려고 한 걸 말입니다요.」

「그래서 빼앗겼는가?」 통치자가 물었다.

「어떻게 빼앗겨요?」 여자가 대답했다. 「지갑을 빼앗기느니 차라리 내 목숨을 빼앗길 겁니다요. 내가 누군데! 이 재수 없고 역겨운 인간이 아니라 다른 고양이들이라도 내 턱에다 던져 보라지! 집게건 방망이건 망치건 끌이건 이 내 손톱에서, 아니 이 사자의 발톱에서 지갑을 빼앗을 수는 없을걸! 그 전에 차라리 육신 한가운데 있는 내 혼부터 빼앗아 가게 될걸!」

「이 여자 말이 맞습니다.」 남자가 말했다. 「제가 졌습니다. 힘이 없어 못 하겠습니다. 제 힘으로는 도저히 이 여자한테서 지갑을 빼앗을 수 없다는 걸 인정합니다. 전 관두겠습니다.」

그러자 통치자가 여자에게 말했다.

「정숙하고 용감한 여인이여, 그 지갑을 좀 보여 주시오.」

여자가 즉시 지갑을 통치자에게 주자, 그는 그것을 남자에게 돌려주고는 희롱당했다고 하기에는 너무 힘이 센 여자에게 말했다.

「자매여, 그대가 이 지갑을 지키기 위해 그에게 보여 준 그 기세와 용기를 그 절반만이라도 그대 몸을 지키기 위해 보여 줬더라면, 헤라클레스의 힘도 그대를 제압하지는 못했을 것이오. 잘 가시오. 무진장 벌받을 게요. 앞으로 그대는 이 섬은 물론이고, 주변 6레과 안에 머물러서는 안 되오. 그러지 않을 시 채찍으로 2백 대를 때릴 테니 그리 아시오. 다시 말하니, 당장 나가시오, 이 협잡꾼에 철면피에 사기꾼 같으니라고!」

여자는 놀라 고개를 숙인 채 툴툴대면서 나갔다. 통치자는 남자에게 말했다.

「이보시오, 그대는 그 돈을 가지고 그대 마을로 편안히 돌아가시오. 그리고 앞으로 돈을 잃고 싶지 않거든 아무하고나 잘 생각이 들지 않도록 하시오.」

그 남자는 없는 정신에 할 수 있는 한 감사 인사를 하고 떠났다. 그 자리에 있던 사람들은 다시 한 번 새로 온 통치자의 판단력과 판결에 감탄했다. 통치자의 일을 기록하는 자는 이 모든 일을 관찰해서 간절하게 소식을 기다리고 있던 공작에게 서면으로 보고했다.

그런데 착한 산초는 여기 머물러 있어야겠다. 알티시도라의 노래로 기뻐서 마음이 들떠 있는 그의 주인이 우리를 아주 급하게 부르고 있으니 말이다.

46

사랑에 빠진 알티시도라의 호소와
돈키호테가 당한 놀랍고 경악할 만한
고양이 방울 소리에 대하여

우리는 사랑에 빠진 시녀 알티시도라의 음악으로 온갖 상념에 사로잡힌 위대한 돈키호테를 두고 왔었다. 침상에 들었으나, 그러한 생각들은 마치 벼룩이나 되는 것처럼 그를 잠들지 못하게 했을 뿐만 아니라 한시도 편히 쉬지 못하게 했다. 이런 상황에 양말 문제까지 가세했으니 그 마음이 오죽했으랴. 그러나 시간은 가볍고 그것을 막을 장애물도 없었으니 달리듯 흘러 아주 빨리 아침이 찾아왔다. 아침이 오자 돈키호테는 부드러운 깃털 이불을 걷어 버리고 굼뜬 구석 하나 없이 영양 가죽으로 된 옷을 입고는 자기 양말의 불운을 감추기 위해 외출용 장화를 신었다. 주홍색 망토를 어깨에 걸치고 머리에는 은장식 끈이 달린 초록색 벨벳 두건을 썼다. 양쪽 어깨에는 아주 잘 드는 멋진 칼을 넣은 검대를 걸쳤고, 늘 몸에 지니고 다니는 큼직한 묵주를 손에 쥔 채 몹시 으스대면서 그는 성큼성큼 걸어 응접실로 향했다. 그곳에서는 벌써 공작과 공작 부인이 옷을 갖춰 입고 그를 기다리고 있었다. 그때 알티시도라와 그녀의 친구인 다른 시녀는 일부러 복도에 나와 있다가, 알티시도라는 돈키호테를 보자마자 기절하는 척했고 친구는 쓰러지는 그녀를 치마폭에 받아 황급히 그녀의 가슴 단추를 끄르려 했다. 그것을 본 돈키호테는 그녀들에게 다가가서 말했다.

「나는 이 사고의 원인이 무엇인지를 잘 알고 있습니다.」

「저는 그 이유를 모르겠는데요.」 친구가 대답했다. 「알티시도라는 이 집에서 가장 건강한 시녀고요, 제가 알아 온 이래 이 친구가 아프다고 한 적은 한 번도 없었답니다. 세상에 있는 편력 기사들이 모두 그렇게 매정하다면 다들 잘못되어 버렸으면 좋겠어요. 제발 떠나세요, 돈키호테 님. 나리께서 여기 계시는 한 이 불쌍한 애는 제정신을 차리지 못할 거예요.」

이 말에 돈키호테가 대답했다.

「아가씨, 부탁이 있습니다. 오늘 밤 내 방에 라우드[273] 하나만 가져다주었으면 합니다. 내가 할 수 있는 한 최선을 다해 이 상처 입은 여인을 위로해 드리고 싶어서 그럽니다. 사랑의 원칙에 따르면, 불가능한 사랑은 빨리 깨면 깰수록 좋은 처방이 되기도 하지요.」

이렇게 말하고는 그 자리를 떴는데, 거기서 자기를 볼 수도 있는 사람들에게 들키지 않기 위해서였다. 그가 떠나자마자 기절한 척하고 있던 알티시도라는 원래의 모습으로 돌아와 친구에게 말했다.

「저분에게 라우드 한 대를 대령해 드릴 필요가 있겠어. 우리한테 음악을 들려주시려는 게 분명해. 저분이 하는 음악이니 그리 나쁘지는 않겠지.」

그러고서 곧장 그녀들은 공작 부인에게 가서 일의 경위와 돈키호테가 라우드를 부탁했다는 이야기를 전했다. 공작 부인은 아주 재미있어하며 공작과 자기의 시녀들과 함께 돈키호테에게 해가 되기보다는 그저 재미있게 놀려 줄 장난거리를 짜고는 아주 만족스럽게 밤이 되기를 기다렸다. 아침이 찾아왔던 것처럼 그렇게 밤도 금방 다가왔다. 낮 동안 공작 부

---

273 *laúd*. 만돌린과 비슷한 악기로 〈류트〉라고도 한다.

부는 돈키호테와 유쾌한 대화를 나누며 시간을 보냈다. 그리고 공작 부인은 그날 실제로 자기 시동을 — 이 사람은 숲에서 마법에 걸린 둘시네아 역을 맡았던 자였다 — 테레사 판사에게 보냈다. 그녀의 남편인 산초 판사의 편지와 그가 아내에게 보내 달라면서 남겨 놓고 간 옷 꾸러미를 들려서 말이다. 그러면서 돌아와 산초의 아내와 일어난 일을 모두 보고하라는 임무도 지웠다.

이런 일이 있은 뒤 밤 11시가 되었다. 돈키호테가 자기 방에서 비우엘라[274]를 발견하고는 그 악기 줄을 고른 다음 철창문을 여니 정원에서 인기척이 느껴졌다. 그는 조이고 풀고 하며 실력껏 줄을 고른 다음 침을 뱉고는 가슴을 깨끗하게 한 뒤, 음은 좋으나 약간 쉰 목소리로 다음과 같은 로만세를 불렀으니, 그날 그가 직접 지은 것이었다.

사랑의 힘은 곧잘
영혼을 정상에서 벗어나게 한다네.
일 없어 한가한 마음을
도구 삼아 말이지.

바느질이나 자수,
그리고 늘 일에 빠져 있으면
사랑의 고뇌로 인한 독
해소되련만.
결혼하기를 열망하며
집에서 조신하게 지내는 아가씨들에게는

---

274 *vihuela*. 기타와 비슷한 옛 악기.

정숙함이 지참금이요,
칭찬의 소리인걸.

편력의 기사들과
궁정에서 나다니는 기사들은
연애 놀이는 자유분방한 여자들과,
결혼은 정숙한 여자들과 한다네.

아침 사랑이라는 게 있지,
나그네들이 나누는 사랑,
급하게 저녁에 다다르니
헤어짐으로 끝나고 마니까.

오늘 왔다 내일 가버리는
갓 이루어진 사랑은
영혼에 깊이 새겨질
잔상도 남기지 않는다네.

그림 위에 다시 그리면
보이는 것도 흔적도 없으니,
아름다운 첫 모습 위에 그린
두 번째 아름다움은 실없는 것.
내 영혼의 반반한 판 위에
처음으로 아름답게 그려 놓은
둘시네아 델 토보소의 모습

지우는 건 불가능한 일.

연인들 사이에서 지조는
가장 값진 것이니,
그 때문에 사랑의 신은 기적을 만들고
또한 그들을 높이 세운다네.

　돈키호테의 노래가 여기에 이르렀을 때는, 공작과 공작 부인 그리고 알티시도라와 그 성에 있던 거의 모든 사람들이 그의 노래를 듣고 있었다. 그때 별안간 돈키호테의 창문 바로 위쪽 복도에서 밧줄 하나가 내려왔는데 거기에는 1백 개가 넘는 방울이 달려 있었다. 방울들에 이어서 고양이가 들어 있는 커다란 자루가 살포되었으니, 고양이들마다 꼬리에 자그마한 방울들이 매어져 있었다. 방울 소리와 고양이 울음소리가 너무나 요란해서 이 장난을 생각해 낸 공작 부부마저 놀랐고, 돈키호테는 무서워 정신을 잃을 정도였다. 운명이 원했는지 고양이 두세 마리가 창문을 통해 그의 방에 들어와서는 악마 군단이 방을 휘젓고 다니듯 이리저리 뛰어다녔다. 그것들이 방 안을 밝혀 주던 촛불을 꺼뜨리고 도망갈 곳을 찾아 돌아다니는 동안 큰 방울이 달린 밧줄은 떨어졌다 올라갔다 하며 쉬지 않고 움직였다. 성에 있던 사람들 대부분이 이 일의 진상을 몰랐기 때문에 모두가 긴장하며 놀라고 있었다.
　돈키호테는 일어나 손에 칼을 쥐고는 창살 사이로 휘두르고 찔러 대면서 큰 소리로 말하기 시작했다.
　「꺼져라, 이 악랄한 마법사들아! 꺼져라, 망나니 요술사들아! 나는 돈키호테 데 라만차, 너희들의 어떠한 고약한 계략도 나에게는 소용없거니와 아무런 힘도 발휘하지 못하리라!」

572

그러고는 방에서 돌아다니는 고양이들에게로 몸을 돌려 마구 칼을 휘둘렀다. 고양이들은 창틀로 올라가 창문을 통해 밖으로 달아났다. 그런데 그중 한 마리가 돈키호테의 칼질에 몰리자 그의 얼굴로 뛰어올라 발톱과 이빨로 그의 코를 붙잡고 늘어지기 시작했으니, 돈키호테는 너무나 아파 낼 수 있는 한 가장 큰 소리로 비명을 질러 대기 시작했다. 그 소리를 들은 공작과 공작 부인이 무슨 일이 일어났나 하여 황급히 그의 방으로 달려가 만능열쇠로 방문을 열어 보자, 가엾은 기사는 얼굴에 달라붙은 고양이를 떼어 놓으려고 안간힘을 쓰고 있었다. 공작 부부는 불을 들고 들어가 이 말도 안 되는 싸움을 보았고, 공작이 얼른 달려가 떼어 놓으려 하자 돈키호테가 소리 지르며 말했다.

「어느 누구든 이놈을 내게서 떼어 놓지 마시오! 나를 이 악마, 이 요술사, 이 마법사와 일대일로 붙게 내버려 두시오! 돈키호테 데 라만차가 누구인지 내 이자에게 똑똑히 알려 주겠소!」

하지만 이런 위협에도 아랑곳하지 않고 고양이는 으르렁대며 더 세게 그의 코를 조였다. 결국 공작이 고양이를 떼어 내 창살 밖으로 던졌다.

돈키호테의 얼굴은 상처투성이가 되었고 코도 그리 무사하지 않았다. 그런데도 그는 악당 마법사와 멋지게 붙었던 그 싸움을 자기 혼자 끝마치도록 내버려 두지 않았다며 아주 억울해했다. 공작 부부는 아파리시오 기름[275]을 가져오게 했고, 알티시도라가 자기의 새하얀 손으로 직접 상처마다 붕대를 감아 주면서 낮은 목소리로 말했다.

「기사님께 일어난 이 모든 불행은, 냉정한 기사님, 당신의 냉혹함과 고집으로 인한 죄 때문이에요. 저는 제발 기사님의 종자 산초가 자기 자신

---

275 *aparicio*. 16세기 전반기에 아파리시오 데 수비아Aparicio de Zubia가 발명한 외상용 기름.

에게 채찍질하는 일을 까먹었으면 해요. 당신이 그토록 사랑하는 당신의 둘시네아가 절대로 마법에서 풀려나지 못하도록 말예요. 그러면 적어도 당신을 열렬하게 사랑하는 제가 살아 있는 한, 당신은 그분이 마법에서 풀려나는 일을 보지 못할 뿐만 아니라 그분과 함께 신혼의 잠자리에 들지 못할 테니까요.」

　이 모든 말에 돈키호테는 오직 깊은 한숨만 쉴 뿐 다른 말은 하지 않았다. 그러고 나서 그는 공작 부부의 은혜에 감사를 표하며 침대에 누웠다. 감사의 이유는 그가 그 고양이 모습을 한 악당 마법사와 요란스러운 방울 소리를 두려워했기 때문이 아니라, 자기를 도와주러 온 공작 부부의 호의를 알았기 때문이라고 했다. 공작 부부는 그가 쉬도록 내버려 두고 갔으나 자기들이 꾸민 장난이 좋지 못한 사고로 끝난 것이 안타까웠다. 돈키호테는 닷새 동안 방에 갇혀 누워 지내야만 했으니, 그 모험이 돈키호테에게 그토록 괴롭고 값비싼 것이 될 줄은 그들도 몰랐던 것이다. 그런데 그렇게 침대에 누워 있는 동안 지난 모험보다 훨씬 더 재미있는 모험이 그에게 일어났다. 하지만 이 이야기의 작가는 그 모험을 지금 들려주고 싶어 하지 않는다. 통치 일을 열심히, 그리고 아주 재치 있게 하고 있는 산초 판사를 보러 가야 하니 말이다.

47

산초 판사가 통치하면서 어떻게
처신했는지가 계속 이야기되다

이야기에 따르면 사람들은 산초 판사를 재판정에서 어느 화려한 궁전으로 데리고 갔으며, 그곳의 한 커다란 홀에는 훌륭하면서도 매우 깨끗한 식탁이 놓여 있었다고 한다. 산초가 홀에 들어서자마자 치리미아[276] 소리가 울리고 네 명의 시동이 나와 산초에게 손 씻을 물을 바쳤으니, 산초는 아주 근엄하게 그 물을 받았다.

음악이 그치고 산초는 그 식탁의 상석에 앉았는데, 그 자리밖에 앉을 데가 없었고 아무리 둘러봐도 그 자리에만 포크와 칼이 놓여 있었기 때문이다. 산초 옆에 한 인물이 섰다. 그는 고래 뼈로 만든 가느다란 회초리를 들고 있었으며, 나중에 의사라는 게 밝혀졌다. 아주 고급스러워 보이는 하얀 천을 벗겨 과일과 갖가지 맛있는 음식을 담은 다양한 접시들이 드러나자 신학생 같아 보이는 남자가 축복을 내렸다. 시동 하나가 레이스 장식이 있는 턱받이 냅킨을 산초에게 걸어 주었고 식당 시종장을 맡고 있는 시동이 과일 접시를 대령했다. 하지만 산초가 한 입 먹는 그 즉시 가느

---

276 *chirimia*. 피리의 일종. 맑은 음색을 낸다.

다란 회초리를 들고 있던 남자가 그것으로 접시를 건드렸고, 그러자 눈 깜빡할 사이에 접시가 산초 앞에서 치워졌다. 식당 시종장이 다른 음식을 담은 접시를 갖다 놓아 산초는 그것을 맛보려 했지만 손을 대기도, 맛을 보기도 전에 다시 가느다란 회초리가 접시에 닿았고, 시동은 앞서의 과일 접시를 치울 때처럼 그렇게 잽싸게 그 접시를 들어내 버렸다. 산초는 멍해진 채 모두를 바라보면서, 마술사만큼 잽싼 손놀림으로 그 음식들을 빨리 먹어야 하는 것인지 물었다. 이 질문에 회초리를 든 사람이 말했다.

「통치자 나리, 나리께서는 통치자들이 있는 다른 섬들에서 관례로 되어 있는 것 외에는 드셔서는 아니 된답니다. 저는 나리, 의사이자 이곳 통치자의 주치의로 이 섬에서 월급을 받고 있답니다. 그래서 저는 제 건강보다 나리의 건강을 더 살핀답니다. 통치자께서 병이라도 걸리실 때 제대로 치료할 수 있도록 통치자 나리의 안색을 살피고 밤낮으로 연구하면서 말이죠. 제가 중점적으로 하는 일은 점심 식사와 저녁 식사 때 입회하여 통치자 나리께 괜찮다고 생각되는 음식은 드시게 하고, 나리의 몸에 해가 되거나 위를 상하게 할 것 같은 음식은 잡수시지 못하게 치워 버리도록 하는 겁니다. 아까 그 과일 접시를 치우게 했는데, 지나치게 수분이 많아서 그랬습니다. 그리고 그 다른 음식도 물리게 했는데, 너무 뜨겁기도 했고 향신료가 많이 들어가 있어서 갈증을 불러일으킬 수 있기 때문이었습니다. 많이 마시면 생명을 이루는 근본적인 습기[277]라는 것을 죽이기도 하고 소진시키기도 하지요.」

「그렇다면, 저기 구운 메추리 고기는 아주 맛있어 보이는데. 내게 아무

---

277 옛날의 의사들은 신체 조직을 이루는 섬유질에 활력과 탄력성을 주는 미묘하며 향기 나는 분비물을 〈근본적인 습기〉라고 이름했다.

런 해도 주지 않을 것 같고 말이오.」

이 말에 의사가 대답했다.

「저런 것은 제가 살아 있는 한 통치자 나리께서 드시지 못하실 겁니다.」

「그건 왜지?」 산초가 물었다.

그러자 의사가 대답했다.

「의학의 지표이자 빛이신 저희들의 스승 히포크라테스[278]께서 그분의 금언 중 하나에서 이렇게 말씀하셨으니까요. 〈*omnis saturatio mala, perdicis autem pessima.*〉 이 말은 〈모든 포식은 나쁘다, 하지만 메추리 포식은 가장 나쁘다〉라는 뜻입니다.」

「그게 그렇다면…….」 산초가 말했다. 「의사 양반, 이 식탁에 있는 모든 음식들 중에서 어느 것이 내 몸에 더 이롭고, 어느 것이 덜 해로운지 봐주시오. 그리고 그 가느다란 회초리로 건드리지 말고 먹게 좀 내버려 둬요. 배고파 죽겠소. 하느님이 내게 통치하라고 하시사 통치자가 된 것이니 이 목숨을 위해서라도 좀 먹게 해주구려. 나한테서 음식을 빼앗는 것은 ― 비록 의사 양반은 괴롭고 할 말이 더 있겠지만 ― 내 수명을 늘리기는커녕 오히려 목숨을 앗는 일이니 말이오.」

「옳은 말씀이십니다, 통치자 나리.」 의사가 대답했다. 「그러시다면, 제 생각에는 거기 있는 삶은 토끼 고기는 털이 짧은 짐승이라 나리께서 드시지 않는 게 좋습니다. 저기 있는 송아지 고기는 굽지 않았더라면, 그리고 양념이 되지 않았더라면 그래도 맛보실 수는 있을 텐데 그런 말이 이제 와서 무슨 소용이 있겠습니까.」

그러자 산초가 말했다.

---

278 Hippocrates(B.C. 460~B.C. 370). 의학의 아버지라 일컬어지는 그리스의 의학자. 정말 히포크라테스가 이어지는 말을 했는지에 대한 근거는 없다. 다만 서민들이 흔히 한 말로 원래는 〈메추리〉 대신 〈빵〉이 들어간다.

「저 앞에 김이 나고 있는 저 큰 접시는 여러 가지 고기들을 넣고 끓인 요리 같군. 그런 요리에는 다양한 재료들이 들어 가 있으니 내가 좋아하고 내 몸에도 좋은 게 있을 듯하오.」

「그런 생각은 하지도 마십시오!」 의사가 말했다. 「그런 좋지 않은 생각은 우리한테서 멀리 사라져 버리라고 하고 싶군요. 세상에 여러 가지 고기가 들어간 요리만큼 건강에 나쁜 음식은 없답니다. 그런 요리는 수도승이라든가 학교장들이라든가 농부들의 결혼식을 위해 있는 것일 뿐, 통치자 나리들의 식탁에는 절대로 있어서는 안 되는 것입니다. 통치자 나리들의 식탁에는 완전무결하게 깨끗하고 모양새가 지극히 고운 것만 올라가야 한답니다. 그 이유는, 혼합한 약보다 단순한 약이 어디서나 어떤 사람에게나 늘 더 좋게 평가받기 때문이지요. 단순한 약에서는 실수가 있을 수 없지만, 혼합한 약에는 들어가는 약들의 분량이 바뀌는 실수가 있을 수 있거든요. 제가 알고 있기로 통치자 나리께서 건강을 유지하시고 더 건강해지시기 위해서 지금 드셔야 할 것은, 구운 두루마리 과자 1백 개와 얇게 저민 마르멜로[279] 과자 몇 조각입니다요. 이것을 드시면 위도 편하고 소화도 잘될 겁니다.」

산초는 이 말을 들으면서 의자 등받이에 몸을 기댄 채 그 의사라는 자를 뚫어지게 쳐다보다가 근엄한 목소리로 이름이 무엇이며 어디서 공부했는지 물었다. 이 질문에 의사가 대답했다.

「저는, 통치자 나리, 의사 페드로 레시오 데 아구에로라고 하며, 카라쿠엘과 알모도바르 델 캄포 사이 오른편에 있는 티르테아푸에라라는 마을

---

279 *membrillo.* 캅카스가 원산지인 장미과의 과일나무. 과일은 보통 잼, 젤리, 푸딩 등으로 만들거나 껍질을 벗겨 구워 먹는다. 스페인에서는 쿠엔카 지방의 음식으로 마르멜로 과일을 물에 삶아 식히고 과일 살을 발라낸 뒤 같은 양의 설탕을 섞어 약한 불에 30분간 저어 수분을 제거하고 식혀서 먹는다. 과자 틀에 넣어 모양을 만들기도 한다.

출신입니다. 오수나 대학[280] 박사 학위를 가지고 있습니다.」

이 말에 산초는 화가 나 얼굴이 벌게져서 대답했다.

「그렇다면, 페드로 레시오 데 말[281] 아구에로 의사 양반, 카라쿠엘에서 알모도바르 델 캄포로 가려 할 때 오른편에 있는 티르테아푸에라 출신에 오수나에서 학위를 따신 분께서는 당장 내 앞에서 꺼지시오. 태양을 두고 맹세한다만, 꺼지지 않으면 몽둥이를 들고 당신부터 시작해서 이 섬에 있는, 적어도 내가 보기에 무식하기 그지없는 의사들을 모두 몽둥이로 때려 한 놈도 남지 않게 할 것이오. 반면 현명하고 신중하고 분별 있는 의사들은 존경하고 받들 것이며 성인처럼 명예롭게 모실 것이오. 다시 말한다만, 페드로 레시오, 여기서 나가시오. 안 나가면 지금 내가 앉아 있는 이 의자로 그대 머리통을 박살 내놓을 것이오. 그리고 내 직무를 마친 다음 내가 한 일에 대해 재판소에 보고할 때, 나는 나라의 사형 집행인인 악질 의사를 죽임으로써 하느님께 봉사했다는 말로 이 책임에서 벗어날 것이오. 자, 내게 먹을 것을 주시오. 주지 않겠다면 이 통치자 자리를 가져가 버리기를 바라오. 자기 주인에게 먹을 것도 주지 않는 직책이라면 콩 두 알 가치도 없소.」

통치자가 그토록 화를 내는 것을 보자 박사는 당황하여 줄행랑을 치려했다. 그런데 그 순간 거리에서 속달 우편 배달부의 뿔피리 소리가 울려 식당 시종장이 창문으로 내다보고는 돌아오며 말했다.

「우리 주인이신 공작님으로부터 우편집배원이 왔습니다. 뭔가 중요한 사무 처리 소식을 가지고 온 모양입니다.」

---

280 1548년 세워진 오수나 대학 의대에서는 해부학 없이 이론 수업만 했다고 한다.
281 의사 이름의 마지막 〈아구에로〉 앞에 〈말mal〉, 즉 〈나쁜〉이라는 단어를 산초가 첨가했다. 〈아구에로Agüero〉라는 성과 그 성의 의미인 〈징조〉, 〈예감〉에 〈나쁜〉을 붙인 산초의 마음을 읽을 수 있다.

우편집배원이 땀을 뻘뻘 흘리면서 허둥지둥 들어와 품에서 종이 한 장을 꺼내 통치자의 손에 건네주었다. 산초는 그것을 집사에게 넘겨주며 봉투에 적혀 있는 걸 읽어 보라고 했다. 거기에는 이렇게 쓰여 있었다. 〈바라타리아 섬의 통치자 돈 산초 판사에게 직접, 또는 비서의 손에 전달하기 바람.〉 이렇게 읽는 걸 듣고 산초가 물었다.

「여기 내 비서는 누구요?」

그러자 거기 있던 사람 가운데 하나가 대답했다.

「접니다, 나리. 저는 읽고 쓸 줄 알며 비스카야 출신[282]입니다.」

「그 덧붙인 말로 보건대…….」 산초가 말했다. 「황제의 비서도 될 수 있겠구먼. 편지를 열어 내용이 무엇인지 읽어 보시오.」

방금 만들어진 비서는 분부대로 편지를 읽더니, 이것은 혼자서만 아셔야 될 일이라고 말했다. 산초는 집사와 식당 시종장만 빼고 아무도 남지 말고 홀에서 나가라고 명령했다. 나머지 사람들과 의사가 물러가자 비서는 편지를 읽어 주었으니, 거기에는 이렇게 쓰여 있었다.

돈 산초 판사 나리, 내게 들어온 정보에 의하면 나와 이 섬에 적의를 품고 있는 자들 몇몇이, 어느 날 밤이 될 것인지는 모르지만 섬을 맹공격할 거라고 하오. 그자들이 불시에 기습하지 않도록 감시를 철저히 하고 경계를 늦추지 않는 게 좋을 거요. 그리고 믿을 만한 첩보원을 통해 알게 된 것인데, 그대 목숨을 노리기 위해 네 명의 자객이 변장하고 잠입했다 하오. 그대의 재능을 두려워해서 말이오. 그러니 눈을 크게 뜨고 소송을 가장하여 그대에게 접근하는 자를 경계하며, 그대에게 바

---

282 스페인 북쪽 바스크 자치 지역에 있는 지명. 당시 바스크 지역 출신 비서들은 신중하며 충성심이 깊다는 이유로 큰 신임을 받았다.

치는 것은 무엇 하나 먹지 않도록 하시오. 그대가 어려움에 처하게 되면 그대를 구하도록 할 것이나, 무슨 일에서든 기대할 만한 그대의 판단력으로 처리해 주기를 바라오. 8월 16일 오전 4시, 이곳으로부터.

그대의 친구
공작

산초는 얼이 빠져 버렸고, 그와 함께 있던 사람들도 마찬가지로 그런 것처럼 행동했다. 산초가 집사를 돌아보며 말했다.

「지금 해야 할 일, 그것도 당장 하지 않으면 안 될 일은 레시오 의사를 감옥에 집어넣는 일이오. 누군가 나를 죽이려는 자가 있다면 바로 그자일 것이기 때문이지. 그것도 천천히 굶어 죽이는 최악의 방법을 쓰려는 거요.」

「그리고 또한……」 식당 시종장이 말했다. 「이 식탁에 차려 놓은 것은 하나도 드시지 않는 것이 좋을 듯싶습니다, 나리. 이 음식들은 모두 몇몇 수녀들이 바친 것으로, 흔히 십자가 뒤에 악마가 있다고들 하지요.」

「틀린 말도 아니지.」 산초가 대답했다. 「그렇다면 지금은 빵 한 조각과 포도 약 4파운드만 내게 주시오. 포도 안에는 독이 들었을 리가 없으니 말이야. 정말이지 난 먹지 않고는 지낼 수가 없고, 우리를 위협하는 이번 전투를 준비하기 위해서라도 먹어야 할 필요가 있단 말이지. 배가 든든해야 용기가 나지, 용기가 난다고 배가 부른 건 아니지 않소. 이보시오 비서, 우리 주인이신 공작님께 그분이 명령하신 대로 어김없이 이행하겠다는 답을 보내 아뢰시오. 그리고 우리 주인 마님이신 공작 부인께 내가 그분의 오른손에 입맞춤을 보내 드린다고[283] 전하고, 내 편지와 내 옷 꾸러미

---

283 신하로서의 복종과 경의를 나타내는 의식.

를 내 마누라 테레사 판사에게 보내는 일을 잊지 말아 달라고 부탁드리시오. 그렇게 해주시면 나는 많은 은혜를 입는 것이라, 내 힘이 닿는 한 무엇으로든 그분을 섬기는 일에 신경 쓸 것이라고 말이오. 그리고 내친김에 우리 주인 돈키호테 데 라만차 나리에게도 오른손에 입맞춤을 보낸다고 써넣어 주시오. 내가 먹은 빵에 감사할 줄 아는 사람이라는 것을 아시도록 말이지. 또한 그대, 착한 비서이자 훌륭한 비스카야 사람으로서 그대가 원하는 게 있거나 적절하다고 생각되는 말이 있으면 덧붙이시오. 그리고 자, 그 식탁보들을 치우고 내게 먹을 것을 주시오. 그러면 우리 섬을 습격하려거나 나를 죽이려고 오는 자가 첩자든 자객이든 마법사든, 그 누가 되었든 내 붙어 보겠소.」

이때 한 시동이 들어와서 말했다.

「당사자의 말에 의하면 아주 중요한 업무를 통치자 나리께 상의하고자 하는 농부 한 명이 이곳에 와 있습니다.」

「이거 이상한 경우군.」 산초가 말했다. 「용무를 보러 오는 사람들 말이오. 이 시각에 용무를 보겠다고 오다니, 지금 그럴 때가 아니라는 걸 알지 못할 정도로 바보인 건가? 혹시 통치하는 사람들, 그러니까 우리처럼 재판을 하는 사람들은 살과 뼈를 가진 사람이 아니라고 생각하는 건가? 필요에 따라 우리도 쉬어야 하는데, 우리가 대리석으로 되어 있기를 바라는 건가? 하느님과 내 양심을 걸고 맹세컨대, 내 통치가 지속된다면 ― 별로 지속될 것 같지는 않다만 ― 난 용무를 보러 오는 사람들 중 최소한 한 명 이상에게 따져 물어야겠소. 이제 그 알량한 인간에게 들어오라고 하시오. 하지만 먼저 그 작자가 첩자이거나 나를 노리는 자객은 아닌지 주의해서 살피시오.」

「그렇게 보이지는 않습니다, 나리.」 시동이 대답했다. 「제가 아는 건 별로 없지만 보아하니 바보 같거든요. 아니면 훌륭한 빵만큼이나 착한 사람이거나요.」

「두려워하실 것 없습니다.」 집사가 말했다. 「우리가 여기 있으니까요.」

「이보시오, 식당 시종장.」 산초가 말했다. 「페드로 레시오 의사가 없으니 뭔가 무게가 나가고 내용이 있는 것 좀 먹어도 되겠소? 빵 한 조각과 양파 하나라도 상관없으니 말이오.」

「오늘 밤 저녁 식사 때 점심에 못 드신 것까지 드시면 됩니다. 나리께서는 만족하실 만큼 보상을 받게 되실 겁니다.」 식당 시종장이 말했다.

「그러면 오죽 좋겠는가.」 산초가 대답했다.

이때 농부가 들어왔는데 아주 훌륭한 용모에 1천 레과나 떨어진 곳에서 보더라도 착한 마음씨를 갖고 있음을 알 수 있을 만한 사람이었다. 그가 처음으로 한 말은 이러했다.

「여기 어느 분이 통치자이십니까?」

「어느 분일 수 있겠는가?」 비서가 대답했다. 「의자에 앉아 계시는 분이 아니면 말일세.」

「그렇다면 인사를 받으십시오.」 농부가 말했다.

그러더니 무릎을 꿇고 산초의 손에 입을 맞추겠다고 손을 요구했지만 산초는 그것을 만류하고서 일어나 하고 싶은 말을 하라고 명령했다. 농부는 시키는 대로 하여 곧 말을 시작했다.

「나리, 저는 농부로 시우다드 레알에서 2레과 떨어져 있는 곳인 미겔투라 출신입니다요.」

「또 그쪽 마을이란 말인가!」 산초가 말했다. 「자, 말해 보시오, 형제여. 내가 그대에게 말할 수 있는 건 내가 미겔투라를 잘 알고 있다는 것과 그 마을이 우리 마을에서 그리 멀지 않다는 것이오.」

「그러니까 문제는 말입니다, 나리…….」 농부가 말을 이었다. 「전 하느님의 자비로 성스러운 로마 가톨릭교회 앞에서 평화롭게 결혼을 했습니

583

다. 제겐 두 아들이 있으며 둘 다 학생입니다. 작은놈은 학사가 될 공부를 하고 있고 큰놈은 석사를 받으려 하고 있지요. 저는 홀아비인데, 제 마누라가 죽었거든요. 아니, 나쁜 의사 놈이 제 마누라를 죽였다고 말하는 게 더 정확합니다요. 그놈이 임신한 마누라에게 설사약을 먹였으니까요. 하느님께서 애라도 낳게 해주셔서 아들놈이 태어났더라면 박사가 되도록 공부를 시켰을 겁니다요. 학사와 석사 형들을 부러워하지 않도록 말입니다요.」

「그러니까…….」 산초가 말했다. 「만일 자네 아내가 죽지 않았더라면, 아니 죽임을 당하지 않았더라면 지금 자네는 홀아비가 아닐 거라는 말이구먼.」

「아니고말고요, 나리. 절대 그럴 리가 없지요.」 농부가 대답했다.

「큰일 났군!」 산초가 대답했다. 「자, 얼른 계속해 보시오, 형제여. 지금은 그런 용무보다 자야 할 시간이라서 말이지.」

「그러니까, 말씀드리자면…….」 농부가 말했다. 「이 학사가 되고자 했던 제 아들놈이 같은 마을의 아가씨를 사랑하게 됐다는 겁니다요. 엄청난 부자인 농부 안드레스 페를레리노의 딸 클라라 페를레리나를 말입니다요. 이 페를레리노라는 성은 조상 대대로 내려온 것이 아니고, 그렇다고 다른 가계에서 온 것도 아닙니다. 이 혈통의 사람들이 모두 〈페를라티코스〉라는 중풍을 앓는데, 그걸 좀 좋게 부르려다 보니 페를레린이 된 거죠. 사실을 말씀드리자면, 그 아가씨가 페를라 오리엔탈[284] 같기는 합니다. 오른쪽에서 보면 마치 들판의 꽃 같지요. 하지만 왼쪽에서 보면 그 정도는 아니에요. 천연두에 걸려 왼쪽 눈이 빠져나가고 없거든요. 얼굴에는

---

284 *perla oriental.* 〈동방의 진주〉라는 뜻으로, 발음의 유사성을 이용한 세르반테스의 말장난이다.

584

커다란 곰보 자국들이 많이 나 있는데, 그 아가씨를 사랑하는 사람들은 그건 곰보가 아니라 연인들의 영혼이 묻히는 무덤이라고 한답니다. 사람들이 그러는데요, 그 아가씨는 워낙 깨끗해서 얼굴을 더럽히지 않기 위해 콧구멍도 되도록이면 입에서 도망가려는 듯 위로 치켜 올려져 있답니요. 그런데도 엄청나게 좋아 보여요. 왜냐하면 입이 크고요, 만일 앞니와 어금니를 합쳐 열 개인지 열두 개인지가 빠지지 않았더라면 모양새가 가장 좋은 입들과 견줄 만하거나 그보다 더 나을 수도 있었을 테니까요. 입술에 대해서는 말할 게 없습니다요. 어찌나 가늘고 얇은지, 만일 입술을 실패에 감을 수만 있다면 그 입술로 고운 실타래를 만들 수 있을 정도랍니다. 게다가 보통 입술들과는 다른 색깔을 하고 있어서 불가사의해 보인답니다요. 파란색, 초록색, 가지색 반점이 박혀 있거든요. 그런데 나리, 그런 면면들을 너무 세세하게 묘사하고 있다면 저를 용서해 주시기 바랍니다. 어차피 결국 제 며느리가 될 애라서 그런지 전 그 아가씨가 마음에 들고 그다지 흉하게 보이지를 않아서 말입니다요.」

「원하는 만큼 다 묘사해 보시오.」산초가 말했다. 「그 묘사를 내가 즐기고 있으니 말이지. 내가 점심을 먹었더라면 그대가 그려 보이는 것보다 더 훌륭한 후식은 없었을 텐데.」

「제가 후식을 드리고 싶지만…….」농부가 대답했다. 「지금은 우리 서로 그럴 상황이 아니니, 언젠가 그럴 수 있는 때가 오기를 기다려야겠지요. 그러니까 계속 말씀드리자면 나리, 만일 그 아가씨의 우아함과 키를 묘사한다면 그야말로 놀라실 겁니다요. 하지만 워낙 그 아가씨가 등을 구부정하게 굽히고 몸을 웅크려 입과 무릎이 붙은 양 하고 있으니 묘사할 수가 없지요. 그래도 그 아가씨가 일어서기만 한다면 분명 머리가 천장에 닿는 걸 볼 수 있을 겁니다요. 그리고 그 아가씨가 그럴 수만 있었다면 벌써 제 학사 아들놈에게 아내가 되겠다고 손을 내밀었을 것입니다요.

하지만 손이 굳어 펴지지가 않아서 말입니다요. 그리고 무엇보다 긴 도랑 모양의 그 아가씨 손톱만 보아도 그녀가 얼마나 착하며 외형이 훌륭한지 알 수 있습지요.」

「그 정도면 됐소.」 산초가 말했다. 「형제여, 그대는 그 아가씨를 발에서 머리까지 묘사했소. 그래서 이제 원하는 게 뭐요? 말을 이리저리 돌리고 샛길로 빠뜨리고 조각 내거나 덧붙이지 말고 결론을 말하시오.」

「나리, 제가 원하는 것은……」 농부가 대답했다. 「나리께서 제 사돈 될 양반에게 부탁 편지를 하나 써주시는 은혜를 베풀어 주십사 하는 것입니다요. 우리 두 집안이 재산에서나 성향에서나 서로 맞지 않는 게 없으니 이 혼담이 이루어지게 해달라고 청하는 내용으로 말입니다요. 왜냐하면 사실, 통치자 나리, 제 아들놈은 악마에 들려 하루에도 서너 번씩 그 악령이 괴롭히지 않는 날이 없을 정도입니다. 불에도 한 번 빠진 적이 있어서 얼굴에 양피지처럼 주름이 나 있고 울어서 퉁퉁 부운 것 같은 눈은 늘 샘처럼 축축하고 말입니다. 하지만 성격은 꼭 천사 같아서, 자기 몸에 자기 손으로 매질이나 주먹질을 하는 일만 없다면야 축복받는 아이가 되고도 남을 겁니다요.」

「착한 사람이여, 다른 부탁은 없소?」 산초가 물었다.

「다른 게 있기는 한데……」 하고 농부가 말했다. 「감히 말씀드리기가 좀 그렇네요. 하지만 말씀드리죠 뭐, 어떻게 되든 결국 가슴속에 묻어 두고 썩일 수는 없는 노릇이니까요. 그럼 나리, 말씀드리자면요, 제 학사 아들놈 지참금에 보태 쓸 수 있도록 금화 3백 두카도나 6백 두카도를 제게 주셨으면 하는 건데요, 그러니까 아들놈 집을 하나 장만하는 데 도와주려고 그러는 겁니다요. 왜냐하면, 결국은 그들끼리 살아야 하니까요. 장인 장모의 오만방자함에 매여 살지 않도록 말입니다요.」

「또 다른 부탁은 없는지 잘 생각해 보시오.」 산초가 말했다. 「부담이 된다거나 창피해서 말 못 할 건 없소.」

「아니요, 확실히 없습니다요.」 농부가 대답했다.

그가 이렇게 말을 마치자 통치자는 즉시 벌떡 일어서더니 앉아 있던 의자를 붙들고 말했다.

「이런 우라질! 천박하고 야비하고 생각도 없는 작자야, 내 눈앞에서 당장 꺼져라! 안 그랬다가는 이 의자로 네 머리를 박살 내버릴 테다! 이 망나니 매춘부 자식에, 악마를 그대로 빼닮은 놈 같으니라고, 이 시간에 와서 한다는 소리가, 뭐? 금화 6백 두카도를 달라고? 내게 그만한 돈이 어디 있다고! 이 고약한 놈아. 내가 그런 돈을 가졌다 한들, 그걸 왜 네게 줘야 하지? 이 앙큼스러운 천치야! 그리고 그 미겔 투라라는 곳이나 페를레린 가문이 나랑 무슨 상관이라는 거냐? 내 앞에서 꺼지라고 하지 않았냐! 꺼지지 않으면 우리 주인 공작님의 목숨을 걸고 내가 말한 대로 하고야 말 테다. 넌 미겔 투라 출신이 아닌 게 틀림없어. 그보다는 나를 시험하기 위해 지옥에서 온 웬 약삭빠른 놈인 게야. 말해 봐, 이 양심 없는 놈아. 내가 이 자리에 앉은 지 아직 하루하고 반나절밖에 안 되었는데, 벌써 내가 금화 6백 두카도를 가지고 있기를 바란단 말이냐?」

식당 시종장이 농부에게 홀에서 나가라는 신호를 보내자 농부는 고개를 숙이고 그렇게 했는데, 통치자가 자기의 분노를 실행에 옮기지나 않을까 두려워하는 기색이 역력했다. 이렇듯 그 능구렁이 같은 친구는 자기가 맡은 역할을 정말 잘해 낼 줄 알았던 것이다.

하지만 화가 난 산초는 잠시 내버려 두자. 그는 사람들 사이에 편히 있으라 하고, 우리는 돈키호테에게로 돌아가자. 우리는 그가 얼굴에 붕대를 감은 채 고양이에게서 입은 상처가 낫기를 기다리고 있던 상태로 남겨 두었는데, 그 상처는 여드레가 가도 낫지를 않았다. 그런데 이 여드레 중 한 날, 시데 아메테가 이 이야기 속의 사건이면 늘 그러하듯, 그것이 아무리

587

사소한 일일지라도 정확하게 사실 그대로 이야기하겠다고 약속한 그러한 사건이 돈키호테에게 일어났다.

48

돈키호테와 공작 부인의 과부 시녀
도냐 로드리게스에게 일어난 일과
기록으로 남겨 영원히 기억할 만한
다른 사건들에 대하여

　형편없이 부상을 당한 돈키호테는 신의 손도 아니고 고양이 발톱에 할
퀸 자국 때문에 얼굴에 붕대를 감은 채 아주 슬프고도 우울하게 지내고
있었으니, 편력 기사로 지내다 보면 이러한 불행도 따르기 마련이다. 그
는 엿새 동안이나 사람들 앞에 나가지 않고 있었다. 그러던 어느 날 자기
의 불운과 알티시도라의 집요한 구애를 생각하면서 잠을 이루지 못하고
뜬눈으로 밤을 지새우고 있을 때, 누군가 열쇠로 자기 방문을 여는 듯한
기척을 느꼈다. 그 순간 그는 사랑에 빠진 처녀가 자신의 귀부인 둘시네
아 델 토보소를 위해 지켜야만 하는 그의 정절을 급습하여 믿음을 지키
지 못하게 할 상황으로 몰아넣으러 온 것이라고 상상했다.
　「안 되지.」 그는 상상한 대로 믿으면서 다른 사람이 들을 수 있을 정도
로 크게 소리 내 말했다. 「세상에서 가장 훌륭한 아름다움도 내 심장 한
가운데, 그리고 내장 가장 내밀한 곳에 새겨져 박혀 있는 아름다움을 경
배하는 일을 막지는 못할 것이다. 나의 공주여, 그대가 뚱보 농사꾼 처자
의 모습을 하고 있든, 황금빛 타호 강에서 요정이 되어 금실과 명주실을
섞어 천을 짜고 있든, 아니면 메를린이나 몬테시노스가 자기들 원하는 곳

에 그대를 데리고 있든, 그대가 어디에 있든 그대는 나의 것, 내가 어디에 있든 나는 그대의 것입니다.」

이런 말을 마침과 동시에 문이 열렸다. 그는 융단으로 된 누런색 침대 시트를 온몸에 두른 채 침대 위에 벌떡 일어섰다. 머리에는 양쪽 끝이 뾰족한 모자를 귀까지 덮어쓰고 얼굴과 콧수염은 붕대로 둘둘 감았는데, 얼굴은 할퀸 자국 때문이고 콧수염은 아래로 처지지 않도록 하기 위해서였다. 그런 차림새로 있었으니 상상할 수도 없을 정도로 괴상한 유령처럼 보였다.

두 눈을 문에 고정한 채 그곳으로 지치고 슬픔에 찌든 알티시도라가 들어오는 것을 기다리고 있던 돈키호테가 본 것은, 굉장히 존경받는 우두머리 과부 시녀가 끝이 기다란 흰 두건을 쓰고 들어오는 모습이었다. 두건이 어찌나 긴지 그녀의 몸을 다 덮어 머리끝에서 발끝까지 모포를 뒤집어쓴 것 같았다. 왼쪽 손가락 사이에는 반쯤 남은 채 불이 밝혀진 초가 끼워져 있었고 오른손으로 촛불을 감싸 불빛이 눈에 들어오지 않도록 했는데, 그 눈은 무진장 큰 안경에 덮여 있었다. 그녀는 조용히 발을 내디디며 조심스레 움직였다.

돈키호테는 침대 위를 조망대 삼아 그녀를 바라보다가 그녀의 치장과 그러한 침묵을 주시하고는, 어떤 마녀나 여자 마술사가 그런 행색으로 자기에게 아주 못된 짓을 하기 위해 온 것이라고 생각하여 부랴부랴 성호를 긋기 시작했다. 흉측하게 생긴 그 사람은 점점 가까이 다가와 방 한가운데 이르러 눈을 들고는 돈키호테가 허겁지겁 성호를 긋고 있는 모습을 보았다. 돈키호테가 그녀의 모습을 보고 두려움에 떨었다면, 그녀도 그의 그런 모습에 경악했다. 우뚝 선 큰 키에 온통 누런 형상인 데다 얼굴은 붕대로 감아 완전히 다른 모습을 하고 있는 그를 보고 그녀는 큰 소리로 외치고 말았다.

「에구머니나! 이게 뭐야?」

어찌나 놀랐는지 그녀는 그만 초를 떨어뜨려 버렸고, 방이 캄캄해지자 돌아서서 나가려 했지만 잔뜩 겁을 먹었던 터라 치맛자락에 걸려 바닥에 사정없이 나둥그러지고 말았다. 그러자 겁에 질린 돈키호테가 말하기 시작했다.

「유령인지 뭔지는 모르겠으나 네게 부탁건대, 네가 누군지를 말하라. 그리고 나한테서 원하는 게 뭔지도 말하라. 네가 만일 형벌에 처해진 영혼이라면 내게 말하라. 내가 너를 위해 힘닿는 한 무엇이든 하마. 나는 기독교인이자 모든 사람에게 착한 일을 베풀기를 좋아하기 때문이다. 지금 내가 수행하고 있는 편력 기사도의 길을 택했던 것도 바로 이를 위해서였다. 편력 기사의 수행은 연옥에서 괴로워하고 있는 영혼에게까지 좋은 일을 할 수 있을 정도로 그 범위가 넓으니 말이다.」

주저앉아 있던 과부 시녀는 이렇게 부탁하는 말을 듣고는 자기가 무서운 만큼 돈키호테 또한 그럴 것이라 짐작하고는 슬픔에 찬 낮은 목소리로 대답했다.

「돈키호테 나리 ─ 혹시 나리께서 돈키호테시라면 말이지요 ─ 저는 나리께서 생각하시는 유령도 아니고 환영이나 연옥에 떨어진 영혼도 아니랍니다. 저는 우리 마님 공작 부인의 우두머리 시녀 도냐 로드리게스로, 나리께서 곧잘 해결해 주시곤 하는 그러한 일이 생겨서 나리께 온 겁니다요.」

「말씀하시오, 도냐 로드리게스 부인.」 돈키호테가 말했다. 「혹시 무슨 중개인[285] 역할을 하러 온 것은 아니겠지요? 비할 데 없이 아름다운 나의 둘시네아 델 토보소 공주님 덕분에 그런 일에 있어서 나는 어느 누구에게

---

285 불륜의 사랑을 엮어 주는 사람을 뜻한다.

도 이용 가치가 없는 사람이라는 걸 알아주셨으면 합니다. 그러니까 내 말은, 도냐 로드리게스 부인, 만일 당신이 사랑의 전갈과는 상관없이, 그런 일은 한 켠에다 내버려 두고 오신 것이라면 초에 다시 불을 붙여 이쪽으로 돌아오셔서 가장 부탁하고 싶고, 가장 마음에 있는 일을 서로 이야기해 보도록 합시다. 방금 말씀드렸듯이, 달콤하고 자극적인 일은 뭐든 제외하면서 말입니다.」

「제가 누구 부탁으로 왔겠어요, 나리?」 과부 시녀가 대답했다. 「나리는 저를 잘 모르시는군요. 하긴, 아직 제 나이가 그렇게 많이 들지는 않았으니 그런 유치한 짓거리를 할 수도 있겠네요. 그러니 하느님이 찬양받으시는 거예요. 제가 아직 젊은 기력을 간직하고 있고, 몇 번 감기를 앓는 바람에 빠져 버린 극소수를 제외하고는 앞니나 어금니도 입에 온전히 남아 있으니 말예요. 이 아라곤 땅에서는 흔하디흔한 게 감기니까요. 그런데 나리, 잠깐만 기다려 주세요. 나갔다가 금방 촛불을 켜고 돌아와서 세상의 모든 근심 걱정을 치료해 주시는 나리께 제 일을 말씀드릴게요.」

그러고는 대답을 기다리지도 않고 방에서 나갔고, 돈키호테는 그녀를 기다리면서 조용히 생각에 잠겼다. 새로운 모험에 대한 수천 가지 생각들이 일어나기 시작했으니, 자기의 공주에게 약속한 맹세를 깨는 이런 위험에 처하게 된 것이 나쁜 일이며 나쁜 생각으로 여겨져 혼자 중얼거렸다.

「주의 깊고 교활한 악마가 지금껏 왕후들이나 여왕들이나 공작 부인들이나 후작 부인들과 백작 부인들로 이루지 못했던 일을 이번에는 과부 시녀를 통해 하려는 것인지 누가 알겠는가? 그것도 사려 깊은 사람들한테서 수차례 들은 말로는, 악마는 할 수만 있다면 매부리코 여자보다 납작코 여자를 보낸다[286]고 했어. 그리고 이 고독과 이 기회와 이 적막이 내 안

---

286 〈기대했던 것보다 못한 것을 준다〉라는 의미의 속담.

에 잠자고 있던 욕망을 깨워 이 내 만년에 지금껏 결코 넘어진 적이 없는 곳으로 나를 추락시킬는지도 모르는 터, 이런 경우에는 싸움을 기다리는 것보다 오히려 달아나는 편이 나은 거야. 그런데 이런, 내가 제정신이 아닌 게 틀림없군. 이런 터무니없는 일을 중얼거리고 있으니 말이야. 길고 흰 두건을 쓰고 안경을 낀 과부 시녀가 이 세상에서 가장 매정한 이 가슴에 음란한 생각을 일으키거나 충동질할 일은 없을 텐데. 이 세상에 훌륭한 살결을 가진 과부 시녀가 있던가? 이 지구상에 뻔뻔스럽지 않고, 찌푸리지도 않고, 새치름하지도 않은 과부 시녀가 있던가? 그러니 인간에게 어떤 위안도 주지 못하는 과부 시녀 무리들은 물러가라! 오, 자기 응접실 한쪽 구석에 안경을 끼고 조그마한 방석에 앉아 바느질하는 과부 시녀 모습을 한 조각상 두 개를 놓아두었다는 그 부인은 얼마나 현명했는가! 그렇게 함으로써 자기 방의 권위를 세우는 데 진짜 과부 시녀들과 똑같은 구실을 하게 했다는 것 아닌가!」

이런 말을 하면서 로드리게스 부인이 들어오지 못하게 할 생각으로 그가 침대에서 몸을 날려 문을 잠그려는데, 로드리게스 부인은 이미 하얀 초에 불을 밝혀 들어오고 있었다. 침대 시트를 몸에 두르고, 붕대로 얼굴을 감고, 귀를 가리는 뾰족모자라고 해야 할지 혹은 귀 가리개가 달린 모자라고 해야 할지 모를 그런 것을 머리에 쓴 돈키호테를 가까이에서 보자 그녀는 새삼 무서웠던지 두어 걸음 뒤로 물러서면서 말했다.

「우리 아무 일 없는 거죠, 기사 나리? 나리께서 침대에서 일어나 계신 게 그리 점잖은 것으로 생각되지 않아서 말이에요.」

「바로 내가 묻고 싶은 말입니다, 부인.」 돈키호테가 대답했다. 「그래서 묻소만, 내가 기습을 당한다거나 강간을 당하거나 하는 일은 없겠지요?」

「누구로부터요? 아니, 누구에게 그에 대한 대답을 요구하시는 겁니까, 나리?」 과부 시녀가 되물었다.

「당신에게, 그리고 당신으로부터 구하는 겁니다.」 돈키호테가 대답했다. 「나는 대리석으로 된 인간이 아니고, 당신 또한 청동으로 된 인간이 아니기 때문이지요. 오전 10시도 아니고 한밤중인 지금, 아니 내 생각에는 한밤중보다 조금 더 된 야심한 이 시간에, 배신자이자 무모했던 아이네이아스가 아름답고 인정 많은 디도를 취했던 동굴도 분명 그러했을, 아니 그보다 더할 정도로 밀폐되어 있고 은밀한 방 안에 있으니 말입니다. 하지만 부인, 그 손을 주시지요. 내가 가장 믿어야 할 것은 다름 아닌 바로 나의 자제력과 신중함, 그리고 당신의 공경스럽기 그지없는 그 두건이 보장해 주는 안전함입니다.」

이렇게 말하면서 돈키호테가 그녀의 오른손을 잡아 입을 맞추려 하자, 그녀도 똑같은 예를 갖추고자 그에게 자기 손을 주었다.

여기서 시데 아메테는 덧붙여 한마디 하고 있는데, 그렇게 그 두 사람이 서로 손을 잡고 문에서부터 침대까지 걸어가는 모습은, 마호메트의 이름을 걸고 맹세하건대 자기가 가지고 있던, 어깨부터 발까지 몸 전체를 가리는 옷 두 벌 가운데 훌륭한 쪽을 내놓을 정도로 볼만했다는 얘기였다.

결국 돈키호테는 침대로 들어갔고, 도냐 로드리게스는 안경을 벗지 않고 촛불도 끄지 않은 채 침대에서 약간 떨어진 곳에 놓인 의자에 앉았다. 돈키호테는 침대에 웅크려 앉은 채 온몸을 이불로 뒤집어쓰고 있어서 얼굴 이외에는 보이는 게 전혀 없었다. 둘 다 안정을 되찾자 먼저 침묵을 깬 사람은 돈키호테였다.

「도냐 로드리게스 부인, 이제야 당신의 슬픔으로 가득한 가슴과 상처 입은 내장 속에 품고 있는 것을 모두 풀어 털어놓고 말할 수가 있게 되었습니다. 나는 이 정결한 귀로 듣고 인정 많은 행동으로 도움을 드리겠습니다.」

「저도 그러시리라 믿어요.」 과부 시녀가 대답했다. 「나리의 그 멋지고 유쾌하신 모습을 뵈면 그저 기독교인다운 대답밖에는 기대할 수가 없는 걸요. 그러니까 제가 말씀드리고자 하는 일은 돈키호테 나리, 이런 겁니다. 나리는 이 아라곤 왕국의 한가운데서 이 의자에 앉아 이런 낡고 손이 많이 탄 시녀 복장으로 있는 제 모습을 보고 계시지만, 사실 저는 아스투리아스 데 오비에도[287] 태생으로 그 지역의 가장 훌륭한 혈통이 많이 섞인 가문 출신이랍니다. 하지만 제 운의 짧음과 부모님의 부주의 탓에, 어찌해서 그렇게 됐는지 제가 미처 알기도 전에 부모님은 가난해지셨고, 그렇게 되자 그분들은 저를 궁정이 있는 마드리드로 데려가 더는 불행한 일 없이 잘 지내라며 어느 지체 높은 마님을 섬기며 수예 일을 하는 시녀로 넣어 주셨죠. 나리께서 알아주셨으면 하는 것은, 장식을 위해 천의 가장자리를 푸는 일에 있어서나 재봉질에 있어서는 제 평생 저보다 앞선 사람이 아직 한 명도 없었다는 겁니다. 저희 부모님은 저를 시녀로 넣어 두고 고향으로 돌아가셨는데, 그로부터 몇 해 안 되어 하늘나라로 가시고 말았습니다. 착하신 데다 기독교인이셨으니 틀림없이 하늘나라로 가셨겠지요. 저는 고아가 되어 그런 큰 저택에서 하녀들에게 주는 비참한 급료와 인색하기 짝이 없는 은혜에 매여 살았지요. 그 무렵, 제가 무슨 여지를 준 것도 아니었는데 집안일을 돌보던 종자가 저를 사랑하게 되었답니다. 나이가 많고 턱수염이 난, 상당히 괜찮은 외모를 가진 사람이었지요. 무엇보다 이달고였어요. 왕과 같은 라 몬타냐 출신[288]이었거든요. 굳이 비

---

287 스페인 열일곱 개 자치 지역 중 북서쪽에 있는 아스투리아스 자치 지역에서 〈아스투리아스 데 오비에도Asturias de Oviedo〉는 동쪽을, 〈아스투리아스 데 산티야나Asturias de Santillana〉는 서쪽을 부르는 이름이다.

288 바스크 자치 지역에 있는 산탄데르 주의 라 몬타냐 출신이라는 뜻. 바스크 지역은 역사가 오래되었고 외지인들의 침입을 받지 않았기에, 그 지역 출신은 오랜 전통과 순수한 기독교인의 혈통을 자랑으로 삼았다.

밀로 하지 않았기에 우리의 사랑은 마님의 귀에 들어가지 않을 수 없었고, 마님은 말이 나는 게 싫어 성모 로마 가톨릭교회에서 우리를 평화롭게 결혼시켜 주셨지요. 그 결혼에서 딸애가 하나 태어났답니다. 만일 제게도 운이 있었다면 그 운에 마침표를 찍기 위해서 말이죠. 이렇게 말씀 드리는 이유는, 제가 딸을 낳다가 죽을 뻔해서가 아니라 ─ 해산은 제때 제대로 했으니까요 ─ 그 후 얼마 안 가서 남편이 놀라운 일로 세상을 떠났기 때문이랍니다. 지금 그 사연을 들으시면 나리도 놀라실 거예요.」

이쯤에서 그녀는 가련하게 흐느끼기 시작했다.

「용서하세요, 돈키호테 나리. 저로서는 더 이상 참을 수가 없네요. 불쌍한 남편을 생각할 때마다 제 눈은 늘 눈물로 넘치곤 하거든요. 세상에, 우리 마님을 흑옥처럼 까맣고 튼실한 노새의 궁둥이에 태우고 다니는 모습이 얼마나 근엄했던지! 당시에는 지금처럼 마차나 안장 같은 것을 사용하지 않았기 때문에 마님들은 종자가 탄 노새 궁둥이에 타고 다니시곤 했지요. 적어도 이 말씀만은 꼭 드려야겠는데, 제 남편이 얼마나 제대로 된 교육을 받고 자랐으며 철저한 사람인지를 알 수 있을 테니 말예요. 마드리드에 있는 산티아고 거리로 들어가려고 했을 때였어요. 그 거리는 꽤 좁은데, 마침 시장이 두 명의 직원을 앞세우고 나오던 중이었지요. 착한 제 남편은 그 모습을 보고 노새의 고삐를 돌려 그 일행의 뒤를 따라가겠다는[289] 뜻을 표했답니다. 그러자 노새 궁둥이에 타고 계시던 마님이 낮은 소리로 말씀하셨지요. 〈무슨 짓인가, 이 사람아? 내가 여기 타고 있는 게 안 보이는 건가?〉 하고 말이죠. 시장은 예의 바른 사람이었던지 말고삐를 멈추고는 제 남편에게 말했어요. 〈가던 길을 계속 가시오. 내가

___

[289] 중요한 인물들의 기분을 맞춰 주기 위해 이들을 길에서 만나면 뒤를 따라가는 게 당시 풍습이었다.

도냐 카실다 마님의 뒤를 따라가야 하오〉라고 말이죠. 이것이 우리 마님의 이름이었습니다. 하지만 여전히 제 남편은 손에 모자를 벗어 받들고 선 시장 일행 뒤를 따라가겠노라고 버텼답니다. 그걸 보신 마님은 하도 분통이 터져 굵직한 핀을 꺼내 — 아니면 화장품 케이스에 들어 있던 돗바늘 같은데 — 그걸로 남편의 등판을 찔러 버렸답니다. 남편은 비명을 지르며 몸을 뒤틀었고, 그 바람에 마님과 함께 노새에서 땅바닥으로 떨어지고 말았지요. 마님의 두 하인이 달려와서 마님을 일으켰고, 시장과 직원들도 그렇게 했답니다. 푸에르타 데 과달라하라[290]가 온통 난리가 났죠. 그러니까 그곳에 있었던 할 일 없던 사람들이 야단법석을 떨었다는 겁니다. 마님은 걸어서 돌아갔고, 제 남편은 이발사의 집으로 갔는데 내장이 꿰뚫렸다더군요. 남편이 차린 예의에 대한 이야기가 사방팔방 소문으로 퍼져, 길거리에 나가면 아이들이 남편 뒤를 따라 달릴 정도였답니다. 이런 일이 있었던 데다 남편이 약간 근시이기도 해서 마님은 남편을 해고하고 말았지요. 이로 인한 고통 때문에 불행히도 남편은 죽게 된 것 같습니다. 제가 보기엔 틀림없었지요. 결국 저는 의지할 데 없는 과부가 되었고 딸까지 짊어지고 살아야만 했지요. 딸아이는 바다의 거품처럼 무럭무럭 자라며 점점 더 아름다워지고 있었답니다. 제가 바느질을 아주 잘한다는 소문이 나서, 지금 마님이신 공작 부인께서는 저의 주인이신 공작님과 갓 결혼하셨을 때 이 아라곤 왕국으로 저를 데려오고 싶어 하셨지요. 당연히 제 딸도요. 이곳에서 날이 가고 해가 바뀌는 동안 딸은 세상의 모든 날렵함과 우아함을 갖추며 자라났습니다. 종달새처럼 노래하고, 생각대로 몸을 놀리며, 신들린 여자처럼 춤을 추고, 학교 선생처럼 읽

---

290 Puerta de Guadalajara. 마드리드 마요르 광장에 있었던 문. 12세기 전반기에 세워졌다가 1580년 화재로 사라졌다. 그 지역이 마드리드에서 가장 붐비는 곳으로 바로 옆에 마드리드 중심지인 푸에르타 델 솔이 있다.

고 쓰며, 욕심꾸러기처럼 계산하지요. 청결함에 대해서는 말을 해서 뭐 합니까. 흘러가는 샘물도 그 아이보다 더 맑지 않으니까요. 제 기억이 틀리지 않는다면 지금 나이가 열여섯하고 다섯 달 사흘로, 이보다 하루가 많거나 적거나 할 겁니다. 결론적으로 이런 제 딸을 여기서 그리 멀지 않은, 우리 주인이신 공작님 영지에 사는 돈 많은 농부의 아들이 사랑하게 되었다는 겁니다. 사실 어떻게 해서 그렇게 되었는지는 모르나 그 둘은 잠자리를 같이한 모양인데, 그놈이 남편이 되겠다는 약속으로 제 딸을 우롱해 놓고선 이제 와 그 약속을 지키고 싶어 하지 않는다는 거예요. 제가 한 번이 아니라 수차례에 걸쳐 호소했기 때문에 우리 주인이신 공작님도 이 일을 알고 계십니다. 그 농부의 아들에게 제 딸과 결혼하도록 명령을 내려 주십사 부탁을 드렸습니다만, 들리지 않는 척하시고 들으려 하시지도 않아요. 그건 제 딸을 우롱한 그놈의 아버지가 대단한 부자라서 공작님께 돈을 빌려 드리기 때문인데요, 그러다 보니 공작님은 가끔씩 그 사람이 꾸미는 사기에 보증인으로 나서 주기까지 하면서, 그 사람이 싫어하는 일이나 어떤 식으로든 그에게 괴로움을 줄 수 있는 일은 하려 하시지 않는답니다. 그래서 제가 원하옵기는 나리, 나리께서 설득하시거나 아니면 무력을 써서라도 이 모욕을 쳐부수어 주셨으면 하는 겁니다. 세상 사람들의 말에 따르면, 나리께서는 모욕을 쳐부수고 불의를 바로 잡으며 가여운 자들을 보호해 주기 위해 이 세상에 태어나셨다지요. 나리께서는 제 딸이 아버지 없는 자식에 얌전하고 아직 어리다는 점, 그리고 앞서 말씀드렸듯이 제 딸이 갖고 있는 여러 가지 좋은 점들을 앞세우십시오. 하느님과 제 양심을 걸고 드리는 말씀입니다만, 우리 마님이 데리고 계신 시녀들 가운데 제 딸아이의 신발 바닥에라도 미치는 아이는 아무도 없답니다. 사람들 말로는 그 알티시도라가 밝고 쾌활하다고들 하지만 그 아이도 제 딸과 비교한다면 2레과만큼이나 저만치 떨어져 있답니다. 이렇게 말씀드리는 이유는 나리, 빛난다고 모두 금이 아님을 나리께서도 아셨으면 해서입니다. 이 알티시도라라는 계집애는 아름답다기보다는 그저 아름답고 잘난 척하는 아이이고, 조신하다기보다는 자유분방한 애니까요. 더군다나 그리 건강한 편도 아니랍니다. 어딘지 모를 지친 숨소리가 나서 걔 옆에서는 잠시도 있을 수가 없을 정도죠. 게다가 우리 마님이신 공작 부인께서는……. 이건 입을 다물겠습니다. 벽에도 귀가 있다고들 하니 말이죠.」

「나의 귀부인 공작 부인께 무슨 문제가 있는 겁니까? 도냐 로드리게스 부인, 제발 말해 주시지요.」 돈키호테가 말했다.

「그렇게 진심으로 부탁하시니…….」 과부 시녀가 대답했다. 「대답하지 않을 수가 없네요. 돈키호테 나리, 나리께서는 우리 마님 공작 부인의 아름다움을 보셨나요? 광을 내어 매끈하게 닦은 칼 같은 얼굴 피부며, 한쪽에는 태양을 가지고 다른 쪽에는 달을 가진 듯 우윳빛과 붉은빛을 띤 양 볼이며, 그 자태의 당당함을 말입니다요. 얼마나 당당하게 땅을 밟고 다니시는지 땅을 무시하시는 듯 여겨질 지경에, 발 닿는 곳마다 건강을 흩뿌리고 다니시는 것 같다니까요. 나리께서 아셔야 할 것은, 이런 것에 대해서 먼저 하느님께 감사드려야 하고, 그다음에는 그분이 양다리에 갖고 계시는 두 개의 궤양[291]에 감사드려야 한다는 점입니다. 의사들이 말하기를, 마님께 가득 차 있는 나쁜 체액이 그 두 곳으로 모두 나온다고 하네요.」

「아이고 맙소사!」 돈키호테가 말했다. 「나의 귀부인 공작 부인께서 그런 배수관을 가지고 계시다는 게 있을 수 있는 일인가! 맨발의 수도사들

---

291 당시에는 가슴, 다리, 사타구니 등에 일부러 궤양을 만들어 이곳으로 나쁜 체액을 빼내면 건강을 유지할 수 있다고 믿었다.

이 그런 말을 했더라도 나는 믿지 않았을 것이나 도냐 로드리게스 부인이 한 말이니 틀림없겠지요. 하지만 그런 배수관이, 그것도 그런 자리에 있다면 나쁜 체액이 아니라 틀림없이 액체로 된 호박 보석을 내보내고 있을 겁니다. 지금 막 생각해 보니, 정말 그런 배수관을 만드는 것이 건강을 위해 중요한 일임은 분명해 보이는군.」

돈키호테가 이 말을 마치자마자 큰 소리와 함께 방문이 활짝 열렸고, 이에 놀란 도냐 로드리게스가 다시 초를 떨어뜨리는 바람에 방은 흔한 말로 늑대의 입속처럼 어두워졌다. 그리고 곧 그 가엾은 우두머리 과부 시녀는 누군가 손으로 자기 목을 움켜잡는 것을 느꼈는데, 제대로 세게 잡혀 숨조차 쉴 수 없을 정도였다. 그러더니 다른 인물이 아무 말도 없이 잽싸게 그녀의 스커트를 걷어 올리고 덧신 같은 것으로 마구 때리기 시작했으니 그야말로 불쌍하기 짝이 없었다. 돈키호테는 과부 시녀가 불쌍해 보이기는 했으나 대체 무슨 일인지 알 수가 없어 침대에서 몸을 움직이지 않았다. 오히려 저 매질이 자기한테 오지나 않을까 싶어 말 한마디 없이 걱정하고 있었는데 헛된 걱정은 아니었다. 말없는 집행자들이 과부 시녀를 실컷 패놓고 나서는 ― 그녀는 감히 불평도 못 했다 ― 돈키호테에게 달려들어 그가 두르고 있던 이불이며 침대 시트를 벗겨 내더니 얼마나 무지막지하고도 세게 꼬집어 대기 시작했는지, 그는 몸을 지키기 위해 주먹을 휘두를 수밖에 없었다. 이 모든 일이 놀라울 정도의 침묵 속에서 거의 반 시간이나 계속되었다. 마침내 유령들이 물러가자 도냐 로드리게스는 치마를 추스르고 불운을 투덜대며 돈키호테에게는 한 마디 말도 않고 밖으로 나가 버렸다. 돈키호테는 꼬집힘을 당하여 아프기도 하고 혼란스럽기도 한 데다 도대체 무슨 영문인지 몰라 혼자 남은 채 생각에 잠겼다. 자신을 이 꼴로 만들어 놓은 사악한 마법사가 대체 누구인지 알고 싶어 하는 돈키호테를, 우리는 여기 남겨 두기로 하자. 이것은 때가 되면 밝혀질

것이니 말이다. 그보다 산초 판사가 우리를 부르고 있는데, 이 이야기가
제대로 조화를 이루려면 거기로 가봐야 할 것이다.

49
산초 판사가 자기 섬을
순찰하던 중 일어난 사건에 대하여

우리는 묘사에 뛰어나고 속이 앙큼한 농부 때문에 화가 나 불쾌해진 위대한 통치자를 내버려 두고 왔었다. 사실 그 농부는 집사가 시키는 대로 했던 것이고, 집사는 모두 공작의 지시에 따라 산초를 놀리기 위해 그런 것이었다. 비록 멍청하고 거칠고 땅딸막한 뚱보이긴 하지만 산초는 그 모든 것을 꿋꿋하게 받아들이고, 자기와 함께 있던 사람들과 페드로 레시오 의사에게 — 공작의 편지에 담아 온 비밀 얘기가 다 끝났기 때문에 그는 다시 홀에 들어와 있었다 — 말했다.

「이제야 정말로 내가 이해하겠는 건, 판관이니 통치자니 하는 사람들은 청동으로 되어 있거나 청동으로 되어야 할 것 같소. 어느 때건 어느 시간이건 상관없이 무슨 일이 있어도 자기들 말만 들어 주고 처리해 달라는 진정인들의 뻔뻔스러움을 참아 내려면 말이오. 그리고 만일 가여운 판관이 진정 사건을 처리할 수 없거나, 진술을 듣기로 정해 놓은 시간이 아니라는 이유로 그들의 말을 경청해 주지 않거나, 사건을 처리해 주지 않으면 그네들은 금방 판관들을 저주하고 험담하면서 그들의 뼈를 깎아먹고 가문까지 따지고 들지. 바보 같은 진정인, 머리가 모자라는 진정인이여,

서두르지 말기를. 진정할 기회와 때를 기다려야지. 그러니까 밥 먹을 시간이라든가 잠을 자야 할 시간에는 오는 게 아니라고. 판관들도 뼈와 살을 가진 인간으로 자연의 욕구를 자연스럽게 들어주어야 하는 거란 말이야. 그런데 나는 지금 그러지를 못해. 내 자연의 욕구에 합당한 먹을 것을 주고 있지 않거든. 내 앞에 있는 이 페드로 레시오 티르테아푸에라 의사 나리 덕분에 말이야. 이 나리는 내가 굶어 죽기를 바라면서 그렇게 굶어 죽는 것을 삶이라고 하는데, 그런 삶은 하느님께서 이 나리와 나리 같은 족속들에게나 주시면 좋겠군. 고약한 의사 무리들에게 말이지. 훌륭한 의사 무리에게는 박수와 명예가 합당하니까.」

산초 판사를 알고 있던 사람들은 모두 이토록 멋진 그의 말솜씨에 감탄해 마지않았다. 이들은 산초가 이렇게 변한 원인을 어디서 찾아야 할지 알 수가 없었다. 물론 중대한 임무나 직책이 사람의 분별력을 더하거나 망가뜨리는 것은 사실이지만 말이다. 결국 레시오 아구에로 데 티르테아푸에라 의사는, 히포크라테스의 모든 금언에서 벗어나는 일이기는 하지만 그날 밤 그에게 식사를 주겠다고 약속했다. 이것으로 통치자는 아주 만족스러하면서 어서 밤이 와 저녁 먹을 시간이 되기만을 간절히 기다렸다. 그가 보기에는 시간이 한곳에서 움직이지 않고 그대로 머물러 있는 것만 같았으나 그래도 그토록 애타게 기다리던 때가 와서, 사람들은 그에게 양파를 곁들인 소고기 완자와 날이 찬 송아지 앞다리 삶은 것을 저녁으로 내놓았다. 그는 그 음식에 완전히 빠져들어 게걸스레 먹어 치웠다. 만일 그에게 밀라노의 메추리, 로마의 꿩, 소렌토의 송아지 고기, 모론의 자고새나 라바호스의 거위 요리를 줬다 한들 이처럼 흐뭇하게 먹지는 않았을 것이다. 식사하는 동안 그는 의사를 돌아보며 말했다.

「이보시오, 의사 나리, 앞으론 좋은 요리나 진수성찬만 먹여 주려고 신경 쓰지 말아요. 내 위를 놀라게 할 테니 말이오. 내 위는 염소 고기, 소고

603

기, 소금에 절인 돼지고기, 육포, 무, 양파에나 익숙해져 있거든. 어쩌다가 대저택의 요리라도 들어가면 좋아서 받아들이기도 하지만 어떤 때는 욕지기가 나기도 하지. 식당 시종장은 내게 고기와 순대, 베이컨이며 햄이며 콩류 등 영양가가 높은 것들을 두루두루 넣어 만든 요리를 만들어 주면 되오. 넣은 게 많으면 많을수록 냄새가 더 구수하게 나지. 식당 시종장이 원하는 것뿐만 아니라 먹을 수 있는 것이라면 무엇이든 그 요리에 채워 담을 수 있고, 난 진심으로 고마워할 것이오. 언젠가는 그 고마움을 갚을 날이 오겠지. 그리고 누구든 날 가지고 장난칠 생각 마시오. 인생 별것 있소? 사느냐 아니면 죽느냐지. 그러니 우리 모두 살면서 서로 평화롭고 의좋게 먹읍시다. 하느님이 아침을 주시는 것도 다 우리 모두를 위한 게 아니겠소. 나는 정의를 포기하지 않고 뇌물도 받지 않으며 이 섬을 다스릴 것이오. 그러니 모두가 눈 똑바로 뜨고 자기가 해야 할 일에 마음을 쓰기 바라오. 이곳에는 혼란이 있지만, 내게 기회만 준다면 놀라운 일들을 보게 될 것임을 알게 해주고 싶소. 아니, 그보다 여러분들이 꿀이 되면 파리가 당신들을 먹을 게요.」

「물론입니다, 통치자 나리.」 식당 시종장이 말했다. 「참으로 지당하신 말씀입니다. 통치자 나리를 사랑과 호의로써 어김없이 섬길 것을 이 섬의 모든 주민들을 대신해서 약속드립니다. 나리께서 보여 주신 부드러운 통치 방식은 나리의 의무를 이행하지 못하시도록 방해할 생각도 못 하게 하며 그 여지조차 주고 있지 않습니다.」

「나도 그렇게 생각하오.」 산초가 대답했다. 「만일 다른 짓을 할 생각을 하거나 실제로 그렇게 한다면 바보들인 게지. 그래서 다시 말해 두지만, 내가 먹을 음식과 내 당나귀가 먹을 사료에 신경을 써줬으면 하오. 이게 이 일에서 가장 중요하고도 상황에 맞는 일이니 말이오. 그리고 시간이 되면 우리 한번 이 섬을 둘러보러 갑시다. 이 섬에서 더러운 것이라면 그게 무엇이든 간에 모두 다 치워 버리고자 하는 게 내 마음이오. 부랑자들이나 놀고먹는 사람들이나 타락한 창부 같은 자들 말이지. 쓸모없고 게으른 사람들은 벌집의 수벌처럼 일벌들이 만들어 놓은 꿀을 그저 먹기만 하는 자들이라는 것을 내 친구들인 여러분들이 알아주기를 바라오. 나는 농부들을 도와주고, 이달고들의 특권을 지켜 주며, 덕스러운 자들에게는 상을 주고, 특히 종교를 존중하고 종교인들의 명예를 존중해 드릴 생각이라오. 친구들이여, 이 일을 어떻게 생각하시오? 내가 좀 말이 되는 소리를 한 거요? 아니면 머리 깨질 소리만 했소?」

「통치자 나리…….」 집사가 말했다. 「나리처럼 학문이 전혀 없으신 ─ 그러니까 제가 알기로 학문을 전혀 안 하신 줄 알고 있습니다만 ─ 그런 분께서 금언과 경고에 찬 그 많은 말씀을 하시니 저희는 무척 놀랐답니다. 저희를 여기로 보내신 분들이나 이곳에 온 저희가 나리의 재능에 기대하고 있던 것과는 전혀 다른 말씀들이니 말입니다요. 세상에는 날마다 새로운 일이 보이지요. 그러니까 장난이 진실이 되고 놀리는 사람들이 놀림을 당하게 되는 일들 말입니다.」

밤이 와서 통치자는 레시오 의사 나리의 허락하에 저녁 식사[292]를 한 다음 야경을 돌 채비를 차려 집사와 비서와 식당 시종장과 그의 행적을 기록할 기록관과 순경들과 서기 등, 중대의 반을 이룰 수 있을 정도로 많은 무리를 거느리고 출발했다. 그들 사이에서 지휘봉을 든 채 가고 있는 산초의 모습은 참으로 볼만했다. 얼마 지나지 않아 칼싸움을 하는 소리가 들려 그곳으로 가보니 두 사람이 싸우고 있었는데, 판관이 오는 것을 보자 그들은 싸움을 멈추었다. 그들 중 한 사람이 말했다.

---

292 이미 저녁을 먹었다. 또다시 저녁 식사를 한다는 내용이 나온 것은 세르반테스의 건망증에서 비롯된 듯하다.

「이 마을은 하느님과 왕의 것이란 말이오! 사람들이 살고 있는 이 마을에서 도둑질을 하고 길 한가운데로 강도질을 하려고 뛰쳐나온 자를 어떻게 가만히 보고만 있을 수 있겠소!」

「진정하시오, 착한 자여.」 산초가 말했다. 「이 싸움의 원인이 뭔지 내게 말해 주시오, 내가 통치자요.」

그러자 그가 말했다.

「통치자 나리, 제가 아주 간단하게 말씀드리겠습니다. 이 잘난 인간이 이 앞에 있는 도박장에서 지금 막 1천 레알 이상을 땄다는 걸 나리께서 아셔야 합니다. 어떻게 땄는지는 하느님이 아시지요. 제가 그 자리에서 지켜보며 이 사람이 주저할 때마다 제 양심이 명령하는 그 모든 것을 어기면서까지 몇 번이나 유리한 판단을 해주었지요. 그런데 이 작자가 딴 돈을 혼자 다 꿀꺽해 버린 겁니다. 적어도 개평으로 얼마는 주겠지 하고 있었는데 말이죠. 저처럼 중요한 몫을 한 사람에게는 그렇게 하는 게 일상적인 관례니까요. 우리 같은 사람들은 그 자리에서 좋은 꼴 나쁜 꼴 다 보며 무분별한 일을 부추기기도 하고 싸움을 말리기도 하거든요. 그런데 이 작자는 자기가 딴 돈을 몽땅 지갑에 넣더니 도박장에서 나가 버리는 겁니다. 저는 억울해서 이 사람 뒤를 따라 나와 점잖고 좋은 말로, 하다못해 8레알이라도 달라고 했습니다. 저는 정직한 인간으로 직업도 없고 수입도 없다는 걸 알아주십시오. 그건 부모님께서 저를 가르치지 않으셨고 재산도 남기지 않으셨기 때문이랍니다. 그런데 카코[293] 못지않은 도둑에, 안드라디야[294]만 한 야바위꾼인 이 앙큼스러운 작자가 4레알 이상은 내놓지 못하겠다는 겁니다. 얼마나 염치없고 비양심적인 녀석인지, 통치자

---

293 Caco. 로마 신화에 나오는 대도둑.
294 Andradilla. 당시 아주 유명했던 도둑.

나리, 좀 보시라고요! 만일 나리께서 나타나시지 않았더라면 정말이지 전 그 번 돈을 다 토해 내게 만들어서 저울에 얼마나 달리는지 보여 줬을 겁니다.」[295]

「그대는 여기에 달리 할 말이 없소?」 산초가 물었다.

다른 남자는 상대방이 한 말이 모두 사실이긴 하지만 지금까지 여러 번 돈을 주었기 때문에 4레알 이상은 주고 싶지 않았다고 말했다. 그러면서 개평을 바라는 인간이라면 공손해야 하며 사람들이 주는 것을 기쁜 얼굴로 받아야지, 돈을 딴 사람에게 따지려 들어서는 아니 된다고도 했다. 사기를 쳐서 땄는지 혹은 속임수로 벌어들인 것인지 확실하게 알지 못하는 한 말이다. 그리고 상대가 아까 자기보고 도둑이라고 했는데 자기는 정직한 사람이며, 상대에게 돈을 전혀 주지 않으려 한 것이 바로 그것을 밝혀 주는 증거라고 했다. 왜냐하면 사기꾼들은 자기를 아는 구경꾼들에게 세금을 바치기 마련이니 말이다.

「그렇군.」 집사가 말했다. 「통치자 나리, 이 두 사람을 어떻게 처리하면 좋겠습니까?」

「이렇게 처리하시오.」 산초가 대답했다. 「그대, 돈을 딴 사람은, 착하든 나쁘든 이것이든 저것이든 상관없으니 그대와 칼싸움을 했던 상대에게 지금 당장 1백 레알을 주시오. 그리고 감옥에 있는 불쌍한 사람들을 위해 지갑에서 30레알을 꺼내시오. 그리고 그대, 직업도 없고 수입도 없어 이 섬에 불필요한 인간인 그대는 얼른 그 1백 레알을 받고 내일 중으로 이 섬에서 나가시오. 10년 동안 추방형이오. 만일 그렇게 하지 않을 때에는 내가 직접 그대의 목을 잘라 높은 곳에 매달거나, 적어도 사형 집행인에게 명령을 내려 그렇게 할 것이니 저승에서라도 그 명령은 실행될 거요.

---

295 〈청산하게 했을 것이다〉라는 의미이다.

어떤 말대꾸도 마시오. 말대꾸를 하면 혼내 줄 테니.」

한 사람은 지갑을 꺼냈고, 다른 사람은 돈을 받았다. 받은 자는 섬에서 떠났고 준 자는 자기 집으로 갔다. 그러자 통치자는 남아서 말했다.

「이젠 그런 도박장들을 없애 버릴 것이오. 그렇게 못 한다면 내 권력은 아무것도 아닌 게지. 그런 곳은 아주 해로워 보인단 말이야.」

「적어도 이 도박장은 불가능합니다.」 서기가 말했다. 「워낙 대단하신 분이 소유하고 계시거든요. 그분은 1년 동안 카드 노름으로 잃는 돈이 버는 돈에 비교할 수 없을 정도로 엄청나게 많습니다. 다른 소규모의 도박장에는 나리의 힘을 보여 주실 수 있습니다. 그런 도박장들이 더 많은 해를 끼치고 훨씬 더 무례한 일들을 감추고 있지요. 중요하신 기사들이나 어르신네들이 운영하는 도박장에서는 아무리 유명한 사기꾼들이라도 감히 속임수를 쓰지 못하니까요. 그리고 도박하는 악습이 이제는 너 나 할 것 없이 하는 놀이가 되어 버린 마당이니, 차라리 중요한 양반들이 운영하는 도박장에서 하도록 하는 게 낫지요. 일반 장사치들 집에서 하는 것보다는 말입니다. 그런 데서는 자정이 지난 다음 재수 없는 놈 하나 걸리면 산 채로 껍질을 몽땅 벗겨 놓곤 하지요.」

「알았소, 서기.」 산초가 말했다. 「이 문제로 할 말이 많다는 걸 나도 잘 알겠소.」

이때 말단 관리 하나가 젊은이를 하나 붙잡아 와서 말했다.

「통치자 나리, 이 젊은이가 우리 쪽으로 오다가 판관님을 보자마자 등을 돌려 노루처럼 달아나기 시작했는데, 그건 분명 무슨 범죄를 저지른 게 틀림없다는 증거지요. 그래서 제가 이자를 쫓아갔는데, 이놈 발이 걸려 넘어지지 않았다면 도저히 잡지 못했을 겁니다요.」

「왜 달아났소, 젊은이?」 산초가 물었다.

이 질문에 젊은이가 대답했다.

「나리, 순경들이 해댈 숱한 질문에 대답해야 하는 걸 피하려고 그랬습니다.」

「직업이 뭐요?」

「직물공입니다.」

「뭘 짜는가?」

「나리의 허락을 얻어 말씀드리니, 쇠창입니다.」

「날 웃기려는 거요? 신소리꾼인 척하는 거요? 좋아! 그래, 어디 가던 중이었소?」

「나리, 바람 쐬러 가던 중이었습니다.」

「그래, 이 섬에서 어디를 가야 바람을 쐴 수 있지?」

「바람이 부는 곳이죠.」

「좋아, 아주 제대로 대답을 하는구먼! 조심성이 많은 젊은이야. 하지만 내가 바로 바람이란 걸 아시오. 그대 뒤에서 불어 그대를 감방에 들어가게 할 바람 말이지. 여봐라, 이놈을 붙들어 데려가라. 오늘 밤엔 바람 없는 감옥에서 자게 할 테니 말이다.」

「세상에!」 젊은이가 말했다. 「절 감옥에서 자게 하시겠다는 건 절 왕으로 만든다는 얘기와 같습니다요!」

「그러니까, 내가 그대를 감옥에서 자게 하지 못할 거라는 거요?」 산초가 물었다. 「원할 때면 언제라도 그대를 붙잡을 수 있고, 또 마음이 내킬 때면 언제라도 석방시킬 힘이 내게 없단 말이오?」

「나리께서 아무리 힘을 가지고 계신다 한들…….」 젊은이가 말했다. 「저를 감옥에서 자게 할 만한 힘은 아니라는 겁니다.」

「어째서 아니라는 거지?」 산초가 대답했다. 「당장 이놈을 데리고 가서 자기가 잘못 알고 있다는 걸 제 눈으로 직접 확인하게 하라. 간수장은 이놈에게 관대함을 베풀어 주려고 해서는 안 되며, 만일 이놈을 감옥에서 한 발자국이라도 나가게 하면 간수장에게 2천 두카도의 벌금을 물릴 것이다.」

「아무리 그래도 그건 그저 웃음거리가 될 뿐입니다.」 젊은이가 대답했다. 「문제는 지금 세상에 살아 있는 사람들이 모두 한꺼번에 덤벼들어도 저를 감옥에서 자게 할 수는 없다는 겁니다.」

「이봐, 이 악마야.」 산초가 말했다. 「너를 감옥에서 꺼내 주고 네가 차게 될 족쇄를 벗겨 줄 천사라도 있단 말이냐?」

「자, 통치자 나리……」 젊은이가 아주 침착하게 대답했다. 「우리 한번 잘 생각해서 문제의 요점으로 가보지요. 나리께서 저를 감옥에 데려가라 하시고, 감옥에서 제게 족쇄와 쇠사슬을 채우도록 명령하시거나 지하 감옥에 가두고 만일 저를 내보내면 간수장에게 엄벌을 준다고 가정해 봅시다. 또 간수장이 나리 분부를 그대로 수행할 거라고 가정해 봅시다. 아무리 그래도 제가 잠을 자고 싶지 않다면, 그래서 밤새도록 자지 않고 내내 깨어 있기를 원한다면, 제가 원하지 않는데 아무리 나리에게 힘이 있으신들 저를 자게 할 수 있다고 보십니까?」

「그건 안 되지, 분명코.」 비서가 말했다. 「이 사람이 자기 뜻대로 이루었네요.」

「그러니까……」 산초가 말했다. 「그대는 그대 뜻이 아닌 다른 어떤 것으로도 잠을 자지 않겠다는 것이군, 내 뜻을 거역하기 위해서가 아니라?」

「그렇습니다.」 젊은이가 말했다. 「나리께 거역할 생각은 추호도 없습니다.」

「그렇다면 잘 가시오.」 산초가 말했다. 「그대 집에 가서 자시오. 하느님이 그대에게 숙면을 주시기를 바라오. 그리고 난 그대의 잠을 빼앗을 생각이 전혀 없소. 하지만 충고해 두겠는데, 앞으로는 판관을 가지고 장난치지 마시오. 그러다가 그 대갈통을 부숴 버릴 사람을 만날 수도 있으니 말이오.」

젊은이는 가버렸고 통치자는 계속해서 야경을 돌았는데, 얼마 지나지 않아 말단 관리 두 명이 남자 하나를 붙잡아 와서는 말했다.

「통치자 나리, 남자로 보이는 이자가 남자가 아니고 여자입니다. 그것도 못생긴 여자가 아닌데 남자 복장을 하고 있습니다.」

그의 눈앞에 등불 서너 개를 갖다 대니 불빛에 열여섯이나 열여섯이 조금 넘은 것으로 보이는 여자의 얼굴이 드러났다. 금빛과 초록빛 비단으로 된 머리그물로 머리카락을 모아 쓴 모습이 수천 개의 진주처럼 아름다웠다. 사람들은 그녀를 위아래로 살펴보다가 그녀가 붉은색 인조견으로 된 긴 양말을 신고 금과 불규칙한 모양의 진주 술 장식이 달린 하얀 호박직 양말대님을 하고 있다는 것을 알았다. 통 넓은 초록빛 바지는 금실로 짠 천으로 지은 것이었고 같은 천으로 된 허리까지 오는 짧은 망토는 앞이 열려 있었는데, 그 안쪽에는 아주 고급 천으로 만든 금색과 흰색의 조끼를 입고 있었다. 신은 하얀색으로 남자용이었고, 칼은 차지 않았으나 아주 훌륭한 단검을 꽂았으며, 손가락에는 멋들어진 반지들을 여러 개 끼고 있었다. 요컨대 그 젊은 여자는 모든 사람들에게 좋은 인상을 주었으나 그들 중 그녀를 아는 사람은 아무도 없었고, 이 마을에서 태어난 사람들조차 이 젊은 여자가 누군지 짐작도 못 하겠다고 말했다. 산초를 놀리기로 되어 있던 사람들은 특히 놀랐으니, 이 사건은 미리 계획되었던 일이 아니었기 때문이다. 일이 어떻게 되어 갈는지 모두가 궁금해했다.

산초는 젊은 여자의 대단한 아름다움에 얼이 빠져 있으면서도 그녀가 누구인지, 어디로 가는 길이었는지, 또 어떤 계기로 그렇게 남장을 하게 되었는지를 물었다. 그녀는 땅을 내려다보면서 아주 얌전하고 겸손한 태도로 대답했다.

「나리, 중하디중한 비밀로 해야 할 것을 이렇게 많은 사람들 앞에서 공공연하게 말씀드릴 수는 없답니다. 단 한 가지 알아주셨으면 하는 건요, 저는 도둑이 아니고 나쁜 사람도 아니라는 겁니다. 단지 질투의 힘을 못 이겨 정숙해야 할 여인으로서의 품격을 깨고 만 불행한 아이일 뿐입니다.」

이 말을 듣자 집사가 산초에게 말했다.

「나리, 사람들을 물리시지요. 이 아가씨가 수치심을 덜 느끼며 하고 싶은 말을 할 수 있도록 말입니다요.」

그래서 통치자는 그렇게 명령했고, 집사와 식당 시종장과 비서를 제외한 다른 사람들은 모두 물러갔다. 이들만 남게 되자 그 처자는 계속 말을 이었다.

「어르신들, 저는 이 지방에서 양모에 대한 세금을 징수하는 페드로 페레스 마소르카의 딸인데, 그분은 자주 저의 아버지 집에 오시지요.」

「그건 말이 안 되는데.」 집사가 말했다. 「아가씨, 나는 페드로 페레스를 아주 잘 아는데, 그 사람에게는 사내아이건 계집아이건 자식이 없거든. 그뿐만 아니라 아가씨는 그분이 아버지라고 해놓고, 금방 또 그 사람이 자주 아가씨 아버지 집에 온다고 덧붙였단 말이오.」

「나도 그런 생각을 했소.」 산초가 말했다.

「어르신들, 제가 지금 너무나 혼란스러워서 대체 무슨 말을 하고 있는지 모르겠네요.」 처자가 대답했다. 「사실 전 디에고 데 라 야나의 딸입니다. 어르신들도 분명 알고 계시는 분이죠.」

「이제야 말이 되는군.」 집사가 대답했다. 「그래, 디에고 데 라 야나라면 나도 알고 있는 분이지. 꽤 유명하신 이달고에 부자시지. 그리고 아들 하나와 딸 하나가 있고, 상처한 이후로 이 마을에서 그분 따님의 얼굴을 봤다고 말할 수 있는 사람은 아직까지 없었소. 따님을 워낙 꽁꽁 숨겨 두고 있어서 태양도 그 얼굴을 볼 기회가 없을 정도라지. 소문에 의하면 굉장한 미인이라고 하더군.」

「그건 사실이에요.」 그 처자가 대답했다. 「그 딸이 바로 저예요. 제가 아름답다는 소문이 거짓인지 아닌지는 어르신들이 저를 보셨으니 이제 제대로 아시겠지요.」

이렇게 말하면서 처자는 구슬프게 울기 시작했다. 그 모습을 보자 비서는 식당 시종장의 귀에다 대고 아주 천천히 말했다.

「틀림없이 이 가엾은 아가씨에게 무슨 큰일이 일어난 게지. 이런 시간에 저런 복장으로, 더욱이 그렇게 지체 높으신 분이 집 밖을 돌아다니고 있으니 말이네.」

「그건 의심할 여지가 없군.」 식당 시종장이 대답했다. 「더욱이 저 눈물이 그런 의혹을 확신하게 해주고 있으니 말일세.」

산초는 자기가 알고 있는 가장 좋은 말로 그녀를 위로하며 아무런 걱정 말고 무슨 일이 일어났는지 얘기해 달라고 했다. 모든 사람이 가능한 모든 방법을 동원해서 그 일을 해결하는 데 진정으로 힘쓸 것이라고도 했다.

「어르신들, 사건은 이렇습니다.」 그녀가 대답했다. 「아버지는 저를 10년이나 가두어 놓고 계셨으니, 흙이 저의 어머니를 먹은 세월과 같은 시간이랍니다. 미사도 집 안에 있는 화려한 기도소에서 드리기 때문에 저는 그동안 낮에는 하늘의 해만, 밤에는 달이나 별만 봤어요. 그러니 길이며 광장이며 사원이 어떻게 생겼는지도 모르고, 아버지와 남동생과 양모 세금을 징수하는 페드로 페레스를 제외하고는 사람의 모습도 본 적이 없답니다. 그분은 일상 저의 집에 오시는데, 그래서 아까 그분을 우리 아버지라고 말할 생각이 불현듯 들었나 봐요. 아버지 이름을 밝히고 싶지 않거든요. 이런 감금, 교회에 나가는 것조차 금지당한 생활로 제가 비통해진 지도 숱한 날과 숱한 달이 흘렀답니다. 저는 이 세상을, 적어도 제가 태어난 마을이라도 보았으면 하고 간절히 바랐는데, 이런 소망이 유명한 집안의 딸들이 스스로 지켜야 하는 훌륭한 품격에 어긋나는 일이라고는 여겨지지는 않았어요. 투우가 있다거나 죽창 놀이가 있다거나 연극이 상연된다는 소식을 들을 때면 언제나 저보다 한 살 어린 남동생에게 그게 어떤 것들인지 물어보기도 하고, 제가 지금껏 보지 못한 다른 많은 것들에 대해 얘기해 달라고 부탁하곤 했지요. 동생은 자기가 알고 있는 가장 좋은 방법으로 설명해 주곤 했는데 그러한 설명은 오히려 그것들을 보고 싶어 하는 제 욕망을 더 부채질할 뿐이었지요. 제 타락에 대한 이야기를 짧게 말씀드리자면, 결국 제가 동생에게 부탁하고 애원했다는 겁니다. 절대로 하지 말았어야 했는지도 모를 그런 부탁과 애원을 말이에요.」

그러고서 그녀는 다시 눈물을 흘렸다. 그러자 집사가 말했다.

「아가씨, 계속해 보시오. 무슨 일이 일어났는지 우리한테 다 말하시오. 아가씨의 말과 눈물이 우리 모두를 긴장시키고 있으니 말이오.」

「드릴 말씀은 얼마 남지 않았어요.」 처자가 대답했다. 「쏟아야 할 눈물은 많지만 말예요. 잘못 품은 욕망은 잘못된 보상만을 가지고 오니까요.」

이 아가씨의 아름다움이 식당 시종장의 마음속에 자리 잡아 그는 다시 한 번 그녀를 보려고 등불을 가져다 댔는데, 그녀가 흘리고 있는 눈물은 눈물이 아니라 진주나 초원의 이슬, 심지어 동방의 진주로 보였으니, 그는 그녀가 당한 불행이 그 눈물이나 한숨이 보여 주는 만큼 심각한 것이 아니기만을 간절히 원했다. 처자가 이야기를 길게 끌자 통치자는 당황하여, 시간이 늦은 데다 아직 돌아봐야 할 곳도 많으니 더 이상 사람들을 긴장시키지 말라고 그녀에게 말해 주었다. 그녀는 간혹 흐느낌과 누를 수 없는 한숨을 섞어 가며 말했다.

「제 불행과 제 불운은 그저 이것뿐이에요. 저는 동생한테 그의 옷들 중에서 하나 골라 저를 남자처럼 입혀 달라고, 그리고 어느 날 밤 아버지가 주무시는 동안 저를 데리고 나가서 마을을 모두 구경시켜 달라고 부탁했답니다. 제가 하도 부탁하니 동생은 귀찮아서 소원을 들어주었지요. 그래서 저는 이 옷을 입고 동생은 제 옷을 입었는데, 제 옷이 동생한테 정말 잘 맞더군요. 아직 턱수염이 전혀 나지 않은 데다 아주 예쁜 여자애처럼 생겼거든요. 이렇게 하고선 오늘 밤 지금으로부터 1시간 전쯤 집에서 나와 우리의 젊고 방자한 생각이 이끄는 대로 이 마을을 전부 돌아보고 나서 집으로 돌아가려 하고 있었는데, 갑자기 많은 사람들이 떼로 몰려오는 것이 보였어요. 그러자 동생이 저한테 말했어요. 〈누나, 저건 야경대가 틀림없어. 빨리 움직여. 발에 날개를 다는 거야. 내 뒤를 따라 달려. 들키면 큰일 나거든.〉 그러더니 등을 돌려 달리기 시작했어요. 아니, 날아가기 시작했지요. 저는 너무 놀라 여섯 걸음도 못 가 넘어졌는데, 그때 관리 한 분이 오셔서 저를 이렇게 어르신들 앞에 데리고 온 거예요. 그렇게 저는 이 많은 분들 앞에서 고약하고 제멋대로 행동하는 아이로 창피를 당하고 있는 겁니다.」

「결론적으로, 아가씨……」 산초가 말했다. 「어떤 무례한 일을 당한 것도 아니고, 처음 이야기를 시작했을 때 말했던 것처럼 질투 때문에 집에서 빠져나온 것도 아니란 말이지?」

「예, 아무 일도 일어나지 않았어요. 질투 때문에 나온 게 아니라 단지 세상이 보고 싶어서 그랬어요. 그것도 이 마을 거리들을 보고 싶었을 뿐이지요.」

순경들이 그녀의 동생을 잡고 보니 그녀가 한 말이 사실이라는 것이 확인되었다. 누나한테서 떨어져 달려가던 동생 또한 순경들 중 한 사람에게 붙들렸던 것이다. 동생은 화사한 짧은 스커트와 순금 장식 끈이 달린 푸른 실크 숄을 걸치고 두건을 쓰지 않은 맨머리에 장식이라고는 바로 자신의 머리카락뿐이었지만, 곱슬머리에 금발이어서 마치 수많은 금반지를 매달아 놓은 듯했다. 그 애 누나가 듣지 못하도록 통치자와 집사와 식당 시종장이 그를 데리고 한쪽으로 가서 어떻게 해서 그런 복장을 하고 있느냐고 묻자, 그는 상당히 부끄러워하고 창피해하면서 누나가 한 말과 같은 말을 했다. 이에 이미 사랑에 빠져 있던 식당 시종장은 아주 기뻐했지만 통치자는 이렇게 말했다.

「이런 일은 정말 어린애나 하는 짓이오. 이런 어리석기 짝이 없고 무모한 짓을 들려주는 데 무슨 그리 많은 눈물과 한숨이 필요하고 긴 말이 필요했는지 모르겠군. 〈우리는 누구누구인데 다른 계획 없이 단지 호기심으로 이렇게 꾸미고 집을 빠져나왔습니다〉라고 말했더라면 이야기는 거기서 끝났을 텐데. 그놈의 신음에다 그놈의 눈물에다 질질 끌기까지 할 건 없었단 말이지.」

「사실 그래요.」 그 처자가 대답했다. 「하지만 제가 너무 당황했던 터라 말이 제대로 나오지 않았던 것만은 알아주시기를 바라요.」

「잘못된 건 아무것도 없으니 됐소.」 산초가 대답했다. 「자, 갑시다. 그대들을 집에다 데려다 주겠소. 아마도 아버지는 아직 그대들이 없어진 걸 모르고 계실 거요. 앞으로는 이런 어린애 같은 짓은 하지 말고, 세상을 보고 싶다는 마음도 그렇게 열렬하게 갖지 않기를 바라오. 정숙한 처자는 다리가 부러져 집 안에 있어야 한다는 말도 있고, 여자와 암탉이 돌아다니면 쉽게 몸을 망친다는 말도 있으며, 구경을 좋아하는 여자는 역시 남도 자기를 봐주길 바란다는 말도 있지. 더 이상 말 않겠소.」

젊은이는 자기들을 집에 데려다 주겠다는 통치자의 은혜에 고마움을 표시했다. 그리하여 그들은 모두 거기서 그다지 멀지 않은 젊은이의 집으로 향했다. 도착해서 동생이 철창문에 돌멩이를 던지자 그 즉시 그들을 기다리고 있던 하녀가 내려와 문을 열어 주었다. 두 사람이 집으로 들어간 후에도 남겨진 사람들은 모두 이 오누이의 우아함과 아름다움에 입을 다물지 못하고 있었다. 밤에, 자기 마을에서 나가지도 않은 채 세상을 보

616

고자 했던 그들의 욕망에도 놀라긴 했지만 그것은 아직 그들의 나이가 어려서 그렇다고 여겼다.

식당 시종장은 심장이 뚫려 당장 내일이라도 처자의 아버지를 찾아가 그녀를 아내로 달라고 청혼할 작정이었다. 자기는 공작의 신하이니 딸을 주는 일을 거절하지는 않을 거라고 확신하면서 말이다. 산초는 산초대로 그 젊은이를 자기 딸 산치카와 결혼시키고자 하는 욕망을 가지게 되었고, 때가 되면 실행에 옮기겠노라 결심했다. 어떤 남자라도 통치자의 딸을 거부하지는 않을 터이니 이미 그 일이 성사된 기분이었다.

이것으로 그날 밤의 야경은 끝났는데, 그로부터 이틀째 되는 날 산초의 모든 계획이 주저앉고 지워지는 일이 생겼으니 그 이유는 앞으로 보게 될 것이다.

50

과부 시녀를 때리고 돈키호테를 꼬집고 할퀸 마법사와 집행인의 정체가 밝혀진 일, 아울러 산초 판사의 아내 테레사 판사에게 편지를 가지고 간 시동이 겪은 사건에 대하여

이 진실한 이야기의 세세한 점까지 정확하게 파헤쳐 기록하는 시데 아메테는 이렇게 말하고 있다. 도냐 로드리게스가 돈키호테의 방으로 가려고 자기 방을 나왔을 때 그녀와 한방에서 자고 있던 또 다른 과부 시녀가 그 낌새를 알아챘다. 과부 시녀라면 무슨 일이든지 알고 싶어 하고, 판단하고 싶어 하고, 냄새 맡고 싶어 하듯이 그 시녀 역시 그러하여 착한 로드리게스가 눈치채지 못하도록 아주 조용히 그녀의 뒤를 밟아 돈키호테의 방에 들어가는 모습을 보았다. 그런데 과부 시녀들이라면 누구나 다 가지고 있는, 남 험담하기 좋아하는 보편적인 버릇 또한 그 시녀는 가지고 있었기에, 그 모습을 본 순간 자기 마님인 공작 부인에게 달려가서 도냐 로드리게스가 돈키호테의 방에 들어갔다고 일러바쳤다.

공작 부인은 그 사실을 공작에게 말하고, 자기가 알티시도라와 함께 가서 도냐 로드리게스가 돈키호테에게 무슨 볼일이 있어서 그러는지 알아봐도 괜찮은지 허락을 구했다. 공작이 허락하자 두 여자는 아주 조용하고 조심스럽게 살금살금 돈키호테의 방문 앞으로 가까이 다가갔다. 그렇게 안에서 나누는 이야기를 모두 들을 수 있었는데, 로드리게스가 자기

샘에 대한 비밀을 아랑후에스의 거리에 죄다 터뜨려 버리자[296] 공작 부인은 참을 수가 없었다. 알티시도라 역시 공작 부인 못지않게 화가 났으므로 두 사람은 어떻게든 복수를 해야겠다는 마음으로 무작정 방에 들어가, 앞서 이야기한 대로 과부 시녀를 마구 두들겨 패주고 돈키호테는 실컷 꼬집어 놓았던 것이다. 아름다움과 자부심에 정면으로 가해지는 모욕은 여성들의 가슴에 엄청난 분노를 일으키고 복수하고자 하는 욕망을 불태우는 법이다.

공작 부인이 그 방에서 일어난 일을 공작에게 이야기하자 공작은 아주 재미있어했다. 공작 부인은 돈키호테에게 계속 장난을 치며 심심풀이를 하자는 마음에서, 둘시네아의 마법을 푸는 일에 대해 협정했을 때 ― 산초 판사는 지금 통치 일에 바빠 완전히 잊고 있지만 말이다 ― 둘시네아 역할을 했던 시동을 산초의 아내인 테레사 판사에게 보내어 산초와 자기의 편지, 그리고 훌륭한 산호로 된 묵주를 전하도록 했다.

이야기에 따르면 이 시동은 매우 신중하고 영리하며 주인들을 잘 섬기고자 하는 충성심 또한 드높았기에 기꺼이 산초의 마을을 향해 떠났다고 한다. 마을에 들어가기 전에 시냇가에서 한 무리의 여자들이 빨래를 하고 있는 것을 보고서는 그 마을에 테레사 판사라는 여인이 살고 있는지 물었다. 그 여인은 돈키호테 데 라만차라는 기사의 종자인 산초 판사라는 분의 아내라고 하면서 말이다. 그 질문에 빨래를 하고 있던 한 젊은 처자가 일어나면서 대답했다.

「그 테레사 판사는 우리 어머니시고, 그 산초라는 분은 우리 아버지시

---

296 〈샘〉을 뜻하는 스페인어 〈*fuente*〉에는 〈배농구(排膿口)〉라는 의학적 의미도 있다. 앞서 보았듯 공작 부인의 양쪽 다리에 몸에 있는 나쁜 체액을 빼내기 위해 일부러 만든 인공 궤양을 가리키는 말이다. 아랑후에스Aranjuez는 마드리드 근교에 있는 왕들의 여름용 궁전으로 아름다운 정원과 많은 샘으로 유명한데, 인공 궤양을 그 샘에 비유한 것이다.

며, 그 기사는 우리 주인님이신데요.」

「그렇다면 함께 가시죠, 아가씨.」 시동이 말했다. 「아가씨 어머님을 좀 뵈어야겠습니다. 그 아버님 되신다는 분이 어머님께 보낸 편지와 선물을 가지고 왔거든요.」

「기꺼이 그렇게 하지요, 나리.」 열네 살쯤 되어 보이는 그 처자가 대답했다.

그녀는 빨고 있던 옷을 다른 사람에게 맡기고는 모자도 쓰지 않고 신발도 없이, 그러니까 산발에 맨발인 채로 시동의 말 앞에서 깡충깡충 뛰어가며 말했다.

「따라오세요, 마을 입구에 우리 집이 있어요. 어머니는 집에 계시는데, 오랫동안 아버지 소식을 몰라 무척 걱정하고 계세요.」

「하느님께 감사해야겠네요.」 시동이 말했다. 「내가 아주 좋은 소식을 가지고 왔으니 말예요.」

깡충깡충 뛰고 껑충껑충 달린 끝에 마을에 도착했으니, 소녀는 집 안으로 들어가기 전에 문간에서부터 큰 소리로 말했다.

「나와 보세요, 어머니, 어서 나와 보세요. 우리 사랑하는 아버지가 보낸 편지랑 다른 것들이랑 가지고 온 나리가 여기 오셨어요.」

아이 엄마인 테레사 판사가 삼 부스러기로 실을 잣다가 거무스레한 치마 차림으로 나왔다. 부끄러운 곳만 가릴 수 있게 남기고 나머지는 잘라 버린 듯 길이가 짧은 치마였다.[297] 역시 거무칙칙한 천 조각으로 앞가슴을 가리고 속옷 윗도리를 걸친 모습이었다. 아주 늙지는 않았지만 마흔 살은 넘은 것 같았고, 건강하고 튼튼하며 활기찬 모습에 살갗은 햇빛에 많이 그을려 있었다. 그녀는 자기 딸과 말을 탄 시동을 보더니 물었다.

297 당시 품행이 좋지 못한 여자들에게 주던 치욕적인 벌에 대한 암시다.

「무슨 일이지, 얘야? 이 양반은 누구셔?」

「저의 귀부인 도냐 테레사 판사를 모실 종이랍니다.」 시동이 대답했다.

그러면서 말에서 뛰어내려 아주 공손하게 테레사 부인 앞으로 나아가 무릎을 꿇으며 말했다.

「저의 귀부인 도냐 테레사 마님, 제게 손을 주시어 입을 맞추게 해주십시오. 바라타리아 섬의 통치자이신 돈 산초 판사 나리의 합법적인, 그분만의 부인이시니 말씀입니다.」

「아니 나리, 일어나세요. 그러지 마세요!」 테레사가 말했다. 「나는 궁전에 있는 그런 여자와는 전혀 상관이 없어요. 가난한 농촌의 아낙네로 흙이나 파먹고 산 자의 딸이자 편력 기사 종자의 마누라인데, 통치자의 마님이라니 말도 안 됩니다요!」

「마님은…….」 시동이 대답했다. 「존귀하기 그지없으신 통치자님의 고귀하기 그지없으신 마님이십니다. 그것이 사실임을 증명하는 편지와 이 선물을 받아 주십시오, 마님.」

그러더니 옆구리에 찬 주머니에서 양쪽 끝이 금으로 된 산호 묵주를 꺼내어 그녀 목에 걸어 주며 말을 이었다.

「이 편지는 통치자 나리께서 보내신 것이고, 제가 가지고 온 또 한 통의 편지와 이 산호 묵주는 저를 마님께 보내신 공작 부인 마님께서 드리는 겁니다.」

테레사는 놀라 정신을 잃을 지경이었으며, 딸도 마찬가지였다. 딸이 말했다.

「이 일엔 우리 주인이신 돈키호테 님이 관계하고 계시는 게 분명해. 그게 아니면 나를 죽여도 좋아. 그분이 수차례 아버지한테 약속하셨던 통치직인지 백작 영지인지를 주셨나 봐.」

「그렇습니다.」 시동이 말했다. 「돈키호테 나리에 대한 존경으로 지금 산초 나리께서는 바라타리아 섬의 통치자가 되셨답니다. 이 편지를 보시면 아실 것입니다.」

「나리께서 좀 읽어 주세요, 시동 나리.」테레사가 말했다. 「전 실을 자을 줄은 알지만 글은 전혀 읽을 줄 몰라서요.」

「저도 몰라요.」산치카가 덧붙여 말했다. 「하지만 여기서 잠깐 기다려 주세요. 그 편지를 읽어 줄 사람을 부르러 다녀올게요. 신부님이든 학사 삼손 카라스코든, 우리 아버지 소식이 궁금해서 단숨에 오실 거거든요.」

「아무도 불러올 필요 없어요. 저는 실을 자을 줄은 모르지만 글은 읽을 줄 아니, 제가 읽어 드리지요.」

그래서 산초의 편지를 다 읽어 주었는데, 그 사연은 이미 언급되었으니 여기에 적지 않겠다. 산초의 편지를 다 읽은 다음 시동은 공작 부인이 보낸 편지를 꺼냈다. 그 내용은 이러했다.

친애하는 테레사에게

부인의 부군이신 산초 님의 선하심과 재능이 나를 감동시켜, 나의 남편인 공작님께서 가지고 계신 많은 섬들 가운데 섬 하나를 통치하게 해드리자고 남편에게 부탁하지 않을 수가 없었어요. 부군께서 마치 매처럼 통치하고 계신다는 소식을 듣고 나는 아주 만족스러워하고 있으며, 내가 만족스러워하니 우리 주인이신 공작님께서도 만족스러워하신답니다. 그분을 선택하여 통치를 맡긴 것이 잘못된 일이 아니었으니, 나는 하늘에 무척 감사하고 있답니다. 왜냐하면 테레사 부인, 세상에서 훌륭한 통치자를 구하기란 얼마나 어려운지요. 그런데 하느님께서 산초 같은 분이 통치를 할 수 있게 해주셨으니 얼마나 감사한 일인지요.

친애하는 부인, 여기 양쪽 끝이 금으로 된 산호 묵주를 보내 드립니다. 이것이 동방의 진주라면 더 기쁘겠지만, 당신에게 뼛조각을 준다 해도, 그 사람은 당신이 죽는 것을 보고 싶지 않아서 그러는 것임을 알아주세요.[298] 우리가 서로 알게 되고 교제할 날이 올 겁니다. 그때가 언제가 될는지는 하느님만이 아시지요. 따님인 산치카에게도 안부 전해 주세요. 그리고 생각지도 않은 때에 내가 훌륭한 중신을 해줄 생각이니 채비를 차리고 있으라고 대신 좀 전해 주시고요.

사람들 말에 의하면 그곳에는 아주 토실토실한 도토리가 난다고 하던데, 스물네 개쯤 내게 보내 주시겠어요? 부인이 보내 주시면 아주 귀하게 여기겠습니다. 그리고 내게 장문의 편지를 써주세요. 부인의 건강과 생활이 어떤지 궁금하거든요. 무슨 필요한 일이 생기면 입만 벌리시면 됩니다. 늘 채워질 테니까요. 하느님이 부인을 지켜 주시기를 바라며, 이 마을로부터.

부인을 무척 아끼는 친구
공작 부인

「아이, 어쩌면 좋아!」테레사는 다 듣고 나서 말했다. 「이렇게도 착하시고 소탈하시고 겸손하신 마님이라니! 이런 마님이라면 땅속에 같이 묻혀도 좋겠어. 이 마을에 있는 이달고 마누라들하고는 싫지만 말이야. 그 여편네들은 자기들이 이달고 마누라라고 바람조차 자기들한테 닿으면 안 된다고 생각하고 있거든. 그리고 얼마나 우쭐대며 교회에 가는지 꼭 여왕이나 된 것처럼 굴면서, 농사짓는 아낙네들을 보는 것만으로도 수치로 여긴단 말이야. 그런데 여기 이 훌륭한 마님을 좀 보라고. 공작 부인이신데

---

298 사람이 자기가 가지고 있는 것을 주거나 나누면, 그게 아무리 작은 것이라 해도 상대에 대한 좋은 마음을 보여 준다는 의미의 속담.

도 나를 친구라고 부르시고, 당신과 같은 급의 사람으로 취급하고 계시
잖아. 내게는 라만차에 있는 가장 높은 종루만큼이나 높으신 분인데. 그
리고 그 도토리 말이에요 나리, 어찌나 토실토실한지 보면 놀라실 거예
요. 그것으로 1셀레민299을 보내 드리겠어요. 얘 산치카, 이분 좀 쉬시도
록 해드려. 먼저 말부터 처리하고, 마구간에서 달걀을 꺼내 오렴. 절인 돼
지고기도 듬뿍 잘라서 왕자님처럼 드시게 하자꾸나. 우리한테 이렇게 좋
은 소식을 전해 주신 데다, 이 훌륭한 용모로 보아 무엇을 해드려도 아깝
지 않을 것 같으니 말이야. 그러는 동안 나는 이 기쁜 소식을 이웃 여편네
들이랑, 예나 지금이나 네 아버지의 친한 친구이신 신부님과 이발사 니콜
라스 선생에게 전해 드리고 올게.」

「예, 어머니.」 산치카가 대답했다. 「하지만 어머니, 그 산호 묵주 절반은
절 주셔야 돼요. 공작 부인 마님께서 바보가 아니신 다음에야 그걸 몽땅
어머니한테만 주실 리는 없다고 저는 생각하거든요.」

「다 네 거야, 얘야.」 테레사가 대답했다. 「하지만 며칠만 내가 좀 걸고
다니자. 정말이지 내 심장이 즐거워하는 것 같거든.」

「이 가방 안에 넣어 온 보따리를 풀어 보시면요…….」 시동이 말했다.
「더 기쁘실 거예요. 통치자께서 사냥을 나가실 때 단 하루 입으신, 아주
훌륭한 천으로 지은 옷인데 그것을 그대로 산치카 아가씨에게 보내셨답
니다.」

「아버지가 천년 사셨으면 좋겠어요.」 산치카가 대답했다. 「그리고, 이
것을 갖고 오신 분 역시 더도 덜도 말고 그만큼, 아니 필요하다면 2천 년
이라도 사시면 좋겠어요.」

한편 테레사는 목에 산호 묵주를 걸고, 손으로는 마치 탬버린인 양 편

299 *celemin*. 곡물의 양을 재는 단위. 1셀레민은 약 4.65리터이다.

지를 흔들어 대면서 밖으로 나갔다. 그러다가 신부와 삼손 카라스코를 만나자 덩실덩실 춤을 추기 시작했다.

「이제 정말이지 가난한 친척은 없네요! 우리가 통치할 게 쪼끔 생겼거든요! 흥, 제일 잘난 이달고 마누라라도 나랑 한번 붙어 보라지, 내가 본때를 보여 줄 테니까!」

「무슨 일이오, 테레사 판사? 이게 무슨 미친 짓이오? 그 종이는 또 뭐요?」

「이렇게 미쳐 설쳐 대는 건요, 이 두 통의 편지 때문이네요. 하나는 공작 부인한테서 온 거고요, 다른 하나는 통치자님한테서 온 거랍니다..목에 건 이것은 진짜 산호로 만든 아베마리아[300]고요, 우리의 주님은 세공한 금이고요, 저는 통치자 마누라랍니다요.」

「하늘 아래 댁 말을 알아들을 사람은 아무도 없겠군. 대체 무슨 말을 하고 있는지 모르겠소, 테레사.」

「이걸 보면 아실 거예요.」 테레사가 대답했다.

그러고서 그들에게 편지를 건네주었는데, 신부가 그것을 소리 내어 읽었기 때문에 삼손 카라스코도 그 내용을 들을 수 있었다. 삼손과 신부는 자기들이 듣고 읽은 내용에 놀라 서로 얼굴만 마주 보다가 마침내 학사가 그 편지를 누가 가져왔는지 물었다. 테레사는 자기와 함께 집으로 가면 꼭 황금 브로치같이 생긴 심부름꾼 젊은이를 만날 수 있으며, 그 사람이 이것보다 더 훌륭한 선물도 가지고 왔다고 대답했다. 신부는 그녀의 목에서 산호 묵주를 벗겨서 보고 또 보더니 그것이 아주 고급이라는 것을 알고는 다시 한 번 놀라며 말했다.

---

300 스페인어 〈아베마리아*avemaria*〉에는 〈묵주알〉이라는 뜻도 있고 〈아베마리아의 기도〉라는 뜻도 있다. 이에 뒤이어 〈우리의 주님〉으로 대구를 맞추었다.

「내가 입고 있는 이 사제복을 두고 말하건대, 이 편지와 선물에 대해서 무슨 말을 해야 할지, 어떻게 생각해야 할지 난 모르겠소. 한편으로는 이 훌륭한 산호를 눈으로 보고 손으로 만지고 있는데, 다른 한편으로는 공작 부인이라는 분이 도토리 스물네 개를 요구하는 편지를 읽고 있으니 말이지.」

「이 무슨 뚱딴지같은 일이람!」 카라스코가 말했다. 「그렇다면, 이 편지를 가져온 사람을 만나 보러 갑시다. 그 사람한테서 우리에게 주어진 이 어려운 문제에 대해 알아보기로 하지요.」

그렇게 하여 테레사는 그들과 함께 집으로 돌아갔다. 집에서는 시동이 자기 말에게 줄 보리 약간을 체에 거르고 있었고, 산치카는 이 시동을 대접하기 위해 달걀로 씌울 절인 돼지고기를 썰고 있었다. 시동의 풍모와 훌륭한 차림새가 두 사람의 마음에 무척이나 들었다. 그래서 그들이 시동에게 예의를 갖춰 인사를 하자 시동도 그들에게 공손하게 인사했다. 그런 다음 삼손은 그에게 돈키호테와 산초 판사의 소식에 대해 물었다. 산초와 공작 부인 마님의 편지를 읽기는 했지만 산초의 통치며, 더군다나 그 섬에 대한 이야기가 도무지 이해되지 않아 혼란스럽다고 했다. 모든 섬들, 아니 지중해에 있는 모든 섬들은 폐하의 소유이니 더욱 그러하다면서 말이다. 이에 시동이 대답했다.

「산초 판사 나리께서 통치자이신 것에 대해서는 의심할 여지가 없습니다. 다스리시는 곳이 과연 섬인지 아닌지는 제가 개입할 문제가 아니고요. 하지만 1천 가구가 넘는 곳이니 통치하신다고 말하기에 충분하지요. 그리고 그 도토리는 말입니다, 저의 마님이신 공작 부인께서는 아주 소탈하시고 겸손하셔서 농가 아낙네에게 도토리를 달라고 사람을 보내기도 하고 이웃 아낙에게 빗을 빌려 달라고 사람을 보내기도 하십니다. 아라곤의 마님들은 아주 지체가 높으신 분들일지라도 카스티야의 마님들처럼 그렇게 체면을 중시하시거나 우쭐해하시지 않으니까요. 훨씬 더 소탈하게 사람들을 대하신다는 걸 여러분들이 알아주시기 바랍니다.」[301]

이렇게 말하고 있는데 산치카가 달걀을 치마에 싼 채 뛰어와서는 시동에게 물었다.

「말씀해 주세요 나리, 우리 아버지가 통치자가 되시고 난 다음부터는 혹시 긴 바지를 입고 계신가요?」

「그건 제가 잘 보지 못했는데요.」 시동이 대답했다. 「하지만 틀림없이 그런 옷을 입고 계실 겁니다.」

「아이고, 세상에!」 산치카가 대답했다. 「그런 꼭 맞는 바지를 입고 있는 아버지의 모습은 어떨까? 나는 태어난 이후로 늘 우리 아버지가 그런 바지를 입은 모습을 보고 싶었는데, 정말로 본다면 얼마나 좋을까요!」

「그거야 아가씨께서 살아만 계신다면 얼마든지요.」 시동이 대답했다. 「맹세하건대 통치가 두 달만 가면 추위를 피하려고 얼굴의 일부와 목을 가린 두건을 쓴 모습으로 돌아다니시는 그분의 모습을 보실 수 있을 겁니다.」

신부와 학사는 시동의 말하는 태도가 의뭉스럽다는 것을 알아챘지만, 훌륭한 산호와 산초가 보내 온 사냥복이 모든 의혹을 무너뜨렸다. 벌써 테레사가 그들에게 그 옷을 보여 준 것이다. 하지만 산치카의 자그마한 소망을 들었을 때, 더욱이 테레사가 이렇게 말했을 때에는 그들 모두 웃지 않을 수 없었다.

「신부님, 혹시 마드리드나 톨레도에 가는 사람이 있는지 좀 알아봐 주

---

301 카스티야가 국토 회복 전쟁의 중심에 서면서 이달고의 본고장이 된 만큼 이곳에는 아라곤과는 비교가 되지 않을 정도로 이달고가 많았고, 명예를 중시하는 면에서도 아라곤의 이달고와는 비교가 되지 않았다. 본 작품에서는 웃음을 유발하고자 하는 목적으로 썼으나 그 내용이 거짓은 아니다.

세요. 치마 안에 넣어 입는 둥근 종 모양 속옷 치마를 유행에 완벽히 맞추어 제일 훌륭한 것으로 사다 달라고 하려고요. 우리 남편이 통치를 한다니, 정말로 정말로 제가 할 수 있는 한 그분을 명예롭게 해드려야 하거든요. 싫어도 그 관저로 가야 하고, 다른 여자들처럼 마차도 처음으로 써야겠죠. 통치자를 남편으로 둔 여자가 마차쯤은 제대로 부리고 다녀야 하지 않겠어요?」

「당연하죠, 어머니!」 산치카가 말했다. 「내일이 아니라 당장 오늘 그렇게 됐으면 정말 좋겠어요. 내가 어머니와 함께 마차에 앉아 오는 걸 보고 사람들이 〈아이구 저년 저 꼴 좀 봐, 마늘만 지겹게 먹고 살던 계집애가 교황이나 된 것처럼 마차에 떡 기대앉아 가는 꼬락서니라니!〉 한다 해도 말이에요. 그 사람들이야 진흙이나 밟고 가라지. 나만 마차에 앉아 발에 흙 묻히지 않고 가면 된 거죠. 세상에서 남 험담하는 사람들에겐 두고두고 나쁜 일만 있었으면 좋겠네요. 내 등만 따뜻하면 됐지 뭐, 남이야 웃건 말건! 안 그래요, 어머니?」

「어쩜 그렇게 말을 잘하니, 애야!」 테레사가 대답했다. 「그리고 훌륭하신 네 아버지는 이런 행운들과 더 큰 행운들을 벌써부터 예견하고 계셨단다. 애야, 이제는 내가 백작 부인까지 되는 걸 보게 될 거야. 이 모든 것은 우리 행복의 시작에 불과하지. 네 아버지이자 속담의 아버지이기도 한 그 훌륭한 아버지가 수차례에 걸쳐 말씀하시는 걸 난 들었단다. 송아지를 준다고 하거든 밧줄을 쥐고 뛰어가고, 통치를 할 수 있게 해준다거든 그것을 받아야 하고, 백작령을 준다 하면 붙들고 놓지 말아야 하고, 어떤 훌륭한 선물을 주면서 너를 강아지 대하듯 다루어도 선물만은 자루에 넣으라고 말이야. 그렇게 하지 않겠다면 차라리 잠이나 자면서 집 앞에서 부르는 행운이나 행복에는 대답하지 말라고 하셨지!」

「내가 우쭐대고 거만하게 구는 걸 보면……」 산치카가 덧붙였다. 「사

628

람들은 〈개가 삼나무로 된 반바지를 입으면……〉[302] 어쩌고저쩌고 이런저런 말을 하고 싶겠지만, 그게 나랑 무슨 상관이래요?」

이 말을 듣고 신부가 말했다.

「아무래도 이 판사네 집안 사람들은 모두 저마다 몸에 커다란 속담 한 자루씩 가지고 태어난 것 같군. 지금까지 보건대, 무슨 말을 하든 시도 때도 가리지 않고 속담을 쏟아 내지 않고 말하는 사람은 이 집안에 한 사람도 없으니 말이오.」

「그건 사실입니다.」 시동이 말했다. 「산초 통치자께서도 무슨 일에서든 속담을 말씀하시지요. 비록 그 대부분이 상황에 적절하게 딱 맞아떨어지는 건 아닙니다만, 그래도 재미는 있어서 제 마님이신 공작 부인과 공작님께서는 칭찬하시며 아주 치켜세우십니다.」

「그러니까…….」 학사가 말했다. 「산초가 통치를 한다느니, 산초의 아내에게 선물을 보내고 편지를 쓴 공작 부인이 실제로 세상에 존재하는 분이라느니 하는 말들이 사실이라고 아직도 당신은 우기고 있는 거군요? 우리는 선물을 손으로 만져 보고 편지를 읽어 보았는데도 도무지 믿을 수가 없으며, 이 또한 모든 일이 마법에 의해 행해진다고 생각하는 우리 동향인 돈키호테가 벌인 일들 중 하나가 아닌가 하는 생각이 듭니다. 그래서 내가 드리고 싶은 말씀은, 당신이 환상 속의 심부름꾼인지 아니면 뼈와 살을 갖춘 실제 인간인지를 확인코자 당신을 손으로 만지고 더듬어 보고 싶다는 겁니다.」

「어르신들, 다른 것은 모르겠습니다만…….」 시동이 대답했다. 「저는 진짜 심부름꾼이고, 산초 판사 나리는 실제 통치자이시며, 저의 주인님이

---

302 이 속담의 이어지는 내용은 〈거드름을 피운다〉이다. 즉 잘살게 되면 옛 친구나 동료들을 무시한다는 뜻이다.

신 공작님과 공작 부인께서는 그런 통치 자리를 주실 수 있으시고 그래서 그렇게 해주셨습니다. 그리고 그 산초 판사 나리께서 정말 훌륭하게 통치 일을 보고 계신다는 말을 제가 들었습니다. 이러한 일들에 마법이 관여했는지 아니 했는지에 대한 판단은 어르신들끼리 따로 따져 보십시오. 아직 살아 계시고 제가 사랑하며 진정으로 존경하는 제 부모님의 목숨을 두고 맹세합니다만, 저는 그 밖의 것은 모릅니다.」

「분명 그럴 수도 있을 겁니다.」 학사가 대답했다. 「하지만 〈dubitat Augustinus(아우구스티누스는 의심한다)〉[303]이니까요.」

「의심할 사람은 의심하라지요.」 시동이 대답했다. 「제가 말씀드리는 건 모두 사실이니까요. 기름이 물 위에 뜨듯 진실은 언제나 거짓 위에 드러나기 마련이지요. 만일 그게 아니라면, 〈Operibus credite et non verbis(말이 아니라 일을 믿으라)〉[304]입니다요. 그러니까 여러분 가운데 누구든 저와 함께 가시지요. 그러면 들어서 믿지 못하시는 것을 눈으로 직접 확인하실 수 있을 겁니다.」

「거긴 제가 갈래요.」 산치카가 말했다. 「나리, 저를 데려가 주세요. 나리의 말 궁둥이에 앉혀서 말예요. 우리 아버지를 보러 가고 싶어 죽겠어요.」

「통치자의 따님이 혼자서 길을 나서시면 아니 됩니다. 마차와 들것들과 많은 수행원을 거느리고 다니셔야죠.」

「세상에.」 산치카가 대답했다. 「마차를 타고 가든, 어린 나귀를 타고 가든 나한테는 그게 그건데. 절 깍쟁이로 보셨나 봐요!」

「잠자코 있어라, 얘야.」 테레사가 말했다. 「너는 네가 무슨 말을 하고 있는지 모르는구나. 이분 말씀이 옳다. 때에 따라 처신을 달리해야 하는

---

303 신학과 철학을 공부하는 학생들이 자신들의 대화법 훈련을 할 때 사용하던 관용구이다.
304 신약 성서 「요한의 복음서」 10장 38절에 나오는 구문. 〈그러나 내가 그 일을 하고 있으니 나를 믿지 않더라도 내가 하는 일만은 믿어야 할 것이 아니냐?〉

거란다. 아버지가 산초였을 때는 산치카였지만 아버지가 통치자이실 때에는 아씨가 되는 거라고. 거기에 뭔가 더 있겠지만, 그건 난 모르고.」

「테레사 마님께서 생각보다 훌륭한 말씀을 하시는군요.」 시동이 말했다. 「그런데 전 오늘 오후에 돌아갈 생각이니, 먹을 것 좀 주시고 빨리 제 일 좀 처리해 주십시오.」

이 말에 신부가 말했다.

「조촐하게나마 내가 식사 대접을 하리다. 테레사 부인은 이런 훌륭한 손님을 대접하는 데 필요한 도구를 갖추고 있기보다는 그저 마음만 크니 말이오.」

시동은 거절했으나 결국은 자기에게 나은 방향으로 동의해야 했다. 신부는 돈키호테와 그의 무훈들에 대해 시간을 가지고 물어볼 기회를 얻었으니 기쁘게 그를 데리고 갔다.

학사가 답장 편지를 써주겠노라고 나섰지만 테레사는 학사가 자기 일에 끼어드는 걸 원치 않았다. 그가 장난기 많은 사람이라는 것을 알고 있었기 때문이다. 대신 그녀는 글을 쓸 줄 아는 복사에게 빵 한 개와 달걀 두 알을 주고 두 통의 편지를 쓰게 했다. 한 통은 남편에게, 다른 한 통은 공작 부인에게 보내는 것으로, 자기 능력껏 불러 주며 그대로 받아쓰게 했다. 그 편지들은 이 위대한 이야기에 들어가 있는 글들 가운데 그리 나쁜 편에 속하는 것이 아니니, 이는 곧 확인하게 될 것이다.

51

통치 일에 있어서 산초 판사의 발전과
다른 좋은 일들에 대하여

통치자가 야경을 돈 그 밤이 지나고 다음 날이 밝았다. 식당 시종장은 남장을 했던 처녀의 얼굴이며 그 생기발랄함이며 아름다움을 생각하느라 뜬눈으로 그날 밤을 지새웠다. 집사는 산초 판사가 한 말이나 행동에 정말 놀라 이것들을 자기 주인 어르신들께 알리기 위해 글을 쓰면서 그날 밤 남은 시간을 보냈다. 산초의 말과 행동에 신중함과 바보스러움이 동시에 있었기 때문이다.

드디어 통치자가 잠에서 깨어나자 페드로 레시오 의사의 지시에 따라 그에게 아침 식사가 제공되었으니, 저장용 음식 약간과 찬물 네 모금이었다. 산초는 이것을 빵 한 조각과 포도 한 송이로 바꾸고자 했지만, 의사의 지시가 자기의 의지보다 더 강한 힘으로 강요된 것이라는 것을 알고는 영혼의 엄청난 고통을 느끼며 주린 배를 움켜쥐고 그냥 먹기로 했다. 페드로 레시오는 가벼운 음식으로 적게 먹어야 사람의 재능에 생기를 불어넣을 수 있다며 그를 설득했다. 그의 말에 따르면 이렇게 하는 것은 무거운 책무를 지거나 남에게 명령하는 일을 맡은 사람들에게 무엇보다 필요한 일로서, 일을 하는 데는 육체적인 힘보다 머리의 힘이 더 사용되어야 한다는 것이었다.

 이러한 궤변 때문에 산초는 배고픔을 견뎌 내야 했으니, 얼마나 배가 고팠으면 속으로 통치를 저주하고 한술 더 떠 자기에게 그 자리를 준 사람까지 저주할 정도였다. 여하튼 산초는 그 저장용 음식만 먹어 굶주린 상태에서 그날도 판결을 내리기 시작했다. 먼저 판결해야 할 문제는 집사와 그를 따르는 사람들 모두가 있는 자리에서 한 외지인이 그에게 던진 난제로, 이런 내용이었다.

 「나리, 강물이 엄청나게 불어나 한 영지를 두 개로 나누어 버렸답니다. 나리께서는 주의 깊게 잘 들으셔야 합니다. 이 문제는 중요하고도 아주 어렵기 때문이지요. 그러니까 제 말씀은, 이 강 위에 다리가 하나 있는데요, 그 다리 한쪽 끝에는 교수대와 사람을 접견하는 집 같은 게 하나 있다는 겁니다. 그 집에는 언제나 네 명의 재판관이 있어서 그 강과 다리와 영지의 주인이 내린 법에 따라 판결을 내리곤 했습니다. 그 법이라는 건 이랬습니다. 〈만일 누군가 다리를 이용해 한쪽에서 다른 쪽으로 건너가고자 한다면, 먼저 어디로 가며 무슨 일로 가는지를 맹세해야 한다. 진실을 맹세한다면 건너가게 할 것이고, 거짓말을 하면 어떠한 사면도 없이 저기 보이는 교수대에서 교수형에 처한다.〉 이러한 법과 이 법의 엄격한 조건을 알면서도 많은 사람들이 그 다리를 지나갔습니다. 사람들이 맹세한 것이 진실이라는 것을 알면 재판관들도 당장 그들을 자유롭게 갈 수 있도록 내버려 두었지요. 그러다가 한 남자의 맹세를 들을 일이 있었는데, 이 남자가 맹세하기를 자기는 저기 있는 저 교수대에서 죽을 거라고 한 겁니다요. 다른 일은 생각도 없다면서 말이죠. 재판관들은 그러한 맹세를 검토해 보고는 이렇게 말했답니다. 〈만일 이 남자가 자유롭게 다리를 건너게 내버려 둔다면 이 사람은 거짓 맹세를 한 셈이니, 법에 따라 죽어야 한다. 하지만 그를 교수형에 처한다면 이자가 저 교수대에서 죽을 것

633

이라고 맹세한 것이 진실이 되니, 법에 따라 그를 자유롭게 가게 내버려 둬야 한다.〉 그래서 통치자님, 그 재판관들이 그 남자를 어떻게 해야 할 것인지를 나리께 물어 온 겁니다. 지금까지도 그들은 판결을 내리지 못한 채 주저하고 있다가, 나리의 예리하고 드높은 분별력에 대한 소식을 접하고서는 이렇게 저를 보내 나리께 자기들을 대신해서 그토록 애매하고 꼬인 문제에 대한 의견을 주십사 청하게 한 것이지요.」

이 말에 산초는 대답했다.

「그 재판관 나리들께서는 그대를 나한테 보내는 수고를 하지 않으셨어도 될걸 그랬구먼. 나라는 인간은 명석하기보다는 오히려 아둔해서 말이오. 하지만 그건 그렇고, 내가 잘 이해할 수 있도록 다시 한 번 그 사건을 반복해 주시오. 어렵사리 답을 찾을 수 있을지도 모르니 말이오.」

이에 질문을 한 그 외지인은 처음에 했던 이야기를 다시 하고 또 했다. 그러자 산초가 말했다.

「내가 이 사건을 풀어 보자면 딱 이렇소. 교수대에서 죽을 것이라고 맹세한 그 사람이 만일 교수대에서 죽는다면 진실을 맹세한 것이 되오. 그러니 법에 따라 자유롭게 다리를 건너가는 게 마땅하오. 그런데 만일 그 사람을 교수형에 처하지 않는다면 거짓을 맹세한 것이 되니, 역시 법에 따라 그 사람을 교수형에 처해야 마땅하다는 것이오.」

「통치자님께서 말씀하신 바로 그대롭니다.」 심부름꾼이 말했다. 「이 사건에 대해 완벽하게 이해하고 계시니 그에 대해서는 더 이상 요구할 일도 의심할 것도 없습니다요.」

「그렇다면 지금 말하겠는데.」 산초가 대답했다. 「그 사람이 진실을 맹세한 부분은 자유롭게 가게 내버려 두면 되는 것이고, 거짓을 맹세한 부분은 교수형에 처하면 되는 거요. 이런 식으로 하면 통과 조건을 충실하게 지키게 되는 셈이지.」

「그렇다면, 통치자님……」질문한 사람이 답했다. 「그 사람을 둘로 나 눠야 할 텐데요. 거짓을 말한 부분과 진실을 말한 부분으로 말입니다. 그 런데 둘로 나누려면 어떻게 해서든 죽여야 합니다. 이래선 법이 요구하는 바가 전혀 이루어지지 않는 것입니다. 법은 꼭 지켜져야 하는 데 말이죠.」

「이리로 와보시오, 착한 양반.」산초가 대답했다. 「내가 미련퉁이가 아 니라면 그대가 말하는 그 통과하고자 한 사람은 살아서 다리를 건널 만 한 이유가 있고, 마찬가지로 죽어야 할 이유도 있소. 진실이 그 사람을 구 한다면 마찬가지로 거짓이 그 사람을 처형할 것이기 때문이오. 사실이 그 러하니, 내가 보기엔 나한테 그대를 보낸 그 재판관들에게 이렇게 말하면 될 것 같소. 그자를 처형하는 이유나 그자를 사면하는 이유가 저울에 똑 같은 무게로 달리니 그자를 자유롭게 지나가게 하라고 말이오. 그건 나 쁜 짓보다 착한 짓이 늘 칭찬받는 법이기 때문이오. 이것은 내 이름으로 서명해 줄 수도 있소. 내가 서명할 줄 안다면 말이지만. 이는 내 생각으로 말한 게 아니라, 내가 이 섬으로 통치하러 오기 전날 밤에 내 주인 되시는 돈키호테 나리께서 주신 많은 교훈들 중 하나인데 그게 문득 내 머리에 떠올랐지. 그건 판단을 내리기가 애매한 경우에는 자비 쪽으로 가서 자비 에 호소하라는 교훈이었소. 하느님께서 지금 이 사건에 꼭 들어맞게 내가 그것을 기억하기를 원하셨던 게지.」

「그렇습니다.」집사가 대답했다. 「제가 보기에 라세데모니아[305]인들에 게 법을 주었던 리쿠르고스[306]라도 위대하신 판사 나리께서 내리신 판결

---

305 Lacedemonia. 고대 그리스의 도시.
306 Lycourgos. 기원전 8세기 중후반 고대 그리스의 고전 시대를 산 스파르타의 개혁가. 원 로회를 만들어 권력 분립을 이룸으로써 독재나 전제주의가 들어설 여지를 없앴고, 토지 개혁을 단행하여 토지의 균등 배분을 이룸으로써 빈부 격차를 원천적으로 차단했으며, 시민 평등과 남 녀평등 정책을 폈다.

보다 더 나은 판결은 내리지 못했을 것으로 사료됩니다. 그럼 이것으로 오전 접견은 끝내고, 저는 통치자 나리께서 아주 마음껏 식사를 하실 수 있도록 지시해 놓겠습니다.」

「내가 부탁하는 바요. 모략이나 속임수가 없기를 바라오.」 산초가 말했다. 「자, 어서 먹을 것을 주시오. 그리고 사건이건 질문이건 내 위로 쏟아져 내리기를 바라오. 내 그것들을 순식간에 해결해 버릴 테니 말이야.」

집사는 자기의 약속을 지켰으니, 이토록 사려 깊은 통치자를 굶겨 죽인다는 것은 양심에 짐이 될 것 같았기 때문이다. 그뿐만 아니라 그는 그날 밤 자기에게 위임된 마지막 장난을 하는 것으로 장난을 끝내고자 결심했다.

그리하여 산초는 그날 티르테아푸에라 의사의 규정과 금언을 어겨 실컷 먹었는데, 식탁이 치워질 때쯤 우편집배원이 통치자 앞으로 보낸 돈키호테의 편지 한 통을 가지고 들어왔다. 산초는 비서에게 그 편지를 읽어 보고 비밀로 할 일이 적혀 있지 않으면 큰 소리로 읽으라고 명령했다. 그러자 비서는 먼저 편지를 훑어보더니 말했다.

「큰 소리로 읽어도 될 것 같습니다. 돈키호테 나리께서 통치자님께 써 보내신 이 편지는 금으로 인쇄해 놓아도 될 만한 것입니다. 바로 이러한 내용입니다.」

돈키호테 데 라만차가
바라타리아 섬의 통치자 산초 판사에게 보내는 편지

자네가 실수나 무례한 일을 저질렀다는 소식이나 듣지 않을까 싶어 걱정하고 있었는데 산초 친구여, 오히려 사려 깊게 일을 분별한다는 소식을 접하고는 하늘에게 특별한 감사를 드렸다네. 하늘은 퇴비에서 가난한 자를 들어 세우실 줄 아시고, 어리석은 자들을 신중한 자로 만드실 줄 아시는 모양이야. 사람들이 말하기를 자네는 인간답게 다스리고, 겸허하게 처신하는 태도는 마치 겸손한 짐승 같다고 하더군. 그런데 산초, 자네가 알아 뒀으면 하는 것이 있으니, 직무의 권위상 가끔은 겸손한 마음에 역행하는 행동을 하는 것도 바람직하고 필요한 일이라는 걸세. 어려운 직책을 맡고 있는 사람의 훌륭한 몸가짐이란 그 직책이 요구하는 바에 따라야 하기 때문일세. 자신의 비천한 조건이 이끄는 대로 나아가서는 안 된다네. 옷을 잘 차려입게. 나무 막대기도 잘 차려입으면 나무 막대기로 보이지 않지. 그렇다고 보석을 치렁치렁 달고 다니고 화려한 옷차림을 하라는 말은 아니네. 판관이면서 군인의 복장을 하라는 것도 아니지. 오직 자네의 직무가 요구하는 복장을 하라는 것일세. 청결하고 단정하게 말일세.

자네가 다스리는 백성의 마음을 얻으려면 많은 일들 가운데 먼저 다음 두 가지를 해야 하네. 하나는 누구에게나 예의를 다하여 대해야 한다는 것인데, 이건 이미 자네한테 말한 바이지. 다른 하나는 양식을 충분히 확보해 두라는 것일세. 가난한 사람들의 마음을 가장 괴롭히는 것으로 배고픔과 품귀로 인해 물가가 올라가는 것보다 더한 것은 없기 때문이라네.

자네 통치 관하에서 사적인 포고는 많이 하지 말게. 만일 하게 된다면 좋은 것이 되도록 하게. 그리고 무엇보다 사람들이 지키고 실행할 수 있는 것이 되도록 하게. 지켜지지 않는 포고란 없는 것이나 마찬가지니 말일세. 오히려 그 전에 사람들은 그런 포고를 제정할 만한 분별력과 권위를 가진 군주가 그것이 지켜질 수 있도록 할 만한 용기는 가지지 못했다고 생각하게 될 걸세. 그리고 두려움을 주지만 지켜지지 않는 법은 마치 개구리들의 왕이었던 막대와 같은 것이 되고 말 걸세. 개구리들은 처음에는 그 막대를 무서워했으나 시간이 흐르면서 그것을 무시하고 그 위에 올라타지 않았나.[307]

덕스러운 아버지가 되고 악덕의 의붓아버지가 되게. 늘 엄하지도 말고 그렇다고 늘 다정하지도 않은 이 양극단의 중간을 택하도록 하게. 사려 깊은 행동의 핵심이 바로 여기에 있다네. 감옥과 푸줏간과 장터를 방문하게. 그러한 장소에 통치자가 모습을 드러내는 것은 아주 중요한 일이지. 곧 출소되기를 기다리고 있는 죄수들에게는 위안이 되고 푸줏간 사람들에게는 도깨비 같은 효과를 주니, 통치자가 나타난 때에는 근수를 속이지 않게 된다네. 마찬가지 이유로 장터의 여자 장사꾼들에게도 허수아비 효과가 있지. 자네가 그러리라고는 생각하지 않지만 혹시나 해서 말인데, 욕심을 부리거나 여자를 밝히거나 대식가로 보이는 일은 없도록 하게. 백성이나 자네와 가까이 지내는 사람들이 자네의 특정 성향을 알게 되면 그곳을 공격하여 결국 자네를 파멸의 깊은 심연으로 무너뜨리고 말 것이기 때문이네.

자네가 부임하기 위해 이곳을 떠나기 전날 내가 써준 충고와 가르침들을 살펴보고 또 살펴보고, 복습하고 또 복습하기를 바라네. 그것들을 지킨다면 통치하는 동안 매번 맞닥뜨려야 하는 난관이나 어려움을 이겨 내게 할 가치 있는 도움을 거기서 발견하게 될 걸세. 자네 주인 되시는 분들에게 편지를 써서 자네가 감사하고 있다는 것을 보여 드리게. 무릇 은혜를 모르는 것은 교만의 자식이며, 인간이 저지를 수 있는 가장 큰 죄악들 가운데 하나이기 때문이네. 은혜를 베푼 사람에게 감사할 줄 아는 것은, 수많은 복을 주셨고 계속해서 주시는 하느님에게도 감사할 줄 안다는 것을 보여 주는 일이지.

307 유피테르에게 왕을 내려 달라고 종용했던 개구리의 우화를 말한다.

공작 부인께서 사람을 시켜 자네 옷과 다른 선물을 자네 처인 테레사 판사에게 보내셨다네. 우리는 그에 대한 답을 기다리고 있는 중이라네.

전혀 뜻하지도 않게 고양이가 내 코를 할퀸 일 때문에 나는 썩 좋은 상태가 아니지만, 별로 대단한 것은 아니네. 나를 함부로 다루는 마법 사들이 있다면 나를 지켜 주는 마법사도 있으니 말일세.

자네가 의심한 대로 자네와 함께 있는 집사가 과부 시녀 트리팔디의 행적과 연관되어 있는지 내게 알려 주게. 그리고 자네에게 일어나는 일 이면 모두 알려 주기를 바라네. 자네와 나 사이의 길이 그리 멀지도 않 으니 말이지. 그리고 나는 지금 내가 보내고 있는 이 한가한 생활을 되 도록이면 빨리 그만둘 생각일세. 난 이런 생활을 위해서 태어난 게 아 니기 때문이라네.

내가 처리할 일이 한 가지 들어왔는데, 보아하니 공작 내외분을 불행 에 빠뜨릴 일 같네. 하지만 아무리 힘든 것이라 할지라도 나는 전혀 상 관없다네. 결국은 그분들의 기분을 살피기보다 먼저 내 직분을 수행해 야 되기 때문이니 말일세. 사람들이 하는 말이 있잖은가. 〈*Amicus Plato sed magis amica veritas*(플라톤은 나의 친구이지만 진리는 나의 더욱 친한 친구이다)〉[308] 말일세. 이렇게 자네에게 라틴어로 말하는 것은, 통 치자가 된 이상 자네도 라틴어를 배웠을 거라고 생각하기 때문이라네. 그럼 어느 누구도 자네를 불쌍하게 여기지 않도록 하느님께서 지켜 주 시기를 바라며.

자네의 친구
돈키호테 데 라만차

308 유명한 라틴어 격언으로 에라스뮈스의 『잠언집』에 나와 있다.

산초는 정신을 집중하여 편지 읽는 것을 들었다. 같이 듣고 있던 사람들 모두 사려 깊은 내용이라며 칭찬을 아끼지 않았다. 산초는 식탁에서 일어나 비서를 불러서는 그와 함께 방에 들어박혔으니, 더 지체할 것 없이 당장 주인인 돈키호테에게 답장을 하고자 한 것이다. 그는 비서에게 어느 것 하나 빼지도 더하지도 말고 자기가 불러 주는 대로 쓰라고 말했으니, 답장으로 쓴 편지의 내용은 다음과 같다.

산초 판사가 돈키호테 데 라만차에게 보내는 편지

제 업무가 어찌나 바쁜지 머리를 긁을 시간도 없고 손톱을 깎을 여유조차도 없답니다요. 그러다 보니 하느님께서 처리해 주셔야 할 정도로 아주 긴 손톱을 달고 다닌답니다요. 제 영혼의 주인님, 제가 이 말씀을 드리는 이유는 나리께서 놀라시지 않도록 하기 위해서입니다요. 제가 이 통치자 자리에 있으면서 지금까지 잘 지내는지 못 지내는지 알려 드리지 않은 일로 말입니다요. 전 나리와 함께 숲 속이나 사람이 다니지 않는 곳을 돌아다닐 때보다 지금 훨씬 더 큰 굶주림을 겪어 내고 있답니다요.

공작님께서 저번에 저에게 편지를 쓰셔서 몇몇 첩자들이 이 섬에 들어와 저를 죽이려고 한다는 것을 알려 주셨습니다요. 지금까지 전 이곳에 부임해 오는 통치자라면 모두 다 죽이기 위해 월급을 받고 있는 어떤 의사 말고는 다른 사람은 발견하지 못했는데 말이죠. 그 사람은 페드로 레시오 의사이며 티르테아푸에라 출신입니다요. 제가 그자의 손에 죽게 되지는 않을까 걱정하실까 봐, 나리께서 그 이름이라도 알고 계시도록 말씀드리는 겁니다요! 이 의사 양반이 자기 입으로 말하기를, 자기는 병에 걸려 있을 때 고치는 사람이 아니라 병에 걸리지 않도록 예방을 하는 사람이라고 합니다요. 그래서 그 작자가 쓰는 약이라는 게, 뼈만 앙상하게 남을 때까지 절식에 또 절식을 시키는 것이랍니다요. 쇠약해지는 게 열병보다 가벼운 것처럼 말입니다요. 결론적으로다가 말씀드리자면, 그 작자는 저를 굶겨 죽일 작정이고 저는 원망으로 죽어 가고 있답니다요. 제가 이 통치를 하러 올 생각을 했을 때는 따뜻한 것을 먹고 시원한 것을 마시며 깃털이 들어 있는 요 위에서 네덜란드산 이불을 덮고 몸을 편히 쉬게 할 줄 알았는데, 지금 처한 상황을 보니 마치 은둔자가 되어 고행을 하러 온 것 같습니다요. 더군다나 제가 원해서 하는 고행도 아니니, 결국은 악마가 저를 데려가 버릴 거라는 생각도 듭니다요.

지금까지는 제가 세금에 손을 대지 않았고 뇌물도 받지 않았는데, 앞으로는 어떻게 되어 갈는지 모르겠습니다요. 왜냐하면 여기 사람들이 제게 한 말로는, 이 마을 주민들은 이 섬에 오는 통치자들이 섬에 들어오기 전에 그에게 많은 돈을 주거나 빌려 주거나 한다는데, 이는 통치하러 가는 사람들 모두에게 있는 일로 유독 이곳에서만 일어나는 건 아니라고 하니까 말입니다요.

어젯밤에 순찰을 돌다가 우연히 남장을 한 아주 예쁜 아가씨와 여장을 한 그 아가씨의 남동생을 만나게 되었습니다요. 제 식당 시종장은 그 젊은 아가씨에게 홀딱 빠져서 자기의 아내로 삼기로 마음먹었다고 합니다요. 저는 그 남동생을 제 사윗감으로 선택했고 말입니다요. 오늘 우리 두 사람은 이 오누이의 아버지를 만나 우리 생각을 실행에 옮겨 볼 겁니다요. 오누이의 아버지는 디에고 데 라 야나라는 사람으로, 이달고에 오랜 세월 동안 기독교를 지켜 온 아주 훌륭한 분이랍니다요.

나리께서 제게 충고해 주신 대로 저는 시장을 찾아가곤 한답니다요. 어제는 새로 수확한 개암을 팔고 있는 가게 여주인을 발견했는데, 그 여자가 새로 나온 개암 1파네가에 오래되고 속 비고 썩은 개암을 섞어서 팔고 있다는 것을 알게 되었습니다요. 그래서 일을 배우기 전까지 학교에서 공부를 하고 가르침을 받는 고아들에게 개암 전부를 나누어 주었답니다요. 걔들은 그것들을 잘 구별할 줄 알 테니까 말입니다요. 그리고 그 여주인에게는 보름 동안 장에 들어오지 못하는 벌을 내렸습니다요. 사람들이 아주 잘 처리했다고들 합디다요. 제가 나리께 확실히 말씀드릴 수 있는 건데요, 이 마을에 떠도는 소문에 의하면 장터에 있는 장사꾼 여자들보다 더 나쁜 사람은 없다고 합니다요. 그 여자들 모두 뻔뻔하고 인정이 없으며 무모하기 때문이래요. 다른 마을에서 제가 봐온 여자들과 비교해 봐도 그 이야기는 틀림없어 보입니다요.

저의 여주인이신 공작 마님께서 제 마누라 테레사 판사에게 편지를 주시고 나리께서 말씀하신 그런 선물까지 보내셨다니 저는 정말 흐뭇합니다요. 그러니 때가 되면 제가 감사하고 있다는 걸 알려 드리도록 할 것입니다요. 일단 나리께서 저를 대신하여 그분의 손에 입을 맞추시고, 제가 한 일로 알게 될 것인바 마님께서 공연한 짓을 하신 게 아니라는 제 말씀을 전해 주시기 바랍니다요.

나리와 공작 내외분들 사이에 유쾌하지 못한 다툼은 없기를 바랍니다요. 만일 나리께서 그분들에게 화를 내시면 그 피해는 고스란히 제가 안게 될 것이 불을 보듯 훤하니 말입니다요. 그리고 감사할 줄 알라는 충고를 제게 해주셨는데, 그런 나리께서 그 많은 은혜를 나리께 베풀어 주시고 성에서 그토록 후하게 대접해 주신 분들께 감사하지 않는다는 것은 좋은 일이 아닙니다요.

그 고양이가 타고 올랐다는 말씀은 무슨 얘기인지 모르겠습니다요. 하지만 생각해 보면 그 사악한 마법사들이 나리께 저지르곤 하는 그런 고약한 장난들 중 하나인 게 틀림없는 것 같습니다요. 나리를 만나 뵈면 잘 알게 되겠지만요.

나리께 뭐라도 보내 드리고 싶습니다만, 무엇을 보내 드려야 할지 모르겠습니다요. 이 섬에서 방광에 사용하려고 만든 아주 이상야릇한 방광 세척용 대롱이나 몇 개 보내 드리면 좋을까요. 여하튼 이 일을 계속하게 된다면 사례금이나 아니면 곁다리로 얻는 것으로 무언가 보내 드릴 만한 것을 찾을 작정입니다요.

만일 제 마누라 테레사 판사가 편지를 보내 오거든 나리께서 우편 요금을 지불하시고라도 제게 그것을 보내 주세요. 제 집과 마누라와 자식들이 어떻게 지내고 있는지 무진장 알고 싶거든요. 그럼 이것으로 그만하고, 하느님께서 고약한 마법사들로부터 나리를 구해 주시고, 저도 이 통치로부터 무사하고도 평화롭게 빠져나올 수 있게 해주시기를 바랍니다요. 페드로 레시오 의사가 저를 다루는 꼴을 보아하니, 아직 제 목숨이 붙어 있을 때 이 통치직을 그만두는 게 좋을 것 같습니다요.

나리의 하인
통치자 산초 판사 올림

비서는 편지를 봉해 즉각 배달부 편으로 보냈다. 그런 다음 산초를 두고 장난을 쳤던 자들이 모두 모여 어떻게 그를 통치직에서 물러나게 하면 좋을지 서로 상의했다. 한편 산초는 자기가 섬이라고 생각하고 있는 그곳을 훌륭하게 다스리기 위한 몇 가지 법령들을 제정하느라 그날 오후를 보냈다. 그는 자기의 관할 지역에서는 양식을 도매가로 사서 소매가로 넘기는 자들이 없도록 하라고 명령했다. 그리고 어느 곳에서 생산된 것이든 포도주는 모두 다 자기 관할 지역으로 들여올 수 있지만, 평가와 품질과 평판에 따라 가격을 매기기 위하여 산지가 어디인지 추가적으로 밝히도록 했다. 포도주에 물을 섞거나 상표를 바꾸는 자는 그 죄로 사형에 처하도록 했다.

그는 모든 종류의 신발 값을 내렸는데, 우선적으로 구두 값이 지나치게 비싼 것 같아 조절했다. 하인들이 자기 이익에 따라 고삐 풀린 듯 나다녔으므로 그들의 급료 규정도 만들었다. 밤이건 낮이건 음란하거나 난잡한 노래를 부르는 자에게는 아주 엄한 벌을 내리도록 했다. 어떠한 장님도 진짜로 눈이 보이지 않는다는 확실한 증거를 제시하지 않는 한 노래를 부를 때 가사에 기적과 관련된 내용을 넣어서는 안 되도록 했다. 그건 장님들이 노래하는 기적 대부분이 가짜로, 진짜 기적에 해를 끼친다고 생각되었기 때문이다.[309]

가난뱅이들에게는 이들을 담당하는 관리를 두었으니, 이들을 추적하기 위해서가 아니라 정말로 가난한지를 조사시키기 위해서였다. 왜냐하면 도둑이나 술주정뱅이들이 손이며 팔이 없는 것으로 위장하거나 허위로 종양에 걸린 것처럼 하고 돌아다녔기 때문이다. 결론적으로 그는 대단히 훌륭한 법들을 제정했으니, 그 법들은 오늘날까지 그곳에서 지켜지고 있으며 이 법을 〈위대한 통치자 산초 판사의 법령〉이라 이름하고 있다.

309 스페인에서 장님이 가지는 특권은 크다. 종교적 이유에서든 민족적 정서에서든 동정심이 많은 스페인 사람들에게, 장님들은 하느님이나 성모나 예수의 기적에 관한 노래를 들려주고 그것으로 돈을 벌었다.

52

〈슬픔에 찬〉, 혹은 〈고뇌에 찬〉, 혹은
또 다른 이름인 도냐 로드리게스라는
과부 시녀의 두 번째 모험에 대하여

시데 아메테가 이야기하기를, 돈키호테는 고양이한테 할퀸 상처도 이제 다 나았고 그 성에서 보내고 있는 생활이 자기가 업으로 삼고 있는 기사도의 모든 도리에 어긋나는 것 같아서 공작 부부의 허락을 얻어 사라고사로 떠나갈 결심을 했다고 한다. 그곳에서 열리는 시합 날이 가까이 다가오는 터라 그 시합에 나가 승자에게 주는 갑옷을 차지할 생각이었다.

그래서 어느 날 공작 부부와 식탁에 앉아 있을 때 자기의 뜻을 실행에 옮겨 허가를 얻으려는데, 별안간 큰 홀 문으로 두 여자가 들어오는 것이 아닌가. 나중에 보니 그들은 머리끝에서 발끝까지 상복을 두르고 있었다. 그중 한 여자가 돈키호테에게 다가와 그의 발아래 몸을 던져 길게 엎드려서는 돈키호테의 발에 입술을 붙이더니 신음하기 시작했는데, 그 소리가 얼마나 슬프고도 깊고도 고통스러운지 그 자리에 있던 사람들은 모두 큰 혼란에 빠지고 말았다. 공작 부부는 자기 하인들이 돈키호테에게 하려는 일종의 장난이려니 생각했다가, 너무나 열심히 한숨을 쉬고 신음하며 울어 대는 그 모습에 자신들도 무슨 일인지 몰라 얼떨떨해졌다. 마침내 인정 많은 돈키호테가 그녀를 바닥에서 일으켜 세우고는 얼굴을 덮은 망토를 벗겨 내 눈물에 젖은 얼굴을 드러내도록 했다.

그러자 결코 상상도 못 했던 모습이 드러났으니, 이 집안의 우두머리 시녀인 도냐 로드리게스의 얼굴이었고 상복을 입은 또 다른 여자는 돈 많은 농부의 아들에게 우롱당했다는 그녀의 딸이었다. 그녀를 아는 사람들은 모두 놀랐으며, 특히 누구보다 놀란 사람은 공작 내외였다. 그들은 그녀를 우둔하고 유순한 여자로 알고 있었기에 이런 미친 짓을 하리라고는 생각도 못 했던 것이다. 마침내 도냐 로드리게스는 자기 주인 내외를 돌아보며 말했다.

「주인님, 제가 잠시 이 기사님과 이야기할 수 있도록 제발 허락해 주시기를 바랍니다. 이렇게 해야 나쁜 마음을 먹었던 한 촌놈이 저지른 무모한 일을 잘 처리할 수 있기 때문이에요.」

공작은 허락하며 원하는 대로 돈키호테 나리와 이야기하라고 말했다. 그녀는 얼굴과 목소리를 돈키호테에게로 돌리고서 말했다.

「용감한 기사님, 몹쓸 농부 한 사람이 제가 아끼고 사랑하는 딸애에게 무분별한 배신을 행한 일에 대해서는 이미 말씀을 드렸지요. 바로 여기 있는 이 애가 그 불행한 제 딸년입니다. 나리께서는 모욕을 바로잡아 이 애를 제자리로 돌려놓으시겠다고 약속하셨습니다. 그런데 지금 제가 들은 소식에 의하면, 나리께서는 하느님이 나리께 내리시는 멋들어진 모험을 찾아 이 성에서 떠나시려 한다더군요. 그래서 원하옵건대, 나리께서는 그 모험의 길로 미꾸라지처럼 빠져나가시기에 앞서 야생마 같은 그 촌놈에게 결투를 신청하셔서, 제 딸과 육체적인 관계를 맺기 전에 남편이 되겠다고 했던 약속을 지켜 제 딸과 결혼하도록 만들어 주십사 하는 겁니다. 저의 주인이신 공작님이 제게 정의를 실현시켜 주시기를 바라는 것은, 그때 제가 비밀리에 말씀드렸듯이 느릅나무에 배가 열리기를 바라는 것이나 다름없어요. 그럼 이것으로 우리의 주님께서 나리를 만수무강하게 해

주시고, 저희 모녀를 저버리지 않게 하시기를 빌겠습니다.」

　이 말에 돈키호테는 우쭐대며 아주 엄숙하게 대답했다.

　「착한 시녀여, 그대의 눈물을 거두시지요. 아니 제대로 말씀드리자면, 눈물을 훔치시고 한숨을 아끼십시오. 따님에 대한 문제는 내가 처리해 드리겠습니다. 사랑에 빠진 사내들의 약속을 그렇게 쉽게 믿지 않았더라면 좋았을 터인데. 그런 약속이란 대부분 아주 가벼운 것이고, 지키는 일에 있어서는 아주 무거운 것들이니 말입니다. 그러면 나의 주인이신 공작님의 윤허를 얻고 곧 떠나 그 양심 없는 젊은이를 찾아내도록 하지요. 그가 약속한 말을 지키려 하지 않을 시에는 결투를 신청해서 언제고 그를 죽여 버리겠습니다. 내 직업의 주요한 임무는 겸허한 자를 용서하고 오만한 무리를 처벌하는 것이니, 이 말은 곧 불쌍한 자를 구하고 가혹한 자를 쳐부순다는 것입니다.」

　「그럴 필요가 없소이다.」 공작이 대답했다. 「이 착한 시녀가 불평하는 그 촌놈을 찾느라 수고할 일 말이오. 또한 그자에게 도전하기 위해 내게 허가를 구할 필요도 없소이다. 그대가 그자에게 결투를 신청한 것으로 하고, 내가 이 결투를 그자에게 알리는 임무를 질 것이며, 그에게 그 결투를 받아들여 이 나의 성으로 직접 오도록 하겠소. 여기서 두 사람이 결투할 수 있도록 장소를 마련해 줄 것인바 그런 결투에서 지금껏 지켜지고 있으며, 지켜지지 않으면 안 될 조건들을 모두 갖추게 할 것이고 어느 쪽에게나 똑같은 정의를 행사할 것이오. 영주는 자기의 영내에서 싸우는 사람들에게 아낌없이 장소를 제공해 주고 정의를 지킬 의무를 지고 있기 때문이오.」

　「그러시다면, 그러한 보장과 나리의 흔쾌한 허락 아래……」 돈키호테가 대답했다. 「지금부터 나는 그자와 싸울 수 있도록 나의 이달고 직위를 포기하고 피의자의 신분에 맞추어 그와 동등한 평민 신분이 되겠음을 알

럽니다. 그자는 비록 이 자리에 없지만, 처녀였던 이 불쌍한 여인을 약취하는 악행을 저질렀음에 나는 그자에게 결투를 신청하고 도전하는 바입니다. 그자의 잘못으로 이제 그 여인은 처녀가 아니게 되었으니, 그자는 합법적인 남편이 되겠다고 한 약속을 지키거나 아니면 결투에서 죽어야 할 것입니다.」

그런 다음 돈키호테는 장갑 한쪽을 벗어 홀 중앙에다 던졌다. 공작은 이미 말한 것처럼 자기가 그 신하의 이름으로 도전을 받아들인다고 말하면서 장갑을 집어 들었다. 그러고서 결투일은 그날로부터 여섯째 되는 날로 정하고, 결투 장소는 자기 성의 광장이며, 무기는 기사도의 관례에 따라 창과 방패 그리고 갑옷을 입었을 때 움직임을 자유롭게 해줄 수 있는 부품 일절로, 그 밖의 모든 다른 도구들과 속임수나 부적이나 마법의 힘과 관계된 어떠한 물건도 몸에 지녀서는 안 되며 결투장의 심판관들이 이러한 것들을 검열하고 조사할 것이라고 했다.

「그러나 무엇보다 먼저 이 착한 시녀와 사고를 친 이 처자는 자기들의 정의를 행사할 권리를 돈키호테 나리의 손에 맡겨야 할 필요가 있소. 그렇게 하지 않을 경우 이 결투는 아무런 의미가 없으며 합당하게 이행되지도 않을 것이오.」

「저야 그렇게 하고말고요.」 과부 시녀가 대답했다.

「저도요.」 펑펑 울어 안색이 좋지 않은 딸이 부끄러워 어쩔 줄 몰라하며 덧붙였다.

공작의 지적이 받아들여지고 이런 경우 공작이 해야 할 일이 구상되자 상복을 입은 두 여자는 물러났다. 공작 부인은 그날로부터 그 두 여자를 하녀로서가 아니라 자기 집에 판결을 구하러 온 용감한 여인네들로 취급하라고 명령했다. 그래서 사람들은 그녀들에게 따로 방을 마련해 주었으며 마치 외지에서 온 여자들을 섬기듯 대접했다. 다른 하녀들은 도냐 로드리게스와 그 불행한 딸의 어리석은 짓과 뻔뻔스러움이 어떤 결말을 맞이할지 몰라 적잖이 놀라고 있었다.

이러던 중 이 축제를 즐겁게 끝내고 식사를 멋지게 마무리 짓기 위해 여기 통치자 산초 판사의 아내 테레사 판사에게 편지와 선물을 들고 갔던 시동이 홀 안으로 들어오는 모습을 볼 수 있을 것이다. 공작 부부는 아주 흡족해하면서 여행하는 동안 그에게 일어난 일을 물었다. 시동은 이렇게 공개적인 자리에서 단 몇 마디로 말씀드릴 내용이 아니라고 말하고는, 자기만 남도록 다른 사람들을 물리시는 동안 즐기시라며 편지 두 통을 꺼내 공작 부인의 손에 놓아 드렸다. 한 통의 겉봉에는 〈어디 사시는지 모르는 나의 주인 아무개 공작 부인께〉, 다른 한 통에는 〈바라타리아 섬의 통치자, 나의 남편 산초 판사에게, 하느님께서 나보다 더 만수무강하게 해주시기를 바라며〉라고 적혀 있었다. 공작 부인은 어찌나 그 편지가 읽고 싶은지, 흔히 말하듯 빵이 구워지기를 기다릴 수가 없을 정도였다. 그래서 곧장 봉투를 열어 혼자 읽었는데, 그 정도라면 공작과 그곳에 같이 있던 사람들이 들어도 괜찮다고 생각되어 다음과 같이 큰 소리로 읽어 나가기 시작했다.

테레사 판사가 공작 부인에게 보내는 편지

마님께서 제게 써 보내 주신 편지가 제 마음에 엄청 들었습니다요. 정말로 정말로 바라고 있던 거였거든요. 산호 묵주는 진짜 훌륭하며, 제 남편의 사냥복도 그보다 못하지 않았습니다요. 부인께서 제 바깥양반 산초를 통치자로 만들어 주신 데 대해 이 마을 전체가 좋아 죽으려고 합니다요. 물론 그것을 믿는 사람은 없지만 말이죠. 주로 신부님과 이발사 니콜라스 선생과 학사 삼손 카라스코가 그래요. 하지만 그런 것 제겐 전혀 상관없답니다요. 사실이 그러하니 각자 자기들 마음대로 떠들라지요 뭐. 사실대로 말하자면, 산호 묵주와 사냥복이 오지 않았다면 저 역시 믿지 않았을 겁니다요. 이 마을에서는 모두가 제 남편을 말썽쟁이로 보고 있기 때문에, 산양이나 지켰으면 지켰지 어떻게 제대로 통치 일을 해낼 수나 있을지 상상도 못 한답니다요. 하느님께서 제대로 통치하게 해주시고, 그렇게 인도해 주시기를 바랄 뿐입니다요. 아시다시피 자식 놈들이 그걸 필요로 하니 말입니다요.

진심으로 존경하는 마님, 저는요, 마님의 허락을 얻어 이 좋은 날을 집에다 넣어 두려고 합니다요. 그리고 궁정으로 가는 마차에 앉아 몸을 쭉 뻗고는 저를 시기하는 이 마을 사람들을 눈꼴시게 할 겁니다요. 그러니 마님, 제발 제 남편에게 돈 좀 부쳐 주라고 해주세요. 좀 되는 금액으로요. 궁정에서는 씀씀이가 크다면서요. 빵이 1레알에, 고기 1파운드가 30마라베디나 한다니 대단합니다요. 만일 제가 그곳에 가는 걸 원하지 않으신다면 미리 알려 주세요. 제 발이 길을 나서고 싶어서 죽으려고 하고 있거든요. 제 친구들이나 이웃 사람들이 제게 하는 말을 들어 보면요, 저와 제 딸년이 궁정에서 으스대면서 화려하게 치장하고 돌아다니면요, 제 남편 때문에 제가 유명해지기보다는 저 때문에 제 남편이 더 알려질 거라고 합니다요. 많은 사람들이 이렇게 묻지 않을 수가 없을 테니까 말입니다요. 〈이 마차에 있는 부인네들이 누구시래?〉라고 말입니다요. 그러면 제 하녀가 〈바라타리아 섬의 통치자 산초 판사의 아내와 딸이에요〉라고 대답하지요. 이렇게 남편은 사람들에게 알려지고 저는 사람들에게 존경을 받게 되니, 어려움은 모두 안녕입니다요.

제 복장 터질 일은요, 이번 해에는 마을에 도토리가 많이 나지 않았다는 겁니다요. 그래도 마님께 반 셀레민 정도는 보내 드립니다요. 제가 산에 가서 하나하나 골라 주워 담은 겁니다요. 타조알만 한 것을 바랐습니다만 이보다 더 큰 것은 발견할 수가 없었습니다요.

위대하신 마님께서도 제게 편지 주시는 일을 까먹지 말아 주세요. 저는 제 건강이며 이 마을의 알려 드릴 만한 소식은 몽땅 알려 드릴 작정입니다요. 저는 이 마을에서 우리 주 예수 그리스도께서 마님을 지켜 주시도록 기도드리고 있을 겁니다요. 마님께서는 저를 잊지 말아 주세요. 제 딸 산치카와 제 아들이 마님 손에 입을 맞춥니다요.

마님께 편지를 드리기보다
마님을 뵙기를 더 간절히 바라고 있는 마님의 하녀
테레사 판사 올림

테레사 판사의 이 편지를 듣고 사람들은 모두 즐거워했는데, 특히 공작 부부가 그랬다. 공작 부인은 테레사가 통치자 앞으로 보낸 편지는 더 훌륭할 것 같다며 열어 봐도 괜찮은지 돈키호테에게 의견을 물었다. 돈키호테는 공작 부부가 좋아하시도록 자기가 편지를 열겠노라고 했다. 내용은 이러했다.

테레사 판사가 남편 산초 판사에게 보내는 편지

내 영혼의 주인인 산초 여보, 당신 편지를 받고 어찌나 좋았는지 내가 미쳐 돌아 버릴 것 같았다는 걸, 그리스도를 믿는 기독교인으로서 당신께 약속하고 맹세해요. 여보, 당신이 통치자라는 말을 들었을 때 정말 기뻐서 그 자리에 그냥 거꾸러져 콱 죽어 버리는 줄 알았다니까요. 당신도 알다시피 큰 슬픔과 마찬가지로 갑작스러운 기쁨도 사람을 죽인다고들 하잖아요. 당신 딸 산치카는 그저 좋아서 그만 자기도 모

651

르게 오줌을 싸버렸어요. 나는 당신이 내게 보낸 옷을 앞에 두고, 공작 부인 마님께서 내게 보낸 산호 묵주를 목에 걸고, 편지는 손에 쥐고, 그 편지를 가지고 온 사람이 내 앞에 있는데도, 그러고도 내가 보고 만지는 게 모두 꿈이라고 생각하고 그렇게 믿었다니까요. 글쎄 산양이나 치던 목동이 섬의 통치자가 될 거라고 누가 생각이나 할 수 있었겠느냐고요. 당신도 알다시피 많을 일을 보려거든 오래 살고 볼 일이라고 우리 엄마가 말씀하시곤 했지요. 더 오래 살다 보면 더 많은 것을 볼 수 있으리라 생각하니 이제 그 말을 내가 하게 되네요. 난 당신이 임대인이나 세금 징수하는 사람이 되는 것까지 볼 작정이거든요. 이런 자리를 악용하는 사람은 악마에게 끌려간다고는 하지만, 누가 뭐래도 항상 돈을 가지고 있으며 돈을 주무르는 자리잖아요. 내 소원이 궁정에 가는 것이라는 걸 마님이신 공작 부인께서 당신한테 말씀하실 거예요. 그 점에 대해 잘 생각해 보고 당신 뜻을 내게 알려 줘요. 그곳에 가면 나는 마차를 타고 돌아다니면서 당신 체면을 세워 주려고 노력할 거예요.

신부님이나 이발사나 학사나 성당지기까지, 다들 당신이 통치자라는 걸 믿을 수 없어 해요. 그러면서 모든 게 속임수이거나, 아니면 당신 주인인 돈키호테 나리에게 일어나고 있는 일들처럼 전부 다 마법의 짓이라고 말해요. 그리고 학사 삼손은 당신 머릿속에서 통치자라는 생각을 끄집어내기 위해 당신을 찾아가겠대요. 돈키호테 나리의 머리통에서는 광기를 끄집어내겠다면서요. 나는 그저 웃으면서 내 산호 묵주를 쳐다보고, 당신 옷으로 우리 딸애에게 어떤 옷을 만들어 줄까 궁리만 한답니다.

공작 부인 마님께 도토리를 좀 보내 드렸는데, 그게 금으로 된 거라면 얼마나 좋을까요. 내게 진주 묵주나 몇 개 보내 줘요. 그 섬에서 그게 유행이면 말이에요.

이곳 소식이라면, 라 베루에카가 자기 딸을 형편없는 환쟁이한테 시집보냈다는 거예요. 신랑 된 사람은 뭐든 그리겠다고 이 마을로 왔는데, 마을 위원회에서 청사 문 위에다 폐하의 문장을 그려 달라고 했더니 2두카도를 요구해서 선금으로 줬어요. 그런데 여덟 날을 일했는데도 결국 그린 게 하나도 없었어요. 그러면서 하는 말이, 그 많은 잡동사니를 어떻게 다 그려야 할지 모르겠다면서 돈을 돌려줬답니다. 그런데도 훌륭한 관리 자격으로 결혼을 했다는 거예요. 사실은 이미 붓 대신 팽이를 쥔 채 궁신처럼 폼을 재며 밭일을 하러 가는데 말이지요. 페드로 데 로보의 아들은 사제가 될 생각으로 하급 품계를 받고 삭발식을 했어요. 그걸 밍고 실바토의 손녀인 밍기야가 알고는 자기와 결혼 언약을 한 사이라면서 그를 고소했지 뭐예요. 글쎄 걔가 그 남자의 애를 뺐다고 수군거리는 사람들도 있지만 남자 쪽에서는 완강하게 그건 사실이 아니라네요.

올해 올리브 농사는 형편없는 데다, 온 마을을 뒤져도 식초 한 방울이 없어요. 보병 부대 하나가 이 마을을 지나가면서 그 길로 마을 처자 세 명을 데려가 버렸고요. 누구누구인지는 말하지 않겠어요. 아마도 돌아올 거고, 흠이 있든 없든 아내로 맞이할 사람도 있을 테니까요.

산치카는 레이스 장식을 뜨고 있어요. 매일 꼭 8마라베디를 버는데 자기 시집갈 때 보탠다고 저금통에 넣고 있어요. 하지만 이제는 통치자의 딸이 되었고 당신이 지참금을 줄 테니 걘 일할 필요가 없어졌지요. 마을 광장에 있는 샘이 말라 버렸어요. 효수당한 사람의 머리를 걸어 놓는 기둥에 벼락이 떨어졌어요. 하지만 난 아무렇지도 않아요.

이 편지에 대한 답장을 기다릴게요. 그리고 내가 그곳에 가겠다고 마음먹은 것에 대한 대답도요. 이만 쓸게요. 하느님이 나보다 더 오래, 아니 나만큼만 살 수 있도록 당신을 지켜 주시기를 바라요. 이 세상에 나

없이 당신만 남겨 두고 싶지 않아서예요.

당신의 아내

테레사 판사

두 편지가 모두 엄숙했고, 웃음을 일으켰고, 칭찬을 받았으며, 감탄을 자아냈다. 그리고 이 모든 일을 마무리 지으려는 듯 우편집배원이 돈키호테에게 보내는 산초의 편지를 들고 도착했다. 이것 역시 사람들 앞에서 낭독되었으니, 이 편지로 사람들은 통치자가 바보가 아닐 수도 있다는 생각을 하게 되었다.

공작 부인은 산초의 마을에서 무슨 일이 일어났는지 알고 싶어 자리에서 물러나 시동에게 물었다. 시동은 하나도 빠짐없이 아주 광범위하게 모든 상황을 부인에게 이야기하고 도토리와 테레사에게 받은 치즈 한 조각도 내놓았는데, 이 치즈는 트론촌[310]에서 생산되는 치즈보다 질이 우수한, 아주 훌륭한 것이었다. 공작 부인은 대단히 흡족해하며 치즈를 받았다. 이것으로 공작 부인은 여기 놔두고 모든 섬의 통치자의 꽃이자 거울인 위대한 산초 판사의 통치가 어떠한 결말을 맺었는지 이야기하기로 한다.

---

310 Tronchón. 아라곤 자치 지역 데루엘 주에 있는, 치즈로 유명한 마을.

53

산초 판사의 힘들었던
통치의 결말에 대하여

　삶에 있어서 모든 것이 늘 같은 상태로 지속될 거라고 생각하는 것은 참으로 부질없는 짓이다. 오히려 삶은 모두 원을 그리며 흘러가는 듯하다. 말하자면 중심에다 한 점을 놓고 그 주위를 빙글빙글 도는 모양이다. 그러니까 봄은 여름을 추적하고, 여름은 한여름을 추적하며, 한여름은 가을을 추적하고, 가을은 겨울을, 그리고 겨울은 봄을 추적하니,[311] 이렇게 세월은 멈출 줄 모르는 바퀴를 타고 구르고 또 구른다. 단지 인간의 목숨만이 세월보다 더 가볍게 그 종말을 향해 치닫는다. 인간의 목숨을 제한할 한계가 없는 다른 생애에서가 아니라면 다시 시작해 볼 희망도 없이 말이다. 이 말을 회교도의 철학자인 시데 아메테가 하고 있다. 현생의 가벼움과 불안정성, 그리고 기대되는 내세의 영원한 삶을 이해하게 하는 이 말을, 많은 사람들은 신앙의 빛 없이 자연의 빛으로만 이해해 왔다. 하지만 여기 우리의 작가가 이런 말을 하는 이유는, 산초의 통치가 순식간에

---

311 여기서 사계가 아니라 오계로 구분되고 있음을 주지하기 바란다. 아프리카 북부 지역에서는 〈여름verano〉 다음 〈한여름estio〉이 있는데, 이는 7월 12일 전후 20일 동안을 말한다. 세르반테스는 알제에 있을 때 이를 알게 된 듯하다.

끝나 소멸되고 붕괴되어 그림자나 연기처럼 사라져 버렸기 때문이다.

통치 이레째 되는 날 밤 산초는 빵과 포도주에 질려서가 아니라, 재판하고 의견을 내고 법규나 규정을 만드는 데 싫증이 나서 침대에 누웠다. 서글프게 배가 고파 오는데도 불구하고 졸음이 그의 눈동자를 감기기 시작하고 있었다. 그때 바로 섬 전체를 가라앉힐 듯한 아주 요란한 종소리와 고함 소리가 들려왔다. 산초는 침대에서 일어나 앉아 그 요란한 소리의 원인이 무엇인지를 확인하려고 가만히 귀를 기울였다. 하지만 그것이 무엇인지 알 수 없었을 뿐 아니라, 고함 소리와 종소리에 더하여 이제는 나팔 소리와 북소리까지 끝없이 들려왔다. 산초는 더욱 혼란스러워졌고 두려움과 공포에 질려 침대에서 내려와 섰는데 바닥이 축축했다. 그는 슬리퍼만 신고 실내 가운은커녕 그 비슷한 것조차 걸치지 않은 채 방문으로 나갔다. 바로 그때 스무 명이 넘는 사람들이 불붙은 횃불과 칼을 손에 들고 큰 소리로 외치면서 복도로 달려오고 있는 것이 보였다.

「전투 준비, 전투를 준비하시오, 통치자 나리, 전투를 준비하십시오! 섬에 수많은 적들이 침입해 왔습니다. 나리의 책략과 용기가 우리를 구해 주지 않으면 다 망하고 말 겁니다!」

이렇게 그들은 큰 목소리로 고함을 치고 야단법석을 떨면서, 이 모든 상황을 보고 들으며 얼이 빠져 멍하니 있는 산초에게로 다가왔다. 드디어 그에게 이르자 그중 한 사람이 산초에게 말했다.

「나리, 당장 무장하십시오. 싸움에 져서 이 섬이 완전히 망하는 게 싫으시다면요!」

「내가 무슨 무장을 한다는 거요?」 산초가 대답했다. 「내가 무기니 구원이니에 대해 아는 게 뭐가 있다고. 이런 일은 내 주인이신 돈키호테 나리께 맡기는 게 훨씬 좋을 텐데 말이오. 그분이라면 당장 이 자리에서 일을 처리하시고 안전하게 해주실 텐데. 나는 하느님께 죄 많은 사람인지라,

656

이런 응급한 일에 대해서는 아무것도 모른단 말이오.」

「아이고, 통치자 나리!」 다른 사람이 말했다. 「그렇게 한가하게 구시다니요! 나리, 무장을 하세요. 여기 우리가 공격과 방어를 위한 무기들을 가지고 왔으니 광장으로 나가시어 우리의 지도자이자 대장이 되어 주십시오. 나리께서는 우리의 통치자이시니 당연히 그렇게 하셔야 합니다.」

「그럼 나를 무장시켜 주시오.」 산초가 대답했다.

그러자 사람들은 자기들이 준비해 온, 전신을 보호할 수 있는 둥근 방패 두 개를 내놓더니 산초가 다른 옷을 입을 여유도 주지 않고 그의 속옷 위에 씌웠다. 하나는 앞쪽에, 다른 하나는 뒤쪽에다 대고는 미리 만들어 둔 오목한 구멍으로 양팔을 꺼낸 뒤 끈으로 아주 단단히 묶었다. 그러고 나니 산초는 마치 실패처럼 뻣뻣하게, 무릎을 굽히지도 못하고 단 한 걸음도 내디딜 수 없을 정도로 양쪽 방패 사이에 끼여, 마치 두 판자에 갇힌 꼴이 되어 버렸다. 그런 다음 사람들이 그의 손에 창을 쥐여 주었으니, 산초는 거기에 기대어 겨우 서 있을 수 있었다. 그들은 그를 이런 꼴로 만들어 놓고서는 걸어 나가 자기들을 인도하고 모두에게 용기를 북돋워 달라고 했다. 그가 자기들의 길잡이이자 등불이자 샛별이 되어 준다면 이 일을 잘 마무리 지을 수 있을 것이라면서 말이다.

「어떻게 걸어야 하지, 이 불행한 내가?」 산초가 답했다. 「이 판자들이 꿰매 놓은 듯 내 몸에 딱 붙어서는 움직이는 걸 방해하고 있으니 무릎뼈 하나 놀릴 수가 없단 말이오. 당신들이 나를 안아다가 어느 문에다 가로로 눕히거나 세우거나 해주시오. 그러면 내가 이 창으로든 아니면 내 몸으로든 그 문을 지킬 테니 말이오.」

「그러지 말고 어서 걸어 보세요, 통치자 나리!」 다른 사람이 말했다. 「판자보다는 두려움 때문에 나리께서 걸음을 떼지 못하시는 것 같네요. 그러지 말고, 자 서두르세요, 늦었습니다. 적들은 계속 불어나고 함성도 더 높아지고 있으니 위험이 더 커지고 있어요.」

그들의 비난과 설득에 이 가련한 통치자는 어떻게든 몸을 움직여 보려고 했지만 엄청나게 큰 소리를 내며 땅에 넘어지고 말았으니, 자기 몸이 산산조각 난 것은 아닌가 싶을 정도였다. 산초는 자신의 껍질에 덮인 채 그 안에 갇힌 큰 거북이, 아니면 모서리가 좁은 두 개의 장방형 나무 상자 사이에 낀 절인 돼지고기 반쪽, 아니면 모래에 걸려 넘어진 배 같은, 바로 그런 꼴이었다. 그가 넘어지는 것을 보았건만 그 우롱꾼들은 불쌍하다는 생각조차 하지 않았다. 오히려 횃불을 끄고는 고함을 더 크게 질러 대면서 재빨리 무장하라는 말만 되풀이했다. 그것도 불쌍한 산초의 몸 위로 지나다니고, 그 방패 위로 무수한 칼질을 해대면서 말이다. 만약 산초가 두 장의 방패 사이로 몸을 움츠리고 머리를 집어넣지 않았더라면 아주 못 볼 꼴을 당하고 말았을 것이다. 이 가련한 통치자는 그렇게 최대한 몸을 웅크린 채 껍질 속에서 땀을 뻘뻘 흘리며, 그 위험에서 자기를 구해 주십사 온 마음을 다해 하느님께 빌고 또 빌었다.

어떤 이들은 그의 몸에 부딪치고, 어떤 이들은 그의 몸 위로 넘어졌으며, 그의 몸에 올라 오랫동안 서 있는 인간도 있었으니 이 인간은 망루에 선 양 거기 서서 군대를 지휘하며 큰 소리로 외쳐 댔다.

「우리 편! 이쪽으로, 여기 적들이 더 많이 몰려오고 있다! 저 뒷문은 지키고, 저 문은 닫고, 저 사다리에는 빗장을 걸고! 화염 물질을 담은 냄비와 펄펄 끓는 기름 솥에 송진과 수지를 넣어서 가져오라고! 이불로 길에다 참호를 만들어!」

그러니까 그 인간은 도시가 습격당할 때 방어용으로 흔히 사용되는 모든 종류의 자질구레한 물건과 전쟁 도구와 군사 비품의 이름들을 아주 열심히 불러 대고 있었던 것이다. 그 말을 들으며 모든 것을 견뎌 내던 산초는 녹초가 되어 혼자 중얼거렸다.

「오, 나의 주님께서 이제 이 섬을 망하게 하시기를 원하신다면, 저를 죽이시거나 이 지독한 고통에서 빠져나가게 하시옵소서!」

하늘이 그의 청을 들어주었는지, 생각지도 않던 순간 사람들이 이렇게 말하는 소리가 들려왔다.

「이겼다, 이겼다! 적들이 져서 물러가고 있다! 자, 통치자 나리, 일어나시어 승리를 즐기셔야죠. 그리고 그 무적의 팔의 용기로 적들로부터 획득한 전리품을 나누어 주셔야죠!」

「나를 좀 일으켜 주시오.」 고통스러운 산초가 고통스러운 목소리로 말했다.

사람들의 도움으로 그는 일어서서 말했다.

「내가 이긴 적이 있다면, 그놈을 내 이마에다 단단히 고정시키기를 바라오.[312] 나는 적의 전리품 따윈 분배하고 싶지 않소. 오히려 친구에게 ― 내게 그런 게 있다면 말이오 ― 내가 목이 말라 죽겠으니 포도주 한 모금이나 달라고, 그리고 내 몸이 물바다를 이루고 있으니 이 땀이나 좀 닦아 달라고 부탁하며 간청하고 싶소.」

사람들이 그의 땀을 닦아 주고 포도주를 갖다 주고 묶었던 방패를 풀어 주자, 그는 침대에 앉더니 공포와 놀라움과 피로로 인해 기절해 버리고 말았다. 그제야 사람들은 자기들의 장난이 너무 심했음을 알고 후회했지만, 그 괴로움도 곧 산초가 정신을 차리자 다시 진정되었다. 산초가 몇 시인지 묻자 그들은 벌써 동이 트고 있다고 대답했다. 그는 한마디 말도 없이 절대적인 침묵 속에서 잠자코 옷을 입기 시작했다. 무슨 일로 저렇게 급하게 옷을 입는지 몰라 모두가 그를 지켜보며 기다리고 있었다. 드디어 옷을 다 입은 산초는, 워낙 녹초가 되어 있었기에 성큼성큼 걷지

---

312 〈그런 일은 불가능하거나 거짓이다〉라는 의미이다.

를 못하고 느릿느릿 걸어 마구간으로 갔다. 그곳에 있던 사람들도 모두 그의 뒤를 따라갔다. 산초는 자기의 잿빛에게 다다르자 그를 얼싸안더니 이마에 입을 맞추는 인사[313]를 하고 눈물을 글썽이며 말했다.

「이리로 오렴, 나의 동료이자 친구이며 나와 고생과 가난을 같이해 온 잿빛아. 너와 마음을 나누고 네 마구를 손질하고 네 작은 몸뚱이나 먹여 살릴 일 이외에는 다른 생각일랑 하지 않으면서 보낸 나의 시간들과 나의 나날들과 나의 해들은 행복했었지. 하지만 너를 내버려 두고 야망과 오만의 탑 위에 오르고 난 이후부터는 내 영혼 속으로 수천 가지 비참함과 수천 가지 노고와 수천 가지 불안이 들어오더구나.」

이런 말을 하면서 당나귀에 길마를 얹는 동안, 아무도 그에게 어떤 말도 하지 않았다. 길마를 얹고 나서 산초는 아주 힘들고도 고통스럽게 당나귀에 올랐다. 그러고는 집사와 비서와 식당 시종장과 페드로 레시오 의사, 또한 그 자리에 있던 다른 많은 사람들을 향해 말했다.

「여러분, 길을 비켜 주시오. 그리고 내가 옛날의 자유로운 몸으로 돌아가도록 놔두시오. 현재의 이 죽음과 같은 생활에서 되살아나도록 지난 삶을 찾으러 가게 해주시오. 나는 통치자가 되려고 태어난 사람이 아니라오. 도시나 섬을 공격하고자 하는 적으로부터 그것들을 방어하려고 태어난 사람도 아니라오. 나는 법을 만들고 땅이나 왕국을 지키는 일보다 밭을 일구고 땅을 파고 포도나무를 베고 가지를 치는 일에 대해 훨씬 더 잘 알고 있는 사람이라오. 성 베드로는 로마에 있을 때 제일 편안하다는 말처럼, 사람마다 각자 타고난 일을 하는 것이 제일 어울린다는 얘기요. 손에 통치자의 권위를 나타내는 표상인 왕홀보다 낫 한 자루 쥐고 있는 게 내게는 더 잘 어울린다오. 나를 굶겨 죽이려 하는 염치없는 의사가 내

---

313 *beso de paz*. 오래 만나지 못했던 사람에게 하는 인사. 직역하면 〈평화의 키스〉이다.

리는 처방의 비참함에 얽매여 사느니, 차라리 가스파초[314]나 질리도록 먹고 싶소. 그리고 통치한답시고 거기에 구속된 채 네덜란드산 이불 잠자리에 들고 검은담비 옷을 입고 사느니, 차라리 자유롭게 여름에는 떡갈나무 그늘에 드러눕고 겨울에는 새끼 양가죽을 입고 살고 싶다오. 그대들은 안녕히 계시오. 그리고 내 주인이신 공작님께는, 내가 벌거숭이로 태어나 벌거숭이로 남았다고 전해 주시오. 나는 잃은 것도 얻은 것도 없소이다. 이 말은 곧 내가 다른 섬의 통치자들과는 완전히 반대로, 일전 한 푼 없이 이 섬에 들어와 일전 한 푼 없이 나간다는 뜻이오. 자, 나갈 수 있게 비키시오. 난 고약으로 치료하러 간다오. 오늘 밤 내 몸 위를 산책한 적들 덕분에 갈비뼈가 모두 주저앉은 듯하오.」

「그렇게 해서는 안 됩니다, 통치자 나리.」 레시오 의사가 말했다. 「제가 낙상이나 타박상에 잘 듣는 물약을 드리겠습니다. 그러면 곧 온전하고 원기 있던 원래의 상태로 돌아갈 것입니다. 그리고 식사도, 나리께서 원하시는 것이면 뭐든 실컷 드실 수 있도록 지금까지 하던 짓을 고칠 것을 약속드립니다.」

「삐악삐악 우는 게 늦었소.」[315] 산초가 대답했다. 「그런다고 떠나기로 한 걸 그만두면 내가 터키인[316]이지. 두 번 다시 이런 장난은 하지 않을 거요. 회복기에 들어간 환자에게 정성 들여 식사를 내놓듯 나를 대접한다 해도 내가 이곳에 남거나 다른 통치직을 허락하는 일은, 날개 없이 하늘

---

314 *gazpacho.* 토마토, 파프리카, 양파, 올리브기름 등을 넣어 만든 차가운 수프. 주로 더울 때 먹는다.

315 기회가 이미 지난 다음에 해결하려 한다는 뜻. 16세기의 해석에 의하면, 병아리를 품은 달걀을 먹어 삼킨 후에야 병아리가 삐악거리는 소리를 들었다는 어떤 사람이 한 말에서 비롯되었다고 한다.

316 *turco.* 당시 지중해 해상권을 놓고 터키와 스페인이 싸우고 있었기 때문에 이들 종족에 대한 적개심으로 이렇게 말한 것이다. 또한 이 단어 자체에 〈술주정뱅이〉, 〈만취〉라는 뜻도 있다.

을 나는 일과 마찬가지니 결단코 두 번 다시 없을 거요. 나는 판사 가문의 사람으로 이 집안 사람들은 모두가 고집불통이라, 한번 〈아니〉라고 하면 일이 실제로 돌아가는 게 〈그렇고〉 세상 모든 사람들이 〈그렇다〉고 해도 〈아닌〉 게 되어야 하오. 제비나 다른 새들한테 잡아먹히라고 나를 공중에다 띄워 준 이 개미의 날개는 여기 마구간에 남기고 우리는 다시 평범하게 땅으로 돌아다닐 거요. 장식을 단 코르도바[317] 가죽 구두로 발을 멋들어지게 할 수는 없겠지만, 끈으로 동여맨 투박한 삼으로 만든 신발은 없지 않을 게요. 양마다 자기의 짝이 있는 법, 이불이 아무리 길더라도 그보다 더 다리를 뻗지는 말아야 하는 법이오. 가게 내버려 두시오. 늦어지고 있소.」

이 말에 집사가 말했다.

「통치자 나리, 나리를 잃는 게 저희에게는 참으로 고통스러운 일이지만 기꺼이 보내 드리겠습니다. 나리의 기지와 기독교인다운 처신으로 저희는 나리를 원하지 않을 수 없지만 말입니다. 그런데 아시다시피 어떤 통치자든 다스리던 곳을 떠나실 때는 먼저 직책에 계셨던 동안 이루신 업무에 대해 의무적으로 보고를 하게 되어 있습니다. 나리께서 열흘간 통치를 하셨으니 그동안의 업적을 보고하시고 편안히 가시지요.」

「어느 누구도 내게 그걸 요구할 수는 없소.」 산초가 대답했다. 「명령하는 자가 나의 주인이신 공작 나리라면 몰라도 말이오. 나는 공작님을 뵈러 갈 것이니 그분께 문서로 보고 하겠소. 더군다나 이렇게 벌거숭이로 나가는 지금, 내가 천사처럼 통치를 했다는 것을 아시게 할 다른 증거는 필요 없을 것 같소.」

---

317 Córdoba. 아랍인들이 지배하던 10~11세기 동안 스페인의 수도였던 곳. 가죽 무두질 기술로 유명했다.

「정말이지 위대한 산초님의 말씀이 옳습니다.」레시오 의사가 말했다. 「제 생각도 보내 드리자는 쪽입니다. 공작님도 통치자님을 만나시면 한 없이 좋아하실 테니까요.」

　모든 사람들이 그 말에 동의하고 그를 보내기로 하며, 먼저 편안한 여행과 산초 일신의 위안을 위해서 그가 원하는 것이라면 무엇이든 드리겠노라고 했다. 산초는 오직 잿빛을 위한 보리 약간, 그리고 자신을 위한 치즈 반 조각과 빵 반쪽만을 원한다고 말했다. 길이 멀지 않기 때문에 더 많고 더 훌륭한 식품은 필요 없다는 것이었다. 모두가 그를 껴안자 그 또한 울면서 모두를 얼싸안았는데, 사람들은 그토록 단호하고 신중한 그의 결심과 그의 말에 진심으로 감동하고 있었다.

54

다른 이야기가 아니라
바로 이 이야기와 관련된 일에 대하여

앞서 언급한 사정으로 인해 공작 부부는 돈키호테가 자신들의 신하에게 신청한 결투를 추진해 나가기로 했다. 하지만 그 신하인 젊은이가 도냐 로드리게스를 장모로 삼고 싶지 않아 이미 플랑드르로 도망가 버렸기 때문에 공작 부부는 그 젊은이 대신 토실로스라는 이름의 가스코뉴 출신의 하인[318]을 내보내기로 정하고, 그가 해야 할 일을 모두 철저하게 가르쳐 놓았다.

그로부터 이틀 뒤 공작은 돈키호테에게 오늘부터 나흘째 되는 날 결투할 상대가 올 것이라고 말했다. 그자는 기사처럼 무장하고 결투 장소에 나타날 것이며, 결혼 언약을 했다고 아가씨가 우기면 그는 수염 절반, 아니 전부를 걸고[319] 그 아가씨의 말이 거짓임을 밝힐 것이라고 했다. 돈키호테는 아주 만족스러워 하며 이 소식을 받아들였고, 이번 일을 멋지게 해보이겠다고 스스로에게 다짐했다. 그리고 그런 사람들에게 자기의 막

318 당시 스페인의 하인에는 여러 종류가 있었다. 여기서 가리키는 〈하인*lacayo*〉은 주인이 걷거나 말을 타거나 마차로 외출할 때 제복을 입고 동행하는 시종을 의미한다.
319 당시에는 수염을 두고 맹세를 했다.

강한 팔의 용기가 어느 정도인지 보여 줄 기회가 주어진 것을 큰 행운으로 여겼다. 그래서 만족스럽고도 즐거운 마음으로 나흘을 기다렸는데, 그 마음이 어찌나 간절했는지 나흘이 마치 4백 세기나 되는 것 같았다.

다른 일들도 지나가게 내버려 두었듯이 이 시간도 지나가게 내버려 두고, 우리는 산초 판사와 함께하기로 하자. 그는 자기 주인을 찾아 잿빛의 등에 앉아서 슬프고도 기쁜 심정으로 오고 있었다. 주인과 다시 함께하게 되는 것이 그에게는 세상에 있는 모든 섬의 통치자가 되는 것보다 훨씬 좋았다.

그런데 그가 통치하던 섬에서 나와 그리 멀리 오지 않았을 때 ─ 그는 한 번도 자기가 통치했던 곳이 섬이었는지, 도시였는지, 마을이었는지, 아니면 어떤 다른 장소였는지 알아보지 않았다 ─ 길 맞은편에서 지팡이를 쥔 여섯 명의 순례자가 오고 있는 것이 보였다. 이들은 노래를 부르며 구걸하는 외국인들로, 산초에게 다가와 그의 양옆에 늘어서더니 모두 함께 목소리를 높여 자기네 언어로 노래하기 시작했다. 〈동냥〉이라고 분명하게 발음한 단어가 아니었다면 산초는 도저히 이해할 수 없었을 것이다. 그 단어로 산초는 그들이 노래로 요구하는 게 적선이라는 걸 알아챘는데, 시데 아메테가 하는 말에 따르면 그는 아주 인정이 많은 사람이라, 자기 자루에 준비해 온 빵 반쪽과 치즈 반 조각을 꺼내 주며 이것 이외에는 더 줄 게 없다는 몸짓을 해 보였다고 한다. 그들은 그것을 기꺼이 받으며 말했다.

「겔테! 겔테!」[320]

「무슨 소리인지 모르겠어요.」 산초가 대답했다. 「이 양반들아, 당신들이 내게 뭘 요구하는지 모르겠다고요.」

320 독일어로 〈돈〉을 뜻하는 〈gelt〉를 스페인식으로 발음한 것이다.

그들 중 한 사람이 가슴팍에서 지갑을 꺼내 산초에게 보여 주어 산초는 그들이 자기에게 요구하는 것이 돈이라는 걸 알았다. 산초는 엄지손가락을 목에 대고 손을 위로 펼쳐 보이면서 자기에게 땡전 한 푼 없다는 것을 알리고는 잿빛을 재촉하여 그들에게서 빠져나왔다. 그가 이들을 지나쳐 가던 순간, 순례자들 중 한 사람이 그를 아주 유심히 쳐다보고 있다가 갑자기 그에게 덤벼들어 두 팔로 허리를 감싸 안더니 큰 소리로, 그것도 정확한 에스파냐어로 말했다.

　「세상에! 내가 보고 있는 이 사람이 누구야? 나의 사랑하는 친구이자 나의 착한 이웃 산초 판사를 내가 팔로 안고 있다니! 맞아, 틀림없어. 내가 꿈을 꾸고 있는 것도 아니고 술에 취해 있는 것도 아니니 말이야.」

　산초는 외국인 순례자가 자기를 껴안고 이름을 부르자 깜짝 놀랐다. 그래서 말 한마디 없이 상대방을 한참 동안 유심히 바라보았지만 그가 누구인지 도무지 알 수가 없었다. 그 순례자는 멍해진 산초를 보고 말했다.

　「산초 판사 형제여. 어찌 자네 이웃으로 같은 마을에서 가게를 열었던 무어인 리코테를 모를 수 있단 말인가?」

　그러자 산초는 더 자세하게 들여다보면서 그 모습을 더듬더니, 마침내 누구인지 제대로 알아보고는 당나귀에서 내리지도 않은 채 그의 목을 두 팔로 감싸 안으며 말했다.

　「그런 괴상한 복장을 하고 있으니 어떤 놈이 자네를 알아보겠는가, 리코테? 자, 말해 보게. 누가 자네를 그렇게 프랑스인[321]으로 만들었는가? 그리고 어쩌자고 감히 에스파냐로 돌아올 생각을 한 건가? 붙잡혀 누구인지 밝혀지게 되면 몹쓸 일을 당할 텐데 말이야.」[322]

---

321 당시 외국인을 경멸조로 언급할 때 이렇게 표현했다.

322 이번 장에서는 당시의 여러 시대상을 보여 주고 있다. 스페인에서는 711년부터 1492년까지 무어인들이 함께 살았다. 〈가톨릭 왕들〉이라는 이름으로 불린 카스티야의 이사벨 여왕과 아

「자네가 나를 까발리지만 않는다면, 산초……」 순례자가 대답했다. 「확신컨대 이 모습을 한 나를 알아보는 사람은 아무도 없을 걸세. 그건 그렇고 우리 이 길에서 나가 저기 포플러 가로수 길 같아 보이는 곳으로 가세. 내 동료들이 거기서 식사를 하고 휴식을 취하고 싶어 한다네. 자네도 거기서 함께 식사를 하세나. 이들은 아주 온화한 사람들이라네. 마을을 떠난 후 나에게 일어난 일을 자네에게 들려줄 기회도 되겠군. 자네도 들었겠지만 불쌍한 내 종족들을 그토록 가혹하게 협박한 왕의 명령으로 떠났던 것이었지.」

산초가 그러겠다고 하자 리코테는 나머지 순례자들에게 전해, 그들은 길에서 상당히 멀리 떨어져 있는 포플러 가로수 길 같아 보이는 곳으로 갔다. 그들은 지팡이를 던지고, 가운인지 어깨에 걸치는 망토인지를 벗어 셔츠 차림이 되었다. 모두가 젊은 호남들이었고 리코테만 이미 상당히 나이 든 축에 속했다. 다들 여행용 자루를 어깨에 지고 있었는데, 보아하니 그 자루에 적어도 2레과는 떨어진 곳에서부터 갈증을 부르는 자극적인 것들을 제대로 준비해 온 것 같았다.

라곤의 페르난도 왕이 1492년 마지막 아랍 왕국인 그라다나에서 무어인들을 완전히 몰아낸 뒤에야 스페인은 근대적 의미의 가톨릭 국가로 존재하게 되었다. 가톨릭으로의 종교적 통일을 이루기 위하여 그때까지 스페인에 살았던 유대인들이나 무어인들은 가톨릭으로 개종하기를 강요당했고, 거부한 사람들은 모두 스페인을 떠나야 했다. 스페인에 남은 무어인들을 〈모리스코 morisco〉라고 하는데, 이들 가운데 표면적으로는 개종했으나 실질적으로는 회교를 고수하면서 그네들 관습을 지켰던 무리들이 마지막 도피처인 안달루시아 네바다 산기슭에 있는 알푸하라스 지역에서 반란을 일으켰다. 그래서 펠리페 3세 때인 1609년 12월 9일 이들을 추방하기 위한 첫 번째 포고령이 무르시아와 안달루시아에 내려졌고, 이러한 추방령은 1613년까지 스페인 전역으로 확산되었다. 스페인에서 추방된 모리스코 안토니오 데 오카냐가 알제에서 친구에게 보낸 편지를 보면, 콘스탄티노플로 추방된 모리스코 상당수가 급하게 도망가느라 챙기지 못해 비밀리에 숨겨 두고 온 보물들을 찾기 위해 다시 스페인으로 돌아가기도 했다는 내용이 있다. 이들은 수도사로 변장하고 스페인을 돌아다녔다고 한다. 이러한 역사적 사실과 기록으로 미루어 보아, 이번 장에서 이야기되고 있는 리코테 이야기는 사실에 근거한 것으로 볼 수 있다.

그들은 땅바닥에 퍼질러 앉아 풀을 식탁보로 삼고 그 위에 빵, 소금, 칼, 호두, 치즈 조각, 살이 없는 하몽 뼈다귀[323]를 놓았다. 씹기에는 어려울지 모르나 빨아 먹기에는 좋을 것이었다. 마찬가지로 사람들이 캐비어라고 하는 검은 음식도 올려놓았는데, 이것은 물고기의 알로 만든 것으로 먹으면 엄청난 갈증을 느끼게 된다고 했다. 물론 올리브 열매도 빠지지 않았다. 소금에 절인 것이 아닌 말린 것으로 심심풀이 삼아 맛있게 먹기에 좋았다. 무엇보다 그 만찬 자리를 빛낸 것은 포도주가 들어 있는 여섯 개의 가죽 부대였다. 저마다 자기 부대를 꺼냈는데, 모리스코에서 독일인인지 색슨족인지로 변신한 착한 리코테가 꺼낸 부대는 그 크기에 있어 다른 다섯 개와 견줄 만했다.

그들은 아주 맛있게, 그리고 아주 천천히 먹기 시작했다. 음식마다 칼 끝으로 조금씩 집어 한 입 한 입 맛을 음미하면서 먹고, 그러자마자 즉시 한꺼번에 다 같이 팔을 들어 허공에 들어 올린 술 부대 주둥이에 입을 대고 눈은 하늘을 응시하는 품이 마치 하늘을 조준하는 것 같았다. 그러고는 좌우로 머리를 흔들어 포도주 맛이 좋다는 것을 표현했다. 이런 식으로 그들은 한참을 자기들 배 속에다 술 부대의 내장을 옮기고 있었다.

산초는 그 모든 것을 바라보고 있었고, 조금도 고통을 느끼지 않았다.[324] 오히려 〈로마에 가면 로마 사람들이 하는 대로 하라〉라는 속담을 익히 알고 있던 터라, 그 속담을 실천하고자 리코테에게 술 부대를 달라고 해서 자기도 하늘을 조준하며 그들 못지않게 즐겼다.

---

323 스페인의 대표적인 햄 〈하몽jamón〉은 돼지 뒷다리를 통째로 숙성시켜 만드는 것으로 보통 뼈와 함께 있다.

324 그 당시 익히 알려져 있던 네로의 로만세 중 한 구절을 암시하고 있다. 네로가 로마가 불타고 있는 장면을 보고 읊은 대목으로, 원래 구절은 〈어린애들과 노인들은 고함을 질렀고, 그는 조금도 고통을 느끼지 않았다〉이다.

술 부대들은 네 번 하늘로 올려졌고, 다섯 번째는 불가능했는데 술 부대들이 이미 아프리카수염새 풀보다 더 여위고 말라 버렸기 때문이었다. 그러자 그때까지 즐거웠던 그들은 시무룩해지고 말았다. 그들 중 누군가 이따금씩 자기의 오른손을 산초의 오른손에 가져다 대면서 말했다.

「에스파냐 사람 그리고 도길 사람, 모디 하나, 조은 첸구.」

그러면 산초가 대답했다. 「조은 첸구지, 정말로!」[325]

그리고는 웃음을 터뜨렸는데 이런 일이 한 시간이나 계속 됐다. 그러는 동안 산초는 통치하면서 일어났던 일을 완전히 잊었다. 먹고 마시는 순간에는 근심 걱정이 거의 자리 잡지 못하기 때문이다. 마침내 포도주가 바닥나자 술기운으로 모두에게 잠이 밀려왔고, 그들은 식탁이자 식탁보였던 바로 그 자리에서 다 같이 곯아떨어져 버렸다. 리코테와 산초만은 다른 사람들보다 먹은 것은 많았으나 마신 것은 덜했기에 눈을 뜨고 있었다. 리코테는 단잠에 떨어진 순례자들을 놔두고 너도밤나무 아래로 산초를 데리고 가 둘이 앉아서는 무어인의 말에 방해받지 않는 순수한 카스티야어로 이렇게 말했다.

「오, 나의 이웃이자 친구인 산초 판사여! 폐하께서 내린 추방령이 우리 모두에게 얼마나 많은 공포와 놀라움을 주었는지 자네는 잘 알고 있을 걸세. 적어도 나는 무척이나 놀라고 두려워서, 에스파냐를 떠나라고 정해 준 그 유예 기간이 오기 전부터 벌써 나와 내 자식들에게 형벌이 내려진 듯한 가혹함을 느꼈지. 그래서 내가 생각하기에 가장 신중한 방법으로 처신했으니, 주어진 기간이 끝나면 살고 있던 집을 몰수하리라 짐작하고

---

325 외국인 순례자가 하는 스페인어가 엉망이다. 원문을 옮기면 〈*Español y tudesqui, tuto uno: bon compaño*〉로 단어를 틀리게 발음하는데, 이에 대한 산초의 대답이 익살스럽다. 제대로 말한다면 〈에스파냐 사람 그리고 독일 사람, 모두 하나, 좋은 친구〉라는 말에 〈좋은 친구지, 정말로!〉가 된다.

미리 옮겨 가서 살 다른 집을 준비할 줄 아는 자로서 그렇게 일을 처리했다는 말이네. 말하자면 다른 사람들처럼 허둥대면서 고향을 떠나가지 않고 편안하게 가족들을 데려갈 장소를 마련하기 위해, 일단 가족들은 그대로 놔두고 나 혼자 떠나 물색해 보려 했던 것일세. 그때 내린 포고가 누군가의 말처럼 단순한 협박이 아니라 정해진 날 집행될 진짜 법이라는 것을 나나 나이 드신 우리 어르신네들은 분명히 알았기 때문이지. 내 동족들이 계획하고 있었던 터무니없는 일들과 야비한 행위들을 알고 있었기에 나는 그 법이 실제로 집행될 거라고 믿었네. 내 동족들의 의도가 그러하니 폐하께서 그 훌륭한 결심을 실행에 옮기시려 한 것은 그야말로 신의 영감이었던 것 같아. 물론 내 동족들이 모두 죄를 지었다는 말은 아닐세. 진정으로 기독교로 개종해서 확고한 믿음을 지켰던 사람들도 있으니까. 하지만 그런 사람들은 워낙 적어서 개종하지 않은 사람들에게 맞설 수가 없었다네. 그리고 집 안에 적을 두고 품속에다 뱀을 기르는 일은 잘하는 짓이 아니지. 결국 합당한 이유로 우리는 추방이라는 형벌을 받게 된 거라네. 어떤 사람들이 보기에는 별것 아닌 관대한 것일 수도 있었겠지만 우리들에겐 가장 무서운 형벌이었다네. 우리가 어디에 있든지 간에 우리는 에스파냐가 그리워서 울었지. 누가 뭐래도 우리는 에스파냐에서 태어났고, 에스파냐가 우리의 조국이니까 말일세. 어느 곳에서도 우리의 불행을 달래 줄 만한 대우는 받을 수가 없었네. 우리를 받아 주고 환영하고 달래 줄 것이라고 기대했던 베르베리아[326]와 아프리카 전역 어느 곳에서도 말일세. 오히려 우리를 가장 모욕하고 학대했던 곳이 거기였지. 우리는 행복을 잃어버릴 때까지 그게 행복인 줄을 몰랐던 걸세. 우리 거의 대부분이 정말 에스파냐로 돌아오고 싶어 했다네. 이들 중에서도 특히 나

326 Berbería. 북아프리카 지역의 옛 이름.

처럼 에스파냐어를 아는 사람들은 꽤 많았는데 그들은 결국 에스파냐로 돌아왔지. 그곳에다 마누라와 아이들을 의지할 데도 없이 내버려 둔 채 말일세. 에스파냐에 대한 사랑이 그 정도로 컸다는 거지. 〈조국에 대한 사랑은 달콤하다〉라는 말이 어떤 것인지 그제야 깨닫고 경험했다는 말일세. 앞서 말했듯이 나는 우리 마을을 떠나 프랑스로 들어갔다네. 거기 사람들은 우리를 환영해 주었지만 나는 모든 곳을 살펴보고 싶었네. 그래서 이탈리아로 건너갔다가 다시 독일로 갔는데, 그곳에서는 좀 더 자유롭게 살 수 있을 것 같더군. 거기 사람들은 남의 일에 그리 신경을 쓰지 않고 각자 자기 마음대로 사니 말일세. 어디에서든 양심의 자유[327]를 가지고 살기 때문이라네. 나는 거기 아우구스부르크에서 가까운 한 마을에 집을 한 채 마련해 두었고, 이 순례자들과 한패가 됐네. 이들 중 많은 이들이 해마다 에스파냐에 와서 여기 성전들을 방문하곤 하지. 그들은 성전들을 자기들의 신대륙이자 가장 확실한 수익 장소이며 널리 알려진 구걸 장소로 여긴다네. 에스파냐의 거의 모든 곳을 돌아다니다 보면, 흔히 말하듯이 먹고 마시지 않고 나오게 되는 마을은 하나도 없고, 적어도 현금으로 1레알은 얻을 수 있으니 여행이 끝날 무렵이면 넉넉잡아 1백 에스쿠도 이상을 벌게 된다네. 이것을 금으로 바꾸어 지팡이 속 아니면 혹은 낡은 어깨 망토에 덧대고 꿰맨 천 사이에 숨기거나, 그들이 할 수 있는 방법을 이용하여 이 나라 밖으로 빼내어 자기네 땅으로 가지고 간다네. 검문소의 검사나 감시소의 감시가 있어도 말일세. 지금 내가 하고자 하는 일은 산초, 내가 묻어 둔 보물을 꺼내는 일이네. 마을 밖에 있으니 아무런 위험 없이 할 수 있을 걸세. 그러고 나면 발렌시아로 가서 지금 아마 알제

---

327 카살두에로Joaquín Casalduero의 『키호테의 의미와 형식』(1967)에 의하면, 여기서 〈양심의 자유〉는 〈방종〉의 뜻으로 경멸적으로 사용되었다고 한다.

에 있을 내 마누라와 딸아이에게 편지를 쓰거나, 아니면 아예 알제로 건너가 그들을 프랑스의 한 항구로 데려갈 계획을 세울 거라네. 거기서 다시 독일로 데려갈 건데, 그다음부터는 하느님의 뜻에 맡겨 두려고 하네. 결론적으로 산초, 내 딸 리코타와 내 마누라 프란시스카 리코타는 확실한 기독교인이라네. 나도 그 정도까지는 아니지만 그래도 이슬람교도라기보다는 기독교인에 더 가깝지. 그리고 난 늘 하느님께 간구한다네. 내 지혜의 눈을 뜨게 해주시고 어떻게 그분을 섬겨야 하는지를 알게 해달라고 말일세. 그런데 알 수 없는 일은, 내 마누라와 딸아이가 왜 프랑스가 아니라 베르베리아로 갔느냐는 것일세. 프랑스에서는 기독교인으로 살 수 있었을 텐데 말이야.」

이 말에 산초가 대답했다.

「그 일은 말이지 리코테, 자네 처 마음대로 할 수 있었던 게 아니었을 거야. 자네 처남인 후안 티오피에요가 그들을 데리고 갔거든. 그 사람은 철저한 무어인이었으니 가장 좋은 곳으로 간 셈이지. 그리고 자네한테 얘기해 줄 게 있는데, 자네가 묻어 두었다고 한 걸 찾으러 가봐야 아무 소용도 없을 것 같네. 자네 처남과 자네 처가 조사를 받아야 했을 때 많은 진주와 금화를 빼앗겼다는 소식을 들었거든.」

「충분히 그럴 수 있는 일이지.」 리코테가 대답했다. 「하지만 산초, 내가 묻어 둔 것에는 손을 대지 않았을 걸세. 식구들에게 어떤 불행이 닥칠지 몰라 두려워서 그들에게도 그게 어디 있는지 밝히지 않았거든. 그러니 산초, 만일 자네가 나와 함께 가서 그것을 꺼내고 숨기는 일을 도와준다면 자네에게 2백 에스쿠도를 주겠네. 그러면 자네도 그 돈으로 필요한 일을 할 수 있을 걸세. 자네에게 필요한 게 많다는 걸 내가 알고 있다는 건 자네도 이미 알잖나.」

「나도 그러고 싶지만……」 산초가 대답했다. 「나는 욕심이 전혀 없는 사람이라서 말이지. 욕심이 많았다면 오늘 아침 내 집 벽을 금으로 바를 수 있고 여섯 달이 지나기 전에 은으로 된 접시에다 식사를 할 수도 있을 만한 직책을 내버렸겠나. 이렇게 욕심이 없기도 하고, 폐하의 적을 돕는 일은 내 폐하에게 반역을 저지르는 일이 되니까 난 자네와 같이 가지 않겠네. 2백 에스쿠도 아니라 이 자리에서 현금으로 4백 에스쿠도를 준다고 해도 말이지.」

「자네가 내버렸다는 그 직책이라는 게 대체 뭔가, 산초?」 리코테가 물었다.

「어느 섬의 통치자 자리를 내버렸지.」 산초가 대답했다. 「정말이지 어지간한 노력으로는 그 같은 섬을 만날 수 없을 정도로 훌륭한 섬이었네.」

「그 섬이라는 건 어디 있는가?」 리코테가 물었다.

「어디에 있느냐고?」 산초가 대답했다. 「바라타리아라고, 여기서 2레과쯤 떨어진 곳에 있지.」

「말이 안 되네, 산초.」 리코테가 말했다. 「섬이란 바다 가운데 있는 것 아닌가. 육지에는 섬이 없다네.」

「어째서 없다는 거지?」 산초가 반론했다. 「내가 자네에게 분명히 말하겠는데, 내 친구 리코테, 내가 오늘 아침에 그곳을 떠나왔네. 어제는 반인반수인 켄타우로스처럼 내 마음대로 거기서 통치를 하고 있었고 말이야. 그런데도 그걸 버렸다네. 통치직이란 게 위험한 일 같아서 그랬지.」

「그럼, 통치 일 해서 번 게 뭔가?」 리코테가 물었다.

「내가 번 건 말일세……」 산초가 대답했다. 「나는 목축 떼가 아니고서는 뭘 통치하기에 적절한 사람이 아니라는 걸 알게 되었다는 걸세. 그런 직책으로 벌어들이는 재산은 쉬지도 못하고, 잠도 못 자고, 심지어 제대로 먹지도 못하는 것에 대한 보상이라는 것도 알게 되었고 말이야. 섬에서는 통치자들이 조금씩만 먹게 되어 있거든. 특히 통치자의 건강을 살펴

주는 의사가 있을 땐 말일세.」

「자네 말을 이해할 수가 없군, 산초.」리코테가 말했다. 「자네가 하는 말이 모두 터무니없이 들려서 말이야. 그러니까, 누가 자네한테 통치하도록 섬을 주겠나? 통치하기에 자네보다 훨씬 유능한 자들이 이 세상에는 없단 말인가? 아무 말 말게, 산초. 그리고 정신 좀 차리게. 아까 얘기한 대로 내가 숨겨 놓은 보물을 꺼내는 일을 도와주러 나와 함께 갈 것인지 말 것인지, 다시 생각 좀 해보게. 정말이지 그건 굉장해서 그야말로 〈보물〉이라고 부를 만하다네. 말했듯이 자네가 먹고살 수 있을 만큼 줄 테니 말이야.」

「이미 자네에게 대답을 했네, 리코테.」산초가 대답했다. 「난 싫어. 그보다 나로 인해 자네가 발각될 일은 없을 테니 그것으로 만족하게. 그리고 자네 여행이나 계속 무사히 잘하기를 바라네. 나는 내 길이나 가게 내버려 두고 말이야. 옳은 일로 번 것을 잃는 일도 있긴 하지만, 나쁘게 번 것은 번 것뿐만 아니라 그 당사자마저 망하게 할 수 있다는 걸 나는 알고 있거든.」

「더 이상 고집부리지 않겠네, 산초.」리코테가 말했다. 「그런데 내 마누라와 딸애와 처남이 마을에서 떠날 때 자네도 그 자리에 있었는가?」

「그럼, 있었지.」산초가 대답했다. 「내가 아는 건, 자네 딸이 참으로 예뻤다는 걸세. 마을 사람들이 모두 그 애를 보러 나왔을 정도니까 말일세. 모두들 이 세상에서 제일 예쁜 애라고들 했지. 자네 딸은 울면서 가다가 자기 친구들과 알고 지내던 사람들과 자기를 보러 나왔던 그 모든 사람들을 포옹하면서, 자기를 위해 하느님과 그의 어머니 성모 마리아에게 기도해 달라고 모두에게 부탁했다네. 그 모습이 얼마나 가엾던지 눈물이 나더군. 원래 나는 그리 잘 우는 사람이 아닌데 말이야. 정말이지 많은 사람들이 자네 딸을 숨겨 주고 싶어 했고, 가는 도중에 빼낼 생각까지 했다

674

네. 하지만 왕의 명령을 거역한다는 두려움에 그렇게들 못 했지. 특히 자네도 아는 그 부잣집 장손인 돈 페드로 그레고리오 젊은이가 가장 격정적이었다네. 자네 딸을 무척 사랑했었다고 사람들이 그러더군. 그래서 그런지 자네 딸이 떠난 뒤로 다시는 마을에 나타나지 않았네. 우리는 모두 그가 자네 딸을 몰래 **빼내려고** 뒤를 쫓아간 거라고 생각했지만 지금까지 아무런 소식도 듣지 못하고 있다네.」

「늘 그걸 의심하면서 못마땅하게 생각하고 있었지.」 리코테가 말했다. 「그 젊은이가 내 딸을 열정적으로 사랑하고 있었던 것 말일세. 하지만 난 내 딸 리코타를 믿었기에 그 젊은이가 내 딸을 엄청나게 좋아한다는 걸 알아도 큰 걱정은 되지 않더군. 이미 자네도 들어서 알겠지만, 모리스코 여자들이 전통적으로 기독교를 고수해 온 남자들과 사랑으로 얽히는 경우는 거의 없다시피 하니 말일세. 그리고 내가 믿기로 내 딸아이는 연애 같은 것보다 오히려 기독교인이 되는 데 더 신경을 쏟고 있었기 때문에 그 장손 도령의 구애에는 별 관심을 두지 않았을 거라고 보네.」

「하느님께서 그렇게 해주시기를.」 산초가 대답했다. 「그게 아니라면 두 사람 모두에게 불행한 일이니 말일세. 그런데 난 이만 가봐야겠어, 친구 리코테. 오늘 밤 안으로 내 주인이신 돈키호테 나리가 계신 곳에 도착하고 싶어 그런다네.」

「잘 가게나, 산초 형제여. 내 동료들이 꿈틀대기 시작하는 걸 보니 이제 우리도 우리 길을 갈 시간이야.」

서로 포옹을 나눈 다음, 산초는 자기 잿빛에 올라타고 리코테는 자기 지팡이에 의지하여 서로 갈라졌다.

55

길을 가던 도중 산초에게 일어난 일들과
보아야만 이해될 다른 일들에 대하여

리코테를 만나 지체한 탓에 산초는 그날은 공작의 성에 도착할 수 없었다. 성에서 반 레과쯤 떨어진 곳에 이르자 꽤 어둡고 흐린 밤이 찾아왔던 것이다. 하지만 여름이었으므로 그렇게 걱정스럽지는 않았다. 산초는 아침이 되기를 기다리자는 마음으로 길에서 떨어져 나와 되도록 편하게 쉴 곳을 찾아보았는데, 운이 짧고 불행해서인지 그와 잿빛이 아주 오래된 건물 사이에 있던 깊고 시커멀 정도로 어두운 구덩이로 떨어지고 말았다. 떨어지는 순간, 그는 이대로 멈추지 않고 심연 밑바닥까지 닿을 거라는 생각에 온 마음을 다해 하느님의 가호를 빌었다. 하지만 그렇게 되지는 않았다. 구덩이는 사람 키의 약 세 배하고 조금 더 될 정도로, 잿빛이 먼저 바닥에 닿고 그는 그 위에 그대로 앉은 채 떨어져 아무런 피해도 상처도 입지 않았다.

산초는 몸이 성한지, 어디 구멍이라도 나지는 않았는지 더듬어 보고는 한숨을 돌렸다. 자기 몸이 무사하고 온전하며 끄떡없다는 것을 알자 우리의 주인이신 하느님께서 베풀어 주신 은혜에 물릴 정도로 감사하고 또 감사했다. 틀림없이 몸이 박살 났을 거라고 생각했기 때문이다. 산초는

676

구덩이 벽도 마찬가지로 손으로 더듬어 보며 혹시나 남의 도움 없이 그곳에서 나갈 수 있을지 살폈다. 하지만 벽들이 모두 매끈하여 손으로 붙들만한 데가 하나도 없다는 것을 알자 정말 슬퍼졌다. 잿빛의 여리고 고통스러운 신음 소리를 들었을 때는 더욱 그러했다. 엄살도 아니었고 늘 하듯 습관적으로 투덜거리는 것도 아니었다. 정말로 그는 곤경에 처해 있던 것이다.

「어휴!」산초가 말했다. 「이 비참한 세상에 살고 있는 사람들에게는 어쩌면 이렇게 생각지도 않던 일들이 일어나는지! 어제는 한 섬의 통치자 자리에 앉아 하인과 부하들에게 명령을 하던 자가 오늘은 구덩이에 빠져 파묻히게 될 줄 누구 알았겠어? 그를 구하러 달려올 하인도, 신하도, 도와줄 사람도 하나 없이 말이지. 나와 내 당나귀는 여기서 굶어 죽을 거야. 그 전에 당나귀는 갈리고 깨져서, 나는 고통에 못 이겨 죽지 않으면 말이야. 적어도 그 마법에 걸린 몬테시노스 동굴 아래로 내려가셨던 내 주인, 돈키호테 데 라만차 나리께 있었던 것과 같은 그런 행운은 내게 있지 않겠지. 주인님은 집에서보다 더 잘 환대해 주는 사람을 만나, 그저 차려진 식탁과 마련된 침대에 다녀오신 것 같았거든. 그곳에서 나리는 아름답고 평온한 환영들을 보셨는데, 나는 여기서 두꺼비나 구렁이밖에는 못 볼 것 같단 말이야. 아이고 내 팔자야! 내 미련함과 환상이 어찌 이렇게까지 됐단 말인가! 하늘이 도와 누군가 나를 발견할 때쯤에는 여기서 앙상하게 백골이 된 채 낡아 버린 내 뼈와 함께 내 착한 잿빛의 뼈를 꺼내게 될걸. 그것으로 우리가 누구라는 걸 알게 되겠지. 적어도 산초 판사는 자기의 당나귀한테서 떨어진 적이 없고, 당나귀도 산초 판사한테서 떨어진 적이 없다는 소식을 들을 사람들은 말이야. 다시 한 번 말하지만, 비참한 우리 팔자야! 운이 없어 우리의 고향에서, 우리의 가족이 보는 앞에서 죽지도 못하는구나! 그곳이라면 우리 불행을 구제할 방법은 없다 할지라도, 함께 아파해 주고 우리의 마지막 순간에 눈을 감겨 줄 사람은 없지 않을 텐데! 오, 나의 동료이자 친구여! 너는 훌륭한 봉사로 나를 섬겼는데 나는 이토록 형편없는 보상을 네게 주고 있구나! 나를 용서하고, 네가 알고 있는 가장 좋은 방법으로 운명의 여신에게 부탁하여 이 비참한 곤경에서 우리를 꺼내 달라고 해보려무나. 그러면 나는 마치 계관 시인에게 하듯이 네 머리에 월계관을 씌워 줄 것을 약속하마. 그리고 사료도 두 배로 줄 것을 약속하마.」

이런 식으로 산초 판사가 한탄하는 동안 그의 당나귀는 한마디 대꾸도 없이 그저 주인의 말에 귀를 기울이고 있었으니, 그만큼이나 이 불쌍한 것이 처한 궁지와 고뇌는 컸다. 처량한 한탄과 불평으로 그날 밤을 꼬박 새우고 드디어 날이 밝았을 때, 산초는 남의 도움 없이 그 밝고 빛나는 곳으로 나간다는 것은 불가능 중의 불가능이라는 것을 깨닫고 다시 한탄을 시작하다가, 혹시나 자기 목소리를 들어 줄 사람이 있지 않을까 싶어 소리를 지르기 시작했다. 하지만 그 소리들은 모두 사막에 떨어지는 것과 같았으니, 모든 주변으로 그것을 들을 수 있는 사람은 없었기 때문이다. 산초는 이제 자기가 죽을 것이라고 생각해 버렸다.

잿빛은 위를 보고 누워 있었는데 산초 판사가 일으켜 세우려 해도 서 있을 수가 없을 지경이었다. 그래서 산초는 자기와 같이 떨어지는 운명에 처한 자루를 열어 빵 한 조각을 꺼내어 당나귀에게 주었으니, 그 맛이 나쁘지 않았던 모양이다. 산초는 당나귀가 자기 말을 알아듣기라도 하는 듯 그에게 말했다.

「빵이 있으면 고생도 할 만하지.」

이때 구덩이 한쪽에 난 구멍 하나가 눈에 띄었다. 몸을 구부리고 오므라뜨리면 한 사람은 들어갈 수 있을 것 같았다. 산초 판사가 그쪽으로 가서 몸을 쭈그리고 들어가 보니 넓고 기다란 공간이 나왔는데, 천장이라고 할 만한 곳으로 빛이 들어와 모든 것을 밝혀 주고 있었기 때문에 내부가 훤히 보였다. 그 안 역시 넓었고 다른 오묵한 곳으로 길이 길게 나 있었다. 그것을 확인한 산초는 당나귀 있는 곳으로 다시 돌아와 돌덩이 하나로 구멍의 흙을 허물어 내기 시작했다. 얼마 걸리지 않아 당나귀가 쉽게 들어갈 만큼 공간이 확보되어서 그는 정말로 그렇게 들어갔다. 당나귀의 고삐를 잡고 혹시나 다른 쪽에 출구가 없는지 살피면서 동굴 안을 걷기 시작했다. 어떤 때는 어둑한 곳을 걷고 어떤 때는 빛이 하나도 들어오지 않는 곳을 걷느라 시종 무서웠다.

「전지전능하신 하느님 도와주세요!」 그는 중얼거렸다. 「내게는 불행이지만, 내 주인 돈키호테 나리에게는 이보다 더 좋은 모험이 없겠지. 그분은 이러한 심연과 지하 감옥을 꽃이 만개한 정원이나 갈리아나의 궁전들[328]로 여기실 것이고, 이 어둡고 좁은 곳이 꽃이 만발한 어느 초원으로 이어지리라 기대하시겠지만, 이 지지리도 박복한 나로서는 충고를 해줄 사람도 없고 용기도 쇠해 버린 터라 걸음을 내디딜 때마다 생각지도 않은 순간 지금 것보다 더 깊은 구덩이가 열려 발아래서 나를 삼켜 버릴 것만 같단 말이야. 불행아, 혼자 올 거라면 어서 오렴.」

이런 생각을 하며 반 레과보다 조금 더 걸은 것 같았을 때 희미한 빛이 보였다. 어디에서인가 햇빛이 들어오는 모양인데 이는 곧 그 길의 끝이 막혀 있지 않다는 증거였으니, 산초에게는 다른 생으로 가는 길로 느껴졌다.

여기서 시데 아메테 베넹헬리는 잠시 산초를 놔두고 돈키호테에 대한 이야기로 돌아가고 있다. 돈키호테는 흥분되고도 흡족한 마음으로 도냐

---

328 톨레도에 있는 궁들. 전설에 의하면 샤를마뉴의 아내이자 무어인인 갈리아나 공주를 위해 지은 것이라고 한다.

로드리게스 딸의 정조를 훔쳐 간 자와 벌이게 될 싸움 날을 기다리면서, 그녀에게 가해진 모욕과 횡포를 바로잡고 혼내 줄 생각을 하고 있었다.

따라서 그는 맞붙을 때 해야 할 일을 마음에 단단히 새기고 연습하기 위해, 어느 날 아침 밖으로 나와 로시난테에게 잽싸고 격렬하게 달리는 방법과 덤비는 방법을 연습시켰는데, 그러던 중 말의 두 발이 어느 구덩이 바로 옆에 놓이게 되었다. 만일 고삐를 세게 잡아당기지 않았더라면 영락없이 구덩이로 떨어지고 말았을 것이다. 결국 말을 멈추어 떨어지지는 않았고, 돈키호테는 말에서 내리지 않은 채 조금 더 가까이 다가가 그 깊은 구덩이를 내려다봤다. 그렇게 바라보고 있자니 구덩이 안에서 커다란 목소리가 들려왔고, 가만히 귀를 기울이자 소리 지르는 사람이 하는 말을 알아들을 수 있었다.

「아아, 그 위에 있는 사람들이여! 내 말을 듣는 기독교인 없습니까? 아니면 생매장당한 죄인 혹은 통치직을 그만둔 불행한 통치자를 불쌍히 여길 만한 자비로운 기사는 없는 겁니까?」

돈키호테는 산초 판사의 목소리를 들은 것 같아 아연실색하며 최대한 목소리를 높여 물었다.

「누가 그 아래 있소? 한탄하는 자가 누구요?」

「여기 누가 있을 수 있으며, 누가 이런 데서 한탄하고 있겠습니까?」 대답이 들려왔다. 「유명한 기사 돈키호테 데 라만차의 종자였고, 지은 죄와 불운으로 인해 바라타리아 섬의 통치자가 되었으며, 노동과 역경으로 지쳐 버린 산초 판사가 아니라면 말입니다.」

이 말을 듣자 돈키호테의 놀라움은 배로 커졌고 공포도 심해졌다. 그는 산초 판사가 죽어 저 아래서 그의 영혼이 고통받고 있는 것이 분명하다고 생각하고는, 그러한 상상에 이끌려 말했다.

「기독교인으로서 네게 맹세할 수 있는 그 모든 것을 걸고 맹세하며 명하노니, 네가 누구인지 말하라. 만일 네가 고통받는 영혼이라면 내가 너를 위해 무엇을 하기를 원하는지 말하라. 내 직업이 이 세상에서 곤궁한 자들을 구하고 도와주는 것이니, 다른 세상에서도 곤궁한 자들을 구하고 도와주는 자가 되고자 함이로다. 그가 자기 스스로를 돕지 못할 때는 말이다.」

「그런 말씀을 하시는 걸 보니……」 대답 소리가 말했다. 「위에 계시는 분은 저의 주인이신 돈키호테 데 라만차 나리가 분명합니다요. 목소리로 보아도 틀림없이 다른 분이 아닙니다요.」

「나는 돈키호테……」 돈키호테가 대답했다. 「다시 말해 살아 있는 사람이나 죽은 사람이나 어려움에 처했을 때 구조하고 도움을 주는 일을 직업으로 삼고 있는 자이지. 네가 나를 아연실색게 하고 있으니, 누구인지 말하라. 만일 네가 내 종자 산초 판사이고 네가 죽었다면, 아직은 악마들이 너를 데려가지 않았을 테니 하느님의 자비에 힘입어 연옥에 있도록 하라. 우리의 성모 로마 가톨릭교회가 그 고통에서 너를 꺼내도록 충분히 도울 수 있으니 말이다. 그리고 나 역시 교회와 함께 내 재산으로 할 수 있는 한 그 일을 청원하리라. 그러니 네가 누구인지 분명하게 밝히라.」

「이럴 수가!」 대답 소리가 말했다. 「나리가 좋아하시는 분의 탄생을 두고 맹세하는데요, 돈키호테 데 라만차 나리, 저는 나리의 종자 산초 판사입니다요. 그리고 전 살아생전 죽었던 적이 한 번도 없습니다요. 다 말씀드리기에는 더 많은 시간이 필요한 일과 이유 때문에 제 통치 일을 그만두고 지난밤 지금 제가 있는 이 구덩이에 빠진 겁니다요. 저와 함께 있는 잿빛이 거짓말을 못 하게 할 겁니다요. 그러니까 더 확실한 증거로, 여기 당나귀가 저와 함께 있다는 거죠.」

있는 정도만이 아니었다. 산초의 말을 알아들었는지 바로 그 순간 당나귀가 울어 대기 시작했는데, 그 소리가 얼마나 요란한지 동굴이 온통

울릴 정도였다.

「확실한 증인이로다!」 돈키호테가 말했다. 「내가 그를 낳은 양 그 울음 소리를 알지. 자네 목소리도 들리고 말일세. 나의 산초, 기다리게. 이 근처에 있는 공작님의 성으로 가서 자네 죄가 커서 빠진 게 틀림없는 이 구덩이에서 자넬 빼낼 사람을 데려옴세.」

「나리, 제발요……」 산초가 말했다. 「얼른 돌아오셔야 해요. 더 이상 여기 산 채로 묻혀 있을 수가 없습니다요. 무서워 죽겠습니다요.」

돈키호테는 그를 남겨 놓고 성으로 가 공작 부부에게 산초 판사의 일을 전했다. 그 말에 그들은 적잖이 놀랐다. 기억할 수 없는 어느 시점부터 거기 있어 왔던 암굴로 통하는 구덩이에 산초가 떨어진 게 분명하다고는 생각했지만, 이해할 수 없었던 일은 어떻게 해서 산초가 통치 일을 그만 두었는가 하는 것이었다. 그들은 아직 산초가 떠났다는 기별을 받지 못했기 때문이다. 결국 사람들이 말하듯[329] 많은 이들이 오랏줄이나 밧줄들을 가지고 가서 애쓰고 고생한 끝에 잿빛과 산초 판사를 그 암흑으로부터 햇빛 아래로 끄집어냈다. 한 학생이 그를 보고는 말했다.

「나쁜 통치자들은 죄다 이런 식으로 자기 자리에서 물러 나와야 한다니까. 이 죄인이 깊은 구덩이에서 나오듯이 말이지. 그러니까, 배고파 죽을 지경인 데다 창백하고 일전 한 푼 없이 말이야. 내가 보기엔 그래.」

이 말을 듣고 산초가 말했다.

「험담가 친구, 내게 주어진 섬에 내가 통치하러 들어간 지가 여드렌가 열흘인가 될 거야. 그동안 나는 한시도 배불리 밥을 먹어 본 적이 없어. 의사가 나를 못살게 굴었고, 적들은 내 뼈들을 주저앉게 했지. 나는 뇌물을 받을 시간도, 세금을 징수할 여유도 없었어. 사실이 이러하니, 내가 이

---

329 〈전통적으로 내려오던 노래나 로만세에서 얘기되듯〉이라는 의미.

런 식으로 일을 그만두고 나왔어야 할 이유는 없었다고 생각해. 하지만 일은 인간이 계획해도 이루시는 이는 하느님이시지. 하느님께서는 각자에게 제일 좋은 일과 제일 알맞은 것이 무엇인지를 알고 계시고, 때에 따라 맞는 일이 있는 법이니까. 어느 누구도 〈이 물 다시는 마시지 않겠다〉라고 큰소리치지 못하고, 절인 돼지고기가 있다고 생각한 곳에 걸어 둘 말뚝이 없을 수도 있어. 하느님이 나를 이해하시니 그것으로 충분해. 더 말 않겠어. 할 수는 있지만 말이야.」

「산초, 무슨 말을 들었다고 해서 화를 내거나 괴로워하지 말게. 그랬다가는 결코 끝이 없을 테니 말일세. 자네는 자네 양심에 따라 살면 되는 거라네. 사람들이 무슨 말을 하든 상관하지 않으면서 말이지. 함부로 말을 못 하도록 험담가들의 혀를 묶으려는 일은 들판에 대문을 세우려는 것과 마찬가지라네. 만일 통치자가 일을 마치고 부자가 되어 나온다면 도둑놈이었다고들 할 것이고, 가난뱅이가 되어 나오면 무능한 바보라고 할 걸세.」

「확실한 건요⋯⋯.」 산초가 대답했다. 「이번에 사람들은 저를 도둑이라 기보다는 차라리 바보로 여길 거라는 겁니다요.」

이런 대화를 나누며 그들은 아이들과 다른 많은 사람들에게 둘러싸여 성에 도착했다. 공작 부부가 성 복도에서 돈키호테와 산초 판사를 기다리고 있었지만, 산초가 가장 먼저 하고 싶었던 일은 공작을 뵈러 올라가는 것이 아니었다. 그는 우선 잿빛을 마구간으로 데리고 가 제자리에 있게 해주고 싶어 했다. 자기 당나귀가 구덩이에서 아주 불편하게 밤을 보냈다면서 말이다. 그렇게 한 다음에야 그는 주인 어르신네들을 뵈러 올라가 그들 앞에 무릎을 꿇고 말했다.

「어르신들, 어르신들의 크나큰 은혜로 아무런 능력도 없는 제가 어르신들의 섬 바라타리아를 통치하러 갔었습니다요. 그곳에 벌거숭이로 들어갔는데 지금도 벌거숭이입니다요. 잃은 것도 얻은 것도 없다는 겁니다요. 제가 잘 다스렸는지 못 다스렸는지는, 증인들이 앞에 있으니 원하는 대로들 고할 겁니다요. 저는 궁금한 점들을 해결해 주었고, 소송에 판결을 내렸으며, 늘 배가 고파 죽을 지경이었답니다요. 섬의 의사이자 통치자의 의사인, 티르테아푸에라 출신의 페드로 레시오 의사가 내가 굶어 죽기를 원했기 때문이었습니다요. 밤에는 적들이 우리를 습격해 와서 아주 큰 곤경에 빠졌었는데 섬사람들 말로는 제 팔의 용기로 승리를 거두고 무사히 빠져나왔다고 합니다요. 사람들이 사실을 말하는 그만큼 하느님께서 그들을 지켜 주시기를 바랍니다요. 결론적으로 말씀드리자면, 제가 그때 짊어진 통치의 짐과 의무를 가늠해 본 결과, 저는 그것들을 저의 어깨로 짊어질 수 없을뿐더러 제 갈비뼈로 지기에도 벅차며 제 화살집의 화살들로 감당하기에도 무겁다는 걸 알게 되었다는 겁니다요. 그래서 통치가 저를 쓰러뜨리기 전에 제가 먼저 통치를 쓰러뜨리고자 했습니다요. 그렇게 어제 아침, 제가 처음 그 섬을 찾았을 때와 똑같은 모습으로 섬을 두고 나왔습니다요. 제가 그곳에 들어갔을 때와 똑같은 거리와 집과 지붕들을 갖고 있는 섬을 말입니다. 저는 누구에게도 돈을 빌리지 않았고, 돈벌이가 되는 일에 끼어들지도 않았습니다요. 비록 도움이 될 만한 몇 가지 규칙들을 만들 생각은 해봤습니다만, 지켜지지 않을까 봐 하나도 안 만들었습니다요. 지키지 않을 것이라면 규칙을 만들거나 안 만들거나 마찬가지니까요. 말씀드린 대로 저는 제 잿빛 말고는 무엇도 없이 섬에서 나왔습니다요. 그러다가 어느 구덩이에 떨어졌는데, 그 구덩이 안에서 앞쪽으로 나아가다가 오늘 아침에 햇빛이 들어오는 출구를 발견했답니다요. 하지만 나가는 게 그리 쉽지는 않았습니다요. 하느님이 제 주인이신 돈키호테님 나리를 보내 주시지 않았더라면 저는 이 세상이 끝날 때까지 거기 있었을 겁니다요. 이렇게 해서, 공작님과 마님, 어르신들의

684

통치자 산초 판사가 여기 있게 되었습니다요. 단지 열흘간 통치한 것으로 이 몸은 섬 하나가 아니고 온 세상을 전부 통치하는 자가 된다 한들 아무것도 주어지는 게 없다는 사실을 알게 되었답니다요. 이런 계산서를 내밀며 두 분 발에 입을 맞추고 〈뛰어라, 걸리면 술래〉[330]라는 아이들의 놀이를 흉내 내어 통치에서 뛰어나와 내 주인이신 돈키호테 나리를 섬기는 일로 가겠습니다요. 결국 그분을 모시면 놀라움을 겪으며 빵을 먹기는 하지만 그래도 실컷 먹을 수는 있거든요. 그리고 저로서는 실컷 먹을 수만 있다면 자고새건 당근이건 상관없으니 말입니다.」

　이렇게 산초는 자기의 긴 연설을 마쳤다. 그러는 내내 돈키호테는 산초가 또 무슨 이치에도 맞지 않는 소리를 숱하게 늘어놓을까 봐 가슴을 졸이고 있다가 별다른 엉터리 내용 없이 말을 끝내자 속으로 하늘에 감사했다. 공작은 산초를 껴안고는 이토록 빨리 통치를 그만둔 게 가슴 아프다고 말하며 자기 영토 안에서 덜 부담되고 더 이익이 되는 다른 일을 주도록 하겠노라 했다. 공작 부인도 마찬가지로 산초를 껴안고는, 사람들에게 그를 편안히 지내게 해주라고 명령했다. 그녀가 보기에는 산초가 봉변을 당하고 고생만 하고 온 것 같았기 때문이다.

---

330 〈네 모퉁이 놀이〉와 유사한 것으로, 아이들이 모퉁이를 바꾸는 사이에 빈 모퉁이를 차지하고, 모퉁이를 차지하지 못한 아이는 술래가 되는 놀이다.

56

과부 시녀 도냐 로드리게스의 딸을
옹호하기 위해 돈키호테 데 라만차와
하인 토실로스 사이에 벌어진,
생전 보지도 못한
어처구니없는 싸움에 대하여

공작 부부는 산초 판사를 통치직에 앉히고 그에게 장난을 친 일에 대해 후회하지 않았다. 오히려 같은 날 자신들의 집사가 와서 그동안 산초가 한 말들과 한 행동들을 미주알고주알 거의 모두 보고하고, 마지막으로 섬을 습격한 일과 산초의 두려움, 그리고 산초가 떠난 일 등에 관해 떠벌려 대는 것을 들으며 적지 않은 즐거움을 맛보았다.

이런 일이 있은 후 약속된 결투 날이 다가왔다고 이야기는 전하고 있다. 공작은 자기의 하인 토실로스에게 돈키호테를 죽이지 않고 상처도 입히지 않으면서 이기려면 어떻게 해야 하는지를 몇 번이고 일러 주면서 창끝에 붙어 있는 쇠를 없애라고 명령했다. 또 돈키호테에게는 말하기를, 그가 자랑으로 여기고 있는 기독교의 믿음 세계에 따르면 그런 싸움이 너무나 위험하고 목숨을 위태롭게 할 정도로까지 나아가는 것은 용납되지 않는다고 했다. 그러면서 결투를 금지하는 종교 회의의 칙령[331]에

---

331 1563년의 트렌토 공의회Concilio de Trento 칙령을 말한다. 〈회의록 25, 목록 19〉에 의하면 〈결투를 처벌한다〉라고 되어 있다.

어긋나는 일임에도 불구하고 자기 영토 안에다 결투장을 마련해 준 것에 만족하고 그런 위험한 상황을 너무 가혹하게 끌어 가지 말아 달라고 부탁했다.

돈키호테는 각하께서 가장 마음에 드시는 방법으로 관계된 모든 일을 처리하시라고 말했다. 자기는 무슨 일에서든 각하의 뜻에 따르겠다며 말이다. 드디어 그 공포의 날이 다가와 공작은 자기 성의 광장 앞에 널찍한 무대를 만들도록 명령했다. 결투의 심판관들과 과부 시녀들과 원고인 로드리게스 모녀가 자리 잡을 장소였다. 인근 모든 마을에서 수많은 사람들이 그 희한한 결투를 보기 위해 모여들었다. 살아 있는 사람들은 물론 이미 죽은 사람들조차 듣도 보도 못한 그러한 결투를 구경하러 온 것이다.

말뚝이 쳐진 결투장 안으로 제일 먼저 들어간 사람은 이 의식의 책임을 맡은 자였다. 그는 결투장을 샅샅이 살피면서 돌아다녔으니, 결투장 안에 어떤 속임수나 발이 걸려 넘어지도록 몰래 숨겨 놓은 무언가가 있어서는 아니 되었기 때문이다. 그러고 나서 과부 시녀들과 딸이 들어와 자기들 자리에 앉았는데, 눈은 물론 가슴까지 망토로 덮은 채 적잖이 가슴 아픈 표정을 짓고 있었다. 말뚝 안으로 돈키호테가 모습을 드러내고 조금 지나자 광장 한쪽에 덩치 큰 하인 토실로스가 수많은 나팔수들을 거느리고 장내를 위압하며 기세 좋게 나타났다. 그는 번쩍이고 튼튼해 보이는 갑옷 차림에 투구의 얼굴 가리개를 내리고 강인해 보이는 말 위에 앉아 어느 누구에게도 고개를 돌리지 않은 채 곧은 자세로 있었다. 말은 튼실한 게 잿빛의 프리시아[332]산이었으며 양손과 양발에는 1아로바나 되는 털이 수북하게 나있었다.

이 용감한 전사는 자신의 주인인 공작으로부터 용감한 돈키호테 데 라

---

332 Frisia. 네덜란드의 북쪽에 있는 지방.

만차를 상대로 어떻게 처신해야 하는지에 대해 잘 듣고 나왔다. 그것은 어떤 일이 있어도 그를 죽여서는 아니 되며, 죽음의 위험에서 벗어나기 위해 첫 번째 대결에서 도망가라는 것이었다. 정면으로 대결했다가는 분명히 죽을 우려가 있기 때문이었다. 그는 장내를 돌다가 과부 시녀들이 있는 곳으로 다가가서는 자기를 남편으로 요구했던 딸을 한참 동안 바라보았다. 결투 의식의 책임을 맡은 자가 이미 결투장 안에 모습을 드러내고 있었던 돈키호테를 불러 토실로스와 함께 과부 시녀와 딸에게로 다가가 돈키호테 데 라만차가 그녀들의 권리를 옹호하는 것에 동의하는지를 물었다. 그녀들은 그렇다고 대답했고, 그 경우에 있어 돈키호테가 하는 행동들은 모두 훌륭하고 확실하며 유효한 것으로 여길 것이라고 했다.

이때 이미 공작과 공작 부인은 관람석에 자리를 잡아 말뚝이 쳐진 결투장을 내려다보고 있었는데, 말뚝으로 된 그 울타리는 결코 보지 못했던 그 격렬한 싸움을 구경하러 온 수많은 사람들로 덮여 있었다. 이 전사들의 조건은 만일 돈키호테가 이기면 상대방은 도냐 로드리게스의 딸과 결혼해야 하고, 돈키호테가 지면 상대방은 어떤 보상도 할 필요 없이 이행을 요구받고 있는 약속에서 자유로워진다는 것이었다.

결투 의식의 책임을 맡은 사람은 두 전사에게 똑같이 해를 나누고는 정해진 자리에 그들을 세웠다. 북소리가 울려 퍼지고 대기는 나팔 소리로 가득 찼으며 땅은 발밑에서 진동했다. 정신을 놓고 바라보던 구경꾼들의 심장은 두근거렸으니, 어떤 이들은 두려워서, 또 어떤 이들은 그 결투가 잘 끝나게 될지 불행하게 끝나게 될지 기다리는 마음에서였다. 마침내 돈키호테는 진심으로 우리의 주 하느님과 귀부인 둘시네아 델 토보소의 가호를 빌면서 돌격 신호를 기다렸다. 하지만 우리의 하인은 다른 생각을 하고 있었다. 그는 지금부터 이야기하고자 하는 것밖에는 생각하지 않았다.

그가 자기의 적인 그 딸을 바라보았을 때, 그의 눈에 그 여자는 생전 가장 아름다운 여인으로 보였다. 사람들이 보통 〈사랑〉이라고 부르는 장님 아이[333]가 이 하인의 영혼을 정복하고 자기의 전리품 목록에 그의 영혼을 올려놓을 수 있는 기회를 잃고 싶지 않았던 모양이다. 그래서 사랑은 아무도 못 보게 감쪽같이 그에게로 다가가서 2바라 되는 화살로 그 가엾은 왼쪽 심장을 꿰뚫어 관통시켰다. 사랑은 눈에 보이지 않아서 자기가 원하는 곳으로 마음대로 드나들 수 있었으니 그렇게 확실하게 성공할 수 있었던 것이다. 게다가 어느 누구도 그가 한 행동에 대해 변명이나 보상을 요구하지도 않으니 말이다.

그러니까, 돌격 신호가 주어졌을 때 우리의 하인은 벌써 자신을 포로로 만든 그 여인의 아름다움을 생각하느라 제정신이 아니었고, 나팔 소리에는 신경도 쓰고 있지 않았다는 말이다. 반면 돈키호테는 나팔 소리를 듣자마자 돌격하여 로시난테가 달릴 수 있는 최대한의 속력으로 자기의 적을 향해 출발했다. 그가 달리는 것을 보고 그의 착한 종자 산초는 큰 소리로 말했다.

「하느님이 편력 기사들의 정수이자 꽃이신 나리를 인도하시기를! 나리 편이 옳으시니 하느님이 나리를 이기게 해주시기를!」

토실로스는 자기를 향해 돌진해 오는 돈키호테를 보고서도 한 발자국도 움직이지 않았다. 오히려 큰 소리로 결투의 진행자를 부르더니 그에게 말했다.

「나리, 이 전투는 제가 저 아가씨와 결혼하느냐 하지 않느냐 하는 것 때문에 이루어지게 된 것 아닙니까?」

---

333 그리스 신화에서는 〈에로스〉라 하며 로마 신화에서는 〈큐피드〉라 하는 사랑의 신을 가리킨다.

「그렇소.」결투의 진행자가 대답했다.

「그렇다면 저는…….」하인이 말했다. 「제 양심이 두렵습니다. 이 전투를 계속 진행한다면 양심의 가책을 크게 느끼게 될 것입니다. 그러니 제가 진 것으로 하고 당장 저 아가씨와 결혼하고 싶습니다.」

결투의 진행자는 토실로스의 말에 놀랐다. 더군다나 이번 결투에 속임수가 있는 것을 알고 있는 사람들 중 하나로서, 그는 어떻게 대답해야 할지 알 수가 없었다. 상대가 자기에게 덤벼들지 않자 돈키호테도 달리던 도중에 멈춰 섰다. 결투가 진행되지 않는 이유를 몰랐던 공작은 결투의 진행자로부터 토실로스의 말을 전해 듣고는 얼떨떨해하면서 엄청나게 화를 냈다.

이런 일이 벌어지는 동안 토실로스는 도냐 로드리게스가 앉아 있는 곳으로 가더니 큰 소리로 말했다.

「부인, 따님과 결혼하고 싶습니다. 목숨을 잃을 위험 없이 평화롭게 이룰 수 있는 일을 불화나 싸움으로 얻고 싶지 않습니다.」

이 말을 들은 용감한 돈키호테가 말했다.

「일이 이렇게 되었으니 나는 약속에서 풀려나 자유로운 몸으로 돌아가겠소. 잘들 결혼하시구려. 우리 주 하느님께서 당신에게 그녀를 주셨으니, 성 베드로가 축복하시기를 바라오.」

공작은 성의 광장으로 내려와 토실로스에게 다가가서 말했다.

「기사여, 그대가 졌다는 게 사실인가? 그대의 소심한 양심에 선동되어 이 아가씨와 결혼하겠다는 것이 사실이냐는 말일세.」

「그렇습니다, 나리.」토실로스가 대답했다.

「그 사람 일 참 잘하네요.」산초 판사가 말했다. 「〈쥐에게 줘야 할 것을 고양이에게 줘라, 그러면 걱정에서 빠져나오게 될 것이다〉라는 속담이 있지요.」

토실로스는 투구의 얼굴 가리개를 풀면서 빨리 자기 좀 도와 달라고 요청했다. 숨이 막혀 그 좁은 공간에 오래 갇혀 있을 수가 없었던 것이다. 사람들이 재빨리 얼굴 가리개를 벗겨 주자 하인의 얼굴이 분명하게 드러났고, 그것을 본 도냐 로드리게스와 그녀의 딸이 크게 소리를 지르며 말했다.

「이건 속임수예요, 속임수라고요! 진짜 남편을 대신해 우리 주인이신 공작님의 하인인 토실로스를 세운 거예요! 망나니짓이라고까지는 말 못한다 해도 이건 너무나 교활한 짓이에요. 하느님과 왕의 심판을 받아야 해요!」

「탄식들 마십시오, 여인들이여.」 돈키호테가 말했다. 「이 일은 교활한 짓도 아니고 망나니짓도 아닙니다. 만일 그렇다면 그건 공작 나리의 탓이 아니라 나를 추적하는 사악한 마법사들 때문이지요. 그들은 내가 이 승리의 영광을 차지하는 게 배가 아파 그대 남편의 얼굴을 그대가 말한 공작님 하인의 얼굴로 바꾸어 놓은 겁니다. 나의 충고를 들으십시오. 내 적들의 교활함이 있었다 하더라도 그대는 이 사람과 결혼하시지요. 그대가 남편으로 하고자 했던 바로 그 사람인 게 틀림없으니 말입니다.」

이 말을 듣고 공작은 자기의 분노를 모두 웃음으로 터뜨릴 뻔했다. 그는 말했다.

「돈키호테 나리에게 일어나는 일들이 얼마나 비범한지, 나조차 이 하인이 그 하인이 아니라고 믿을 뻔했소. 그러면 이런 책략과 방법을 써보기로 합시다. 이의가 없다면 결혼을 보름 연기하고 이 미심쩍은 인물을 가둬 놓는 거요. 그 기간 동안 본래의 모습으로 되돌아올 수도 있을 테니 말이오. 마법사들이 돈키호테 나리에게 품고 있는 원한이 그리 오래가지 않을 것이고, 더군다나 이런 속임수나 모습을 바꾸는 술수를 쓴다고 해서 자기들한테 득이 될 것도 별로 없으니 말이오.」

「아닙니다요, 나리!」 산초가 말했다. 「이 악당들은 우리 주인과 관계된 사람들을 다른 모습으로 바꿔 버리는 게 이미 습관이자 버릇이 되어 버렸답니다요. 지난날 나리께서 무찌르신 〈거울의 기사〉라는 기사도 우리 마을 출신이자 우리와 절친한 친구인 삼손 카라스코 학사로 둔갑시켜 놓았고, 우리의 둘시네아 델 토보소 귀부인도 시골 농사꾼 아낙으로 바꿔 놓았다니까요. 그래서 제가 생각하기로는요, 이 하인은 평생 이 하인으로 살다가 죽을 겁니다요.」

이 말에 로드리게스의 딸이 말했다.

「저를 아내로 맞아 주시겠다고 나선 이분이 누구시든지 간에 전 이분께 감사드려요. 한 기사의 첩이나 우롱당한 여자이기보다, 한 하인의 합법적인 아내가 훨씬 좋으니까요. 저를 우롱한 바로 그자가 아니라 할지라도 말예요.」

결국 이 모든 이야기와 사건은 토실로스의 둔갑이 어떻게 변하는지 알게 될 때까지 그를 가두어 놓자는 쪽으로 결말이 났다. 사람들은 돈키호테가 승리했다고 환호했으나 더 많은 사람들은 그토록 학수고대하던, 투사들이 서로 박살 내는 꼴을 구경하지 못해 슬퍼하고 우울해했다. 그것은 마치 아이들이 기다리던 사형수가 원고 측으로부터 혹은 재판에서 사면을 받아 형장에 나타나지 않을 때 실망하는 것과 같았다. 사람들은 다들 흩어졌고, 공작과 돈키호테는 성으로 돌아갔으며, 토실로스는 갇혔고, 도냐 로드리게스와 그녀의 딸은 이러나저러나 그 문제가 결혼으로 낙착될 것으로 알고 아주 만족스러워했다. 물론 토실로스 또한 그에 못지않게 기대에 차 있었다.

57

돈키호테가 어떤 식으로 공작과 작별하는지,
그리고 공작 부인의 하녀인
재치 있고 자유분방한 알티시도라와의
사이에서 일어난 사건에 대하여

돈키호테는 그 성에서 너무나 안일하게 보내고 있는 생활에서 이제 벗어나는 게 좋을 것 같다고 생각했다. 공작 부부가 편력 기사인 자기에게 베풀고 있는 끝없는 환대와 즐거움에 갇힌 채 게으르게 살아가는 것이 자기가 저지르는 큰 과오로 여겨졌으니, 그런 한가한 은둔 생활에 대해 하늘에 엄격하게 보고하지 않으면 안 될 것 같았다. 그리하여 하루는 공작 부부에게 떠나도록 허락해 달라고 했는데, 공작 부부는 자기들을 두고 떠나는 게 얼마나 섭섭한지 모른다는 표정을 지으면서도 그렇게들 하라고 했다. 공작 부인이 산초 판사에게 아내의 편지를 전하자 그는 편지를 들고 울면서 말했다.

「내가 통치자가 되었다는 소식으로 내 마누라 테레사 판사의 가슴에 심어 준 큰 희망이 이제 우리 주인 돈키호테 데 라만차 나리의 처참한 모험으로 되돌아감으로써 끝나리라고 누가 생각이나 했겠어? 그나저나 내 마누라가 공작 마님께 도토리를 보냈다니, 내 마누라 테레사다운 일을 한 것 같아 좋구먼. 만일 도토리를 보내지 않았다면 나는 괴로워했을 것이고 내 마누라는 은혜를 모르는 자로 남았을 거야. 그리고 그런 선물은 뇌물이라고 부를 수 없다는 게 안심이 돼. 마누라가 그것을 보냈을 때 난 이미 통치를 하고 있었으니 말이야. 또한 비록 유치한 것이라 할지라도 어떠한 은혜를 받은 자가 고마운 마음을 보여 준다는 것은 도리에 맞는단 말이지. 그리고 내가 양심에 전혀 거리낄 것 없이 〈나는 벌거숭이로 태어나 벌거숭이로 남아 있소, 그러니까 나는 잃은 것도 없고 얻은 것도 없다는 말이오〉라고 말할 수 있게 된 것도 작은 일은 아니야. 실제로 난 벌거숭이로 통치를 하러 갔고 벌거숭이로 그 통치직에서 나왔으니까 말이야.」

떠나는 날 산초는 이런 말을 혼자 중얼거리고 있었다. 전날 밤 공작 부부와 작별 인사를 나눈 돈키호테는 아침에 성의 광장에 무장을 하고 나타났다. 성에 있던 사람들 모두 복도에 서서 그런 그를 바라보고 있었고, 공작 부부도 그를 보러 나왔다. 산초는 자루들과 가방과 비축 식량을 잿빛에 싣고 자기도 올라앉아 아주 만족스러워하고 있었다. 그건 공작의 집사로 트리팔디 백작 부인 역할을 했던 그 사람이 그에게 가는 길에 필요한 일이 있으면 쓰라고 금화 2백 에스쿠도가 든 작은 주머니를 주었기 때문인데, 아직 돈키호테는 이 사실을 모르고 있었다.

말했듯이 모든 사람들이 그를 바라보던 중에, 공작 부인의 과부 시녀들과 젊은 시녀들 사이에서 느닷없이 조신하면서도 뻔뻔스러운 알티시도라가 목소리를 높여 구슬프게도 이렇게 읊기 시작했다.

　　들으시라, 나쁜 기사여.
　잠시 고삐를 멈추시라.
　제대로 길들이지 못한 그대의 짐승
　박차로 옆구리를 아프게 하지 마시라.
　　보시오, 위선자여, 그대는

694

사나운 뱀이 아니라
양이 되기에도 한참 먼
한 어린 양으로부터 도망치고 있구나.
　　그대, 무시무시한 괴물은
디아나가 산에서 보았고
비너스가 밀림에서 보았다는
가장 아름다운 아가씨를 우롱했으니.
잔인한 비레노여, 달아나는 아이네이아스여,
바라바스가 그대와 동행하리니 그곳에서 화합하시라.[334]

　　그대는 불경하게도
그대 손갈퀴로 사랑에 빠진 한 여리고
겸허한 여인의
마음을 할퀴어 가져가는구나.
　　그대는 세 장의 머릿수건과
희고 검은, 그리고 매끈함에 있어서는
순수 대리석에 견줄 만한
다리 대님 몇 개를 가져가는구나.
　　만일 불이라 치면,
2천 개의 트로이가 존재한다 해도

---

334 비레노Vireno는 「광란의 오를란도」에 등장하는 인물로 사막에 자기의 애인 올림피아를
버렸던 자이고, 아이네이아스는 「아이네이스」에서 카르타고의 여왕 디도를 버리고 도망쳤으며,
바라바스Barrabás는 십자가형을 받았으나 유다 총독 빌라도가 유월절 관례에 따라서 백성들의
의향을 물어 석방시켜 준 도둑의 이름이다. 빌라도는 예수를 석방시키려고 했으나 백성들은 바
라바스를 석방시켜 달라고 요구했다(「루가의 복음서」 23장 13~25절).

2천 개의 트로이를 태우고 말
2천 번의 한숨을 그대는 가져가는구나.
잔인한 비레노여, 달아나는 아이네이아스여,
바라바스가 그대와 동행하리니 그곳에서 화합하시라.

　　그대의 종자, 그 산초의 마음
지독히도 완고하고 무정하여
둘시네아는 마법에서
풀려나지 말기를.
　　그대가 지은 죄로 인해
슬픈 그녀가 고통받기를.
우리 마을에서는 어쩌면 죄 없는 자가
죄인 대신 죗값을 치르기도 하니.
　　그대의 가장 멋진 모험이
불행이 되고, 그대의 심심풀이는
꿈이 되고, 그대의 굳건함은
망각되기를.
잔인한 비레노여, 달아나는 아이네이아스여,
바라바스가 그대와 동행하리니 그곳에서 화합하시라.

　　세비야에서 마르체나까지
그라나다에서 로하까지
런던에서 잉글랜드까지
그대가 거짓말쟁이로 알려지기를.
　　그대가 카드놀이 〈레이나도〉 또는

〈100점〉 또는 〈첫 번째〉를 할 때면

왕의 패가 그대에게서 도망가고

에이스와 세븐은 구경도 못 하기를.[335]

　　그대가 발에 박인 티눈을 빼낼 때면

상처에서 피가 쏟아지고,

어금니를 뽑을 때면

이뿌리가 그대로 남기를.

잔인한 비레노여, 달아나는 아이네이아스여,

바라바스가 그대와 동행하리니 그곳에서 화합하시라.

　비탄에 잠긴 알티시도라가 이렇게 한탄하는 동안 돈키호테는 그녀를 바라보고 있다가 한마디 대답도 없이 산초에게 얼굴을 돌리며 말했다.

　「산초, 자네 모든 선조들을 걸고 청하건대, 내게 진실을 말해 주게. 자네 혹시 이 사랑에 빠진 시녀가 얘기한, 그 머리에 쓰는 수건 석 장하고 대님을 가지고 가는가?」

　이 말에 산초가 대답했다.

　「예, 머릿수건은 세 장 가지고 갑니다요. 하지만 대님 얘기는 전혀 모르겠는데요.」

　공작 부인은 알티시도라의 이 기민함에 놀랐다. 물론 그녀가 대담하고 익살스러우며 뻔뻔하다는 것은 알았지만 감히 그 정도로 천연덕스럽게 굴 줄은 몰랐던 것이다. 게다가 이번 장난은 자기가 시킨 일이 아니었기에 더더욱 놀라웠다. 공작은 재미를 더하고자 이렇게 말했다.

---

335 〈레이나도reinado〉, 〈100점cientos〉, 〈첫 번째primera〉 모두 카드놀이의 이름이다. 〈레이나도〉에서는 왕이 으뜸패이며 〈100점〉과 〈첫 번째〉의 으뜸 패는 왕과 에이스와 세븐이다.

「기사 나리, 이 내 성에 계시면서 그 극진한 환대를 받아 놓고서 머릿수건 세 장을 챙겨 가시는 건 아무래도 훌륭해 보이지를 않는구려. 게다가 시녀의 대님이라니, 그대 평판에 어울리지 않는 엉큼한 마음과 모습을 드러내는 일이오. 시녀에게 대님을 돌려주시오. 그러지 않으면 목숨을 걸고 그대에게 결투를 신청하겠소. 사악한 마법사들이 그대와 대결하러 들어갔던 자를 내 하인 토실로스의 얼굴로 바꾼 것처럼 내 얼굴을 바꾸든 다른 것으로 대신하든 난 두렵지 않소.」

「하느님께서……」 돈키호테가 대답했다. 「그토록 많은 은혜를 받은 이 사람이 고귀하신 공작님께 대항하여 칼을 빼 들게 하지는 않게 하시기를 바랍니다. 머릿수건은 돌려 드리지요. 산초가 그것을 가지고 있다고 하니 말입니다. 하지만 대님은 불가능합니다. 내가 그것을 받은 적이 없고 산초 또한 그러하기 때문입니다. 귀하의 시녀가 구석구석 찾다 보면 분명 발견할 것이리라 믿습니다. 공작 나리, 저는 한 번도 도둑이었던 적이 없고, 신이 당신의 손에서 저를 놓지 않는 한 평생 도둑이 될 생각이 없습니다. 이 시녀는, 자기 입으로 고백하듯 사랑에 빠져 있어서 그러는 것인데, 그녀가 사랑에 빠진 것에 대해서도 전 잘못이 없습니다. 일이 이러하니 시녀에게나 각하께나 제가 용서를 빌 이유는 없습니다. 각하께 간청하는 바는, 저를 좋은 사람으로 생각해 주시고 제가 길을 계속 갈 수 있도록 다시 허락해 주십사 하는 것입니다.」

「하느님의 가호로 안녕히 가시기를 바랍니다.」 공작 부인이 말했다. 「돈키호테 나리, 우리는 늘 그대의 짓거리[336]에 관한 좋은 소식을 듣고 싶어요. 안녕히 가세요. 그대가 여기 머물러 있으면 있을수록 그대를 바라보는 시녀들의 가슴에 더욱 큰 불이 지펴질 테니까요. 내 시녀에게는 벌

---

336 공작 부인이 우롱조로 하는 말이다.

을 주겠어요. 앞으로는 눈으로든 말로든 탈선하지 못하도록 말예요.」

「한마디만 제 말을 들어 주세요, 오 용감하신 돈키호테나리.」 이때 알티시도라가 말했다. 「대님 도둑으로 몬 일에 대해서는 나리께 용서를 빌고 싶어요. 세상에, 제가 그걸 매고 있지 뭐예요. 당나귀에 앉아서 당나귀를 찾는 사람처럼 제가 정신이 없었어요.」

「내가 그러지 않았나요?」 산초가 말했다. 「내가 훔친 걸 감출 그런 인간은 아니지! 그럴 마음만 먹었다면야, 운이 좋아 통치하고 있던 동안 실컷 그럴 수 있었겠죠.」

돈키호테는 고개를 숙여 공작 부부와 주위에 있던 모든 사람들에게 인사하고는, 로시난테의 고삐를 돌려 잿빛에 앉아 그를 따르는 산초를 뒤에 거느린 채 성을 나와 곧장 사라고사를 향해 나섰다.

58

어떻게 해서 돈키호테에게 방랑할 여유도 주지 않고 수많은 모험들이 자주 일어났는지에 대하여

　알티시도라의 구애에서 벗어나 자유로운 몸으로 탁 트인 들판에 서게 되었을 때, 돈키호테는 비로소 스스로의 중심에 있는 것 같았고 그의 정신 또한 새로워져서 다시 기사도 일을 이어 갈 수 있을 것 같았다. 그래서 그는 산초를 돌아보고 말했다.

　「산초, 자유라는 것은 하늘이 인간에게 주신 가장 귀중한 것들 중 하나라네. 땅이 가진 보물이나 바다가 품고 있는 보물도 자유와는 견줄 수가 없지. 자유를 위해서라면 명예를 위해서와 마찬가지로 목숨을 걸 수 있고, 또 마땅히 걸어야 하네. 반대로 포로가 된다는 것은 인간에게 올 수 있는 최대의 불행이지. 내가 이런 말을 하는 것은 산초, 우리가 떠나온 그 성에서 우리가 가졌던 안락함이나 풍성함을 자네도 잘 알고 있을 것이기 때문이라네. 그렇게 맛있는 연회와 눈처럼 차가운 마실 것에 둘러싸여서도 나는 굶주림과 궁핍 속에 있는 듯했다네. 그것들을 내 것인 양 즐길 수 있는 자유가 없었기 때문이지. 받은 호의와 은혜에는 그것을 갚아야 한다는 보상의 의무가 있어서, 자유로운 마음으로 나대지 못하도록 속박하거든. 하늘로부터 빵 한 조각을 받은 자는 복되도다! 그 하늘 이외에는 다른 것에 감사할 의무가 없으니 말일세.」

「그래도 말입니다요…….」산초가 말했다. 「공작님의 집사가 자그마한 주머니에 넣어 저에게 준 금화 2백 에스쿠도에 대해서는 감사하지 않으면 안 됩니다요. 저는 이 돈을 고약이나 위안제처럼, 무슨 일이 있으면 쓰려고 가슴팍에 넣고 다닙니다요. 우리를 환대해 줄 성이 늘 나타나는 건 아니니까요. 오히려 우리에게 매질을 할 객줏집이나 만날 겁니다요.」

이런저런 이야기를 하면서 편력 기사와 종자는 가고 있었는데, 1레과 조금 더 갔을 때쯤 농부 복장을 한 남자 열두 명이 푸른 초원에 자기들의 망토를 깔고 앉아서 식사를 하고 있는 것이 보였다. 그들의 옆에는 하얀 시트 같은 게 몇 장 놓여 있어 무엇인가를 덮고 있었다. 그것들은 드문드문 보였는데, 세워져 있는 것도 있고 뉘어져 있는 것도 있었다. 돈키호테는 식사를 하고 있는 사람들에게 다가가 먼저 공손하게 인사를 한 다음, 천에 덮여 있는 것이 무엇인지 물었다. 그러자 그들 가운데 한 사람이 대답했다.

「나리, 이 천 밑에는 우리가 우리 마을에다 만들고 있는 제단에 쓸 조각상들과 발판과 운반용 나무 판때기들이 있답니다. 광택이 바래지 않도록 이렇게 덮어 놓은 겁니다. 그리고 깨지지 말라고 어깨에 메고 나르지요.」

「부탁입니다만…….」돈키호테가 말했다. 「좀 볼 수 있겠소? 그토록 조심해서 운반한다니 아주 훌륭한 물건들임이 틀림없을 것 같아서 말이오.」

「물론 훌륭하고말고요!」다른 사람이 말했다. 「훌륭하지 않은 것 같다면, 그 비용이 얼마나 들었는지 물어보십시오. 정말 50두카도 이상 들지 않은 건 하나도 없으니까요. 사실인지 아닌지 보여 드릴 테니 잠깐 기다리세요. 눈으로 직접 확인할 수 있으실 겁니다.」

그가 음식을 먹다 말고 일어나 가서 첫 번째 조각상을 덮고 있던 천을 벗겨 내니 산호르헤[337]의 기마상이 드러났다. 그의 발치에는 뱀이 똬리를 틀고 있었고, 늘 잔인하게 묘사되듯 그의 입으로는 창이 관통하고 있었다. 전체적인 이미지가 사람들이 흔히 하는 말로 황금 불덩어리 같았다. 그것을 바라보며 돈키호테가 말했다.

「이 기사는 하느님의 군대가 가졌던 가장 훌륭한 편력 기사들 중 한 사람이었지. 이름이 돈[338] 산호르헤로, 처녀들의 보호자이기도 했소. 여기 있는 다른 조각상을 봅시다.」

남자가 덮여 있던 천을 벗기자 드러난 것은 성 마틴 기마상 같아 보였는데, 가난한 자와 망토를 나누어 걸치고 있는 모습이었다. 그것을 보자마자 돈키호테는 말했다.

「이 기사 또한 기독교인 모험가들 가운데 한 사람으로, 용감하기도 했지만 무엇보다 관대한 자였지. 자네도 보면 알 수 있겠지만 산초, 그가 가난한 사람과 망토를 나누어 걸치느라 그 절반을 내주고 있잖은가. 틀림없이 겨울이었던 모양이야. 겨울이 아니었다면 자비로운 자였으니 그자에게 다 주었을 텐데 말이야.」

「그래서가 아니고요…….」 산초가 말했다. 「〈주고받는 데도 머리가 필요하다〉라는 속담 때문이었을 거예요.」

돈키호테는 웃고는 다음 천을 벗겨 달라고 부탁했다. 그 천 밑에서는 말을 탄 에스파냐 수호성인의 상이 나타났는데, 피투성이가 된 칼을 쥐고 무어인들을 쳐부수어 머리를 짓밟고 있는 모습이었다. 그 조각상을 보자 돈키호테가 말했다.

---

337 San Jorge. 3세기 말에 실존했던 기사.
338 중세에는 성자의 이름 앞에 경칭인 〈돈〉을 붙이기도 했는데, 우선적으로 그들이 〈기사〉였을 때 그랬다.

「이분이야말로 진짜 기사로 예수 군단에 속한 분이시지. 이름이 돈 산디에고 마타모로스[339]로, 세상이 가졌고 지금은 하늘이 가지고 있는 가장 용감한 성자이시자 기사들 중 한 분이시네.」

이어서 다른 천을 들추었는데, 말에서 떨어지는 성자 바울의 모습이 나왔다. 이 성자의 개종 장면을 제단에 그릴 때 흔히들 넣곤 하는 배경까지 모두 갖추고 있었다. 그림이 어찌나 생생하게 그려져 있는지 실제로 그리스도가 그에게 말을 건네고 바울이 대답하는 것 같았다.

「이분은……」 돈키호테가 말했다. 「그분 시대에 우리 주 하느님의 교회가 가졌던 최대의 적이었다가, 그 이후에는 교회가 다시는 가지지 못할 최대 수호자가 되셨지. 살아서는 돌아다니는 편력 기사, 죽어서는 서 있는 성자가 되신 분으로서, 주님의 포도밭에서 지칠 줄 모르고 일하는 농부이셨고, 이교도들을 가르친 박사이셨으며, 그분에게는 하늘이 학교이자 교수요 선생이었는데, 예수 그리스도께서 그분을 손수 가르치셨지.」

더 이상 조각상은 없었다. 돈키호테는 그것들을 다시 덮으라고 하고는 조각상들을 나르는 사람들에게 말했다.

「형제들이여, 이 조각상을 본 것이 내게 좋은 징조 같소. 내가 업으로 삼고 있는 것을 이 성자들과 기사들 또한 업으로 삼으셨으니 말이오. 그건 무기를 다루는 일인데 그분들과 나 사이에 다른 점이 있다면, 그분들은 성자로서 신성하게 싸우신 반면 나는 죄인으로서 인간적으로 싸운다는 점이오. 그분들은 팔의 힘으로 천국을 정복하셨소. 왜냐하면 하늘나라는 폭행을 당해 왔고, 폭행을 쓰는 사람들이 하늘나라를 빼앗으려고

---

339 San Diego Matamoros. 스페인 내 이슬람교도들과의 싸움에서 정신적 지주였던, 예수의 열두 제자 중 한 사람인 성자 야곱이다. 당시 이슬람교도들에 맞선 스페인인들을 수호하는 성자로, 직역하면 〈무어인들을 죽이는 성자 디에고〉이다.

하기 때문이지.[340] 나는 지금까지 이렇게 고생하면서도 무엇을 정복하는 지 알지 못하고 있지만, 나의 둘시네아 델 토보소가 지금 겪고 계시는 고난에서 풀려나오시기만 한다면 운도 좋아지고 내 판단도 제대로 되어 내 인생이 지금보다 훨씬 나은 데로 나아갈 수 있을 것이라 믿소.」

「하느님은 그 말을 들으시고 악마는 듣지 않았으면 합니다요.」 산초가 말을 보탰다.

사람들은 돈키호테가 하고자 하는 말의 절반조차 이해하지 못하면서도 그 말과 모습에 놀랐다. 식사를 마치자 그들은 조각상들을 어깨에 메고는 돈키호테에게 작별 인사를 하고 가던 길을 계속 갔다.

산초는 마치 전혀 몰랐던 사람을 보는 양 자기 주인에게 새삼 놀라고 있었다. 그가 손바닥 들여다보듯 훤히 알고 있지 않거나 기억에 새겨 놓지 않은 사건이나 이야기란 이 세상에 없는 듯 여겨질 정도로 주인이 많은 것을 알고 있었기 때문이다. 그래서 그는 말했다.

「정말이지 주인 나리, 오늘 일어난 이 일을 모험이라고 부를 수 있다면 이건 우리가 돌아다니는 동안 일어났던 모든 사건들 중에서 가장 부드럽고 달콤한 것이었습니다요. 이번 모험에서는 몽둥이 세례도, 놀랄 일도 없이 빠져나왔으며 칼에 손을 대지도 않았고 몸으로 땅을 때리지도 않았으며 배도 곯지 않았습니다요. 하느님의 축복이네요. 제 눈으로 직접 그런 걸 볼 수 있게 해주셨으니 말입니다요.」

「말 한번 잘하는군, 산초.」 돈키호테가 말했다. 「하지만 알아 둘 일은, 일이라는 게 언제나 같을 리가 없고 모두 같은 식으로 진행되지도 않는다는 사실이라네. 사람들이 보통 〈징조〉라 부르는 것은 자연의 도리에

---

340 「마태오의 복음서」 11장 12절 참조. 〈세례자 요한 때부터 지금까지 하늘나라는 폭행을 당해 왔다. 그리고 폭행을 쓰는 사람들이 하늘나라를 빼앗으려고 한다.〉

근거를 두고 있는 것이 아니지. 신중한 사람이라면 이번 일을 그저 좋은 사건이었다 여기고 말 걸세. 징조를 믿는 사람은, 아침에 일어나 길을 나서다가 복자 성 프란시스코 교단의 수도사를 만나면 그 즉시 무슨 사자의 몸에 독수리 머리와 날개를 가진 괴수라도 만난 양 등을 돌려 집으로 돌아온다네. 멘도사 가문의 사람[341]의 경우, 식탁에 소금이 쏟아지면 그 자의 마음에 우울함이 쏟아진다네. 마치 자연이 앞서 귀띔해 주기라도 하듯, 그토록 짧은 순간에 일어난 일이 앞으로 올 불행을 의무적으로 알려 주는 게 틀림없다는 듯 말이야. 분별 있는 자나 기독교인이라면 하늘이 하고자 하는 일에 소소하게 마음을 두며 살아서는 아니 되네. 스키피오[342]가 아프리카에 도착했을 때 육지에 뛰어오르다가 넘어졌는데, 부하들은 그것을 흉조로 여겼지. 하지만 스키피오는 땅을 부둥켜안고는, 〈아프리카여, 너는 내게서 도망칠 수 없다. 내가 너를 양팔로 붙들고 있으니〉라고 했다네. 그러니 산초, 이번에 내가 그런 조각상들을 만난 건 내게 있어 그저 아주 행복한 사건이었던 것뿐이네.」

「저도 그렇게 생각해요.」 산초가 대답했다. 「그런데 제게 말씀해 주셨으면 하는 건요, 에스파냐 사람들이 전쟁에 임할 때 그 산디에고 마타모로스를 부르면서 〈산티아고, 에스파냐를 닫아라!〉라고 하는 이유가 대체 뭔가 하는 겁니다요. 혹시 에스파냐가 열려 있고, 그래서 그걸 닫을 필요가 있었던 겁니까요? 아니면 이게 무슨 의식입니까요?」[343]

「자네는 정말 단순하구먼, 산초.」 돈키호테가 대답했다. 「주홍색 십자

341 멘도사 가문의 사람들이 얼마나 미신을 믿었는지, 그들의 가문 이름이 〈미신을 믿는 사람〉이라는 의미로 사용되기도 한다.

342 Publius Cornelius Scipio(B.C. 236~B.C. 184). 카르타고의 한니발을 무찌른 고대 로마의 장군.

343 스페인 기독교인들이 이슬람교도에 맞섰던 국토 회복 전쟁 당시 스페인인들이 외쳤던 〈닫아라〉라는 이 외침은 전장에서 〈공격하라, 돌격하라〉라는 의미로 사용되었다.

가가 그려진 이 훌륭한 기사는 하느님께서 수호성인이자 에스파냐의 보호자로서 에스파냐에 주신 분이라는 걸 알게나. 특히 에스파냐 사람들이 무어인들과 싸웠던 그 혹독한 시기에 말일세. 그래서 에스파냐 사람들은 모든 전투에서 자기들의 수호자로서 이 성자에게 구원을 청하며 그 이름을 불렀던 거라네. 전쟁터에서 수차례에 걸쳐 이 성자를 뚜렷하게 본 사람들도 있다네. 이슬람교도의 군대를 무찌르고, 짓밟고, 파괴하고, 죽이는 모습을 말일세. 이러한 사실을 증명하기 위해 내가 실제 에스파냐 역사서에서 얘기되고 있는 많은 예들을 자네에게 보여 줄 수도 있네.」

산초는 화제를 바꾸어 주인에게 말했다.

「나리, 전 그 공작 마님의 시녀 알티시도라의 뻔뻔스러움에 놀랐습니다요. 사람들이 〈사랑〉이라고 부르는 그것이 용감하게도 그녀를 꿰뚫어 상처 입힌 게 틀림없어요. 사람들이 그러기를 〈사랑〉은 눈이 눈곱으로 덮여 있는데도, 그러니까 앞을 볼 수 없는 눈먼 어린애인데도 불구하고 어느 한 심장을 노리면 아무리 작은 심장이라도 화살로 적중시켜 완전히 꿰뚫어 버린다네요. 제가 또한 듣기로는요, 아가씨들은 수치심과 조신함 때문에 화살 끝을 부러뜨리거나 화살촉을 무디게 한다고 합디다요. 하지만 이 알티시도라의 경우에는 화살 끝이 부러지기는커녕 더 날카로워진 것 같다니까요.」

「산초, 이 점을 알아 두게.」 돈키호테가 말했다. 「사랑이라는 것이 진행될 때에는 존경도 모르고 이성의 한계도 지키지 않을뿐 아니라, 조건에 있어 죽음과 똑같다는 것을 말일세. 사랑은 목동의 초라한 오두막이나 왕의 높은 성이나 가리지 않고 덮친다네. 그리고 한 영혼을 완전히 장악했을 때 제일 먼저 하는 짓이 바로 두려움과 수치심을 빼앗아 버리는 일이지. 그러기에 알티시도라는 부끄러움도 없이 자기 마음을 밝힌 것인데, 그런 그녀의 마음은 내 가슴에 연민보다는 오히려 혼란을 일으켰다네.」

「정말 잔인하십니다요!」 산초가 말했다. 「생전 들어 보지도 못한 배은 망덕입니다요! 저 같으면 가장 작은 사랑의 말에도 그만 꺾이고 굴복하고 말았을 겁니다요. 세상에, 어쩜 그리 대리석 같은 심장에, 쇠 같은 마음에, 횟가루로 반죽해 만든 영혼이실까! 그 시녀가 나리한테서 대체 무엇을 보았기에 그만 넘어가 굴복하고 말았는지 도무지 알 수가 없단 말씀입니다요. 나리의 어떤 복장이, 어떤 용감함이, 어떤 우아함이, 어떤 얼굴이 각각 혹은 모두 합쳐져 그녀를 반하게 했는지 말예요. 정말이지 제가 몇 번이나 나리를 머리끝에서 발끝에서 살펴보려고 멈춰 서고 해봤는데요, 제 눈에는 반하게 하기보다는 오히려 놀라게 할 것들만 보였거든요. 그리고 제가 들은 바에 의하면 사랑에 빠지게 되는 제일 중요한 요인은 아름다움이라고 하던데, 나리께는 아름다운 구석이 전혀 없으니 그 불쌍한 여자가 무엇에 반했는지 도무지 알 수가 없단 말씀입니다요.」

「잘 알아 두게, 산초.」 돈키호테가 대답했다. 「아름다움에는 두 가지가 있네. 하나는 마음이 아름다운 것이고, 다른 하나는 신체가 아름다운 것이지. 마음의 아름다움은 이해심과 정직함과 훌륭한 행동과 관대함과 교양으로 나타나는 것으로서, 이런 점들은 겉보기에 흉한 인간에게서도 나타날 수 있으며, 실제로 그러하다네. 신체의 아름다움이 아니라 이러한 아름다움에 시선을 돌릴 때 격렬하면서도 훨씬 뛰어난 사랑의 감정이 생기곤 하지. 나는 산초여, 내가 잘생기지 않았다는 것을 잘 알고 있네. 하지만 내가 추악하게 생기지도 않았다는 것 역시 알고 있지. 착한 남자가 아까 이야기한 마음의 그런 아름다운 점들을 갖추고 있다면, 괴물이 아닌 다음에야 사랑을 받게 되는 법이네.」

이런 이야기를 나누면서 그들은 길가에 있는 숲 속으로 들어가고 있었는데, 생각할 겨를도 없이 별안간에 돈키호테가 초록 실로 엮은 그물에 휘감겨 버렸다. 그물이 한쪽 나무에서 다른 쪽 나무로 펼쳐져 있었던 것

이다. 돈키호테는 도대체 무슨 일이 일어난 건지 영문을 몰라 산초에게
말했다.

「산초, 이 그물에 얽힌 일이 상상할 수 있는 가장 새로운 모험들 가운데
하나가 될 것 같네. 나를 추적하는 마법사들이 나를 그물에 걸리게 해서
내 길을 막으려 한 것이 아니라면 나를 죽여도 좋아. 내가 알티시도라에
게 냉혹하게 대했다고 복수를 하려는 게지. 그자들에게 확실하게 말하는
바, 이 그물이 초록 실로 짠 것이 아니라 아주 단단한 다이아몬드로, 혹은
대장장이들의 신이자 질투의 신[344]이 비너스와 마르스를 잡았던 그 그물
보다 더 강한 것으로 된 것이라 할지라도, 나는 마치 해초나 무명 누더기
로 된 것인 양 그것들을 찢어 버릴 걸세.」

그러고는 앞으로 나아가며 그물을 모두 찢으려고 하는데 문득 그 앞의
나무 사이로 아주 아리따운 두 여자 목동이 나타났다. 옷은 여자 목동처
럼 입었는데, 양피와 스커트는 금실과 은실로 무늬를 새긴 고급품이었다.
그러니까 짧은 스커트는 금실로 파도 무늬를 수놓은 아주 질 좋은 견사
로 만든 것이었고, 등에 풀어 헤친 금발은 햇살과 겨룰 수 있을 정도였다.
머리에는 초록 월계수 잎으로 만든 것과 붉은 색비름으로 만든 것으로
두 개의 화관을 쓰고 있었다. 보아하니 열다섯은 넘었고, 열여덟은 넘지
않은 나이였다.

그 모습에 산초는 놀라고 돈키호테는 멍해졌으며 태양도 이 두 소녀를
보기 위해 운행을 멈추었다. 네 사람 모두 이상야릇한 침묵 속에 갇혀 있
었다. 결국 제일 먼저 입을 연 사람은 여자 목동 중 한 명으로, 돈키호테
에게 이렇게 말했다.

344 그리스 신화의 헤파이스토스Hephaistos, 로마 신화의 불카누스Vulcano를 말한다. 아내
비너스가 전쟁의 신 마르스와 대낮 정사를 벌인다는 소식을 전해 듣고 그 둘을 그물로 옭아매어
망신을 줬다고 한다.

「잠깐만 멈추세요, 기사님. 그물을 찢지 마세요. 거기 그 그물은 기사님을 해치기 위해서가 아니라 그저 재밋거리로 쳐놓은 거예요. 무엇 때문에 그물을 쳤으며 우리가 누구인지 물어보실 거라는 걸 알고 있으니, 간단히 말씀드리고자 합니다. 여기서부터 2레과쯤 떨어져 있는 마을에는 한자리 하시는 분들과 이달고와 부자들이 많이 살고 있답니다. 그런데 이분들의 친구와 친척들이 계획해서 그들의 자식, 부인, 딸, 이웃, 친구, 친척들 모두가 이곳으로 놀러 오도록 했답니다. 이 주변을 통틀어 가장 쾌적한 곳 중 하나인 이곳을 새로운 아르카디아로 만들고자 한 거지요. 처녀들은 여자 목동 차림을, 총각들은 남자 목동 차림을 하고서 말이에요. 우리는 두 편의 목가를 공부했는데, 하나는 유명한 시인 가르실라소가 지은 것이고 다른 한 편은 훌륭하기 그지없는 카모에스가 자신의 모국어인 포르투갈어로 지은 시로, 둘 다 아직까지는 공연되지 않았어요.[345] 어제가 이곳에 온 첫날이라, 저희들은 이 초원을 기름지게 하는 물 많은 냇가와 이 나뭇가지들 사이에다 천막 몇 개를 쳤지요. 야영 텐트라고 하는 것 말예요. 그리고 밤에는 이 나무에다가 그물을 쳤는데, 그건 우리들이 내는 소리에 놀란 멍청한 새들을 그물로 유도하기 위해서였어요. 기사님, 만일 기사님만 싫지 않으시다면 저희의 손님으로 모셔서 융숭하고도 정중히 대접해 드리고 싶습니다. 지금 이곳으로는 걱정이나 슬픔이 들어와서는 안 되니까요.」

그러더니 입을 다물고 더 이상 아무 말도 하지 않았다. 이에 돈키호테가 대답했다.

「그지없이 아름다운 아가씨여, 안테온[346]이 뜻하지 않게 디아나가 샘에

---

345 목가시는 목동들의 대화로 되어 있어 연극으로 공연되기도 한다.
346 악테온Actéon을 혼동한 듯하다. 베오치아 샘에서 목욕하고 있던 디아나를 본 자는 안테온Antéon이 아닌 악테온이다. 안테온(또는 안테오)은 거인의 이름으로, 당시 많은 작가들이 이 두 이름을 혼동해 잘못 쓰곤 했다.

서 목욕하는 모습을 보고 놀라 얼떨떨해졌는데, 그것도 내가 그대의 아름다움을 보았을 때 혼이 나간 것보다는 훨씬 못했을 겁니다. 그대들의 재밋거리를 칭송하며 초대에도 감사드립니다. 그대들에게 도움이 되는 일이 있다면 확실히 들어 드릴 테니 명령만 하시지요. 내 직업은 다름 아닌 모든 종류의 사람들에게, 특히 그대들의 모습이 보여 주듯 고귀한 분들에게 감사할 줄 알고 선행을 베푸는 것이니 말입니다. 이 그물들은 적은 공간만을 차지하고 있으나, 만일 이것이 땅덩어리 전체를 차지하고 있었다면 나는 그것을 찢지 않고 통과할 수 있는 새로운 세상을 찾았을 겁니다. 이 말이 과장된 것이라고 생각한다면, 적어도 그대들에게 그런 약속을 하는 자가 돈키호테 데 라만차라는 것을 아셔야 합니다. 만일 이 이름이 그대들 귀에 닿은 적이 있다면 말이지요.」

「어머나 세상에!」 또 다른 아가씨가 소리쳤다. 「이런 엄청난 행운이 우리에게 일어나다니! 우리 앞에 계신 이분 알아? 내가 알려 주자면, 이분은 세상에서 가장 용감하시고 가장 깊은 사랑에 빠지신 분이며 가장 정중하신 분이셔. 이분의 공적을 기록한 책이 출판되어서 나도 읽은 그 이야기가 거짓말을 하거나 속이는 게 아니라면 말이야. 여기 함께하고 계시는 이 착한 분은 그분의 종자인 그 산초 판사인 게 분명한데, 얼마나 재미있는 분인지 이분에게 견줄 자가 아무도 없을 정도라니까.」

「그건 사실이지요.」 산초가 말했다. 「내가 바로 아가씨가 말하는 그 익살꾼에 그 종자랍니다요. 이분은 나의 주인이신, 책에서 이야기하고 있는 바로 그 돈키호테 데 라만차이시고요.」

「세상에!」 다른 아가씨가 말했다. 「얘, 우리 이분께 여기 머물러 주십사 부탁드리자. 부모님과 형제들이 무척 좋아할 거야. 나도 네가 말한 이분의 용기와 종자분의 재치에 대해 들었어. 무엇보다 이분에 대해서는, 세상에 알려진 사람들 가운데 가장 확고부동하며 가장 충실한 연인이라고

들었지. 이분의 귀부인은 둘시네아 델 토보소인가 하는 분으로, 에스파냐 전체가 아름다움의 영광을 그분에게 돌린다고 하던데.」

「그렇게 돌리는 게 당연하지요.」 돈키호테가 말했다. 「비할 데 없는 그대의 아름다움이 그러한 사실을 의심하게 하지 않는다면 말입니다. 아가씨들, 나를 이곳에 붙들어 놓기 위한 수고는 하지 마시길 바랍니다. 내 직업에 주어진 명확한 의무가 세상 어느 곳에서든 나를 쉽게 내버려 두지 않으니 말입니다.」

이때 그 두 아가씨 중 한 명의 오빠가 네 사람이 있는 곳으로 왔다. 그역시 목동 차림을 하고 있었는데, 화려하고 멋진 게 그녀들의 복장과도 잘 어울렸다. 아가씨들은 여기 함께 있는 사람이 그 용감한 돈키호테 데라만차이며 다른 한 사람은 그의 종자 산초라고 알렸는데, 그 역시 이야기를 읽은 터라 이미 돈키호테에 대해 알고 있었다. 그 아름다운 목동 청년이 직접 나서서 자기와 함께 텐트로 가지 않겠느냐고 청했으니, 그 청은 들어주어야 할 것 같아 돈키호테는 결국 그렇게 하기로 했다.

마침 새 몰이를 할 때였다. 위험을 느끼고 도망가던 새들이 그물 색깔에 속아 걸려들어 그물은 다양한 새들로 가득했다. 그곳으로 서른 명 이상의 사람들이 모여들었는데, 모두가 화려한 목동 차림이었다. 그들 또한 책으로 이미 알고 있었기 때문에 돈키호테와 그의 종자를 금방 알아보고는 무척 기뻐하며 이들을 맞아들였다. 천막에 들어가 보니 훌륭하고도 푸짐한 음식들로 정갈하게 식탁이 차려져 있었다. 그들은 돈키호테를 상석에 앉히면서 그에게 경의를 표했다. 모두가 그를 바라보고 또 바라보며 놀라워했다.

드디어 식탁보가 치워지자 돈키호테는 목소리를 높여 아주 침착하게 말했다.

「인간이 저지르는 가장 큰 죄악이란, 어떤 사람은 오만이라고 하겠지만 나는 배은망덕이라고 하겠소. 사람들도 흔히 〈지옥이 배은망덕한 사람들로 가득 찼다〉라고들 하잖소. 이성이라는 것을 사용하게 된 그 순간부터 나는 할 수 있는 한 모든 힘을 다해 이 죄악에서 도망가고자 노력해 왔소이다. 내게 행해진 선행을 다른 선행으로 갚지 못할 경우에는 선행을 하고자 하는 마음으로 그것을 대신하고 있소. 그것으로도 충분하지 않을 때는 그 마음을 세상에 알린다오. 자기가 받은 선행을 말하고 알리는 자는 할 수 있을 때 다른 선행으로 그것을 보상할 수 있기에 말이오. 또한 남에게서 은혜를 입는 사람은 주는 사람보다 못한 경우가 많은 법이니, 그래서 모든 사람에게 주시는 분인 하느님은 그 모든 것 위에 서시는 것이라오. 인간의 선물도 하느님의 선물에는 견줄 수가 없소. 그 차이가 무한대로 크니 말이오. 따라서 이러한 옹색함과 빈약함을, 어떤 면에서는 감사로 대신한다고 할 수 있소. 여기 주어진 은혜에 감사하면서도 그와 같은 은혜에 보답하지 못하는 나는, 그저 나의 미력에 만족하여 내가 할 수 있는 것과 거둘 수 있는 것을 드리고자 하오. 얘기인즉슨, 여기 내 말을 듣는 남녀 모든 분들의 허락을 얻어, 사라고사로 가는 큰길 한가운데 이틀 동안 지키고 선 채 지금 이곳의 여자 목동 복장을 하고 계신 아가씨들이 세상에서 가장 아름다우며 가장 예의 바른 분들이라고 주장할 것이라오. 물론 나의 마음속에 자리 잡고 계신 유일한 귀부인, 비할 데 없는 둘시네아 델 토보소만을 제외하고 말이오.」

열심히 주인의 말에 귀를 기울이며 듣고 있던 산초가 소리 높여 말했다.

「이런 주인 나리를 두고 감히 미쳤다고 말하거나 맹세할 사람이 이 세상에 있을 수 있을까요? 여러분, 목동분들이 말씀 좀 해보세요. 아무리 신중하고 공부를 많이 했다고 하더라도, 우리 주인 나리께서 말씀하신 것과 같은 말을 할 수 있는 사제가 있을까요? 아무리 용감하다는 명성이 자자한 편력 기사라 할지라도 우리 주인님이 여기서 하시겠다고 하신 바를 행할 수 있는 편력 기사가 있을까요?」

돈키호테는 산초를 돌아보고는 화가 나 벌겋게 달아오른 얼굴로 소리 쳤다.

「이런 이런, 산초, 이 지구 상에 네가 어리석음으로 철갑을 두른 인간이 아니라고 말할 사람이 누가 있겠느냐? 뭔지 모를 고약한 마음에 심술궂 은 면까지 가지고 있으니 말이다. 누가 너더러 내 일에 끼어들라고 하더 냐? 누가 너더러 내가 신중한 사람인지 멍청한 사람인지 따지라고 하더 냐? 입 다물고 내게 대답도 하지 마라. 차라리 로시난테에 안장이 제대로 놓여 있는지나 보고, 없거든 안장이나 얹어라. 나는 약속한 일을 실행에 옮겨야겠다. 내가 하려는 일은 옳으니 그 일에 반대하려는 자들은 모두 굴복하고 말리라.」

그가 그토록 화를 내며 열받은 모습으로 의자에서 벌떡 일어나니, 주위 에 있던 사람들은 모두 놀라 돈키호테를 미치광이로 봐야 하는 건지, 아 니면 제정신을 가진 사람으로 여길 수도 있는 건지 도통 알 수가 없었다. 결국 그들은, 그렇게까지 하지 않아도 자기들은 기사님의 고마워하는 마 음을 충분히 알고 있으니 그 용감한 마음을 알리기 위해 새로운 행동을 하실 것은 없다고 그를 설득했다. 그건 기사님의 행적을 전하고 있는 책 에서 언급되고 있는 것들로 이미 충분하다면서 말이다. 그런데도 돈키호 테는 자기의 뜻을 관철하겠다며 로시난테에 올라 방패를 팔에 고정시키 고 창을 쥐더니 그들이 있던 푸른 초원에서 멀지 않은 길 한가운데 나가 버티고 섰다. 산초는 자기 잿빛을 타고 그를 따랐고, 목동 무리도 모두 한 번도 보지 못한 그의 오만한 제안이 과연 어떤 결과를 가져올 것인지 궁 금하여 함께 갔다.

이미 말했듯이 돈키호테는 길 한가운데 버티고 서서는 이런 말로 대기 를 울렸다.

713

「오, 걸어서나 말을 타고 이 길을 지나가는, 혹은 앞으로 이틀 동안 이 길을 지나갈 여행자들이나 보행자들이나 기사들이나 종자 여러분이여! 편력 기사 돈키호테 데 라만차가 이곳에 서 있음을 아시오. 이는 이곳 초원과 숲 속 요정들에게 깃들어 있는 아름다움과 정중함이 내 영혼의 주인인 둘시네아 델 토보소를 제외한 이 세상의 모든 아름다움과 정중함을 능가한다는 것을 옹호하기 위한 것이니, 이에 반대하는 의견을 가진 자는 내게 오시오. 여기 내가 기다리고 있겠소.」

그는 이렇게 두 번 반복했으나 그 말을 들은 모험가는 아무도 없었다. 하지만 운이 잘 풀리려고 그랬는지, 얼마 지나지 않아 그 길로 말을 탄 많은 사람들이 모습을 드러냈다. 그들 대부분이 손에는 창을 든 채, 왁자지껄하게 무리 지어 급히 걷고 있었다. 돈키호테와 함께 있었던 사람들은 그들을 보자마자 즉시 등을 돌려 길에서 멀리 떨어졌다. 그대로 있다가는 무슨 위험한 일에 말려들지도 모른다고 생각했던 것이다. 오직 돈키호테만이 담대하게 그대로 서 있었고, 산초 판사는 로시난테의 엉덩이를 방패로 삼았다.

창을 든 무리가 다가오더니 그들 가운데 제일 앞장서서 온 사람이 큰 소리로 돈키호테에게 말했다.

「길에서 비켜, 이 빌어먹을 인간아! 이 투우들한테 박살 나기 싫으면 말이다!」

「이 망나니 같으니!」 돈키호테가 대답했다. 「제아무리 하라마 강변에서 키운 가장 용감한 투우라 해도 나한테는 아무것도 아니다! 이 고약한 놈들, 군말 말고 내가 여기서 공표한 것이 사실이라고 고백들 해라. 안 그러면 나와 결투를 벌여야 할 것이다.」

소몰이꾼은 이에 대답할 겨를이 없었고, 돈키호테 또한 길을 비키고자 했어도 그럴 여유가 없었다. 사나운 투우 떼, 길들여져 유순한 소 떼, 다

714

음 날 투우가 열릴 곳으로 이들을 몰고 가던 소몰이꾼들 그리고 그 밖의 사람들이 돈키호테와 산초와 로시난테와 잿빛 위로 지나가는 바람에 모두 땅에 넘어져 바닥을 데굴데굴 굴렀다. 산초는 완전히 녹초가 되었고 돈키호테는 경악하였으며 잿빛은 발길에 차이고 로시난테도 무사하지 못했다. 하지만 결국 이들은 일어났는데, 돈키호테는 여기 부딪치고 저기 넘어지고 소리소리 지르면서 소 떼를 쫓아 허겁지겁 달리기 시작했다.

「멈추어라, 게 섰거라, 사악한 망나니야! 단 한 명의 기사가 그대들을 기다린다. 〈달아나는 적에게 은으로 된 다리를 만들어 주라〉 하는 자들과 생각이나 조건에서 같지 않은 기사가 여기 있다!」

그런다고 서둘러 길을 가던 그들이 멈출 리가 없었으니, 그의 협박에는 지난해의 구름만치도 신경 쓰지 않았다. 돈키호테는 지쳐서 멈춰 섰다가 복수보다도 화를 못 이겨 길바닥에 주저앉은 채 산초와 로시난테와 잿빛이 오기를 기다렸다. 그들이 오자 주인과 하인은 다시 각자의 탈것에 올라 그 가짜 아르카디아에는 별다른 작별 인사도 없이, 즐겁다기보다는 창피스러운 마음으로 가던 길을 계속 갔다.

59

돈키호테에게 일어난 모험으로 볼 수 있는
이상한 사건에 대하여

돈키호테와 산초는 신선한 나무숲 사이에서 맑고 깨끗한 샘을 발견했으니, 무례한 투우들 때문에 뒤집어쓴 먼지와 피로를 털어 내고 풀 수 있었다. 잿빛과 로시난테의 껑거리끈과 재갈을 끌러 자유롭게 해주고, 불운과 노동으로 지친 주인과 종자도 그곳 샘가에 앉았다. 산초는 먹을 것이 들어 있는 자루에 손을 뻗쳐 자기가 만찬이라 부르곤 하는 것을 꺼냈다. 돈키호테는 입안을 헹구고 세수를 했는데 그 신선함으로 맥이 빠져 있던 정신과 기운이 회복되는 것 같았다. 돈키호테는 마음이 괴로워 먹으려 하지 않았고, 산초는 순전히 예의상 눈앞에 있는 음식에 감히 손도 대지 못한 채 주인이 먼저 맛보기만을 기다리고 있었다. 하지만 주인이 자기 생각에 잠겨 빵을 입에 가져가는 일을 잊고 있는 것을 보자, 결국 모든 종류의 예의는 던져 버리고 앞에 있던 빵과 치즈를 닥치는 대로 위에다 채워 넣기 시작했다.

「먹게, 산초 친구여.」 돈키호테가 말했다. 「목숨을 부지하게. 나보다 자네에게 더 중요한 일이니. 그리고 나는 빠져나올 수 없는 나의 생각과 막강한 나의 불행으로 죽게 내버려 두게. 산초, 나는 살다가 죽으려고 태어났고, 자네는 먹다가 죽으려고 태어났지. 내가 책으로 출판되어 있으며, 무술에 있어 내 명성이 자자하고, 내 행동은 정중하며, 중하신 분들에게서 존경을, 아가씨들로부터는 사랑을 받고 있다는 점을 고려해 보면 이 말이 사실이라는 걸 알 걸세. 하지만 이렇듯 용감한 무훈에 합당한 박수와 승리와 영광을 얻을 것을 기다리고 있는 때에, 결국 오늘 아침 그 지저분하고도 천박한 짐승들의 발에 밟히고 걷어차이고 갈려 버렸단 말일세. 이를 생각하면 이빨은 무디어지고 어금니는 둔해지고 손의 감각은 마비되고 먹고 싶다는 생각은 완전히 사라지니, 그냥 이대로 죽음 중에서도 가장 잔인한 죽음, 배곯아 죽도록 스스로를 내버려 두고 싶단 말일세.」

「그런 식이라면……」 산초가 계속 바쁘게 음식을 씹어 대면서 말했다. 「나리께서는 〈죽어라 마르타, 그러나 실컷 먹고 죽어라〉라는 속담을 인정하지 않으시겠군요. 저는 적어도 제 손으로 죽을 생각은 없습니다요. 오히려 원하는 곳으로 끌려올 때까지 이빨로 가죽을 끌어당기는 구두 수선쟁이처럼 할 생각입니다요. 그러니까 저는 제 목숨을 하늘이 정해 준 마지막 날에 닿을 때까지 먹으면서 끌고 갈 겁니다요. 그리고 나리, 나리처럼 자기 자신을 포기해 버리고자 하는 것보다 더 한 미친 짓은 없다는 걸 아셔야 합니다요. 제 말 믿으시고 뭐라도 드신 다음에 이 풀밭을 초록색 요로 삼아 누워 좀 주무세요. 그러고서 잠에서 깨실 때쯤엔 마음이 얼마간 편해져 있는 걸 아시게 될걸요.」

산초의 말이 멍청이 소리가 아니라 오히려 철학자의 말로 여겨져 돈키호테는 시키는 대로 하면서 산초에게 말했다.

「오 산초, 만일 자네가 나를 위해 지금 내가 자네에게 부탁하는 것을 들어줄 의향이 있다면, 내 마음은 훨씬 더 가벼워질 것이며 내 고민도 그리 심각하지 않게 될 걸세. 그것은 내가 자네의 조언을 좇아 눈을 붙이는 동안, 자네는 여기서 좀 멀리 떨어져 로시난테의 고삐로 둘시네아를 마법에서 풀기 위해 자네가 자네 몸에 가해야 하는 약 3천 대의 매질 중에서 우선 3백 대나 4백 대 정도 자네 맨살에다 좀 때리면 안 되겠는가 하는 것일세. 자네가 신경도 쓰지 않고 게을러서 저 불쌍한 귀부인이 마법에 걸려 있어야 한다는 건 적잖이 유감스러운 일이지.」

「그 일에 대해서는 저도 할 말이 많습니다요.」 산초가 대답했다. 「우선 지금은 둘 다 잠이나 잡시다요. 그러고 나면 하느님이 알아서 해주신다고 했습니다요. 한 인간이 냉정하게 자기 몸에 매질을 하는 이 같은 일이 얼마나 지독한 짓인지 나리께서는 아셔야 합니다요. 더군다나 제대로 먹지 못해 영양도 부족한 몸에 그 매질이 가해질 때는 더하지요. 나의 귀부인 둘시네아 님께서도 좀 더 인내를 가졌으면 합니다요. 그러면 뜻하지 않은 때에 매질로 구멍이 숭숭 뚫린 체가 된 제 몸을 보시게 될 겁니다요. 그리고, 죽을 때까지는 살아야 하는 법입니다요. 무슨 말인고 하니, 저는 제가 약속한 바를 지킬 마음으로 아직 살아 있다는 겁니다요.」

돈키호테는 산초에게 고맙다고 하면서 뭔가를 약간 먹었고, 산초는 많이 먹었다. 그러고 나서 두 사람은 자려고 누웠는데, 언제나 친구이자 동료인 로시난테와 잿빛 당나귀는 그 목초지에 그득한 풀을 마음대로 아무렇게나 뜯을 수 있도록 내버려 둔 채였다. 느지막이 잠에서 깨어난 두 사람은 다시 탈것에 올라 길을 나섰는데, 1레과쯤 떨어진 곳에 한 객줏집이 보여 그곳에 다다르기 위해 급히 갔다. 여기서 객줏집이라고 한 것은, 돈키호테가 이전의 모든 객줏집을 성이라고 하던 것과 달리 정말로 객줏집이라고 불렀기 때문이다.

그곳에 도착하자 그들은 주인에게 잠자리가 있는지 물었다. 주인이 사라고사에서 만날 수 있는 가장 편안하고 안락한 잠자리가 있다고 대답하여 그들은 말에서 내렸다. 산초는 주인이 열쇠를 준 방으로 자기의 음식을 날라 놓고 마구간으로 말과 당나귀를 데리고 가서 건초를 준 다음, 뭐시킬 일은 없나 싶어 문가 벽에 붙은 의자에 앉아 있는 돈키호테를 보러 나갔다. 산초는 주인 눈에 그 객줏집이 성으로 보이지 않는 것에 대해 하느님께 특별히 감사했다.

저녁 식사 때가 다가와 두 사람은 방으로 들어갔다. 산초가 저녁 식사로 어떤 것이 나오는지 주인에게 묻자, 주인은 손님 입이 당기는 대로라고 하면서 원하는 것이 있으면 무엇이든 이야기하라고 했다. 자기 객줏집에는 공중을 나는 새, 땅을 걷는 새, 바다에서 나는 생선까지 모두 준비되어 있다는 것이었다.

「그렇게까지는 필요 없어요.」 산초가 대답했다. 「병아리 새끼 두 마리만 구워 주시면 우리에겐 충분해요. 내 주인님은 섬세하셔서 조금밖에 안 드시고, 나 역시 지나칠 정도로 먹보는 아니니까요.」

그러자 주인이 병아리는 없다고 했다. 솔개들이 깡그리 채 갔다는 것이다.

「그렇다면 주인장.」 산초가 말했다. 「연한 새끼 암탉 한 마리를 구우라고 하시죠.」

「어린 암탉요? 저런, 저런!」 주인이 대답했다. 「사실을 말씀드리자면, 어제 쉰 마리 이상이나 되는 암탉을 도시에 내다 팔려고 보내 버렸답니요. 하지만 새끼 암탉 말고 원하는 것이면 뭐든지 말씀해 주십쇼.」

「그렇다면……」 산초가 말했다. 「송아지 고기나 새끼 산양 고기는 있겠지요.」

「지금은 없는데요.」 주인이 대답했다. 「완전히 다 떨어졌거든요. 하지만 다음 주에는 넘칠 정도로 있을 거예요.」

「큰일 났군!」 산초가 대답했다. 「그렇게 다 없다니, 오히려 그럼 있는 게 뭔지 묻는 게 낫겠군요. 소금에 절인 돼지고기와 달걀뿐인가요?」

「이런!」 주인이 대답했다. 「이 손님 머리가 어지간히 둔하시네! 병아리도 암탉도 없다고 했는데 달걀이 어디에 있겠습니까? 괜찮으시다면 다른 맛있는 걸 생각해 보시지요, 닭이나 찾지 마시고.」

「제기랄, 그럼 결정 봅시다.」 산초가 말했다. 「가지고 있는 거나 말해 봐요. 빙빙 돌리지만 말고 말이죠, 주인장.」

객줏집 주인이 말했다.

「진짜 정말로 가지고 있는 건 송아지 발을 닮은 소 발톱 두 개, 아니면 소 발톱으로 보이는 송아지 발 두 개이지요. 여기에다 콩하고 양파하고 소금에 절인 돼지고기를 섞어 요리한 건데, 지금 〈날 먹어, 날 먹어〉 하고 있답니다.」

「이제부터 그건 내 것으로 찜해 둡니다.」 산초가 말했다. 「아무도 손대 서는 안 돼요. 다른 사람보다 값을 더 잘 쳐줄 테니 말이죠. 발이건 발톱 이건 그것보다 내가 더 좋아하는 건 없고, 어느 것과도 비교할 수 없으니 말이에요.」

「아무도 손 안 댈 겁니다.」 객줏집 주인이 말했다. 「지금 저희 집에 들어 오신 손님들은 높은 분들이신지라, 요리사와 식품 담당자를 데리고 다니 시는 데다, 식량까지 가지고 다니시거든요.」

「높으신 분으로 말할 것 같으면…….」 산초가 말했다. 「우리 주인님을 따라올 만한 자가 없지요. 하지만 나리가 하시는 일은 식량이나 술병을 가지고 다니지 못하는 일이라, 풀밭 한가운데 몸을 뻗고 누워 도토리나 비파로 질리도록 배를 채울 뿐이죠.」

산초는 그와의 대화를 더 진행시켜 나가고 싶지 않았다. 주인의 직업이 무엇이며 무슨 일을 하시는지 벌써 객줏집 주인이 물었지만 그는 대답하 지 않고 대화를 마쳤다.

드디어 저녁 식사 시간이 되어 돈키호테가 방에 돌아오자 객줏집 주인 이 앞에서 말한 그 요리가 담긴 냄비를 들고 왔고, 돈키호테는 아주 기꺼

위하며 식탁 앞에 앉았다. 그때 얇은 칸막이로 칸을 나눈, 돈키호테의 바로 옆에 있는 방에서 말소리가 들려왔다.

「제발 돈 헤로니모 씨, 저녁상이 들어오는 동안 『돈키호테 데 라만차 제2편』의 다른 장을 읽어 봅시다.」

돈키호테는 자기 이름을 듣고 벌떡 일어나서는 옆방 사람들이 하는 말에 귀를 기울여 앞서 말한 그 돈 헤로니모라는 사람이 무슨 대답을 하는지를 들었다.

「돈 후안 씨, 뭣 때문에 이 터무니없는 이야기를 읽으려고 하시오? 『돈키호테 데 라만차』의 전편을 읽은 사람은 이 제2편을 좋아할 수 없어요.」

「그렇더라도……」 돈 후안이 말했다. 「읽어 보는 게 나쁘지는 않을 거요. 좋은 점이 전혀 없을 정도로 나쁜 책은 없으니 말이오. 사실 이 제2편에서 나를 가장 불쾌하게 하는 것은, 돈키호테가 더 이상 둘시네아 델 토보소를 사랑하지 않는 것으로 그려진다는 점이라오.」[347]

이 말을 듣자 돈키호테는 분노와 원망에 가득 차 목소리를 높여 말했다.

「돈키호테 데 라만차가 잊을 수 없는 둘시네아 델 토보소를 잊었다고 말하는 자는 누가 되든지 간에 결투로써 그것은 진실과 분명히 동떨어진 것임을 알게 하리라. 세상에 둘도 없는 둘시네아 델 토보소는 잊힐 수 없으며, 돈키호테의 가슴에는 망각이라는 게 자리잡을 수 없도다. 돈키호테의 방패는 변하지 않는 마음이며, 그의 직업은 아무런 폭력도 사용하지 않고 부드럽게 그분을 지키는 일이다.」

「우리 말에 대꾸하는 자가 누구요?」 옆방에서 물었다.

「누구긴 누구겠습니까요?」 산초가 대답했다. 「돈키호테 데 라만차 바

---

347 여기서 말하는 『돈키호테 제2편』은 아베야네다Avellaneda라는 작가의 작품으로 돈키호테를 사랑이 식은 기사로 그리고 있다.

로 그분이 아니시면 말이지요. 하신 말씀은 물론 하실 말씀까지 모두 행동으로 옮기시고 마는 분이시지요. 〈금전 관계가 좋은 사람은 누구나 환영한다〉[348]입니다요.」

산초가 말을 마치자마자 그 즉시 신사로 보이는 두 사람이 방문으로 들어오더니 그들 중 한 명이 두 팔로 돈키호테의 목을 껴안으며 말했다.

「그대의 모습이 그대의 이름을 부정하지 못하고, 그대의 이름이 그대의 모습을 부정할 수 없군요. 분명 그대는 편력 기사도의 길잡이이자 샛별이신 진짜 돈키호테 데 라만차이십니다. 여기 그대에게 건네 드리는 이 책의 작가가 그랬듯이 그대의 이름을 강탈하고 그대의 업적을 모두 없애버리려 하는 자가 있음에도 불구하고 말이지요.」

그러고서 자기 동료가 가지고 온 책 한 권을 돈키호테의 손에 놓았다. 돈키호테는 책을 받아서는 아무 말 없이 책장을 넘기기 시작하더니 얼마 지나지 않아 그 책을 돌려주면서 말했다.

「지금 몇 장 보지 않았는데도 이 작자가 비난받아 마땅한 세 가지 이유가 발견되었소이다. 첫째는 내가 서문에서 읽은 몇 가지 말[349]이고, 둘째는 아라곤 언어로 쓰여 있다는 것이오. 가끔 관사를 생략하고 있는 게 그 증거라오.[350] 셋째는 작가가 얼마나 무식한지를 확인시켜 주는 것으로, 가장 중요한 이야기에서 진실을 왜곡하고 과오를 범하고 있다는 점이오. 여

---

348 〈신용이 좋은 사람〉을 의미하는 속담.

349 본 작품, 즉 『돈키호테 속편』의 서문에서 세르반테스가 이미 언급하고 있는 내용으로, 위작자가 세르반테스를 비난한 구절을 가리킨다.

350 위작 『돈키호테 제2편』에는 정관사가 약 스무 군데 생략되어 있으며, 전치사 〈de〉 또한 자주 생략되었다. 옛 문법학자들은 전치사를 〈관사〉라고 이름했으며, 르네상스 시대 문법 규정에 의하면 관사의 생략은 비문법적인 표현으로 비난받았다. 또한 위작자인 아베야네다는 아라곤 지역의 방언을 종종 사용했는데, 이자가 누구인지는 아직까지 밝혀지지 않았으나 이로 인해 아라곤 지역 사람이라는 추측을 가능하게 했다.

기 나의 종자인 산초 판사의 아내를 마리 구티에레스라고 하고 있는데, 그녀의 이름은 테레사 판사란 말이지.[351] 이렇게 중요한 대목에서 실수를 하는 자는 나머지 이야기들에서도 숱한 잘못을 하고 있다고 볼 수 있을 것이오.」

이 말에 산초가 말했다.

「잘난 짓을 하는 작자구먼! 내 마누라 테레사 판사를 마리 구티에레스라고 하는 걸 보니, 우리 일에 대해 빠삭하게 잘 알고 있는 게 틀림없어![352] 나리, 책을 다시 한 번 펴서 제가 그 책에 나오는지, 제 이름도 바뀌어 있지는 않은지 봐주세요.」

「당신 말을 듣고 보니…….」 돈 헤로니모가 말했다. 「의심할 여지 없이 당신은 돈키호테 나리의 종자 산초 판사가 틀림없구먼.」

「그렇습니다요.」 산초가 대답했다. 「그리고 나는 그것이 자랑스럽습니다요.」

「그렇다면 분명…….」 그 신사가 말했다. 「이 새로운 작가는 실제 당신 인품에서 보이는 대로 당신을 제대로 다루고 있지 않은 게야. 당신을 식충이에, 단순 무식한 자에, 재미라고는 전혀 없는, 그러니까 당신 주인에 관한 이야기의 전편에 묘사되고 있는 산초와는 완전히 다른 인물로 그려놓고 있으니 말이지.」[353]

「하느님이 그를 용서하시기를.」 산초가 말했다. 「나는 신경도 쓰지 말고 구석에다 그냥 내버려 뒀으면 좋겠네요. 아는 자가 연주하고, 성 베드로는 로마에서나 편안한 법이거든요.」

351 하지만 세르반테스도 다양한 이름으로 그녀를 부르고 있다.
352 반어적인 표현으로 이해할 수 있다. 세르반테스는 이러한 반어법을 자주 사용한다.
353 아베야네다의 실수 중에서도 특히 중요한 부분이다. 실제로 그는 산초를 바보에 멍청하고 지저분한 식충이로 그렸다.

두 신사는 돈키호테에게 자기들 방으로 가서 같이 저녁 식사를 하자고 청했다. 이 객줏집에 돈키호테의 위상에 어울리는 음식이 없다는 것을 그들은 잘 알고 있었기 때문이다. 언제나 예의 바른 돈키호테는 그 청을 받아들여 그들과 함께 식사를 했다. 산초는 전권을 가지고 냄비와 함께 남았다. 그가 식탁 상석에 앉고 객줏집 주인도 함께했으니, 그도 산초 못지않게 우족이며 발톱을 좋아했던 것이다.

저녁을 먹는 동안 돈 후안은 돈키호테에게 둘시네아 델 토보소 귀부인으로부터 무슨 소식이라도 있었는지 물었다. 결혼은 했는지, 아이를 낳았는지, 혹은 임신을 했는지, 아니면 완전무결한 몸으로 정절과 순결을 지키면서 자기를 사모하는 돈키호테 나리의 마음을 기억하고 있는지 말이다. 이 질문에 돈키호테가 대답했다.

「둘시네아는 완전무결하며, 나의 사랑하는 마음은 그 어느 때보다도 확실하오. 하지만 우리의 관계는 예나 다름없이 건조하다오. 지금 그분의 아름다운 모습은 품위 없는 농사꾼 아낙의 모습으로 바뀌어 있다오.」

그러고 나서 그는 둘시네아 공주가 마법에 걸린 경위를 세세하게 들려줬고, 몬테시노스 동굴에서 일어났던 일과 현자 메를린이 둘시네아를 마법에서 풀려나게 하기 위해 자기에게 명령한, 즉 산초의 매질에 관한 이야기도 들려줬다.

돈키호테로부터 그런 이상한 사건들을 직접 듣게 되자 그 두 신사들은 기쁘기가 한이 없었다. 그러면서 돈키호테가 그런 이야기를 아주 우아한 방식으로 들려주는 것에 놀랐고, 동시에 그것들이 너무나 터무니없는 내용이라는 사실에 또한 놀랐다. 어떤 때는 신중한 사람으로 보이다가도 어떤 때는 바보 멍청이는 아닌지 생각하게 되니, 그를 사리 분별이 있는 자와 미친 자 사이 어디쯤에다 두어야 할지 마음을 정할 수가 없었다.

산초는 저녁 식사를 마치고는 술에 취한 객줏집 주인을 내버려 둔 채 주인이 있는 방으로 들어가면서 이렇게 말했다.

「어르신들, 어르신들이 가지고 계시는 그 책의 작가는 우리들이 서로 사이좋게 지내지 않기를 바라는 게 분명합니다. 그게 사실이고말고요. 어르신들이 말씀하신 바에 따르면 저를 두고 식충이라고는 벌써 말했다니, 술주정뱅이라는 말이나 안 했으면 좋겠네요.」

「아닐세, 이미 그런 말도 하고 있다네.」 돈 헤로니모가 말했다. 「어떤 식으로 했는지는 기억에 없지만 차마 입에 담을 수 없는 소리였고, 더군다나 내가 지금 여기서 보고 있는 이 착한 산초의 모습에 비추어 보면 그건 거짓말이구면.」

「어르신들, 저를 믿어 주셔야 합니다요.」 산초가 말했다. 「그 책에 나오는 산초나 돈키호테는 시데 아메테 베넹헬리가 지은 그 이야기에 나오는 진짜 우리들이 아니라 다른 사람들인 게 분명합니다요. 제 주인님은 용감하시고 신중하시며 사랑에 깊이 빠지신 분이시고요, 저는 단순하고 익살스러운 사람이기는 하지만 식충이도 주정뱅이도 아니랍니다요.」

「나도 그렇게 믿네.」 돈 후안이 말했다. 「가능하기만 하다면 위대한 돈키호테 나리에 대한 이야기는 원작가인 시데 아메테 베넹헬리를 제외하고는 어느 누구도 감히 다루지 말도록 명령을 내려야 할 것이야. 알렉산드로스 대왕이 아펠레스 이외에는 아무도 자기 초상을 그려서는 안 된다고 명령했던 것처럼 말이지.」

「나에 대해 쓰고 싶은 사람은 그렇게 해도 상관없소.」 돈키호테가 말했다. 「하지만 나쁘게는 다루지 말라는 게요. 인내심도 모욕을 당하다 보면 고갈되고 마는 법이니 말이오.」

「어느 누구도……」 돈 후안이 말했다. 「돈키호테 나리를 모욕할 수는 없지요. 그랬다간 복수를 당할 테니 말입니다. 물론 나리 인내심의 방패로 감당해 내지 못할 경우에나 그렇겠지만요. 제가 보기에 나리의 인내심은 강하고 위대한 것 같습니다.」

사람들은 이런저런 이야기로 그날 밤 대부분의 시간을 보냈다. 돈 후안은 돈키호테가 그 책을 좀 더 읽어 보고 그것에 대해 평가해 주기를 원했으나 그를 설득할 수가 없었다. 돈키호테는 자기가 그것을 조금 보니 완전히 바보 같은 소리만 하고 있다는 것을 알 수 있었고, 혹시나 그 책을 가지고 있다는 소식이 그 작가의 귀에 들어갈 경우 자기가 그 책을 읽었다 생각하고 기뻐할 것이 싫다고 말했다. 추잡한 것이나 우둔한 것은 되도록 생각에서 멀리해야 하는데, 하물며 눈에서는 더더욱 그래야 한다고도 했다. 두 사람이 이제 어디로 가실 작정이냐고 묻자, 돈키호테는 사라고사로 가며 그 도시에서 매년 열리는 무술 경연 대회에 참가할 생각이라고 대답했다. 돈 후안은 그 새로운 이야기에서도 돈키호테인지 누구인지가 사라고사에서 말을 타고 달리며 허공에 매달린 쇠고리를 창끝으로 관통시키는 시합에 참가했다는 내용이 나온다고 들려줬다. 그 시합에 참가한 기사들의 방패에는 자기네 귀부인들을 암시하는 글들이 적혀 있는데 그 내용이 정말이지 형편없고 그들의 복장도 초라하기 그지없었으며 넘쳐 나는 건 바보 짓거리였다고 말했다.

「그게 사실이라면…….」 돈키호테가 대답했다. 「바로 그 이유로 나는 사라고사에 발을 들여놓지 않겠소. 이렇게 해서 그 새로 나온 이야기의 작가가 거짓말을 하고 있다는 것을 세상에다 폭로할 것인데, 그러면 사람들은 그가 이야기하고 있는 돈키호테가 가짜라는 것을 알게 될 테지.」

「잘하시는 일일 겁니다.」 돈 헤로니모가 말했다. 「그리고 바르셀로나에도 그런 시합이 많으니, 그곳에서 돈키호테 나리의 용기를 보여 주실 수 있을 겁니다.」

「내가 하고자 하는 게 그것이라오.」 돈키호테가 말했다. 「그럼 두 분의 허락을 얻어, 시간이 되었으니 잠자리에 들러 가겠소이다. 저를 두 분의 중요한 친구와 두 분을 섬기는 자들의 명단에 끼워 주시기를 바라오.」

「저도요.」 산초가 말했다. 「어딘가에 쓸모가 있을 겁니다요.」

이것으로 그들은 작별을 하고, 돈키호테와 산초는 자기네 방으로 물러났다. 돈 후안과 돈 헤로니모는 분별력과 광기가 섞여 만들어 낸 상황을 보고 놀라면서, 아라곤 작가가 묘사한 그들이 아니라 바로 이들이 진정 돈키호테와 산초임을 확신했다.

돈키호테는 새벽 일찍 일어나 옆방 칸막이를 두드려 그들과 작별 인사를 했다. 산초는 객줏집 주인에게 후하게 돈을 지불하고 충고하기를, 앞으로는 객줏집에 저장되어 있는 식품에 대해 덜 자랑하든지 아니면 더 많이 준비해 두든지 하라고 했다.

산초가 나무에 기대려는데 머리에 무엇인가 닿는 것 같아 손을 들어 만져 보니, 신발과 양말을 신은 사람의 두 발이었다.
무서워서 떨다가 다른 나무로 갔지만 모든 곳에서 같은 일이 일어났다.

도적들 사이에서 돈키호테는 로시난테에 올라앉은 채 일장 연설을 늘어놓고 있었다.
육체뿐 아니라 영혼을 위해서라도 이런 위험천만한 생활을 그만두라며 그들을 설득하는 중이었다.

「나의 착한 성향들은 땅바닥에 곤두박질쳐졌고, 잘못을 알면서도 이런 생활을 계속하게 되었소.
하나의 지옥이 다른 지옥을 부르고 하나의 죄가 다른 죄를 부르듯 복수가 복수로 이어진 거요.」

「함부로 혀를 놀리는 자와 무모한 자를 나는 이렇게 처벌한다.」

바르셀로나에 도착한 돈키호테와 산초는 시선을 뻗어 모든 곳을 둘러보았다.
처음 본 바다는 라만차에서 보았던 루이데라의 늪들보다 엄청나게 길고 훨씬 넉넉해 보였다.

「우리들의 도시에 오신 것을 환영합니다. 오랜 세월 절제하며 편력 기사도를 행해 오신,
모든 기사들의 거울이요 등대요 별이자 이정표이신 자여, 다시 한 번 환영합니다!」

돈 안토니오는 자기 친구 몇몇을 불러 식사를 했는데, 모두가 돈키호테를 편력 기사로서 예우하고
그렇게 대해 주자 돈키호테는 우쭐해지고 신바람이 났다.

「부인들이여, 물러가십시오. 나의 뜻을 지배하는 자이신 비할 데 없는 둘시네아 델 토보소 공주는
자기 이외의 다른 생각들이 나를 굴복시켜 복종하게 하는 것을 허락하지 않으십니다.」

「대답하는 자여, 말해 보게. 몬테시노스의 동굴에서 일어난 일들이 사실이었는가?
내 종자 산초의 매질은 틀림없이 실행될 것인가? 둘시네아의 마법을 푸는 데 효과가 있겠는가?」

「둘시네아 델 토보소는 세상에서 가장 아름다운 여인이고 나는 이 땅에서 가장 불행한 기사요.
이 진실을 저버린다는 것은 옳지 않소. 그대는 그 창을 압박하여 나의 목숨을 앗아 가시오.」

「여기가 트로이였어! 여기서 나의 비겁함이 아닌 나의 불운이 영광들을 가져가 버렸지.
여기서 운명의 여신은 나를 메치고 뒤치고 했으니, 결국 행운은 다시 일어나지 않고자 전락하고 만 거야!」

주인과 하인은 들판 한가운데 누워 아무런 덮개도 없이 툭 트인
하늘 아래서 밤을 보내고, 다음 날 다시 계속해서 고향으로 향해 갔다.

「오, 매정한 영혼아! 오, 인정머리라고는 없는 종자여! 지금껏 네게 베풀어 왔고
앞으로 베풀려 하는 은혜는 물론이요, 먹여 준 빵도 아무 소용이 없다니!」

「친구 산초여, 나 좋자고 자네가 목숨을 잃는 건 운명이 용서치 않을 것이네.
둘시네아한테는 더 나은 기회를 기다려 달라 하고, 나는 소원이 이제 금방 이루어질 듯한 범위 안에서 자제하겠네.」

「그리던 고향아, 네 아들 산초 판사가 대단한 부자는 못 되었지만 매는 아주 실컷 맞고 돌아온 것을
눈을 뜨고 보려무나. 두 팔을 벌려 역시 네 아들인 돈키호테를 맞이하려무나!」

「내게 이토록 많은 은혜를 내려 주셨으니 하늘은 축복받으소서! 결국 하느님의 자비는 한이 없으며,
인간이 저지르는 죄악들이 그 자비를 줄이거나 방해하지 못하는도다.」

60

돈키호테가 바르셀로나로 가는 길에
일어난 일에 대하여

돈키호테가 객줏집을 나선 아침나절은 선선했고, 낮에도 계속 그럴 것 같았다. 그는 먼저 사라고사를 거치지 않고 바르셀로나로 가는 가장 빠른 길을 알아보았다. 새로운 이야기를 썼다는 그 작가가 자기를 욕하고 있다고 사람들이 하도 그러니 그가 거짓말쟁이라는 사실을 확인시키고자 하는 마음에서였다.

그로부터 엿새가 지나도록 글로 남길 만한 일은 일어나지 않았다. 그 마지막 날 그들이 길에서 벗어나 나무가 빽빽이 들어선 숲 사이를 가고 있던 중 밤이 되었는데, 그것이 떡갈나무인지 코르크나무인지에 대해서는 시데 아메테도 평소와는 다르게 정확히 쓰지 않았다.

주인과 종자는 자기들 짐승에서 내려와 나무둥치에 기댄 채 쉬고 있었으니, 그날 간식을 배불리 먹은 산초는 순식간에 잠의 문으로 들어가 버리고 말았다. 하지만 돈키호테는 배고픔보다는 갖가지 상념으로 인해 잠을 이루지 못해, 눈을 붙이기는커녕 생각을 이어 가며 온갖 장소를 왔다 갔다 하고 있었다. 어떤 때는 몬테시노스 동굴에 있는 것 같다가, 어떤 때는 농사꾼 아낙으로 둔갑한 둘시네아가 나귀 위에 폴짝 뛰어오르는 모습을 보는 것 같았다. 또 어떤 때는 둘시네아를 마법에서 풀기 위해 거쳐야 할 절차와 조건들을 알려 주는 현자 메를린의 말소리가 귓가에 울리는 것 같기도 했다. 자기 종자 산초가 게으르고 자비심도 별로 없다는 생각에 돈키호테는 절망했다. 그가 알기에 산초는 기껏해야 다섯 번 정도 자기 몸을 매질했을 뿐으로, 이는 아직 남아 있는 엄청난 수를 생각하면 비교조차 할 수 없을 정도로 적은 것이었다. 이렇게 생각하니 너무 속이 상하고 화가 나 혼자 이런 연설을 늘어놓았다.

「알렉산드로스 대왕은 〈풀어 주거나 베거나 마찬가지〉라면서 트리기야 왕 고르디우스의 목을 베었고, 그런데도 아시아 전체의 주인이 되었지. 그러니 산초에겐 고통스럽겠지만 내가 직접 그에게 매질을 가한다면 지금 당장 둘시네아의 마법을 풀 수 있지 않겠는가. 마법을 푸는 조건이 산초가 3천 대하고 얼마쯤 더 되는 매를 맞는 데 있다면, 산초가 자기 자신에게 매질을 하건 남이 매질을 하건 내가 보기에는 마찬가지란 말이지. 그러니까 문제의 본질은 누구의 손으로 맞든지 상관없이 산초가 매를 맞는다는 데 있다는 것이야.」

이런 생각을 하면서 그는 먼저 로시난테의 고삐를 끌러 그것으로 채찍질을 할 수 있도록 준비한 다음 산초에게로 다가가 그의 바지 끈을 풀기 시작했다. 전하는 얘기에 따르면 앞쪽에만 끈이 있고 거기에 통 넓은 반바지가 매달려 있었다고 한다. 하지만 그의 손이 몸에 닿자마자 산초는 완전히 잠에서 깨어나 말했다.

「이게 무슨 일이래요? 누가 제게 손을 대고 바지 끈을 푼대요?」

「날세.」 돈키호테가 대답했다. 「자네의 실수를 벌충하고 나의 고민을 해결하기 위해 왔네. 다시 말하면 산초, 자네를 매질하여 자네가 지고 있는 빚을 일부 덜어 주기 위해 왔다는 뜻이네. 둘시네아는 죽어 가는데 자네는 걱정 없이 살고 있고 나는 기다리느라 죽을 지경이네. 자네 스스로 바지

끈을 풀게. 내 뜻은 이 호젓한 곳에서 적어도 2천 대를 매질하는 것이네.」

「그건 아닙니다요.」 산초가 말했다. 「나리, 가만히 계세요. 그러시지 않겠다면 진짜 하느님을 두고 맹세하건대 귀머거리라도 들을 수 있을 정도로 크게 소리를 지르겠습니다요. 이 일은 무력으로 되는 일이 아니며, 지금 전 제 몸에 매질하고 싶은 생각이 없습니다요. 제가 그러고 싶을 때 무진장 매질하겠다는 약속을 나리께 드리는 것으로 충분합니다요.」

「자네가 하겠다는 대로 내버려 둬서는 안 되겠어, 산초.」 돈키호테가 말했다. 「자네 마음은 냉혹한데, 시골 놈이 살은 물러서 말이야.」

돈키호테는 산초의 바지 끈을 풀려고 무진 애를 썼다. 그러자 산초 판사는 벌떡 일어나 주인에게 덤벼들더니 온 힘을 다해 그를 껴안고 다리를 걸어 땅바닥에 넘어뜨렸다. 그러고는 땅에 넘어져 위를 보고 있는 주인의 가슴팍을 오른쪽 무릎으로 누르고 두 손으로 주인의 두 손을 쥐었으니, 돈키호테는 몸을 움직일 수도 숨을 쉴 수도 없었다. 그가 산초에게 말했다.

「아니, 이런 배은망덕한 놈이 있나! 주인이자 명백한 어른인 나의 명을 어겨? 자기에게 먹을 빵을 주는 자에게 감히 이런 짓을?」

「저는 왕을 제거하지도, 왕을 세우지도 않습니다요.」 산초가 대답했다. 「다만 저는 저를 도울 뿐이죠. 제가 저의 주인이니까요. 가만히 계시겠다고, 그리고 지금은 저를 매질하시지 않겠다고 약속을 해주시면 나리를 자유롭게 풀어 드릴 겁니다요. 그러시지 않겠다면,

　　　도냐 산차의 원수,
　　　배반자여, 너 여기서 죽으리라.」[354]

---

354 「살라스의 일곱 왕자」라는 로만세에 나오는 구절이다.

돈키호테는 산초의 말대로 하겠다고, 그러니까 그의 옷깃 하나에도 손대지 않겠다고, 그리고 산초가 원할 때 산초의 자유의사에 따라 매질을 하도록 내버려 두겠다고 둘시네아의 목숨을 걸어 맹세했다.

산초는 일어나 그곳에서 한참 떨어진 곳으로 몸을 피했다. 거기서 다른 나무에 기대려는데 머리에 무엇인가 닿는 것 같아 손을 들어 만져 보니, 신발과 양말을 신은 사람의 두 발이었다. 무서워서 떨다가 다른 나무로 갔지만 거기에서도 같은 일이 일어났다. 그는 사람 살리라며 고래고래 소리 질러 돈키호테를 불렀다. 돈키호테가 와서 무슨 일이며 무엇이 그렇게 무서운지 묻자, 산초는 저기 있는 나무들 모두 사람의 발과 다리로 가득 차 있다고 대답했다. 돈키호테는 그것들을 만져 본 후 그 정체가 무엇인지 곧장 알아내고는 산초에게 말했다.

「무서워할 것 없네. 자네가 손으로만 더듬고 눈으로는 보지 못한 이 발과 다리들은 이 나무들에서 교수형을 당한 도망자들이거나 도적들이 틀림없네. 그들을 이곳에서 처형하곤 하는데 스무 명을 잡으면 스무 명, 서른 명을 잡으면 서른 명을 한꺼번에 목매달아 죽이지. 이런 곳인 걸 보니 우리가 바르셀로나 가까이에 와 있는 게 틀림없네.」[355]

돈키호테의 생각은 사실이었다.

그들은 눈을 들어 그 나무들에 주렁주렁 매달려 늘어진 가지들, 바로

---

[355] 바르셀로나가 있는 카탈루냐 자치 지역의 산악 지대를 돌아다니며 도적질을 일삼았던 무리들에 대한 이야기는 당시 문학에서도 많은 인기를 얻어 마치 유행처럼 번졌다. 세르반테스가 속편을 집필하고 있던 1613년 12월경 카탈루냐 지역 도적들의 무모함과 위세는 스페인 전역을 놀라게 할 정도였는데, 이들에 대한 당국의 조치는 큰 효과가 없었다고 한다. 이어서 등장하는 로케 기나르트Roque Guinart는 실존 인물로 이 책이 발간되었을 당시 그의 나이는 33세였다. 이자는 이 지역 도적들을 장악한 뒤 1611년 카탈루냐 부왕인 돈 페드로 만리케의 사면을 받았고 10년 동안 이탈리아와 플랑드르에서 왕에게 봉사하는 조건으로 같은 해 6월 30일 면죄부를 받았다. 이후 그는 실제로 스페인 정규 부대의 수장으로서 나폴리로 갔다.

도적들의 시체들을 보고 있다. 이미 날이 밝아 오는 때였으니, 시체에 그들이 놀랐다면 별안간 그들을 둘러싼 마흔 명이 넘는 살아 있는 도적 떼에는 얼마나 놀랐겠는가. 이 도적들은 카탈루냐어[356]로 자기네 두목이 올 때까지 꼼짝 말고 있으라고 말했다.

돈키호테는 말의 재갈을 풀어 놓고 창은 나무에 기대 놓은 채 서 있던 터라 아무런 방어 태세도 취할 수가 없었다. 결국 그는 더 나은 때와 기회를 기다리면서 팔짱을 끼고 고개를 숙이고 있는 편이 낫겠다고 생각했다.

도적들은 잿빛에게로 가서 샅샅이 뒤지고, 자루와 가방에 담아 가져온 것들을 하나도 남김없이 모조리 꺼내 갔다. 산초에게 다행스러운 일은, 공작한테서 받은 금화와 고향에서 가지고 나온 에스쿠도 모두 허리에 두른 복대에 간직하고 있었다는 것이다. 어쨌든 이 착한 인간들은 그의 피부와 살 사이에 숨겨 둔 것까지 몽땅 찾아낼 기세였다. 만일 그때 그들 두목이 도착하지 않았다면 말이다. 이자는 서른네 살쯤 되어 보였으며, 건장하고 중간보다 약간 큰 키에 눈초리가 엄하며 가무잡잡했다. 철갑 차림에 그 지방에서는 페드레날[357]이라 부르는 소형 권총 네 자루를 양옆에 차고는 튼튼해 보이는 말을 타고 왔다. 그는 자기의 종자들이 — 그는 이 일을 하는 사람들을 이렇게 불렀다 — 산초 판사를 약탈하려 하자 그러지 말라고 명령했다. 그들이 그의 말에 따랐으니 산초의 복대는 무사했다. 두목은 나무에 기대어진 창과 바닥에 놓여 있는 방패, 그리고 무장한 차림으로 생각에 잠겨 있는 돈키호테를 보고 놀랐다. 그가 슬픔 그 자체라 할 수 있을 정도로 가장 슬프고도 우울한 모습을 하고 있었기 때문이다. 두목은 돈키호테에게 다가가 말을 건넸다.

---

356 스페인 네 개의 공식 언어 중 하나로 바르셀로나가 있는 카탈루냐 자치 지역에서 주로 사용된다.

357 *pedreñal*. 부싯돌로 불을 붙여 쏘는 길이가 짧은 엽총.

「그렇게 슬퍼하지 마시오, 착한 자여. 그대는 잔인한 오시리스[358] 같은 인간의 수중에 떨어진 게 아니라, 가혹하기보다는 인정 많은 로케 기나르트[359]의 손에 있으니 말이오.」

「내가 슬픈 것은……」 돈키호테가 말했다. 「그대 수중에 떨어졌기 때문이 아니오. 오 용감한 로케, 그대의 명성은 세상에서 끝을 모르고 퍼져나가고 있노라! 내가 슬픈 것은, 너무 부주의했던 탓에 고삐를 잡고 있지 않은 상태에서 그대의 부하들에게 잡혔다는 사실에 있소. 더군다나 내가 업으로 삼는 편력 기사도의 규정에 따라 언제나 나 자신의 파수꾼으로서 잠시도 경계를 늦추지 말고 살아가야 한다는 의무를 가졌는데도 말이오. 오, 위대한 로케! 만일 내가 창과 방패를 갖춘 채 말에 올라 있었더라면, 나를 그리 쉽게 굴복시키지 못했을 거라는 것을 그대가 알아줬으면 하오. 내가 바로 전 세계를 무훈으로 가득 채우고 있는 자, 돈키호테 데 라만차이기 때문이오.」

로케 기나르트는 돈키호테의 병이 용기라기보다 광기에 가깝다는 것을 순식간에 알아챘다. 그동안 몇 번인가 사람들이 그의 이름을 말하는 것을 듣기는 했으나 그가 저지른 일들에 대해서는 사실이라고 생각한 적이 없었고, 그런 우스꽝스러운 내용이 사람들의 마음을 사로잡는다는 것도 그는 납득할 수 없었다. 하지만 멀리서 소문으로만 듣던 그를 이렇게 만질 수 있을 만큼 가까이에서 만나게 되니 무척이나 반가워 그는 이렇게 말했다.

「용감한 기사 양반, 지금 당신이 처해 있는 이 운명을 불길한 것으로 생

---

358 이집트 왕 〈부시리스Busiris〉를 잘못 표기한 것. 이 왕은 자기를 방문한 외국인들을 죽여 신에게 바치는 제물로 썼다.
359 세르반테스는 이 작품에서뿐만 아니라 자신의 막간극인 「살라망카의 동굴」에서도 이 사람에 대해 좋게 말하고 있는데, 예의 바르고 정중하며 자비심이 많은 자로 묘사했다.

각하지 마시고 억울해하지도 마시오. 이런 장애로 당신의 꼬인 운이 바로 잡힐 수도 있으니 말이오. 하늘은 인간이 전혀 상상하지 못하고 결코 본 적도 없는 이상한 우여곡절을 통해 쓰러진 자를 일으켜 세우고 가난한 자를 부자로 만들곤 하니 말이오.」

돈키호테가 그에게 고맙다는 인사를 하려는 순간, 등 뒤에서 말달리는 어수선한 소리 같은 게 들려왔다. 말은 단 한 마리뿐이었고, 스무 살 정도 되어 보이는 한 젊은이가 그 말을 타고 부랴부랴 달려오고 있었다. 금은 으로 수놓은 초록색 실크에 금실 끈 장식이 달린 윗옷과 통 넓은 바지를 입고, 그 위에 짧은 망토를 걸치고, 머리에는 깃털 꽂은 모자를 비스듬히 쓰고, 초를 먹인 꼭 맞는 금빛 장화에는 박차를 달고, 단도와 칼을 차고, 손에는 작은 총 한 자루를 들고, 양옆에는 권총 두 자루를 찬 모습이었 다. 그 소리에 로케도 고개를 돌려 이 아름다운 모습을 보았다. 아름다운 젊은이는 그에게 가까이 다가오면서 말했다.

「오, 용감한 로케! 제 불행을 없애지는 못하지만 적어도 그 무게를 덜 고자 당신을 찾아왔답니다. 저를 모르시는 줄 아니, 더 이상 궁금해하시 지 않도록 제가 누구인지 말씀드리겠어요. 저는 클라우디아 헤로니마로, 당신의 둘도 없는 친구이자 클라우켈 토레야스의 앙숙인 시몬 포르테의 딸입니다. 클라우켈 토레야스는 당신 무리와 반대되는 사람들 중 하나이 니 당신의 적이기도 하지요. 아시다시피 이 토레야스라는 자에게는 돈 비 센테 토레야스라고 불리는, 아니 적어도 두 시간 전까지만 해도 그렇게 불렸던 아들 하나가 있답니다. 그러니까 제게 일어난 저의 불행한 이야기 를 몇 마디로 요약하여 말씀드리면, 그 아들이 저를 유혹했고 저는 그의 말에 현혹되어 아버지 몰래 그를 사랑하게 되었다는 겁니다. 아무리 집에 만 틀어박혀 조신하게 지낸다 해도 자신의 억눌린 욕망을 실행할 시간조 차 없는 여자란 없으니까요. 결국 그는 제 남편이 되겠다고 약속했답니다. 그리고 저는 그의 아내가 되겠다고 약속했지요. 하지만 이 약속을 실천으로 옮기는 데는 별 진전이 없었어요. 그러다가 어제 저는 그 사람이 제게 지켜야 할 약속은 잊은 채 다른 여자와 결혼한다는 사실을 알게 되었습니다. 그 결혼식이 오늘 아침에 있다는 소식에 저는 혼란스러워 참을 수가 없었습니다. 마침 아버지가 이곳에 계시지 않으셔서 보시는 바와 같이 아버지 옷을 입고 이 말의 걸음을 재촉하여 여기서부터 1레과쯤 떨어진 곳에서 돈 비센테를 따라잡았지요. 전 그를 원망하거나 그의 변명을 들으려 하지 않은 채 이 손에 든 총으로 그를 쏘고, 더하여 여기 차고 있는 다른 권총들로도 쏘아 버렸답니다. 그의 몸에 두 발 이상 맞은 것 같았어요. 피투성이가 된 제 명예가 빠져나올 문을 그 사람 몸에다가 연 셈이지요. 저는 그 사람을 그의 하인들 사이에 놔두고 왔습니다. 이들은 자기 주인을 지킬 수도 없었고 감히 그럴 엄두도 못 냈지요. 제가 당신을 찾아온 목적은, 제가 프랑스로 갈 수 있도록 도와 달라고 하기 위해서랍니다. 거기에는 의지할 만한 친척이 있거든요. 그리고 또 부탁드릴 일이 있으니, 저의 아버지를 지켜 주십사 하는 겁니다. 그 많은 돈 비센테 측 사람들이 아버지에게 터무니없는 복수를 하지 못하도록 말이에요.」

로케는 이 아름다운 클라우디아의 늠름함과 용기, 훌륭한 몸매, 그리고 그녀에게 일어난 사건에 놀라 말했다.

「아가씨, 당신의 원수가 죽었는지 보러 갑시다. 그러고 나서 당신께 가장 시급한 일이 무엇인지 생각해 봐야겠군요.」

돈키호테는 클라우디아의 말과 로케 기나르트의 대답을 줄곧 귀 기울여 듣고 있다가 말했다.

「이 아가씨를 지키기 위해 굳이 다른 사람이 수고할 필요가 없소이다. 내가 책임지고 그 일을 맡겠소. 내 말과 무기를 주시고 이곳에서 나를 기다리시오. 내가 그 신사를 찾아가서, 그가 죽었든지 살았든지 이토록 아름다운 여인에게 한 약속을 지키도록 하겠소.」

「어느 누구도 이 말씀을 의심해서는 안 됩니다요.」 산초가 말했다. 「우리 나리께서는 중매 서는 일에 수완이 보통이 아니시거든요. 며칠 전만해도요, 어떤 놈이 한 아가씨에게 자기가 한 약속을 지키지 않으려고 했는데 주인님이 그자를 그 아가씨와 결혼시켰습니다요. 나리를 추적하는 마법사들이 그자의 원래 얼굴을 하인의 모습으로 바꾸어 놓지만 않았더라면 그 아가씨는 이제 아가씨가 아닐지도 모르지요.」

로케는 이 주인과 종자의 이야기보다 아름다운 클라우디아의 사건에 마음을 빼앗겨 있던 터라 그들이 말하는 내용을 듣지 못했다. 그는 자기 부하들을 향해, 잿빛에게서 빼앗은 것들을 모두 산초에게 돌려줄 것과 아울러 모두 지난밤에 머물렀던 곳으로 철수할 것을 명령했다. 그러고는 부상을 당했거나 혹은 죽었을지도 모르는 돈 비센테를 찾아 클라우디아와 함께 전속력으로 출발했다. 클라우디아가 그를 만난 장소에 도착했을 때 거기에는 방금 흘린 핏자국밖에 없었다. 눈을 들어 사방을 둘러보자 비탈길 위에 사람들의 모습이 눈에 들어왔다. 틀림없이 돈 비센테일 거라고 생각했는데, 실제로 그러했다. 그의 하인들이 죽었는지 살았는지 모를 이자를 치료하기 위해서인지, 아니면 땅에 묻기 위해서인지 데리고 가는 중이었다. 두 사람은 서둘러 그들을 따라갔다. 그들이 천천히 가고 있었기 때문에 쉽게 따라잡을 수 있었다.

돈 비센테는 하인들의 팔에 안긴 채 지치고 힘없는 목소리로 거기서 그냥 죽도록 내버려 달라고 애원하고 있었다. 상처 부위가 너무나 아파 더 나아갈 수가 없었던 것이다.

클라우디아와 로케는 각자의 말에서 뛰어내려 돈 비센테에게로 갔다. 하인들은 로케의 모습을 보고 무서워 벌벌 떨었으며, 클라우디아는 돈 비센테의 모습을 보고 심란해했다. 그녀는 눈물겨워하면서도 매서운 표정으로 그에게 다가가 그의 두 손을 잡고는 말했다.

「우리의 약속대로 당신이 내게 이 손을 주셨다면 결코 이런 지경에 처하게 되지는 않았을 텐데.」

부상당한 신사는 거의 감겼던 눈을 간신히 뜨더니 클라우디아를 알아보고 그녀에게 말했다.

「속임당한 아름다운 아가씨여, 나를 죽게 만든 사람이 바로 당신이라는 걸 똑똑히 알겠구려. 하지만 나의 마음에 이런 고통은 당치 않소. 마음뿐 아니라 행동으로도 나는 결코 당신을 모욕하려 하지 않았으며, 할 줄도 모르는 사람이라오.」

「그럼, 사실이 아니란 말예요?」 클라우디아가 말했다. 「오늘 아침 당신이 부자 발바스트로의 딸과 결혼하려고 했다는 것 말이에요.」

「전혀 아니오.」 돈 비센테가 대답했다. 「내 운이 나빠 그런 소식이 당신한테 갔나 보오. 당신이 질투로 나의 목숨을 앗도록 말이오. 그래도 나의 목숨을 당신의 두 손과 두 팔에 맡기니 나는 행운아라오. 이 말이 진실임을 확인하고 싶다면, 이 손을 꼭 잡고 나를 당신의 남편으로 받아 주오. 당신이 받았다고 생각하는 모욕에 대해 줄 수 있는 이보다 더 큰 해명은 내게 없으니.」

그의 손을 꼭 잡자 그녀의 심장이 죄어 와 클라우디아는 돈 비센테의 피투성이가 된 가슴 위로 쓰러져 기절해 버리고 말았으며 돈 비센테는 죽음의 발작을 일으켰다. 로케는 혼란스러워 어떻게 해야 좋을지를 몰랐다. 하인들이 이들의 얼굴에 뿌릴 물을 구해 와 두 사람 얼굴에 끼얹자 클라우디아는 제정신으로 돌아왔으나 비센테는 발작에서 돌아오지 못했다. 숨이 끊어진 것이다. 그 모습을 본 클라우디아는 이제 다정한 남편이 이 세상에 없다는 것을 깨닫고 한숨으로 대기를 찢고 한탄으로 하늘을 찔렀다. 바람이 부는 대로 머리를 산발하고 두 손으로 얼굴을 쥐어뜯으며, 그녀는 비탄에 젖은 마음에서 나오는 상상 가능한 모든 아픔과 괴로움을 드러냈다.

「아, 이다지도 잔인하고 경솔한 여인이여! 어찌 그토록 쉽게 그토록 고약한 마음을 품었단 말인가! 오, 질투의 미쳐 날뛰는 힘이여, 자기 가슴속에 안식처를 준 자를 어찌 그런 절망적인 종말로 이끌어 간단 말인가! 오, 내 낭군이여, 내 사랑의 포로가 되었다는 이유로 당신의 불행한 숙명이 당신을 신방의 잠자리에서 무덤으로 이끌어 가버렸군요!」

클라우디아의 한탄이 어찌나 절절하고 슬펐는지, 어떤 일에도 우는 일이 없었던 로케의 눈에서마저 눈물이 떨어질 정도였다. 하인들도 울고 클라우디아는 깨어났다가 다시 기절하기를 수십 번, 그 주변은 온통 슬픔의 들판이요 불행의 땅 같았다. 마침내 로케 기나르트는 그에게 무덤을 만들어 줘야겠다는 생각에 돈 비센테의 하인들을 시켜 그곳에서 그리 멀지 않은, 그의 아버지가 사시는 곳으로 시신을 운반해 가도록 했다. 클라우디아는 자기 이모가 원장으로 있는 수녀원에 들어가서 죽을 때까지 더 훌륭하며 더 영원한 또 다른 남편을 섬기며 살고 싶다고 로케에게 말했다. 로케는 그녀의 훌륭한 뜻을 칭찬하고 그녀가 가고자 하는 곳까지 동행해 주겠노라고 했다. 그리고 돈 비센테의 친척들은 물론 세상의 누가 되었더라도 그녀의 아버지에게 모욕을 가하고자 한다면 자신이 지켜 주겠노라고 했다. 그와의 동행이 전혀 달갑지 않았던 클라우디아는 할 수 있는 한 가장 정중한 말로 그 제안을 거절하고 울면서 그와 작별했다. 돈 비센테의 하인들은 주인의 시체를 옮겼고 로케는 부하들이 있는 곳으로 돌아갔으니, 이렇게 클라우디아 헤로니마의 사랑은 끝을 맞이했다. 가혹하고 극복하기 어려운 질투의 힘이 이런 한탄할 만한 이야기를 엮어 냈으니 무슨 말을 더 하겠는가?

로케 기나르트는 자기가 명령한 곳으로 가 부하들이 모여 있는 것을 확인했는데, 이들 사이에서 돈키호테가 로시난테에 올라앉은 채 일장 연설을 늘어놓고 있었다. 육체뿐 아니라 영혼을 위해서라도 이런 위험천만한 생활을 그만두라고 설득하는 중이었다. 하지만 그들 대부분이 프랑스 서남부 출신인 가스코뉴인들로, 촌스럽고 거칠고 방자한 그들에게 돈키호테의 말이 먹힐 리가 없었다. 로케는 그곳에 이르러 산초 판사에게 자기 부하들이 잿빛 당나귀에게서 빼앗은 보석과 보물들을 되돌려 주었는지 물었다. 산초는 돌려주기는 했지만, 도시 세 개의 값어치가 나가는 머릿수건 세 장이 부족하다고 했다.

「이봐, 무슨 소릴 하는 거야?」 그 자리에 있던 부하들 가운데 한 사람이 말했다. 「내가 그걸 가지고 있는데 그 머릿수건은 3레알도 안 되는 거야.」

「그렇소.」 돈키호테가 말했다. 「하지만 내 종자는 자기가 말한 만큼의 가치가 있다고 보고 있다오. 그것을 주신 분이 아주 귀하신 분이라서 말이오.」

로케 기나르트는 당장 그것을 돌려주라고 명령했다. 그러고는 부하들을 옆으로 세우더니 훔친 것들을 마지막으로 분배한 이후로 손에 넣은 옷이며 보석이며 돈이며, 그 모든 것들을 앞에다 내놓으라고 명령했다. 그는 그것들을 눈대중으로 잽싸게 쓱 훑어본 후, 나눌 수 없는 것은 돈으로 계산해서 자신의 모든 부하들에게 아주 적법하고도 신중하게, 분배의 정의에서 조금이라도 넘치거나 어긋남이 없이 나누어 주었다. 이 일이 끝나고 모두가 보상을 받아 만족스러워하자 로케는 돈키호테에게 말했다.

「이런 식으로 정확히 나누지 않으면 이들과 함께 살 수 없을 겁니다.」

이 말에 산초가 끼어들었다.

「보아하니 공평하고 정의롭다는 건 참으로 훌륭한 것이라서, 진짜 도둑들에게도 그것이 행해질 필요가 있군요.」

부하 한 명이 이 말을 듣고 화승총 개머리판을 높이 쳐들었다. 만일 로케 기나르트가 멈추라고 소리 지르지 않았더라면 산초의 머리는 박살 나고 말았을 것이다. 산초는 혼비백산하여 그런 사람들 사이에 있는 동안에는 입을 여는 일이 없어야겠다고 다짐했다.

이때 그의 부하들 중 몇 사람인지가 그들에게로 왔다. 길에서 사람들이 오가는 것을 보고 무슨 일이 일어나고 있는지 두목에게 알려 주기 위해 보초 일을 맡고 있던 이들이었다.

「두목님, 여기서 멀지 않은 저 바르셀로나로 향하는 길로 사람들이 떼를 지어 오고 있습니다.」

이 보고에 로케가 대답했다.

「우리를 찾으러 오는 사람들인지, 아니면 우리가 찾고 있는 사람들인지 알겠나?」

「바로 우리가 찾고 있는 사람들입니다.」 부하가 대답했다.

「그렇다면 모두 나가라.」 로케가 대답했다. 「그들을 당장 여기로 데리고 와. 한 명이라도 도망치게 내버려 두면 안 된다.」

부하들은 명령을 받들어 나갔고, 돈키호테와 산초와 로케만이 남아 그들이 데리고 올 사람들을 기다렸다. 그러는 동안 로케가 돈키호테에게 말했다.

「돈키호테 나리께는 분명 우리의 생활 방식이나 모험이나 사건들이 모두 새롭고도 위험하게 보일 것이오. 그래도 놀랄 일은 아니지. 진실로 고백하자면, 우리가 살아가는 방식보다 더 불안하고 대경실색할 삶의 방식은 없으니 말이오. 내가 이러한 생활을 하게 된 것은 알 수 없는 복수에 대한 열망이 있었기 때문인데, 이러한 열망은 아무리 평온한 마음이라도 깨뜨리고 마는 힘이 있지. 천성적으로 나는 동정심이 많은 사람이었고 선한 마음을 갖고 있었소. 하지만 방금 이야기한 것처럼 내가 받은 모욕에 대해 복수하고자 하는 마음으로 나의 착한 성향들은 모두 땅바닥에 곤두박질쳐졌고, 어떻게 사는 것이 옳은지 알고 있음에도 불구하고 이런 생활을 계속하게 되었소. 하나의 지옥이 다른 지옥을 부르고 하나의 죄가 다른 죄를 부르듯이 복수가 복수로 이어져, 이제는 내 복수뿐 아니라 다른 사람들의 복수까지 도맡게 된 것이오. 비록 내가 이런 혼돈의 미로 가운데 있기는 하지만 하느님의 도움으로 이 미로에서 안전한 항구로 나갈 희망은 잃지 않고 있소이다.」

이렇듯 로케가 대단히 훌륭하고 이치에 맞는 말을 하자 돈키호테는 놀랐다. 남의 것을 훔치고 사람을 죽이거나 습격하는 일을 하는 사람들 사이에 훌륭한 언변을 가진 사람은 있을 수 없다고 생각해 왔기 때문이다. 그래서 그에게 대답했다.

「로케 씨, 건강의 시작은 자신의 병을 알고 의사가 처방해 주는 약을 먹고자 하는 의지에 있소이다. 그처럼 당신은 병이 들었지만 그 병이 무엇인지를 잘 알고 있소. 그리고 하늘은, 그러니까 말하자면 하느님은 우리들의 의사이신지라 당신의 병을 낫게 할 약을 처방해 주실 것이오. 그런 약은 조금씩 조금씩 낫게 하는 것으로, 결코 갑자기 기적적으로 고치는 일은 없다오. 또한 분별 있는 죄인들은 어리석은 죄인들보다 자신을 교화하기가 더 쉽다오. 당신의 말 속에는 신중함이 들어 있는 듯하니, 단지 굳센 용기를 갖고 당신 양심의 병이 낫기를 기다리기만 하면 될 것이오. 만일 당신이 여정을 짧게 단축시키기를 원하고 구원의 길에 쉽게 들어서기를 바란다면, 나와 함께 갑시다. 내가 당신에게 편력 기사가 되는 길을 가르쳐 주겠소. 그 길에는 수많은 고생과 불행이 있지만 그것들을 속죄라고 생각한다면 당신은 그 자리에서 즉각 천국으로 들어갈 수 있을 것이오.」

돈키호테의 충고를 들은 로케는 웃더니 화제를 바꾸어 클라우디아 헤로니마의 비극적인 결말에 대해 이야기했다. 그 이야기를 듣고 산초는 무척 가슴이 아팠다. 그 아가씨의 아름다움과 발랄함과 용기가 그에게 그리 나빠 보이지 않았기 때문이다.

이때 사람들을 잡으러 갔던 부하들이 말 탄 두 명의 신사와 걸어서 온 순례자 두 명, 그리고 여인들이 타고 있는 마차를 끌고 도착했다. 이 여인들은 걷거나 말을 탄 여섯 명의 하인을 거느리고 있었고, 여기에 앞선 그 두 신사가 거느리고 온 나귀를 모는 다른 두 젊은이도 있었다. 부하들은 끌려온 사람들을 가운데 세웠고, 붙잡힌 사람들이나 붙잡은 사람들이나 이제 절대적인 침묵 속에서 위대한 로케 기나르트가 입을 열기만을 기다리고 있었다. 로케는 그 신사들에게 어떤 사람들이며 어디로 가는 중인지, 그리고 돈은 얼마나 지니고 있는지 물었다. 그들 중 하나가 대답했다.

「나리, 우리는 에스파냐의 육군 대위입니다. 우리 중대는 나폴리에 있는데, 시칠리아로 가라는 명령을 받고 바르셀로나에 정박해 있다는 네 척의 갤리선에 승선하기 위해 가던 길이었습니다. 돈은 2백~3백 에스쿠도쯤 가지고 있습니다. 이 정도면 넉넉하다고 보고 만족스러워하고 있었지요. 군인은 늘 궁핍해서 이보다 더 큰 보물은 가질 수 없으니 말입니다.」

로케는 대위들에게 한 것과 같은 질문을 순례자들에게도 했다. 그들은 로마로 향하는 배를 타러 가는 길이었으며, 두 사람이 가진 돈을 합하면 60레알쯤 된다고 대답했다. 로케가 또 마차에 타고 있는 분은 누구이며, 어디로 가는 길이었는지, 가지고 있는 돈은 얼마나 되는지를 묻자 말을 타고 가던 하인들 가운데 한 사람이 말했다.

「마차에 계시는 분은 나폴리 지방 재판소 주임의 부인이신 도냐 기오마르 데 키뇨네스 마님이시고, 그분의 어린 딸과 몸종과 우두머리 시녀가 함께 타고 있습니다. 우리 여섯 사람은 하인으로 이분들과 동행하고 있으며, 돈은 6백 에스쿠도쯤 있습니다.」

「그러니까……」 로케 기나르트가 말했다. 「우리가 이 자리에 가지고 있는 돈이 벌써 9백 에스쿠도 60레알이군. 내 부하들이 다 해서 예순 명 쯤 되니까 한 사람당 얼마나 되는지 좀 계산해 보게. 나는 돈 계산을 잘 못하거든.」

도적들은 이 말을 듣고 환호하며 소리쳤다.

「로케 기나르트 만세! 두목님을 망하게 하려는 도둑놈들[360]이 있긴 하지만, 그래도 만세!」

재산을 몰수당하게 되자 대위들은 비탄에 잠기고, 재판소 주임의 부인은 슬픔에 잠겼으며, 순례자들 역시 즐겁지 않아 보였다. 이들의 이런 모습은 화승총의 총알이 닿는 거리에서도 알아볼 정도였으니, 로케는 이렇게 잠시 사람들의 마음을 긴장시켜 놓았지만 그들의 슬픔이 계속되는 것은 원하지 않아 대위들을 돌아보며 말했다.

「대위님들, 호의를 보여 내게 60에스쿠도만 주시오. 그리고 재판소 주임의 마님께서는 나와 함께하고 있는 이 무리들을 위해 80에스쿠도만 주시오. 수도사도 자기 노래로 먹고사는 법이니 말이오. 그러면 아무런 방해도 받지 않고 자유롭게 당신네들 길을 계속 갈 수 있도록 통행 허가증을 드리겠소. 이 주위로 영역을 나누어 가지고 있는 내 다른 부하들을 만나더라도 아무런 피해도 입지 않도록 하기 위한 것이오. 군인이나 여성, 특히 지체 높으신 여성분들을 욕보일 생각은 내게 조금도 없으니 말이오.」

로케의 말은 참으로 훌륭했으니, 대위들은 그의 예의 바름과 자기들의 돈을 돌려준 관대함에 감사했다. 도냐 기오마르 데 키뇨네스 부인은 위대한 로케의 발과 손에 입을 맞추고자 마차 밖으로 몸을 날리려 했으나

---

360 그들과 같은 들치기나 도둑, 강도들을 추적하는 사람들을 이렇게 부르며 욕하고 있는 것이다.

로케가 극구 만류했다. 오히려 자기의 사악한 직업상 부득이 행해야 하는 일이니, 그녀에게 준 모욕을 용서해 달라고 말하기까지 했다. 재판소 주임 부인은 자기에게 할당된 80에스쿠도를 당장 꺼내 줄 것을 하인에게 명령했으며, 대위들도 이미 60에스쿠도를 지갑에서 꺼내 놓은 상태였다. 순례자들 또한 얼마 안 되는 그들의 돈 전부를 내놓으려고 했으나, 로케는 그냥 가지고 가라고 하면서 부하들을 돌아보고는 말했다.

「지금 있는 이 돈으로 한 사람당 2에스쿠도씩 돌아가고도 20에스쿠도가 남는다. 남는 20에스쿠도 중 10에스쿠도는 이 순례자들에게 주기를 바란다. 나머지 10에스쿠도는 이 착한 종자에게 주도록 해라. 이번 모험에 대해 잘 말해 줄 테니 말이야.」

그는 항상 갖추고 다니는 필기도구를 가져오게 하더니 자기 무리의 각 두목들 앞으로 통행 허가증을 써서 사람들에게 나누어 주었다. 그런 다음 그들에게 작별 인사를 하고 자유롭게 가도록 했으니, 사람들은 로케의 고상함과 시원시원한 일처리와 흔치 않은 행동에 감탄했고 그를 유명한 도둑이라기보다는 오히려 관대함의 원형인 알렉산드로스 대왕으로 여겼다. 그때 그의 부하들 가운데 한 사람이 자기의 가스코뉴 말과 카탈루냐 말로 이렇게 중얼거렸다.

「우리 두목은 도적이라기보다 수도사가 더 어울린단 말이야. 앞으로도 이런 식으로 관대하게 굴 작정이라면 자기 돈으로 할 것이지, 우리 돈으로는 안 했으면 좋겠네.」

이 불행한 자의 목소리가 그리 작지 않았던 바람에 로케가 그 내용을 모두 듣고 말았다. 로케는 칼을 들고 그자의 머리를 두 쪽 내며 말했다.

「함부로 혀를 놀리는 자와 무모한 자를 나는 이렇게 처벌한다.」

모두가 무서워 몸이 얼어붙었고 어느 누구도 감히 그에게 대꾸하려 하지 않았다. 이토록 그에 대한 그들의 복종은 절대적이었다.

로케는 한쪽으로 가더니 바르셀로나에 있는 한 친구에게[361] 편지를 쓰며, 자기가 세상에서 그렇게 말들이 많은 그 유명한 편력 기사 돈키호테 데 라만차와 함께 어떠한 시간을 보냈는지 적었다. 또한 이 편력 기사는 세상에서 가장 재미있으며 가장 해박한 사람으로, 오늘부터 나흘째 되는 날인 성 요한 축일[362]에 완전 무장하여 그의 말 로시난테를 타고 당나귀를 탄 종자 산초를 대동한 채 그 도시 해변 한가운데 나타날 것이라고도 썼다. 덧붙여 이러한 사실을 자기의 다른 친구들인 니아로스 사람들에게도 알려 그를 즐기라고도 했다. 자기의 적인 카델스 쪽[363] 사람들에게는 이러한 즐거움을 함께하도록 하고 싶지 않지만 그건 불가능할 거라고 적었으니, 돈키호테의 광기와 분별력, 그리고 종자 산초 판사의 구수하고 그럴싸한 말들은 세상 사람 누구에게나 기쁨을 주지 않을 수 없기 때문이라는 것이다. 그가 이러한 내용이 적힌 편지를 자기 부하 편에 들려 보내자 부하는 산적의 옷을 농사꾼 복장으로 바꾸어 입고 바르셀로나로 들어가 수취인에게 편지를 전했다.

361 카탈루냐 산악 지대를 돌면서 도적질을 일삼은 이들 파당들은 바르셀로나에 친구들과 보호자들을 두고 있었다. 로케 기나르트도 그곳에 한동안 숨어 지낸 적이 있다. 이 편지는 그의 친구로 바르셀로나에 거주하는 돈 안토니오 모레노에게 보내는 것이다.

362 그가 참수당한 날로 8월 29일이다.

363 〈니아로스Niarros〉와 〈카델스Cadells〉는 서로 미친듯이 싸웠던 카탈루냐의 유명한 도적 파당이다.

61

바르셀로나로 들어갈 때
돈키호테에게 일어난 일과
기발함보다는 진실이 더 많은
다른 일들에 대하여

  돈키호테는 사흘 낮 사흘 밤을 로케와 함께 보냈다. 3백 년을 함께한다 하더라도 그의 생활 방식은 볼거리가 넘칠 것 같았고 놀라운 일도 계속 일어날 것만 같았다. 여기서 아침을 맞이하고 저기서 밥을 먹으며, 어떤 때는 누구에게 쫓기는지도 모르면서 도망을 다니고, 또 어떤 때는 역시 누군인지도 모르는 사람을 마냥 기다리곤 했다. 선 채로 잠을 자고, 잠을 설치며 이곳에서 저곳으로 옮겨 다녀야 했다. 첩자를 내보내고, 보초의 보고를 들으며, 화승총의 화승줄에 붙일 불을 불어 대는 것이 일이었다. 대부분 부싯돌을 사용했으므로 화승줄을 쓰는 경우는 얼마 없었지만 말이다. 로케는 밤이면 부하들과 떨어져 지냈는데, 이곳저곳으로 하도 옮겨 다녀 부하들조차 그의 거처를 알 수 없었다. 카탈루냐 부왕이 그의 목숨에 걸어 놓은 그 많은 포고문들이 그를 불안과 공포에 떨게 했던 것이다. 그는 자기 부하들이 자기를 죽이지나 않을까, 아니면 경찰에 넘기지나 않을까 하는 걱정으로 아무도 믿을 수가 없었다. 분명 비참하고도 구차한 삶이었다.

  드디어 로케와 돈키호테와 산초는 로케의 부하 여섯 명과 함께, 사람들이 다니지 않는 길과 지름길과 숨겨진 오솔길을 통해 바르셀로나를 향해 출발했다. 그들은 성 요한 축일 전야에 바르셀로나의 해변에 도착했다. 로케는 돈키호테와 산초를 껴안았고, 그때까지 주지 않고 있던 약속된 10에스쿠도를 산초에게 주었다. 수천 가지 약속들을 주고받은 뒤 그는 그들을 떠났다.

로케가 돌아간 후 돈키호테는 그대로 말 위에 앉아 날이 새기를 기다 렸는데 얼마 지나지 않아 동쪽 발코니로 하얀 여명이, 귀보다는 풀과 꽃 들을 기쁘게 해주면서 얼굴을 드러내기 시작했다. 비록 같은 순간 수많은 치리미아 소리며 북소리며 방울 소리며, 시내에서 들려오는 듯한 〈자, 비 켜요, 비켜〉 하면서 달리는 사람들의 소리가 대신 귀를 즐겁게 해주긴 했 지만 말이다. 여명이 태양에게 자리를 내주자 둥근 방패보다도 훨씬 큰 그 얼굴이 지평선 가장 낮은 곳에서부터 조금씩 떠오르고 있었다.

돈키호테와 산초는 시선을 뻗어 모든 곳을 둘러보았다. 처음 본 바다 는 라만차에서 보았던 루이데라의 늪들보다 엄청나게 길고 훨씬 넉넉해 보였다. 해변에는 갤리선들이 있었는데, 갑판의 천막을 내리자 거기 가득 한 작은 깃발들이며 깃대들이 바람에 떨고 물에 입을 맞추거나 물을 쓸었 다. 배 안에서는 나팔과 트럼펫과 치리미아 소리가 울려 나와 가깝고 먼 대기를 부드럽고도 호전적인 색깔로 채우고 있었다. 그 배들이 움직이기 시작하여 조용한 물 위로 전초전의 양상이 펼쳐지자, 이에 호응이라도 하 듯 수많은 기사들이 거의 비슷하게 화려한 제복 차림에 멋진 말을 타고 시내로부터 나왔다. 갤리선의 군인들이 쉴 새 없이 포를 쏘아 대니 시내 성벽과 요새에 있던 군인들도 이에 화답하여 포를 쏘았다. 큰 대포가 귀 청이 떨어져 나갈 것 같은 굉음을 내며 대기를 가르면 갤리선 중앙에 있 던 가장 무거운 함포가 이에 응답했다. 즐거운 바다, 기뻐하는 땅, 오직 대포의 연기만이 흐릿할 뿐인 맑은 하늘, 이 모든 것들이 순식간에 모든 사람들에게 즐거움을 불어넣고 기쁨을 일으키는 것 같았다. 산초는 바다 위를 움직이는 저 거대한 몸통의 배가 어떻게 해서 그토록 많은 발을 가질 수 있는지 상상할 수도 없었다.

이 순간 제복을 입은 사람들이 무어인들이 전쟁을 치를 때 질러 대는 〈릴릴리, 릴릴리〉 소리와 함께 고함과 함성을 지르면서, 놀란 채 멍하니 얼이 빠져 있는 돈키호테 쪽으로 달려왔다. 그러더니 그들 중 로케로부터 소식을 들은 한 사람이 큰 목소리로 말했다.

「우리들의 도시에 오신 것을 환영합니다. 오랜 세월 절제하며 편력 기사도를 행해 오신, 모든 기사들의 거울이요 등대요 별이자 이정표이신 자여, 다시 말씀드리지만 잘 오셨습니다. 용감한 기사 돈키호테 데 라만차시여. 요즘 가짜 이야기가 판치며 보여 주는 허구에 날조되고 거짓된 자가 아니라, 역사가들의 정수인 시데 아메테 베넹헬리가 묘사하고 있는 진짜이자 합법적이며 충실한 기사여.」

돈키호테는 한마디도 대꾸하지 않았으며 그들도 그가 대답하기를 기다리고 있지 않았다. 오히려 자기들을 따라온 다른 사람들과 함께 돈키호테 주위를 한쪽으로 돌고 다시 반대쪽으로 돌면서 수선스럽게 그를 똘똘 에워싸기 시작했다. 돈키호테는 산초를 돌아보고 말했다.

「이 사람들이 우리를 잘 알고 있는 모양이군. 우리에 대한 이야기를 읽었고, 최근에 출판된 아라곤 작가가 쓴 책까지 읽은 게 분명해.」

돈키호테에게 말을 걸었던 그 사람이 돌아오더니 다시 말했다.

「돈키호테 나리, 저희와 함께 가시지요. 저희는 모두 나리를 모시는 자들로 로케 기나르트의 절친한 친구들입니다.」

이에 돈키호테가 대답했다.

「만일 예의가 예의를 낳는다고 한다면, 기사 양반, 그대의 예의는 위대한 로케에 버금갈 정도로 그분 예의의 자식이나 친척 같소. 원하시는 대로 나를 데려가시오. 당신의 뜻 이외에는 다른 뜻이 없소이다. 특히 섬기는 일에 그 뜻을 두시는 것이라면 더더욱 그러하오.」

기사는 이러한 돈키호테의 대답에 못지않은 공손한 말로 대답했고, 이내 모든 사람들이 돈키호테를 가운데 두고 치리미아와 북소리에 맞추어 시내를 향해 갔다. 시내에 들어서려 할 때, 뭐든 나쁜 것만을 꾀하는 악마보다 더 못된 아이들이 나타났다. 그들 중 심술궂고 무모한 두 녀석이 사람들 사이에 끼어 들어와 한 놈은 잿빛의 꼬리를, 다른 놈은 로시난테의 꼬리를 치켜들고서는 각각의 꼬리 밑으로 바늘금작화 한 다발씩을 쑤셔 넣었다.[364] 불쌍한 짐승들은 새롭게 박차가 가해지는 것을 느끼자 꼬리를 조였고, 그러자 고통이 더욱 심해져 길길이 날뛰다가 그만 주인들을 땅바닥에 내동댕이치고 말았다. 돈키호테는 욕을 당해 무안해하며 급소를 공격당한 자기의 여위고 약한 말의 꼬리에서 그놈의 깃털 장식을 빼내러 갔고, 산초도 똑같이 잿빛에게 갔다. 돈키호테를 안내하던 사람들은 이 무모한 아이들을 벌주고 싶었으나, 이미 두 녀석들은 그들 일행을 뒤따르고 있던 수천 명 이상이나 되는 사람들 속으로 자취를 감춰 버린 뒤였다.

돈키호테와 산초는 다시 말에 올라 아까와 같은 환호와 음악 속에서 이들이 안내하는 집에 도착했다. 한 부자의 집으로 무척이나 크고 멋있는 저택이었다. 지금으로서는 돈키호테를 이곳에 놔두기로 하자. 시데 아메테가 그러기를 원하니 말이다.

---

364 바늘금작화의 잎 끝 부분은 온통 가시로 되어 있다.

62

마법에 걸린 머리의 모험과
이야기하지 않고 넘어갈 수 없는
다른 자질구레한 일들에 대하여

돈키호테를 맞이한 주인은 돈 안토니오 모레노라는 부자이자 재치 있는 기사로, 점잖으면서도 밉살스럽지 않게 장난치는 것을 좋아하는 사람이었다. 돈키호테가 자기 집에 있게 되자 이 사람은 어떻게 하면 그에게 해를 입히지 않고 그 광기를 세상에 알릴 수 있을지 고민하기 시작했다. 상대를 아프게 하는 농담은 농담이 아니며, 제삼자에게 피해를 주는 취미는 취미로서 존재할 가치가 없으니 말이다. 그는 제일 먼저 돈키호테에게 갑옷을 벗도록 하여 몸에 딱 들러붙는 양가죽 옷만 입은 채 — 이미 몇 번이나 그를 묘사하고 그렸던 대로 — 발코니로 나오게 했다. 이 발코니는 시내 중심가 중 하나를 향해 나 있었으니, 그는 어른들과 아이들에게 원숭이 구경 시키듯 돈키호테의 모습을 보게 했던 것이다. 또다시 그의 앞으로 제복을 입은 무리가 달려갔는데, 마치 그 축일을 즐기기 위해서가 아니라 오직 돈키호테 한 사람을 위해서 그런 차림을 한 것 같았다. 산초는 여간 만족스럽지 않았다. 어찌 된 영문인지는 모르겠지만, 그저 또 다른 카마초의 결혼 연회와 또 다른 돈 디에고 데 미란다의 집과 또 다른 공작의 성에 있게 된 것 같아서였다.

그날 돈 안토니오는 자기 친구 몇몇을 불러 식사를 했는데, 모두가 돈 키호테를 편력 기사로서 예우하고 그렇게 대해 주자 돈키호테는 우쭐해 지고 신바람이 났다. 산초의 재담 역시 대단한 것이어서 집에 있는 하인 들과 그의 말을 들은 사람들은 모두 산초의 입에 목을 매고 다닐 정도였 다. 식사 중에 돈 안토니오가 산초에게 말했다.

「여기 소문으로는 착한 산초여, 당신은 닭 가슴살과 쌀가루와 우유와 설탕으로 된 요리와 고기 단자를 좋아해서 이것들이 남는 경우에는 다음 날 먹으려고 품에다 간직한다고 하던데.」[365]

「천만에요 나리, 그렇지 않습니다요.」산초가 대답했다. 「저는 먹는 것 보다 깨끗한 걸 더 좋아합니다요. 여기 앞에 계시는 제 주인이신 돈키호테 나리께서 잘 아시지만, 우리는 도토리 한 주먹이나 호두 한 주먹으로 둘이 서 여드레를 지내기도 합니다요. 물론 제게 송아지를 주시는 일이 일어난 다면야 줄을 쥐고 달려가지만요. 그러니까 제 말씀은, 제게 주시는 것은 먹고 기회가 생기면 그 기회를 잡는다는 겁니다요. 제가 별난 식충이에 깨 끗하지도 않다고 말하는 사람이 있다면 그게 누구든 간에 잘못 지껄인 것 으로 생각하시면 됩니다요. 제가 만일 이 식탁에 계시는 분들을 존경하지 않았다면, 이보다는 점잖지 못한 방식으로 이런 말씀드렸을 겁니다요.」

「내가 장담하오.」돈키호테가 말했다. 「산초가 식사할 때 얼마나 극도 로 적게 먹고 깨끗하게 먹는지, 앞으로 올 세기에 영원토록 기억되도록 청동 판에 기록하고 새겨 놓을 수도 있을 정도라오. 물론 배가 고플 때는 많이 먹는 것처럼 보이기도 하지만, 그건 급히 먹는 데다 입안에 음식을 가득 넣고 씹기 때문이라오. 하지만 한결같이 깨끗하며, 통치자였을 때에

---

365 위작인 아베야네다의 『돈키호테 제2편』에 언급된 내용이 나온다. 세르반테스는 이 자리 를 빌려 이를 비판한다.

768

는 아주 조신하게 식사하는 법도 배웠다오. 포도나 석류조차 포크로 먹을 정도니 말이오.」

「아니, 이럴 수가!」 돈 안토니오가 물었다. 「산초가 통치자였다고요?」

「그럼요.」 산초가 대답했다. 「바라타리아라고 하는 섬을 열흘 동안 소원대로 통치했습니다요. 그동안에 저는 마음의 평온을 잃어버렸고, 세상에 있는 어떤 통치든 모조리 경멸하는 법을 배웠습니다요. 거기서 도망쳐 나왔다가 동굴에 떨어져 죽는 줄 알았는데 기적적으로 살아 나올 수 있었습니다요.」

돈키호테가 산초의 통치 사건을 모두 자세하게 들려주자, 이를 들은 사람들은 아주 재미있어했다.

식사를 마치고 나서 돈 안토니오는 돈키호테의 손을 잡고 따로 떨어진 방으로 들어갔는데, 거기에는 얼룩 반점 같은 게 있는 대리석 탁자 이외에 다른 것은 없었다. 같은 대리석으로 된 다리 하나가 그 상판을 지탱하고 있었으며, 탁자 위에는 로마 황제의 흉상과 비슷하게 만들어 놓은 청동 흉상 하나가 놓여 있었다. 돈 안토니오는 돈키호테와 함께 온 방 안을 돌아다니고 몇 번씩이나 탁자 주위를 맴돈 끝에 말했다.

「돈키호테 나리, 지금 우리의 대화를 듣거나 우리 말에 관심을 가지는 자는 아무도 없는 것으로 알고 있습니다. 게다가 방문도 닫혀 있으니 나리께 아주 희한한 모험 하나를, 다시 말해 상상도 할 수 없는 새로운 일을 들려 드릴까 합니다. 여기에는 조건이 하나 있는데 제가 들려 드릴 이야기를 나리께서는 가장 은밀한 비밀 장소에 보관해 두셔야 한다는 겁니다.」

「그러기로 맹세하오.」 돈키호테가 대답했다. 「더 확실하게 약속하기 위해 그 위에다 묘석까지 올려놓겠소. 돈 안토니오 ― 돈키호테는 이미 그의 이름을 알고 있었다 ― 당신은 듣는 귀는 가졌지만 말할 혀는 가지지 못한 자와 이야기하고 있다는 사실을 알아주시오. 안심하고 당신의 가슴

속에 있는 것을 내 가슴으로 옮길 수 있으며, 그것을 침묵의 심연 속에 던져 놓았다고 생각해도 되오.」

「그럼, 그 약속을 믿고……」 돈 안토니오가 대답했다. 「나리께서 눈으로 보고 귀로 들으면 정말 놀라게 될 일을 말씀드리겠습니다. 비밀을 털어놓을 사람이 없어 괴로웠던 제 마음도 그것으로 고통에서 좀 벗어날 수 있지 않을까 싶군요. 이 비밀은 누구에게나 말할 수 있을 만한 것이 아니니까 말입니다.」

돈키호테는 이 사람이 도대체 무슨 얘기를 하려고 이렇게 주의를 주는지 긴장하고 있었다. 이때 돈 안토니오는 돈키호테의 손을 잡아 청동으로 된 흉상의 머리와 탁자 전체와 그 탁자를 받치고 있는 얼룩 반점이 있는 대리석 다리를 모두 쓰다듬게 하고 나서 말했다.

「돈키호테 나리, 이 머리를 만든 사람은 세상이 낳은 최고의 마법사이자 요술쟁이들 가운데 하나입니다. 국적은 폴란드로 그 유명한 에스코티요[366]의 제자였던 듯합니다. 에스코티요에 대해서는 놀랄 만한 이야기들이 많지요. 그 제자가 여기 우리 집에서 지내며 내가 그에게 준 1천 에스쿠도로 이 머리를 만들었는데, 이 머리의 귀에다 대고 질문을 하면 무엇이든 다 대답해 주는 성질과 능력이 있습니다. 방향을 지키고 표를 그리고 별을 관찰하고 방위를 살핀 끝에 마침내 완벽하게 만들어 냈으니, 그 능력에 대해서는 내일 알게 되실 겁니다. 왜냐하면 금요일에는 말을 하지 않는데, 오늘이 바로 그날[367]이니 내일까지 기다려야 하지요. 그러니 그때

---

366 13세기 톨레도에 있는 번역 학교에서 아리스토텔레스 철학을 번역하고 해설하고 그 밖에 주요 작품들을 라틴어로 옮긴 미겔 에스코토Miguel Escoto를 말하는 듯하다. 의사이자 철학자이자 연금술사이자 점성가였다.

367 이 책을 집필한 해는 1614년이며 세례 요한이 참수당한 날을 기리는 축일이 열렸던 8월 29일은 금요일이었다.

까지 물어보고 싶은 것을 미리 생각해 두시면 될 겁니다. 경험상 그 대답은 모두 진실된 것이었습니다.」

돈키호테는 그 머리가 가지고 있다는 성질과 능력에 놀랐으나 아무래도 돈 안토니오의 말이 믿기지 않았다. 하지만 그것을 시험해 볼 시간이 얼마 남지 않았기 때문에 다른 말은 하지 않고 그토록 어마어마한 비밀을 말해 준 것에 대한 고마움만 표시했다. 그들은 그 방에서 나왔고, 돈 안토니오는 열쇠로 방문을 잠근 후 다른 사람들이 기다리고 있던 홀로 돌아왔다. 그동안 산초는 거기 있던 사람들에게 자기 주인에게 일어난 모험이며 사건들을 많이도 들려주고 있었다.

그날 저녁 사람들은 돈키호테를 데리고 산책을 나갔는데, 돈키호테는 늘 입던 갑옷 대신 바닥에 끌릴 정도로 길고 어깨에는 망토가 달린 황갈색 모직 가운 차림이었다. 그 계절, 그때쯤이면 얼음조차 땀을 줄줄 흘리게 할 수 있을 정도의 옷이었다. 하인들에게는 산초의 정신을 딴 데 팔도록 해서 집 밖으로 나가지 못하게 하도록 일러 놓았다. 돈키호테는 로시난테가 아닌 발걸음이 경쾌하며 아주 멋지게 채비를 차린 커다란 노새를 타고 나갔다. 사람들은 그의 가운 뒤쪽에다 몰래 양피지 한 장을 꿰매어 붙였는데, 거기에는 큼직한 글씨로 〈이 사람이 돈키호테 데 라만차다〉라고 써 있었다. 산책을 나가자 그 즉시 등에 붙인 양피지 문구가 사람들의 시선을 사로잡았고, 모두가 그것을 소리 내어 읽으며 〈이 사람이 돈키호테 데 라만차다〉라고 떠들어 댔다. 돈키호테는 자기를 바라보는 사람마다 모두 자기를 알고 이름을 부르는 것에 놀라, 나란히 가고 있던 돈 안토니오를 바라보며 말했다.

「편력의 기사도가 가지고 있는 특권이 참으로 대단하오. 세상 어디를 가든 그 일을 행하는 자를 알아보게 하고 유명해지게 하니 말이오. 그 증거로, 돈 안토니오, 한 번도 나를 본 적 없는 어린아이들까지 이렇게 나를 알아보고 있잖소.」

「그렇군요, 돈키호테 나리.」 돈 안토니오가 대답했다. 「불이 숨어 있거나 갇혀 있지 못하는 것과 마찬가지로 덕이라는 것도 알려지지 않을 수가 없으며, 더욱이 무기를 행하는 일로 얻은 덕은 다른 모든 덕 위에 군림하고 그 어떤 것보다 빛나니 말입니다.」

그런데 돈키호테가 그러한 갈채를 받으며 가고 있을 때, 그의 등에 붙어 있던 글을 읽은 한 카스티야인이 목소리를 높여 말했다.

「돈키호테 데 라만차라, 아무짝에도 쓸모없는 놈! 그토록 숱하게 등짝을 두들겨 맞고도 어떻게 죽지 않고 여기까지 왔지? 넌 미치광이야. 너 혼자서, 그리고 네 광기의 문 안에서만 미친 짓을 한다면 그나마 다행이게? 그런데 너는 너와 교제하는 사람들까지 모두 미치광이나 바보로 만드는 소질을 갖고 있단 말이야. 내 말이 맞는지 아닌지는, 너와 함께 가고 있는 이 나리들만 봐도 알 수 있지. 네 집으로 돌아가, 바보야. 그리고 네 집 살림이나 네 처자식이나 돌보란 말이야. 네 골수를 좀먹고 네 이해력을 걷어 가버리는 그런 터무니없는 짓거리는 집어치우라고.」

「이보시게.」 돈 안토니오가 말했다. 「그대는 그대 길이나 가시지 그러나. 부탁하지도 않은 사람에게 충고를 줄 생각이랑 말고 말이네. 돈키호테 데 라만차 나리는 정신이 멀쩡하시며, 그를 모시고 가는 우리들도 바보가 아니네. 어디에 있든지 간에 덕은 대접받아야 하네. 재수 없으니 제발 그냥 가기나 하시지. 그대를 부르지도 않는 곳에서 감 놔라 배 놔라 하지 말고.」

「아이고 저런, 당신은 머리가 멀쩡하시군요.」 카스티야인이 대답했다. 「맞아요. 이 알량한 인간에게 충고를 하는 건 가시에 발길질하는 꼴이죠. 하지만 내 마음이 무척 아파서 그래요. 소문을 들으니 이 바보는 여러 방면에 걸쳐 훌륭한 재능을 가지고 있으면서도 그걸 오직 편력 기사도에다

772

만 토하고 싸고 한다지 뭐예요. 당신의 그 재수 없다는 말은 나뿐만 아니라 내 후손들에게도 적용될 것이니, 비록 므두셀라보다 더 오래 산다 할지라도 오늘부턴 더 이상 누가 부탁한다 해도 충고 같은 건 하지 않을 겁니다.」

그러면서 그 사람은 떠나갔다. 산책은 계속되었는데, 사람들이 하도 몰려들고 아이들이나 어른들이나 모두 그 글을 읽으려 하는 바람에 돈 안토니오는 다른 것을 떼어 내는 양 슬쩍 그 양피지를 떼어 내야만 했다.

밤이 되어 집으로 돌아오니 부인들의 무도회가 준비되어 있었다. 지체 높고 명랑하며 아름답고 재치 있는 돈 안토니오의 부인이 자기 집에 온 손님을 인사시킬 겸, 생전 보지 못한 광기도 즐기게 하고자 친구들을 초대했던 것이다. 몇몇 친구들이 왔고, 훌륭하기 그지없는 만찬을 끝낸 후 밤 10시가 다 되어서야 무도회가 시작되었다. 친구들 중에는 심술궂고 장난기 있는 여자가 두 명 있었는데, 아주 정숙하긴 하지만 약간 되바라진 여인들로, 그들은 기분 나쁘지 않은 장난을 쳐서 재미나 좀 볼 작정이었다. 이 두 여자는 춤을 추자며 돈키호테를 끌어내더니 얼마나 정신없이 돌려 댔는지, 돈키호테는 몸만이 아니라 정신까지 녹초가 되고 말았다. 그가 춤추는 모습은 정말 가관이었다. 길쭉하게 쭉 뻗은 키에 비쩍 마른 몸, 누렇게 뜬 피부, 거기에 꼭 끼는 옷을 입고 볼품없이 움직이니 경쾌한 맛이라곤 전혀 없었다. 두 젊은 부인이 슬금슬금 훔치듯 그에게 교태를 보이자 돈키호테는 슬금슬금 그 두 여자를 무시했는데, 그들이 계속해서 조여 오니 마침내는 목소리를 높여 말했다.

「Fugite partes adversae(마귀들아 물러가라)!³⁶⁸ 나를 조용히 내버려 두십시오. 사악한 생각들을 물리십시오. 부인들이여, 그대들은 저쪽으로

---

368 귀신을 쫓을 때 쓰는 라틴어 문장이다.

가서 그대들 뜻대로 하시지요. 나의 뜻을 지배하는 자이신 비할 데 없는 둘시네아 델 토보소 공주는 자기 이외의 다른 생각들이 나를 굴복시켜 복종하게 하는 것을 허락하지 않으십니다.」

이렇게 말하면서 그는 홀 바닥 한가운데 주저앉아 버렸는데, 격렬한 춤으로 이미 녹초가 된 상태였다. 돈 안토니오가 사람들에게 그를 부축하여 침대로 데려가게 하자 제일 먼저 돈키호테를 붙든 사람은 산초였다. 그는 말했다.

「주인 나리, 이럴 때 춤을 추실 생각을 하시다니요! 나리께서는 용감한 자들은 모두 춤꾼이고, 편력 기사들은 모두가 무용가라고 생각하십니까요? 제 말은, 만일 그렇게 생각하신다면 그건 잘못 알고 계시는 거라는 뜻입니다요. 공중제비를 넘느니 차라리 거인을 죽이겠노라고 나서는 사람이 있습니다요. 만일 발로 장단을 맞추는 일을 하실 양이었다면 제가 나리를 대신할 수도 있었을 겁니다요. 제가 그 짓을 잽싸게 잘하거든요. 정식으로 춤을 추는 건 완전 꽝이지만 말입니다요.」

산초는 이런저런 말로 무도회에 있던 사람들을 웃기더니 주인을 데리고 가서 침대에 누이고, 춤추느라 지친 그의 몸을 땀이 나도록 감싸 줬다.

다음 날 돈 안토니오는 마법에 걸린 머리를 실험해 보면 좋겠다는 생각에 돈키호테와 산초와 자기의 두 친구, 그리고 간밤에 돈 안토니오의 아내와 함께 이 집에 남아 무도회에서 돈키호테를 녹초로 만들었던 두 부인과 함께 머리가 있는 방으로 들어갔다. 그들에게 그 머리가 지니고 있는 특성을 이야기하고 비밀을 지킬 것을 당부하면서 그날이 처음으로 그것을 시험해 보는 날이라고 말해 주었다. 돈 안토니오의 두 친구를 제외하고는 어느 누구도 마법의 비밀을 알지 못했다. 돈 안토니오로부터 미리 귀띔받지 않았더라면 그 두 친구 또한 별수 없이 다른 사람들처럼 놀라자빠졌을 것이다. 그 정도로 이 머리는 교묘하게 조작되어 있었다.

머리의 귀에 제일 먼저 입을 갖다 댄 사람은 돈 안토니오 자신으로, 그는 나직하지만 다른 사람들이 들을 수는 있을 정도의 소리로 말했다.

「머리야, 네게 있는 능력으로 말해 다오. 내가 지금 무슨 생각을 하고 있지?」

그러자 머리는 입술도 움직이지 않고, 사람들이 다 알아들을 수 있을 만큼 명확하고 또렷한 목소리로 이렇게 대답했다.

「나는 무슨 생각을 하는지는 판단하지 않는다.」

사람들은 모두 아연실색했다. 더군다나 방 안이나 탁자 주위 어디에도 대답할 만한 인간의 몸은 전혀 보이지 않는다는 것을 알았을 때 그 놀라움은 더 커졌다.

「여기 몇 사람이 있지?」 다시 돈 안토니오가 물었다.

그러자 아까와 같은 방식으로 다정스레 대답이 들려왔다.

「당신과 당신 아내, 당신의 두 친구와 아내의 두 여자 친구, 그리고 돈 키호테 데 라만차라고 하는 유명한 기사와 산초 판사라는 이름을 가진 그의 종자 한 사람이 있지.」

이쯤 되자 사람들은 다시금 놀랐으니, 자신들의 머리카락이 쭈뼛 곤두서는 기분이었다. 그러자 돈 안토니오가 머리에서 떨어지며 말했다.

「현명한 머리여, 말을 하는 머리여, 답을 주는 머리여, 놀라운 머리여, 이것으로 내가 이 머리를 판 사람에게 속지 않았다는 것을 알기에 충분하구나! 다른 사람이 와서 뭐든 물어보시오.」

여자들이 보통 성질이 급한 데다 호기심도 많은지라, 제일 먼저 나온 사람은 돈 안토니오 아내의 두 여자 친구 중 하나였다. 그녀가 머리에게 물었다.

「머리야, 내게 말해 줘, 내가 아주 아름다워지려면 어떻게 하면 될까?」

그러자 머리의 대답이 들렸다.

「아주 정숙해지렴.」

「더 질문 않겠어.」 질문한 여자가 말했다.

이어 다른 여자 친구가 나와서 물었다.

「머리야, 내 남편이 나를 사랑하고 있는지 아닌지, 난 그게 알고 싶어.」

그러자 대답 소리가 들렸다.

「남편이 너한테 하는 행동을 봐. 그러면 알게 되겠지.」

이 부인은 머리에서 떨어지면서 말했다.

「이런 대답이라면 물어볼 필요도 없겠군. 하는 행동을 보면 마음이 드러나는 건 당연하니 말이야.」

이번에는 돈 안토니오의 두 친구들 가운데 한 사람이 다가와 머리에게 물었다.

「내가 누구지?」

그러자 대답이 들렸다.

「네가 알잖아.」

「물은 건 그게 아니야.」 그 신사가 말했다. 「네가 나를 아는지 말해 달라는 거야.」

「응, 나는 널 알아.」 그에게 대답했다. 「너는 돈 페드로 노리스야.」

「더 확인할 것도 없군. 아, 머리야! 이것으로 충분히 너를 알 수 있으니 말이야. 넌 뭐든 다 알아.」

그렇게 그가 떨어져 나오자 다른 한 친구가 나서며 머리에게 물었다.

「머리야, 말해 줘. 우리 집안의 장손인 내 아들은 뭘 원하지?」

「이미 내가 말했듯이……」 대답이 들렸다. 「나는 사람들이 뭘 원하는지는 판단하지 않아. 하지만 그래도 네 아들이 바라는 것이 너를 매장하는 일이라는 것쯤은 말할 수 있지.」

「옳거니!」 그 신사가 말했다. 「눈에 보이는 것을 굳이 손가락으로 가리켜 주는구먼.」

그는 더 이상 질문하지 않았다. 이번에는 돈 안토니오의 아내가 다가와 물었다.

「머리야, 나는 네게 무엇을 물어야 할지 모르겠구나. 내가 너한테서 알고 싶은 건, 좋은 남편과 오랜 세월 같이할 수 있는지 하는 것뿐이야.」

그러자 대답이 들렸다.

「응, 오래 같이할 수 있어. 네 남편의 건강과 절제된 삶이 장수를 약속하고 있으니 말이야. 많은 사람들이 절제하지 못해 생명을 줄이곤 하지.」

그런 다음에는 돈키호테의 차례였다.

「대답하는 자여, 말해 보게. 몬테시노스의 동굴에서 내게 일어난 일들이 사실이었는가, 아니면 꿈이었는가? 내 종자 산초의 매질은 틀림없이 실행될 것인가? 둘시네아의 마법을 푸는 데 효과가 있겠는가?」

「동굴에 대한 질문은……」 대답이 들렸다. 「할 말이 많다. 양쪽 다라고 할 수 있다. 산초의 매질은 천천히 실행될 것이다. 둘시네아가 마법에서 풀려나는 일은 반드시 일어날 것이다.」

「더 알고 싶은 것은 없다.」 돈키호테가 말했다. 「마법에서 풀려난 둘시네아를 볼 때면 내가 바라던 모든 행복이 갑자기 한꺼번에 다 온 것으로 알 테니 말이다.」

마지막 질문자는 산초였는데, 그가 물은 것은 이러한 내용이었다.

「머리야, 혹시 내가 다시 통치를 하게 될까? 내가 이 궁핍한 종자 생활에서 벗어날 수 있을까? 내 처자식을 다시 볼 수 있을까?」

이 질문에 대답이 들려왔다.

「너는 네 집을 통치하게 될걸. 만일 네가 집으로 돌아간다면 네 처자식을 볼 것이고, 모시는 일을 그만두면 종자이기를 그만두게 되지.」

「그렇고말고!」 산초 판사가 말했다. 「이렇게 말할 줄 알았어. 예언자 페로그루요³⁶⁹도 이보다 더하지는 않았겠군.」

「망할 놈아.」 돈키호테가 말했다. 「어떤 대답을 듣기를 원하는 게냐? 이 머리는 질문에 당연한 대답을 했을 뿐인데 그걸로 충분하지 않단 말인가?」

「충분하지요.」 산초가 대답했다. 「하지만 좀 더 확실히 밝혀 주고 좀 더 많은 것을 말해 주기를 원합니다요.」

이것으로 질문과 대답은 끝났다. 하지만 모든 사람들이 가졌던 놀라움은 끝나지 않았다. 물론 사정을 알고 있는 두 친구는 제외하고 말이다. 그 사정을 시데 아메테 베넹헬리는 곧 밝히기를 원했으니, 사람들이 그 머리에 무슨 주술이나 이상한 신비가 깃들어 있다고 생각하여 당황하는 일이 없도록 하기 위해서였다. 그래서 이야기하기를, 돈 안토니오 모레노는 마드리드에서 보았던 어느 조각가가 만든 머리 모양을 흉내 내어 자기 집에다 이러한 머리 형상을 설치하게 했던 것인데, 이는 심심풀이로 무지한 사람들을 놀래 주기 위해서였다. 그 속임수는 이렇게 이루어졌다. 탁자는 본디 나무로 되어 있는 것이었으나 거기 얼룩 반점이 있는 대리석으로 보이도록 색깔을 칠하고 그 위에 니스를 칠했으며, 상판을 받치고 있는 다리도 마찬가지였다. 상판의 무게를 지탱할 수 있도록 다리 아래쪽은 네 개의 독수리 발톱 모양으로 처리했다. 로마 황제의 흉상을 닮은 이 청동 머리는 속이 비어 있고 상판의 나무판자도 속이 비어 있었으니, 아무도 알아채지 못할 정도로 서로 꼭 맞게 접합되어 있었던 것이다. 탁자 다리 역시 비어 있었는데, 이 부분이 흉상의 목구멍과 가슴과 연결되고, 다시 이 모든 것이 흉상이 있는 방 아래 있는 다른 방으로 통하게 되어 있었다.

---

369 Perogrullo. 전설적인 예언가의 이름. 예언을 한다면서 당연한 소리만을 지껄일 때 이 이름을 들먹이곤 한다.

이 속 빈 다리와, 탁자와, 앞서 말한 흉상의 목과 가슴 내부에는 양철로 된 관이 사람 눈에 전혀 띄지 않을 정도로 꼭 맞게 끼워져 있었다. 윗방과 연결된 아랫방에는 대답을 해줄 사람이 관에다 입을 대고 있었으니, 입으로 부는 화살을 쏘듯 소리가 위에서 아래로, 아래서 위로 갔다 왔다 하며 분명하고도 또렷하게 들리게 되어 있었던 것이다. 이런 식으로 장치를 해놓았기에 그 속임수를 알기란 불가능했다. 재치 있는 학생인 돈 안토니오의 조카가 대답하는 역할을 맡았는데, 이날 그 머리가 있는 방으로 들어갈 사람들에 대해 자기 삼촌에게서 미리 들어 두었으므로 처음 나온 질문들에는 재빠르고 정확하게 대답하기가 수월했고, 다른 질문에는 그의 재치와 추측으로 빈틈없이 대답했던 것이다. 시데 아메테는 더 말하기를, 이 놀라운 장치는 열흘인가 열이틀 후까지 계속 있었다고 한다. 하지만 질문하는 사람들에게 모두 대답을 해주는 마법에 걸린 머리가 돈 안토니오의 집에 있다는 소문이 도시로 퍼져 나가자, 돈 안토니오는 불철주야 우리 믿음을 감시하는 자들의 귀에 그 소식이 들어가거나 않을까 두려워 스스로 종교 재판소의 관리들에게 이러한 사실을 알렸고, 그러자 이들은 무지한 서민들이 이 일로 큰 소란을 일으키지 않도록 하기 위해 그것을 부숴 버리고 더 이상 사용하지 말라고 명했다. 하지만 돈키호테와 산초 판사의 의견에 따르면 그 머리가 대답을 잘했던 것은 마법에 걸린 존재였기 때문이고, 산초보다는 돈키호테가 이것을 더 마음에 들어 했다.

도시의 신사들은 돈 안토니오를 즐겁게 할 겸, 돈키호테를 환대하여 그의 바보짓을 세상에 드러낼 기회를 만들고자 그날로부터 엿새째 되는 날에 말을 타고 달리며 고리에 창을 던져 끼우는 기사 경기를 준비하려 했지만, 앞으로 밝혀질 이유로 인해 이 일은 이루어지지 못했다. 돈키호테는 소탈하게 걸어서 산책하고자 하는 마음이 들었다. 말을 타고 돌아다니면 아이들이 따라올 것 같아서였다. 그래서 그와 산초는 돈 안토니오가 내준 하인 둘을 데리고 산책을 하러 나섰다.

어느 거리를 거닐던 중 돈키호테가 위쪽을 보니 한 집의 문 위에 아주 커다란 글씨로 〈여기서 책을 인쇄합니다〉[370]라고 쓰여 있는 것이 눈에 들어왔다. 그는 상당히 기뻐했는데, 그때까지 한 번도 인쇄소를 본 적이 없었기에 그곳이 어떤 곳인지 늘 궁금했던 것이다. 동행을 모두 데리고 안으로 들어가 보니 한쪽에서는 인쇄를, 다른 쪽에서는 수정을 하고 있었으며, 이곳에서는 조판을 하는가 하면 저곳에서는 교정을 보는 등, 결국 큰 인쇄소에서 볼 수 있는 모든 일들을 확인할 수 있었다. 돈키호테가 어떤 부서 앞으로 다가가 거기서 하는 그 일은 무엇이냐고 묻자 이에 직원들이 대답을 해주었으니, 그는 감탄하면서 앞으로 나아갔다. 그는 또 다른 곳 직원에게 다가가 하고 있던 일이 무엇이냐고 물었다. 그 직원은 그에게 대답했다.

「나리, 여기 계시는 이분이……」 그는 용모와 풍채가 아주 훌륭하고 의젓해 보이는 한 남자를 가리키며 말했다. 「토스카나어[371]로 된 책을 우리 카스티야어로 옮겨 주셨기에, 그것을 인쇄하기 위해 지금 조판을 하는 중이랍니다.」

「그 책의 제목이 무엇이오?」 돈키호테가 물었다.

이 질문에 번역가가 대답했다.

「토스카나어로 〈레 바가텔레 *le bagattelle*〉입니다, 나리.」

「레 바가텔레는 우리 카스티야어로 무엇에 해당하오?」 돈키호테가 물었다.

「레 바가텔레라는 것은……」 번역가가 말했다. 「카스티야 언어로 말한

---

370 바르셀로나 칼Call 거리에 있는 세바스티안 데 코르메야스Sebastián de Cormellas의 인쇄소를 가리키는 듯하다.
371 토스카나 왕국은 일찍이 이탈리아의 일부였다. 즉 이탈리아어를 말한다.

다면 〈로스 후게테스*los jugetes*(장난감)〉이라고 할 수 있을 겁니다. 비록 제목은 초라하지만 내용은 아주 훌륭하고 알차답니다.」

「나 또한……」 돈키호테가 말했다. 「토스카나 말을 어느 정도 알고 있어서 아리오스토의 시 몇 줄은 읊는다고 뻐길 수 있소. 그런데 내가 이 질문을 드리는 건 선생의 재능을 시험해 보자는 것이 아니라 단지 호기심으로 하는 것이니, 대답해 주시오. 혹시 그 책에 〈피냐타*piñata*〉라는 말이 있지는 않았소?」

「예, 많이 나오지요.」 번역가가 대답했다.

「선생은 그 말을 카스티야어로 어떻게 옮기셨소?」 돈키호테가 물었다.

「어떻게 옮겼겠습니까?」 번역가가 대답했다. 「〈오야*olla*(냄비, 솥)〉가 아니라면 말입니다.」

「세상에!」 돈키호테가 말했다. 「선생의 토스카나어 실력은 꽤 뛰어나군요! 내가 장담컨대, 토스카나어 〈피아체*piace*〉를 선생은 카스티야어 〈플라세*place*(기쁨)〉로 옮기실 것이고, 〈피우*piu*〉는 〈마스*más*(~보다 더)〉, 그리고 〈수*su*〉는 〈아리바*arriba*(~위에)〉로, 〈지우*giu*〉는 〈아바호*abajo*(~아래에)〉로 틀림없이 옮기실 거요.」

「물론 그렇게 옮겨야겠지요.」 번역가가 말했다. 「그 말들이 가장 적합하니까요.」

「내가 감히 맹세하오만……」 돈키호테가 말했다. 「선생은 세상에 널리 알려지지는 않았을 것 같군. 세상은 선택된 재능이나 칭찬할 만한 작업에 상을 주는 일에는 늘 등을 돌리니 말이오. 세상이 놓치고 있는 재주들이 얼마나 많은지! 구석으로 몰려 잊힌 재능들은 또 어떻고! 능력들이 무시되고 있다니! 여하튼, 하나의 언어를 다른 언어로 번역하는 일이란 언어의 여왕 격인 그리스어나 라틴어가 아니고서야 마치 플랑드르산 태피스트리의 뒷면을 바라보는 것과 같으니, 비록 형체는 알 수 있을지라도 그것을 어둡게 만드는 실들이 가득해서 앞면이나 그 매끄러움까지는 자세히 볼 수 없소. 사실 쉬운 언어를 번역하는 일은 재능이나 문장 솜씨를 증명해 주지 않지. 한 서류를 다른 서류로 베끼거나 다시 쓰는 일과 같으니 말이오. 그렇다고 해서 이러한 번역 작업을 칭찬하지 않아도 된다는 뜻은 아니라오. 사람들은 이보다 더 고약하면서도 이익은 별로 되지 않는 일들을 하기도 하니 말이오. 그나저나 저 유명한 두 번역가는 이런 모든 경우에서 예외가 된다오. 한 사람은 『목자 피도』[372]를 번역한 크리스토발 데 피게로아 박사이고, 다른 한 사람은 『아민타』[373]를 옮긴 돈 후안 데 하우레기로, 이 사람들의 번역은 어느 쪽이 번역이고 어느 쪽이 원본인지 의문이 들 정도로 훌륭다오. 그런데 선생께 묻고 싶은 것은, 이 책을 자비로 출판하시는 것인지, 아니면 어느 서적상에게 이미 판권을 넘긴 것인지 하는 거요.」

「자비로 출판하고 있지요.」 번역가가 대답했다. 「그리고 이 초판으로 적어도 1천 두카도는 벌 생각이랍니다. 2천 부를 생각하고 있으며, 권당 6레알에 팔 예정인데, 금방 쉽게 다 나갈 겁니다.」

「계산을 아주 잘하시는군!」 돈키호테가 말했다. 「그런데 출판업자들의 수입이나 지출, 이 양자 사이에 있는 거래라는 건 모르시는 모양이오. 내가 선생께 장담하오만, 2천 부의 책을 책임지고 짊어지게 되면 선생의 몸은 초주검이 되고 정말 놀랄 거요. 더군다나 그 책이 대중적 취향에서 약간이라도 벗어나거나 자극적인 맛이 전혀 없다면 말이오.」

372 *Pastor Fido.* 이탈리아 극작가 바티스타 구아리니Battista Guarini의 작품으로 1590년 베네치아에서 출판되었다. 크리스토발 데 피게로아Cristóbal Suárez de Figueroa의 스페인어 번역본은 1602년 나폴리에서 나왔다.
373 *L'Aminta.* 토르쿠아토 타소Torcuato Tasso의 작품으로 1580년 크레모나에서 출판되었다. 후안 데 하우레기Juan de Jáuregui의 번역본은 1607년 로마에서 나왔다.

「그렇다면 어떻게 하라는 겁니까?」 번역가가 말했다. 「판권으로 3마라베디밖에 주지 않으면서 그것으로 제게 은혜를 베푼다고까지 생각하고 있는 서적상에게 이 책을 넘겨주라는 말씀입니까? 저는 세상에서 명성을 얻기 위해 제 책들을 출판하는 게 아닙니다. 이미 제 작품들로 이름이 알려져 있기는 하지요. 저는 이익을 얻기를 바랍니다. 그것이 없다면 훌륭한 명성은 전혀 가치가 없으니까 말이죠.」

「하느님께서 선생에게 행운을 주시기를 바라오.」 돈키호테가 말했다.

그러고는 다음 부서로 가니 거기에서는 『영혼의 빛』[374]이라는 책의 한 장을 교정하고 있었다. 이를 본 돈키호테가 말했다.

「이런 종류의 책들은 이미 많이 출판되어 있지만 그럼에도 반드시 출판되어야 할 책들이라오. 세상에 죄인이 많아지는 추세라, 그런 현혹된 자들을 위해 무한한 빛이 필요하기 때문이오.」

또 앞으로 나아가니 다른 책을 교정하고 있었다. 책 제목을 물어보니, 토르데시야스에 사는 아무개가 지었다는 『기발한 이달고 돈키호테 데 라만차 제2편』[375]이라는 대답이 돌아왔다.

「내가 이 책에 대해서 이미 들은 이야기가 있는데…….」 돈키호테가 말했다. 「진실로 내 양심을 두고 말하지만, 이 책은 당치도 않은 이야기로 이미 불에 태워져 먼지가 되어 있다고 나는 생각했소. 하지만 돼지에게 닥치듯이, 그 책에도 자기의 성 마르틴 축일[376]이 닥치게 될 것이오. 꾸며 낸 이야기는 진실과 비슷하거나 그것에 가까울수록 그만큼 훌륭하고 재

374 수사인 펠리페 데 메네세스Felipe de Meneses의 『무지와 맹목에 맞서는 기독교 영혼의 빛』이라는 책으로 1554년 바야돌리드에서 발간되었다.
375 하지만 세르반테스 생전에는 바르셀로나에서 아베야네다의 책이 발간되지 않았다.
376 성 마르틴 축일은 11월에 열리며 돼지 통구이를 하는 관습이 있다. 〈결국 최후의 날이 온다〉라는 뜻으로 해석할 수 있다.

미있는 법이며, 진짜 이야기는 진실할수록 더욱 훌륭하니 말이오.」

　이런 말을 하면서 그는 약간 원망스러운 표정으로 인쇄소를 나왔다. 같은 날 돈 안토니오는 돈키호테에게 갤리선을 구경시켜 주기 위해 함께 해변에 갈 계획이었다. 산초는 한 번도 이 배를 타본 적이 없었기에 무척 기뻐했다. 돈 안토니오는 네 척의 갤리선 함장들에게 그날 오후 자기 손님인 그 유명한 돈키호테 데 라만차를 데려가겠노라고 알려 놓았고, 함장과 도시의 주민들 역시 이미 돈키호테에 대해 들어 다들 그를 알고 있었다. 갤리선에서 일어난 사건은 다음 장에서 이야기하기로 한다.

63

갤리선을 방문했을 때
산초 판사에게 일어난 재난과
아름다운 무어인 아가씨의
새로운 모험에 대하여

　돈키호테는 마법에 걸린 머리가 한 대답에 대해서 엄청나게 많은 생각을 했지만 그것이 속임수였다고는 상상조차 하지 못했다. 그의 모든 생각은 둘시네아의 마법이 풀리리라는 약속에 집중되어 있었는데, 그것에 몰두하여 이렇게도 생각해 보고 저렇게도 생각해 보다가 그 약속이 곧 이행될 것이라 믿고는 속으로 기뻐했다. 그리고 산초는, 앞에서도 말했듯이 통치라는 것을 증오하고 있기는 했지만 그래도 다시 명령을 내리고 그 명령에 복종시키는 일을 해보고 싶다는 소망은 여전히 간직한 채였다. 비록 장난이라 할지라도 이처럼 권력이라는 것에는 그 자체로 불행이 따르기 마련이다.

　여하튼 그날 오후 돈키호테를 손님으로 모신 주인 돈 안토니오와 그의 두 친구는 돈키호테와 산초를 데리고 갤리선으로 갔다. 함장은 그들이 올 것을 미리 알고 그 유명한 돈키호테와 산초를 보게 될 일을 무척이나 기대하고 있었다. 그들이 해안에 도착하자 모든 갤리선들이 천막 덮개를 걷고 치리미아를 불어 대기 시작했고, 곧이어 배에 실려 있던 작은 배를 물에다 내렸는데 훌륭한 융단과 붉은 벨벳 쿠션으로 뒤덮인 것이었다. 돈키호테가 그곳에 발을 디디자마자 기함에서는 뱃머리에서 배꼬리로 이어지는 통로에 있던 대포를 발사했으며 나머지 갤리선들도 모두 그렇게 했다. 돈키호테가 오른쪽 계단을 올라갈 때에는 모든 선원들이 나와 중요한 분이 방문할 때 하던 대로 세 번 〈우, 우, 우!〉 외치며 그에게 인사했다. 발렌시아의 지체 높은 기사였던 장군은 — 우리는 이분을 이렇게 부를 것이다 — 돈키호테에게 악수를 청하고 그를 껴안으며 말했다.

「저는 이날을 흰 돌로 표시해 둘 겁니다. 돈키호테 데 라만차 나리를 만남으로써 제 생애 가장 멋진 날들 중 한 날이 되었으니까요. 기사님이야말로 편력 기사도의 모든 가치가 요약되어 담겨져 있는 표식이자 상징이십니다.」

돈키호테는 이에 못지않은 정중한 태도로 대답했는데, 그렇게 귀한 대접을 받고 보니 말할 수 없이 기분이 좋았다. 모두들 아주 정갈하게 정돈된 배 뒤쪽으로 가서 양쪽 측면에 준비되어 있던 의자에 앉았다. 노 젓는 죄수들을 감독하는 자가 통로를 지나다니면서 호루라기로 신호하자 순식간에 모두가 옷을 벗었다. 그렇게 많은 사람들이 한꺼번에 맨몸이 되자 산초는 기절초풍할 지경이었고, 게다가 그들이 그토록 잽싸게 천막을 치는 것을 보자 모든 악마들이 거기에 모여 일하고 있는 듯 여겨져 더욱 놀랐다. 하지만 이 모든 일들은 지금 말하려는 것에 비하면 아무것도 아니었다. 산초는 등을 돌린 채 노를 젓고 있는 죄수 옆, 그러니까 선미에서 천막을 지탱하고 있는 오른쪽 나무 위에 앉아 있었는데, 미리 할 일을 지시받아 놓은 그 노 젓는 죄수가 느닷없이 산초를 붙잡아 두 팔로 그를 번쩍 들어 올린 것이다. 그러자 일어서서 경계 태세를 취하고 있던 모든 죄수들이 오른쪽에서부터 시작해 팔에서 팔로 산초를 건네며 얼마나 빨리 옮기고 휘둘러 대는지, 불쌍한 산초는 눈도 뜨지 못하고 악마들이 자기를 데려가고 있는 것이 틀림없다고 생각할 뿐이었다. 이들은 다시 왼쪽으로 돌아 원래의 자리에 그를 내려놓을 때까지 멈추지 않았다. 불쌍한 산초는 녹초가 되어 땀에 흠뻑 젖은 채 숨을 헐떡였으니, 자기한테 무슨 일이 일어났는지도 알 수 없을 지경이었다.

산초가 날개도 없이 나는 것을 본 돈키호테는 장군에게 저렇게 하는 것이 혹시 처음으로 갤리선에 올라온 사람들에게 하는 의식이냐고 물었다. 그는 갤리선에서 일을 할 의사가 없고 그와 같은 운동은 하고 싶지 않으니 말이다. 그러고는 만일 누군가 자기를 휘두르기 위해 가까이 오기만 하면 그를 발로 차고 영혼을 끄집어낼 것을 하느님께 맹세하면서 벌떡 일어나 칼을 움켜쥐었다.

이 순간 그들이 천막 덮개를 걷어 내자, 돛대가 무시무시한 소리를 내며 위에서 아래로 와르르 떨어져 내렸다. 산초는 하늘이 기둥에서 뽑혀 나와 자기 머리 위로 떨어지는 것은 아닌지 두려워 몸을 굽혀 머리를 양다리 사이로 쳐박았다. 비록 그렇게까지는 하지는 않았지만 돈키호테 역시 무서워 떨며 어깨를 움츠렸는데 아주 창백한 얼굴이었다. 죄수들은 내릴 때와 같은 속도로 무시무시한 소리를 내면서 돛대를 위로 끌어 올렸으니, 이 모든 일을 목소리도 없고 숨도 안 쉬는 사람들처럼 말 한마디 없이 해냈다. 감독이 닻을 올리라고 신호한 다음 채찍을 들고는 갑판 통로 가운데로 뛰어올라 죄수들의 등을 때리기 시작하자 배가 조금씩 바다로 나아가기 시작했다. 갤리선의 수많은 붉은 다리가 움직이는 것을 보고, 산초는 저것들이 노들이구나 싶어 속으로 생각했다.

〈우리 주인 나리가 말씀하시는 그런 일들보다, 오히려 이것이야말로 진짜 마법 같은 일이야. 이 불행한 사람들은 무슨 짓을 했기에 저렇게 채찍질을 당하는 거지? 그리고 호루라기를 불면서 왔다 갔다 하고 있는 저 작자는 어떻게 혼자서 이렇게도 많은 사람들을 감히 채찍질하는 걸

까? 지금에서야 하는 말이지만, 이거야말로 지옥이야. 아니면 적어도 연옥이지.〉

돈키호테는 눈앞에서 벌어지고 있는 광경을 주의 깊게 살피는 산초의 모습을 보고 그에게 말했다.

「아, 나의 친구 산초여, 자네가 원하기만 한다면 자네도 상반신을 벗고 저 사람들 사이에 앉아 정말 힘도 안 들이고 아주 간단하게 둘시네아의 마법을 풀 수 있을 텐데! 이 많은 사람들과 함께 겪는 것이니 그 비참함과 고통을 그다지 크게 느끼지 않을 것이네. 더군다나 현자 메를린이 여기서 맞을 매 하나하나를 자네가 자네에게 가해야 하는 매질의 열 배로 계산해 줄 수도 있겠지. 이 매질은 훌륭한 손으로 주어지는 것이니 말일세.」

장군은 그 매질이란 게 무엇이며 또 둘시네아의 마법을 푼다는 것이 무슨 말이냐고 물어보려 했으나, 그 순간 선원이 말했다.

「서쪽 해안에 노를 저어 오는 배가 있다고 몬주익[377]으로부터 신호가 왔습니다.」

이 말을 듣자 장군은 갑판으로 뛰어올라 소리쳤다.

「자 제군들, 그 배를 그냥 가게 해서는 안 된다! 망루에서 우리에게 보낸 신호에 의하면 그 배는 알제 해적들의 쌍돛대 범선이 틀림없다.」

그러자 다른 세 척의 갤리선도 기함의 명령을 받기 위해 다가왔다. 장군이 말하기를, 두 척은 바다로 나가고 자기가 다른 한 척과 함께 연안으로 육지를 따라가면 그 배는 달아날 수 없을 것이라고 했다. 죄수들도 노를 잡고 어찌나 격렬하게 배를 몰아 대는지 배가 마치 날아가는 듯했다. 바다로 나간 갤리선 두 척은 약 2마일쯤 떨어진 곳에 있는 배 한 척을 발

---

[377] Monjuí. 바르셀로나 남쪽에 있는 몬주익 성을 말한다. 그곳에 망루가 있었다.

견했다. 보아하니 노 젓는 자리가 열넷에서 열다섯 정도 있는 것 같았는데, 실제로 그러했다. 그 배는 갤리선을 발견하고 도망치기 시작했는데, 가벼우니 도망갈 수 있다는 희망과 뜻을 가졌겠지만 그렇게 하지 못했다. 갤리선 기함은 항해하는 가장 빠른 배들 중 하나였으므로 금세 상대편 배를 따라잡을 수 있었다. 도망갈 수 없다는 것을 확실하게 깨닫자 쌍돛대 범선에 타고 있던 아랍인 대장은 이쪽 배를 지휘하는 대장의 분노를 사지 않기 위해 노를 버리고 항복하고자 했다. 하지만 운명은 다른 방식으로 일을 몰아갔다. 이미 기함이 아주 가까이 다가가 항복하라고 외치는 소리를 그쪽 사람들이 들을 수 있을 정도가 되었을 때, 이 열두 명의 해적들과 함께 쌍돛대 범선을 타고 온 터키인 두 명이 술에 취한 채 총을 발사하여 이쪽 배 측면 낭하에 있던 군인 두 명을 죽인 것이다. 이것을 본 장군은 그 배에 탄 사람들을 붙잡기만 하면 어느 누구도 살려 두지 않겠다고 맹세하고는 전속력으로 돌진했으나 상대편은 노 밑으로 빠져 달아났고, 갤리선은 한참을 지나쳐 앞으로 나아갔다. 한편 해적선에 탄 사람들은 다 끝났다고 생각했다가 갤리선이 방향을 바꾸어 돌아오는 동안 다시 돛과 노의 힘으로 도망치고자 했지만 결국 기민함은 아무런 소용이 없었고, 무모함으로 인해 피해만 배로 커졌을 뿐이었다. 기함이 반 마일 조금 더 되는 곳에서 그들을 따라붙어 수많은 노들로 해적선을 덮어 버려 전원을 생포한 것이다.

이때 다른 두 척의 갤리선도 도착해서 모두 네 척의 배가 해안으로 돌아왔으니, 해안에는 많은 사람들이 그들이 끌고 온 것을 보고자 기다리고 있었다. 육지 가까이 정박한 장군은 이 도시의 부왕도 해안에 나와 있다는 것을 알았다. 그는 부왕이 배에 오를 수 있도록 작은 배를 띄우라고 명령하고는 해적선에서 생포한 선장과 터키인들을 당장 교수형에 처할 수 있도록 돛대를 내리라고 지시했다. 이들은 서른여섯 명이나 되었는데,

모두가 늠름해 보였고 그중에서도 총을 발사한 터키인들은 특히 더 그러했다. 장군이 그 배의 선장이 누구인지 묻자 포로들 가운데 하나가 카스티야 말로 대답했는데, 나중에 보니 그는 개종한 에스파냐 사람 같았다.

「나리, 여기 보시는 이 젊은이가 우리 선장입니다.」

그러자 인간의 상상력이 그릴 수 있는 가장 아름답고 늠름한 한 젊은이가 모습을 드러냈다. 나이는 스무 살도 안 되어 보였다. 장군은 그 젊은이에게 물었다.

「말해 봐라, 이 분별없는 개야. 도망가는 게 불가능하다는 것을 알았을 텐데, 대체 누구의 사주를 받고 내 부하들을 죽일 생각을 했던 것이냐? 기함에 드리는 예의가 고작 그따위더냐? 무모함은 용기가 아니라는 걸 모른단 말이냐? 미약한 희망이라도 있으면 사람들이 대담해지기는 하지. 그렇지만 앞뒤 가리지 않고 경솔하게 행동하지는 않아.」

선장이 대답하려 했으나 장군은 곧바로 그 말을 들을 수 없었다. 벌써 갤리선에 올라와 있던 부왕을 맞이해야 했으니 말이다. 부왕과 함께 그의 하인들과 주민 몇 명이 들어왔다.

「장군, 사냥이 멋졌소!」 부왕이 말했다.

「너무나 멋졌지요.」 장군이 대답했다. 「이제 각하께서는 그 포획물이 돛대에 매달리는 모습을 보시게 될 것입니다.」

「어찌하여 그런 일을 하려는 거요?」 부왕이 되물었다.

「그 이유는……」 장군이 대답했다. 「저들이 전쟁의 모든 법과 모든 도리와 모든 관례를 어기고 이 배에 타고 있던 가장 훌륭한 제 부하 둘을 죽였기 때문입니다. 그래서 저는 제가 포로로 삼은 모든 자들, 특히 그 배의 선장인 이 젊은이를 목매달아 죽일 것을 맹세하였습니다.」

그러면서 이미 두 손이 묶이고 목에는 밧줄이 걸린 채 죽음을 기다리고 있는 그 젊은이를 가리켰다.

부왕은 그 젊은이를 바라보았는데 그가 참으로 아름답고도 늠름한 데다 그러면서도 아주 겸손해 보였으니, 그 순간 그의 아름다움이 일종의 추천서가 되어 부왕으로 하여금 그를 사형에서 구해 내주고 싶은 마음을 갖도록 했다. 부왕이 젊은이에게 물었다.

　「이보게, 선장. 자네는 터키인인가, 무어인인가, 아니면 개종한 에스파냐인인가?」

　이 질문에 젊은이는 카스티야 말로 대답했다.

　「저는 터키 태생도 아니고, 무어인도 아니며, 개종한 에스파냐인도 아닙니다.」

　「그렇다면, 자네는 무엇인가?」 부왕이 되물었다.

　「기독교를 믿는 여자입니다.」 젊은이가 대답했다.

　「여자에 기독교인이라고? 그런 차림으로 이런 자리에 있으면서? 믿기기는커녕 매우 놀랄 만한 이야기군.」

　「여러분⋯⋯.」 젊은이가 말했다. 「잠시만 저의 형 집행을 보류해 주십시오. 여러분들께 제 삶을 이야기하는 동안 복수를 조금 뒤로 미룬다 해도 잃을 것은 별로 없을 테니 말입니다.」

　아무리 심장이 강한들, 이런 말을 듣고 마음이 약해지지 않을 자 누가 있으랴? 적어도 이 슬프고도 가슴 아프게 한탄하는 젊은이가 하려는 이야기에 귀조차 기울이려 하지 않을 만큼 강한 심장을 가진 자 누가 있으랴? 장군은 무엇을 원하든 하고 싶은 대로 하라고 했다. 그렇지만 세상이 다 아는 잘못에 대해 용서를 얻을 생각은 말라고 덧붙였다. 허락을 얻자 젊은이는 이렇게 말하기 시작했다.

　「저는 요즈음 불행이 바다처럼 퍼붓는, 현명하기보다는 불행한 종족인 모리스코 부모에게서 태어나 자랐습니다. 그 종족의 불행이 진행되던 중에 스스로 기독교인임을 밝힐 경황도 없이 두 분의 삼촌을 따라 베르베리아로 가게 되었지요. 저는 거짓이나 외형으로만이 아닌, 진정한 기독교인입니다. 하지만 우리를 비참하게 추방시키던 사람들에게 이러한 진실을 말한다는 것은 아무런 소용이 없었습니다. 저의 삼촌들조차 믿기는커녕 제가 태어난 땅에 머물고 싶어 일부러 지어낸 거짓말로 여기셨고, 그래서 제 뜻에 반하여 강제로 저를 데리고 갔던 겁니다. 제가 기독교인 어머니와 기독교인 아버지를 가졌다는 것은 말 그대로 사실입니다. 젖과 함께 기독교 신앙을 마시고 자라며 훌륭한 풍속 속에서 지냈기에, 말이나 버릇에서 모리스코라는 표시는 전혀 나타나지 않았지요. 이러한 미덕과 함께 제 아름다움 또한 성장한 것 같습니다. 제게 얼마간의 아름다움이 있다면 말이지요. 그런데 아무리 조신하게 집에만 갇혀 살았어도 그 생활이 그리 완벽하지는 않았던지 저는 돈 가스파르 그레고리오라는 젊은 분의 눈에 띄게 되었답니다. 저희 마을 옆에 자기의 마을을 가지신 한 신사분의 장남 되는 분이셨지요. 그분이 어떻게 저를 보셨는지, 저희가 어떤 말을 주고받았는지, 어떻게 해서 그분이 저를 사랑하게 되셨는지, 그리고 어떻게 해서 제가 그분께 완전히 정복당하지 않을 수 있었는지는 이야기하기에 너무 길군요. 더군다나 저를 위협하는 이 가혹한 밧줄이 곧 혀와 목 사이를 관통하게 될 거라는 두려움에 떨고 있는 마당이니 말입니다. 그러니 단지 저희가 추방되어 나갈 때 돈 그레고리오가 저를 따라왔다는 것만 말씀드리겠습니다. 그분은 아랍어를 아주 잘 알고 계셨기 때문에 다른 마을에서 추방되어 나가던 모리스코들에 섞여 그들과 어울렸으며, 여행하는 동안에는 저를 데리고 가셨던 삼촌들과 친구가 됐지요. 제가 삼촌들과 함께 가게 된 것은, 신중하시고 준비성 있으신 저의 아버지께서 첫 번째 추방령을 들으시자마자 곧장 마을을 떠나 외국에서 우리들을 받아들일 만한 곳을 찾고 계셨기 때문이었어요. 아버지께서는 저만 알고 있는 어느 장소에 많은 진주며 값비싼 보석을 얼마간의 크루사

792

도와 도블론[378] 금화들과 함께 묻어 두셨습니다. 아버지는 혹시 우리가 추방되더라도 당신께서 돌아오시기 전까지는 절대로 묻어 둔 보물에 손을 대지 말라고 제게 일러 두셨습니다. 저는 그렇게 했고, 앞서 말씀드린 것처럼 삼촌들과 다른 친척분들과 함께 베르베리아로 건너가 알제에 정착했습니다. 지옥 같은 곳이었죠. 그런데 알제 왕이 제 미모와 재산에 관한 소문을 들으셨어요. 어떻게 보면 이 일은 제게 행운이기도 했습니다. 왕은 저를 면전에 부르셔서는, 에스파냐 어느 곳에서 왔으며 어떤 돈과 보석들을 가지고 왔는지 물으셨습니다. 저는 고향을 말씀드리고 보석과 돈은 그곳에 묻어 두고 왔다고 대답했습니다. 제가 찾으러 가면 쉽게 그것들을 손에 넣을 수 있을 것이라고도 했지요. 이렇게 모두 말씀드린 건 왕이 돈보다 제 미모에 눈이 멀까 두려웠기 때문이었습니다. 이런 대화를 나누고 있을 때, 사람들이 오더니 왕에게 상상도 못 할 정도로 늠름하고 아름다운 젊은이가 저와 함께 왔다고 전했습니다. 저는 그것이 돈 가스파르 그레고리오를 두고 한 말인 줄 단번에 알았지요. 그분의 수려함은 아무리 칭찬해도 부족하거든요. 돈 그레고리오가 처하게 될 위험을 생각하니 마음이 혼란스러웠습니다. 그 야만스러운 터키인들 사이에서는 지극히 아름다운 여자보다도 잘생긴 소년이나 젊은이가 훨씬 더 큰 호감을 얻고 높이 평가되기 때문이지요. 왕은 그 사람이 보고 싶으니 즉시 데려오라고 명령하고는, 저에게 묻기를 사람들이 그 젊은이에 대해서 하는 이야기가 사실이냐 하더군요. 그때 저는 거의 하늘로부터 예지 능력이라도 받은 것처럼, 그건 사실이지만 그 젊은이는 남자가 아니고 저와 같은 여자이니 그분의 아름다움이 완전히 드러날 수 있게끔, 그리고 당황하지 않

___

378 〈크루사도*cruzado*〉는 당시 스페인의 영토였던 포르투갈에서 통용되던 금화이고 〈도블론*doblón*〉 역시 금화로 20레알에 상응했다.

고 왕 앞에 나올 수 있게끔 그분 원래의 복장으로 갈아입혀 데려오도록 저를 보내 달라고 간청했답니다. 왕은 저보고 얼른 다녀오라면서, 숨겨 놓은 보물을 찾으러 에스파냐에 돌아가려면 어떤 방법을 써야 하는지에 대해서는 다른 날 의논하자고 말했습니다. 저는 돈 가스파르를 만나 남자로 보이면 위험하다는 말을 전하고 무어 여인으로 여겨지도록 옷을 입혀 그날 저녁 왕 앞으로 데리고 갔답니다. 그분을 본 왕은 감탄했고, 이 여자를 지켰다가 황제에게 선물해야겠다고 생각하게 되었지요. 왕의 아내들이 있는 방에 함께 두면 위험한 일이 생길 수 있고 왕 자신도 스스로 무슨 짓을 할지 모르니, 지체 높은 무어 여인들이 사는 집에 데려다가 지키고 섬기라고 명령하시더군요. 그분은 곧장 그곳으로 모셔졌답니다. 제가 그분을 사랑하지 않는다고는 말할 수 없으니, 우리 두 사람이 그때 느낀 감정은 서로 사랑하면서도 떨어져 지내는 사람들의 마음에 맡기겠습니다. 그러고 나서 왕은 저를 이 쌍돛대 범선에 태워 에스파냐로 보낼 계획을 세우고 터키인 두 명을 딸려 보냈는데, 여러분의 부하를 죽인 자들이 바로 이들이었습니다. 개종한 듯 보이는 이 에스파냐인도 ― 그녀는 제일 먼저 입을 열었던 자를 가리켰다 ― 저랑 같이 왔습니다. 제가 잘 아는데, 이 사람은 정체를 숨긴 기독교인으로서 베르베리아로 돌아가기보다 에스파냐에 진심으로 머물러 있고 싶어 온 거랍니다. 쌍돛대 범선에 있는 나머지 무어인과 터키인들은 노 젓는 일만 할 뿐입니다. 욕심 많고 무례한 두 터키인은 저와 이 개종자를 기독교인들의 복장으로 갈아입혀 제일 먼저 닿게 되는 에스파냐 땅에다 상륙시키라는 명령을 지키지 않고, 먼저 이 해안을 휩쓸고 다니며 무언가를 노획하려 했습니다. 우리를 먼저 상륙시켰다가 무슨 일이라도 일어나면 우리가 바다에 쌍돛대 범선이 있다고 폭로할까 봐 두려웠던 거죠. 이 해안에 갤리선이 있다면 자기들을 붙잡을 테니 말입니다. 어젯밤 우리는 이 해변을 발견했습니다만 네 척의 갤리선에 대해서는 아무런 정보가 없었던 터라 마침내 발각되었고, 아시는 바와 같은 그런 일이 일어났던 겁니다. 결국 돈 그레고리오는 여인들 사이에서 여장을 한 채 언제 신세를 망칠지 모를 위험에 처해 있고, 저는 두 손이 묶인 채 이미 지친 이 목숨이 끝나기를 기다리면서, 정확히 말한다면 두려워하면서 있게 되었습니다. 여러분, 이것이 제 한탄할 만한 이야기의 결말이랍니다. 불행한 만큼 진실된 것이지요. 제가 여러분께 간청드리는 것은, 저를 기독교인으로서 죽게 해달라는 겁니다. 이미 말씀드렸듯이, 저는 우리 민족이 저지른 죄와 완전히 무관하기 때문입니다.」

그러고 나서 입을 다물었는데, 그녀의 눈에는 눈물이 가득했다. 그 곳에 있던 많은 사람들도 그녀를 따라 눈물을 흘렸다. 마음 여리고 인정 많은 부왕은 한마디 말도 없이 그녀에게 다가가서는 이 무어 여인의 아름다운 손을 묶고 있던 밧줄을 손수 벗겨 주었다.

기독교 무어 여인이 자기의 파란만장한 이야기를 하는 동안 한 늙은 순례자가 그녀를 뚫어지게 쳐다보고 있었으니, 그는 부왕이 갤리선에 오를 때 따라온 자였다. 여자가 자기의 이야기를 마치자마자 노인은 그녀의 발아래 몸을 내던지더니 두 다리를 얼싸안으며 흐느낌과 한숨 속에 제대로 나오지 않는 말을 떠듬떠듬 이었다.

「오, 나의 불행한 딸 안나 펠릭스! 네 아비 리코테다. 내 영혼인 너 없이는 도저히 살아갈 수가 없어 너를 찾으러 돌아왔단다.」

그 말에 산초는 눈을 번쩍 뜨고는 고개를 들어 ― 그때까지 산초는 죄수들의 손에서 손으로 건네지며 몰이를 당했던 자신의 불행을 생각하느라 고개를 숙이고 있었으니 말이다 ― 순례자의 얼굴을 가만히 들여다보고는 그가 리코테임을 알아봤다. 통치를 그만두고 나오던 날 만난 바로 그 리코테 말이다. 그 여자는 다름 아닌 그의 딸이었다. 이미 포박이 풀려 있던 딸은 아버지를 얼싸안았고 이들은 눈물로 뒤엉켰다. 리코테가 장군과 부왕에게 말했다.

「여러분, 이 애는 제 딸입니다. 자기 이름보다 많은 일을 겪으면서 불행하게 살아온 아이입니다. 안나 펠릭스가 이름이고 성은 리코테이지요. 재산으로도 유명했지만 아름다움으로도 유명했던 애였습니다. 저는 나라를 떠나 외국으로 돌아다니며 우리를 받아 주고 머물게 해줄 곳을 찾다가 독일에서 그런 곳을 발견했고, 이제는 딸을 찾고 제가 숨겨 둔 그 많은 재산을 파내기 위해 다른 독일 사람들과 함께 이 순례자 복장으로 돌아왔습니다. 딸은 찾지 못했지만 재산은 찾아서 제 몸에 지니고 있었는데, 지금 여러분이 보셨듯이 이 이상한 경로로 제 사랑하는 딸, 저를 더 부자로 만들어 주는 보물까지 발견하게 된 것입니다. 만약 저희가 죄를 짓지 않았다는 사실과 더불어 제 딸과 저의 눈물이 여러분의 완전무결한 판단하에 자비로 나아가는 문을 열 수만 있다면, 저희들에게 그 자비를 베풀어 주십시오. 저희는 한 번도 당신들을 모욕할 마음을 먹은 적이 없고, 우리 민족의 나쁜 뜻을 따른 적도 전혀 없으며, 그들은 정당하게 추방당했다고 생각하고 있답니다.」

그때 산초가 말했다.

「제가 이 리코테를 잘 압니다요. 그리고 이 사람의 딸인 안나 펠릭스에 관한 내용도 모두 사실이라는 것 역시 압니다요. 그 밖의 갔다 왔다 했다는 자질구레한 일들이나, 좋은 뜻이었느니 아니었느니 하는 것까지는 제가 간섭할 일이 아니지만요.」

그 자리에 있던 사람들 모두 이 이상한 사건에 놀라 있던 중 장군이 입을 열었다.

「그대들의 눈물이 내 맹세를 지키지 못하게 하는군. 아름다운 안나 펠릭스는 하늘이 그대에게 정한 수를 누리기 바란다. 그리고 무모하고 무례한 자들은 자기가 지은 죗값을 받도록 하겠다.」

그는 즉시 자기 부하를 죽인 터키인 두 명을 돛대에 매달라고 명령했으나, 부왕은 그들을 교수형에 처하지 말라고 간절하게 청했다. 그들의 잘못은 용맹함보다는 광기에서 온 것이라면서 말이다. 장군은 부왕이 청한 바를 따랐으니, 피도 눈물도 없이 냉정하게 가하는 복수는 좋은 것이 아니기 때문이었다. 그러고 나서 사람들은 위험에 처해 있는 돈 가스파르 그레고리오를 구출해 낼 계획을 의논했다. 리코테는 그 일을 위해 진주와 보석으로 2천 두카도 이상을 내놓겠노라고 제의했다. 많은 방안들이 논의되었으나 개종한 에스파냐 사람이 제안한 것만큼 그럴싸한 것은 없었다. 그는 자기가 노 젓는 자리 여섯 개를 갖춘 조그마한 배를 타고 알제로 돌아가겠노라고 나섰다. 노 젓는 사람들은 모두 기독교인들로 해서 말이다. 그는 언제 어디에 어떻게 상륙할 수 있는지 알고 있으며, 돈 가스파르가 머물고 있는 집도 알고 있다고 했다. 장군과 부왕은 이 개종자를 믿어야 하는 건지, 노를 저을 기독교인들을 이 사람에게 맡겨도 되는 건지 주저했으나, 안나 펠릭스가 그의 보증을 서겠다고 나섰고 그녀의 아버지 리코테는 혹시나 그 기독교인들이 잘못될 경우 자기가 가서 몸값을 지불하고 그들을 인도하겠노라고 했다.

　이렇게 결정한 다음 부왕은 배에서 내렸고 돈 안토니오 모레노가 모리스코 여인과 그의 아버지를 데리고 갔으니, 부왕이 그에게 두 사람을 최대한 잘 모셔 달라고 부탁했던 것이다. 부왕 자신도 그들을 대접하기 위해서라면 자기에게 있는 무엇이든 제공하겠노라고 했다. 안나 펠릭스의 아름다움이 부왕의 가슴에 일으킨 호의와 자비가 그렇게나 컸다.

64

지금까지 돈키호테에게 일어난
그 모든 모험들 가운데
가장 가슴 아픈 사건에 대하여

이야기에 의하면 돈 안토니오 모레노의 아내는 자기 집에 안나 펠릭스가 오자 대단히 기뻐하며 그녀를 영접했으며, 그녀의 아름다움만큼이나 사리 분별에도 반하여 즐거운 마음으로 받아들였다고 한다. 그만큼 이 모리스코 아가씨는 이러한 면에 있어서나 저러한 면에 있어서나 매우 뛰어났던 것이다. 도시에 있는 사람들 모두가 마치 울리는 종소리에 이끌리듯 이 아가씨를 보려고 몰려들었다.

돈키호테는 돈 안토니오에게 돈 그레고리오를 구출해 내기 위해 채택한 방법이 그리 좋아 보이지 않는다고 말했다. 안전하다기보다는 위험한 요소가 더 많다는 것이었다. 차라리 무장하고 말을 탄 자신을 베르베리아로 보내는 편이 훨씬 나을 것이라고 했다. 무어인들이 아무리 많아도 돈 가이페로스가 아내 멜리센드라를 구해 온 것처럼 그를 빼내 올 수 있다면서 말이다.

「나리, 생각 좀 해보십시오.」 이 말을 듣고 있던 산초가 말했다. 「돈 가이페로스 나리는 육지에서 그분의 아내를 꺼낸 다음 육로로 해서 프랑스로 데리고 가셨습니다요. 하지만 이 경우는, 우리가 돈 그레고리오를 꺼낸다고 한들 에스파냐로 데리고 올 길이 없습니다요. 가운데 바다가 있으니까 말입니다요.」

「죽음만 아니라면 말이다, 무슨 일에든 해결 방법은 있는 법이다.」 돈키호테가 대답했다. 「배가 해안으로 접근해 올 때 그 배에 오르면 되는 게야. 비록 온 세상이 그 일을 방해한다 해도 말이지.」

「나리께서는 그 일을 아주 쉽게 생각하시지만요……」 산초가 말했다. 「말과 행동 사이에는 대단한 거리가 있는 법입니다요. 저는 그 개종자 쪽을 따르겠습니다요. 그 사람은 아주 착하고 심덕 있는 사람 같아 보였거든요.」

돈 안토니오는 만일 개종자가 일을 제대로 못 해낼 경우 위대한 돈키호테가 베르베리아로 가는 방향으로 조치를 취할 것이라고 말했다.

그로부터 이틀 뒤에 개종자는 노 젓는 용맹무쌍한 선원들로 무장하여 양편에 노 여섯 개씩을 갖춘 가벼운 배를 타고 출발했다. 다시 그 이틀 뒤에는 갤리선들이 레반테로 떠났는데, 장군은 떠나면서 부왕에게 돈 그레고리오의 구출과 안나 펠릭스의 일이 어떻게 되어 가는지 알려 달라고 부탁했고, 부왕은 그리하겠노라고 약속했다.

그러던 어느 날 아침, 돈키호테는 완전 무장하고 바닷가로 산책을 나갔다. 그렇게 무장했던 것은, 몇 번이나 스스로 말해 왔듯이 그것들이 곧 자기의 장신구요, 싸움이 곧 자기의 휴식이므로 한순간도 무장하지 않고서는 있을 수 없었던 탓이다. 그는 한 기사가 자기 쪽으로 오는 것을 발견했는데, 그 역시 머리 꼭대기에서 발끝까지 무장한 모습으로 방패에는 휘황찬란한 달이 하나 그려져 있었다. 말을 알아들을 수 있을 정도의 거리에 이르자 기사는 돈키호테를 향해 큰 소리로 말했다.

「유명한 기사이자 한 번도 제대로 칭찬받지 못한 돈키호테 데 라만차여, 나는 〈하얀 달의 기사〉요. 세상에 알려진 바 없는 이 기사의 무훈들이 아마도 그대의 기억에는 남아 있을지도 모르겠소. 나는 그대와 겨루어 그대 팔의 힘을 시험하기 위해 왔소. 내 귀부인이 누가 되었든 간에 그대의 둘시네아 델 토보소와 비교도 되지 않을 정도로 더 아름답다는 것을 그대가 인정하고 고백하도록 만들기 위해서 말이오. 만일 그러한 사실을 그대가 명명백백하게 고백한다면 그대 목숨은 물론 그대의 목숨을 빼앗기 위해 내가 해야 할 수고도 아낄 수 있을 것이오. 우리가 겨루어 이겼을 때 내가 바라는 것은 오직 한 가지뿐이니, 그대는 무기를 버려 더 이상 모험을 찾아다니는 일을 삼가고 고향으로 돌아가 1년 동안 집에 들어앉아 손에 칼을 대는 일 없이 조용한 평화를 누리며 유익한 평온 속에서 살아야 하오. 이것이 그대의 재산을 불리고 그대의 영혼을 구하는 일이기 때문이오. 만일 그대가 나를 이길 경우에는 내 목숨을 그대의 처분에 맡기고 갑옷과 무기와 말은 전리품으로 그대에게 주겠소. 그리고 나의 무훈에 대한 명성 또한 그대에게 옮겨 갈 것이오. 어떻게 하는 것이 그대에게 더 바람직한 일인지 생각하여 즉시 답하시오. 이 협상을 처리하는 데 주어진 시한은 오늘 하루뿐이오.」

돈키호테는 〈하얀 달의 기사〉의 오만함과 그 도전의 이유에 놀라 얼이 빠질 지경이었으나 침착하고 엄숙한 태도로 대답했다.

「〈하얀 달의 기사〉여, 그대 무훈에 대한 소식은 아직까지 내가 들어 본 바 없으며, 맹세컨대 그대는 한 번도 그 고명한 둘시네아를 본 적이 없을 것이오. 그게 아니라면 이런 제안을 하지 않았을 것임을 내가 잘 알기 때문이오. 만일 그분을 보았다면 그분의 아름다움과 견줄 수 있는 아름다움이란 지금까지 존재하지 않았고, 앞으로도 존재하지 않을 것임을 깨달았을 것이오. 그렇다고 그대가 거짓말을 했다고 말하는 건 아니오. 단지 그대는 그대 자신이 무엇을 제안하고 있는지를 모를 뿐이오. 난 그대가 말한 조건으로 그대의 도전을 받아들이오. 그리고 주어진 시한이 지나지 않도록 즉시 결투를 하기로 합시다. 다만 그대의 무훈에 대한 명성이 내게로 옮겨 온다는 조건만은 제외하겠소. 그것들이 어떤 것인지 내가 전혀 알지 못하기 때문이오. 나는 있는 그대로의 내 것으로 족하오. 그럼, 그대가 원하는 진영을 잡으시오. 나도 그리하리다. 하느님이 골탕먹일 자, 성 베드로가 축복하리라.」[379]

　이 〈하얀 달의 기사〉를 발견한 도시 사람들은 부왕에게 가서 그와 돈키호테 데 라만차가 말을 나누고 있다고 알렸다. 부왕은 돈 안토니오 모레노 혹은 이 도시의 다른 어느 기사가 조작해 낸 새로운 모험이리라 생각하면서, 돈 안토니오와 다른 많은 기사들을 데리고 당장 바닷가로 나갔다. 마침 돈키호테가 필요한 만큼의 거리를 확보하기 위해 로시난테의 고삐를 돌리고 있던 참이었다.

　두 기사가 서로를 향해 달려 맞붙을 태세를 취하자, 부왕은 그 한가운데 서서 이토록 급하게 결투를 하게 된 이유가 무엇인지 그들에게 물었다. 〈하얀 달의 기사〉가 귀부인들의 아름다움에 있어서 어느 쪽이 더 우월한지를 가리기 위한 것이라고 대답하고는, 돈키호테에게 했던 말을 간단하게 설명하면서 쌍방이 결투 조건을 받아들였다고 말했다. 부왕은 돈 안토니오에게 다가가 저 〈하얀 달의 기사〉의 정체를 알고 있는지, 혹시 지금 돈키호테를 놀리기 위해 무슨 장난을 치고 있는 것은 아닌지 나직하게 물었다. 돈 안토니오는 자기도 저자가 누구인지 모르며, 이 결투가 장난인지 진짜인지조차 알 수 없다고 대답했다. 이에 부왕은 그들이 결투를 하도록 내버려 두어도 되는 건지, 혹시 막아야 하는 건 아닌지 알 수가 없어 어찌 할 바를 몰랐지만 아무래도 역시 장난인 것 같아 보였기 때문에 그 자리에서 물러나며 이렇게 말했다.

379 〈양쪽의 균형을 잡다〉 또는 〈의견의 일치를 본다〉라는 의미의 속담.

「기사 나리들, 일이 이렇게 되었으니 상대가 원하는 대로 고백을 하든지 아니면 죽든지, 이 둘 중 하나밖에는 다른 방법이 없소이다. 돈키호테 나리는 자기 생각을 고집하시고 〈하얀 달의 기사〉께서는 더 큰 고집을 부리시니, 이제는 하느님의 손에 맡기고 서로 맞붙으시오.」

〈하얀 달의 기사〉는 정중하고 점잖은 말투로 결투를 허락해 주신 것에 대해 감사를 표했으며, 돈키호테도 같은 인사를 했다. 돈키호테는 ― 자기에게 주어진 싸움을 시작할 때 늘 하던 대로 ― 진심으로 하늘과 자기의 귀부인 둘시네아에게 가호를 빌고, 진영을 조금 더 확보하기 위해 다시 말 머리를 돌렸다. 상대방이 그렇게 하고 있는 모습을 보았기 때문이다. 그리고 돌격 신호로 나팔을 불거나 전장에서 사용하는 다른 도구를 울리거나 할 것도 없이, 그 두 사람은 같은 순간 각자의 말 머리를 돌렸다. 〈하얀 달의 기사〉가 탄 말이 훨씬 빨라 두 사람 사이의 3분의 2가 되는 지점에서 그는 돈키호테와 맞닥뜨리게 되었는데, 그가 어찌나 막강한 힘으로 부딪쳐 왔는지 돈키호테와 로시난테는 위태롭게 무너져 내려 땅바닥에 나뒹굴고 말았다. 그런데 〈하얀 달의 기사〉는 달려오면서 보통 기사들이 하는 것처럼 돈키호테를 창으로 찌르지 않았고, 오히려 일부러 창을 높이 쳐들고 있는 것 같았다. 돈키호테가 땅으로 떨어지자 그는 즉각 다가와 투구의 챙에 창을 들이대면서 말했다.

「그대가 졌소, 기사여. 결투의 조건을 인정하지 않으면 그대는 죽은 목숨이오.」

돈키호테는 온몸이 갈리고 정신이 혼미하여 투구의 챙도 올리지 못한 채 마치 무덤 속에서 말하듯 쇠약하고 병든 목소리로 대답했다.

「둘시네아 델 토보소는 세상에서 가장 아름다운 여인이고 나는 이 땅에서 가장 불행한 기사요. 그리고 내가 쇠약하여 이 진실을 저버린다는 것은 옳지 않소. 기사여, 그대는 그 창을 압박하여 나의 목숨을 앗아 가시오. 나의 명예는 이미 빼앗았으니 말이오.」[380]

「그렇게는 하지 않을 것이오.」〈하얀 달의 기사〉가 말했다. 「둘시네아 델 토보소 귀부인의 아름다움에 대한 그 명성이 원래의 그 온전한 모습으로 영원무궁하기를 바라오. 단지 나는 위대한 돈키호테가 1년 동안, 아니면 내가 명하는 시점까지 고향에 물러가 있는 것으로 만족하겠소. 우리가 이 결투를 시작하기 전에 의견의 일치를 본 대로 말이오.」

부왕과 돈 안토니오를 포함한 그곳에 있었던 사람들 모두가 이 말을 들었고, 돈키호테가 대답하는 소리도 들었다. 그 대답이란 다름 아닌, 둘시네아에게 손해를 입히는 일만 요구하지 않는다면 그 밖의 것은 약속을 지키는 진정한 기사로서 전부 이행하겠다는 말이었다.

이러한 고백을 이끌어 낸 뒤 〈하얀 달의 기사〉는 말 머리를 돌려 부왕에게 고개 숙여 인사를 하더니 적당히 말을 몰아 시내로 들어갔다.

부왕은 돈 안토니오에게 그를 따라가 무슨 수를 써서라도 그가 누구인지 알아 오라고 명령했다. 사람들이 돈키호테를 일으켜 투구를 벗겨 보니, 창백한 얼굴이 땀에 흠뻑 젖어 있었다. 로시난테도 엉망이 되어 한동안 움직이지 못했다. 산초는 너무나 슬프고 서러워 무슨 말을 해야 할지, 무엇을 해야 할지 몰랐으니, 그에겐 그 모든 일이 꿈에서 일어난 것 같았고 그 모든 수작이 마법의 소행인 것만 같았다. 패배하여 1년 동안 무기를 잡지 못하게 된 자기 주인을 바라보면서, 그는 주인이 세운 무훈의 그 영광스러운 빛이 어두워지고 자기에게 한 새로운 약속에 대한 희망도 산산이 부서져 연기처럼 사라지는 모습을 상상했다. 그는 로시난테가 불구

---

380 원문에서 앞서 돈키호테가 사용하던 기사 소설상의 고어가 전혀 나타나지 않고 있다. 앞선 로케 기나르트의 모험과 터키인들과의 전쟁, 즉 실제 모험 앞에서, 과거의 기사이자 이미 늙어 버린 세르반테스의 분신인 돈키호테의 존재의 미미함과 무력감에서 우리는 그의 진정한 슬픔을 느끼고 그의 종말이 가까워지고 있음을 감지할 수 있다.

가 된 것은 아닐까, 주인의 뼈가 빠진 것은 아닐까 싶어 걱정이 태산이었는데 만일 빠진[381] 것만 아니라면 그나마 다행한 일이라고 생각했다. 결국 사람들은 부왕이 부른 가마에 그를 태워 시내로 데려갔고, 부왕 역시 시내로 돌아왔다. 그는 돈키호테를 그토록 비참하게 만든 〈하얀 달의 기사〉가 도대체 누구인지 알고 싶어 견딜 수가 없었다.

---

381 원문은 〈*deslocado*〉, 즉 〈광인이기를 그만두다〉이다. 〈뼈가 빠진〉을 뜻하는 올바른 단어는 〈*dislocado*〉로, 또다른 세르반테스의 말장난이다.

65

〈하얀 달의 기사〉가 누구인지에 대한 소식과
돈 그레고리오의 구출,
그리고 그 밖의 사건들에 대하여

돈 안토니오 모레노가 〈하얀 달의 기사〉 뒤를 쫓아갔고, 많은 아이들 또한 추적하다시피 그의 뒤를 따랐다. 추적은 그가 시내의 어느 여관으로 들어갈 때까지 이어졌다. 돈 안토니오는 반드시 그의 정체를 알아내겠다는 마음으로 안으로 따라 들어갔다. 한 종자가 그 기사를 맞이하고 갑옷을 벗겨 주기 위해 나왔다. 그가 아래에 있는 홀로 들어가자 돈 안토니오도 들어갔으니, 그의 정체가 궁금하여 참을 수가 없었던 것이다.[382] 신사가 자기를 놓아주지 않자 〈하얀 달의 기사〉는 이렇게 말했다.

「나리, 난 당신이 무엇 때문에 오셨는지 잘 알고 있습니다. 내가 누군지 알고 싶으신 게지요. 내가 그것을 숨길 필요가 없으니, 하인이 갑옷을 벗기는 동안 이 사건의 진상을 하나도 빠뜨리지 않고 말씀드리겠습니다. 나리, 나는 학사 삼손 카라스코라고 합니다. 돈키호테 데 라만차와 같은 마을에 사는 사람으로, 그는 자기의 그 광기와 바보 같은 짓거리로 그를 알고 있는 우리 모두를 연민에 빠뜨렸습니다. 나 또한 그에게 가장 많은

---

382 원문을 직역하면 〈빵이 구워지기를 기다릴 수가 없었다〉이다.

805

연민을 느꼈던 사람들 중 하나였지요. 그의 건강은 그가 안정을 취하는데 있고 그렇게 하려면 자기 고향의 자기 집에 있어야 한다고 믿었기에, 그가 집으로 돌아가 지내도록 내가 계획을 짰던 겁니다. 약 석 달 전쯤 나는 〈거울의 기사〉라는 이름의 편력 기사로 분해 그와 만나려고 길을 나섰습니다. 그와 싸워 아무런 피해도 입히지 않은 채 이길 생각으로 말입니다. 싸움에서 진 자는 무조건 승리한 자의 말에 따른다는 조건을 내걸고 말이죠. 나는 내가 그를 이길 수 있을 거라고 생각했는데, 그때 그에게 요구하고자 했던 것은 고향 마을로 돌아가 1년 동안 거기서 나오지 말도록 하는 것이었습니다. 그 정도 시간이면 병이 나을 수 있을 테니까요. 그런데 운명은 일을 다른 방식으로 끌고 가더군요. 돈키호테가 이기고 나를 말에서 떨어뜨린 것입니다. 그렇게 내 생각은 틀어져 버렸답니다. 그는 계속해서 자기 길을 갔고, 나는 패배하여 돌아갔습니다. 부끄러운 마음에 더하여 위험했던 낙상으로 몸은 녹초가 된 채 말입니다. 하지만 그렇다고 그를 다시 찾아 이기고자 하는 마음이 사라졌던 것은 아닙니다. 오늘 보셨던 바와 같이 말이지요. 게다가 그 사람은 편력 기사도의 규정을 아주 칼같이 지키기 때문에 내가 내건 조건을 지켜 약속을 이행하리라는 것은 전혀 의심할 여지가 없답니다. 나리, 이것이 이번 사건의 전모이며 다른 말씀은 더 드릴 게 없습니다. 나리께 부탁드리고 싶은 것은, 돈키호테에게 내가 누구인지 밝히지 말고 나에 관한 어떤 이야기도 하지 말아 달라는 겁니다. 나의 선한 생각들이 효과를 발휘하여, 원래 훌륭한 분별력을 가졌던 사람이 다시 그 분별력을 회복할 수 있도록 말입니다. 기사도와 관련한 바보짓들을 멀리한다면 마침내 그렇게 될 겁니다.」

「오, 이 양반아!」 돈 안토니오가 말했다. 「그대가 저지른 모욕을 하느님이 용서하시기를 바라오. 세상에서 가장 재미있는 광인을 제정신으로 돌리고자 모든 사람에게 모욕을 가하다니 말이오. 돈키호테가 제정신으로 줄 수 있는 이득이 그가 미친 짓을 함으로써 주는 즐거움에 미칠 수 없다는 것을 당신은 모르시오? 게다가 학사 양반께서는 온갖 머리를 다 쓰신다 해도 그토록 철저하게 돌아 버린 자를 제정신으로 돌려놓는 데는 도움이 되지 않을 게요. 매정한 말 같지만, 난 돈키호테의 병이 절대로 고쳐지지 말았으면 하오. 그가 낫게 되면 그로 인한 재미를 잃을 뿐만 아니라 그의 종자 산초 판사의 재미까지 잃고 말 것이기 때문이오. 그 사람의 익살은 무엇이 됐든 우울 그 자체를 기쁨으로 되돌리는 능력이 있으니 말이오. 어쨌든 나는 입을 닫고 그에게 아무 말도 않겠소. 카라스코 양반이 애써 한 일이 아무런 효과도 발휘하지 못할 거라는 내 생각이 과연 맞는지 틀리는지 확인하기 위해서라도 말이오.」

카라스코는 이미 그 일이 하나하나 제대로 되어 가고 있으므로 결국 잘 해결될 것으로 기대한다고 대답했다. 돈 안토니오는 무슨 일이든 부탁만 하면 도와주겠노라고 말하고 그와 작별했다. 삼손 카라스코는 자기의 갑옷과 무기들을 노새 등에 묶은 다음 결투에 타고 들어갔던 그 말에 올라 그날로 곧장 도시를 빠져나와 자기 마을로 돌아갔다. 이 진실된 이야기에 기록될 만한 별다른 사건 없이 말이다.

돈 안토니오는 부왕에게 카라스코가 했던 이야기를 모두 다 들려줬는데, 부왕 또한 그 말을 듣고 그다지 좋아하지 않았다. 돈키호테가 은둔해 버리면 그의 광기에 관한 소식으로 즐거워하던 모든 사람들이 그 재미를 잃어버리게 되기 때문이었다.

돈키호테는 엿새 동안 침대에 자리보전을 하고 있었으니, 자기가 패한 그 불운한 사건을 이렇게도 생각하고 저렇게도 생각하면서 번민에 잠긴 채 서글프고도 애달픈 마음으로 괴로워했다. 산초는 여러 가지 말로 그를 위로했는데, 그중 이러한 이야기도 있었다.

「나리, 고개를 드시고 가능하면 좋게 생각해 보세요. 땅바닥으로 떨어져 굴렀는데도 갈빗대 하나 부러지지 않은 걸 하느님께 감사해야 합니다요. 그리고 나리께서도 이제는 인과응보라든가 말뚝이 있는 곳에 늘 소금에 절인 돼지고기가 있는 건 아니라는 것을 아셨겠지요. 이런 병을 치료하는 데에는 의사가 필요하지 않으니 의사는 엿이라 먹으라고 하고, 우리는 집으로 돌아갑시다요. 우리가 모르는 땅이나 장소로 모험을 찾아다니는 일은 그만두자고요. 비록 나리께서 아주 심한 변을 당하시기는 했지만요, 아무리 생각해 봐도 여기서 가장 손해를 본 사람은 접니다요. 통치를 해봄으로써 이제 통치자에 대한 희망은 버렸지만, 백작이 되고 싶은 마음을 버린 건 아니니까 말입니다요. 그런데 나리께서 기사도 수행을 그만두시면 왕이 되는 것도 그만두시는 셈이니, 제 꿈도 결코 이루어질 수 없는 게 아닙니까요. 그러니 저의 희망은 연기가 되어 사라지고 마는 겁니다요.」

「입 다물게, 산초. 내가 물러나 집에 은둔해야 하는 시간이 1년을 넘지 않는다는 것을 자네는 알고 있지 않나. 그 시간이 지나고 나면 나는 다시 나의 영광스러운 임무로 되돌아갈 것이며, 왕국이나 자네에게 줄 백작령 하나 손에 넣는 일은 반드시 있을 것일세.」

「하느님이 이 말을 들으시면 좋겠네요.」 산초가 말했다. 「악마는 귀머거리가 되고 말이에요. 제가 늘 들어 온 말로는요, 치사한 소유보다 훌륭한 희망이 더 낫다는 겁니다요.」

이러고 있을 때 돈 안토니오가 아주 흡족한 얼굴로 들어오며 말했다.

「기뻐하십시오, 돈키호테 나리! 돈 그레고리오와 그를 데리러 갔던 개종자가 해안에 도착했습니다! 해안이라니, 내가 무슨 말을 하고 있는 거지? 벌써 부왕의 집에 있으니 곧 이리로 올 겁니다.」

돈키호테도 상당히 기뻐하며 대답했다.

「사실 나는 그 일이 반대로 되었더라면 얼마나 좋았을까 하고 말할 뻔

808

했소이다. 그랬으면 내가 베르베리아로 가지 않을 수 없었을 것이고, 그곳에서 내 팔의 힘으로 돈 그레고리오뿐만 아니라 베르베리아에 포로로 잡혀 있는 기독교인들을 모두 구출할 수도 있었을 텐데 말이오. 아니, 비참한 인간 주제에 무슨 말을 하고 있는 거야? 나는 패자가 아니던가. 땅에 곤두박질쳐진 자가 아니던가. 1년 동안 무기를 잡아서는 안 될 자가 아니던가. 내가 무슨 약속을 하고 있단 말인가. 칼을 잡기보다 물레나 잡는 게 더 어울리는 주제에 내가 무엇을 으스대고 있단 말이지?」

「그런 말씀 마세요, 나리.」 산초가 말했다. 「혀에 종기가 나도 닭은 꼬꼬댁 울어야 하고, 오늘이 너의 날이면 내일은 나의 날이라지 않습니까요. 그리고 이런 결투나 충돌 같은 것에 너무 마음에 두실 필요가 없습니다요. 오늘 쓰러진 자 내일 일어날 수 있으니까요. 침대에 있기만을 바라지 않는다면 말이죠. 그러니까 제가 드리고 싶은 말씀은요, 새로운 싸움을 위해 다시 기운을 차릴 생각도 없이 맥 빠져 있지 마시라는 겁니다요. 나리, 이제 일어나 돈 그레고리오를 맞이하세요. 사람들이 소란스럽게 구는 걸 보니 벌써 집에 도착했나 봅니다요.」

사실 그랬다. 개종자와 돈 그레고리오가 출발과 도착을 부왕에게 보고한 후에, 돈 그레고리오는 안나 펠릭스가 보고 싶어서 개종자와 함께 돈 안토니오의 집으로 온 것이다. 알제에서 구출되었을 때는 여자 복장을 하고 있었지만, 배 안에서 그와 함께 탈출한 포로의 옷으로 갈아입었다. 어떤 복장을 하더라도 사람들에게 사랑과 보살핌과 존경을 받을 만한 자임이 드러날 만큼 잘생긴 인물이었다. 나이는 열일곱이나 열여덟쯤 되어 보였다. 리코테와 그의 딸이 그를 보러 나갔으니 아버지는 눈물로, 딸은 얌전한 모습으로 그를 맞이했다. 서로 부둥켜안는 일은 없었다. 사랑이 깊으면 감정 그대로를 내보이지 않기도 하는 법이다. 돈 그레고리오와 안나 펠릭스, 이 두 사람의 아름다움이 함께하자 그 자리에 있던 사람들 모두가 더욱 감탄했다. 그곳에서는 침묵이 두 연인을 대신해 말을 했으며, 눈이 혀를 대신해 그들의 기쁨과 정숙한 생각들을 드러내 보여 주었다.

개종자는 돈 그레고리오를 구출하기 위해 짰던 책략과 방법을 들려주었고, 돈 그레고리오는 여자들과 함께 남게 되었을 때 처했던 위험과 곤란한 상황들을 짧고 간단하게 설명해 주었으니, 그로써 사람들은 그의 사리 분별력이 나이보다 훨씬 앞서 있음을 알 수 있었다. 마지막으로 리코테는 개종자와 노를 저어 준 사람들에게 후하게 사례했고, 개종자는 교회로 돌아가 다시 기독교인이 되어 속죄와 회개를 통해 썩은 신도에서 깨끗하고 건강한 신도로 다시 태어났다.

그로부터 이틀 뒤, 부왕과 돈 안토니오는 안나 펠릭스와 그녀의 아버지가 에스파냐에 남으려면 어떻게 하는 게 좋을 것인지 상의했다. 그토록 진실한 기독교인인 딸과 그토록 착한 마음을 가진 아버지가 에스파냐에 남지 못할 이유가 없어 보였기 때문이다. 돈 안토니오는 자기가 궁정으로 가 그 일을 협상하겠노라고 나섰다. 그곳에 가야 할 다른 일도 있다면서 말이다. 또한 그곳에서는 선물을 주거나 편의를 봐주면 어려운 일들도 많이 해결할 수 있다는 말을 덧붙였다.

「아닙니다.」 이러한 대화가 오가던 중, 그 자리에 있던 리코테가 말했다. 「선물이나 편의에 기대서는 안 됩니다. 폐하께서는 우리를 추방하는 일을 살라사르 백작이신 그 위대한 돈 베르나르디노 데 벨라스코님에게 맡겼는데, 그분에게는 애원이니 약속이니 선물이니 눈물이니 전부 다 소용이 없습니다. 그분의 정의에 자비가 섞여 있는 것은 사실이지만, 그분은 우리 모두를 오염되고 썩어 있는 민족이라 보시기 때문에 부드럽게 상처를 완화하는 고약 요법보다 불에 태워 버리는 요법을 사용하시지요. 그렇게 사람들에게 공포를 불어넣으며 신중하고 빈틈없고 부지런하게, 그분은 자신의 강한 양쪽 어깨 위로 이 큰 정책의 무게를 진 채 의무를 수행하고 계시는 겁니다. 늘 경계를 늦추지 않는 그분의 아르고스[383] 같은 눈이 우리들의 잔재주나 계략이나 청원이나 속임수로 인해 어두워지는 일이 없도록 하면서 말입니다. 그건 우리들 중 어느 누구도 에스파냐에 남거나 숨겨지는 일이 없도록 하기 위해서랍니다. 그런 일이 생기면, 숨겨진 뿌리 같은 그것이 세월과 함께 훗날 싹을 틔워 에스파냐에 독이 될 열매를 맺을 거라고 보기 때문이지요. 이미 에스파냐는 우리 민족이 몰아넣었던 공포에서 자유로워져 깨끗하게 되어 있지만 말입니다. 위대한 펠리페 3세[384]께서 그런 돈 베르나르디노 데 벨라스코 님께 그 모든 일을 일임하셨으니 얼마나 영웅적인 해결책이며 전대미문의 현명하신 처사인지요!」

「여하튼, 내가 그곳에 가 있으면서 가능한 한 여러 수단을 강구해 보도록 하겠소. 더 필요한 일은 하늘에 맡기고 말이오.」 돈 안토니오가 말했다. 「돈 그레고리오는 그동안 집을 비워 부모님께서 고통받고 계실 것이 틀림없으니 나와 함께 가서 그분들을 위로해 드리는 게 좋겠소. 안나 펠릭스는 내 집에서 내 아내와 함께 있든지, 아니면 어느 수녀원에 들어가 있든지 하시지요. 그리고 착한 리코테 님은 내 협상의 상황을 알게 될 때까지 부왕 나리의 댁에 계시면 부왕께서도 좋아하실 거요.」

부왕은 그의 제안에 전적으로 동의했으나, 일이 어떻게 되어 가고 있는지를 알게 된 돈 그레고리오는 무슨 일이 있어도 도냐 안나 펠릭스를 내버려 두기를 원하지 않으며, 내버려 둘 수도 없다고 말했다. 결국 부모님

---

383 Argos. 그리스 신화에 나오는 괴물. 1백 개의 눈을 가지고 있으며 잘 때도 번갈아 눈을 뜬다고 한다. 감시자의 상징이다.

384 Filipo Tercero. 1598년에서 1621년까지 집정한 왕. 1609년에 대대적인 모리스코 추방령을 내렸고, 라만차 지역에서의 그 일은 작품에서 밝히듯 베르나르디노 데 벨라스코가 담당했다.

을 뵙고자 하는 마음과 그녀를 데리러 돌아올 계획을 세우고자 하는 마음에 합의 사항을 따르기로 했지만 말이다. 안나 펠릭스는 돈 안토니오의 아내와 함께 남고, 리코테는 부왕의 집에 머물기로 했다.

돈 안토니오가 출발할 날이 되었고, 그로부터 이틀 뒤에는 돈키호테와 산초 판사가 떠나기로 했다. 낙상으로 인해 더 일찍은 길을 나설 수 없었던 것이다. 돈 그레고리오와 안나 펠릭스가 헤어질 때는 한숨과 실신과 흐느낌이 있었다. 리코테는 원한다면 1천 에스쿠도를 주겠다고 돈 그레고리오에게 제안했으나, 그는 일절 받지 않았고 단지 돈 안토니오로부터 5에스쿠도만 빌리며 궁정에 가면 갚겠노라고 약속했다. 이렇게 해서 그 두 사람은 떠났고, 돈키호테와 산초는 앞서 말했듯 그 뒤에 떠났다. 돈키호테는 갑옷을 벗고 무기도 들지 않은 여행자 차림이었고, 산초는 그 갑옷과 무기를 잿빛에 싣고 가느라 걸어야 했다.

66

읽는 사람은 보게 되고
읽는 걸 듣는 사람은 듣게 될 사건에 대하여

돈키호테는 바르셀로나를 떠나올 때 자기가 말에서 떨어졌던 장소를 다시 바라보며 말했다.

「여기가 트로이였어![385] 여기서 나의 비겁함이 아닌 나의 불운이 내가 얻었던 영광들을 가져가 버렸지. 여기서 운명의 여신은 나를 메치고 뒤치고 했어. 여기서 나의 무훈들은 빛을 잃었으니, 결국 여기서 나의 행운은 다시 일어나지 않고자 전락하고 만 거야!」

이 말을 듣자 산초가 말했다.

「나리, 번영할 때 즐거워할 줄 알듯 불운 중에는 고통을 감내할 줄도 아는 것이 용감한 가슴에 어울리는 일입니다요. 이건 제 경험으로 판단한 건데요, 제가 통치자였을 때 즐거웠다고 해서 지금 이렇게 걸어가고 있는 종자인 것이 슬프지 않거든요. 그 이유는요, 세상 사람들이 운명의 여신이라고 부르는 이 여자는 술주정뱅이에 변덕이 심하고, 무엇보다 눈이 멀

---

385 폐허가 된 건물이나 잔해나 장소를 봤을 때, 그리스인들에게 초토화된 트로이를 비유하는 수사학적인 표현. 이미 영광은 사라지고 황폐하게 남은 자리나 상태를 표현할 때 사용한다. 17세기 스페인 시인 케베도는 여성의 사라진 아름다움을 두고도 이렇게 노래했다.

어 있어서 자기가 무슨 짓을 하는지도 보지 못하고 누구를 쓰러뜨리는지, 누구를 높이 들어 올리는지도 모른다는 말을 들었거든요.」

「자네 대단한 철학자가 되었구먼, 산초.」 돈키호테가 말했다. 「말하는 품이 보통 진중한 게 아니야. 누가 자네한테 가르쳐 줬는지는 모르겠지만 말일세. 내가 말할 수 있는 건, 이 세상에 운명이라는 것은 없으며 세상에서 일어나는 일은 좋은 것이든 나쁜 것이든 결코 우연히 생기는 것이 아니라 하늘의 특별한 섭리에 의한 것이라는 걸세. 그래서 각자가 자기 운명의 창조자라는 말도 있지. 나는 내 운명의 창조자였는데 필요한 만큼 신중하지 못했던 걸세. 나의 자만이 터무니없는 방법으로 나를 지게 만든 것이지. 그러니까 나는 그 〈하얀 달의 기사〉가 탄 힘세고 큰 말에 쇠약한 로시난테가 버터 낼 수 없다는 것을 생각했어야 했네. 끝내 나는 무모한 짓을 했고, 할 수 있는 한 최선을 다했지만 쓰러졌네. 비록 명예는 잃었으나 내가 한 약속은 지킨다는 신조는 잃지 않았으며 잃을 수도 없네. 내가 대담하고 용감한 편력 기사였을 때에는 행동과 힘으로써 내 무훈을 보증하곤 했지만, 걸어다니는 종자가 된 지금은 약속을 지킴으로써 내 말을 믿을 수 있는 것으로 만들어야겠네. 자 가세, 내 친구 산초, 우리 고향에 가서 수도사들이 하듯 수습 기간을 가지세. 그렇게 은둔해 살면서, 내가 결코 잊은 적이 없는 무도 수련으로 되돌아갈 새로운 능력을 회복하도록 해야겠네.」

「나리.」 산초가 대답했다. 「걸어서 간다는 게 그다지 즐거운 일은 아니니, 긴 여정 동안 계속 걷도록 저를 부추기지는 마십시오. 이 갑옷과 무기들은 교수형을 당한 사람 대신에 아무 나무에나 걸어 놓으십시다요. 그래서 제가 잿빛 등에 올라앉아 땅에서 두 발을 들어 올리게만 되면 나리가 원하시고 판단하시는 대로 여행을 할 수 있을 겁니다요. 걸어서, 그것도 먼 길을 가야 한다니 저에게는 도저히 가망이 없는 일로 보입니다요.」

「자네 말이 맞네, 산초.」 돈키호테가 대답했다. 「내 갑옷과 무기를 기념물로 걸어 놓도록 하고, 그 아래 혹은 주위에 있는 나무에다가 롤단의 전승 기념비에 적혀 있던 글을 새기기로 하세.

　　아무도 이것들을 옮기지 말라,
　　롤단과 결투할 자가 아니라면.」

「완벽하네요.」 산초가 대답했다. 「그리고 혹시라도 우리가 길을 가는데 로시난테가 꼭 필요하지 않을 것 같으면요, 이놈도 매달아 놓고 가는 편이 좋을지 모릅니다요.」

「아니다. 로시난테도, 내 갑옷도, 내 무기도…….」 돈키호테가 대답했다. 「난 매달아 놓고 싶지 않아. 훌륭한 봉사에 고약한 포상이라는 말이 나지 않도록 하기 위해서라도 말이지.」

「나리 말씀이 지당하십니다요.」 산초가 말했다. 「사리 분별이 분명한 사람들의 말을 들어 보면요, 당나귀의 잘못을 길마에 돌리지 말라고 합디다요. 이 사건의 잘못은 나리에게 있으니 나리께서는 나리를 벌주셔야 합니다요. 이미 다 부서지고 피투성이가 된 갑옷이나 순한 로시난테한테 나리의 분노를 터뜨리거나, 연약한 제 발에게 걸을 수 있는 것보다 더 걸어가라며 화내는 일은 없도록 하시라는 말씀입니다요.」

이러한 대화로 그날 하루는 지나갔고, 그로부터 나흘 동안 그들의 길을 방해할 만한 일은 일어나지 않았다. 닷새째 되던 날, 어느 마을 입구에 있는 여관 앞에 많은 사람들이 모여 있는 것이 보였다. 축일이라 모두들 즐기는 중이었는데, 돈키호테가 가까이 다가가자 한 농부가 목소리를 높여 말했다.

「여기 오시는 이 두 분은 우리가 내기를 건 양쪽 편을 모르시니, 두 분 중 어느 분이든 내기에 어떤 판정을 내려야 할지 말해 주실 수 있을 겁니다.」

「물론 말해 줄 수 있소.」 돈키호테가 대답했다. 「그 내기가 어떤 것인지 알기만 한다면야 확실하고도 정확하게 말이오.」

「그러니까 이런 내기입죠.」 그 농부가 말했다. 「착한 어르신, 아주 뚱뚱해서 몸무게가 11아로바나 되는 이 마을에 사는 한 이웃이, 역시 이 마을에 사는 몸무게가 단지 5아로바밖에 나가지 않는 자기 이웃에게 달리기 시합을 하자고 내기를 걸었답니다. 조건이 있었는데, 1백 보를 똑같은 무게로 달려야 한다는 거였어요. 그래서 도전자에게 무게를 어떻게 똑같이 하느냐고 물었더니, 도전받은 사람의 무게가 5아로바이니 6아로바의 쇳덩이를 등에 지라고 하는 겁니다. 그러면 그 마른 사람이 11아로바가 되어 뚱뚱이의 11아로바와 같게 될 것이라나요.」

「그건 아닌데요.」 돈키호테가 미처 대답하기도 전에 산초가 끼어들었다. 「세상 사람들이 다 알고 있듯이 나는 얼마 전까지 통치자이자 재판관이었으므로 어떠한 소송에서든 의문을 파헤치거나 의견을 내는 일에 적합합니다.」

「제대로 대답해 보게, 산초 친구여.」 돈키호테가 말했다. 「나는 지금 제정신이 아니고 혼란스러워 아무 쓸모가 없으니 말일세.」[386]

허락을 얻은 산초는 주위를 둘러싼 채 자기 입에서 나올 판결을 기다리며 입을 벌리고 있는 많은 농부들에게 말했다.

「형제들이여, 뚱뚱한 자가 요구하는 것은 도리에 맞지가 않으며 공평성의 그림자도 없는 이야기랍니다. 세상에서 하는 말로 도전받은 쪽이 무기를 고를 수 있다는 게 사실이라면, 도전한 자가 먼저 상대편의 승리를 막거나 방해할 그런 무기를 고르는 것은 옳지 않은 일이기 때문이지요.

---

386 원문은 〈고양이에게 빵 쪼가리를 줄 형편이 아니다〉이다.

그러니 내 생각으로는, 오히려 그 뚱보 도전자가 쓸데없는 것은 모두 제거하고 정리하고 안에서 숨아 내고 다듬고 고쳐, 자기에게 제일 그럴싸하게 보이고 이 부분이면 괜찮겠다고 생각되는 몸 이곳저곳에서 6아로바무게의 살을 제하면 몸무게가 5아로바가 되니, 상대방의 5아로바와 딱 맞으므로 동등하게 경주를 할 수 있다는 겁니다요.」

「세상에!」 산초의 판결을 들은 한 농부가 말했다. 「이 나리는 성자처럼 말씀하시고, 승려회 회원처럼 판결을 내리시는구나! 하지만 분명 그 뚱뚱이는 자기 살 1온스도 줄이려 하지 않을 겁니다. 더군다나 6아로바라니, 말해서 무엇하겠습니까.」

「제일 좋은 건 두 사람이 경주를 않는 거야.」 다른 농부가 대답했다. 「그러면 마른 친구는 무거운 쇳덩어리로 녹초 될 일이 없고, 뚱뚱이는 살을 줄이지 않아도 되거든. 그리고 내기의 절반은 술값으로 내놓고, 이 나리들은 비싼 주막으로 모시고, 그리고 비가 올 때는 망토를…… 내 위에.」387

「여러분.」 돈키호테가 대답했다. 「여러분들의 호의는 고맙소만 난 단 한 순간도 지체할 수가 없다오. 슬픈 생각과 슬픈 사건들이 나를 무례하게 보이도록 만들고 서둘러 가도록 만들기 때문이라오.」

그렇게 그는 로시난테에 박차를 가하여 앞으로 지나갔다. 사람들은 눈에 띄는 그의 이상한 몰골과 그의 하인 같아 보이는 자의 사리 분별력에 놀라고 있었으니, 농부들 중 한 사람은 이렇게 말했다.

「하인이 저 정도로 분별력이 있으니 그 주인의 분별력은 어느 정도겠는가! 내기를 걸어도 좋은데, 만일 저 사람들이 살라망카에 가서 공부를 한

---

387 〈일이 잘못되면 내 영혼에 잘못을 넘겨라〉 정도의 표현으로 유머스럽게 말을 마치고 있다. 술값은 자기가 내겠다는 얘기다.

다면 눈 깜짝할 사이에 법원의 재판관이 되어 올 거야. 하지만 공부하고 또 공부해도 배경과 운이 없으면 모든 게 장난일 뿐이지. 생각지도 않던 사람이 손에 지휘봉을 들거나 머리에 주교관을 쓰게 되거든.」

주인과 하인은 들판 한가운데 누워 아무런 덮개도 없이 툭 트인 하늘 아래서 그날 밤을 보냈다. 다음 날 다시 계속해서 길을 가던 그들은 자기들 쪽으로 걸어오고 있는 한 남자를 보았다. 목에는 자루를 걸고 손에는 창인지 몽둥이인지를 들고 오는 모양새가 꼭 걸어다니는 우편집배원 같았다. 그 사람은 돈키호테에게 가까워질수록 걸음을 재촉하여 거의 달리다시피 다가오더니 그의 오른쪽 허벅지를 껴안았는데, 그보다 더 위로는 팔이 미치지 않기 때문이다. 그러고서 그는 무척 반가운 얼굴로 말했다.

「오, 돈키호테 데 라만차 나리, 나리가 성으로 돌아오신다는 걸 아시면 우리 공작 나리께서 얼마나 기뻐하실까요! 공작님은 아직도 저의 마님이신 공작 부인과 함께 거기 계십니다.」

「친구여, 나는 그대를 모르오.」 돈키호테가 대답했다. 「그대가 말을 하지 않으니 누구인지 모르겠소이다.」

「저는요, 돈키호테 나리…….」 우편집배원이 대답했다. 「제 주인이신 공작님의 하인 토실로스입니다. 왜 그 도냐 로드리게스의 딸과의 결혼 문제를 두고 나리와 싸우려다가 그만두었던 그 사람 말입니다.」

「세상에!」 돈키호테가 말했다. 「내 적들인 마법사들이 그 싸움의 명예를 내게서 사취하기 위해 그대가 말한 그 하인의 모습으로 바꾼 바로 그자란 말이오?」

「그런 말씀 마세요, 착한 어르신.」 우편집배원이 대답했다. 「마법이니 얼굴을 바꾸느니 하는 일은 전혀 없었습니다. 저는 하인 토실로스로 말뚝 안으로 들어가 하인 토실로스로 그곳에서 나왔답니다. 그 아가씨가 참 좋아 보여 싸우지 않고 결혼할 생각을 했던 것이지요. 하지만 제 생각

818

과는 반대되는 일이 벌어졌답니다. 그러니까 나리께서 성을 떠나시자마자 제 주인이신 공작님은 제가 그 싸움에 나가기 전에 지시받은 명령을 어겼다고 몽둥이 1백 대를 때리라고 하셨습니다. 그 아가씨는 수녀가 되고, 도냐 로드리게스는 카스티야로 돌아갔으며, 저는 지금 보시는 바와 같이 제 주인님이 부왕께 보내는 편지를 전하기 위해 바르셀로나로 가는 것으로 그 일은 모두 종결되었답니다. 나리께서 목이라도 축이고 싶으시다면, 여기 좀 뜨뜻하기는 해도 맛은 순수한 고급 술이 호리병박에 가득 들어 있습니다. 몇 조각인지는 몰라도 트론촌 치즈도 있으니, 갈증이 잠자고 있다면 그놈을 불러 깨우는 데는 그만일 겁니다.」

「도전에는 응하고……」 산초가 말했다. 「예의상 남겨진 게임은 할 것이니[388] 친절한 토실로스는 인디아스에 마법사가 아무리 많아도 상관하지 말고 술이나 따르시죠.」

「결국, 산초……」 돈키호테가 말했다. 「자네는 이 세상에서 제일가는 대식가에 이 땅에서 최고로 무지한 자로세. 이 우편집배원이 마법에 걸려 있으며, 이 토실로스는 가짜라는 걸 납득하고 있지를 못하니 말일세. 자네는 이자와 남아 실컷 마시게. 나는 자네가 오기를 기다리면서 천천히 앞서 가고 있을 테니.」

하인은 웃으며 호리병박을 꺼내고 자루에서 치즈 조각과 빵도 꺼내 내놓더니 산초와 함께 푸른 풀밭에 앉았다. 그들은 평화롭고도 의좋게 순식간에 먹어 치워 자루에 있던 모든 식량을 바닥내고 말았다. 어찌나 맛이 좋은지 편지에서 치즈 냄새가 난다는 이유로 그것까지 핥을 정도였다. 토실로스가 산초에게 말했다.

「산초 친구, 자네 주인은 미친 것이 틀림없네.」

---

388 카드놀이에서 사용하는 표현. 즉 도전을 받아들여 남은 게임을 모두 하겠다는 뜻이다.

「빚졌다고?」[389] 산초가 대답했다. 「나리는 누구한테도 빚진 게 없네. 모든 걸 지불하신다고. 광기가 돈일 땐 더 지불하시지. 난 모든 걸 똑똑히 보고 나리께 말씀드리지만, 그게 무슨 소용이겠어? 더구나 지금은 끝장나 버렸는걸. 〈하얀 달의 기사〉한테 져서 돌아가는 길이거든.」

토실로스는 그 일에 대해 들려 달라고 부탁했으나, 산초는 주인을 기다리게 하는 것은 예의에 어긋나는 일이라면서 언젠가 다시 만나게 되면 그럴 기회가 있을 거라고 대답했다. 그러고는 옷과 수염에 묻은 빵 부스러기를 털고 일어나 잿빛을 앞세운 채 〈잘 가게〉 하고 인사한 후 토실로스를 남겨 놓고 주인을 쫓아갔으니, 주인은 나무 그늘에서 그를 기다리고 있었다.

389 바로 앞줄에서 〈틀림없다〉라는 스페인어 동사 〈*deber*〉에는 〈빚지다〉라는 의미도 함께 있다. 세르반테스의 말장난일 수도 있고 산초의 취기를 보여 주려는 의도일 수도 있다.

67

돈키호테가 1년 동안 목동이 되어
들판에서 살겠다고 결심한 일과
정말 즐겁고 재미있는 일들에 대하여

돈키호테는 결투에서 패하기 전에도 수많은 생각으로 괴로워하곤 했지만, 패배를 당한 후에는 훨씬 더 많은 생각들이 그를 지치게 했다. 앞서 말했듯이 그는 나무 그늘에 있었는데, 거기서도 마치 꿀에 파리가 끓듯 온갖 생각들이 그에게 몰려와 그를 찔러 댔다. 둘시네아의 마법을 푸는 일을 생각했다가, 자기에게 강요된 은둔 생활을 어떻게 영위하면 좋을지에 대한 것으로 생각이 옮겨 갔다. 이때 산초가 쫓아와 하인 토실로스의 관대한 성격을 칭찬해 댔다.

「오, 산초⋯⋯.」 돈키호테가 그에게 말했다. 「아직도 자네는 그자가 진짜 하인이라고 생각하는 모양인데, 그게 가능한 일인가? 둘시네아가 농촌 아낙네로 바뀐 것과 〈거울의 기사〉가 학사 카라스코의 모습으로 바뀐 걸 보고서도 그것들이 자네 머릿속에서 사라지고 만 것 같구먼. 이게 모두 나를 추적하는 마법사들의 짓인데 말이야. 어쨌든 말해 보게. 자네가 말하는 그 토실로스에게 물어보았는가? 하느님께서 알티시도라를 어떻게 하셨는지 말일세. 내가 떠나서 울었는지, 아니면 내가 있음으로써 고통이 되었던 사랑의 마음이 이미 망각의 손에 내던져졌는지 말일세.」

「그런 바보 같은 질문을 할 여유를 가질 그런 자리가 아니었습니다요.」 산초가 대답했다 「제발, 나리! 지금 우리가 남의 생각을, 더군다나 사랑이니 뭐니 하는 생각들을 캐물을 상황인가요?」

「이보게, 산초.」 돈키호테가 말했다. 「사랑에서 비롯된 행동과 고마움에서 비롯된 행동 사이에는 많은 차이가 있네. 기사가 사랑에 무정한 자가 될 수는 있으나, 단호히 말하노니 배은망덕한 자가 될 수는 없는 법이라네. 보아하니 알티시도라는 나를 무척 좋아했던 모양이야. 자네도 알다시피 내게 머릿수건을 세 개나 주었고, 내가 떠날 때 울었으며, 사람들이 있는 자리에서 부끄러움을 무릅쓰고 사랑의 아픔을 호소했을 뿐 아니라 나를 저주하고 욕했네. 이 모든 것이 나를 무척 사랑하고 있었다는 증거지. 연인들의 분노는 곧잘 악담으로 나타나는 법이니 말일세. 나는 그녀에게 줄 희망도 보물도 없었네. 내 희망은 둘시네아에게 바쳐져 있었고, 편력 기사들의 보물은 두엔데[390]의 보물처럼 외형만 있을 뿐 내용은 없는 것이니 내가 그녀에게 줄 수 있는 것은 단지 그녀에 대해 추억하는 일뿐이라네. 그것도 둘시네아에 대한 추억을 해치지 않는 한도 내에서 말일세. 그러고 보니 자네는 둘시네아를 모욕하고 있구먼. 자네 몸에 채찍질을 해서 그 살을 벌해야 하는데도 그 일을 지체하니 말일세. 그러니 이제 나는 자네 살이 늑대에 뜯기는 것을 보고 싶을 정도야. 그 불쌍한 여인을 구하기 위해서가 아니라 구더기에게 주기 위해 지켜지고 있는 그 살을 말이야.」

「나리.」 산초가 대답했다. 「사실을 말씀드자면요, 저는 제 엉덩이에 채찍질을 하는 것과 마법에 걸린 사람을 마법에서 푸는 것이 무슨 관계가

---

390 *duende*. 스페인 남부 안달루시아 자치 지역 땅의 영혼 같은 것으로, 우리 문화권의 귀신이나 도깨비로 이해할 수 있다. 이들이 숨긴 보물은 발견되는 즉시 석탄으로 변한다고 믿었다.

있는지 이해할 수가 없습니다요. 그건 〈머리가 아프거든 무릎에 기름을 발라〉라는 말과 같은 겁니다요. 맹세컨대 나리께서도 그 많은 편력의 기사도에 관한 이야기 속에서 채찍질로 마법에서 풀려난 인간은 한 번도 보지 못하셨을 거라고 저는 감히 말씀드립니다요. 하지만 보셨든 안 보셨든 제게 채찍질을 하겠습니다요. 그럴 마음이 생기고 벌하기에 알맞은 때가 주어지면 말입죠.」

「하느님이 그렇게 해주시기를 바라네. 그리고 하늘이 자네에게 은혜를 내리셔서 내 귀부인을 돕는 일이 자네의 의무라는 것을 자네 스스로 깨닫게 하시기를 바라네. 자네는 내 사람이니 그것이 자네의 의무인 것은 사실이지.」

이런 대화를 하면서 길을 가다가 그들은 투우들에게 짓밟혔던 바로 그 장소, 그 자리에 이르렀다. 돈키호테는 이를 알아보고 산초에게 말했다.

「여기가 그 화려한 여자 목동들과 늠름한 남자 목동들을 만난 목초지구먼. 이곳에서 그들은 목가적인 아르카디아를 부활시키고 모방하고자 했지. 재치 있고 참신한 생각이었어. 자네만 괜찮다면 우리도 그것을 모방해서, 내가 틀어박혀 있어야 하는 그 기간만이라도, 오 산초, 우리가 목동으로 지냈으면 하네. 내가 양이나 그 밖에 목동 일에 필요한 모든 것들을 사겠네. 나는 목동 키호티스가 되고 자네는 목동 판시노가 되어 산이며 숲이며 초원을 돌아다니면서, 여기서 노래하고 저기서 애가를 읊고, 샘에서 나는 수정 같은 물이나 깨끗한 시냇물이나 수량이 풍부한 강물을 마시는 걸세. 떡갈나무는 자기의 맛있는 열매를 아낌없이 줄 것이고, 단단한 코르크나무의 둥치는 우리에게 앉을 의자를 줄 것이며, 버드나무는 그늘을, 장미는 향기를, 넓은 풀밭은 수많은 색으로 배합된 양탄자를, 맑고 깨끗한 대기는 숨 쉴 공기를, 밤의 어둠에도 불구하고 달과 별은 밝은 빛을 우리에게 줄 것이야. 노래는 즐거움을, 눈물은 기쁨을, 아폴론은 시를, 사랑은 영감을 주니 우리는 이것으로 현세뿐만 아니라 앞으로 올 세기에서까지도 영원하고 유명해질 걸세.」

「세상에.」 산초가 말했다. 「그런 종류의 삶이야말로 제게 딱 들어맞아 저를 모퉁이로 몰아넣기까지 합니다.391 학사 삼손 카라스코나 이발사 니콜라스 선생조차 그 모습을 보기가 무섭게 그런 생활을 하고 싶어 우리와 함께 목동이 되려고 할 겁니다. 마을 신부님도 명랑하시고 즐길 줄을 아시는 분이니 어쩌면 그분마저 가축우리에 들어갈 마음을 갖게 되지 않도록 하느님께서 단속하셔야 할지도 모릅니다요.」

「말 한번 참 잘했네.」 돈키호테가 말했다. 「학사 삼손 카라스코가 목동 조합에 들어오게 되면 ─ 아니 분명 들어올 테지 ─ 이름은 목동 산소니노나 목동 카라스콘이라고 하면 되겠지. 이발사 니콜라스는 옛날에 보스칸392이 자기를 네모로소라고 불렀던 것처럼 미쿨로소393라고 하면 될 걸세. 신부님에게는 어떤 이름을 붙이면 좋을지 모르겠다만, 반드시 그분의 이름에서 갖고 오지 않아도 된다면 목동 쿠리암브로394라고 하면 될 것이야. 우리의 연인이 될 여자 목동들은 마치 배를 고르듯 이름을 고를 수가 있을 것이네. 그리고 사실 내 귀부인의 이름은 공주의 이름만큼이나 여자 목동의 이름과도 잘 맞아떨어질 테니, 더 잘 어울릴 다른 이름을 찾느라 피곤해할 필요가 없지. 산초여, 자네의 연인에게는 자네가 원하는 이름을

---

391 재담인데, 서민들의 말이나 어린이의 놀이에서 나온 표현으로 보고 있다.

392 스페인의 시인 후안 보스칸Juan Boscán(1493~1542)을 가리킨다. 그와 같은 르네상스기의 스페인 시인이자 친구인 가르실라소의 첫 번째 목가에 등장하는 네모로소가 이 사람이라는 해석도 있었다. 〈보스칸〉이라는 성에서 〈보스케bosque(숲)〉이 연상되듯, 라틴어 〈네무스nemus〉가 〈숲〉을 뜻하기 때문이라는 것이다. 하지만 현재 비평가들은 네모로소가 가르실라소 자신이라고 주장하고 있다.

393 Miculoso. 〈니쿨로소〉로 교정되어 나오는 판본들도 있지만, 니콜라스를 촌스럽게 시골 풍으로 부르면 〈미콜라스〉이므로 〈미쿨로소〉로 번역했다.

394 스페인어로 〈신부〉를 〈쿠라cura〉라고 한다.

붙여 주게.」

「저는 말입니다요…….」 산초가 대답했다. 「테레소나라는 이름 말고는 다른 이름을 붙일 생각이 없습니다요. 우리 마누라의 뚱뚱한 몸집에도 잘 어울리고, 이름이 테레사이니 그것과도 딱 맞아떨어지고요. 그리고 더 나아가 저는 제 시로 아내를 기리면서 제 순수한 마음을 밝혀 보일 겁니다요. 질 좋은 밀 빵을 구하기 위해 남의 집을 찾아다닐 생각이 제게는 없거든요. 신부님은 훌륭한 모범을 보여 주셔야 하는 분이니, 여자 목동을 가지시는 게 좋아 보이지 않을 겁니다요. 학사야 얼마든지 원하는 대로 하면 되고요.」

「멋지구나!」 돈키호테가 말했다. 「얼마나 멋진 삶을 살게 되겠는가, 산초! 멋진 추룸벨라[395] 소리가 우리 귀에 들리고, 사모라의 가죽 피리 소리와 작은북 소리와 탬버린과 라벨 소리가 우리 귀를 즐겁게 해주지 않겠는가! 이런 다양한 악기 소리에다 알보게 소리가 들린다면 정말 어떻겠느냐! 목가적 분위기의 거의 모든 악기들이 한자리에 모이는 거지.」

「알보게가 뭡니까요?」 산초가 물었다. 「그런 이름은 한 번도 들어 본 적이 없고 평생 본 적도 없습니다요.」

「알보게라는 것은…….」 돈키호테가 대답했다. 「놋쇠로 된 촛대같이 생긴 얇은 판자인데, 우묵하게 들어간 빈 곳을 서로 부딪쳐 소리를 낸다네. 그리 유쾌하고 조화로운 소리는 아니지만 그다지 불쾌하지도 않은 것이 가죽 피리나 작은북 같은 시골풍의 악기와 아주 잘 어울리지. 이 알보게라는 이름은 모리스코 말이네. 우리 카스티야 말에서 〈알〉로 시작되는 다른 말들이 모두 모리스코 말인 것처럼 말일세. 그중에 알아 두면 좋은 것들은, 〈알모아사*almohaza*(철제 말빗)〉, 〈알모르사르*almorzar*(점심을

---

395 *churumbela*. 치리미아와 비슷한 취주 악기.

먹다)〉, 〈알폼브라*alfombra*(양탄자)〉, 〈알구아실*alguacil*(순경)〉, 〈알우세마*alhucema*(라벤더)〉, 〈알마센*almacén*(창고)〉, 〈알칸시아*alcancía*(저금통)〉 같은 것들로, 여기에 좀 더 있네. 카스티야 말 가운데 모리스코 말이면서 〈이〉로 끝나는 것은 단 세 개뿐인데, 그것은 〈보르세기*borceguí*(편상화)〉, 〈사키사미*zaquizamí*(다락방)〉와 〈마라베디*maravedí*(화폐의 단위)〉라네. 〈알엘리*alhelí*(비단향꽃무)〉와 〈알파키*alfaquí*(법률학자)〉는 〈알〉로 시작하고 〈이〉로 끝나므로 아랍어로 알려져 있네. 〈알보게〉라는 말 때문에 생각나서 내친김에 이런 말까지 하게 되었군.[396] 우리가 하려는 이번 일을 완벽하게 이루는 데에는, 자네도 알다시피 내가 시인이라는 점과 학사 삼손 카라스코 역시 대단한 시인이라는 점이 많은 도움이 될 것 같네. 신부에 대해서는 아무 말 않겠네만 시인다운 면모가 조금은 있겠지. 그리고 니콜라스 선생 역시 그런 면이 있다는 것에 의심의 여지란 없고 말이네. 이발사들 대다수가 기타를 잘 다룰 줄 아는 데다 한가락씩들 하는 사람들이거든. 나는 사랑하는 이가 곁에 없음을 한탄할 테니, 자네는 변하지 않는 사랑을 하는 자를 찬양하게. 목동 카라스콘은 사랑에 버림받은 것을, 신부 쿠리암브로는 자기가 가장 잘할 수 있는 것을 한탄하거나 찬양하면 되겠지. 이렇게 하면 더 바랄 게 없는 삶이 될 게야.」

이 말에 산초가 대답했다.

「나리, 제가 워낙 운이 없는 놈이라 그런 날이 오지 않을 것만 같습니다요. 오, 제가 목동이 되기만 하면 제 숟가락은 얼마나 번쩍번쩍하게 되겠습니까요! 빵 조각이며 크림이며 꽃으로 만든 관이며 목동들의 이런저런 것들은 또 어떻겠습니까요! 제가 신중하다는 평판은 얻지 못하더라도 기

---

396 어원학적으로 거의 다 맞는 말이지만, 〈알모르사르*almorzar*〉의 경우는 〈알무에르소*almuerzo*(점심)〉의 파생어로 이는 통속 라틴어 〈아드모르디움*admordium*〉에서 나온 것이다. 〈보르세기*borceguí*〉의 경우, 아직 그 기원이 확실하지 않다.

발하다는 평판을 얻지 못할 리는 없을 겁니다요. 제 딸 산치카가 우리 목동들이 있는 곳으로 음식을 가지고 올 겁니다요. 하지만 잠깐! 걔는 예쁘게 생겼는데, 목동들 중에는 순박한 놈보다 심술궂은 이들이 더 많으니 양털을 깎으러 갔다가 깎이고 돌아오는 일은 만들고 싶지 않습니다요. 사랑이니 뭐니 하는, 그다지 바람직하지 못한 욕망들은 도시에 있듯이 시골에도 있고, 궁정을 돌아다니듯 목동들의 오두막에도 돌아다니곤 하니 말입니다요. 원인이 제거되면 죄도 없어지니, 보지 않으면 마음 찢어질 일 없고, 착한 사람들에게 간청하기보다 걸음아 나 살려라 하고 뺑소니치는 게 더 낫지요.」

「속담 좀 그만 늘어놓게, 산초.」 돈키호테가 말했다. 「자네가 늘어놓는 속담들 가운데 딱 하나만으로도 자네 생각을 전하는 데 충분하네. 내가 몇 번인가 자네에게 충고하지 않았던가. 그렇게 속담들을 함부로 쓰지 말라고 말이야. 자네는 너무하다 싶을 정도로 속담을 늘어놓는데, 그렇게 하면 사막에서 설교하는 격이니, 결국 엄마가 야단쳐도 콧방귀도 안 뀌게 되고 만다네.」

「제가 보기에는요, 나리…….」 산초가 대꾸했다. 「프라이팬이 솥을 보고 〈저리 꺼져, 눈 시커먼 놈아〉 하는 것 같습니다요. 저한테 속담을 쓰지 말라고 야단치시면서 나리께서는 그것을 두 개씩 줄줄이 꿰고 계시잖아요.」

「알아 두게, 산초.」 돈키호테가 말했다. 「나는 속담을 상황에 맞게 가지고 오고, 그것을 말할 때면 마치 손가락에 반지가 맞듯 딱 들어맞는단 말일세. 하지만 자네는 속담들의 머리채를 잡고 질질 끌고 다니질 않나. 속담들을 인도하는 게 아니고 말일세. 내 기억이 틀린 게 아니라면 언젠가 내가 자네에게 말하지 않았던가. 속담이란 우리의 옛 현자들의 경험과 사색에서 나온 짧은 격언이라고 말일세. 하지만 상황에 맞지 않게 끌어온 속담은 격언이라기보다 오히려 말도 되지 않는 엉터리라네. 이 이야기는 그만둠세. 벌써 밤이 오고 있으니 이 큰길에서 좀 떨어진 곳으로 가서 오늘 밤을 보내세. 내일 일은 하느님만이 아시니 말일세.」

그들은 길에서 벗어나 때늦은, 그리고 산초의 뜻과는 어긋나는 초라한 저녁 식사를 했다. 산초는 새삼스럽게 숲과 산에서 생활하는 편력 기사의 궁핍함을 실감했다. 돈 디에고 데 미란다의 집이나 부자 카마초의 결혼식이나 안토니오 모레노의 집에서 했던 식사와 같은 성이나 저택에서의 풍족함을 경험한 마당이니 말이다. 하지만 항상 낮일 수 없고 또 항상 밤일 수도 없다고 생각하면서 그는 그날 밤 잠에 빠져들었고, 주인은 뜬눈으로 밤을 새웠다.

68

돈키호테에게 일어난
돼지의 모험에 대하여

    하늘에 달은 떴으나 보이지 않는 곳에 있었으니 다소 어두운 밤이었다. 디아나 아가씨가 종종 지구 반대편으로 산책을 가시느라 산과 계곡을 어둡게 내버려 두시는 모양이다. 돈키호테는 자연적인 욕구에 따라 첫잠은 잤으나, 그다음부터는 잠을 이룰 수가 없었다. 이는 산초의 경우와 완전히 반대로, 산초는 밤부터 아침이 될 때까지 내리 잤기 때문에 두 번째 잠이라는 걸 가져 본 적이 없었던 것이다. 이것으로 미루어 그는 건강한 체질에 걱정이 별로 없다는 것을 알 수 있다. 돈키호테는 걱정이 많아 잠을 이루지 못하고 있다가 결국은 산초까지 깨워서는 이렇게 말했다.

    「산초여, 자네가 얼마나 속 편한 사람인지 나는 놀랍기만 하네. 자네는 대리석이나 단단한 청동으로 되어 있어서 어떠한 동요나 감정도 들어갈 여지가 없는 사람 같아 보이네. 나는 자네가 잠을 잘 때 깨어 있고, 자네가 노래할 때 울고 있네. 자네가 지독할 정도로 배가 불러 맥이 풀리고 게을러 터질 때, 나는 굶어서 기절해 있지. 훌륭한 하인의 일이란, 비록 겉치레라 할지라도 주인의 아픔을 함께 지고 주인의 슬픔을 같이 느끼는 것인데도 말일세. 이 밤의 고요와 우리가 처해 있는 이 고적함을 느껴 보게.

우리가 자고 있는 사이에도 잠깐이나마 눈을 떠보라고 초대하고 있으니 말일세. 일어나게, 제발. 그리고 여기서 약간 떨어진 곳으로 가 큰 용기와 감사한 마음을 가지고, 둘시네아의 마법을 풀기 위해 자네 몸에 가해야 할 매질의 일부를 미리 갚는다는 뜻에서, 3백 대나 4백 대쯤 때려 주게. 간절히 애원하며 부탁하는 바이네. 지난번처럼 자네에게 무력을 사용할 생각은 없네. 자네 힘이 보통이 아니라는 것은 알고 있으니 말일세. 자네가 채찍질을 한 다음에는 나는 내 여인이 곁에 없음을, 자네는 자네의 변함없는 마음을 노래하면서 남는 시간을 보내세. 우리가 마을에 들어가 실행하고자 하는 목동 생활을 지금 당장 시작하자는 의미에서 말일세.」

「나리.」 산초가 대답했다. 「저는 자다가 벌떡 일어나 자기 몸에 채찍질을 하며 고행하는 그런 종교인이 아니며, 채찍질로 인한 극심한 고통에서 금방 돌아서서 음악으로 갈 수 있는 그런 자는 더더욱 아닌 것 같습니다요. 나리께서는 잠 좀 자게 절 내버려 두시고 제 몸에 채찍질하는 일로 들들 볶아 대지 좀 마세요. 계속 이러시면 제 몸은 물론이고 제 옷자락 하나 건드리지 못하도록 맹세시킬 겁니다요.」

「오, 매정한 영혼아! 오, 인정머리라고는 없는 종자여! 지금껏 네게 베풀어 왔고 앞으로 베풀려 하는 은혜는 물론이요, 먹여 준 빵도 아무 소용이 없다니! 나로 인해 너는 통치자가 되었고, 나로 인해 백작이나 그와 맞먹는 작위를 가질 희망을 안게 되었으며, 늦어도 올해 안으로 그 희망을 이룰 수 있을 텐데. 나는 〈*post tenebras spero lucem*(빛으로 어둠을 밀어낸다)〉[397]이란 말이다.」

「나리께서 무슨 말씀을 하시는 건지 모르겠습니다요.」 산초가 대답했

---

397 「욥기」 17장 12절 참조. 이 책을 출판한 후안 데 라 쿠에바의 『돈키호테 속편』 표지에도 끝이 뾰족한 고깔을 씌운 매 문양과 함께 이 글귀가 적혀 있다. 17면 참조.

다. 「단지 제가 알고 있는 건, 잠을 자는 동안에는 두려움도 희망도 고생도 영광도 없다는 겁니다요. 잠을 발명한 자 복받았으면 좋겠습니다요. 잠은 인간의 모든 근심을 덮어 주는 외투이며, 배고픔을 없애 주는 맛있는 음식이고, 갈증을 쫓아내는 물이며, 추위를 데워 주는 불이자, 더위를 식혀 주는 차가움으로, 결론적으로 말해서 무엇이든 살 수 있도록 어디에서나 통용되는 돈이자, 목동을 왕과 똑같이 만들어 주고 바보를 똑똑한 자와 똑같게 만드는 저울이며 추랍니다. 잠이 가지고 있는 단 한 가지 흠은, 사람들이 하는 말을 들어 보건대 죽음과 닮았다는 겁니다요. 잠든 자와 죽은 자 사이에는 별 차이가 없거든요.」

「이보게 산초…….」돈키호테가 말했다. 「나는 자네가 지금처럼 이토록 우아하게 말하는 것을 들어 본 적이 없다네. 이로 미루어 보면 자네가 몇 번이나 말하곤 했던 속담이 진실이라는 걸 알겠구먼. 〈누구에게서 태어나느냐가 아니라 누구와 함께 풀을 먹느냐가 중요하다〉라는 속담 말일세.」

「맙소사!」산초가 대답했다. 「이제 속담을 줄줄 꿰는 사람은 제가 아닙니다요. 나리의 입에서 저보다 더 많은 속담들이 나오고 있단 말입니다요. 단지 제 속담과 나리의 속담과의 차이라면, 나리의 속담은 제때 나온다는 것이고 제 속담은 때아니게 나온다는 것뿐입니다요. 하지만 어쨌든 이나저나 모두 속담입니다요.」

이런 대화를 나누던 중, 그들은 근처 모든 계곡에 울려 퍼지는 귀가 먹먹해질 정도의 큰 소음을 들었다. 돈키호테는 벌떡 일어나 손을 칼로 가져갔고, 산초는 잿빛 아래 몸을 웅크리더니 한쪽에는 묶었던 갑옷과 무기 꾸러미를, 다른 쪽에는 자기 당나귀의 길마를 놓고서 돈키호테가 당황하는 만큼이나 겁에 질려 벌벌 떨었다. 그 소리는 갈수록 커지면서 무서움에 떨고 있는 두 사람 쪽으로 점점 가까이 다가오고 있었다. 아니, 적어도 한 사람에게는 그랬다. 다른 사람의 그 대단한 용기는 이미 알려져 있으니 말이다.

알고 보니 그것은 사람들이 6백 마리가 넘는 돼지를 시장에 팔기 위해 데리고 가는 소리였는데, 하필이면 그 늦은 때 그것들을 몰아가고 있었던 것이다. 끌고 가는 소리며 꿀꿀거리는 소리며 씩씩대는 소리가 워낙 요란해서 돈키호테와 산초는 귀가 먹을 지경이었고, 도대체 무슨 일이 일어나고 있는 것인지 알아차릴 수도 없었다. 돼지들이 왁자지껄하게 꿀꿀대며 넓게 퍼져 떼로 몰려와서는 돈키호테나 산초의 권위에 아무런 경의도 표하지 않은 채 그들을 짓밟고 지나갔으니, 산초의 참호를 망가뜨리고 돈키호테를 쓰러뜨렸을 뿐만 아니라 로시난테마저 넘어뜨렸다. 이 지저분한 짐승 떼가 꿀꿀대면서 너무나 빠르게 밀려오는 통에, 길마와 갑옷과 무기와 당나귀와 로시난테와 산초와 돈키호테는 정신없이 땅바닥에 나뒹굴고 말았다.

산초가 간신히 일어나 상황을 파악하고는, 저 인간들과 무례한 돼지들 반 다스는 죽여야 직성이 풀리겠다며 주인에게 칼을 빌려 달라고 했다. 그러자 돈키호테가 말했다.

「그냥 두게, 친구여. 이 모욕은 내가 지은 죄에 대한 벌이네. 싸움에서 진 편력 기사를 자칼들로 하여금 먹어 치우게 하고, 말벌들로 하여금 쏘게 하고, 돼지들로 하여금 짓밟게 해야 하니, 이는 마땅히 받아야 할 천벌인 게지.」

「그럼 그것 또한 천벌인 게 틀림없네요.」 산초가 대답했다. 「패배한 기사의 종자들이 파리에게 괴롭힘을 당하고, 이에게 물어뜯기고, 배고픔에 시달리는 것 말이에요. 만일 우리 종자들이 우리가 섬기는 기사의 아들이거나 아주 가까운 친척이라도 된다면, 그러한 벌이 4대까지 간다 해도 그리 큰일은 아닙니다요. 하지만 판사 집안과 돈키호테 집안이 무슨 관계가 있답니까요? 그런 이야기야 이제 됐으니, 밤이 얼마 남지 않았지만 다시 제자리를 찾아 잠 좀 잡시다요. 하느님이 아침을 주시면 좀 나아질 테 지요.」

「자네는 자게, 산초.」 돈키호테가 대답했다. 「자네는 잠자기 위해 태어 났으니 말일세. 나는 밤을 새우기 위해 태어났으니 날이 밝을 때까지 남 은 시간 동안 내 생각의 고삐를 놓고 한 편의 사랑의 소야곡으로 그 생각 들을 발산하겠네. 지난밤 자네 모르게 머릿속으로 지은 거라네.」

「제가 보기에는요……」 산초가 대답했다. 「시를 지을 정도로 여유가 있는 생각들은 그리 대단한 게 아닙니다요. 나리께서는 원하시는 대로 시 를 지으세요. 저는 할 수 있는 한 잘 테니까요.」

그러고는 필요한 만큼의 땅을 차지하고 몸을 웅크리더니 보증금이나 빚이나 어떠한 고통의 방해도 받지 않고 세상 편하게 잠이 들었다. 돈키 호테는 너도밤나무인지 코르크나무인지 ― 시데 아메테 베넹헬리가 무 슨 나무인지 분명히 하지를 않았다 ― 그 나무둥치에 기댄 채 한숨 소리 에 맞추어 이렇게 노래했다.

　　사랑아, 네가 내게 주는
　무시무시하고도 지독한 아픔을 생각할 때면
　나는 죽음으로 달음질을 친단다.
　그렇게 나의 엄청난 아픔을 끝낼 생각으로 말이다.
　　하지만 이 고통의 바다에서
　항구인 건널목 앞에 닿으려 하면 곧
　크나큰 기쁨을 느껴 살고자 하는 힘이 생기기에
　그것을 건너지는 않는단다.
　　이렇게 살아가는 것이 나를 죽이고
　죽음이 다시 나에게 삶을 주는구나.

오, 나를 죽였다 살렸다 하는
들도 못한 상황이여!

각 시구마다 숱한 한숨과 적지 않은 눈물이 함께했다. 패배로 인한 고통과 둘시네아에 대한 그리움으로 인해 자못 심장이 꿰뚫린 사람처럼 말이다.

그러는 동안 날은 밝아 태양이 그 햇살로 산초의 눈을 비추자, 그는 잠에서 깨어 기지개를 켜고 몸을 흔들더니 나른해진 사지를 쭉 폈다. 그런 다음 자기 음식이 돼지들에게 짓밟혀 박살이 난 것을 확인하고는 간밤의 돼지 떼를 저주했으며 더 심한 욕설도 퍼부었다. 마침내 두 사람은 다시 가야 할 길에 올랐는데, 해 질 무렵 그들이 있는 쪽으로 말을 탄 열 명쯤 되는 남자들과 걸어오는 네다섯 사람이 보였다. 돈키호테의 심장은 매우 놀랐고, 산초의 심장은 무서워 떨기 시작했다. 모두가 창과 방패를 든 채, 마치 전쟁에 임하는 듯한 자세로 오고 있었기 때문이다. 돈키호테는 산초를 돌아보며 말했다.

「산초, 내가 한 약속이 내 팔을 묶지 않아 내가 무기를 쓸 수 있었더라면, 우리 쪽으로 오고 있는 저따위 것들은 상대도 되지 않을 텐데. 하지만 우리가 우려하는 것과는 다른 일일 수도 있겠지.」

이때 말을 탄 사람들이 도착하여 창을 똑바로 세우더니 한마디 말도 없이 돈키호테를 둘러싸고는 죽인다고 협박하면서 등과 가슴에 창을 들이댔다. 걸어오던 사람들 중 하나가 아무 말 말라는 신호로 입에 손가락을 대고는, 로시난테의 재갈을 잡아 길 밖으로 끌어냈다. 걸어오던 나머지 사람들도 놀랄 정도의 침묵을 지키면서 산초와 당나귀를 앞세운 채 돈키호테를 데리고 가는 자의 발걸음을 쫓았다. 돈키호테는 두세 번쯤 자기를 어디로 데리고 가는지, 혹은 무엇을 원하는지 물어보고자 했지만 입

술을 떼려고만 해도 즉시 창에 달린 쇠로 입을 다물게 했다. 산초에게도
역시 마찬가지였다. 그가 말할 기미를 보이기만 하면 걸어가던 사람들 중
하나가 그를 창끝으로 찔렀던 것이다. 심지어 잿빛한테도, 마치 그가 무
슨 말을 하려고나 한 듯 똑같은 짓을 했다. 완전히 날이 저물자 그들은
발걸음을 재촉했다. 붙들린 두 사람의 두려움은 한층 커졌고, 그들이 이
따금씩 이런 말을 내뱉을 때에는 더욱 그러했다.

「어서 걸어, 이 트로글로디타[398]들아!」

「입 닥쳐, 이 야만인들아!」

「대가를 치러라, 이 식인종들아!」

「군소리 마라, 스키타이인[399]들아! 눈 뜨지 마, 살인마 폴리페모스[400]들
아! 이 잔혹한 사자들아!」

그리고 이와 비슷한 다른 이름들을 들먹이면서 이 가엾은 주인과 하인
의 귀를 고문했으니, 산초는 걸으며 생각했다.

〈우리가 암컷 산비둘기라고? 우리가 이발사에 걸레라고?[401] 지금 우리
보고 개라면서 워워 하고 부르는 거야? 이런 이름들은 하나도 마음에 안
드는데. 일이 잘못되어 가는 것 같단 말이지.[402] 개에 몽둥이질이라더니,
나쁜 일이 한꺼번에 몰려오는구먼. 이토록 위협적이고 불행한 모험이 그
냥 몽둥이질로만 끝나면 좋을 텐데, 제발!〉

398 *troglodita*. 에티오피아에 살았던 악명 높은 야만인 부족을 이르는 말. 동굴에 거주하며
뱀을 먹고 박쥐 소리로 소통한다고 한다.
399 흑해와 카스피 해 북동 지방에 살았던 이란계 유목 기마 민족으로, 잔인하기로 정평이
나 있다.
400 Polifemos. 그리스 신화 속 외눈박이 괴물. 포세이돈의 아들이다. .
401 산초는 〈트로글로디타〉를 〈토르톨라*tórtola*(산비둘기)〉로, 〈바르바로*bárbaro*(야만인)〉
를 〈바르베로*barbero*(이발사)〉로, 〈안트로포파고*antropófago*(식인종)〉를 〈에스트로파호
estropajo(걸레)〉로 들었다.
402 원문은 〈한 테에 쌓아 둔 곡식 더미에 나쁜 바람 분다〉라는 속담이다.

835

돈키호테는 자기들에게 퍼부어진 저 모욕으로 가득 찬 이름들이 대체 무엇인지 별의별 생각을 다 해보았지만, 아무것도 제대로 알지 못한 채 정신없이 걷고 있었다. 그 이름들로 보아 좋은 일은 전혀 기대할 수 없고 나쁜 일만 많을 거라는 결론뿐이었다. 이런 생각을 하면서 걷다가 거의 밤 1시가 되어 어느 성에 도착했으니, 돈키호테는 그것이 얼마 전까지 자기들이 있었던 공작의 성임을 금방 알아보았다.

「세상에 이럴 수가!」 그는 성을 보자마자 말했다. 「이게 대체 무슨 일이란 말인가? 이 집에서는 그야말로 모든 일이 예의와 정중함 그 자체인데 말이야. 하지만 패자에게 행복은 불행으로 바뀌고 불행은 더 큰 불행으로 바뀌는 게지.」

그들은 성의 큰 뜰로 들어섰는데, 뜰은 두 사람의 놀라움을 한층 증대시키고 공포를 배가시키도록 정리되고 준비되어 있었다. 다음 장에서 보게 되듯이 말이다.

69

이 위대한 이야기의 모든 과정 중에서
돈키호테에게 일어난 가장 희한하고도
가장 새로운 사건에 대하여

말을 타고 온 사람들은 말에서 내리더니 걸어온 사람들과 함께 한순간도 지체 없이 부랴부랴 산초와 돈키호테를 뜰로 밀어넣었다. 뜰 주위에 높게 쌓아 올린 커다란 횃대 위로 1백 개는 되어 보이는 횃불이 타고 있었고, 뜰 복도에는 5백 개도 더 되어 보이는 조명들이 켜져 있었다. 꽤나 어두운 밤인데도 불구하고 낮의 빛이 필요하지 않을 정도였다. 뜰 중앙에는 땅에서 2바라쯤 되는 높이의 봉분이 검은 벨벳으로 된 아주 커다란 덮개로 완전히 덮여 있었다. 봉분 주위로 난 계단에는 하얀 초들이 1백 개가 넘는 은촛대 위에서 타고 있었다. 봉분 위에는 아름답기 그지없는 처녀의 시체가 보였는데, 얼마나 아름다운지 죽음 그 자체마저 아름답게 보일 정도였다. 여러 가지 향기로운 꽃으로 관을 엮어 쓴 머리는 금실로 수놓은 비단 베개에 얹고 있었으며, 양손은 가슴 위에서 교차했는데 그 중간에 승리를 상징하는 노란 야자나무 가지가 하나 놓여 있었다.

뜰 한쪽에는 무대가 설치되고 의자 두 개가 놓였으니, 두 인물이 거기 앉아 있었다. 머리에 관을 쓰고 손에는 홀을 쥐고 있는 모양새로 보아, 진짜든 가짜든 여하튼 어떤 왕들이라는 것을 짐작할 수 있었다. 이 무대는 옆으로 난 계단을 통해 오르내릴 수 있게 되어 있었는데, 그곳에 또 다른 의자 두 개가 놓여 있었다. 포로들을 끌어온 자들이 돈키호테와 산초를 그 의자에 앉혔다. 이 모든 일이 침묵 속에서 이루어졌고, 두 사람도 입을 다물고 있으라는 신호를 받았다. 하지만 신호가 없었더라도 그들은 입을 열지 못했을 것이, 자기들이 보고 있던 것들에 놀라 혀가 굳어 버렸기 때문이다.

이때 많은 사람들을 대동하고 두 주요 인물이 무대에 올랐다. 돈키호테는 그들이 자기를 손님으로 모셨던 공작과 공작 부인이라는 것을 금방 알아봤다. 이들은 왕으로 보이는 그 인물 옆에 놓인 아주 호화로운 의자에 앉았다. 이런 광경을 보고 놀라지 않을 사람이 있을까? 더군다나 봉분 위에 있는 시체가 그 아름다운 알티시도라라는 것을 알았을 때 돈키호테의 놀라움은 어떠했겠는가!

공작과 공작 부인이 무대에 오를 때 돈키호테와 산초가 존경을 표하기 위해 일어나 머리를 깊이 숙여 인사하자 공작 부부도 어느 정도 고개를 숙이면서 경의를 표했다.

이때 하인 하나가 나와 산초에게 다가가더니 검은 리넨으로 된 옷을 걸쳐 주었다. 옷 전체에 불꽃무늬가 그려져 있었다. 그런 다음엔 그의 모자를 벗기고 대신 종교 재판소에 의해 벌에 처해진 사람들에게 씌우는 종이 고깔모자를 씌우더니 산초의 귀에 입을 갖다 대고는 입을 열지 말라고 했다. 그러지 않으면 재갈을 물리거나 죽여 버릴 거라면서 말이다. 산초가 위에서 아래로 훑어보니 자신이 활활 불타고 있는 것처럼 보였다. 하지만 정말로 몸을 태우고 있는 것은 아니니 별로 신경 쓰지 않았다. 그러고서 고깔모자를 벗어 거기에 악마들이 그려져 있는 것을 보고는 도로 쓰면서 중얼거렸다.

「불길들이 나를 태우지 않고, 악마들이 나를 데려가지 않으니 아직은 괜찮아.」

돈키호테도 산초를 바라보았는데, 비록 두려움으로 모든 감각이 얼떨떨하긴 했지만 그의 모습을 보자 웃지 않을 수가 없었다. 이때 봉분 아래쪽에서 은근하면서도 듣기 좋은 플루트 소리 같은 것이 들려오기 시작했다. 그곳은 침묵 그 자체가 침묵을 침묵시키고 있었던 곳이었으니, 어떤 사람의 말에도 방해받지 않는 그 소리는 참으로 부드럽고 사랑스럽게 여겨졌다. 그 순간 난데없이 시체 같아 보이는 그 여자의 베게 옆으로 로마식 옷차림을 한 아름다운 젊은이가 당당하게 나타나, 하프를 켜고 그 소리에 맞추어 아주 부드러우면서도 낭랑한 목소리로 이 두 연을 노래했다.

    돈키호테의 잔인함으로 죽은
알티시도라가 되살아나는 동안에,
그리고 마법에 걸린 궁에서
부인네들이 산양털로 짠 거친 옷을 걸치는 동안에,
그리고 나의 주인 마님께서 과부 시녀들에게
성긴 양모와 얇은 양모를 입히시는 동안에,
나는 트라키아의 가수[403]보다 더 훌륭한 시흥으로
그녀의 아름다움과 그녀의 불행을 노래하리라.

    그렇게 노래하는 일이 내가
살아서만 하는 일이라고는 생각지 않으니
죽어서 차가운 내 입속 혀로도

403 그리스 신화 속 시인이자 음악가인 오르페우스를 가리킨다.

당신으로 인해 나오는 목소리를 움직이리라.
나의 영혼은 좁은 바위에서 해방되고
지옥의 호수로 안내되어
당신을 기리며 갈 것이니, 그 소리가
망각의 물을 멈추게 하리라.

「그만하라.」 이때 왕처럼 보였던 인물들 중 하나가 말했다. 「그만하면 됐다, 성스러운 가수여. 비할 데 없는 알티시도라의 죽음과 우아함을 지금 우리에게 상기시키려 하자면 끝이 없을 터. 알티시도라는 무지한 사람들이 생각하고 있듯이 죽은 것이 아니다. 그녀를 명성의 말들 속에서 살게 하고, 그녀의 잃어버린 빛을 되찾게 하기 위해서는 이 자리에 있는 산초 판사가 벌을 받으면 되느니라. 그러니 오, 그대 라다만토[404]여, 나와 함께 리테[405]의 음산한 동굴 속에서 재판하라! 이 처녀가 되살아나는 문제가 헤아릴 수 없는 운명의 신들에 의해 결정되어 있음을 그대는 다 알고 있으니, 그 내용을 말하고 지금 당장 선언하라. 이 처녀가 다시 살아 돌아옴으로써 우리가 기대하고 있는 행복이 더 이상 늦추어지지 않도록 말이다.」

라다만토의 동료이자 재판관인 미노스[406]가 이렇게 말하자 라다만토가 일어나서 말했다.

「자, 이 집을 관리하는 자들이여, 신분의 고하를 막론하고 어른 아이 상관없이 차례차례 나와 산초의 얼굴에 손가락을 스물네 번 발사해 지장을 찍고,[407] 팔과 등을 열두 번 꼬집고, 바늘로 여섯 번 찌르라! 이 의식에 알

404 Radamanto. 신화에 나오는 지옥의 재판관.
405 Lite. 지옥의 신 플루톤.
406 Minos. 신화 속에서 라다만토와 함께 지옥의 재판관으로 나온다.

티시도라의 구원이 달려 있느니라!」

이 말을 들은 산초 판사는 침묵을 깨고 말했다.

「이럴 수가, 내가 무어인이 되지 않고서야 내 얼굴을 맘대로 주무르고 얼굴에 지장을 찍도록 내버려 두지 않을 거다! 웃기고 있구먼! 내 얼굴을 주물러 대는 거랑 이 처녀가 되살아나는 게 무슨 상관이 있다는 거냐? 무슨 노파가 색비름에 걸신이 들려 푸른 잎이든 마른 잎이든 남기지를 않는다는 속담도 아니고, 둘시네아를 마법에 걸어 놓고는 마법을 푼다고 나를 채찍질하지를 않나, 하느님의 뜻으로 병들어 죽은 알티시도라를 살리겠다고 내 얼굴에다가 스물네 번이나 손가락을 튕기고, 내 몸을 바늘로 찔러 내 숭숭 구멍 뚫리게 하고, 팔은 꼬집어 멍투성이로 만든다니! 살리는 게 소원이라면 그에 합당한 일을 하라고. 나는 늙은 개다. 오라고 부른다고 달려가지 않아!」

「너는 죽을지어다!」 라다만토가 큰 소리로 말했다. 「온화하라, 호랑이여. 겸손하라, 오만한 니므롯[408]이여, 참고 입을 다물라. 불가능한 일을 요구하는 것이 아니다. 그리고 이 일이 어려운지 쉬운지에 대해서는 네가 따질 것 없다. 너는 손가락으로 맞을 것이다. 네 몸에 구멍이 뚫리는 걸 볼 것이다. 꼬집혀 신음해야 할 것이다. 자, 이 집을 다스리는 자들이여, 내가 말하노니 명령을 집행하라. 그러지 않을 경우에는, 선한 자의 믿음을 걸고 맹세하건대 평생 후회할 일을 보게 될 것이다!」

이때 여섯 명이나 되는 과부 시녀들이 줄을 지어 차례차례 뜰로 등장했으니, 그중 넷은 안경을 꼈고 모두 오른손을 높이 쳐들고 있었다. 요즘 유행하는 대로 손을 더 길게 보이려고 손가락 네 마디 정도씩 손목을 밖으

---

407 손가락으로 다른 사람의 얼굴을 세게 때리는 장난. 손가락으로 하는 것이기 때문에 〈얼굴에 지장을 찍는다〉라는 표현을 쓴다.

408 Nembrot. 「창세기」 10장 8~9절에 나오는 세상의 첫 용사이자 용감한 사냥꾼.

로 드러내 놓고 있었다. 그들을 보자마자 산초는 황소처럼 포효했다.

「이 세상 어느 누구든 내 얼굴을 주물러도 좋지만, 과부 시녀들이 만지도록 내버려 둘 수는 없어! 절대 안 돼! 바로 이 성에서 우리 주인님께 했던 것처럼 내 얼굴을 할퀴어도 좋고, 뾰족한 단검 끝으로 내 몸을 꿰뚫어도 좋고, 불에 달군 집게로 내 팔을 짓이겨도 좋다고. 나는 그걸 참아 낼 것이고 이분들을 섬길 수도 있단 말이다. 하지만 악마가 나를 데리고 간다고 해도 과부 시녀들이 내 몸에 손을 대는 것은 참을 수가 없어.」

돈키호테 역시 침묵을 깨고 산초에게 말했다.

「참아라, 산초. 이분들을 만족시켜 드리게. 그리고 자네 몸에 그런 능력을 부여하신 하늘에 감사드리게. 자네 몸 하나 고생시켜 마법에 걸린 자들의 마법을 풀고, 죽은 자들을 소생시킬 수 있다니 그게 어디인가.」

과부 시녀들은 이미 산초 가까이 와 있었는데, 산초는 설복당했는지 조금 전보다 부드러워진 태도로 의자에 제대로 앉아서 첫 번째로 온 과부 시녀에게 얼굴과 턱을 내밀었다. 그러자 이 시녀는 확실하게 지장을 찍어 주고는 깊숙이 고개 숙여 절했다.

「과부 시녀님, 절 좀 덜 하시고 화장도 대강 하시지요.」 산초가 말했다. 「손에서 식초 냄새[409]가 난단 말이에요!」

결국 모든 과부 시녀들이 그의 얼굴에 지장을 찍었고, 집에 있던 많은 사람들은 그를 꼬집었다. 하지만 아무리 해도 참을 수 없었던 것은 바늘로 찔러 대는 절차였으니, 산초는 불쾌하다는 표정으로 의자에서 일어나 자기 옆에 있던 불붙은 횃불을 하나 거머쥐고는 과부 시녀들과 자기를 괴롭혔던 그 모든 사람들을 쫓아가며 말했다.

「꺼져라, 이 지옥의 사자들아! 나는 청동으로 된 인간이 아니란 말이

---

409 당시 얼굴과 손을 희게 하기 위해 사용한 화장품에 식초가 들어갔다.

다! 이런 엄청난 고문도 느끼지 못하는 인간이 아니라고!」

이때 알티시도라가 오랫동안 반듯하게 누워 있느라 피로했던지 옆으로 돌아누웠으니, 주위에 있던 사람들은 그 모습을 보고 모두가 한목소리로 말했다.

「알티시도라가 살아났다! 알티시도라가 살아났어!」

라다만토는 산초에게 자기가 바라던 바가 이미 성취되었으니 화를 가라앉히라고 명령했다.

돈키호테도 알티시도라가 꿈틀거리는 것을 보고는 당장 산초 앞으로 달려가 무릎을 꿇고 말했다.

「나의 종자가 아니라 내가 가장 사랑하는 자여, 둘시네아의 마법을 풀기 위해 자네가 맞도록 되어 있는 채찍질을 좀 때려 줄 때가 바로 지금이네. 그러니까 지금이야말로 자네 능력이 충분히 향상되어 효력을 발휘할 때이고, 자네에게서 기대되는 선행을 효과적으로 행할 수 있는 때라는 말일세.」

이 말에 산초가 대답했다.

「제가 보기에 이건 엉터리 장난에 속임수입니다요. 그리고 이게 무슨 팬케이크 위에 꿀을 바르는 것도 아니고, 꼬집히고 손가락으로 두들겨 맞고 바늘로 찔렸는데 이젠 그 위에 채찍질이라니, 정말 대단하십니다요. 차라리 커다란 돌을 제 목에 매달아 우물에 던지지 그러십니까요. 다른 사람의 병을 고치기 위해서 결혼식의 소[410]가 되느니 그게 훨씬 낫겠습니다요. 제발 저 좀 내버려 두시라고요. 안 그러면 무슨 일이 일어나건 상관 않고 다 부숴 버리고 말 겁니다요.」

---

410 사람들의 놀잇감이 된다는 뜻. 스페인 시골에서 결혼식에 참석한 사람들이 망토로 소를 놀리며 웃음거리로 만들던 일에서 유래됐다.

알티시도라는 이미 일어나 봉분 위에 앉아 있었는데, 그 순간 치리미아 피리 소리가 울리더니 이어 나팔 소리와 사람들이 지르는 환호성이 들렸다.

「알티시도라 만세! 알티시도라 만세!」

공작 부부와 미노스와 라다만토가 일어나 돈키호테와 산초를 데리고 다 함께 알티시도라를 맞이하러 가서는 그녀를 봉분에서 내렸다. 그녀는 맥이 풀린 척 공작 부부와 왕들에게 고개 숙여 인사하고는 곁눈으로 돈키호테를 살피면서 말했다.

「무정한 기사님, 하느님께서 당신을 용서하시기를 바랍니다. 잔인한 당신 때문에 제가 다른 세상에 천년쯤 있다가 온 것 같습니다. 그리고 그대, 오 지구 상에서 가장 인정 많으신 종자님! 제가 이렇게 다시 살아나게 된 것에 대해 당신께 감사드려요. 친구 산초여, 제 셔츠 여섯 벌을 드리기로 약속드리오니 오늘부터 입어 주세요. 그것으로 당신을 위해 다른 여섯 벌을 만드세요. 다 새것은 아니지만 적어도 깨끗하기는 하답니다.」

그 말을 듣고 산초는 그녀의 손에 입을 맞추었는데, 손에는 고깔모자를 들고 땅에 무릎을 꿇은 채였다. 공작은 그 모자를 거두고 산초의 모자를 돌려주며, 불꽃무늬 옷을 벗기고 본래 옷을 입혀 주라고 명령했다. 하지만 산초는 옷과 고깔모자를 그대로 내버려 달라고 부탁했다. 결코 본 적 없는 그러한 사건에 대한 증표이자 기념으로 고향에 가져가고 싶다면서 말이다. 공작 부인이 그렇게 하라고 했으니, 산초는 공작 부인이 자신의 좋은 친구임을 다시금 확인했다. 공작은 뜰을 치우고 각자의 방으로 돌아갈 것과, 돈키호테와 산초를 이미 이들에게 낯익은 방으로 데려갈 것을 명령했다.

70

제69장에 이어
이 이야기의 내막을 밝혀 주기 위해
없어서는 안 될 것들에 대하여

산초는 그날 밤 돈키호테와 같은 방의 자그마한 침대에서 잠을 잤는데, 사실 그로서는 가능하다면 그 일만은 피하고 싶었다. 주인이 질문하고 거기에 답하게 하느라 잠을 자도록 내버려 두지 않으리라는 것을 익히 알고 있었기 때문이다. 게다가 말을 많이 할 수 있는 상황도 아니었다. 그날 당한 수난의 아픔이 여전해서 혀조차 자유롭게 놀릴 수가 없었던 것이다. 이 훌륭한 방에서 주인과 함께 자느니 오두막에서 혼자 자는 게 훨씬 좋을 것 같았다. 그의 우려는 바로 사실이 되었고 그의 염려도 그대로 현실로 나타났으니, 주인이 자기 침대에 눕자마자 물어 왔다.

「산초, 오늘 밤 일에 대해 어떻게 생각하는가? 사랑에 대한 매정함은 참으로 위대하고도 막강한 힘을 갖고 있더군. 자네가 자네 두 눈으로 죽은 알티시도라를 직접 보았듯이, 그녀는 화살도 아니고 칼도 아니고 다른 전쟁 무기도 아니며 치명적인 독약도 아닌, 바로 내가 늘 그녀에게 보여 주었던 엄격함과 냉정함 때문에 죽었으니 말일세.」

「그 여자야 원한다면 언제라도 얼마든지 잘 죽으라지요.」 산초가 대답했다. 「그리고 저는 그냥 제 집에 내버려 뒀으면 합니다요. 저는 평생 그 여자에게 사랑을 느끼게 만든 적도 없고 그녀를 무시한 적도 없으니까요. 아까 말씀드렸듯이, 신중하기보다는 오히려 자기 멋대로 구는 알티시도라의 건강이 이 산초 판사의 수난과 도대체 무슨 관계가 있다는 건지 전 알 수도 없고 생각할 수도 없습니다요. 이제서야 세상에 마법과 마법사가 있다는 게 분명하고도 확실하게 보이네요. 하느님께서 그것들로부터 저를 벗어나게 해주셨으면 합니다요. 저는 벗어나는 방법을 모르니까요. 그건 그렇고, 나리께 간청드리는데요, 제발 잠 좀 자게 해주세요. 더 이상 질문하지 마세요. 제가 창문 저 아래로 몸을 날리는 걸 보고 싶지 않으시다면요.」

「그래, 산초, 자게.」 돈키호테가 대답했다. 「바늘로 찔리고 꼬집히고 손가락으로 맞았음에도 자네에게 그럴 여유가 있다면 말이야.」

「그 어떤 고통도 손가락으로 맞은 모욕만 못합니다요. 게다가 과부 시녀들이 했기 때문에 더합니다요. 저도 그 여자들이 쩔쩔매는 꼴을 좀 보고 싶어요. 나리께 다시 부탁드리는데요, 제발 저 좀 자게 내버려 두세요. 잠은 눈을 뜨고 있었을 때 당한 비참함을 덜어 주거든요.」

「그렇게 되기를 바라네.」 돈키호테가 대답했다. 「그럼 잘 자게.」

두 사람이 잠들자, 이 위대한 이야기의 작가인 시데 아메테는 이때를 놓치지 않고 무엇이 공작 부부로 하여금 앞서 언급된 그런 음모를 꾸미도록 했는지 서술하고 설명하고 싶었다. 그래서 그는 이렇게 말하고 있다. 〈거울의 기사〉로서 돈키호테에게 패하고 쓰러졌던 학사 삼손 카라스코는 자기의 모든 계획을 지워 버리고 엉망으로 만들었던 그 패배와 추락을 도저히 잊을 수 없었다. 따라서 지난번보다 더 나은 결과를 기대하며 다시 한 번 자기의 힘을 시험해 보기를 원했던 것이다. 그는 산초의 아내 테레사 판사에게 편지와 선물을 가져갔던 시동에게서 돈키호테가 어디에 있는지 알아내서는, 새로운 무기와 말을 구하고 방패에는 하얀 달을 그려 넣은 다음 이것들을 노새에 실어 한 농부에게 끌고 가게 했다. 이전 종자였던 토메 세시알을 시키지 않은 것은 산초와 돈키호테가 혹시나 그를 알아볼까 싶어서였다.

그렇게 그가 공작의 성에 도착하자, 공작은 돈키호테가 사라고사의 무술 시합에 참가할 의향으로 떠난 길과 항로에 대해 알려 주었고, 더불어 둘시네아를 마법에서 풀려면 산초 엉덩이를 희생해야 한다면서 돈키호테에게 한 장난도 들려주었다. 둘시네아가 마법에 걸려 농촌 아낙의 모습으로 바뀌었다고 믿도록 만든 산초의 장난에 대해서도 말하며, 자기 아내인 공작 부인이 산초에게 둘시네아가 정말로 마법에 걸려 있기 때문에 속고 있는 자는 바로 그 자신이라고 했다는 이야기도 빼놓지 않았다. 학사는 이런 사정을 듣고는 적잖이 웃었고 돈키호테의 광기가 얼마나 심한지, 그에 못지않게 산초가 얼마나 꾀 많으면서도 단순한 사람인지 생각하며 새삼 놀라기도 했다.

공작은 학사에게 돈키호테를 만나면 그를 이기든 그러지 못하든 다시 이곳으로 돌아와 일의 결과를 알려 달라고 부탁했다. 그래서 학사는 그렇게 했다. 그는 돈키호테를 찾아 떠났고 사라고사에서 그를 발견하지 못하자 계속 나아가 마침내 앞에서 말한 일이 벌어졌던 것이다.

그는 공작의 성으로 돌아와서는 결투 조건들을 비롯한 모든 일들을 들려주고, 따라서 돈키호테는 훌륭한 편력 기사로서 1년 동안 자기 마을에 물러나 있겠다는 약속을 지키기 위해 이미 돌아오고 있을 것이라고 했다. 1년 정도면 그의 광기도 고쳐질 것이니, 이것이 바로 그가 그런 변장까지 하게 된 취지였다면서 말이다. 돈키호테처럼 지혜롭고 훌륭한 이달고가 미치광이라는 게 그에게는 참으로 딱한 일이라는 말도 덧붙였다. 이렇게 소식을 전한 그는 공작에게 작별 인사를 하고 뒤따라올 돈키호테를 기다리기 위해 자기 마을로 돌아갔다.

이러한 연유로 공작은 그러한 장난을 할 기회를 잡았으니, 그에게 있어 산초나 돈키호테와 관련한 것이라면 모두 아주 재미있는 일이었던 까닭이다. 그는 성에서 가까운 길이든 먼 길이든 돈키호테가 돌아올 수 있다고 생각되는 모든 길에 하인들을 풀어 걷거나 말을 타고 찾도록 했다. 그를 발견하면 힘으로든 달래서든 성으로 데려오게 하려고 말이다. 돈키호테를 발견한 하인들이 그 사실을 공작에게 알리자, 이미 뜻에 맞게 모든 준비를 갖추고 있던 공작은 곧 횃불을 켜고, 뜰의 조명을 밝히고, 봉분 위에 알티시도라를 눕히고, 앞서 그토록 생생하게 묘사된 모든 장치들을 갖추도록 명령했다. 모두가 연기들을 어쩌나 실감 나게 잘했던지 진실과 차이가 없어 꾸민 것이라고 믿기 어려울 정도였다.

시데 아메테는 덧붙이기를, 장난을 친 사람이나 우롱을 당한 사람이나 자기가 보기에는 다들 미치광이들이며, 두 바보를 놀리기 위해 그토록 열심을 다하는 공작 부부 또한 바보로 보이는 자들과 두 손가락밖에는 차이가 없다고 말하고 있다. 이제 그 두 바보 중 한 사람은 세상 모르게 편히 잠들어 있었고, 다른 한 사람은 고삐 풀린 생각으로 잠을 이루지 못한 채 날이 밝아 오니 일어나야겠다는 생각을 하고 있었다. 싸움에서 지든 이기든, 돈키호테는 편안한 잠자리가 마음에 들었던 적이 한 번도 없었다.

이때 죽었다가 살아난 — 돈키호테의 의견에 따르면 그러한 — 알티시도라는 자기 주인의 기분을 맞춰 주고자, 봉분 위에서 쓰고 있던 그 화관을 그대로 쓰고 금실로 수놓은 꽃무늬가 흩뿌려진 흰색 호박직 긴 가운 차림에 머리는 등 뒤로 풀어 헤친 채 아주 화사한 흑단 지팡이에 의지하여 돈키호테의 방으로 들어갔다. 이 여자의 모습을 보자 돈키호테는 당황하고 혼란스러워 그만 몸을 웅크리고는 침대 시트와 이불로 온몸을 뒤집어썼으며, 혀가 굳어 어떠한 예의도 차릴 수가 없었다. 알티시도라는 침대 머리맡에 있는 의자에 앉아 크게 한숨을 내쉰 다음 여리고도 힘없는 목소리로 돈키호테에게 말했다.

「지체 높은 여인들이나 조심성 많은 아가씨들이 체면을 내팽개치면서 모든 장애를 무릅쓰고 가슴속에 담아 온 비밀을 사람들 앞에서 털어놓도록 혀에게 허락하게 되었다는 것은, 정말이지 갈 데까지 갔다는 뜻이랍니다. 돈키호테 데 라만차 나리, 저는 곤경에 처하고 굴복당했으며 사랑에 빠졌던 이런 여인네들 가운데 하나랍니다. 하지만 그러면서도 고통을 감내하며 정조를 지키고 있는 여자예요. 그렇게 참기만 하면서 말을 못 하니 제 영혼이 폭발해 버려 목숨을 잃고 말았던 거죠. 오, 가혹한 기사여! 기사님께서 내 사랑의 하소연을 대리석보다 더 차갑게 다루셨다는 생각으로 저는 이틀 전에 죽었던 겁니다.[411] 적어도 저를 보신 분들은 그렇게들 판단하셨습니다. 만일 사랑의 신이 저를 불쌍히 여겨 이 착한 종자의 수난으로 저를 구원할 방법을 마련해 두지 않았더라면 저는 저세상에 가 있었을 겁니다.」

「사랑의 신이…….」 산초가 말했다. 「내 당나귀의 수난에다가 구제할 방법을 마련했을 수도 있었을 텐데. 그랬다면 그분께 감사했을 텐데요. 하지만 아가씨, 하늘이 아가씨께 우리 주인 나리보다 훨씬 나긋나긋한 연인을 주실 수도 있으니, 어디 말씀해 보세요. 다른 세상에서 본 게 뭐래요? 지옥에는 뭐가 있습니까요? 절망해서 죽은 사람은 억지로라도 지옥에 가서 살아야 할 테니 말이에요.」

「사실을 말씀드리자면…….」 알티시도라가 말했다. 「제가 완전히 죽은 것은 아니었던 것 같아요. 지옥엔 들어가지 않았거든요. 그곳에 들어가면 실제로 나오고 싶어도 나올 수 없었겠죠. 사실 저는 그 문 앞까지 갔는데요, 열두 명이나 되는 악마들이 공놀이를 하고 있었답니다. 모두들 반바

---

411 가르실라소 데 라 베가의 시 「목가」의 한 구절이다.

지에 어깨에서 허리까지 몸에 꼭 맞는 윗도리 차림이었는데요, 끝이 플랑드르 레이스로 장식된 발로니아풍이었답니다. 이 레이스 장식을 몇 번 돌려 소맷자락을 대신했는데, 손이 길어 보이도록 손목을 손가락 네 마디 정도 밖으로 드러내고 있었지요. 손에는 부삽을 들고 있었는데, 놀라운 것은 그것으로 공이 아니라 바람과 양털 찌꺼기로 채운 것 같은 책을 가지고 놀았다는 거예요. 정말 신기하고 새로웠지요. 그리고 그것보다 더 놀라웠던 것은, 보통 시합에서는 이긴 사람들이 기뻐하고 진 사람들은 실망하는 게 당연한데, 그곳에서는 모두가 투덜거리고 모두가 부아를 터뜨리고 모두가 저주를 퍼붓더군요.」

「그건 놀랄 일도 아니지요.」 산초가 대답했다. 「악마들은 놀이를 하든 안 하든, 이기든 지든 절대로 만족할 수 없으니까요.」

「그 말이 맞는가 봐요.」 알티시도라가 대답했다. 「그런데 제가 또 놀란 게 있는데요, 그러니까 그때 저를 놀랜 것은 말이에요, 책을 한번 날리면 그게 멈추지 않을 뿐만 아니라 두 번 다시 이용할 수가 없다는 거였어요. 그래서 새 책과 헌책들이 줄을 이었는데, 그게 장관이었답니다. 그것들 중에서 한 책은 새것으로 휘황찬란하고 장정도 멋지게 되어 있었는데, 그들이 두들겨 패는 바람에 속이 터져 나와 종이들이 온통 흩어졌지요. 한 악마가 다른 악마에게 말했답니다. 〈그 책이 무슨 책인지 좀 봐.〉 그러자 다른 악마가 대답했어요. 〈이 책은 돈키호테 데 라만차 이야기의 속편인데, 그 첫 번째 작가인 시데 아메테가 쓴 것이 아니고, 토르데시야스 출신이라고 자칭하는 그 아라곤 사람이 쓴 거야.〉 그러자 먼저 물었던 악마가 〈치워 버려〉라고 하면서 〈그런 건 지옥의 심연 속에다 처넣어 버리라고. 다시는 내 눈에 띄지 않도록 말이야〉라고 덧붙였지요. 상대 악마가 〈그 정도로 고약해?〉 하고 물으니 첫 번째 악마가 〈내가 일부러 더 나쁘게 쓰려고 해도 결코 쓰지 못할 정도야〉라고 대답했어요. 그들은 다시 책을 주거니 받거니 하면서 자기들 놀이를 계속했고, 저는 제가 그토록 열정적으로 사랑하는 돈키호테라는 이름을 듣고는 이 환영을 기억해 두기로 했답니다.」

「그건 환영이 틀림없군요.」 돈키호테가 말했다. 「세상에 또 다른 내가 있을 수 없으니까요. 그런데 그 이야기가 이미 이곳에서 사람들의 손에서 손으로 돌아다니고 있긴 합니다. 하지만 그 어느 누구의 손에서도 멈추지 않습니다. 모든 사람이 그 책을 발로 차버리기 때문이지요. 내가 유령처럼 심연의 암흑 속을 헤매고 있다는 소리를 들어도 나는 동요하지 않으며, 이 세상의 빛 속을 돌아다닌다는 소리를 들어도 마찬가집니다. 그 이야기에 나오는 인물은 내가 아니니까요. 만일 그 이야기가 훌륭하고 충실하며 진실한 것이라면 오래도록 살아남을 것이나, 나쁘다면 탄생에서 무덤까지 그 길이 그리 멀지 않을 것입니다.」

알티시도라가 돈키호테를 원망하는 말을 이어 가려 하자 돈키호테가 다시 말했다.

「몇 번이나 내가 말했듯이 아가씨, 아가씨께서 내게 마음을 두셨다는 게 난 가슴이 아픕니다. 그건 내가 그 마음을 보상하기보다는 그저 마음만으로 감사히 받아들일 뿐이기 때문입니다. 나는 둘시네아 델 토보소의 것이 되고자 태어났으며, 만일 운명이라는 게 있다면 그것이 나를 그분에게 바쳤습니다. 그러니 아무리 아름다운 여성이라도 그분이 내 영혼에 차지하고 있는 자리를 자기 것으로 하려는 것은 불가능한 희망이지요. 이 정도 깨우침이면 아가씨가 그 정숙함의 한계 안으로 물러서기에 충분하리라 봅니다. 어느 누구도 불가능한 것을 강요할 수는 없으니까요.」

알티시도라는 이 말을 듣자 불쾌하고 당황한 표정으로 돈키호테에게 말했다.

「이 삐쩍 마른 명태 같은 인간아, 쇠로 된 절구통 같은 영혼에 대추씨같이 생긴 인간아, 아무리 부탁해도 꿈쩍 않는 이 촌놈보다 고집 세고 냉정한 인간아, 내가 댁한테 덤벼들기만 하면 그 두 눈알을 빼내고 말 텐데! 패배자에다 몽둥이로 갈린 주제에, 혹시 내가 댁 때문에 죽었다고 생각하는 건가? 오늘 밤 댁이 본 그 일은 모두 가짜로 꾸민 거였다고. 내가 낙타 같은 댁 때문에 죽는다고? 웃기는구먼. 손톱의 때만큼도 괴로워할 그런 여자가 아니라고.」

「나도 분명 그렇게 생각해요.」 산초가 말했다. 「사랑 때문에 죽는다는 건 웃을 일이거든요. 말은 그렇게들 하지만, 정말로 죽는다니 유다나 믿으라지요.」

이런 말을 주고받고 있는데 앞서 말한 두 연의 시를 노래한 음악가이자 가수이자 시인이 들어오더니 돈키호테에게 아주 공손하게 절을 하고는 말했다.

「기사 나리, 저를 기사님의 부하들 중 하나로 넣어 주십시오. 전 오래전부터 그 무훈과 훌륭한 명성을 듣고 기사 나리를 정말 흠모해 왔답니다.」

돈키호테가 대답했다.

「당신이 누구신지 말씀해 주시겠소? 당신께 합당한 예의를 지켜야 하니 말이오.」

그러자 젊은이는 지난밤에 노래를 했던 그 음악가라고 대답했다.

「확실히……」 돈키호테가 대답했다. 「그대의 목소리는 훌륭했소. 하지만 부른 노래는 그 자리에 그리 어울리지 않았던 것 같소. 그러니까 내 말은, 가르실라소의 시와 이 아가씨의 죽음과 무슨 상관이 있냐는 거요.」

「그 일에 신경 쓰실 건 없습니다.」 음악가가 대답했다. 「저희 또래의 무지한 시인들 사이에서는 저마다 쓰고 싶은 것을 쓰는 일이 이미 유행처럼 되어 있으니까요. 자기의 의도에 맞건 안 맞건 남의 작품을 훔치는 일도 그렇고요. 저작권에 걸리지 않을 것을 노래하거나 쓰는 바보는 이제 없답니다.」

돈키호테는 그 이야기에 대답하려 했으나 공작과 공작 부인이 그를 보러 들어오는 바람에 그럴 수 없었다. 그들 사이에 길고 재미있는 대화가 오가는 동안 산초는 숱한 재치 있는 말과 짓궂은 이야기를 해댔고, 공작 부부는 그의 단순함과 뛰어난 기지에 새삼스럽게 놀라 마지않았다. 돈키호테는 공작 부부에게 그날 당장 떠날 수 있게 해달라고 부탁했다. 자기처럼 패배한 기사는 왕궁이 아니라 돼지우리에서 지내는 것이 합당하다면서 말이다. 공작 부부는 흔쾌히 허락했다. 공작 부인이 돈키호테에게 알티시도라가 마음에 들더냐고 물었을 때 그는 이렇게 대답했다.

「마님, 이 아가씨의 고통은 모두 할 일이 없어서 생긴 것이라는 걸 아셔야 합니다. 그걸 고치는 방법은 정결한 일을 쉬지 않고 하는 것입니다. 그 아가씨의 말에 따르면 지옥에서 레이스 장식을 사용한다니, 그 아가씨야말로 레이스 뜨는 법을 익혀 손에서 그 일을 놓지 못하게 하는 게 좋겠습니다. 레이스 바늘을 움직이는 데 열중하다 보면 아무리 사랑하는 것이라도 그 형상이나 모습들이 떠오르지 않을 테니 말입니다. 이 말은 진실한 것이며, 이것이 제 의견이자 충고이기도 합니다.」

「제 말이 그 말입니다요.」 산초가 덧붙였다. 「제 평생 레이스 뜨는 처녀가 사랑 때문에 죽었다는 소리는 들어 본 적이 없거든요. 일에 쫓기는 처자들은 일을 끝마치는 데 정신이 팔려 있어서 사랑을 생각할 겨를이 없습니다요. 제 경험을 말씀드리자면요, 땅을 파고 있는 동안에는 제 마누라, 그러니까 제 테레사 판사가 생각나지 않아요. 제 눈의 속눈썹보다 그 사람을 더 사랑하는데도 말입니다요.」

「훌륭한 말이에요, 산초.」 공작 부인이 말했다. 「나도 앞으로 알티시도라가 재봉 일 같은 데 신경을 쓰도록 하겠어요. 그런 일을 아주 잘하거든요.」

「마님, 그런 방법은 쓰실 필요가 없어요.」 알티시도라가 대답했다. 「이 사악한 멍청이가 저한테 저지른 잔인한 일들을 생각하면, 무슨 다른 방편을 찾을 필요도 없이 이자는 제 기억에서 지워져 버릴 테니까요. 마님께서만 허락하시면 전 이만 물러나고자 합니다. 슬픈 몰골은커녕 이 못생기고 증오스러운 얼굴을 더 이상 눈앞에서 보고 싶지가 않아서 말이지요.」

「그 얘기를 들으니……」 공작이 말했다. 「흔히 사람들이 말하는 이 구절이 떠오르는군.

　　욕을 퍼붓는 자가 보이니
　　용서가 가까이 있음이라.」

알티시도라는 손수건으로 눈물을 훔치는 시늉을 하면서 주인어른들께 인사를 드리고 방에서 나갔다.

「딱하군.」 산초가 말했다. 「불쌍한 처자여, 다시 말하지만 정말 딱해. 아프리카수염새 풀 같은 영혼과 떡갈나무 같은 마음을 가진 사람 때문에 눈물을 흘리니 말이야. 나 때문에 그랬더라면 정말로 다른 수탉이 울어 댔을 텐데!」[412]

대화가 일단락되자 돈키호테는 옷을 입고 공작 부부와 점심을 먹은 다음, 그날 오후에 떠났다.

---

412 〈나하고 그런 일이 있었다면 상황이 달리 더 나아질 수도 있었을 텐데〉라는 의미의 속담.

71

종자 산초와 함께
고향으로 돌아가는 길에
돈키호테에게 일어난 일에 대하여

패자 돈키호테는 헬쑥한 얼굴로 뭔가 골똘히 생각에 잠긴 채 길을 가고 있었는데, 한편으로는 무척 즐거운 마음도 있었다. 결투에서 진 사건은 그를 슬프게 했지만 알티시도라를 다시 살린 산초의 능력을 생각하니 기뻤던 것이다. 물론 사랑에 빠진 그 아가씨가 정말로 죽었었는지에 대해서는 얼마간의 의혹이 있기는 했지만 말이다. 산초는 전혀 즐겁지 않았으니, 알티시도라가 자기한테 셔츠를 준다던 약속을 지키지 않았다는 데 생각이 미치자 그는 슬퍼져 이런저런 생각을 하다가 주인에게 말했다.

「나리, 저는 정말이지 이 세상에서 가장 불행한 의사인 게 틀림없습니다요. 세상에는 자기가 치료하는 환자를 죽이고도 수고비를 받기를 바라는 의사들이 있습니다요. 수고라고 해봤자 몇 가지 약 이름을 적은 처방전에 사인하는 게 다인데도 말입니다요. 약도 그들이 조제하는 게 아니라 약제사가 하니, 속임이 보통이 아닙죠. 그런데 저는 다른 사람의 건강을 위해 핏방울을 흘리고 손가락으로 맞기도 하고 꼬집히기도 하고 바늘에 찔리기도 하고 채찍에 맞기까지 하면서도, 땡전 한 푼도 못 받았습니다요. 그러니 맹세하는데요, 이제 어떤 환자를 고쳐 달라고 제게 데리고 오면요, 고쳐 주기 전에 먼저 저를 사도록 할 겁니다요. 수도사도 자기가 보는 미사로 먹고사는 마당에, 하늘이 제게 그런 능력을 주신 건 공짜로 사람들을 고쳐 주라는 뜻이 아니라고 봅니다요.」

「자네 말이 맞네, 내 친구 산초여.」 돈키호테가 대답했다. 「알티시도라가 자네에게 약속한 셔츠를 주지 않은 건 아주 나쁜 짓이었네. 비록 그것이 거저 주어졌으며 아무런 학문도 하지 않고 얻은 능력이긴 해도, 자네 몸이 당하는 수난은 학문 이상의 것이니 말일세. 그러니 나로서는 만일 자네가 둘시네아의 마법을 풀기 위해 채찍질하는 것에 대한 대가를 원했다면 벌써 상당한 금액을 자네에게 주었을 거라고 말할 수 있네. 지불한 만큼 효과가 제대로 있을지, 돈을 지불함으로써 그 효력이 떨어지는 것은 아닌지 알 수 없지만 말일세. 여하튼 실험해 본다고 해서 잃을 건 없겠지. 그러니 산초, 원하는 금액을 생각하여 당장 자네 몸에 채찍질을 하고 자네 손으로 직접 자네에게 현찰로 지불하게. 자네가 내 돈을 가지고 있으니 말일세.」

이러한 제의에 산초의 눈과 귀는 한 뼘 정도 커져 기꺼이 채찍질을 하겠노라 마음먹고는 주인에게 말했다.

「그러시다면 나리, 제게 이익이 되는 일이니 나리께서 원하시는 대로 기꺼이 들어 드리고자 합니다요. 제 처자식에 대한 사랑이 그 일에 관심을 가지게끔 하니까 말입니다요. 나리, 제가 저를 한 번 때릴 때마다 얼마를 주실 것인지 말씀해 주세요.」

「내가 자네에게 제대로 지불하자면 말일세, 산초……」 돈키호테가 대답했다. 「그러니까 이 처방의 질이나 그 위대함에 합당하게 하자면 베네치아의 보물이나 포토시의 광산도 부족할지 모르네. 차라리 자네가 가지고 있는 내 돈을 살펴보고 매당 값을 매기게.」

「채찍질 수는……」 산초가 대답했다. 「삼천삼백 대하고 얼마로, 그중 다섯 대는 이미 때렸으니 나머지가 남아 있는데, 그 다섯 대를 그 얼마 속에 넣으면 다시 삼천삼백 대가 되네요. 채찍질 한 번당 1쿠아르티요[413]로 친다면 ─ 누가 뭐래도 이보다 적은 금액으로는 하지 않겠죠 ─ 꼭 3,300쿠아르티요가 됩니다요. 이중에서 3천 쿠아르티요를 2분의 1레알로 계산하면 1,500이 되고, 레알로 계산하면 750레알이 되네요. 3백 쿠아르티요는 2분의 1레알로 계산하면 150이 되고, 레알로 계산하면 75레알이 되니, 아까의 750레알까지 모두 합하면 825레알이 됩니다요. 제가 가지고 있는 나리의 돈에서 이 액수만큼 제하면 비록 매는 지독하게 맞겠지만 저는 부자가 되어 기분 좋게 집에 들어갈 수 있을 겁니다요. 마른 바지로는……[414] 더 말 않겠습니다요.」

「오, 축복받을지어다, 산초여! 오, 다정한 산초여!」돈키호테가 대답했다. 「둘시네아와 나는 하늘이 우리 두 사람에게 베풀어 주실 삶 동안 매일매일 어떻게든 자네를 돌봐 줄 것이네! 만일 그분이 제 모습을 찾게 된다면 ─ 그럴 수밖에 없을 테지만 ─ 그분의 불행은 행복으로 바뀔 것이고, 나의 패배는 가장 행복한 승리가 될 것이네. 그런데 산초, 언제 그 채찍질을 시작할 생각인가? 빨리 시작하면 1백 레알을 더 줌세.」

「언제냐고요?」산초가 대답했다. 「틀림없이 오늘 밤입니다요. 나리께서는 들판, 탁 트인 노천에서 그 일을 할 수 있도록 준비하시지요. 제가 제 살을 찢겠으니 말입니다요.」

돈키호테가 세상에서 가장 안달복달 기다리던 밤이 왔으니, 그로서는 아폴론의 수레바퀴가 부서져 버렸거나 하루가 보통 때보다 더 늘어나지는 않았나 여겨질 정도였다. 마치 서로에 대한 열정 때문에 한 번도 시간

---

413 *cuartillo*. 구리와 은을 합금해서 만든 옛 동전. 은화인 레알의 4분의 1 가치이다.
414 〈마른 바지로는 송어를 잡을 수 없다〉라는 속담.

을 제대로 계산하지 못하는 연인들에게 일어나는 일처럼 말이다. 드디어 그들은 길에서 조금 벗어난 곳에 있는 아늑한 나무숲 사이로 들어가 로시난테와 잿빛의 안장과 길마를 끌러 주고는 푸른 풀밭에 앉아 산초가 준비한 것으로 저녁을 먹었다. 산초는 잿빛의 고삐와 껑거리끈으로 튼튼하고 유연한 채찍을 만들어 들고 주인이 있는 곳에서 스무 걸음쯤 떨어진 곳에 있던 너도밤나무 숲 사이로 들어갔다. 의기양양하고도 용감하게 나가는 그의 모습을 보고 돈키호테는 말했다.

「친구여, 자네를 산산조각 내는 일은 하지 말게나. 몇 번 채찍질을 한 다음에는 여유를 두고 좀 쉬었다가 다시 하게. 숨이 찰 정도로까지 너무 급하게 하려 하지 말고. 그러니까 내 말은, 너무 세게 때리지 말라는 거야. 원하는 숫자를 채우기도 전에 목숨을 잃을 수도 있으니 말일세. 숫자가 많거나 적어서 패를 놓칠 수도 있으니, 내가 여기 떨어져 있으면서 내 묵주로 자네가 때리는 채찍 수를 세고 있겠네. 하늘이 자네의 훌륭한 뜻에 합당한 호의를 베풀어 주시기를 바라네.」

「훌륭한 채무자에게는 담보물이 괴롭지 않습니다요.」 산초가 대답했다. 「저는 죽지 않을 정도로 고통스럽게 채찍질을 할 생각입니다요. 바로 이 점에 이 기적의 본질이 있으니 말입니다요.」

그는 즉시 웃통을 벗고 채찍을 낚아채더니 스스로 자기 몸에 매질을 하기 시작했고 돈키호테는 채찍질 수를 세기 시작했다.

여섯 번인가 여덟 번인가 매질했을 때 산초는 이 장난이 너무 지나치고 매값은 너무 싼 것 같다는 생각이 들어 잠시 멈추고는, 주인에게 아까 약속한 것은 잘못되었으니 약속을 이행하지 않겠노라고 했다. 한 번 매질에 반 레알은 되어야지, 4분의 1레알은 아닌 것 같다며 말이다.

「계속하게, 산초 친구여, 기력을 잃지 말게.」 돈키호테가 대답했다. 「판돈을 배로 올려 줄 테니 말일세.」

「그렇다면……」 산초가 말했다. 「모든 걸 하느님께 맡기고 채찍질을 비 내리듯 퍼붓기로 하겠습니다요.」

하지만 이 꾀 많은 자는 자기 등에 채찍질하는 것을 그만두고 나무에다 해대기 시작했다. 매질하는 사이사이 한숨을 내쉬어 영혼이 빠져나가는 것처럼 구는 것도 잊지 않았다. 마음 여린 돈키호테는 혹시나 이 일로 그가 목숨을 잃는 건 아닐까, 그래서 자기의 희망이 이루어지지 않는 건 아닐까 두려워 산초에게 말했다.

「친구여, 이번 매질은 제발 이쯤에서 끝내도록 하세. 이 처방은 너무 센 듯하니 시간을 좀 두고 하는 게 좋을 것 같네. 사모라[415]도 한 시간 만에 함락되지 않았다네. 내가 잘못 세지 않았다면 이미 1천 대 이상을 때렸네. 지금은 그것으로 충분하네. 시쳇말로 당나귀가 짐을 견뎌도, 더 얹어 싣는 짐은 견디지 못하니 말일세.」

「아닙니다, 아닙니다요, 나리.」 산초가 대답했다. 「저를 두고 〈지불된 돈에 부러진 팔〉이라는 소리가 나와서는 안 됩니다요. 나리께서는 좀 더 물러가 계세요. 그리고 1천 대 정도 더 때리게 내버려 두세요. 이 정도로 두 번만 더 휘두르면 이 판을 끝내게 될 겁니다요. 그러고도 힘이 남을 겁니다요.」

「그토록 훌륭한 마음가짐이라면……」 돈키호테가 말했다. 「하늘이 자네를 도울 것이니 때리게. 나는 물러나 있겠네.」

산초는 참으로 대담하게 다시 일을 시작했다. 이미 많은 나무의 껍질을 벗겨 놓았으니, 매질이 그토록 심했던 것이다. 한번은 너도밤나무를 지독시리 때려 놓고는 목소리를 높여 말하기도 했다.

415 Zamora. 스페인의 도시. 11세기에 산초 2세가 이 도시를 함락했는데 이는 여러 날에 걸쳐 이루어졌다.

「여기서 삼손은 죽고 그와 관계된 자들도 모두 죽어라!」

돈키호테는 그 비탄에 찬 목소리와 지독한 채찍질 소리를 듣고는 얼른 달려가서 채찍으로 쓰고 있던 꼬인 고삐를 붙들고 말했다.

「친구 산초여, 나 좋자고 자네가 목숨을 잃는 건 운명이 용서치 않을 것이네. 자네 목숨은 자네 처와 자식들을 먹여 살리는 데 써야 하네. 둘시네아한테는 더 나은 기회를 기다려 달라 하고, 나는 소원이 이제 금방 이루어질 듯한 범위 안에서 자제하겠네. 그리고 이 일이 모두에게 좋은 쪽으로 끝나도록 자네가 새로운 힘을 되찾기를 기다리겠네.」

「나리, 나리께서 그러기를 원하신다면야……」 산초가 대답했다. 「기꺼이 그렇게 해드려야죠. 제 등에 나리의 짤막한 망토나 덮어 주세요. 땀을 많이 흘려서 감기에 걸리기는 싫거든요. 새내기 고행자들은 그런 위험에 처할 수 있으니까요.」

돈키호테는 시키는 대로 하고 자기는 셔츠 차림으로 산초를 지켰는데, 이자는 태양이 자기를 깨울 때까지 푹 잤다. 그런 다음 그들은 가던 길을 다시 가기 시작했다가 거기서 3레과 떨어진 어느 마을에서 일단 길을 멈추었으니, 말을 내린 곳은 한 여인숙 앞이었다. 돈키호테는 지금까지 그러했듯 깊은 연못과 탑과 올렸다 내렸다 하는 쇠창살과 개폐교를 갖춘 성이 아니라, 그냥 여인숙으로 그것을 알아보았다. 앞으로 보게 되겠지만, 그는 결투에서 진 이후로 모든 일에 걸쳐 좀 더 나은 판단력을 갖추게 된 것이다.[416] 그들은 아래층에 있는 방에 묵게 되었는데, 거기 벽에는 가죽을 두르는 대신 시골에서 흔히 볼 수 있듯이 그림이 그려진 낡고 두꺼운 천들을 걸어 놓았다. 그것들 중 하나에는 무모한 손님[417]이 메넬라오

---

416 이 대목은 작품에서 참으로 중요하다. 돈키호테가 기사로서의 일을 그만두자 그의 생각 역시 기사도 세계가 아닌 현실 세계로 돌아온다.
417 그리스 신화 속 트로이의 왕자 파리스Paris를 가리킨다.

한테서 아내 헬레네를 훔쳐 가는 장면이 형편없는 솜씨로 그려져 있었고 다른 것에는 디도와 아이네이아스의 이야기가 그려져 있었는데, 그녀가 높은 탑에 선 채 반쪽짜리 시트를 들고 함선인지 쌍돛대 범선인지를 타고 바다로 달아나는 손님에게 신호를 보내는 듯한 장면이었다.

이 두 그림 중에서 눈에 띄는 것은 끌려가는 헬레네의 표정이 그다지 싫지 않은 듯 보인다는 점이었다. 그녀는 넌지시 앙큼스럽게 웃고 있었던 것이다. 반면 아름다운 디도는 호두 같은 눈물을 흘리고 있었으니, 그것을 본 돈키호테가 말했다.

「이 두 여인네들은 지금 시대에 태어나지 않았기에 정말로 불행했던 걸세. 그리고 나는 그네들 시대에 태어나지 않아서 누구보다도 불행한 자일세. 내가 만일 이런 여성들을 만났더라면 트로이는 불타지 않았을 것이고 카르타고는 파괴되지 않았을 걸세. 내가 파리스를 죽이는 것만으로 그런 불행을 피할 수 있었을 테니 말이야.」

「저는 내기를 해도 좋은데요……」 산초가 말했다. 「얼마 안 가서요, 우리들이 이룬 무훈에 대한 이야기가 그려져 있지 않은 주막이나 객줏집이나 여인숙이나 이발소는 없을 겁니다요. 하지만 이 그림들을 그린 화가보다는 좀 더 솜씨가 나은 자가 그렸으면 합니다요.」

「자네 말이 맞네, 산초.」 돈키호테가 대답했다. 「이 화가는 오르바네하 같군. 우베다에 있었던 그 화가 말일세. 사람들이 그 오르바네하에게 무엇을 그리느냐고 물었더니 〈결과적으로 나오는 것〉을 그린다고 대답하곤 했다네. 수탉을 그릴 때에는 그 아래 〈이것은 수탉이다〉라고 쓰곤 했지. 사람들이 여우로 보지 않도록 말일세. 돈키호테에 대한 새로운 이야기를 출판해서 세상에 내놓았다는 그 화가인지 작가인지 하는 사람도 ─ 이 둘은 결국 같으니 말일세 ─ 이런 식으로 한 것 같군. 나오는 대로 그리거나 썼던 것일세. 아니면 과거에 궁을 들락거렸던 마울레온이라는 시인과 같은 것인지도 모르지. 이 시인은 사람들이 묻는 말이 무엇이든 지 온통 생뚱맞은 대답만 했다네. 한번은 라틴어로 〈데움 데 데오*Deum de Deo*(신 가운데 신)〉가 무슨 뜻이냐고 물었더니, 〈데 돈데 디에레*Dé donde diere*(아무 데나 때려라)〉라고 대답했다지 뭔가. 하지만 이 이야기 는 이 정도로 접어 두기로 하고 산초, 자네는 오늘 밤에도 지난번만큼 채 찍질할 생각이 있는지 말해 보게. 지붕 아래서건 아니면 탁 트인 밖에서 건 말일세.」

「세상에, 나리.」 산초가 대답했다. 「제가 채찍질을 할 생각이 있다면야 집 안에서 하건 들판에서 하건 무슨 차이가 있겠습니까요. 하지만 그래 도 역시 나무들 사이에서 하는 것이 좋겠습니다요. 나무들이 저와 함께 하면서 제가 일을 훌륭하게 해치우도록 도와주는 것 같거든요.」

「아니, 그러지 말아야 될 것 같네, 내 친구 산초여.」 돈키호테가 말했다. 「무엇보다 자네가 기운을 찾도록 우리 마을에 도착할 때까지 기다리는 게 좋겠어. 아무리 늦어도 모레쯤이면 그곳에 닿을 테니 말일세.」

산초는 좋으실 대로 하시라고 대답하면서, 하지만 자기는 몸이 뜨겁게 데워져 있을 때 빨리 그 일을 끝내고 싶다고 했다. 맷돌의 돌이 갓 쪼여 있을 때 밀가루가 잘 갈리는 법이고, 늑장을 부리면 많은 경우 위험이 따 른다고 하면서 말이다. 덧붙여 하느님께 기도하면서는 망치로도 때려야 하고, 두 번 〈주마〉하는 것보다 한 번 〈가져라〉 하는 게 훨씬 나으며, 날 고 있는 독수리보다 손안에 든 참새 한 마리가 더 낫다고도 했다.

「속담은 그만, 산초. 제발 부탁이네.」 돈키호테가 말했다. 「아무래도 자 네는 〈*Sicut erat*(이전의 것으로)〉로 다시 돌아가는 것 같군. 내가 자네에 게 누차 말하지 않았던가. 쉽고 분명하고 매끄럽게, 그리고 복잡하지 않 게 말하라고 말일세. 그러면 빵 한 개가 1백 개의 값어치와 맞먹는다는 걸 알게 될 걸세.」

862

「저도 이게 무슨 빌어먹을 일인지 모르겠습니다요.」 산초가 대답했다. 「속담 없이는 말을 할 줄 모르고, 제게 말로 보이지 않는 속담은 없으니 말입니다요. 하지만 되도록이면 고쳐 보도록 하겠습니다요.」

　이것으로 그때의 대화는 끝이 났다.

72

돈키호테와 산초가
자기네 마을에 어떻게 도착했는지에 대하여

그날 온종일 밤이 되기를 기다리면서 돈키호테와 산초는 그 마을의 여인숙에 묵었다. 한 사람은 탁 트인 들판에서 몸에 채찍질을 가하는 고행을 끝마쳐야겠다는 마음으로, 다른 사람은 자기 소원이 성취될 그 고행의 끝을 보고자 하는 마음으로 말이다. 이때 말을 탄 한 길손이 서너 명의 하인들을 데리고 이 여인숙에 도착했는데, 하인 중 하나가 주인인 듯 보이는 사람에게 말했다.

「돈 알바로 타르페 나리, 오늘은 이곳에서 낮잠을 주무시지요. 이 여인숙은 깨끗하고 시원해 보입니다.」

돈키호테가 이 말을 듣고 산초에게 말했다.

「이보게 산초, 나에 대한 이야기를 쓴 그 속편을 뒤적이다가 거기서 이 돈 알바로 타르페라는 이름을 본 것 같은데.」[418]

「그럴지도 모릅니다요.」 산초가 대답했다. 「말에서 내리면 그 일에 대

---

418 아베야네다가 창조한 인물로 위작에서 중요한 역할을 한다. 세르반테스는 자기에게 숙적이 되는 아베야네다의 『돈키호테 제2편』에 나오는 이 창조물을 이 장에 소개하면서 위작 작가의 신용을 실추시키려 한다.

해 물어봅시다요.」

신사가 말에서 내리자 여인숙 여주인은 아래층 돈키호테의 바로 맞은편 방을 내주었는데, 그 방 역시 돈키호테의 방에 걸려 있는 것과 같이 그림이 그려진 두꺼운 천으로 장식되어 있었다. 갓 도착한 신사는 여름옷으로 갈아입은 후 널찍하고 시원한 여인숙 문간으로 나와, 마침 그곳을 거닐고 있던 돈키호테에게 물었다.

「신사분은 어디로 가시는 길이시오?」

그러자 돈키호테가 대답했다.

「여기에서 가까운 곳에 있는 내 고향 마을로 가는 길이라오. 그러는 당신은 어디로 가는 길이시오?」

「나는 내 고향인 그라나다로 가는 길이오.」

「멋진 고향을 가지셨구려!」 돈키호테가 대답했다. 「그런데 실례지만 성함이 어떻게 되시오? 성함을 알아야 쉽사리 이야기를 나눌 수 있을 것 같아서 말이오.」

「내 이름은 돈 알바로 타르페라고 하오.」 손님이 대답했다.

이 말에 돈키호테가 대답했다.

「내 생각에 당신은 〈돈키호테 데 라만차〉라는 책의 속편에 인쇄되어 돌아다니는 그 돈 알바로 타르페임이 분명한 것 같소이다. 새로운 작가에 의해 최근에 출판되어 세상에 나온 그 책 말이오.」

「바로 그렇소.」 그 신사가 대답했다. 「그 이야기의 주인공인 그 돈키호테라는 사람은 나와 아주 친한 친구라오. 내가 그 사람을 고향에서 끌어냈고, 나도 참가하려고 했던 사라고사의 무술 시합에 나가도록 그를 부추긴 자라오. 그리고 정말로 정말로 그 사람한테 많은 우정을 베풀어 주었고, 그 사람이 지나칠 정도로 무모하다는 이유로 형 집행자가 그 사람 등짝을 채찍질하려는 것을 못 하도록 막아 주기도 했소.」

865

「돈 알바로 씨, 당신이 말씀하시는 그 돈키호테와 내가 어디 좀 닮은 데가 있는지 말씀해 주시겠소?」

「아니요, 전혀.」 그 손님이 말했다. 「닮은 데라곤 하나도 없소.」

「그런데 그 돈키호테라는 자가 말이오……」 우리의 돈키호테가 말했다. 「산초 판사라는 종자를 데리고 다녔소?」

「예, 데리고 다니더군요.」 돈 알바로가 대답했다. 「그가 상당한 재담꾼이라는 소문이 있으나, 나는 그 작자가 그런 소문이 날 정도로 재미있는 소리를 하는 걸 한 번도 들어 본 적이 없소이다.」

「그 점은 제가 장담합니다요.」 이때 산초가 말했다. 「그 이유는요, 재미있는 말은 아무나 할 수 있는 게 아니거든요. 신사분, 나리께서 말씀하시는 그 산초는 아주 대단히 교활한 자에 답답하면서도 동시에 도둑놈인 게 틀림없습니다요. 진짜 산초 판사는 바로 저거든요. 저는 비가 내리는 것보다 더 많은 재담들을 퍼부을 수 있습니다요. 안 믿기시면 나리께서 직접 시험해 보세요. 적어도 1년만 제 뒤를 따라다녀 보시면, 한시도 쉬지 않고 재미있는 말들이 떨어져 내리는 걸 보게 되실 겁니다요. 그 말들이 워낙 재미있는 데다 어찌나 많은지, 제가 무슨 말을 하고 있는지 모르는 중에도 제 말을 듣고 있던 사람들이 웃을 때가 많다니까요. 그리고 그 유명하시고, 용감하시며, 분별 있으시고, 사랑이 깊으시고, 모욕을 쳐부수시고, 고아들과 후견인 없는 자들의 보호자이시자 후견인이시며, 미망인들의 비호자이시자 아가씨들의 애간장을 태우시는 분이시고, 오직 유일한 귀부인으로 비할 데 없는 둘시네아 델 토보소를 갖고 계시는 진짜 돈키호테 데 라만차는 바로 여기 계시는 이분, 저의 주인 나리올시다요. 다른 어떤 돈키호테나 다른 어떤 산초 판사가 있다면 그건 모두 사기이며 꿈에서나 나타날 법한 일입니다요.」

「세상에, 이젠 나도 그렇게 생각하오!」 돈 알바로가 대답했다. 「친구여,

당신이 단지 네 마디 말로 다른 산초 판사가 했던 수많은 말보다 더 큰 재미로 가득한 이야기들을 들려줬으니 말이오. 그 다른 산초는 말을 잘 한다기보다 밥만 잘 먹는 식충이에 익살스럽기보다는 차라리 바보였지. 생각건대 분명 착한 돈키호테를 따라다니는 그 마법사들이 나쁜 돈키호 테와 함께 나도 따라다닌 것 같소. 어떻게 말해야 될지 모르겠소만, 내가 그 나쁜 돈키호테를 치료하기 위해 톨레도의 유명한 정신 병원 엘 눈시오에 넣어 놓고 왔다는 것만은 맹세해도 좋소이다. 그런데 지금 내가 아는 돈키호테와는 전혀 다른, 또 다른 돈키호테가 여기 생각지도 않게 나타나다니.」

「내가⋯⋯.」 돈키호테가 말했다. 「착한 돈키호테인지는 모르겠소만, 나쁜 돈키호테는 아니라고 말할 수 있소이다. 그것에 대한 증거로 돈 알바로 타르페 씨, 난 내 평생 사라고사에는 가본 적이 없다는 것을 알아주시기 바라오. 그 전에 그 환상의 돈키호테가 그 도시에서 열리는 무술 시합에 참가했다는 말을 들었는데, 그러고 나니 그곳에 들어가고 싶지 않아졌던 거요. 그 작가가 거짓말을 하고 있다는 것을 사람들 앞에 알려야 하니 말이오. 대신 나는 곧장 바르셀로나로 갔소. 이 도시는 예절의 보관소이자 이방인들의 숙소이며, 가난한 자들의 구제소이자 용사들의 조국, 모욕당한 자들의 복수이면서 변함없는 우정의 기분 좋은 교류 장소로, 위치에 있어서나 아름다움에 있어서나 오직 하나뿐인 곳이지요. 비록 거기서 내게 일어난 사건들은 유쾌하기보다는 오히려 무척 고통스러운 것들이었지만, 단지 그 도시를 보았던 것만으로 괴롭지 않게 그럭저럭 그 사건들을 견디어 내고 있다오. 그러니까 결론적으로, 내가 바로 세상의 명성이 일컫는 바로 그 돈키호테 데 라만차라오. 내 이름을 빼앗고 내 생각들로 명예롭게 되고자 한 그 가련한 자는 돈키호테가 아니라는 말이오. 신사로서 마땅히 해야 할 일로 당신께 간청컨대, 이 마을 촌장 앞에 가서 당신은 오늘날까지 평생 한 번도 나를 본 적이 없고, 속편에 인쇄되어 나오는 그 돈키호테는 내가 아니며, 이 내 종자 산초 판사도 당신이 알았던 그 자가 아니라는 사실을 진술해 주시기를 바라오.」

「기꺼이 그렇게 하지요.」 돈 알바로가 대답했다. 「비록 두 명의 돈키호테와 두 명의 산초를 동시에 보게 되어 놀랍기는 하지만, 똑같은 이름과는 반대로 행동거지에서는 사뭇 다르니 말이오. 그리고 거듭 말씀드리고 제가 확신하는 사실은, 내 눈으로 본 것은 내가 보지 않은 것이요, 일어난 일 역시 내게는 일어나지 않은 일이라는 거요.」

「분명……」 산초가 말했다. 「나리께서도 제 마님이신 둘시네아 델 토보소처럼 마법에 걸리신 게 틀림없어요. 그리고 나리를 그 마법에서 푸는 방법이, 제가 둘시네아 공주 때문에 그러는 것처럼 다시 한 번 삼천삼백 대를 제 몸에 채찍질하는 것이면 얼마나 좋겠습니까요. 그러면 저는 아무런 돈도 안 받고 매질을 해드릴 수 있을 텐데요.」

「그 채찍질이라는 게 무슨 말인지 모르겠군.」 돈 알바로가 말했다.

그러자 산초는 이야기가 길다고 하면서, 혹시나 같은 길을 가게 되면 들려 드리겠노라고 대답했다.

이때 점심 먹을 시간이 되었으므로 돈키호테와 돈 알바로는 함께 식사를 했는데, 우연히 그 여인숙으로 마을 촌장이 공증인 한 명을 데리고 들어왔다. 돈키호테는 청원서를 통하여 촌장 앞에서 청원했으니, 그가 합당하다고 주장한 바는 이러하다. 그곳에 있던 신사인 돈 알바로 타르페는 역시 그 곳에 있던 돈키호테 데 라만차를 알지 못하며, 이 돈키호테는 토르데시야스 출신인 아베야네다라는 작자가 쓴 『돈키호테 데 라만차 제2편』에 인쇄되어 등장하는 그 돈키호테가 아니라는 것을 촌장 앞에서 진술하는 것이었다. 결국 촌장은 법적인 절차를 준비했고, 진술은 이러한 경우에 적용되는 모든 법적 효력을 가지고 이루어졌다. 이것으로 돈키호테와 산초는 무척 만족했다. 이와 같은 진술이 그들에게 아주 중요한 일이나 되는 것처럼, 그리고 자기들의 행동이나 말만으로는 그 두 명의 돈키호테와 두 명의 산초 간의 차이를 밝히기에 부족함이 있는 것처럼 말이다. 돈 알바로와 돈키호테 사이에는 수많은 호의와 제의의 말들이 오갔으니, 그 말들로 위대한 라만차 사람의 사리 분별력이 드러났으며, 따라서 돈 알바로는 자기가 알고 있던 잘못에서 깨어났다. 자기 손으로 완전히 반대되는 두 명의 돈키호테를 직접 만져 본 돈 알바로로서는 스스로 마법에 걸렸던 것이 틀림없다고 생각할 정도였다.

저녁이 되고 그들이 마을을 떠나 얼추 반 레과쯤 가자 양갈래 길이 나왔다. 한쪽은 돈키호테의 마을로 가는 길이요, 다른 쪽은 돈 알바로가 가야 할 길이었다. 얼마 되지 않았던 이 시간 동안 돈키호테는 자기가 불행하게도 패배했던 사건과 둘시네아가 마법에 걸려 있으며 그것을 푸는 처방에 대해 들려주었으니, 돈 알바로는 이 모든 이야기에 또다시 놀랐다. 그는 돈키호테와 산초를 얼싸안은 다음 자기가 가야 할 길로 갔고, 돈키호테도 가야 할 길로 떠났다. 그들은 그날 밤을 나무들 사이에서 보냈는데, 이는 산초에게 고행의 임무를 수행할 기회를 주기 위함이었다. 산초는 지난밤과 같은 방식으로 자기 등이 아닌 너도밤나무의 껍질을 죽도록 패서 임무를 수행했다. 파리가 앉더라도 채찍으로는 쫓지 않을 정도로 그는 자기 등을 잘 간수했다.

속고 있던 돈키호테는 단 한 번의 매질도 놓치지 않고 세었는데, 지난밤에 한 것과 합쳐 보니 3,029대가 되었다. 태양도 이 희생을 보기 위해 일찍 일어난 것 같았다. 그들은 햇빛과 함께 자기들이 가던 길을 다시 재촉했다. 돈 알바로가 속고 있었던 일이며, 그로 하여금 법 앞에서 그렇게 정식으로 진술하도록 합의를 본 것이 얼마나 잘한 일인지에 대해 서로 이야기를 나누면서 말이다.

그날은 이야기할 만한 사건이 일어나지 않았으니 그들은 꾸준히 걷기만 했다. 그날 밤 산초가 자기의 과제를 끝냈다는 것과, 이 일로 돈키호테는 무척이나 기뻐했고 자기의 귀부인 둘시네아가 이미 마법에 풀려났을 테니 길에서 만날 수 있을지도 모른다며 날이 밝기만을 기다렸다는 것을 제외하면 말이다. 그는 메를린의 약속이 절대 거짓일 수 없다고 철석같이 믿고 길을 걸었지만 둘시네아 델 토보소로 알아볼 만한 여자는 길에서 단 한 명도 만나지 못했다.

이러한 생각과 희망으로 언덕에 오르자, 마침내 고향 마을이 훤히 내려다보였다. 마을을 보자 산초는 무릎을 꿇고서 말했다.

「그리던 고향아, 네 아들 산초 판사가 대단한 부자는 못 되었지만 매는 아주 실컷 맞고 돌아온 것을 눈을 뜨고 보려무나. 두 팔을 벌려 역시 네 아들인 돈키호테를 맞이하려무나. 남의 완력에 의해 패배한 채 오시기는 했지만 자기 자신에게는 승리하여 돌아오셨으니 말이다. 그분이 내게 말씀하신 바에 따르면, 자신을 이기는 것이야말로 인간이 바랄 수 있는 가장 큰 승리란다. 나는 돈을 벌어 왔는데, 지독한 매질을 당하면 멋지게 말을 타게 되는 법이라 그렇지.」[419]

「그런 바보 같은 소리는 그만두고…….」 돈키호테가 말했다. 「자, 곧바로 마을로 들어가세. 거기서 우리가 하고자 하는 목동 생활에 대한 계획과 우리의 생각에 여유를 좀 주세.」

이렇게 말하면서 그들은 언덕을 내려가 마을로 향했다.

419 속편 제36장 각주 227번 참조.

73

돈키호테가 마을로 들어설 때
느낀 징조와 이 위대한 이야기를 장식하고
믿게 만드는 다른 사건들에 대하여

시데 아메테의 이야기에 의하면 돈키호테는 마을 입구에 있는 밭에서 두 남자아이가 싸우고 있는 것을 보았다고 한다. 한 아이가 다른 아이에게 말했다.

「그래 봤자 소용없어, 페리키요. 평생 못 볼걸.」

이 말을 돈키호테가 듣고 산초에게 말했다.

「친구여, 저 아이가 한 말 들었나? 〈평생 못 볼걸〉이라고 한 말 말이네.」

「들었는데요.」 산초가 대답했다. 「그런데 저 아이가 그런 말을 한 게 뭐가 중요합니까?」

「뭐가 중요하냐고?」 돈키호테가 대답했다. 「그 말을 내 의도에 적용시켜 보면, 내가 더 이상 둘시네아를 볼 수 없다는 뜻이라는 걸 모르겠느냐?」

산초는 이 말에 대답하려 했지만 기회를 놓쳐 버렸으니, 그 순간 그들이 있던 들판으로 산토끼 한 마리가 많은 사냥개들과 사냥꾼들에게 쫓겨 도망 오고 있었던 것이다. 산토끼는 잔뜩 겁에 질린 채 잿빛 아래 숨어 몸을 웅크렸다. 산초가 그 녀석을 안전하게 붙잡아 돈키호테에게 내밀었는데, 돈키호테는 여전히 중얼거리고 있었다.

「〈*Malum signum! Malum signum*(불길한 징조로다, 불길한 징조로다)!*〉산토끼가 달아나고 사냥개들이 그 뒤를 쫓으니, 둘시네아는 나타나지 않겠구나!」

「나리께서는 이상도 하십니다요.」 산초가 말했다. 「이 산토끼가 둘시네아 델 토보소이시고, 이 산토끼를 쫓아오는 사냥개들이 그분을 농촌 아낙으로 바꾼 사악한 마법사들이라고 가정해 봅시다요. 그분은 도망 오셨고, 제가 그분을 붙잡아 나리 손에 놔드렸으며, 나리께서는 그분을 나리 품에 안아 달래고 계십니다요. 그런데 이게 무슨 나쁜 조짐이며, 여기서 어떤 불길한 징조를 생각할 수 있다는 겁니까요?」

아까 싸우고 있던 두 아이가 산토끼를 보러 왔기에 산초는 그중 한 아이에게 무엇 때문에 싸우고 있었는지 물었다. 그러자 〈평생 못 볼걸〉 하고 말한 아이가 대답하기를, 자기가 다른 애한테서 귀뚜라미 통을 빼앗았는데 그것을 평생 돌려주지 않을 작정이라는 것이다. 이에 산초는 자기 주머니에서 4쿠아르토를 꺼내 아이에게 통값으로 주고 그것을 받아 돈키호테에게 건네며 말했다.

「나리, 그런 징조는 부서지고 무너졌습니다요. 제가 비록 바보이기는 하지만요, 제 생각에 그런 조짐은 흘러간 구름보다도 더 우리 일과 상관이 없습니다요. 그리고 제 기억이 틀리지 않는다면요, 그런 쓸데없는 일에 신경을 쓰는 것은 기독교인이나 신중한 사람들에게 어울리지 않는 일이라고 우리 마을 신부님이 말씀하시는 걸 들은 적이 있습니다요. 그리고 나리께서도 지난번에 말씀하시기를, 징조 따위에 신경을 쓰는 기독교인들은 모두 바보로 생각하라고 하셨잖아요. 이 일로 더 왈가왈부할 필요가 없으니 어서 마을로 들어갑시다요.」

아까의 사냥꾼들이 몰려와 자기들 산토끼를 달라고 하여 돈키호테는 그들에게 그것을 주고 길을 계속 갔는데, 마을 입구의 조그마한 풀밭에

서 기도하고 있던 신부와 학사 카라스코와 마주쳤다. 그런데 알아 둘 일
이 있으니, 이때 산초는 알티시도라가 살아 돌아온 날 밤 공작의 성에서
입었던 불꽃무늬의 긴 리넨 옷을 잿빛에 묶은 갑옷과 무기 꾸러미 위에다
덮어 두고 있었다는 것이다. 짐 나르는 짐승들에게 씌우던, 문장이 새겨
진 천처럼 사용하기 위해서 말이다. 그리고 당나귀 머리에는 고깔모자를
씌워 놓았으니, 세상에서 결코 본 적 없는 당나귀의 가장 새로운 변신이
자 장식이었다.

신부와 학사는 그 두 사람을 금방 알아보고 두 팔을 벌린 채 달려왔고,
돈키호테도 말에서 내려 그들을 꼭 안았다. 예외 없는 살쾡이들인 아이들
이 멀리서 당나귀의 고깔모자를 보고는 몰려와 서로에게 말했다.

「애들아, 이리 와서 아주 멋지게 차려입은 산초의 당나귀 좀 봐. 그리고
돈키호테의 말은 첫날보다 오늘이 더 말랐어.」

마침내 그들은 신부와 학사와 함께 아이들에게 둘러싸인 채 마을로 들
어가 돈키호테의 집으로 갔다. 문 앞에서는 가정부와 돈키호테의 조카딸
이 그들이 온다는 소식을 이미 전해 듣고 기다리는 중이었다. 물론 산초의
아내 테레사 판사에게도 소식이 전해져 그녀는 헝클어진 머리에 거의 반
라의 차림으로 딸 산치카의 손을 끌고 남편을 보러 달려왔다. 그런데 남
편이 통치자라면 응당 갖춰야 할 차림으로 나타나지 않자 그녀는 말했다.

「여보, 이 꼴이 뭐래요? 너무 걸어 다리를 절룩거리며 오는 모습이, 통
치자라기보다 통치를 빼앗긴 몰골이네요.」

「입 다물어, 여보.」 산초가 대답했다. 「말뚝이 있는 곳에도 소금에 절인
돼지고기가 없는 경우가 많아.[420] 일단 집으로 가자고. 거기서 내가 놀라

---

420 산초는 〈말뚝이 없는 곳에 소금에 절인 돼지고기가 있다〉라고 말했어야 했다. 겉보기에
는 아무런 이득이 없어 보이지만 실제로는 이득이 있다는 뜻으로 말이다.

운 일들을 들려줄 테니. 나는 돈을 가지고 왔단 말이야. 그게 중요한 거야. 내 재주로, 어느 누구에게도 피해를 주지 않고 번 거라고.」

「돈을 가지고 왔다니, 사랑하는 내 여보.」 테레사가 말했다. 「여기저기서 벌었을 텐데 어떻게 벌었든 난 상관없어요. 이 세상에 없는 새로운 방법으로 번 건 아닐 테니 말이에요.」

산치카는 자기 아버지를 껴안고는 5월에 비 기다리듯 아버지를 기다리고 있었다며 자기한테는 뭘 가지고 왔는지 물었다. 산초는 딸의 허리 한쪽과 아내의 손을 잡고, 딸은 잿빛의 고삐를 잡은 채 그들의 집으로 돌아갔다. 돈키호테를 신부와 학사와 함께, 그리고 조카딸과 가정부의 감시하에 남겨 두고서 말이다.

돈키호테는 때고 사정이고 가릴 것 없이 곧바로 학사와 신부를 데리고 따로 떨어져서는, 자기가 패배하여 앞으로 1년 동안 마을 밖으로 나가지 않아야 하는 의무를 지게 된 사정을 간단히 들려줬다. 자기는 편력 기사도의 정확성과 규정에 매인 기사로서 그 의무를 작은 것 하나 어기지 않고 충실하게 지킬 작정이며, 그동안은 목동이 되어 들판의 고적함을 즐길 생각이라고도 했다. 그곳에서 목가적이며 정결한 일을 하고, 사랑에 대한 생각도 마음껏 할 것이라면서 그들에게 부탁하기를, 만일 할 일이 많지 않고 다른 일로 지장을 받는 게 아니라면 자기의 동반자가 되어 달라 했다. 그리고 자기는 목동이라는 이름에 걸맞게 양들과 가축들을 충분히 살 것이며, 이 일에서 가장 중요한 것은 이미 준비되어 있다고 했다. 바로 그들에게 꼭 들어맞는 이름을 지어 놓았다는 것이다.[421] 신부가 그 이름이 무엇인지 가르쳐 달라고 부탁하자 돈키호테는 자기는 〈목동 키호티스〉

---

421 전편에서 돈키호테가 자신과 말의 이름을 지으며 고심한 사실에서도 알 수 있듯이, 『돈키호테』에서 이름은 참으로 중요한 역할을 한다. 유대인의 관습이나 스콜라 철학에서는 이름이 사람의 실체 형성에 막대한 힘을 행사하며, 개명이 인간성의 근본적인 면을 바꾼다고 믿었다.

이고 학사는 〈목동 카라스콘〉, 신부는 〈목동 쿠리암브로〉, 산초 판사는 〈목동 판시노〉라고 했다.

두 사람은 돈키호테의 새로운 광기에 깜짝 놀랐지만, 다시 기사도를 행하겠다며 마을을 떠나지는 않을 일인 데다 1년이면 병이 고쳐질 것이라는 기대에 돈키호테의 새로운 시도에 동의했고, 그 미친 짓을 분별 있는 일로 인정하면서 자기들도 함께하겠노라고 했다.

「그리고 말입니다……」 삼손 카라스코가 말했다. 「이미 모든 사람들이 알고 있듯이 나는 꽤 유명한 시인이니, 목가시든 궁정시든 늘 내게 어울리는 시를 지을 겁니다. 우리가 돌아다닐 그런 길에서 즐기기 위해서 말이지요. 그런데 무엇보다 먼저 해야 할 일은, 시로써 기리고자 하는 여자 목동의 이름을 각자 하나씩 고르는 것입니다. 그리고 사랑에 빠진 목동들이 하는 관례나 관습에 따라 그녀들의 이름을 새기거나 하지 않은 나무는 아무리 단단한 것이라도 내버려 두지 말기로 하지요.」

「그것 참 맞는 말이오.」 돈키호테가 대답했다. 「나야 그런 상상 속 여자 목동의 이름을 찾는 일에서 해방되어 있지만 말이오. 저기 이 강변의 영광이자 이 목초지의 장식이며 아름다움의 받침이요 우아함의 정수로, 결국 아무리 과장된 찬사라도 어울릴 수밖에 없는 비할 데 없는 둘시네아 델 토보소가 있기 때문이라오.」

「그건 사실이지.」 신부가 말했다. 「하지만 우리는 어떻게든 온순한 여자 목동들을 찾아야 되겠는걸. 우리에게 딱 들어맞아 우리를 모퉁이로 몰아넣을 여인으로 말이지.」[422]

이 말에 삼손 카라스코가 덧붙였다.

「없을 때는 그냥 세상을 채우고 있는 출판물이나 인쇄물에 등장하는

---

422 당시 대중적으로 유행하던 재담이다. 속편 제67장 각주 391번 참조.

이름으로 부르면 돼요. 필리다라든가 아마릴리스, 디아나, 플레리다, 갈라테아 그리고 벨리사르다 같은 이름 말이죠. 광장에서 그런 인쇄물들을 팔고 있으니 우리는 얼마든지 살 수 있고, 우리 여자 목동들의 이름을 붙일 수 있어요. 만일 내 여인의, 그러니까 내 여자 목동의 이름이 〈아나〉라고 할 것 같으면 〈아나르다〉라는 이름으로 부르는 거죠. 만일 프란시스카라면 〈프란세니아〉라고 부르면 되고요. 루시아라면 〈루신다〉, 이런 식으로 거기 다 나와 있다니까요. 만일 산초 판사가 우리 단체에 들어올 것 같으면 그 사람은 자기 아내 테레사 판사를 〈테레사이나〉라는 이름으로 기리면 될걸요.」

　돈키호테는 그가 이런 식으로 이름을 적용시키는 것을 들으며 웃었고, 신부는 돈키호테의 정결하며 착한 결심을 극구 칭찬하며 부득불 자기의 의무를 수행하지 않으면 안 될 시간을 제외하고는 언제나 돈키호테와 함께하겠노라고 다시 한 번 약속했다. 이것으로 두 사람은 돈키호테와 작별하면서, 건강을 챙기고 좋은 것을 먹으라는 부탁과 충고도 덧붙였다.

　우연히 그들이 주고받는 이야기를 들은 조카딸과 가정부는 두 사람이 떠나자마자 돈키호테와 함께 방으로 들어갔다. 조카딸이 삼촌에게 말했다.

　「이건 또 무슨 일이래요, 삼촌? 우리는 삼촌이 집에서 지내며 평온하면서도 정결한 삶을 살기 위해 돌아오신 줄 알고 있었는데, 삼촌은 목동이 되어 ─

　　목동이여 그대는 가는가,
　　목동이여 그대는 오는가,

　이런 걸 읊으시면서 새로운 미로에 발을 들여놓으시겠다는 거예요? 정말이지, 보리피리를 만들기에는 이미 청보리가 너무 단단하거든요.」[423]

이 말에 가정부도 거들었다.

「그리고 나리께서 여름 나절의 무더위며 겨울의 밤이슬이며 늑대들의 울음소리를 들판에서 견뎌 내실 수 있을 것 같으세요? 천만에요. 이런 일은 거의 기저귀나 포대기에 싸여 있을 때부터 그런 직무를 위해 단련되고 키워진 건강한 남자들이나 하는 일이자 직업이에요. 둘 다 나쁘지만 그래도 하나를 고르라면 목동보다 편력 기사가 되는 편이 더 나아요. 그러니 나리, 제 충고를 들으세요. 제가 배 터지게 먹고 마셔 할 일이 없어서 이런 말씀을 드리는 게 아니니까요. 굶고 살아 본 데다 나이도 쉰이나 먹고 보니 경험상 드릴 수밖에 없는 말씀이에요. 집에 머무시면서 농사일도 돌보시고, 종종 고해도 하시고, 가난한 사람들에게 은혜도 베푸세요. 그런데도 일이 잘못되면 그땐 제 영혼에 그 잘못을 넘기세요.」

「조용히들 하게, 이 사람들아.」 돈키호테는 그녀들에게 대답했다. 「내일은 내가 잘 알아. 나를 침대로 데려가 다오. 몸이 썩 좋은 것 같지 않구면. 그리고 자네들이 분명히 알아 둬야 할 것은, 지금 내가 편력 기사가 되건 목동이 되어 돌아다니건, 자네들이 필요로 하는 일이라면 언제든지 도와주러 갈 거라는 점이야. 어차피 행동으로 알게 될 일이지만⋯⋯.」

이 착한 여인네들은 — 가정부와 조카딸은 말할 필요도 없이 착한 사람들이었다 — 그를 침대로 데려갔고, 먹을 것을 가져다주며 가능한 한 그를 즐겁게 해줬다.

---

423 〈뭔가를 하거나 배우기에는 너무 늙었다〉는 의미의 속담.

74

어떻게 해서 돈키호테가 병들어 누웠는지와 그가 한 유언, 그리고 그의 죽음에 대하여

세상만사 영원히 지속되는 것은 없고 그 시작에서부터 종말에 이르기까지 늘 쇠락해 가니, 특히나 인간의 목숨이 그러하다. 돈키호테의 목숨 또한 그 흐름을 멈추게 할 하늘의 특권을 갖지 않았기에 당사자는 생각도 않고 있을 때 그의 종말은 찾아왔다. 결투에서의 패배로 인한 우울함 때문이었는지, 아니면 그렇게 되도록 정한 하늘의 뜻 때문이었는지, 그는 열이 지독하게 올라 엿새 동안을 침대에 누워 있었다. 그동안 친구들인 신부와 학사와 이발사가 여러 번 찾아왔고, 착한 종자 산초 판사는 그의 머리맡을 계속해서 지키고 있었다.

이들은 돈키호테가 패배했다는 것, 그리고 둘시네아가 마법에서 풀려 자유롭게 되기를 원했는데 그 소망이 이루어지지 않았다는 것 때문에 슬픔이 쌓여 그런 형편에 놓이게 되었다고 여겨, 할 수 있는 모든 방법을 동원하여 그를 즐겁게 해주고자 노력했다. 학사는 그에게 목동 일을 시작할수 있도록 기운 차려 일어나라고 했다. 자기는 그런 생활을 위해 벌써 목가시 한 편을 지어 놨으니, 산나자로[424]가 지었던 그 모든 작품에 견주어봐도 훌륭하다고 했다. 그리고 가축을 지킬 굉장한 개 두 마리를 자기 돈으로 사놓았는데, 한 놈은 이름이 바르시노이고 다른 한 놈은 부트론으로 킨타나르의 어느 목장주가 자기한테 팔았다는 이야기도 해주었다. 하지만 이것으로도 돈키호테는 슬픔을 떨쳐 내지 못했다.

그의 친구들은 의사를 불렀는데, 그의 맥을 짚어 본 의사의 표정은 그다지 만족스럽지 못했다. 그는 몸 상태가 위험하니 무엇보다 영혼의 건강에 신경을 쓰라고 일렀다. 돈키호테는 평온한 마음으로 의사의 말을 들었지만, 가정부와 조카딸과 그의 종자는 도저히 그런 마음을 가질 수가 없었다. 벌써 눈앞에 돈키호테의 시신이 놓여 있기라도 한 듯 그들은 서럽게 울기 시작했다. 의사의 소견으로 우울증과 무미건조한 삶이 그의 목숨을 끝내고 있다고 했다. 돈키호테는 잠 좀 자고 싶다며 혼자 있게 해달라고 부탁했다. 사람들이 그렇게 해주자 그는 여섯 시간이 넘도록, 흔히 말하듯 내리 잤다. 하도 죽은 듯이 잤기 때문에 가정부와 조카딸은 그가 영원히 잠만 자게 되는 건 아닐까 걱정할 정도였다. 앞서 말한 시간만큼 자고 나더니 그는 깨어나 큰 소리로 말했다.

「전능하신 하느님이시여, 제게 이토록 많은 은혜를 내려 주셨으니 축복받으소서! 결국 하느님의 자비는 한이 없으며, 인간이 저지르는 죄악들이 그 자비를 줄이거나 방해하지 못하는도다.」

조카딸은 외삼촌의 말을 주의 깊게 듣고 있었는데, 그 내용이 적어도 그가 광기라는 병에 사로잡혀 있었을 때 하곤 했던 어떤 말보다 훨씬 조리 있는 것 같아서 그에게 물었다.

「외삼촌, 외삼촌이 하신 말씀이 뭐래요? 뭐 새로운 거라도 있나요? 그 자비라는 건 뭐고, 인간의 죄악은 또 뭐래요?」

---

424 Jacopo Sannazaro(1458~1530). 이탈리아의 시인이자 목가 소설 『아르카디아』의 작가. 이 소설은 스페인에서 큰 인기를 누렸다.

「자비란…….」돈키호테가 대답했다.「얘야, 이 순간 하느님께서 내게 베푸시는 바로 그거란다. 말했듯이 내 죄도 하느님의 자비를 막지 못한단다. 이제 나는 자유롭고 맑은 이성을 갖게 되었구나. 그 증오할 만한 기사도 책들을 쉬지 않고 지독히도 읽은 탓에 내 이성에 내려앉았던 무지의 어두운 그림자가 이제는 없어졌거든. 그 책들이 가지고 있는 터무니없음과 속임수를 이제야 알게 되었단다. 이러한 사실을 참으로 늦게 깨달아, 영혼의 빛이 될 다른 책을 읽음으로써 얼마간이라도 보상할 수 있는 시간이 조금밖에 남지 않았다는 것이 단지 원통하구나. 얘야, 나는 내 죽음이 얼마 남지 않았다는 걸 느낀단다. 그러니 미치광이라는 평판을 남길 정도로 내 삶이 나쁜 것은 아니었음을 알릴 수 있는 그런 죽음을 맞이하고 싶구나. 비록 미쳐 살기는 했으나 그러한 모습을 죽음 앞에서까지 보여 주고 싶지는 않아. 얘야, 내 좋은 친구들을 불러 다오. 신부님과 학사 삼손 카라스코와 이발사 니콜라스 선생 말이다. 고해하고 유언을 남기고 싶어서 그런단다.」

하지만 이때 그 세 사람이 들어왔으므로 조카딸은 그런 수고를 할 필요가 없게 되었다. 그들을 보자마자 돈키호테는 말했다.

「내 좋은 이들이여, 축하해 주시오. 나는 이제 돈키호테 데 라만차가 아니라 알론소 키하노라오. 나의 생활 방식이 그 이름에다 〈착한 자〉라는 별명을 달아 주었었지. 이제 나는 아마디스 데 가울라와 그와 같은 가문이 만들어 낸 숱한 잡동사니들의 원수요. 이미 편력 기사도에 관한 불경스러운 이야기들은 모두 나에게 증오스러운 존재가 되었소. 그런 책들을 읽음으로써 내가 빠졌던 아둔함과 위험을 이제야 나는 알게 되었다오. 하느님의 자비로 내 머리가 교훈을 얻어 그러한 책들을 혐오하게 되었소이다.」

돈키호테의 말을 듣고 있던 세 사람은 그가 다른 어떤 새로운 광기에 사로잡힌 게 틀림없다고 생각했다. 그래서 삼손이 돈키호테에게 말했다.

「돈키호테 나리, 우리가 둘시네아 귀부인이 마법에서 풀려났다는 소식을 들은 이 마당에 나리께서는 그런 말씀을 하고 나오시다니요? 우리들이 목동이 되어 마치 왕자들처럼 인생을 노래하며 살아가려고 하는 이 시점에 나리께서는 수도자가 되시겠다는 겁니까? 제발 정신 좀 차리시고 그런 말씀 마세요.」

「지금까지 한 그 말들이…….」 돈키호테가 대답했다. 「나를 해친 바로 그것들이었으니, 이제는 하늘의 도움을 받아 내 죽음이 그것들을 이익이 되는 것으로 바꾸어 놓을 것이오. 이보게들, 나는 아주 빠른 속도로 죽어 가고 있는 것 같소. 그러니 그런 농담은 그만두고, 내가 고해할 수 있도록 신부님은 이리 와주시지요. 그리고 유언장을 만들 테니 공증인도 불러다 주시오. 이와 같은 절박한 순간에 자기 영혼을 가지고 장난치는 사람은 없소. 그러니 신부님이 내 고해를 들어 주시는 동안 공증인을 부르러 가기를 바라오.」

그들은 돈키호테의 말에 놀라 서로를 쳐다보았다. 비록 전적으로 믿을 수는 없었지만 그의 말을 의심하고 싶지 않았다. 그리고 미쳐 있었다가 그리 쉽게 제정신으로 돌아왔다는 것은 그가 정말로 죽어 가고 있다는 증거 가운데 하나였다. 그는 앞서 이야기한 내용에 다시 참으로 훌륭하고 대단히 기독교인다운 다른 말들을 지극히 정연하게 덧붙였으니, 이로 인해 그들은 의심을 완전히 떨쳐 버리고 그가 제정신으로 돌아왔다는 것을 믿게 되었다.

신부는 사람들을 내보낸 뒤에 돈키호테와 단둘이 남아 그의 고해를 들었다.

공증인을 부르러 갔던 학사는 얼마 안 되어 공증인과 산초 판사를 데리고 돌아왔는데, 산초는 이미 학사로부터 자기 주인의 상태를 들어 알

고 있던 터였다. 울고 있는 가정부와 조카딸의 모습을 보고 그는 울상을
짓더니 그만 눈물을 흘리기 시작했다. 고해가 끝나자 신부가 나와서 말
했다.

「착한 자 알론소 키하노는 정말로 죽어 가고 있으며, 정말로 제정신으
로 돌아왔소이다. 그분이 유언을 하도록 우리 모두 들어갑시다.」

이 소식은 가정부와 조카딸과 그의 착한 종자 산초 판사의 억눌린 눈
물샘을 무섭게 자극했으니, 그들은 눈물보를 터뜨렸고 그들 가슴에서는
깊은 한숨이 쉬지 않고 나왔다. 언젠가 말했듯이, 돈키호테는 착한 자 알
론소 키하노였을 때나 돈키호테 데 라만차였을 때나 늘 온화한 성격으로
사람들을 기분 좋게 대해 주었고, 이로 인해 자기 집 사람들은 물론 그를
알고 있는 모든 사람들로부터 무척 사랑을 받았던 것이다.

공증인이 나머지 사람들과 함께 들어가서 유언장의 머리말을 쓰고, 돈
키호테는 기독교인으로서 요구되는 모든 절차를 통해 자기의 영혼을 정
리한 다음 유산 문제로 들어가며 이렇게 말했다.

「조항 하나, 내가 미쳐 있었을 때 종자로 고용했던 산초 판사에게 남아
있는 약간의 돈에 대해서는, 그와 나 사이에 얼마간의 계산이 있었고 주
고받을 게 있으니, 그에게 책임을 묻거나 어떠한 계산도 요구하지 말 것
이며, 오히려 내가 그에게 진 빚을 다 갚고도 남는 돈이 있다면 얼마 되지
않으나마 그에게 주어 도움이 되기를 바란다. 내가 미쳐 있었을 때 섬의
통치자 자리를 그에게 주고자 했듯이, 정신을 되찾은 지금도 역시 줄 수
만 있다면 왕국을 주고 싶다. 그건 그의 순박한 마음과 사람을 대하는 충
성심에 그만한 가치가 있기 때문이다.」

그러고는 산초를 돌아보며 말을 이었다.

「친구여, 내가 세상에 편력 기사들이 있었고 지금도 있다고 믿는 잘못
에 빠져 자네까지 거기로 끌어들이고, 자네마저 나와 같이 미친 사람처럼

보이게 만든 것에 대해 나를 용서하기 바라네.」

「아아!」 산초가 울면서 대답했다. 「나리, 돌아가시지 마세요, 제발. 제 충고 좀 들으시고 오래오래 사시라고요. 이 세상에 살면서 인간이 저지를 수 있는 최고의 미친 짓은 생각 없이 그냥 죽어 버리는 겁니다요. 아무도, 어떤 손도 그를 죽이지 않는데 우울 때문에 죽다니요. 나리, 그렇게 게으름뱅이로 있지 마시고요, 그 침대에서 일어나셔서 우리가 약속한 대로 목동 옷을 입고 들판으로 같이 나갑시다요. 혹시 모르잖습니까요. 어느 덤불 뒤에서 마법에서 풀려난 도냐 둘시네아 귀부인을 발견하게 될는지도요. 꼭 보셔야 하잖아요. 만약 패배한 것 때문에 고통스러워서 돌아가시는 거라면요, 제게 그 잘못을 돌리세요. 제가 로시난테의 뱃대끈을 제대로 매지 않아 나리를 쓰러뜨리게 만든 거라고 하시면 되잖아요. 더군다나 나리께서도 기사도에 대해 써놓은 책들에서 보셨을 거 아닙니까요. 기사들이 다른 기사들을 쓰러뜨리는 일은 흔한 일이고, 오늘 진 자가 내일은 이긴 자가 되기도 하는 것을 말입니다요.」

「그렇습니다.」 삼손이 말했다. 「착한 산초 판사 말이 지극히 옳습니다.」

「여보시게들.」 돈키호테가 말했다. 「좀 천천히 갑시다. 지난해의 둥지에는 이미 올해의 새가 없는 법이오. 나는 미치광이였지만 이제 제정신이라오. 돈키호테 데 라만차였지만, 지금은 아까도 말했듯이 착한 자 알론소 키하노라오. 나의 후회와 이러한 진심이 여러분들이 내게 가졌던 존경을 되돌려 주기를 바라오. 그리고 공증인 양반은 계속해 주시오. 조항 하나, 집에 있는 내 재산은 모두 이 자리에 있는 내 조카딸인 안토니아 키하나에게 양도한다. 먼저 내 유언을 집행하는 데 필요한 것을 가장 확실한 재산에서 공제하고 난 나머지이다. 그리고 제일 먼저 해주기를 바라는 것은 나를 위해 봉사한 가정부에게 그 세월만큼의 봉급을 지불하라는 것이고, 여기에 덧붙여 옷 한 벌 값으로 20두카도를 더 주도록 한다. 유언 집행인은 이 자리에 계시는 신부님과 학사 삼손 카라스코로 한다. 조항 하나, 내 조카딸인 안토니아 키하나가 결혼하기를 원한다면 먼저 결혼할 남자가 기사도 책이 어떤 것인지를 알지 못하는지 완전히 확인한 다음 결혼하도록 하는 것이 나의 뜻이다. 그리고 그 상대가 기사도 책이 어떤 것인지를 알고 있다고 유추됨에도 불구하고 조카딸이 그와 결혼하고자 하고 실제로 결혼할 경우에는 내가 남겨 준 모든 것을 잃도록 하며, 나의 유언 집행인들은 그 재산을 자기들 뜻대로 자선 사업에 기부할 수 있다. 조항 하나, 앞서 말한 나의 유언 집행인들에게 부탁할 일은, 만일 운이 좋아 〈돈키호테 데 라만차의 무훈에 대한 속편〉이라는 제목으로 세간에 나다니고 있는 이야기를 썼다는 저자를 알게 될 때는, 나를 대신하여 용서를 구하기 바란다. 그 책에 나온 그런 엄청난 엉터리 이야기들을 그로 하여금 너무 많이 쓰도록 내가 본의 아니게 빌미를 제공했으니 아무리 간절하게 용서를 빌어도 괜찮다. 그런 것들을 쓰게끔 그에게 동기를 부여한 것에 대해 우려하며 내가 지금 이 세상을 떠나가기 때문이다.」

이 말로 그는 유언을 마치고 정신을 잃더니 침대에 길게 누웠다. 모두가 당황하여 어떻게든 해보려고 달려들었다. 유언장을 만든 그날 이후 사흘 동안 그는 살아 있기는 했으나 아주 자주 정신을 잃었다. 집안은 어수선했다. 그렇다고는 해도 조카딸은 식사를 했고, 가정부는 건배를 했고, 산초는 즐거워했다. 무엇이라도 물려주고 나면, 죽는 자가 마땅히 남기는 고통에 대한 기억은 유산을 받은 사람들에게서 지워지거나 희미해지는 법이다.

결국 돈키호테의 마지막이 왔다. 모든 종부 성사를 받고, 유효한 숱한 말로써 기사도 책들을 증오하고 난 다음이었다. 공증인도 그 자리에 있었는데, 그는 기사도 책 어디에서도 돈키호테처럼 이토록 평온하고 기독교인답게 자기의 잠자리에서 죽음을 맞이했다는 편력 기사에 대해서는 읽은 적이 없다고 말했다. 돈키호테는 거기 있던 사람들의 동정과 눈물 속에서 자기의 영혼을 내놓았다. 다시 말해 죽었다.

신부는 공증인에게 보통 돈키호테 데 라만차라고 불리던 착한 자 알론소 키하노가 어떻게 자연사하여 이 세상을 떠났는지에 대해 증인이 되어 달라고 부탁했다. 이런 증언을 부탁하는 것은, 시데 아메테 베넹헬리가 아닌 다른 작가가 거짓으로 그를 부활시키고 그의 무훈에 관한 끝나지 않을 이야기를 만들어 나갈 기회를 제거하기 위함이었다.

라만차의 기발한 이달고는 이렇게 임종을 맞이했으니, 시데 아메테는 라만차의 어느 곳인지에 대해서는 정확하게 기록하려 하지 않았다. 그리스의 일곱 도시가 호메로스의 고향을 두고 서로 싸웠던 것처럼, 라만차의 모든 마을과 장소들이 돈키호테를 자기 고장의 사람이자 자기들의 사람으로 만들고자 서로 싸우도록 하고 싶어서였다.

산초와 조카딸과 가정부의 통곡을 비롯해 그의 새로운 묘비명에 대해서는 여기에 쓰지 않겠다. 다만 삼손 카라스코가 그를 위해 지은 비명을 밝히니, 그 내용은 이러하다.

그 용기가 하늘을 찌른
강인한 이달고 이곳에 잠드노라.
죽음이 죽음으로도
그의 목숨을 이기지 못했음을
깨닫노라.
그는 온 세상을 하찮게 여겼으니,
세상은 그가 무서워
떨었노라. 그런 시절 그의 운명은
그가 미쳐 살다가

정신 들어 죽었음[425]을 보증하노라.

그리고 용의주도하기 이를 데 없는 시데 아메테는 자신의 펜을 향해 이렇게 말한다.

〈너는 여기 이 선반의 갈고리 철사 줄에 매달려 있으려무나, 오 나의 펜이여, 네 깃이 잘 잘렸는지 서툴게 잘렸는지 모르지만 말이다. 허영심 강하고 마음씨 나쁜 이야기꾼들이 너를 더럽히기 위해 네가 매달려 있는 그곳에서 너를 내리지 않는 한 거기서 오래오래 살아라. 하지만 그들이 네게 다가오려 한다면, 그 전에 할 수 있는 한 최선의 방법으로 다음과 같이 경고하고 일러 주려무나.

잠깐, 잠깐, 비열한 자들아!
어느 누구도 손을 대서는 아니 되노라,
이 일은 훌륭한 왕이 나만을 위해
허락하신 것이니.

오직 나만을 위해 돈키호테는 태어났으며 나는 그를 위해 태어났다. 그는 행동할 줄 알았고 나는 그것을 적을 줄 알았다. 단지 우리 둘만이 한 몸이라 할 수 있으니, 나의 용감한 기사가 이룬 무훈들을 투박하고 조잡하게 만들어진 타조 깃털 펜으로 쓰겠다고 무모하게 굴었거나 굴게 될 그 가짜 토르데시야스 작가에게는 실망스럽고 안된 일이로다. 이런 일은

---

425 돈키호테가 미처서 살다가 제정신을 찾고 죽었다는 것을 이야기하고 있는 이 대목은 우리에게 심오한 삶의 교훈을 준다. 이성의 논리 속에서 이해관계를 따지며 사는 것이 옳은 삶인지, 아니면 진정 우리가 꿈꾸는 것을, 그것이 불가능한 꿈이라할지라도 실현시키고자 하는 것이 옳은 삶인지를 말이다.

그의 어깨가 질 수 있는 일이 아니며, 썰렁한 그의 재능으로는 터무니없는 일이기 때문이다. 혹시라도 그를 알게 되거든, 지쳐서 이미 썩은 돈키호테의 뼈가 무덤에서 편안히 쉴 수 있도록 내버려 두지 못할망정 죽음의 모든 법칙을 어기고 그를 무덤에서 끌어내어 카스티야 라 비에하[426]로 데리고 갈 마음은 버리라고 경고해라. 그는 정말로 실재하는 무덤 속에 쭉 뻗어 계시니, 그곳에서 그분을 나오게 하여 세 번째[427]로 모험을 찾아 새로운 출발을 하게 만든다는 것은 불가능하다. 수많은 편력 기사들의 그 많은 모험들을 우롱하기 위해서는 그가 행한 두 번의 것으로 족하다. 그 모험들에 대한 소식을 들은 국내외 사람들이 그것으로 이미 충분히 흡족해하며 즐거워하고 있다고도 알려 주어라. 그렇게 함으로써 너는 너를 좋아하지 않는 사람에게 좋은 충고를 하는 것이니, 이는 기독교인으로서 네 본분을 다하는 일이며, 나는 바라던 대로 온전히 글의 열매를 즐긴 첫 번째 사람이었다는 데 만족하며 뿌듯함을 느낄 수 있을 것이다. 내 소원은 다름 아닌, 기사도 책에 나오는 거짓되고 터무니없는 이야기들을 사람들로 하여금 증오하도록 하는 것뿐이었으니 말이다.[428] 나의 돈키호테에 관

426 Castilla la Vieja. 라만차가 있는 카스티야 라만차 자치 지역 바로 위 북서쪽에 위치한 지역으로 〈구(舊)카스티야〉라는 뜻이다. 위작 『돈키호테 제2편』을 쓴 작가인 아베야네다는 작품 마지막에 이렇게 적은 바 있다. 〈하지만 돈키호테의 광기가 치료되는 것은 시간이 걸리는 일이었기 때문에 사람들이 말하기를 그는 수도원에서 나와 다시 자기의 일로 돌아갔다고 한다. 더 훌륭한 말을 구입하고 카스티야 라 비에하로 돌아가 그곳에서 《노동의 기사》라는 이름으로 결코 들어 보지 못한 기막힌 모험들을 겪었다니, 그 일들을 기릴 더 훌륭한 펜이 있게 될 것이다.〉 이 내용 때문에 세르반테스는 마지막 부분을 이런 식으로 마무리했던 것 같다.

427 실은 네 번째로 세르반테스의 실수이다. 이어 나오는 〈두 번의 것〉이라는 내용도 마찬가지다.

428 정말 세르반테스의 동기가 기존의 기사 소설의 권위를 실추시키기 위한 것이었을까? 전편 시작 부분부터 그러한 의도로 여러 면에 걸쳐 기존 기사 소설의 특징들을 패러디하여 적용하고 있지만, 결국 돈키호테로 하여금 꿈을 찾아 나서게끔 했던 것은 기사 소설이었다. 또한 세 번에 걸친 책 검열 가운데 첫 검열에서 돈키호테를 미치게 한 『아마디스 데 가울라』라는 작품을 화형에서 면제시키고 두 번째 검열에서는 즐거움을 주는 책으로서 기사 소설을 평가한 것을 보면,

한 진실된 이야기로 인하여 그런 이야기들은 이미 넘어질 듯 넘어질 듯 비틀거리니, 마침내 완전히 넘어지게 되리라. 안녕.〉⁴²⁹

이 작품을 쓴 세르반테스의 진정한 목적이 어디에 있었는지는 생각해 볼 일이다. 물론 이 대목에서 우리는 문학이 현실에 미치는 지대한 영향을 묵과해서는 안 될 것이다.
    429 전편 서문에서와 같이 속편 마지막을 〈안녕〉이라는 뜻의 라틴어 〈*vale*〉로 맺고 있다.

세상에서 가장 기발하고 위대한 기사의
모험 이야기

작가의 생애와 작품 세계

미겔 데 세르반테스Miguel de Cervantes는 아버지 로드리고Rodrigo de Cervantes와 어머니 레오노르 데 코르티나스Leonor de Cortinas의 여섯 자녀 중 넷째로 1547년 9월 29일경, 마드리드에서 30킬로미터 거리에 있는 알칼라 데 에나레스에서 태어났다. 태어난 날짜는 정확하지 않지만 그가 세례를 받은 장소는 알칼라 데 에나레스에 있는 산타마리아 라 마요르 교회로 알려져 있고, 날짜는 1547년 10월 9일로 기록되어 있다. 작가의 할아버지인 후안Juan de Cervantes은 스페인 북서쪽에 위치한 갈리시아 출신으로, 스페인 남부 안달루시아 지역의 코르도바에 정착하여 살면서 종교 재판소의 일원이자 그곳 변호사로 일했다. 아버지는 알칼라에서 외과 의사 일을 했고 할아버지가 변호사였던 점을 고려해 본다면, 오늘날의 상식으로는 상당히 부유한 집안이었다고 생각할 수도 있을 것이다. 하지만 당시 변호사 업무란 문서 작성 수준이었고, 의사는 피를 빼거나 땀을 흘리게 하여 환자를 고치는 서비스를 제공했는데, 이런 일은 이발사 역시 맡아 했다. 대대손손 순수 기독교 혈통을 중하게 여기던 그 시대의 사회적 가치 앞에 의사, 변호사, 세금 징수원 같은 직업은 주로 개종한 유대계 사람들이 대를 이어 맡아 했으며, 따라서 이들에 대한 사회적 멸시가 상당했고 보수는 극히 적었다. 더군다나 아버지는 청각에 문제가 있었고, 경제적으로 좀 더 나은 삶을 찾아 왕실이 옮겨 다닐 때마다 그 뒤를 쫓아다니느라 가족들 모두 스페인 여러 곳을 전전하며 살아야만 했다.

1551년 세르반테스 집안은 바야돌리드에 정착했다. 당시 아버지는 빚을 갚지 못해 3개월 동안 감옥살이를 했고 그나마 있던 재산은 압류당했다. 이렇듯 세르반테스의 유년 시절에 대한 기억은 가난과 비참함과 부끄러움으로 정리될 수 있을 것이다.

세르반테스가 어디서 어떻게 학문을 했는지에 대한 정보 역시 존재하지 않는다. 다만 초등 과정은 바야돌리드에서 공부했으며, 아버지가 거주지를 옮기면서 코르도바와 1565년까지 머문 세비야에서 이후의 과정을 공부한 것으로 추측될 뿐이다. 대학 과정은 밟지 않은 것으로 알려져 있다.

1566년에는 가족이 마드리드로 옮겨 왔으며 2년 뒤인 1568년 10월 3일에 당시 왕이었던 펠리페Felipe 2세의 부인인 이사벨 데 발로이스Isabel de Valois 왕비가 서거했다. 마드리드 학교에 재직하고 있던 후안 로페스 데 오요스Juan López de Hoyos가 이듬해 왕비의 병과 죽음과 장례에 관한 『역사와 관계Historia y relación』라는 수필집을 발간하는데, 그곳에 〈우리의 귀하고 사랑하는 제자 미겔 데 세르반테스〉라는 글과 함께 세르반테스의 시 네 편이 실렸다. 그것으로 세르반테스의 문학 행보가 시작된 것으로 보고 있다.

후안 로페스 데 오요스가 세르반테스에게 미친 영향 역시 가설로서 존재한다. 오요스는 1568년 1월부터 마드리드 학교를 운영했는데 당시 세르반테스는 21세로, 학생으로서 그의 수업을 들었을 것이라는 추측은 상식적으로 맞지 않으니 아마도 그 전에 그에게서 교육을 받았던 듯하다. 후안 로페스 데 오요스는 당시 유행하던 책들에 아주 박식했으며 인본주의자인 에라스뮈스를 추종하던, 당대 최고의 지식인이었다.

22세가 된 세르반테스는 스페인 르네상스기를 대표하는 시인인 가르실라소Garcilaso de la Vega에 심취하였고, 『돈키호테』의 전편 제9장에서도 볼 수 있듯이, 길거리에 떨어져 있는 찢어진 종이라도 주워 읽는 열렬한 독서광이었다. 이때, 즉 1569년 이탈리아로 떠나기 전까지 세르반테스는 아마도 기사 소설에 심취하여 기사 소설이라면 모르는 게 없을 정도로 내용은 물론 문체까지 섭렵했으리라고 추측된다. 이러한 사실은 『돈키호테』 전편 제20장에서, 『아마디스 데 가울라Amadis de Gaula』에 나오는 인물인 갈라오르의 종자 가사발이 작품 전체를 통틀어 오직 한 번만 나온다는 사실을 밝히고 있다는 사실로도 짐작할 수 있다.

1569년 9월 15일, 세르반테스는 대중 앞에서 공개적으로 창피를 당하는 벌에 더하여 오른손이 잘리고 10년간 마드리드를 떠나 있어야 한다는 중벌에 처해진다. 그가 그런 가혹한 벌을 받게 된 것은, 왕이 머물 수 있는 궁정이나 성채 등에서 싸움이 있을 경우 절대로 무기를 꺼내서는 안 된다는 스페인 법을 어겼기 때문이었다고 한다. 이러한 벌을 피해 그는 마드리드를 떠나 스페인 여러 곳을 전전하다가 이탈리아로 도망하여 같은 해 12월 22일 로마에 도착한다. 로마에 머물며 세르반테스는 먼 친척 뻘 되는 고위급 사제 가스파르 데 세르반테스 이 가에타Gaspar de Cervantes y Gaeta의 보호를 받았다. 그리고 이 사람의 소개로 자기보다 한 살 많은 역시 고위급 사제인 지울리오 아쿠아비바Giulio Acquaviva의 시종이자 수행원으로 일하면서 당시 로마에서 흡수할 수 있는 모든 지적 세계를 접하게 된다. 지울리오 아쿠아비바는 훗날 추기경이 되었고, 세르반테스는 이 사람을 각지로 수행하면서 밀라노, 피렌체, 베네치아,

로마 등지에 체류하기도 했다. 그러면서 이탈리아어와 고전 라틴어를 배웠고, 유명한 이탈리아 작가들의 원전을 접하면서 르네상스 문학에 깊은 관심을 가지게 되는데, 이러한 관심은 세르반테스의 사상에 적지 않은 영향을 끼친 것으로 보인다.

그가 이와 같이 자신의 영혼을 살찌우는 삶을 그만두고 군인으로서의 삶을 살기로 한 이유에 대해서는 확실히 알려진 바가 없다. 아마도 돈키호테의 경우와 마찬가지로 그가 탐닉하여 읽었던 기사 소설 때문이 아니었을까 추측해 본다. 1571년 8월 9일 그는 카를로스Carlos 1세의 아들 돈 후안 데 아우스트리아Don juan de Austria가 터키군에 대항하기 위해 결성한 전투 함대 휘하에 있는 돈 디에고 데 우리비나Don Diego de Uribina 부대에 자원입대했다. 함대는 같은 해 9월 16일에 출항하여 10월 7일 레판토 해협에서 대승리를 거둔다. 『돈키호테』의 속편 서문에서도 밝혀 놓았지만 세르반테스는 평생을 두고 이 전투를 가장 훌륭했던 시간으로 기억하고 있다. 그가 타고 있던 전함 〈마르케사〉에서 그는 싸울 수 없을 정도로 심한 열병을 앓았는데, 물러가 쉬라는 상관의 권유에도 아랑곳하지 않고 용감하게 싸우다가 가슴과 손에 총상을 입었다. 그로 인해 평생 왼손의 자유를 잃게 되었으며, 〈레판토의 외팔이〉라는 별명을 얻게 되었다. 이때 그의 나이 24세였다.

15세기와 16세기에 걸쳐 스페인에서 대성황을 이루었던 기사 소설의 내용에는 공통으로 추구하는 이상이 있다. 터키인들에게서 콘스탄티노플을 지켜 내는 일과 이들을 무찌르는 일이 그것이다. 세르반테스가 훌륭한 기사 소설의 모범으로 생각하여 즐겨 읽었던 책이자, 『돈키호테』 속 책 검열 장면 대부분에서 화형에 처해지지 않고 살아남은 『아마디스 데 가울라』의 주인공 아마디스 데 가울라의 아들인 에스플란디안의 눈부신 업적 중 하나가 바로 콘스탄티노플을 구해 낸 것이었다. 에스플란디안의 아들인 리수아르테 데 그레시아 역시 그 도시를 구하며, 리수아르테의 손자 돈 플로리셀 데 니케아 또한 그 도시를 수호하는 전쟁에 참전하여 에스플란디안의 머리에 비잔틴 제국의 관을 씌우는 데 일조했다. 『팔메린 데 올리바*Palmerín de Oliva*』의 주인공인 팔메린 데 올리바도 터키군을 무찌르고 그곳 황제의 자리에 오르며, 그 밖의 다른 기사 소설에서도 스페인 최대의 적이자 기독교 세계의 원흉인 오토만 제국의 중심을 이슬람 세력으로부터 해방시키고 그 자리에 앉은 기사들이 무궁무진하게 등장한다. 이러한 테마로 이루어진 작품들의 표지에는 빠짐없이 주인공 이름 뒤에 이렇게 적혀 있다. 〈놀랄 만한 무훈으로 콘스탄티노플의 황제가 되었노라.〉

기사 소설은 16세기 초반부터 도덕주의자들이나 에라스뮈스에 심취해 있던 작가들에 의해 비난받았다. 이들은 기사 소설이 거짓말과 허영의 보관소이자, 진실된 점은 찾아 보기 어려운 무훈과 사건들만 이야기하며, 음란한 사랑을 하도록 유도하는 비도덕적인 책으로 단정했다. 하지만 젊은 세르반테스는 몸소 그러한 세계를 경험해 보고 싶었던 것인지도 모른다. 그래서 그와 같은 전투에 참여함으로써 자기가 얻은 영웅주의를 기사 소설의 이야기들과 비교하고 싶었고, 놀랄 만한 무훈으로 콘스탄티노플의 황제까지는 아니더라도 가능하다면 영웅으로서 역사에 남고 싶었던 것인지도 모른다. 이러한 관점에서 보건대 젊은 시절의 독서가 훗날 인생에 엄청난 영향을 미친다는 사실은 또다시 확인된다. 문학 작품의 주인공과 같은 삶을 살고자 한 돈키호테뿐 아니라 그를 창조한 세르반테스에게서도, 문학이 삶에 끼치는 영향력이 절대적임을 알 수 있다.

레판토 해전 이후 세르반테스는 1572년 3월까지 메시나 병원에 있다가 회복되자 돈 로페스 데 피게로아Don López de Figueroa 연대 소속 부대로 들어가 군 생활을 계속하게 된다. 그때가 같은 해 4월이었는데,

나폴리에 보관되어 있는 자료에 의하면 그해 6월 세르반테스의 동생 로드리고 데 세르반테스가 군에 입대한 기록이 있다. 그때부터 형제는 알제에 포로로 잡힐 때까지 같은 전투에 참가하며 함께 지낸 듯하다. 이후 세르반테스는 군 생활을 계속하면서 수차례에 걸친 전투에 참가하여 이탈리아의 시실리에 있는 도시 메시나와 팔레르모, 그리고 가장 번영하던 도시 나폴리에 대해 아주 세세하게 알게 된다.

1575년 9월 6일 혹은 7일 세르반테스는 스페인 해군 제독이자 펠리페 2세의 이복동생인 돈 후안 데 아우스트리아가 왕 앞으로 써준 추천서와 나폴리 총독 세사 공작의 추천서를 들고 동생인 로드리고와 함께 나폴리에서 본국으로 돌아가는 배에 오른다. 분명 이 두 장의 추천서는 군인으로서 그의 용기를 입증해 주는 것이자 본국 스페인에서의 입신출세를 보장하는 것이었다. 그런데 18일, 세르반테스가 탄 배 〈솔〉이 프랑스 마르세유 서쪽에 있는 항구에 정박하려던 중 태풍이 불어 비야프랑카 데 니사까지 휩쓸려 가는 일이 벌어졌다. 다시 제 길을 찾아 돌아오다가 스페인 해안을 바로 눈앞에 두고 터키 해적의 습격을 받았으니, 결사적인 항전에도 불구하고 세르반테스는 동생 로드리고와 함께 포로가 되었다. 그는 알제로 끌려가 그리스인 해적 달리 마미Dali Mami에게 양도되어 노예의 신분으로 5년간 포로 생활을 하게 된다. 이 동안의 생활은 『돈키호테』에서 〈포로 이야기〉라는 부제로 전편 제39장에서 제42장에 걸쳐 소개되었으며 수많은 자료로도 상세하게 알려져 있다.

터키인들은 세르반테스가 소지하고 있던 두 장의 추천서를 보고 우리의 작가가 아주 중요한 인물이라 생각했고, 그에 따라 엄청난 몸값을 기대했던 듯하다. 이로 인해 세르반테스의 신병 인도가 더 어려웠는지도 모른다. 가족은 두 아들을 구하기 위해 탄원서를 올리고 없는 재산이나마 팔 수 있는 것을 모두 팔아 돈을 준비했으나, 두 명의 몸값으로는 턱없이 부족했다. 세르반테스는 그 돈으로 동생 로드리고만을 본국으로 돌려보내고 자신은 포로로 남았다. 그는 포로 생활 5년 동안 네 번이나 탈출을 꾀했지만, 그중 세 번은 배신과 고발로 실패했고 나머지 한 번은 심부름으로 갔던 사신이 붙잡혀 품고 가던 세르반테스의 편지가 발각되는 바람에 실패로 끝났다. 이 모든 것이 그 혼자 계획한 것이라고 고백했기 때문에 그는 『돈키호테』에서 볼 수 있듯이 〈목욕탕〉이라고 부르는 터키 감옥에 갇혀 쇠사슬에 묶인 채 수개월을 살았고, 태형 2천 대에 처해지기도 했다. 다만 이 태형은 기독교인이나 이슬람교도가 보기에 너무나 가혹한 벌이라서 이들의 탄원으로 당시 알제 왕이었던 하산 바하Hassan Baha가 죄를 용서하여 행해지지 않았다. 하산 바하는 이슬람교로 개종한 베네치아 사람으로, 『돈키호테』에서는 소라이다라는 이름으로 등장하는 아히 무라트Ahi Murat의 딸 사아라Zahara의 두 번째 남편이다.

결국 1580년 5월 말, 삼위일체회의 수사 후안 힐Juan Gil과 수사 안토니오 데 라 베야Antonio de la Vella가 포로들의 몸값을 지불하기 위해 알제로 오게 된다. 안토니오 수사는 이미 신병 인도가 완료된 기독교 포로들을 데리고 귀국하고, 후안 수사는 남아 세르반테스 가족들이 모은 3백 두카도로 세르반테스의 자유를 찾고자 했으나, 터키인들이 5백 두카도를 요구하는 바람에 그곳에 있던 기독교 상인들에게 도움을 청하여 정말 어렵게 세르반테스를 자유의 몸으로 만들어 주었다. 이 신병 인도 과정이 참으로 극적이었는데, 세르반테스가 하산 바하와 함께 콘스탄티노플로 가는 배에 타고 막 출발하려던 시점에 간신히 협상이 성사되었기 때문이다. 후안 수사의 희생이 없었더라면 세르반테스는 콘스탄티노플에서 영원히 노 젓는 노예로 남았을 것이며, 『돈키호테』는 이 세상에 존재하지 않았을 것이다.

1580년 9월 19일 자유의 몸이 되었을 때 세르반테스의 나이는 33세였다. 떠돌아 다니고 포로 생활을 한 후 11년 만에 조국의 땅에 발을 디딘 것이 1580년 10월 27일이었다. 그는 발렌시아에서 마드리드로 와 이곳에서 가족들과 만나게 된다. 청각에 문제가 있었던 아버지는 이미 너무나 늙고 더 심한 난청에 시달리고 있었으며, 어머니와 수녀가 된 누나 루이사Luisa와 또 다른 누나 안드레아Andrea, 그리고 여동생 막달레나Magdalena와 다시 군에 입대하여 포르투갈에 있었던 동생 로드리고를 만나게 되지만 — 맏형이었던 안드레스Andres에 대한 정보는 발견되지 않고 있다 — 세르반테스의 몸값으로 인한 빚 때문에 가족들의 경제 상황은 그가 떠나기 전보다 더욱더 나빠져 있었다.

세르반테스는 자기의 삶을 다시 시작해야 했다. 물론 군에 재입대할 수도 있었지만 포로 생활이 그의 생각을 바꾸었던 것인지도 모른다. 그 나이에 그저 일개 병사로 군에서 일하기에는 자존심 문제도 적지 않았을 것이다. 그러나 문필가 생활을 한다 해도, 학위가 없는 데다 그때까지 아무런 작품도 출간하지 못해 알아주는 이가 없었으므로 경제적인 문제가 해결될 길은 전혀 보이지 않았다.

돈키호테가 이룰 수 없는 꿈을 찾아 헤매다가 결국 현실의 벽 앞에 무너져 죽고 말듯이, 이때부터 세르반테스 젊은 시절의 이상이자 꿈은 현실의 무게에 짓눌려 버리기 시작한 것인지도 모른다. 1569년 스페인에서 도망쳤던 세르반테스와 1580년 포로에서 풀려난 세르반테스는 완전히 다른 사람이었다. 이제는 미겔 데 세르반테스 사아베드라로, 〈사아베드라Saavedra〉라는 성 하나를 덧붙여 세상에 나왔으니, 자신의 첫 번째 소설이자 목가 소설인 『라 갈라테아La Galatea』에 그는 이 이름으로 서명했다.

1581년 5월, 세르반테스는 살아가기 위해, 그리고 자기 때문에 가족이 진 빚을 갚기 위해 무엇이라도 얻을 목적으로 펠리페 2세의 궁정이 있던 포르투갈로 옮겨 간다. 왕의 부탁으로 50두카도의 돈을 받고 오랑에서 약 한 달간 비밀 임무를 수행하기도 했는데, 왕실에서는 아마 아프리카 북부에서의 경험을 높이 산 듯하다. 1582년 2월 17일에는 다시 마드리드 돌아와 당시 꿈의 대륙이었던 신대륙 중남미로 가기 위한 청원서를 제출하지만 빈자리가 없다는 대답만 듣게 된다. 중남미를 발견한 이후 수세기 동안 본국 스페인이 하루도 쉬지 않고 전쟁에 시달리고 있을 때 중남미는 그 전쟁 비용을 대고 있었고, 산업이라고는 없는 스페인에서 경제적 어려움에 처했던 사람들은 부자가 되고자 하는 꿈에 부풀어 중남미로 떠나기도 했는데, 원한다고 누구나 다 갈 수 있는 곳은 아니었다. 당국에서 심사를 하여 허락이 주어지면 갈 수 있었는데, 세르반테스는 이후에도 한 차례 더 요구했으나 〈이곳에서 그대가 할 일을 찾으라〉라는 차가운 대답만이 돌아왔을 뿐이다. 이러한 상황을 두고 돈키호테 전문가인 아메리코 카스트로Americo Castro는 세르반테스 집안이 개종한 유대계였기 때문이라는 논리를 펴고 있다. 사실 신대륙 아메리카로 갈 수 있는 사람들은 카스티야 지역민들로 국한되어 있었으며, 신대륙을 기독교화하는 데 문제가 있는 사람들 ─ 물론 돈으로 매수할 수 있었던 사람들은 가능했지만 ─ 은 보내지 않았으니 말이다. 반면 또 다른 세르반테스 전문가인 마르틴 데 리케르Martín de Riquer는 세르반테스의 할아버지가 순수 기독교인인지, 진실로 기독교로 개종한 것인지를 심판하는 기관인 종교 재판소의 일원이었다는 점에 주목하면서 그 반대 이론을 편다. 세르반테스에게 중형이 내려졌을 때, 그를 구하기 위해 자신들의 집안에 순수 기독교 집안에게 주어지는 〈이달기아〉 작위가 있음을 서류로 제출한 점을 그 증거로 들고 있다. 하지만 할아버지가 종교 재판소의 일원이었다는 증거에 대해서는, 스페인에 종교 재판소가 세워지고 그 재판소의 첫 재판관으로 임명된 사람이 다름 아닌 개종한 유대인이었다는 사실 앞에 어떻게 받아

들여야 하느냐는 의문이 남는다.

당시 세르반테스가 제출했던 청원서에 적힌 내용으로 미루어, 1582년 2월 그는 『라 갈라테아』를 집필하고 있었던 것으로 보인다. 그리고 이후 다시 마드리드에 머물면서 젊은 시절 문인 친구들과의 교제를 시작하면서 그는 어린 시절부터 원했던 극작을 시작하는데, 1583년부터 1587년 사이에 스무 편이 넘는 작품을 쓰고 공연도 하지만 현재까지 전하는 것으로는 비극인 「라 누만시아La Numancia」와 「알제의 대우El trato de Argel」 두 편밖에 없다. 「라 누만시아」는 스페인의 누만시아 지역민들이 로마의 침략 앞에 모두 자결이라는 극단적인 방법으로 대항했던 역사적 사건을 애국심으로 절절하게 묘사한 작품이며, 「알제의 대우」는 작가 자신이 겪은 알제에서의 포로 생활을 극화한 작품이다.

당시 연극계의 분위기에 따라 세르반테스 역시 사람들과 어울려 술집을 드나들다가 선술집 주인의 여인인 아나 프랑카Ana Franca를 사랑하게 되어 1584년에 이사벨 데 사아베드라Isabel de Saavedra라는 딸을 두게 된다. 이때 우리의 작가는 37세, 아나는 18세 혹은 19세였다. 또한 같은 해 12월 12일, 그는 에스키비아스 출신으로 부자는 아니지만 그래도 소위 소지주라는 타이틀을 갖고 있던 집안의 카탈리나 데 팔라시오스 이 살라사르Catalina de Falacios y Salazar와 결혼하는데, 당시 그녀의 나이 또한 19세였다. 이렇게 나이 차가 큰 결혼은 스페인에서 흔히 볼 수 있는 일이었으며, 이런 혼인 생활에서 발생할 수 있는 문제를 세르반테스는 자신의 희극(희비극)과 막간극을 통해 재미있게 밝히고 있다. 에스키비아스에서 결혼식을 올리고 그곳에 가정을 꾸렸지만 세르반테스는 마드리드를 자주 오갔고 늘 떨어져 지내느라 카탈리나와의 사이에는 자식이 없다. 카탈리나는 세르반테스보다 10년을 더 살고 1626년 10월 31일에 유명을 달리했다.

결혼 6개월 전인 1584년 6월 14일에 처녀작 『라 갈라테아』 전편을 1,336레알에 계약했고 이 책은 같은 해 8월 혹은 9월에 출간되었다. 책 말미에 세르반테스는 당대의 시인 1백여 명의 이름을 나열하면서 찬양하는 시를 실었다. 그중에서 특히 라틴어의 과용과 과한 장식, 과감한 은유의 사용으로 〈과식주의culteranismo〉라 일컬어진 스페인 바로크 미학의 대표 주자인 돈 루이스 데 공고라Don Luis de Góngora와 23세의 천재 문인인 로페 데 베가Lope de Vega에 대한 찬사가 눈부시다. 『라 갈라테아』는 당시 유행하던 목가 소설과 같은 맥을 이루고 있으며, 세르반테스는 이 작품에 이어 후편을 소개하겠다고 했으나 그 뜻을 이루지 못하고 눈을 감았다.

1587년부터 1600년까지 세르반테스는 아내를 에스키바스에 둔 채 세비야에 머무는데, 무적 함대에 납입하는 군사 식량 조달원으로 안달루시아 곳곳을 돌아다니면서 밀과 기름을 징발하는 일을 맡게 된다. 스페인의 영웅이었던 자에게 이런 유쾌하지 못한 일을 맡긴다는 게 언뜻 이해할 수 없지만, 이런 일이 세금 징수와 마찬가지로 유대인들이 해온 것이었음을 이해한다면 그 궁금증이 얼마간 풀릴 수도 있을 것이다. 이 일을 하는 동안 교회 소유의 밀을 징발했다는 이유로 두 번이나 파문을 당하고, 상관의 명령으로 하는 일이었음에도 불구하고 부당하다는 항의를 받는 등, 모멸의 세월을 견뎌 내야 했다. 몸 바쳐 충성을 다한 조국으로부터 그가 받은 부당한 처사들 앞에 세르반테스는 많이도 분노했을 것이다. 『돈키호테』에 여러 차례에 걸쳐 언급된, 〈인간이 저지를 수 있는 가장 큰 죄악 중에 하나가 은혜를 모르는 배은망덕〉이라는 대목이 특히 마음에 와 닿는 이유이다.

1588년 6월, 스페인의 무적 함대가 영국 앞에 무릎을 꿇는 역사적인 대사건이 일어난다. 산문가나 극작가로서보다 늘 시인으로서 명성을 얻고자 열망했던 우리의 작가는 두 편의 시로 당시 스페인의 모습을 묘사하면서 펠리페 2세에게 영국에 대항해 다시 싸울 것을 종용한다. 물론 펠리페 2세 역시 영국과 다시 한 번 맞붙을 생각이었으므로 세르반테스의 밀과 기름 징발 일은 계속되었다.

언급했듯이, 세르반테스는 24세의 나이로 레판토 해전에서 영웅으로 싸웠고, 그때를 자신의 가장 영광스러운 순간이자 스페인의 영광으로 알고 있었다. 자신의 용기와 칼로써 스페인이 세계를 지배하는 데 일조했다는 자부심으로 온갖 고난도 견뎌 냈다. 그리고 마흔이 되어서도 그는 기억에서 지울 수 없는, 고통스러웠던 포로 생활과 해결해야 할 경제적 문제에 치이면서도 무적 함대에 힘을 보태고 있었다. 이전의 영웅주의와는 너무나 거리가 먼, 초라하고 비참하며 유쾌하지 못한 방법으로 나라를 위한 일을 할 뿐이었지만 징발을 위해 스페인 전역을 돌아다니면서 그가 만난 사람들과 장소들이 『돈키호테』 속에 그대로 녹아 있음을 보면, 인간의 일은 어느 누구도 예상하지 못하므로 주어진 순간을 충실하게 살 수밖에 없음을 새삼 느끼게 되기도 한다.

세르반테스는 징발관으로서 임무를 수행하다가 당국의 허락 없이 밀 3백 파네가를 팔았다는 죄목으로 1592년 9월 19일 카스트로 델 리오에서 투옥된다. 또한 1597년에는 그라나다에서 연체된 세금과 그 밖의 세금들을 거두는 징수원으로 일했는데, 거둔 세금을 맡겨 둔 세비야 은행이 파산하고 수취인인 포르투갈 사람 시몬 프레이레Simon Freire가 행방을 감추고, 그로 인해 야기된 재무부의 착오와 판사의 불의와 실수로 억울하게 다시 세비야 감옥에 갇히고 만다. 그곳에서 약 7개월간 지내는 동안 『돈키호테』가 잉태되었다고 그는 서문에서 밝히고 있다. 또한 작가의 모범 소설 가운데 하나인 「린코네테와 코르타디요Rinconete y Cortadillo」에 등장하는, 법망을 피해 사는 사람들을 알게 된 것도 그곳에서였던 듯하다. 이후 계속해서 나라에 일이 있을 때마다 시를 썼으며, 그중 1598년 9월 13일 서거한 펠리페 2세를 기리는 시는 복사물로 널리 알려지기도 했다.

1603년 이후 세르반테스는 궁정이 옮겨 간 바야돌리드로 가 다시 그곳에 머물렀다. 이제는 가족들과 살게 되는데, 아내와 누이 둘, 아나 프랑카 사이에서 난 딸과 누이의 딸까지 모두 다섯 명의 여인들과 함께였다. 앞으로 보게 되겠지만, 아내를 제외한 나머지 여인들로 인해 세르반테스는 명예나 인간적 존엄성과는 거리가 먼 환경 속에 머물게 된다. 세르반테스의 여인이었던 아나 프랑카는 1598년에 세상을 떠났고, 동생 로드리고는 플란데스에서 있었던 두나스 전투에서 총에 맞아 사망했다.

드디어 1604년 여름, 세르반테스는 『돈키호테』 집필을 끝냈다. 서문에 밝히듯이, 그 시대 관습에 따라 그는 그 책을 기리는 찬양시를 써줄 사람을 찾아야 했다. 하지만 그때까지만 해도 세르반테스는 그리 유명하지 않았다. 작품으로는 20년 전 『라 갈라테아』 한 편만을 출판했을 뿐이다. 그동안 극으로도 시로도 성공을 거두지 못했던 것이다. 게다가 『돈키호테』는 당시 유행하고 있던 장르들과는 거리가 멀었다. 일단 운문으로 된 것이 아니었고 그렇다고 영웅시도 아니었으며 목가 소설이나 악자 소설, 연애 소설도 아닌, 그저 기사 소설을 우스꽝스럽게 패러디한 작품으로 간주되면서 이 작품이 가진 독창적인 면들은 깡그리 무시되고 말았다. 그래서 그는 자기 작품을 빛내 줄 찬양시를 실을 수 없었는데, 그 와중에 그보다 열네 살이나 어린 나이에 당시 국민극의 아버지로 대중의 인기를 한 몸에 받고 있던 로페가 자신의 의사에게 보내는 편지에 〈세르반테스보다 나쁜 시인은 없고, 『돈키호테』를 찬양할 바보도 없다〉라고 쓴 것이 알려졌다. 이 편지는 즉시 복사되어 널리 유포되었고, 따라서 세르반테스는 『돈키호테』 서문을 그렇게 쓸 수밖에 없었다. 그런데 사실 그 편지는, 공고라가 로페를 모욕하기 위해 쓴 시를 읽은 로페가 그것을 세르반테스가 작성한 것으로 오해한 데서 비롯된 것이다.

이 모든 어려움에도 불구하고 『돈키호테』는 마드리드에서 후안 데 라 쿠에스타Juan de la Cuesta에 의해 출판되자마자 엄청난 인기를 누려 일곱 번이나 거듭 인쇄되었다. 곧장 신대륙 아메리카로 책이 건너갔으며, 리스본과 세비야와 발렌시아에서도 대중의 인기를 한 몸에 받았다. 1605년 미래의 펠리페 4세가 될 왕자 돈 펠리페의 탄생을 축하하기 위한 축제가 열렸을 때, 그곳에 분장한 돈키호테와 둘시네아가 등장할 정도로 그 인기는 식을 줄을 몰랐다.

그렇지만 세르반테스의 불운은 아직 끝난 것이 아니었다. 1605년 6월 27일 밤 11시, 돈 가스파르 데 에스펠레타Don Gaspar de Ezpeleta가 세르반테스의 집 문 앞에서 칼에 찔려 쓰러졌다. 이자는 궁정 서기관 아내의 연인으로 공공연히 알려진 인물로, 저녁 식사를 마치고 친구들과 헤어져 밤길을 걸어 집으로 돌아가던 중 누군가의 칼에 찔려 쓰러진 것이었다. 세르반테스의 식구들과 그 이웃들은 그의 고함 소리를 듣고 나왔고, 세르반테스는 자신의 집으로 이자를 데리고 가 돌봤으나 다음 날 아침 6시에 죽고 말았다. 이 일로 누이동생 막달레나와 아내 카탈리나를 제외한 세르반테스와 딸 이사벨과 누나 안드레아와 조카딸 콘스탄사Constansa가 감옥에 투옥되었고, 이틀 뒤인 7월 1일 집에만 머문다는 조건으로 감옥에서 나올 수 있었다. 집에만 머물러야 한다는 이 조건은 7월 18일 날짜로 철회됐다. 이러한 사실로만 보면 스페인 당국의 처사가 참으로 터무니없는 것으로 여겨지지만, 그 사건으로 당시 상황을 증언하게 된 이웃들의 말, 즉 〈세르반테스의 집에는 밤낮을 가리지 않고 남자들이 들락거리며, 이들의 방문을 받아들이는 여자들이 살고 있다〉는 내용이 재판관들의 귀에 상당히 거슬렸던 듯하다. 사실 아내를 제외하고는 세르반테스와 같이 산

여인들 모두 자신들의 연인들에게 혼인 빙자 간음죄를 물어 돈을 요구해서 받아 내거나, 수많은 남자들과 치정 관계를 가졌던 것으로 알려져 있다. 그래서 이 여인네들을 경멸조로 〈여자 세르반테스들〉이라고 부르기도 했다.

1606년 초, 왕실은 바야돌리드를 떠나 다시 마드리드로 돌아온다. 세르반테스의 가족 역시 이듬해 마드리드로 돌아가 그리 정숙하지 않은 일로 계속해서 생계를 유지했다. 그러는 사이 세르반테스는 『돈키호테』의 속편을 준비하기 시작했던 것으로 보인다. 세르반테스가 속편의 헌사를 바친 젊은 레모스 백작인 돈 페드로 페르난데스 데 카스트로Don Pedro Fernández de Castro가 나폴리의 부왕으로 임명되고, 세르반테스는 백작이 그곳으로 스페인의 훌륭한 작가들을 데리고 간다는 소식을 듣게 되었다. 백작은 이 작가들을 선택하는 일을 자신의 비서였던 루페르시오 레오나르도 데 아르헨솔라Lupercio Leonardo de Argensola에게 지시했는데, 그는 훌륭한 자들로 인해 자기의 빛이 가려질까 봐 당시 스페인의 대문호인 공고라나 세르반테스 같은 인물은 처음부터 제외시키면서 자신의 측근과 만만한 친구들 위주로 선발했다. 경제적인 궁핍에서 빠져나오고도 싶고, 젊은 시절의 아름다운 추억으로 간직되어 있는 나폴리에 가고 싶었던 세르반테스는 1610년 6월 5일 레모스 백작과 수행원들이 바르셀로나로 간다는 소식을 접하고는 그곳으로 가서 닷새간 머무르는데, 백작도 만나지 못하고 자기가 오랫동안 존경해 오며 친한 친구로 여겨 온 아르헨솔라에게 소망을 전하지만 거절당하고 만다. 세르반테스는 환멸만을 맛보고 그해 9월까지 바르셀로나에서 머물면서 『돈키호테』의 속편 중 바르셀로나를 무대로 한 이야기들을 구상했던 것 같다.

마드리드로 돌아온 세르반테스는 계속해서 경제적 어려움을 겪었지만, 1613년 7월 14일 자신의 『모범 소설집Novelas Ejemplares』의 헌사를 레모스 백작에게 바친 것으로 미루어, 그의 불행은 막을 내린 것으로 보인다. 그 4개월 전, 레모스 백작이 후원하고 있던 아르헨솔라가 나폴리에서 죽자 도움이 절실했던 세르반테스에게로 그의 후원이 옮겨 갔던 것이다. 큰 은혜에 감사하며 세르반테스는 백작을 〈나의 진정한 주인이시자 나의 은인〉이라고 부르고 있다. 1614년 7월, 자신의 또 다른 작품인 『파르나소스 여행 *Viaje del Parnaso*』 마지막 부분에서는 백작을 두고 〈나의 예술 후원자〉라고 적기도 했다.

『모범 소설집』은 『돈키호테』 이후 지속적인 관심을 받았던 단편들을 모아 놓은 작품집으로, 서문과 헌사에 이어 열두 편의 글이 실려 있다. 세르반테스가 단편 소설을 그저 〈소설〉이라고 이름한 것은 이탈리아의 용어 〈*novella*〉를 그대로 번역해서 썼기 때문이다. 그는 자신의 장편 작품들인 『라 갈라테아』나 『돈키호테』나 『페르실레스와 시히스문다의 고난 *Los Trabajos de Persiles y Sigismunda*』은 〈소설〉이라고 부르지 않았다. 당시 장편을 뜻하는 용어로 프랑스에서는 〈로망 *roman*〉, 이탈리아에서는 〈로만조 *romanzo*〉라고 했는데, 스페인에서는 이 용어에 상응하는 스페어인 〈로만세 *romance*〉로 부를 수가 없었다. 스페인의 전통 시 형식이 동명의 〈로만세〉였기 때문이다. 세르반테스는 『모범 소설집』 서문에 〈내가 스페인어로 소설을 쓴 첫 번째 사람이다〉라고 하는데, 이는 분명 〈단편 소설〉이라는 의미에서다. 열두 편의 작품[430] 중 대표적인 것으로는 「린코네테와 코르타디요」와 「개들의 대화」가 있다. 첫 번째 작품은 세비야의 불량

---

[430] 「집시 여인 La gitanilla」, 「관대한 연인 El amante liberal」, 「린코네테와 코르타디요 Rinconete y Cortadillo」, 「영국의 스페인 여자 La española inglesa」, 「유리학사 El licenciado Vidriera」, 「피의 힘 La fuerza de la sangre」, 「질투심 많은 엑스트레마두라 사람 El celoso extremeño」, 「고명한 식모 La ilustre fregona」, 「두 명의 아가씨 Las dos doncellas」, 「코르넬리아 부인 La señora Cornelia」, 「사기 결혼 El casamiento engañoso」, 「개들의 대화 El coloquio de los perros」.

배 세계를 사실적으로 치밀하게 묘사하고 있으며, 두 번째 작품에서는 개들의 입을 통해 그 당시 사회와 인간들을 날카롭게 비난한다.

1614년 여름, 세르반테스 문학 인생에 결정적인 사건이 일어난다. 『돈키호테 제2편』이 알론소 페르난데스 데 아베야네다Alonso Fernández de Avellaneda라는 필명의 작가에 의해 탄생된 것이다. 이러한 사기극 앞에 세르반테스는 다른 작품 때문에 잠시 손을 놓고 있었던 속편 작업에 다시 매진하게 된다.

1614년 11월에는 『파르나소스 여행』이 출판되었다. 이 작품은 3행시들로 이루어진 장시로, 작품 자체보다는 그 안에 담긴 작가 자신에 대한 이야기와 작품에 대한 정보가 더 흥미롭다.

　　나는 나의 기지로
아름다운 『라 갈라테아』가 망각되지 않고
세상에 나오도록 그 옷을 재단했다.
　　나는 전혀 추하지 않은 「망설이는 여인」을 썼으니,
그 명성에 걸맞게 놀라운
그 모습을 극장가에 드러냈다.
　　나는 얼마간 합당한 문체로써
희곡들을 썼으니, 그 당시 보았을 때
심각한 점과 함께 나긋나긋한 점도 있었다.
　　나는 『돈키호테』로 어떤 때에 있든
어떤 기분으로 있든
우울하고 슬픈 가슴에 재미를 주고자 했다.
　　나는 나의 『모범 소설집』으로 길을 열었으니,
스페인어가 본래의 속성을 지닌 채

얼마간의 외도를 할 수 있음을 그 길로 보여 주었다.

(중략)

　　나는 어렸을 때부터 기분 좋은
달콤한 시의 세계를 사랑했고,
그것으로 늘 당신을 즐겁게 하기를 노력해 왔다.
　　나는 결코 나의 겸허한 펜을
파렴치하고 불행한 곳으로 이끄는
비천하고 풍자 가득한 영역으로 날게 하지 않았다.
　　나는 다음과 같이 시작하는 소네트를 썼으니,
이는 내가 쓴 것들 가운데 가장 명예로운 시이다.
〈이 위대함이 나를 놀라게 하도록 하느님께 맹세하네.〉

(중략)

　　사람들이 말하듯 위대한 『페르실레스』를
막 인쇄하기 직전에 있다.
이 작품으로 나의 이름과 나의 작품들이 늘어나기를.
　　나는 하늘의 뜻에 따라 선의의 편에 서서
모든 아첨에서 자유로우며
그와 상관없는 생각들을 했고, 하고, 할 것이다.
　　절대로 거짓과 사기와 속임 등,
성스러운 덕에 어긋나는 어떠한 길로도
내 발을 들여놓지 않을 것이다.

이 시는 세르반테스 자신의 완벽주의적인 도덕성과 우리가 알지 못했던 「망설이는 여인」이라는 극작품이 있었다는 정보를 준다. 이 밖에도 자신에게는 그 출입이 허용되지 않았던 나폴리 궁전의 문인들과 아르헨솔라 형제들에 대한 유감스러운 암시들, 또한 젊은 시절 돌아다녔던 이탈리아 남부와 그리스 해안 지역에 대한 그리움도 담겨 있다. 작품 제목이 〈파르나소스 여행〉인 이유도, 고린토 만에서 바라보면 파르나소스 산이 보였기 때문인 듯하다.

세르반테스의 명성은 스페인에만 머물지 않고, 유럽 전역으로 퍼져 나가 『돈키호테』가 영어와 프랑스어로 번역되었다. 생의 마지막 짧은 기간에는 레모스 백작뿐 아니라 톨레도 대주교로부터도 경제적인 후원을 받았던 것으로 기록되어 있다.

1615년 세르반테스는 『새로운, 한 번도 상연된 적이 없는 여덟 편의 희극[431]과 여덟 편의 막간극[432]*Ocho comedias y ocho entremeses nuevos nunca representados*』을 발표한다. 막간극이란 회화성을 목적으로 하는 1막짜리 소극으로 주된 극의 막간에 상연된다. 세르반테스의 막간극이 스페인의 다른 막간극과 차별되는 것은 『돈키호테』에서와 같이 이 극히 짧은 극 안에 시대와 인간에 대한 비평이 번뜩이고 있다는 점이다. 『돈키호테』가 성공을 거두자 그동안 써왔던 이 촌철살인적인 극작품들이 빛을

---

431 「스페인 멋쟁이El gallardo español」, 「질투의 집La casa de los celos」, 「알제 목욕탕Los baños de Argel」, 「행복한 뚜쟁이El rufián dichoso」, 「위대한 술탄의 아내 도냐 카탈리나 데 오비에도La gran sultana doña Catalina de Oviedo」, 「사랑의 미로El laberinto de amor」, 「정부(情婦)La entretenida」, 「페드로 데 우드레말라스Pedro de Udremalas」.

432 「이혼 재판관El juez de los divorcios」, 「트람파고스라는 이름의 뚜쟁이 홀아비El rufián viudo llamado Trampagos」, 「다간소 시장 선거La elección de los Alcaldes de Daganzo」, 「조심성 많은 감시인La guarda cuidadosa」, 「가짜 비스카야인El vizcaíno fingido」, 「마법의 재단El retablo de las maravillas」, 「살라망카의 동굴La cueva de Salamanca」, 「질투심 많은 늙은이El viejo celoso」.

보게 된 것이다. 또한 같은 해 12월에는 마침내 『돈키호테』의 속편이 발간되었다.

1616년 4월 19일, 세르반테스는 당뇨병과 간경변증으로 이미 종부 성사를 마친 후였다. 자신의 마지막 작품 『페르실레스와 시히스문다의 고난』을 레모스 백작에게 바치면서 같은 날 서문에 다음과 같이 쓰고 있다. 〈내 목숨이 끝나 가고 있다. 내 맥박이 달려온 기록을 보면 아무리 늦어도 이번 일요일이면 끝날 것이고, 나는 나의 삶의 여정을 마치게 될 것이다.〉 그러면서 자기의 책을 읽을 독자 모두에게 이러한 글을 남긴다. 〈안녕 은혜여, 안녕 우아함이여, 안녕 나의 즐거운 친구들이여! 나는 죽어 가니 곧 다른 세상에서 다시 기쁘게 만나기를 바라오!〉 하지만 그에게 그 일요일은 오지 않았다. 미겔 데 세르반테스는 1616년 4월 22일 금요일, 마드리드 레온 거리에 있는 자신의 집에서 생을 마감했다. 죽기 20일 전, 그러니까 4월 2일 그는 성 프란시스코 교단에 입적하였기에 그는 교단의 복장을 입은 채 현재 마드리드 로페 데 베가 거리에 있는 삼위일체회 수도원에 묻혔다.

『페르실레스와 시히스문다의 고난』은 세르반테스 사후인 1617년 그의 미망인이 발간했다. 그가 이 책을 언제 집필했는지 정확하게는 알 수 없지만 삶의 마지막 순간이었을 것으로 추측되는데, 그것도 『돈키호테』의 속편과 동시에 작업이 이루었으리라는 점이 놀랍다. 이 두 소설은 모든 면에서 상당히 다르기 때문이다. 상반된 성격의 작품을 동시에 작업할 수 있었다는 것은 세르반테스가 작가로서의 절정에 올라섰음을 보여 준다. 『페르실레스와 시히문다의 고난』은 모험 소설로 소위 비잔틴 소설이라고 한다. 이런 부류의 소설들이 그러하듯 등장인물은 항해를 하다가 난파를 당하고 해적들에 납치되기도 하는 등, 숱한 환상적인 모험으로 이국적인 세상을 헤매다가 결국 본국으로 돌아온다는 이야기를 담고 있다. 16세기 유행했던 그리스 비잔틴 모험 소설과 그 맥을 같이하는 이 작품은 무척 몽상적이고 아름답고 비현실적이며 이국적이다. 반면 『돈키호테』는 당시 역사적 사건이나 현실에 의거하여 전개되기에, 일어난 사건의 내용이나 장소나 인물들이 우리 주변에서 보고 만나고 이야기 나눌 수 있는 사람들과 관계된 것들이며 큰 우연성도 찾아볼 수 없다. 그러니까 『페르실레스와 시히스문다의 고난』이 세르반테스 독서의 결과물이라면, 『돈키호테』는 세르반테스 삶의 경험에서 나온 산물이라고 볼 수 있을 것이다.

세르반테스는 자신의 『모범 소설집』서문에 당시 화가이자 시인이었던 후안 데 하우레기Juan de Jáuregui가 자신의 초상을 그렸다고 기술하고 있다. 이 내용을 보면 그의 모습이 눈에 그려지는 듯하다. 〈여기 여러분들이 보는 이자는 갸름한 얼굴에 밤색 머리, 시원하게 트인 이마에 명랑한 눈을 가졌고, 코는 매부리코이지만 균형이 잘 잡혔다오. 20년 전만 해도 황금빛이었던 턱수염은 은빛이 되었고, 콧수염은 큼직하며, 입은 작고, 이빨은 크지도 작지도 않은 것이 그나마 여섯 개밖에 없다오. 이마저도 성치 않은 데다 제자리에 나 있지 않아 서로서로 맞지 않는다오. 몸집은 두 극단의 사이에 있으니 크지도 작지도 않다오. 얼굴에는 혈기가 넘치는데 갈색이라기보다 희고, 등은 약간 굽었으며, 발은 그리 잽싸지가 않다오. 이자가 『라 갈라테아』와 『돈키호테 데 라만차』작가의 얼굴이라오.〉

작품 해설

장조와 단조의 음계가 분명하고 가사의 한 음절에 한 음표가 붙은, 앞뒤의 균형이 잘 잡힌 형태의 클래식 음악을 만든 음악가, 즉 하이든이나 모차르트, 베토벤, 슈만, 쇼팽, 멘델스존, 바그너, 리스트, 브람스 등과 같은, 앞에 〈대(大)〉 자가 붙는 고전파 시대의 작곡가를 스페인에서는 한 명도 찾아볼 수 없다. 반면 20세기 세계의 화단을 이끈 그림, 우리의 이성보다 직관과 느낌을 먼저 요구하는 초현실주의 미학을 살펴보면 스페인의 피카소, 달리, 미로의 것들이 그 대표로 우뚝 서 있다. 가장 뜨거운 대낮, 모래밭의 핏빛이 채 가시기도 전에 여섯 마리의 투우를 하나하나 죽여 나가는 의식 앞에서 청교도적 위선의 가면을 벗어던지고 인간 본연의 존재 의미에 열광하는 사람은 스페인 사람들뿐이며, 이런 투우가 대중의 오락을 넘어 국가적인 축제가 된 곳 역시 스페인뿐이다. 인간의 의식 속에서 정상과 비정상의 경계가 어디인지를 물으며 기묘한 우연의 연속선상에서 벌어지는 해프닝을 담는 것이 스페인 영화의 특징이다. 스페인 춤과 음악인 플라멩코는 인간의 이성으로 감정의 무게를 견디지 못하게 될 때 피를 토하듯 터져 나오는 신들린 몸부림이자 통곡이다. 부와 물질보다는 자유에, 이성이나 계산보다 혼의 내림과 계시의 홀림에 이끌려 저도 모르게 열정에 사로잡혀 〈올레〉를 연발하게 만드는 것이 스페인 고유의 춤과 음악이다. 이렇듯 스페인 문화 전반이나 스페인인의 삶에는 비이성적, 비논리적인 요소가 깊숙이 깔려 있다.

　『돈키호테』를 이야기하는 마당에 스페인의 다른 예술과 문화를 들먹이는 이유에 대해 독자는 이미 감을 잡았으리라. 언급한 바와 같이 스페인만의 풍미, 스페인의 영혼이자 정신들은 대부분 비이성적이고 비논리적이며 감성적인 면을 기본으로 한다. 다시 말해 유럽 다른 여러 나라와는 상이한, 그들에게서는 발견되지 않는 비서구적이고 비유럽적인 것이 스페인에는 존재한다. 서구 교조적 사유의 틀을 세운 데카르트René Descartes의 명제 〈*Cogito, ergo sum*(나는 생각한다, 고로 존재한다)〉로 정의되는 이성적 사유의 절대성이 스페인에는 희박하다는 것이다. 오히려 이러한 명제가 선포되기 전, 세르반테스는 이미 인간 이성의 한계를 풍자하고 데카르트에 의해 정립될 이성 중심 주의라는 반쪽짜리 인간의 삶에 대응하는 다른 반쪽을 예단하여 『돈키호테』로써 현대 질서를 꿰뚫고, 개방적이고 유연하고 확장된 지적 지평을 열며 문학에 영원한 생명을 부여했다. 이성만으로는 인간을 제대로 이해하지 못하고 세상을 바로 세울 수가 없기에, 광기를 통하여 이를 구원하고자 했던 것이다. 그러니 돈 키호테가 스페인에서 태어난 이유를, 다시 말해 스페인이 아닌 곳에서는 그의 탄생이 불가능했음을 이해할 수 있을 것이다.

　참으로 유명한 이 작품의 줄거리를 이야기한다는 것이 자칫 진부할 수도 있으리라. 스페인 라만차의 어느 마을에 사는 알론소 키하노라는 쉰을 넘긴 이달고가 그 신분에 어울리게 유유자적한 삶을 살고 있었다. 그러다가 당시 유행하던 기사도 소설에 빠져 밤낮을 가리지 않고 식음을 전폐하며 탐독하였고, 그 결과 드디어 미치게 되어 스스로가 편력 기사로서 세상에 정의를 내리고 불의를 타파하며 약한 자들을 돕는다는 원대한 꿈을 실현하기 위해 모험에 나선다. 기사가 되기 위해 자신의 이름부터 기사 소설에 나오는 인물들처럼 〈돈키호테 데 라만차〉로 고치고, 이웃 마을의 촌부 알돈사를 사랑하는 여인으로 세워 〈둘시네아 델 토보소〉라는 이름의 공주이자 귀부인으로 격상시킨 다음, 증조부로부터 내려오던 낡은 갑옷으로 무장하고 비쩍 마른 말인 로시난테에 올라 세 번에 걸쳐 길을 나선다. 첫 번째 출정에서는 객줏집 주인에게서 기사 서품을 받고 그의 충고대로 기사로서 갖추어야 할 것들을 준비하기 위해 다시 집으로 돌아오는데, 그러던 중 만난 안드레스 소년과 그의 주인 후안 알두도에게 정의를 행함으로써 돈키호테의 정의가 가진 성질을 전한다. 이어 만난 톨레도 상인들에게는 맹목적인 믿음을 요구하지만, 이에 대한 답으로 상인들의 우롱과 매질만이 돌아온다. 만신창이가 되어 땅바닥에 나뒹굴며 자신이 만투아 후작의 로만세에 나오는 발도비노스라는 생각에 고통을 호소하고 있을 때, 이웃인 페드로 알론소가 그를 알아보고 집으로 데려오는 것으로 사흘간의 첫 출정은 끝난다. 집에서 몸을 추스르는 사이 마을 신부와 이발사와 가정부와 조카딸은 돈키호테 서재의 책 검열과 화형식을 행하고 그를 광기로부터 끌어내려 한다. 그러나 돈키호테는 종자 산초를 대동하고 두 번째 출정에 나선다.

이 두 번째 출정에서 돈키호테는 일신상의 위험도 돌보지 않고 꿈을 이루기 위해 모든 모험을 불사하지만 승리는 단 몇 차례, 거의 항상 부서지고 깨어지기만 할 뿐이다. 오로지 자신의 이상만을 추구하는, 그래서 실패에 대한 인식도 없는 광인 돈키호테, 그리고 어떤 상황에서도 현실을 잊지 않고 욕심을 채우며 겁도 많지만 그럼에도 어디까지나 주인에게 충실하기 그지없는 단순 순박한 종자 산초, 이 이상주의자와 현실주의자의 충돌은 독자들에게 끝없는 유쾌함과 해학을 선사한다. 다양하게 삽입된 모든 장르에 걸친 이야기들 속에서 종자인 산초가 내뱉는 수많은 속담이나 의견들, 그리고 주인 돈키호테의 인간과 삶에 대한 이해를 비롯하여 군사, 행정, 법, 자유, 평등, 인류애 및 경제와 문학, 통치, 철학 등에 관한 인본주의적이자 이상주의적인 해석은 사랑과 믿음과 소망의 주제와 맞물려 한 권의 금언집이나 도덕서로 탄생하고도 남을 정도이다. 이렇듯 이상적인 사회와 삶의 구현을 위한 진보 개혁가로서 세르반테스가 풀어 가는 인간의 권리와 사회 구조와 국가와 문화 전반에 대한 이야기는, 우리의 역사관을 풍요롭게 하고 더 나은 미래를 열어 가기 위한 고양된 관점들을 제공한다. 그러나 돈키호테는 이 두 번째 출정에서 그를 이해하지 못하는 사람들에 의해 우리에 갇히고 소달구지에 실린 채 집으로 돌아오게 되며, 이로써 돈키호테 이야기의 전편인 『기발한 이달고 돈키호테 데 라만차*El ingenioso hidalgo don Quijote de la Mancha*』는 끝난다.

전편이 출판되고 10년이 지난 1615년, 돈키호테가 한 달간 집에서 요양하다가 세 번째로 집을 나서는 내용으로 속편 『기발한 기사 돈키호테 데 라만차*El ingenioso caballero don Quijote de la Mancha*』가 출판된다.

〈*Facio, ergo sum*(행동한다, 고로 존재한다)〉라는 명제로 이달고에서 기사가 된 돈키호테와 그의 종자 산초가 한 일들이 책으로 출판되어 세간의 호평을 받고 있으며, 이제 세상 사람들 모두 이 두 사람에 대해 알고 있다는 전제하에 이야기는 시작한다. 마술적 사실주의의 시작이 된 허구와 현실의 문제, 상호 텍스트성 및 관점의 차이와 존재와 언어의 불일치에 따른 독자 비평으로의 초대 등, 현대 문학론의 싹이 작가의 인간과 세상에 관한 이야기와 함께 전편에서처럼 속편에서도 움트고 있다. 전편을 통해 이들을 알게 된 공작 부부가 주변의 사람들과 함께 이 두 주인공을 가지고 집요하게 장난을 치는 이야기를 보면 인간의 유머가 잔인함에 기인해 있다는 생각을 떨쳐 버릴 수 없다. 이런 장난과 더불어 돈키호테를 고향으로 데리고 가기 위한 삼손 카라스코 학사의 끈질긴 추적이 있고, 바라타리아 섬의 통치자가 된 산초의 이야기가 있다. 그리고 둘시네아가 마법에 걸려 농사꾼 아낙네로 변모했다고 돈키호테를 속이지만, 결국 그 계략에 자신이 속아 그 마법을 풀게 되는 산초의 사연은 다른 이야기들이 뒤섞인 가운데 작품 전체를 관통하는 실이 된다.

그들이 겪는 모험의 내용은 물론 상황의 묘사와 세부적인 대화까지 모두 웃음을 자아내는데, 이러한 희극성은 결국 돈키호테가 〈하얀 달의 기사〉로 분장한 삼손 카라스코에게 패배하여 편력 기사로서의 모험에 종지부를 찍고 집으로 돌아와 꿈을 잃은 자로서 우울증에 빠져 영원히 눈을 감으며 크나큰 비극으로 치닫는다. 통치 경험을 마친 산초가 자신의 꿈은 어리석은 자의 소망이었음을 고백하는 모습 또한 의미심장하다. 자신의 당나귀에게로 가서 그와 지냈던 시절이 가장 평화롭고 행복했다는 그의 술회와 임종을 앞둔 돈키호테에게 어서 일어나 편력 기사로의 모험을 찾아 다시 나가자며 터뜨리는 오열은, 현실 앞에서 꿈을 접을 수밖에 없는 나약한 인간의 모습으로 우리의 가슴에 비수처럼 아프게 꽂혀 온다.

세상의 진리를 절절하게 맛본 작가 세르반테스가 거대한 현실의 벽 앞에 허무하게 무너질 수밖에 없는 인간의 나약함을 포용하고, 그 약점까지 관용으로 사랑하고 있음을 엿볼 수 있는 장면이다.

　세상 고생에 이골이 난 작가가 어찌 이토록 따뜻한 시선으로 인간을 바라볼 수 있는지, 동시에 현대에 들어 등장하는 다양한 문제들에 관한 담론까지 이다지도 교묘한 방법으로 감추듯 폭로하고 있는지, 그의 인간미와 착상과 재주에 놀랄 따름이다. 이렇듯 『돈키호테』는 〈유쾌한 해학과 웃음을 선사하는 그저 우스꽝스러운 작품〉부터 〈인류의 바이블〉에 이르기까지, 이 작품에 대한 해석의 범위는 세계 어느 작품보다도 넓고도 깊다. 탄생된 그 시대를 풍미했음은 물론 미래를 앞서 가며 역사를 예단하는 이 작품에 대한 연구는 그 어떤 작품에 대한 것보다 많으며, 모든 학문 분야에 걸쳐 이루어졌고, 지금도 계속 이루어지고 있으니, 『돈키호테』는 마치 진화하면서 지속적으로 새로운 가치들을 창조해 가고 있는 것만 같다.

　『돈키호테』가 드리운 길고도 짙은 그림자를 이 자리에서 모두 소개하기란 어려울 것이다. 대표적으로 보바리 부인을 창조한 플로베르Gustave Flaubert는 『돈키호테』 속에서 자신의 근원을 발견했다고 했고, 루카치György Lukács와 지라르René Girard는 자신들의 소설에 대한 논의를 위한 첫 대상을 『돈키호테』로 삼았다. 특히 지라르는 〈『돈키호테』 이후에 쓰인 소설은 『돈키호테』를 다시 쓴 것이나 그 일부를 쓴 것이다〉라는 말을 남기기도 했다. 티보체는 『돈키호테』를 쓴 목적에 대해 〈속인들 사이에서 차고 넘치며 권위를 갖는 기사 소설을 부수기 위한 것〉이라고 한 세르반테스의 말을 액면 그대로 받아들여, 낡은 시대의 패러디는 앞 세대 소설의 비판이라고 주장하며 『돈키호테』를 진정한 소설이자 근대 소설의 효시로 이야기하고 있다. 러시아의 대문호 도스또예프스끼

Fyodor Mikhailovich Dostoevskii는 〈기독교 문학에 나타난 아름다운 사람들 가운데 가장 아름다운 인물은 돈키호테이다. 그런데 그가 아름다운 것은 동시에 우스꽝스럽기도 하기 때문이다. 타인의 조소를 받으며 자신의 가치를 알아채지 못하는 아름다운 것에 대한 연민이 표현되어 있기 때문에 독자의 공감을 불러일으키는 것〉이라 하면서 〈전 세계를 뒤집어 봐도 『돈키호테』보다 더 숭고하고 박진감 있는 픽션은 없다〉고 했다. 고골Nikolái Vasílievich Gógol의 『죽은 혼Mertvye Dushi』에서는 돈키호테 모험의 그로테스크한 패러디가 읽히고, 톨스토이Lev Nikoláyevich Tolstói의 『안나 카레니나Anna Karénina』에 등장하는 레빈의 마지막 기독교적 명상에서도 독자는 돈키호테의 모습을 떠올리게 된다.

이후 실존주의 철학자들은 결코 영웅이 나올 수 없는 환경과 법과 상황에도 불구하고 자신의 의지와 행위로써 스스로의 존재를 만든 인물로 돈키호테를 이해하면서, 인간과 사물이 어떤 식으로 존재하고 어떤 식으로 그 존재를 밝혀야 하는지를 간파한 대단한 예지력의 소유자로 평가했다. 인간의 존재는 말[言]에 있고 그 말의 존재는 인식에 있음을 인정한 명목론자들, 말이 현실을 조작한다는 훔볼트Alexander von Humboldt, 말을 만났을 때 사물이 사물이기를 시작한다는 스테판 조지Stephán George, 말이 현실을 밝힌다는 하이데거Martin Heidegger뿐 아니라 흄 David Hume, 후설Edmund Husserl, 데리다Jacques Derrida, 횔덜린 Friedrich Hölderlin, 말라르메Stéphane Mallarmé는 물론 스페인의 안토니오 마차도Antonio Machado와 후안 라몬 히메네스Juan Ramón Jiménez, 페드로 살리나Pedro Salina와 오르테Ortega y Gasset와 우나무노Miguel de Unamuno, 레몬 펠리페León Felipe 그리고 현대 문단을 이끈 중남미의 마르케스Gabriel Garcia Marquez와 보르헤스Jorge Luis Borges 등, 글로 옮기기에도 숨이 찬 무수한 이들의 글에는 3백 년 앞선

『돈키호테』에서 펼쳐진 생각들이 여전히 핵심을 이루며 살아오고 있음이 드러난다. 시는 죄와 같은 것이라고 말하며 시 쓰기를 그만둔 프랑스의 천재 시인 랭보Arthur Rimbaud의 모습에서는, 기사 소설의 죄악을 물으며 기사 소설의 권위를 패러디한 돈키호테의 환영이 보이기도 한다.

스페인의 『돈키호테』 전문가인 살바도르 데 마다리아가Salvador de Madariaga는 세르반테스의 작품 해석에 있어 가능한 놀랄 만한 다양성은 작가의 깊은 영혼 때문이라고 했다. 즉 세르반테스는 돈키호테와 산초라 불리는 밭에 사상의 씨앗을 뿌렸을 뿐인데, 그 땅과 씨앗들이 워낙 풍요한 것이라서 대대손손 열매를 맺어 가고 있다는 것이다. 스페인의 대표적인 세르반테스 연구가이자 비평가인 아메리코 카스트로는 돈키호테만큼 요동치는 현실을 적나라하게 보여 주는 자는 없다고 했으며, 스페인의 교육자이자 철학자인 프란시스코 히네르 데 로스 리오스Francisco Giner de los Ríos는 『돈키호테』를 가리켜 현실의 거울이라 칭하며, 세르반테스의 철학이야말로 인간 삶과 권리와 정의를 위한 이상적인 개혁이라고 보았다. 또한 스페인 시인 안토니오 마차도Antonio Machado는 문인들 중 최고의 재판관이자 온화한 비평가로 세르반테스와 괴테를 꼽았으며, 스페인 여성 철학자인 마리아 삼브라노María Zambrano는 돈키호테에게 있어 세상은 정의와 자비를 실천하는 장소라고 했다. 이렇게 많은 평가들이 시간과 공간을 초월하여 쏟아지는 이유는 『돈키호테』에 가득한 그 특출한 상징성 때문일 것이다.

다양한 해석들을 정리하듯 스페인의 지성 오르테가José Ortega y Gasset는 다음과 같이 말한 바 있다. 〈세르반테스는 3세기 전의 선경에 우뚝 선 채 우수에 찬 시선을 아래로 던지며, 혹시나 자기를 이해해 줄 수 있는 손자 녀석이 태어나지 않을까 기다리고 있다. 아! 세르반테스의 문체가 어떤 것이며, 사물에 접하는 그의 방식이 어떠한 것인지 분명히 알 수 있다면 우리는 모든 것을 얻을 텐데. 언제가 될 것인지는 몰라도 만일 누군가 와서 세르반테스가 지니고 있는 문체의 신비로움을 폭로해 낸다면, 그래서 그 사실이 다른 여러 문제들로 연계되어 간다면, 단지 그것만으로도 우리는 새로운 삶으로 깨어날 수 있을 텐데!〉

우리는 아직 이 누군가를 기다리고 있다. 이 책을 읽고 있는 당신이 그 〈누군가〉가 되기를 희망하면서.

안영옥

번역 후기

  올 스페인행 짐 가방에도 어김없이 『돈키호테』 원본과 번역 원고가 들
어 있었다. 너덜너덜해진 원본과 교정지를 호텔 방 테이블의 어슴푸레한
불빛 아래 꺼내 놓고 앉아 있자니 문득 레오나르도 다빈치 생각이 떠올랐
다. 지오콘다 부인을 그린 「모나리자」를 수년간 자신의 여행 보따리에 넣
어 다니며 작품의 완성도를 높이고자 했던 그의 마음이 내 마음에 닿아서
였을까.
  스페인에는 『돈키호테』 읽기 행사가 있다. 책의 날인 4월 23일부터 만
하루, 총 스물네 시간을 쉬지 않고 누구나 교대로 읽을 수 있는 대국민 참
여 행사이다. 또한 대도시는 물론이고 시골 마을 구석구석에도 『돈키호
테』에 나오는 구절들을 새겨 놓은 타일들이 담에 붙어 있어서, 단순히 미
관뿐만 아니라 지역민들의 문화 수준을 한층 돋보이게 한다. 그래서 나
는 스페인 사람이면 『돈키호테』를 모두 다 읽었고 이해하고 있으리라 생
각했다. 구어체 표현이나 현재는 사용되지 않는 어휘들, 역사, 문화적 배
경이 포함된 이야기들을 다짜고짜 그들에게 묻고 다녔던 건 그런 믿음이
있어서였다. 마드리드 대학 스승에게나 책방 주인에게, 라만차 거리에 있

던 아낙네에게, 연로하신 스페인 할머니와 할아버지에게 밑도 끝도 없이 질문을 하던 내 모습이 오히려 그들에게는 돈키호테처럼 보였을지도 모르겠다.

세르반테스가 가졌던 그 느낌 그대로 생생하게 전달하고 싶은 마음으로 돈키호테가 모험을 찾아다녔던 모든 여정을 따라가기도 했다. 돈키호테가 처음으로 모험을 떠나기 위해 길을 나선 몬티엘 들판에도 서 있었고 기사 서품식을 받은, 지금은 식당과 가게로 변한 푸에르토 라피세의 객줏집, 풍차 마을 크립타나, 끊겨 버린 이야기의 원고가 발견된 톨레도의 알카나 시장, 고행을 하러 들어간 시에라 모레나와 둘시네아 공주의 마을 엘 토보소에도 있었다. 연극배우들과 모험을 벌인, 지금은 연극의 고장으로 알려진 알마그로에 들렀고, 돈키호테가 환상과 현실의 묘한 모험을 경험했던 몬테시노스 동굴 속에 들어가 박쥐와 인사도 나누었다. 일곱 개의 루이데라 늪에서는 과디아나 강의 흐름을 추적할 수 있었고, 사라고사 인근 페드롤라에서는 공작 부부의 부에나비아 궁전에서 지냈던 돈키호테의 일상을 회상하기도 했다. 페드롤라 중심가와 자그마한 다리 하나로 연결된, 왼쪽으로 에브로 강이 유유히 흐르는 바라타리아 섬에서는 이를 통치하느라 고뇌에 찬 산초의 좌상과 마주했고, 이어 바르셀로나를 돌며 돈키호테의 마지막 모험을 같이하기도 했다.

라만차와 아라곤과 카탈루냐 지역의 마을과 도시로의 여정은 안달루시아로 이어졌다. 『돈키호테』에 등장하는 여러 인물들의 이야기 속에는 세르반테스가 세금 징수원이자 징발관으로 돌아다녔던 안달루시아 곳곳이 녹아 있다. 돈키호테에게 기사 서품식을 해준 객줏집 주인이 젊은 시절을 보냈다는 세비야와 산루카르, 〈포로 이야기〉에서 포로가 처음으로 발을 디딘 조국 땅인 벨레스 말라가 등지에서 나는 그들이 되어 보았다.

이렇듯 몸으로 경험한 것들을, 세르반테스가 『돈키호테』에서 언급한 내용에 맞추어 옮기기 위해 노력했다. 작품 『돈키호테』의 서문은 ─ 소설에 서문이라니, 누구는 의아해하며 글감으로 삼을지 모르겠지만 ─ 나에게 번역을 위한 훌륭한 길잡이였다. 책의 가장 앞부분에 위치하지만 집필을 마친 후에 비로소 쓰는, 작품의 이해를 돕고자 하는 작가의 친절한 안내가 바로 서문이라는 점을 고려한다면, 나에게 이것은 세르반테스가 자신의 책을 어떻게 번역해야 하는지 일러 주는 조언이었다. 그는 돈키호테를 가리켜 〈가장 순수한 연인에 가장 용감한 기사〉이자 〈품위 있고 명예로운 기사〉라고 했으며, 산초에 대해서는 〈쓸데없는 잡동사니 기사 소설들에 흩어져 있는 종자들이 지닌 모든 매력들을 한꺼번에 보여 주는 종자〉라고 했다. 이런 인물들의 모험과 언행들을 〈의미 있고 정결하며 잘 정돈된 단어들로 평범하며 울림이 좋고 유쾌하게〉 썼다고 했으니, 나도 해당 인물의 인품이나 성격에 어울리고 울림이 좋으며 평범한 어휘들로 옮기고자 애를 써야 하지 않았겠는가.

이러한 모든 노력은, 프랑스 문예 비평가인 생트 뵈브가 〈인류의 바이블〉이라고 정의한 『돈키호테』가 나로 인해 조금이라도 평가 절하되지 않도록 하기 위한 간절한 바람 때문이었다. 이러한 나의 뜻에 진심으로 동참해 준 이들이 적지 않다.

먼저 나를 믿고 번역을 의뢰해 준 열린책들 관계자들이다. 기존 번역의 문제점을 직시하여 번역자를 물색하던 중 내가 그 레이더망에 걸렸던 모양이다. 번역 작업이 오래 걸리다 보니 담당자가 세 번이나 바뀌었다. 아직도 내 휴대 전화에 연락처를 두고 인연의 소중함을 간직하고 있는 전임자와 우리나라 독자의 눈으로 번역의 완성도를 높여 준 담당 편집자에게 고맙다는 말을 전하고 싶다. 번역자들 중에는 문화적 배경에 대한 지식이 없는 독자라도 외국 작품을 어렵지 않게 이해하리라 착각하는 실수를 저지르는 사람들이 종종 있다. 나는 그런 사람이 아닌 줄 알았는데, 이번 편집 작업을 통해 그 사실을 다시 깨우칠 수 있었다.

안부를 묻듯 번역 작업 진행을 물어 가며 격려를 아끼지 않았던 동료 교수 네 분께도 고맙다는 말을 전하고 싶다. 이 번역 작업을 마치는 것으로 그 고마움을 갚을 수 있도록 심적, 물적으로 큰 힘이 되어 준 친구 같은 인생 선배들이다. 그리고 같이 독해하며 오자와 탈자를 잡아 주고 좋은 표현을 찾아주었던 대학원 제자들 홍민, 미현, 일주, 수현, 은아, 고맙다.

아흔을 바라보는 연세에도 불구하고 늘 막내딸 건강이 먼저이신 우리 친정아버지에게는 감사하다는 말이 부족하다는 걸 잘 알고 있다. 교수가 해야 할 일이 어떤 것인지를 몸소 보여 주셨던 정신적인 지주이자, 귀찮아 식사를 거르고 있을 때면 영락없이 멋진 식당으로 불러내 주시는 나의 건강 지킴이시다. 또한 몇 년에 걸친 〈돈키호테 여정〉에서 훌륭한 기사이자 짐꾼으로 고생해 준 남편과 〈그러다가 엄마가 돈키호테 되겠다〉는 무뚝뚝한 말 한마디로 내심 걱정을 내비친 아들 현원이에게도 고마움을 전한다. 마지막으로 번역하는 동안 내 발치에 앉아 지친 내 몸과 마음을 쉬게 해주었던, 하지만 작업을 마치기 두 달 전 영원히 저세상으로 가버린 내 사랑하는 꼬미가 내 마음을 느낄 수만 있다면…….

번역 후기로 내 글이 좀 길다는 걸 알고 있다. 하지만 세르반테스가 원했던 대로의 『돈키호테』 번역은 스페인 문학을 전공한 이래 오랜 숙원이었기에 내 정열을 다 바쳤고, 이 정도의 감사 인사로는 부족할 정도로 많은 격려와 도움을 받았으니 이해해 주리라 믿는다. 끝으로 한 가지 사족을 더하자면, 『돈키호테』의 등장인물이 직접 언급하듯이 이작품은 누구나 즐겁고 유익하게 읽을 수 있는 책이다. 하지만 많은 독자들은 아직도 이 책이 왜 성서 다음으로 위대하다고 일컬어지는지 잘 알지 못하는 듯하다. 이러한 문제가 본 번역서만으로 부족하다면, 그것을 나에게 주어진

또 다른 책임으로 여겨 돈키호테 해설서로 다시 독자들을 만나도록 준비
할 것이다.

2014년 11월

안영옥

미겔 데 세르반테스 사아베드라 연보

1547년 출생 9월 29일경 알칼라 데 에나레스에서 출생. 같은 해 10월 9일 산타마리아 라 마요르 교회에서 세례를 받음.

1568년 21세 10월 마드리드에서 학교를 경영하고 있던 인문학자 로페스 데 오요스López de Hoyos의 『역사와 관계*Historia y relación*』라는 수필집에 세르반테스의 시 네 편이 수록, 소개됨.

1569년 22세 추기경 아쿠아비바Giulio Acquaviva의 시종이자 수행원으로 이탈리아를 돌아다니면서 인문주의의 지식 세계를 익히고 호흡함.

1571년 24세 8월 디에고 데 우리비나Don Diego de Uribina 부대에 자원입대함. 10월 7일 레판토 해전에서 부상을 당하며 〈레판토의 외팔이〉라는 별명을 얻게 됨. 부상 후 1572년 3월까지 메시나의 병원에서 요양함.

1572년 25세 4월 돈 로페스 데 피게로아Don López de Figueroa 연대로 귀대함.

1575년 28세 9월 동생 로드리고Rodrigo de Cervantes와 함께 〈솔Sol〉호에 승선하여 귀국길에 오르던 중 터키 해적선의 습격을 받아 포로가 됨. 그 후 5년간 알제에서 노예 생활을 하며 네 번의 탈출을 시도하나 모두 실패함.

1580년 33세 9월 콘스탄티노플로 가는 배에 승선하던 중 삼위일체회 소속 수사의 도움으로 몸값을 치르고 자유의 몸이 됨. 10월 스페인으로 돌아옴.

1581년 34세 5월 왕의 요청하에 오랑 지방에서 비밀 업무를 수행함.

1582년 [35세] 2월 신대륙 중남미로 가기 위한 청원서를 제출하지만 거부당함.

1583년 [36세] 톨레도에서 여배우 아나 프랑카Ana Franca를 만나 사랑하게 됨.

1584년 [37세] 아나 프랑크와의 사이에서 딸 이사벨 데 사아베드라Isabel de Saavedra를 낳음. 8월 혹은 9월 처녀작이자 목가 소설인 『라 갈라테아*La Galatea*』가 출판됨. 12월 에스키비아스의 소지주의 딸 카탈리나 데 팔라시오스Catalina de Falacios와 결혼함.

1585년 [38세] 6월 아버지 사망. 마드리드에 머물면서 희곡 20~30편을 집필함. 이중 「알제의 대우El trato de Argel」와 「라 누만시아La Numancia」 두 편만 현재까지 남아 있음.

1587년 [40세] 1600년까지 〈무적 함대〉에 식량을 납입하고 조달하는 일을 함.

1588년 [41세] 2월 밀 징발과 관련한 문제로 인해 교회로부터 파문당함. 6월 〈무적 함대〉가 대패함.

1590년 [43세] 5월 또다시 중남미에 공석인 자리를 청원하지만 거절당함.

1592년 [45세] 9월 창고의 밀을 당국의 허가 없이 매각한 죄로 카스트로 델 리오에서 투옥됨.

1594년 [47세] 체납 세금 징수원으로 다시 안달루시아 지방에서 일하게 됨.

1597년 [50세] 징수한 돈을 예금해 둔 은행이 파산함으로써 9월에서 이듬해 4월까지 세비야에서 감옥살이를 함. 옥중에서 『돈키호테*Don Quijote*』를 구상한 것으로 추정됨.

1603년 [56세] 궁정이 있는 바야돌리드로 이주함.

1604년 [57세] 9월 『돈키호테』 출판 허가를 얻음.

1605년 [58세] 2월 마드리드에서 후안 데 라 쿠에스타Juan de la Cuesta에 위해 『돈키호테』 전편인 『기발한 이달고 돈키호테 데 라만차*El ingenioso hidalgo don Quijote de la Mancha*』가 출판됨. 6월 돈 가스파르 데 에스펠레타Don Gaspar de Ezpeleta라는 사람이 세르반테스가 살고 있던 집 앞에서 중상을 입고 다음 날 사망함. 이 일로 누나 안드레아Andrea와 딸 이사벨과 함께 투옥됨.

1606년 [59세] 마드리드에서 『돈키호테』의 속편을 준비한 것으로 추정됨.

1610년 ^{63세} 6월 레모스 백작이 나폴리 부왕으로 임명되자 그를 따라 이탈리아로 가기 위해 그와 그의 수행원들이 잠시 들렀던 바르셀로나에서 3개월 동안 머묾.

1613년 ^{66세} 7월 열두 편의 단편을 수록한 『모범 소설집 *Las novelas ejemplares*』을 출판함.

1614년 ^{67세} 11월 『파르나소스 여행 *Viaje del Parnaso*』이 출판됨. 같은 해 여름 아라곤 지역 타라고나 시에서 알론소 페르난데스 데 아베야네다 Alonso Fernández de Avellaneda라는 필명으로 쓰인 『돈키호테』의 속편이 등장함. 이 무렵 세르반테스는 속편 제59장을 집필하고 있었음.

1615년 ^{68세} 10월 헌정사를 쓰고 12월 『돈키호테』의 속편 『기발한 기사 돈키호테 데 라만차 *El ingenioso caballero don Quijote de la Mancha*』 발표. 『새로운, 한 번도 상연된 적이 없는 여덟 편의 희극과 여덟 편의 막간극 *Ocho comedias y ocho entremeses nuevos nunca representados*』도 출판됨.

1616년 ^{69세} 4월 2일에 병석에 누움. 4월 17일에는 이미 완성한 『페르실레스와 시히스문다의 고난 *Los Trabajos de Persiles y Sigismunda*』의 헌사를 씀. 4월 22일 세상을 떠남.

1617년 유작으로 『페르실레스와 시히스문다의 고난』이 출판됨.

옮긴이 **안영옥** 한국외국어대학교 스페인어과를 졸업하고 스페인 마드리드 국립 대학에서 「오르테가의 진리 사상 연구」로 문학 박사 학위를 취득했다. 스페인 외무부와 오르테가 이 가세트 재단 초빙 교수를 지냈으며 현재 고려대학교 스페인어문학과 교수로 재직하고 있다. 『스페인 중세극』, 『스페인 문화의 이해』, 『스페인 문법의 이해』, 『올라, 에스파냐: 스페인의 자연과 사람들』, 『왜, 스페인은 끌리는가?』, 『페데리코 가르시아 로르카』 등을 썼고, 스페인 최초의 서사 작품 『엘 시드의 노래』, 14세기 승려 문학의 꽃 『좋은 사랑의 이야기』, 돈키호테가 없었더라면 대신 그 영광을 차지했을 『라 셀레스티나』, 돈 후안을 탄생시킨 『세비야의 난봉꾼과 석상의 초대』, 바로크극의 완결판 『인생은 꿈입니다』, 케베도의 시 105편과 해설집 『죽음 저 너머의 사랑』, 오르테가의 미학론 『예술의 비인간화』, 로르카의 3대 비극 『피의 혼례』, 『예르마』, 『베르나르다 알바의 집』, 스페인 최초의 부조리극 『세 개의 해트 모자』, 라파엘 알베르티 시선 『죽음의 황소』, 비오이 카사레스의 판타지 소설 『러시아 인형』 외다수의 책을 우리말로 옮겼다.

돈키호테 2

발행일	2014년 11월 15일 초판 1쇄
	2024년 8월 25일 초판 33쇄
지은이	미겔 데 세르반테스 사아베드라
옮긴이	안영옥
발행인	홍예빈·홍유진
발행처	주식회사 열린책들

경기도 파주시 문발로 253 파주출판도시
전화 031-955-4000 팩스 031-955-4004
www.openbooks.co.kr

Copyright (C) 주식회사 열린책들, 2014, *Printed in Korea.*
ISBN 978-89-329-1681-1 04870
ISBN 978-89-329-1684-2 (세트)

이 도서의 국립중앙도서관 출판예정도서목록(CIP)은 서지정보유통지원시스템 홈페이지(http://seoji.nl.go.kr)와 국가자료공동목록시스템(http://www.nl.go.kr/kolisnet)에서 이용하실 수 있습니다.(CIP제어번호:CIP2014031616)